비평이론의
모든 것

비평이론의 모든 것

Critical Theory Today

로이스 타이슨 지음 윤동구·백준걸 옮김

앨피

제가 가르쳤던 제자들,

그리고 제게 가르침을 준 스승들에게

감사하는 마음으로 이 책을 바칩니다.

앞으로도 누가 제자이고 스승인지 잘 구별되지 않길 바라며.

차례

제4판 서문

《비평이론의 모든 것》의 3판이 2015년에 출간된 이후 비평이론은 다양한 방식으로 진화를 거듭했다. 때로는 '문화 이론'이라는 이름으로 많은 관심을 불러일으켰고, 대학에서는 문학·역사학·인류학·철학·사회학 등 별개의 학과로 분리된 여러 학문 분야를 수시로 넘나들며 수많은 교차점을 만들어 왔다. 비평이론은 또한 여성 연구, 젠더 연구, 대중문화 연구 등 비평이론에 힘입어 새로 만들어진 여러 교육 프로그램에도 여전히 활력을 불어넣고 있다. 따라서 이 책에서 다루는 이론적 관점들이 앞서 언급한 분야의 학부 과정에서 필수 항목이 된 것도, 학생들이 일정 수준의 이론적 지식을 갖추고 나서 대학원에 진학하는 것이 당연해진 것도 그리 놀랄 일은 아니다. 여기서 상대적으로 새로운 사실은, 대체로 서구의 산물 또는 서구화된 교육체계의 산물로 여겨지는 비평이론이 많은 비서구권, 비영어권 국가에서도 괄목할 만한 성장을 이루었다는 점이다. 이를테면, 중국과 한국, 사우디아라비아의 출판사가 학생과 교습자가 활용할 수 있도록 이 책을 자국어로 번역했다.

그럼에도 변함없는 사실이 있으니, 바로 이 책의 목적이다. 이 책은 비평이론과 문학을 가르치는 사람이 쓴 비평이론 입문서이다. 그리고 대상 독자는 비평이론을 배워 유용하게 활용함으로써 문학을 심도 있게 이해하고자 하는 교수 및 학부생이다. 여타 교과서 개정판과 마찬가지로, 《비평이론의 모든 것》4판도 새로운 이론 개념은 물론이고 최신 용어를 실었을 뿐만 아니라, 기초적인 이론적 쟁점을 더욱 상세하게 다루고, 각 장 끝부분의 '더 읽을거리'와 '중요한 이론서들'에 실린 참고문헌도 확장하고 업데이트했다. 또한, 마르크스주의 비평과 페미니즘 비평 장은 개편 증보했다. 특히 페미니즘 비평 장에는 (여러 추가 사항이 있는데) '네 차례의 페미니즘 물결'이라는 새로운 항목을 추가했고 다문화 페미니즘 항목도 증보하고 업데이트했다. 이뿐만 아니라, 레즈비언·게이·퀴어 비평에 관한 장을 증보하여 양성애자 및 트랜스젠더 문학 분석과 관련된 쟁점을 다루었다. 마지막으로 심층생태학, 에코마르크스주의, 에코페미니즘, 탈식민 생태비평, 환경정의 등을 다루는 '생태비평'이라는 새로운 장을 새로 실었다. 당연하겠지만, 문학 연구를 위한 생태비평 활용법과 F. 스콧 피츠제럴드의 《위대한 개츠비》(1925)에 대한 생태비평적 읽기도 빠뜨리지 않았다.

　학생들에게 자주 하는 말이지만, 문학을 공부하면 우리가 사는 세상에 대한 이해는 자동으로 따라온다. 적어도 나한테는 그런 것 같다. 비평이론을 공부하면 이해는 더욱 깊어진다. 지금 독자 여러분이 손에 들고 있는 책의 첫 세 판을 집필하면서 나는 이 명제를 굳게 믿었었고, 해가 거듭될수록 그 믿음은 더욱 커졌다. 희망컨대, 《비평이론의 모든 것》4판을 읽고 나서 독자 여러분이 그 작은 진실이 맞다는 것을 발견하길 바란다.

로이스 타이슨

제2판 서문

1999년에 《비평이론의 모든 것Critical Theory Today: A User-Friendly Guide》 초판이 간행된 이후, 비평이론은 적어도 두 가지 방향으로 발전해 왔다. 대학원 수준의 문학 연구에서만 다루어지던 몇몇 이론가들이 학부 수업에도 등장하기 시작했는가 하면, 다른 학문 분과에서 주로 논의되던 몇몇 이론이 문학 연구에서도 기본 틀로 자주 사용되기에 이르렀다. 《비평이론의 모든 것》 제2판에 새로운 자료들을 많이 추가한 것은 이러한 이유에서다.

정신분석 비평을 다룬 장에는 라캉 정신분석학에 관한 항목을 덧붙였고, 페미니즘feminist 비평을 다룬 장에는 젠더 연구와 프랑스 페미니즘에 관한 내용을 포함시켰다. 프랑스 페미니즘의 경우, 아주 유익하게 활용할 수 있는 유물론적 페미니즘과 좀 더 익숙하게 접근할 수 있는 정신분석학적 페미니즘에 관한 논의를 모두 담았다. 그러나 가장 크게 변화를 준 곳은 탈식민주의 비평과 아프리카계 미국인 문학비평에 관한 장이다. 무엇보다, 본래 한 장이었던 이 부분을 독립된 두 장으로 나누어 다시 썼다. 또한, 아프리카계 미국인 문학비평을 다루는 장에 비판적 인종 이론critical race theory에 관한 내용을 수록하여 최근의 변화를 반영했다. 따라서 각 장에서 해당 이론을 F. 스콧 피츠제럴드F. Scott Fitzgerald의 《위대한 개츠비The Great Gatsby》(1925)에 적용해 분석하는 형식은 기존과 다름없지만, 아프리카계 미국인 문학비평 이론을 적용한 《위대한 개츠비》 분석이 추가되었다는 것이 제1판과 달라진

점이다. 그 외 전체적으로, 각 장을 마무리하는 '더 읽을거리'의 참고문헌을 확충하고 최신 자료들로 갱신했다. 그러나 변하지 않은 것이 하나 있다면, 바로 이 책《비평이론의 모든 것》을 쓴 목적이다. 이 책이 비평이론과 문학을 가르치는 사람이 쓴 비평이론 입문서라는 사실은 여전히 유효하다. 그리고 비평이론을 가르치고 배워 문학을 더욱 잘 이해하는 데 활용하고픈 교사들과 학부 수준의 학생들을 대상으로 썼다는 점 역시 변하지 않았다. 나는 현역 교사로서 교사와 학생이 함께 읽을 만한 글을 쓰고자 하는 사람이다. 그점을 염두에 두고 이 책으로 수년간 학생들을 가르치면서 학생들이 공통적으로 어떤 개념들을 이해하기 어려워하는지를 파악하고자 노력했다. 그 결과, 제2판에서 관련 내용들을 더욱 명료하게 다듬을 수 있었다.

단적인 사례를 몇 가지 들자면, 마르크스주의 비평을 다룬 장에서 '강인한 개인주의rugged individualism'에 관한 설명을 늘렸고, 탈식민주의 비평을 논의하면서 '모방mimicry' 개념을 더 충실히 해명했다. 아프리카계 미국인 문학비평에 관한 장에서는 아프리카계 미국인 작가들이 인종 문제와 관련하여 주제화한 몇 가지 사례들을 덧붙여 소개했다. 사실, 나는 이 책의 초판본을 수업 시간에 들고 들어가면서 명쾌하게 정리해야 할 부분, 단어를 바꾸어 써야 할 부분, 구체적인 예시가 필요한 부분 등을 조그만 종이에 기록하여 책에다 셀 수도 없이 붙여 놓고는 했는데, 그런 작은 부분들까지도 모두 반영하고자 했다.

문학을 공부하다 보면 우리가 살아가는 세상을 나도 모르게 더욱 잘 이해하게 되고, 비평이론을 공부하면 그 일을 더 생산적으로 할 수 있다는 게 내 생각이다. 이와 같은 믿음 아래 나는 여러분이 지금 읽고 있는 이 책의 초판본을 집필했고, 학생들에게 비평이론을 가르치면서 이 생각은 더 확고해졌다. 이 책《비평이론의 모든 것》제2판이 독자들에게도 그처럼 소박한 진실을 확실히 깨닫는 데 도움을 줄 수 있으면 좋겠다.

감사의 글

한나 베르코비츠, 버트란드 빅커스테드, 팻 블럼, 캐슬린 블럼리치, 린다 초운, 그레첸 클라인, 미셸 디슬러, 다이엔 그리핀 크라우더, 미셸 드로즈, 고故 밀트 포드, 제레미 프란체스키, 데이비드 그리섬, 챈스 기예트, 캐런 해미스, 마이클 하트넷, 앨런 하우스만, 고故 로잔 호펠, 빌 호프만, 제이 헐릿, 하워드 카한, 고故 스티븐 라세이, 제임스 린제이, 로잘린드 메이베리, 숀 맥그래스와 에비 맥그래스, 스캇 미나르, 조아니 펄먼, 제임스 펠런, 랍 로제마, 수 윌리엄 실버만, 베타 스미스 터커, 질 판 안트베르프, 메간 워드, 브라이언 화이트, 샤론 화이트힐 그리고 특히 브라이언 디요, 코리나 맥클레오드, 젠 맥캔바우어 등 유익한 제언을 아끼지 않고 정신적 의지가 되어 준 모든 친구들과 동료들에게 진심으로 고마움을 전한다.

책을 내는 데 기꺼이 재정적 지원을 맡아 준 그랜드밸리 주립대학교와 관계자 여러분, 특히 프레드 앤차크 학장, 고故 포레스트 암스트롱 학장, 조 밀러, 줌버지 도서관의 낸시 레이먼드에게도 깊이 감사드린다. 또한 폴리 닷슨, 피오나 허드슨 가부야, 조이 마이어, 브라이오니 리스, 미셸 샐리가, 새라 웹 등 친절한 지원을 아끼지 않은 루틀리지출판사 직원들에게도 고마움을 표하고 싶다. 존 마던과 미시간주 그랜드 헤이븐 루이트트 도서관의 훌륭한 직원에게도 심심한 사의를 표한다. 그리고 이 책의 초판을 발간한 갈런드출판사에서 당시 힘써 준 필리스 코퍼에게도 다시 한 번 깊은 감사의 마음을 전한다. 이 책을 선뜻 내겠다는 출판사가 없었는데 그녀의 지칠 줄 모르는 열정 덕분에 이 책이 세상의 빛을 볼 수 있었다.

끝으로, 가장 고마운 사람은 판이 새로 나올 때마다 새로 장을 쓸 때마다 불굴의 의지로 단어 하나하나까지 검토해 준 맥 데이비스와, 정신을 바짝 차리게 해 준 에미와, 영혼의 나침반이 되어 준 고故 레니 브리스크이다.

이 책으로 수업을 진행하려는 교사들에게

이 책은 비평이론을 가르치며 느꼈던 좌절감의 산물이다. 그 좌절감을 아마 여러분도 많이 느껴 봤을 것이다. 지난 10년간 비평이론은 고등교육에서 지배적인 영향력을 행사해 왔다. 비평이론은 이제 대학원 교육에서 필수적인 부분이 됐으며, 학부 교육에서도 그 역할이 점차 커지고 있다. 그러나 낯설기 짝이 없는 용어들로 무장한 채 우리의 이해력을 시험하고 도발하는 듯한 이 분야는 학년을 막론하고 많은 학생들에게, 심지어 그들을 가르치는 교수들에게도 여전히 혼란스러운 영역이다. 한 동료는 자기 학생들에게 이렇게 말했다고 한다. "비평이론은 일종의 버스랍니다. 근데 여러분이 탈 수 없는 버스죠."

그동안 비평이론 수업을 진행할 때는 대개 자크 라캉, 자크 데리다, 가야트리 스피박, 엘렌 식수 등의 이론가가 쓴 글들, 그러니까 아무리 읽어 봐도 난해하기만 한 종류의 글들을 발췌해 수록한 선집을 사용했다. 그런데 이런 형식의 선집 또는 이론가들의 견해를 세련된 솜씨로 요약 정리한 이론서들은 대부분의 학생들에게 별다른 도움이 되지 못한다. 어떤 이론가의 논의든 그것을 제대로 이해하려면 반드시 숙지해야 할 기본 원리들이 있기 마련인데, 학생들 대다수가 거기에 익숙하지 않기 때문이다. 물론 쉬운 말로 풀어 쓴 이론 입문서도 간혹 있긴 하다. 하지만 이런 책은 논의의 폭이 너무 좁아 비평이론이라는 복잡한 영역을 충분히 소개하지 못한다.

《비평이론의 모든 것》은 이 어려운 분야를 쉽고도 철저하게 소개함으로써 이와 같은 간극을 메우는 책이다. 이 책의 목표는 크게 세 가지다. 첫째, 독자들로 하여금 전에는 모호하기만 했던 이론적 개념들을 일상의 경험과 관련지어 파악할 수 있도록 돕는다. 둘째, 이론적 관점들이 문학작품에 어떻게 적용되는지를 보여 준다. 셋째, 특정한 문학작품에 이 책에서 다루는 모든 이론을 적용해 봄으로써 다양한 이론들 사이의 관련성, 이를테면 상호 간의 차이점과 유사점, 각자의 강점과 약점 등을 밝힌다. 그 한 편의 문학작품이 바로 F. 스콧 피츠제럴드의 《위대한 개츠비》(1925)다.

비평이론을 쉽고 자세히 소개하는 데 활용할 소설로 《위대한 개츠비》를 선택한 이유는 여러 가지다. 먼저, 《위대한 개츠비》는 이 책에서 설명하는 열두 개의 이론들과 모두 잘 어울린다. 게다가 분량도 길지 않고, 난이도 역시 높지 않다. 더 나아가, 널리 알려진 공통 주제를 다룬다는 점에서, 또한 작품의 인지도라는 측면에서, 모두 '익숙하다'고 말할 수 있는 소설이다. 실제로 비평이론을 가르치는 동료들의 얘기를 들어 보면, 이론을 실제 작품에 적용하는 강의를 할 때 《위대한 개츠비》를 활용하는 교재를 선호한다고 한다. 무엇보다 그들 자신이 이 소설에 익숙하기 때문이다.

비평이론을 처음 접하는 사람들을 고려하여, 각 장에서는 해당 이론의 기본 원리와 더불어 이를 문학작품에 적용시키는 기본 원리도 설명했다. 이 원리들을 잘 이해하면 이론가가 쓴 글을 읽고 통찰을 얻을 수 있고, 나아가 작품에 대한 자기만의 이론적 해석을 구사할 수 있을 것이다. 그러므로 수업 시간에는 이 책 한 권만 사용할 수도 있고, 비평이론 선집을 읽기 위한 전 단계 교재로서 또는 선집과 병행하여 활용할 수도 있다.

각 장은 비평이론이 문학 텍스트를 이해하고 우리가 살아가는 세상을 각자 나름의 방식으로 이해하도록 돕는 데 기여한다는 점을 보여 줌으로써 학생들에게 학습 동기를 부여하고 용기를 불어넣고자 했다. 이론 공부를 막 시작한 학생이든, 아직까지 이론을 충분히 접하지 않아 좀 더 이론적 관점에 익숙해지고 싶은 교수든지 간에, 이론에 다소 부담을 느끼는 독자라면 누구나 이 책을 진정한 의미의 '기초' 설명서로 삼을 수 있다.

무엇보다, 나는 다양한 비평이론들이 서로 대결하는 양상과 겹쳐지는 양상, 그리고 하나의 이론을 떠받치는 존립 근거가 경쟁 이론이 내놓는 통찰에 따라 위태로워지거나 오히려 더욱 굳건해지는 양상을 보여 주고 싶었다. 이 책에 등장하는 이론들의 순서는 이 같은 특정한 강의법을 염두에 두고 결정한 것이다. 그렇지만 각각의 장은 독자적인 내용과 설명을 담고 있으므로 따로따로 읽어도 무방하다. 이 책을 맞춤형 교재처럼 사용하는 방법은 강의의 목적과 필요에 따라 이론들의 순서를 바꿔 보는 것이다.

몇몇 장을 아예 통째로 빼거나, 그 안에서도 더욱 유용하다고 판단되는 항목들을 선별하여 일부만 다룰 수도 있다. '심화학습'(각 장마다《위대한 개츠비》해석을 마친 뒤 제시되며, 학생들에게 부과할 과제의 주제로도 삼을 수 있다)도 마찬가지다. '심화학습'은 선집에 자주 수록되는 유명한 작품들에 학생들이 직접 이론을 적용해 볼 수 있는 기회인데, 문제에 제시된 작품보다 더 도움이 될 만한 다른 작품이 있다면 그것을 적용해도 무방하다.

《비평이론의 모든 것》을 어떻게 활용하든지 간에, 비평이론이라는 '버스'는 우리 학생들이 올라타야 할 이유가 충분하다는 사실에 독자 여러분도 동의해 주면 좋겠다. 이 책이 제 임무를 충실히 수행해 낸다면, 학생들은 버스에 올라 실로 즐거운 여행을 만끽할 수 있을 것이다.

일러두기

- **국역판 출처** 본문의 한국어 번역은 원서에서 사용한 판본(맥밀런출판사 1992년판)을 저본으로 삼은 김욱동 교수의 번역본(《위대한 개츠비》, 민음사, 2010)을 따랐다. 인용한 문장의 출처는 '(맥밀런판 쪽수/민음사판 국역본 쪽수; 장 번호)' 형식으로 표기했다.

- **기타 번역본 인용** 본문 내 다른 인용문도 한국어 번역본을 참고한 경우, 동일한 방법으로 쪽수를 표기하고, 번역본의 서지사항을 각 장 뒤 〈참고문헌〉에 밝혔다.

- **각주** 각주는 저자의 것이다. 옮긴이가 부연한 내용 옆에는 (—옮긴이)라고 표기했다.

- **옮긴이 주** 본문 속 옮긴이의 설명주는 ^{피츠제럴드의 위대한 개츠비} 형식으로 표기했다.

- **원어 표기** 주요한 인명이나 작품명, 개념 등은 외래어 표기용례에 따라 맨 처음, 주요하게 언급될 때 원어를 병기했다. 단, 널리 알려진 이름이나 표기가 굳어진 명칭은 그대로 사용했다.

- **도서 제목** 본문에 나오는 도서나 영화 등의 제목은 원 제목을 번역 표기하는 것을 원칙으로 하되, 국내에 번역 출간 및 소개된 작품은 그 제목을 따랐다.

1장

비평이론에 대해 알고 싶었지만 감히 물어보지 못한 것들

왜 우리는 힘들게 비평이론이란 걸 배워야 할까? 그게 정말 고생하며 배울 가치는 있는 걸까? 비평이론에 동원되는 이 모든 추상적 개념들이 도리어 문학을 자연스럽게, 자기 방식대로 해석하는 것을 방해하지는 않을까? 나이와 교육 수준에 상관없이 비평이론을 처음 배우는 학생들에게서 가장 많이 받는 질문들은 아마도 이런 것들이 아닐까 싶다. 이 질문들에서 사람들이 이론 공부를 선뜻 내켜 하지 않는 두 가지 이유를 확인할 수 있다. 하나는 실패에 대한 두려움이고, 다른 하나는 문학과 맺는 친밀함과 설렘이 가득한 매혹적인 관계, 곧 우리가 처음에 문학작품을 읽는 이유이기도 한 바로 그 관계를 망치게 될지도 모른다는 두려움이다. 두 가지 두려움 모두 나름대로 근거가 있다고 본다.

간혹 예외가 있긴 하지만, 이론을 다루는 대부분의 글들은 해당 분야의 대가들 및 그들의 생각을 초보자들에게 설명하려는 사람들이 쓰기 마련인데, (초보자에겐 있을 리 없는) 일정한 수준의 사전 이해가 필요한 전문 용어와 이론적 개념으로 가득 차 있다. 그래서인지 대개는 우리가 살아가는 일상적 세계는 물론이고 문학을 향한 애정과도 별 관계가 없어 보인다. 이론의 목적이란 확실히 관념에 빠져 사는 지식인들의 세계로 우리를 데려다 놓으려는 데 있는 것처럼 보이기도 한다. 사람들이 (동료들이 아직 못 들어 봤기를 바라며) 최근에 등장한 이론 용어를 입 밖에 꺼내거나, (동료들이 아직 못 읽어 봤기를 바라며) 잘 알려지지 않은 이론가들의 이름을 들먹이는 식으로 거들먹거리는 세계 말이다. 바꾸어 말하면, 비평이론에 관한 지식은 지난 수십 년간 학생들과 교수들이 앞 다투어 갖고자 하는 지위의 상징이자 교육적 '자산'의 징표로서 작동해 왔다는 점에서, 손에 넣기 어렵고 최신식으로 유지하기도 어려운 값비싼 상품이 되어 버렸다고도 할 수 있다.

내가 보기에 사람들이 비평이론을 공부할 때 느끼는 불안감은 실제로 대부분 난생처음 보는 전문적인 비평 용어 때문에 생겨나는 것 같다. 더 정확히 말하자면, 그런 용어들을 들먹거리며 자기 위신을 뽐내려는 사람들 때문이다. 단적인 사례로, 최근에 어떤 학생이 내게 '저자의 죽음the death of the author'이 무슨 뜻이냐고 물어 온 적이 있다. 그 학생은 여기저기서 그 말을 들었지만 아무도 그게 어떤 의미인지 설명해 주지 않아서 결국 대화에서 소외되는 기분이 들었다고 한다. '저자의 죽음'이라고들 하는데 대화의 맥락 속에서 그게 무슨 뜻인지 명확히 감이 오지 않았기에, 그 학생은 '저자의 죽음'이 분명 복잡하기 짝이 없는 개념일 거라고 느꼈다. 게다가 '저자의 죽음'이라는 용어를 사용하는 사람들이 마치 자기들이 엘리트 집단의 구성원인 양 굴었다고 한다. 마치 그 말의 뜻 정도는 누구나 알고 있지 않느냐는 식으로 말이다. 따라서 그 학생은 '저자의 죽음'도 모르는 자신이 멍청하다고 생각했고, 그 의미가 뭔지 물어보려다가 자신의 무지가 들통날까 봐 주저했다.

사실 '저자의 죽음'은 간단한 개념이지만, 그 의미를 누군가 설명해 주지 않으면 결코 이해하기 어렵다. '저자의 죽음'이란 그저 문학작품의 해석과 관련하여 저자의 역할을 바라보는 관점이 달라졌음을 가리키는 말이다. 20세기 초반만 하더라도 문학을 공부하는 학생들은 문학작품을 읽을 때 가장 먼저 관심을 가져야 할 것이 바로 저자에 관한 내용이라고 배웠다. 문학 공부의 과제는 저자의 삶을 검토하여 저자가 전달하려고 한 메시지, 주제, 교훈 등 이른바 **저자의 의도**를 파악하는 데 있다는 것이다. 그러나 시간이 지나면서 사람들의 관심사는 저자에서 점차 다른 쪽으로 이동하였다. 말하자면, 오늘날 많은 이론가들은 다른 건 몰라도 저자만큼은 더 이상 유의미한 분석 대상으로 고려하지 않는다. 그 대신 독자, 이데올로기, 수사학, 텍스트의 미적 구조, 또는 특정한 텍스트를 산출한 문화에 초점을 맞추며, 이런 경우 대개 저자와 관련된 부분은 참조하지 않는다. 즉, 모든 면에서 저자는 '죽은' 것이다.

개별 분과학문을 이루는 많은 개념들이 그렇듯이 '저자의 죽음' 역시 사실은 단순한 개념이지만, 사람들을 소통시키기보다 배제하는 데 쓰일 수도 있다. 이 같은 상황이 특히 문제가 되는 이유는 비평이론을 배워 도움을 받을 수 있는 사람들이 오히려 비평이론과 멀어질 수도 있기 때문이다. 그런 사람들 가운데는 현재 그리고 미래의 초중등학교 교사들이 있을 수 있고, 각 지역의 초급대학community colleges 지역 주민들에게 저렴한 비용으로 폭넓은 교육의 기회를 제공하려는 목적으로 미국의 각 주州정부에서 운영하는 2년제 대학. 졸업생은 4년제 정규 대학 3학년으로 편입할 수 있다. 교수진과 학생들이 있을 수 있으며, 미국 교육의 중추를 떠받치고 있지만 꼭 학계의 스타로 나아가는 '지름길'에 서 있다고 말하기는 어려운 수많은 인문계 대학 내 모든 학과의 교수진과 학생들이 있을 수 있다.

이론을 알면 무슨 '소용'일까

비평이론을 이해하면 구체적으로 무엇을 얻을 수 있을까? 바라건대 이 책이 이에 대해 잘 말해 주겠지만, 이론은 우리 자신과 우리가 사는 세계를 새롭고 유익한 방법들에 따라 바라볼 수 있도록 돕는다. 그렇게 배운 새롭고 유익한 방법들은 우리가 부모나 교사로서 아이들을 어떻게 교육시킬지, 심야 뉴스나 시트콤 같은 TV 프로그램들을 어떻게 시청할지, 유권자이자 소비자로서 어떻게 행동할지, 사회적·종교적·정치적 논쟁들과 관련하여 견해를 달리하는 사람에게 어떻게 대응할지, 우리 안의 동기나 두려움, 욕망 등을 어떻게 인식하고 그에 대처할지 등등의 문제를 생각하는 데 영향을 끼친다.

한편 인간이 생산해 낸 것들, 이를테면 문학뿐 아니라 영화, 음악, 미술, 학문, 기술, 건축물 등이 인간 경험의 산물이고 그렇기 때문에 인간의 욕망, 갈등, 잠재력을 반영한다고 전제한다면, 우리는 이러한 생산물들을 해석함으로써 하나의 종種으로서 인간이 지닌 중요한 무언가를 배울 수 있다. 곧 알게 되겠지만, 비평이론은 그러한 노력에 필요한 탁월한 도구들을 우리 손에 쥐어 준다. 우리는 그 도구들을 사용함으로서 이 세상과 우리 자신을 들여다볼 새롭고 가치 있는 렌즈를 얻을 수 있을 뿐 아니라, 뛰어난 통찰력과 더불어 논리적이고 창조적으로 생각할 수 있는 능력을 키울 수 있다.

이 같은 목적 아래 각 장에서는 이론가들이 직접 쓴 글들을 독자들이 읽을 수 있도록, 해당 이론이 다루고 있는 기본 원리에 대해 설명할 것이다. 각 장의 내용은 오늘날 실제 문학비평에 막대한 영향을 미친 비평이론에 하나씩 초점을 맞추고, 그 이론의 눈으로 들여다본 세계란 어떤 모습인지 담고 있다. 비평이론을 하나의 새로운 안경이라고 생각해 보자. 그러면 분명 이 세계 안에 존재하지만 전에는 보이지 않았던 특정한 요소들에 렌즈의 초점이 맞추어질 것이다. 반면 어떤 요소들은 당연히 배경으로 물러날 것이다. 그런데 뭔가 이상하지 않은가? 특정한 견해에 주목한다고 해서 왜 다른 견해들이 뒤로 밀려나야 하는가? 이는 개별 이론이란 단지 불완전한 세계상을 알려 줄 뿐이라는 사실을 암시하는 것이 아닌가?

이 점은 보고 배우는 활동에 내재된 역설의 일부로서, 어떤 면에서는 불가피한 부분이다. 즉, 카메라가 클로즈업을 할 때 프레임 안에 잡힌 특정 부분을 구체화하고 나머지 부분은 배경으로 희미하게 처리하는 것처럼, 우리가 어떤 대상을 이해하려면 분명 특정한 요소들을 강조하고 그 밖의 요소들은 상대적으로 무시하는 식으로 초점을 한정해야 한다는 것이다. 이를테면, 과학과 종교가 때로는 그토록 어긋나 보이는 이유도 아마 이와 무관하지 않을 텐데, 그 이유는 단지 과학과 종교가 동일한 현상에 대해 서로 다른 설명을 내놓는 경우가 많기 때문만은 아닐 것이다. 무엇보다 그 둘은 우리네 경험에 존재하는 다양한 차원들 가운데 각기 다른 곳에 주목하기 때문일 것이다. 내가 보기에는 바로 그 이유 때문에 여러 이론들을 꾸준히 공부하는 것이 매우 중요하다. 이는 단순히 세계를 전체적으로 조망하려면 다양한 관점의 확보가 중요하다는 사실을 다시 한 번 강조하려는 것이 아니다. 이론 공부가 중요한 이유는 이론을 통해 인간 경험을 근거 짓는 실질적인 이해 과정을 파악할 수 있을 뿐 아니라, 이로써 세계를 바라보는 모든 방법에 내재된 가치와 한계를 깨닫는 능력을 증대시킬 수 있기 때문이다. 실제로 이론이 가르쳐 주는 가장 중요한 사실 가운데 하나는, 우리의 대화 주제가 물리학이든 사회학이든, 또는 문학이든 의학이든지 간에 그때마다 사용하는 방법론들은 그 하나하나가 제각기 세계를 이해하는 어떤 방식이며, 그 방식은 단 하나가 아닌 여럿이라는 점이다.

세상을 들여다보는
여러 가지 렌즈

세계를 바라보는 방식이라는 점에서, 비평이론들은 실제로 학계와 문화공동체 안에서 주도권을 놓고 서로 다툰다. 각 이론들은 저마다 제 주장이 인간 경험을 이해하는 가장(또는 하나뿐인) 정확한 수단이라고 강변한다. 그렇기 때문에 이론들 사이의 경쟁은 언제나 정치적 성격을 강하게 띤다. 여기서 **정치적**이라는 말은 적어도 두 가지 의미를 갖는데, 하나는 역사와 현재 일어나는 사건들, 그리고 정부 정책들에 대해 각 이론별로 아주 다양한 해석이 나올 수 있다는 뜻이고, 다른 하나는 오늘날 가장 인기 있는 이론들을 옹호하다 보면 좋은 일자리를 얻거나 연구 수행에 필요한 지원금을 가장 많이 받을 수 있다는 뜻이다.

심지어 특정 비평이론 안에서도 이론가들 사이에서 의견이 일치하지 않는 경우가 부지기수이고, 그에 따라 이론 내부의 다양한 분파들이 생겨난다. 모든 비평이론의 역사라는 것 자체가 실은 여전히 진행 중인 논쟁의 역사라고 할 수 있을 텐데, 이러한 논쟁에는 서로 다른 이론을 지지하는 사람들이 벌이는 논쟁뿐 아니라 같은 이론을 지지하는 사람들 안에서 일어나는 논쟁도 포함된다. 그런데 그와 같은 논쟁들을 이해하려면, 상대방이 견해를 표명할 때 사용하는 언어 또는 언어들을 이해해야 한다. 독자들도 이 책을 읽으면서 비평이론에서 사용되는 언어들, 즉 각 이론의 토대가 되는 핵심 개념들에 익숙해지길 바란다. 그렇게 되면 특정 비평이론 안에서, 그리고 여러 비평이론들 사이에서 펼쳐지는 논쟁들을 이해하는 발판을 마련할 수 있을 것이다. 이 책에서 다루는 다양한 비평 언어들을 배우고 나면 '이론적으로 사고'하는 데도 익숙해질 수 있다. 특정한 관점의 근거가 되는 가정假定들을 살펴볼 수 있게 된다는 뜻이다. 그 가정들이 해당 관점에 명시되어 있든 그렇지 않든 간에 말이다.

예컨대 문학작품이나 우리가 사는 세계를 아무리 '개인적으로' '자연스럽게', 곧 이론에 '오염'되지 않은 채로 해석한다 할지라도, 그러한 해석은 이미 그 자체로 이론적인 여러 가정들과 세계 이해 방식들에 근거하고 있다. 그것이 이론적인 것임을 깨닫지 못하는 이유는, 우리가 그것을 이미 내면화하여 마치 자연스러운 것인 양 받아들이기 때문이다. 앞으로 각 장을 읽어 나가면서 이 점을 꼭 명심하길 바란다. 다른 말로 하자면, 이론에 근거하지 않은 해석이란 없다. 우리의 사고를 지배하는 이론적 가정들을 미처 인지하지 못할 수는 있지만, 그럼에도 그와 같은 가정들은 분명 존재한다. 이를테면, 수업 시간에 이미지와 은유가 어떻게 생각과 감정을 전달하는지, 또는 이야기가 어떻게 하나의 주제를 예증하고 역사의 단면을 반영하며 저자의 관점을 전달하는지 등을 가르치고 배우는 것이 어째서 이야기를 해석하는 적절한 방법이라고 간주될까? 이와 반대로, 노숙자들의 거처에서 자발적으로 일하고 조각물을 만들며 파티를 여는 등의 행동은 어째서 이야기를 읽고 난 뒤의 적절한 반응이 되지 못할까? 비평이론을 공부하기 전까지는 문학작품에 행해지는 해석이 전적으로 개인적이고 자연스러운 것으로 보일지 모르지만, 그와 같은 해석은 결단코 문학·교육·언어 및 자기 자신에 대한 확신, 곧 우리 문화에 너무나 깊이 스며든 나머지 당연한 것으로 여겨지는 확신들에 바탕을 두고 있다.

아울러 명심해야 할 점이 또 하나 있다. 일단 비평이론에 익숙해지고 나면, 문학을 감상하는 능력은 감소하지 않고 오히려 증대된다는 점이다. 중고등학교 시절에 문학작품을 읽던 경험을 떠올려 보자. 이전에는 단순히 좋거나 싫은 느낌뿐이던 소설이나 희곡 한두 편을 몇 년 뒤에 다시 읽어 보면 전혀 다른 감흥을 체험하게 된다. 인생에서 더 많은 것을 경험할수록 문학작품에서도 더 많은 것을 느끼게 된다. 즉, 이론을 이해할 수 있는 힘이 생긴다는 말은 인간의 경험과 온갖 사상 세계를 더욱 폭넓고 깊이 있게 사고할 수 있는 힘이 생긴다는 뜻이며, 그렇게 되면 문학작품에 담긴 강렬한 밀도와 다채로운 짜임새, 의미의 미묘한 차이들을 한층 더 음미할 수 있다. 그 결과 예전에 좋아하던 작품들에 대한 흥미가 사라질 수 있지만, 거꾸로 새롭게 호감이 생기는 작품들을 만날 수도 있다. 이론을 통해 내가 읽는 모든 것을 더욱 잘 이해할 수 있는 힘을 갖게 되고, 그것을 즐기고 평가하는 능력도 더 향상되는 것이다.

《위대한 개츠비》를 선택한 까닭

이 책의 각 장에서는 서로 다른 비평이론들의 다양한 작품 해석 방식을 보여 주고자 여러 문학 텍스트들을 논의의 대상으로 삼게 될 텐데, 특히 한 작품에 대해서는 이 책에 소개한 모든 이론을 차례로 적용하여 아주 꼼꼼히 읽으려고 한다. 그 작품이란 바로 1925년에 발표된 F. 스콧 피츠제럴드의 유명한 소설《위대한 개츠비》다.[1]

그전에 먼저, 이 책《비평이론의 모든 것》의 내용은 크게 두 가지 이유에서 주로 문학과 관련된 부분에 중점을 둔다는 사실을 밝혀야겠다. 첫 번째 이유는 대부분의 독자가 문학을 배우는 학생 또는 문학을 가르치는 교사의 입장에서 비평이론을 접하게 된다고 보기 때문이고, 두 번째 이유는 인간 삶의 '실험실'인 문학은 모든 독자가 공유할 법한 인간 경험의 구체적인 사례들을 제시한다고 생각하기 때문이다.

그런데 왜 다른 문학작품이 아닌《위대한 개츠비》인가?《위대한 개츠비》가 위대한, 심지어 재미까지 주는 작품임을 독자들이 꼭 알게 되길 바라는 마음에서 고른 것은 아니다. 물론 이미 많은 독자들이 이 소설을 위대하고도 재미있는 소설이라고 생각하지만 말이다. 내가《위대한 개츠비》를 선택한 이유는 무엇보다도 이 소설이 우리가 공부할 비평이론들에 잘 들어맞기 때문이다. 기본적으로 문학작품이라 하면 어떠한 비평방법론으로든 해석할 수 있겠지만, 대부분의 작품은 특정 이론 체계를 적용할 때 더욱 해석이 수월해진다. 잘 맞지 않는 틀로 텍스트를 읽으려고 하면 노력에 비해 얻는 것이 적을 가능성이 큰데, 텍스트와 이론을 끼워 맞추려는 시도는 양자

---

[1] 이 책에서 사용하는《위대한 개츠비Great Gatsby》의 판본은 맥밀런The Macmillan 출판사의 1992년 판(매슈 브루콜리Matthew J. Bruccoli가 서문과 주석을 작성했다)으로, 인용할 때마다 괄호 안에 쪽수를 표시했다. 괄호 안에는 쪽수뿐 아니라 그에 해당하는 장章도 명시했는데, 이는 다른 판본을 읽는 독자들을 고려한 것이다(본문의 한국어 번역은 이 책에서 사용하는 것과 동일한 판본을 저본으로 삼은 김욱동 교수의 번역본《위대한 개츠비》, 민음사, 2010)을 따랐고, 해당 쪽수를 '(맥밀런판 쪽수/민음사판 국역본 쪽수; 장 번호)' 형식으로 밝혔다. 예를 들어, '(61/83; 3장)'은 '(맥밀런판 61쪽/민음사판 국역본 83쪽; 3장)을 뜻한다.ㅡ옮긴이

의 세부 요소들을 왜곡할 위험을 감수해야 하기 때문이다. 그 왜곡은 텍스트와 이론 중 어느 한쪽에만 가해질 수도 있고, 텍스트와 이론 양쪽에 가해질 수도 있다. 물론 이것은 개인의 판단에 맡길 문제로서, 어떤 문학작품에 어떤 이론을 적용하는 것이 더욱 효과적일지는 독자마다 생각이 다를 수 있다. 그렇기 때문에 우리의 과제는 우리가 사용하는 이론들의 강점과 한계를 살피고, 더불어 우리 자신의 강점과 한계까지 알아내는 것이다. 우리도 이론들을 써먹는 힘을 키우려고 이 책을 보고 있지 않은가.

다양한 비평이론들을 《위대한 개츠비》에 적용해 보고, 이 이론들로 다른 문학작품들을 읽고자 할 때 명심해야 할 점이 또 있다. 동일한 문학작품이라도 어떤 이론 틀로 해석하는지에 따라 전혀 다른 관점을 낳을 수 있다는 점이다. 이를테면, 주목하는 등장인물이 달라질 수 있고, 그전에는 보이지 않던 플롯plot의 특정한 장면이 새롭게 보일 수도 있다. 그런가 하면 같은 인물과 사건을 다루더라도 그전과 전혀 반대되는 견해를 도출할 수도 있다. 그런데 이는 이론들의 경우도 마찬가지다. 이론들 역시 상당 부분 서로 겹칠 수 있고 상대 쪽 관점을 공유할 수 있으며, 심지어 전혀 다른 이론 틀에서 비슷한 해석이 나올 수도 있다. 꽃가게의 바구니 안에 한데 담겨 있는 튤립, 수선화, 카네이션 등과 마찬가지로, 비평이론은 서로 완벽히 구별되고 깔끔하게 분리될 수 있는 고립된 개체가 아니다. 비평이론을 이런저런 꽃들이 혼합된 꽃다발과 같은 것으로 생각하면 더욱 이해가 빠를 것이다. 하나의 꽃다발에는 상대적으로 도드라져 보이는 꽃과 그렇지 않은 꽃이 함께 묶여 있는데, 이 꽃들이 또 다른 꽃들과 새로운 꽃다발로 다시 묶이게 되면 그 목적에 따라 꽃들 각각의 기능도 달라질 수 있다.

예를 들어, 마르크스주의가 인간의 행동을 좌우하는 사회경제적 요인들에 주목한다 할지라도 인간 경험의 심리적 영역을 아예 배제하는 것은 아니다. 오히려 마르크스주의가 인간 심리를 언급함으로써, 어떻게 심리적 체험이 정신분석학에서 주로 지목하는 원인들이 아닌 사회경제적 요인들에서 생겨나는지를 구체적으로 입증할 수도 있다. 유사한 경우로, 페미니즘적 분석도 종종 정신분석학이나 마르크스주의의 개념들을 끌어와 페미니즘의 관심사를 해명하는 데 활용한다. 이를테면 정신분석학과 마르크스주의는 여성들이 어떻게 심리적으로, 사회경제적으로 억압되는지를 검토하는 데 유용하게 활용될 수 있다. 심지어 비평가들이 동일한 이론적 도구로 동일한 작품을 읽는다 해도 해석은 서로 다를 수 있다. 같은 이론을 적용한다고 해서 반드시 같은 방법으로 문학작품을 읽게 되는 것은 아니다. 《위대한 개츠비》만 해도 이 작품에 관한 다른 비평가들의 해석을 접해 보면, 나의 해석에 비평가들이 동의하는 부분도 있지만 그렇지 않은 부분도 있다는 걸 알게 될 것이다. 설령 그들이 나와 똑같은 비평 도구를 사용하는 것처럼 보일 때도 말이다.

비평이란
무엇인가

이쯤해서 몇 가지 중요한 개념들을 간단하게 설명해 두는 게 좋을 것 같다. 앞에서 방금 나는 "다른 비평가들"이라고 언급했는데, 여기서 **비평가**critics와 **문학비평**literary criticism이라는 말의 용법을 잘 알아 두자. 문학비평은 문학작품에서 결점을 찾으려는 행위고, 비평가는 그 일을 하는 사람이라는 식의 이해 수준은 이제 넘어서야 한다. 대체로 문학비평은 우리에게 문학작품의 의미와 구성, 아름다움 등을 설명하려고 한다. 그리고 비평가는 사실 문학작품 그 자체보다는 그에 대한 다른 이들의 해석에서 흠을 찾아내려는 경향이 있다. 우리가 특정한 영화나 책을 접해야 할지 말아야 할지를 알려 주는 영화비평가나 서평가와 달리, 문학비평가는 평가보다는 설명에 더 많은 시간을 할애한다. 이 책 5장에서 논의할 신비평의 경우처럼, 그 이론의 기본 목적이 문학작품에 담긴 미적 탁월성을 평가하는 것일 때조차도 그렇다. 물론 페미니즘, 마르크스주의, 아프리카계 미국인 문학비평, 레즈비언·게이·퀴어 비평, 탈식민주의 비평처럼 더 나은 방향으로 세계를 변화시키려는 열망을 품은 비평이론들을 적용하다 보면, 저자가 의도했든 그렇지 않았든지 간에 특정한 가치들을 조장한다고 비판받을 만한 문학작품도 가끔씩 눈에 띈다. 예컨대 성차별적·계급차별적·인종차별적·이성애주의적·식민주의적·인간중심적(자연중심적이지 않은) 가치들이 작품에서 발견된다. 그러나 그렇다고 할지라도 작품을 읽는 동안 그 작품 안에서 여러 가지 억압적 이데올로기들이 작동하는 양상을 확인할 수만 있다면, 그처럼 결점이 있는 작품도 나름의 가치가 있다고 볼 수 있다.

다른 한편으로, **비평이론**(또는 **문학이론**)은 여러 형식의 문학비평들이 근거로 삼고 있는 가정이나 가치를 설명한다. 엄밀히 말해, 문학 텍스트를 해석하는 것은 그 자체가 문학비평이고, 텍스트 해석의 근거가 되는 기준들을 검증하는 것은 그 자체로 비평이론 작업을 수행하는 것이다. 간단히 보자면, 문학비평은 비평이론을 문학 텍스트에 적용하는 작업이다. 비평가의 해석을 가능케 하는 이론적 가정들을 비평가 자신이 의식하고 있건 그렇지 않건 간에 말이다. 사실 **비평**이 마치 **이론**을 포함하는 용어인 양 쓰이는 경우가 많은데, 그 이유 중 하나는 문학비평을 그것의 바탕이 되는 이론적 가정들과 분리시킬 수 없다는 인식이 어느 정도 일반화되었기 때문이다.

해체론적 언어이론을 다룬 자크 데리다Jacques Derrida의 글들이나, **텍스트·독자·시詩**에 대한 루이스 로젠블랫Louise Rosenblatt의 정의는 비평이론에 속한다고 볼 수 있다. 또, 이 책을 통해 다양한 비평 분파 안에서 생산된 여러 이론적 개념들의 작동 양상 및 그 개념들 사이의 상호관련성을 설명하려 한 나의 시도 또한 비평이론의 작업에 포함된다고 보면 된다. 반면, 메리 셸리Mary Shelley의 《프랑켄슈타인Frankenstein》(1818)에 대한 해체론적 해석, 토니 모리슨Toni Morrison의 《가장 파란 눈The Bluest Eye》(1970)에 대한 마르크스주의적 분석, 월트 휘트먼Walt Whitman의 〈나 자신의 노래Song of Myself〉(1855)에 나타난 이미지들을 동성애자의 시각에서 읽는 것 등은 문학비평에 속한다. 이 책에서 제시하는 《위대한 개츠비》에 대한 다양한 해석들 역시 문학비평 범주에 들어간다.

문학비평가들의 성향이 작품을 평가하는 쪽보다는 해석하려는 쪽에 더 가깝다 해도, 그들은 문학시장에 막대한 영향을 끼친다. 이때 중요한 것은 어떤 작품에 대해 무엇을 말했느냐가 아니라, 어떤 작품을 선택했고 어떤 작품을 무시했느냐다. 물론 비평가들은 자신이 사용하는 비평이론에 잘 맞아떨어지는 작품을 해석하려고 한다. 그렇기 때문에 문학 연구 분야에서 하나의 비평이론이 득세할 때마다 그 이론에 맞춰 읽기 좋은 작품들이 '걸작'으로 평가받고 대학 강의실에서도 다루어진다. 반면에 그렇지 못한 작품들은 외면받게 된다. 교사 노릇을 하는 사람들은 대부분 자기들이 배운 작품을 가르치려는 경향이 있기 때문에, 인기 많은 비평이론은 특정한 문학작품의 제도화 또는 **정전화**canonization 를 가져온다. 그렇게 되면 해당 작품들은 '시대를 초월한' 호소력을 지닌 '걸작'으로 자리매김하여 매년 수업 시간마다 학생들에게 대물림된다.

결을 따라 읽기
결을 거슬러 읽기

이 책의 구성을 설명하기 전에 마지막으로 이야기하고픈 개념은 문학작품에 대한 이른바 **'결을 따라 읽기**|reading with the grain와 **'결을 거슬러 읽기**|reading against the grain'다. 문학작품의 결을 따라 읽는 것은, 마치 작품의 초대에 응하

듯이 작품이 유도하는 대로 해석을 전개하는 것이다. 예를 들어 이 책 3장에서 《위대한 개츠비》에 대한 마르크스주의적 해석을 시도하는데, 이때 다른 무엇보다도 사회적 지위를 우선시하는 천박한 가치관에 대한 노골적인 비난이 《위대한 개츠비》라는 텍스트 자체에서 어떤 방식들로 수행되는지를 명쾌하게 보여 준다면, 이 해석은 이야기의 결을 따라 읽어 나간 것이라고 할 수 있다. 이와 반대로, 《위대한 개츠비》가 표면적으로는 그처럼 천박한 가치관을 비난하려는 것처럼 보여도 실제로는 (의도한 것은 분명 아닐지라도) 그러한 가치관을 오히려 조장하는 작품임을 증명해 보인다면, 이는 같은 작품을 같은 이론에 따라 해석한 것이라고 해도 결을 거슬러 읽은 것이라고 할 수 있다. 이처럼 결을 거슬러 읽는 것은, 텍스트 자신도 의식하지 못했을 텍스트 내부의 요소들을 분석하는 것이다.

다른 예를 들어 보자. 이 책 2장에서는 《위대한 개츠비》를 정신분석학에 따라 해석하는데, 이때 이 소설에서 톰과 데이지, 머틀이 결코 이상적인 배우자로 묘사되지 않는다는 점을 고려하여 이 인물들이 자신의 배우자를 진심으로 사랑하는 것 같지 않다고 해석한다면, 이는 텍스트가 유도하는 듯한 방식으로, 즉 결을 따라 해석한 것이다. 그런데 닉의 말대로 개츠비는 마치 "전력을 다해 성배聖杯를 쫓"[156/218; 8장]는 것처럼 데이지에게 전념했고, 결국 데이지를 위해 자신의 삶을 희생한다는 점에서, 이 소설이 데이지를 향한 개츠비의 사랑을 묘사하는 방식은 전통적이고 낭만적이다. 그런데 작품의 의도와는 달리, 개츠비가 데이지에게 품은 감정이 사실은 작품 속 다른 등장인물들의 감정과 마찬가지로 진정한 사랑과는 거리가 있다고 주장한다면, 이때의 정신분석학적 해석은 결을 거슬러 읽은 것이라고 볼 수 있다. 이 작품이 데이지를 향한 개츠비의 헌신을 다른 인물들 간의 얄팍한 인간관계와 대비시켜 그리는 방식을 생각해 볼 때, 개츠비에 대한 두 번째 해석은 이 소설 자체도 미처 인지하지 못했을 부분을 짚어 낸 것이다.

그러므로 결을 따라 읽는 것은 저자가 보여 주려 한 부분을 발견하려는 것이고, 결을 거슬러 읽는 것은 저자가 의도하지 않았고 인지하지도 못한 부분을 발견하려는 것이다. 대체로 사람들은 저자가 의도한 것보다는 텍스트가 의도한 것에 대해 이야기하는 편이다. 신비평New Criticism 이론가들이 주목한 바와 같이, 우리는 저자가 의도하는 내용을 항상 알 수는 없으며, 설령 저자가 자신의 의도를 고백한다 할지라도 문학작품은 그 의도에 부응하지 못할 수 있거니와 심지어 그 이상으로 나아갈 수도 있는 것이다. 물론 몇몇 비평가들은 저자의 의도에 대해 말하리라 작정하고, 자신들이 맞다는 주장을 사람들에게 납득시키고자 전기傳記적인 내용에 따라 관련 근거들을 제시해야 하는 부담을 스스로 떠안기도 한다. 하지만 마찬가지로 텍스트가 의도한 바를 이야기한다고 해서 그 분석의 정확성까지 보장되는 것은 아니다. 의도와 상관없이, 분석을 뒷받침할 증거를 작품 안에서 찾아내어 보여 주어야 하는 작업이 여전히 필요한 것이다.

어쨌든 어떤 이론으로 어떤 점에 주목하든지 간에, 문학작품은 결을 따라 읽을 수도 있고 결을 거슬러 읽을 수도 있다. 그럼에도 평소에 우리가 결을 따라 읽고 있는지 그렇지 않은지를 아는 것은 중요한데, 이를테면 어떤 작품이 성차별주의를 규탄하려는 의도에서 성차별적 행동을 묘사한 경우에는 그러한 묘사가 있다 하더라도 사람들이 그 작품을 비난하지 않는 것과 같은 문제들이 있기 때문이다. 이러한 문제들은 문학작품의 해석과 관련된 다른 많은 요소들이 그러하듯 골치 아프다. 작품이 보여 주려는 것과 보여 주지 않으려는 것에 대해 독자들의 의견이 갈리는 경우가 많다는 점에서 더욱 그렇다.

그러나 이런 문제들이 아무리 중요하다고 해도 당장은 크게 신경 쓰지 않아도 된다. 지금은 이 책의 각 장들을 읽어 나가는 동안에 머릿속 어딘가에서 그런 문제들이 아무렇게나 떠돌아다니도록 그냥 놓아두자. 내 생각에, 이 책은 모든 것을 다 이해하는 이론의 달인이 되겠다는 포부는 접어 두고 그저 즐거운 마음으로 재미있게 읽을 때 독자들에게 가장 도움이 될 것이다. 이 책을 읽는다고 해서 모든 이론을 다 이해하는 이론의 달인이 될 수는 없다. 세상에 그러한 사람이 있을 리도 만무하다. 이 책은 비평이론에 대한 개론서일 뿐이다. 그렇지만 비평이라는 긴 여정의 첫걸음을 떼는 데 적지 않은 도움을 줄 것이다. 이 책을 읽으면 가장 유명하고 또 쓰임새도 많다고 알려진 이론들과 친숙해지겠지만, 이 책에서 다루지 못한 이론들도 많다. 하지만 이 책을 읽었다면 이후 본인의 관심사에 따라 더 많은 이론들을 읽을 준비가 되었다고 할 수 있다. 또한, 이 책에서 언급된 이론들 가운데 특별히 관심이 가는 이론들을 더욱 자세히 들여다볼 준비가 되었다고 봐도 좋다.

각 장은 독자들의 빠른 이해를 돕고자 평이한 언어로 해당 이론을 설명하는 것으로 시작된다. 핵심이 명쾌하게 파악되도록 일상 경험이나 잘 알려진 문학작품들을 예로 들어 설명할 것이다. 더불어 독자들이 직접 이론가의 눈으로 작품을 바라볼 수 있도록, 이론가들이 문학작품을 앞에 두고 던졌을 법한 질문들을 정리하여 각 장마다 수록했다. 그다음, 그 이론의 구체적인 적용 사례로 제시되는 것이 해당 이론의 렌즈로 들여다본 《위대한 개츠비》 해석이다. 이후에는 심화학습에 필요한 질문들이 등장하는데, 이 질문들은 해당 이론을 《위대한 개츠비》 이외의 다른 문학작품에도 적용할 수 있을지를 판단하는 기준이 될 것이다. 이 질문들에 대한 답변을 구하는 과정에서 각 이론 특유의 개념들이 특정한 문학작품을 통해 구체적으로 해명되는 양상을 확인할 수 있을 것이다. (그런 점에서 교사들은 이 질문들을 글쓰기 과제로도 활용할 수 있겠다.) 이 질문들에서 언급되는 대부분의 작품들은 작품 선집에 자주 수록되고 대학 강의 계획서에서도 쉽게 찾아볼 수 있는 것들이지만, 여기서 거론되지 않은 다른 문학작품들에도 같은 질문들을 던져 봄직하다.

각 장의 끝부분에는 특정 이론을 더 공부하고 싶은 독자들이 참고할 만한 관련 문헌들을 제시하였다. '더 읽을거리'와 '중요한 이론서들'에서 소개한 책들은 이론 공부를 마친 다음 추가로 무엇을 읽어야 할지 정하는 데 도움이 될 것이다. 마지막 장인 14장 〈전체적인 윤곽 그리기〉에서는 이 책에서 다룬 비평이론들에 관한 생각들을 정리하고 체계화할 수 있도록, 각 이론별로 중요한 질문을 한 가지씩 제시했다. 이 질문들은 대표적인 쟁점을 이론별로 문제화한 것으로서, 각 이론의 핵심을 한눈에 조망할 수 있도록 고안된 질문들이다. 더 나아가, 14장은 이론이 그 자신을 낳은 문화의 역사와 정치를 어떤 식으로 반영하는지, 그리고 서로 다른 이론들이 어떻게 한데 결속하여 하나의 문학작품에 대한 단일한 해석을 내놓을 수 있는지를 설명했다.

아울러 이 책에서 살펴볼 이론들의 등장 순서가 연대기적 순서를 엄밀히 따지지 않은 논리적 순서임을 밝혀 둔다.[2] 먼저 등장하는 이론들은 가장

---

[2] 연대기적 순서를 따르는 것도 좋지만, 그런 식으로 비평이론을 공부하다가는 문제가 생길 수 있다. 가장 골치 아픈 문제는, 역사적 관점에서 폭넓게 볼 때 각 이론이 실제로 태동한 순서와 학계에 등장한 순서가 일치하지 않는다는 점이다. 예를 들어, 이론들의 순서를 결정하는 기준으로 '대학'을 참고한다면, 책의 맨 앞에는 신비평(5장)이 자리할 가능성이 높다. 신비평이 학계를 지배한 시기는 제2차 세계대전 이후라 하더라도, 대학에서 그 기원을 찾자면 1920년대로 거슬러 올라갈 수 있기 때문이 다. 그러나 더 거시적인 관점에서 본다면, 페미니즘(4장)이 맨 앞으로 와야 한다. 페미니즘은 메리 울스턴크래프트Mary Wollstonecraft의 《여권의 옹호Vindication of the Rights of Woman》(1792)에서 유래했거나 어쩌면 그보다도 더 일찍 시작되었다고 주장할 수 있기 때문이다. 이 책에 등장하는 이론들의 순서를 결정하면서 분명 논리적 순서의 원칙을 견지하고자 했지만, 그렇다고 연대기적 순서를 완전히 폐기한 것은 아니다. 아주 기본적인 사항 몇 가지만 덧붙이자면, 이 책에서 가장 먼저 소개되는 정신분석학, 마르크스주의, 페미니즘은 역사적으로 볼 때 신비평보다 앞서 나온 이론들이며, 이 책에서도 신비평은 이 세 가지 이론들 다음에 등장한다. 그리고 신비평 이후의 이론들은 대체로 연대기적 순서를 따르되, 그 기준은 해당 이론이 학계에서 차지하는 비중이 높아지고 광범위하게 자리매김한 시기로 설정했음을 밝힌다.

접근하기 쉽고 우리의 일상 세계와 가장 뚜렷하게 연관되어 있다고 판단한 것들이다. 이 이론들을 공부하면서 이들 사이의 몇 가지 논리적 접점을 발견하게 되면 이를 실마리 삼아 다른 이론들로 쉽게 나아갈 수 있다. 그러고 나면 이론들이 각자의 고정된 범주 안에 안주하지 않고, 세계를 바라보는 시각을 놓고 일정 부분 서로 겹쳐지면서도 경쟁하며 서로 싸운다는 걸 확인할 수 있을 것이다. 이 책이 정신분석 비평으로 시작하는 이유는 우리 대부분이 일상에서 (진부하고 상투적으로 쓰이긴 하지만) 정신분석학적 개념들을 접해 본 경험이 있고, 정신분석학 역시 많은 사람들이 쉽게 공감할 수 있는 개인의 경험을 예로 활용하기 때문이다. 마르크스주의 비평이 그다음에 오는 이유는 마르크스주의와 정신분석학이 때로 겹치는 부분도 있고, 때로는 서로 논박을 주고받기도 하기 때문이다. 마찬가지로 이 이론들 뒤에 페미니즘을 배치한 것 역시 페미니즘이 정신분석학 개념과 마르크스주의 개념에 의지하면서도 한편으로는 이 개념들과 논쟁을 벌인다는 점을 고려한 것이다. 나머지 이론들도 이런 식으로 순서를 정했다. 역사적 범주에 맞추어 책을 구성하지는 않았지만, 이론들 사이의 역사적 관계(이를테면 신비평이 어떤 점에서 전통적인 역사주의에 대한 반작용이었는지, 또는 해체론이 어떻게 구조주의에 반발하게 되었는지 등)는 따로 설명할 것이다. 이러한 관계를 알고 있어야 우리가 계속 사용하고 있는 몇 가지 이론적 개념들을 명료하게 알게 되거니와, 지적 우위를 확보하려는 노력이 어째서 경제적·사회적·정치적 우위를 차지하려는 투쟁이 되기도 하는지를 이해할 수 있기 때문이다.

독자들과 비평이론의 첫 만남과도 무관하지 않을 내 개인적인 일화를 들려주는 것으로 서두를 마무리할까 한다. 내가 자크 데리다의 〈인문과학 담론에서의 구조, 기호, 놀이La structure, le signe et le jeu dans le discours des sciences humaines〉란 글(그의 해체론에 대한 소개로서 아마도 가장 꾸준하게 읽히는 글이리라)을 처음 접했을 때, 나는 천둥을 동반한 강력한 폭우를 피해 당시 내 차였던 64년형 쉐보레 안에 주저앉은 채로 주차장에 틀어박혀 있었다. 그때는 비평이론을 막 배우기 시작할 무렵이었는데, 차 안에서 그 글을 읽고 나서 나는 왈칵 눈물을 쏟고 말았다. 데리다의 글이나 폭우가 드러내는 장대한 자연의 힘에 감동받아서가 아니라, 단지 내가 무엇을 읽은 건지 전혀 이해할 수 없어서였다.

그때까지도 나는 내가 제법 똑똑하다고 자부했다. 학교에서 공들여서 철학을 공부했고, 빡빡하고 어려운 글도 훌륭히 '해독'해 내곤 했으니까 말이다. '그런데 이 글이 왜 이해가 안 되는 거지?' 나는 의아할 수밖에 없었다. '난 생각보다 똑똑하지 않은 걸까?'(본인의 이야기 같은가?) 이런 생각을 하다가 마침내 깨닫게 된 사실은, 이 문제가 단지 데리다의 사상이 난해하기 때문에 빚어진 것만은 아니라는 것이었다. 물론 데리다의 사상이 난해하긴 하지만, 문제의 본질은 그보다 내가 데리다의 사상에 익숙하지 않다는 데 있었다. 기존에 내가 알고 있던 무언가를 데리다의 생각과 관련지을 수 있는 지점이 적어도 내 경험 안에는 없는 것 같았다. 나는 지도도 없이 길을 잃었던 것이다. 비단 해체론이 아니라도 새로운 이론에 입문하는 학생들이라면 다들 이런 경험이 한 번쯤 있지 않을까 싶다. 간단히 말해, 우리는 여기서 거기까지 어떻게 가는지를 모를 뿐이다.

이런 뜻에서 아주 실감 나게 표현하자면, 앞으로 다룰 내용들로 내가 독자들에게 건네려는 것은 일종의 '교통지도' 같은 것이다. 따라서 이 책과 함께할 우리의 노력을 '여행'에 비유하면 적절할 듯싶다. 우리의 목적은 단순히 지식을 습득하는 데 있지 않다. 지식은 우리가 지금 어떤 존재이며 앞으로 어떤 존재이고 싶은지를 말해 주는 무엇이다. 지식은 우리가 우리 자신 및 주변 세계와 맺는 관계를 구성하는데, 왜냐하면 우리가 자신과 주변 세계를 들여다볼 때 사용하는 렌즈가 바로 지식이기 때문이다. 렌즈를 바꾸면, 보는 관점도 바뀌고 그것을 들여다보는 사람도 바뀐다. 이러한 원리가 지식을 그토록 무서우면서도 해방적인 것으로, 그토록 고통스럽지만 한편으로는 더없이 즐거운 것으로 변모시킨다. 이론 공부는 그러한 괴로움이 아깝지 않을 만한 즐거움을 선사하며, 이론 공부에 따르는 괴로움은 그 자체로 훌륭한 것임을 깨닫는 데 이 책이 도움이 되면 좋겠다.

이론 공부를 결심한 독자들이 처음에 느낄 두려움과 혼란은, 공들여 탐구할 만한 가치가 있는 이 낯선 영역에 드디어 담대한 첫 발자국을 내딛었다는 신호라고 생각하라. 그렇게 위안을 삼을 수 있도록 이 책이 용기를 더해 줄 수 있다면 기쁘겠다. 그렇다면 이 책은 의미 있는 성과를 달성하는 것이리라.

2장

정신분석 비평

우리의 비평이론 공부는 정신분석 비평에서 출발한다. 확실히 정신분석학
적 사고는 우리에게 친숙하다는 것이 장점인데, 사람들이 자각하든 그렇지
않든지 간에 정신분석학 개념들은 이미 우리 일상의 일부가 되었다.

　화를 내는 친구에게 "나한테 화풀이하지 마!"라고 항의한 적이 있다면,
이는 친구에게 '전치displacement'의 혐의를 두었다는 뜻이다. 여기서 '전치'
란 정신분석학에서 사용하는 용어로서, 어떤 이를 향한 분노를 다른 사람
에게로 옮기는 것을 뜻한다(이때 분노는 자신을 정말 화나게 한 사람과는 달
리 자신에게 반격하지 않을 사람, 상처를 줄 것 같지 않은 사람에게 전해지는 경
우가 많다). 형제간 경쟁심리, 열등콤플렉스, 방어기제 등과 같은 정신분석
학 개념들은 너무나 일반적으로 쓰여서, 흔히 사람들은 그 개념 정의를 들
어 보지 않았어도 그 개념들이 무엇을 뜻하는지를 이미 알고 있다고 느낀
다. 그러나 이 같은 일반화된 용법에 따르는 난점은 그러한 개념들의 의미
를 너무나 단순화시킨 나머지, 개념들을 전혀 무의미한 방식으로 이해하거
나 지극히 피상적이고 상투화된 형식으로 받아들인다는 데 있다.

　정신분석학이 자신의 가장 내밀한 존재 영역까지 파고들어 올까 봐 두려워
하는 경우도 종종 보인다. 정신분석학을 통해 혹여 자신이 부적응자이거나 심
지어 병자일 수 있다는 사실이 드러날까 봐, 또는 그 사실이 만천하에 들통날
까 봐 두려워하는 것이다. 이런 유감스러운 상황들이 한데 더해지면, '심리학
잡설psychobabble'_{심리학 용어를 마구 가져다 쓰는 것 같지만 사실 별 의미 없는 말} 이라는 말이 웅변하듯이 결국 정신분
석학에 대한 고질적인 불신으로 이어진다. 실제로 '심리학 잡설'이라는 말이
널리 쓰이는 것을 보면, 사람들이 정신분석학을 이해하기도 어렵고 무의미
한 것으로 여긴다는 사실을 알 수 있다. 그래서인지 정신분석학 개념들을
일상용어로 사용하는 문화권에서는 정신분석학을 인간 행동을 이해하는 유
익한 방법으로 인정하지 않고 통째로 거부하는 모습을 종종 목격하게 된다.

　이 장에서 밝히고 싶은 것은, 정신분석학의 눈으로 세상을 보는 것은 어

쩌면 단순한 일일지도 모르지만 그것이 곧 세상을 단순화시켜 이해하는 작업은 아니라는 사실이다. 진지하게 시간을 갖고 정신분석학에서 인간 경험에 대해 논의하는 몇 가지 핵심 개념들을 이해하면, 그 개념들이 피상적 차원을 넘어 우리의 일상 깊숙이 스며들어 작동하는 양상을 살필 수 있다. 덧붙여서 지금까지 그저 당혹스럽기만 하던 인간 행동들도 이해하게 된다. 정신분석학이 인간 행동을 더 잘 이해하는 데 보탬이 된다면, 두말할 나위 없이 문학 텍스트를 이해하는 데도 도움이 될 것이다. 문학 텍스트는 인간 행동을 다루기 때문이다.

앞으로 우리가 논의할 개념들은 지그문트 프로이트Sigmund Freud(1856~1939)가 확립한 정신분석학 원리들을 기본 바탕으로 삼는다. 오늘날에는 프로이트의 정신분석 이론을 두고 흔히 **고전적 정신분석학**이라고 부르긴 하지만, 우리가 기억해야 할 것은 프로이트가 오랜 시간에 걸쳐 자신의 생각을 발전시켜 나갔고, 그렇기 때문에 그의 초기 견해들 가운데 상당수가 처음과는 달라졌다는 점이다. 게다가 프로이트는 자신의 이론 대부분이 추측에 근거한 것임을 자인하며 다른 사람들이 이를 계속 발전시켜 주길 바랐고, 어떤 부분은 아예 바로잡아 주기를 기대했다. 그러므로 이 장의 목표는 문학비평에 특히 유용한 고전적 정신분석학의 여러 분야들을 개괄하고, 인간 행동을 정신분석학적으로 바라보는 것이 문학 체험과 어떤 관련이 있는지를 밝히는 데 있다. 그다음에는 비교적 최근의 작업으로서 고전적 정신분석학과는 다소 맥을 달리하는 자크 라캉Jacques Lacan의 이론에 대해서도 짧게 다루어 볼 것이다.[1]

---

[1] 카를 융Carl Jung(1875-1961)의 심리학 이론은 심리주의 비평으로 이어졌는데, 이에 근거한 문학비평은 프로이트의 정신분석 비평이나 고전적 정신분석 비평과는 구별되며, 이 장에서 다룰 라캉의 정신분석 비평과도 차이가 있다. 사실, 융의 이론에 바탕한 정신분석 비평(종종 '원형비평' 또는 '신화비평'이라고 불린다)을 적절히 다루려면 별도의 장이 필요하다. 이 책에 그에 관한 논의

정신분석학이라는 렌즈로 세상을 들여다보면, 이 세상을 이루는 개별 인간 존재들이 저마다 어린 시절 집안에서의 경험들로 시작되는 심리학적 이력과 그러한 경험들의 직접적 결과로서 형성된 사춘기 및 성년기의 행동양식을 지니고 있음을 알게 된다. 정신분석학은 흔히 '부조화'나 '장애'라고 불리는 심리적 문제들(그런 문제가 아예 없는 사람은 없다)을 해소하는 데 그 목적이 있으며, 그렇기 때문에 몇 가지 측면에서 파괴적으로 작용할 수 있는 행동양식들에 초점을 맞춘다. 여기서 나는 행동 '패턴'이란 용어를 사용했는데, 파괴적인 행동이 반복되는 것은 어쩌면 본인도 모르는 사이에 영향을 끼친 어떤 중대한 심리적 곤경이 존재한다는 뜻일 수 있기 때문이다. 어떤 문제가 우리에게 너무나 강력한 영향을 끼친다면, 그 이유는 우리가 그 문제를 전혀 인식하지 못하기 때문이거나, 혹시라도 그 문제를 안다 할지라도 그것이 행동에 언제 영향을 끼치는지 알 수 없기 때문이다. 따라서 우리는 모든 정신분석학적 사유의 중심이 되는 개념부터 논의해야 한다. 바로 '무의식'이라는 존재에 대해서 말이다.

혹시 롤링 스톤스the Rolling Stones의 노래 〈원하는 걸 항상 가질 순 없어 You Can't Always Get What You Want〉를 아는가? 노래의 내용은 '네가 원하는 걸 항상 가질 수는 없지만, 필요한 걸 얻을 수는 있다'는 것이다. 여기에다 두 마디만 덧붙이면, 정신분석학적 사유에 대한 중요한 실마리를 얻을 수 있다. '네가 **의식적으로** 원하는 것을 항상 가질 수는 없지만, **무의식적으로** 필요

를 포함시키지 않은 이유는, 융의 작업이 아직까지는 충분히 그리고 두루 이해되었다고 볼 수 없기 때문이다. 어쨌든 융의 정신분석 비평을 공부하고픈 학생들은 이 책에서 소개하는 고전적 정신분석학부터 확실히 이해하고 넘어가야 한다. 융의 저작은 '더 읽을거리'에 정리했다.

로 하는 것을 얻을 수는 있다.' 인간 존재는 무의식, 곧 자신이 알지 못하는 욕망, 두려움, 욕구, 갈등 등에 자극을 받아 행동하거나 심지어 그에 완전히 휩쓸려 행동하게 된다는 사실, 이것이 바로 프로이트의 가장 획기적인 통찰들 가운데 하나이다. 그리고 아직까지 고전적 정신분석학을 지배하는 관념이기도 하다.

무의식the unconscious은 상처, 두려움, 죄의식이 따르는 욕망, 해소되지 않은 갈등 등 우리가 그것에 압도될까 봐 구태여 알고 싶지 않은 고통스러운 경험과 감정들이 보관되는 창고이다. 무의식은 **억압**the repression을 통해 아주 어릴 적에 생겨나는데, 억압은 앞서 말한 것과 같은 불행한 정신적 사건들을 의식에서 지우는 작업을 말한다. 그렇다면 과연 내가 잊어버린 모든 것이 무의식에 처박혀 있을까? 그렇진 않다. 우리가 잊어버린 많은 것들은 **전의식**preconcious에 일시적으로 저장된다. 전의식은 일종의 기억인데, 억압되지 않아 반드시 기억할 이유가 있을 때 또는 문득 생각날 때 쉽게 끄집어낼 수 있다. 다시 말해, 전의식은 무의식의 일부가 아니다. 전의식에서 특정 기억을 불러내기 어려울 때도 있지만(전의식에 저장된 모든 것을 쉽사리 꺼낼 수 있는 사람은 드물다) 그렇다고 해서 기억을 끄집어내는 게 불가능하다는 뜻은 아니다. 따라서 전의식 개념은 단지 잊어버렸던 기억과 너무 고통스러워 억압했던 기억을 구분하는 유용한 방법이다. 그러나 억압은 고통스러운 경험과 감정들을 제거하지는 않으며, 오히려 그런 경험과 감정들에 힘을 실어 줌으로써 현재의 경험을 조직해 내도록 한다. 즉, 우리의 무의식적인 행동은 우리가 억압하는 고통스러운 경험 및 감정들에 대한 마음의 갈등을 '발산하는play out' 방식이다. 그러므로 정신분석학에서 무의식은 다른 학문 분야나 일상 어법에서 통용되는 의미와 달리, 중립적인 자료들을 수동적으로 담기만 하는 저장소가 아니다. 그보다는 존재의 가장 깊은 차원에서 우리를 움직이는 역동적인 실체이다.

억압된 상처, 두려움, 죄의식이 따르는 욕망, 해소되지 않은 갈등의 진짜 원인(들)을 이해하고 스스로에게 납득시킬 방법을 찾게 되기까지, 우리는 기만적이고 왜곡된 방식으로, 오히려 문제를 키우는 방식으로 그러한 고통스러운 경험과 감정들에 매달린다. 예를 들어, 오래전에 죽은 알코올중독자 아버지에게서 받아 보지 못한 사랑에 아직도 목말라하고 있음을 깨닫지 못하면, 냉담한 알코올중독자를 배우자로 선택할 가능성이 아주 높다. 배우자를 통해 아버지와의 관계를 재연하고, 그래서 '이번만큼은' 아버지가 나를 사랑하도록 만들 수 있으리라 믿기 때문이다. 사실 이런 식으로 아버지와 엮인 심리적 문제를 자각하게 되더라도, 내가 그 관계를 다른 사람과 '실연實演하고 있음'을 인식하기란 어렵다. 아마도 아버지와 연인 사이의 깊은 유사성을 알아보지 못한 채, 오히려 피상적인 차이들(아버지의 머리카락은 어두운 색이었지만, 연인은 금발이다)에만 주목할 것이다. 바꾸어 말하면, 나를 방치했던 아버지를 향한 갈망을 지금의 연인에 대한 갈망인 양 경험할 것이다. 나는 지금의 연인과 사랑에 빠졌다고, 심지어 지독한 사랑에 빠졌다고 느낄 것이며, 내가 진정으로 원한 것은 내 연인도 나를 사랑해 주는 것이라고 믿을 것이다.

그 사람을 원하면서 내가 정말 바라는 것은 아버지에게서 받지 못한 어떤 것이라는 사실을 내가 반드시 깨닫게 되진 않는다. 그 증거는 그 사람이 나를 대하는 것과 아버지가 나를 대하는 것 사이의 유사성이다. 실제로 지금의 남자친구에게서 내가 원하는 그러한 관심을 얻는 데 성공한다면, 아마도 둘 중 하나의 상황이 전개될 것이다. 하나는 관심이 충분하지 않다고 느끼게 되는 경우(그 사람이 정말 나를 사랑한다고 나는 확신할 수 없다. 내가 생각하기에 내가 불안하다면 그건 그 사람이 내게 무관심하다는 증거다)이고, 다른 하나는 그 사람이 정말 나를 사랑한다고 내가 확신했을 때 내가 그 사람에 대한 흥미를 잃는 경우이다(내게 관심을 쏟은 내 연인은 아버지에게 버림받아 겪은 고통을 다시 체험하려는 내 욕구를 충족시킬 수 없기 때문이다). 여기서 핵심은 내가 원하는지 알 수도 없고 가질 수도 없는 무언가를 내가 원한다는 데 있다. 바로 내게 무심했던 아버지의 사랑이다. 사실 아버지가 아직 살아 있고 자식에게 사랑을 줄 수 있을 만큼 심리적으로 거듭난다고 하더라도, 나는 아버지로 말미암아 어린 시절 내내 받았던 정신적 상처들, 이를테면 내가 형편없는 놈이라는 느낌, 버림받은 느낌을 계속 치유해 나가야 한다. 아버지의 사랑이 도움이 될 수 있는 것은 그 뒤의 일이다.

이상의 사례들에서 알 수 있듯이, **가족**은 정신분석 이론에서 매우 중요하다. 우리는 저마다 가족이라는 복합체 안에서 부여받은 역할에 따른 산물이기 때문이다. 어떤 의미에서 무의식은 우리가 가족 안에서 자신의 위치를 인지하고 그러한 자기규정에 반응하는 방식에 따라 '태어난다'. 예컨대 "나는 실패작이야", "나는 완벽한 아이야", "나는 항상 형보다 '뒷전'인 게 분명해", "날 누가 사랑하겠어", "부모님이 문제가 생긴 건 내 책임이야" 식의 반응 말이다. **오이디푸스적**oedipal 갈등(이성 부모의 관심과 애정을 얻고자 동성 부모와 경쟁하는 것)을 비롯한 고전적인 프로이트 이론(형제간 경쟁심리, 남근선망, 거세불안 등)의 상투적인 개념들은 단지 가족 갈등의 주된 양상을 묘사한 것에 지나지 않는다. 이 개념들은 개개인의 차이를 이해하는 데 필요한 출발점을 제시해 줄 뿐이다. 예를 들어, 어떤 가정에서는 **형제간 경쟁심리**(부모의 관심과 애정을 얻고자 형제끼리 경쟁하는 것)가 부모와 아이 사이에서 나타날 수 있다. 아이를 향한 배우자의 애정에 내가 질투심을 느낀다면, 어렸을 때의 감정, 즉 나보다 부모님에게 더 사랑받는다고 느꼈던 형제나 자매에게 느낀 해소되지 않은 경쟁심이 재연될 수도 있다. 말하자면 아이를 향한 배우자의 애정은 내가 어렸을 때 받은 상처, 즉 부모님이 나보다 다른 형제나 자매에게 더 애정을 쏟는 듯한 모습에서 받은 상처들의 일부 또는 전부를 다시 일깨운다. 그 결과, 지금 배우자의 애정을 놓고 아이와 경쟁하는 나 자신을 발견한다.

중요하게 짚어 볼 부분은 오이디푸스적 애착, 형제간 경쟁심리, 그 외 유사한 것들이 일반적인 발달단계로서 간주된다는 점이다. 바꾸어 말하면, 우리는 모두 이러한 경험들을 거치게 되며, 이 경험들은 우리 자신의 정체성을 확립하고 어른으로 성장하는 자연스럽고 정상적인 과정이다. 성장하는 동안 그 단계의 갈등들에서 벗어나지 못하고 그 갈등들에 고착된다면, 문제를 겪게 된다. 많은 여성들에게 공통적으로 해당되는 사례를 살펴보자.

아버지의 사랑을 얻으려고 어머니와 아직도 경쟁 중(부모 중 한 사람 또는 둘 다 사망한 지 오래 지났더라도 그 경쟁은 무의식 안에서 계속될 수 있다)인 여성은 이미 여자친구가 많거나 아내가 있는 남성에게 매력을 느낄 가능성이 높다. 왜냐하면 그 남성이 다른 여성을 사랑한다면 나는 도리어 이를 기회 삼아 어머니와의 경쟁을 재연하고 "이번만큼은" 이기려고 할 것이기 때문이다. 물론 이번에도 남자를 차지하지 못할 수 있으며, 설령 차지한다 하더라도 자신에게 넘어온 남성에게는 흥미를 잃는 것이 보통이다. 본인은 그 사실을 의식적으로 깨닫지 못하겠지만, 그 남성의 매력은 그가 다른 누군가를 사랑한다는 데 있다. 그런 사람이 내 것이 되면 매력을 잃는다. 한편, 어렸을 때 어머니를 물리치고 아버지의 애정을 얻는 데 성공했다고 느끼는(그 애정은 아버지가 어머니를 벌하거나 회피한 결과로 내게 주어진 것이다) 여성 또한 이미 아내가 있거나 여자친구가 많은 남성(그의 곁에 있는 여성들은 그를 떠날 것 같지 않다)에게 끌릴 수 있다. 왜냐하면 그 여성은 어머니에게서 아버지를 '훔친' 죄로 처벌받아야 한다고 생각하기 때문이다. 어머니에게서 아버지를 훔친 데 대해 (또는 그를 훔치고 싶어 했다는 데 대해, 만약 아버지가 나를 성추행하기라도 했다면 그것은 어쨌든 내 잘못이었을 거라는 데 대해) 자신을 벌하는 방법은, 스스로를 그 남성에게 성적으로 반응할 수 없도록 만드는 것이다.

　남성의 경우, 해소되지 않은 오이디푸스적 애착을 재연하는 흔한 방법은 이른바 '착한 여자/나쁜 여자'를 구분하는 것이다. 내가 어머니의 사랑을 얻으려고 아버지와 아직도 경쟁하는 중(대체로 무의식적으로 일어난다)이라면, 나는 여성들을 '어머니 같은 여자'('착한 여자') 아니면 '어머니 같지 않은 여자'('나쁜 여자')로 분류하고 후자와만 성관계를 즐김으로써 죄의식을 달래려 할 가능성이 매우 높다. 바꾸어 말하면, 무의식적으로 성적 욕망을 어머니에 대한 욕망에 결부시키기 때문에 성적 욕망은 죄의식과 추잡한 느낌을 불러일으키며, 바로 그러한 이유로 나는 오직 '나쁜 여자' 앞에서만 성적 욕망을 드러내고 즐길 수 있다. '나쁜 여자'란 그 자체로 죄가 많고 추잡하기에 어머니를 연상시키지 않기 때문이다. 이 같은 관점은 종종 여성을 '유혹했다가 버리는' 행동 패턴으로 나타난다. 내가 '나쁜 여자'를 유혹했다면 (조만간) 그녀를 버려야만 한다. 결혼할 만한 자격이 없는 여성, 즉 어머니와 같은 반열에 오를 수 없는 여성에게 자신이 영원히 매여 있는 것을 용납할 수 없기 때문이다. 반대로 '착한 여자'를 유혹한 뒤에는 두 가지 일이 일어난다. 첫째, 그녀는 '나쁜 여자'가 되어 다른 '나쁜 여자'들처럼 나의 영원한 헌신을 받을 자격을 상실하고, 둘째, 내가 그녀를 '더럽힌' 데 대해 (어머니를 '더럽힌' 것처럼) 죄책감을 느낀 나머지 이를 회피하고자 그녀를 버릴 수밖에 없게 된다. 결국 남성과 여성 모두에게 핵심은 이 같은 파괴적인 행동의 심리적 동기를 인식해야만 그러한 행동을 바꿀 만한 실마리를 얻을 수 있다는 것이다.

방어, 불안, 핵심 문제들

우리는 앞에서 언급한 파괴적인 행동들을 중심으로 자기 정체성을 형성해 왔고, 그 행동들을 너무 자세히 살펴보면 무엇을 알게 될지 두려워하므로, 우리의 무의식적 욕망은 그러한 파괴적인 행동들을 인식하거나 바꾸려 하지 않는다. 이 같은 무의식적 욕망을 충족시키는 것이 바로 **방어**defenses다.

방어는 무의식의 내용물을 밖으로 나오지 못하게 막는 과정이라고 할 수 있다. 달리 말하자면, 방어는 억압된 것들을 억압된 채로 유지시킴으로써 우리가 알게 되면 감당할 수 없을 것 같은 어떤 것을 알지 못하도록 만드는 과정이다. 방어의 종류에는 **선택적 지각**selective perception(감당할 수 있을 법한 것만 보고 듣게 한다), **선택적 기억**selective memory(기억에 압도되지 않도록 기억을 수정하거나, 고통스러운 사건을 완전히 망각토록 한다), **부인**denial(문제가 사라졌거나 불쾌한 일이 아예 일어나지 않았다고 믿게끔 만든다), **회피**avoidance(어떤 무의식적인, 즉 억압된 경험 또는 감정을 일깨움으로써 불안감을 가져올 법한 인물 또는 상황과 떨어져 있도록 한다), **전치**displacement(두려움, 상처, 좌절, 분노 등의 원인이 되었던 사람보다는 덜 위협적인 인물 또는 대상에 그런 감정들을 '쏟아 내도록' 한다), **투사**projection(나에게 두려움, 문젯거리, 죄의식이 따르는 욕망 등이 있다는 사실을 부인하고자, 그러한 것들이 생겨난 원인을 다른 사람 탓으로 돌리고 그 사람을 비난하도록 만든다) 등이 있다.

이 가운데 아마도 가장 복잡한 방어기제가 **퇴행**regression일 것이다. 퇴행은 일시적으로 이전의 심리 상태로 귀환하는 것인데, 단지 이전의 심리 상태를 상상하는 것을 넘어 다시 체험하기까지 하는 과정이다. 퇴행은 고통스러웠거나 즐거웠던 어떤 경험으로 돌아가는 과정을 수반할 수 있다. 퇴행이 일종의 방어인 까닭은 현재 당면한 어떤 어려움을 대면하지 못하도록 생각을 다른 데로 돌려 버리기 때문이다(예를 들어 《세일즈맨의 죽음Death of a Salesman》에서 윌리 로먼은 과거를 회상함으로써 현재 삶의 불편한 진실들을 피하고자 한다). 그러나 퇴행은 억압된 경험과 감정들을 인정하고 대처할 **능동적 역전**active reversal의 기회를 동반한다는 점에서 다른 방어기제들과 구별된다. 우리는 상처 입는 경험을 다시 체험해야만 비로소 그 상처가 가져온 결과를 바꿀 수 있다. 퇴행이 유용한 치료 수단이 될 수 있는 것은 이러한 이유에서다.

이 밖에도 공식적으로는 정의되지 않았지만 방어처럼 작용하는 심리적 경험들이 많이 있다. 예컨대 **친밀감에 대한 두려움**fear of intimacy(다른 인간 존재와 감정적으로 엮이는 데 대한 두려움)은 종종 자신의 심리적 상처를 알지 못하도록 막는 효과적인 방어기제다. 친밀감에 대한 두려움은 심리적 상처들을 들쑤셔 놓는 연인, 배우자, 자식, 친한 친구들과의 관계에서 어느 정도 감정적 거리를 두도록 해 주기 때문이다. 각별한 사람들에게 스스로 너무 가까이 다가가지 못하도록 막음으로써, 친밀한 관계들이 어김없이 소환하는 과거의 고통스러운 경험들로부터 우리 자신을 '보호한다'. 연애하거나 성관계를 나누는 상대가 한 명 이상이거나, 사랑이 본격적으로 발전하기 시작할 때 연애를 끝내 버리거나, 가족 및 친구들과 많은 시간을 보낼 수 없도록 일부러 바삐 생활하거나 하는 등의 사례들은 우리가 자신의 행동을 인정하지 않으면서도 각별한 사람들과 감정적 거리를 유지할 수 있게끔 하는 수많은 방식들 가운데 일부이다.

물론 방어기제들도 가끔씩 일시적으로 무너질 때가 있는데, 바로 **불안**을 경험하는 순간이다. 불안은 우리의 **핵심 문제들**을 드러낸다는 점에서 중요한 경험이 될 수 있다. 일반적으로 겪는 핵심 문제들을 몇 가지 살펴보면서 이 문제들과 불안의 상관관계를 논의해 보자.

친밀감에 대한 두려움—정서적으로 가까워지는 것이 심한 상처와 악영향을 주므로, 타인과 어느 정도 감정적 거리를 항상 유지해야만 정서적으로 안전해질 수 있다는 고질적이고 지독한 감정. 앞서 보았다시피, 친밀감에 대한 두려움은 하나의 방어로서 작용할 수도 있다. 이 같은 특정한 방어기제가 자주 또는 지속적으로 작동할 경우, 친밀감에 대한 두려움은 핵심 문제가 될 것이다.

버림받음abandonment**에 대한 두려움**—친구들이나 사랑하는 이들이 곧 나를 버릴 것(물리적 유기)이라는 생각. 또는 나에게 진심으로 마음을 쓰지 않는다(감정적 유기)는 확신.

배신에 대한 두려움—친구들이나 사랑하는 이들이 나에게 거짓말하지 않는다는 것을, 뒤에서 나를 비웃지 않는다는 것을, 연애 상대의 경우 다른 사람과 데이트하며 바람 피우지 않는다는 것 등을 믿지 못하는 끈질긴 느낌.

낮은 자존감—나는 다른 사람보다 훌륭하지 않으므로 관심이나 애정, 어떠한 삶의 보상도 누릴 자격이 없다는 생각. 실제로 종종 나는 어떤 식으로든 벌을 받아 마땅하다고 생각한다.

자신이 없고 불안정한 자아의식sense of self —개인의 정체성에 대한 느낌, 즉 자기 자신이 어떤 사람인지 안다는 감각을 지속시킬 수 없는 상태. 이러한 핵심 문제를 겪게 되면 다른 사람이 끼치는 영향에 매우 취약해진다. 그래서 다른 개인 또는 집단과 함께할 때마다 그에 따라 행동 방식을 계속 바꾸어 나간다.

오이디푸스적 고착fixation—성인이 되어서도 벗어나지 못한 이성 부모와의 파행적 유대. 이것은 같은 성인들과의 성숙한 관계를 진전시키는 데 걸림돌이 된다.

지금 열거한 핵심 문제들 가운데 몇 가지는 서로 연관되어 보인다. 친밀감에 대한 두려움이 하나의 방어기제이자 핵심 문제로서 동시에 작동할 수 있는 것처럼, 특정한 핵심 문제는 또 다른 핵심 문제에서 비롯된 결과이거나 제3의 핵심 문제를 일으키는 원인일 수 있다. 가령 핵심 문제가 버림받음에 대한 두려움일 경우, 친밀감에 대한 두려움이 핵심 문제로 커지기 쉽다. 자기가 아끼는 누군가에게서 결국에는 버림받게 되리라고 확신한다면, 사람에게 친밀한 감정이 들 때마다 매번 피해 가려고만 할 것이기 때문이다. 사랑하는 사람에게서 확실히 버림받을지라도 그 사람에게 너무 가까이 다가가지만 않으면 상처받는 일은 없을 것이라고 생각하면서 말이다.

자존감이 낮은 것이 핵심 문제일 경우, 버림받는 데 대한 두려움이 핵심 문제가 될 수 있다. 사랑받을 자격이 없다고 생각하다 보면, 사랑하는 누군가에게서 끝내 버림받을 것이라는 불안을 떨칠 수 없게 되기 때문이다. 또는 자존감이 낮기 때문에 친밀감에 대한 두려움이 커질 수도 있다. 본인을 다른 사람들보다 가치 없는 존재라고 여기면, 자신이 그들만큼 훌륭하지 못하다는 사실을 감추려고 그들과 감정적으로 거리를 두려고 할 것이다. 물론 이 같은 예들은 핵심 문제들이 서로 연결되는 양상의 일부일 뿐이다. 이와 다른 경우들도 생각해 볼 수 있을 것이다.

가장 명심해야 할 점은, 핵심 문제들이 우리의 존재를 근본적인 차원에서 규정한다는 사실이다. 핵심 문제들은 간간이 나타나는 부정적인 감정들, 이를테면 일시적으로 생겨나는 불안정한 느낌이나 자아상이 낮아지는 기분 같은 감정들로 구성되지 않는다. 예를 들어, 가끔씩 찾아오는 '재수 없는 날'이 곧 어떤 핵심 문제의 존재를 알리는 조짐은 아니다. 오히려 핵심 문제들은 삶 전반에 걸쳐 우리와 함께하며, 그것을 효과적으로 처리하지 못할 경우 부지불식간에 파괴적인 방식들로 우리의 행동을 결정한다. 다른 식으로 이야기하자면, 핵심 문제들이 작동하는 상황에서 우리는 불안을 느끼게 되며, 그렇기 때문에 불안은 우리 자신에 대해 많은 것을 알려 줄 수 있다.

만약 친구가 다른 친구와 영화를 보러 간다고 하면 불안해지는 사람이 있다고 치자. 그가 불안해하는 이유는 친구들끼리 영화를 보러 간다는 사실로 말미암아 자신을 냉담히 대하던 부모에게서 결국 버림받았다고 느꼈던 과거의 기분이 되살아나기 때문이다. 이때 이 사람이 두 사건 사이의 연결

고리를 인식하는지의 여부는 상관없다. 그러니까 이 사람은 어렸을 때 버림받았다고 느끼고 상처를 받았기 때문에 지금도 버려진 듯한 기분을 느끼는 것인데, 여기서 중요한 점은 그가 부모에게서 버림받았다는 사실을 스스로 인정하지 않으려 하기 때문에 불안해한다는 것이다. 의식적으로는 왜인지 알지 못한 채 나는 친구에게 화가 나고 상처받는다. 그런데 무의식은 지금 느끼는 감정의 이유를 알고 있다는 사실, 바로 그것이 불안을 야기한다. 이런 식으로 불안은 언제나 억압된 것의 귀환을 수반한다. 내가 불안해하는 이유는 내가 억압한 무언가(고통스럽거나 무섭거나 죄책감이 드는 어떤 경험)가 다시 수면 위로 떠오르고 있으며, 나는 그것을 계속 억압한 채로 두고 싶기 때문이다. 치료 요법으로서의 정신분석학은 불안을 대상으로 삼는 동시에 조심스럽게 불안의 내부로 들어가는 작업이다. 그러나 정신분석학의 목적은 오늘날 대중적인 치료 요법인 자아심리학과 달리 우리의 방어기제를 강화하거나 사회적응력을 회복시키는 것이 아니라, 방어기제를 무너뜨림으로써 우리의 성격 및 행동 방식의 구조에 근본적인 변화를 가져오는 데 있다.

그러나 정상적인 상황이라면 우리는 방어기제들에 막혀 무의식적 경험을 알아차릴 수 없으며, 불안감이 오래 지속되고 재발해도 억압을 돌파하는 데 실패한다. 그렇다면 정신치료 요법의 도움 없이 어떻게 무의식의 작동 양상을 알 수 있을까? 앞에서 밝혔듯이, 우리의 행동 패턴을 인식할 수 있다면 그 안에서 단서들을 찾아낼 수 있다. 특히 대인관계 영역, 그 가운데서도 연애 또는 성관계가 이루어지는 영역을 눈여겨볼 필요가 있다. 가족 안에서 해소되지 못한 초기의 갈등들이 바로 그 영역에서 재연되기 때문이다. 게다가 인생의 위기들, 이를테면 고통스러운 이혼, 실직, 사랑하는 사람의 죽음 등은 억압되었던 상처, 두려움과 죄의식, 해소되지 못한 갈등을 표면으로 불거지게 함으로써 무의식의 양상을 드러낼 수 있다. 마지막으로, 우리가 꾸는 꿈과 직접 참여하는 창조적 활동, 이 두 가지를 통해 우리는 무의식에 접근할 수 있다. 물론 그 접근법을 아는 한에서 말이다. 꿈과 창조적 활동이 무의식에 접근하는 통로가 될 수 있는 것은 둘 다 우리의 의식적인 의지나 욕망과는 상관없이 무의식에 직접적으로 의존하기 때문이다.

꿈과
꿈의 상징

흔히 잠을 자는 동안에는 방어기제가 깨어 있을 때처럼 작동하지 않는다고 생각한다. 잠을 자는 동안에는 무의식이 자유롭게 스스로를 내보이며, 이는 꿈을 꿀 때도 마찬가지라는 것이다. 그러나 실제로는 꿈을 꾸는 순간에도 억압된 경험과 감정을 엿보고 놀라게 되는 일이 없도록 일정한 검열이나 보호가 진행되며, 이러한 보호는 꿈의 왜곡이라는 형식으로 나타난다.

꿈에서 표현되는 무의식의 '메시지', 곧 꿈의 근원적인 의미나 **잠재 내용**latent content은 우리가 그것을 쉽게 알아보지 못하도록 전치와 압축 과정을 거쳐 변모하게 된다. 꿈의 **전치(전위)**displacement는 위협적인 인물이나 사건, 사물의 '대역(대체물)'으로서 '안전한' 인물이나 사건, 사물을 사용할 때 일어나는 과정이다. 가령 초등학교 교사에게 성추행당하는 꿈을 꾼다면, 이는 부모 중 한 사람에게 성추행당했던 것에 대한 무의식적 인지를 드러내려는 (동시에 피하려는) 것일 수 있다.

압축condensation은 하나의 꿈에서 여러 가지 무의식적 상처나 갈등을 재현하려 할 때 단일한 꿈의 이미지 또는 사건을 사용하는 경우에 일어나는 과정이다. 예컨대 사나운 곰과 싸우는 꿈은 집과 직장 양쪽에서 겪고 있는 심리적 '전투'나 갈등을 표상한다. 앞의 사례를 확대시켜 보자면, 초등학교 교사에게서 성추행을 당하는 꿈은 자신의 자존감이 여러 명의 가족구성원과 친구들, 동료들에게 공격받고 있다는 무의식적 감정을 표현한 것으로 볼 수도 있다(그러므로 꿈에 나타난 단일한 사건은 전치와 압축이 한꺼번에 진행된 결과물일 수 있다).

전치와 압축 같은 과정들은 우리가 꿈을 꿀 때 전개된다는 점에서 한 데 묶여 **일차 가공**primary revision이라고 불린다. 우리가 실제로 꾸는 꿈은 꿈의 **발현(외현) 내용**manifest content으로서, 무의식의 메시지나 꿈의 잠재 내용이 일차 가공을 거쳐 한 차례 위장된 것이다. 앞에서 예로 든 초등학교 교사의 성추행이나 사나운 곰과의 싸움 등의 꿈 이미지가 바로 발현 내용이다. 이러한 이미지가 실제로 담고 있는 의미는 꿈의 잠재 내용이며, 그렇기 때문에 잠재 내용은 해석의 문제가 된다. 초등학교 교사는 부모 중 한 사람의 대역인가? 성추행의 이미지는 자존감을 건드린 맹비난의 대체물인가? 곰은 심리적 갈등을 나타내는가? 만일 그렇다면 그 갈등은 어떤 갈등인가? 꿈을 해석하는 목적은, 발현 내용을 상기하고 잠재 내용을 밝혀내는 데 있다. 그러나 명심해야 할 것은 우리가 의식의 단계에서도 무의식적으로 꿈의 내용을 바꾸는 경우가 흔하다는 점이다. 너무도 고통스러워 알고 싶지 않은 것에 대해서는 알지 못하도록 만듦으로써 자기 자신을 보호하려고 들기 때문이다. 꿈의 일정 부분을 잊어버리거나 실제 꿈의 내용과는 약간 다르게 기억하는 경우가 그러한 예이다. 깨어 있을 때 일어나는 이와 같은 과정을 **이차 가공**secondary revision이라고 한다.

꿈의 잠재 내용을 일종의 꿈의 상징으로 생각하면 이해가 쉽다. 상징을 해석하듯이 꿈을 해석하면 된다는 말이다. 명심할 것은, 주어진 상징과 의미 사이에는 일대일 대응 관계가 성립하지 않는다는 점이다. 꿈에 등장하는 몇몇 이미지들은 적어도 같은 문화권 사람들 사이에서는 동일한 상징적 의미를 갖는 경우가 많다고 하지만, 꿈에서 무의식적 경험을 표상하는 방식은 개인마다 차이가 크다. 그러므로 꿈을 좀 더 정확히 해석하려면 꿈에 어떠한 특정 생각, 감정, 사람들이 자주 등장하는지를 시간을 두고 지켜보며 파악해야 한다. 그리고 특정한 꿈의 이미지가 발생하는 맥락에 대해서도 알아야 한다. 다르게 말하자면, 꿈에서 그런 이미지가 나타나기 전과 나타나는 동안, 나타난 뒤에 무슨 일이 일어나는지를 알아야 한다.

꿈 해석에 관한 일반 원리들 가운데 흔하게 적용되는 몇 가지를 살펴보자. 꿈을 꾸는 사람이 꿈에 나오는 모든 '등장인물'을 직접 만들어 낼 수 있다는 점을 감안하면, 각각의 등장인물들은 실질적인 의미를 띤다고 할 수 있다. 즉, 꿈속의 등장인물들은 꿈꾸는 사람이 꿈속에서 대역에 투사시키는 자신의 심리적 경험의 일부이다. 예를 들어, 누이가 사산아를 낳는 꿈을 꾸었다면 그 꿈은 자기가 사산아를 낳는 꿈(실패한 인간관계? 직업상의 실패? 예술적 시도의 실패?)이거나 자기가 사산아라는 꿈(버림받은 기분? 무력함이나 우울함?)일 수 있다. 이 사례가 확실히 보여 주는 것은 다음과 같다. 아이에 관한 꿈은 거의 항상 자기 자신에 대한 감정과 관련된 무언가를 드러내거나, 여전히 자기 안에 남아 있을, 어쩌면 이래저래 상처받은 채로 머물러 있을 아이를 향한 감정과 관련된 무언가를 드러낸다는 것이다.

우리가 심리적 존재라는 사실을 의미심장하게 반영하는 것이 바로 섹슈얼리티sexuality 섹슈얼리티는 맥락에 따라 성욕, 성적 지향 및 성정체성, 성적 태도 및 행위, 성적 관계, 성의 정치성, 성과 관련된 사회적 관행 등 다양한 의미로 쓰일 수 있는 포괄적 개념이다. 이를 감안하여 대부분의 경우 번역하지 않고 그대로 '섹슈얼리티'라고 표기했다. 개념이다. 이 점을 고려하면 우리의 젠더 역할에 대한 꿈, 인간을 성적 존재로 보는 꿈은 매우 의미심장하다. 이러한 꿈을 해석하려면 꿈에 나타날 수 있는 남성적male imagery 이미지양식과 여성적 이미지양식female imagery을 알아야 한다.

남성적 이미지양식, 곧 **남근 상징**phallic symbols에는 탑, 로켓, 총, 화살, 칼 같은 것들이 있다. 즉, 꼿꼿이 서 있거나 발사되는 것이라면, 또는 뱀처럼 길쭉하고 구불구불한 형태를 지닌 것이라면 남근 상징으로 기능할 수 있다. 예를 들어 내가 친구에게 총구를 들이대는 꿈을 꿨다면, 이는 친구를 향한 또는 다른 누군가를 향한 나의 성적 공격성을 드러낸 것일 수 있다. 여기서 다른 누군가란 가령 친구의 배우자(또는 나의 배우자)일 수 있는데, 이때 친구는 말하자면 안전한 대역의 역할을 담당하는 셈이다. 나의 성적 공격성은 여러 가지로 해석할 수 있다. '성적'인 면에 주목해야 할까? '공격성'이라는 부분에 방점을 찍어야 할까? 아니면 둘 다 강조해야 할까? 혹시 나는 친구의 배우자를 욕망하거나 질투하는 것일까? 내 배우자와의 성관계에서 더욱 적극적인 모습을 보이고 싶은 것일까? 아니면 내 배우자가 나의 성적 자아상에 흠집을 냈기 때문에 나도 내 배우자의 성적 자아상에 흠집을 내고 싶어 하는 걸까? 어떤 해석이 올바른지 판단하려면 유사한 형식의 다른 꿈들을 살펴보며 더 많은 자료를 모아야 할 것이다. 또한 내가 잠에서 깰 때마다 보이는 행동을 점검하고, 꿈의 내용과 꿈과 관련된 사람들에 대한 내 느낌이 어떠한지를 정직하게 분석해야 한다. 마찬가지로 누군가 나에게 총구를 들이대는 꿈을 꿨다면, 이는 나의 섹슈얼리티 또는 내 정체성 전반이 이용당하거나 위험에 처했다는 무의식적 감정이 드러난 것일 수 있다.

여성적 이미지양식에는 동굴, 방, 담이 둘러진 정원(성모 마리아를 그린 그림들에서 이런 정원을 볼 수 있다), 컵, 종류에 상관없는 울타리나 그릇 같은 것들이 있다. 자궁을 상징하는 이미지라면 여성적 이미지양식으로 기능할 수 있다. 작고 어두운 방에 갇히거나 출구를 못 찾는 꿈을 꿨다면, 이는 어머니의 통제를 두려워하는 나의 무의식이 드러난 것일 수 있다. 또는, 한 사람의 인간 존재로서 아직 완전히 성숙하지 못했다는 무의식적 공포가 표현된 것일지도 모른다. 두 가지가 모두 나타났다고도 볼 수 있는데, 분명 두 문제는 서로 연관되어 있기 때문이다. 한편 여성적 이미지양식에는 우유와 과일을 비롯한 이와 유사한 음식들, 그리고 병이나 컵처럼 그런 음식을 담아내는 그릇도 포함된다(그렇다. 자궁의 이미지양식과 겹치는 부분이 있다). 즉, 그 자체로 정서적 보살핌의 상징인 가슴을 대신하는 것이 있다면 그것도 여성적 이미지양식에 포함된다. 내가 크기와 용량이 작은 우유병을 꺼내 배고픈 새끼 고양이들에게 우유를 먹이는 꿈을 꿨다면(남성이나 여성 모두 꿀 수 있는 꿈이다), 이는 자녀나 배우자, 직장 상사, 더 나아가 이들 모두 내게 너무나 많은 것을 요구한다는 무의식적 감정을 표현한 것일 수 있다. 또는 내가 다른 이들에게 신경을 쓰느라 나 자신을 너무 힘들게 하는 것에 대한 무의식적 감정을 내보인 것일지도 모른다. 마찬가지로 배고픔을 느끼거나 먹을 것을 찾는 꿈을 꿨다면, 이는 정서적 보살핌을 바라는 나의 무의식적 욕구가 드러난 것일 수 있다.

이제는 다른 종류의 상징으로 넘어가 보자. 물에 관한 꿈은 감정 영역이나 무의식의 영역 또는 섹슈얼리티에 관한 꿈일 가능성이 크다(물은 유동적이고 변화가 심하며 때로는 너그럽지만 위험하기도 하다. 그리고 보기보다 깊을 때가 많다). 내가 해일에 휩쓸려 갈 뻔한 꿈을 꿨다면, 이는 어떤 억압된 감정이 곧 폭발해 나를 압도할지도 모른다는 두려움을 나타낸다. 물론 물은 자궁에서의 경험과도 연관된다. 그렇기 때문에 물과 관련되는 꿈, 특히 물에 잠기는 꿈은 어머니와의 관계를 나타내는 꿈일 수도 있다.

한편 건물에 관한 꿈은 자기 자신과의 관계를 나타낼 수 있는데, 다락방이나 지하실은 무의식을 대신하는 대체물이다. 또는 교회나 학교, 회사처럼 본인과 관련되는 어떤 기관 또는 그것이 표상하는 법(법은 사회적 규칙과 규정을 표상한다는 점에서 내면의 초자아superego를 대신하는 대체물일 수 있기 때문이다)과 자기 자신의 관계를 의미할 수도 있다. 어쨌든 우리는 이미 알고 있는(말하자면 의식적 경험의 일부가 확실한) 자신의 두려움과 상처에 관한 꿈을 꿀 때가 많지만, 그럴 때마다 꿈이 넌지시 알려 주는 것은 우리가 각자의 두려움이나 상처에 대해 뭐라도 해야 한다는 것이다. 두려움이나 상처는 우리가 미처 받아들일 준비를 갖추기도 전에 우리 내면을 파고들어 잠식하기 때문이다. 되풀이하여 나타나는 꿈이나 꿈의 이미지야말로 무의식의 관심사를 알려 주는 가장 믿을 만한 암시다.

죽음의
의미

죽음은 우리 대다수가 어려워하는 주제다. 우리를 해치는 힘이 강해 무섭기 때문이다. 그래서 일부 사람들은 죽음을 일종의 추상적 개념처럼 다루는 경향이 있다. 즉, 죽음의 힘을 너무나 무서워한 나머지, 실제 경험 세계와 관계없이 개념적인 차원에서만 작동하는 관념으로 취급하려 한다. 내가 보기에는 바로 그러한 이유 때문에, 인간은 누구나 **죽음충동**death drive 또는 **타나토스**thanatos라는 선천적인 망각 충동을 가지고 태어난다는 정신분석학 원리를 생각할 때마다 '충동drive'에 초점을 맞추려 한다. 그래야 죽음이라는 주제가 우리에게서 멀어져 현실감이 없어지기 때문이다.

정신분석 이론은 인간 존재에게는 죽음충동이 있음을 시사하며, 개인적 차원과 국가적 차원에서 똑같이 발견되는 위험 수준의 자기파괴 행위를 설명하려고 한다. 개인적 차원에서 작정하고 육체적으로 혹은 정신적으로 자기 자신을 파괴하려는 움직임이 발견된다면, 국가적 차원에서는 국가 간의 끊임없는 전쟁이나 내부 갈등처럼 집단자살과 다를 바 없어 보이는 행위들이 발견된다. 결론은 명백하다. 즉, 이와 같은 정신적·육체적 자기파괴를 설명할 수 있는 무언가가 인간이라는 종의 생물학적 구성 내부에 확실히 존재한다.

그런데 자기파괴성을 하나의 충동으로서, 인간 모두에게 공통된 피할 수 없는 어떤 것으로 개념화하면, 정신분석 이론을 잘 모르는 학생들은 그 과정이 어떻게 진행되는지를 깊이 파고들어가지 않아도 된다고 생각하고, 삶에서 그것이 어떻게 작동하는지 살펴보려 하지 않을 것이다. 어쨌든 우리 힘으로는 선천적인 충동을 어찌하지 못하는 것이다. 더욱 유용하고 의미 있는 방법은, 죽음에 대해 추상적으로 생각하지 말고 다른 심리적 경험과 연관 지어 생각하는 것이다.

다른 무엇보다도 대부분이 사람들이 갖고 있는 버림받음에 대한 두려움, 혼자 남겨지는 데 대한 두려움 속에는 죽음에 대한 생각이 자리한다. 죽음은 궁극의 버림받음이다. 사랑하는 사람과 얼마나 친밀했든지, 공동체에서 얼마나 중요한 인물이었든지 간에, 죽는 순간에는 누구나 혼자다. 심지어 비행기 추락 사고로 수백 명의 사람들과 함께 죽어 가는 상황에서조차 죽음은 온전히 자신만의 것이다. 그런 점에서 종교적 믿음이 줄 수 있는 가장 커다란 위안은, 우리가 결코 혼자 죽지 않으며 사후에도 혼자 남겨지지 않을 거라는 확신이다. 신이 우리를 위해, 우리와 함께 그곳에 계실 것이기 때문이다. 우리가 아는 모든 사람이 우리를 버리더라도, 신만은 우리를 버리지 않을 것이다.

버림받는 데 대한 두려움은 다른 사람의 죽음을 걱정하는 순간에도 찾아온다. 아이들이 부모 중 한 사람을 잃을 때, 성인들이 배우자를 잃을 때 겪게 되는 너무나도 커다란 상실감은 종종 버림받은 느낌으로 이어진다. 나를 두고 어떻게 떠날 수 있지? 날 사랑하는 게 아니었나? 내가 뭘 잘못했지? 사별을 당한 사람들은 때로 신에게서조차 버림받았다는 느낌에 휩싸인다. 그래서 사랑하는 사람의 죽음은 본인의 자각 여부와 관계없이 죄책감을 발동시킨다. 어딘가 내가 부족했던 게 분명해, 내가 뭔가 확실히 잘못한 거야, 그러지 않았다면 이런 식으로 벌을 받진 않겠지. 실제로 많은 사람들이 다른 누군가와 너무 가까워지거나 너무 깊이 사랑에 빠질까 봐 걱정하는 가장 커다란 이유도 그런 상실 또는 극도의 정신적 고통에 대한 두려움 때문이다. 적당한 선에서 자제하고 자신의 모든 것을 사랑하는 이에게 쏟아 붓지 않는다면, 설혹 그 사람이 죽게 되더라도 그에 따른 상실감을 견딜 수 있으리라고 생각하는 것이다. 사랑하는 사람의 죽음에 대한 두려움은 이처럼 친밀감에 대한 두려움을 일으킬 수 있다.

죽음에 대한 두려움, 즉 삶을 상실하는 데 대한 두려움은 삶에 깊은 애착을 갖는 것에 대한 두려움을 낳기도 한다. 삶에 거리를 두고 느끼는 것이 없어지게 한다면 죽음에 대한 두려움도 줄어들지 않을까.

삶에 대한 두려움은 위험에 대한 두려움으로 나타날 수도 있다. 가장 끔찍한 궁극의 상실이 바로 죽음이라고 한다면, 죽음을 초래할지도 모르는 그 어떤 위험도 감수할 수 없게 된다. 그러나 삶 자체는 궁극적으로 죽음을 피할 수 없다. 그러므로 삶 자체는 위험하다. 아무리 오래 산다 해도 죽을 것이기 때문이다. 이러한 논리가 극단화되어 초래되는 것이 바로 자살이다. 자기 삶을 잃는 데 대한 극도의 두려움 때문에 고통과 공포로 가득한 삶을 살아가고, 결국 죽음만이 유일한 탈출구가 되는 상황에 이르는 것이다.

죽음에 대한 두려움은 생물학적 죽음에 대한 두려움에서 그치지 않고 상실 전반, 이를테면 더 이상 배우자의 사랑을 받지 못하는 것, 자녀에게서 사랑받지 못하는 것, 건강을 잃는 것, 직장을 잃는 것, 아름다움을 잃는 것, 돈을 잃는 것 등에 대한 두려움으로 확대된다. 이를 깊이 생각해 보면 죽음이란 것이, 그것이 꼭 생물학적 죽음이 아닌 감정 또는 정서의 죽음이라 할지라도 최소한 무의식의 단계에서는 강력한 매력을 발휘한다는 걸 알 수 있다. 아무것도 느끼지 못한다면 해를 입지 않는다. 느끼지 않으려는 욕망, 즉 고통받지 않도록 자신을 보호하고자 스스로 삶으로부터 격리되려는 욕망은 아마도 이른바 **죽음 작업**death work이 갖는 가장 일반적인 형식일 것이다. (죽음 작업이란 죽음의 공포에 반응하는 다양한 파괴적 방식들을 가리키는 용어다.)

죽음이 우리 삶에서 그토록 엄청난 역할을 수행한다고 보면, 우리가 죽음에 매혹되는 것이 전혀 놀랄 일이 아니다. 실제로 죽음에 대한 두려움이 커질수록 죽음에 대한 매혹 역시 커진다고 보는 것이 타당하다. 구체적으로 말해서 우리의 정신세계 안에서 죽음 작업이 수행하는 역할이 커질수록, 죽음과 죽음 작업에 대한 매혹은 죽음에 수반되는 공포에도 불구하고 죽음의 형식과 상관없이 커져만 간다. 폭력 영화나 자연재해를 다룬 다큐

드라마가 주변에 넘쳐난다. 아동학대, 강간, 연쇄살인범 소식이 끊이지 않는가 하면, 등장인물이 배우자나 애인의 배우자를 살해하는 텔레비전용 영화도 부지기수로 상영된다. 관계 불화를 겪는 사람들이 텔레비전에 출연해 자신들의 불화에 대해 털어놓는(그들의 인식 수준은 누가 봐도 장난감을 뽐내는 아이들 정도밖에 되지 않는다) 경우도 자주 보게 된다. 매혹의 보상은, 그렇게 해서 다른 사람, 다른 사건에 우리 자신의 두려움, 문제, 욕망을 투사할 수 있다는 점이다. 이런 점에서 매혹은 일종의 방어로서 작동한다고 할 수 있다. 딴 동네(또는 자신이 속하지 않은 사회적 계급이나 인종 집단)에서 일어나는 아동학대에 대해 생각하는 것은 곧 자기가 학대받아 온 사실, 또는 자기가 다른 사람들을 학대한 사실을 주목하지 않아도 되게 한다.

이쯤 되면 사람의 심리적 풍경은 우울과 파멸뿐이라는 생각이 들 수도 있다. 그러나 좋은 소식도 있다. 죽음충동은 에로스라는 삶을 긍정하는 선천적 충동으로 상쇄된다. 에로스는 인간성의 핵심을 이룬다. 인간의 성性부터 살펴보자.

성욕의 의미

과거 많은 서양 사상가들은 성욕을 도덕의 문제 또는 생화학의 문제로 보았다. 그러나 프로이트는 성욕을 '에로스eros'라는 삶을 긍정하는 선천적 충동의 발현이라고 생각했으며(여기서 에로스는 사랑, 쾌락, 창조성, 삶의 보존, 새로운 생명의 창조와 양육을 촉진하는 충동이다), 이를 죽음충동 또는 타나토스와 대립시켰다. 프로이트는 여기서 그치지 않았다.

하나만 예로 들면, 프로이트는 성욕이 우리의 정체성과 자아를 구성하는 핵심적인 부분인 동시에, 성과 관련 없는 쾌락과도 관련이 있다고 보았다. 그렇기 때문에 프로이트는 어린아이조차 구강기(구순기)oral stage, 항문기anal stage, 성기기genital stage 등의 단계(쾌락이 집중되는 신체 부위가 달라진다)를 거쳐 가는 성적 존재라고 생각했다. (이런 식의 용어들이 빅토리아 시대에 격분과 오해를 불러일으켰을 것임은 능히 짐작하고도 남는다.) 후대의 이론가들은 프로이트의 통찰을 바탕으로 관련 논의를 거듭 발전시켰고, 오늘날의 정신분석학은 우리의 성욕과 정체성이 긴밀하게 연결되어 있다고 본다. 유년기에 생겨난 자아 감각의 파열과 긍정에서 성적 존재가 탄생한다.

따라서 성욕은 우리의 심리 상태 일반에 관한 가장 뚜렷하고 일관성 있는 지표다. 다시 말해, 정신분석 이론에서 성욕은 도덕이나 생화학의 문제가 아니라 의미의 문제다. 성적 행동을 분석하는 데 적절한 정신분석학적 질문이란 이런 것이다. "내가 성적 욕망을 통해 표현하거나 행하는 것의 의식적·무의식적 의미와 목적은 무엇인가?" 나는 배우자에게서 원하는 무언가를 '구매'하려고 섹스를 이용하는가? 아니면 배우자를 벌하려고 섹스를 미루는가? 나는 성적인 접촉 자체를 아예 피하는 것은 아닐까? 오히려 다른 사람들과의 성적 만남을 찾아다니지는 않는가? 흥미롭게도 마지막 두 질문은 친밀감에 대한 두려움, 즉 누군가에게 너무 가까이 다가가면 자기 자신을 완전히 잃어버리거나 정서적 피해를 입을지도 모른다는 두려움을 암시한다. 성적 만남을 아예 기피하는 것만큼이나 파트너를 자주 바꾸는 것 역시 누군가와 친밀해지는 것을 효과적으로 막아 주기 때문이다.

물론 각 문화마다 적절한 성행위 원칙 및 정상적인 행위와 비정상적인 행위를 정해 놓는다는 점에서 보면, 성적 행동은 문화의 산물이기도 하다(그런데 정신분석학에서는 정상적 행동과 비정상적 행동 사이에 유의미한 차이가 없다. 도덕적 행동과 비도덕적 행동의 구분 역시 핵심적인 문제가 아니다. 정신분석학은 다만 개개인들 사이에 존재하는 심리적 차이에 주목할 뿐이며, 이때 중요한 것은 파괴적 행동과 파괴적이지 않은 행동을 대비시키는 것이다). 성욕에 관한 사회적 원칙이나 규정은 **초자아**superego의 상당 부분을 구성한다. 초자아란 옳고 그름에 대한 감각으로서 (의식적으로 또는 무의식적으로) 우리가 내면화하고 경험하는 사회적 가치 또는 금기라고 할 수 있다. **양심**conscience이란 말이 대체로 좋은 것을 암시하는 데 반해 ("양심을 따르자꾸나"라는 피노키오의 친구 지미니 크리켓의 말처럼), 초자아라는 말은 우리가 하지 말았어야 할 것을 한 것에 대한 죄의식을 암시하는 경우가 많다. 우리가 죄의식을 갖게 되는 이유는, 하면 안 되는 것을 해 버렸을 때 죄의식을 갖도록 사회적으로 길들여졌기 때문이다(대부분 가족을 통해 길들여진다). 아직도 많은 사람들이 사랑하는 이와 결혼하기 전에 성관계를 갖는 것에 죄의식을 느끼는 것이나, 자신이 하는 일이 사회적으로 중요한 일이고 만족도가 높은데도 그 대가가 적어 죄책감에 사로잡히는 것은 모두 그러한 이유에서다.

초자아는 우리의 억압된 공격적 욕망을 비축한 저장소 역할을 담당하는 **이드**id와 정면으로 대립하고, **리비도**libido 즉 성적 에너지와도 대립한다. 이드는 온갖 종류의 금지된 욕망, 예컨대 권력욕, 성욕, 식욕, 향유욕 등을 충족시키는 데만 전념하며 결과는 고려하지 않는다. 바꾸어 말하면, 이드는 주로 사회적 관습에 따라 규제되거나 금지되는 욕망들로 이루어져 있다. 그렇다면 초자아(또는 문화적 금기의 내면화)가 이드 안에 어떤 욕망이 담길지를 결정하는 셈이다. 한편 자아ego는 감각을 통해 외부 세계를 경험하는 의식적 자아conscious self로서, 이드와 초자아 사이에서 심판 역할을 담당한다. 그런데 자아와 이드, 초자아는 상호 간의 관계를 바탕으로 정의되며, 셋 중 어떤 것도 독립적으로 기능하지 않는다. 한 곳이 변하면 나머지 두 곳도 변하기 마련이다. 자아의 상당 부분은 이런 식으로 사회가 금지한 것과 (그래서) 우리가 갖고 싶어 하는 것 사이의 갈등에서 만들어진 것으로 볼 수 있다. 따라서 자아와 이드, 초자아의 관계를 들여다보면 우리 자신뿐 아니라 우리를 둘러싼 문화에 대해서도 많은 것을 알게 된다.

그런데 프로이트의 초기 개념들 가운데는 오늘날 우리의 세계 인식과 어긋나 보이는 것들이 일부 존재한다. 이 개념들을 좀 더 유의미한 방식으로 이해하려면 프로이트가 해당 개념들을 만들어 내던 시기의 문화적 맥락을 참고해야 한다. 예를 들어 어린 소녀들이 소년들에게 페니스가 있음을 알아차리고는 **남근선망**penis envy, 즉 페니스를 갖고픈 욕망에 시달린다는 프로이트의 설명을 많은 여성들이 받아들이지 못한다. 스스로 자신을 페미니스트라고 생각하건 그렇지 않건 간에 말이다. 어린 소년들이 소녀들에게는 페니스가 없음을 알아차리고 **거세불안**castration anxiety, 즉 페니스 상실에 대한 두려움에 시달린다는 설명 역시 마찬가지다. 하지만 프로이트가 이론을 세우던 당시의 문화적 맥락을 알고 나면, 이 두 가지 내용을 좀 더 분명하게 파악할 수 있다.

모든 것이 엄격하게 규정되어 있었던 빅토리아 시대의 성역할은 모든 연령대의 여성에 대한 억압을 정당화하는 한편, 남성의 지위를 인간 활동의 모든 영역에서 지배력을 행사할 수 있는 위치로까지 끌어올리는 데 기여했다. 자신은 바랄 수조차 없는 권리와 특권이 어린 소년들에게는 주어진다는 사실을 깨달은 어린 소녀들이 (적어도 무의식적으로라도) 소년이 되고픈 마음을 갖는 건 놀라운 일이 아니다. 쉽게 말해서, '남근선망'은 '권력선망'으로 읽으면 된다. 어린 소녀들이 바라는 것은 권력, 그리고 권력을 소유하면 따라오리라 기대되는 모든 것이다. 여기에는 자부심, 재미, 자유, 남성의 공격적 행동을 피할 수 있는 안전 등이 포함된다. 반대로 어린 소년들은 어떨까? 소녀들과 비교해 사회적 우위를 누리고 자신에게 그들을 지배할 권력이 주어진다는 것을 깨달은 소년들은 그 권력을 잃어버릴까 봐 불안해하지 않을까? 어린 소년(다 큰 남자도 마찬가지다!)은 "넌 여자애야. 계집애 같다고!"라는 말에 상처를 받는다. 이는 마치 권력의 상실을 뜻하는

말처럼 들리기 때문에 위협으로 받아들여진다. 그러므로 거세불안은 여성
이 속한 무력한 위치로 전락하는 데 대한 남성의 두려움이라고 이해하는
것이 가장 효과적이다. 보다시피, 프로이트의 저작을 잘 모르는 많은 사람
들은 '프로이트는 모든 게 다 성이구나'라고 생각하게 된다. 틀린 말은 아니
다. 그러나 내가 이 장에서 명확하게 밝히고자 한 것은, 프로이트가 성을 복
잡하고 의미 있는 방식으로 다루었다는 사실이다.

라캉
정신분석학

지금까지 살펴본 고전적 정신분석학은 오랫동안 정신분석학적 문학 연
구의 표준으로 자리매김해 왔다. 이번에는 이러한 전통과 다소 거리가 있
는 유형의 정신분석 이론을 살펴볼 텐데, 비전통적이라고는 해도 이미 학
부의 영문학 과정에서 다루어지고 있는 이론이다. 바로 프랑스의 정신분석
학자 자크 라캉Jacques Lacan(1901~1981)의 이론이다. 라캉의 저작들은 꽤나
추상적인 데다 모호한 부분이 많아서 완전히 이해하기란 거의 불가능하다.

사실 라캉 자신도 무의식은 그 자체가 모호한 것이기 때문에(이를테면 꿈
이나 행동, 예술 창작물 등에 표현된 무의식은 대체로 그 의미가 복합적이다) 무
의식에 관한 글은 모호하고 어려울 수밖에 없다고 했다. 그렇다고 해도 라캉
의 진술들 가운데는 그가 실제로 의도한 바가 무엇인지를 놓고 해석자들이
견해를 달리하는 경우가 너무 많다. 더욱이 라캉의 핵심 용어들 중에는 라캉
본인이 몇 차례 수정을 거쳐 의미상 변화를 준 것들도 있다. 이렇듯 라캉을
읽는 데는 적지 않은 어려움이 따르지만, 그럼에도 라캉 정신분석학의 몇몇
주요 개념들은 최소한 그 개괄적인 내용이라도 짚고 넘어가야 할 필요가 있
다. 최근에는 학생들의 글에서도 라캉의 개념들이 조금씩 활용되는 것을 볼

수 있는데, 그 가운데 상당수가 부정확하게 사용되고 있기 때문이다.

예를 들어, 라캉이 사용하는 **상징**symbolic이라는 말의 의미는 기존의 문학 연구에서 일반적으로 통용되는 의미와 다르다. 그런데 이제 막 이론에 입문한 학생들이 상징을 말하면서 라캉을 언급하는 것을 보면, 라캉이 상징이라는 말로 의도하는 바가 자신들에게 익숙한 상징 개념의 용법, 즉 문학작품에 나타난 상징들을 분석하는 방식과 다르지 않다고 생각하는 것 같다. 하지만 라캉이 말하는 상징은 문학작품에 등장하는 상징과는 전혀 다르다. 이런 문제가 발생하는 이유는 아마도 라캉 정신분석학을 간추려 소개한 몇몇 글들 때문인 듯하다. 학생들은 종종 이런 식의 요약본들에서 라캉에 관한 정보를 얻는데, 문제는 그 요약본들의 태반이 너무 짧게 쓰인 데다 그 내용도 라캉의 원문만큼이나 추상적으로 서술되었다는 데 있다. 물론 개요만으로 라캉 정신분석학을 철저하고 깊이 있게 이해하기란 불가능하다는 측면에서 보면, 이제부터 등장할 이 책의 설명도 기존의 요약본들과 크게 다르지 않을 수 있다. 그럼에도 라캉의 개념들이 무엇을 말하고자 하는지를 더 명료하게 파악하는 데 이 글이 도움을 주면 좋겠다. 아울러 라캉의 개념들이 의도하지 **않은** 것은 무엇인지 가려내는 데도 유용하게 쓰였으면 한다.

문학 해석에 필요한 라캉의 개념들을 가장 적절한 방식으로 이해하려면, 먼저 유아의 정신발달에 관한 라캉의 이론부터 익히는 것이 좋다. 라캉에 따르면, 유아는 생후 몇 달 동안 자기 자신과 주변 환경을 모두 일정한 형체가 없는 무작위적이고 파편화된 덩어리로서 받아들인다. 실제로 유아는 자기 자신과 주변 환경을 분리시켜 구별할 줄 모르며, 심지어 자신의 신체 부위가 자기 것인 줄도 모른다. 이 무렵의 유아에게는 그러한 이해를 가능하게 하는 '자기'라는 감각이 없기 때문이다. 예를 들어 발가락도 일단 입에 넣어 봐야 비로소 자기 것임을 알게 된다. 다른 신체 부위도 마찬가지다.

마치 장난감이나 주변에 있는 다른 사물들처럼 말이다. 그런데 생후 6개월에서 18개월 사이의 어느 시점에 이르면 라캉이 말하는 **거울단계**Mirror Stage가 찾아온다. 아이가 실제 거울에 자신의 모습을 비추어 보든, 자신의 움직임에 대한 어머니의 반응을 통해 자기 모습을 되비쳐mirror back 보든지 간에, 중요한 것은 아이가 이 무렵, 즉 거울단계에서 형체 없이 파편화된 덩어리가 아닌 온전한 전체로서 자기 자신을 알아보는 감각을 발달시킨다는 것이다. 바꾸어 말하면, 유아는 실제 거울에 비추어 볼 수 있는 자신의 전체 이미지가 **마치** 진짜 자기 존재인 양 받아들임으로써 온전한 전체로서의 자기 자신에 대한 감각을 발달시킨다.

물론 아이는 아직 말로 표현할 수 있는 능력이 없기 때문에 이 같은 감정을 말하지는 못한다. 그러나 라캉은 거울단계에서 **상상계**the Imaginary Order가 시작된다고 주장한다. 라캉이 명명한 상상계는 이미지의 세계라는 뜻으로, 그런 점에서 상상의 세계가 아닌 어떤 지각의 세계라고 할 수 있다. 상상계는 유아가 말 대신 이미지를 통해 경험하는 세계라는 것이다. 즉, 온전한 전체로서의 자기 자신에 대한 감각으로 유아가 충만함과 완전함, 환희를 맛보는 세계가 상상계이다. 여기에는 유아의 두 가지 환상이 동반된다. 하나는 여전히 자신이 분리 불가능한 일부로서 속해 있는 주변을 자신이 제어할 수 있다는 환상이고, 다른 하나는 자신과 만족스럽게 결합해 있는 듯한 어머니를 마음대로 할 수 있다는 환상이다. 이때 후자는 다음과 같이 쓸 수 있다. 어머니는 내가 원하는 전부이며, 나는 어머니가 원하는 전부이다. 어머니와의 완벽한 결합에 대한 아이의 말로 표현할 수 없는 감정, 그리고 주변 세계에 대한 완벽한 제어는 분명 환상이지만, 그럼에도 이것이 아이에게 대단한 만족감과 힘을 가져다준다는 점을 기억하자. 이 같은 경험을 가리켜 라캉은 **어머니의 욕망/어머니에 대한 욕망**Desire of the Mother이라고 부른다. 라캉이 이렇게 명명한 의도는 방금 언급한 대로 유아에게는 그 욕망이 쌍

방향적인 욕망임을, 즉 자신을 향한 어머니의 욕망인 동시에 어머니를 향한 자신의 욕망임을 암시하기 위함이다. 아이가 어머니와 연결되어 있다는 느낌은 좋든 나쁘든 이 시기의 가장 중요한 경험이며, 이렇게 최초로 구성된 한 쌍의 관계는 아이가 언어를 습득할 때까지 계속 이어진다. 그런데 아이의 언어 습득은 라캉이 보기에 다른 어떤 것보다도 중대한 전환을 가져오는 사건이다.

아이의 언어 습득은 여러 면에서 중요한 의의를 갖는다. 라캉에 따르면, 아이의 언어 습득은 곧 **상징계**the Symbolic Order로의 진입을 뜻한다. 라캉이 언어 습득과 관련하여 상징계라는 용어를 사용하는 이유는 언어야말로 무엇보다 중요한 의미작용signification의 상징체계이기 때문이다. 여기서 의미작용의 상징체계란, 의미를 만들어 내는 상징체계라는 말이다. 우리가 처음으로 만들어 내는 의미, 좀 더 정확히 말하자면 우리에게 처음으로 만들어지는 의미는 나 자신이 분리된 존재('나'는 '나'이지 '너'가 아니다)이자 성별을 갖는 존재(나는 소년이 아니라 소녀다. 마찬가지로, 소녀가 아니라 소년이다)라는 것이다. 말하자면 상징계로의 진입은 다른 사람들과 분리되는 경험을 수반하며, 그 가운데서도 가장 중대한 분리는 그동안 상상계 안에서 친밀한 결합을 유지해 왔던 어머니와의 분리다.

라캉에 따르면, 어머니와의 분리는 우리에게 가장 중요한 상실의 경험으로 자리매김하며, 이 경험은 이후 일생 동안 우리를 따라다닌다. 우리는 더 이상 불가능한 어머니와의 결합을 대신할 만한 크고 작은 것들을 찾아 나서게 되는데, 그러한 작업을 무의식적으로 계속하며 삶을 보내게 될 영역이 바로 상징계이다. 완벽한 배우자를 만나게 되면 완벽한 결합의 느낌을 다시 맛볼 수 있겠지. 더 많은 돈을 벌면, 다른 종교로 개종하면, 좀 더 외모를 가꾸면, 좀 더 유명해지면, 좀 더 화려한 차와 큰 집을 사면, 상징계가 우리에게 욕망하도록 명령하는 그 어떤 것이든 얻게 되면, 완벽한 결합의 느낌을 되찾을 수 있겠지. 그러나 완벽한 충족감을 지속시킬 수는 없다. 왜? 라캉은 우리가 추구하는 충족감은 그런 종류의 것이 아니기 때문이라고 설명한다. 비록 스스로는 깨닫지 못할지라도 우리는 완전함과 풍요로움, 그리고 어머니 또는 이 세상과의 결합을 추구하지만, 그런 것들은 우리가 상징계에 진입하는 순간, 다시 말해 언어를 습득하는 순간, 의식적 경험의 세계에서 사라지고 말기 때문이다.

이처럼 잃어버린 욕망의 대상을 라캉은 **대상 a**^{objet petit a} 또는 '대상 소문자 a'라고 부른다. 여기서 대상 a의 'a'는 **타자**^{other}를 의미하는 프랑스어 '오트르^{autre}를 나타낸다. 라캉 연구자들은 라캉이 이 같은 특별한 약칭을 공식처럼 사용하는 이유를 여러 가지로 설명하는데, 그중 유용한 설명 하나를 살펴보자. 상징계는 어머니와의 이상화된 결합이 가능한 언어 이전의 세계로부터 우리를 분리시키면서 어머니를 타자(자신과는 별개의 인물)로 바꾸며, 마찬가지로 언어 이전의 세계에서 우리와 결합이 가능했던 다른 모든 것도 상징계라는 세계 안에서는 우리와 별개의 인물 또는 사건으로 바뀌어 버린다는 것이다. 라캉이 상징계의 특정한 자질을 언급하고자 **대문자 타자**^{Autre: Other} 대신 **소문자 a**(소문자 타자^{autre: other})를 사용하는 이유와 관련하여 이 같은 설명은 무엇을 알려 주는가? 대상 a와 우리의 관계, 그러니까 잃어버린 욕망의 대상과 우리의 관계는 무척이나 개별적이고 개성적이며 완전히 사적인 차원에 속하지만, 이와 달리 상징계 안에서 우리가 경험하는 것들은 그렇지 않다는 점을 말해 주는 것이 아닐까? 대상 a는 오직 나 자신에게만 속하는 '작은 타자^{little other}', 곧 소타자로서 나 자신에게만 영향을 끼친다. 반면에 대문자 'O'로 시작하는 **대문자 타자**^{Other}, 곧 **대타자**는 모든 사람에게 영향을 끼친다. 이에 대해선 뒤에서 다시 논의할 것이다.

대상 a는 또한 내가 잃어버린 대상에 대한 나의 억압된 욕망과 나 자신을 대면시키는 어떤 것을 가리키는 용어이다. 예를 들어, 마르셀 프루스트Marcel Proust의 《잃어버린 시간을 찾아서À la recherche du temps perdu》 (1913~1927)에서 화자는 어린 시절 이후 먹어 본 적이 없던 마들렌이라는 과자를 우연히 다시 맛보고는 유년기로 되돌아가는 듯한 즐거움을 경험한 다. 기대하지 않았던 생생한 기억들의 홍수 속에 빠져드는 것이다. 이때 화 자에게 마들렌은 대상 a라고 할 수 있다. 《위대한 개츠비》의 주인공 제이 개츠비에게는 아마도 데이지가 사는 곳의 부두 끝자락에서 반짝이는 초록 색 불빛이 대상 a일 것이다. 개츠비에게 초록색 불빛은 데이지를 향한 희 망뿐 아니라 순수했던 젊은 시절로 돌아갈 수 있다는 희망, 그리고 좌절하 여 타락한 삶을 살게 되기 이전으로 돌아갈 수 있다는 희망을 지속시켜 준 다고 볼 수 있다. 이러한 문학작품 속 사례들에서 알 수 있는 것은, 비록 잃 어버린 욕망의 대상이 말 그대로 어머니와의 결합이라는 언어 이전 단계 의 환상에 불과할지라도, 우리에게 무의식적으로 결합의 환상을 상기시키 는 사건 또는 완전한 시기는 유년기 이후에도 도래할 수 있다는 것이다. 환 상의 대체물로서 기능하고, 그렇기 때문에 우리가 잃어버린 욕망의 대상을 만난 것처럼 반응하게 되는 그런 사건 또는 순간 말이다.

라캉 정신분석학에서 상실과 결여는 더없이 중요한 문제이다. 사실, 일 반적인 언어 사용에는 상실과 결여가 수반되기 마련이다. 어떤 사물과 분 리 불가능한 일체감을 느끼고 있는 사람이라면 굳이 해당 사물을 대신하는 용도로 단어를 사용할 필요가 없다. 가령 자기가 쓰는 담요의 대용물로서 **담요**라는 말이 필요한 이유는, 다른 게 아니라 자신이 더 이상 담요와 함께 하지 않기 때문이다. 자기가 쓰는 담요와 자신이 계속 결합 상태를 유지하 고 있고, 둘이 여전히 하나이자 같은 것으로서 존재한다면, 그 상태를 가리 키는 데 굳이 **담요**라는 말이 필요하진 않을 것이다. 그러므로 상징계는 언 어를 통해 알려지는 세계, 곧 결여의 세계로 우리를 인도한다고 할 수 있다. 우리는 더 이상 담요와도, 어머니와도, 자기만의 세계와도 함께할 수 없다.

따라서 그러한 것들의 개념을 대신 표현해 줄 말들이 필요해진다.

덧붙이자면, 결여의 경험과 더불어 도래한 상징계는 우리의 정신이 의식과 무의식으로 분열되었음을 알리는 표시이기도 하다. 사실, 무의식은 특정한 욕망을 최초로 억압함으로써 만들어지는 것이다. 그 특정한 욕망이란 상징계의 출현에 앞서 우리가 맛보았던 어머니와의 결합에 대한 욕망을 말한다. 우리가 경험한 결여, 이를테면 압도적인 상실감, 좌절된 욕망, 그런 종류의 욕망을 가졌다는 데 대한 죄책감, 그토록 엄청난 것을 잃는 데 따르는 두려움 같은 것들도 그때 억압된다. 앞에서 설명한 것처럼, 바로 그 최초의 억압이 무의식을 탄생시킨다. 라캉의 유명한 말인 "무의식은 언어처럼 구조화되어 있다"(Seminar, Bk. Ⅶ 12)라는 진술의 함의도 여기서 찾을 수 있다. 무의식의 욕망은 언제나 잃어버린 욕망의 대상, 즉 언어를 갖기 전에 경험한 어머니에 대한 환상을 추구하는데, 이는 특별히 말로써 명명할 필요가 없었던 유아기의 대상들을 성인의 세계에서 말로써 표현하는 방법들을 언어가 항상 추구하는 것과 마찬가지라는 것이다.

무의식이 언어처럼 구조화되어 있다는 말은 상실 또는 결여의 문제와 관련하여 다른 측면에서 이해할 수도 있다. 라캉에 따르면, 무의식의 작동 양상은 일종의 상실 또는 결여를 암시하는 두 가지 언어작용과 닮아 있다. 바로 은유metaphor와 환유metonymy이다. 이 둘은 아주 흔한 용법이긴 하지만, 그렇다고 그냥 지나칠 수 없다. 여기서 말하는 은유와 환유에 관한 내용은 흔히 생각하는 것보다 딱딱하지 않고 오히려 흥미로울 것이다. 어떤 대상이 그 대상과 비슷하지 않은(그럼에도 비교 대상으로 삼고자 하는) 다른 대상의 대체물로 사용될 때 은유가 발생한다. 예를 들어, '내 사랑'에도 '붉은 장미'처럼 빼어난 아름다움, 부드러운 촉감, 상처를 줄 수 있는 힘(장미엔 가시가 있다) 등이 있음을 말하고 싶다면, '붉은 장미'는 '내 사랑'에 대한 은유가 될 수 있다. 이 둘은 서로 전혀 비슷하지 않은 대상이지만 말이다.

반면, 언어에서 환유는 하나의 대상이 그것과 연관된 다른 어떤 대상을 대체하거나, 어떤 대상의 일부로서 그것이 속한 전체 대상을 대신하는 경우에 발생한다. 예컨대, 왕이 보여 주는 행동에 유감을 표하려는 의도에서 "왕관the crown을 썼다면 당연히 올바르게 처신해야 할 것이다"라고 말했을 경우, '왕관'은 '왕'에 대한 환유로서 쓰였다고 볼 수 있다. '왕관'은 '왕'과 밀접하게 연관된 대상이기 때문이다. 여기서 눈여겨봐야 할 부분은 은유와 환유 모두 어떤 부재, 곧 일종의 상실 또는 결여를 수반한다는 점이다. 말하자면, 은유와 환유 모두 실제로 말하고자 하는 대상을 제쳐 두고 그 자리에 대체물을 가져온다. 그 결과, 대상 그 자체('내 사랑'과 '왕')가 아닌 그것의 특징(장미)이나 기능(왕관)이 순간적으로 부각된다.

라캉에 따르면, 은유는 서로 비슷하지 않은 대상들을 한데 묶는다는 점에서 앞서 언급한 무의식적 작용인 **압축**과 흡사하다. '꿈과 꿈의 상징' 절에서 논의한 내용을 다시 떠올리자면, 압축은 서로 다른 여러 인물이나 사물을 '한데 묶어' 하나의 인물이나 사물로 대체할 때 일어나는 과정이다. 가령, 내가 굶주린 사자에게 쫓기는 꿈을 꾸었다면, 그 사자는 나를 못마땅하게 여기는 직장 상사나 배우자, 내가 빚을 지고 있는 사람 등 현실에서 나를 못살게 구는 인물들이 하나로 합쳐져 나타난 대상일 것이다. 유사한 맥락에서, 환유는 한 인물이나 사물을 어떤 식으로든 서로 연관되어 있는 다른 인물이나 사물로 대체한다는 점에서 **전치(전위)**와 흡사하다. '방어, 불안, 핵심 문제들'과 '꿈과 꿈의 상징' 절에서 논의한 내용을 되짚어 보자면, 전치는 현실에서 자신을 괴롭히는 어떤 인물이나 사물을 그보다는 덜 위협적인 인물이나 사물로 대체할 때 일어나는 과정이다. 이를테면, 내가 직장 상사(내 '위의' 사람)에게 화가 많이 나 있는 상태라면, 나는 애꿎게 내 아이(내 '밑의' 사람)에게 소리를 지르며 화풀이하게 될지도 모른다.

무의식이 언어처럼 구조화되어 있음을 보여 주는 이상의 사례들에서 우리가 주목해야 할 핵심 요소는 상실 또는 결여다. 은유와 환유에서는 공통적으로 어떤 대상이 다른 대상을 뒤로 밀어내고 그 자리에 대신 들어선다. 앞서 예로 들었듯이, 언어의 사용은 세계와 결합되었던 언어 이전의 느낌을 다시 느껴 보려는 헛된 노력인데, 우리가 찾으려는 잃어버린 대상은 결코 다시 찾을 수 없다. 그러므로 상징계, 즉 언어의 세계에 진입한다는 것은 상실과 결여의 세계로 진입한다는 뜻이다. 이는 자기충족 및 제어의 환상을 맛보았던 세계인 상상계를 벗어난다는 뜻이기도 하다. 나의 욕구, 욕망, 두려움을 해소하는 방법과 범위가 다른 사람들의 욕구, 욕망, 두려움에 따라 제한되는 세계에 거주하게 된다는 뜻이다. 이 새로운 세계에는 충족이 지속되리라는 환상도, 완전한 제어가 가능하리라는 환상도 더 이상 존재하지 않는다. 이곳에는 지켜야 할 규칙과 따라야 할 규제만이 존재할 뿐이다.

라캉에 따르면, 상징계의 첫 번째 규칙은 대문자 어머니Mother는 내가 아닌 대문자 아버지Father의 소유라는 것이다. 여기서 'Mother'와 'Father'의 첫 글자를 대문자로 쓴 것은 개별적으로 존재하는 어머니와 아버지가 아닌 절대적 차원의 보편성을 갖는 어머니와 아버지를 가리키기 위함이다. 앞서 잠시 언급했고 이제 다시 논의하게 될 대문자 타자(대타자, 큰타자)Other의 경우도 마찬가지다. 어린 소년들에게 상징계로의 진입이란 프로이트가 말하는 오이디푸스적 금지에 해당한다. 어린 소년들은 어머니를 더 이상 독점할 수 없기 때문에, 아니 어머니는 아버지의 것이기 때문에, 어머니를 대신할 무언가를 찾아야 한다. 그러한 의미에서 라캉은 상징계가 어머니의 욕망/어머니에 대한 욕망이 **아버지의 이름**으로 교체되는 지점이라고 주장한다.

어찌 보면 놀라운 일도 아니다. 왜냐하면 우리는 언어를 통해 사회의 규칙과 금지 사항을 인식하고 이로써 사회적으로 길들여지는데, 그러한 규칙과 금지 사항을 만들어 내고 계속 유지시키는 존재는 대문자 아버지, 즉 권력자로서의 남성이기 때문이다. 따라서 남근phallus(팔루스: 남성 성기의 상징적 등가물이라는 점에서 가부장제 권력에 대한 은유가 된다)은 완전한 권력을 보증하는 상징계의 기호가 되지만, 그것은 어쨌든 상징계의 기호라는 점에서 아이러니하게도 결여를 뜻하는 기호가 되기도 한다. '아버지의 이름' 을 놓고 라캉이 벌이는 말놀이(아버지의 이름the Name-of-the-Father은 프랑스어 로 'Nom-du-Pere'인데, 여기서 '이름'을 뜻하는 프랑스어 'nom'은 영어의 'no' 에 해당하는 프랑스어 'non'과 발음이 같다. 그러니까 아버지의 이름은 아버지의 'No'라고 읽힐 수도 있는 것이다) 역시 이 같은 상징계의 구속적 성격을 강조 하려는 것이다.

이른바 '자기self'라는 것이 형성되는 과정에서 상징계의 역할은 실로 막 대하다. 그렇기 때문에 우리의 생각과는 달리, 우리 각자는 사실 특별하고 독립적인 개인이 아니다. 우리의 욕망이나 믿음, 편견 등은 우리가 상징계 에 빠져듦으로써 구성된 것들이다. 구체적으로 말하면, 그러한 함몰은 우리 의 부모가 상징계에 응답함으로써 우리에게 영향력을 행사한 결과다. 이것 이 바로 "욕망은 언제나 타자의 욕망"(Seminar, Bk. XI 235)이라는 라캉의 주장 이 의미하는 바다. 우리가 인생에서 바라는 것이 있다면, 심지어 우리가 어 느 특정한 순간에 원하는 것이 있다면, 그것은 우리 자신의 독특한 개성과 의지, 판단에 따라 결정된 것이라고 생각하기 쉽다. 그러나 우리가 어떤 것 을 바라게 되는 이유는 우리가 바로 그것을 바라도록 길들여졌기 때문이 다. 우리가 제각기 다른 문화 안에서 자라났다면, 즉 우리가 다른 상징계 안 에 존재한다면, 우리의 욕망도 제각각 다를 것이다. 달리 말하자면, 상징계 는 신념, 가치, 편견 등과 같은 사회의 이데올로기와 법률, 교육 현장, 종교 교리 등과 같은 통치 체제로 이루어진다. 그리고 이러한 사회의 이데올로 기와 통치 체제에 응답함으로써, 우리가 누구인지, 어떤 존재인지가 결정된 다. 라캉이 상징계를 논의하면서 타자Other를 **대문자 타자**Other(대타자, 큰타자) 로 쓰는 이유도 여기에 있다. 대문자 타자는 이른바 '자기임selfhood', 곧 주 체성을 형성하는 데 일조하는 어떤 것을 뜻한다. 이를테면 상징계, 언어, 이 데올로기(이 셋은 사실상 같은 것이라고 볼 수 있다), 그리고 기타 권위적 존재나 공인된 사회적 관습 등이 대문자 타자에 속한다.

여기서 꼭 기억해야 할 사항이 있다. 언어를 갖지 않았던 어린 시절의 세계에 대한 욕망이 억압된다고 해서, 이로써 무의식이 만들어진다고 해서, 자기충족 및 제어의 환상과 더불어 어머니가 우리 자신만을 위해 살아간다는 믿음이 존재했던 세계, 즉 상상계가 억압되는 것은 아니라는 사실이다. 오히려 상상계는 의식의 배후에 계속 존재한다. 상징계가 의식의 전면을 장악하고 있음에도 말이다. 인간 문화와 사회질서는 상징계에 의해 지배되며, 상상계에 홀로 남아 있다는 것은 사회적 기능을 상실했다는 뜻이다. 그럼에도 상상계는 상징계가 오해나 오독, 또는 인식의 오류로 분류할 법한 종류의 경험들 속에서 그 존재 의의를 증명한다. 말하자면, 상상계는 상징계를 구성하는 사회적 규범과 기대에 적절히 들어맞지 않는 경험이나 관점을 통해 그 존재를 입증한다. 그런데 이러한 역할에 주목할 경우, 어쩌면 상상계를 상정하지 않고서는 우리 자신을 온전한 인간으로서 인정하기가 어려워질 수도 있다. 상상계는 풍요로운 창조성의 원천이 되기 때문이다. 심지어 상상계의 중요한 가치는 오히려 상징계의 방식대로 우리 삶을 제어하지 않는다는 바로 그 사실에 있다고 주장할 수 있을지도 모르겠다. 상징계를 이루는 이데올로기적 체제에 저항할 수 있는 것이 혹시 있다면, 아이러니하게도 그와 같은 제어의 '결여'가 아마 유일할 것이다. 그런데 라캉은 여기서 **실재계**the Real라는 새로운 항을 들여온다. 라캉은 상징계와 상상계 모두 실재계를 제어하려 하거나, 반대로 회피하려 한다고 주장한다.

라캉이 말하는 실재계 개념은 어렵다 못해, 라캉 자신조차 이 개념을 설명하느라 애를 먹었다. 실재계를 사유하는 한 가지 방법은 우리를 둘러싼 모든 의미 형성 체계를 초월하는 것으로서, 그러니까 사회의 존재 근거라고 설명되는 이데올로기들의 세계 바깥에 놓여 있는 것으로서 실재계를 이해하는 것이다. 즉, 실재계는 존재의 어떤 해석 불가능한 차원이라고 할 수 있다. 의미를 부여하거나 의미를 만들어 내는 여과 장치와 완충지대가 없는 지점이 실재계인 것이다. 아마도 실재계는 일상을 이루는 근거가 과연 무엇인지 아주 잠깐이라도 생각해 보는 순간 만나게 되는 경험일 것이다.

이를테면 삶에 어떠한 목적이나 의미도 없다는 기분이 들 때처럼, 또는 사회를 지배하는 종교나 어떤 종류의 규칙도 거짓말이거나 오류, 아니면 우연한 결과라는 의심이 들 때처럼 말이다. 바꾸어 말하면, 우리가 이데올로기의 작동 양상을 간파하는 순간에, 즉 우리가 알고 있는 세계를 만들어 온 것이 일련의 변함없는 가치나 영원한 진리가 아니라 이데올로기라는 사실을 깨닫게 될 때, 우리는 실재의 차원을 경험한다. 이데올로기가 세계를 통째로 윤색하는 일종의 커튼과도 같다면, 실재는 바로 그 커튼 뒤에 존재할 것이다. 그러나 우리는 커튼 뒤를 볼 수 없다. 그곳에 실재가 있다는 생각에 때때로 밀려드는 불안감을 제외하면, 우리는 실재와 관련하여 아무것도 알 수 없다. 라캉이 그러한 경험을 **실재의 외상**trauma of the Real이라고 부르는 이유도 여기에 있다. 사회가 만든 의미는 말 그대로 사회가 만든 것일 뿐 실제로는 그 안에 아무것도 없음을 알려 주기 때문이다. 실재의 외상은 다음과 같은 깨달음만을 줄 뿐이다. 즉, 사회가 만들어 낸 이데올로기 아래 숨겨진 현실이란 우리의 능력으로는 이해할 수도, 설명할 수도, 제어할 수도 없는 종류의 현실이라는 것이다.

자, 여기까지 잘 따라왔다면 분명 묻고 싶을 것이다. "이 모든 것이 문학 작품을 해석하는 것과 무슨 관계가 있는가?" 확실히 라캉의 이론에 따른 문학작품 해석은 이 장의 앞부분에서 다룬 좀 더 표준적이고 고전적인 정신분석학적 해석과 매우 다르다. 그렇기 때문에 일단 라캉주의 문학비평가들의 작품 분석 가운데 널리 알려진 것들을 몇 가지 살펴보는 것이 좋을 듯하다. 우리의 당면 목표는 라캉 정신분석학에 따라 직접 작품을 분석하는 것이 아니라, 이런 종류의 분석 작업에 익숙해지는 것이기 때문이다. 그래서 라캉 이론에 따른 해석들을 접해도 더 이상 불편하지 않고 관련 논의들을 수월하게 이해할 수 있게 되면, 그때 비로소 라캉의 정신분석학에 따라 문학작품을 해석할 준비를 마쳤다고 할 수 있다.

라캉의 눈으로 문학작품을 해석하는 가장 확실한 방법은 아마도 지금까지 논의해 온 라캉의 몇 가지 핵심 개념들에 따라 텍스트가 구조화되는 방식들을 탐구하고, 그러한 탐구 과정에서 밝혀지는 내용을 확인하는 것일 터이다. 특히 초심자들에게는 이 방법이 더욱 유용하다. 예컨대, 다음과 같은 질문들을 던져 볼 필요가 있다. 서사 안의 등장인물이나 사건, 또는 장면 가운데 상상계를 구현하는 것으로 생각되는 부분이 있는가? (이를테면, 사적인 환상이나 망상의 세계를 포함하는 것으로 보이는 부분이 있는가?) 텍스트의 어떤 부분이 상징계의 영향을 받는 것으로 보이는가? (바꿔 묻자면, 등장인물의 행동 및 서사상의 사건을 제어하는 이데올로기나 사회적 규범을 어느 부분에서 확인할 수 있는가?) 상상계와 상징계의 관계는 어떻게 묘사되고 있는가? 등장인물들이 어디에 대상 a를 향해 무의식적 욕망을 투사하는지를 파악함으로써, 우리가 그 인물들에 대해 알게 되는 것은 무엇인가? (즉, 특정 등장인물은 마음속에서 계속 떠오르는 이상화된 유아기의 어머니를 향한 자신의 무의식적 욕망을 어디에 집중시켰는가? 더 정확히 말해, 무엇으로 전치시켰는가?) 실재를 대표하는 것이 텍스트 안에 일부라도 존재하는가? (우리의 이해 범위를 너무도 완벽하게 뛰어넘었기에 인간으로서는 억압하고 부정하고픈 충동, 심지어 그로부터 도망치고픈 충동마저 불러일으키는 존재의 어떤 두려운 차원이 텍스트 내부에서 발견되는가?)

라캉 정신분석학에 따른 작품 해석 가운데 두 가지 사례를 간단하게 살펴보자. 먼저 볼 작품은 샬럿 퍼킨스 길먼Charlotte Perkins Gilman의 단편소설 〈누런 벽지The Yellow Wallpaper〉(1892)다. 작품 선집에도 자주 수록된 이 소설의 이름 없는 화자는 상상계에서 점점 많은 시간을 보내다가 결국 그 세계 안에서만 살아가게 되는데, 이를 어떤 식으로 설명할 수 있을까? 그녀가 상상계에 의지하는 모습은 어떤 점에서 남편과 오빠로 대표되는 상징계에 대한 거부가 될 수 있는가? 벽지는 어떤 점에서 라캉이 말하는 실재계로서 이해될 수 있는가? 화자가 벽지와 마주하는 장면은 어떻게 실재계의 외상을 보여 주는가? 〈누런 벽지〉는 라캉이 말하는 어떤 곤경에 직면한 주인공의 상황을 구체적으로 보여 주는 소설이라고 생각할 수 있을까? 온전한 삶을 불가능하게 만드는 두 가지 세계 사이의 선택, 즉 그녀를 구속하는 상징계와 그녀가 이해하지 못하는 실재계 사이의 선택만이 가능한 상황 말이다. 그녀에게 남은 유일한 선택지이자 그녀가 조금씩 순응하다가 결국 완전히 정착한 세계는 상상계뿐이었다. 실제로, 이야기는 더 이상 사회 구성원으로서 기능할 수 없는 주인공이 마치 어린아이마냥 방 안을 기어 다니는 장면으로 마무리되는데, 라캉의 이론에 따르면 이러한 현상은 상상계에 완전히 빠져들었을 때 야기되는 결과다.

두 번째로 살펴볼 작품은 역시 작품 선집에 자주 수록되는 케이트 쇼팽 Kate Chopin의 장편소설 《각성The Awakening》(1899)이다. 이 소설에서 우리는 상상계로 이끌려 들어가는 여성 주인공을 다시 한 번 만나게 된다. 소설의 주인공 에드나 퐁텔리에의 상상계는 예술, 음악, 성적 자유, 로맨스의 세계이다. 그녀가 상상계로 이끌리는 이유는 일단 자신을 키워 준 아버지와 언니에 대한 감정적 거리감 때문이지만, 어느 정도는 상징계에 너무도 철저하게 결합된 나머지 사실상 상징계의 대변자로서 행동하는 남편 레옹스 때문이기도 하다. 그런데 에드나가 상상계로 인도되는 또 다른 계기는 자신조차 무엇인지 알지 못하는 어떤 것을 그녀 스스로 추구하게 되면서 생겨난다. 에드나는 자기가 그리는 그림으로도, 피아니스트 라이즈 양의 음악으로도, 성적 자유나 로맨스로도 채워지지 않는 어떤 갈망에 사로잡힌다. 아마 라캉의 독자들이라면 에드나가 불만족스러운 상태를 벗어나지 못하는 이유가 미술, 음악, 성적 자유, 로맨스 등이 단지 대상 a의 대체물에 지나지 않음을 그녀가 깨닫지 못하기 때문이라고 생각할 것이다. 그러한 것들은 에드나가 어렸을 때 경험했고 아직도 무의식적으로 욕망하는 자신의 어머니/세계와 결합된 환상일 뿐이라는 것이다. 실제로 마지막 장면에서 자기가 태어나던 날처럼 벌거벗은 채로 바다에 몸을 맡기도록 에드나를 인도하는 것은 무의식적 욕망의 힘이라고 할 수 있다. 그녀가 바다에서 마지막으로 체험하는 것은 개가 울부짖는 소리, 구두에 붙어 있는 박차들이 뗑그렁하는 소리, 벌들이 붕붕대는 소리, 꽃에서 나는 짙은 향기 등 언어화되지 않은 어린 시절의 기억 속 감각들이었던 것이다. 따라서 에드나의 경험이라는 측면에서 볼 때, 《각성》은 대상 a를 향한 주인공의 무의식적 탐색에 따라 구조화된 소설이라고 할 수 있을 것이다. 덧붙이자면, 그 탐색은 필연적으로 실패할 수밖에 없다. 대상 a는 결코 발견될 수 없는, 항상 잃어버린 대상이기 때문이다.

물론 라캉 정신분석학은 이보다 더 많은 개념들을 사용할 뿐 아니라, 그 내용 또한 여기서 간략히 요약한 것보다 몇 배로 더 어렵다. 비록 이 장에서 다룬 이론적 개념들과 작품 해석의 사례는 아주 부분적인 것에 지나지 않지만, 그럼에도 라캉이 선사하는 인간 경험에 대한 독특한 관점과 문학을 바라보는 흥미로운 통찰을 이해할 발판이 되기에는 충분할 것이다.

고전적 정신분석학과 문학

고전적 정신분석학에도 우리가 아직 다루지 못한 개념들이 많이 남아 있다. 그리고 어느 이론에서든 마찬가지겠지만, 고전적 정신분석학 이론가들 사이에서도 합의되지 못한 부분이 상당히 많다. 이를테면, 개인의 성격이 형성되는 방식이나 행동장애를 치료하는 가장 좋은 방법 같은 것들 말이다. 마찬가지로, 정신분석학을 활용하는 문학비평가들 사이에서도 정신분석학 개념들을 문학 연구에 가장 효과적으로 적용시킬 수 있는 방식을 둘러싸고 의견이 분분하다. 어느 작가에 대해 정신분석 작업을 진행할 때, 그 작가의 문학적 생산물은 어떤 측면에서 보아야 하는가? 문학적 등장인물들을 마치 실제 사람인 것처럼 정신분석하는 것은 어느만큼 타당한가? 어느 정신분석 이론가가 우리에게 가장 탁월한 통찰을 제공하는가? 독자들은 자신이 읽는 텍스트에 자기만의 욕망과 갈등을 투사함으로써 텍스트를 '창조'해 나가는데, 이 과정에서 독자의 역할은 구체적으로 무엇인가?

6장에서 독자반응 비평을 다룰 때 다시 언급하겠지만, 정신분석학과 독자반응이론은 둘 다 독자의 심리적 경험에 주목한다는 점에서 겹치는 부분이 많다. 덧붙이자면, 정신분석학은 마르크스주의 및 페미니즘과도 몇 가지 특징을 공유하지만, 일부 정신분석학적 관점은 몇몇 이유들로 인해 마르크스주의와 페미니즘 안에 수용되지 못한다. 이에 대해서는 3장과 4장에서 확인할 수 있을 것이다. 어쨌든 이 시점에서 우리가 할 일은 일단 정신분석학의 주요 개념과 기본 원리들을 익히는 것이다. 그러한 개념과 원리들은 나머지 정신분석학 개념들과 대부분 어떤 식으로든 연관되기 때문이다. 따라서 이 부분을 충실히 이해해 두면 정신분석학 이론가들과 문학비평가들의 책을 읽고 그들이 제기하는 쟁점들을 파악하는 것이 한결 수월해질 것이다.

물론 우리가 공부한 정신분석학 개념들로 모든 문학작품을 이해할 수는 없다. 정신분석학을 바탕으로 문학작품을 읽고자 할 때 우리가 해야 할 작업은 어떤 정신분석학 개념이 텍스트 안에서 작동하고 있는지 살펴봄으로써 작품 이해의 폭을 넓히고, 관련 글을 작성하고자 할 경우에는 이를 바탕으로 유의미하고 일관성을 갖춘 해석을 만들어 내는 것이다. 이 장에서 주로 논의한 고전적 정신분석학의 관점에 따라 문학작품을 해석할 때는 대개 오이디푸스적 역학 관계나 가족 역학 관계가 작품 안에서 어떻게 재현되는지, 인간 존재와 죽음 혹은 성욕 사이의 심리적 관계에 대해 작품이 무엇을 말해 줄 수 있는지, 또는 화자의 무의식에 내재된 문제들이 이야기의 전개 과정에서 어떤 식으로 거듭 표출되는지 등의 내용에 초점을 맞춘다. 아울러 해당 텍스트를 이해하는 데 도움이 될 만한 그 밖의 다른 정신분석학 개념들은 없는지 탐색하기도 한다.

어떤 비평가들은 정신분석학을 활용하여 문학작품에 등장하는 인물의 행동을 이해하려는 시도에 반대한다. 문학작품 속 등장인물은 현실의 인물이 아니므로 분석할 만한 정신을 갖고 있지 않다는 것이 그 이유다. 하지만 작품 속 인물의 행동을 분석해 보는 것이야말로 정신분석학의 활용법을 배우는 최고의 방법일 것이다. 더 나아가, 대다수의 정신분석 비평가들은 두 가지 중요한 이유를 들어 이 같은 연습을 적극 옹호한다. 첫째, 우리는 작품 속 인물이 곧 현실 속 실제 인물임을 밝히고자 그 인물을 분석하는 것이 아니다. 작품 속 인물을 분석하는 이유는 그 인물이 인간 존재의 심리적 경험 일반을 재현한다는 사실을 보여 주기 위해서다. 둘째, 문학적 재현을 현실 속 쟁점들에 대한 구체적 사례로서 인식하고 분석하는 비평이론들, 예컨대 페미니즘·마르크스주의·아프리카계 미국인 문학비평 등의 비평적 관점에 따라 등장인물의 행동을 분석하는 것이 타당한 것과 마찬가지로, 정신분석학의 관점에 따라 등장인물의 행동을 분석하는 것 역시 타당하다.

문학작품에 등장하는 인물의 행동을 고전적 정신분석학에 따라 분석함으로써 어떤 통찰을 얻을 수 있는지 보여 주는 몇 가지 구체적인 사례들을 살펴보자. 먼저, 아서 밀러Arthur Miller의 《세일즈맨의 죽음Death of a Salesman》(1949)을 정신분석학적으로 읽으면, 윌리 로먼의 과거 회상 장면이 어떤 점에서 실제 현실의 심리적 고통이 빚어낸 퇴행임을 보여 주는 증거인지를 확인할 수 있다. 퇴행의 원인은 윌리 자신과 그의 아들이 업계에서 성공하지 못한 데 따른 정신적 외상에 있다. 윌리는 어린 시절에 아버지와 형에게서 버림받은 이후로 계속 자신을 괴롭혀 온 엄청난 불안감을 달래려고 성공을 염원했다. 그런데 실패했다. 그리고 부인否認과 회피를 통해 심리적 불안감, 그로 말미암아 생겨난 사회부적응과 직장에서의 실패를 억압하는 데 삶을 모두 소진해 버렸다. 그런 점에서 《세일즈맨의 죽음》은 '억압된 것의 귀환'에 의해 구조화된 희곡이라고 볼 수 있을 것이다. 다른 한편으로 《세일즈맨의 죽음》은 가족 내 심리적 역학 관계를 탐구한 작품으로 읽을 수도 있다. 이 희곡 작품은 가족 안에서의 역할과 관련하여 해소되지 않은 갈등들이 어떻게 일터에서 '발산'되고 또한 자녀들에게 '대물림'되는지를 탐구하기 때문이다.

비슷한 맥락에서 읽어 볼 수 있는 작품이 토니 모리슨의 《가장 파란 눈》(1970)이다. 《가장 파란 눈》을 정신분석학의 관점에서 읽으면, 인종차별주의가 사람의 정신에 미치는 악영향, 특히 그러한 악영향이 오히려 인종차별주의의 피해자들에게서 내면화되는 양상을 이 소설이 어떤 방식으로 그리는지를 알 수 있다. 이 소설에 등장하는 대부분의 흑인 인물들은 자신이 지닌 부정적 특징들이 검은 피부 때문에 생겨났다고 믿는다. 그러한 특징들은 백인 중심의 미국 사회가 만들어 낸 것들인데 말이다. 내면화된 인종차별주의가 끼친 심리적 악영향은 너무나 명백하다. 단지 아프리카인의 특징을 갖고 있기 때문에 자신들이 못났다고 여기는 브리드러브 가족의 확신, 정작 자기 가족은 무시하면서도 자신이 일하는 백인 가정에는 최선을 다하는 브리드러브 부인의 헌신, 피부가 검다는 이유로 피콜라를 잔인하게 괴롭히는 흑인 소년들의 자기혐오, 모린 필이라는 아프리카계 미국인 소녀는 상대적으로 피부색이 옅기 때문에 다른 흑인 급우들보다 모든 면에서 우월할 것이라는 흑인 등장인물들의 추측(백인들도 같은 생각이다), 자기 기준에 따라 옷을 입거나 행동하지 않는 모든 흑인을 '깜둥이nigger'라고 부르면서도, 조금이라도 자제력(제어의 대상이 자기 감정이든 타고난 곱슬머리이든)이 흐트러지면 자기도 마찬가지로 '깜둥이' 소리를 들을까 봐 두려워 자기 인생을 편안히 즐기지 못하고 남편과 자식마저 사랑하지 못하는 제랄딘의 무력함 등에서 그러한 심리적 악영향을 여실히 확인할 수 있다.

이처럼 《가장 파란 눈》은 내면화된 인종차별주의가 어떻게 흑인들이 스스로를 비하하도록 만드는지, 더 나아가 어떻게 다른 흑인들을 향해 그러한 자기혐오를 투사하도록 만드는지를 잘 보여 준다. 특히 이 같은 심리적 투사가 위험한 양상으로 나타나는 것을 우리는 피콜라를 대하는 여러 흑인들의 태도에서 확인할 수 있다. 푸른 눈을 갖고 싶어 하는 피콜라의 자기부정적 욕망이야말로 인종차별주의가 정신적으로 얼마나 큰 해악을 가져오는지를 증명하는 가장 충격적인 사례일 것이다. 더불어 가족의 파행이라는 문제는 브리드러브 가족에게서 구체적으로 드러나는 양상이자 고립과 버림받음, 배신 등을 경험해야 했던 폴린과 촐린의 유년기를 낳은 근원이기도 한데, 정신분석학은 이를 분석하고 그 역학 관계를 이해하는 데 도움이 된다.

마지막으로, 메리 셸리의 《프랑켄슈타인》(1818)을 정신분석학의 관점에서 읽어 보자. 이 소설을 정신분석학적으로 읽으면, 주인공 빅토르가 괴물을 창조한 것이 어째서 자신의 무의식적 욕구를 따른 행동인지 알 수 있다(결과적으로 괴물은 빅토르의 가족과 친구들을 죽이게 된다). 빅토르의 무의식 안에는 아버지와 어머니를 벌하고 싶은 욕구와 더불어, 다섯 살 때 집에서 엘리자베스(명백히 어머니를 대신하는 존재다)라는 '완벽한' 아이를 입양한 뒤 생겨나 여전히 해소되지 않은 채로 강하게 남아 있던 형제간 경쟁심리를 발산하려는 욕구가 존재했던 것이다. 빅토르는 엘리자베스로 말미암아 더 이상 부모의 관심과 애정을 독차지할 수 없음에도 엘리자베스를 향한 사랑을 거듭 표현하는데, 이는 어린 시절에 정상적으로 나타날 수 있는 질투심이 적어도 빅토르의 시점에서 서술된 이야기 속에서는 전혀 드러나지 않는다는 사실과 연관되어 있다. 이 사실은 버림받을지도 모른다는 느낌이 해소되지 않은 채로 빅토르의 무의식 속에 억압되어 있었음을 암시한다.

빅토르가 약혼녀인 엘리자베스를 비롯한 사랑하는 가족들과 최대한 계속 멀리 떨어져 있으려 한 점, 빅토르의 마음속에 엘리자베스와 이미 사망한 어머니가 혼재되어 있음을 드러내는 동시에 곧 닥쳐올 엘리자베스의 죽음을 예고하는 꿈속의 연속 장면들, 자신이 미쳐 가고 있는 게 아닐까 하는 두려움을 거듭 드러내거나 반대로 완벽히 제정신이라고 주장하는 등 꿈속의 장면들을 보는 양 열에 들떠 혼미해지는 빅토르의 신경 발작, 괴이하게도 빅토르의 결정이 항상 괴물의 다음 살인 행위를 오히려 쉽게 해 준다는 점 등은 모두 빅토르가 성인이 되어서까지 해소하지 못한 무의식 속 갈등을 드러내는 징후들이다. 더 나아가, 우리는 《프랑켄슈타인》에서 버림받음의 심리 상태가 재현된 점과 저자인 메리 셸리 역시 살아가는 동안 버림받은 경험 때문에 고통을 겪었다는 점 사이의 관련성도 조심스럽게 추측해 볼 수 있다. 그녀의 아버지는 딸을 혼자 키우는 일을 버거워했으며, 아버지와 재혼하여 새어머니가 된 여성은 이전 결혼에서 얻은 자신의 딸만 편애할 뿐 메리 셸리에게는 정을 주지 않았다고 한다.

이쯤에서 잠시 숨을 고르고, 문학작품들에 대한 정신분석학적 독법과 관련하여 자주 제기되는 질문들을 살펴보고 넘어가자. 어떤 문학 텍스트 안에서 정신분석학 개념들이 작동한다면, 이는 저자가 의도적으로 텍스트 안에 그러한 개념들을 집어넣었다는 뜻인가? 만약 그 저자가 프로이트가 살았던 시기 이전의 인물이거나 프로이트에 대해 전혀 알지 못하는 사람이었다면, 정신분석학 개념들을 어떻게 텍스트 안에 집어넣을 수 있는가? 이 질문들에 대한 대답은 간단하다. 프로이트는 정신분석학의 원리들을 발명한 것이 아니다. 그는 인간 존재 안에서 작동하고 있는 그 원리들을 발견했을 뿐이다. 바꾸어 말하면, 프로이트는 자신이 발견하기 오래전부터 원래 있었던 인간 행동의 원리들에 이름을 붙이고 그 작동 과정을 설명했을 뿐이다. 그 원리들은 프로이트가 설명하지 않았더라도 계속 작동했을 것이다. 그러므로 저자의 무의식이 생산한 결과물(모든 창작물은 일정 부분 무의식의 산물이라고 추측할 수 있다)로서 인간 행동을 정밀하게 묘사하는 모든 문학 텍스트는 정신분석학의 원리들을 포함한다고 할 수 있다. 이는 저자가 작품을 집필할 때 그러한 원리들을 조금이라도 인지하고 있었는지의 여부와는 상관없다. 정신분석학에 따르면, 문학을 비롯한 모든 예술 형식은 대개 저자나 독자 안에서, 또는 (최근 몇몇 정신분석학 이론가들의 시각처럼) 사회 전체에서 작동하는 무의식적 동력의 산물이다.

정신분석학 개념들이 적용될 수 있는 영역은 특정한 문학 장르나 예술 매체에만 국한되지 않는다. 소설이나 시, 희곡, 민담, 비소설(논픽션) 등을 읽을 때와 마찬가지로, 회화나 조각, 건축, 영화, 음악 등을 해석할 때도 정신분석 비평은 유용하다. 이미지나 서사적 내용(대부분의 회화 작품도 이야기를 전달하는 하나의 방식이다)을 포함한 인간의 창작물이라면, 그 창작물이 그것을 생산하거나 사용하는 사람들의 심리(그야말로 거의 모든 것이다!)에 대해 말해 주는 바가 있다면, 그 종류가 무엇이든지 간에 정신분석학적 도구들로 해석할 수 있다.

정신분석 비평가가 던질 만한 질문들

다음에 제시된 질문들은 정신분석학을 활용하여 문학작품에 접근하는 방법들을 요약한 것이다. 여기서 주목해야 할 것은 텍스트가 지닌 정신분석학적 면모는 일반적으로 서사(플롯의 상당 부분을 책임지는)를 진행시키는 원동력이 된다는 점이다. 다음의 일곱 가지 접근법들 가운데 어떤 방법으로 텍스트를 분석하더라도 이 점을 확인할 수 있다. 특히 ⑤번 질문은 라캉의 시각으로 문학에 접근하는 방법이다.

① 핵심 문제들을 통해 등장인물들의 행동을 어떻게 이해할 수 있는가? 어떤 방어기제가 작동하여 핵심 문제들에 대한 등장인물의 인식을 억압하는가? 그러한 해석은 어떤 방식으로 이야기의 이해를 돕는가?

② 문학작품에 형제간의 경쟁, 오이디푸스적 갈등, 또는 다른 정신분석학적 가족 역학 관계가 존재하는가? 즉, 어떤 성인 등장인물의 문제적 행동양식을 그 사람이 어렸을 때 가족 안에서 겪은 경험(작품 안에서 언급된 경험)과 연관시킬 수 있는가? 이러한 행동양식과 가족 역학 관계는 작품 안에서 어떻게 작동하며, 이를 통해 무엇을 알 수 있는가?

③ 어떻게 등장인물의 행동, 서사적 사건, 또는 이미지를 정신분석학에서 말하는 죽음에 대한 두려움(죽음에 대한 매혹으로 표출될 수 있다), 파괴적인 성적 관계(여기에는 성적 행동은 물론 사랑과 연애도 포함된다) 등의 측면에서 설명할 수 있는가?

④ 문학작품을 어떻게 꿈과 유사한 맥락에서 바라볼 수 있는가? 구체적으로, 반복되거나 인상적인 꿈의 상징들은 서술자나 화자 자신의 무의식적 욕망, 두려움, 상처, 해소되지 않은 갈등 등이 작품 속 등장인물, 배경, 사건 등에 투사되는 방식들을 어떻게 드러낼 수 있는가? 이 물음에 대한 답을 찾는 데는 죽음, 성욕, 무의식과 관련된 상징들이 특히 도움이 된다. 실제로 꿈의 상징들을 사용하면 비현실적이거나 공상적으로 보이는, 즉 꿈처럼 느껴지는 문학작품 및 작품 속 구절들을 해석하는 데 큰 도움이 된다.

⑤ 텍스트는 어떤 방식으로 등장인물들이 상상계, 상징계, 거울단계, 대상 a 같은 라캉의 개념들에 정서적으로 몰입한 양상을 드러내는가? 그리고 텍스트의 어떤 부분이 라캉의 실재계 개념을 표상하는가? 더 나아가, "이 텍스트는 하나 이상의 라캉의 개념들로 구조화되어 있다"라고 말할 수 있을 만큼 텍스트의 많은 부분을 설명할 수 있는 라캉의 개념이 있는가?

우리는 이 가운데 하나 또는 몇 개를 섞어 질문하는 방법으로 문학작품을 논의할 수 있다. 아니면 여기에 나와 있지 않은 다른 유익한 질문을 나름대로 던져 볼 수도 있다. 여기서 제시한 물음들은 정신분석학의 관점에 따라 내실 있게 문학작품을 이해하기 위한 몇 개의 출발점일 뿐이다. 다만 정신분석 비평가들이라고 해서, 심지어 동일한 정신분석학 개념에 초점을 맞추는 비평가들이라고 해서 동일한 텍스트를 모두 똑같이 해석하는 것은 아니라는 점을 명심하자. 다른 분야와 마찬가지로 전문가들 사이에도 견해차가 존재하기 마련이다. 우리의 목표는 정신분석학을 활용하여 문학작품에 대한 이해의 폭을 넓히는 것이다. 그리고 정신분석학이 없었다면 뚜렷하게, 깊이 있게 알지 못했을 몇 가지 중요한 견해들을 자세히 살펴보는 것이다.

이제 접하게 될 F. 스콧 피츠제럴드의 《위대한 개츠비》 독법은, 정신분석학에 따른 작품 해석의 한 가지 사례이다. 나는 친밀감에 대한 두려움이 《위대한 개츠비》의 모든 등장인물에게 공통된 심리적 행동양식을 만들어낸다는 점에 주목하고, 친밀감에 대한 두려움이 서사를 전개시키는 커다란 원동력으로 작용한다는 점을 밝히고자 한다. 이처럼 정신분석학의 렌즈를 통해 바라보면, 그토록 수많은 독자들의 마음을 사로잡았던 소설 《위대한 개츠비》는 제목과는 달리 위대한 사랑 이야기가 아니라 파행적 사랑을 다룬 한 편의 심리극이라는 사실을 알게 될 것이다.

"사랑이 그것과 무슨 상관이죠?"

《위대한 개츠비》에 대한 정신분석학적 독법

F. 스콧 피츠제럴드의 《위대한 개츠비》(1925)에서 탐구된 인간 행동의 다양한 영역들 가운데 정신분석 비평이 눈여겨볼 대목 가운데 하나는 소설 속에서 묘사된 낭만적 관계다. 물론 정신분석학이라는 렌즈로 이 소설을 보지 않더라도, 《위대한 개츠비》에서 가장 기억에 남는 부분은 여주인공 데이지를 향한 개츠비의 사랑이 갖는 힘과 인내다. 그리고 수많은 애독자들 사이에서 이 소설이 '미국의 가장 위대한 사랑 이야기'로 꼽히는 이유도 그러한 정서적 매혹에 있다. 실제로 《위대한 개츠비》를 정신분석학적으로 읽지 않는 다수의 비평가들은 제이 개츠비를 이 소설의 나머지 인물들과는 전혀 다른 낭만적 영웅[2]으로 인식한다.

그러나 개츠비와 데이지의 로맨스와 관련하여 정신분석학적 독법이 주목하는 부분은 두 사람의 관계가 갖는 명백한 예외성이 아니라, 그 관계가 작품에 나오는 아름답지 못한 모든 연애 관계, 이를테면 톰과 데이지의 관계, 톰과 머틀의 관계, 머틀과 조지의 관계, 닉과 조던의 관계를 반영한다는 사실이다. 이 점을 잘 살펴보면 서사적 전개의 원동력으로 작용하는 어떤 심리적 행동 패턴을 파악할 수 있다. 이제 곧 보게 되겠지만, 이 같은 행동양식은 등장인물들이 갖는 친밀감에 대한 두려움, 즉 타인과의 정서적 유대가 결국에는 정서적 충격으로 되돌아올 것이라는 무의식적 확신에서

---

[2]　예를 들어, 참고문헌에 제시된 Marius Bewley, Tom Burnam, Richard Chase, Rose Adrienne Gallo, Jeffrey Hart 등의 글을 보라. 한편, 개츠비를 병적 자아도취에 빠진 인물로 보는 다소 어두운 견해에 대해서는 Giles Mitchell의 글 참고.

비롯된 것이다. 정신분석학이라는 렌즈를 들이대면, 그러한 심리적 문제가 《위대한 개츠비》 구석구석에 너무나 깊이 스며들어 있음을 알 수 있다. 말하자면, 사랑 이야기로 널리 알려진 《위대한 개츠비》는 정신분석학적 독법을 거치면서 파행적 사랑을 다룬 한 편의 심리극으로 변모하게 되는 것이다. 먼저 톰과 데이지의 결혼 생활을 살펴보자. 두 사람의 결혼 생활은 친밀감에 대한 두려움을 바탕으로 유지되는 관계란 어떤 것인지를 가장 확실히 보여 준다.

아마도 《위대한 개츠비》에서 친밀감에 대한 두려움을 가장 극명하게 보여 주는 대목은 톰 뷰캐넌의 상습적인 외도일 것이다. 조던은 톰과 데이지가 결혼한 지 불과 석 달 만에 목격한 장면을 닉에게 들려준다.

> 그들[톰과 데이지]이 [신혼여행에서] 돌아왔을 때 샌타바버라에서 만났는데 … 내가 샌타바버라를 떠난 지 일주일 뒤 톰이 몰던 차가 벤투라 가도에서 왜건과 충돌해 그만 앞바퀴가 빠져버린 사고가 있었어요. 같이 타고 있던 여자의 팔이 부러졌기 때문에 신문에 났지요. 그녀는 샌타바버라 호텔에서 청소부로 일하는 여자였어요. (81-82/118; 4장)

우리가 이 소설에서 만나는 톰은 가장 최근 상대인 머틀 윌슨과 연애하느라 바쁘다. 하지만 두 여인에게 관심과 시간, 정력이 분산되기 때문에 톰은 어느 쪽에도 진정한 친밀감을 갖지 못한다. 실제로 톰은 데이지를 비롯한 여성들과의 관계에서 정서적 친밀감보다는 자기만족 욕구를 더 강하게 드러낸다. 톰에게 데이지는 사회적 우월감을 표상하는 존재다. 데이지는 제이 개츠비처럼 "어디서 굴러먹다 왔는지도 모르는 작자"(137/191; 7장)가 가질 수 있는 부류의 여자가 아니기 때문이다. 한편 머틀 윌슨은, 닉의 묘사에 따르면 "육감적"이고 "연기를 내뿜듯 끊임없이 발산하는 생동감"이 넘치는 것을 "금방 느낄 수 있"는 여성이다.(29-30/49; 2장) 말하자면, 톰은 머틀 윌슨을 소유함으로써 자신만의 남성적인 권력을 강화시키려는 것이다. 이는 톰이 머틀 윌슨을 자신의 남성 지인들이 자주 드나드는 레스토랑에 데려가거나, 이스트에그의 자택에서 모처럼 재회한 닉에게 곧바로 그녀를 소개시켜 주는 이유이기도 하다. 사실, 다른 여성에 대한 톰의 관심은 너무나 일상적으로 일어나는 일이어서 데이지가 예견할 수 있을 정도이다. 재미있는 사람이 있다는 이유로 톰이 저녁 식사 자리를 데이지가 아닌 개츠비의 파티에 참석한 낯선 사람들과 함께하고 싶다고 말할 때, 데이지는 그가 또 다른 여성을 찾으려 하는 것임을 금세 눈치챈다. 데이지는 "주소를 적고 싶으면 여기 내 금제 연필을 쓰세요…"라고 톰에 말한 뒤, "잠시 주위를 둘러보더니 (닉에게) 그 아가씨가 '품위는 없지만 얼굴은 예쁘잖'하다고 말했다."(112/160; 6장)

데이지가 갖는 친밀감에 대한 두려움 또한 톰과 견줄 수 있을 정도로 심하지만, 금방 눈에 띄진 않는다. 사실 데이지는 개츠비에 대한 감정이 다시 싹트기 전까지는 결혼 생활에 충실했으며, 그 때문에 톰이 머틀과 연애한다는 사실에 고통스러워한다. 이런 점들을 보면서 일부 독자들은 데이지가 남편과 정서적 친밀감을 나누고 싶어 한다고 생각할지도 모르겠다. 실제로 신혼여행을 다녀온 직후의 데이지를 묘사하는 조던의 말은 그러한 해석을 뒷받침한다.

나는 남편에게 그렇게 미쳐 있는 여자는 처음 보았어요. 그가 잠깐만 방을 나가도 불안하게 방 안을 돌아보며 이렇게 말하는 거예요. "톰이 어디 간 거야?" 그러곤 문에 그가 나타날 때까지 얼빠진 표정을 하고 있는 거예요. 모래 사장에 앉아서 남편의 머리를 무릎에 올려놓고 한 시간씩이나 손으로 그의 눈가를 쓰다듬고 문지르며 더없이 행복한 표정으로 내려다보곤 했지요. (81-82/118; 4장)

그러나 톰과 데이지의 관계가 그동안 어떠했는지 들여다보면, 데이지에게는 또 다른 심리적 동기가 있었음을 알 수 있다. 이 점에 주목하면, 데이지가 톰에게서 "기쁨"을 얻는다는 해석과는 다른 독법이 필요해진다.

데이지가 톰과 결혼할 무렵에 그를 사랑하지 않았다는 사실은 명백하다. 결혼식 전날, 데이지는 해외에 나가 있던 개츠비에게서 편지를 받은 뒤 결혼식을 취소하려고까지 했다. 실제로, 개츠비의 편지를 받고 나서 데이지가 보인 행동은 그녀가 자기 위안에 너무 집착한 나머지 스스로 개츠비를 사랑하지 못하도록 만들려고 톰과 결혼하는 것임을 암시한다. 난생처음으로 술에 취한 "그녀는 … 울고 또 울었지요. … 우리는 찬물을 채운 욕조 속에 그녀를 집어넣었어요. 그래도 손에 쥔 〔개츠비의〕 편지를 놓으려고 하지 않더군요. …〔그리고 그녀는 그 편지가〕 눈송이처럼 조각조각 흩어지는 것을 보고서야 그것을 비누 접시에 버리게 해 주었어요."(81/117; 4장) 분명히 데이지는 "그녀와 같은 사회계층에 속하"며 "그녀를 충분히 보살펴 줄 능력이 있다고" 믿었던 개츠비를 더욱 좋아했음에도, 왜 그가 아닌 톰과 결혼하게 된 것일까?(156/217; 8장) 그러나 결혼식이 끝나고 석 달이 지난 뒤 데이지는 톰을 정말 좋아하는 것처럼 보인다. 그 짧은 시간에 무슨 일이 벌어졌기에 데이지의 태도가 극적으로 변화한 것일까? 톰이 여성에 집착하는 모습을 감안하면, 데이지는 톰과 함께 샌타바버라에 도착했을 때부터 이미 그의 불륜을 의심하고 있었을 가능성이 높다. 그리고 이는 톰이 보이지 않을 때마다 데이지가 심란해하는 이유를 설명해 준다. 이를테면, 데이지는 딸 패미를 낳고 "마취에서 깨어났을 때 … 완전히 버려진 것 같은 느낌이 들었"는데, 왜냐하면 "톰이 도대체 어디 있는지 알 수가 없"었기 때문이다.(21/38; 1장) 그런데 데이지는 자신을 함부로 대한 톰을 미워하기보다 오히려 톰에게 푹 빠져든다. 데이지의 이 같은 반응은 언뜻 말이 안 되는 것처럼 보이지만, 심리학적 측면에서 보면 충분히 설명이 가능하다.

정신분석학 용어들로 살펴보자면, 친밀감에 대한 극도의 두려움에 시달리는 남성과 사랑에 빠진 여성은 본인도 친밀감을 두려워하고 있을 가능성이 높다. 친밀감을 두려워하는 여성에게는 친밀감에 대한 욕망이 없는 남성만큼 안도감을 주는 존재가 없기 때문이다. 상대의 관심이 자기에게만 쏠려 있지 않다는 사실은 상대가 자신의 보호막에 아무런 위협도 가하지 않는다는 것을 의미한다. 심지어 그 보호막을 뚫고 들어갈 능력이 충분한데도 그럴 의사가 없다는 말이다. 상대 남성의 그러한 면모를 깨닫고 나면, 친밀감을 두려워하는 여성은 비로소 그 남성을 열렬히 사랑할 수 있게 된다. 톰을 향한 데이지의 태도 변화가 바로 여기에 해당한다. 물론 데이지는 자기감정을 묘사하는 데 그런 종류의 언어를 사용하지 않고, 자신의 심리적 동기를 인지하고 있었다고 보이지도 않지만 말이다.

앞에서 살펴본 것처럼, 다른 사람과의 친밀감에 대한 두려움은 자기 자신과의 친밀감에 대한 두려움에서 비롯되는 경우가 많다. 친밀한 상호 관계는 가족 내 갈등이 남긴 심리적 잔여물을 들쑤실 뿐 아니라, 상대하기도 싫고 알게 되는 것조차 싫은 자기 정체성의 일면을 들추어 보이기 때문이다. 따라서 고통스러운 심리적 자기 인식을 피하는 가장 좋은 방법은 친밀한 상호 관계, 특히 낭만적 관계를 피하는 것이다. 그런데도 낭만적 관계를 완전히 거부하지 못하는 이유는 무엇일까?

친밀한 상호 관계를 피하는 것이 친밀감을 두려워하는 어떤 사람들에게는 효과적인 방법일 수 있지만, 그 두려움의 원인이 되는 정신적 상처들은 상처를 가져온 원체험을 다른 형식으로 가장해 재연할 어떤 무대를 요구하기 마련인데, 이때 탁월한 무대가 되는 것이 바로 낭만적 관계이기 때문이다. 가령, 나를 무시하거나 학대한 부모로 말미암아 내가 상처받은 경험이 있다면, 부모와 비슷한 특징을 가진 사람을 찾게 될 것이다. 그 종류가 어떤 것이든, 부모가 충족시켜 주지 못한 심리적 욕구들이 충족되기를 무의식적으로 바라면서 말이다. 아이러니하게도 부정적 특징 면에서 내 부모와 비슷한 배우자(즉, 서로의 부모가 비슷한 부정적 특징을 공유하는 경우)를 선택하게 되면, 충족되지 못한 나의 심리적 욕구들은 여전히 충족되지 못한 채로 남게 될 것이 확실하다. 하지만 이 시기쯤 되면, 나는 정신적 상처들이 만들어 낸 '낮은 자존감'으로 말미암아 내 심리적 욕구들을 충족시킬 자격이 없다고 생각하게 될 가능성이 높다. 여기서 작동하는 무의식의 전제('내가 훌륭한 사람이라면 이런 상처 같은 건 없을 거야')는 계속 억압되어 있기 때문에, 나는 어떠한 의문도 갖지 못한 채 그러한 불합리성에 사로잡히는 것이다.

톰과 데이지가 공통적으로 겪는 친밀감에 대한 두려움은 낮은 자존감과 관련되어 있다. 자신을 돋보이게 만드는 부유함과 몸집의 크기만큼이나 톰이 정서적으로도 안정되어 있다면, 돈과 권력으로 자신의 모습을 사람들에게 각인시키는 데 그토록 열중하지는 않을 것이다. 닉에게 자기 집과 마구간을 자랑한다거나, 닉과 다른 사람들 앞에 머틀을 데려와 과시한다거나, "지배인종"(17/33; 1장)에 속하지 않는 사람들을 비하한다거나, 가난한 자동차 정비공인 조지 윌슨의 면전에서 차를 팔 것인지의 여부(조지는 톰의 자동차를 사들여 좋은 값에 되팔아 이익을 남길 수 있다)를 놓고 그를 가지고 논다든가 하는 것처럼 말이다. 심지어 톰은 정부情婦(모두 하층계급에 속한 여성들이다)를 고를 때조차, 타인을 지배함으로써 자신의 불안정한 심리를 안정시키려는 모습을 보인다.

한편 데이지의 낮은 자존감은 친밀감에 대한 두려움과 마찬가지로 대부분 톰과의 관계에서 엿보인다. 대놓고 외도하는 남성에게 푹 빠졌다는 사실은 데이지가 무의식적으로 스스로를 더 나은 대접을 받을 만한 사람이라고 여기지 않는다는 점을 암시한다. 게다가 데이지의 불안정한 심리 상태는 톰이 그러한 것처럼 다른 사람에게 깊은 인상을 남겨 자아를 강화하려는 욕구를 수시로 불러일으킨다. 우리는 그녀가 종종 보이는 가식적인 모습들에서 이를 확인할 수 있다. 닉 또한 "자기와 톰이 꽤 유명한 비밀 단체에 속해 있다고 주장이라도 하려는 듯"(22/39; 1장)한 데이지의 태도에서 일종의 계략을 읽어 낸다.

> "내가 모든 걸 끔찍하게 생각한다는 거 알겠지요. … 다들 그렇게 생각하는걸요, 가장 진보적인 사람들도 말예요. 그리고 난 알아요. 안 가본 데가 없고 못 본 것이 없고 안 해본 일이 없거든요." 그녀는 조금은 톰을 닮은 듯한 도전적인 태도로 눈을 반짝이며 주위를 둘러보고는 섬뜩한 경멸의 빛을 띠고 떨리는 목소리로 웃었다. … 그녀의 목소리가 … 뚝 끊기며, 나는 그녀가 방금 한 말이 본질적으로 진실하지 않다는 느낌이 들었다. (22/39; 1장)

다음 예시에서 알 수 있듯이, 어떤 모임이 있을 때마다 데이지의 가식적 행동은 거의 어김없이 눈에 띈다. 롱아일랜드에 위치한 뷰캐넌 부부의 집에서 닉이 그들 부부 및 조던 베이커와 처음 자리를 함께했을 때, 데이지는 닉에게 다음과 같이 말한다. "'너무 행복해서 온몸이 다 마-마비될 지경이에요.' 그녀는 마치 뭔가 아주 재치 있는 말을 한 듯 … 다시 웃고는 … 이 세상에 당신만큼 보고 싶었던 사람은 없다는 표정으로 내 얼굴을 빤히 쳐다보았다. 그녀는 늘 이런 식이었다."(13/26; 1장) 그런가 하면 개츠비의 파티에서는 닉에게 이렇게 말한다. "오늘 밤 언제라도 나와 키스하고 싶으면 말만 해요. 기꺼이 키스해 줄게요. 내 이름만 대요. 아니면 녹색 카드를 내보이거나요."(111/158; 6장) 개츠비가 닉과 조던을 동반하고 처음 뷰캐넌 부부의 집을 방문했을 때, 데이지는 톰을 방 밖으로 내보낸 뒤 "일어서서 개츠비 곁으로 가더니 그의 얼굴을 끌어내리고 입에다 키스를 했다. … '그래도 상관없어!' 데이지가 소리치고는 벽돌 난롯가에서 마치 나막신 춤을 추듯"(122-123/172-173; 7장) 가식은 불안정함을 말해 주는 징후인 경우가 많은데, 데이지의 무수한 가식적 행동들에서도 이 점이 뚜렷하게 나타난다.

톰과 데이지가 모두 갖고 있는 친밀감에 대한 두려움은 다른 사람들과의 관계에서도 명확히 드러난다. 부부는 어느 쪽도 딸 패미와 긴 시간을 보내지 않는다. 딸의 양육은 보모가 책임지며, 데이지는 딸에게조차 가식적 행동을 보인다. "'아-이-고, 우리 귀-여-운 보물!' 그녀는 두 팔을 내밀며 나지막하게 소곤댔다. '널 사랑하는 엄마에게 오렴.'"(123/173; 7장) 같은 말에서 느껴지듯이, 데이지는 모성애가 아닌 평소와 같은 극적인 태도를 취할 뿐이다. 그리고 톰과 데이지 모두 닉이나 조던과 긴밀한 유대감을 형성하지 못한다. 닉은 데이지의 사촌이고, 조던은 데이지가 어렸을 때부터 지금까지 오랜 시간을 함께해 온 친구인데도 말이다. 이런 점에서 보면, 톰과 데이지 커플의 잦은 이동(닉이 말하듯이, 그들은 "어디든지 [쉬지 않고] 떠돌아다녔다"(10/23; 1장))은 그들이 다른 사람들과 친밀한 관계를 형성하지 못한 원인이 아니라, 오히려 친밀감에 대한 두려움이 낳은 결과에 가깝다. 그들은 누구와도 가까워지길 바라지 않기 때문에 한곳에 오래 머물지 않는 것이다.

그러므로 톰과 머틀의 관계 역시 친밀감이 결여된 사이임은 자명하다. 톰은 자신의 정부와 가까워지고픈 욕망이 전혀 없다. 톰에게 머틀은 아내인 데이지와 거리를 유지하는 데 필요한 수단일 뿐이다. 톰이 머틀을 대하는 장면만 보더라도 그가 머틀에게 어떠한 깊은 감정도 없음을 확실히 알 수 있다. 톰은 필요할 때만 머틀을 찾고, 머틀이 불편한 요구를 하기라도 하면 데이지가 가톨릭 신자이기 때문에 이혼에 반대한다는 식으로 거짓말을 둘러대며, 머틀이 멋대로 군다는 느낌이 들면 간결하고 "능숙한 동작"(41/64; 2장)으로 느닷없이 그녀의 코를 후려친다. 두 사람이 만나던 장소인 머틀의 작은 아파트에 마지막으로 들렀을 때, 자기는 "주저앉아서 어린애처럼 엉엉 울었"(187/260; 9장)다고 하는 톰의 넋두리는 사랑이 아닌 감상적인 자기

탐닉만을 말해 줄 뿐이다. 톰이 머틀에게 계속 무신경했음에도 두 사람의 관계가 지속될 수 있었던 단 하나의 이유는, 머틀 역시 톰을 진실하게 대하지 않았기 때문일 것이다.

머틀에게 톰이란 존재란 조지 윌슨의 자동차 정비소에서 빠져나올 수 있는 기회를 뜻한다. 머틀은 톰을 통해 자신이 "상당한 거만함"을 뽐낼 수 있는 어떤 세계의 영구 회원권을 얻고자 했다. 두 사람의 아파트에서 가진 파티의 한 장면에서 우리는 그러한 거만함을 즐기는 머틀의 모습을 목격할 수 있다. 즉, "그녀의 웃음이며, 그녀의 몸짓이며, 그녀의 말투"가 "시간이 지날수록 더욱 가식적으로" 변해 가는 모습 말이다.(35/55; 2장) 머틀이 톰을 원하는 이유와 관련하여 소설 속에서 제시되는 유일한 동기는, 친밀감에 대한 두려움이 아닌 경제적 이유이다. 그러나 머틀이 다른 사람들과 갖는 관계를 살펴보면, 그녀 역시 정서적 친밀감을 원치 않는다는 사실을 짐작할 수 있다. 머틀 본인의 말에 따르면, 그녀가 조지 윌슨과 결혼한 이유는 그에게 개인적인 감정을 느꼈기 때문이 아니라 그가 자신의 계급보다 더 높은 계급에 속한 인물인 줄로 착각했기 때문이다. 머틀은 그를 "신사"이자 "교양 있는 사람"이라고 생각했다. 하지만 그가 결혼할 때 입었던 근사한 예복이 사실은 다른 이에게서 빌린 옷이었다는 사실을 알고 나서, 그녀는 "오후 내내 울었"다.(39/61; 2장) 광고판에 박혀 있는 T. J. 에클버그 의사의 두 눈이 신의 눈이라고 믿는 조지 윌슨은 정서적으로 머틀에게 완전히 의지하는 인물이다. 그런데 조지의 이 같은 의존성이 말해 주는 것은, 아내에 대한 정서적 친밀감이 아니라 조지 자신이 겪고 있는 심리적 차원의 방향상실disorientation이다. 조지처럼 자신의 자리를 잃어버린 남성이라면, 그가 아무리 가까이 다가온다고 하더라도 머틀은 두려워할 필요가 없다. 머틀이 자기 여동생과 맥키 부부(머틀의 유일한 친구임이 분명하다) 앞에서 보이는 인위적인 행동 역시, 톰의 경우와 마찬가지로 그녀가 지금의 관계에서 얻으려 하는 것은 사회적 과시의 기회일 뿐 친밀감이 아니라는 사실을 암시한다.

더 나아가, 닉과 조던 사이의 로맨스를 보더라도 그들이 친밀감을 두려워한다는 것을 알 수 있다. 실제로 닉이 처음 조던에게 끌린 이유도 그녀의 자기충족적 성격 및 그녀가 투사하는 감정적 거리의 이미지 때문이었다. 닉은 조던에 대해 분명 "자족감에 꽉 차 있는 사람"(13/27; 1장)이라고 호의를 보이며, 데이지와 함께 있는 조던의 모습을 무심한 정서가 불러일으키는 호소력이라는 측면에서 다음과 같이 묘사한다.

> 이따금 베이커 양과 데이지는 둘이서 이야기를 나눴다. 색다른 화제도 없이 주고받는 시시껄렁한 대화는 그냥 잡담이라고 하기에도 어려울 정도였다. 그들이 입은 흰 드레스처럼, 아무런 욕망도 찾아볼 수 없는 무심한 눈동자처럼 썰렁했다. (16-17/31; 1장)

닉은 조던 베이커의 "유쾌한"(23/40; 1장) 얼굴 표정을 '오만한', '무심한', '냉랭한', '남을 깔보는 듯한' 등의 낱말들로 묘사한다. 그리고 조던을 아주 멀리 떨어진 세계, 이를테면 "애슈빌, 핫스프링스, 팜비치에서 시합할 때 찍은 사진"(같은 곳) 속의 세계처럼 현실의 감정이 닿지 않을 법한 세계에 속한 사람이라고 생각하는 한에서만 그녀에게 관심을 갖는다. 그러나 조던이 뷰캐넌 부부와 더불어 정서적으로 '깔끔하지 못한' 모습을 보이자, 닉은 서둘러 자신의 감정을 거두어들인다. 머틀 윌슨이 사망한 현장을 뒤로하고 조던과 함께 뷰캐넌 부부의 집으로 돌아온 닉은, 그 집에서 함께 있고 싶어하는 조던의 초대를 뿌리친다. "집 안으로 들어가다니, 차라리 지옥에 가고 싶은 심정이었다. 하루 동안 진절머리가 날 만큼 실컷 이 사람들을 보았고, 그 사람들 속에는 조던도 포함되어 있었다. 그녀는 내 표정에서 그런

눈치를 챘는지 홱 돌아서서 현관 층계를 뛰어올라 집 안으로 들어가 버렸다."(150/209; 7장)

그 이후 닉은 조던을 피하게 되고, 오래 지나지 않아 감정을 차단하는 방식으로 관계를 정리한다. 닉은 "둘 중에 누가 먼저 수화기를 내려놓았는지는 모르지만"(163/226; 8)이라고 말하면서 머틀이 죽은 다음 날 조던과 전화 통화를 하다가 끊은 기억을 억압하지만, 나중에 조던이 상기시켜 주는 바와 같이, "전화로 〔그녀를〕 걸어찼"(186/257; 9장)던 쪽은 닉이었다. 심지어 고향으로 돌아가기 전 자신들에게 일어난 일에 대해 이야기를 나누고자 조던을 만났을 때에도 닉은 두 사람이 공유하는 과거에 대해 에둘러 말한다. 대화 도중에 고통스러운 문제들을 최대한 꺼내지 않으려 애썼다는 뜻이다.

닉이 지니고 있는 친밀감에 대한 두려움은 비단 조던과의 관계에만 국한되지 않는다. 이 점은 닉이 이전에 경험한 두 차례의 연애만 봐도 알 수 있다. 닉은 자신이 미네소타[3]의 고향집에 있을 당시 "옛 친구"와 "꿈에도 약혼한 일이 없었다"고 주장하면서도, 그가 동부로 온 것은 고향에 "소문이 났다고 해서 결혼할 생각도 없었"기에 그러한 사태를 피하려 한 이유도 있었음을 인정한다.(24/42-43; 1장) 그런데 닉이 결혼한다는 소문에 휩싸이게 된 데는 어쩌면 닉의 '옛 친구'라는 여성이 자신을 단지 닉의 '옛 친구'라고만 생각하지는 않았을 것이라는 점도 영향을 끼쳤을지 모른다. 실제로 나중에 그 여성이 닉에게 친구 이상의 존재였음이 드러난다. 닉은 조던과 관계를 맺기 전 "무엇보다도 고향에서 있었던 연애 사건에서 확실히 빠져나오는 것이 급선무"(64/94; 3장)라는 판단을 내린다. 말하자면, 닉과 고향의 '옛 친구'사이의 관계는 닉이 밝힌 것보다 더욱 진지한 관계였음이 분명하며,

---

[3] 닉 캐러웨이의 고향은 미네소타주 세인트폴인데, 그곳은 어린 시절을 회상하면서 닉이 언급한 명망 있는 가문의 고향이자(184/255; 9장) 저자인 피츠제럴드가 태어난 곳이다.

그는 단지 그 관계를 정리하고 싶었을 뿐이다. 닉이 뉴욕에 온 뒤 가진 짧은 연애 역시 비슷한 맥락에서 볼 수 있다. 닉은 뉴욕에서 "경리과에서 일하고 있는 아가씨와 짧게나마 연애도 했다. 그런데 그녀의 오빠가 〔닉을〕 못마땅한 눈빛으로 흘겨보기 시작하는 바람에, 그녀가 7월에 휴가를 떠나자 … 그것을 계기로 관계가 조용히 정리되도록 내버려 두었다."(61/90; 3장) 바꾸어 말하면, 닉은 연애 관계가 다소 진지해진다 싶으면 상대 여성을 버리고 떠난다. 감정이 얽히는 상황을 피해 가고 싶기 때문일 것이다. 닉은 회피와 부인의 달인인 셈이다.

한편 조던 역시 그 "차갑고 오만한 미소"(63/93; 3장)가 말해 주듯이, 닉과 마찬가지로 자기감정을 차단한 상태로 두고 싶어 한다. 그러한 감정 차단이 가능했던 건 조던의 직업 탓도 있고, 그녀가 같이 어울리던 사람들의 영향도 없지 않다. 조던은 사람들이 운동선수 하면 떠올릴 법한 이미지, 이를테면 "세상을 향해 쳐든 따분해하는 거만한 얼굴"(62/92; 3장)과 같은 번들거리는 이미지를 갖고 있으며, 그러한 이미지를 친밀감을 막는 방패로 활용한다. "그녀가 골프 챔피언이라 모든 사람들이 그녀의 이름을 알고 있었"(같은 곳)다. 하지만 사람들이 조던에 대해 아는 것은 그것이 전부였다. 그리고 챔피언이라는 지위마저 사실은 다양한 "속임수"(63/86; 3장)로 이루어 낸 것이다. 조던이 선택한 친구들은 뷰캐넌 부부처럼 사회적 이미지로 이루어진 세계를 진짜 감정이 오가는 세계보다 더 좋아하는 사람들이다. 이 점 역시 조던을 친밀감의 세계에서 멀찍이 떨어뜨려 놓는다. 그녀의 친구들도 조던처럼 가까워지려 하지 않는다. 닉의 관찰에 따르면, 조던은 자신의 가식을 꿰뚫어 볼 수 있을 사람, 그러니까 "영리하고 약삭빠른 사람을 본능적으로 피했다."(같은 곳) 조던이 닉과 같은 남성을 선택한 이유도 확실히 그러한 정서적 결속의 위협에서 안전할 수 있다고 보았기 때문일 것이다.

이제는 개츠비와 데이지의 관계를 살펴보자. 개츠비와 데이지 사이의 열렬한 연애는 심리적 정략결혼으로 맺어진 뷰캐넌 부부나 감정적으로 거리를 둠으로써 유지되는 소설 속 모든 인간관계들과 대비되는 의미에서 제시되는 것처럼 보인다. 그러나 개츠비와 데이지의 로맨스는 소설 속에 묘사된 다른 인간관계들과 놀라울 정도로 유사하다. 예를 들어, 데이지는 톰에게 그렇듯이 개츠비에게도 친밀감을 바라지 않는다. 지난날 개츠비와의 연애도 마찬가지였겠지만, 데이지는 개츠비가 자기와 같은 사회적 계급에 속하지 않는다는 사실을 미리 알았다면 다시 돌아온 개츠비에게 정을 주지 않았을 것이다. 개츠비에 대한 마음이 어떻든지 간에, 데이지가 필요로 하는 것은 톰 덕분에 누리고 있는 지금과 같은 사회적 위치를 더욱 강화시키는 것이다. 실제로 뉴욕의 호텔 방에서 톰이 개츠비의 사회적 출신과 배경을 폭로하자, 데이지는 개츠비를 향한 마음을 즉각 거두어들인다.

〔개츠비는〕 데이지에게 흥분해서 말하기 시작했다. 모든 것을 부정하고 아직 나오지도 않은 비난에 대해서까지 자신을 변명하면서 말이다. 그러나 그가 말을 하면 할수록 그녀의 마음은 점점 더 안으로 움츠러들었고, 그래서 결국 그는 포기해 버리고 말았다. 오후 해가 뉘엿뉘엿 기울어가는 동안 깨어진 꿈만이 … 방을 가로질러 그 잃어버린 목소리를 향해 몸부림치고 있었다.

그 목소리의 주인공이 다시 한 번 집으로 가자고 애원했다. "제발요, 톰! 이제 더 이상은 못 참겠어요."

겁에 질린 그녀의 눈을 보면 혹시 지금껏 어떤 의지, 어떤 용기가 있었다 해도 이제는 완전히 사라지고 말았음을 알 수 있었다. (142/199; 7장)

개츠비는 데이지가 원하는 길을 밟아 온 인물이 아니었다. 데이지가 이를 알게 되는 순간, 개츠비가 꿈꿔 왔던 모든 시간은 개츠비와 삶을 함께하고 싶었던 데이지의 욕망과 함께 사라지고 만다. 데이지도 사라져 버린다.

다음 날, 데이지와 톰은 짐을 꾸린 뒤 곧바로 도시를 떠난다. 개츠비가 살해 당한 바로 그날 말이다.

데이지는 깨닫지 못했겠지만, 뷰캐넌 부부에게 개츠비와 머틀은 완전히 동일한 기능을 수행한다. 두 사람은 다른 사람들과 함께 있을 때 그들 부부에게 심리적 만족감을 가져다주는 일종의 노리개였던 것이다. 결혼 생활에서 생기는 감정적 문제들을 피하고자 톰이 머틀을 이용하는 것처럼, 데이지도 똑같이 개츠비를 이용한다. 톰의 외도가 새로운 전기를 맞이할 무렵 마침 개츠비가 나타났다. 즉, 머틀이 뷰캐넌 부부의 집에 계속 전화를 걸 정도로 톰에게 집요하게 집착하게 된 상황에서 데이지에게도 방어 수단이 필요해진 시기였다. 데이지의 시선이 닿지 않는 곳에서 톰이 머틀을 뽐내고 다니는 것은 데이지의 영역을 침범하지 않지만, 데이지와 함께 사는 집에서 정부인 머틀의 전화를 받는 것은 그렇지 않다. 이때 짚고 넘어가야 할 것은 배우자의 어떤 행동이 상대에게 심리적 이득을 가져다주는 경우가 있다고 해서(톰의 외도가 데이지에게 그러하듯이), 그러한 행동이 고통까지 덜어주는 것은 아니라는 사실이다. 심리적 문제들을 가리켜 흔히 갈등이라고 부르는 것은 이 때문이다. 우리가 특정한 경험을 무의식적으로 원하고 있다면, 이는 그 경험이 어떤 심리적 욕구를 충족시켜 주길 바라기 때문이다. 그러나 그 경험은 종종 고통스러운 것이 된다. 채워지길 바라는 심리적 욕구란 결국 어떤 심리적 상처의 산물이기 때문이다.

데이지의 결혼 생활은 괴로워진 상태다. 따라서 개츠비와의 연애는 반가운 기분 전환일 수 있었다. 데이지는 개츠비만 있으면 더 이상 톰은 필요 없으며, 심지어 톰에 대해 생각할 이유조차 없다고 속으로 되뇌었을 것이다(아니, 개츠비와의 연애로 어떻게 톰을 적절히 벌할 수 있을지 생각했을지도 모른다). 그 덕분에 데이지는 함께 참석한 개츠비의 파티에서 또 다른 여성을 찾느라 여념이 없는 톰에게 무심한 태도로 응수하는 여유까지 얻을 수 있었다. 그런 점에서 데이지의 연애는 일종의 심리적 방어로서 기능했다고 볼 수 있다. 동시에 연애라는 방어기제는 데이지에게 결혼 생활이 갖는 심리적 중요성을 부각시킨다. 비록 결혼 생활이 파행을 겪고 있다 할지라도 말이다. 삶에서 결혼 생활이 강력한 원동력으로 작용하지 않았다면, 데이지가 거기에 맞서 자신을 방어하려고 하지도 않았을 것이다. 데이지가 다시 개츠비를 만나면서도 마음이 편했던 것은, 그녀가 결혼 생활에 무의식적으로 계속 중요성을 부여하기 때문이다. 심리적 차원이나마 톰과 연결되어 있는 한, 데이지는 결혼 전 개츠비에게 가졌던 것 같은 종류의 애착이 다시 생겨날까 봐 두려워할 필요가 없다.

개츠비와 머틀이 뷰캐넌 부부의 결혼 생활에 필요한 심리적 대용물이 었음을 생각해 보면, 톰과 데이지가 각각 배우자의 연인을 사실상 살해했다는 사실은 의미심장하면서도 상징하는 바가 크다. 겉으로 보기엔 정말로 우연한 사고이지만, 어쨌든 데이지는 개츠비의 자동차를 몰아 머틀을 죽인 운전자이다. 한편 우연이라고 보긴 어렵지만, 무기를 든 채 발광하던 조지 윌슨에게 개츠비의 집을 알려 준 인물은 톰이 틀림없다. 톰이 윌슨에게 머틀을 죽인 범인으로 개츠비를 지목한 것은, 단지 그 사건이 자신과 데이지의 삶에 영향을 미칠까 봐 두려웠기 때문일 수도 있다(어쩌면 톰은 정말로 개츠비가 범인이라고 생각했을지도 모른다). 그러나 자기 아내의 연인을 윌슨이 죽여 주길 바라는 마음이 없었다면, 톰은 개츠비에게 미리 경고 전화를 걸어 줄 수도 있었다. 개츠비가 머틀을 살해한 범인이라는 누명을 뒤집어쓰는데도 이에 대한 일말의 고민도 없이 나 몰라라 하는 듯한 데이지의 모습에서, 우리는 데이지가 개츠비를 그녀 자신과 세상 사이의 감정적 완충지대로 여긴다는 것을 알 수 있다. 개츠비의 사회적 출신이 밝혀지면서, 그가 가졌던 연인으로서의 효용가치도 사라진다. 말하자면, 개츠비는 데이지에게 한낱 쓰고 버리는 소모품이었다.

대부분의 독자들이 볼 때, 친밀감에 대한 두려움으로 설명하기에 가장 어려운 인물이 개츠비일 것이다. 데이지에 대한 헌신을 "성배聖杯를 쫓았다는 것"(156/218; 8장)이란 말로 표현하는 개츠비가, 혹시라도 데이지에 관한 소식을 접할 수 있을까 하는 마음에 몇 해 동안 꼬박 시카고 신문들을 읽었던 개츠비가, 데이지가 결혼한 지 수년이 흘렀음에도 그녀를 향한 일편단심을 버리지 않았던 개츠비가, 오로지 데이지를 되찾으려는 일념만으로 그토록 많은 돈을 모을 수 있었던 개츠비가, 어떻게 친밀감을 두려워하는 인물일 수 있을까? 이에 대한 답을 얻으려면, 무엇보다 데이지를 향한 개츠비의 끊임없는 헌신 속에서 개츠비가 진정으로 얻고자 한 것이 과연 무엇이었는지 들여다봐야 한다.

개츠비의 궁극적인 목표는 데이지를 차지하는 것이다. 일단 본인이 그렇게 믿고 있을 뿐 아니라, 닉과 조던, 톰과 데이지, 나아가 다수의 독자들도 그렇게 생각한다. 그러나 개츠비에게 데이지는 목표 그 자체라기보다는 목표를 달성하는 데 필요한 디딤돌에 불과하다. 개츠비는 데이지를 알기 오래전부터 부와 사회적 지위 획득이라는 목표를 세워 두었다. 지미 개츠(제이 개츠비의 법적 이름)의 소년 시절 "계획표"(181/251; 9장)를 보라. 한 어린 소년이 벤저민 프랭클린에서 유래한 자기계발 전통에 따라 하루를 시간 단위로 쪼개어 각 시간대마다 신체 운동, 전기학 공부, 일, 스포츠, 연설 및 자세 연습, 발명 공부 등의 일과를 배정한 것을 확인할 수 있다. 이 계획표는 '무일푼에서 벼락부자가 되는' 계획을 개츠비가 오랫동안 준비해 왔음을 시사한다. 존 록펠러나 앤드루 카네기 같은 백만장자들에게서 연상되는 그런 삶을 개츠비는 오래도록 꿈꿔 왔던 것이다.

세상의 좀 더 높은 곳에 올라서려 한 개츠비의 욕망은 "무능하고 별 볼일 없는 농사꾼들"(104/148; 6장)인 부모와 함께 가난하게 살아야 했던 불행한 날들이 낳은 것이다. 그런데 단지 가난만으로는 개츠비가 겪은 소년 시절의 불행을 충분히 설명할 수 없을 것 같다. 개츠비의 아버지인 개츠 씨의 다음과 같은 언급에서 이를 짐작할 수 있다. "언젠가 한번은 아비더러 음식을 돼지처럼 더럽게 먹는다고 하기에 그 애를 때려 준 적도 있소."(182/252; 9장) 그의 유년기를 괴롭힌 정신적 외상이 무엇이었든지 간에, 개츠비는 그 외상으로 말미암아 부모와의 정서적 유대를 완전히 단절하기에 이른다. "그의 상상력으로는 결코 그들을 부모로 받아들일 수가 없었다."(104/149; 6장) 그런 점에서 보면, 상층계급의 일원이 되겠다는 일념으로 개츠비가 자신의 과거를 날조한 것은 단순히 계략이라고만 할 수는 없다. 정신분석학 용어로 말하자면, 그것은 자신의 실제 과거 기억들을 억압할 수 있게 도와주는 일종의 부인否認이자 심리적 방어이다. 이러한 맥락에서 볼 때, "가족들이 모두 죽는 바람에 거액의 유산을 상속받게 됐지요."(70/101; 4장)라는 식으로 꾸며 낸 개츠비의 과거는 어떤 욕망에 대한 하나의 은유가 된다. 그 욕망이란 여전히 마음 한구석에서 사라지지 않은 채 계속 상처를 입히고 있는 자신의 부모를 심리적 차원에서라도 살해하고픈 욕망인 동시에, 부모에게서 받지 못한 심리적 자양분(이제는 '돈')을 받아 내겠다는 역설적인 욕망이다.

그러나 스스로 계획한 경제적 성취를 통해 개츠비가 바랐던 궁극적인 심리적 이득은 결국 데이지와의 만남 속에서만 얻을 수 있다. "그녀는 그가 난생처음으로 알게 된 '우아한' 여자였다. 그는 … 그런 부류의 사람들(상류층)과 만나긴 했지만 그들과의 사이에는 언제나 눈에 보이지 않는 가시철조망이 가로놓여 있었다."(155/216; 8장) 데이지를 보며 개츠비는 그녀가 속한 세상의 일부가 된다는 것이 어떤 기분일지 상상할 수 있게 된다. 동시에 어렸을 적 자신처럼 "힘겹게 살아가는 가난한 사람들과는 동떨어진 곳에서 그녀가 은처럼 빛을 내뿜는다는 사실"(157/218; 8장)도 깨닫는다. 개츠비는 데이지와 그녀의 세계를 보면서 자신의 힘겨웠던 지난날의 기억과 정신적 고통을 떠올리지 않을 수 없다. 이를 피하고자 자기 자신과도, 제임스 개츠와도,

자신이 속해 있던 과거와도 감정적으로 얽매일 필요가 없는 어떤 상태를 무의식적으로 바라게 된다. 따라서 이제 개츠비에게 데이지는 더 이상 실제 현실에 존재하는 여성이 아니다. 데이지는 개츠비가 무의식적으로 욕망하는 감정적 차단의 상징이다. 톰과 데이지의 경우에서 확인했듯이, 감정을 차단시키는 가장 좋은 방법은 다른 사람과 친밀한 관계를 형성하지 않는 것이다. 개츠비의 경우, 그러한 감정 차단은 데이지를 흠잡을 데 없이 완벽한 여성으로 이상화하는 방식으로 나타난다. 그녀는 잘못을 저지르는 일이 없고, 개츠비 자신만을 사랑하며, 시간이 지나도 그 모습이 변치 않을 거라는 식으로 말이다. 하지만 이 같은 이상화야말로 개츠비가 친밀감을 원치 않는다는 사실을 드러내는 확실한 징후다. 어떤 이상 또는 이상형과는 친밀감을 나눌 수 없기 때문이다. 사실 우리가 어떤 사람을 이상화한다면, 그렇게 하는 바로 그 순간 그 사람의 실제 모습은 영영 알 길이 없게 된다. 실제 인간을 이상형으로 우리가 바꿔치기해 버렸기 때문이다. 개츠비에게는 사교계 뉴스로만 데이지의 소식을 접해야 했던 시절이 있었는데, 데이지를 향한 개츠비의 집착으로 인해 이 시기에도 다른 여성들과 친밀한 관계를 맺지 못했다는 사실 하나만 마지막으로 덧붙이자.

롱아일랜드에서 개츠비와 데이지 사이에 어떤 감정의 교류가 있었는지 상상할 수 없었다는 저자 피츠제럴드의 언급은 그런 면에서 주목할 필요가 있다. 피츠제럴드는 비평가 에드먼드 윌슨Edmund Wilson에게 보낸 편지에서 자신이 "개츠비와 데이지가 다시 만나 파국에 이를 때까지 두 사람이 형성한 감정적 관계…에 대해서는 아무런 느낌도, 아는 바도 없었"(Letters 341-342)다고 밝힌다. 정신분석학의 관점에서 볼 때, 피츠제럴드는 개츠비와 데이지 사이의 감정적 관계에 대해서만큼은 독자에게 아무것도 말해 줄 수 없었던 것이 분명해 보인다. 그런 것이 아예 없었기 때문이다. 나는 개츠비와 데이지가 그러한 감정들을 경험하지 못했다고 말하는 것이 아니다. 다만 그들이 서로에게 무엇을 느꼈든지 간에, 그 감정은 항상 다른 무언가의 영향을 피해 가는 데 필요한 수단으로서만 기능했다는 점을 지적하는 것이다. 여기서 말하는 '다른 무언가'란, 이를테면 개츠비의 불행한 청춘, 데이지의 파행적 결혼 생활, 그리고 두 사람에게 공통된 친밀감에 대한 두려움처럼 그들이 계속 억압해 두려고 하는 마음속 깊은 곳의 불안한 무엇이다.

이처럼 《위대한 개츠비》가 정신분석학이라는 렌즈를 통과하면, 사람들이 흔히 생각하는 것과는 전혀 다른 내용의 사랑 이야기가 된다. 이 소설이 보여 주는 바와 같이, 낭만적 사랑은 해소되지 않은 모든 심리적 갈등이 반복적으로 극화되는 무대가 된다. 실제로 파괴적 행동이 거듭 되풀이되며 무대 위에 나타난다는 것은 해소되지 않은 어떤 심리적 갈등이 무의식 속에 자리하여 무대를 '조종'하고 있다는 뜻이다. 앞에서 다룬 등장인물들은 모두 이러한 원리가 어떻게 작용하는지를 구체적으로 보여 주는 사례들인 셈이다. 그 원리가 가장 극적이면서도 가장 위장된 형태로서, 그러니까 가장 억압된 형태로 한꺼번에 작용하는 사례가 바로 데이지를 향한 개츠비의 집착이다. 심리적 동기들에 대한 억압의 정도를 가늠해 보자면, 개츠비의 억압은 다른 모든 등장인물의 억압을 합친 것보다도 크다.

"과거를 반복할 수 없다고요? … 아뇨, 그럴 수 있고말고요!"[116/166; 6장]라는 개츠비의 유명한 말은 이러한 맥락에서 더욱 각별한 의미로 읽힌다. 이 말은 소설 내용의 정신분석학적 토대에 함축된 전제를 드러내는 징후이기 때문이다. 그 전제란, 억압된 정신적 상처들은 그 상처들을 되풀이하여 불러낼 것을 명령한다는 것이다. 데이지를 향한 개츠비의 고독한 여정은 젊은 날 경험했던 고독의 재현이며, 데이지를 위해 구입한 저택에 머물며 그가 느끼는 이방인과 같은 기분(개츠비는 그 집에서 침실만을 사용하며, 개인 소장품 역시 침실에 둔다) 역시 어렸을 때 부모와 함께 살면서 느꼈을 바로 그 기분일 것이다. 개츠비가 부모에게서 혹독한 상처를 입은 건 사실이다. 그러나 그 상처는 데이지에게서 버림받았을 때 입은 상처보다 더 크지는 않았을 것이다. 그러니까 데이지가 톰과 결혼했을 때, 머틀 윌슨의 죽음으로 말미암아 그녀를 다시 톰에게 빼앗겼을 때 입은 상처보다도 말이다. 그러므로 《위대한 개츠비》는 작품의 의도와는 상관없이 낭만적 관계가 어떻게 정신적 상처들에 대한 억압을 용이하게 하는지, 그리고 어떻게 주체를 필연적으로 (소설의 마지막 줄에 담긴 적절한 표현처럼) "끊임없이 과거로"(189/262; 9장) 이끌어 가는지 보여 주는 소설이라고 할 수 있다.

다음 질문들은 본보기로서 제시된 것이다. 언급된 문학작품이나 직접 고른 작품을 정신분석학으로 해석하려 할 때, 다음과 같은 질문들을 던져 보면 도움이 될 것이다. 다섯 번째 질문은 특히 라캉의 관점에서 접근할 때 유용하다.

① 부인denial과 전치displacement 개념을 이해하면, 틸리 올슨Tillie Olsen의 〈나는 여기 서서 다림질을 한다I Stand Here Ironing〉(1956)에 등장하는 화자와 힘든 시기를 보낸 그녀의 딸 사이의 관계를 분석하는 데 어떻게 도움이 되는가? (이 경우, 전치는 남편에 대한 부정적 감정이 자녀에게로 옮겨지는 양상에 해당될 것이다.) 에밀리는 성장하면서 어떤 핵심 문제를 드러내는가?

② 토니 모리슨의 《빌러비드Beloved》(1987)에 등장하는 환생한 빌러비드는 노예로 살았던 사람들의 끔찍한 과거를 체현한 존재라고 한다. 바꿔 말하자면, 그녀는 '억압된 것의 귀환'을 표상한다. 그러한 해석은 빌러비드의 행동을 이해하는 데 어떤 도움을 주는가? 그리고 세서, 폴 디 등 다른 흑인들이 빌러비드를 대하는 태도를 이해하는 데 어떤 도움을 주는가? 그렇게 본다면, 소설의 끝부분에 빌러비드가 사라진 것을 어떻게 해석할 수 있을까?

③ 죽음 작업을 이해하면, 조셉 콘래드Joseph Conrad의 《암흑의 핵심Heart of Darkness》(1902)의 화자 말로를 해석하는 데 어떻게 도움이 되는가?

④ 억압, 초자아, 꿈의 상징(특히 감정 또는 섹슈얼리티를 상징하는 물〔水〕) 등을 이해하면, 에밀리 디킨슨Emily Dickinson의 〈일찍 나섰네, 개를 데리고started Early-

Took my Dog〉(1862)를 해석하는 데 어떻게 도움이 되는가?

⑤ 메리 셸리의 《프랑켄슈타인》(1818)에서 주인공 빅토르가 경험하는 것들은 어떤 점에서 상상계에 대한 향수 및 상징계와의 갈등 관계에서 기인한다고 볼 수 있는가? 괴물을 만든 빅토르의 동기가 대상 a에 대한 욕망의 전치라고 주장할 수 있는가?

≡ 더 읽을거리

Berg, Henk de. *Freud's Theory and Its Use in Literary and Cultural Studies: An Introduction*. Rochester, NY: Camden House, 2003. (See especially "The Psychoanalysis of Literature," 73-108.)

Bettelheim, Bruno. *The Uses of Enchantment: The Meaning and Importance of Fairy Tales*. 1975. New York: Vintage Books, 2010. (See especially "Part Two: In Fairyland," 159-310.) [브루노 베텔하임, 《옛이야기의 매력》 1, 2, 김옥순·주옥 옮김, 시공주니어, 1998.]

Bristow, Joseph. "Psychoanalytic Drives [Freud and Lacan]." *Sexuality*. 2nd ed. London and New York: Routledge, 2011. 57-89.

Brown, Carolyn E. *Shakespeare and Psychoanalytic Theory*. London: Bloomsbury, 2015.

Davis, Walter A. "The Drama of the Psychoanalytic Subject." *Inwardness and Existence: Subjectivity in/and Hegel, Heidegger, Marx, and Freud*. Madison: University of Wisconsin Press, 1989. (특히 "The Familial Genesis of the Psyche," 242-250; "Identity and Sexuality," 296-307; "Love Stories," 307-313을 볼 것)

Easthope, Antony. *The Unconscious*. London and New York: Routledge, 1999.

Dor, Joel. *Introduction to the Reading of Lacan: The Unconscious Structured Like a Language*. New York: Other Press, 1998.

Freud, Sigmund. *The Complete Introductory Lectures on Psychoanalysis*. Trans. James Strachey. New York: W. W. Norton, 1966. [지그문트 프로이트의 《정신분석 강의》와 《새로운 정신분석 강의》를 한 권의 책으로 묶은 영역본]

__________. *The Freud Reader*. Ed. Peter Gay. New York: W. W. Norton, 1995. (특히 "On Dreams," 142-172; "Creative Writers and Daydreaming," 436-443; "The Theme of the Three Caskets," 514-522; "Mourning and Melancholia," 584-589; "Civilization and Its Discontents," 722-772를 볼 것)

__________. *The Interpretation of Dreams*. 1900. Rpt. in *The Basic Writings of Sigmund Freud*. Trans. Dr. A. A. Brill, ed. New York: Modern Library, 1938. 180-549. [지그문트 프로이트, 《꿈의 해석》]

Jung, Carl. *The Archetypes and the Collective Unconscious*. Vol. 9, Part I of *Collected Works*. 2nd ed. Trans. R. F. C. Hull. Princeton: Princeton University Press, 1968. [C. G. 융, 《원형과 무의식》, 한국융연구원 C. G. 융 저작 번역위원회 옮김, 솔, 2024.]

Loomba, Ania. "Psychoanalysis and Colonial Subjects." *Colonialism/Postcolonialism*. 3rd ed. New York: Routledge, 2015. 139-153.

Pick, Daniel. *Psychoanalysis: A Very Short Introduction*. Oxford: Oxford University Press, 2015.

Quinodoz, Jean-Michel. *Sigmund Freud: An Introduction*. Trans. Andrew Weller. London: Routledge, 2018.

Ruti, Mari. *Feminist Film Theory and* Pretty Woman. New York and London: Bloomsbury

Academic, 2016. (See especially "Freud the Feminist?" 20-25; "Jacques Lacan: Lack, Desire, Fantasy," 25-29; and "When the Object Looks Back," 45-54.)

Segal, Hanna. *Introduction to the Work of Melanie Klein.* 2nd ed. New York: Basic Books, 1974. [한나 시걸, 《클라인 정신분석 입문》, 홍준기 옮김, NUN(눈출판그룹), 2020.]

Stevens, Anthony. *Jung: A Very Short Introduction.* Oxford: Oxford University Press, 2001.

Storr, Anthony. *Freud: A Very Short Introduction.* Oxford: Oxford University Press, 2001.

Tate, Claudia. *Psychoanalysis and Black Novels: Desire and the Protocols of Race.* New York and Oxford: Oxford University Press, 1998.

Thurschwell, Pamela. *Sigmund Freud.* 2nd ed. London and New York: Routledge, 2009.

Tyson, Lois. "Using Concepts from Psychoanalytic Theory to Understand Literature." *Using Critical Theory: How to Read and Write about Literature.* 3rd ed. London and New York: Routledge, 2021. 83-114. (See especially "Interpretation Exercises," 90-108, and "Psychoanalytic Theory and Cultural Criticism: *Pretty Woman*," 110-111. See also "Three Questions about Interpretation Most Students Ask," 10-12.)

Wright, Elizabeth. *Psychoanalytic Criticism: Theory in Practice.* New York: Methuen, 1984. [엘리자베드 라이트, 《정신분석 비평: 이론과 실제》, 권택영 옮김, 문예출판사, 1989.]

☰ 중요한 이론서들

Ahad, Badia Sahar. *Freud Upside Down: African American Literature and Psychoanalytic Culture.* Urbana, IL: University of Illinois Press, 2010.

Armstrong, Philip. *Shakespeare in Psychoanalysis.* London and New York: Routledge, 2001.

Campbell, Jan. *Arguing with the Phallus: Feminist, Queer, and Postcolonial Theory– Psychoanalytic Contribution.* New York: Zed Books, 2000.

Davis, Walter A. *Get the Guests: Psychoanalysis, Modern American Drama, and the Audience.* Madison: University of Wisconsin Press, 1994.

Dor, Joël. *Introduction to the Reading of Lacan: The Unconscious Structured Like a Language.* New York: Other Press, 1998.

Ellman, Maud, ed. *Psychoanalytic Literary Criticism.* New York: Longman, 1994.

Hinshelwood, R. D. *A Dictionary of Kleinian Thought.* 2nd ed. London: Free Association Books, 1991.

Homer, Sean. *Jacques Lacan.* London and New York: Routledge, 2005. [손 호머, 《라캉 읽기》, 김서영 옮김, 은행나무, 2014.]

Klein, George S. *Psychoanalytic Theory: An Exploration of Essentials.* New York: International Universities Press, 1976.

Klein, Melanie. *"Envy and Gratitude" and Other Works, 1946–1963.* New York:

Delacorte, 1975.

______. *"Love, Guilt, and Reparation" and Other Works, 1921–1945*. New York: Delacorte, 1975.

Lacan, Jacques. *Écrits: A Selection*. Trans. Alan Sheridan. New York: W. W. Norton, 1977. (특히 "The Mirror Stage as Formative of the Function of the I," 1-7; "The Agency of the Letter in the Unconscious or Reason since Freud," 146-175; "The Signification of the Phallus," 281-291을 볼 것) [자크 라캉, 《에크리》, 홍준기·이종영·조형준·김대진 옮김, 새물결, 2019.]

McGowan, Todd. *The Real Gaze: Film Theory after Lacan*. Albany, NY: State University of New York Press, 2007.

Sokol, B. J., ed. *The Undiscovered Country: New Essays on Psychoanalysis and Shakespeare*. London: Free Association Books, 1993.

Zizek, Slavoj. *Looking Awry: An Introduction to Jacques Lacan through Popular Culture*. Cambridge, Mass.: The MIT Press, 1991. [슬라보예 지젝, 《삐딱하게 보기: 대중문화를 통한 라캉의 이해》, 김소연 외 옮김, 시각과언어, 1995.]

≡ 참고문헌

Bewley, Marius. "Scott Fitzgerald's Criticism of America." *Sewanee Review* 62(1954): 223-246. Rpt. in *Modern Critical Interpretations of F. Scott Fitzgerald's* The Great Gatsby. Ed. Harold Bloom. New York: Chelsea, 1986. 11-27.

Burnam, Tom. "The Eyes of Dr. Eckleburg: A Re-Examination of *The Great Gatsby*." *College English* 13 (1952). Rpt. in *F. Scott Fitzgerald: A Collection of Critical Essays*. Ed. Arthur Mizener. Englewood Cliffs, N.J.: Prentice Hall, 1963. 104-111.

Chase, Richard. *"The Great Gatsby.": The American Novel and Its Traditions*. New York: Doubleday, 1957. Rpt. in The Great Gatsby: *A Study*. Ed. Frederick J. Hoffman. New York: Scribner's, 1962. 297-302.

Chopin, Kate. *The Awakening*. Chicago: H. S. Stone, 1899. [케이트 쇼팽, 《각성》]

Fitzgerald, F. Scott. *The Great Gatsby*. 1925. New York: Macmillan, 1992. [F. 스콧 피츠 제럴드, 《위대한 개츠비》]

Gallo, Rose Adrienne. *F. Scott Fitzgerald*. New York: Ungar, 1978.

Gilman, Charlotte Perkins. "The Yellow Wallpaper." *New England Magazine* 5 (January 1892). [샬럿 퍼킨스 길먼, 〈누런 벽지〉]

Hart, Jeffrey. "'Out of it ere night': The WASP Gentleman as Cultural Ideal." *New Criterion* 7.5 (1989): 27-34.

Lacan, Jacques. *The Seminar. Book VII. The Ethics of Psychoanalysis, 1959–1960*. Trans. Dennis Porter. London: Routledge, 1992.

__________. *The Seminar. Book XI. The Four Fundamental Concepts of Psychoanalysis.* *1964.* Trans. Alan Sheridan. London: Hogarth Press and Institute of Psycho-Analysis, 1977. [자크 라캉, 《자크 라캉 세미나 11: 정신분석학의 네 가지 근본 개념》, 맹정현 외 옮김, 새물결, 2008.]

Miller, Arthur. *Death of a Salesman.* New York: Viking, 1949. [아서 밀러, 《세일즈맨의 죽음》]

Mitchell, Giles. "Gatsby Is a Pathological Narcissist." Excerpted from "The Great Narcissist: A Study of Fitzgerald's Gatsby." *American Journal of Psychoanalysis* 51.4(1991): 587-596. Rpt. in *Readings on* The Great Gatsby. Ed. Katie de Koster. San Diego: Greenhaven Press, 1998. 61-67.

Morrison, Toni. *The Bluest Eye.* New York: Holt, Rinehart, and Winston, 1970. [토니 모리슨, 《가장 파란 눈》, 정소영 옮김, 문학동네, 2024.]

Shelley, Mary. *Frankenstein.* London: Lackington, Hughes, Harding, Mavor, & Jones, 1818. [메리 셸리, 《프랑켄슈타인》]

3장

마르크스주의 비평

비평이론을 처음 공부하는 학생들은 지금 마르크스주의 비평을 배워야 하는 이유가 무엇인지 묻는 경우가 많다. 마르크스주의가 실현 불가능한 이론이라는 사실은 1991년 소련의 몰락으로 이미 증명되지 않았냐면서 말이다. 그런데 이 같은 질문은 일단 다른 공산주의 국가의 존재를 무시한 처사인 동시에, 다음과 같은 두 가지 중요한 사실을 간과하는 것이다. 그중 하나는, 민주주의의 형식적 요건에 정확하게 일치한 민주주의 국가가 단 한 번도 없었던 것처럼, 카를 마르크스Karl Marx(1818~1883)가 주창한 원칙에 의거한 사회(상대적으로 규모가 작고 오래 지속되지 못한 공동체들을 제외하면)가 이 지구상에 건설된 적은 우리가 아는 한 한 번도 없었다는 사실이다.

다른 하나는, 설령 공산주의 국가들이 진정한 마르크스주의를 실현했으나 결국에는 전부 몰락했다 치더라도 여전히 마르크스주의 이론은 역사는 물론이고 현 시대의 사건들을 이해하는 유의미한 방법일 수 있다는 점이다. 실제로 우리는 마르크스주의를 활용하여 마르크스주의 통치 체제의 실패를 해석해 볼 수 있다. 그와 같은 정치적 사건이나 그 밖의 다양한 종류의 사건들을 마르크스주의에 따라 해석하려면, 당연히 마르크스주의 이론을 먼저 이해해야 한다.

마르크스주의의
기본 전제들

마르크스주의 이론이란 정확히 무엇인가? 이 질문에 바로 답하는 대신에 먼저 다른 질문을 던져 보자. 마르크스주의 비평가라면 앞서 논의한 정신분석 비평을 뭐라고 말할까? 아마도 정신분석학은 우리로 하여금 개인의 정신에 주목하게 하고, 그 정신의 뿌리를 가족 콤플렉스에서 찾도록 함으로써 인간 경험을 만들어 내는 실제적인 힘, 곧 인간 사회를 구성하는 경제체제에 관심을 갖지 못하게끔 유도한다고 말하지 않을까?

사실, 마르크스주의 비평가들은 비단 정신분석학뿐 아니라 이 책에 실린 다른 이론들에 대해서도 대략 비슷한 불만을 가질 것이다. 어떠한 이론이든 인간의 문화와 관련된 경제적 현실을 중시하지 않으면 해당 문화를 잘못 이해하게 된다는 것이다. 왜냐하면 사회의 경제구조가 문화 구조를 결정하기 때문이다. 여기서 **문화**란 마르크스주의 사상가들에 따르면 한 사회가 만들어 낸 모든 제도와 생산물을 뜻한다. 이를테면, 교육체계, 철학과 종교, 정부 체제, 법, 매체, 여러 형태의 오락, 미술, 음악, 과학, 기술 등을 포함한다.

간단한 예를 들어 보자. 사회의 경제체제가 봉건적이라면, 즉 상대적으로 적은 숫자의 영주가 농업노동자의 노동과 충성을 대가로 거주할 집을 제공하고 보호해 준다면, 그 체제에서 산출된 문화는 봉건영주는 신으로부터 통치권을 부여받았다고 철석같이 믿을 것이다. 그런데 만약 사회의 경제체제가 자본주의라면, 즉 돈을 받고 물건을 팔아 사적 이득을 취하는 행위를 널리 장려한다면, 그 체제에서 나온 문화는 금전적 부가 우월함의 증거라는 믿음을 신봉할 것이다.

그런 점에서 경제는 문화라는 **상부구조**superstructure를 조건짓는 **토대**base가 된다. 경제 권력을 획득하고 유지하는 것이 모든 문화적 제도와 산물의 배후 동기이기 때문이다. 이는 경제 권력은 항상 사회적·정치적 권력도 더불어 포함하며, 이는 많은 마르크스주의자들이 오늘날 계급구조에 대해 이야기할 때 **계급**, **사회적 계급**, **경제적 계급** 대신 **사회경제적 계급**socioeconomic class을 언급하는 이유이기도 하다.

마르크스주의 용어법에서 경제적 조건은 **물질적**material 환경으로, 물질적 조건에 따라 생성된 문화(여기서 말하는 문화는 광의의 문화를 말한다는 점을 기억해 두자)는 역사적 상황으로 각각 명명된다. 마르크스주의 비평가들은 (정치적 영역이나 개인적 영역에서 벌어지는) 인간의 사건과 (핵잠수함부터 텔레비전 쇼프로그램에 이르는) 인간의 산물을 이해하려면, 그러한 사건과 산물이 발생하는 특정한 물질적·역사적 환경을 이해해야 한다고 주장한다. 말하자면, 모든 인간의 사건과 산물에는 특정한 물질적·역사적 원인이 존재한다는 뜻이다. 그래서 마르크스주의 역사 이론을 사적史的유물론이라고 부르는 것이다. 인간사人間事에 대한 정확한 묘사는 추상적이고 불변하는 본질이나 원리를 탐구하는 데 그쳐서는 불가능하며, 오직 세계를 이루는 구체적인 조건들, 특히 사회적 계급을 생성하고 유지하는 조건들을 이해할 때만이 가능하다. 즉, 마르크스주의는 분석 대상이 하나의 사회이든 여러 사회이든 상관없이 사회경제적 계급들 사이의 관계에 초점을 맞추어 인간의 사건과 산물을 분석하고, 경제 권력의 분배와 역학 관계라는 측면에서 모든 인간 활동을 설명한다는 것을 알 수 있다.

마르크스주의의 관점에서 볼 때, 사회경제적 계급의 차이는 종교, 인종, 민족, 성, 성적 취향, 젠더 정체성[1] 등보다 훨씬 더 심각한 방식으로 사람들을 갈라놓는다. 간단히 말해, '가진 자들'과 '못 가진 자들' 사이에서, 곧 **부르주아지**bourgeoisie와 **프롤레타리아트**proletariat 사이에서 실제 전선이 형성되기 때문이다. 부르주아지가 세계의 천연자원과 경제적 자원, 그리고 인간 자원을 지배하는 반면, 세계 인구의 대다수를 차지하는 프롤레타리아트는 광부, 공장노동자, 상품 판매원, 농업노동자, 식당 노동자, 운송 노동자, 사무 노동자 등으로서 노동을 수행하고 급여를 받는 한편 그렇게 해서 부르주아의 주머니를 두둑하게 채워 준다.

불행히도 프롤레타리아트의 구성원들은 이러한 사실을 깨닫지 못하는 경우가 많다. 이들은 종교, 인종, 민족, 성, 성적 취향, 젠더의 차이에 따라

---

[1] 젠더 정체성이란 자신의 젠더(남성, 여성, 둘 다, 어느 쪽도 아닌 젠더)에 대한 내적 감각을 말한다. 젠더는 생물학적 성(남성, 여성, 간성intersex)과 일치할 수도, 일치하지 않을 수도 있다.

자신들이 상호 적대적 집단들로 쪼개지더라도 현실을 그저 내버려두는 경우가 많기 때문에, 사회의 변화는 아주 미미한 정도에 그치거나 전혀 일어나지 않는다. 몇몇 소수를 제외하면, 오늘날의 마르크스주의자들은 마르크스와는 달리 프롤레타리아트가 언젠가는 자발적으로 계급의식을 갖추어 압제자들에 맞서 폭력혁명을 일으키고 계급 없는 사회를 건설해 내리라고 믿지 않는다. 그렇지만 어떤 나라에서든 프롤레타리아트가 그들 내부의 온갖 차이들을 딛고 하나의 집단으로 행동할 수 있다면(예를 들어, 모든 이가 같은 후보자에게 투표한다거나, 같은 업체에 대해 불매운동을 펼친다거나, 요구 조건을 수용해 줄 때까지 파업을 벌인다거나 하는 식으로), 현재의 권력구조는 근본적 차원에서 달라질 것이다.

미국의
계급 체계

미국에서 사람들을 부르주아지와 프롤레타리아트로 선명하게 분류하는 것은 갈수록 어려워지고 있다. 가령 가족 소유의 작은 사업장에서 몇몇 노동자들을 고용하고 있지만, 연간 순이익(운영 비용과 세금을 제하고 남은 이익)은 대기업에서 일하는 판매사원보다 더 적은 사람은 어느 쪽으로 분류해야 하는가? 미국에서 어떤 노동자는 적어도 어떤 사업자보다는 많은 돈을 번다. 더 복잡한 문제를 꺼내자면, **부르주아지**bourgeoisie(명사)와 **부르주아**bourgeois(형용사)라는 낱말 자체가 사업자와 임금 소득자를 가리지 않고 일반적으로 중산층을 통칭하는 일상적인 말이 되었다. 그러므로 이 시점에서는 소득을 어떤 방법으로 얻는지는 생각하지 말고, 미국인의 사회경제적 생활 방식에 따라 계급을 분류하는 편이 더 유익할 것이다. 이 문제를 명확하게 살펴보고자 오늘날 미국에서 주요한 사회경제적 구분이 어떻게 이루어져 있는지를 잠깐 짚어 보고 넘어가자.

　누가 부르주아지에 속하고 또 누가 프롤레타리아트에 속하는지에 대한 의견은 다를 수 있어도, 다음과 같은 부류들 사이에 나타나는 현격한 사회경제적 생활 방식의 차이는 공통적으로 확인할 수 있다. 먼저, 물질적으로 가진 것이 거의 없고 앞날의 희망도 찾아보기 어려운 노숙자들이 있다. 다음으로는 교육과 직업 선택의 기회를 충분히 누리지 못하고, 자신과 가족의 삶을 부양하는 데 전력하며 노숙자 신세로 전락하지나 않을까 전전긍긍하는 빈민들이 있다. 그런가 하면, 괜찮은 집과 차가 있고 자녀들을 주립대학에 보낼 정도의 여력은 항상 갖추고 있는, 재정적으로 안정된 이들이 있다. 그 위에는 두 채 이상의 고급 주택과 여러 대의 고급차, 무수히 많은 사치품을 구매할 여력이 충분하고, 자녀들을 사립대학에 보내고 돈이 많이 드는 휴가를 보낼 형편이 되는 부자들이 있다. 마지막으로 막대한 부를 상속받거나 거대 기업을 소유 또는 운영하고 무엇을 사든(대저택, 대형 승용차, 개인용 비행기, 요트 등) 돈은 전혀 문제가 되지 않는 갑부들이 있다. 우리는 이상의 다섯 부류들을 대략적으로나마 최하층, 하층, 중산층, 상류층, '귀족들'로 각각 명명할 수 있다.

　최하층 및 하층계급의 구성원들이 경제적으로 압박받고 있는 것은 분명하다. 이들은 경제적 궁핍에 따른 질병들로 고생하고, 불경기에는 가장 큰 타격을 입으며, 운명을 바꿀 만한 수단도 한정되어 있다. 그들과 극명하게 대조를 이루는 쪽이 경제적 특권을 누리는 상류층의 구성원 및 '귀족들'이다. 이 특권층은 호화로운 생활을 누리고, 경기침체에도 별 영향을 받지 않으며, 재정적으로 대단히 안정되어 있다. 그렇다면 중산층의 구성원들은 어떠한가? 이들은 경제적으로 압박받는가, 특권을 누리는가? 물론 압박받기도 하고 특권을 누리기도 할 것이다. 사회경제적 생활 방식 면에서 중산계급은 확실히 그 밑의 계급보다야 낫겠지만, 그렇다고 해서 자기 소유의 대저택에서 살게 될 일은 없을 것이다. 재정 안정성이라는 측면에서도 중산층은 그 밑의 계급보다 우위에 있지만, 불황이 닥칠 때마다 큰 피해를 입기 때문에 평소에도 미래의 재정 상태가 어떨지 걱정한다. 그리고 중산계급은 의료보험이나 연금제도 같은 제도화된 경제 안전망의 혜택을 누리지만, 그만큼 소득에 따른 막대한 세금 부담(많은 사람들은 과세가 불공평하다고 주장할 것이다)을 짊어져야 한다.

그런데 경제적으로 압박받는 이들은 왜 맞서 싸우지 않는가? 무엇 때문에 하층계급은 '자기 자리'를 벗어나지 못하고 부자들에게 휘둘려야 하는가? 적어도 오늘날 미국의 빈민과 노숙자들에게는 살아남으려는 몸부림 자체가 자신들을 억압하는 확실한 요인이 되고 있다. 어떻게든 살아남아 자식들을 먹여 살리겠다고 발버둥 치는 이들에게 과연 정치에 능동적으로 참여할 시간이 있겠는가? 아니, 정치적으로 각성할 기회조차 생기겠는가? 이들을 억압하는 또 다른 요소는 정부의 지시를 받는 경찰 및 기타 강압적 공권력을 지닌 기관들이다. 이러한 기관들은 권력구조에 위협이 된다는 이유로 하층계급과 최하층 빈민들을 줄곧 학대해 왔다. 미국에 처음 노동조합이 들어서던 시절에 체포되고 구타당하며 심지어 목숨까지 빼앗겼던 파업 노동자들, 또는 얼마 전까지 뉴욕 센트럴파크의 판잣집에서 살아가다가 인근 호화 주거단지에 사는 부유한 사람들의 '전망을 해친다'는 이유로 판지 상자 안에조차 머물지 못하고 쫓겨난 노숙자들만 보아도 이를 잘 알 수 있다. 그런데 가난한 사람들을 더욱 효과적으로 억압하는 것은 다름 아닌 이데올로기다.

이데올로기의 역할

마르크스주의에 따르면 **이데올로기**|ideology는 하나의 신념 체계이다. 예를

들어, 자본주의, 공산주의, 마르크스주의, 보수주의, 진보주의, 계급주의, 인본주의, 애국심, 종교, 명예 코드 등등은 모두 이데올로기다. 우리가 이 책에서 공부하게 될 비평이론들도 모두 이데올로기다.

그러나 우리가 떠올릴 수 있는 거의 모든 경험이나 행위, 학문 영역들이 이데올로기의 요소를 갖고 있다 하더라도, 모든 이데올로기가 동일하게 생산적이거나 바람직한 것은 아니다. 바람직하지 않은 이데올로기는 억압적인 사회적·정치적 의제들을 부추기면서도, 스스로를 이데올로기라고 인정하기는커녕 오히려 세계를 이해하는 자연스러운 방식이라고 자부함으로써 그러한 의제들에 대한 사람들의 동의를 이끌어 내려 한다. "지도자 자리는 남성이 차지하는 게 당연해. 생물학적으로 남성이 여성보다 우월하기 때문에 육체적으로도, 지적으로도, 감정적으로도 여성보다 더욱 유능할 테니까" 같은 믿음은 성차별적 이데올로기인데, 왜냐하면 그런 믿음은 남성의 우월함이 어떤 가부장적 길들이기의 산물이 아닌 자연 본연의 작용이라고 선전하기 때문이다. 한편 "가족이라면 응당 자기 땅에 자기 집을 짓고 살고 싶어 하지" 같은 생각은 다음과 같이 사용되었을 때 자본주의 이데올로기로서 기능할 수 있다. 이를테면 소유에 대한 욕망을 불러일으키는 것은 우리를 둘러싼 자본주의 문화라는 점을 인정하지 않은 채, 단지 거의 모든 미국인이 자기만의 소유물을 갖고 싶어 한다는 사실만을 강조함으로써 그러한 욕망을 마치 당연한 것처럼 포장하는 경우에 말이다. 그러나 많은 미국 원주민들은 이와 반대로 땅이란 누군가에게 소유될 수 있는 것이 아니라고 믿는다. 그건 마치 우리가 숨 쉬는 공기를 소유하려 드는 것과 같다는 것이다.

억압적인 이데올로기는 특정한 세계 인식을 자연스러운 것인 양 가장함으로써 우리가 살아가는 세상의 물질적/역사적 조건들을 이해하지 못하도록 방해하며, 그러한 조건들이 우리가 세계를 바라보는 방식과 어떤 식으로든 관련되어 있다는 사실을 인정하려 들지 않는다. 마르크스주의는 그 자체도 하나의 이데올로기임을 인정하는 한에서 비억압적인 이데올로기가 된다. 마르크스주의는 우리 존재가 환경의 산물임을 자각하게끔 만들고, 그러한 사실을 감춤으로써 우리를 지배적인 권력체제에 굴복시키려 하는 억압적 이데올로기들을 끊임없이 의식하도록 한다. 우리가 얼마큼 이데올로기에 '길들여지는지'에 대해서는 마르크스주의 이론가들마다 의견이 다르지만, 다음과 같은 사실만큼은 모든 이론가들이 동의한다. 가장 성공적인 이데올로기는 이데올로기로서 여겨지지 않으며, 그것에 동조하는 사람들에 의해 자연스러운 세계 인식으로 여겨진다는 것이다. 그리고 마르크스주의 사상가들에게 가장 성공적이고 파괴적인 이데올로기는 자본주의다. 자본주의가 정확하게 무엇인지 확실치 않다고 여긴다면, 잠깐 시간을 들여 용어를 정의해 보자.

자본주의는 간단히 말해 수요 공급 시장(재화와 서비스는 정부의 규제를 받지 않으며 소비 수요에 따라 제공된다), 생산수단의 사적私的 소유(공장, 기계, 도구, 자연 자원은 정부 소유가 아니라 사적개인의 소유다), 금융 이익을 취하려는 경쟁 등에 기초한다. 생산수단을 소유한 사적개인이 보통 가장 돈이 많으므로 그들이 지배계급을 차지한다. 여기서 자본주의가 경제체제이지 정치체제가 아니라는 점을 유의하도록 하자. 가령, 미국은 정치적으로는 민주주의 국가이지만 경제체제는 자본주의다. 모든 국가는 정치와 상관없이 자본주의 기업을 운영할 수 있다. 그리고 다국적기업의 금융 권력을 통해 자본주의가 전 세계를 지배하는 오늘의 상황에서, 경제적 생존을 추구하는 모든 국가는 글로벌 자본주의 시장에서 경쟁할 수 있어야 한다. 이처럼 자본주의는 전 세계 산업국가에 공통된 경제체제이므로 그 이데올로기의 파괴성(자본주의는 사람들이 스스로를 인식하는 방식, 타인들과 관계를 형성하고 세계를 이해하는 방식에 부정적인 영향을 끼친다) 또한 전 세계적이다.

미국의 자본주의 이데올로기는 상당히 파괴적이다. 중산층과 빈곤층의 격차를 더욱 벌어지게 하는 단순하지만 강력한 요인이기 때문이다. 사실 중산층은 경제적 이익을 위해서라면 빈곤층과 정치적 동맹을 형성하여 미국의 막대한 부를 공평하게 나누어 가질 수 있도록 힘쓰는 편이 가장 좋다. 왜냐하면 중산층도 경제적으로 취약할뿐더러 금융 권력도 부족한 터라 금융 자원이 풍요로운 부자들보다는 부족한 사람들과 공통점이 더 많기 때문이다. 그런데도 정치적 문제에서 중산층은 빈곤층보다는 부유층의 편을 드는 경우가 많다. 이처럼 정치적 동맹이 엉뚱한 방향으로 흘러 버린 것은 중산층이 내는 세금의 상당수가 빈곤층을 지원하는 정부 정책에 쓰인다는 이유로 중산층이 빈곤층을 곱지 않은 시선으로 보기 때문이다. 그런데 여기서 중산층은 중요한 사회경제적 현실 세 가지를 놓치고 있다. 첫째, 세금 규제의 혜택은 상당 부분 부유층에 돌아가고 그 밖에 모든 계층은 받는 것이 거의 없는 실정이다(바꾸어 말하자면, 중산층이 빈곤층을 지탱하게 된 근본 원인은 부유층이 마땅히 내야 하는 세금을 내지 않은 데 있다). 둘째, 정부 지원을 받는다고 해도 그 수혜자는 가난을 벗어나지 못하고 있다. 셋째, 세금을 털어 부유한 기업에 거액의 보조금('기업 복지'라고들 한다)을 지급하느라 막대한 세금이 소요되고 있는데, 때로는 그 때문에 세금이 가파르게 상승하고 사회복지 예산이 삭감된다.

이처럼 오늘날 미국의 사회경제적 불평등을 보지 못하도록 중산층의 눈을 가리는 이데올로기는 무엇인가? 그 상당 부분은 미국의 중산층이 맹목적으로 사로잡혀 있는 '아메리칸드림'에서 나온다. 여기서 아메리칸드림이란 일종의 자본주의 원리를 말하는데, 즉 미국에서 부자가 되기 위해서는 잘사는 집에서 태어날 필요가 없으며 그저 진취적으로 열심히 일하기만 하면 경제적 성공을 거두어 좋은 집과 차를 사고 돈 걱정 없이 자녀를 기를 수 있다는 믿음이다. 그래서 미국에 가난한 사람이 있다면, 그 이유는 그들이 무책임하고 게으르기 때문이다. 그들은 정부 보조를 받을 자격이 없다. 그런 식의 보조금을 없앤다면 그 사람들도 다른 모든 사람과 마찬가지로 열심히 일하지 않을 수 없을 것이다. 그러나 마르크스주의 비평은 진취적으로 열심히만 일한다고 해서 수백만 미국인들이 아메리칸드림을 이루기는 지난하다고 지적한다. 대부분은 부모에게 아이들을 맡기면서까지 최저임금만 받고 열심히 일하는데도 최저생계비를 마련하기도 벅찬 실정이다. 사실을 말하자면, 최저임금을 받는 정규직노동자 대부분은 집을 사기는커녕 월세 내기도 빠듯하다. 아메리칸드림은 이처럼 대다수 미국인의 삶을 지배하는 경제 현실을 호도할 뿐만 아니라 여러 파괴적인 자본주의 가치들에 정당성을 부여하기도 한다. 그중에는 경쟁, 강인한 개인주의, 소비주의, 상품화 등이 있다. 이것들은 모두 우리의 행복에 부정적인 영향을 끼친다.

경쟁은 아메리칸드림의 주춧돌이다. 유아들의 미인 대회부터 기술혁신에 이르기까지 사회 곳곳에 스며든 자본주의 가치다. 이상적으로 볼 때, 경쟁은 최고에게 금전적 보상을 제공하고, 새롭고 더 좋은 제품의 생산을 장려하는 훌륭한 메커니즘이다. 그러나 마르크스주의 사상가들에 따르면, 경쟁이 그렇게 작동한다는 보장이 없다. 오히려 경쟁은 가장 무자비한 사람들에게 보상을 제공하고 가장 그럴듯한 광고만을 양산할 뿐이다. 더구나 문화적 가치로서의 경쟁은 아메리칸드림이 그렇듯 성공의 의미를 편협하고 금전중심적으로 해석한다. 경쟁은 더 좋은 집, 더 좋은 차, 더 좋은 옷에 대한 욕망을 부추긴다. 그렇다. 여기서 핵심이 되는 말은 "더 좋다"는 표현이다. 이는 단지 "전보다 더 좋다"는 말이 아니라 "남들이 가진 것보다 더 좋다"는 말이다. 경쟁은 이렇게 우리로 하여금 항상 더 좋은 것을 원하게 하고, 따라서 항상 불만에 가득하도록 부추긴다. 그리고 아메리칸드림처럼 경쟁은 자연스럽고 필연적인 존재 양식으로 보인다. 결국 자연에서는 '적자생존'이 필요하다고 과학이 가르치지 않던가? 옹호자들은 이런 식으로 논리를 펼친다. 다시 말해, 우리는 모두 자유롭게 평등하게 태어났으니 각자가 지닌 '패기'만큼, 능력만큼, 경쟁하려는 의지만큼 앞서 나가는 것이 아닐까? 이런 식으로 인간 행동을 바라보는 시각은 미국의 존립 근거이자 오늘날 미국을 위대한 국가로 만든 원동력인 '강인한 개인주의'에 대한 믿음에 완벽하게 들어맞는 것이 아닌가?

강인한 개인주의rugged individualism는 경쟁과 밀접하게 연관되어 있으며 아메리칸드림의 또 다른 주춧돌이다. 이것은 독립적이고 거칠고 결단력 있는 개인, 쉽게 얻을 수 없을뿐더러 위험을 감수해야 해서 대다수가 꺼리는 목표(주로 금전적 목표)를 찾아 홀로 길을 개척하는 개인을 낭만화하는 자본주의 이상이다. 과거 그러한 목표는 이를테면 금과 은을 캐러 가겠다고 변경 지대로 몰려간 현상을 떠올리게 했다. 그 당시 사람들은 단박에 부자로 등극해 보려는 꿈을 안고 목숨을 거는 일도 마다하지 않았다. 오늘날 그러한 목표는 고위험 벤처사업일 것이다. 이 경우 떼부자가 되거나 돈을 다 잃거나 둘 중의 하나다. 강인한 개인주의를 두고 훌륭하다고 칭송하는 사람도 있겠지만, 마르크스주의 사상가들은 이러한 자본주의 가치가 타인의 생존이나 욕구는 아랑곳하지 않고 사리사욕만을 최우선으로 취급하는 풍조를 부추긴다고 일갈한다. 초점을 '우리'가 아닌 '나'에 둠으로써 강인한 개인주의는 사회 전체의 행복, 특히 특권 없는 사람들의 행복을 저해한다. 강인한 개인주의는 또한 환상을 품게 한다. 어떤 이데올로기에도 휘둘리지 않고 나만의 독자적인 결정을 내릴 수 있다는 환상 말이다. 그러나 알고 보면 누구나 알게 모르게 항상 온갖 이데올로기의 영향 아래 살아가는 것이 현실이다.

소비주의consumerism, 그러니까 '끝장 볼 때까지 쇼핑하자주의'는 아메리칸드림의 또 다른 주춧돌이다. 소비주의가 자본주의적 가치인 이유는, 인간의 기본적 욕구 이외에 물건과 서비스를 구매하는 행위가 경제성장의 원동력이기 때문이다. 소비주의 덕분에 기업가정신이 활성화되고 회사는 사업을 유지할 수 있다. 그러나 마르크스주의 사상가들은 소비주의가 득세할 때 소비자 개인은 희생된다고 말한다. 사람은 사는 물건만큼만 가치가 있다. 더 많이 쓰면 사람들이 더 우러러본다. 이렇게 소비주의는 두 가지 의심스러운 목표를 동시에 달성한다. 첫째, 소비주의는 감정적 보상을 제공한다. 즉, (빚을 져서라도) 부자들이 사는 것, 또는 그와 흡사한 그럴듯한 복제품이라도 살 수 있다면 부자들과 동등해질 수 있다는 생각을 품게 만든다. 둘째, 소비주의는 기업에 금전적인 보상을 제공한다. 즉, 상품을 만들어 파는 사람들의 금고에, 내가 진 신용카드 빚으로 11~25퍼센트의 이자를 남겨 먹는 사람들의 금고에 돈을 가득 채워 준다.

물론, 내가 산 물건만큼만 내가 훌륭하다고 믿는다면, 나의 자아 감각이 금전적인 방식의 가치 부여를 필요로 하도록 조종당한다면, 나는 내 삶의 상당 부분을 상품화할 가능성이 높다. **상품화란** (이 장에서 상세하게 다룰 예정인데) 말하자면 사물, 행위, 인간, 다른 생명체를 마치 상품처럼 대하는 자본주의적 습성을 말한다. 여기서 사물, 행위, 인간, 다른 생명체는 정서적 가치, 정신적 가치, 심지어는 실용적 가치보다는 돈을 얼마나 벌어 주는가, 사회적 위신을 제공하는가에 따라 그 가치가 매겨진다. 이를테면, 금전적 이득이나 사회적 지위 향상을 목적으로 친분 관계를 추구할 때 나는 타인과의 관계를 상품화하는 셈이다. 그런데 이때 나는 십중팔구 내가 그런 줄도 모르고 있거나, 그렇게 한다고 인정하지 않거나, 그렇게 하는 나 자신을 정당화하려 할 가능성이 높다. 그리고 내가 만약 대인관계의 상품화를 정당화하려 한다면, 나는 나 자신에게 무슨 말을 할까? 내가 자본주의 이데올로기를 내면화했다면, 이런 식으로 사람을 대하는 건 자연스럽다고 말할 것이다. 금전적 이익과 사회적 지위를 원하는 것은 자연적 현상이기 때문이다. 또는 아메리칸드림의 언어로 말하자면, 앞서 나가는 것은 자연적 현상이기 때문이다. 그래서 많은 사람들이 그렇게 하는 거잖아 하면서 말이다.

인간의 노력을 강조하는 이 같은 시각은 적어도 대부분의 미국인들에게는 지극히 당연하고 적절해 보일 것이다. 그리고 기회는 명백히 누구에게나 공평하게 열려 있다는 점을 강조하고자 벤저민 프랭클린, 에이브러햄

링컨과 같은 자수성가형 인물들의 성공을 거론한다. 하지만 마르크스주의는 이렇게 말한다. 아메리칸드림은 자연스럽고 당연한 세계 인식이 아니라 하나의 이데올로기다. 경쟁과 강인한 개인주의는 공동체와 협력과 같은 진정한 가치들을 적대시한다. 소비주의와 상품화는 자연 세계를 향유하는 데서 느끼는 쾌락을 더럽히고, 인간관계의 진정한 가치를 빼앗는다. 그리고 자본주의 국가들에 편재한 사회경제적 불평등을 뒷받침하는 모든 이데올로기와 마찬가지로 아메리칸드림은 미국의 거대한 실패를 감춘다. 미국 원주민 집단학살, 아프리카인들의 노예화, 미숙련 계약노동자에 대한 사실상의 노예화, 이민자들에 대한 부당한 취급, 부자와 빈자 사이에 커져만 가는 경제적 격차, 노숙자와 굶주리는 사람들의 증가, 여성과 유색인종에게는 더더욱 높아져만 가는 사회경제적 장벽 등과 같은 실패 말이다. 그러니까 아메리칸드림의 성공, 곧 소수에게만 허락되는 부유한 생활 방식의 실현은 수많은 사람들의 고통이 있어야 가능한 것이다. 그리고 아메리칸드림의 이면에 감추어진 가혹한 현실을 외면하도록 만든 것, 그것은 아메리칸드림이 자연스럽고 공평하다는 믿음, 곧 이데올로기의 힘이다.

이쯤에서 잠시 멈춰 이렇게 묻고 싶어질지도 모르겠다. "하지만 아메리칸드림은 하나의 이상이 아닌가요? 우리가 가진 이상을 실현하는 데 실패할 수도 있다고 해서 그 이상을 계속 열망하면 안 되는 건가요? 예를 들어 숭고한 인간의 삶이라는 이상을 단지 때로는 그에 걸맞게 살지 못한다는 이유만으로 포기해야 하나요?" 마르크스주의의 대답은 이렇다. 어떤 이상이 제 실패를 감추려는 방향으로 작동한다면, 그 이상은 그릇된 이상 또는 **허위의식** false consciousness 이다. 허위의식의 진짜 목적은 힘 있는 사람들의 이익을 증대시키는 것이다. 아메리칸드림에 대해 마르크스주의는 다음과 같이 질문할 수 있다. "힘 있는 사람들의 이익 증대에 복무하는 아메리칸드림은 어떻게 모든 미국인에게서, 심지어 꿈을 이루는 데 실패한 사람들에게서조차 지지를 이끌어 내는가?"

　부분적인 차원에서나마 이 질문에 답해 보자면, 아메리칸드림은 복권이나 엄청난 판돈이 걸린 스테이크 경마sweepstakes _{혼자서 또는 몇몇 사람이 판돈을 독차지할 수 있도록 짜인 경마} 와 매우 흡사하게도 누구든 해낼 수 있다는 가능성을 남겨 두며, 그렇기 때문에 우리는 마치 도박에 중독된 것처럼 그 가능성에 매달리게 된다고 말할 수 있다. 실제로 경제적 안정성이 떨어질수록 기대를 걸 만한 무언가를 더욱 간절히 원하게 된다. 아메리칸드림은 또한 우리가 듣고 싶어 하는 이야기를 들려주기도 한다. 우리 모두는 가장 부유한 사람 못지않게 능력과 가치가 있다는 이야기 말이다. 우리가 그렇게 믿는 한, 정작 부자들은 우리를 자기들만큼 능력과 가치가 있다고 보지 않는다는 사실은 문제가 되지 않는다. 부자들 못지않게 "능력과 가치가 있다"고 해서 똑같은 의료서비스와 물질적 안락, 필요하다면 최고의 변호사를 고용할 특권과 똑같은 사회적 특권을 누리게 되는 것도 아니라는 사실 역시 문제 되지 않는다. 기분이 좋아질 필요가 있을 경우, 특히 경제적 걱정거리들을 잔뜩 끌어안고 살아가는 경우, 아메리칸드림이 선사하는 자기만족에 의지하면 된다. 비슷한 경우로, 주변의 수많은 동료 시민들이 간신히 입에 풀칠하며 살아가는데 자신은 이미 큰 재산을 벌어들였다는 데서 오는 죄책감을 피하고 싶다면, 진취적 기상을 발휘하여 축적한 재산인 이상 어쨌든 그만한 부를 누릴 자격이 충분하다는 아메리칸드림의 호언장담으로 위로받으면 그만이다. 실제로 물질적/역사적 현실을 가리는 아메리칸드림의 위력은 대단하다. 아메리칸드림은 계급이 중요하지 않다는 착각을 불러일으킨다. 미국의 실제 계급 체계는 너무나 복잡해서 앞에서 다룬 대략적인 개요 이상으로 상세하게 다 파악하지 못할 정도다. 현실이 그러한데도 아메리칸드림은 미국인의 마음속에 '계급은 중요하지 않다'는 이데올로기를 우격다짐으로 쑤셔 넣는다.

　보다시피, 자본주의 이데올로기는 모든 성공한 이데올로기와 마찬가지로 우리가 우리 자신에 대해 생각하는 방식은 물론이고 주변 세계를 대하는 방식을 조종하는 데 상당히 능숙하다. 그리고 앞서 언급했듯이 자본주의 이데올로기는 온 세계 곳곳에 널리 퍼져 있다. 자본주의는 물건을 판매할 새로운 시장뿐만 아니라 상품생산에 필요한 원자재를 조달해 줄 새로운 공급지를 끊임없이 필요로 한다. 이런 점에서 자본주의는 15세기 말부터 20세기 중반까지 제국주의를 확산시키는 원인이기도 했다(여기서 제국주의란 강력한 유럽 국가들이 전 세계 취약한 인구 집단을 군사적·경제적·문화적으로 지배하는 것을 뜻한다). 더불어 자본주의는 오늘날 다국적기업이 개발도상국의 취약한 인구 집단을 지속적으로 착취하는 원동력이기도 했다. 스페인의 멕시코 통치, 영국의 인도 지배, 벨기에의 콩고 착취, 북미와 남미를 포함한 아메리카 대륙 전역의 토착민들을 종속시키려 했던 미국의 야욕, 나이지리아 니제르 삼각지를 초토화시킨 로열더치셸의 생태 파괴 등은 제국주의적 지배와 관련된 일부 사례에 지나지 않는다. 이 모든 지배를 정당화하는 것은 결국 토지, 천연자원, 인적 자원 등의 상업화다. 그리고 이 모든 것은 경제적 이익의 이름으로 자행된 만행이다.

마르크스주의의 자본주의 이데올로기 비판이 보여 주듯이, 이데올로기의 핵심 역할은 힘 있는 사람들을 옹호하는 것이다. 그러므로 이 같은 맥락에서 계급주의, 애국심, 종교 등 마르크스주의가 특히나 파괴적이라고 간주하는 이데올로기의 사례들을 몇 가지 간략하게나마 살펴보도록 하자.

계급주의classism란 인간 존재의 가치를 그 사람이 속한 사회적 계급과 동일시하는 억압적 이데올로기다. 더 높은 사회적 계급에 속한 사람이 더 나은 사람이라는 말인데, 사람의 자질은 '핏줄 속'에 있다는 것, 곧 타고난다는 것이 그 근거다. 계급주의의 관점에 따르면, 사회적 지위가 높은 사람은 지위가 낮은 사람보다 선천적으로 우월하다. 그런 사람은 남들보다 더욱 똑똑하고 책임감도 높으며 믿음직스러울 뿐만 아니라 더 윤리적이기까지

하다. 반대로 사회적 지위가 낮은 사람은 선천적으로 열등하다. 머리가 좋지 않고 책임감도 부족할 뿐만 아니라 믿음직스럽지 않고 윤리적이지도 않다. 그러므로 결국 최상층계급에 속한 사람들이 모든 권력과 지도자의 자리를 손에 넣는 것은 지극히 정당하고 자연스러운 일이 된다. 이 사람들은 처음부터 그러한 역할에 걸맞은 능력을 갖추고 태어났고, 그런 점에서 이들만이 그토록 중요한 일들을 적절하게 수행할 수 있기 때문이다. 계급주의는 이처럼 사회 최상층에 속하지 않는 사람들에 대한 사회적·경제적·정치적 차별, 특히 빈민층에 대한 차별을 조장한다.

애국심patriotism은 가난한 사람들로 하여금 다른 나라의 가난한 사람들과 맞서 싸우도록 만드는 억압적 이데올로기다(어떻게 해서든 돈을 마련하면 대체로 전쟁 발발 시 아예 징집을 피하거나, 징집되더라도 적어도 전투부대로 가는 것은 막을 수 있다). 그동안 전시경제의 이익을 갈고리로 쓸어 담는 것은 양쪽 나라의 부자들이다. 가난한 사람들이 애국심에 이끌리게 되면, 자신을 제 나라의 특권층에 대항하는 전 세계 피억압 계급의 일원으로서 인식하기보다는 다른 나라들과는 분리된 한 나라, 곧 제 나라의 구성원으로서만 자신을 바라보게 된다. 애국심은 가난한 사람들이 스스로 삶의 조건을 개선하고자 전 세계적으로 함께 뭉치는 것을 가로막는다.

마지막으로, 카를 마르크스가 '인민의 아편'이라고 부른 **종교**는 가난한 신앙인들이 자기 운명에 만족하도록, 아니면 최소한 마치 신경안정제라도 맞은 양 운명을 감내하도록 만드는 억압적 이데올로기다. 마르크스주의 분석에서 신의 존재에 대한 물음은 핵심 쟁점이 아니다. 마르크스주의는 그보다 인간 존재가 신의 이름으로, 곧 조직화된 종교로 무엇을 행하는지에 초점을 맞춘다. 가령 많은 기독교 단체들은 세계의 가난한 사람들에게 먹을 것을 주고 입을 옷을 마련해 줄 뿐만 아니라 집도 지어 주고 심지어 교육도 시켜 주는데, 그러한 것들과 더불어 전파되는 종교적 교리에는 가난한 사람들이 비폭력에 머물 경우 천국에서 가난을 보상받는다는 확신이 포함된다. 분명한 것은 전 세계 부의 90퍼센트(또는 그 이상)를 소유하고 있는 세계 인구의 10퍼센트(또는 그 이하)는 가난한 사람들에게 기독교적 신념의 그러한 면을 믿도록 부추김으로써 이익을 확보하며, 역사적으로 봐도 항상 그런 식으로 기독교를 이용해 왔다는 사실이다. 실제로 미국에서 성경은 아프리카인들에 대한 노예화는 물론이고 여성 이성애자, 레즈비언, 게이, 양성애자, 트랜스젠더, 퀴어(LGBTQ)에 대한 압제를 정당화하고 조장하는 데 성공적으로 활용되어 왔다

이 밖에도 분석해 볼 만한 억압적 이데올로기는 많다. 여기서는 억압적 이데올로기들에 대한 마르크스주의적 분석을 일반 용어들로 보여 주고자 몇 가지 사례들만 언급했을 뿐이다. 더 구체적으로 들어가서, 마르크스주의 문학비평가들의 목표는, 언어를 매개로 삼거나 서사적 요소를 가진, 그러니까 무언가 이야기를 전달하려는 문화적 생산물들에 작동하는 이데올로기를 식별하는 것이다. 그리고 그러한 이데올로기가 그 문화적 생산물이 속하는 사회의 사회경제적 권력구조를 뒷받침하는지 또는 약화시키는지 분석하는 것이다. 그러한 문화적 생산물에는 예컨대 문학, 영화, 그림(이야기를 전달하는 종류), 노래 가사, 텔레비전 프로그램, 상업광고, 교육자료, 비디오게임 등이 포함된다. 주목적이 오락인 문화적 생산물이 이데올로기 전파에 가장 탁월하다는 점은 흥미롭다. 오락을 즐기는 동안, 말하자면 우리의 경계심은 약해지고 그래서 그 결과 우리는 이데올로기적 조작에 특히 취약해진다.

최근에 내가 텔레비전에서 본 시추에이션코미디에서 노숙자 남성이 어떻게 표상되었는지를 말해 보겠다. 이 멀쩡해 보이는 남성이 매일 밤 버스 정류장에서 잠을 잔다고 설정한 시트콤이다. 이 노숙자가 공중전화 부스에서 수화기를 들고 무언가 이야기하고 있는데, 갑자기 어떤 노동자가 끼어들어 그 앞으로 온 편지를 건네준다(여기서 큰 웃음이 터진다. 이 남성이 버스 정

류장에서 살다시피 하니까 우체국에서 정류장을 그의 집으로 생각한 것이다!). 노숙자는 편지를 살펴보고는 무심하게 이렇게 내뱉는다. "우체국에서 이런 광고우편물들을 잘 좀 알아서 처리해 주면 좋을 텐데!"(다시 큰 웃음이 터진다. 그 남성은 자신이 처한 상황은 아랑곳하지 않은 채, 어쩌면 아예 의식하지도 못한 채 광고우편물에 대해서만 불평을 늘어놓고 있는 것이다!) 이 장면은 무해한 듯 보이지만, 마르크스주의 비평가라면 미국의 자본주의 권력구조에 봉사하는 함축된 메시지를 그 안에서 포착해 낼 것이다. "노숙자들은 이런 식으로 살아도 아무렇지가 않다. 우리가 사는 방식이 우리에게 자연스러운 것처럼 그들에게도 그런 삶이 자연스럽다." 또는 그에 못지않게 이렇게도 생각할 것이다. "노숙자가 노숙자로 사는 게 싫으면 남들처럼 일을 하면 된다."

노숙자를 바라보는 이와 같은 관점에는 어떤 이데올로기가 작동하는가? 여기에 작동하는 이데올로기는 두 가지다. 하나는 계급주의이고, 다른 하나는 아메리칸드림이다. 우선 여기에 표상된 노숙자의 모습은(그는 이 시트콤에 나오는 유일한 노숙자라서 시청자는 그를 노숙자 일반을 대표하는 인물로 보게 된다) 계급주의적인데, 그를 열등한 존재로 묘사하기 때문이다. 이 노숙자는 자기가 처한 재앙과도 같은 상황을 걱정하기보다는 한가로이 광고우편물에나 신경 쓰고 있다. 그는 아무런 생각 없이 사는 사람이어서 자기가 그런 줄도 모른다. 이러한 묘사는 그의 노숙을 그의 열등함에 연결되게끔 한다. 즉, 열등한 사람만이 사회 밑바닥에서 바둥거린다. 더욱이, 그 남자가 노숙을 해도 마음이 편안해 보인다는 사실은 그가 사회 밑바닥에 있는 이유는 그곳이 그가 살아야 할 곳이기 때문이며, 그렇게 사는 것이 그에게 자연스러운 일임을 시사한다. 계급주의자라면 그렇게 주장할 것이다. 아메리칸드림도, 미국이라는 나라에서 경제적 성공(진취적인 기상으로 열심히 일하기만 한다면 누구나 성공할 수 있다)을 거두지 못한 사람들은 틀림없이 무책임하고 게으르다는 신화를 퍼뜨림으로써 알게 모르게 노숙자에 대한 이러한 인식의 형성에 일조한다. 이를테면 우리는 노숙자가 주소가 없으면 일자리를 구할 수 없고, 일을 하지 않고는 주소를 얻을 수 없다는 사실을 까맣게 잊게 된다. 노숙자 대다수가 길거리에 나앉은 것은 그들도 어떻게 손을 쓸 수 없는 불가항력의 상황 때문이라는 사실, 레이건 행정부에서 국립 정신질환 요양 시설을 폐쇄하여 정신질환을 앓는 많은 사람들이 길거리로 쫓겨났다는 사실(그래서 사실 집만이 아니라 치료가 필요한 노숙자들이 많다)을 까맣게 잊게 된다.

인간 행동, 상품, 가족

카를 마르크스의 후기 저작들이 개인보다는 사회 전체의 경제 원리에 초점을 맞추고 있긴 하지만, 그럼에도 마르크스의 초기 작업이 인간 행동에 대한 나름의 독자적인 연구(사회심리학적 연구였다고도 할 수 있다)였다는 사실을 기억해야 한다. 가령 마르크스는 18~19세기 산업주의의 발흥에 관심이 많았다. 특히 공장 노동의 영향은 그의 지대한 관심사였다. 자급자족이 가능했던 장인들과 농민들이 산업화로 사라지고 공장에 노동력을 팔아야 했던 사람들이 늘어났던 것이 그 이유였다. 공장노동자들은 많은 양의 제품을 만들어 냈어도 자기 이름 또는 기여한 바를 알리는 어떤 표시도 제품에 남길 수 없었다. 마르크스는 이러한 과정에서 노동자들이 자신이 만들어 낸 생산물뿐 아니라 자신의 노동으로부터도 유리되고 소외된다는 사실을 간파하고, 그의 표현대로 **소외된 노동**alienated labor이 노동자와 사회 전반에 끼치는 해악에 주목했다.

비슷한 맥락에서, 자본주의 경제의 발흥에 대한 마르크스의 관심은 자본주의가 인간 가치에 끼치는 영향에 대한 관심이기도 했다. 그 당시 유럽은 거래에 참여하는 개인의 욕구와 능력에 따라 노동 또는 재화를 다른 노동이나 재화로 교환하는 방식의 물물교환 경제가 자본주의 경제로 바뀌던 시점이었다. 그런데 자본주의 경제체제에서는 어떤 물건의 가치가 인간적인 것과 무관해진다. 그 가치는 '등가의' 화폐(자본이라는 말은 돈 또는 돈으로 전환 가능한 자산을 뜻한다)로 전환되어, 오직 그 물건과 화폐시장 사이의 관계로만 결정된다. 그러한 경제체제에서 관건은 다음과 같다. 즉, 그 물건을 살 사람은 얼마나 될까? 가격이 어느 정도면 사람들이 기꺼이 그 물건을 사려고 할까? 사람들이 그 물건을 정말 필요로 하느냐의 문제와 그 물건이 가격에 걸맞은 가치가 있느냐의 문제는 무의미하다. 자본주의 경제가 유지되기 위해 필수적인 사항은, 참여자가 가능한 한 가장 많은 돈을 벌고 쓰는 것이기 때문이다. 그 밖에 다른 모든 행위나 가치들은 부차적인 문제다.

이러한 점에서 인간 행동에 대한 마르크스의 통찰이 자본주의가 인간 정신에 끼치는 악영향과 관련된 것들이 많으며, 그러한 악영향이 사람과 상품 사이의 관계에서 많이 나타난다는 것은 전혀 놀랍지 않다. 마르크스주의에 따르면, 어떤 상품의 가치는 그것이 할 수 있는 바(**사용가치**use value)에 달린 것이 아니라, 그것으로 교환할 수 있는 돈이나 다른 상품(**교환가치** exchange value) 또는 그것으로 소유자가 얻을 수 있는 사회적 가치(**기호-교환가치**sign-exchange value)에 달려 있다. 그렇다면, **상품화**commodification란 교환가치 또는 기호-교환가치에 따라 사물, 행위, 인간, 다른 생명체와 관계하는 행위를 말한다. 그리고 이 두 가치 형태는 물건 교환이 이루어진 그 사회 안에서 결정된다. 예를 들어 즐거움 또는 정보를 얻고자 책을 읽는 경우, 그 책은 사용가치를 갖는다. 하다못해 탁자의 다리받침으로 책을 사용하는 경우라도 그 책은 사용가치를 갖는다고 말할 수 있다. 그런데 같은 책을 파는 순간, 그 책은 교환가치를 갖는다. 그리고 내가 책을 팔아 얼마를 버느냐는 책을 파는 특정 시점과 장소에서 사람들이 그 책을 사기 위해 얼마를 지불하려고 하느냐에 따라 결정된다. 그리고 데이트 상대에게 좋은 인상을 남기려는 목적으로 탁자 위에 책을 올려 두는 경우, 그 책은 기호-교환가치를 갖는다. 그 책이 어느 정도의 지위를 내게 부여하느냐는 그 시점과 장소에서 사람들이 얼마나 높은 지위를 그 책에 부여하느냐에 달려 있다. 내가 어떤 예술 작품을 투자 목적으로, 그러니까 돈을 더 받고 그 작품을 되팔려는 목적으로 구입했다면, 또는 나의 고상한 취향을 다른 사람들에게 각인시키려는 목적으로 구입했다면, 나는 그 예술 작품을 상품화하는 것이다. 내가 목재를 팔거나 호텔을 지을 목적으로 또는 나의 투자 노하우를 뽐내려는 목적으로 숲이 우거진 지역을 샀다면, 나는 그 지역을 상품화하는 것이다. 내가 부유하다는 사실을 사람들에게 각인시키려고 값비싼 상품이나 서비스를 구매한다면, 나는 **과시적 소비**conspicuous consumption를 행하고 있는 셈이다. 단지 내가 돈이 얼마나 많은지 세상에 보여 주려는 의도로 온몸을 감싸는 흰색 밍크코트나 요트를 구매하는 경우처럼 말이다. 그렇다면 상품화는 항상 동기의 문제로 귀결된다.

마찬가지로, 자기만의 재정적·사회적 가치 상승을 도모하려는 목적으로 인간관계를 조직하는 경우도 인간 존재를 상품화하는 것이라고 볼 수 있다. 우리 대부분은 사람을 물건처럼 취급한다는 것이 어떤 의미인지 알고 있다. 이를테면 여성은 성적 대상 또는 아이를 낳는 기계로 취급될 수 있다. 그런 경우에 그 사람은 대상화되기는 했지만, 사용가치를 갖는다(모든 사용가치가 윤리적인 것은 아니라는 점은 분명한 사실이다). 그러나 내가 교환가치 또는 기호-교환가치에 따라 사람을 대한다면, 그 사람은 상품이 된다. 내가 회사의 제품 판매를 촉진할 목적으로 또는 동료들에게 뽐낼 목적으로 여성을 성적 대상 또는 아이 낳는 기계로 취급할 때는 어떻게 되는가? 그럴 때 나는 여성을 상품화하는 셈이다. 연애 상대가 자기에게 얼마나 많은 돈을 쓸 것인지에 따라, 또는 그 사람이 친구들에게 얼마나 근사한 사람으로 비칠 것인지에 따라 연애 상대를 고르면 어떻게 되는가? 만약 그렇다면 나는 그를 상품화하는 셈이다. 내 경력에 도움이 될 것인지 또는 내 사회적 지위를 높일 수 있는지에 따라 친구를 선택하는 것은 어떤가? 그것도 역시 상품화다. 다시 반복하자면, 상품화는 항상 동기의 문제다.

물론 우리가 점심으로 샌드위치를 만들 생각이라면 빵 한 조각의 교환가치를 고려하지 않고서는 자본주의 경제를 살아갈 수 없다. 그리고 일자리를 지킬 목적으로 고객에게 깊은 인상을 각인시킬 필요가 있다면 높은 기호-교환가치가 있는 옷을 구매해야 한다. 그런데 바로 그게 문제다. 자본주의 경제에서 상품화는 생존에 필수적이다. 문제는 여기서 그치지 않는다. 자본주의는 소비주의, 즉 기본적 욕구를 훌쩍 넘어 제품과 서비스를 구매하는 행위에 의존하므로 기호-교환가치는 우리가 주변 세계를 대하는 주된 관계 방식으로 격상된다. 다시 말해, 자본주의가 살아남으려면 구매 행위를 통해 사회적 지위를 격상시킬 수 있다고 믿게 만들어야만 한다. 이것이 자본주의가 우리의 정신적 행복을 파괴하는 괴력을 발휘할 수 있는 주된 이유가 된다. 가령, 새로운 옷이나 화장품, 미용 서비스, 또는 새로운 차를 지속적으로 구매해야만 멋진 모습을 가질 수 있다고 믿으며, 그렇게 못하면 스스로를 좋게 생각할 수가 없는 사람들만큼 자본주의 경제에 바람직한 구성원들이 또 있을까? 다른 말로 바꾸어 말하자면, 자본주의의 최대 관심사는 어떻게든 개인의 불안감을 자극하여 사람들로 하여금 계속 소비재를 구매하도록 부추기는 것이다(내 치아는 누렇지 않은가? 머리는 더 금발이어야 하지 않을까? 옷이 좀 작년 거 같지 않은가? 차가 구식이라 최신 장치가 너무 없지 않은가?). 그리고 소비재를 구매하도록 유도하는 이런 종류의 불안감은 자신을 다른 사람들과 비교함으로써 생겨나기 때문에(내 치아는 저 사람만큼 하얀가? 내 머리는 저 사람만큼 금발인가?), 경쟁은 제품을 팔고 싶어하는 업체들 사이에서뿐 아니라 인기를 얻거나 성공하기 위해 자신을 '팔아야' 한다고 생각하는 사람들 사이에서도 조장된다.

인간 정신에 관한 한, 마르크스주의가 정신분석학과 일정 부분 관심사가 겹친다는 것은 분명하다. 두 분야 모두 인간 행동과 그에 대한 동기를 연구하는 데 심리학 용어를 사용한다는 점만 봐도 그렇다. 그러나 정신분석학이 가족 안에서 형성되는 개인의 심리에 초점을 맞춘다면, 마르크스주의는 심리적 경험과 행동을 형성하는 물질적·역사적 동력(사회경제적 체제의 경제 현실과 이데올로기)에 초점을 맞춘다. 마르크스주의는 가족을 개인의 심리적 정체성의 근원이라고 보지 않는다. 개인과 가족 모두 물질적·역사적 환경의 산물이라고 이해하기 때문이다. 우리에게 옛날이야기를 들려주고 우리를 영화관에 데려가고 이런저런 방식으로 도덕성을 형성시키는 존재는 우리의 부모이지만, 그러한 옛날이야기와 영화, 도덕 등을 제공하는 것은 우리를 둘러싼 사회경제적 체제다. 나아가, 이 모든 것은 궁극적으로 권력자들, 그리고 기존 사회경제 질서로부터 가장 많은 혜택을 받는 사람들의 경제적 이익에 봉사한다.

사정이 그렇다면, 미국 사회에서 아이들은 아메리칸드림, 경쟁, 강인한 개인주의, 소비주의, 상업화 등과 같은 자본주의 이상들을 가족 내에서 처음 배우게 된다고 보아야 한다. 우리가 의도적으로 아이들에게 이러한 자본주의 가치를 가르치기 때문이 아니다(물론 이런 어휘들을 알고는 있지만, 사용하는 경우는 거의 없다). 우리는 보통 이러한 이상들을 자본주의 가치로 보지 않는다. 그러한 가치는 그냥 미국적 이상일 뿐이다. 또는 성공하려면 아이들이 수용해야 할 가치들일 뿐이다. 그리고 아이들이 미국의 자본주의 경제체제에서 성공하고자 한다면 이러한 가치들을 반드시 받아들여야 한다. 주변에 보이는 모든 것들이 그렇게 말한다. 미국 자본주의가 살아남으려면 미국인들이 자본주의 이상을 믿어야 한다. 바로 그러한 이유로 미국의 문화는 그러한 이상들을 널리 선전한다. 미국의 기업들도 그러한 이상들을 퍼뜨리는 제품들, 이를테면 장난감, 책, 영화, 텔레비전 프로그램, 보드

게임, 비디오게임 등을 공급한다. 자본주의 이상들은 미국의 교육자료, 교육 방법, 개설 과목에 깊이 뿌리박혀 있다. 가령, 맥거피 독본[2](19세기 중반부터 20세기 초반까지 초등학교에서 읽기를 가르치기 위해 널리 사용된 교과서를 말하는데, 오늘날에도 자택 학습용 교재로 애용되고 있다)을 봐도 알 수 있고, 인문학이 쇠퇴하고 경영 및 산업 중심 교과과정을 우선시하는 풍조를 봐도 알 수 있다.

정신분석 비평가가 개인의 행동을 결정하는 가족 갈등과 정신적 상처를 들여다보고자 한다면, 마르크스주의 비평가는 동일한 개인의 행동을 분석하되 그 행동이 영화, 패션, 미술, 음악, 교육, 법 등에 실려 작용하는 이데올로기의 산물이라는 점에 주목하고자 한다. 그럼으로써 가족 내 문제가 어떤 점에서 그 자체로 사회경제적 체제 및 그것이 조장하는 이데올로기들의 생산물인지를 보여 주려는 것이다.

마르크스주의와 문학

물론 문학에서 가족은 끊임없이 되풀이되는 주제다. 그런 점에서 마르크스주의와 문학에 관한 논의는 특정 작품에 대한 정신분석학적 독법과 마르크스주의적 독법을 대조하는 것으로 시작해도 좋을 듯하다. 여기서는 가족을 주제로 한 가장 뛰어난 희곡 가운데 하나인 아서 밀러의 《세일즈맨의 죽음》(1949)을 분석 대상으로 삼겠다. 이 작품에 대한 정신분석학적 독법은

---

[2] 맥거피 독본에 실린 이야기, 시, 에세이, 연설 등은 노동, 정직, 금주, 친절함의 중요성을 강조한다. 그러나 부를 가치와 결부시키고 자수성가한 사람을 이상화하는 경우가 많다. 말인즉슨, 이 독본이 장려하는 것은 바로 아메리칸드림, 강인한 개인주의, 경쟁이다.

아마도 주인공 윌리 로먼이 아주 어린 나이에 아버지와 형에게서 버림받은 부분, 윌리의 불안감과 그로 인해 빚어진 완강한 현실 부인, 윌리가 자신의 개인적 바람을 아들 비프에게 투사하는 부분, 비프와 해피의 형제간 대립, 가족 역학 관계 안에서 작동하는 오이디푸스적 차원, 린다가 윌리와 문제를 회피하고 전치하는 부분 등과 같은 요소들에 초점을 맞출 것이다. 이와 같은 해석에서는 비프가 호텔에서 윌리와 충돌하는 장면, 그러니까 아버지가 호텔에서 다른 여성과 함께 있는 모습을 아들이 발견하는 장면이야말로 가장 중요한 대목이 될 것이다. 이러한 대목이 정신분석 비평가들에게 흥미롭게 읽힐 수 있는 이유는, 정신분석학에서는 개인의 정신을 가족 역학 관계의 산물로서 이해하기 때문이다.

이와 대조적으로, 마르크스주의적 독법은 앞에서 열거한 심리적 문제들이 어떻게 (가족 역시 그 일부인) 물질적·역사적 현실 속에서 생겨나는지를 밝히는 데 초점을 맞춘다. 자존감은 오직 경제적 성공을 통해서만 얻어진다고 윌리를 부추기면서 그로 하여금 탐욕스러운 친형 벤을 계속 우러러보도록 만드는 아메리칸드림 이데올로기, 감당할 수 없는데도 끊임없이 외상으로 물건들을 사들이는 로먼 가족의 광포한 소비지상주의, 같은 직장에서 30년이나 근속했는데도 실적에 따른 수수료만 받고 일하도록 윌리를 내모는 치열한 비즈니스 세계의 경쟁주의, 모든 회사가 고용인들에게 적정 수준의 연금을 지급하도록 의무화하지 않은 사회경제적 체제의 착취적 측면, 윌리의 악화된 정신상태는 전혀 고려하지 않고 그를 언제든지 해고할 권한을 윌리의 고용주 하워드에게 부여한 자본주의의 '적자생존' 이데올로기 등이 마르크스주의 비평의 관심사가 된다. 이와 같은 해석에서는 하워드가 (자신의 경제적 성공을 입증하는 표식들을 자랑삼아 과시한 후에) 윌리를 해고하면서 자식들에게 도움을 받으라고 권하는 장면이야말로 가장 중요한 대목이 될 것이다.

마르크스주의 비평가가 정신분석학 개념을 사용하는 이유는, 그 개념이 마르크스주의적 해석에 이바지하기 때문일 것이다. 이를테면, 윌리의 현실 부정과 이에 수반되는 퇴행적 환상은 아메리칸드림의 유해한 이데올로기적 의제들을 보여 주는 증거로 읽을 수 있다. 아메리칸드림은 확실히 자본주의 경제에 이롭지만, 그 이로움은 아메리칸드림을 이루지 못한 수많은 개인들의 행복을 짓밟고 얻어지는 것이다. 이처럼 어떤 문화 및 문화적 생산물에 대한 마르크스주의적 해석을 접하게 되면, 방금 살펴본 것처럼 다른 이론의 개념들이 마르크스주의의 개념들과 함께 사용되는 것을 발견할 수 있다. 예를 들어, 문화 및 교육지원 정책에 대해서만큼은 민주당과 공화당, 사회주의자와 파시스트 사이에 쉽게 포착하기 힘든 근원적 차원의 유사성이 존재한다는 사실을 밝혀낼 수 있는데, 이는 마르크스주의 비평에 일종의 구조주의적 분석을 도입하는 것이다. 또는 문학작품이 자본주의적 가치들을 비판하는 동시에 어떻게 은밀한 방식으로 그 가치들을 강화하는지를 보여 주는 작업도 가능할 텐데, 이는 마르크스주의 비평에 일종의 해체론적 독법을 개입시키는 것이다. 실제로 마르크스주의 비평가 대부분은 한편으로 페미니스트이거나 해체론자, 또는 사회심리학자거나 문화인류학자이다. 하지만 그 모든 경우에 다른 분야와 겹치는 부분이 많은 개념이나 아예 그쪽에서 빌려 온 개념이라도 결국 마르크스주의에 봉사한다는 사실을 확인할 수 있을 것이다.

물론 지금까지 논의해 온 마르크스주의 개념들이 전부는 아니며, 우리가 미처 다루지 못한 개념들도 허다하다. 그리고 어느 분야든 마찬가지겠지만, 마르크스주의 이론가나 문학비평가 사이에서 합의를 이루지 못한 부분도 꽤 많다. 프롤레타리아트 계급연대의 형성과 그 역할, 정치의식 조작에 관여하는 매체들의 역할, 이데올로기와 심리학의 관계, 마르크스주의와 다른 비평이론들의 양립 가능성 등 다양한 쟁점을 둘러싸고 견해들이 엇갈린다. 그럼에도 이 장에서 논의한 개념들은 마르크스주의의 기본 원리에 해당하는 것들로서, 여러분이 마르크스주의 이론과 문학비평을 읽고 관련 논의들을 이해하려면 꼭 알아 두어야 할 핵심 내용이라고 할 수 있다. 이 개념들을 문학 해석에 곧바로 적용하기 전에, 마르크스주의 문학론이란 대체 어떤 것인지부터 살펴보자.

마르크스주의의 관점에서 볼 때, 문학은 시간을 초월한 어떤 미학적인 영역에 존재하는 수동적 관조의 대상이 아니다. 다른 모든 문화적 표현과 마찬가지로, 문학 역시 그것이 쓰인 시공간의 사회경제적·이데올로기적 조건이 낳은 하나의 생산물이다. 이때 저자가 그러한 점을 의식하고 썼는지 아닌지는 중요하지 않다. 인간 존재가 그 자체로 자기를 둘러싼 사회경제적·이데올로기적 환경의 생산물이라면, 저자의 의도가 무엇이었든지 간에 작품 안에는 그러한 이데올로기가 일정한 형식에 따라 구현되어 있을 것이기 때문이다.

문학이 현실의 물질적·역사적 조건에서 생겨나고 그 조건을 반영한다는 사실을 바탕으로, 마르크스주의 비평가는 문학과 관련하여 두 가지 흥미로운 가능성을 이끌어 낸다. ① 문학작품은 독자로 하여금 그 작품에 구현된 이데올로기들을 받아들이도록 만들 수 있고, 또는 ② 독자들이 그 이데올로기들을 비판하게끔 유도할 수도 있다는 것이다. 대부분의 텍스트는 두 가지 가능성을 모두 수행한다. 그리고 이데올로기를 내포한 것은 비단 문학작품의 **내용**(플롯, 인물, 배경, 주제)뿐만이 아니다. **형식**도 또는 (대부분의 마르크스주의자들이 주장하듯이) 형식이야말로 이데올로기를 유포하는 주된 수단이다. 사실주의(리얼리즘), 자연주의, 초현실주의, 상징주의, 낭만주의, 모더니즘, 포스트모더니즘, 비극, 희극, 풍자, 내적독백, 의식의 흐름 등 수많은 문학적 장치와 장르는 모두 형식을 구성하는 수단들이다. 내용이 문학의 '무엇'에 관한 것이라면, 형식은 문학의 '어떻게'에 관한 것이다.

예컨대, 사실주의는 눈앞에서 벌어지는 장면이 마치 창문 너머로 생생히 보이는 듯한 느낌을 주는 인물과 플롯을 독자에게 제시한다. 독자의 시선은 페이지에 쓴 말들이 아니라 그 말들이 전달하는 등장인물의 행동에 이끌린다. 확실히 우리는 이야기에 완전히 '몰입하면서' 종종 그 순간 읽고 있는 말들, 그리고 서사가 구조화되는 방식을 모두 망각하곤 한다. 우리가 텍스트의 언어와 구조, 즉 형식을 알아차리지 못하는 것은 표상된 행위가 어떤 일관된 연속성에 따라 순서대로 나타나고, 그 결과 우리는 마치 일상에서 벌어지는 사건들을 대하듯이 표상된 행위를 대하게 되기 때문이다. 그리고 그 행위를 통해 드러나는 등장인물도 우리가 일상에서 만나는 사람들처럼 그럴듯한 인물들로 나타나기 때문이다. 그런 식으로 우리는 이야기에 '빠져들어 간다'. 반면에 포스트모더니즘 소설(또는 종류에 상관없이 비사실주의적·실험적 문학)의 상당수는 독자의 이해를 쉽게 허용하지 않는 듯한 파편적이고 초현실적인 스타일로 쓰였는데, 그 목적은 독자가 소설이 구현하는 서사 및 등장인물과 거리를 두도록 또는 몰입하지 못하도록 만드는 데 있다.

형식이 어떻게 내용의 이해에 영향을 주는지(또는 형식 자체가 일종의 내용인지)를 《세일즈맨의 죽음》을 예로 들어 살펴보자. 앞에서 보았다시피 《세일즈맨의 죽음》은 윌리가 고용주의 손에 휘둘리며 고통을 겪게 되는 원인, 즉 자본주의적 착취에 대한 비난을 유도한다는 점에서 강력한 마르크스주의적 요소를 지닌 희곡 작품이라고 볼 수 있다. 또한 이 작품에서는 자본주의적 가치들에 설득당한 '힘없는 남성'을 제물로 삼아 이익을 증대하려는 회사의 모습을 볼 수 있는데, 이는 자본주의 이데올로기에 내재된 모순을 보여 주는 대목이다. 그러나 많은 마르크스주의자들이 보기에, 《세일즈맨의 죽음》에 담긴 이 같은 반자본주의적 주제는 이 작품이 비극 형식으로 쓰였다는 사실로 인해 심각하게 훼손된다. 모두 알다시피, 비극이란 개인의 기질에 존재하는 일부 성격의 결함(대개 휘브리스hubris, 즉 과도한 자부심)이 몰고 온 개별 인간 존재의 파멸을 그린 장르이다. 그러므로 《세일즈맨의 죽음》을 비극의 형식에 따라 이해한다면, 윌리라는 개인이 갖는 성격적 결함에 초점을 맞출 수밖에 없다. 그러한 결함이 생겨나도록 조장한 것은 사회인데도 말이다. 바꾸어 말하면, 형식에 주목하다가 희곡 속 전체 행동의 실질적 원인이 되는 자본주의 이데올로기의 부정적 영향을 간과하는 결과가 빚어질 수도 있다.

마르크스주의자들은 어떤 종류의 작품이 사회의식과 긍정적인 정치적 변화를 이끌어 내는 데 가장 유용한지를 놓고 오랫동안 의견 일치를 보지 못했다. 그러나 최근 들어서는 자본주의적 · 제국주의적 · 계급차별적 가치들을 강화하는 문학작품일지라도 유익한 방향으로 읽을 수 있다고 생각하는 마르크스주의자들이 많아졌다. 그런 작품은 방금 열거한 이데올로기들이 어떻게 독자들을 유혹 또는 강요하여 억압적 성격을 갖는 이데올로기적 의제들과 공모하도록 만드는지를 보여 줄 수 있기 때문이다.

예를 들어, 메리 셸리의 《프랑켄슈타인》(1818)은 사회적 지위상 상층계급 출신 인물(알퐁스 프랑켄슈타인, 엘리자베스 라벤자, 드 라세 등)들을 하층계급 출신 인물들보다 도덕적 · 지적 차원에서 우월한 존재로 묘사한다는 점에서 계급차별적 가치들을 강화하는 작품이라고 볼 수 있다. 이런 작품에서 가장 밑바닥 계층에 속한 인물들은 곧잘 무례하고 둔하며 쉽게 격분하여 폭도처럼 행동하는 존재로 묘사된다. 반면, 토니 모리슨의 《가장 파란 눈》(1970)은 1940년대 초반 미국 자본주의가 정착시킨 계급 체제가 낳은 고통과 불의를 보여 줌으로써 계급차별적 가치들의 근거를 약화시킨다. 이 소설은 종교와 현실도피성 영화들이 어떻게 가난한 사람들로 하여금 공정한 이익 분배를 요구하며 정치조직을 만들어 함께 투쟁하기보다는 그들 삶의 가혹한 현실을 외면하도록 부추김으로써 그들에게 해악을 끼치는지를 드러낸다. 이런 점에서 《가장 파란 눈》은 마르크스주의적 의제를 담은 소설이라고 말할 수 있다.

마르크스주의 비평가가 던질 만한 질문들

다음 질문들은 마르크스주의 이론을 활용하여 문학작품에 접근하는 방법들을 요약한 것이다.

① 문학작품이 (의도가 있든 없든지 간에) 자본주의적·계급차별적 가치들을 강화하는가? 만약 그렇다면, 그 작품은 자본주의적·계급차별적 의제를 지녔다고 할 수 있으며, 비평가의 임무는 그러한 면을 폭로하고 비판하는 것이다.

② 해당 문학작품이 자본주의와 계급주의에 대한 비판으로 읽힐 수 있는가? 다시 말해, 해당 작품은 어떤 방법으로 억압적 이데올로기들을 비롯한 억압적인 사회경제적 권력을 들추어내고, 우리로 하여금 이를 비판하도록 유도하는가? 만약 문학작품이 억압적인 사회경제적 권력을 비판하고 이를 비판하도록 유도한다면, 그 작품은 마르크주의 의제를 가졌다고 말할 수 있을 것이다.

③ 문학작품이 마르크스주의의 의제들을 지지하는 한편으로, (아마도 의도와는 무관하게) 자본주의적·계급차별적 의제들도 지지하는가? 바꾸어 말하면, 그 작품은 이데올로기적으로 모순적인가? 그렇다면 그 모순이 어떻게 나타나는가?

④ (의도가 있든 없든) 문학작품은 그것이 발표된 시대나 그 배경이 되는 시대의 사회경제적 조건들을 어떻게 반영하는가? 그리고 그러한 조건들은 그 시점의 자본주의, 계급주의, 계급투쟁(저임금 노동자와 부유한 지배계급 사이의 갈등)의 작동과 관련하여 무엇을 들추어내는가?

⑤ 문학작품은 어떻게 제도화된 종교에 대한 비판으로 읽힐 수 있는가? 즉, 작품 안에서 종교가 어떤 식으로 등장인물(들)이 사회경제적 억

압을 깨닫지 못하도록, 그리고 이에 저항하지 못하도록 방해하는가?

우리는 이 가운데 하나 또는 몇 개를 섞어 질문하는 방식으로 문학작품을 논의할 수 있다. 아니면, 여기에 나와 있지 않은 다른 유익한 질문을 나름대로 던져 볼 수도 있겠다. 여기서 제시한 질문들은 마르크스주의의 관점에 따라 생산적으로 문학작품을 생각해 보는 몇 개의 출발점일 뿐이다. 다만 마르크스주의 비평가들이라고 해서, 심지어 동일한 마르크스주의 개념에 초점을 맞추는 비평가들이라고 해서 하나의 텍스트를 모두 똑같이 해석하는 것은 아니라는 사실을 명심하자. 어느 이론에서든 항상 실제 비평가들의 해석은 훨씬 다양하기 마련이다. 우리의 목표는 마르크스주의 이론을 본연의 사용 목적에 맞게 적절히 활용하여 문학작품에 대한 이해의 폭을 넓히는 것이다. 그리고 마르크스주의 이론이 없었다면 뚜렷하게, 깊이 있게 알지 못했을 몇 가지 중요한 견해들을 자세히 살펴보고, (마르크스주의 이론을 원래의 의도에 맞게 이용한다면) 이데올로기가 어떻게 사람들로 하여금 무심코 억압적인 사회정치적 의제들에 포섭되었으면서도 이를 깨닫지 못하도록 만드는지를 파악하는 것이다.

이제 접하게 될 F. 스콧 피츠제럴드의 《위대한 개츠비》 독법은 마르크스주의 이론에 따른 작품 해석의 한 가지 사례이다. 이 독법의 목적은 《위대한 개츠비》가 미국 자본주의 이데올로기에 대한 비판을 담은 소설임을 밝히는 것이다. 여기에 덧붙여, 이 소설이 어째서 그러한 비판을 충분히 밀고 나가지 못하고, 도리어 뜻하지 않게 바로 그 자본주의 이데올로기의 먹이가 되고 마는지에 대해서도 논의하고자 한다.

내가 가진 것이 내가 누구인지를 말해 준다

《위대한 개츠비》에 대한 마르크스주의적 독법

F. 스콧 피츠제럴드의 《위대한 개츠비》(1925)는 제1차 세계대전 직후 엄청난 경제호황을 누린 1920년대 미국을 배경으로 쓰인 소설이자 만인에 대한 자본주의의 경제적 기회 보장이 미국 역사상 최고조에 달한 듯했던 시절의 기록, 즉 '아메리칸드림'의 연대기라고 볼 수 있다. 이 시대는 '일확천금'의 계략들이 넘쳐흘렀고, 실제로 성공한 사람들도 많았다. 당시 주식은 10퍼센트의 증거금만 있어도 살 수 있었는데, 이 말은 1달러어치의 주식을 신용거래로 10센트로도 매입할 수 있었다는 뜻이다. 그렇기 때문에 '보잘것없는' 사람조차 주식시장에 뛰어들어 성공을 꿈꿔 볼 수 있었다. 《위대한 개츠비》를 보면, 개츠비는 물론이고 개츠비의 파티에 찾아온 손님들에게서 나타나는 열광적인 자유분방함 속에서 당시의 분위기를 엿볼 수 있다. 이를테면, 파티의 주인인 개츠비가 마음껏 제공하는 음식과 술은 미국의 천연자원과 마찬가지로 결코 동날 일이 없다는 확신 같은 걸 느끼게 한다. 무엇보다 "무능하고 별 볼 일 없는 농사꾼들"(104/148; 6장)의 자손에서 "대리석 풀장 그리고 무려 16만 제곱미터^{번역본에는 160제곱미터로 되어 있으나 원본의 40 에이커를 미터법으로 환산하면 16만 제곱미터이다.} 가 넘는 잔디밭과 정원"(9/21; 1장)을 갖춘 롱아일랜드의 "엄청난" 저택의 소유자로 급격한 신분 상승을 이룬 개츠비는 마치 아메리칸드림이 제공하는 무한한 가능성의 화신처럼 보인다.

그러나 《위대한 개츠비》는 소설 속에 묘사된 자본주의 문화를 무분별하게 찬양하지 않는다. 《위대한 개츠비》에 대한 마르크스주의적 해석은, 반대로 이 소설이 자본주의의 어두운 이면을 들추어낸다는 사실을 아주 명쾌하게 보여 준다. 《위대한 개츠비》는 경제적 번영의 꼭대기를 차지한 사람들을 적나라하게 폭로하고 아메리칸드림이 어떻게 그 약속을 저버리고 개인적 가치의 타락에 일조했는지 날카롭게 지적한다. 다시 말해,《위대한 개츠비》는 미국의 자본주의 문화와 그것을 부추기는 이데올로기에 대한 신랄한 비판 작업을 수행하는 소설이다. 하지만 우리는 마르크스주의적 관점에 따라 다음과 같은 해석을 덧붙일 것이다. 즉,《위대한 개츠비》가 어째서 자본주의 비판을 충분히 밀어붙이지 못하고, 오히려 뜻하지 않게 바로 그 자본주의 이데올로기의 먹이가 되고 마는지에 대해서도 밝히고자 한다.

《위대한 개츠비》가 자본주의 문화를 비판하는 가장 효과적인 방법은, 자본주의 문화의 가장 성공적인 산물도 파괴해 버리는 자본주의 이데올로기의 악영향들을 밝히는 것이다. 이를 위해서는 먼저 소설이 상품화 과정을 어떻게 표상하는지를 보여 줄 필요가 있다. 앞서 공부한 내용을 바탕으로 상품을 다시 정의하자면, 어떤 상품의 가치는 그것이 할 수 있는 바(사용가치)에 달린 것이 아니라, 그것으로 교환할 수 있는 돈이나 다른 상품(교환가치) 또는 그것으로 소유자가 얻을 수 있는 사회적 가치(기호-교환가치)에 달렸다. 하나의 물건은 교환가치나 기호-교환가치를 가져야만 하나의 상품이 되며, 두 가지 가치 형식 모두 물건에 미리 내재되는 법은 없다. 말하자면, 교환가치와 기호-교환가치 모두 특정한 사회적 맥락 안에서 인간 존재에 의해 물건에 부여되는 사회적 가치 형식이다. 그리고 상품화는 다른 고려 없이 오직 교환가치 또는 기호-교환가치의 측면에서 사람, 행위, 인간, 다른 생명체를 대하는 것을 말한다. 물론 상품화는 물건을 사고파는 데 필수적이며, 그러므로 사고파는 행위를 기반으로 삼는 자본주의의 생존에도 필수적이다. 그러나 《위대한 개츠비》에 따르면 상품화, 특히 기호-교환가치 형식을 취한 상품화는 단지 시장에서만 일어나는 일이 아니며, 근무시간이 끝나면 퇴근하면서 사무실에 남겨 두고 나올 수 있는, 즉 회사에서만 처리하면 되는 그런 종류의 일도 아니다. 상품화는 우리 존재의 모든 영역에 침투해 있는 어떤 심리적 태도이다.

《위대한 개츠비》에서 이 같은 상품화의 논리를 가장 뚜렷하게 체화하는 인물은 바로 톰 뷰캐넌이다. 톰은 이 소설에서 가장 부유한 인물로 오직 돈을 매개로 하여 세상을 대한다. 톰에게는 세상의 모든 사람과 사물이 다 상품이다. 데이지 페이와의 결혼 역시 재산과 권력, 그리고 그런 것들이 부여하는 힘과 안정성의 이미지를 데이지의 젊음과 아름다움, 사회적 위치 등과 교환한 것이라고 볼 수 있다. 그러한 '구매'의 상징으로 딱 알맞은 것이 바로 톰이 자신의 신붓감 데이지에게 준 35만 달러짜리 진주 목걸이다. 이와 마찬가지로 톰은 자신의 재력과 사회적 지위를 이용해 머틀 윌슨을 비롯한 다른 노동계급 여성들을 '사들인다'. 결혼한 지 석 달 만에 호텔에서 일하는 여성과 관계한 것이나, 개츠비의 파티에서 "품위는 없지만 얼굴은 예쁘다"(112/160; 6장)고 할 수 있을 여성을 꼬드긴 것에서 이를 확인할 수 있다. 말하자면, 톰이 시종일관 하층계급 여성들을 택하는 것은 그가 인간관계를 상품화의 관점에서 바라본다는 점과 무관하지 않다. 그는 자신의 사회경제적 지위를 가장 커다란 이익을 얻을 수 있는 자리에서 '내다 파는' 것이다. 그 자리란 톰에게 혈안이 되어 있고 톰의 구매력에 가장 쉽게 압도당하는 여성들에게 둘러싸인 공간이다.

물론 톰의 상품화 행위는 여성과의 관계에만 국한되지 않는다. 자본주의는 '내가 가진 것이 내가 누구인지를 말해 준다', 즉 인간 존재의 가치는 그 사람이 소유한 것의 가치에 따라서만 결정된다는 신념을 옹호한다는 점을 떠올리자. 톰이 누리는 쾌락 가운데 상당 부분은 자신이 사들인 값비싼 물건들을 자신의 부와 사회적 지위에 대한 기호-교환가치로 삼는 데서 얻어진다. 톰이 닉에게 "이 집은 살기 좋은 곳이야"라고 말한 뒤 "이 집은 석유재벌 드메인의 소유였지"라고 덧붙이는 대목을 보라.(12/24-25; 1장) 그는 집의 '혈통'이 마치 자신에게도 그러한 혈통을 부여하기라도 하는 양 말한다. 자신의 사회경제적 권력을 과시하고픈 톰의 욕망은 그의 차를 비싼 값에 되팔아 이익을 남기고 싶어 하는 정비공 조지 윌슨을 '가지고 노는' 데서도 엿볼 수 있다. 그런데 한번 생각해 보자. 톰은 태어날 때부터 이미 자신이 쓸 수 있는 것보다도 많은 부를 갖고 있었던 것으로 보인다. 그런데도 자신의 재력을 한껏 뽐내면서 사회경제적 자아를 확대하려고 애쓸 필요가 있을까?

상품화의 아이러니 가운데 하나는 그에 따른 욕망이 충족되고 나면 또 다른 욕망이 생겨난다는 것이다. 자존감은 항상 외적인 잣대(이를테면, 패션 동향 같은 것)에 견주어 생성되기 때문에, 무언가를 소유한다 해도 마음이 놓이는 법이 없다. 더 새롭고 더 나은 상품들이 속속 시장에 등장할 뿐 아니라, 내가 갖지 못한 것을 다른 사람들이 계속 구매하기 때문이다. 이런 상황에서는 내게 없는 더 새롭고 더 나은 상품을 가진 사람들이 결국 나보다 '더 나은' 존재가 된다. 톰의 경우에도 그런 불안이 없지 않다. 톰의 불안은 그가 결코 획득할 수 없는 유형의 사회적 지위에서 비롯된다. 바로 동부에서 태어나지 않았다는 사실이다. 톰은 시카고에서 인정받는 부유한 가문에서 태어난 덕분에 막대한 부를 상속받았지만(바꾸어 말하면, 톰의 재산은 그가 직접 벌어들인 '새로운' 돈(이른바 '뉴 머니new money')이 아니다), 시카고의 유명한 가문이라고 해도 1920년대 동부에서는 '유서 깊다'고 명함을 내밀기가 어려웠다. 미국 동부는 영국과 네덜란드에 뿌리를 둔 오래된 귀족 가문이 일찌감치 이주하여 자리를 잡은 지역이기 때문이다. 게다가 1920년대까지만 해도 동부 사람들이 말하는 상속재산, 즉 '올드 머니old money'의 조건 가운데 하나는 그 돈이 집안 대대로 내려오는 재산인 동시에 동부에서 벌어들인 재산이어야 했다. 동부 사람들이 보기에, 중서부 출신은 재산과 나이가 얼마나 되든지 간에 그저 '나중에 온 사람'일 뿐이었다.

예일대를 졸업한 톰이 자신의 태생이 동부 사회가 요구하는 사회적 조건들을 충족시킬 수 없다는 사실을 뼈아프게 느꼈을 것이 분명하다(이는 프린스턴대를 다닌 피츠제럴드도 마찬가지였다). 톰이 데이지와 함께 유럽에 가거나 중서부로 되돌아간다 하더라도, 그와 같은 사회적 열등감을 마음속에서 떨쳐 내지 못할 것이다. 따라서 톰은 자기가 가질 수 없는 지위가 아닌 새로운 지위, 즉 상속받은 '올드 머니'냐 아니면 새로 벌어들인 '뉴 머니'냐 하는 식의 문제에 관심을 두지 않아도 될 다른 지위를 추구하게 된다. 그 지위란 천박함을 무기로 삼는다. 천박함은 말하자면 돈과 권력만이 중요하다고, 돈이 많으니 계급이나 세련됨 따위 하등 걱정할 필요가 없다고 자기 위안을 삼으려는 수단이다. 톰이 머틀 윌슨을 대하는 태도에서 이를 엿볼 수 있다. 요란스럽고 막돼먹은 태도며 공격적이고 야비하기까지 한 태도에서 말이다. 톰이 백인 문명을 다룬 책을 들먹거리며 과시하는 일종의 사이비 과학적 '지성주의' 또한 비슷한 맥락에서 볼 수 있다(톰이 이 책을 읽는 방식은 다분히 인종차별적이다). 이제 그가 동부 '귀족'의 일원이 아니라고 해서 문제 될 건 없다. 아리안족이라는 더 크고 중요한 집단에 소속되어 있기 때문이다. "문명을 이루는 것들은 모두 우리가 만들어 냈다는 거야…. 아, 과학과 예술 같은 것들 전부 다 말이지."(18/33; 1장) 톰의 말이다.

자신이 원하는 것을 얻기 위해서라면 사람들에게 더없이 냉혹해지는 톰의 모습은 사람을 상품처럼 대한 태도의 당연한 결과다. 상품화란 것 자체가 사람까지 상품으로 취급하는 행위를 말하거니와, 타인과의 관계에서 냉혈한이 되라고 가르치기 때문이다. 톰은 머틀 윌슨을 성적으로 소유하고자 그녀에게 결혼에 대한 기대감을 불어넣는다. 그러니까 머틀로 하여금, 자기가 언젠가는 그녀와 결혼할 것이지만, 결혼을 주저하는 이유는 그럴 마음이 없어서가 아니라 단지 데이지의 가톨릭 신앙이 이혼을 허락하지 않기 때문이라고 생각하도록 만드는 것이다. 그리고 데이지의 애정을 놓고 자신과 경쟁하는 개츠비를 제거하고자, 거의 실성한 데다 총기까지 소지한 조지 윌슨을 의도적으로 개츠비의 집에 보내어 그를 살해하도록 만든다. 개츠비에게 경고 전화 한 통 걸지 않고 말이다. 여기에 더해, 톰의 사악한 면모는 개츠비와 데이지의 면전에서 월터 체이스라는 이름을 거명하는 대목에서도 확인할 수 있다. 월터 체이스는 개츠비의 불법행위와 연루되어 있는 인물이지만, 동시에 톰의 친구이기도 하다. 말하자면, 월터 체이스는 톰 역시 암흑가와 무관하지 않음을 암시한다.

톰 뷰캐넌과 같은 인물을 보면, 그에게 의지하는 사람들에게 연민을 느끼게 마련이다. 그런데 데이지는 단지 톰의 상품화에 희생당한 순결한 인물이라고 보기 어렵다. 먼저, 톰이 결혼 선물로 준비한 진주 목걸이를 받아들인 것부터가(그래서 톰과 결혼한 것부터가) 상품화 행위다. 데이지는 톰이 과시용 배우자trophy wife라는 기호-교환가치를 원했듯이 톰이 가진 교환가치, 그의 막대한 부, 부가 상징하는 안정성을 원했던 것이다. 그리고 데이지는 톰과 마찬가지로 자신에게 사회적 지위를 부여하는 것이면 그것이 무엇이든지 일단 옹호부터 하고 본다. 가령, 데이지는 닉에게 강한 인상을 남기고픈 마음에 자신의 불평을 상품화한다.

"제가 모든 걸 끔찍하게 생각한다는 거 알겠지요." 데이지가 확신에 차서 말을 이었다. "다들 그렇게 생각하는걸요. 가장 진보적인 사람들도 말이에요. 그리고 난 알아요. 안 가 본 데가 없고 안 해 본 일이 없거든요." 그녀는 조금은 톰을 닮은 듯한 도전적인 태도로 눈을 반짝이며 주위를 둘러보[았다.] …

그녀의 목소리가 … 뚝 끊기는 순간, 나는 그녀가 한 말이 근본적으로 진실하지 않다는 느낌이 들었다. … 그녀는 금방 귀여운 표정에 능글맞은 미소를 띠고 나를 바라보았다. 마치 자기와 톰이 꽤 유명한 비밀 단체에 속해 있다고 주장하기라도 하려는 듯이 말이다. (21-22/39; 1장)

데이지가 개츠비와 외도를 감행한 것도 그녀가 인생을 상품화하여 바라보기 때문에 가능한 일이다. 데이지가 개츠비와 처음 사랑에 빠졌을 때도 사정은 마찬가지였다. 개츠비가 "그녀와 같은 사회계층에 속하"지도 않고 "그녀를 충분히 보살펴 줄 능력"도 없다는 사실을 진작 알았다면(156/217; 8장), 데이지는 개츠비에게 아무런 관심도 보이지 않았을 것이다. 호텔 방에서 톰과 개츠비가 충돌하는 장면에서 개츠비에 관한 진실을 알게 되자 그에 대한 관심을 재빨리 거두어들이는 데이지의 모습에서 이를 짐작할 수 있다. 가장 명백한 증거는, 데이지가 머틀 윌슨의 죽음에 대한 책임을 모두 개츠비에게 떠넘긴 채 톰과 함께 서둘러 동부를 떠나 버린 것이다. 이 점이야말로 데이지 역시 남편과 마찬가지로 사람을 상품으로 대할 뿐 아니라 자신의 편의를 위해 얼마든지 다른 사람을 희생시킬 수 있는 냉혹한 존재임을 여실히 보여 준다고 할 수 있다.

뷰캐넌 부부가 "물건이든 사람이든 부숴 버리고 난 뒤 돈 … 뒤로 물러나"(187-188/260; 9장)는 것이 가능한 이유는, 그들이 막대한 재산을 가졌을 뿐 아니라 세상을 상품으로 대하기 때문이다. 그러한 역겨운 모습은 윌슨 부부가 사는 곳 인근 "쓰레기 계곡"(27/45; 2장)의 풍경과 사회경제적 차원에서 대비되어 더욱 두드러진다. 윌슨 부부 같은 사람들은 뷰캐넌 부부 같은 사람들이 지배하는 세상에서 어떠한 희망이나 가능성도 찾을 수 없다.

[쓰레기 계곡은] 재가 밀처럼 자라 산마루와 언덕과 기괴한 정원을 이루는 환상적인 농장이다. 재는 이곳에서 집과 굴뚝, 그리고 굴뚝에서 피어오르는 연기 모양을 하고 있다가, 안간힘을 내서 마침내 회백색 사람 모양이 되어 희뿌연 공기 속에 어렴풋이 움직인다 싶으면 벌써 땅바닥에 무너져 내린다. (27/45; 2장)

이 이미지는 뷰캐넌 부부와 달리 이렇다 할 사회경제적 자원이 없는 사람들의 삶을 오싹하리만큼 강력하게 보여 준다. 재는 모든 것이 소진되고 황폐해진 자리에 남는 것이다. 실제로 이곳은 말 그대로 지나가는 차들이 쓰레기를 버리는 '쓰레기 매립장'이다. "이따금씩 잿빛 자동차들이 일렬로 줄을 지어 [가다] … 멈춰 선다. 그러면 즉시 회백색 사람들이 납으로 만든 삽을 들고 몰려 올라가 앞을 내다볼 수 없는 구름을 휘저어 놓"(27/45-46; 2장)는 장소인 것이다. 이곳은 분명 '인간쓰레기 매립장'이기도 하다. 기차에서 내려 쓰레기를 버리는 사람들을 제외하면, 이곳에는 "쓰레기 계곡 자락과 맞닿아 있는 … 24시간 영업을 하는 음식점"(29/47; 2장)과 세를 놓은 가게, 그리고 조지 윌슨의 정비소와 윌슨 부부가 사는 자그마한 집이 들어서 있는 "작고 노란 벽돌 건물"(28/47; 2장)뿐이다.

아메리칸드림, 즉 앞날이 불확실하더라도 꾸준히 사업을 지속해 나가면 자신과 자녀들의 경제적 안정을 도모할 수 있으리라는 희망이 싹트는 것도 바로 이 같은 배경에서다. 그러나 쓰레기 계곡을 묘사하는 말들은 이곳이 꿈이 이루어지는 땅이 아닌 절망의 땅임을 분명히 보여 준다.

이곳은 "작고 더러운 강과 접하고 있"는 희망 없는 "잿빛 땅"이며, "끊임없이 발작적으로 피어오르는 먼지"에 가려 "앞을 내다볼 수 없는" 지역이다.(27-28/46; 2장) 그리고 "창백하고 깡마른 이탈리아계 아이 하나가 철도를 따라 폭죽을 한 줄로 쭉 늘어놓고 있"(30/49; 2장)는 풍경을 제외하고는 미래의 상징인 아이들을 전혀 찾아볼 수 없다는 점에서, 이곳이 더 나은 내일에 대한 어떠한 기대도 불가능한 지역임을 다시 한 번 실감할 수 있다.

이 같은 지상의 지옥에서 살아남는 유일한 방법은 톰 뷰캐넌 같은 사람에게 착취당하는 것뿐이다. 톰의 자동차를 더 좋은 가격에 되팔 수 있을 거라는 기대에 톰의 조롱을 견뎌야 하는 조지처럼, 그리고 쓰레기 계곡을 빠져나가 더 나은 곳으로 가겠다는 희망으로 톰의 학대마저 받아들이는 머틀처럼 말이다. 그러나 조지와 머틀도 결국 깨닫듯이, 자본주의의 '쓰레기매립장'을 탈출하는 길은 죽음뿐이다.

심지어 처음에는 아메리칸드림의 화신이자 자본주의가 제공하는 희망을 온몸으로 구현한 존재처럼 보였던 제이 개츠비조차, 자세히 들여다보면 그러한 꿈이 얼마나 헛된 것인지 그 누구보다 잘 보여 주는 인물임을 알 수 있다. 극심한 가난에 시달리다가 불과 몇 년 사이에 거부의 자리에 올라선 개츠비는 '가난뱅이에서 부자가 된' 전형적인 인물이다. 소년 시절의 개츠비는 벤저민 프랭클린의 전통에 따라 "계획표"를 만들고 시간을 쪼개어 "웅변 연습"이나 "발명에 필요한 공부" 같은 자기계발에 힘썼다.(181/252; 9장) 이는 자수성가형 인물로 상징되는 아메리칸드림의 이미지와 밀접하게 연관돼 있다. 게다가 재산 축적의 동기 또한 순수해 보인다. 그는 자기가 사랑하는 여성을 얻고자 재산을 모았다. 그러나 개츠비를《위대한 개츠비》에 나타난 아메리칸드림을 대표하는 인물로 본다면, 그 아메리칸드림은 일종의 타락한 꿈이라고 말해야 할 것이다. 개츠비는 오로지 범죄 행각으로 그 '꿈'을 성취했기 때문이다. 이 사실은 아메리칸드림이 상정하는 인물상, 즉 정직하게 열심히 일하는 사람의 이미지를 심각하게 훼손한다. 아무리 개츠비가 톰과 데이지보다는 매력적으로 보이고, 화자인 닉도 그를 좀 더 동정적으로 묘사한다고 해도, 개츠비 역시 그들과 마찬가지로 세상을 상품처럼 대한다는 사실은 변하지 않는다. 실제로 어떤 이들은 개츠비가 그들보다 세상을 더욱 상품화한다고 주장하기도 한다.

뷰캐넌 부부가 소유한 값비싼 상품들은 분명 기호-교환가치라는 측면에서 그들에게 중요한 것들이긴 하지만, 그렇다고 해서 그들이 사용가치를 포기하는 것은 아니다. 우리는 그들이 소파에 기대거나 식탁에서 밥을 먹는 장면을 목격한다. 이와 달리 개츠비가 그의 장대하고 호화로운 저택에서 실제로 사용하는 공간은 침실뿐이다. 그런데 개츠비가 침실에 있는 모습을 볼 수 있는 것은 그가 데이지에게 자기 침실을 보여 줄 때뿐이다. 개츠비는 서

재와 풀장, 수상비행기를 혼자서 이용하는 경우가 거의 없다. 심지어 술도 마시지 않고, 자기가 마련한 사치스러운 파티에 누가 오는지도 잘 모른다. 말하자면, 개츠비가 재물을 쌓는 유일한 이유는 기호-교환가치 때문인 것으로 보인다. 개츠비에게는 그러한 재물들이 제공하는 이미지만이 필요할 뿐, 그 외에는 어떤 것도 중요하지 않다. 그런데 개츠비가 가진 것들은 거의 대부분 상품기호commodity sign가 텅 비어 있다. 그의 고딕식 서재를 채우고 있는 뜯지 않은 책들(즉, 열어 보지도 않은 책들), "노르망디 시청을 **그대로 본 뜬** … **가느다란 수염** 같은 담쟁이덩굴로 뒤덮인, 지은 지 얼마 되지 않은 듯한 탑"(9/21; 1장, 필자 강조)이 있는 저택, 옥스퍼드에서 찍은 독사진 등은 모두 심층 없는 표면이자 실체 없는 이미지에 불과하다. 개츠비는 이 모든 것을 그가 그토록 원했던 궁극적인 기호-교환가치의 이미지, 즉 데이지를 얻고자 수집 했을 것이고, 그의 수집품들은 실제로 그 목적에 부합해 보인다.

데이지를 소유한다는 것은 개츠비가 진정으로 갈망한 것을 얻는다는 뜻 이다. 데이지의 사회경제적 계급은 마치 꿈결처럼 근심 걱정이나 티끌 하나 없이 밝기만 한 거부巨富들의 세계이다. 개츠비가 처음 데이지를 만났을 때 데이지는 그러한 세계의 화신 같아 보였다. 이와 같은 세계에 개츠비 본인도 속한다는 것을 영구적으로 증명해 줄 기호야말로 그가 원했던 것이다. 개츠 비는 데이지가 살고 있는 집에 찾아가 "숨 막힐 정도로 격한 기분을 느낀"다.

위층에는 어떤 침실보다 아름답고 서늘한 침실이 있을 것만 같았고, 복도 마다 화려하고 신바람나는 일들이 일어나고 있을 것만 같았으며, … 금년에 출시된 번쩍거리는 최신형 자동차 〔냄새가 나는〕 … 로맨스가 있을 것만 같았 고, 시들지 않는 꽃처럼 무도회가 열릴 것만 같았다. (155- 156/216; 8장)

개츠비가 보기에, 궁극의 상품기호인 데이지를 소유한다는 것은 '뉴 머니'를 '올드 머니', 그러니까 상속재산으로 '세탁'할 수 있다는 뜻이며, '지은 지 얼마 되지 않은' 노르망디 시청을 본뜬 집을 유서 깊은 저택으로 둔갑시킬 수 있다는 뜻이다. 그러므로 데이지를 차지하기 위해 물질적 재화들을 축적했다는 말은 하나의 상품기호를 획득하고자 다른 종류의 상품기호를 축적했다는 말이기도 하다.

세상을 상품으로 대하는 개츠비는 톰과 마찬가지로 자신이 원하는 것을 얻기 위해서라면 냉혹한 공격성을 드러낸다. 개츠비의 호화로운 생활은 외부와 단절된 채로는 가능하지 않다. 그 생활을 유지시키는 것은 부패, 범죄, 죽음이 득실거리는 어둡고 사악한 세계다. 그러한 암흑가에서는 주류를 불법으로 유통시키거나 부정한 방법으로 얻은 증권을 판매하는 등의 범죄 행각이 벌어진다. 개츠비를 어둠의 세계로 이끈 사람은 마이어 울프심인데, 그는 1919년 월드시리즈를 '조작'하는 등 이 세계에서 거리낌 없이 범죄 행각을 벌이는 인물이다. 울프심은 바로 개츠비에게 기회를 준 인물이기도 하다.

우리는 울프심이 개츠비에게 보낸 "얼굴이 험상궂은"(119/168; 7장) 하인들의 모습과 범죄 집단에서 걸려 온 것이 분명한 전화를 개츠비가 받는 대목 (그리고 개츠비가 죽은 뒤 닉이 우연히 듣게 된 수화기 너머로 들려오는 목소리) 을 통해 그러한 세계의 일면을 잠깐이나마 들여다볼 수 있다. 그곳은 비싼 값을 치를 수 있는 사람들에게 불법 주류(그래서 어딘가 부실하다)를 비밀리에 판매하거나, 작은 마을에서 가짜 증권을 아무런 의심 없는 투자자에게 건네주는 등의 범죄가 판을 치는 약탈자들의 세계다. 그들이 판매하는 술을 마신 사람은 병에 걸릴지도 모르고, 심지어 사망에 이를 수도 있다. 그들에게서 사기 증권을 사들인 소규모 투자자들은 감당할 수 없을 만큼의 돈을 잃게 될 것이다. 그리고 불가피한 실수가 벌어져 법망이 좁혀져 오기라도 하면, 개츠비가 월터 체이스를 희생시킨 것처럼 누군가가 희생당해야만 한다.

심지어 데이지를 향한 개츠비의 욕망에서조차 암흑가의 영향을 확인할 수 있다. 데이지의 부모가 사는 루이빌의 집에서 개츠비가 처음 데이지에게 구애했을 때, "그는 자신이 그녀와 같은 사회계층에 속하는 인물인 것처럼 믿도록 만들었다. … 사실 … 그에게는 풍요로운 가정의 뒷받침도 없었을뿐더러 비정한 정부의 변덕에 따라 세계 어디에서든 갑자기 목숨이 날아가 버리게 될는지도 모를 처지였다."(156/217; 8장)

> 그의 장래가 아무리 찬란하다고 해도 그때는 아무런 경력이 없는 한낱 무일푼의 청년에 불과했으며, 당장이라도 눈에 띄지 않는 제복이 어깨에서 흘러내려 버릴지도 모를 일이었다. 그래서 자기에게 주어진 시간을 최대한으로 이용하기로 마음먹었다. 그는 자신이 얻을 수 있는 것을 염치를 무릅쓰고 게걸스럽게 구했다. 고요한 10월의 어느 밤 마침내 그는 데이지를 차지했는데, 사실 그로서는 그녀의 손목을 만질 권리조차 없었기 때문에 그렇게 했던 것이다. (같은 곳)

"그는 자신이 얻을 수 있는 것을 염치를 무릅쓰고 게걸스럽게 구했다." 이와 같은 말들은 사랑의 언어라고 보기 어렵다. 오히려 건달을 묘사할 때나 어울릴 법한 언어다. 이런 종류의 언어는 개츠비가 데이지를 만나기 전에 댄 코디와 함께 보냈던 다소 미심쩍은 시절들, 그리고 데이지를 만나고 난 이후에 연루된 범죄 행각들을 강하게 환기시킨다.

이처럼 개츠비 역시 부에 대한 비호의적인 시선에서 자유로울 수 없다. 개츠비라는 인물에 대한 이와 같은 묘사로 알 수 있는 것은, 아메리칸드림이 사실상 뷰캐넌 부부의 상품화된 세계에 대한 도덕적 대안이 될 수 없으며, 뷰캐넌 부부의 상속받은 부와 별다를 것 없이 사람과 사물의 상품화로 귀결된다는 사실이다. 그리고 이러한 주제를 구현하는 인물이 개츠비다. 그렇다면 《위대한 개츠비》는 데이지 부부나 개츠비를 사회경제적 '승자'로,

윌슨 부부를 '패배자'로 호명하는 미국 자본주의 문화의 악영향을 재현하고 폭로하는 소설인 셈이다.

그러나 《위대한 개츠비》가 표면적으로는 자본주의를 강력하게 비판하는 것처럼 보여도, 그 이면에서는 아주 미묘하게 자본주의의 억압적 이데올로기를 지지한다는 점을 밝힐 필요가 있다. 이 같은 대항적 독법은 크게 세 가지 방식으로 전개된다. 첫째, 윌슨 부부는 자본주의 체제 안에서 살아남으려 아무리 애를 써도 결국 그 안에서 희생될 수밖에 없는데, 그러한 사실을 윌슨 부부에 대한 비호의적인 묘사가 어떻게 가려 버리는지 밝힌다. 둘째, 개츠비로 대변되는 아메리칸드림에 결국 매혹되고 마는 화자 닉이 어떻게 개츠비를 낭만화하는 방향으로 서사를 이끌고 가는지, 다시 말해 제임스 개츠가 자신의 꿈을 이루고자 제이 개츠비라는 도덕관념이 부재한 인물로 탈바꿈해 나가는 과정을 어떤 식으로 모호하게 만드는지 살펴본다. 셋째, 부자들의 세계를 묘사하는 화려한 언어들이 그 안에 뷰캐넌 부부 같은 사람들이 있는데도 어째서 부자들의 세계를 매력적으로 보이게 만드는지 분석한다.

마르크스주의의 관점에서 볼 때, 《위대한 개츠비》의 명백한 결점은 하층 계급의 대표자 격으로 제시되는 인물들인 윌슨 부부, 즉 조지와 머틀을 호감이 가지 않게 그린다는 점이다. 조지와 머틀은 그들이 알고 있는 유일한 방법에 기대어 삶을 개선하려고 노력하는 사람들이다. 조지는 망해 가는 사업을 손에서 놓지 못한다. 머틀의 경우, 어떤 의미에서는 자신에게 남아 있는 유일한 상품이라고 할 만한 것을 판매함으로써 새로운 삶을 시작하려 한다. 즉, 자기 몸을 톰 뷰캐넌에게 '빌려주는' 것이다. 언젠가는 톰과 결혼하여 그가 자기 몸을 온전히 '구매'하길 바라면서 말이다. 자본주의 경제에서 성공이 곧 시장에서의 성공을 의미하는 한, 조지와 머틀은 자본주의에 희생당할 수밖에 없다. 그들에게 유일하게 허락된 시장에서조차 그들은 성공할 수 없기 때문이다. 성공하지 못한 그들은 '쓰레기 계곡'에서 영원히 빠져나올 수 없다. 윌슨 부부에 대한 성격 묘사가 너무도 부정적이다 보니, 정작 그들의 삶을 좌지우지하는 사회경제적 현실을 그냥 지나치기 쉽다.

실제로,《위대한 개츠비》가 계급차별적인 시선을 바탕으로 하층계급 부부에 대한 고정관념을 보여 준다고 해도 과언은 아니다. 이를테면 조지는 결코 총명하지 않고, 머틀은 요란스럽고 역겨울 뿐 아니라 노골적으로 성적이다. 그러다 보니 독자들은 조지를 측은하게 여기다가도, 그의 개인적 결함들을 보고 있노라면 동정심이 사그라지는 것을 느끼게 된다. 바꾸어 말하면, 우리는 조지를 계급 억압의 피해자라는 점에서 동정하는 것(또는 체제에 분노를 표하는 것)이 아니라, 아메리칸드림이 요구한 것과는 달리 '혼자 힘으로' 성공하지 못한 인물이라는 점에서 동정한다(또는 분노한다). 우리는 희생자를 만든 체제가 아니라 그 희생자를 비난한다. 비슷한 맥락에서, 머틀이 조지를 차갑게 거부하고 뻔뻔하게 톰을 따라다니는 모습 역시 독자들의 반감을 사기 쉽다. 우리는 머틀의 선택지가 지극히 한정되어 있음을 잘 알지만, 그 한정된 수단을 어떻게든 최대한 활용하려는 모습을 보면서 그녀의 절박한 처지를 금방 잊게 된다.

마르크스주의의 관점에서 바라본《위대한 개츠비》의 또 다른 결점은 좀 더 미묘한 차원에 존재한다. 바로 개츠비를 낭만화하는 닉의 시각이다. 닉은 자신이 제이 개츠비를 비판적으로 보고 있다고 생각한다. 그는 뷰캐넌 부부를 탐탁찮게 생각하는 것과 마찬가지로 개츠비도 비난받아 마땅하다고 믿기 때문이다. 그러나 소설의 시작부터 화자인 닉이 개츠비에게 매혹되어 있다는 것은 자명하다. 소설의 도입부에서 닉은 개츠비에 대해 다음과 같이 말한다.

"그가 뭔가 멋진 구석이 있음을, … 삶의 가능성에 민감하게 반응했다. …

그것은 희망에 대한 탁월한 재능이요, 다른 어떤 사람에게서도 일찍이 발견한 적 없고 앞으로도 다시는 발견할 수 없을 것 같은 낭만적인 민감성이었다."
(6/17; 1장)

닉은 개츠비의 낭만적 이미지에 초점을 맞춤으로써 이상화된 그의 모습을 서사 전면에 부각시킨다. 개츠비는 반항기 있는 소년, 야망이 넘치는 젊고 거친 남자, 이상적 몽상가, 헌신적인 연인, 용감한 군인, 아낌없이 베푸는 주인 등으로 묘사된다. 물론 닉이 개츠비가 범죄 조직과 연관된 사실을 인정하기는 하지만, 닉의 반응을 보건대 그 때문에 개츠비에 대한 평가가 크게 달라지는 것 같지는 않다. 이를테면, 개츠비의 범죄 가담이나 암흑가 활동에 관해 이야기할 때도 닉은 그런 행동들이 갖는 도덕적 함의에 대해서는 크게 개의치 않는다. 개츠비의 파티에서 우연히 그에 관한 이야기를 들었음에도 그냥 무심히 넘어가는 다음 대목처럼 말이다. "'그 사람은 밀주업자래요.' 젊은 부인들이 개츠비의 칵테일과 꽃 사이를 오가며 말했다."(65/95; 4장) 이러한 수사적 표현은 닉이 개츠비를 폄하하는 사람들에 맞서 개츠비를 두둔하는 전형적인 방식이다. 심지어 그 사람들이 맞는 말을 하는 경우에도 그의 옹호는 변함이 없다. 자신에 대해 뒷말을 하고 다니는 사람들을 그저 내버려두는 개츠비의 관대함에만 닉은 초점을 맞추는 셈이다. 이로써 "개츠비의 칵테일과 꽃"이 정당한 방법으로 얻은 것이 아니라는 사실, 다시 말해 범죄 행각으로 벌어들인 돈이 거기에 쓰였다는 사실은 조용히 묻힌다.

이처럼 개츠비에 대한 닉의 호의적 정서는 독자의 반응에도 영향을 끼친다. 예컨대, 개츠비가 여러 사람이 있는 자리에서 톰에게 자신이 옥스퍼드대를 졸업한 것은 아니라는 사실(미국 정부가 제1차 세계대전 직후 유럽에 남아 있던 군인들에게 제공한 기회 덕분에 옥스퍼드에 머물 수 있었다는 것)을 시인하는 장면에서, 닉은 "자리에서 일어나서 그의 등을 살짝 두드려 주고 싶었다"(136/190; 7장)고 말한다. 진실을 순순히 인정하는 모습이 오히려 "그에 대한 완벽한 신뢰감이 새삼스럽게 되살아나는"(같은 쪽) 계기가 된다. 닉은 개츠비가 지닌 부의 원천이 암흑가에 있다는 사실을 알고, 그러한 세계를 "드러내놓고 경멸해 마지않"지만, 개츠비만큼은 그가 반감을 갖는 대상에서 "예외"가 된다. "결국 개츠비는 옳았다. … 〔내가 불만을 갖게 된 건〕 개츠비의 꿈이 지나간 자리에 떠도는 더러운 먼지들 때문이었다."(6/17; 1장) 이 점은 대다수 독자들에게도 마찬가지일 것이다. 개츠비를 향한 닉의 온기 어린 감정이 개츠비에 대한 묘사 전반에 강하게 드리워져 있기 때문에, 독자는 이로부터 더더욱 쉽게 영향을 받을 수밖에 없다. 닉의 정서는 개츠비를 대하는 대다수 문학비평가들의 전형적인 반응이기도 하다. 이를테면, 톰 버넘Tom Burnam은 개츠비가 "자신을 둘러싼 타락에도 불구하고 결국 타락하지 않음으로써 온전히 자신을 건전하게 지켜 내는 인물"(105)이라고 평가한다. 그런가 하면, 로즈 에이드리언 갤로Rose Adrienne Gallo는 개츠비가 끝까지 "자신의 순수성을 유지한"(43) 인물이라고 믿는다.[3]

닉이 개츠비와 관련하여 독자들을, 그리고 자기 자신까지 속여야 하는 이유는 무엇인가? 개츠비의 성격 가운데 긍정적이고 호감을 주는 것들은 모두 서사 전면에 부각시키면서도, 막상 개츠비가 책임져야 하는 불쾌한 것들은 어째서 다른 사람들 몫으로 떠넘겨 버리는가? 닉이 그럴 수밖에 없는 것은 화자인 닉 자신이 개츠비의 꿈에 매혹되었기 때문이다. 서른 살에 접어들었음에도 여전히 아버지의 경제적 지원을 받고 있고, 앞으로 무엇

---

[3] 이와 비슷한 관점에서 개츠비를 바라보는 견해에 대해서는 참고문헌의 Bewley, Cartwright, Chase, Dillon, Hart, Le Vot, Moore, Nash, Stern, Trilling의 글을 참고할 것. 이와 반대되는 견해에 대해서는 Pauly와 Rowe의 글을 참고할 것.

을 해야 할지 고민하는 상황이지만, 닉은 자신의 삶에도 미래가 있을 것이라고 믿고 싶어 한다. 앞으로의 삶이 그렇지 않을 수도 있다는 걱정이 들기 때문이다. 어찌 보면 당연한 일이다. 그는 자신이 "독신자의 수가 점점 줄어드는 나이, 야심이라는 서류 가방도 점점 얄팍해지는 나이, 머리카락도 점점 줄어드는 나이"(143/200; 7장)라는 사실을 직면하기가 두려운 것이다. 하지만 비록 뉴욕에서의 여름(가장 최근의 모험들이 펼쳐졌던 시공간)이 파국으로 끝나고 말았을지언정, 닉은 끝까지 희망의 가능성을 믿으려 한다. 닉이 개츠비에게 믿음을 보내는 이유도 바로 여기에 있다. 그는 개츠비의 꿈이 자신에게도 실현될 수 있다고 믿고 싶은 것이다. 무엇을 해야 좋을지 모르는 어느 젊은 남성이 개츠비처럼 혼자 힘으로 엄청난 경제적 성공을 일구어 내고, 꿈꾸어 왔던 여성을 발견하며, 따라서 미래를 낙관하게 되리라는 꿈 말이다. 닉은 개츠비가 이룩한 화려한 세계가 타락에 근거한 것임을 상기하고 싶어 하지 않는다. 자신도 그런 종류의 희망찬 세계를 갖고 싶기 때문이다. 그러므로 닉은 개츠비의 욕망과 공모 관계다. 그리고 그의 서사는 독자마저도 그 욕망과 공모하도록 유도한다.

"개츠비가 소유했던 것은 독자들도 분명 열렬히 갈망하던 것이었다. 흥청망청 쾌락에 흐느적대는 삶 말이다"(61)라는 앤드루 딜런Andrew Dillon의 말처럼, 마법과도 같은 부의 세계에 살고자 하는 개츠비의 욕망에 독자들은 강하게 이끌리는데, 이는 곧 상품의 힘을 입증하는 것이기도 하다. 개츠비는 자신의 대저택과 수상비행기, 풀장, 서재 등을 한껏 누리지 못하지만, 대부분의 독자들은 나라면 맘껏 즐겨 보리라 생각할 것이다. 마르크스주의의 관점에서 본《위대한 개츠비》의 또 다른 결점은 이토록 사치와 여유가 넘치는 세계를 그에 못지않게 화려한 언어로 묘사함으로써 상품에 대한 호소력을 극대화한다는 점이다. 상품이 **그 자체로** 초월적이고 지상의 한계를 뛰어넘는다고 말하려는 듯, 이 소설에는 온갖 소비재들이 마법(현실을 바꾸는 능력)을 부여받는다. 이를테면, 개츠비의 파티에서 제공되는 다과들은 마법에 걸린 듯하다. "황혼 속에서 칵테일 쟁반이 우리에게 전달되었고 [원문에는 '붕 떠 다녔고floated'] " (47/71; 3장, 필자 강조), "뷔페 테이블에는 화려한 전채요리와 양념을 해서 구운 햄, 알록달록한 [원문에는 '할리퀸harlequin'] 샐러드, 밀가루를 발라 튀긴 돼지고기, 거무스름한 금빛으로 구운 [원문에는 '마법에 걸려bewitched 금빛으로 변한'] 칠면조 요리 등이 즐비하게 차려져 있었다." (44/ 67; 3장, 필자 강조)

상품의 매혹은 이스트에그에 위치한 뷰캐넌 부부의 집을 묘사하는 다음 인용문에서 더욱 두드러진다.

붉은색과 흰색으로 장식한 조지 왕조 식민지 시대풍의 쾌적한 집은 만이 내려다보이는 곳에 있었다. 잔디밭이 해변에서 시작해서 현관을 향해 400미터나 달려와, 해시계와 벽돌로 꾸민 산책길과 불타는 듯한 정원을 뛰어넘어 이어졌다. 그리고 마침내 저택에 이르러서는 여세를 몰 듯 밝은 색의 덩굴이 되어 집 옆을 따라 뻗어 올라갔다. 집 정면은 한 줄로 나란히 이어진 프랑스식 창문으로 나뉘어 있는데, 창문은 황금빛이 반사되어 번쩍이며 따스한 바람이 부는 오후를 향해 활짝 열려 있었다. …

앞에 펼쳐져 있는 풍경에는 … 이탈리아식 침상沈床정원과 2천 제곱미터 넓이의, 향이 코를 찌를 듯한 장미 정원, 해안에서 떨어져 물결에 따라 흔들리는 매부리코 모양의 모터보트 한 대가 보였다. …

우리는 천장이 높은 복도를 지나 밝은 장밋빛 공간으로 들어갔는데, 그 공간은 양쪽 끝에 달린 프랑스식 창문 덕분에 가까스로 집에 붙어 있었다. … 산들바람이 방 안으로 불어 들어와 커튼의 한끝은 안으로, 다른 쪽 끝은 창백한 흰 깃발처럼 휘날리다가 설탕 입힌 웨딩 케이크 같은 천장을 향해 소용돌이쳤다. 그러고 나서 마치 바람이 바다 위에 그림자를 드리우듯 포도주 빛깔의 양탄자 위에 잔물결을 일으키면서 그 위에 그림자를 드리웠다. (11-12/23-25; 1장)

감각적인 표현들로 가득한 이 단락들은 마치 집이 살아 숨 쉰다는 느낌을 불러일으키며 독자들의 오감에 상쾌한 기분을 가져다준다. 사실 이 같은 배경은 그곳에 살고 있는 사람들과는 무관하게 따로 존재한다. 그 사유지는 톰과 데이지가 있어서 아름다워 보이는 것이 아니다. 그곳은 톰이 자리 잡기 전부터 아름다웠으며, 뷰캐넌 부부가 떠난 뒤에도 계속 아름답게 남아 있을 것이다. 실제로 우리는 굳이 그곳에 사는 그들을 떠올리지 않고서도 그러한 풍경을 어렵지 않게, 그리고 행복하게 상상할 수 있다. 말하자면, 이 배경은 뷰캐넌 부부를 아우르고 넘어서는 더 거대한 무엇이다. 뷰캐넌 부부는 그 공간을 다 쓸 수도 없고 그곳의 잠재력을 다 알아내지도 못한다. 나아가 그곳은 뷰캐넌 부부의 타락에도 전혀 물들지 않는다. 우리부터가 그 공간을 그곳에서 일어나는 사건들과 결부시키지 않는다는 점에서 더욱 그러하다. 따라서 이 단락들에 나타난 배경은 대부분의 독자들에게 마력을 발휘한다고 볼 수 있다. 피츠제럴드는 자본주의 비판가이자 자본주의의 최고 시인이기도 하다. 그래서 그의 시는 소설이 대놓고 힐난하는 바로 그 자본주의를 도리어 매력적인 무언가로 만든다.

정리하자면, 《위대한 개츠비》는 자본주의 이데올로기에 대한 의미심장한 비판을 제시하는 동시에, 그 이데올로기를 다시 재포장하여 시장에 내놓는 소설이다. 이 같은 텍스트의 이중 운동은 마지막 문장의 독특한 아이러니로 표현된다. 우리가 "조류를 거스르는 배처럼 끊임없이 과거로 떠밀려가면서도 앞으로, 앞으로 계속 나아가"(189/262; 9장)려고 할수록, 이 소설은 한층 역류를 더욱 거세게 만들어 우리를 끊임없이 자본주의의 마력에 다시 빠지게 한다. 결국 개츠비가 아메리칸드림을 성취하는 데 실패했다고 해도, 《위대한 개츠비》는 도리어 자신이 비판하던 자본주의 이데올로기의 먹이가 되고 말았기 때문에, 이 소설을 읽는 독자들의 상당수도 자본주의 이데올로기를 비판하기보다는 계속해서 그 이데올로기에 몰입할 것이다.

다음 질문들은 본보기로서 제시된 것이다. 다음에 언급된 문학작품이나 직접 고른 작품을 마르크스주의 이론으로 해석하고자 할 때, 다음과 같은 질문들을 던져보면 도움이 될 것이다.

① 존 스타인벡John Steinbeck의 《분노의 포도The Grapes of Wrath》(1939)는 어떤 점에서 미국 자본주의에 대한 비판이라고 할 수 있는가? 자본주의와 경제적 불평등의 근간을 이루는 이익 동기를 어떤 식으로 비판하는가? 이 소설의 형식(사실주의)은 그러한 비판을 어떻게 뒷받침하는가? 같은 제목으로 제작된 영화(20세기 폭스, 1940)의 결말은 마르크스주의 관점에서 어떤 결함이 있는가?

② 토니 케이드 밤바라Toni Cade Bambara의 〈수업The Lesson〉(1972)은 어떤 점에서 아메리칸드림에 대한 마르크스주의 비판이라고 볼 수 있는가? F. A. O. 슈워츠의 장난감들은 과시적 소비와 관련하여 무엇을 암시하는가?

③ 이디스 워튼의 《환락의 집The House of Mirth》(1905)은 어떤 점에서 상품화에 대한 전형적인 형상화로 볼 수 있는가? 다시 말해, 소설에 등장하는 부유한 인물들을 지배하는 교환가치와 기호-교환가치가 어떤 방식으로 소설의 사건을 이끌어 가는 핵심 요소가 되는가? 소설은 자본주의적 가치를 어떻게 비판하는가?

④ 윌리엄 포크너William Faulkner의 〈에밀리에게 장미를A Rose for Emily〉(1931)에 확연히 드러나는 경직된 계급구조는 어떤 식으로 소설 속 행위에 영향을 주는가? 이 소설은 독자로 하여금 그리어슨, 에밀리, 호머 배런, 마을 사람들에게 엿보이

는 계급주의를 비판하도록 유도한다고(또는 그렇지 않다고) 볼 수 있는가?

⑤ 랭스턴 휴스Langston Hughes의 〈길 위에서On the Road〉(1952)는 어떤 점에서 조직화된 종교에 대한 마르크스주의적 비판이라고 할 수 있는가?

☰ 더 읽을거리

Bender, Frederic L., ed. *Karl Marx: The Essential Writings*. 2nd ed. Boulder, CO: Westview Press, 1986. (See especially "Essentials of the Theory," 164-207; "The Commodity," 327-334; "Exchange and Money," 346-348; and "The General Formula for Capital," 349-354.

Claeys, Gregory. *Marx and Marxism*. New York: Nation Books, 2018.

Day, Gary. *Class*. New York: Routledge, 2001.

Eagleton, Terry. *Marxism and Literary Criticism*. 1976. 2nd ed. London and New York: Routledge, 2002. [테리 이글튼, 《문학비평: 반영이론과 생산이론》, 이경덕 옮김, 까치, 1986.]

Eagleton, Terry. *Why Marx Was Right*. New Haven, CT and London: Yale University Press, 2011. [테리 이글튼, 《왜 마르크스가 옳았는가》, 황정아 옮김, 길, 2012.]

Haslett, Moyra. *Marxist Literary and Cultural Theories*. New York: St. Martin's, 2000.

hooks, bell. *Where We Stand: Class Matters*. New York: Routledge, 2000. [벨 훅스, 《당신의 자리는 어디입니까: 페미니즘이 계급에 대해 말할 때》, 이경아 옮김, 문학동네, 2023.]

Horkheimer, Max, and Theodor Adorno. *Dialectic of Enlightenment*. 1944. Trans. John Cumming. New York: Continuum, 1982. (특히 "The Culture Industry," 120-167을 볼 것) [Th. W. 아도르노, M. 호르크하이머, 《계몽의 변증법: 철학적 단상》, 김유동 옮김, 문학과지성사, 2001.]

Marx, Karl. *Capital: A Critique of Political Economy*. 1867. New York: International Publishers, 1967. [카를 마르크스, 《자본(론)》]

Singer, Peter. *Marx: A Very Short Introduction*. 2nd ed. Oxford: Oxford University Press, 2018. [피터 싱어, 《마르크스》, 노승영 옮김, 교유서가, 2019.]

Tokarczyk, Michelle M. *Class Distinctions: On the Lives and Writings of Maxine Hong Kingston, Sandra Cisneros, and Dorothy Allison*. Selinsgrove, PA: Susquehanna University Press, 2008.

Tyson, Lois. "Using Concepts from Marxist Theory to Understand Literature." *Using Critical Theory: How to Read and Write about Literature*. 3rd ed. London and New York: Routledge, 2021. 115-145. (See especially "Interpretation Exercises," 122-139, and "Marxist Theory and Cultural Criticism: *Pretty Woman*," 140-142. See also "Three Questions about Interpretation Most Students Ask," 10-12.)

__________. *Economic and Philosophic Manuscripts of 1844*. New York: International Publishers, 1964. [카를 마르크스, 《(1844년의) 경제학-철학수고》]

Veblen, Thorstein. *The Theory of the Leisure Class: An Economic Study of Institutions*. 1899. New York: Mentor-NAL, 1953. [소스타인 베블런, 《유한계급론》]

Wayne, Mike. *Marxism Goes to the Movies*. London and New York: Routledge, 2020

Weber, Max. *The Protestant Ethic and the Spirit of Capitalism*. New York: Scribner's, 1958. [막스 베버, 《프로테스탄티즘의 윤리와 자본주의 정신》]

Williams, Raymond. *Marxism and Literature*. Oxford: Oxford University Press, 1977. [레이먼드 윌리엄스, 《마르크스주의와 문학》, 박민준 옮김, 지식을만드는지식(지만지), 2013.]

Wright, Erik Olin. *Class Counts*. Student Edition. New York: Cambridge University Press, 2000.

≡ 중요한 이론서들

Althusser, Louis. *Lenin and Philosophy and Other Essays*. Trans. Ben Brewster. New York: Monthly Review, 1971. (특히 "Ideology and Ideological State Apparatuses," 127-186을 볼 것) [루이 알튀세르, 《레닌과 철학》, 이진수 옮김, 백의, 1997. 저자가 괄호로 묶어 강조한 논문(《이데올로기와 이데올로기적 국가장치》)은 이 책들에도 수록되어 있다. 루이 알튀세르, 《아미엥에서의 주장》, 김동수 옮김, 솔, 1991; 루이 알튀세르, 《재생산에 대하여》, 김웅권 옮김, 동문선, 2007.]

Baudrillard, Jean. *For a Critique of the Political Economy of the Sign*. 1972. Trans. Charles Levin. St. Louis: Telos, 1981. [장 보드리야르, 《기호의 정치경제학 비판》, 이규현 옮김, 문학과지성사, 1998.]

Benjamin, Walter. *Illuminations*. Trans. Harry Zohn. Ed. Hannah Arendt. New York: Harcourt, Brace and World, 1955. [발터 벤야민, 《발터 벤야민의 문예이론》, 반성완 엮어옮김, 민음사, 1992. 참고로 이 책에 실린 논문 대부분은 도서출판 길에서 간행 중인 '발터 벤야민 선집'에도 나뉘어 수록되어 있다.]

Bennett, Tony. *Formalism and Marxism*. London: Methuen, 1979. [토니 베네트, 《형식주의와 마르크스주의: 문예비평적 고찰》, 임철규 옮김, 현상과인식, 1983.]

Camara, Babacar. *Marxist Theory, Black/African Specifcities, and Lacan*. Lanham, MD: Lexington Books, 2008.

Eagleton, Terry. *Myths of Power: A Marxist Study of the Brontës*. 1975. Anniversary edition. Basingstoke and New York: Palgrave Macmillan, 2005.

Hall, Stuart. *Selected Writings on Marxism*. Ed. Gregor McLennan. Durham, NC and London: Duke University Press, 2021.

Jameson, Fredric. *The Political Unconscious: Narrative as a Socially Symbolic Act*. Ithaca, N.Y.: Cornell University Press, 1981. [프레드릭 제임슨, 《정치적 무의식》, 이경덕·서강목 옮김, 민음사, 2015.]

Laclau, Ernesto, and Chantal Mouffe. *Hegemony and Socialist Strategy: Towards a Radical Democratic Politics*. London: Verso, 1985. [에르네스토 라클라우·샹탈 무페, 《헤게모니와 사회주의 전략》, 이승원 옮김, 후마니타스, 2012.]

Lukács, Georg. *History and Class Consciousness*. 1923. Trans. Rodney Livingstone. Cambridge, Mass.: The MIT Press, 1971. [게오르그 루카치, 《역사와 계급의식: 마르크스주의 변증법 연구》]

Macherey, Pierre. *A Theory of Literary Production*. Trans. G. Wall. London: Routledge and Kegan Paul, 1978. [피에르 마슈레, 《문학생산의 이론을 위하여》, 윤진 옮김, 그린비, 2014.]

Mojab, Shahrzad. *Marxism and Feminism*. London: Zed Books, 2015.

Sinfield, Alan. *Shakespeare, Authority, Sexuality: Unfinished in Cultural Materialism*. London and New York: Routledge, 2006.

Wood, Allen W. *Karl Marx*. 2nd ed. London and New York: Routledge, 2004.

Žižek, Slavoj. *The Sublime Object of Ideology*. London: Verso, 1989. [슬라보예 지젝,
《이데올로기의 숭고한 대상》, 이수련 옮김, 새물결, 2013.]

三 참고문헌

Bewley, Marius. "Scott Fitzgerald's Criticism of America." *Sewanee Review* 62 (1954): 223-246. Rpt. in *Modern Critical Interpretations: F. Scott Fitzgerald's* The Great Gatsby. Ed. Harold Bloom. New York: Chelsea, 1986. 11-27.

Burnam, Tom. "The Eyes of Dr. Eckleburg: A Re-Examination of *The Great Gatsby*." *College English* 13 (1952). Rpt. in *F. Scott Fitzgerald: A Collection of Critical Essays*. Ed. Arthur Mizener. Englewood Cliffs, N.J.: Prentice Hall, 1963. 104-111.

Cartwright, Kent. "Nick Carraway as Unreliable Narrator." *Papers on Language and Literature* 20.2 (1984): 218-232.

Chase, Richard. *"The Great Gatsby.": The American Novel and Its Traditions*. New York: Doubleday, 1957. 162-167. Rpt. in The Great Gatsby: *A Study*. Ed. Frederick J. Hoffman. New York: Scribner's, 1962. 297-302.

Dillon, Andrew. *"The Great Gatsby*: The Vitality of Illusion." *Arizona Quarterly* 44.1 (1988): 49-61.

Fitzgerald, F. Scott. *The Great Gatsby*. 1925. New York: Macmillan, 1992. [F. 스콧 피츠제럴드, 《위대한 개츠비》]

Gallo, Rose Adrienne. *F. Scott Fitzgerald*. New York: Ungar, 1978.

Hart, Jeffrey. "'Out of it ere night': The WASP Gentleman as Cultural Ideal." *New Criterion* 7.5 (1989): 27-34.

Le Vot, Andre. *F. Scott Fitzgerald: A Biography*. Trans. William Byron. Garden City, N. Y.: Doubleday, 1983.

Miller, Arthur. *Death of a Salesman*. New York: Viking, 1949. [아서 밀러, 《세일즈맨의 죽음》]

Moore, Benita A. *Escape into a Labyrinth: F. Scott Fitzgerald, Catholic Sensibility, and the American Way*. New York: Garland, 1988.

Morrison, Toni. *The Bluest Eye*. New York: Holt, Rinehart, and Winston, 1970. [토니 모리슨, 《가장 파란 눈》, 정소영 옮김, 문학동네, 2024.]

Nash, Charles C. "From West Egg to Short Hills: The Decline of the Pastoral Ideal from *The Great Gatsby* to Philip Roth's *Goodbye, Columbus*." *Philological Association* 13 (1988): 22-27.

Pauly, Thomas H. "Gatsby Is a Sinister Gangster." Excerpted from "Gatsby a Gangster." *Studies in American Fiction* 21. 2 (Autumn 1995). Rpt. in *Readings on* The Great Gatsby. San Diego: Greenhaven Press, 1998. 41-51.

Rowe, Joyce A. "Delusions of American Idealism." Excerpted from *Equivocal Endings in Classic American Novels*. Cambridge: Cambridge University Press, 1988. Rpt. in

Readings on The Great Gatsby. San Diego: Greenhaven Press, 1998. 87-95.

Shelley, Mary. *Frankenstein.* London: Lackington, Hughes, Harding, Mavor, & Jones, 1818. [메리 셸리, 《프랑켄슈타인》]

Stern, Milton R. *The Golden Moment: The Novels of F. Scott Fitzgerald.* Urbana: University of Illinois Press, 1970.

Trilling, Lionel. "F. Scott Fitzgerald." *The Liberal Imagination.* New York: Viking, 1950. 243-254. Rpt. in The Great Gatsby: *A Study.* Ed. Frederick J. Hoffman. New York: Scribner's, 1962. 232-243. [라이오넬 트리링, 〈F· 스코트 핏즈제랄드論〉, 《문학과 사회》, 양병탁 옮김, 을유문화사, 1960.]

4장

페미니즘 비평

"저는 페미니스트가 아니에요. 남자가 좋단 말이에요!"

"저는 페미니스트가 아니에요. 원한다면 여성은 집에 들어앉아 아이들을 키울 수 있어야 한다고 생각하거든요!"

"저는 페미니스트가 아니에요. 브라를 착용한다고요!"

페미니즘 문학비평을 처음 배우는 많은 학생들의 생각과는 달리, 대다수의 페미니스트들은 남성을 좋아하고, 원한다면 집에 머물며 아이들을 키울 수 있어야 한다고 생각하며, 브라를 착용한다. 페미니스트들이 가족의 가치에 반대한다고 잘못 알려져 있는데, 사실 그들은 가족정책(이를테면 영양 공급과 의료 보건 개선, 유급 육아 휴가, 양질의 저렴한 탁아 보육)의 개선을 위한 투쟁을 선도하고 있다. 하지만 페미니스트들은 여성이 선천적으로 남자에 비해 열등하다는 성차별주의sexism에 반대하고, 성차별주의가 정당화하는 여성에 대한 경제적 · 정치적 · 사회적 · 정신적 탄압에 반대한다. 이것이 페미니즘 비평 대다수가 주목하는 부분이다. 여기서 페미니즘 비평이란 폭넓게 정의하자면 문학과 문화적 생산물(가령, 잡지, 영화, 텔레비전 쇼, 광고, 장난감 등)이 무수한 형태의 다양한 성차별주의를 강화하는지 또는 무너뜨리는지를 탐구하는 비평이다. 하지만 온갖 비평이론을 다루는 실제 비평가들이 그렇듯이, 페미니즘 비평가들도 페미니즘이 다루는 다양한 쟁점에 대해 백가쟁명식으로 견해가 서로 다르다. 사실 상당수 페미니스트들이 그들의 분야를 **페미니즘들**이라고 부르는 것은 관점의 다양성을 강조하기 위함이다. 제일 좋은 유일한 관점이 존재한다는 식의 전통적 주장은 이제 통하지 않는다는 말이다.

그런데 남녀 가릴 것 없이, 페미니즘 이론을 처음 공부하는 학생들의 대부분은 자신이 페미니스트가 아니라고 미리부터 단정해 놓고 시작한다. 페미니즘과 관련된 가장 동의하기 어려운 관점을 어떻게든 찾아낸 뒤, 자신은 그런 견해에 동의하지 않는다고 말하는 식이다. 바꾸어 말하자면, 이론 수업을 듣는 학생들조차 강의실에 들어오기 전부터 페미니즘을 가장 불쾌한 무엇으로 환원시키고, 이를 바탕으로 페미니즘을 거부해 버린다. 이러한 태도야말로 페미니즘에 대한 지극히 협소하고 부정적인 시각이 아직까지도 미국문화에 상존해 있음을 여실히 보여 주는 증거가 아닐까. 우리가 반(反)페미니즘적 편견들을 접하고 그 가운데 일부를 강의실 안으로까지 끌어들이게 되는 이유도 가정이나 직장, 매체 등을 비롯한 문화 전반에 걸쳐 그러한 시각이 남아 있기 때문이다.

페미니즘이 제기한 진지한 문제들이 어떤 식으로 지나치게 단순화되고 부정적으로 인식되면서 사람들에게서 외면받는지 알아보고자, 가장 심한 공격을 받았던 페미니즘의 주장을 간단하게 살펴보자. 그것은 남성과 여성을 공통적으로 가리킬 때는 'he(그)'라는 남성대명사를 쓰지 말아야 한다는 주장이다. 많은 사람들은 이러한 주장만 봐도 페미니즘의 요구들이 본질적으로 얼마나 사소하고 유아적인지 알 수 있다고 생각한다. '공통의 he'(또는 '포괄적 he', '중립적 he')를 버리지 않고 앞으로도 계속 이를 모든 사람을 지칭하는 단어로 쓴다고 특별한 문제라도 생길까? 그렇게 쓰더라도 뜻은 다 통한다. 그저 언어의 관습일 뿐이다. 그러니 페미니스트들은 여성의 몫을 평등하게 만드는 일에만 집중하고, 대명사에 관한 말도 안 되는 이야기들은 잊어버리라는 것이다! 그런데 대부분의 페미니스트들은 대명사 'he'로 남성과 여성 모두를 가리키는 용법이 삶을 바라보는 한 가지 방식 또는 한 가지로 '바라보는 습관habit of seeing'을 반영하는 동시에 영속화시킨다고 주장한다. 여기서 한 가지 방식 또는 습관이란, 인간의 경험을 이해하고 평가하는 기준으로 오직 남성의 경험만을 상정하려는 태도를 말한다. 바꾸어 말하면, '공통의 he'가 남성과 여성 모두를 지시한다고 해도 그러한 용법은 실제로는 여성의 경험과 관점을 무시하도록, 그리고 젠더 중립적 개인과 논바이너리[1] ^{기존의 이분법적 성별 구분을 벗어난 젠더 정체성} 의 경험과 관점을 무시하도록 만드는 뿌리 깊은 문화적 태도의 한 부분이라는 것이다. 이 같은 태도가 불러일으키는 해악은 수많은 영역들에서 확인할 수 있다.

가령, 공통의 he가 보편적이라는, 즉 모든 사람을 대표한다는 생각은 영화산업과 문학 연구와 같은 주요 스토리텔링 산업의 정책과 관행에 영향을 끼친다. 스토리텔링이 어떤 문화의 구성원이 생각하고 느끼는 방식을 배우는 주요 수단이라는 점을 감안하면, 이는 결코 사소한 문제가 아니다. 할리우드 영화에서 우리가 목도하는 것은 남성적 관점의 특권화와 여타 관점의 주변화인데, 이는 카메라의 사용이나 영화를 찍는 관점을 통해 이루어진다. 말인즉슨, 여성 인물들은 카메라의 응시에 노출되는 피사체가 되어 마치 남성의 눈이 여성을 쳐다보는 듯이, 보편적 관람객의 관점이 남성인 듯이 성애화된다는 뜻이다. 이는 예외적 현상이 아니라 수십 년 동안 지속되어 왔고 지금도 지속되고 있는 일반적 관행이다. 물론 보편적 관람객이란 존재한 적이 없다. 그러나 그런 사실을 무시해도 좋을 만큼 남성적 경험을 우선시하는 습관은 너무도 강력했다.

문학 연구와 관련한 예를 보자. 1960년대 후반에 이르면 여성 평등을 향한 오랜 투쟁이 마침내 문학 연구에서도 등장하기 시작하는데, 그전까지는 (백인)남성의 관점에 따른 경험을 묘사한 (백인)[2]남성 저자들의 작품이 보편적인 기준, 곧 모든 독자의 경험을 대표하는 기준으로 여겨졌고, 그러한 보편성은 위대함을 판단하는 주요 척도로 인식되었다. 반면에 (백인)여성

---

[1] 젠더 중립gender neutral과 논바이너리non-binary는 어떤 젠더에도 속하지 않는다고 말하는 사람들이 자신을 지칭할 때 사용하는 가장 일반적인 용어이다.

[2] 이 단락에서 "백인"이라는 단어에 괄호 표시를 했는데, 그 이유는 최근까지도 미국의 페미니스트들이 거의 배타적으로 중상류층 백인 여성의 관심사에 초점을 맞추었기 때문이다. 그들은 백인 작가들만을 언급하면서도 마치 모든 남성 여성 작가들을 언급한 듯이 말한다.

(과 모든 유색인종) 저자들의 작품은 (백인)남성의 관점에 따른 경험의 묘사가 아니었기 때문에 대중적으로 인기가 있었는데도 보편적인 것으로 인정받지 못했고, 그 결과 문학 정전canon의 반열에도 오를 수 없었다. 1970년대 중반부터는 정전 목록과 대학의 과목 계획서에서 (백인)여성 작가들을 점점 자주 볼 수 있게 되지만, 이들은 (백인)남성 작가들과 동등한 대접을 받지 못했다. 예를 들어《위대한 개츠비》의 1992년 판본에 실린 서문에서 매슈 브루콜리는 1920년대 미국문학사를 언급하면서 여성 작가들이 기여한 바를 거의 다루지 않는다. 브루콜리는 저명한 피츠제럴드 학자로서 1920년대를 "미국문학이 탁월한 성과를 거둔 시기"[x]라고 평가하면서, 그의 주장을 뒷받침하기 위해 저자 열두 명을 거론한다. 그런데 그가 언급한 작가 가운데 여성은 윌라 캐더Willa Cather 한 사람뿐이다. 조라 닐 허스턴Zora Neal Hurston, 엘렌 글래스고Ellen Glasgow, 수전 글래스펠Susan Glaspell, 넬라 라슨Nella Larson, 에드나 세인트 빈센트 밀레이Edna St. Vincent Millay, 제시 레드먼 포셋Jessie Redmon Fauset, 거트루드 스타인Gertrude Stein, 듀나 반즈Djuna Barnes, 엘리자베스 매독스 로버츠Elizabeth Madox Roberts, H. D.(힐다 둘리틀Hilda Doolittle), 마리안 무어Marianne Moore 등은 어떻게 된 건가? 아마도 많은 학생들에게는 지금 거명한 작가들 대부분이 생소할 텐데, 이 점이야말로 수많은 여성 작가들이 문학사의 변두리로 밀려나 있음을 여실히 증명한다. 이 작가들과 같은 시대를 살았던 독자들이 그들을 변두리로 밀어낸 것은 아닌데도 말이다.

이러한 '보기 습관'의 해악을 보여 주는 가장 섬뜩한 사례는 현대 의학에서 찾을 수 있다. 남성과 여성 모두에게 처방되는 의약품인데도 정작 임상 실험은 남성 대상자들에게만 행해지는 경우가 자주 벌어지기 때문이다. 다시 말해, 시판하기 전 처방의 안전성을 판단하는 실험에서 남성의 반응만을 사용하여 의약품의 효과와 부작용에 대한 통계 데이터를 수집했다는 뜻이다. 이로 말미암아 남성들은 아무런 영향이 없었지만, 여성들은 예기치 않은 부작용을 경험하는 경우가 잦았다. 어떻게 의학자들이 이 문제를 내다보지 못했을까? 의학 분야의 발전에도 불구하고 왜 이런 문제가 아직도 발생하는가? 분명, 남성 경험을 보편적이라고 보는 문화적 습관이 작용한 탓이다.

이와 같은 이야기들은 나 자신을 포함하여 우리 모두가 어떤 식으로 세상을 바라보도록 길들여져 왔는지를 드러내는 사례들이며, 그래서 이런 이야기를 먼저 꺼내는 것이다. 나부터가 **가부장적 여성**patriarchal woman에서 '벗어나는 중'이라고 생각한다. 여기서 가부장적 여성이란 물론 **가부장제**patriarchy의 규범과 가치들을 내면화해 온 여성을 뜻한다. 가부장제란 간단히 말해서, 전통적 젠더 역할의 확립을 통해 남성에게 특권을 부여하는 문화라고 정의할 수 있다. 내가 벗어나고 있다고 말하는 이유는 그러한 길들이기를 인식하고 거부하는 방법을 배웠기 때문이다. 그러한 인식과 저항에는 노력이 필요하다(나는 벗어나고 있다고 말했지 벗어났다고는 말하지 않았다). 이른 나이에 가부장적 길들이기를 내면화했기 때문만은 아니다. 그러한 길들이기가 여전히 맹위를 떨치고 있기 때문이다. 영화, 텔레비전 쇼, 책, 잡지, 광고뿐 아니라, 내가 간단한 기계조차 작동할 줄 모른다고 생각하는 판매 사원, 문제가 있는 부분을 대충 마무리해도 내가 모를 거라고 짐작하는 전문 수리공, 자동차를 타고 지나가면서 성적인 말을 내뱉으면 내가 으쓱한 기분이 들 거라고 믿는 남성 운전자(더 나쁜 경우로, 내 기분이 어떨지 단 1분도 생각하지 않을 사람, 최악의 경우 내가 위협당했다고 느끼면 그것이 곧 자신이 강하다는 증거라도 된다는 듯이 여기는 사람) 등의 태도에서 말이다. 이러한 사태를 초래하고 지속하게 만드는 데 전통적인 젠더 역할이 중요한 기여를 했으니, 이를 먼저 살펴 보자.

전통적인
젠더 역할

오늘날 사람들은 대부분 **가부장적 젠더 역할**이라고도 불리는 전통적 젠더 역할이라는 용어의 의미를 안다. 그에 따르면, 남성은 합리적이고 강인하며 누군가를 보호하고 지배하는 존재인 반면, 여성은 감정적(비합리적)이고 연약하며 보호가 필요한 순종적인 존재다. 그런데 이 용어가 너무도 자주 사용된 나머지 사람들이 이에 대해서는 알아야 할 건 다 알았다고 생각하는 지경에 이르렀다. 그래서 이 역할을 받아들이건 거부하건 간에 깊이 생각하지 않아도 된다고 여긴다. 그러니 내가 이 오래된 개념을 상세히 살펴보더라도 인내심을 갖고 지켜보길 바란다. 내 희망은 우리의 성이나 젠더와 상관없이 이 역할이 우리 모두에게 여전히 복잡하고 해로운 영향을 끼치고 있음을 보여 주는 것이다.

먼저, 이 같은 성역할은 오늘날까지도 상존하는 불공평을 정당화하는 데 매우 효과적이었다. (정치, 학계, 기업뿐 아니라 가족 안에서도) 지도적 지위와 의사결정권을 갖는 위치에 오를 기회를 여성에게는 동등하게 부여하지 않는다든가, (여성이 일자리를 어렵사리 구할 수 있다 해도) 동일한 업무에 대해 여성보다 남성에게 높은 임금을 지급한다든가, 여성은 수학이나 기술 분야에서 경력을 쌓는 데 적합하지 않다고 주장한다든가 등의 불공평 말이다.

'동일노동 동일임금' 원칙을 여성에게 보장하는 법률 등 차별금지법이 여러 나라에서 통과되었기 때문에, 많은 사람들은 이와 같은 불공평한 처사들이 과거의 일이라고 생각한다. 그러나 이러한 법들을 피해 갈 방법은 얼마든지 있다. 예를 들어, 남성과 같은 일(또는 남성보다 더 많은 일)을 하는 경우라도 사용자 측에서 여성에게 더 낮은 임금을 책정하는 것이 가능한데, 단지 그 여성에게 다른 직함을 부여하기만 하면 된다. 그래서 백인 남성들이 1달러를 받는다고 치면, 여성들은 여전히 인종, 민족, 연령, 지리적 위치에 따라 평균 대략 55센트에서 80센트 정도만을 받는다. 그러한 법률이 없는 나라에서 여성 노동자는 더 큰 불평등을 겪는다.[3]

전통적인 젠더 역할은 그 정의부터 성차별적이다. 여성이 남성보다 선천적으로 열등하다는 믿음을 조장함으로써 불의한 관행을 뒷받침하기 때문이다. 여성의 선천적 열등에 대한 이러한 믿음은 이른바 **생물학적 본질주의**biological essentialism 형태를 띠는데, 왜냐하면 남성과 여성이라는 성별을 불변하는 본질의 일부로 간주하고 거기서 찾아낸 생물학적 차이들을 여성의 타고난 열등성에 대한 믿음의 근거로 삼기 때문이다. 대표적인 사례가 히스테리hysteria일 것이다. '자궁'을 뜻하는 그리스어 'hystera'가 어원인 히스테리는 여성 특유의 것으로 여겨지는 어떤 정신장애들을 가리키는 말로서, 감정 과잉과 극도의 비합리적인 행동으로 묘사된다. 일반적으로 히스테리는 여성 문제로 여겨지기 때문에, 남성에게서 발견되는 히스테리컬한 행동은 히스테리로 인식되지 않는다. 그 증상이 무시되거나 해로움이 덜한 다른 이름(이를테면 불같은 성질)이 붙는다.

페미니스트들이 남성과 여성 간의 생물학적 차이들을 부인하는 것은 아니다. 도리어 그러한 차이를 찬양하는 페미니스트들도 많다. 다만, 신체의 크기와 생김새, 체내 화학물질과 같은 차이들이 자연스레 남성을 여성보다 우월한 존재로 만들어 준다는 데 동의하지 않을 뿐이다. 생물학적 차이가 더욱 지적이고 더욱 논리적이며 더욱 용감한 존재 또는 더 나은 지도자를 만들지는 않는다는 뜻이다. 그래서 페미니즘은 생물학적 특성으로서 남성, 여성, 간성intersex을 가리키는 성sex과, 문화적 길들임의 산물로서 남성성과 여성성을 가리키는 **젠더**gender를 구별한다. 다른 말로 하면, 여성은 여성적으

---

[3] 전 세계 젠더 격차에 대한 연차 보고서를 보려면, World Economic Forum을 참조할 것. 인정과 젠더에 따른 미국 노동자의 시간당 임금 불평등에 대해서는, Pattern을 볼 것.

로 태어나지 않고 남성 또한 남성적으로 태어나지 않는다. 이러한 젠더 범주는 사회적으로 구성된다. 젠더를 바라보는 이 같은 시각은 이른바 **사회적 구성주의**social constructionism의 관점을 잘 보여 주는 하나의 사례이다. 그렇다면 페미니즘의 관점에서, 가부장제에서 여성이 오랫동안 차지했던 열등한 지위는 문화적으로 만들어진 것이지 생물학적으로 정해진 것이 아니다. 여성이 동등한 경제적·정치적·사회적 권력을 얻지 못한 것은 여성의 생물학적 열등 때문이 아니라 남성 지배권력구조 때문이다. 연약, 얌전, 소심에 결부된 가부장적 여성성 개념은 현실 세계에서 여성을 무력한 존재로 만들었다. 가령, 사업에서 성공한다든가, 매우 똑똑하다든가, 큰돈을 번다든가, 의견이 강하다든가, (뭐든지) 식성이 좋다든가, 권리를 주장한다든가 하는 것들은 여성다운 것이 아니라면서 말이다.

전통적 젠더 역할을 조장하는 데 동원되는 순환논리는 오류투성이지만, 상당히 잘 먹힌다. 가부장적 문화는 전통적 젠더 역할을 동원하여 여성의 자신감과 자기주장을 약화시킨 다음, 그러한 특성의 결핍을 여성이 선천적으로 자기주장이 약하고 순종적이라는 증거로 삼는다. 보기보다 복잡한 사례를 들자면, 여자아이들은 학교 저학년 때부터 수학 과목을 못한다는 이야기를 들어 왔고, 일부는 지금도 그런 이야기를 듣는다. (부모, 교사, 친구 등이) 대놓고 말하지 않더라도, 어른이든 또래든 몸짓이나 어조, 표정 등으로 그렇게 말한다. 사람들은 여자아이들이 수학을 못한다고 짐작하는 데서 한 걸음 더 나아가, 어차피 대부분의 여자아이들에게는 나중에 수학이 필요 없을 것이기 때문에 수학을 못한다고 해서 문제 될 것이 없다고 생각한다. 그래서 여자아이들은 교사가 수학 문제 풀이를 지시할 때에도 남자아이들만큼 자주 호명받지 못한다. 사실, 여자아이들은 수학을 못하는 데 대한 '보상'을 받기까지 한다. 여자아이들이 여성스러워지면 그 대가로 즉각적인 동정과 귀여움, 그 밖의 달콤하지만 유해한 보상을 받는다. 만약 여자

아이들이 숱한 난관을 뚫고 수학 과목에서 좋은 점수를 받기라도 하면, 그 아이들은 정상이 아닌 예외로 간주된다(아이들의 관점에서 예외란 곧 '괴물'로 여겨지기 십상이다). 한 마디로, 여자아이들은 실패하도록 길들여지는 셈이다. 그러고 나서 가부장적인 사고방식은 여자아이들의 낮은 수학 성적과 이들이 수학 전공자가 되지 못한 것을 그들이 수학을 다루는 연구에 생물학적으로 적합하지 않다는 증거로 삼는다. 수학과 논리 사이의 밀접한 관계를 고려할 때, 이는 여성이 남성보다 비논리적임을 암시한다. 바꾸어 말해 가부장제는 실패를 양산하고, 그 실패를 여성에 대한 가설을 정당화하는 데 활용한다.

나는 가부장제에서 '벗어나는 중'인 여성이기 때문에, 전통적인 젠더 역할이 어떻게 여성뿐 아니라 남성에게도 해롭게 작용하는지 또한 확실히 인식하고 있다. 예컨대 전통적 젠더 역할은 남성에게 강할 것(육체적으로 강하고 감정에 휘둘리지 말아야 할 것)을 명령하므로, 남성은 눈물을 흘려서는 안 된다. 운다는 것은 나약함의 신호이자 감정에 휘둘렸다는 증거로 비치기 때문이다. 비슷한 이유에서 다른 남성에게 두려움과 고통을 보이거나 동정심을 표하는 것도 남자답지 못한 것으로 간주된다. 특히 다른 남성에게 동정심(또는 그 어떤 사랑의 감정이라도)을 표하는 것은 금기시되는데, 왜냐하면 가부장제는 가장 과묵하고 극기하는(또는 시끌벅적하고 소년 같은) 방식의 남성 유대만이 동성애적 함의에서 자유롭다고 상정하기 때문이다. 덧붙여 말하면, 남성은 무엇을 시도하든지 간에 실패가 용납되지 않는다. 영역을 막론하고 남성의 실패는 그 남성이 지닌 남성성의 실패를 시사하기 때문이다.

자기 가족을 경제적으로 부양하지 못하는 것은 남성이 경험할 수 있는 가장 굴욕적인 실패로 간주된다. 부양자로서 기대되는 남성의 생물학적 역할에 실패한 것이기 때문이다. 남성에게 요구되는 성공의 수준이 점점 올라간다는 점에서 오늘날 미국의 남성들은 경제적으로 성공해야 한다는 명령에 극도의 압박을 받아 왔다. 이 시대에 '진정한' 남성이 되려면 아버지와 형제, 친구보다 더욱 비싼 집과 차를 가져야 하며, 등록금이 더욱 비싼 학교에 자녀들을 보내야 한다. 현재 미국에서 남성에게 주어지는 비현실적인 경제적 목표를 달성할 수 없다면, 다른 분야에서 남성성의 신호를 증대시키지 않으면 안 된다. 가령, 성적으로 가장 적극적이어야 하거나(또는 다른 사람들이 그렇게 믿도록 만들거나) 가장 독한 술을 마실 줄 알거나 가장 분노한 모습을 보일 수 있어야 한다. 이 같은 맥락에서 남성에게는 분노 및 기타 폭력적인 감정들만이 허락되고, 심지어 그런 감정들이 남성들 사이에서 장려되기까지 한다는 게 놀라운 일이 아니다. 분노야말로 두려움과 고통을 차단하는 가장 효과적인 수단이기 때문이다. 분노는 가부장적 남성성과 연계된 이런 식의 공격적인 행동들을 일상적으로 일으키는 원인이 된다.

내가 이 지점에서 남성이 길들여지는 방식을 이야기하는 데에는 두 가지 이유가 있으며, 두 가지 모두 내가 개인적으로 갖고 있는 페미니즘적 편향을 반영한다. 나는 이 장을 읽는 남성들이 페미니즘을 통해 여성에 대해서뿐만 아니라 남성 자신에 대해서도 많은 것을 배울 수 있었으면 좋겠다. 그리고 남성 독자와 여성 독자 모두 우리가 남성에 관해 이야기한다고 생각할 때조차 실제로는 여성에 관해서도 말하는 것임을 알았으면 좋겠다. 왜냐하면 가부장제 아래서는 남성과 관련된 모든 것이 곧 여성에 관한 (대체로 부정적인) 것인 경우가 많기 때문이다.

앞의 두 단락에서 설명한 모든 행동, 곧 남성에게 금지된 행동들은 '여자 같은' 것으로 간주된다는 사실을 눈여겨볼 필요가 있다. 즉, 남성성의 위엄을 손상시키는 열등한 행동들이라는 것이다. 남성들, 심지어 어린 소년들조차 울기만 하면 '여자 같은 사내sissy' 소리를 듣는다. 여자 형제, 자매 등을 뜻하는 'sister'와 비슷하게 들리는 'sissy'는 '겁 많은' 또는 '여성적인'이란 뜻을 갖는데, 앞선 맥락을 따르자면 '겁 많은'과 '여성적인'은 동의어나 다름없다. 남성에게 말로써 가할 수 있는 가장 가혹한 공격 가운데 하나는 그 남성을 여성에 빗대는 것이다. 결국 가부장적 문화에서 '진정한' 남성이 되려면 여성적 자질들을 경멸해야 하는 셈이다. 미국 남성들에 한해서 말하자면 '여성적인' 행동 목록에는 동성애도 포함되는데, 미국인들의 고정관념에서 볼 때 남성 동성애자는 극도로 여성적인 남성이기 때문이다. 대단히 남성적인 남성 동성애자들을 얼마든지 찾아볼 수 있는데도 말이다. 이러한 현상은 결국 가부장제가 어떤 행동을 폄하하려고 하면 그 행동은 어김없이 여성적인 것으로 묘사된다는 것을 의미한다. 따라서 가부장적 이데올로기를 수용하지 않는 남자들은, 이를테면 남자들이 자연적으로 더 강한 근육을 갖춘 까닭에 선천적인 우월함을 부여받았다는 사실을 믿지 않는 남자들은 가부장적인 사람들에게 연약하고 남자답지 못하다는 비아냥거림을 듣게 된다. 마치 "진정한" 남자가 되는 유일한 길이 가부장적인 남자라는 듯이 말이다.

성이나 젠더와 상관없이 가부장적 젠더 역할이 남성과 여성 모두에게 끼치는 악영향을 단적으로 보여 주는 사례가 '신데렐라' 이야기다. 가부장제가 젊은 여성들에게 투사하는 상상의 산물인 신데렐라의 역할에 대해 페미니스트들은 오래전부터 그 역할의 유해성을 인식했다. 신데렐라 역할은 여성으로 하여금 가정 학대를 견디고, 자신을 구출해 줄 남성을 묵묵히 기다리며, 결혼이야말로 '올바른' 행실에 뒤따르는 가장 바람직한 보상이라 생각하도록 독려함으로써 여성성을 순종성과 같은 것으로 보게끔 하기 때문이다. 그런데 '백마 탄 왕자Prince Charming'의 역할도 해롭기는 마찬가지다. 이 역할이 남성은 정서적 욕구도 없이 끊임없이 베푸는 특급 부양자여야 한다는 믿음을 조장하기 때문이다. 말하자면, 남자들은 왕자를 본받아 돈 많은 구원자가 되어 "그 후로 계속" 여성을 행복하게 만들어야 할 막중한 책임을 져야 한다.

유감스럽게도 동화를 비판하는 페미니스트들의 견해는 과장된 유머를 즐기는 사회평론가들에게 비웃음거리가 되어 왔다. 평론가들에 주장에 따르면, 고전 동화들에 대한 정치적으로 올바른 해석이란 페미니스트들이 동화를 우스꽝스럽고 극단적인 방향으로 읽도록 독자를 유도하는 것을 말한다. 그러나 사실 동화들에 대한 페미니즘적 독법은 가부장제 이데올로기가 어떻게 가장 무해해 보이는 활동들에조차 영향을 미치는지를 예증하는 훌륭한 도구가 될 수 있다.

예컨대 《신데렐라》는 물론이고 《백설공주와 일곱 난쟁이》나 《잠자는 숲속의 미녀》 같은 널리 알려진 이야기들에 나타나는 유사성을 떠올려 보라. 세 이야기 모두 비참한 상황에 놓인 아름답고 상냥한 젊은 여성(낭만적 찬양에 걸맞은 여성이 되려면 아름답고 상냥하며 젊어야 하기에)을 용감한 젊은 남성이 구해 내고(여성 스스로 탈출할 수는 없기에), 그 후로 두 사람은 결혼하여 행복하게 살았다는 내용이다. 이러한 플롯이 암시하는 바는 올바른 남성과 결혼하는 것이야말로 행복을 보장받는 길이자, 생각이 바로 박힌 젊은 여성에게 주어지는 마땅한 보상이라는 것이다. 그리고 세 이야기 모두 주요 여성 등장인물들이 '착한 여자'(온화하고 순종적이며 순결하고 천사 같다)와 '나쁜 여자'(폭력적이고 공격적이며 행실이 좋지 못하고 사악하다)로 정형화되어 있다. 이러한 인물 묘사가 암시하는 바는, 전통적인 젠더 역할을 받아들이지 않는 여성에게는 오직 괴물 역할만이 주어진다는 것이다. 세 이야기에 각각 등장하는 사악한 여왕(《백설공주》)과 사악한 요정(《잠자는 숲속의 미녀》), 그리고 사악한 계모와 이복자매(《신데렐라》)는 모두 허영기 많고 옹졸하며 질투심이 강한 '나쁜 여자들'로서, 주인공 여성만큼 아름답지 못하기 때문에 쉽게 화를 낸다. 《잠자는 숲속의 미녀》에 나오는 사악한 요정은 왕실 잔치에 초대받지 못해 '나쁜 여자'가 되지만 말이다. 그러한 동기들이 말해 주는 것은, 여성은 사악할 때라도 시시한 문제에만 관심을 기울인다는 것이다. 《백설공주》와 《잠자는 숲속의 미녀》에서 젊은 여성은 곧 연인이 될 남자의 전능한 입맞춤(결국, 입맞춤이 생명을 구한 셈이다)으로 죽음과도 같았던 혼수상태에서 깨어난다. 이 같은 결말이 암시하는 바는 다음과 같다. 자신을 원하는 남성이 '깨워 줄 때' 비로소 성적으로 각성되는 젊은 여성이야말로 가부장제가 바라는 올바른 여성상이다. 이 이야기들을 더 깊게 분석하고 더 많은 이야기들도 분석해 볼 수 있겠지만, 이쯤에서 정리해 보자. 요컨대 핵심은, 전통적인 젠더 역할이 어떤 양상으로 곳곳에 만연해 있으며, 우리가 모르는 사이 그리고 동의하지 않았는데도 어떻게 우리를 길들이는지를 인식하는 데 있다.

앞에서 '착한 여자'와 '나쁜 여자'에 대해 언급했는데, 이 같은 개념화는 성차별적 이데올로기가 지속적으로 영향을 미치는 또 다른 방식이라는 점에서 더 주목할 필요가 있다. 앞에서 보았듯이, 가부장제 이데올로기가 여성에게 줄 수 있는 정체성은 단 두 가지뿐이다. 전통적 젠더 역할을 받아들이고 가부장적 규범들에 순종하면 '착한 여자'가 되며, 그렇지 않은 경우에는 '나쁜 여자'가 된다. '성모聖母'와 '창녀' 또는 '천사'와 '나쁜 년bitch'으로도 일컬어지는 이 두 가지 역할에서 여성은 오직 가부장적 질서와의 관련성으로만 평가된다. 물론 '착한 여자'와 '나쁜 여자'가 구체적으로 정의되는 방식은 여성들이 살아가는 시공간에 따라 다소 달라질 수 있다. 그러나 어느 쪽 역할이든 가부장적 남성들의 욕망이 투사된 것이라는 점에서, 역할을 정의하는 것은 가부장제라고 할 수 있다. 여기서 가부장적 남성들의 욕망이란 배우자와 어머니에 적합한 '가치 있는' 여성을 소유하려는 욕망, 여성의 성욕을 통제함으로써 자신의 성욕을 위협받지 않으려는 욕망, 모든 경제적 문제에서 자기가 지배하겠다는 욕망 같은 것들을 말한다. 오늘날 미국 여성 대다수는 적극적인 성적 활동을 결혼 후로 미룰 필요가 없다고 여기지만, 오늘날의 "착한 여자"는 그럼에도 연쇄적 일부일처주의자가 되라는, 그러니까 한 번에 연애를 하나만 하라는 압박에 더해 연애를 시작하고 나서는 장기간 지속해야 한다는 압박도 받는다. "여러 남자와 자고 다닌다"면 죄 많은 여성 취급을 받을 것이며, 똑같은 상황의 남자들보다 훨씬 더 비정상적이라는 평가를 받을 것이다.

"착한 여자"는 과거나 지금이나 떠받들어짐으로써 보상받는다. 19세기 빅토리아 시대 문화에서 널리 유포된 "진정한 여성다움 숭배"에 따르면, "진정한 여성"이란 경건하고 성적으로 순결하며, 순종적이고 가정과 가족의 영역에 전적으로 헌신하는 여성인데, 떠받들어지는 여성은 "집 안의 천사"로 부른다. "집 안의 천사는" 남편을 위해서는 안전한 안식처를 만들고 자녀들을 위해서는 도덕의 길잡이 역할을 담당한다. 그 덕분에 남편은 영적인 힘을 얻어 일터로 나가 다시 일상의 싸움을 재개할 수 있고, 아이들은 후에 어른이 되어 세상에 나가 전통적인 젠더 역할을 충실히 배울 수 있다. 신분 상승을 금과옥조로 여기는 미국문화에서 떠받들어지는 여성은 직장과 가정에서 마술 부리듯 절묘하게 성공을 일구어 낼 줄 아는 여성이다. 즉, 이 여성은 사무실 또는 공장의 조립공정에서는 물론이고 아침 식탁에서도 근사한 모습을 보이고, 일을 마치고 집에 가서 저녁을 차리고 청소하고 자녀들을 돌보고 잠자리에서 남편을 즐겁게 해도 결코 피로를 모른다. 다시 말해, 현대 여성들은 남자들이 독차지했던 직장에 들어가 일을 할 수 있게 되었어도 전통적인 젠더 역할은 없어지지 않았다. 여전히 가부장적 젠더 역할에 손발이 묶인 여성들이 많다는 뜻이다. 이들은 일터에 나가 일을 해야 할 의무에 더해 가정에서도 해야 일들이 산더미처럼 쌓여 있다.

마지막으로, 전통적인 젠더 역할은 일상적인 성차별주의를 부추기고 교차성intersectionality을 부정한다. **일상적 성차별주의**everyday sexism는 여성을 단지 여성이라는 이유로 일상적으로 괴롭히고 무시하는 다양한 방식의 차별을 말한다. 가령, 일상적 성차별주의는 남자들이 차를 타고 지나가면서 말로 여성을 공격할 때, 여성이 줄에 서 있을 때 몸을 툭 치고 지나가든가 부적절한 방식으로 여성의 몸을 만질 때, 직장 동료, 사장, 이웃이 여성에게 부적절한 방식으로 키스한다든가 등을 두드린다든가 몸을 더듬을 때, 의료인 또는 다른 전문직 종사자가 여성에게 낮춰 보듯이 말할 때, 식구들이 또는 손님이 여성이 집안일 하는 것을 당연하게 여길 때, 남자 친구, 약혼자, 남편이 일상적으로 관계에서 우위를 차지하려 할 때 발생한다. 이런 식의 접촉은 불안감을 자아내는데, 의도가 확실한지 모르거나(일부러 툭 치고 갔을까? 이 의사가 누구한테나 낮춰 보듯 말하는 건 아닐까?) 어떤 행동을 취해야 할지 모르기 때문이다. 사건을 신고하더라도 믿기 어렵다느니 민감한 거 아니냐느니 하는 말을 듣거나 보복을 당하기 십상이다. 전통적인 젠더 역할 탓에 여성은 자기를 의심하고 자기주장을 하는 것이 매력을 떨어뜨린다는 말을 듣는다(남자가 원하는 바에 어긋날 때는 특히 자주 그런 말을 듣는다). 그래서 여성은 행동을 취하기가 더욱 어렵다. 스트레스가 쌓여 가면서 우울증, 낮은 자존감, 불안, 장애, 식이장애, 약물남용 등을 비롯한 여러 가지 건강 문제가 생겨난다.[4]

교차성intersectionality은 다음 '다문화주의 페미니즘' 항목에서 상세하게 논의할 텐데, 여성의 성이 다른 문화적 요인들, 가령 인종, 민족, 사회경제적 계급, 종교, 성적 취향, 젠더 정체성,[5] 장애, 연령, 교육 경험, 출신국가 또는 지역 등과 교차(또는 상호 연결)하면서 여성들을 억압하는 여러 양상을 일컫는다. 이를테면, 미국 유색인종 여성이 당하는 특정한 종류의 억압은 인

---

[4] 일상적 성차별주의는 로라 베이츠의 저작을 참고하여 만든 용어로 이와 비슷한 개념 정의는 내가 쓴 책 *Using Critical Theory: How to Read and Write about Literature*에서 처음 등장한다. 심화 논의를 보려면, Bates를 참조할 것.

[5] **젠더 정체성**은 태어날 때 갖게 되는 겉으로 드러난 생물학적 성(남성, 여성, 간성intersex)과 일치하거나 일치하지 않을 수 있는 젠더(남성성, 여성성, 둘 다, 또는 둘 다 아닌 경우)에 대한 내적 인식을 말한다.

종, 민족, 성별에 따른 억압뿐만 아니라 아프리카계 미국 여성, 원주민 미국 여성, 아시아계 미국 여성, 라틴계 미국 여성, 멕시코계 미국 여성, 아랍계 미국 여성이라는 지위에 따른 억압을 초래한다.[6] 교차성을 잘 알아야 가부장적 문화에서 나타나는 여성 경험에 대해 유의미한 통찰을 얻을 수 있다. 그러나 전통적인 젠더 역할은 생물학적 성별만을 기준으로 단 하나의 범주로 모든 여성을 묶어 버린다. 그렇게 함으로써 교차성의 작동 방식을 은폐할 뿐만 아니라 여성의 범주가 마치 백인, 중상류층, 유대-기독교주의, 이성애주의, 시스젠더,[7] 비장애인, 그리고 선진국에 사는 젊은 또는 중년 여성만을 포함하는 것처럼 취급한다. 이처럼 전통적인 젠더 역할은 수백만 여성의 경험을 지워 버린다.

가부장제를 넘어서

여성들이 괄목할 만한 성과를 이룩한 것은 사실이지만, 전통적인 젠더

---

6   라틴엑스Latinx, 시칸엑스Chicanx 중 일부는 백인이라고 주장하지만, 일반적으로 다른 미국인들은 그들을 백인으로 인식하지 않는다(Vargas). 따라서 그들도 미국 유색인종들과 같은 종류의 차별을 당한다. 이와 비슷하게, 미국인구조사국은 아랍계 미국인을 백인으로 분류하지만, 그들 중 일부는 중동계 또는 북아프리카계 미국인이라는 명칭을 선호한다(Azim). 자기를 어떻게 인종적으로 정의하든 아랍계 미국인들은 다른 미국 유색인종과 똑같은 종류의 차별을 당한다. 라틴엑스(복수형 Latinx 또는 Latinxs)는 라티노 또는 라티나와는 반대로 젠더 중립적이고 비이분법적인 용어(개인의 성별이나 젠더 정체성에 근거하지 않는 용어)로, 라틴아메리카 출신 또는 혈통을 지칭하는 용어이다. 멕시코는 중앙아메리카, 남미, 로맨스 제어諸語를 사용하는 카리브해 섬들과 함께 라틴아메리카의 일부이지만, 많은 멕시코계 미국인들은 치카노, 치카나 또는 치칸엑스(복수형 Chicanxs)—가끔 치카노 또는 치카나 대신 사용되는 젠더 중립적이고 비이분법적인 용어—를 선호한다. 물론 개인의 호칭은 개별적 취향에 따라 달라질 수 있다.
7   시스젠더cisgender는 태어났을 때 가진 생물학적 성이 젠더 정체성과 일치하는 사람을 지칭하는 용어다. 가령 시스젠더 여성은 젠더 정체성이 여성인 생물학적 여성이다.

역할은 아직도 그 세가 꺾이지 않았다. 그래서인지 가부장적 이데올로기는 우리의 생각·감정·행동에 여전히 광범위한 영향력을 행사하고 있다. 가부장적 이데올로기가 이렇게 광범위하다는 사실은 페미니즘 이론에 몇 가지 문제를 던진다. 가령, 가부장적 이데올로기가 정체성과 경험에 그토록 강한 영향을 끼친다면, 어떻게 이를 극복할 것인가? 우리의 사유 양식과 언어가 가부장적이라면, 어떻게 다르게 생각하고 다르게 말할 수 있을까? 짧게 말해, 어떻게 비가부장적일 수 있을까?

페미니스트들은 가부장제의 길들이기를 극복하는 과제를 오랫동안 고민하면서 여러 가지 다양한 해결책을 제시해 왔다. 이를테면 가부장제 이데올로기의 명백한 함정에 대처하는 한 가지 방법은, 어떤 이데올로기도 항상 모든 사람을 완전히 길들이지는 못한다는 점에서 가능성을 찾는 것이다. 모든 이데올로기에는 자기모순적이고 비논리적인 지점이 있어서, 해당 이데올로기의 작동 양상을 이해하면 그 영향력을 떨어뜨릴 수 있다. 1792년에 《여권의 옹호Vindication of the Rights of Woman》를 쓴 메리 울스턴크래프트가 그렇게 가부장제 이데올로기에 저항했고, 1929년 《자기만의 방A Room of One's Own》을 쓴 버지니아 울프Virginia Woolf와 1949년에 《제2의 성Le deuxième sexe》을 쓴 시몬 드 보부아르Simone de Beauvoir 역시 그렇게 저항했으며, 오늘날의 페미니즘 이론가들도 그렇게 계속 저항하고 있다.

가부장제 이데올로기의 바깥으로 나오는 방법을 이론화하기 어려운 까닭은, 아마도 그 이데올로기에 깊이 물들어 있는 우리의 처지를 양자택일의 극한 상황으로 생각하기 때문인 것 같다. 즉, 우리가 가부장제를 극복하지 않으면 가부장제에 완전히 길들여질 것이 분명하다는 식으로 말이다. 내 생각에는 가부장제 이데올로기와 우리의 관계를 역동적인 상황으로 바라보는 것이 더욱 효과적이다. 즉, 가부장제가 우리 삶을 좌지우지하는 모든 방식을 항상 인식할 수는 없다 할지라도, 우리는 그 다양한 방식들을 이해하고 거기에 맞서 끊임없이 저항하고 분투해야 한다. 개인이든 집단으로 뭉치든, 우리는 앞으로 나아갈 것이다. 어떤 쪽에서는 정체하거나 퇴보하더라도 다른 쪽에서는 진전을 이루어 낼 것이다. 그러나 가부장제를 이해하고 그에 맞서 저항하고자 한다면, 우리는 할 수 있는 한 언제 어디서든 계속 앞으로 나아가야 한다.

대다수 페미니즘 이론가와 문학비평가들은 가부장적 길들임에 저항하는 과정에 수반되는 어려움들을 고려하여 정신분석학이나 마르크스주의 같은 그 자체로 가부장적인 방법론들을 활용할 때는 각별하게 유의해야 한다고 생각한다. 그러한 방법론들은 가부장제 이데올로기의 여러 요소들을 담고 있으므로 가부장적이라고 간주된다. 예를 들어, 프로이트는 남성의 경험을 기준으로 설정하고 그것과 대립되는 것으로서 여성의 경험을 미루어 판단했기 때문에, 여성은 이른바 '남근선망'으로 괴로워할 뿐 아니라 그 결핍을 보상받고자 큰아들을 '남근의 대체물'로 보는 경향이 있다고 믿었다. 마르크스의 경우에는 경제적 동력이 남성과 여성 모두의 삶을 결정하는 양상을 통찰했음에도, 같은 경제적 계급 안에서 여성이 어떻게 남성에게 억압받아 왔는지는 깨닫지 못했다.

그럼에도 페미니스트들 대부분은 다른 비평이론들과 더불어 정신분석학과 마르크스주의 이론의 여러 요소들을 활용하는데, 왜냐하면 여성의 경험과 관련된 문제들을 탐구하는 데 두 이론의 요소들이 유용하다는 것을 알기 때문이다. 이를테면 정신분석학은 여성과 남성이 가부장제 이데올로기를 내면화하는 이유와 양상을 살펴보도록 함으로써, 가부장제 이데올로기가 미치는 심리적 영향을 이해하는 데 유익하게 사용될 수 있다. 마르크스주의는 하층계급으로서 여성에 대한 경제적·정치적·사회적 억압을 지속시키기 위해 가부장적인 법과 관습이 어떻게 경제를 조종해 왔는지를 이해하는 데 도움이 된다.

　한편, 구조주의의 원리들은 다양한 문화에 걸쳐 여성이 억압받는 양상들에 나타나는 근본적인 유사성뿐 아니라, 그러한 여성들의 경험과 생산물에서 발견되는 근본적인 유사성을 연구하는 데도 쓰일 수 있다. 해체론은 어떤 문학작품, 영화, 텔레비전 프로그램, 광고 등이 가부장제 이데올로기를 비판하면서도 다른 한편으로 그것을 은밀히 강화하는 방식을 발견하는 데 사용될 수 있는데, 이러한 작업은 해체론이 미국에 소개되기 전부터 이미 미국의 몇몇 페미니즘 문학비평가들이 사용한 방법이다.

　더욱이, 이 책 8장에서 논의할 해체론은 다른 방식으로 페미니스트에게 유용하다. 이를테면, 무엇보다도 어느 때에 우리의 사고가 그릇된 대립 관계에 기반을 두고 이루어지는지를 이해할 수 있다. 여기서 말하는 그릇된 대립 관계란 두 가지 개념이나 성질, 범주가 마치 사랑/미움 또는 선/악 등과 같이 양극단으로 대립한다는 믿음을 바탕으로 상정되는 것이다. 실제로는 그렇지 않음에도 말이다. 그러므로 해체론은 페미니스트들에게도 유익한데, 해체론을 통해 가부장제 이데올로기가 어떻게 그릇된 대립 관계를 토대로 작동하는지를 인식할 수 있기 때문이다. 가령 선천적으로 남성이 합리적이고 여성은 감정적이라는 성차별적 믿음을 반박할 때, 페미니스트는 여성이 남성보다 더 감정적인 성향을 갖도록 길들여져 왔다거나 두 가지 범주 모두 양쪽 젠더에 동등하게 작용한다고 주장하는 것 이상의 무언가를 이야기할 필요가 있다. 이때 해체론의 원리를 가져온다면, 합리적인 것과 감정적인 것을 그처럼 상반되는 범주로 분리하는 것이 오류라고 주장할 수 있다. 우리의 합리적 이성이 어떤 특정한 철학적 관점이나 이론 체계에 동의했을 때, 의식적으로든 무의식적으로든 그에 대해 우리의 감정이 어떤지도 중요하게 작용하지 않을까? 삶에서 합리적인 것과 감정적인 것은 대개 함께 작동하지 않을까?

　내가 보기에 페미니즘의 강점은 다른 이론적 개념을 자유롭게 빌려 오고, 급변하는 요구에 맞춰 신속히 그 개념을 적용한다는 점이다. 이것이 내가 페미니즘 이론만큼은 진부해질 리가 없다고 믿는 한 가지 이유다. 페미니즘 이론은 끊임없이 다른 분야의 새로운 개념들을 수용함으로써 오래된 개념들을 갱신시키는 방법들을 찾아낸다. 이는 페미니즘이 학제적interdisciplinary 이론, 곧 겉보기에는 서로 다른 사유의 흐름들 속에서 연계와 접속을 이끌어 내는 데 유용한 이론으로서 인식될 수 있는 이유이기도 하다. 이 책에서 언급되는 모든 이론이 서로 다양한 방식으로 겹쳐질 수 있지만, 페미니즘만큼 그 사실을 인정하고 또 활용함으로써 이론적 탐구의 지평을 넓히고 깊이를 더하는 이론은 많지 않다.

물론 '어떻게 우리의 사고방식을 지배하는 이데올로기를 넘어설 수 있을 것인가'라는 질문은 독창성을 내세우는 이론이라면 반드시 부딪히는 문제이다. 이 말은 곧 이러한 물음이 모든 이론에 해당된다는 뜻이다. 직접적으로 이 물음을 제기하는 이론은 많지 않겠지만 말이다. 사실 페미니즘 사상가들이 계속 개입하는 해결 불가능한 이론적 난제들 가운데 상당수는 다른 이론들에서도 풀리지 않은 문제들이다. 각 영역에서 활동하는 이론가들은 그 점을 인정하지 않거나, 선행 연구자들이 이미 해결한 문제라고 여길 뿐이다. 이를테면 우리의 사고방식을 지배하는 이데올로기 바깥으로 나아갈 가능성(또는 불가능성)의 문제는 각자의 **주체성**subjectivity과 관련된 문제이다. 주체성이란 자기만의 자아이자 자신과 타인을 보는 방식으로서, 그 사람 나름의 개별적인 경험에서 자라난다. 세상을 어떻게 해석할 것인지는 각자의 주체성이 결정하는 것이다. 그러나 만약 주체성이 어떤 식으로 그렇게 결정하는지를 전체적으로 인식하지 못한다면, 인간 경험에 대한 성찰 또는 그 문제에 관한 다른 모든 것이 단지 저마다의 주체성을 표현한 것일 뿐임을 도대체 어떻게 알 수 있겠는가?

앞으로 보게 되겠지만, 해체론과 신역사주의 말고는 이 문제를 직접적으로 다루는 이론이 없다. 페미니즘은 해체론 및 신역사주의와 마찬가지로 모든 지각과 해석 행위란 어쩔 수 없이 주관적subjective이라고 본다. 우리가 현재 보고 있는 것을 설명한다고 할 때, 우리는 우리가 설명한 그 그림 바깥으로 나갈 수 없다. 우리가 보는 것은 우리 존재의 산물이기 때문이다. 젠더, 정치, 종교, 인종, 사회경제적 계급, 성적 지향sexual orientation, 교육, 가정 환경, 문제, 강점, 약점, 이론 체계 등등이 우리가 누구인지를 말해 준다. '나는 객관적이다'라는 주장은 가부장제가 남성들에게 독려하는 바이기도 하다. 하지만 그것은 단지 우리가 얼마나 객관적이지 못한지를 스스로 가리는 눈속임일 뿐이다.

페미니즘의 관점에서 보면, 우리가 텍스트나 다른 무언가를 해석할 때 우리 자신의 주체성을 다루는 방법은 그것을 피하지 않고 오히려 어떻게 해서든 인식하고자 노력함으로써 주체성을 최대한 우리의 해석 범위 안에 포함시키는 것이다. 그러면 다른 사람들이 우리의 시각을 평가하면서 그 부분을 고려 대상으로 삼을 수 있다. 알아차렸을지 모르겠지만, 내가 특히 이 장에서 나 자신의 경험과 편견들을 미리 밝히는 게 좋겠다고 생각한 것도 이 같은 이유에서다. 나는 영문학 박사학위를 소지한 나이 들어가는 미국의 백인 여성이자 이성애자이고 중산층에 속하며, 문제가 없진 않지만 애정이 깃든 가족과 함께한다. 이와 같은 경험들은 내가 페미니즘을 이해하는 데 영향을 끼칠 수밖에 없으며, 이 장 말미에서 《위대한 개츠비》를 페미니즘의 시각에 따라 읽는 경우에도 마찬가지로 작용한다. 나는 어쩔 수 없이 여타의 이론가들이나 문학비평가들과는 다른 방식으로 사물을 보게 될 것이며, 이처럼 다르게 읽는 방식들 가운데서 상당수는 아마 앞에서 열거한 개인적인 경험들의 차이로써 설명될 수 있을 것이다. 독자들은 나에 대한 약간의 정보들을 바탕으로 내 관점이 어떻게 형성되는지를 조망할 수 있는 망루에 자리 잡길 바란다. 내 관점이란, 다름 아닌 내가 서 있는 자리에서 바라보는 것이다.

프랑스 페미니스트들은 가부장제를 넘어서는 또 다른 전략들을 제시해 왔다. 미국의 페미니즘과 마찬가지로 프랑스의 페미니즘 또한 다양한 관점들로 이루어져 있다. 여성에 대한 동등한 기회 및 사법 접근권 보장을 쟁취하는 사회적·정치적 행동의 중요성을 믿는다는 점에서 프랑스의 페미니즘은 미국의 페미니즘과 비슷하다. 그러나 이 장에서 우리는 프랑스 페미니즘을 독립된 범주로 설정하고 간략하게 살펴볼 것이다. 프랑스 페미니스트들은 영미권의 페미니스트들에 비해 여성의 문제를 철학적 차원에서 조명하려는 성향이 강했다. 물론 시간이 지나면서 영미권 페미니즘에서도 프랑스 페미니즘 이론의 영향력이 커져 가는 게 보이기는 하지만 말이다.

일반적으로 프랑스 페미니즘은 **유물론적 페미니즘**materialist feminism와 **정신분석학적 페미니즘**psychoanalytic feminism이라는 두 가지 형식을 중심으로 전개되었다. 유물론적 페미니즘이 여성에 대한 사회적·경제적 억압에 관심을 갖는다면, 정신분석학적 페미니즘은 여성의 심리적 경험에 주목한다. 이 같은 두 가지 접근법은 가부장제 문화 속 여성의 경험을 분석하는 과정에서 크게 대비되는 경우가 많지만, 프랑스 페미니스트들은 여성의 사회적·경제적 경험과 심리적 경험이 서로 연결되는 방식에도 주의를 기울인다. 그러나 여기서는 유물론적 페미니즘과 정신분석학적 페미니즘을 분리해서 다룬다. 각각의 핵심 내용을 명료하게 파악한다면 두 가지 접근법이 어떻게 서로 대립하는 만큼이나 도움을 주고받는지도 쉽게 이해할 수 있을 것이다.

프랑스의 유물론적 페미니즘은 사회가 여성을 억압하는 데 동원되는 물질적(신체적)·경제적 조건, 그리고 그 조건을 지배하는 가부장적 전통과 제도들을 검토한다. 예를 들어, 남성과 여성의 차이에 대한 가부장적 신념, 결혼과 모성motherhood을 관리하는 법과 관행 등이 검토 대상이 된다. 시몬

드 보부아르는 스스로를 유물론적 페미니스트라고 명명하지는 않았지만, 그녀의 획기적 저서 《제2의 성》(1949)은 이후 수십 년간 유물론적 페미니스트들의 이론적 토대가 되었다. 보부아르에 따르면, 가부장제 사회에서는 남성이 본질적 주체(자유의지를 지닌 독립된 자아)로 여겨지는 데 반해 여성은 부수적 존재(환경의 지배를 받는 의존적 존재)로 간주된다. 남성은 세계에 영향을 미치고 변화를 일으키고 의미를 부여하지만, 여성은 오직 남성과의 관계 속에서만 의미를 갖게 된다는 것이다. 그러므로 여성은 남성과 다르다는 측면에서 규정될 뿐 아니라, 남성보다 부족하다는 측면에서 규정되기도 한다. 그런 점에서 볼 때, 여성이라는 말은 타자other라는 말과 같은 함의를 갖는다고 할 수 있다. 여성은 자기만의 권리를 지닌 존재가 아니다. 여성은 남성의 타자다. 여성은 남성보다 못하고, 남성의 세계에서 살아가는 일종의 이방인이며, 남성만큼 충분히 발달되지 못한 존재다.

보부아르는 먼저, 여성은 처음부터 여성적으로 태어나는 것이 아니라 가부장제 아래에서 여성적인 존재가 되도록 길들여진다고 주장한다. 저 유명한 "여성은 태어나는 것이 아니라 만들어지는 것"(Moi 92에서 재인용)이라는 문장은 이런 함의를 담고 있다. 이는 우리가 앞서 살펴본 바 있는 이른바 '사회적 구성주의'에 속하는 관점이다. 보부아르에 따르면, 여성은 가부장제가 상정하는 것과는 달리 모성 본능을 타고나지 않는다. 본능이란 같은 종에 속한 구성원 모두가 자연적인 생물학적 구성의 일부로서 갖는 것일 텐데, 여성이 모두 아이를 낳고 싶어 하거나 어머니가 된다는 사실을 편하게 받아들이는 것은 아니므로 모성을 본능으로 볼 수는 없다는 것이다. 그러나 가부장제 안에서 여성이 아이를 갖지 않으면 여성으로서 소임을 다하지 못한다는 소리를 듣게 되며, 모성을 필요로 하는 가부장제의 엄청난 압박에 시달린다. 애초에 가부장제의 사회적 조건화 바깥에서 여성을 바라보는 것이 불가능한데, '여성'이 '선천적으로' 어떤 존재인지 정말로 어떻게 알 수 있는가?

보부아르는 여성들이 가부장제의 바람대로 남편과 자녀들에게서 삶의 의미를 찾는 데 만족해서는 안 된다고 주장한다. 제니퍼 한센Jennifer Hansen에 따르면, "보부아르는 결혼이 … 여성의 지적 성장과 자유 획득을 옥죄고 방해한다고 강하게 믿었다."[2] 여성이 남편과 자녀들의 성취에 너무 많은 것을 쏟아부으면, 이 세계에서 자신만이 갖는 잠재력을 실현케 하는 자유를 피하려 들게 된다는 것이다. 개인의 책임을 요구하면서도 성공은 고사하고 행복조차 보장해 주지 않는 것이 바로 자유이기 때문에, 여성은 자유가 두려워 종종 피해 가려고 한다. "여성이란 존재가 결코 본질이 될 수 없는 비본질적인 〔존재인〕 것처럼 보인다면, 그것은 여성 자신이 이러한 변화를 가져오는 데 실패하기 때문일 것이다."[10]

여성이 자신의 예속 상태를 인식하는 일이 왜 이렇게 어려울까? 인식조차 쉽지 않으니, 이를 개선하고자 무언가 시도하는 일은 더욱 기대하기 어렵다. 보부아르는 억압받는 다른 집단들, 예컨대 억압받는 계급이나 인종적·종교적 소수자들과 달리, 여성에게는 서로 공유할 수 있는 문화와 전통 또는 억압에 대한 역사적 기록이 남아 있지 않다고 지적한다. 이런 점에서 여성은 그동안 역사에서 다루어질 만한 주제로서 고려되지 않았으며, 그렇기 때문에 역사에서 '빠져' 왔다. 더 나아가, 보부아르는 다음과 같이 주장한다.

여성들에게는 … 자신들을 하나의 단위로 조직할 수 있는 구체적인 수단이 부족하다. … 여성들은 〔집단적 차원에서 기록한〕 자신들만의 고유한 과거도 … 종교도 없다. … 여성들은 주거, 가사, 경제적 조건, 사회적 신분 등을 통해 아버지나 남편과 같은 특정한 남성에게 얽매인 채로 남성들 사이에 흩어져 살고 있으며, 그러한 얽매임은 다른 여성들과의 관계보다 더욱 공고하다. [11]

바꾸어 말하면, 여성은 언제나 자신과 계급, 인종, 종교가 상이한 다른 여성이 아니라 자신과 사회적 계급, 인종, 종교가 같은 남성에게 전념한다. 사실, 같은 계급, 인종, 종교 안에서도 여성은 여성 대신 남성에게 전념한다.

보부아르의 영향을 받은 이론가들 가운데 한 사람인 크리스틴 델피Christine Delphy는 마르크스주의의 원리를 바탕으로 가부장제를 비판한다. 1970년대 초반에 **유물론적 페미니즘**이라는 용어를 만들어 낸 장본인이기도 한 델피는, 가족을 분석 대상으로 삼고 가족이 지니는 경제단위로서의 성격에 주목한다. 델피에 따르면, 사회 전체적으로 볼 때 하층계급이 상층계급에게 억압당하는 것처럼, 가족 안에서 여성은 하위에 속하는 존재다.

자신이 속한 사회경제적 계급과는 무관하게 여성으로서 겪는 억압으로 말미암아 여성은 가족 안에서 별개의 억압받는 계급을 구성하게 된다. 델피가 보기에, 결혼은 여성을 무보수 가사노동에 옭아매는 노동계약이다. 이때 무보수 가사노동이란 흔히 '집안일'이라는 이름으로 폄하되며, 마땅히 진지하게 분석되어야 할 독자적인 주제나 문제로서의 중요성을 인정받지 못한다. 델피는 이 같은 상황의 함의를 이해하는 것이 여성에 대한 억압을 이해하는 데 핵심이 된다고 주장한다.

동시대의 〔모든〕 '발달된' 사회는 … 가사와 양육에 대한 여성의 무급 노동에 의존하고 있다. 이 노동은 어느 개인(남편)과의 특정한 관계라는 테두리 안에서 제공된다. 여성의 무급 노동은 교환의 영역에서 배제되며〔즉, 이러한 노동은 사람들이 집 밖으로 나가 돈을 벌기 위해 하는 일들과 같은 선상에서 다루어지지 않는다〕, 결과적으로 아무런 가치도 갖지 못하게 된다. 여성은 노동에 대한 보수를 받지 못한다. 여성이 노동의 대가로 무엇을 받든지 간에, 그것은 여성이 수행한 노동과는 무관하다. 그 대가는 노동과 교환한 것(즉, 노동에 대해 정당하게 지불되어야 할 임금)이 아니라 오히려 선물처럼 주어지기 때문이다. 확실히 자신의 이익에는 충실한 남편에게 주어진 유일한 의무는 아내의 기본적 욕구를 충족시켜 주는 것인데, 이는 바꾸어 말하면 그녀가 노동력을 계속 유지할 수 있도록 만드는 것이다. (60)

더 나아가, 델피는 여성의 가사노동이 무보수로 이루어지는 이유를 이렇게 주장한다. 그것은 가사노동이 집 밖에서 남성들이 행하는 노동보다 시간이 덜 들고 덜 힘들거나 중요하지 않아서가 아니라, 가부장제가 여성을 일하지 않는 사람으로 규정하고 집 안에서의 역할에 한정시키기 때문이다. 그리고 일하지 않는 사람은 당연히 보수를 기대해서는 안 된다는 것이다. 그런데 델피는 다음과 같은 아이러니한 사실에 주목한다. "모든 인류학적·사회학적 증거들이 밝히고 있는 것은, 지배계급이 그들이 지배하는 다른 계급들로 하여금 생산적인 노동을 담당하게 한다는 것과, 우위에 있는 성별을 가진 사람들이 더 적게 일한다는 것이다."(61) 가부장제에서 여성은 남성이 원치 않는 가사노동을 담당하며, 그 노동시간은 24시간 내내 지속된다. 정리하자면, 여성의 가사노동은 정당한 보수가 주어지는 진정한 노동으로 인정되지 않음에도 여성은 남성보다 오래 일한다. 그러므로 섹슈얼리티나 젠더와 관련한 문제를 이해하려면, 먼저 남성과 여성 사이의 모든 관계가 권력에 기반한다는 것을 이해해야 한다. 즉, 가부장적 남성은 모든 권력을 유지하길 바라고, 가부장제에 반대하는 여성은 권력이 동등하게 분배되기를 바란다는 점에 주목해야 한다. 델피가 보기에 이는 지나친 주장이 아니다. 직장에 나가는 아내들이 점점 많아지고 있음에도 가사노동과 양육의 상당 부분은 여전히 여성의 책임으로 남아 있는 상황이기에 더욱 그렇다. 델피의 분석은 오늘날 미국 여성의 삶에 특히 유의미하게 다가온다.

프랑스의 유물론적 페미니즘과 관련하여 마지막으로 소개할 인물은 콜레트 기요맹Colette Guillaumin이다. 기요맹에 따르면, 남성은 노동인구의 구성원이라거나 의사결정자라거나 하는 식으로 어떤 자리에서 저마다 갖는 사회적 가치에 따라서, 즉 그들이 하는 일이라는 측면에서 주로 규정되고 명명된다. 반면에 여성은 성별이라는 측면에서 주로 규정되고 명명된다. 이 점은 기요맹이 연이틀(48시간)에 걸쳐 수집한 다음과 같은 구절들을 보면 잘 알 수 있다. "몇몇 사안에 관한 자신들의 견해를 전달하고자 모인 어떤 집단"이 "회사의 대표이사 한 명, 선반 기술자 한 명, 카지노 딜러 한 명, 여성 한 명"으로 구성되어 있었다고 한다.[73] 그런가 하면 어느 세계적 지도자는 자신이 반대하는 압제 정권에 대해 이야기하면서 "그들은 수천 명의 노동자, 학생, 여성을 살해했다"[73]고 말했다. 사회 안에서 수행하는 기능만 놓고 보자면, "여성적인female 인간 존재는 … 주로, 근본적으로 여성women"[73]인 것이다. 기요맹의 주장에 따르면, 이는 여성이 주로, 그리고 근본적으로 소유물임을 뜻한다. 예컨대 여성이라는 소유물은 결혼을 통해 '교환'되거나 '인도된다'(그 과정이 어떻게 진행되는지는 여성이 속한 문화에 달렸다).

여성에 대한 억압을 보면 여성이 소유물로서 기능하는 양상을 확인할 수 있는데, 기요맹은 그러한 억압의 주요 형식이 바로 전유appropriation라고 주장한다. 주지하다시피 여성은 노동시장과 가정에서 합당한 보수를 받지 못하며 착취당하는 경우가 다반사인데, 기요맹에 따르면 여성에 대한 이 같은 전유는 여기에만 국한되지 않는다. 기요맹의 표현대로, 여성은 "육체에 대한 직접적인 전유"[74]를 통해서도 억압당하기 때문이다. "육체에 대한 직접적인 전유"란 "여성을 물질적 대상의 상태로 환원"[74]시키는 것을 뜻하며, 기요맹은 이와 같은 전유를 노예 및 농노제도에 비유한다. 기요맹이 **섹사주**sexage라고 명명한 육체에 대한 전유는 네 가지 주요 형식으로 나타난다. 그 네 가지란 여성의 시간에 대한 전유, 여성의 육체에서 나온 생산물에 대한 전유, 여성에게 부과되는 성적 의무, 가족 내 건강한 남성뿐 아니라 혼자 힘으로 지내기 어려운 다른 가족구성원을 돌볼 의무다.

기요맹이 관찰한 이 네 가지 섹사주, 곧 전유 형식을 하나씩 간단하게 살펴보자. ① 여성의 시간에 대한 전유는 혼인 전 계약이 단적인 사례일 텐데, 혼인 전 계약은 아내가 일해야 하는 시간에 한계를 정해 두지 않으며, 일을 안 해도 되는 휴일을 따로 명시하지도 않는다(사실, 이는 가족 내 다른 여성, 이를테면 딸이나 숙모나 고모, 할머니에게도 해당된다). ② 여성의 육체에서 나온 생산물의 전유에 대해 말하자면, 어떤 문화권에서는 여성의 머리카락이나 심지어 모유 같은 것을 가족 내 남성 구성원이 나가서 팔기도 한다. 또한 부부가 낳는 자녀의 수는 남성 쪽에서 결정하며, 자녀는 여전히 남편의 법적 소유물로 인정된다. ③ 여성에게 부과되는 성적 의무는 남성을 위한 것으로서 결혼과 성매매 양쪽에서 발생한다. 기요맹이 보기에, 결혼과 성매매의 기본적인 차이는 성매매의 경우 시간제한이 있고, 특별히 원하는 행위에 대해서는 따로 비용을 지불해야 한다는 것 정도다. ④ 가족 내 남성 및 기타 도움이 필요한 다른 구성원, 예컨대 아기, 어린이, 노인, 환자 등을 돌볼 의무는 간혹 유급 노동자(대체로 여성)의 몫이 되기도 하지만, 거의 대부분은 가족 내 여성이 무보수로 수행한다. 어떤 문화권에서는 수녀와 같은 여성 종교직 종사자가 역시 무보수로 일하기도 한다. 이상의 네 가지 전유 형식이 총체적으로 작동하면서 여성은 독립성과 자율성, 개성에 대한 감각을 빼앗기고 만다. 기요맹의 간단명료한 표현을 옮기자면, 여성은 남성들이 하기 싫어하는 "그러한 일들을 떠맡는 사회적 도구"[79]인 것이다.

유물론적 페미니즘과 달리, 프랑스의 정신분석학적 페미니즘은 가부장제가 여성의 심리적 경험과 창의성에 어떤 영향을 미치는지에 관심을 갖는다. 이와 관련하여 정신분석학적 페미니즘이 주목하는 부분은 집단적 경험이 아닌 개개인의 정신이다. 여성에 대한 억압은 경제적·정치적·사회적 영역에서의 억압에 그치지 않고, 무의식의 수준에서 일어나는 심리적 억압으로까지 이어진다는 것이 그 이유다. 따라서 여성의 물적 해방에 필요한 지속적인 토대를 어떤 식으로든 구축하려면 바로 이 지점, 즉 여성 개개인의 심리 작용 속에서 여성 스스로 자신을 해방시키는 법을 배워야 한다. 여성 스스로 해방될 필요성을 느끼지 못하면, 여성은 어떤 유의미한 방식으로도 해방될 수 없기 때문이다. 많은 정신분석학적 페미니스트들은, 전부는 아닐지라도 여성 대부분에게 존재하는 심리적 예속이 일어나는 현장 안에서 여성의 정신 해방 가능성을 탐색해야 한다고 본다. 그 현장이 바로 언어이다. 성적 **차이(성차)**sexual difference(가부장제가 상정하는 여성과 남성 사이의 본질적 또는 선천적 차이)라는 유해한 가부장적 개념이 정의된 현장도, 그 개념이 영향력을 행사하며 여성에 대한 억압적 영향력을 행사하는 현장도 언어 내부이기 때문이다.

예를 들어, 엘렌 식수Hélène Cixous는 언어가 이른바 가부장제의 이항대립적 사고를 드러낸다고 주장한다. 가부장제의 이항대립적 사고란 완전히 상반되는 두 가지 항을 통해 세계를 인식하되, 한쪽 항을 다른 쪽 항보다 우월한 것으로 간주하는 사고방식이다. 이러한 위계적 이항대립으로는 머리/가슴, 아버지/어머니, 문화/자연, 이해할 수 있음/만질 수 있음(정신으로 이해할 수 있음/몸으로 느낄 수 있음), 해/달, 능동/수동 등이 있다. 이런 식의 대립 관계가 우리의 사고방식을 조직하는 것을 두고 식수는 다음과 같이 묻는다. "[여성은] 어디에 있는가?"[91] 다시 말해, 여성은 대립 쌍에서 어느 쪽에 위치하며, 이는 여성의 어떤 면을 나타내게끔 되어 있는가? 가부장적 사고에 따라 판단하면, 확실히 여성은 열거한 대립 쌍들에서 오른쪽에 위치한다. 오른쪽에 위치한 가슴, 어머니, 자연, 만질 수 있음, 달, 수동 등은 가부장제에서 열등한 것으로 여겨지는 성질이나 대상이다. 반면에 왼쪽에 위치한 머리, 아버지, 문화, 이해할 수 있음, 해, 능동 등은 가부장제에서 우월한 것으로 여겨지는 성질이나 대상이며, 남성의 특징은 이를 바탕으로 규정된다고 볼 수 있다. 식수는 "성적 차이의 문제는 전통적으로 능동/수동의 대립과 결부시켜 다룬다"[92]는 점에 주목한다. 즉, 가부장적 사고에 따르면, 남성은 태어날 때부터 능동적인 데 반해 여성은 태어날 때부터 수동적이며, 그런 식의 차이가 정상이라는 것이다. 따라서 수동적이지 않은 여성은 진짜 여성이 아닌 셈이다. 더 나아가면, 여성은 처음부터 남성에 순종적이며 그렇기 때문에 남성은 타고난 지도자라는 식의 결론이 자연스럽게 나온다.

식수는 여성이 가부장제 권력구조의 일부가 된다고 해서, 그러니까 현재의 가부장적 사회 안에서 남성과 동등한 위치와 기회를 획득한다고 해서 가부장적 사고에 저항할 수 있게 되는 것은 아니라고 본다. 기존의 사회정치 체제 안에서 권력을 획득하는 것만으로는 체제 자체를 충분히 변화시킬 수 없기 때문이다. 실제로 그런 방법으로 체제 안에 자리를 잡은 여성은 오히려 가부장적 남성과 더욱 비슷해질 수도 있는데, 왜냐하면 가부장적 사고를 갖도록 훈련받은 남성처럼 사고하는 법을 배워야 그 위치를 유지할 수 있기 때문이다. 식수는 여성은 생명의 원천으로서 여성 자신이 힘의 원천, 에너지의 원천이라고 주장한다. 이때 강조하는 것이 새로운 여성적 언어의 필요성이다. 여성적 언어는 여성을 억압하고 침묵에 빠뜨리는 가부장제의 이항대립적 사고의 기반을 약화시키거나 무너뜨리는 언어다. 식수는 이런 종류의 언어가 이른바 **여성적 글쓰기**écriture féminine를 통해 가장 잘 드러날 수 있다고 믿는다. 여성적 글쓰기는 자유로운 연상에 따라 유동적으로 구성된다. 여성적 글쓰기는 미리 정해진 '올바른' 구성법, 합리적인 논리 규칙(인지 경험에 관한 협소한 정의에 근거하여 다양한 종류의 감정적·직관적 경험을 불신하는, '머릿속'에만 머무는 논리), 선형 추론linear reasoning(x 다음에는 y가, y 다음에는 z가 온다는 식의 추론) 등을 요구하기 마련인 가부장적 사고 방식과 글쓰기 양식에 저항한다.

여성들은 어머니와 오랜 유대 관계를 맺은 것은 물론 힘과 에너지의 근원과 오랜 유대 관계를 맺어 온 까닭에 여성적 글쓰기에 관한 한 특권적 위치를 누려 왔지만, 남성이라도 어린 시절에 경험한 어머니와의 유대를 되살릴 수 있다면 여성적 글쓰기가 가능하다. 이와 관련하여 식수는 여성적 글쓰기를 선보인 작가로 프랑스의 마르그리트 뒤라스Marguerite Duras와 콜레트Colette, 브라질의 클라리시 리스펙토르Clarice Lispector 같은 여성 작가뿐 아니라, 장 주네Jean Genet 같은 남성 작가도 함께 거명한다. 내 생각에는 토니 모리슨의 《빌러비드Beloved》, 버지니아 울프의 《댈러웨이 부인Mrs. Dalloway》, 제임스 조이스James Joyce의 《피네건의 경야Finnegan's Wake》, 윌리엄 포크너William Faulkner의 《압살롬 압살롬!Absalom, Absalom!》 등의 작품도 여성적 글쓰기의 사례로 읽어 볼 수 있을 것 같다. 식수는 이런 종류의 글쓰기가 여성의 몸에서 솟구치는 구속받지 않는 기쁨의 활력에 저절로 연결된다고 본다. 그 활력은 앞서 식수가 여성의 삶의 원천으로서 강조한 것이기도 하다. 그렇다면 글쓰기는 해방을 구현하는 어떤 실천이 될 수 있을 것이다. 가부장적 사고를 버린다는 것이 어쩌면 유토피아적으로 보일지도 모르지만, 토릴 모이Toril Moi의 말을 빌리자면, "유토피아적 사고는 언제나 페미니스트들에게 영감의 원천이 되어 왔다."(121)

비슷한 맥락에서 뤼스 이리가레Luce Irigaray는 가부장적 문화 속에서 여성들이 경험하는 예속의 대부분은 언어라는 매개를 통해 구현되는 심리적 억압의 형태로 나타난다는 점에 주목한다. 다시 말해, 여성들은 가부장적 언어가 사실상 모든 의미를 결정하는 세계 속에서 살아간다. 그런 까닭에 여성은 자기도 모르게 자기 생각의 능동적 창시자로서 말하지 못하고, 이미 누군가가 말했던 생각을 수동적으로 모방하는 데 그친다. 가부장적 사고로 점철된 서구의 사상사[8]를 고려하면 이는 그리 놀라운 일이 아닐지도

---

[8] 이러한 맥락에서, **서구**라는 단어는 지리적 장소가 아니라 서양 공통의 유럽적 유산을 바탕으로 한 사회적·경제적·문화적 요인들을 지칭한다. 그렇기 때문에 남아메리카는 서반구에 위치

모른다. 이리가레가 지적했듯이, 서구 철학자들에게 여성은 그저 자신들의 남성성을 비추는 거울에 불과했기 때문이다. 그러니까 남성들은 자기들의 욕구와 두려움, 욕망이라는 관점에서 여성성을 정의해 왔다는 이야기다.

이리가레의 프로이트 논의를 예로 들어 보자. 이리가레는 프로이트의 이론에서 유용한 점들을 찾아내고 심지어 획기적인 면모를 발견하기도 한다. 그런데 이리가레가 주목하는 것은 프로이트의 가설, 특히 여성은 자신이 거세당했다고 생각하며 남근선망으로 괴로워한다는 가설이다. 이리가레가 보기에, 이 같은 프로이트의 가설은 남성의 거세공포를 여성에게 투사하는 것이다. 그러한 시각이 전제로 삼는 명제는 분명하다. '여성이 원하는 것은 남성이 원하는 것과 똑같다. 그러므로 여성은 자기만의 독자적인 감정이나 욕망을 갖지 않는다.' 이리가레가 볼 때, 가부장제에 포박된 여성들에게 주어지는 선택지는 두 가지뿐이다. 하나는 침묵을 지키는 것(여성이 무언가 말하려 해도 그것이 가부장제의 논리에 들어맞지 않는 경우에는 이해 가능한 것, 의미 있는 것으로서 받아들여지지 않는다)이고, 다른 하나는 가부장제가 원하는 여성의 표상을 모방하는 것(성적 차이에 관한 가부장적 정의定義, 곧 남성의 우월성을 전면에 내세우는 정의에 근거하여 주어진 열등한 역할을 수행하는 것)이다. 그러나 두 가지 모두 진정한 선택이 될 수 없음은 자명하다.

이리가레에 따르면, 가부장적 권력은 많은 이론가들이 **남성 응시(시선)**the male gaze라고 부르는 것에서도 두드러지게 나타난다. 간단히 말해, 남성 응시란 남성이 보는 주체가 되고 여성은 보이는 대상으로서 놓이는 양상이다. 볼 수 있는 사람은 곧 통제할 수 있는 자로서, 사물을 명명하는 권력과 세계를 설명하고 통치할 수 있는 권력을 소유한다. 반면 보이는 사람, 즉 여

하더라도 서구로 간주되지 않는다. 반면, 스위스, 노르웨이, 스웨덴은 동반구에 위치하지만 서구 국가로 간주된다.

성은 한낱 보이기 위한 대상으로만 남는다. 결국 가부장제하의 여성은 남성 경제 안에서 거래되는 교환권, 표시물, 상품일 뿐이다. 바꾸어 말하면, 여성은 남성들 사이의 관계를 보여 주는 기능을 한다. 아주 간단한 예를 들어 보자. 다른 사람들에게 강한 인상을 남기려면 아름다운 여성을 끌어안고 있어야 한다고 생각하는 가부장적 남성은, 사실 다른 사람들에게 강한 인상을 남기는 데는 관심이 없다. 그는 단지 다른 '남성들'에게 강한 인상을 남기는 데만 관심이 있을 뿐이다. 쉽게 말해, 가부장제는 남성의 세계다. 남성이 게임의 규칙을 만들고, 남성들 사이에서만 게임이 치러진다. 여성은 게임이 끝나면 남성에게 주어질 포상들 틈바구니에서나 찾아볼 수 있다.

이리가레는 가부장제 너머로 나아가려면 가부장제 안에서 여성을 길들이는 데 쓰이는 매개 수단을 똑같이 활용해야 한다고 주장한다. 그 매개 수단이란 역시 언어다. 이 점은 식수의 논의와 일맥상통하는 부분이라고 할 수 있다. 이리가레에 따르면, 가부장적이지 않은 사고방식과 발화 양식을 발전시키는 데는 여성들만의 공동체가 필요하다. 그러한 매개가 되는 여성의 언어를 이리가레는 '**여성 말하기**parler-femme(womanspeak)'라고 명명하며, 그 원천을 여성의 몸에서 발견한다. 특히 성적 쾌락과 관련된 여성과 남성의 차이에 주목하는데, 그 이유는 여성의 성적 쾌락이 "더욱 다양하고 저마다 그 차이가 다채로우며, 흔히 상상하는 것보다 더욱 복잡하고 미묘"[28]하기 때문이다. 마찬가지로 '여성 말하기' 또한 그 의미가 가부장적 언어보다 한층 다채롭고 복합적이며, 동시에 난해하고 미묘하다. 여성이 감히 자기만의 방식으로 말할 때,

'그녀'는 '그'〔가부장적 남성〕가 어떠한 일관된 의미도 파악할 수 없도록 내버려둔 채, 사방으로 흩어진다. 그녀의 언어는 모순되는 말들로 이루어져 있고, 이성의 관점에서 보면 약간 미친 것 같기도 하다. 기존의 틀로 그 말을 들으려

는 사람이면 누구든지 그 말이 들리지 않는다. 더없이 정교한 규칙에 맞추어 그 말을 들으려는 사람이면 누구든지 그 말들이 들리지 않는다. (29)

그런데 일부 페미니스트들에 따르면, '여성 말하기'에 대한 이리가레의 정의는 논란의 여지가 크다. 다른 무엇보다도 이 주장이 여성을 비논리적이라거나 심지어 비이성적이라고 보는 가부장적 고정관념을 강화하는 것처럼 보일 수 있기 때문이다. 내가 볼 때, '여성 말하기'는 생산적인 방식으로 이해하는 것이 좋을 듯하다. 즉, 이리가레는 여성의 말이 일관성이 없다고 이야기하는 것이 아니다. 가부장적 인간들, 특히 선형적·주제지향적 언어처럼 가부장적 논리 규칙에 순응하는 언어에만 의미를 부여하도록 길들여진 가부장적 인간들에게는 그렇게 보일 수 있다는 말이다.

한편, 또 다른 프랑스의 정신분석학적 페미니스트인 쥘리아 크리스테바 Julia Kristeva는 식수나 이리가레와 달리 여성적 글쓰기 또는 '여성 말하기'를 신뢰하지 않는다. 어떤 이론이든 여성을 **본질화**essentialize하게 되면(본질화란 어떤 특징을 본질적인 것, 곧 타고난 생물학적 속성으로서 상정하는 것을 뜻한다) 여성의 무한한 다양성을 제대로 포착하지 못할 뿐 아니라, 태생적으로 순종적이라거나 누가 봐도 감정적이라거나 하는 식으로 여성을 규정하는 가부장적 본질화 앞에서 취약해질 수밖에 없기 때문이다. 크리스테바는 **여성적인 것**the feminine의 의미가 세상에 존재하는 수많은 여성의 숫자만큼 다양한 까닭에 여성적인 것을 정의하는 것은 불가능하다고 본다. 하지만 그럼에도 우리는 여성적인 것이 갖는 여성성femininity에 대해 이해할 수 있다. 크리스테바에 따르면, 노동계급이 주변화되고 억압받는 것과 마찬가지로 여성성 역시 주변화되고 억압받기 때문이다.

남성성과 여성성이 가부장제가 부과하는 사회적 차이라면, 여태까지 많은 페미니스트들은 여자women를 여성female으로, 남자men를 남성male으로 만드는 것은 생물학적 차이라는 주장에 대해서는 대체로 수긍하는 편이었다. 그런데, 크리스테바는 이 생물학적 차이도 사회적 차이로 보았다. 그것이 현실 세계를 사는 여성에게 실제적인 영향을 끼친다고 보았기 때문이다. 크리스테바의 말을 인용하자면, "〔여성과 남성의〕 성적 · 생리적 · 생식적 차이는 사회적 계약 … 상의 차이를 반영한다."(〈여성의 시간Woman's Time〉 188) 그러니까 여성의 생물학적 속성을 갖고 태어나는 사람은 남성의 생물학적 속성을 갖고 태어나는 사람에 비해 더 낮은 사회적 위치와 더 적은 권리를 부여받게 된다는 말이다. 특히 자기 몸을 성적으로 소유하고 통제할 권리는 더욱 제한적이다. 자기가 가질 수 있는 성관계의 종류와 빈도, 그리고 낙태와 피임의 권리라는 측면에서 보면 이 점은 명확하다. 결국 문제는 생물학적 차이가 어떻게 정의되어야 하느냐가 아니다. 문제의 핵심은, 오히려 생물학적 차이가 어떤 의미를 갖든지 간에, 거기에 수반되는 사회적(가부장적) 의미에 의해 생물학적 차이의 의미가 즉각 소비되고 은폐되고 급기야는 사회적 의미로 완전히 대체된다는 점이다. 다시 말해, 여성을 억압하는 것은 성적 차이에 주어진 사회적 의미인 것이다. 그래서 크리스테바는 영미권의 페미니스트들과 달리 성sex과 젠더gender를 구별하지 않는다. 이 점은 앞서 소개한 유물론적 페미니스트들을 포함한 대부분의 프랑스 페미니스트들도 마찬가지다. 성(여성female)과 젠더(여성적인feminine)를 대하는 방식을 규정하고 통제하는 가부장제가 성과 젠더를 같은 것으로 취급하기 때문이다. 실제로 프랑스어에는 영어의 '젠더'에 해당하는 단어가 없다.

크리스테바는 가부장적 억압을 극복하는 방법으로 여성적 글쓰기나 '여성 말하기' 같은 개념들을 받아들이지 않고, 그 대신 기호계the semiotic라고 직접 명명한 언어적 차원을 제시한다. 여성이든 남성이든 기호계(문화적 기호체계를 분석하는 학문 분야인 기호학semiotics과 혼동해서는 안 된다)에 접근하는 방법을 모색할 때 가부장적 언어와 사고를 넘어설 수 있는 가능성도 얻게 된다는 것이다. 크리스테바에 따르면, 언어는 두 가지 차원으로 이루어져 있다. 상징계the symbolic와 기호계가 그것이다. 상징계적 차원은 말들이 의미를 만들어 내며 작동하는 영역이다. 반면에 기호계적 차원은 우리가 말하는 순간에 나타나는 것들, 그러니까 우리의 감정 및 신체적 충동(예컨대 성적 충동, 생존 충동 등)을 드러내는 억양(소리, 어조, 음량, 그리고 적절한 단어는 아니지만 음악성) 또는 리듬, 몸짓 등과 같은 요소들로 이루어진 언어의 일부분이다. 그렇다면 기호계는 우리가 말하는 방식들, 이를테면 말하는 순간에 몸과 목소리를 통해 감정을 전하는 방식 같은 것들로 이루어져 있다고도 볼 수 있다. "예를 들어 과학적 담론은 … 기호계의 구성 요소들을 가능한 한 덜어 내려는 경향이 있다. 반대로 … 시적 언어〔에서는〕 … 기호계가 우세해지는 경우가 많다."《언어의 욕망Desire in Language》134) 크리스테바가 이 점에 주목하는 것은 어찌 보면 당연하다.

실제로 기호계는 유아가 언어를 습득하기 전에 사용할 수 있는 최초의 '발화 양식'(음성 또는 몸의 움직임)이다. 유아는 이 같은 발화 양식을 몸짓과 리듬을 비롯한 기타 비언어적 소통 형식을 접하면서 배우게 되는데, 이 소통 형식들은 어머니의 몸과 관련되어 있다. 말하자면 우리는 언어의 기호계적 측면을 통해, 인지능력과 언어능력을 갖게 되기 전에 경험했던 것들, 즉 본능적 충동 및 어머니와의 최초의 결합과 무의식적으로나마 지속적으로 접촉할 수 있다. 이때 주목할 만한 것은 본능적 충동과 어머니와의 최초의 결합 모두 언어의 세계에 진입하면서 억압된다는 점이다. 그러한 억압이 발생하는 이유는, 언어가 가부장제의 영토이며, 가부장제는 의미 형성의 영역, 곧 언어의 상징계적 차원을 통제하기 때문이다. 그러나 기호계는 가부장제가 길들일 수 있는 영역 너머에 존재하는 까닭에, 가부장제가 어떤 억압을 가하더라도 기호계를 완벽히 장악하지 못한다. 물론 크리스테바는 우리가 유아기의 기호계적 차원으로 돌아갈 수 있다거나 돌아가야 한다고 주장하는 것이 아니다. 다만, 우리는 예술이나 문학과 같은 창조적 수단에 기대어 기호계가 거주하는 무의식의 일부에 접근할 수 있고, 또 접근해야 한다는 것이다. 예술이나 문학 같은 전달 도구는 언어에 대한 새로운 이해를 가능케 함으로써, 여성과 남성의 사고방식 모두를 옥죄는 가부장제를 극복하는 새 방법을 알려 준다는 것이다.

프랑스 페미니즘에 관한 장을 마치기 전에 중요한 문제 한 가지만 언급하고 넘어가자. 어쩌면 여러분이 이미 간파한 문제일지도 모르겠다. 보통 프랑스 페미니즘이라고 하면, 프랑스의 정신분석학적 페미니즘과 관련된 문제들을 떠올린다. 프랑스의 유물론적 페미니즘은 쉽게 연상되지 않는다. 이는 유물론적 페미니즘이 시몬 드 보부아르의 작업 정도를 제외하고는 미국의 주류 학계에서 정신분석학적 페미니즘만큼 관심을 받지 못했기 때문이다. 이런 불균형이 초래된 데는 분명 여러 이유가 있겠지만, 확실한 한 가지 이유는 미국 학계, 그중에서도 비평이론의 보급에 가장 크게 영향을 미친 학자들이 상대적으로 추상적 이론화 작업에 익숙했다는 사실에서 찾을 수 있다. 그러한 성향 때문에 역시 추상적 이론화의 면모가 엿보이는 프랑스의 정신분석학적 페미니즘을 더 친숙하게 받아들일 수 있었다. 그러나 정신분석학적 페미니즘의 추상화 경향에는 두 가지 단점이 있다. ① 정신분석학적 페미니즘 자체가 초심자들이 이해하기에 너무 어려워져서 현재 비평이론 분야를 틀어쥐고 있는 학계의 교수, 이론가, 문학비평가 등이 계속 자기 자리를 유지하는 수단이 되고 만다. ② 프랑스 페미니즘을 쉽사리 조소와 묵살의 대상으로 전락시켜 버린다. 이는 미국 출신 주요 이론가들의 저작 대부분이 추상적이라는 사실을 생각하면 아이러니하다. 하지만 프랑스 페미니즘을 무시하거나 일축하려는 욕망은 오래도록 미국 학계 전반에 남아 있었다. 이는 비非페미니스트들뿐 아니라 일부 페미니스트들에게도 해당된다.

사실, 프랑스의 정신분석학적 페미니즘 가운데 상당수는 그 어려운 내용을 이해할 만큼 충분히 교육받은 사람들을 주요 독자로 상정하는 것 같다. 정신분석학적 페미니즘이 그렇게 된 이유는, 논의의 상당 부분이 해체론으로 불리는 해석 방법론을 주창한 자크 데리다와 프로이트 정신분석학의 논리를 바탕으로 해석론을 제시한 자크 라캉이라는 두 명의 프랑스 사상가를 활용하거나 확장하거나 그들과 논쟁하기 때문이다. (내가 보기에 라캉을 읽어 무언가를 얻으려면 구조주의와 해체론을 둘 다 알아야 한다. 필요하면 2장에서 다룬 라캉 정신분석학과 7, 8장에서 각각 논의할 구조주의와 해체론을 참고할 수 있다.) 데리다와 라캉은 처음 접하는 독자가 이해하기에는 너무 어렵다.

나머지 프랑스 페미니즘 관련 저작들 역시 정신분석학적 페미니즘만큼 추상적이지는 않더라도, 미국의 문학 전공자들에게는 여전히 낯설게 느껴질 철학적 전통에 기대는 경우가 많다. 그러니 주저하지 말고 일단 직접 읽어 보길 바란다. 프랑스 페미니스트들이 철학적 성향을 강하게 드러낼지언정 독자를 쫓아 버리려고 들진 않을 것이다. 그들이 활용하면서도 때로는 의견을 달리하는 철학자들과 마찬가지로, 프랑스 페미니스트들은 단지 새롭게 토대를 다지고 전에 없던 사유의 장을 펼칠 뿐이다. 새로운 사고방식을 배우는 것은, 어렵지만 그만큼 가치 있는 작업이다.

다문화 페미니즘

용어가 암시하듯, 다문화 페미니즘은 관점의 다중성을 강조하기 위해 '다문화 페미니즘들'이라고 부르기도 하는데, 다양한 문화적 배경을 가진 여성들의 경험에 주목한다. 경제적 특권을 가진 주류 백인 페미니스트들은 그동안 미국 페미니즘 운동에서 지도적 위치를 차지해 왔는데, 다문화 페미니즘은 그들에게 소외된 여성들의 경험에 특히 주목한다. 사실 다문화 페미니즘이 미국 여성운동의 핵심이 된 것은 이 소외된 여성들의 노력 덕분이다. 이를테면, 전 세계 다양한 인종과 민족을 망라한 아프리카계 여성, 라티나, 치카나, 미국 원주민 여성, 아시아계 여성,[9] 아랍계 여성, 레즈비언, 트랜스젠더 여성[10] 등이 그들이다.

물론 주류 페미니즘도 마침내 소외된 여성들의 절실한 요구를 인정하기 시작했다. 그러나 앞으로 살펴보겠지만 그에 대한 반응은 여전히 미흡한 실정이다. 사실, 다문화 페미니즘은 **백인 페미니즘**이라는 용어를 사용하여 배타적 관행들이 여전히 상존하고 있음을 지적한다. 여기서 배타적 관행이란, 소외된 여성과 연관된 문제들을 다루지 못하는 경우, 교차성을 무시하는 경우, 주류 페미니즘 내에서 백인 특권이 작동하고 있음을 인정하지 않으려는 경우, 주류 페미니즘 운동에서 백인 여성들이 지도적 지위에 쉽게 오르게 되고, 따라서 백인들의 페미니즘 활동이 매체에서 지나치게 크게 다루어지는 반면 소외된 여성들의 활동은 제대로 조명되지 못하는 경우 등을 지칭한다. 특히, 미국 페미니즘 운동에서 지도적 위치를 차지했던, 경제적 특권을 가진 백인 주류층 페미니스트들에게 소외된 여성들의 경험에 주목한다.

---

[9] 퓨 리서치 센터는 미국 인구조사국의 2020년 인구조사 데이터를 바탕으로 아시아계 미국인이 중국, 대만, 인도, 필리핀, 베트남, 한국, 일본, 파키스탄, 태국, 캄보디아, 라오스, 방글라데시, 네팔, 미얀마, 인도네시아, 스리랑카, 말레이시아, 몽골, 부탄, 오키나와 등 여러 국가 출신이거나 그 후손이라고 보고했다(Budiman and Ruiz). 2000년 이전 인구조사에서는 '아시아계'와 '태평양 섬 주민'을 같은 범주에 포함시켰다(Kambhampaty). 물론 일부 아프가니스탄계 미국인처럼, 여기에 실리지 않은 국가 출신 사람들도 자신을 아시아계 미국인으로 인식할 수 있다.

[10] 트랜스젠더 여성은 그 젠더 정체성(여성)이 출생 시 부여된 생물학적 성별(남성)과 일치하지 않는 경우이다. 즉, 트랜스젠더 여성은 출생 시 그 신체를 남성으로 인식하게 만든 생물학적 요인과 관계없이 자신을 여성으로 인식한다. 트랜스젠더라는 사실은 성적 지향과는 아무런 관련이 없다.

다문화 페미니스트들의 가장 큰 업적은, 교차성이 여성 경험을 이해하는 데 핵심적이라는 인식을 널리 확산시킨 것이다. 그 가운데 아프리카계 페미니스트들의 업적이 큰 몫을 차지한다. 앞서 제시한 용어 설명을 상기하자면, 교차성은 킴베를레 크렌쇼Kimberlé Crenshaw[11]가 처음 만든 용어로, 여성의 성이 인종, 민족, 사회경제적 계급, 종교, 성적 지향, 젠더 정체성, 장애, 연령, 교육 경험, 출신국가 또는 지역과 교차 또는 상호 연결되면서 여성들이 다양한 방식으로 억압받는 양상들을 지칭한다. 모든 여성이 가부장적 억압을 당한다고 볼 수 있지만, 억압의 형태는 교차성에 따라 여성마다 다르다.

가부장제가 나라마다 다르게 작동한다는 것은 대부분이 아는 이야기다. 미국의 가부장제는 가령 인도, 이란, 나이지리아, 엘살바도르의 가부장제와 상당히 다르다. 교육, 연봉이 높은 직장, 의료혜택과 같은 필수 자원에 대한 여성의 접근권에도 차이가 있지만, 일상적 성차별이나 신체적 학대도 여성마다 다르다. 이를테면 서구권 국가에 사는 여성들은 가고 싶은 곳에 마음대로 갈 수 있지만, 나이지리아 작가 키마만다 은고지 아디치Chimamanda Ngozi Adichie에 따르면 나이지리아에서는 최대 도시 라고스에서도 여성 "혼자서는 괜찮은 클럽이나 바에 갈 수 없고 남성과 동행해야 한다." 호텔 로비에 여자 혼자 들어가면 호텔 종업원은 그녀를 "성 노동자"로 간주한다. "나이지리아 여성이 혼자 방 값을 지불하는 투숙객일 리가 없다"는 건 당연한

---

[11] 이 용어를 사용하지는 않았지만 교차성을 공식적으로 처음 밝힌 사례는 1977년 흑인 페미니스트 집단이 발표한 콤바히 리버 집단 성명서에서 찾을 수 있다. "현재 우리의 정치적 입장을 대변하는 것은 다음과 같은 진술일 것이다. 즉, 우리는 인종, 성, 이성애, 계급 억압에 맞서 적극적으로 투쟁할 뿐만 아니라 주요한 억압적 체제가 서로 연동되어 있다는 사실에 기초한 통합적 분석 및 실천의 개발을 우리의 특별한 과제로 간주한다. 이러한 여러 억압들의 종합이 바로 우리 삶의 조건을 만들어 낸 요인들이다."(성명서 전문은 Combahee River Collective에서 확인할 수 있다.)

거 아니냐고 말한다.(19-20) 신체적 학대와 관련하여 서구권 국가에 사는 여성들도 아직 살인을 비롯하여 엄청난 가정폭력에 시달리지만, 세계에서 가장 높은 여성 살해율을 기록하는 엘살바도르에 비할 바는 아니다. 이곳에서는 여성 또는 여아들이 단지 여자라는 이유로 고의적으로 살해당한다. 그래서 엘살바도르 정부는 2012년 "자살을 빙자한 여성 살해"(여성 또는 여아를 학대하여 자살에 이르게 하는 범죄)를 법적으로 금지하는 법을 통과시켜야 했다. 여성 폭력을 억제하려는 필사적인 노력인 것이다.(Nugent, n.p.)

더욱이, 같은 나라에서도 문화적 차이가 있어서 가부장제에 대한 여성의 경험은 저마다 다르다. 가령, 미키 켄달Mikki Kendall은 미국의 주류 페미니즘이 소외 여성과 결부된 문제를 제대로 다루지 못하고 있음을 설득력 있게 지적하면서 다음과 같은 말한다. "소외된 여성들이 직면한 문제들이 더욱 심해지고 있는데도, 가장 기본적인 생식 욕구를 넘어 식량 불안정, 교육, 의료혜택을 페미니즘 문제로 거론하는 경우는 드물다."(1) 덧붙여 켄달에 따르면, 저렴하고 살 만한 주거 공간이 감소하고 총기 폭력의 위협은 커져만 가는데(이 두 가지는 소외 여성을 위험에 빠뜨리는 압도적인 문제 요소다), 이에 대해서 주류 페미니즘은 외면하고 있는 실정이다.

이를 교차성의 관점에서 말하자면, 가난한 백인 여성의 성차별 경험은 계급차별의 경험과 불가분의 관계다. 가난한 유색인종 여성에게 성차별 경험은 계급차별과 인종차별의 경험과 불가분의 관계다. 이에 대해서 미국의 주류 페미니즘은 지속적으로 간과하고 있다. 로레인 베델Lorraine Bethel이 말하듯이, 성과 인종의 교차를 이해하는 것은 미국 흑인 여성들의 삶을 이해하는 데 너무나 중요하다. 그래서 이는 아프리카계 페미니즘 비평의 근간을 이루게 되었다.

흑인 페미니즘 문학비평은 인종차별적·성적 억압의 한가운데서 문화적 정체성이 깃든 문학을 빚어내고자 하는 작가들이 공통으로 겪는 사회적·미학적 문제들을 체계적으로 인식하려는 시도다. 흑인 페미니즘 문학비평이 정치적 분석을 수반하는 까닭에, 우리는 흑인 여성들이 유형에 상관없이 예술적·문학적 전통을 확립하는 가운데 창조해 낸 놀라운 성과들을 파악하고 감상할 수 있을 뿐 아니라 그 특징과 감수성도 이해할 수 있다. 이를 이해하려면, 흑인의 피부색과 여성의 신체 모두를 향한 극렬한 증오로 가득한 상태가 일상화된 사회에서 이 예술가들이 날마다 직면해야 했던 억압을 인식해야 한다. 바로 그 인식을 발전시키고 유지해 나가는 것이 흑인 페미니즘의 기본 원리다. (178)

미국의 사법제도에서 교차성을 도외시한 악명 높은 사례를 하나 들자면, 드그레펜리드 대 제너럴 모터스 소송을 들 수 있다. 이 소송에서 5명의 아프리카계 미국 여성은 연공서열제도가 흑인 여성에 대한 차별을 담고 있다며 제너럴 모터스를 고소했다. 이 여성들은 흑인 여성이 일상적으로 채용 차별, 승진 차별의 대상이 되는 것은 물론, 연공서열을 근거로 해고할 때 가장 먼저 해고당한다고 주장했다. 법원은 이 소송을 기각했다. 아프리카계 미국인들과 여성들도 다른 사람들과 똑같이 연공서열제도의 혜택을 받고 있다고 판단했기 때문이다. 킴베를레 크렌쇼는, 담당 판사가 회사의 연공서열제도의 혜택을 입은 아프리카계 미국인들이 알고 보면 아프리카계 남성이라는 사실, 혜택을 입은 여성들은 알고 보면 백인 여성이라는 사실을 간과하고 있다고 지적했다. 다시 말해, 흑인 여성이라는 법적 분류가 없으므로 원고는 법률적으로 존재하지 않는다. 따라서 법률 소송 자체를 제기하는 것이 불가능하다.[12]

---

[12] 드그레펜리드 대 제너럴 모터스에 대한 크렌쇼의 설명에 대해서는 Crenshaw, "Demarginalizing the Intersection of Race and Sex"를 참조할 것.

흑인 여성의 경험을 지우는 것이 얼마나 오랜 관행이었는지 알고자 한다면, 앞서 논의한 "참된 여성"이라는 19세기의 이상적 이미지를 상기하면 된다. 기억하겠지만, "참된 여성"이란 종교적으로 경건하고 성적으로 순결하며, 순종적이고 가정에 헌신적인 여성이다. 이러한 이상적 이미지는 오늘날의 가부장적 사고에 여전히 영향력을 행사하는 흑인 여성과 인종을 불문한 모든 가난한 여성들을 배제한다.

흑인 여성과 가난한 여성들은 생존을 위해 집 밖으로 나가 일하지 않을 수 없었고, 그래서 일터에서 강간이나 성적 착취를 당할 위험도 컸다. 기혼이든 미혼이든 19세기 흑인 여성들 가운데 생존을 위해 집 밖에서 일하는 비율은 압도적인 다수를 차지한다. 가부장제는 잔혹하고 비논리적이다. 집 밖에서 일하는 여성은 여성답지 못하고 따라서 착취로부터 보호받을 가치가 없는 존재로 낙인찍힌다. 여성이 집 밖에 나가 일을 할 정도로 강하다면 자기방어 정도는 할 줄 알 것이다. 그리고 어쨌거나 그런 여성은 성적으로 문란하리라는 시선을 받곤 했다. 이러한 고정관념은 백인과 흑인을 막론하고 남성과 여성들 사이에서 널리 공유되었다. 그러니 흑인 여성은 이중구속double bind에 속박당해 있었던 셈이다. 흑인 여성은 마땅히 도움을 요청하고 의지할 수 있어야 하는 백인 여성과의 젠더 연대도, 흑인 남성과의 인종적 연대도 기대할 수 없었다.

불행히도 이 같은 고정관념과 딜레마는 오늘날까지도 끈질기게 지속되고 있다. 인종차별적 사고방식은 여전히 뿌리가 깊어 아직도 흑인 여성들은 강하고(이를테면 흑인 여성의 자기주장은 위협적으로 여겨진다) 성적으로 문란하다고 여겨진다. 이중구속도 여전하다. 주류 백인 페미니즘은 그동안 인종 때문에 흑인 여성을 도외시하는 경향을 보이면서도, 흑인 여성은 인종차별주의보다 성차별주의로 더욱 고통받는다고 주장하며 이들에게 인종차별 문제보다 젠더 문제를 더 우선시하라고 권했다. 흑인 남성 공동체 역시 흑인 여성을 젠더 때문에 도외시하는 경향을 보이면서도, 흑인 여성은 성차별주의보다 인종차별주의로 더욱 고통받는다고 주장하면서 젠더 문제보다 인종차별 문제에 더 관심을 가지라고 종용했다. 이러한 이중구속 문제가 얼마나 심각한 갈등을 일으키는지, 일부 흑인 여성들은 페미니즘이 흑인 공동체의 분열을 가져오는 원인이 된다고 느끼기도 한다.

그래서 어떤 사람들은 페미니즘을 아예 포기하거나, 페미니즘을 흑인 공동체의 다른 관심사들과 조화시킬 수 있는 방법들을 찾아 나선다. 한 예로, 앨리스 워커Alice Walker는 자신을 '우머니스트womanist'라고 부른다.[xi] 자신은 남성과 여성 모두를 막론하고 모든 흑인들의 생존과 통합을 위해, 대화 및 공동체의식의 고취를 위해, 그리고 여성 및 여성이 수행하는 온갖 종류의 일들에 대한 정당한 평가를 위해 복무하기 때문이라는 것이다. 비슷한 맥락에서 캐럴린 디나드Carolyn Denard도 다음과 같은 점에 주목한다. 아프리카계 미국인 여성들은 "민족적 문화 페미니즘ethnic cultural feminism이라고 불리는 것을 옹호"[172]하는 경우가 많은데, 민족적 문화 페미니즘은 "여성 일반의 문제보다는 자기 민족 집단 내 여성들의 특정한 문화적 가치들을 더 중시"[172]한다. 토니 모리슨의 소설을 바탕으로 민족적 문화 페미니즘을 설명하는 디나드에 따르면, 민족적 문화 페미니즘은 유색인 여성들에 대한 성차별주의의 악영향이 그들이 속한 공동체 안팎에 걸쳐 심각하다는 사실을 인정하고 "그와 같은 억압을 받아 왔음에도, 그리고 많은 경우, 그런 억압을 받아 왔기 때문에 흑인 여성들이 발전시킬 수 있었던 독특한 여성 문화의 가치를 찬양"하지만, "흑인 여성들을 자기 민족 집단과 멀어지도록 만드는 정치적 페미니즘[을] … 그러한 억압에 대한 해결책으로 옹호하지는 않는다."[172]

치카나, 라티나, 미국 원주민 여성, 아시아계 미국 여성, 아랍계 미국 여성들도 주류 백인 페미니즘과 각각의 인종적·민족적 공동체가 부과하는 서로 다른 요구(여기에는 남성중심적 시민권운동 요구도 포함된다)에 이중구속된다. 모든 유색인종 여성은 백인 가부장적 문화의 압박은 물론, 공동체 내부에 만연한 가부장제의 압력과 싸워야 한다. 설상가상으로 페미니즘을 자기 정체성으로 삼는 여성들은 멸시까지 받아야 한다. 그리고 모든 유색인종 여성은 성과 인종 또는 민족이 교차하는 지점에서, 레즈비언과 트랜스젠더 여성들의 경우 성이 성적 지향 또는 젠더 정체성과 교차하는 지점에서 신체적·정서적·경제적 행복을 위협받는다. 아이다 우르타도Aída Hurtado가 말하듯이, "가부장제는 문화적으로 구체적인 방식으로 나타나"(Intersectional Chicana Feminisms, 18)며 따라서 문화적으로 구체적인 방식으로 이해되어야 한다.

몇 가지 유의미한 사례를 들자면, 치카나 및 라티나 시민들은 시민권에 대한 사람들의 잘못된 부정적인 인식 탓에 직장에서, 주거지에서, 공공장소에서 차별당한다. 아직 미국 시민권을 획득하지 못한 이들은 법률적 지원도 받지 못한 채 차별을 당한다. 아시아계 미국 남성들은 잔인하고 사악하고 교활하고 부정직할 뿐 아니라 성적으로 문란하고 변태적이라는 인종차별적 시선을 받는데, 아시아계 미국 여성들도 이와 똑같은 방식의 인종차별에 취약하다. 그런데 이와는 정반대로, 이들에게는 얌전하고 순종적이며 따라서 가부장적 남성들에게 매력적이라는 모순적인 고정관념이 덧씌워지기도 한다. 아랍계 미국 여성도 아시아계 미국 여성과 동일한 인종차별적 모순적 고정관념에 취약하다. 그런데 이에 더하여, 아랍계 미국인들을 테러리스트는 아니라 해도, 적어도 반미 테러리즘에 동조하는 사람들이라고 낙인찍는 "미국 내 아랍인 및 무슬림에 대한 고질적이고 험악한 비난"(Abdulhadi, xxi) 탓에 반-아랍 폭력과 차별에 직면하고 있다. 미국 원주민 여성들은 다른 유색인종 여성들이 당하는 것과 동일한 차별에 더하여, "조상들의 문화적 가르침과 유산으로부터 유리된 채" 성장하여 "토착민 여성이 어떤 의미인지에 대해 아무런 생각이 없는"(Fontaine, 25) 지경에 이르는 아픔을 겪어야 한다. 이는 특히 문제가 아닐 수 없는데 다음과 같은 이유 때문이다. 즉, 조상 대대로 내려오는 가르침에 따르면, 미국 원주민 여성들은 최고위 결정자, "치유자, 지도자, 리갈리아 보유자"[13](Baldy, 29)로서 중요한 위치를 차지하는 사례가 빈번했는데, 백인 가부장적 사고방식의 압박으로 이와 같은 전통이 사라져 버린 것이다. 마지막으로, 레즈비언은 미국 유색인종 여성들이 당하는 차별에 더하여 인종이나 민족과 상관없이 이성애적 문화 규범이 부과하는 차별에 직면해야 한다. 이성애적 문화 규범에 따르면, 레즈비언들은 "남자들에게 호감을 주지 않기 때문에" 여성들과 짝을 짓는, 정신적 피해를 당한, 또는 적어도 "실망한" 이성애자들[14]이다.(Ahmed, 225) 트랜스젠더 여성은 인종이나 민족에 상관없이 광범위한 혐오[15]와 맞서 싸워야 하는데, 그 혐오란 트랜스젠더 여성들이 정신적으로 피폐한 사람들일 뿐만 아니라 여성용 샤워실처럼 여성 전용 공간에 들어가고자 또는 군복무처럼 남성이 해야 할 의무를 회피하고자 여성인 척하는 사기꾼들이라는 혐오이다.

교차성과 더불어 개인 정체성의 다중적 측면을 강조하는 까닭에, 다문화주의 페미니즘은 견해 형성에 미치는 개인적 정체성의 역할을 반성하는 **자기반성**self-reflexivity을 중시한다. 즉, **내가 보는 것이 내가 어디에 서 있느냐**

---

[13] 리갈리아는 중요한 문화 행사에서 착용하는 특수한 복장이다. 식민시대 이전 미국 원주민 여성들의 부족 내 역할을 면밀하게 연구한 저작으로는 Mihesuah를 참조할 것. (원주민 문화를 다룬 미국 원주민 작가들이 전통적 젠더 역할이라는 용어를 사용할 때, 이는 대체로 유럽인이 그들의 땅을 빼앗기 이전 토착 미국인들에게 일반적이었던 평등한 역할을 지칭한다는 점을 유의할 필요가 있다.)

[14] 이성애주의란 레즈비언과 게이 남성에게 가해지는 제도화된 차별, 또는 법률·종교·의료혜택·기업·교육·가족과 같은 제도와 관련하여 정책과 절차에 깊숙이 뿌리내린 차별을 말한다.

[15] 트랜스포비아transphobia는 트랜스젠더에 대한 비이성적 공포 또는 혐오를 말한다. 이는 젠더 규범에 어긋나는 경우에 대한 비이성적 공포 또는 혐오로 나타난다.

에 달려 있음을 감안하면, 내가 어디에 서 있는지, 나의 관점에 영향을 끼치는 개인적 특성이 무엇인지, 이를테면 나의 이론적 편견이 무엇인지, 나의 삶에 가장 크게 작용하는 문화적 요인은 무엇인지를 명확하게 아는 것은 매우 중요하다. 그리고 다문화주의 페미니즘에 따르면, 나의 시각에 영향을 끼치는 가장 중요한 문화적 요인은 나의 특권이다. 여기서 특권이란 나의 인종, 민족, 사회경제적 계급, 종교, 성별, 성적 지향, 젠더 정체성, 그 밖에 문화적 결정 요인 등에 따른 기회를 말한다. 가령, 미국에서 가장 큰 특권은 부유한 백인 이성애자 시스젠더 기독교인 남성에게 부여된다. 그리고 그러한 특성을 가진 여성들도 소외 공동체에 속하는 여성들에 비해 특권이 많다. 특권 그룹이 가장 큰 권력을 가졌고 그에 따라 목소리가 가장 크다는 점, 지도적 지위에 오르고 모든 형태의 매체에 접근하는 것이 상대적으로 쉬운 덕분에 지식을 "창조"할 수 있다는 점을 고려한다면, 특권의 문제화, 즉 특정한 상황에서 특권이 작동하는 양상을 분석하는 것 또한 다문화주의 페미니즘의 중요한 일부분이다.[16]

다문화주의 페미니스트들의 저작을 읽을 때 명심할 것은, 다문화주의적 시각으로 글을 쓰는 미국 페미니스트들 가운데 상당수는, 학문 분과로서 다문화주의 페미니즘의 원리를 구체적으로 다루거나 다양한 문화에 걸쳐 여성들과 관련된 문제를 다루지 않는 한, 스스로를 다문화주의 페미니스트라고 부르지 않는다는 점이다. 그럼에도 불구하고, 레즈비언, 트랜스젠더, 유색인종 여성으로 자기의 정체성을 정한 페미니스트는 특정한 소외 여성 집단의 경험에 대해 중요한 통찰을 제공한 것이며, 그렇게 함으로써 다문화주의 페미니즘의 지속적 발전에 필수적인 지식에 기여한다고 보아야 한

---

[16] 다문화주의 페미니즘에 나타난 교차성, 자기반성, 특권 문제화를 면밀하게 분석한 글로는 Hurtado, "Multiple Lenses"를 참조할 것.

다. 그리고 그에 못지않게 다문화주의 페미니즘의 발전에 중요한 것은 바로 **자매애**sisterhood, 즉 공통의 경험과 목표에 대한 인식을 바탕으로 한 여성들의 심리적·정치적 유대감을 고취하는 것이다. 여기서 말하는 자매애는 페미니즘을 주도하는 다양한 문화 집단들 간의 세력을 균등하게 조정하는 것은 물론, 여성들 사이의 문화적 차이에도 관심을 갖고 이를 존중하는 태도를 포함한다.

젠더 연구와
페미니즘

이 장에서 살펴보았듯이, 젠더란 곧 여성성과 남성성에 대한 사회적 정의이며, 페미니즘은 일상생활에서 젠더가 수행하는 막대한 역할을 분석하는 데 많은 부분을 할애한다. 젠더는 자기 인식 및 타자를 대하는 방식 등 개인의 정체성을 형성하는 데 핵심적인 역할을 담당한다. 젠더는 또한 다른 사람들과 사회 전반이 우리를 대하는 방식에도 크게 영향을 끼친다. 의료, 법률, 교육제도, 기업의 고용 및 채용 문화 등의 제도나 관행 안에 젠더가 녹아들어 있기 때문이다. 10장 〈레즈비언·게이·퀴어 비평〉에서 접하게 될 퀴어queer 이론은 섹슈얼리티와 젠더를 바라보는 우리 사회의 이성애적 가설들, 이를테면 남성은 '처음부터 남성적'이고 여성은 '처음부터 여성적'이며, 남성성과 여성성은 어떻게 정의하더라도 별개의 범주라는 식의 가정들에 대해 최근 수년간 지속적으로 이의를 제기하며 젠더 문제를 쟁점화시키는 데 많은 노력을 기울여 왔다. 이런 노력을 바탕으로 등장한 젠더 연구는 젠더와 관련된 모든 주제들에 전념하면서 고유한 학문 영역을 지닌 분야로 자리 잡았다. 실제로 '젠더 연구' 또는 '여성과 젠더 연구'라는 과목명으로 개설된 수업을 이미 수강한 이들도 있을 것이다. 특히 '여성과 젠더 연구' 수업은 젠더에 관한 내용을 다루되, 여성에 대한 가부장제의 억압과 젠더 사이의 연관성에 주로 초점을 맞추는 경우가 많다.

젠더 연구에서 다루는 주요 쟁점 몇 가지를 논의하고 이해하는 것은 우리의 목적에 비추어 볼 때 그 자체로 유용한 공부일 뿐 아니라, 페미니즘의 관심과 고민이 어떤 양상으로 계속 진화하고 확장되는지를 살펴보는 데도 꼭 필요한 작업이다. 주제 면에서 서로 겹치는 부분이 있긴 하지만, 일단 젠더 연구에서 가장 중요한 문제로 논의되는 쟁점들은 다음 네 가지로 정리할 수 있다.

① 여성을 지속적으로 억압하는 젠더와 젠더 역할(성역할)에 대한 가부장적 가정assumptions

② 여성적인 것 또는 남성적인 것으로서 젠더를 개념화하는 현재의 방식에 대한 대안

③ 성sex과 젠더의 관계(우리의 몸이 생물학적으로 구성되는 방식과 젠더가 우리에게 부여되는 방식의 관계)

④ 섹슈얼리티와 젠더의 관계(우리의 성적 지향과, 우리가 젠더의 관점에서 타인에게 인식되는 방식의 관계)

이 가운데 젠더와 젠더 역할에 관한 가부장적 가정들에 대해서는 앞서 여러 차례 논의했으므로, 여기서는 나머지 세 가지 쟁점을 자세히 짚어 보자.

젠더를 개념화하는 현재 방식에 대한 대안

젠더 문제를 새롭게 사유할 대안이 필요한 이유는, 젠더를 둘러싼 기존의 논의들에 부정확한 내용이 너무 많기 때문이다. 다른 분야와 마찬가지로 젠더 연구 또한 복잡한 측면이 있으며, 때로는 개별 연구들 사이에서 서

로 모순되는 결과가 나타나기도 한다. 그러나 이 같은 난점은 오히려 실제로는 근거 없는 견해와 믿음에 불과한데도 사실로 간주되어 광범위하게 확산된 내용들을 바로잡는 데 기여할 수 있다. 이와 관련하여 단적인 사례 두 가지만 소개하겠다. 먼저, 우리가 알고 있는 테스토스테론testosterone이라는 '남성호르몬'의 생물학적 작용에 관한 것이다.

종종 우리는 과도하게 또는 부적절하게 공격적인 행동을 보이는 남성에 대해 "음, 저 사람 테스토스테론이 너무 많이 분비됐군"이라고 말하거나, 누군가 그렇게 말하는 것을 듣는다. 말하자면, 남성의 공격적 행동은 흔히 본능이나 선천적인 특징으로 여겨진다. 남성의 공격적 행동을 가정교육, 집안에서의 심리적 역학 관계, 집 밖의 위험한 환경에 노출되는 상황 등과 같은 사회적 요인들의 산물로 보는 경우는 흔치 않다. 그래서 공격적 행동을 일단 본능적인 것으로 단정하고 젠더 문제와 결부시키고 나면, 그것을 다른 관점에서 생각하기 어렵게 된다. 그러나 로버트 새폴스키Robert M. Sapolsky에 따르면, 남성의 테스토스테론 수치에 관한 연구들은 테스토스테론 수치의 증가가 공격성 증대를 동반한다는 사실을 입증하는 수준에 머물고 있다. 바꾸어 말하면, 기존의 통념처럼 테스토스테론 수치의 증가가 공격성 증대의 원인임을 보여 주는 연구는 아직 없다. 단지, 그럴 것이라는 가정만이 있을 뿐이다.

실제로 새폴스키의 연구는 테스토스테론이 공격성을 높이는 것이 아니라 오히려 "공격성이 테스토스테론 분비를 증가시킨다"[16]는 사실을 보여 준다. 새폴스키는 "어느 정도의 테스토스테론은 정상적인 공격적 행동에 필요하다"[17]고 밝히지만, 그 필요 수치의 폭은 매우 광범위하다고 덧붙인다. 테스토스테론 수치가 "대략 정상 수치 기준 20퍼센트 이상 두 배 이하라면 어느 수준에서든"[17] 비슷한 양의 정상적인 공격적 행동이 남성들에게서 나타난다. 그러므로 설령 특정 남성 집단을 대상으로 각 구성원의 테스토스테론 수치를 모두 파악한다고 해도, 개개인에게 필요한 정상적인 수치의 폭이 너무 크기 때문에 구성원들의 공격성을 하나하나 예측하기란 불가능하다. 새폴스키에 따르면, 테스토스테론이 과도하게 분비될 경우 "이미 존재하는 공격성을 **과장**할 수는 있"[17, 새폴스키 강조]지만, 그 자체가 공격성을 유발하는 것은 아니다. 즉, 테스토스테론은 "〔공격성을〕 일으키는 사회적 요인들과 환경"[19] 때문에 공격성이 유발되는 경우에 한하여 공격성이 나타나도록 하는 것이다.

남성의 공격성과 관련된 테스토스테론의 역할(이것은 집안의 생계를 책임지고 가정을 보호하는 남성의 '본능'과 결부되는 것으로 종종 인식되었다) 외에도, 입증되지 않은 견해에 불과한 것이 사실로 받아들여져 널리 확산된 사례 가운데는 여성의 모성 본능이 수행하는 역할에 관한 것도 있다. 돌보는 일, 특히 유아나 어린이들을 돌보는 일은 당연히 여성의 본능에 속하는 일이라고 여겨져 왔기 때문에, 이 문제를 다른 관점에서 생각하기란 어려운 것이 사실이다. 그러나 린다 브래넌Linda Brannon에 따르면, "감정 … 에 관한 그동안의 연구에서 드러난 사실은 내면에서 경험하는 감정에는 젠더 차이가 거의 없을 수도 있다는 것이다. 젠더 차이는 감정을 드러내 보이는 방식과 시점에 나타난다."[213] 즉, 정서를 느끼는 방식과 시점에서는 젠더 차이가 나타나지 않는다는 말이다. 특히 브래넌은 "아기에 대한 반응성을 바탕으로 젠더 차이를 조사한 연구에 따르면, 실험용 자기 보고서self-reports 상으로는 젠더 차이가 나타나는 것을 계속 확인할 수 있었으나, 그 차이는 생리학적 지표가 아닌 아기들에 대한 반응에서 확인되었다"[214]는 점에 주목한다. "소녀와 성인 여성이 더 민감한 반응성을 보인 이유는 그들 스스로 그래야 한다고 생각했기 때문이다. 그리고 … 소년과 성인 남성의 반응성이 덜 민감한 것으로 나타난 이유 역시 마찬가지다."[214]

물론 지금도 남성보다는 여성이 아이를 돌보는 일에 훨씬 더 관여하고 있으며, 아이를 돌보는 여성은 그 과정에서 커다란 기쁨과 엄청난 짜증을 동시에 경험한다고 한다. 그런데 홍미로운 사실은, 아이를 돌보는 데 많은 시간을 들이는 남성 역시 비슷한 반응을 보이는 경우가 잦다는 것이다.(Brannon 214) 실제로 최근 아버지가 자녀들과 함께하는 시간이 계속 늘고 있는 추세다. 더 나아가, 브래넌은 다음과 같은 점을 강조한다. "연구 결과는 모성 본능 개념이 돌봄에 대한 생물학적 근거가 되는 설명이라고 보기 어려우며, 양육에 관한 한 남성과 여성 모두 비슷한 정서를 갖는다는 사실을 보여 준다."(214) 여성이 아이들을 돌보는 데 능하지 않다고 말할 사람은 없겠지만, 더 정확하게 말하면 대부분의 여성과 남성 둘 다 아이들을 돌보는 데 능하며 그 과정에서 모두 커다란 기쁨을 누린다고 해야 할 것이다. 그러나 만약 가정에서 다른 역할을 선택할 수 있다면, 대부분의 여성과 남성은 자신의 최우선 역할로 양육을 선택하지는 않을 것이다. 간단히 말해, 양육은 사람들이 오래도록 믿어 왔던 것과는 달리, 성별과 생물학적으로 연계된 역할이 아니다.

지금까지 설명한 두 가지 사례만 보더라도 젠더는 생물학의 문제가 아니라 사회적 구성의 문제라는 것을 알 수 있다. 여성과 남성이 대체로 자신이 부여받은 젠더에 적합하게 행동하는 이유는 사회적으로 그렇게 길들여졌기 때문이지, 그렇게 행동하는 것이 자연적이기 때문이 아니다. 그런데 젠더를 바라보는 관습적 사고방식을 재고해 보는 데 훨씬 더 유용한 또 다른 젠더 연구 영역이 있다. 바로 '상호 문화적cross-cultural 젠더 연구'다. 조운 스페이드Joan Z. Spade와 캐서린 밸런타인Catherine G. Valentine에 따르면, "젠더의 정의와 표현이 문화에 따라 가변적이고 유동적이라는 점은 미국의 젠더 체계가 보편적이지 않다는 사실을 보여 준다."(5)

미국의 젠더 체계는 두 가지 성별(남성과 여성)에 근거한 두 가지 젠더(남성적인 것과 여성적인 것)로 구성되어 있다는 점에서, 그리고 두 젠더를 양극단으로 설정한다는 점에서 하나의 이항대립 체계라고 할 수 있다. 여기에는 중간 지대가 없다. 나는 남성이거나 여성이기 때문에 남성적이거나 여성적이며, 두 가지 젠더 가운데 어느 쪽에도 해당되지 않는다면 나에게 어딘가 잘못된 부분이 있는 것이다. 그러나 미국 바깥으로 눈을 돌려 보면, 젠더 체계를 이분법적으로 설정하지 않는 문화도 대단히 많다는 것을 알 수 있다. 과거에 존재했고 오늘날까지도 남아 있는 다양한 젠더 체계들 가운데 흥미로운 사례 몇 가지만 간단하게 살펴보자. 그중에서도 남성과 여성이 다르다기보다는 오히려 닮아 있다고 여기는, 즉 우리가 알고 있는 용어로 표현하자면 남성과 여성을 다른 젠더로 상정하지 않는 동남아시아 문화와, 젠더가 두 가지 이상 존재한다고 보는 북아메리카 원주민 문화에 특히 주목하려고 한다.

크리스틴 헬리웰Christine Helliwell이 관찰한 바에 따르면, 동남아시아에는 남성과 여성의 차이보다 유사성을 더 강조하는 사회가 다수 존재한다. 그 예로 헬리웰이 소개하는 곳은 인도네시아의 그라이gerai 공동체다.

> 〔그라이에서는〕 남성성과 여성성이라는 〔양극화된〕 이분법이 존재하지 않는다. 이곳에서는 남성과 여성이 동일한 능력과 기질〔특히 좋지 않은 행동에 대한 성향〕을 갖고 있다고 생각한다. … 〔아마도 그라이에서 가장 중요시되는〕 양육에 필요한 핵심적인 자질 면에서 … 그라이 사람들은 남성과 여성 사이에는 아무런 차이가 없다고 본다. (126)

사실, 이곳 사람들은 심지어 남성과 여성의 생식기관을 "명백히 동일한 것으로 개념화한다. … 남성과 여성의 생식기관 모두 … 아래는 좁고 위는 넓은 원뿔 모양을 하고 있다는 것이다."(Helliwell 127) 차이가 있다면, 여성의 생식기관이 "몸 안쪽에" 있는 데 반해 남성의 생식기관은 "몸 바깥에" 있다

는 것뿐이다.(같은 쪽) 이것이 머릿속에서 잘 그려지지 않으면, 페니스와 산도
産道(또는 고환과 난소)의 생김새가 어떠한지 비교해 보라. 단지 위치만 다를
뿐, 위에서 내려다본 전체적인 모양은 대략 비슷하다.

　일부 문화에서는 힘의 논리라는 측면에서 남성과 여성의 유사성이 확인
되기도 한다. 마리아 알렉산드라 레파우스키Maria Alexandra Lepowsky는 뉴기
니 인근의 작은 섬인 바나티나이 사람들에 관한 흥미로운 사례를 들려준
다. 바나티나이에는 "무엇보다 남성우월주의 이데올로기나 여성을 지배할
권리 같은 것이 존재하지 않으며, 젠더 동등성gender equivalence 이데올로기
가 뚜렷이 나타난다."(Lepowsky 150) 바나티나이의 남성과 여성은 노동 및 노
동에 따른 산물에 대해 동등한 권리를 지니며, 축적된 물질적 부에 대해서
도 동등한 접근권을 갖는다. 더 나아가, 공동체 안에서 누릴 수 있는 위엄
과 신망에서도 남성과 여성은 동등하다. "여성은 약하거나 열등한 존재로
특징화되지 않는다. 여성과 남성은 힘과 지혜, 관대한 자질을 가졌을 때 똑
같이 높이 평가된다."(158) 그라이와 바나티나이의 문화가 구체적으로 말해
주는 것은, 남성의 지배를 자연적이거나 보편적인 것으로서 주장할 수 없
다는 사실이다. 따라서 인간 존재에게서 나타나는 지배 행위라는 것이 생
물학적 성별과 연관되어 있다는 주장도 성립되지 않는다. 미국인들 다수가
아무리 그렇게 주장한다 하더라도 말이다.

　여러 문화들을 두루 살펴보면, 젠더 체계는 미국의 경우처럼 이항대립
적인 것도 아니지만, 그렇다고 해서 앞서 살펴본 두 가지 사례처럼 유의미
한 젠더 구분도 없이 일원적인 것도 아니다. 그 반대로, 젠더를 다양한 가능
성에 열려 있는 하나의 체계로서 인식하는 문화도 있다. 특히 유럽 식민주
의자들이 북아메리카 대륙을 점령하기 전까지만 해도 수백 개에 달했던 북
아메리카 원주민 사회에는 다중적 젠더 체계, 그러니까 남성과 여성을 포
함한 세 가지 이상의 젠더로 이루어진 체계가 존재했던 것으로 알려져 있

다. 북아메리카 원주민 사회에는 자신들의 고유한 문화에 따라 구체적으로
젠더를 정의하려는 경향이 있었다고 한다. 말하자면, 그들에게 젠더 개념을
정립하는 가장 중요한 요소는 자신들 특유의 공동체적 삶의 방식이었던 것
이다. 서리나 난다Serena Nanda에 따르면, 북아메리카 원주민 문화의 젠더 체
계는 대체로 다음과 같은 서너 가지 젠더로 구성되어 있었다. ① 여성 ② 변
화한 여성female variants(생물학적 여성이 다른 성의 역할을 수행하는 경우) ③
남성 ④ 변화한 남성male variants(생물학적 남성이 다른 성의 역할을 수행하는
경우)이 그것이다.(Nanda 66)

대개의 북아메리카 원주민 사회에서는 생물학적 성별도, 성적 지향도 한
사람의 젠더를 결정하는 주요 요인이 되지 못했다. 오히려 어떤 일에 종사하
고 관심을 갖는지의 문제가 훨씬 더 중요한 요인이었다. 때로는 의복이 젠더
를 결정하기도 했는데, 특히 다른 성의 역할을 수행하는 사람들은 자신이 소
속된 문화에 맞춰 남성의 옷과 여성의 옷을 자유롭게 결합하여 입을 수 있
었다. 그런가 하면, 어떤 곳에서는 젠더가 변화한 여성 및 남성이 영적 치유
자나 성스러운 종교의식의 진행자처럼 공동체 안에서 존중받는 역할을 맡
기도 했다. 많은 곳에서 젠더 변화는 신성한 힘과 결부된 것으로 여겨졌기
때문이다. 그러나 대부분의 공동체에서는 어떤 경우라 할지라도 생물학적
구성과는 상관없이 자신이 원하는 젠더를 선택할 수 있었다고 한다.(같은 곳)

▌ 성과 젠더의 관계

현재의 이항대립적 젠더 개념에 대한 대안을 모색하는 문제에 덧붙여, 젠
더 이론가들은 성과 젠더의 관계, 즉 신체가 생물학적으로 구성되는 방식
과 젠더가 부여되는 방식 사이의 관계를 탐구하는 데도 관심이 많다. 주디
스 로버Judith Lorber는 다음과 같이 말한다.

〔일반적인 믿음과 달리〕 성도 젠더도 순수한 〔즉, 별개로 분리된 독립적인〕 개념이 아니다. 서로 어울리지 않는 유전자, 생식기, 호르몬 투입량 등이 한데 결합된 경우가 있어도 기존의 〔남성 또는 여성이라는〕 성 범주에 반영되지 않고 있듯이, 서로 어울리지 않는 생리 기능, 정체성, 섹슈얼리티, 외모, 행동 등이 한데 결합된 경우가 있어도 이 또한 젠더 범주에 반영되지 않고 있다. 젠더란 사회적 구성물이라는 관점을 견지하는 개념인데도 말이다. [14]

간단히 말해, 젠더가 두 가지뿐이라고 보는 견해는 순전히 성이 두 가지뿐이라는 견해에 근거한 것이다. 그러나 다양한 분야에서 나온 연구들을 종합해 볼 때, 그러한 견해는 사실과 맞지 않는다. 생물학적 성은 서로 대립하는 두 가지 독립된 범주로만 말끔히 나누어지지 않는다. 좀 더 정확히 말하면, 이원화된 성별 체계만으로는 미국 인구의 상당수를 포괄할 수 없다는 사실에도 불구하고, 유럽식 기준에 따른 그와 같은 체계를 미국 사회가 강제해 왔다고 말해야 할 것이다. 즉, 생물학적 성 범주 자체가 이원화된 젠더 체계의 직접적인 원인인 것은 아니다. 오히려 미국 사회가 생물학적 성 범주에 이원화된 젠더 체계를 강제했다고 할 수 있다.

앤 파우스토 스털링Anne Fausto-Sterling에 따르면, 정확한 통계자료를 찾기가 어려워 이용 가능한 다수의 자료들을 근거로 합리적으로 추정해 본 결과, 매년 전체 신생아의 대략 1.7퍼센트가 인터섹슈얼intersexual[51], 곧 간성間性으로 태어난다(일부 젠더 연구자들은 'intersexed' 또는 intersex라고 부르기도 한다). 말하자면, 이들에게는 일부 생식기관, 생식기, 염색체 및 (또는) 호르몬 구성 면에서 남성과 여성의 특징이 모두 나타난다. 이와 관련하여 파우스토 스털링은 다음과 같이 말한다.

설령 몇 가지 요소를 과대평가한 부분이 있다 하더라도, 매년 전체 신생아의 상당수가 인터섹슈얼로 태어난다는 사실만은 변함이 없다. 그 수가 전체의 1.7퍼센트라는 것은, 이를테면 인구 30만 명의 도시에서 5,100명의 사람들이 다양한 양상의 인터섹슈얼로서 존재한다는 뜻이다. 이 수치를, 대부분의 독자들이 어디선가 한 번쯤은 보았을 기타 상대적으로 희귀한 특징이라고 할 수 있는 선천성 색소결핍증(백색증)albinism〔이 병을 앓는 사람은 색소가 부족해 머리카락이나 피부가 하얗고 눈은 빨갛다〕을 앓는 사람의 비율과 비교해 보라. (51)

파우스토 스털링의 말처럼 인터섹슈얼들의 수가 적지 않은데도 우리가 이들을 '보지' 못하는 이유는 단지 인터섹슈얼의 특징이 신체 깊숙이, 또는 옷 속에 감추어져 있는 경우가 많기 때문만은 아니다. 섀런 프리브스 Sharon Preeves에 따르면, 그들을 접하기 어려운 주된 이유는 인간의 성이 두 가지뿐이고 젠더 역시 그에 해당하는 두 가지뿐이라는 우리의 믿음이 워낙 뿌리가 깊은 나머지, 인터섹슈얼의 특징을 지닌 아이들이 신체적으로 남성 또는 여성과 비슷해지도록 대부분 일찌감치 외과수술을 받기 때문이다.(Preeves 32) 이 경우, 수술자가 아이의 부모에게 관련 내용을 설명하거나 시술에 동의하는지의 여부를 묻는 일은 드물다고 한다.

아이의 '성을 결정'하는 데는 주로 외양적 요인("아이가 '정상'으로 보일까요?")과 사회적 요인(아이의 성별이 남성이라면, 서서 소변을 볼 수 있는지의 문제 또는 성인이 되어 성생활을 할 수 있을 만큼 성기가 커질 수 있는지의 문제)이 영향을 미친다. 아이가 나머지 모든 면에서(화학작용, 호르몬 분비, 유전자 구성 등) 다른 성의 특징이나 두 가지 성이 합쳐진 특징을 가질 가능성은 고려 대상에서 제외된다. 예를 들어, 의료진이 남성의 염색체(xy)를 가진 인터섹슈얼 아동의 성기가 너무 작아 성인이 되어서는 '정상'으로 통하기 힘들고, 서서 소변을 볼 수 없을 것이라는 판단을 일단 내리면(가령, 요도가 귀두의 끝이 아닌 뿌리 부분에서 열리는 경우), 그 아동은 외과적 관점에서도,

호르몬 분비라는 관점에서도 여성으로 판정되도록 수술을 받게 될 가능성이 크다. 어릴 적의 페니스나 클리토리스의 크기는 성인으로 자란 뒤의 크기와 무관하다는 사실이 연구를 통해 밝혀졌음에도, 이 같은 수술은 지금도 계속되고 있다.[33]

인터섹슈얼의 출생 빈도를 처음 접하고 놀란 이들이 많을 것이다. 그러나 여기서 정말 놀라운 점은, 인터섹슈얼의 출생 빈도가 아니라 의학계가 그러한 상황에 대처하는 방식이다. 그토록 서둘러 수술을 받아야 하는 경우라면, 확실히 아이의 건강이 위태로운 상황이 아닌가?(예컨대, 요도가 제 기능을 못하는 상황) 그런데 어째서 부모에게 먼저 그 사실을 알리고 관련 자료들을 제시하는 경우가 드문가? 아이의 성적 구성이 잘못되어 있다면, 그것으로 말미암아 앞으로 어떤 문제들이 생길 수 있는지를 부모가 알아야 하지 않는가? 또, 국제인터섹스기구(OII), 청년인터섹스옹호자연합(interACT)를 통해 자녀를 위한 최선의 선택이 무엇인지 정보도 얻고 지원도 받을 텐데, 왜 부모들은 그와 같은 단체에 관한 정보를 즉각적으로 받지 못하는가? 가장 중요한 문제를 들자면, 왜 아이들은 성장 과정에서 자신의 인터섹슈얼리티에 대해 배울 기회를 얻지 못하는가? 왜 적절한 시기에 외과수술과 호르몬치료를 받을 것인지 받지 않을 것인지 선택할 수 없는 것인가?

선택을 제공하지 않는 이유는 분명하다. 두 개의 성/두 개의 젠더 체계가 너무나 확고히 자리 잡고 있기 때문이다. 독재라고 해도 과언은 아니다. 부모가 두 개의 성/두 개의 독재적 젠더 체계를 의학계에 강요하고, 의학계는 동일한 방식으로 다시 부모에게 영향을 끼치는 순환 구조에 어느 정도는 의심의 눈길을 보낼 필요가 있다. 자녀가 인터섹슈얼이라는 말을 전해 들은 부모의 머릿속에는 '내 아이에게 무슨 문제가 있는 걸까?' 혹은 '그건 의사가 고칠 수 없는 병일까?' 같은 질문들이 마구 쏟아질 것이다. 우리는 모두 이항대립적 성/젠더 체계의 테두리 안에서만 생각하도록 길들여졌기 때문이다. 그러나 대다수의 젠더 이론가들이 보기에, 이 문제는 부모들이 자녀의 인터섹슈얼리티에 관한 이야기를 들을 기회가 거의 차단돼 있다는 데서 비롯된다. 그 대신, 부모들은 대부분 이런 이야기를 듣게 된다. 당신의 자녀는 태어날 때부터 생식기가 잘못되어 있다, 그러니 의사에게 자녀를 맡겨 '진짜 성별'을 찾아내고 거기에 맞게 조치하도록 해야 한다 등등의 이야기 말이다.(Fausto-Sterling 30) 이런 이야기를 듣고 나서 부모들이 할 수 있는 것은 무엇이겠는가?

기쁜 소식을 전하자면, 의학계의 태도가 바뀌고 있다. 의사들과 과학자들 사이에 유아들에게 생식기 교체 수술을 함부로 하면 안 된다는 각성이 늘고 있다. 이를테면, 아이가 자신을 남자 또는 여자로 정체성을 정하기 전까지 기다리는 것이 가장 좋다고 믿는 사람들이 많다. 또는 적어도 인터섹슈얼 자녀의 부모들이 시간이 좀 걸리겠지만 선택지가 무엇인지 충분히 배울 때까지 말이다. 일단 수술을 받고 난 다음에는 되돌리는 것이 불가능하기 때문이다.

섹슈얼리티와 젠더의 관계

마지막으로, 젠더 이론가들은 젠더와 섹슈얼리티의 관계, 즉 젠더의 측면에서 사람들을 인식하는 방식과 성적 지향 간의 관계에 관심이 많다. 먼저 말해 두어야 할 것은, 레즈비언, 게이, 양성애자, 트랜스젠더 대다수가 잔인하고 부당한 취급을 당하는 데는 그들이 행동이나 외양 면에서 성에 대한 전통적인 시각에 부합하지 않는다는 사실이 크게 작용한다는 점이다. 실제로 다수의 젠더 이론가들은 "여성성과 남성성에 대한 이분법적 이해가 사람들의 젠더 인지 방식에 영향을 끼치며 … 그 과정에서 전제되는 이성애는 사람들이 그러한 여성성과 남성성을 어떻게 구성해 낼지 결정한다"(Cranny_francis et al. ix)는 점에 동의한다. 바꾸어 말하면, 아이의 젠더화gendering[사회적인 면과 정신적인 면에서 공히 전통적 젠더 역할에 순응하도록 아이를 기르는 것)란 언제나 이성애적 젠더화를 뜻한다. 따라서 "성/젠더 체계는 신체의 성뿐 아니라 사람들이 가질 수 있는 욕망까지 결정한다."(6)

그런데 오래된 의학 및 신학 관련 자료들을 들추어 보면, 서구 유럽의 역사와 문화에서 이 문제가 어떻게 나타났는지를 보여 주는 흥미로운 사실들을 일부 확인할 수 있다. 섀런 프리브스에 따르면, 수 세기 전 일부 유럽 지역에서는 인터섹슈얼이 제3의 성으로 여겨졌다. 해당 문화권에서 인터섹슈얼은 때로는 정상으로 때로는 비정상으로 간주되었지만, 어쨌든 독특한 성별을 가진 존재로서 인정받았다.(Preeves 34) 그리고 대개 자신의 성, 젠더, 섹슈얼리티를 선택할 수도 있었다고 하니, 얼핏 보면 바람직한 내용 같기도 하다. 그런데 여기에는 정말 재미있는 부분이 숨겨져 있다. 인터섹슈얼은 남성도 여성도 아닌 제3의 성을 지닌 존재로 인정받기는 했지만, 언젠가는 남성과 여성 중 하나의 성을 반드시 선택해야 했다는 것이다. 그렇게 한번 선택하고 나면, 이후에는 성을 바꾸는 일이 허용되지 않았다. 당시 '하나의 성을 고른 다음에는 바꾸지 않는다'라는 태도를 법적으로 강제할 수밖에 없었던 이유를 프리브스는 다음과 같이 설명한다. 이러한 법이 없으면, 어떤 인터섹슈얼이 자신의 성으로 여성을 선택한 뒤 (여성 성기만을 활용하여) 남성과 결혼했다가 훗날 마음이 바뀌어 (남성 성기만을 활용하여) 남성이 되겠다고 결심하는 사태, 즉 두 명의 남성으로 이루어진 부부가 탄생하는 사태를 일으킬 수도 있다는 것이다.(36) 말하자면 그러한 법은 일종의 두려움, 곧 동성애혐오에서 비롯되었다고 볼 수 있다. 이는 당시에도 지금처럼 성/젠더를 이분법적으로 바라보는 경향이 지배적이었음을, 동시에 오늘날까지도 많은 사람들을 괴롭히는 동성애혐오homophobia가 그때도 기승을 부렸음을 말해 주는 것이다.

지금까지 살펴본 것처럼, 페미니즘과 젠더 연구가 밀접하게 관련되어 있다는 점은 분명하다. 페미니즘과 젠더 연구는 주제뿐 아니라 교육이 이 사회를 더 나은 방향으로 변화시킬 힘이 되리라는 믿음과 정의를 향한 열망 또한 공유한다. 여성들이 자신을 페미니스트라고 부르기 훨씬 전부터 페미니스트들은 젠더 평등을 위해, 오늘날까지도 평등한 법적 정의 구현을 저해하는 가부장적 젠더 역할의 해체를 위해, 그리고 사회적 · 정치적 · 경제적 정책이 모든 사람에게 동등하게 적용될 수 있도록 힘써 왔다. 그리고 젠더 이론가들은 젠더 연구는 젠더가 실제로 얼마나 복잡한 개념인지 보여줌으로써 젠더에 대한 이해의 폭을 넓히는 데 기여한다.

간단히 살펴보는 페미니즘의 전제들

지금까지 우리는 상당히 광범위한 페미니즘의 관심사와 생각들을 살펴보았다. 앞서 지적한 대로, 모든 비평이론을 실제로 적용하는 비평가들과 마찬가지로 페미니스트들도 서로 의견이 다를 때가 많다. 그러나 대다수가 동의하는 페미니즘의 몇 가지 중요한 가정들은 있으며, 이를 다음과 같이 요약할 수 있다.

① 가부장제는 경제적 · 정치적 · 사회적 · 정신적으로 여성들을 억압한다. 가부장적 이데올로기는 여성에 대한 억압을 유지하는 주요 수단이다. 그리고 가부장적 문화에서 살아가는 여성의 경험을 이해하고자 한다면, 교차성에 대한 이해가 필수적이다.

② 가부장제가 지배하는 모든 영역에서 여성은 **타자**다. 여성은 대상화되고 주변화되고 남성적 규범과 가치와 다르다는 점 하나만으로 규정되며, 남성이 가지고 있다고 여겨지는 것을 결핍했다는 이유로 폄훼된다.

③ 가부장적 이데올로기는 서양 문명의 모든 부분에 깊숙이 뿌리를 내리고 있다. 이를테면, 고대 그리스 로마 시대 문학에 나타난 가부장적 문화, 고대 서양 문화에서 공통적으로 발견되는 신화적 여성 괴물, 성경의 이브를 세상의 죄와 죽음의 근원으로 간주하는 가부장적 해석, 여성의 존재를 지우거나 여성은 열등한 존재라고 표상하는 대부분의 전통 서양철학, 남성 지배적인 위대한 서양 문학 정전의 발전, 교육, 정치, 법, 기업 등 여러 분야의 제도들이 **남근로고스중심적**phallogocentric 사유(어휘, 논리 규칙, 객관적 지식의 판별 기준 등에 깃든 남성 위주의 사유 방식)에 의존하는 관행 등을 들 수 있다.

④ 생물학이 성(남성, 여성, 인터섹슈얼)을 결정한다면, 문화는 젠더(남성적 또는 여성적)를 결정한다. 대부분의 영어권 페미니스트들에게 젠더라는 단어는 인간의 해부학적 신체가 아니라, 사회적으로 길들여진 개인으로서 우리가 하는 행위를 지칭한다. 남성적 행동이나 여성적 행동과 결부되는 모든 특징은 선천적인 것이 아니라 학습된 것이다.

⑤ 페미니즘 이론과 문학비평을 포함한 모든 페미니즘적 활동은 인간 경험의 모든 영역에서 여성 평등을 진작시키는 것을 궁극적인 목표로 삼는다. 그렇기 때문에 모든 페미니즘적 활동은 일종의 **행동주의**activism로서 이해될 수 있다. 대체로 행동주의라는 표현이 사회 변화를 직접적으로 촉진시키는 페미니즘적 행동들, 가령 공공장소에서의 집회, 보이콧, 유권자 교육 및 등록, 성범죄 피해 여성과 피학대 여성들을 위한 상담 전화 및 쉼터 제공 등과 같은 행동에 쓰인다고 해도 말이다.

⑥ 젠더 문제는 이를 자각하든 그렇지 않든 문학을 포함하여 인간이 생산하고 경험하는 모든 것에 관여한다.

물론 이 가정들은 서로 연관되어 있고 사용되는 개념들이 겹치기도 한다. 그리고 우리가 생각하고 말하며 자신을 들여다보고 이 세상을 관찰하는 방식에 가부장제 이데올로기가 광범위하고 깊숙하게 영향을 미친다는 것을 공통적으로 암시한다. 그리고 가부장제 이데올로기의 광범위한 영향력 탓에 여권신장을 위한 투쟁은 앞으로도 중요하고도 어려운 싸움이 될 것이다.

네 차례의 페미니즘 물결

물론 이 장에서 다룬 페미니즘 개념들은 **페미니즘 운동**(더 정확하게는 페미니즘 운동이라는 포괄적 용어로 한데 모은 다양한 여성운동들)이 시간이 지남에 따라 발전하면서 진화한 개념들이다. 따라서 현대 페미니즘의 역사를 개괄적으로라도 알아 두면 좋다. 현대 페미니즘은 19세기 미국을 비롯한 서구에서 시작되었으며 일반적으로 **네 차례의 페미니즘 물결**로 불리는데, 서로 중첩하는 네 개의 역사적 시기에 선진국에서 발생한 의도적이고 조직적인 페미니즘 운동을 말한다. 특히 제3, 제4의 물결에 대해서는 견해가 분분하지만, 미국의 페미니즘 운동을 요약한 다음 설명은 페미니즘 역사를 공부하는 데 유용한 출발점이 될 것이다. 이 요약을 읽을 때 명심할 것은, 여성 평등 운동을 이끈 특권층 백인 여성들만이 여성 평등을 위해 노력한 여성들은 아니지만, 그들이 언론과 역사가들에게 가장 많은 관심을 받은 여성들이라는 점이다. 실제로 모든 인종, 민족, 계층, 성적 지향, 젠더 정체성, 능력을 가진 여성들이 미국 내 여성 역량 강화에 크게 기여했다.[17]

---

[17] 몇몇 여성운동가들은 미국 페미니즘 역사에서 잘 다루어지지 않는다. 특히 미국의 페미니즘 역사를 네 차례의 물결로 나누는 접근법에서는 1920년대부터 1960년대까지 활동한 여성운

　첫 번째 물결(1840~1920년대)은 주로 투표권, 교육 평등권, 취업 평등권 등 법에 따른 여성 평등권을 얻는 일에 초점을 맞췄다. 추가로, 이 운동은 남편의 법적 재산이었던 기혼 여성의 재산소유권, 임금 소유권, 자녀 후견권을 요구했다. 교육받은 백인 여성이 주도한 첫 번째 물결은 노동계급 백인 여성뿐만 아니라 사회경제적 계층에 상관없이 유색인종 여성을 소외시켰다. 레즈비언, 양성애자, 트랜스젠더 여성의 존재는 인정되지 않았다.

　두 번째 물결(1960~1980년대)은 동등한 직업 접근권, 동일노동 동일임금, 모기지 신청권 및 본인 명의의 신용카드 보유권 등 법적 평등권을 계속해서 추구했다. 이 운동은 또한 부부 강간을 포함한 가정폭력을 처벌하는 법률의 입법을 위해 싸웠다. 두 번째 물결의 가장 두드러진 목적은 아마도 여성의 기회를 지속적으로 제한하는 젠더 고정관념, 즉 여성은 가정에 귀속되며 무엇보다도 남성에게 아름답고 쓸모 있는 존재가 되기 위해 힘써야 한다는 믿음을 깨기 위한 투쟁일 것이다. 중산층 백인 여성이 주도한 제2의 물결은 노동계급 백인 여성, 사회경제적 계층에 상관없이 유색인종 여성, 그리고 사회경제적 계층이나 인종에 상관없이 레즈비언, 양성애자, 트랜스젠더 여성 등을 소외시켰다.

　세 번째 물결(1990~2000년대)은 두 번째 물결의 대의를 수용하긴 했지만, 직장 내 성희롱 퇴치와 여성의 권력 지위 향상에 더 중점을 두었다. 아프리카계 미국인 페미니스트들의 노력 덕분에 세 번째 물결은 여성의 경험에서 교차성이 차지하는 역할을 점점 더 많이 인식하게 되었다. 대학이 주도한 비판이론과 퀴어 이론의 영향으로 페미니즘은 성별, 젠더, 섹슈얼리티의 범주가 전통적인 남성/여성 개념에 고착되어 있지 않으며 본질적으로 유동적

동가들을 소홀히 다루는데, 이에 대해서는 Cobble, Gordon, Henry를 참조할 것.

이라는 믿음을 수용하게 되었다. 대학 교육을 받은 백인 여성들이 여전히 페미니즘 운동에서 막강한 권력을 쥐고 있지만, 페미니즘이 모든 여성을 대변하고자 한다면 다문화적이어야 하고, 글로벌해져야 하고, 이성애적 규범에서 벗어나야 한다(모든 젠더 정체성과 성정체성을 수용해야 한다)는 인식이 더욱 커지고 있다.

네 번째 물결(2010년대~현재)은 세 번째 물결의 대의를 지속적으로 수용하면서도 여성과 여아에 대한 성적 공격 문제에 더 중점을 둔다. 네 번째 물결은 몸에 대해 긍정적이며, 성에 대해 긍정적이다. 즉, 네 번째 물결은 아름다움에 대한 사회의 규정이 개인의 자존감에 영향을 미쳐서는 안 되며 우리 모두는 자신의 몸과 타인의 몸을 받아들여야 한다는 믿음을 옹호하며, 성인 간의 모든 합의된 성행위는 건강하며 성교육, 안전한 성관계, 성적 실험이 장려되어야 한다는 믿음을 옹호한다. 덧붙여, 네 번째 물결의 페미니스트들은 일상적 성차별의 폐해에 주목한다. 그리고 유색인종 여성, 레즈비언, 트랜스젠더 여성 등 제4의 물결에 속한 다양한 구성원들의 풀뿌리 대중 운동에 힘입어 교차성에 대한 관심이 더욱 늘어났을 뿐만 아니라 백인 위주의 페미니즘이 빚은 문제에도 주목하게 되었고, 성소수자를 포용하려는 노력도 아울러 증가했다.[18] 물론, 평등을 이룩하기 위해서는 여전히 많은 노력이 필요하다.

물론 페미니즘의 네 가지 물결을 소개한 이 요약은 미국 페미니즘의 긴 역사를 설명한 대략적 개요일 뿐이다. 여기에서 뺄 수밖에 없었던 역사적

---

[18] 페미니즘의 네 차례 물결에 대해 자세히 알아보려면 Grady, Rampton, Sheber를 참조할 것. 미국 페미니즘의 역사를 자세히 알아보려면 Dicker; Cobble, Gordon, and Henry; Beck을 참조할 것. 전 세계 페미니즘의 역사는 Delap을 참조할 것.

서술은, 가령 개별 여성들이 페미니즘에 구체적으로 어떤 기여를 했는가, 운동 초기부터 가정과 거리에서 페미니스트 활동가들이 어떤 장애물에 맞닥뜨렸는가, 특정 시점에 어떤 목표를 우선시해야 하는지에 대하여 과거와 현재의 운동 내에서 어떤 다양한 의견들이 있었는가 등이다. 물론 모든 분야에서 이론가와 실무자 사이에는 의견 차이가 존재하기 마련이다. 그리고 페미니스트 이론가와 문학비평가 사이에도, 여성은 어떻게(그리고 얼마나) 가부장적 이데올로기에 의해 계획되는가, 여성적 글쓰기라고 할 수 있는 독특한 글쓰기가 존재하는가, 만약 존재한다면 이를 어떻게 이해하는 것이 가장 좋은가, 다양한 문화적 요소들은 어떤 방식으로 성과 젠더와 교차하여 여성의 경험을 만드는가, 젠더 이론가들의 노력으로 새로운 인식의 지평이 열렸는데, 이러한 새로운 지평들이 어떻게 젠더에 대한 이해를 확대하고 문제화할 수 있는가 등에 대해 다양한 의견 차이가 여전히 존재한다.

페미니즘과 문학

　분명 어떤 문학작품은 다른 이론보다 페미니즘 이론(또는 일부 페미니즘적 분석을 포함하는 어떤 이론)의 틀로 분석하는 것이 더 적절하다. 페미니즘을 처음 공부하는 사람이라면, 문학 텍스트가 어떻게 가부장제를 강화시키거나 약화시키는지 살펴보는 것이 좋다. 가부장제 이데올로기가 언제 어떻게 작동하는지를 이해하는 것은 그에 대한 저항력을 키우는 데 매우 중요하기 때문이다. 이러한 접근법에 따라 남성 중심의 문학 정전을 분석하려는 시도가 1970년대 미국 페미니즘 문학비평의 흐름을 주도했고, 이 과정에서 대개 텍스트에 드러난 명시적 의도의 '결을 거슬러' 읽는 독법이 강조되었다. 가부장적 문학은 무의식적으로 성차별적 이데올로기를 조장하는 경우가 많기 때문이다. 더 정확히 말해서, 가부장적 문학은 그 안에 담긴 성차별주의가 잘못된 것임을 인식하지 못하기 때문이다.

예를 들어, 아서 밀러의 《세일즈맨의 죽음》(1949)에서 작동하는 가부장제 이데올로기를 분석해 보면, 서로 연계된 세 가지 양상을 확인할 수 있다. 첫 번째 양상은 여성 등장인물들(비프와 해피가 '정복한 여자들', 윌리와 외도한 여성, 그리고 린다 로먼)이 남성의 지위를 드러내는 표식으로 기능하는 방식이고, 두 번째 양상은 '착한 여자'와 '나쁜 여자'로 여성을 양분화하는 시각이 로먼가豪 남성들의 성차별주의를 정당화하는 방식이고, 세 번째 양상은 윌리의 아내인 린다가 가부장제 이데올로기를 내면화해 온 방식이다. 아울러, 《세일즈맨의 죽음》에 대한 페미니즘적 독법은 이 작품이 윌리를 동정적으로 묘사할 뿐 아니라, 그의 가부장적 태도를 지지하는 린다의 모습을 너무나 당연한 것처럼 제시한다는 사실에 주목한다. 희곡에 나타난 이 같은 부분들이야말로 가부장제 이데올로기를 강화하는 데 기여하기 때문이다. 더 나아가 페미니즘적 독법은 《세일즈맨의 죽음》에 나타난 가부장제 이데올로기를 이 작품이 집필되고 발표된 시공간적 배경, 곧 제2차 세계대전 직후의 미국이라는 맥락과 연결시켜 이해하는 데 도움을 줄 수 있다. 이 무렵은 여성들이 더 많은 자유를 누릴 수 있었던 전쟁이 끝나고, 미국의 가부장제가 역습을 시도하던 시기였다. 전쟁 기간에 미국의 여성들은 차출된 남성들을 대신하여 직장에 나가 일하고 가족을 책임지는 역할을 맡을 수밖에 없었는데, 전쟁이 끝나자 미국의 가부장제는 '(착한) 여성이 있어야 할 곳은 가정'이라는 믿음을 재확립하는 방식으로 그러한 분위기를 역전시키려 했다.

물론 가부장제 이데올로기를 직접 비판하거나 이에 대한 독자들의 비판을 유도하고자 가부장제 이데올로기를 묘사하는 문학작품도 있다. 이 점을 알아차리는 것 역시 중요하다. 토니 모리슨의 《가장 파란 눈》(1970)을 예로 들어 보자. 《가장 파란 눈》을 읽는 페미니즘적 독법은 이 소설이 어떤 식으로 성차별적 행동과 태도를 묘사하는지, 더불어 어떻게 이에 대한 비판을 유도하는지를 보여 줄 수 있다. 가부장적 심리에 대한 이 소설의 탁월한 통찰은 여성을 남성의 분풀이 대상으로 묘사하는 데서 잘 드러난다. 자신을 모욕한 백인 사냥꾼들에게 분노해야 마땅한데도, 오히려 달린에게 화를 냈던 촐리의 젊은 시절 이야기가 단적인 예이다. 덧붙이자면, 반가부장적이라고 부를 수 있는《가장 파란 눈》의 기획은, 강한 여성들(지미 할머니, 엠디어, 맥티어 아줌마 등)의 진가를 알아보고, 세 명의 매춘부를 공감 어린 방식으로 묘사하고, 여성 생존에 자매애가 갖는 중요성에 주목하는 데서 찾을 수 있다. 아울러,《가장 파란 눈》은 젠더 문제가 인종 문제와 교차하는 양상을 보여 주는데, 이를테면 달린에게 분노하는 촐리의 모습은 백인 사냥꾼들의 인종차별주의 앞에서 아무것도 할 수 없었던 흑인 청년의 무력함이 초래한 직접적인 결과이다. 이처럼 여성들은 성차별주의와 인종차별주의가 결합하여 발생하는 폭력의 직접적인 피해자가 되기 때문에, 이들의 생존에 자매애가 갖는 중요성은 더욱 첨예한 문제가 된다.

아울러, 가부장제 이데올로기에 대한 상반된 시각을 동시에 담고 있는 문학작품들도 많다는 사실을 알아 둘 필요가 있다. 한 예로, 메리 셸리의 《프랑켄슈타인》(1818)은 여성의 강인함을 묘사함으로써 여성은 나약하다는 가부장제의 통념에 반기를 든다. 병든 아버지를 혼자서 물심양면으로 보살피는 캐롤라인, 자신에게 가해지는 부당한 비난과 사형선고 앞에서도 당당하고 꿋꿋한 자세를 잃지 않는 저스틴, 가부장적인 아버지의 뜻을 따르지 않고 자기만의 목표를 위해 위험을 무릅쓰고 여행길에 올라 무사히 목적지에 도달하는 사피 등의 여성 인물들에게서 그러한 면모를 확인할 수 있다. 프랑켄슈타인이 만든 괴물도 간접적으로 여성의 권리를 옹호하는 존재라고 볼 수 있다. 괴물은 여러 면에서 18세기 유럽 여성과 같은 위치에 놓여 있다. 남성보다 열등한 존재로 여겨져서 남성이 누리는 권리와 안락을 부여받지 못하지만, 그럼에도 스스로 많은 것을 터득할 만큼 총명하고 자신이 생각하는 바를 언어로 명료하게 밝힐 줄 안다는 점에서, 그리고 가족의 동등한 구성원으로 받아들여지고 가족 내에서 기꺼이 자기 몫을 할 수 있게 되기만을 바란다는 점(드 라세 가족을 남몰래 돕는 모습에서 이를 확인할 수 있다)에서 괴물이 차지하는 위치는 당시 여성의 그것과 크게 다르지 않다.

그러나 《프랑켄슈타인》은 다른 한편으로 캐롤라인, 저스틴, 엘리자베스, 애거서 등의 여성 인물들이 전통적 젠더 역할에 순응하는 모습을 예찬함으로써 가부장제 이데올로기를 강화한다. 특히 앞의 세 사람은 스스로 의식하건 그렇지 않건 간에 자기 삶을 희생하면서까지 타인을 돌보는 데 헌신하는 '성모'의 모습으로 형상화된다. 캐롤라인은 엘리자베스를 간호하다가 병을 얻어 죽게 되는 충실한 어머니이고, 저스틴은 빅토르 대신 죽음을 맞이하는 충성스러운 하인이자 빅토르에게 어머니를 대신하는 존재이며, 언제나 남편 빅토르의 판단을 신뢰하고 그의 요구를 들어주는 엘리자베스 역시 빅토르 대신 죽는 순종적인 아내이자 빅토르에겐 어머니를 대신하는 존재인 것이다. 심지어 사피의 독자적 행동조차 스스로 남편을 얻으려는 전통적 여성의 욕망에 봉사한다. 여기에 더해, 《프랑켄슈타인》은 빅토르의 여성혐오misogyny 또는 여성공포증gynophobia을 비판하지 않는 듯하다. 그러한 감정들은 빅토르가 엘리자베스와의 만남을 계속 피하면서부터 미묘하게 감지되고, 여성 괴물에게 살기 어린 분노를 표출하는 장면에서 더욱 확연히 드러나지만, 소설은 독자에게 이에 대한 비판을 요구하는 것 같지 않다. 아울러, 《프랑켄슈타인》을 페미니즘으로 읽어 본다면, 이 소설에 나타난 가부장제 이데올로기에 대한 상반된 시각이 저자인 메리 셸리 본인의 가부장제 경험 및 그것과 관련된 갈등을 어떻게 반영하는지를 파악할 수 있다. 메리 셸리는 기혼남이었던 퍼시 셸리Percy Shelly와 사랑의 도피를 감행하여 가부장제의 가치에 도전한 여성이자, 자기가 태어나자마자 세상을 뜬 어머니메리 울스턴크래프트가 남긴 반反가부장적 논조의 글들을 열렬히 예찬한 인물이었다. 그런데 정작 남편인 퍼시 셸리에게는 순종적이라고까지 할 수 있을 만큼 지나치게 의지하는 모습을 보였다.

이렇듯 페미니즘 관련 쟁점들은 문화적·사회적·정치적·심리적 영역에 걸쳐 폭넓게 자리하기 때문에, 페미니즘 문학비평 역시 그 범위가 넓을 수밖에 없다. 그러나 어떤 종류의 분석을 수행하든지 간에, 페미니즘 비평의 궁극적인 목표는 과거와 현재 여성들의 경험에 대한 이해 수준을 높이고, 여성이 갖는 가치를 적극 인식하도록 이 세상에 촉구하는 데 있다.

페미니즘 비평가가 던질 만한 질문들

다음에 제시한 질문들은 페미니즘 이론을 활용하여 문학작품에 접근하는 방법들을 요약한 것이다. 각자가 주목하는 문제들이 무엇이든, 대부분의 페미니즘 분석은 텍스트가 가부장제의 작동 방식에 대해 무엇을 드러내는지에 집중한다.

① 해당 작품은 가부장제를 강화하는가 또는 약화하는가? 가령, 남성에 비해 여성은 어떻게 묘사되는가? 그러한 묘사가 그 작품이 발표된 시대나 작품의 배경이 되는 시대의 젠더 문제들과 어떻게 연관되어 있는가? 등장인물들이 전통적인 젠더 역할에 순응하는지, 만약 그렇다면 텍스트가 그러한 이데올로기를 승인하는지 또는 비판하는지 질문해 볼 수 있다. (텍스트가 가부장제를 강화하는 경우, 해당 텍스트는 가부장적 의제를 담고 있다고 할 수 있다. 텍스트가 가부장제를 비판하도록 유도하는 경우, 해당 텍스트는 페미니즘적인 또는 반가부장적인 의제를 담고

있다고 할 수 있다. 가부장제 이데올로기를 강화하는 동시에 약화하는 것처럼 보이는 텍스트의 경우, 이데올로기적으로 분열되었다고 볼 수 있다.)

② 해당 작품은 교차성에 대해, 즉 성별이 인종, 민족, 사회경제적 계층, 성적 지향, 젠더 정체성 그리고/또는 다른 문화적 요인들과 교차하여 여성의 경험을 만드는 방식에 대해 무엇을 시사하는가?

③ 해당 작품은 어떻게 '젠더화'되는가? 다시 말해, 해당 작품은 어떤 방식으로 여성성과 남성성을 규정하는가? 등장인물의 신체적 외양과 행동이 항상 작품에 부여된 젠더에 부합하는가? 작품이 여성적이거나 남성적인 것이 아닌 다른 젠더가 존재한다고 시사하는가? 해당 작품은 젠더(들) 문제에 어떤 태도를 보이며 또 어떻게 묘사하는가? 이를테면, 젠더를 남성성 또는 여성성 둘 중 하나로만 엄격하게 구분하는 젠더에 관한 전통적 시각을 받아들이는가? 아니면 그러한 관점에 문제를 제기하거나 아예 관점 자체를 거부하는가? 또는 남성은 선천적으로 남성적이고 여성은 선천적으로 여성적이라고 보는가?

④ 가부장제에 저항하는 방식 또는 가부장제에서 살아남는 방식으로서 자매애가 갖는 가능성에 대해 해당 작품이 암시하는 바는 무엇인가? 다른 문화 집단에서 온 여성들, 이를테면 다른 나라에서 온 여성, 다른 종교를 가진 여성, 다른 인종, 민족, 사회경제적 계급의 여성들이 작품에 등장하는 경우, 이러한 문화적 차이가 자매애를 방해하는가? 여성의 성적 지향 또는 젠더 정체성은 자매애를 방해하는가? 자매애를 촉진할 수 있는 공통의 경험이 등장인물들에게 있는가? 어떤 요인들이 이를 방해하는가?

⑤ 여성 문학사에서, 문학작품이 문학비평가와 문학사가들에게 수용되어 온 역사가 가부장제의 작동에 관하여 무엇을 말해 주는가? 가령, 작품이 부정적으로 여겨지는 데, 그러니까 작품이 무시되고 방치되

고 부당하게 비판받는 데 가부장적 이데올로기가 어떤 역할을 담당
했는가? 특히 비평가나 문학사가들이 그 작품을 가정문학, 지역문학
또는 여성문학으로 분류하는 경우, 가부장적 이데올로기의 역할은
무엇인가? 남성중심적 보편성 개념이 작동했다고 보는가?

⑥ 여성의 문학 전통이라는 측면에서 해당 작품은 어떤 역할을 수행하
는가? 이를테면, 해당 작품이 여성 문학의 뚜렷한 특징, 즉 특정한 주
제, 인물유형, 문체, 문학 장치 등의 사용 등을 드러내는가? 그리고/
또는 작품은 그러한 전통과 결별하는가? 만약 작가가 유색인종 여성,
레즈비언, 트랜스젠더 여성, 또는 다른 문화적 특성을 가진 작가라면,
해당 작품이 특정한 문학 집합체를 예시하거나 그것의 발전에 기여
하는 양상들을 살펴볼 수 있을 것이다.

우리는 이 가운데 하나 또는 몇 개를 섞어 질문하는 방법으로 문학작품
을 논의할 수 있다. 아니면 여기에 나와 있지 않은 다른 질문을 나름대로 던
져 볼 수도 있다. 여기서 제시한 물음들은 페미니즘의 관점에 따라 생산적
으로 문학작품들을 사유하는 몇 개의 출발점일 뿐이다. 다만 페미니즘 비
평가라고 해서, 심지어 동일한 페미니즘 개념에 초점을 맞추는 비평가라고
해서 하나의 텍스트를 모두 똑같이 해석하는 것은 아니라는 사실을 명심하
자. 어느 이론에서든 실제 비평가들의 해석은 훨씬 다양하기 마련이다. 우
리의 목표는 페미니즘 이론을 활용하여 문학작품에 대한 이해의 폭을 넓히
는 것이다. 그리고 페미니즘 이론이 없었다면 깊이 있게 알지 못했을 몇 가
지 중요한 견해들을 자세히 살펴보고, 가부장제 이데올로기가 어떻게 사람
들로 하여금 무심코 성차별적 의제들에 관여하거나 최소한 그런 의제들과
공모하도록 만드는지를 인식하는 것이다.

이제 살펴볼 F. 스콧 피츠제럴드의 《위대한 개츠비》 독법은 페미니즘 이

론에 따른 작품 해석의 한 가지 사례이다. 나는 《위대한 개츠비》에 담긴 성차별적 의제들이 소설에 등장하는 여성들에 대한 인물 묘사로 드러나는 점에 주목했다. 그러한 인물 묘사에 드러난 이데올로기의 내용은 여러분도 쉽게 확인할 수 있다. 여기에 더해, 나는 《위대한 개츠비》에 나타난 가부장제 이데올로기를 1920년대 당시 변화한 미국 여성의 역할과 관련하여 논의하려고 한다. 특수한 역사적 상황이 어떻게 특정한 이데올로기들을 조장하는지를 인식하는 것은 중요한 문제이기 때문이다. 이 점은 대부분의 페미니스트들이 깨달은 바이기도 하다. 그렇다고 해서 역사적 논의가 대단히 복잡하다는 말은 아니다. 대부분의 독자들에게 어느 정도 익숙할 역사적 사실들에 근거하여 논의를 진행할 것이다.

"… 이러다가는 모든 걸 다 팽개쳐 버리고…"

《위대한 개츠비》에 대한 페미니즘적 독법

F. 스콧 피츠제럴드의 《위대한 개츠비》(1925)에 등장하는 인물 톰 뷰캐넌은 아내에게 애인이 생겼다는 사실을 확인하고 나서 갑자기 공황 상태에 빠져 다음과 같이 외친다. "요즘 사람들은 가정생활과 가족제도를 비웃고 있는데, 이러다가는 모든 걸 다 팽개쳐 버리고 백인하고 흑인이 결혼하려고 들 거야."(137/191; 7장) 자신의 행동과 아내의 행동에 다른 기준을 들이대는 이중 잣대(와 인종차별주의)는 차치하더라도, 톰의 이 같은 진술은 그가 평소에 가지고 있던 생각들을 여실히 드러낸다. 이를테면 사회의 도덕적 구조는 가부장적 가족의 안정성에 달려 있다든가, 가부장적 가족의 안정성은 여성이 전통적 또는 가부장적 젠더 역할에 순응하느냐에 달려 있다든가 하는 식의 생각들 말이다. 물론 《위대한 개츠비》가 닉 캐러웨이의 서술을 빌려 톰의 입장을 조롱하는 것은 분명하다. 닉의 관찰에 따르면, "흥분해서 횡설수설하느라 얼굴이 발갛게 달아오른 그[톰]는 자신이 문명의 마지막 보루에 홀로 서 있다는 듯이 말했다."(같은 곳) 그러나 다른 한편으로 《위대한 개츠비》에는 가부장적 젠더 역할에 대한 톰의 견해에 동조하는 측면이 있다고도 주장할 수 있다.

《위대한 개츠비》는 제1차 세계대전이 종료된 1918년 11월 이후의 시기, 그러니까 1920년대를 배경으로 하는 소설이다. '광란의 20년대' 또는 피츠제럴드의 표현대로 '재즈시대'로 일컬어지는 당시 미국은 엄청난 사회적 변화를 겪고 있었다. 특히 여권신장은 눈에 띌 정도였다. 제1차 세계대전 전까지만 해도 미국 여성은 보통선거에 참여할 수 없었다. 여성에게도 투표권이 주어진 것은 전쟁이 끝나고 2년이 지난 1920년(1848년에 최초로 조직적인 여권운동이 펼쳐진 이래 72년 만이다)이었다. 제1차 세계대전 이전 여성의 표준적인 옷차림과 외양은 긴 치마와 꽉 졸라맨 코르셋, 목 높은 구두, 깨끗이 닦은 얼굴, 얌전히 위로 빗어 넘긴 긴 머리로 요약되었다. 그러나 전쟁이 끝나고 수년이 지나는 동안 여성들의 치마는 짧아졌고(어떤 상황에서는 훨씬 더 짧아졌다), 꽉 끼는 코르셋은 점차 사라졌으며(대담하고 파격적인 여성들은 속옷이 불편하다며 거의 입지 않았다), 목 높은 구두는 모던한 신발로 대체되었다. 게다가 두터운 화장법이 등장했고, 젊은 여성들 사이에서는 '단발머리'(짧게 잘라 묶지 않는 머리)가 유행했다.

옛날 방식을 지지하던 사람들에게는 아마도 여성들의 행동 방식이 달라지기 시작한 것이야말로 가장 놀랄 만한 사태였을 것이다. 이제는 여성들도 보호자 없이 남성들과 어울려 (금주법이 시행되던 시기였음에도) 음주와 흡연을 즐기는 모습을 자주 볼 수 있게 되었다. 그뿐 아니라 나이트클럽과 비공개 파티를 오가며 시끌벅적한 유흥 생활을 만끽하는 여성들도 눈에 종종 띄었다. 게다가 시대 변화에 발맞추어 등장한 새로운 춤은 많은 사람들이 보기에 제멋대로인 데다 성적인 뉘앙스까지 공공연히 드러내는, 자유로운 자기표현과 고삐 풀린 향락지향적 태도를 보여 주는 징표라고 볼 수 있었다. 말하자면, 사회가 급변할 때마다 흔히 목격되듯이 이른바 '신여성New Woman'이 1920년대에 등장했다(당시 이 신여성은 플래퍼flapper라고도 불렸다). 그리고 늘 그렇듯, 신여성의 등장에 보수적인 사회 구성원들은 남성이건 여성이건 대개 부정적인 반응을 보였다. 이런 시기에 매번 나오는 이야기지만, 보수적인 이들은 여성이 기존의 전통적 역할을 거부하면 필연적으로 가족 파괴와 사회 전체의 도덕적 타락 현상이 나타날 것이라고 믿었다.

이처럼 여성을 전통적 가치의 수호자이자 화목한 가정을 꾸릴 임무를 띤 무임금노동자로서 사회의 도덕 구조를 유지하는 데 필수적인 존재로 보는 시각은 19세기 산업화 시대를 지배한 가부장제 이데올로기의 핵심적 요소가 되었다. 산업화 시대에 접어들면서 가정은 온 가족이 함께 일하며 삶을 영위해 나가는 장소로서의 기능을 상실하고, 대신 남성이 집 밖에서 다양한 직업에 종사하며 가족의 생계를 책임지게 된다. 가정에서 여성의 경제적 역할이 사라짐에 따라 여성에게는 일종의 고상한 역할로 격상된 집안일만 부과했는데, 그 목적은 다른 무엇보다도 고용시장에서 여성이 남성을 상대로 경쟁하지 못하도록 막기 위함이었다. 대다수 미국인에게는 전통적 젠더 역할이 있어야 미국의 도덕 구조가 굳건할 수 있다는 믿음이 있었지만, 사실 '여성이 있어야 할 곳은 가정'이라는 금언에 의존했던 것은 다름 아닌 미국의 경제구조였다. 그리고 그런 경제적 구조 속에서 남성은 경제적 주도권을 거머쥐는 혜택을 누릴 수 있었다. 물론, 여성을 집 안에 가두고 얌전한 옷차림과 정숙한 행동을 강제함으로써 여성의 성적 능력과 생식능력이 남성의 소유임을 재확인하는 이점도 있었다. 이러한 모든 측면을 고려하면, 1920년대 신여성의 등장은 대중적 의식의 다양한 층위에서 상당한 파장을 불러일으키는 충격이 아닐 수 없었다.

문학작품이 그 의도와 무관하게 당대의 이데올로기 갈등을 반영하는 이유는, 우리와 마찬가지로 저자들 역시 작품을 쓸 당시의 이데올로기적 분위기에 영향을 받기 때문이다. 《위대한 개츠비》의 저자 F. 스콧 피츠제럴드는 1920년대 사교계에서 유행을 선도한 사람들 가운데 단연 돋보이는 존재로 그 자신이 신여성과 결혼한 인물이었지만, 그라고 해서 그 시대 특유의 이데올로기적 갈등을 비켜 갈 수는 없었다. 1920년대 미국에서 일어난 변화들에 대해 피츠제럴드가 (의식적으로든 무의식으로든) 어떤 불안감을 가졌다면, 이는 피츠제럴드가 경험한 바로 그 '숨 가쁜 삶' 때문일 것이라고 짐작해 볼 수 있다. 또는 피츠제럴드가 신여성을 배우자로 받아들인 것은, 단지 그 여성이 심리적 고통을 겪고 있었고 그의 도움을 필요로 했기 때문이었다고 추측해 볼 수도 있다(이에 관한 내용 및 아내 젤다Zelda와의 격정적인 삶은 피츠제럴드의 반¼자전적 소설 《밤은 부드러워Tender Is the Night》(1934)에 구체적으로 묘사되어 있다). 그러나 피츠제럴드의 삶을 되짚어 보는 것이 우리의 목적은 아니다. 우리의 목적은 그의 가장 유명한 소설인 《위대한 개츠비》가 제1차 세계대전 이후 출현한 신여성을 대하는 당대 사회의 불편한 감정을 어떻게 구체화하고 있는지를 살펴보는 것이다.

그 불편감은 《위대한 개츠비》가 비중이 낮은 여성 등장인물들을 표상하는 방식에서, 그리고 좀 더 복잡하지만 주요 인물인 데이지 뷰캐넌, 조던 베이커, 머틀 윌슨을 형상화하는 방식에서 각각 확인할 수 있다. 서로 크게 다른 이 세 사람 사이에 그나마 공통점이 있다면, 이들은 모두 신여성이라는 점이다. 그런 점에서 우리는 이 세 여성에 대한 닉의 묘사가 《위대한 개츠비》의 이데올로기적 편향을 드러내고 있다고 추측해 볼 수 있다. 물론 그 편향은 닉만의 것이 아니다. 닉은 톰 뷰캐넌과 달리 텍스트에서 호의적으로 묘사되는데, 이러한 호감이 단지 저자가 1인칭 시점(우리는 서사적 사건들을 닉의 눈을 통해, 즉 '닉의 입장에서' 보게 된다)을 사용하기 때문에 드는 것만은 아니다. 닉이 독자의 호감을 사는 또 다른 이유는, 그가 자신의 욕망이나 반감, 두려움, 의혹, 애정 등과 같은 개인적 느낌을 감성적이고 매혹적인 어조에 담아 독자와 공유하려 하기 때문이다. 아울러 일관되게 윤리적 고려를 잊지 않는 유일한 인물로서 소설의 윤리적 중심축이 된다는 점도 닉에게 공감하게 되는 이유 중 하나이다. 따라서 피츠제럴드가 의도적으로 닉 캐러웨이를 믿을 만한 화자로 설정했는지의 여부와는 상관없이, 대부분의 독자들은 닉의 관점에 강하게 영향을 받는다고 보는 것이 합리적이다.

《위대한 개츠비》에는 그 옷차림이나 행동 면에서 신여성의 화신이라고 봐도 좋을 군소 여성 인물들이 넘쳐난다. 그런데 이들은 마치 단 하나의 부정적 인물유형을 본떠 찍어 낸 복제인간인 것처럼 하나같이 획일적으로 묘사된다. 즉, 그들 모두는 천박하고 자기과시적이며 혐오스럽고 부정직하다.

예를 들어, 개츠비의 파티에서는 "서로 이름도 모르는 여자들끼리 신바람나서 대화"(44/68; 3장)를 나누는 모습을 목격하는데, 사실 이들의 대화는 성의 없는 객담에 불과하다. 또한 술기운에 취해 주위의 관심을 끌어 보려는 자기도취적인 젊은 여성들도 곳곳에 숱하게 많다. "용기를 과시하듯 공중에서 칵테일 잔을 번쩍 잡아 들고 쏟아버리더니 … 천막 연단 위에서 혼자 춤을"(45/68; 3장) 추는 여성이 있는가 하면, "조금만 우스갯소리를 해도 미친 듯이 웃어 대는 수선스럽고 체구가 작은 아가씨"(51/77; 3장)도 눈에 띈다.

"노래를 부를 뿐만 아니라 또한 흐느껴 울고 있었"던 어느 술 취한 여성은 "두껍게 칠한 속눈썹에 눈물이 닿아" 얼굴에 "검은 실개천"이 생기기도 한다.(55-56/83; 3장) 또 다른 술 취한 젊은 여성은 머리를 풀장에 처박히기도 한다. 그녀가 계속 소리 지르는 것을 막으려고 누군가 그녀 머리를 "풀장에다 집어넣"(113/161; 6장)은 것이다. 심지어 술에 취한 부인 두 명은 파티장에서 나가지 않으려다가 말싸움에 지친 남편들에 의해 "발버둥 치면서 밤 속으로 끌려 나가고 말았다."(57/85; 3장) 그리고 베니 맥클리너핸의 "여자 네 명"이 있다.

> 올 때마다 다른 여자들이었지만 외모가 몹시 비슷해 아무래도 전에 온 적이 있는 듯했다. 나는 그들의 이름은 잊어버렸다. 재클린이라는 이름이 있었던 것 같고 콘수엘라나 글로리아, 주디, 아니면 준이라는 이름도 있었던 것 같다. 그들의 성姓은 꽃이나 달(月) 이름을 딴 음악적인 것이거나, 아니면 미국의 대자본가들의 좀 더 엄숙한 이름이었을 텐데, 꼬치꼬치 캐물으면 그 자본가들의 사촌뻘이 된다고 고백했을지도 모르겠다. (67/98; 4장)

바꾸어 말하면, 맥클리너핸과 함께 개츠비의 파티를 찾았던 비슷한 생김새의 여성들 모두 처음 만난 사람들에게 자신을 각인시키려고 각자 이름을 짓고 사연을 만들어 냈다는 것이다. 닉이 그렇게 생각한다면, "여자의 부정직함이란 그렇게 심하게 나무랄 것이 못 된다"(63/93; 3장)는 그의 말도 딱히 놀랍지 않다. 말하자면, 여성의 부정직함이란 여성의 다른 단점들과 마찬가지로 태생적인 결함이기 때문에 어쩔 도리가 없다고 닉은 판단한 것이다.

비중이 적은 여성 등장인물 가운데 신여성 범주에 속하면서도 상대적으로 자세히 묘사된 인물로는 맥키 부인과 머틀의 여동생 캐서린이 있다. 맥키 부인은 "찢어지는 듯 날카로운 목소리에 힘이 없어 보였고, 예쁘기는 했지만 끔찍한"(34/55; 2장) 여성으로, 캐서린은 앞에서 언급한 신여성에 대한 부정적 고정관념에 딱 들어맞는 여성으로 각각 묘사된다. 소설에서 캐서린의 비중은 미미한데도 그녀에 대한 서술이 제법 긴 이유는, 아마도 신여성은 육체적 매력이 떨어진다는 사실을 입증하는 본보기 격으로 그녀가 선택되었기 때문일 것이다(다른 여성 인물들에 대한 묘사에서는 이 점이 살짝 암시만 되어 있다).

머틀의 여동생은 … 몸매가 날씬한, 닳고 닳은 여자로 뻣뻣한 붉은 단발머리에 얼굴에는 우유같이 흰 분을 바르고 있었다. 눈썹을 뽑고 그 위에 좀 더 예쁘게 보이도록 새로 그렸지만 뽑힌 자리에서 눈썹이 다시 돋아나는 바람에 얼굴이 지저분해 보였다. 그녀가 몸을 움직일 때면 두 팔에 달린 헤아릴 수 없이 많은 도기 팔찌가 위아래로 흔들리며 끊임없이 짤랑거리는 소리를 냈다. 주인처럼 당당히 서둘러 들어와서는 탐욕스러운 눈길로 가구를 둘러보는 모습이 마치 그녀가 집주인인가 하는 착각이 들 정도였다. 그래서 내가 여기서 사느냐고 물었더니 그녀는 호탕하게 웃으면서, 내 질문을 큰 소리로 되풀이하고는 자기는 여자 친구와 함께 호텔에서 지낸다고 대답했다. (34/54-55; 2장)

이 장면은 처음부터 명백한 거짓말로 사람을 대하는, 다소 시끄럽고 천박하며 불쾌감을 주는 어느 젊은 여성을 묘사하고 있다. 캐서린은 그러한 묘사가 불러일으키는 기대감을 어김없이 충족시키는 인물이다. 특히 머틀과 머틀의 "애인"(39/62; 2장)을 주제로 캐서린이 닉과 대화하는 모습은 그녀의 천박함을 곧바로 증명해 준다. 자신은 술을 마시지 않는다는 캐서린의 주장 역시 거짓인데, 이는 머틀이 사망한 날 밤 술에 잔뜩 취한 채로 조지의 정비소에 나타나는 그녀의 모습에서 확인할 수 있다. 캐서린의 천박함과 어리석음은 친구와 몬테카를로에서 도박했던 이야기를 하는 동안 더욱 두드러진다. "출발할 때 1,200달러 넘게 갖고 갔는데 특실 도박장에서 이틀 만에 몽땅 날려 버렸죠. 돌아오는 데 얼마나 고생을 했는지 몰라요. 맙소사, 그놈의 도시라면 이제 지긋지긋해요!"(38/60; 2장)

　　어떤 이는 《위대한 개츠비》에 담긴 편견이 성차별적이라기보다는 계급 차별적이라고 주장할지도 모른다. 앞에서 언급된 여성들은 모두 사회경제적 차원에서 하층계급에 속하기 때문이다. 그러나 같은 계급에 속한 남성 등장인물들은 동정적으로 묘사되는 경우가 많다는 점을 생각하자. 예를 들어, 조지 윌슨은 부족한 점은 많지만 아내에게만큼은 헌신하는 검소하고 근면한 남성으로 묘사된다. "쓰레기 계곡"(27/45; 2장)에서 장사가 안 되는 카페를 운영하는 마이클리스는 평소에도 조지에게 친절할 뿐 아니라, 머틀이 죽은 뒤에는 더더욱 조지를 챙기며 보살피는 인물이다. 심지어 파티에 간 남편들조차 술에 취해 욕설을 남발하는 아내들 앞에서 '맨정신'으로 경이로운 인내심을 발휘하는 것으로 묘사된다. 다시 말해 이 소설에서 여성들이 비난의 대상으로 지목되는 이유는, 그들이 하위계급에 속하기 때문이 아니라 가부장적 성역할을 위반하기 때문이다.

　　《위대한 개츠비》가 신여성을 불편해한다는 사실은 주요 여성 등장인물인 데이지 뷰캐넌, 조던 베이커, 머틀 윌슨에 대한 인물 묘사에서 더욱 복잡한 방식으로 뚜렷하게 나타난다. 이들은 계급, 직업, 결혼 여부, 외모, 성

격 등은 서로 전혀 다르지만, 몸치장과 사회적 자유라는 면에서 모두 신여
성이라고 부를 만한 특징을 지녔다. 앞서 언급한 여성 등장인물들과 마찬
가지로 데이지와 조던, 그리고 머틀은 머리모양과 옷차림이 매우 현대적일
뿐 아니라, 그들의 어머니나 할머니와 달리 사람들이 많은 데서 술, 담배,
경박한 춤 등을 삼가고 얌전히 있어야 한다고 생각하지 않는다. 그뿐 아니
라, 세 여성 모두 현대적 의미의 자립심을 꽤나 과시하려고 한다. 결혼한
여성은 두 명뿐이며, 이들조차 부부간의 문제들을 결코 비밀로 남겨 두지
않는다. 그런 문제들을 다른 사람들에게 발설하지 않는 것은 가부장적 결
혼제도의 기본 규칙 가운데 하나인데도 말이다. 유일하게 결혼하지 않은
조던의 경우, 남성들이 장악하고 있는 프로골프 세계에서 나름의 성과를
올리며 정상급 선수로서의 경력을 쌓아 간다. 그 외에도, 세 여성은 전통
적 의미의 '따뜻한 가정'보다 흥분으로 가득한 밤 문화를 선호한다는 점에
서도 공통적으로 신여성의 면모를 보인다. 이들 가운데 자식이 있는 사람
은 데이지뿐인데, 데이지가 겉으로는 딸 패미를 따뜻하게 대하는 것 같아
도 일상생활에서 어머니로서 수행하는 역할은 거의 찾아볼 수 없다(패미는
보모의 손에서 자란다). 마지막으로, 세 여성 모두 가부장제의 성적 금기를
위반하는 인물들이다. 데이지와 머틀은 외도를 벌이고, 조던은 혼전 성교
를 한다. 조던과 만남을 시작하고 나서, 닉은 새벽 2시까지 집에 가지 않
았다고 굳이 안 해도 될 말을 하는데, 그런 다음 이렇게 덧붙인다. 조던은
"이 세상에 차갑고 오만한 미소를 보이면서도 자신의 강인하고 발랄한 육
체의 욕구를 충족시키려고 아주 어릴 적부터 속임수와 거래해 왔던 것 같
다."(58/93, 3장)

《위대한 개츠비》가 여성들의 이 같은 자유를 용납하지 않는다는 점은 해
당 여성들에 대한 냉랭한 묘사만 봐도 명백히 드러난다. 데이지 뷰캐넌은
철부지인 동시에 사람을 죽여 놓고 양심의 가책을 느끼지 않는 살인범으로

형상화된다. 항상 주목받고 싶어 하는 그녀는 자신의 욕구 외에는 다른 사람을 전혀 고려하지 않는다. 머틀 윌슨의 죽음은 분명 돌발적인 사고였으나, 데이지는 자신이 몰던 차에 치여 쓰러진 머틀을 돕기는커녕 차를 멈추지도 않는다. 더 나아가, 다음 날 톰과 함께 짐을 꾸려 어디론가 사라짐으로써, 결과적으로 개츠비가 모든 책임을 뒤집어쓰게 만든다(불과 수십 년 전까지만 해도 이 대목을 놓고 독자들이 "여자한테 운전대를 쥐어 주면 어떻게 되는지 알겠지?"라는 식의 이야기를 주고받았다는 사실이 믿어지는가?). 개츠비가 자신과 같은 계급 출신이 아니라는 사실을 알고 나서는, 이후 개츠비에게 닥칠 운명 따위 아랑곳하지 않은 채 남편 톰의 재산과 권력 속으로 숨어 들어간다. 그런데 데이지에 대한 이 같은 비난은 대부분 그녀가 개츠비의 헌신적 사랑을 받을 만한 인물이 아니라고 보는 시각에서 비롯된다. 개츠비는 데이지가 남편을 떠나 자신에게 올 것이라고 믿었고 데이지도 개츠비의 믿음을 부정하지 않았지만, 닉의 관찰에 따르면 개츠비와 데이지, 톰, 조던이 모두 모여 있던 뉴욕의 호텔 방에서 데이지는 "호소하는 듯한 눈빛으로 조던과 나를 쳐다보았다. 마치 … 자신은 처음부터 어떤 행동도 하려고 한 것이 아니라는 것 같았다."(139/194-195; 7장) 데이지의 말투도 대부분 어딘가 꾸며 낸 듯한 인상을 준다. "너무 행복해서 몸이 다 마—마비될 지경이에요."(13/26; 1장), "오빠를 보면 나는 늘 생각나는 게 있어요. 한 떨기 장미, 순수한 장미 말이에요."(19/34; 1장), "아—이—고, 우리 귀—여—운 보물 … 너를 사랑하는 엄마에게 오렴."(123/173; 7장) 이런 말들을 접하면, 그녀의 어떤 말도 진지하게 받아들이기 어려워진다. 즉, 데이지가 가진 가장 큰 악덕은 진실하지 못하다는 것이다.

조던 베이커 또한 거짓말과 부정행위를 일삼는 여성으로 형상화된다. 빌려 온 자동차임에도 비가 내리는 동안 차의 덮개를 열어 두는 모습에서, 닉은 조던이 거짓말을 하고 있음을 눈치챈다. 게다가 조던은 골프 토너먼트 대회에서 명백한 부정행위를 저지르다가 적발되어 간신히 이를 수습한 적이 있는데, 정황상 뇌물을 주거나 압력을 행사했던 것으로 추정된다. "그 사건은 스캔들 수준으로까지 확대되다가 갑자기 유야무야되고 말았다. 캐디 한 사람이 진술을 번복했고 단 한 명뿐이던 목격자는 어쩌면 자신이 잘못 보았을지도 모른다고 발뺌했던 것이다."(62-63/92-93; 3장) 데이지와 마찬가지로 조던 역시 다른 사람들을 그리 배려하지 않으며, 자신이 책임져야 할 일은 회피하려고 한다. 조던의 이러한 태도는 "그녀가 노동자들 곁으로 차를 바싹 몰고 가다가 그만 차의 흙받기로 그중 한 사람의 윗도리 단추를 가볍게 건드린 일"(63/93; 3장)에서 잘 드러난다. 닉은 조던에게 좀 더 조심하지 않을 거면 아예 운전을 하지 말라고 충고하지만, 조던은 다음과 같이 무심하게 대꾸한다. "그 사람들이 비켜 갈 게 아니냔 말이에요. … 사고가 나려면 양쪽 다 실수를 해야 한다고요."(63/94; 3장) 다시 닉이 "만약 당신처럼 부주의한 사람을 만나게 되면 어떻게 하려고요?"(같은 곳)라고 묻자, 조던은 "그럴 일이 없기를 바라야지요. … 난 조심성 없는 사람을 끔찍이도 싫어하거든요. 당신을 좋아하는 이유도 거기 있지요"(같은 곳)라고 대답하며 교활함을 드러낸다. 닉이 "그 순간 나는 그녀를 사랑한다고 생각했다"(같은 곳)고 인정하는 것을 보면, 그녀의 교활한 면모는 성공적으로 작동한 셈이다. 물론 조던이 골프계에서 성공하는 데 속임수가 필요했다는 사실은, 여성이 순전히 자기 능력만으로는 남성의 영역에서 결코 성공할 수 없음을 암시하는 것이기도 하다. 조던의 신체에 관한 묘사는 남성의 영역을 침범하는 여성에 대한 고정관념을 완성시킨다. 즉, 그러한 여성은 여성적이지 않고 남성적이라는 것이다. 닉은 조던에 대해 "몸매가 날씬하고 가슴이 작은 데다, 마치 사관생도처럼 어깨를 뒤로 쫙 펴고 있었기 때문에 꼿꼿한 자세가 더욱 두드러져 보였다"(15/29; 1장)고 서술한다. 조던의 외모를 묘사할 때 자주 쓰이는 말 가운데 하나가 '쾌활한jaunty'이라는 단어이다. 말하자면, 조던은 소년처럼 보인다.

그러나 세 여성 가운데 가장 비호감 인물로 형상화되는 여성은 단연 머틀 윌슨이다. 그녀는 시끄럽고 불쾌하고 진실하지 못하다. 톰이 머틀과의 밀회를 위해 마련한 아파트에서 파티를 벌일 때 그녀의 행동이 "[격렬하게] 가식적으로 변"(35/55; 2장)하는 모습을 우리는 확인할 수 있다. 남편 조지는 머틀에게 최선을 다하지만, 머틀은 그런 조지를 속이고 괴롭히며 모욕을 주기까지 한다. 데이지처럼 '남편이 부정을 저질렀기 때문'이라는 식의 변명도 없다. 머틀에게는 데이지와 조던의 젊음도, 미모도 없다. "삼십 대 중반에 접어든 그녀는 약간 뚱뚱한 편으로 … 예쁜 구석이라고는 찾아볼 수 없었지만"(29-30/48-49; 2장), 다른 두 여성과는 다르게 노골적으로 성적인 면이 부각된다. 그녀는 "육중한 몸을 육감적으로 움직였"(29/48; 2장)고, "온몸의 신경이 연기를 내뿜듯 끊임없이 생동감을 발산하는 것을 금방 느낄 수 있었다."(30/49; 2장) 나아가, 머틀은 데이지나 조던보다 훨씬 더 성적으로 적극적이다. 톰과 닉이 윌슨의 정비소에 불쑥 나타났을 때 머틀이 어떻게 행동하는지 한번 살펴보자.

그녀는 천천히 미소를 지으며 남편이 마치 무슨 유령이라도 되는 듯 지나치더니 톰과 악수를 하며 정면으로 그의 눈을 응시했다. 그러고 나서 입술에 침을 바르고 남편을 쳐다보지도 않은 채 나지막하고 거친 목소리로 그에게 이렇게 말했다.

"의자 좀 가져오지 않고요. 좀 앉으시게 해야죠."

"아, 그렇지." [윌슨이 동의했다.] … 쓰레기 계곡 근처에 있는 것은 무엇이든 희뿌연 재를 뒤집어쓰고 있듯 그의 검은 양복과 윤기 없는 머리카락에도 먼지가 뽀얗게 덮여 있었다. 하지만 그의 아내에게는 재가 묻어 있지 않았다. 그녀는 톰에게 가까이 다가왔다. (30/49; 2장)

실제로 머틀은 이 소설에서 성관계를 갖는 모습을 독자가 "보는" 유일한 여성이다. 닉이 담배를 사 들고 톰과 머틀의 아파트로 돌아와 보니 그들은 이미 침실로 들어가고 없었고, 다른 지인들이 아파트에 도착해서야 그들을 다시 볼 수 있었다는 사실에서 이를 짐작할 수 있다. 머틀이 톰에게 관심을 갖는 이유는 확실히 돈 때문이다. 톰을 만나자마자 그의 돈을 써 재끼는 머틀은, 톰에게 처음 끌리게 된 계기가 그의 값비싼 옷차림이었다고 거리낌 없이 말한다. 또한, 머틀은 톰이 데이지와 이혼하고 자신과 결혼하길 바란다. 그래야만 조지와 11년간 살아온 자동차 정비소에 딸린 집에서 벗어나 사치 향락의 삶을 만끽할 수 있다고 생각하기 때문이다.

그런데 이처럼 기존의 관습을 거스르는 세 여성이 모두 부정적으로 묘사된다는 사실과 함께(데이지나 조던, 머틀 윌슨에게 호감을 느끼는 독자는 흔치 않을 것이다), 이들 모두 서사적 사건들로 '응징'된다는 사실에 주목해야 한다. 데이지는 톰과의 애정 없는 결혼 생활을 지속해 나갈 수밖에 없는데, 어쩌면 이는 아주 당연한 귀결이다. 개츠비를 버렸으니, 이보다 통렬한 인과응보가 어디 있으랴. 톰이 끊임없이 외도를 탐한다는 점을 감안하면, 톰과 함께 계속 살아야 한다는 것은 데이지에게 아주 마땅한 처벌이 아닐 수 없다. 데이지가 톰을 배신했듯이, 아니 더 중요하게는 개츠비를 배신했듯이, 톰도 데이지를 배신할 것이다. 한편 조던은 개츠비가 살해당한 직후 닉과 전화로 통화하던 중 그에게서 "걷어차"(186/257; 9장)이는 '응징'을 당한다. 나중에 닉은 조던에게 작별 인사를 고하면서 그녀에 대해 다음과 같이 말한다. "그녀는 아무 설명도 없이 다른 남자와 약혼했노라고 말했다. 비록 그녀가 고개만 까딱해도 결혼할 남자가 몇 명 있기는 했지만 어쩐지 그 말이 믿기지가 않았다."(185-186/257; 9장) 그 자리에서 조던은 닉에게 "지금은 당신에 대해 털끝만큼도 관심 없지만, 그때는 그런 일을 겪어본 적이 없어서 한동안 좀 어리둥절했지요"(186/257-258; 9장)라고 말하지만, 자신은 개의치 않는다고 애써 강조하는 것 자체가 결국 '콧대가 꺾였다'는 사실을 말해 주는 증거라고 할 수 있다.

　가장 가혹한 '응징' 또는 처벌은 역시 가부장제에 가장 위협적이었던 여성에게 가해진다. 그 대상은 머틀 윌슨이다. 가부장제에 가장 위협이 되는 여성이 머틀인 이유는, 그녀가 가부장적 젠더 역할을 뻔뻔스럽게 위반할 뿐 아니라, 무력한 하층계급에 속한 여성임에도 데이지나 조던보다 성적 에너지가 훨씬 공격적인 데다 개인의 차원에서도 훨씬 강력한 힘을 가졌기 때문이다. 머틀 앞에서는 그녀의 남편인 조지도 존재감을 상실하며, 그녀의 "강렬한 생명력"(35/55; 2장)은 자동차 정비소의 "회색〔시멘트〕 벽"(30/49; 2장) 사이에서 유일하게 도드라진다(반면 조지는 "회색〔시멘트〕 벽"과 섞여 있는 듯한 느낌을 준다). 심지어 개츠비와 함께 빠른 속도로 차를 몰며 집으로 돌아가던 닉이 조지의 정비소를 지나면서 "윌슨 부인이 기운차게 헐떡거리며 펌프를 누르고 있는 모습"(72/105; 4장)을 알아볼 정도이다. 반대로 조지는 마이클리스의 말처럼 "자기 뜻대로 행동한다기보다 아내에게 잡혀 사는 남자"(144/201; 7장)이자, "친구는커녕 마누라도 버거워하는 위인"(167/232; 8장)이다. 머틀은 더 나아가 톰에게 맞서기까지 한다. 자신에게도 "데이지 이름을 언급할" 권리가 있다고 주장하면서 말이다. "'데이지! 데이지! 데이지!' 윌슨 부인이 소리쳤다. '내가 부르고 싶으면 언제든지 부를 거예요!'"(41/64; 2장)

　머틀이 데이지의 이름을 입에 올린 데 대한 톰의 '응징'은 신속하면서도 무자비하다. "순간 톰 뷰캐넌이 능숙하게 손바닥으로 그녀의 코를 잽싸게 후려쳤다."(41/64; 2장) 그러나 닉은 이 상황을 사소한 것인 양 잠깐 언급하고 지나가는데, 이로써 독자들이 머틀에게 동정심을 가질 틈을 미리 틀어막는다. 닉은 "잠시 후 목욕탕 바닥에는 피 묻은 수건들이 널려 있었고, 여자들이 꾸짖는 소리가 들렸"(41/64; 2장)을 뿐이라고 담담하게 서술하며 독자들의 동정심을 효과적으로 차단한다. 맥키 씨는 무심한 태도로 천천히 문 쪽으로 걸어 나가고, 닉도 "구급약을 들고서 비좁은 가구 사이를 뛰어다니며 화를 내기도 하고 위로를 건네기도 하는"(41-42/64; 2장) 맥키 부인과 캐서린을 남겨 둔 채 그의 뒤를 따른다. 바꾸어 말하면, 머틀의 코가 부러진 사실은 아무렇지도 않은 일이다. 여성들이 늘 하던 방 청소 같은 일일 뿐이고, 남자들이 걱정할 이유가 없는 하찮은 일일 뿐이다. 더군다나 머틀과 같은 여성이라면 그런 일을 당해도 싸다.

물론, 톰이 머틀을 학대하는 장면은 이 소설이 그녀에게 가하는 처벌에 견주면 분명 미약한 것이다. 남편이 가두자 뛰쳐나온 머틀은 멀리서 달려오던 자동차에 톰이 타고 있다고 믿고 차를 세우려다가 그만 차에 치여 숨지게 된다. 여기서 주목해야 할 부분은, 머틀의 죽음에는 일종의 '성불구'가 함축되어 있다는 점이다. "아직도 땀에 젖어 축축한 블라우스 자락을 찢어 보니 왼쪽 가슴이 늘어진 물건처럼 너덜거리고 있었"(145/202-203; 7장)다고 쓴 묘사를 보라. 이는 머틀의 성적 생명력, 그러니까 그녀의 공격성이야말로 진정한 죄악이었음을 강조하는 것이다. 실제로 머틀의 죽음에 대한 묘사는 그녀의 생명력에 초점을 맞추고 있다. "입은 마치 그렇게 오랫동안 축적해 놓은 엄청난 생명력을 쏟아 버리느라 조금 숨이 찼던 듯 딱 벌린 채 양쪽 가장자리가 조금 찢겨 있었다."(145/203; 7장) 사실, 품행이 나쁘기로 말하자면, 머틀보다 데이지나 조던이 훨씬 심각하다. 머틀은 데이지처럼 교통사고로 사람을 죽인 뒤 잘못을 애인에게 떠넘기는 식의 행동을 하지 않았고, 조던처럼 근본적으로 부정직하게 처신하지도 않았다. 그런데도 가장 가혹한 '응징'이 머틀에게 내려졌다. 즉,《위대한 개츠비》는 확실히 여성의 자질 가운데 가장 비호감적이고 용납될 수 없는 자질로 공격성, 특히 성적 공격성을 꼽고 있는 셈이다. 그 결과, 데이지와 조던은 이따금 '나쁜 여자'가 될지 모르지만, 머틀은 그 성적 공격성으로 말미암아 언제나 '나쁜 여자'가 된다. 이렇듯, 여성 등장인물들에 대한 부정적 성격 묘사와 가혹한 처벌이라는 점에서 볼 때,《위대한 개츠비》는 제1차 세계대전 이후 등장한 신여성에 대해 전반적으로 불편한 심기를 드러내는 소설이라고 볼 수 있다.

그 불편함은 오늘날 미국문화의 가부장제 이데올로기 안에 아직까지 남아 있는 것이기도 하다. 물론 오늘날의 여성은 머리를 짧게 자르고 짧은 치마를 입었다는 이유로 비난받지 않으며, 과격한 춤을 추거나 시끌벅적한 나이트클럽에 자주 들락거린다고 비난받지도 않는다(다만, 그러한 상황에서 여성에게 폭력이 가해졌을 때, 피해 여성은 "당신이 자초한 일"이라는 말을 듣게 될지도 모른다). 그러나 결혼하지 않은 채로 아이를 갖거나 낳아 키우려 하면, 성적인 면에서 적극적인 모습을 보이면, 자기 일에서 '너무' 성공하면, 결혼과 가정보다 경력 쌓기를 우선시하면, 전통적 젠더 역할을 위반했다는 이유로 여전히 곱지 않은 눈초리를 받기 일쑤다. 열거한 것과 같은 여성의 행동들은 '너무나 공격적인' 것으로 간주되기 십상이며, 텔레비전 프로그램이나 영화에서도 공공연한 조롱거리가 된다. 오늘날에도 미국 여성은 공격성을 드러낸다고 여겨지면 머틀 윌슨의 경우처럼 '응징'되거나 비난에 직면하게 된다. 실제로 일부 미국인들은 미국에서 여성을 겨냥한 폭력 범죄가 증가하는 이유를 여성들의 공격성이 커진 데서, 또는 적어도 그렇게 인식된다는 데서 찾으려고 한다. 그러한 범죄가 일어나는 데 여성의 성이 중요한 요인이라는 사실을 인정하려 들지 않는 것이다.

물론 여성을 보호하는 법률이 속속 통과되고 있기는 하다. 직장 내 성희롱 금지법, 가정에서의 성적 학대 및 기타 가정폭력 금지법 등이 그 예다. 강간을 치정 범죄로 간주해 조용히 넘어가지 않고 폭력 범죄로서 엄중 처벌하는 추세인 것도 사실이다. 그러나 범죄 피해자들을 지원하는 데 필요한 세간의 인식과 지지는 법적 제도의 개선 속도를 따라잡기엔 아직도 한참 모자란다. 예를 들어, 피해자에게도 어느 정도 책임이 있다는 견해는 좀처럼 사라지지 않는다. "그녀가 입었던 드레스는 가슴 쪽이 얼마나 파여 있었나?" "남편이 그녀를 때리기 전에 그녀가 남편을 화나게 한 것은 아닌가?" 운운하면서 말이다. 이런 식의 태도를 **피해자 책임 전가**blaming the victim라고 부른다. 그러니까, 피해 여성들의 성별이 아닌 공격적이거나 부적절하거나 어리석은 행동이 그들 자신을 곤경에 빠뜨릴 수 있다고 보는 것이다. 미국연방수사국(FBI)이 마침내 증오범죄와 관련하여 피해자의 성과 젠더 정체성의 역할을 인정했지만, "사법 집행기관(경찰 및 검사)은 여성 폭력을 증오범죄로 간주하지 않는다." 게다가, 정부 당국이 보고한 여성 증오범죄의 수는 "피해자가 보고한 숫자에 한참 못 미치는 수준"이다(Mitten, n.p.).

여성에 대한 공격을 증오범죄로 인정하지 않겠다며 끈질기게 거부하는 태도를 보면서 나는 무장한 남성 침입자가 어느 캐나다 대학의 공학 계열 여학생들을 강의실 벽에 일렬로 세운 뒤 총으로 쏘아 죽인 사건을 떠올리지 않을 수 없었다. 텔레비전 뉴스 진행자는 범죄 동기가 밝혀지지 않았다고 말한다. 요즘 같으면 증오범죄가 명백하다며 즉각 인정했을 것이다. 그러나 캐나다 총격 사건 직후, 어느 미국 대학의 공대 여학생들이 익명의 협박 편지를 받게 된 것을 생각해 볼 때, 요즘이라도 사법집행자들이 그런 협박을 여성 증오범죄로 과연 인정할까 하는 의구심이 들지 않을 수 없다. 요즘에도 법집행자들 사이에 강간, 성희롱, 가정폭력을 여성 증오범죄로 간주하지 않는 경향이 있음을 고려하면, 여성이 협박당하고 희롱당하고 신체적으로 공격당할 때 도대체 정부에 무엇을 기대해야 할지 모르겠다는 생각이 들지 않을 수 없다. 한 가지 분명한 것은, 여성 억압이 아직도 존재한다는 대중의 인식이나 법률적 인식이 있기 전까지는 여성 억압에 원인을 제공하는 가부장적 이데올로기를 실질적으로 무너뜨릴 수 없다는 사실이다.

물론 가부장제 이데올로기를 인식하는 것이 왜 어려운지 나도 잘 안다. 나 역시 가부장제 이데올로기의 피해자였음에도 이를 인식하는데 어려움을 겪었기 때문이다. 나는 백인 노동계급의 자녀로 자랐기 때문에 경제적으로 살아남는 문제를 주로 고민할 수밖에 없었고, 그러다 보니 젠더보다는 계급 관련 문제들에 더욱 주목하게 되었다. 한편, 부모님은 정치지도자들과 사회체제 전체가 어떤 식으로 부자들 편만 들고 중산층, 특히 중산층 내부의 중류층과 하류층을 홀대하는지를 내게 가르쳐 주었다. 부모님은 내게 대학 진학을 강력히 권했고, 결혼을 불가피한 목표로 삼지는 말라고 이야기했다. 하지만 그럼에도 내가 학교 선생이 되는 것이 앞으로 살아가는 데 가장 유리할 것이라고 믿었다. 학교 선생이 되면 근무시간과 업무 특성상 내가 혹시 결혼하더라도 아내와 엄마로서의 의무를 소홀히 하는 일은 없으리라는 것이었다. 일찍부터 다른 정치적 문제들에 집중하느라 젠더 문제를 소홀히 한 탓에, 나는 가부장제가 어떻게 작동하는지 전혀 무지했다.

내가 당장의 괴로움을 번번이 피하려고만 했던 것도 분명 사실이다. 나는 나 자신이 어떻게 억압당하고 있는지를 알려고 하지 않았다. 무슨 일이 생겼을 때 내가 할 수 있는 일이 별로 없다고 생각했기 때문이다. 결혼한 직장 상사의 데이트 신청을 두 차례 거절한 뒤 직장에서 해고되었을 때, 나는 그저 '그 사람한테 내가 쓸모가 없었나 보다'라고만 생각했다. 채용 면접 도중 면접관이 내 왼쪽 가슴에 손을 대기에 그 손을 뿌리치고 결국 취업에 실패했을 때도, 나는 '누가 될지 모르겠지만, 그 남자 밑에서 일하는 여자는 참 안됐군'이라고 생각했을 뿐이다. 나를 가르치던 교수 가운데 한 사람은 내가 가까이 갈 때마다 극도로 불편해하는 것 같았고, 내가 근처에 있는 걸 발견하기라도 하면 서둘러 자리를 피하곤 했다. 교수의 그러한 행동이 내가 당시 철학과 대학원에 재학 중인 유일한 여학생이었다는 사실, 아니면 내 키가 그 교수보다 머리 하나는 더 컸다는 사실과 관련이 있으리라고는 그때는 전혀 생각해 보지 못했다.

그러니 20대 초반에 《위대한 개츠비》를 처음 읽었을 때, 이 소설이 가부장적 주제를 담고 있다는 생각이 전혀 들지 않은 것도 당연하다. 이 소설에서 여성 등장인물들(특히, 머틀)이 하나같이 무정하고 매정하며 도덕관념도 희박한 인물로 그려져 있다는 사실을 직감했는데도 그랬다. 20대 초반의 나는《위대한 개츠비》의 여성 묘사와 내가 좋아하던 다른 남성 저자들의 작품(다른 이유로 여전히 내가 높이 평가하는 작품들)에서 보아 온 숱한 성차별적 묘사 사이에서 어떠한 연결 고리도 발견하지 못했다. 그러한 묘사가 실제로 얼마나 성차별적인지 몰랐기 때문이다. '눈을 떠 가는' 과정은 길고도 고통스러운 과정이었고, 이는 지금도 계속되고 있다. 수많은 학생들과 친구들, 동료들과 대화를 나누면서 알게 된 것은 내가 말한 이런저런 경험들이 비단 나만의 것은 아니었다는 사실이다. 그 경험들은 대부분의 여성들, 그리고 일부 남성들도 공유하는 것이었다.

분명한 것은, 가부장제 이데올로기를 인식하는 능력과 그러한 인식에 수반되는 고통을 감내하려는 의지 사이에는 중요한 연결 고리가 존재한다는 점이다. 이 점이야말로 어쩌면 페미니즘이 아직까지도 많은 여성 및 남성들 사이에서 의혹의 대상이 되는 주된 이유 중 하나일지 모른다. 페미니즘은 우리의 공적인 삶과 더불어 각자의 사적인 삶까지도 비쳐 주는 거울이 될 뿐 아니라, 우리로 하여금 가장 개인적인 경험과 가장 견고하고 자연스러워 보이는 가설들을 재평가하라고 촉구하기 때문이다. 그런 점에서《위대한 개츠비》같은 작품은 페미니즘 비평을 처음 공부하는 학생들에게 매우 유익하다고 할 수 있다. 우리는 이런 작품을 통해 가부장제 이데올로기가 문학 작품에서 어떻게 작동하는지 살펴보는 법을 배울 수 있다. 이는 페미니즘적 통찰을 궁극적으로 필요로 하는 자리에 그것을 가장 확실하게 적용할 수 있도록 준비하는 작업이기도 하다. 그 자리는 바로 우리 자신이다.

다음 질문들은 본보기로서 제시된 것이다. 다음에 언급된 문학작품이나 여러분이 직접 고른 작품을 페미니즘 이론으로 해석하고자 할 때, 다음과 같은 질문을 던져 보면 도움이 될 것이다.

① 케이트 쇼팽의 〈폭풍〉이 발표된 1898년 무렵에는 여성이 성적 욕망을 갖는 것 자체가 대개 비정상으로 간주되었다. 〈폭풍〉은 이 같은 가부장적 믿음을 어떻게 비판하는가? 칼릭스타와 클라리스의 삶에서 교차성(가령 성과 사회경제적 계급의 교차)은 어떤 방식으로 작동하는가? 교차성은 그들의 행위에 어떤 방식으로 영향을 주는가?

② 토니 모리슨의 《빌러비드》(1987)는 남북전쟁 이전의 미국 사회에서 작동하는 가부장제에 대하여 무엇을 암시하는가? 가령, 흑인 노예와 흑인 자유인들에게 가부장제는 어떤 방식으로 다른가? 이 소설은 무수한 예를 통해 흑인 노예들이 빈번하게 당하는 성적 공격을 다루고 있는데, 그러한 성적 공격이 피해자와 그들이 사랑하는 사람들에게 끼치는 심리적 영향에 대해 이 소설은 무엇을 암시하는가? 여성이 경제적 곤경 또는 정서적 위기를 겪을 때 신체적으로나 정신적으로 생존할 수 있도록 하기 위해, 이 작품은 자매애, 여성끼리 서로를 돕는 상부상조의 중요성을 어떻게 강조하는가?

③ 넬리 웡Nellie Wong의 〈내가 자랄 때When I Was Growing Up〉(1973)와 〈메뉴를 타자기로 치며Typing the Menu〉(2004)는 다루는 주제가 서로 다르기는 하지만, 전통적 젠더 역할이 젊은 여성의 삶에 끼친 영향에 대해 공통적으로 무엇을 암시하

는가? 구체적으로 말해서, 〈내가 자랄 때〉는 백인 가부장적 젠더 역할의 힘에 대해 무엇을 밝히고 있는가? 백인 가부장적 젠더 역할은 젊은 아시아계 미국 여성의 자존감에 부정적인 영향을 끼치는 것은 물론, 그녀가 속한 아시아계 공동체의 다른 일원과 관계하는 능력을 약화시키는가? 가족 소유의 사업체에서 식구들이 함께 일하는 경우, 〈메뉴를 타자기로 치며〉는 가부장적 젠더 역할의 경제적 작용에 대해 무엇을 말하는가?(가족들이 전통적 젠더 역할에 순응하는 방식, 그러한 역할이 화자의 현재 소득에 미치는 영향, 화자의 미래 소득에 끼칠 수 있는 영향 등을 살펴보라.)

④ 산드라 시스네로스Sandra Cisneros의 중편소설 《망고 스트리트The House on Mango Street》(1984)는 성, 민족, 나이, 사회경제적 계급의 교차에 대해 무엇을 암시하는가? 주인공 에스페란자는 교차성으로 인해 구체적으로 어떤 경제적·사회적·심리적 문제에 취약해지는가? 그녀가 가진 힘의 원천은 무엇인가? 소설의 주변 인물들은 에스페란자가 살아가야 하는 가부장적 세계를 이해하는 데 어떤 도움을 주는가?

⑤ 조셉 콘래드의 《암흑의 핵심》(1902)에는 남성성과 여성에 대한 어떤 가정들이 반영되어 있는가? 말로에 대한 묘사는 물론이고 말로의 이야기(어떤 남성이 일군의 남성들에게 이야기하는 남자들에 관한 이야기)에 등장하는 남성 인물들을 생각해 보라. 여성에 관한 말로의 언급, 군소 여성 등장인물에 대한 묘사(말로의 숙모, 커츠의 약혼녀, 커츠의 아프리카 정부情婦, 아프리카 여성 세탁부, 유럽의 회사 본부에서 일하는 검은 옷을 입은 두 여성 등)를 눈여겨보라. 소설은 독자로 하여금 이러한 가정들을 수용하도록 유도하는가 아니면 비판하도록 유도하는가? 이러한 가정들은 어떤 형태로든 오늘날에도 지속하는가?

☰ 더 읽을거리

Abdulhadi, Rabab, Evelyn Rasultani, and Nadine Naber, eds. *Arab and Arab American Feminisms: Gender, Violence, & Belonging.* Syracuse, NY: Syracuse University Press, 2011.

Adichie, Chimamanda Ngozi. *We Should All Be Feminists.* New York: Anchor Books, 2014. [치마만다 응고지 아디치에, 《우리는 모두 페미니스트가 되어야 합니다》, 김명남 옮김, 창비, 2016.]

Ahmed, Sara. *Living a Feminist Life.* Durham, NC and London: Duke University Press, 2017. [사라 아메드, 《페미니스트로 살아가기》, 이경미 옮김, 동녘, 2017.]

Baldy, Cutcha Risling. *We Are Dancing for You: Native Feminisms and the Revitalization of Women's Coming-of-Age Ceremonies.* Seattle, WA: University of Washington Press, 2018.

Bates, Laura. *Everyday Sexism: The Project that Inspired a Worldwide Movement.* New York: Thomas Dunne Books, 2016. (See, also, "Everyday Sexism," TEDxCoventGardenWomen, available online at https://www.ted.com/talks/laura_bates_everyday_sexism?language=en.) [로라 베이츠, 《일상 속의 성차별》, 안진이 옮김, 미메시스, 2017.]

Beck, Koa. *White Feminism: From the Sufragettes to Influencers and Who They Leave Behind.* New York: Atria Books, 2021.

Christian, Barbara. *New Black Feminist Criticism, 1985–2000.* Eds. Gloria Bowles, M. Gieilia Fabi, and Arlene R. Keizer. Chicago, IL: University of Illinois Press, 2007.

Cobble, Dorothy Sue, Linda Gordon, and Astrid Henry. *Feminism Unfinished: A Short, Surprising History of American Women's Movement.* New York and London. Liveright Publishing Corporation, 2014.

Crenshaw, Kimberlé. *On Intersectionality: Essential Writings.* New York: The New Press, 2019.

Delap, Lucy. *Feminisms: A Global History.* Chicago, IL: University of Chicago Press, 2020. [루시 딜랩, 《페미니즘들: 여성의 자유와 해방에 관한 지구사》, 송섬별 옮김, 오월의봄, 2023.]

Frye, Marilyn. *Willful Virgin: Essays in Feminism.* Freedom, Calif.: Crossing, 1992.

Gilbert, Sandra M., and Susan Gubar. *Madwoman in the Attic: The Woman Writer and the Nineteenth–Century Literary Imagination.* New Haven: Yale University Press, 1979. [샌드라 길버트·수전 구바, 《다락방의 미친 여자: 여성 작가와 19세기의 문학적 상상력》, 박오복 옮김, 북하우스, 2022.]

Guy-Sheftall, Beverly. *Words of Fire: An Anthology of African-American Feminist Thought* (1831~1993). New York: New Press, 1995.

Hobson, Janell, ed. *Are All the Women Still White?* Albany, NY: State University of New York Press, 2016.

Hong, Cathy Park. *Minor Feelings: An Asian American Reckoning.* New York: One World, 2020. [캐시 박 홍, 《마이너 필링스: 이 감정들은 사소하지 않다》, 노시내 옮김, 마티, 2021.]

hooks, bell. *Ain't I a Woman: Black Women and Feminism.* 2nd ed. London: Routledge, 2015. [벨 훅스, 《난 여자가 아닙니까?》, 노지양 옮김, 김보명 해제, 동녘, 2023.]

hooks, bell. *Feminist Theory: From Center to Margin.* 3rd ed. London: Routledge, 2015. [벨

혹스, 《페미니즘: 주변에서 중심으로》, 윤은진 옮김, 모티브북, 2010.]

Hull, Akasha (Gloria T.), Patricia Bell-Scott, and Barbara Smith, eds. *All the Women Are White, All the Blacks Are Men, But Some of Us Are Brave: Black Women's Studies*. 2nd ed. New York: The Feminist Press, 2015.

Hurtado, Aída. *Intersectional Chicana Feminisms: Sitios y Lenguas*. Tucson, AZ: University of Arizona Press, 2020.

Ikard, David. *Breaking the Silence: Toward a Black Male Feminist Critique*. Baton Rouge, LA: Louisiana State University Press, 2007.

Kendall, Mikki. *Hood Feminism: Notes from the Women that a Movement Forgot*. New York: Viking, 2020. [미키 켄들, 《모든 여성은 같은 투쟁을 하지 않는다: '모두'의 페미니즘에서 누락된 목소리》, 이민경 옮김, 서해문집, 2021.]

McCann, Carole R., Seung-Kyung Kim, and Emek Ergun, eds. *Feminist Theory Reader: Local and Global Perspectives*. 5th ed. New York and London: Routledge, 2021.

Mihesuah, Devon Abbot. *Indigenous American Women: Decolonization, Empowerment, Activism*. Lincoln, NE and London: University of Nebraska Press, 2003.

Moi, Toril. *Sexual/Textual Politics: Feminist Literary Theory*. 2nd ed. New York: Routledge, 2000. [토릴 모이, 《성과 텍스트의 정치학》, 임옥희 외 옮김, 한신문화사, 1994.]

Moraga, Cherríe, L., and Gloria Anzaldúa. *This Bridge Called My Back: Writings by Radical Women of Color*. 4th ed. Albany, NY: State University of New York Press, 2015.

Mottier, Véronique. *Sexuality: A Very Short Introduction*. Oxford and New York: Oxford Univer sity Press, 2008. (See especially "Sexuality and Gender Differences," 33-36, and "Virgins or Whores? Feminist Critiques of Sexuality," 49-74.)

Oliver, Kelly, ed. *The French Feminism Reader*. Lanham, MD: Rowman & Littlefield, 2000. (See especially Simone de Beauvoir's "Introduction to *The Second Sex*," 6-20; "The Mother," 20-27; and "The Woman in Love," 27-34.)

Preeves, Sharon E. *Intersex and Identity: The Contested Self*. New Brunswick, NJ and London: Rutgers University Press, 2003.

Ruti, Mari. *Feminist Film Theory and* Pretty Woman. New York and London: Bloomsbury Academic, 2016.

Serano, Julia. *Whipping Girl: A Transsexual Woman on Sexism and the Scapegoating of Femininity*. 2nd ed. Berkeley, CA: Seal Press, 2016.

Showalter, Elaine. *A Literature of Their Own: British Women Novelists from Brontë to Lessing*. Princeton: NJ. Princeton University Press, 1999.

Tyson, Lois. "Using Concepts from Feminist Theory to Understand Literature." *Using Critical Theory: How to Read and Write about Literature*. 3rd ed. London and New York: Routledge, 2021. 146-182. (See especially "Interpretation Exercises" 154-176, and "Feminist Theory and Cultural Criticism: *Pretty Woman*," 177-179. See also "Three

Questions about Interpretation Most Students Ask," 10-12.)

≣ 중요한 이론서들

Allen, Paula Gunn. *The Sacred Hoop: Recovering the Feminine in American Indian Traditions*. Boston: Beacon Press, 1986.

Cixous, Hélène. *The Hélène Cixous Reader*. Ed. Susan Sellers. London and New York: Routledge, 1994. Collins, Patricia Hill. *Black Feminist Thought: Knowledge, Consciousness, and the Politics of Empowerment*. 1990. London and New York: Routledge, 2008.

Cooper, Katherine, and Emina Short, eds. *The Female Figure in Contemporary Historical Fiction*. Basingstoke and New York: Palgrave Macmillan, 2012.

Fujiwara, Lynn, and Shireen Roshanravan. *Asian American Feminisms and Women of Color Politics*. Seattle, WA: University of Washington Press, 2018.

Irigaray, Luce. *The Irigaray Reader*. Ed. Margaret Whitford. Cambridge, MA: Basil Blackwell, 1991.

James, Joy, and T. Denean Sharply-Whiting, eds. *The Black Feminist Reader*. Malden, MA: Blackwell, 2000.

Kristeva, Julia. *The Kristeva Reader*. Ed. Toril Moi. Oxford: Blackwell, 1986.

Leonard, Diana, and Lisa Adkins, eds. Sex *in Question: French Materialist Feminism*. London: Taylor & Francis, 1996.

Mitchell, Juliet. *Psychoanalysis and Feminism: A Radical Reassessment of Freudian Psychoanalysis*. 1974. New ed. New York: Basic Books, 2000.

Mojab, Shahrzad. *Marxism and Feminism*. London: Zed Books, 2015.

Mohanty, Chandra Talpade. *Feminism without Borders: Decolonizing Theory, Practicing Solidarity*. Durham, NC and London: Duke University Press, 2003. [찬드라 탈파드 모한티, 《경계 없는 페미니즘》, 문현아 옮김, 여성문화이론연구소, 2005.]

Rubio-Marín, Ruth, and Will Kymlicka, eds. *Gender Parity and Multicultural Feminism: Towards a New Synthesis*. Oxford: Oxford University Press, 2018.

Warhol, Robyn R., and Diane Price Herndl, eds. *Feminisms: An Anthology of Literary Theory and Criticism*. Revised ed. New Brunswick, NJ: Rutgers University Press, 1997. (See especially Bonnie Zimmerman's "What Has Never Been: An Overview of Lesbian Feminist Literary Criticism," 76-96; Cordelia Chávez Candelaria's "The 'Wild Zone': Thesis as Gloss in Chicana Literary Study," 248-256; bell hooks's "Male Heroes and Female Sex Objects: Sexism in Spike Lee's *Malcolm X*," 555-563; Judith Fetterly's "Introduction: On the Politics of Literature," 564-573; Paula Gunn Allen's "Kochinnenako in Academe: Three Approaches to Interpreting a Keres Indian Tale," 746-764; and Amy Ling's "I'm Here: An Asian American Woman's Response," 776-

783.)

Zinn, Maxine Baca, Pierrette Hondagneu-Sotelo, Michael A. Messner, and Stephanie J. Nawyn, eds. *Gender Through the Prism of Difference*. 6th ed. New York and Oxford: Oxford University Press, 2020.

≡ 참고문헌

Abdulhadi, Rabab et al., eds. *Arab and Arab American Feminisms: Gender, Violence, & Belonging*. Syracuse, NY: Syracuse University Press, 2011.

Adichie, Chimamanda Ngozi. *We Should All Be Feminists*. New York: Anchor Books, 2014. [치마만다 응고지 아디치에, 《우리는 모두 페미니스트가 되어야 합니다》, 김명남 옮김, 창비, 2016.]

Ahmed, Sara. *Living a Feminist Life*. Durham, NC and London: Duke University Press, 2017. [사라 아메드, 《페미니스트로 살아가기》, 이경미 옮김, 동녘, 2017.]

Azim, Dalia. "Opinion: I Am Middle Eastern. Not White." *The Washington Post* (August 12, 2021). (Available online at https://www.washingtonpost.com/opinions/2021/08/12/i-am-middle-eastern-not-white/.)

Baldy, Cutcha Risling. *We Are Dancing for You: Native Feminisms and the Revitalization of Women's Coming-of-Age Ceremonies*. Seattle, WA: University of Washington Press, 2018.

Bates, Laura. *Everyday Sexism: The Project that Inspired a Worldwide Movement*. New York: Thomas Dunne Books, 2016. (See also "Everyday Sexism," TEDxCoventG Dunne Books, 2016. (See also "Everyday Sexism," TEDxCoventGardenWomen, at https://www.ted.com/talks/laura_bates_everyday_sexism?language=en.) [로라 베이츠, 《일상 속의 성차별》, 안진이 옮김, 미메시스, 2017.]

Beck, Koa. *White Feminism: From the Sufragettes to Influencers and Who They Leave Behind*. New York: Atria Books, 2021.

Bethel, Lorraine. "'This Infinity of Conscious Pain': Zora Neale Hurston and the Black Female Literary Tradition." *All the Women Are White, All the Blacks Are Men, but Some of Us Are Brave*. Ed. Gloria T. Hull, Patricia Bell Scott, and Barbara Smith. Old Westbury, N.Y.: Feminist Press, 1982. 176-188.

Brannon, Linda. *Gender: Psychological Perspectives*. 4th ed. Boston: Pearson/Allyn & Bacon, 2005.

Bruccoli, Matthew J. "Preface." *The Great Gatsby*. F. Scott Fitzgerald. New York: Macmillan, 1992. vii-xvi.

Budiman, Abby, and Neil G. Ruiz. "Key Facts about Asian Origin Groups in the U.S." Pew Research Center (April 29, 2021). (Available online at https://www.pewresearch.org/fact-tank/2021/04/29/key-facts-about-asian-origin-groups-in-the-u-s/.)

Cixous, Helene. "Sorties: Out and Out:Attacks/Ways Out/Forays." Rpt. in *The Feminist Reader*. 2nd ed. Ed. Catherine Belsey and Jane Moore. Malden, Mass.: Blackwell,

1997. 91-103. [엘렌 식수, 〈출구〉, 《메두사의웃음/출구》, 박혜영 옮김, 동문선, 2004.]

Cobble, Dorothy Sue, Linda Gordon, and Astrid Henry. *Feminism Unfinished: A Short, Surprising History of American Women's Movements*. New York and London: Liveright Publishing Corporation, 2014.

Combahee River Collective. *The Combahee River Collective Statement*. 1977. (Available online at https://combaheerivercollective.weebly.com/the-combahee-river-collective-statement.html.)

Cranny-Francis, Anne, Wendy Waring, Pam Stavropoulos, and Joan Kirkby. *Gender Studies: Terms and Debates*. New York: Palgrave Macmillan, 2003.

Crenshaw, Kimberlé. "Demarginalizing the Intersection of Race and Sex: A Black Feminist Critique of Antidiscrimination Doctrine, Feminist Theory and Antiracist Politics." *University of Chicago Legal Forum* 1.8 (1989): 139-167. (Available online at https://chicagounbound.uchicago. edu/cgi/viewcontent.cgi?article=1052&context=uclf.)

de Beauvoir, Simone. "Introduction." *The Second Sex*. Rpt. in French Feminism Reader. Ed. Kelly Oliver. New York: Rowman & Littlefield, 2000. 6-20. [시몬 드 보부아르, 《제2의 성》, 이정순 옮김, 을유문화사, 2021.]

Delap, Lucy. *Feminisms: A Global History*. Chicago, IL: University of Chicago Press, 2020. [루시 딜랩, 《페미니즘들: 여성의 자유와 해방에 관한 지구사》, 송섬별 옮김, 오월의봄, 2023.]

Delphy, Christine. *Close to Home: A Materialist Analysis of Women's Oppression*. Trans. Diana Leonard. London: Hutchinson, 1984.

Denard, Carolyn. "The Convergence of Feminism and Ethnicity in the Fiction of Toni Morrison." *Critical Essays on Toni Morrison*. Ed. Nellie Y. McKay. Boston: G. K. Hall, 1988. 171-178.

Dicker, Rory. *A History of U.S. Feminisms*. Berkeley, CA: Seal Press, 2016.

Fausto-Sterling, Anne. *Sexing the Body: Gender Politics and the Construction of Sexuality*. New York: Basic Books, 2000.

Fitzgerald, F. Scott. *The Great Gatsby*. 1925. New York: Macmillan, 1992. [F. 스콧 피츠제럴드, 《위대한 개츠비》]

__________. *Tender Is the Night*. New York: Scribner's, 1934.

Fontaine, Nahanni. "Reclaiming Indigenous Women's Rights." *#Not Your Princess: Voices of Native American Women*. Eds. Lisa Charleyboy and Mary Beth Leatherdale. Toronto and Berkeley, CA: Annick Press, 2017. 25.

Grady, Constance. "The Waves of Feminism, and Why People Keep Fighting Over Them, Explained," *Vox*, July 2018. (Available online at https://www.vox.com/2018/3/20/16955588/feminism-waves-explained-first-second-third-fourth.)

Guillaumin, Colette. "The Practice of Power and Belief in Nature." *Sex in Question: French Materialist Feminism*. Ed. Diana Leonard and Lisa Adkins. London: Taylor & Francis, 1996. 72-108.

Hansen, Jennifer. "One Is Not Born a Woman." *The French Feminism Reader*. Ed. Kelly

Oliver. New York: Rowman & Littlefield, 2000. 1-6.

Helliwell, Christine. "'It's Only a Penis': Rape, Feminism, and Difference." *Signs: Journal of Women in Culture and Society* 25.3 (2000): 789-816. Rpt. in *The Kaleidoscope of Gender: Prisms, Patterns, and Possibilities*. Ed. Joan Z. Spade and Catherine G. Valentine. Belmont, Calif.: Wadsworth/Thomson, 2004. 122-136.

Hurtado, Aída. *Intersectional Chicana Feminisms: Sitios y Lenguas*. Tucson, AZ: University of Arizona Press, 2020.

Hurtado, Aída. "Multiple Lenses: Multicultural Feminist Theory." *Handbook of Diversity in Feminist Psychology*. Eds. Hope Landrine and Nancy Filipe Russo. New York: Springer Publishing, 2010. 29-54. (Available online at https://www.chicst.ucsb.edu/sites/secure.lsit.ucsb.edu.chic.d7/files/sitefiles/people/hurtado/Hurtado-2010-.pdf.)

Irigaray, Luce. *This Sex Which Is Not One*. 1977. Trans. Catherine Porter with Carolyn Burke. Ithaca, N.Y.: Cornell University Press, 1985. [뤼스 이리가레, 《하나이지 않은 성》, 이은민 옮김, 동문선, 2000.]

Kambhampaty, Anna Purna. "At Census Time, Asian Americans Again Confront the Question of Who 'Counts' as Asian. Here's How the Question Got So Complicated." *Time* (March 12, 2020). (Available online at https://time.com/5800209/asian-american-census/.)

Kendall, Mikki. Hood Feminism: Notes from the Women that a Movement Forgot. New York: Viking, 2020. [미키 켄들, 《모든 여성은 같은 투쟁을 하지 않는다: '모두'의 페미니즘에서 누락된 목소리》, 이민경 옮김, 서해문집, 2021.]

Kristeva, Julia. *Desire in Language: A Semiotic Approach to Literature and Art*. Ed. Leon S. Roudiez. New York: Columbia University Press, 1980.

__________. "Woman's Time." Trans. Alice Jardine and Harry Blache. *Signs 7* (1981): 13-35. Rpt. in *The French Feminism Reader*. Ed. Kelly Oliver. New York: Rowman & Littlefield, 2000. 181-200. [쥘리아 크리스테바, 〈여성의 시간〉, 《현대 문학비평론》, 김용권 외 엮어옮김, 한신문화사, 1994.]

Lepowsky, Maria Alexandra. "Gender and Power." *Fruit of the Motherland*. New York: Columbia University Press, 1993. Rpt. in *The Kaleidoscope of Gender: Prisms, Patterns, and Possibilities*. Ed. Joan Z. Spade and Catherine G. Valentine. Belmont, Calif.: Wadsworth/Thomson, 2004. 150-159.

Lorber, Judith. "Believing Is Seeing: Biology as Ideology." *Gender and Society* 7.4(December 1993): 568-581. Rpt. in *Through the Prism of Difference: Readings on Sex and Gender*. Ed. Maxine Baca Zinn, Pierrette Hondagneu-Sotelo, and Michael A. Messner. Boston: Allyn & Bacon, 1997. 13-22.

Mihesuah, Devon Abbot. "Colonialism and Disempowerment." *Indigenous American Women: Decolonization, Empowerment, Activism*. Lincoln, NE and London: University of Nebraska Press, 2003. 41-61.

Miller, Arthur. *Death of a Salesman*. New York: Viking, 1949. [아서 밀러, 《세일즈맨의 죽음》]

Mitten, Jessica. "The Case for the Increased Use of Hate Crime Laws to Prosecute Violence against Women." *Georgetown Journal of Gender and the Law* 22.2 (Winter 2021). (Available online at https://www.law.georgetown.edu/gender-journal/the-case-for-the-increased-use-of-hate-crime-laws-to-prosecute-violence-against-women/.)

Moi, Toril. *Sexual/Textual Politics: Feminist Literary Theory*. New York: Methuen, 1985. [토릴 모이, 《성과 텍스트의 정치학》, 임옥희 외 옮김, 한신문화사, 1994.]

Morrison, Toni. *The Bluest Eye*. New York: Holt, Rinehart, and Winston, 1970. [토니 모리슨, 《가장 파란 눈》, 정소영 옮김, 문학동네, 2024.]

Nanda, Serena. "Multiple Genders among North American Indians." *Gender Diversity: Crosscultural Variations*. Prospect Heights, Ill.: Waveland, 2001. Rpt. in *The Kaleidoscope of Gender: Prisms, Patterns, and Possibilities*. Ed. Joan Z. Spade and Catherine G. Valentine. Belmont, Calif.: Wadsworth/Thomson, 2004. 64-70.

Nugent, Ciara. "Violence Against Women in El Salvador Is Driving Them to Suicide–or to the U.S. Border." *TIME*, May 14, 2019.

Patten, Eileen. "Racial, Gender Wage Gaps Persist in U.S. Despite Some Progress." Pew Research Center, July 1, 2016. (Available online at https://www.pewresearch.org/fact-tank/2016/07/01/racial-gender-wage-gaps-persist-in-u-s-despite-some-progress/.)

Preeves, Sharon E. "Sexing the Intersexed: An Analysis of Sociocultural Responses to Intersexuality." *The Kaleidoscope of Gender: Prisms, Patterns, and Possibilities*. Ed. Joan Z. Spade and Catherine G. Valentine. Belmont, Calif.: Wadsworth/Thomson, 2004. 31-45. Based on "Sexing the Intersexed." *Signs: Journal of Women in Culture and Society* 27. 2 (2001): 523-526.

Rampton, Martha. "Four Waves of Feminism," *Pacific Magazine*, Fall 2008. (Available online at https://www.pacificu.edu/magazine/four-waves-feminism.)

Sapolsky, Robert M. "The Trouble with Testosterone: Will Boys Just Be Boys?" *The Trouble with Testosterone*. New York: Scribner's/Simon & Schuster, 1997. Rpt. in *The Gendered Society Reader*. Ed. Michael S. Kimmel. New York: Oxford University Press, 2000. 14-20.

Sheber, Victoria. "Feminism 101: What Are the Waves of Feminism?" *FEM Newsmagazine*, December, 2017. (Available online at https://femnewsmagazine.com/feminism-101-what-are-the-waves-of-feminism.)

Shelley, Mary. *Frankenstein*. London: Lackington, Hughes, Harding, Mavor, & Jones, 1831 edition. [메리 셸리, 《프랑켄슈타인》]

Spade, Joan Z., and Catherine G. Valentine. "Introduction." *The Kaleidoscope of Gender: Prisms, Patterns, and Possibilities*. Ed. Joan Z. Spade and Catherine G. Valentine. Belmont, Calif.: Wadsworth/Thomson, 2004. 1-13.

Tyson, Lois. "Everyday Sexism." *Using Critical Theory: How to Read and Write about Literature*. 3rd ed. New York: Routledge, 2021. 151-152.

Tyson, Lois. "The Four Waves of Feminism." *Using Critical Theory: How to Read and Write about Literature.* 3rd ed. New York: Routledge, 2021. 152-153.

Vargas, Nicholas. "Latina/o Whitening?: Which Latina/os Self-Classify as White and Report Being Perceived as White by Other Americans?" *DuBois Review: Social Science Research on Race* 12.1 (Spring 2015): 119-136.

Walker, Alice. *In Search of Our Mothers' Gardens.* San Diego: Harcourt Brace Jovanovich, 1984. [앨리스 워커, 《어머니의 정원을 찾아서》, 구은숙 옮김, 이프, 2004.]

Wollstonecraft, Mary. *A Vindication of the Rights of Woman: With Strictures on Political and Moral Subjects.* London: J. Johnson, 1792. [메리 울스턴크래프트, 《여권의 옹호》]

World Economic Forum. *Global Gender Gap Report.* (Available online at https://www.weforum.org/reports/global-gender-gap-report.)

신비평

신비평New Criticism은 이 책에서나 오늘날의 비평이론 영역에서나 독특한 위상을 지닌 비평이론이다. 신비평은 이 책에서 논의되는 이론들 가운데 더 이상 진전이 없는 유일한 이론이며, 그렇기 때문에 동시대의 이론으로 여겨지지 않는다. 그러나 다른 한편으로 신비평은 1940년대부터 60년대까지 문학 연구를 완전히 장악했던 이론으로서, 우리가 문학을 읽고 쓰는 방식에 지속적으로 영향을 끼쳐 왔다.

신비평의 핵심을 이루는 개념들은 주로 텍스트상의 증거가 갖는 본질 및 중요성과 관련된 것들이다. 바꾸어 말하면, 신비평에서 중요한 것은 텍스트 자체에서 찾아낸 구체적이고 명확한 사례를 바탕으로 자신의 해석을 입증하는 작업이다. 그런데 오늘날의 비평가들도 자신의 이론적 지향이 무엇이든지 간에 나름의 해석과 독법을 정당화하고자 텍스트상의 증거들을 활용하는 것은 마찬가지다. 실제로 영문학 전공자라면 작품 해석에는 철저한 텍스트 분석이 뒷받침되어야 한다는 것을 당연하게 여긴다. 신비평 이론가들이 미국에 도입한 '꼼꼼히〔자세히〕 읽기close reading' 훈련은 지난 수십 년 동안 고등학교와 대학에서 문학 연구의 지침이 되어 온 일종의 표준 체계이기 때문이다. 이러한 의미에서 신비평은 확실히 아직까지는 생명력을 잃지 않았고, 어쩌면 당분간 계속 살아남을 수도 있다.

그러나 신비평이 문학 연구에 끼친 공헌이나 문학 교수법의 토대가 되는 이론 체계를 다졌다는 사실을 아는 학생들을 갈수록 찾아보기가 어렵다. 그렇기 때문에 나는 이 책에서 논의되는 여타의 이론들만큼이나 신비평에도 관심을 가져야 한다고 본다. 더 나아가, 지금 우리가 공부하는 비평 이론들의 상당수가 신비평에 대한 반발로서 전개되었다는 점을 이해하기 위해서라도 더더욱 신비평이 무엇인지 알아야 한다. 뒤로 가면서 보게 되겠지만, 독자반응 비평은 신비평에서 말하는 문학 텍스트의 정의와 해석 방식에 대한 이의 제기의 성격을 갖고 있고, 구조주의 비평은 신비평이 개별 문학작품에만 초점을 맞추고 그 작품을 다른 문학작품 및 문화적 생산물들로부터 고립시키는 데 대한 반작용으로 나타났다. 해체론적 언어 이론이나 신역사주의에서 '객관적 증거'를 이해하는 방식 또한 언어 및 객관성에 관한 신비평의 가정들과 정면으로 대립한다.

'텍스트 그 자체'

신비평이 현대의 문학 연구에 공헌한 바를 온전히 평가하려면 신비평으로 대체된 이전의 비평 형식, 즉 19세기와 20세기 초반의 문학 연구를 지배했던 역사·전기비평이라는 형식을 먼저 살펴봐야 한다. 그 시절에는 문학 텍스트를 해석할 때 저자의 실제 삶과 저자가 살았던 시대를 공부하는 것이 일반적이었다. 왜냐하면 그런 것이 **저자의 의도**, 즉 저자가 텍스트에 담고자 하는 의미를 결정한다고 생각했기 때문이다. 해석자들은 저자의 의도를 밝힐 증거를 찾고자 저자의 편지, 일기, 에세이는 물론이고 자서전, 전기, 역사책까지 샅샅이 뒤지고는 했다. 가장 극단화된 역사·전기비평은 텍스트의 역사적·전기적 맥락을 살피는 것으로 텍스트 분석을 **대신**하는 것이었다.

나를 가르쳤던 어떤 교수는 그런 상황을 이렇게 묘사했다. 윌리엄 워즈워스William Wordsworth의 〈비가Elegiac Stanzas〉(1805)에 관한 강의를 수강하는 학생들은 수업에서 시인의 개인사와 지적 이력, 이를테면 가족, 친구, 적, 연인, 버릇, 교육, 신념, 경험 등을 상세히 들었다. 그리고 마지막으로 듣는 말은 이것이었다. "여러분은 이제 〈비가〉의 의미를 이해한 거예요." 그런데 교수를 비롯해 강의실에 있던 그 누구도 책을 펼쳐 직접 시를 들여다보지 않았다. 이런 식으로 학자들은 문학 텍스트를 그 자체로 연구할 만한 가치가 있는 예술품이라기보다는 그저 역사의 부속물이자 그 텍스트가 쓰인 '시대정신'에 대한 예증으로만 바라봤다. 이런 상황에서 신비평은 시 자체가 가장 중요하다고 주장했다.

'텍스트 그 자체The text itself'는 문학작품이 해석을 입증하는 유일한 원천이라는 데 초점을 맞추는 신비평의 노력이 담긴 일종의 구호가 되었다. 신비평 이론가들에 따르면, 저자가 살았던 삶과 시대, 그리고 시대정신은 문학사를 연구하는 사람들에게는 확실히 관심의 대상이지만, 비평가들에게 텍스트 그 자체를 분석하는 데 쓰일 만한 정보를 제공하지는 못한다. 신비평 이론가들이 먼저 지적한 부분은, 저자가 의도한 의미에 관해 확실한 지식을 얻기란 대체로 불가능하다는 것이다. 셰익스피어에게 전화를 걸어 햄릿이 아버지 유령의 지시를 따르기를 주저하는 대목을 어떻게 해석하면 좋겠느냐고 물어볼 수도 없거니와, 셰익스피어는 그렇게 쓴 의도를 따로 밝힌 적이 없다. 더 중요한 문제는, 설령 셰익스피어가 일부 작가들처럼 자신의 의도를 어디엔가 기록해 두었다 하더라도, 우리가 그 기록에서 알 수 있는 것은 그가 이루어 낸 것이 아니라 그가 이루어 내려고 한 것이라는 점이다. 문학 텍스트가 항상 저자의 의도에 부응하는 것은 아니다. 오히려 저자가 생각했던 것 이상으로 텍스트가 유의미하고 풍요로우며 복잡해질 수 있다. 어떤 경우에는 저자가 구현하려고 했던 바와 실제 텍스트의 의미가 전혀 다를 수도 있다. 따라서 저자의 의도가 텍스트 그 자체에 대해 말해 주는 것은 아무것도 없으며, 바로 이 점 때문에 신비평 이론가들은 **의도의 오류**intentional fallacy라는 용어를 만들어 저자의 의도와 텍스트의 의미가 동일하다는 믿음이 잘못되었음을 지적했다.

저자의 의도를 감안한다고 해서 문학 텍스트의 의미가 발견되는 것은 아니듯이, 독자 개인의 반응이 곧 텍스트의 의미를 말해 주는 것도 아니다. 특정한 독자는 텍스트 그 자체가 실제로 전달하는 것에 반응할 수도, 반응하지 않을 수도 있다. 하나의 텍스트에 대한 독자의 느낌 또는 견해는 텍스트가 아닌 과거의 경험 등에서 비롯된 개인적인 연상 같은 것으로 생산될 수도 있기 때문이다. 예를 들어, 나는 순전히 내 어머니에 대한 감정에 기대어 햄릿의 어머니에게 정서적으로 반응할 수 있는데, 이를 아예 등장인물에 대한 올바른 해석으로 판단해 버릴 수도 있다. 신비평 이론가들은 이런 식의 판단을 **감정〔영향〕의 오류**affective fallacy를 보여 주는 사례로 본다. 의도의 오류가 텍스트와 그 기원을 혼동하는 것이라면, 감정의 오류는 텍스트와 그 텍스트가 끼친 영향, 즉 텍스트가 생산한 감정을 혼동하는 것이다. 감정의 오류는 인상비평(이를테면 독자가 어떤 등장인물을 좋아하지 않을 경우 그 인물은 반드시 악인이 되어야만 한다)이나 상대주의(독자가 생각한 의미가 곧 텍스트의 의미가 된다)를 낳는다. 그렇게 되면 결국 비평은 혼란에 빠질 수밖에 없다. 문학작품을 해석하고 평가하는 기준이 없다면, 작품의 위상은 결국 정신질환자들로 하여금 마음대로 의미를 부여하도록 하는 심리투사 검사용 잉크 얼룩 수준으로 격하될 것이다.

신비평 이론가들은 텍스트를 분석할 때 저자의 의도나 독자의 반응에 대한 논의를 가끔씩 언급하기는 해도 중점적으로 다루지는 않는다. 그보다는 문학작품의 **형식 요소**formal elements라고 불리는, 텍스트 자체의 언어로 제시된 증거들에 집중한다. 이미지, 상징, 은유, 각운rhyme, 시점, 배경, 인물 형상화, 구성 등과 같은 언어화된 증거들이 문학작품을 구성하거나 그것에 형태를 부여한다고 보기 때문이다. 저자의 의도나 독자의 해석이 실제로 텍스트의 의미를 대신하는지 알아보려고 해도 언어화된 증거들을 주의 깊게 검토하거나 '꼼꼼히 읽는' 수밖에 다른 방법이 없다는 것이다. '꼼꼼한 읽기'라는 방법론이 어떻게 작동하는지 논의하기에 앞서, 신비평 이론가들이 말하는 '텍스트 그 자체'가 정확히 무엇을 의미하는지 이해하고 넘어가야 한다. 신비평 이론가들이 문학작품을 정의하는 방식은 텍스트를 가장 적절하게 해석하는 방법에 관한 그들의 신념과 직접적으로 연관되어 있다.

신비평의 관점에서 보면, 하나의 문학작품은 **시간을 초월하여 존재하는 자**

율적인(자기충족적인) **언어적 대상**이다. 독자들과 읽기 행위는 달라질 수 있어도, 문학 텍스트는 동일하게 남는다는 것이다. 텍스트의 의미는 책장마다 새겨진 글자만큼이나 객관적으로 실재하는 것으로서, 서로 특수한 관계를 형성하며 배치된 낱말들, 즉 특수한 질서에 따라 배치된 특수한 낱말들로 이루어진다. 그리고 이처럼 특별한 관계는 같은 낱말들을 아무리 다르게 조합하더라도 결코 재생될 수 없는 의미의 덩어리를 만들어 낸다.

가령 로버트 헤이든Robert Hayden의 〈미들 패시지Middle Passage〉(1966)^{〈미들 패시지〉에 대해서는 11장 참고}라는 시를 신비평 이론가들이 읽었을 때 그 시가 갖고 있는 의미의 덩어리가 어떻게 작동하는지를 설명하면 이 시의 감상에 도움을 줄 수 있겠지만, 그러한 설명이 의미의 덩어리를 대신할 수는 없다. 〈미들 패시지〉는 〈미들 패시지〉이며, 앞으로도 항상 〈미들 패시지〉일 것이다. 이러한 이유로 신비평에서는 단순히 뜻을 풀이하거나 일상어로 바꾸어 쓰는 것만으로는 한 편의 시가 지닌 의미를 설명할 수 없다고 보았다. 그런 행위를 가리켜 신비평 이론가들은 **뜻풀이의 이단**heresy of paraphrase이라고 부르기도 했다. 한 편의 시에서 줄 하나, 이미지 하나, 낱말 하나라도 바꾸면 다른 작품이 되는 것이다.

문학적 언어와 유기적 통일성

문학 텍스트에서 형식 요소들이 갖는 중요성이야말로 **문학적 언어**의 본질에서 비롯된 것이다. 신비평에서 문학적 언어는 과학적 언어나 일상언어와 매우 다르다. 과학적 언어와 상당수의 일상언어는 지시denotation 기능, 곧 낱말과 실제 대상 또는 낱말과 그 낱말이 표상하는 관념 사이의 일대일 대응을 바탕으로 성립된다. 과학적 언어는 언어 그 자체에 관심을 두지 않으며, 애써 아름다움을 추구하거나 어떤 정서를 환기시키려 하지도 않는다. 과학적 언어의 임무는 언어 그 자체를 드러내는 것이 아니라, 언어 너머에 존재하는 물질세계를 기술하고 설명하려는 것이다.

이와 대조적으로 문학적 언어는 함축connotation을 바탕으로 성립된다. 함축에는 암시, 연상, 시사, 다양한 의미와 뉘앙스 환기 등이 포함된다(예를 들어 **아버지**란 낱말은 **부모 중 남성**을 지시하는 동시에 **권위**, **보호**, **책임** 등의 의미를 함축한다). 또한 문학적 언어는 표현적인 언어로서 어조나 태도, 감정 등을 전달한다. 물론 일상언어도 함축적이고 표현적일 때가 있긴 하지만, 어떤 의도나 체계에 따른 것이라고 보기 어려운 경우가 대부분이다. 일상언어의 본래 목적은 원하는 바를 이루는 데 있다는 점에서 다분히 실용적이다. 그러나 문학적 언어는 언어 자원을 모아 특별하게 배치하고 복잡한 통일체로 조직함으로써, 그 자체로 독자적인 세계인 하나의 미적 경험을 창조해 낸다.

낱말 선택과 배열로써 미적 경험을 만들어 낸다는 점에서, 문학적 언어의 형식은 과학적 언어나 일상언어와 달리 언어에 담긴 내용, 곧 의미와 분리될 수 없다. 더 간단히 설명하자면, 문학 텍스트가 **어떻게** 의미를 갖게 되는가의 문제는 문학 텍스트가 **무엇을** 의미하는가의 문제와 분리될 수 없다. 살아 있는 복잡한 유기체 안에서는 각 부분이 전체와 따로 떨어질 수 없는 것과 마찬가지로, 문학작품의 내용과 형식은, 적어도 위대한 문학작품이라면 함께 전개되기 때문이다. 실제로 작품이 지닌 **유기적 통일성**organic unity 은 신비평 이론가들이 문학작품의 질을 판단하는 기준이 된다. 유기적 통일성이란 텍스트의 모든 요소가 함께 작동하면서 작품을 개별 요소들로 분리 불가능한 전체로 만들어 내는 양상을 말한다. 다시 말해 하나의 텍스트가 유기적 통일성을 지닌다는 것은, 그 안의 모든 형식 요소들이 함께 작동함으로써 텍스트의 주제 또는 하나의 전체로서의 작품이 갖는 의미를 확립시킨다는 말이다. 이 같은 유기적 통일성 속에서 텍스트는, 삶의 복잡성을 충분히 재현하려는 문학작품이라면 응당 가져야 할 **복잡성**과 본성상 인간 존재가 추구하는 **질서**order를 동시에 갖추게 된다. 그렇기 때문에 신비평에서는 문학적 의미를 설명하는 일과 문학적 위대성을 평가하는 일이 하나가 될 수밖에 없었다. 신비평 이론가들에게 어떤 텍스트의 유기적 통일성을 설명하는 일은 동시에 그 텍스트의 위대성을 규명하는 일이기도 했던 것이다. 그럼 유기적 통일성 안에서 구현되는 문학적 가치, 즉 복잡성과 질서를 판단하는 기준으로는 무엇이 있는지 자세히 살펴보자.

신비평에 따르면, 텍스트의 복잡성은 그 안에서 엮인 다양하면서도 종종 상충되는 의미들로 만들어진다. 그리고 이러한 의미들은 주로 역설, 아이러니, 모호성(뜻겹침), 긴장 등의 네 가지 언어적 장치를 통해 생겨난다. 먼저 **역설**paradox은 간단히 말해, 자기모순적인 내용처럼 보이지만 그럼에도 사물이 존재하는 실제 방식을 나타내는 진술을 가리킨다. 예컨대 '참으로 살기 위해선 참으로 죽어야 한다'라는 성경의 역설을 보자. 겉보기에 이 구절은 자기모순적이다. 어떻게 잃어버림으로써 바로 그것을 얻을 수 있는가? 그러나 이 구절은 육신의 덧없는 삶을 포기하면 또 다른 삶, 즉 영혼의 영원한 삶이라는 더 중요한 삶을 얻는다는 뜻이다. 일상에서 찾을 수 있는 비슷한 사례로, 팝가수 조니 미첼Joni Mitchell이 〈커다란 노란 택시Big Yellow Taxi〉란 노래에서 아주 적절히 활용한 격언 "사라지기 전에는 그것이 있었는지도 모른다"에 나타난 역설을 들 수 있다. 이 오래된 격언도 무언가 (물질적으로) 잃어버려야만 (영적으로) 그것을 찾아낼 수 있다고 전한다는 점에서는 앞서 언급한 성경의 역설과 다를 바 없다. 신비평 이론가들은 삶의 영적·심리적 진실 가운데 상당수는 더할 나위 없이 역설적이기에, 역설은 인간 경험 및 그것을 묘사하는 문학의 복잡성을 충실히 드러내는 역할을 맡는다고 보았다.

다음으로 **아이러니**irony에 대해 알아보자. 간단히 말하자면, 아이러니는 어떤 진술이나 사건이 그것이 발생한 맥락 속에서 오히려 존재 근거를 상실하게 되는 경우를 뜻한다. 이디스 워튼Edith Wharton의 《기쁨의 집House of Mirth》(1905)에서 도덕적 올바름을 추구하는 부유한 남편에 대한 묘사는 아이러니한 진술이 무엇인지 잘 보여 준다.

> 겨울이면 한 차례씩 교구 목사가 저녁 만찬에 참석할 것이고, 그녀의 남편은 초대 손님 목록을 미리 보여 달라고 요구할 것이다. 그리고 혹시 이혼녀가 없는지 확인하겠지. 다만 대단한 부호와 재혼함으로써 참회의 증표를 보여 준 여자들은 제외하고 말이다. (57/137)

이 부분의 아이러니한 함의는 남편이 위선자라는 데서 찾을 수 있다. 남편은 이혼을 비난하는 듯하지만, 그 비난은 이혼을 통해 대등하거나 더 많은 부를 획득하지 못한 경우에만 적용된다. 말하자면 도의로 위장한 채 남편이 정말로 비난하는 부분은 줄어든 경제력인 것이다. 한편 아이러니한 사건에 대한 예로는 토니 모리슨의 《가장 파란 눈》(1970)을 들 수 있다. 파란 눈을 애타게 갖고 싶어 했던 소녀 피콜라는 작품 말미에서 결국 파란 눈을 얻게 된다. 그런데 그 바람은 피콜라가 현실감각을 완전히 상실하고 자신의 갈색 눈이 파란 빛을 띤다고 믿게 됨으로써 '실현'된다.

신비평은 넓은 의미에서 아이러니의 가치를 높이 평가한다. 똑같은 인물이나 사건들에 대해 시시각각 달라지는 관점들이 텍스트 안에 어떻게 포함되어 있는지 드러내는 역할을 아이러니가 맡는 것이다. 아이러니의 이러한 역할이 잘 드러나는 작품이 제인 오스틴Jane Austen의 《이성과 감성Sense and Sensibility》(1811)이다. 특히 윌러비가 메리앤을 배신하는 장면은 독자에게 다양한 관점을 선사한다. 독자는 메리앤을 배신했다는 이유만으로 윌러비를 순전히 비난할 수도 있고, 윌러비의 배신은 사랑과 경제적 어려움, 그리고 스스로도 문제가 있다고 생각하는 나약한 성격이 한데 뒤섞인 결과였다는 점을 감안하여 그를 용서할 수도 있다. 또한 자신이 저지른 행동의 대가로 가혹한 형벌에 시달려야 하는 윌러비의 모습에 연민을 느낄 수도 있고, 메리앤이 고통을 겪게 되는 데는 어리석고 제멋대로인 그녀의 성격도 어느 정도 책임이 있다고 볼 수도 있다. 이렇게 다양한 관점들은 일종의 아이러니라고 볼 수 있는데, 왜냐하면 하나의 관점을 신뢰하면 다른 여러 관점에 대한 신뢰가 그만큼 무너지기 때문이다. 그 결과로 나타나는 것이 바로 인간 경험의 복잡성을 반영하고 텍스트의 개연성을 증대시키는 의미의 복잡성이다. 이와 반대로 윌러비가 복잡할 것도 없이 단순한 악의 화신으로 묘사되었다면, 메리앤은 완전히 결백한 희생자로서 이상화되었을 것이다. 그렇게 되었다면 아이러니를 인식할 만큼 텍스트와 거리를 둘 줄 아는 의심 많은 독자라면 이 작품의 취약성을 여지없이 발견했을 것이다. 텍스트가 내적 아이러니를 품고 있거나 다양한 관점들을 의식하고 있어야 독자의 불신에서 생겨나는 외적 아이러니에 맞서 스스로를 보호할 수 있다.

모호성(뜻겹침)ambiguity은 하나의 낱말이나 이미지 또는 사건이 둘 이상의 상이한 의미를 발생시키는 경우에 발견된다. 토니 모리슨의 소설《빌러비드》(1987)에서 주인공 세서의 등에 있는 흉터에서 생겨나는 나무 이미지를 예로 들어 보자. 나무 이미지는 여러 의미 가운데서도 고통(나무 모양의 흉터는 잔혹한 채찍질로 인해 생긴 것으로 노예제 아래에서 겪어야 하는 모든 고난의 상징이다), 인내(나무는 수백 년을 살 수 있다. 나무 모양의 흉터는 그 자체로 충격적인 경험을 극복하고 살아남은 세서의 놀랄 만한 생명력을 증명한다), 재생(가을에 모든 잎이 떨어져도 봄이면 '새잎을 틔우는' 나무들처럼, 세서도 소설의 결말 부분에서 새로운 삶을 살아갈 기회를 얻는다) 등을 암시한다. 일반적으로 과학적 언어나 일상언어에서 모호성은 명료성과 정확성의 부족을 의미하는 것이어서 흔히 결함으로 여겨진다. 그러나 문학적 언어에서는 텍스트의 가치를 더해 주는 풍부함과 깊이, 복잡성의 원천으로 받아들여진다.

문학 텍스트의 복잡성을 만들어 내는 요소 가운데 마지막으로 소개할 것이 바로 **긴장**tension이다. 넓은 의미에서 긴장은 반대되는 것들을 한데 엮는 데서 생성된다. 가장 단순한 형태의 긴장이라면 추상적인 것과 구체적인 것을 통합시키는 것, 즉 일반적인 관념을 구체적인 이미지 안에 구현시키는 것을 꼽을 수 있다. 아서 밀러Arthur Miller의 《세일즈맨의 죽음》(1949)에 등장하는 윌리 로먼의 집은 파란 빛에 푹 젖은 아주 자그마한 공간으로서, 성난 듯한 오렌지색 불빛을 내뿜는 수많은 아파트 건물들에 둘러싸여 있다. 이 같은 구체적인 이미지는 도처에 존재하는 강자들의 권력에 희생된 약자에 대한 일반 관념을 구체화한다. 마찬가지로 린다 로먼이 윌리를 재우려고 노래를 부르는 모습과 같은 구체적인 이미지는 헌신적인 아내, 돌보는 사람, 양육자 등에 대한 일반 관념들을 구체화한다. 그러한 **구체적 보편**concrete universal은 물질적 실체와 상징적 실체라는 대립되는 영역을 문학적 언어 특유의 방식으로 결합시킨다는 점에서 긴장의 한 형태라고 볼 수 있다. 이미지든 등장인물이든 글자 그대로의 특정한 의미가 작동하는 구체적 수준에서, 그리고 보편적인 의미를 갖는 상징적 수준에서 모두 의미를 갖게 되는 것이다. 말하자면 윌리의 집이라는 이미지와 린다라는 등장인물은 각각 있는 그대로의 모습을 표현하지만, 동시에 그 이상의 커다란 무언가를 드러내기도 한다.

한편 긴장은 텍스트 안에서 서로 대립되는 성향들, 즉 역설, 아이러니, 모호성 사이의 역동적인 상호작용으로 만들어지기도 한다. 이를테면 《세일즈맨의 죽음》은 윌리 로먼의 삶이라는 혹독한 현실과 그가 계속 탈출구로 삼으려 하는 자기기만이라는 환상 사이의 긴장으로 구조화된 작품이라고 볼 수 있다. 텍스트 안에서 서로 대립되는 성향들은 텍스트가 안정되고 일관된 의미를 가질 수 있도록 일종의 균형을 유지하는 방향으로 함께 움직이는 것이 가장 이상적이다. 《세일즈맨의 죽음》에서도 혹독한 현실과 자기기만 사이의 긴장은 다음과 같은 의미를 나타냄으로써 균형을 유지한다. 세일즈맨과 아버지로서 성공하고자 하는 욕망이 너무 컸던 윌리는 보통 사람들이라면 실패할 수밖에 없는 냉혹한 경쟁 세계에서 오직 자기기만에만 의지하여 버티려 하지만, 오히려 자기기만으로 말미암아 점점 쇠약해진다. 그런 점에서 《세일즈맨의 죽음》은 혹독한 현실과 자기기만이 죽음이라는 유일한 탈출구에 이를 때까지 어떻게 서로를 자양분으로 삼는지를 보여 주는 연극이라고 할 수 있다.

앞에서 언급했듯이, 이러한 모든 언어적 장치들이 텍스트의 복잡성을 구축하는 데 기여한다. 그런데 하나의 문학작품이 탁월함을 성취하려면 어떤 질서에 대한 감각을 더해야만 한다. 바꾸어 말하자면, 텍스트의 역설, 아이러니, 모호성, 긴장 등으로 생산되는 모든 의미의 다양성과 상호 대립은 해당 텍스트의 주제에 공통적으로 이바지하는 방향으로 해소되거나 조화를 이루어야 한다. 텍스트의 **주제**theme 또는 완결된 의미라는 것은 화제topic 와 다르다. 주제란 텍스트가 화제를 다루며 만들어 내는 무엇이다. 예컨대 케이트 쇼팽의 〈폭풍The Storm〉(1898)과 알베르토 모라비아Alberto Moravia의 〈추적The Chase〉(1967)에서 간통은 공통의 화제이지만, 도덕적 · 심리적 함의라는 측면에서 보자면 두 작품에 나타난 간통의 의미는 확연히 다르다.

쇼팽의 〈폭풍〉에서 간통은 단 한 번의 자발적인 행위로 일어나는데, 이후 간통 당사자들은 건전한 마음으로 각자의 결혼 생활을 더욱 잘 꾸려 나간 것처럼 보인다. 그런 점에서 〈폭풍〉의 주제는 옳고 그름, 건전함과 불건전함을 결정하는 것은 추상적인 원칙들이 아닌 개개인의 상황이다. 반면에 모라비아의 〈추적〉에서 젊은 아내의 외도는 그녀 자신과 남편 사이의 거리감에서 비롯된 것인 동시에, 그 거리감을 더욱 키우는 원인이 되는 듯 보인다. 이를 바탕으로 〈추적〉의 주제를 말하면, 간통은 거리감의 산물이라는 점에서 결혼 생활이 가져다주던 친밀감이 사라진 신호가 된다. 따라서 주제는 인간 경험에 대한 해석이며, 위대한 텍스트들의 주제는 인간의 가치와 본질, 조건 등에 대한 일종의 해설 역할을 한다. 즉, 위대한 문학작품들은 인간이 보편적으로 지니는 (도덕적·정서적) 의미에 관한 주제를 담고 있으며,[1] 인간적이라고 하는 것이 의미하는 바에 대해 우리에게 중요한 내용들을 전해 준다. 그러한 주제들이 별로 내키지도 않고 그것에 동의하지 못할 수도 있겠지만, 어쨌든 이야기의 주제가 무엇인지 확인할 수 있다는 점이 신비평에서 가장 중요한 부분이다. 다시 말해, 유기적 통일성을 생산할 수 있도록 텍스트의 구성 요소들이 주제를 잘 확립시켰는지의 여부를 우리가 판단할 수 있다는 것이다.

꼼꼼히[자세히] **읽기**close reading는 텍스트의 구성 요소들과 주제 사이의 복잡한 관계를 면밀히 검증하는 독법으로서, 텍스트의 유기적 통일성이 어떻게 구축되는지를 살피고자 신비평 이론가들이 사용하는 방법이다. 신비평 이론가들은 문학 텍스트에 대한 이해가 무엇보다 형식에 대한 이해라고 믿기 때문에(그래서 신비평은 이따금 일종의 형식주의로 여겨지기도 한다), 꼼꼼한 읽기를 위해선 구체적인 형식 요소들의 정의를 명확히 이해하는 일이 중요하다. 그러므로 앞에서 논의했던 역설, 아이러니, 모호성, 긴장 같은 언어적 장치들에 덧붙여, 자주 쓰이는 비유적 언어figurative language인 이미지, 상징, 은유, 직유에 대해서도 간단하게나마 짚고 넘어갈 필요가 있다.

비유적 언어란 순전히 글자 그대로의 의미와 다른 의미 또는 그 이상의 여러 의미를 갖는 언어를 말한다. 예를 들어 "비가 (개와 고양이들이 으르렁대듯) 엄청나게 쏟아지는구나."(It's raining cats and dogs)라는 문장은 비가

---

[1] 최근의 문학비평가들은 각자의 이론적 성향에 관계없이 대부분 신비평에서 말하는 '보편적 의미'라는 개념이 허위이며 심지어 해롭기까지 하다는 점을 인정한다. 텍스트의 '보편성'이란 미국 백인 남성들의 경험을 기준으로 성립되었고, 그렇기 때문에 그 한계를 벗어나지 못하는 경우가 너무 많았다는 것이다.

무척 많이 내리는 장면을 비유적으로 표현했다. 물론 글자 그대로만 받아들이자면, 이 문장은 실제 개와 고양이들이 하늘에서 떨어지는 상황을 진술한 것이다. 이와 관련하여 **이미지**를 대략 정의하자면, 이미지는 앞에서 그 용법을 살펴본 것처럼 감각으로 지각된 사물 또는 감각에 대한 지각 그 자체, 예컨대 색, 모양, 빛, 소리, 맛, 향, 촉감, 열 등등을 가리키는 말(들)로 이루어진다. 더 좁은 의미에서 정의하자면, 이미지는 시각적이며 눈에 들어오는 사물, 인물, 배경 등에 대한 묘사로 이루어진다. 이미지는 언제나 글자 그대로의 의미를 갖는 동시에, 어떤 정서적인 분위기 또한 불러일으킨다. 구름에 대한 묘사는 구름이 잔뜩 긴 흐린 날씨를 가리키지만, 동시에 슬픔을 환기시키는 데 쓰일 수도 있다.

만약 하나의 텍스트 안에 특정한 이미지가 거듭 등장한다면, 이는 아마도 상징적 의미화가 진행되는 것이라고 볼 수 있다. **상징**symbol은 하나의 구체적 보편으로서 글자 그대로의 의미와 비유적 의미를 동시에 지니는 이미지다. 어니스트 헤밍웨이Ernest Hemingway의 〈두 개의 심장을 가진 큰 강Big, Two-Hearted River〉(1925)에 나오는 '늪'을 하나의 상징으로 바라보자. 여기서 '늪'은 말 그대로 하나의 늪이다. 늪은 항상 젖어 있고, 물고기와 수중생물들이 그 안에서 서식하며, 늪을 지나거나 그곳에서 낚시를 하려면 장화를 비롯한 별도의 장비가 필요하다. 동시에 '늪'은 텍스트 안에서 다른 무언가를 '표상'하거나 '비유로 나타낸다'. 여기서는 주인공이 미처 대면할 준비가 되어 있지 않은 감정적 문제들에 대한 상징으로서 '늪'이 사용된다. 대중적 (관습적) 상징public symbols은 대체로 찾기 쉬운 편이다. 일반적으로 봄은 재생 또는 젊음의 상징이고, 가을은 죽음 또는 죽어 가는 것의 상징이며, 강은 삶 또는 여행의 상징인 것처럼 말이다. 그런 점에서 하나의 상징은 그것이 나타내는 추상적인 관념과 유사한 속성들을 갖는다고 할 수 있다. 강이 삶에 대한 상징일 수 있는 것은, 강과 삶 모두 유동적이고 앞으로 나아가며 근원과 종료 지점이 존재하기 때문이다. 덧붙여 말하자면, 강은 말 그대로 삶의 젖줄이기도 하다. 강에서 생활하는 존재들이 있는가 하면, 강물을 마시며 살아가는 생명들도 있다는 점에서 그러하다.

상징의 의미를 이해하는 좋은 방법은, 텍스트에서 제시된 맥락을 파악하는 것이다. 헤밍웨이의 작품에 나타난 늪을 다시 살펴보자. 늪과 주인공의 감정적 문제들은 위험할 수도 있고 확실히 도전을 필요로 하는 미지의 함정이 동반된다는 점이 비슷한데, 이것 외에도 주인공이 양쪽에 대해 동일한 태도(회피하려 한다)를 갖는다는 점 역시 비슷하다. 이 같은 유사성을 바탕으로 우리는 늪의 상징적 내용을 짐작해 볼 수 있다. 그런데 가끔은 텍스트에서 제시된 맥락만이 유일한 판단 근거가 되는 경우도 있다. 은밀하게 사용되거나 저자에게만 의미를 갖는 것이어서 더욱 파악하기 어려운 상징들이 일부 존재하기 때문이다. 예를 들어, 보라색 펠트 모자의 이미지를 떠올려 보자. 이 모자에 대한 이미지가 어떤 텍스트 안에서 반복적으로 언급되거나 사랑, 외로움, 힘 등의 몇몇 추상적 성질들과 공명하는 듯한 역할을 수행한다면, 우리는 그 이미지가 이야기 속에서 상징적 의미작용을 수행한다고 추측할 수 있다. 하지만 그 과정에서 나타나는 상징적 의미가 무엇인지 이해하려면 보라색 펠트 모자의 이미지가 텍스트의 전체적인 의미 안에서 어떻게 작동하는지를 검토해야 한다. 어떤 요소이든지 간에 그것이 텍스트의 전체적인 의미 안에서 어떻게 작동하는지의 문제가 항상 신비평의 핵심 사안이었다는 점을 생각하면, 텍스트 내부의 개인적private 상징화가 저자의 의도에 부합하는지의 여부는 분석 과정에서 중요하지 않다. 중요한 것은 텍스트의 모든 형식 요소에 대한 분석과 마찬가지로 개인적 상징화에 대한 분석 역시 텍스트의 주제를 밝히는 근거가 되어야 한다는 점이다.

상징이 두 가지 차원, 곧 글자 그대로의 의미와 비유적 의미를 포괄하는 데 반해, **은유**metaphor는 비유적 의미 한 가지만을 갖는다. 은유는 서로 다른 두 가지 대상을 비교하는 것으로서, 한쪽의 성질을 다른 한쪽에 부여하는 것이다. 예를 들어 "내 남동생은 보석이다"라는 구절에는 은유가 쓰였다. 이 구절에는 분명 글자 그대로의 의미란 존재하지 않는다. 글자 그대로의 의미가 현실이라면 그의 어머니는 일종의 수정水晶을 낳은 셈이며, 이 사실은 타블로이드 신문의 1면을 장식했을 것이다. 이 구절의 비유적 의미이자 유일한 의미는 남동생이 보석과 어떤 성질, 이를테면 가치가 막대하다는 등의 특징을 공유한다는 것이다. 그래서 "그는 보석이다"라는 구절은 보통 "그는 대단한 남자다"라는 뜻으로 쓰인다. 은유를 **직유**simile로 바꾸는 것은 간단하다. '~처럼'이나 '~같다'를 덧붙이기만 하면 된다. "내 남동생은 보석과도 같다" 또는 "내 남동생은 보석처럼 고귀하다" 식으로 표현하면 직유가 되는데, 이는 은유적 표현과 마찬가지로 대등한 비교 효과를 낳는다. 물론 '남동생' 개념과 '보석' 개념 사이의 연결이 은유만큼 직접적이거나 단호하지는 않다는 점을 들어, 직유가 한결 유연한 비유라고 주장할 수도 있다.

이제는 신비평의 도구들을 실제 비평에서 어떻게 활용할 수 있는지, 신비평이 구체적으로 어떻게 진행되는지를 직접 확인해 볼 차례이다. 루실 클리프턴Lucile Clifton의 시 〈내 안에 소녀가 있네There Is a Girl Inside〉(1977)를 자세히 읽어 보자.

▎〈내 안에 소녀가 있네〉에 대한 신비평적 독법

내 안에 소녀가 있네 There Is a Girl Inside

내 안에 소녀가 있네.

소녀는 늑대마냥 달아올랐어.

가 버리지 않고

이 뼈를 남기겠지
늙은 여자한테.

소녀는 푸르른 한 그루의 나무
불쏘시개로 가득한 숲속에 사는.
소녀는 푸르른 여자아이
낡아 버린 시인 안에서 살아.

소녀는 기다려 왔어
수녀처럼 견디며
재림을,
희끗한 머리를 뚫고
꽃을 피우는 순간을

소녀가 사랑하는 이들은
벌꿀과 백리향을 거두어들일 거야
숲은 난리가 날걸
기똥찬 놀라움으로.

시의 제목이기도 한 첫째 행 "내 안에 소녀가 있네"와, "뼈"와 "늙은 여자"라는 표현이 쓰인 첫째 연의 마지막 두 행을 볼 때, 시의 화자는 비록 나이가 많지만 여전히 내면에서 젊음과 생기를 느끼는 어떤 여성이라는 것을 쉽게 알 수 있다. 따라서 시의 중심을 이루는 긴장 관계 역시 젊음과 늙음 사이의 긴장, 그리고 화자가 내면에서 느끼는 바와 겉으로 보이는 화자의 모습 사이의 긴장이라는 것도 충분히 짐작 가능하다. 실제로 이러한 긴장 관계는 젊고 생기 넘치는 언어("소녀", "달아올랐어", "푸르른 한 그루의 나무", "푸르른 여자아이", "꽃" 등. 앞의 두 가지 표현은 성적 자유나 성적 자기주장을 뜻하는 말이기도 하다)를 늙음과 쇠락의 언어("뼈", "늙은 여자", "불쏘시개", "닳고 닳은 시인", "희끗한 머리" 등. '불쏘시개'는 불을 피울 때 쓰는 오래되고 바싹 마른 나무를 뜻한다)로 바꾸어 가는 과정을 통해 시 전체를 구조화하고 있다. 게다가 시의 서사적 차원, 즉 시의 '이야기'는, 기적적인 회춘과 젊음의 "재림"을 느껴 보길 꿈꾸는 어느 나이 든 여성이 "뼈"만 남은 육신과 "희끗한 머리"에도 불구하고 여전히 자기 마음속에 존재할 '내 안의 소녀'를 기다리는 모습을 보여 준다. 이쯤에서 우리는 이 시의 주제가 영원한 젊음이라는 역설과 관련이 있지 않을까라는 가설을 세워 볼 수 있다(영원한 젊음이 역설인 까닭은, 말 그대로 생물학적 차원에서 볼 때 시간과 젊음은 상호 배타적이기 때문이다. 시간이 흐르면 늙는 것을 피할 수 없다). 영원한 젊음이라는 주제의 본질을 구체적으로 탐구하고, 이 시가 그 주제를 어떻게 형상화하는지를 이해하려면, 일단 이 시의 형식 요소들을 꼼꼼하게 살펴야 한다.

전체적으로 볼 때 가장 먼저 주목할 부분은, 젊음의 이미지와 늙음의 이미지가 교차되며 전개되던 흐름이 셋째 연 넷째 행에서 끝난다는 점이다. 최종 연을 포함한 시의 마지막 다섯 행은 젊음, 비옥함, 성적 욕망 등의 이미지로 이루어져 있고, 이 이미지들("꽃", "사랑하는 이들", "거두어들일", "벌꿀과 백리향", "숲", "난리", "놀라움")은 화자가 생각하기에 늙음을 제압할 수 있는 젊음의 기운을 불러일으킨다. 그런데 이 시의 다른 부분에서도 젊음이 늙음을 누르고 승리를 쟁취하는 모습을 부각시키거나 지지하는가? 시를 다시 한 번 전체적으로 들여다보면, 마침표가 뒤로 갈수록 적어지는 것을 발견할 수 있다. 말 그대로 멈추고 쉬어 가는 부분이 점점 줄어드는 것이다. 앞의 둘째 연까지는 마침표가 모두 다섯 개 찍혀 있지만, 셋째 연에는 쉼표만 하나 있을 뿐 마침표가 보이지 않고, 시의 완결을 의미하는 최종 행의 마침표를 제외하면 마지막 연에도 마침표가 전혀 나오지 않는다. 실제로 셋째 연의 쉼표 다음부터 시의 마지막 부분까지의 여섯 행에는 실질적 의미의 마침표가 단 하나도 찍혀 있지 않다. 이처럼 마침표가 적어지고 쉬어 가는 부분이 줄어드는 극적인 전개 속에서 가속과 흥분, 힘이 차츰 암시되며, 이는 마지막 연에서 부각되는 젊음의 승리를 뒷받침한다.

방금 전 우리가 한 작업은 시에 나타난 문법적 요소들을 따져 본 것이라고 할 수 있는데, 같은 방법으로 시에서 동사들이 어떻게 활용되는지 분석하고, 그 속에서 어떤 의미를 발견할 수 있는지를 살펴보자. 먼저 주목할 부분은 화자가 강렬한 느낌의 동사를 능동태로서 사용한다는 점이다. "가 버리지 않고", "희끗한 머리를 뚫고", "사랑하는 이들은 … 거두어들일 거야" 등의 표현을 예로 들 수 있다. 이처럼 강렬한 느낌을 주는 능동형의 표현은 이 시에 등장하는 소녀가 힘이 넘치고 적극적이며 자신이 원하는 것을 얻을 수 있을 만큼 강하다는 것을 보여 준다. '내 안의 소녀'가 이제 모습을 드러내려 하고 있음을 암시하는 3연의 "기다려 왔어"라는 표현도 이러한 면모를 뒷받침해 주는 듯하다. '기다리고 있다'라고 썼다면 소녀의 기다림이 무한정 지속될 수도 있다는 뜻으로 읽히겠지만, "기다려 왔어"라고 씀으로써 소녀의 기다림이 끝났거나 곧 끝나리라는 의미를 함축할 수 있기 때문이다. "소녀는 늑대마냥 달아올랐어"에서 쓰인 직유도 같은 맥락에서 볼 수 있는데, 늑대 역시 자기가 원하는 것을 얻고자 싸우고 대개 그 목적을 달성하는 강인한 동물이라는 점에서 그렇다(이를테면 '토끼마냥 달아올랐어'라는 표현은 분명 같은 의미를 주지 못한다).

'내 안의 소녀'와 관련된 이미지가 또 있을까? 만약 그렇다면, 지금 우리가 만들어 가는 주제에 기여하는가? "소녀는 푸르른 한 그루의 나무"라는 은유가 적절해 보인다. 이 은유는 성장기 또는 신생과 풍요의 계절인 봄과 여름을 환기시키기 때문이다. 그리고 '푸르른 나무'는 자연의 이미지라는 점에서 회춘의 필연성이라는 의미를 동반하기도 한다. 겨울에는 '늙은 여자의 뼈'처럼 내내 여윈 채로 있다가도, "불쏘시개"마냥 죽은 듯 보여도, 봄이 되면 꽃을 피우는 생명체가 바로 나무인 것이다. 겨울을 견뎌 온 나무 안에 깃든 '푸르른 나무'의 갱생력은 그런 점에서 두 행 아래의 "푸르른 여자아이"의 갱생력과 맞닿아 있다. '푸르른 나무'가 "꽃을 피우는 순간을" 맞이할 수 있다면, "늙은 여자"의 마음속에서 기다리고 있는 "푸르른 여자아이"도 그러한 순간을 맞이할 수 있을 것이다.

물론 "푸르른 여자아이"라는 표현은 소녀가 아직 미숙하고 순진하며 세상에 때 묻지 않았음을 함축한 말이기도 하다. 이 같은 면모는 다음 연 둘째 행의 "수녀처럼 견디며"라는 직유와 절묘하게 들어맞는다. 다들 알다시피 수녀는 순결, 가난, 순종 등의 미덕으로 칭송받는 존재인데, 말하자면 이는 수녀가 세속의 세계, 육욕의 세계와 거리를 둔다는 뜻이다. 그래서 수녀라는 이미지는 미숙한 소녀와 '늙은 여자' 사이를 잇는 연결 고리가 된다. 이 두 여성 모두 육욕의 세계와 어떤 식으로든 단절되어 있다는 점에서 수녀와 공통점이 있기 때문이다. 수녀가 인내심을 갖고 기다리며 그 보답으로 예수의 재림을 바라듯이, '내 안의 소녀'와 '늙은 여자'는 오랫동안 기다려 온 보답으로 젊음의 재림을 원하는 것이다.

나이 든 화자와 내면의 어린 소녀 사이의 연결 고리가 될 만한 것이 또 있는가? "꽃을 피우는" 젊음이 무언가를 "거두어들일" 것이라고 말하는 셋째 연과 넷째 연의 연결 고리부터 다시 한 번 살펴보자. 시의 종결부는 언제나 매우 중요하기 마련이지만, 이 시는 특히 마지막 부분에 풍부한 이미지들을 담아내고 있다. 앞서 우리는 이 시의 마지막 연에서 젊음이 늙음에 승리를 거두는 모습을 볼 수 있으며, 이는 극에 달한 성적 욕망을 품고 숲속에서 새롭게 다시 태어난 소녀의 모습을 상상하는 화자를 통해 드러난다고 이야기한 바 있다. 그런데 "거두어들일", "벌꿀", "백리향" 같은 말들은 그 모호성 때문에 오히려 젊음과 늙음의 결속을 강화하는 역할을 수행하기도 한다. 이 말들은 젊음의 성적 활력을 함축하고 있지만, 더불어 가을 및 그와 관련된 활동, 즉 '늙은 여자'와 결부된 이미지를 연상시키기도 한다.

"거두어들일" 작업, 즉 추수는 작물의 성장이 멈추는 가을에 이루어지는데, 가을은 작물이 충분히 자란 시기이기 때문에 더 이상 화자 내면의 "푸르른 여자아이"처럼 젊고 "푸르른" 모습을 보일 수 없게 되는 계절이다. "벌꿀"과 "백리향" 역시 추수해야 할 대상이라는 점에서 같은 맥락의 의미를 갖는다. 벌꿀은 꽃가루가 모아진 꽃들에서 벌들이 꿀을 추출하고 벌집에 저장하는 과정에서 생산되며, 양봉가는 그렇게 생산된 벌꿀을 벌집에서 수확한다. 그리고 백리향은 음식의 풍미를 더하는 향이 진한 허브로서, 주로 바싹 말려서 사용한다. 그렇다면 이 시의 마지막 연은 늙음과 젊음의 융합을 은유적으로 암시한다고 볼 수 있다. 이 같은 맥락에서 보면 둘째 연의 "불쏘시개" 또한 모호성을 갖게 되어 우리의 해석을 돕는다. 앞에서 말했듯이, "불쏘시개"는 불을 피울 때 쓰는 오래되고 바싹 마른 나무를 가리키는 말이다. 그런데 불쏘시개로 불을 피운다는 것은 열정이 갖는 성질과 너무도 잘 맞아떨어진다. 열정은 쉽게 '불을 지르기'도 하기 때문이다. 그렇다면 열정 속에서 젊음과 늙음은 하나가 된다고 말할 수 있을 것이다.

이번에는 젊음과 늙음의 관계를 어떻게 시의 **어조**에서 발견할 수 있는지 알아보자. 화자의 목소리에서 배어나는 어조가 유용할 수 있는 이유는, 화자가 자신이 말하고 있는 것에 대해, 그리고 시를 읽는 독자에 대해 어떤 태도를 갖고 있는지가 어조에서 드러나기 때문이다. 우리는 화자가 늙은 여성이라는 것을 알고 있다. 그녀의 어조는 침울한가 쾌활한가? 피곤한가 정력적인가? 격식을 따르는가 격식에서 자유로운가? 그 어조의 특징을 어떻게 묘사할 수 있을까? 당장 화자가 사용하는 속어, 예컨대 둘째 행에서 성적 굶주림을 내비치는 표현인 "달아올랐어"나 마지막 연의 "기똥찬damn" 같은 표현부터 보자. 이 말들의 어조는 다소의 장난기와 불경함을 띠고 있지만, 그런 것들은 종종 젊음과 결부되는 성질이기도 하다. 셋째 연에서도 화자의 말놀이를 찾아볼 수 있다. "수녀"가 기다려왔다는 "재림second coming"은 말 그대로 예수의 재림을 가리키지만, 동시에 화자의 두 번째 '시작coming', 즉 그녀가 성적 욕망, 성적 활력, 성적 절정을 경험하는 순간을 뜻할 수도 있다.

화자가 속어와 유머를 활용함으로써 생기는 비격식성은 각각의 행이 하나같이 짧게 쓰였다는 데서 더욱 강화된다. 짧은 시행은 화자가 마치 우리에게 일상적인 말을 건네는 듯한 느낌을 전해 주기 때문이다. 아울러 대문자나 각운, 운율 등의 전통적 특징들이 보이지 않는 점도 비격식성을 두드러지게 하는 요인이라고 볼 수 있다. 그렇다면 우리는 장난기 섞인 불경함과 비격식성을 드러내는 화자의 어조에서 젊음과 늙음이 합쳐진다고 말할 수 있다. 격식을 무시하는 젊은이와 격식을 초월한 늙은 여성이 한자리에 있는 것이다. 화자의 내면에 사는 소녀가 늙은 여성의 삶에서 중요한 존재임을 우리가 알 수 있는 것은, 이 여성의 목소리에서 젊음이 넘치는 소녀의 목소리를 듣기 때문이다. 그런 점에서 마지막 행의 어조는 확실히 소녀와 늙은 여성 모두의 것이다. 그 목소리를 듣다 보면, 그들이 손을 허리께로 가져가며 "기뚱찬 놀라움"을 언급하는 모습을 떠올리게 된다.

이상의 분석을 바탕으로 이 시의 주제를 다음과 같이 제시해 볼 수 있다. 〈내 안에 소녀가 있네〉의 주제는 '희망은 인간의 마음속에서 영원히 샘솟는다'라는 오랜 격언을 단순히 되풀이한 것이 아니라, 똑같이 보편적 중요성을 갖는 새로운 문장으로 이렇게 다시 쓴 것이다. '젊음은 인간의 마음속에서 영원히 샘솟는다.' 늙음은 특별히 자기만의 어떤 것을 "거두어들일"기회를 가져다주는데, 그것은 잘 익은 과일 속에 깃든 씨앗처럼 사람들의 마음속에 남아 있는 젊음의 선물을 맛볼 수 있는 능력, 그러니까 늙어서도 젊음을 누릴 수 있는 능력임을 이 시의 내용이 암시하기 때문이다. 따라서 이 주제는 텍스트를 구조화하는 젊음과 늙음 사이의 긴장을 해소해 준다. 또한 이 주제가 모든 형식 요소들에 근거해 도출되었다는 점에서, 다시 말해 내용과 형식의 분리 불가능성을 보여 주었다는 점에서, 〈내 안에 소녀가 있네〉는 유기적 통일성을 갖는 시라고 결론 내릴 수 있다. 덧붙이자면, 이 시는 겉보기에 단순하고 그 때문에 매력과 친근함이 더해지는 것 같지만, 이 시의 유기적 통일성을 분석해 보면 그 안에서 온갖 형식 요소들이 놀라우리만치 복잡하게 작동하고 있음을 확인하게 된다. 그러므로 우리는 신비평의 관점에 따라 다음과 같이 말할 수 있을 것이다. 〈내 안에 소녀가 있네〉는 훌륭하게 만든 문학 텍스트이자, 인간의 보편적 의미를 주제로 구현한 복합적이면서도 통일성을 갖춘 한 편의 예술품이다.

내재적·객관적 비평으로서의 신비평

신비평이 우리에게 권하는 것은, 텍스트의 형식 요소들을 자세히 들여다보라는 것이다. 그러한 꼼꼼한 읽기가 시의 주제를 발견하고, 형식 요소들이 그 주제를 확립시키는 방식들을 해명하는 데 도움이 된다는 것이다. 클리프턴의 시를 함께 읽으면서 나는 이 같은 신비평의 면모를 구체적으로 보여 주려 했다. 신비평 이론가들은 꼼꼼한 읽기가 텍스트의 가치를 결정하는 유일한 방법이라는 입장을 견지하며 시 자체만을 분석하려 했고, 이 같은 방법으로 문학작품이 그 자체로 지니고 있는 맥락, 즉 해당 작품에 대한 해석과 평가를 가능케 하는 맥락을 드러낼 수 있다고 보았다. 단적인 예를 들어 보자.

클리프턴의 시를 분석하면서 나는 '달아오르다randy'라는 낱말을 속어로서의 뜻에만 한정시켰는데, 왜냐하면 그러한 의미로만 이해해야 시의 전체적인 맥락에 비추어 뜻이 통하기 때문이다. 《웹스터 대사전Webster's New Universal Unabridged Dictionary》에 따르면, 이 낱말은 '상스러운crude' 또는 '속된vulgar', '걸핏하면 싸우려드는 여성quarrelsome woman', '위협하는 녀석threatening beggar' 등의 뜻으로도 쓰인다. 이처럼 다양한 의미들이 시의 주제에 새로운 차원을 더해 해석의 폭을 넓혀 주었다면, 나 역시 시어의 모호성이라는 측면에서 이 낱말을 분석했을 것이다. 그러나 그 의미들 가운데 어떤 것도 시의 주제와는 관련이 없어 보였기 때문에 '달아오르다' 외의 나머지 뜻을 무시했다. 따라서 낱말을 사전에서 찾아보면 하나 이상의 의미를 갖고 있는 경우가 대부분이라 할지라도, 낱말의 모호성은 사전이 아닌 시의 전체 맥락에 따라 규정된다. 낱말의 뜻이 하나일지 또는 그 이상일지는 오직 맥락 안에서 판단되는 것이다.

마찬가지로 나는 클리프턴이 아프리카계 미국인 시인이라는 사실을 따로 언급하지 않았고, 저자의 인종을 나타낼 만한 어떠한 요소도 분석에 포함시키지 않았다. 아프리카계 미국인 문학비평가라면 이 작품이 아프리카계 미국인 문학 전통과 관계하는 방식을 일정 부분 언급할 가능성이 높다. 그러나 신비평의 관점에서 보자면, 역사에 대한 관심에서 비롯된 그와 같은 정보는 시의 유기적 통일성과 보편적 의미를 평가하는 데 아무런 도움이 되지 않는다('보편주의' 개념에 내재된 차별적 속성에 관한 논의는 11장 〈아프리카계 미국인 문학비평〉과 12장 〈탈식민주의 비평〉 참고).

마지막으로 덧붙이자면, 나는 화자의 심리 상태를 분석하려고도 하지 않았다. 물론 정신분석학에 기대어 "늑대", "뼈", "불쏘시개", "낡아 버린", "뚫고", "난리" 등의 시어들을 분석해 보면, 시의 성적 이미지양식 아래 감추어진 폭력과 자기파괴에 대한 두려움을 밝혀낼 수 있을지도 모른다. 하지만 정신분석학적 독법을 시도하지 않은 이유는, 적어도 이 시만 놓고 볼 때 그러한 분석을 뒷받침할 만한 근거가 전혀 없어 보였기 때문이다. 화자의 심리 상태는 이 시의 주제와 무관하며, 이 시의 주제를 이해하는 데도 도움이 되지 않는다. 간혹 신비평 이론가들은 텍스트가 그 자체로 심리적·사회적·철학적 요소들에 대한 논의를 보장한다고 보기도 했다. 그러한 요소들은 분명 텍스트의 인물 형상화나 플롯 등에 필수적인 부분이기 때문이다. 이를테면 윌리엄 포크너의 〈에밀리에게 장미를〉(1931)이나 에드거 앨런 포Edgar Allen Poe의 〈고자질하는 심장The Tell-Tale Heart〉(1843)에서는 정신분석학적 요소들이 필수 불가결한 부분을 이루고 있는 것처럼 말이다. 그러나 이런 경우에도 신비평 이론가들은 그러한 요소들이 어떤 식으로 작동하여 텍스트의 주제를 확립시키는지를 검증하는 데만 관심을 가졌다(만약 텍스트의 결점을 다루는 경우라면 그 요소들이 어떤 식으로 텍스트의 주제 확립에 악영향을 미치는지를 검증하려 할 것이다). 다시 말해, 신비평 이론가들은 텍스트 내부에 명백히 존재하는 심리적·사회적·철학적 차원을 무시하지는 않았다. 다만, 그것을 '미학화'했을 뿐이다. 그들은 텍스트의 형식 요소들을 다룰 때와 똑같은 방식으로 심리적·사회적·철학적 내용을 다루었고, 이를 통해 작품의 유기적 통일성을 바탕으로 형성되는 미적 경험에 그러한 내용들이 기여하는 바를 알고자 했던 것이다. 이처럼 신비평 이론가들은 텍스트 그 자체에서 생산되는 맥락 안에서만 해석이 이루어져야 한다고 주장했다.

신비평 이론가들은 텍스트 안에서 만들어진 맥락과 텍스트가 제공하는 언어만이 해석의 토대가 될 수 있다고 믿었기 때문에, 자신들의 비평 행위를 **내재적 비평**intrinsic criticism이라고 명명했다. 내재적 비평은 텍스트 그 자체의 범위 바깥으로 벗어나려 하지 않는 신비평의 태도를 잘 보여 주는 말이라고 할 수 있다. 반대로 심리적·사회적·철학적 이론 체계를 사용하는 비평 형식, 그러니까 신비평을 제외한 모든 비평은 **외재적 비평**extrinsic criticism이라고 불렀다. 이 같은 비평은 문학 텍스트 해석에 필요한 도구들을 텍스트 바깥에서 찾는다는 의미에서 외재적이다. 한편 신비평 이론가들의 주장에 따르면, 각 텍스트(해석되어야 할 각각의 대상object)는 자신이 어떻게 해석되어야 하는지 스스로 해석자에게 명령을 내리며, 비평가는 이를 간파하고자 개별 텍스트 고유의 형식 요소들에 초점을 맞춰야 한다. 이런 의미에서 신비평 이론가들은 자신들의 접근법을 **객관적 비평**objective criticism이라고 명명하기도 했다.

단 하나의
최고의 해석

신비평 이론가들은 텍스트를 고유한 고정적 의미를 지닌 독립된 실체로 인식했기 때문에, 각각의 텍스트를 그 자체로 가장 잘 드러내는 단 하나의 최고의 해석 또는 가장 정확한 해석을 찾아낼 수 있다고 믿었다. 최고의 해석이란 텍스트가 무엇을 의미하는지, 그리고 텍스트가 **어떻게** 그 의미를 생산하는지 가장 잘 설명하는 해석, 다시 말해 그 텍스트의 유기적 통일성을 가장 잘 설명하는 해석일 것이다. 신비평이 한창 유행할 무렵의 문학 텍스트 비평은 동일한 텍스트에 대한 다른 비평가들의 해석을 검토하는 작업으로 시작되는 경우가 많았는데, 그 이유는 방금 언급한 신비평 이론가들의 믿음 때문이었다. 말하자면, 자기만의 해석을 내놓으려는 비평가들은 해당 텍스트의 주제를 적절하게 이해하지 못한 데서 종종 비롯되는 다른 비평가들의 불충분한 독법(중요한 장면이나 이미지가 설명되지 않았다거나, 텍스트를 구조화하는 긴장이 해명되지 않았다거나 하는 경우)을 자신의 주장에 앞서 보여 주고자 했다. 즉, 자신의 해석이 최선임을 입증하려면 무엇보다 이전의 모든 독법이 어떤 면에서 부적절한지를 먼저 밝혀내는 과정이 필요했다.

신비평 이론가들이 텍스트의 세부 사항 하나하나에 집중하던 모습을 보노라면, 신비평을 통해 가장 효과적으로 분석할 수 있었던 장르가 짧은 시나 단편소설이었다는 사실이 이해가 된다. 텍스트의 길이가 짧을수록 텍스트의 형식 요소들을 더 많이 분석할 수 있기 때문이다. 신비평을 활용하여 장시나 장편소설, 긴 희곡 작품을 분석하고자 할 때는 대개 분석의 범위를 작품의 몇 가지 측면(들), 이를테면 텍스트의 이미지양식imagery(또는 자연의 이미지양식처럼 하나의 이미지양식만 분석), 작품 속 시간의 기능, 화자나 비중이 작은 등장인물의 역할, 배경 무대가 만들어내는 명암의 패턴 등과 같은 일부 형식 요소에 한정시킨 경우가 많다. 물론 어떤 형식 요소를 분석 대상으로 선택하든지 간에, 비평가는 그 형식 요소가 텍스트의 주제를 전개시키는 데 중요한 역할을 담당하며 텍스트의 전체적인 통일성 구축에도 이바지한다는 것을 보여 줄 수 있어야 했다.

이 장에서 논의한 신비평의 원리들에 친근감이 생겼을 수도 있고 그렇지 않을 수도 있지만, 어쨌든 문학 연구에 크게 기여해 온 신비평의 몇 가지 개념들에 대해서는 확실히 익숙해졌을 것이다. 신비평의 원리와 용어 가운데는 갈수록 보기 어려워지는 것도 있다. 이를테면, 문학 텍스트를 그것이 생산된 역사 및 문화와 분리시켜 이해하려는 문학비평가는 오늘날 거의 찾아볼 수 없다. 문학 텍스트는 단일하고 객관적인 의미를 가지고 있다고 주장하는 문학비평가도 찾기 어렵다. 그리고 상징 안에서 구체적 이미지와 추상적 관념이 통합되어 있는 양상을 가리킬 때, **긴장**이라는 단어를 쓰는 경우도 거의 없다. 그럼에도 신비평은 해석의 초점을 텍스트의 형식 요소들로, 그리고 텍스트의 의미와 형식 요소들 사이의 관계로 옮겨 오는 데 성공했고, 이 점은 어떤 이론적 관점을 따르는지와 상관없이 오늘날 우리가 문학을 연구하는 방식에 명확하게 드러난다. 문학 텍스트를 해석할 때 우리는 어떤 이론 체계를 사용하든지 간에 항상 자신의 해석을 뒷받침할 만한 구체적 증거를 텍스트 안에서 가져와 제시하며, 그 증거에는 형식 요소들과 관련된 부분도 포함된다. 물론 해체론적 해석과 독자반응 해석이라는 일부 의미심장한 예외가 있긴 하지만, 대체로 우리는 텍스트를 하나의 통일된 전체로 보고 그 안에서 몇 가지 의미를 이끌어 내는 방식으로 해석하려고 한다.

신비평은 텍스트 그 자체에 대한 관심을 환기시킴으로써 비평이론에 기여한 바가 크지만, 아이러니하게도 텍스트 자체에 대한 관심 때문에 몰락의 길을 걷게 되었다. 신비평이 점차 힘을 잃어 가던 1960년대 후반은 문학 텍스트가 지닌 이데올로기적 내용에 대한 관심과 더불어, 그 내용이 어떻게 사회를 반영하는 동시에 사회에 영향을 줄 수 있는지에 대한 관심이 커지던 시기였다. 단일한 의미를 지닌 고립된 미적 대상으로서 텍스트를 분석해야 한다고 고집하던 신비평은 이 같은 관심에 전혀 부응할 수 없었다.

신비평 비평가가 던질 만한 질문들

신비평은 텍스트의 단일한 의미와 그 의미를 확립하는 단일한 방법에 초점을 맞춘다. 이 점을 감안하면, 신비평 비평가가 문학 텍스트에 던졌던 질문이 여타 이론들과 달리 단 하나뿐이라는 것은 그리 놀랄 일이 아니다. 다만, 그 하나의 질문이 다음과 같이 복잡한 형식으로 제기되었다.

① 이 텍스트의 유기적 통일성을 가장 잘 규명할 수 있는 단일한 해석은 무엇인가? 구체적으로 말하자면, 텍스트의 형식 요소들과 그 요소들이 생산하는 복합적인 의미는 어떻게 함께 작동하면서 텍스트의 주제 또는 작품의 전체적인 의미를 뒷받침하게 되는가? 하나의 위대한 작품은 인간의 보편적 의미를 담은 한 가지 주제를 갖는다는 사실을 명심하자(텍스트의 분량이 너무 길어 그 안에 들어간 형식 요소들을 모두 설명

하기 어렵다면, 텍스트의 몇 가지 측면, 특히 형식상의 몇 가지 측면에만 이 질문을 던져 보자. 이를테면 이미지양식imagery, 시점, 배경 같은 것들…).

어떤 문학 텍스트를 다루든지 간에, 신비평을 활용하여 텍스트를 해석하려면 이러한 질문을 계속 던져야 한다. 흥미로운 사실 하나를 언급해 두자면, 텍스트의 단일하고 객관적인 의미에 대한 신비평 이론가들의 믿음에도 불구하고, 정작 그러한 의미란 어떤 것인지, 또는 텍스트가 어떻게 작동하여 그러한 의미를 생산하는지를 두고 그들 사이에 의견이 일치한 적이 거의 없었다는 것이다. 오히려 같은 텍스트를 놓고 서로 다르게 해석하는 경우가 다반사였다. 물론 하나의 작품에 대한 해석이 비평가마다 다른 것은 나머지 이론들도 마찬가지다. 어쨌든 우리의 목표는 신비평을 활용하여 문학 텍스트에 대한 이해의 폭을 넓히고, 문학 텍스트의 형식 요소들이 복잡하게 작동하여 의미를 창출하는 과정을 새로운 방식으로 살펴보고 음미하는 것이다.

이제 곧 살펴볼 F. 스콧 피츠제럴드의 《위대한 개츠비》 독법은 신비평에 따른 작품 해석의 한 가지 사례이다. 나는 《위대한 개츠비》를 인상 깊은 소설로 만드는 이미지양식과 아름다움, 정서적 울림을 분석하고, 이 소설이 갖는 여러 차원을 드러내어 내가 생각하는 이 소설의 주제를 밝히고자 한다. 그 주제란 바로 '인간의 갈망'이다. '이룰 수 없는 것에 대한 갈망은 그 누구도 거부할 수 없는 인간 조건의 일부'라는 것이 소설의 주제임을 확증하고자, 텍스트의 나머지 형식 요소들, 특히 인물 형상화 방식, 배경, 문체 관련 요소들을 검토할 것이다. 신비평을 활용하여 작품을 해석하는 만큼, 소설에 묘사된 역사적 배경에 대해서는 그것이 시공간을 초월하는 주제, 곧 인간의 보편적 의미를 갖는 주제를 명확히 드러내는 경우에 한해서만 관심을 가졌다.

갈망이 부르는 "불멸의 노래"

《위대한 개츠비》에 대한 신비평적 독법

대부분의 독자들은 F. 스콧 피츠제럴드의 《위대한 개츠비》에 나타난 이미지양식이 얼마나 아름다운지 충분히 느낄 수 있을 것이다. 오래도록 여운을 남기는 이 소설의 이미지들은 피츠제럴드가 좋아하는 시인으로 알려진 존 키츠John Keats 특유의 구슬픈 서정을 환기시킨다. 그러나 《위대한 개츠비》가 시적인 분위기를 자아내는 데 크게 영향을 미치는 그러한 이미지들이 어떻게 텍스트 전체의 의미를 구조화하는지에 대해서는 지금까지 거의 분석되지 않았다.

지금까지 이 점이 간과되어 온 이유 가운데 하나는 비평가들이 그동안 《위대한 개츠비》를 이른바 '재즈시대'의 연대기라는 측면에 주로 초점을 맞춰 분석했다는 데서 찾을 수 있다. 바꾸어 말하면, 이 소설을 미국의 어느 특정한 시기에 대한 일종의 사회적 논평이라고 보고 그것과 관련된 역사적 쟁점들에 주목하다 보니, 상대적으로 텍스트 자체의 형식 요소들에 대해서는 소홀할 수밖에 없었던 것이다. 《위대한 개츠비》가 1920년대 미국인들이 지향하던 가치들을 비롯하여, 남을 이용해 먹으려는 울프심의 착취적 속성, 데이지의 이중성, 톰의 배신, 조던의 부정직함, 머틀의 천박함, 미국 대중의 얄팍함(아무 생각 없이 개츠비의 파티에 몰려드는 사람들로 구체화된다) 등으로 대표되는 당시의 타락상과, 날이 갈수록 낮아져만 가는 도덕심을 엄중하게 비판하는 소설이라는 점에 대해서는 대부분의 비평가들이 동의한다.

《위대한 개츠비》에 묘사된 세계는 톰 뷰캐넌과 마이어 울프심처럼 서로 다른 세계에 있지만 자신이 원하는 것을 얻기 위해서라면 어떠한 윤리적 장벽도 아랑곳하지 않고 스스로를 합리화하는, 사리사욕에 혈안이 된 사람들에 의해 굴러가는 세계이다. 그곳은 이기심, 취기, 천박함이 넘쳐날 뿐 아니라, "늙은 이들은 품위도 지키지 않고 끝없는 원을 그리느라 젊은 여자들을 뒤로 밀어내고 있었고, 춤을 잘 추는 커플들은 구석에서 비틀거리면서도 우아하게 서로를 안고 춤을 추고 있"(51/77; 3장)는 공허하기 짝이 없는 세계다. 그곳은 또한 불안하고 덧없는 세계이기도 하다. 뷰캐넌 부부는 "사람들이 폴로 경기를 하고 재산을 과시하는 곳이라면 어디든 떠돌아다니며"(10/23; 1장) 영원히 떠돌 것이다. 조던 베이커는 언제나 호텔이나 클럽, 아니면 다른 사람의 집을 전전하며 살아갈 것이다. 심지어 가진 것도 별로 없는 조지 윌슨조차 모든 것을 정리하고 서부로 떠나기만 하면 지금 겪고 있는 문제들을 해결할 수 있을 것이라고 생각한다. 익명성과 고립감은 예외라기보다는 차라리 일상에 가까우며, 사회적 지위와 쾌락이야말로 그 어떤 것보다도 우선시되는 곳이 《위대한 개츠비》의 세계인 것이다. 실제로 닉이 "쓰레기 계곡"(27/45; 2장)라고 명명한 쓰레기 매립장(바로 인근에 조지와 머틀의 집이 있다)은 이 세계의 정신적 가난을 말해 주는 하나의 은유라고 할 수 있다.

> [쓰레기 계곡은] 재가 밀처럼 자라 산마루와 언덕과 기괴한 정원을 이루는 환상적인 농장이다. 재는 이곳에서 집과 굴뚝, 그리고 굴뚝에서 피어오르는 연기 모양을 하고 있다가 … 마침내 회백색 사람 모양이 되어 희뿌연 공기 속에서 어렴풋이 움직인다 싶으면 벌써 땅바닥에 무너져 내린다. (27/45; 2장)

많은 사람들은 제이 개츠비가 신화적 위상을 획득한 낭만적 인물로 묘사된다는 점에 주목하고, 소설 속 타락한 세계와 개츠비 사이의 서사적 긴장을 비평적으로 분석하고자 했다. 대부분의 비평가들은 꿈을 이루려고 노력하고 그 꿈의 핵심인 어느 여성에게 헌신하는 개츠비의 능력(그 여성은 개츠비의 헌신적인 사랑을 받을 만큼 대단한 인물이 아니라는 사실조차 무시할 수 있다는 점까지 포함하여)이야말로 그가 '순수성'을 끝까지 유지해 나갈 수 있는 원동력이라고 보았다.(Gallo 43) 실제로 개츠비를 "싸구려 천박함"에 "마지막까지 물들지 않은 면역력"과 "그것에 저항하는 영혼의 에너지"를 상징하는 인물로 보는 매리어스 뷰리Marius Bewley의 견해(13)에 대해서는 이미 상당 부분 비평적 합의가 이루어진 상태다. 톰 버넘의 말처럼, 개츠비는 "자신을 둘러싼 타락에도 불구하고 결국 타락하지 않음으로써 온전히 자신을 건전하게 지켜내는 인물"(105)이라는 것이다.[2] 이 같은 비평가들에 따르면, 개츠비의 순수함은 그를 파멸시키는 사회에 대한 고발이라는 점에서 더욱 부각된다.

그러나 이 같은 분석은 개츠비와 그가 살아가는 세계 사이의 긴장보다 더욱 중요한 긴장이 《위대한 개츠비》를 관통한다는 사실을 간과하고 있다. 아무리 개츠비와 그가 살고 있는 세계 사이의 대립을 강조하려 한들, 개츠비 또한 그 세계의 타락을 일부 공유하고 있음을 보여 주는 명백한 텍스트상의 증거를 무시할 수는 없다. 이를테면, 개츠비는 분명 울프심의 부하였을 뿐 아니라, 주류 불법 매매와 가짜 증권으로 돈을 벌어들인 인물이다.[3] 그런 점에서 보면,《위대한 개츠비》의 중심을 이루는 긴장은 텍스트상에서 묘사된 타락하고 천박한 물질주의 세계와, 오히려 그 세계를 묘사하는 과정에서 빈번하게 사용되는 서정적 이미지양식의 힘, 즉 독자에게 깊은 여운과 통찰을 남기는 미적·정서적 울림 사이의 긴장이 아닐까 싶다. 바로 이 긴장이 등장인물들의 상대적 순수성 또는 타락을 어떻게 평가할지와 상관없이 《위대한 개츠비》의 서사를 구조화한다는 것, 그리고 이 긴장이 이 소설의 역사적 배경을 초월하는 어떤 주제, 곧 인간의 보편적 의미를 지닌

---

[2] 이와 비슷한 견해로는 참고문헌에 제시된 Cartwright, Chase, Dillon, Gross, Hart, Le Vot, Moore, Nash, Stern, Trilling의 글을 참고할 것.

[3] 개츠비 역시 그가 살고 있는 세계의 타락을 공유한다고 보는 비평가들로는 Bruccoli, Dyson, Fussell 등이 있다.

어떤 주제 속에서 해소된다는 것이 내 생각이다.

그 주제란, 이룰 수 없는 것에 대한 갈망은 그 누구도 피할 수 없는 인간 조건의 일부라는 것이다. 곧 보게 되겠지만, 이룰 수 없는 것에 대한 갈망과 관련된 이미지양식은 등장인물들의 부유함과 가난함, 세련됨과 천박함, 타락과 순수 등과 무관하게 등장인물과 배경을 묘사하는 데 사용된다. 또한 그 이미지양식은 자연의 이미지양식과 연결되는 경우가 많은데, 이는 이룰 수 없는 것에 대한 갈망이 계절의 변화만큼이나 필연적인 것임을 암시한다. 마지막으로, 이룰 수 없는 것에 대한 갈망과 관련된 이미지양식은 정적이고 시간을 초월한 듯한 느낌을 주는데, 이는 그러한 갈망의 보편성과 필연성을 더욱 강조한다. 이룰 수 없는 것에 대한 갈망은 오래전부터 인간 조건의 일부였고, 앞으로도 계속 그러하리라는 것이다.

그러면 이룰 수 없는 것에 대한 갈망과 관련된 이미지양식이 사회의 다양한 단면들을 각기 대표하는 등장인물들 사이에서 어떻게 공통적인 실마리를 이끌어 내는지를 자세히 살펴보자. 이를 위해 먼저 피츠제럴드가 구사하는 서정적 이미지양식을 등장인물의 성격에 따라 세 가지로 구분하여 분석하려고 한다. 첫째로 지나간 과거에 대한 향수로서의 이미지양식, 둘째로 미래에 실현하고픈 꿈으로서의 이미지양식, 셋째로 구체적인 목표가 결여된 모호하고 규정되지 않은 갈망으로서의 이미지양식이 그것이다.

지나간 과거에 대한 향수로서의 이미지양식은 조던이 "맑고 상쾌한 아침에 골프장에서 처음 골프를 배우"(55/83; 3장)던 시절, 그러니까 데이지와 조던이 루이빌에서 보낸 "아름답고 순수했던 … 소녀 시절"(24/41-42; 1장)에 대한 목가적인 묘사에서 확인할 수 있다. 그 시절은 데이지와 조던에게 낭만적인 과거로 남아 있다. 그때 조던은 "부드러운 땅" 위를 걸을 때마다 "새로 산 체크무늬 스커트가 바람에 날렸"(79/114; 4장)다고 한다. 한편 조던은 당시 데이지의 모습을 이렇게 회상한다.

그녀는 흰옷을 차려입고 흰색의 작은 로드스터를 몰고 다녔어요. 데이지의 집에는 하루 종일 전화벨이 울려 댔죠. 캠프 테일러에서 온 흥분한 젊은 장교들이 그날 밤 '단 한 시간이라도' 그녀를 독차지하려고 야단법석을 떨었거든요. (79/115; 4장)

그곳은 "맑고 상쾌한 아침", "부드러운 땅", 새로 산 스커트, 흰옷, 흰색의 로드스터, 끊임없이 울리는 전화벨, 젊고 잘생긴 장교들로 상징되는 순진무구한 낭만이 존재하는 세계다. 심지어 그곳에서는 땅 위의 먼지조차 마법처럼 빛난다. "금빛과 은빛의 화려한 구두 수백 켤레가 **반짝이는** 먼지를 일으켰다."(158/220; 8장, 필자 강조)

마찬가지로, 자신이 유년기를 보낸 중서부에 대한 닉의 묘사에서도 목가적 과거를 상기시키는 향수 어린 이미지들을 발견할 수 있다. 크리스마스 귀향 열차를 타고 기숙학교에서 또는 대학에서 집으로 돌아가던 시절을 추억하며 닉은 다음과 같이 적고 있다.

역을 빠져나와 겨울밤 속으로 들어가면 진짜 눈〔雪〕이―우리의 눈 말이다―옆으로 펼쳐져 창을 배경으로 반짝이기 시작했다. 자그마한 위스콘신 시골 역의 흐릿한 불빛들이 스쳐 지나가고 공기 속에는 예리하고 거친 기운이 감돌았다.

… 우리는 그 공기를 깊이 들이마셨다. … 이 지방과 완전히 하나가 되는 것을 가슴 깊이 깨달았다. 그곳이 바로 나의 중서부 지방이다. … 감격으로 가슴이 두근거리는 내 젊음의 귀향 기차, 서리가 내린 어두운 밤의 가로등과 썰매 종소리, 불켜진 창문의 불빛에 크리스마스 장식인 호랑가시나무 화환의 그림자가 눈 위에 비치는 곳 말이다. (184/255; 9장)

데이지와 조던의 소녀 시절을 상징하는 "맑고 상쾌한 아침", "부드러운 땅", "반짝이는 먼지"처럼, 이 단락들에 사용된 자연의 이미지양식은 타락한 세계에 물들지 않은, 상큼하고 깨끗하며 순진무구한 과거를 환기시킨다. 또한 "진짜 눈〔雪〕이—우리의 눈 말이다—옆으로 펼쳐져 창을 배경으로 반짝"인다는 표현이나 "공기 속에는 예리하고 거친 기운이 감돌았다" 같은 표현은 신체뿐 아니라 영혼에까지 활기를 불어넣는, 맑고 하얗게 빛나는 탁 트인 공간을 연상시킨다. 물론 "진짜 눈"이란 표현은 엄청난 양으로 내렸다가 그대로 쌓인 채 겨울 내내 지속되는 위스콘신의 깨끗하고 새하얀 눈을 가리키는데, 이는 도심을 오가는 자동차들의 바퀴에 깔려 진창이 되는 뉴욕의 거무튀튀한 눈과 선명한 대조를 이룬다. 나아가 "진짜 눈"은 닉이 중서부에서 보낸 유년 시절이 인위적이고 피상적인 분위기에 휩싸여 있던 뉴욕에서의 성인기보다 더욱 진짜 같고 더욱 진실하다는 것을 시사하는 표현이기도 하다. 그러한 느낌은 행복한 유년기의 안온함을 불러일으키며 그를 기쁘게 하는 가로등, 썰매의 종소리, 호랑가시나무 화환의 그림자, 불 켜진 창문 등의 아늑한 이미지들로 뒷받침된다.

《위대한 개츠비》에서 과거에 대한 갈망을 표현하는 이미지들은 아무리 짧은 것이라 할지라도 강한 정서적 울림을 발휘한다. 데이지가 떠나고 없는 루이빌을 다시 찾아온 개츠비의 이미지가 단적인 예이다. "그는 마치 한 줄기 바람이라도 잡으려는 듯, 그녀가 있어 아름다웠던 그 도시의 한 조각이라도 간직해 두려는 듯 필사적으로 손을 뻗었다."(160/223; 8장) 소설의 초반부에서 톰 뷰캐넌에 대해 "다시는 맛볼 수 없는 풋볼 경기의 극적인 흥분을 조금은 부러운 듯이 좇으며 영원히 방황하리라는 것"(10/23; 1장)이라고 표현한 구절도 비슷한 사례다. 이 같은 이미지들은 오래도록 뇌리를 떠나지 않지만, 한편으로는 괴로운 느낌을 주기도 한다. 왜냐하면 그 이미지들은 결코 채워질 수 없는 공허함을 나타내기 때문이다. 데이지와 조던, 닉의 젊은 시절에 관한 이미지양식과 마찬가지로, 개츠비와 톰에 관한 이미지들이 환기시키는 세계 역시 과거로 흘러가 버렸기에 영원히 다시 찾을 수 없는 세계다. 우리는 결코 다시 젊어질 수 없으며, 개츠비가 결국 깨닫는 것처럼 과거 속에 존재하던 세계는 시간이 흐르면서 필연적으로 변화하기 마련이다.

영원히 사라져 간 목가적 과거에 대한 향수 어린 이미지들 가운데 가장 강력한 정서를 불러일으키는 것은, 아마도 소설의 결말 부분에서 제시되는 다음과 같은 이미지들일 것이다. 인용문은 닉이 위스콘신으로 돌아가기 전 날 밤, 해변에 앉아 명상에 잠기는 부분이다.

나는 서서히 그 옛날 네덜란드 선원들의 눈에 한때 꽃처럼 찬란히 떠올랐던 이 옛 섬—신세계의 싱그러운 초록색 가슴을 깨닫게 되었다. 바로 이 섬에서 자취를 감춘 나무들, 개츠비의 저택에 자리를 내준 나무들은 한때 인간의 모든 꿈 중 마지막이자 가장 위대한 꿈에 소곤거리며 영합했던 것이다. 덧없이 흘러가 버리는 매혹적인 한순간에 인간은 이 대륙을 바라보며 틀림없이 숨을 죽이고 있었을 것이다. 이해할 수도, 감히 바랄 수도 없는 심미적 관조에 어쩔 수 없이 빠져 버린 채 인류 역사에서 마지막으로 놀라움을 느낄 수 있는 재능과 맞먹는 그 무엇과 직면하면서 말이다. (189/261-262; 9장)

이 대목에서 닉의 향수 어린 갈망은 세계사적 보편성을 획득한다. 잃어버린 젊음과 사랑을 꿈꾸는 모든 이의 갈망이, 오래전 미 대륙을 감싸고 있었으나 지금은 사라지고 없는 경이로움을 향한 갈망에 담겨 표현되고 있는 것이다. 모든 이도 한때는 자신의 젊음과 사랑에 매혹과 경이를 느꼈을 것이다. 네덜란드 선원들이 "싱그러운 초록빛"으로 "한때 꽃처럼 찬란히 떠올랐던" 미 대륙을 보며 "숨을 죽였"던 것처럼 말이다. 그리고 상실을 연상시키는 말들, 이를테면 "한때", "사라진", "마지막", "덧없이 흘러가 버리는", "역사상 마지막으로" 등의 표현들이 거듭 쓰이면서 결말부의 더없이 가슴 저미는 분위기를 한층 고조시킨다.

한편, 이룰 수 없는 것에 대한 갈망과 관련된 이미지양식은 미래에 실현하고픈 꿈의 형식과 결부되어 나타나기도 한다. 소설의 초반부에서 닉은 증권계에서의 성공을 꿈꾸는데, 그 꿈은 금융과 투자에 관한 책들, 그리고 바로 앞에서 제시되며 흥미로운 조화를 이루는 자연의 이미지양식을 통해 구체화된다.

> 그래서 햇살과 폭발하듯 돋아나는 나무 잎사귀를 바라보며 …나는 여름과 함께 삶이 다시 시작되고 있다는 확신을 갖게 되었다. 우선 읽어야 할 책이 아주 많았고, 맑고 신선한 공기를 마시며 건강도 챙겨야 했다. 나는 은행 경영, 신용대출, 채권투자에 관한 책을 열 권 넘게 샀다. 조폐국에서 갓 찍어 낸 화폐처럼 황금빛과 붉은빛을 번쩍이며 내 서가에 꽂혀 있는 그 책들은 오직 미다스 왕과 J. P. 모건과 마이케나스만이 알고 있는 눈부신 비밀을 보여 주겠다고 약속하는 듯했다. (8/19-20; 1장)

"갓", "눈부신", "보여 주겠다고 약속하는" 등 책을 묘사하는 말들은 성공을 향한 닉의 갈망을 계절이 일깨우는 새로운 삶("폭발하듯 돋아나는 나무 잎사귀", "햇살", "맑고 신선한 공기")에 대한 갈망과 연결시킨다. 더 나아가, 금융업자 모건J. P. Morgan의 이름과 신화 속 인물인 미다스 및 마이케나스를 거명함으로써 신화적이고 환상적인 분위기를 불어넣을 뿐 아니라, 닉의 성공이 당연히 보장되어 있는 것이 아니라 현 단계에서는 그저 꿈에 불과할 뿐임을 강조한다. 다시 말해, 닉은 자신의 성공이 계절의 아름다움처럼 자연스럽게 이루어지길 바라며 몽상에 빠져 있다는 것이다.

닉의 꿈만큼 거대하진 않지만, 머틀과 조지가 꿈꾸는 미래에 대한 묘사 역시 이룰 수 없는 것에 대한 갈망과 관련된 이미지양식 속에서 나타난다. 닉과 개츠비가 점심 식사를 위해 뉴욕으로 가는 길에 통과하는 "쓰레기 계곡"에 대한 묘사를 보자.

> 우리는 옆구리에 붉은 띠를 두른 대양 횡단 선박들이 언뜻언뜻 비치는 포트 루스벨트를 지나 거무스레하니 빛이 바랬지만 아직 사람들이 드나드는 1900년대의 술집들이 줄지어 있는 빈민굴의 자갈길을 빠른 속도로 지나갔다. 그러자 이윽고 쓰레기 계곡이 양쪽으로 펼쳐졌다. 그곳을 지나가는 동안 정비소에서 윌슨 부인이 기운차게 헐떡거리며 펌프를 누르고 있는 모습이 언뜻 보였다. (72/105; 4장)

여기서 우리는 "쓰레기 계곡"이 두 부분으로 이루어져 있음을 금방 간파할 수 있다. 한쪽은 부두이고, 다른 한쪽은 빈민가다. 즉, 어느 쪽도 부유한 사람들이 사는 곳과는 거리가 멀다. 그러나 양쪽 모두에서 이룰 수 없는 것에 대한 갈망과 관련된 이미지들을 찾아볼 수 있다. 이를테면, 포트 루스벨트에 정박한 "붉은 띠를 두른 대양 횡단 선박들"은 미래에 있을 모험, 즐거움, 이득 등의 가능성, 적어도 변화의 가능성을 환기시킨다. 또한 빈민가의 "빛이 바랬지만 아직 사람들이 드나드는 1900년대의 술집"은 과거가 갖는 매력과 설렘을 불러일으킨다. 그러고 나서 우리는 바로 그 순간 "펌프를 누르고 있는" 머틀 윌슨을 목격하게 된다. 머틀의 그러한 모습은 미래의 소망 충족에 대한 갈망이 구체화된 것이다. 그 소망이란 아마도 톰 뷰캐넌과 결혼하여 "쓰레기 계곡"을 탈출하고, 머틀 자신이 꿈꾸는 천상의 행복으로 가득한 어떤 세계로 진입하는 것일 터이다. 머틀이 "활력이 넘쳐 숨을 헐떡거리"는 모습은 그녀의 생동감과 활력, 인간적인 면모를 부각시키는데, 이러한 특성은 그녀가 살고 있는 "황량한 지역", 즉 사람이나 사물이나 "희뿌연

공기"를 뒤집어쓰고 "회백색"으로 돌변하는 그곳의 이미지와는 정확히 반대되는 것이다.(27/45; 2장)

조지 윌슨 역시 자동차 정비소의 "회색 벽에 연결되어 있는"(30/49; 2장), 곧 "회백색"의 인물이지만, 그렇다고 해서 미래의 소망 충족을 꿈꾸며 힘을 얻지 말란 법은 없다. 톰과 닉이 조지의 차고에 들어서자, "그의 옅은 푸른색 눈에는 어렴풋이 희망의 빛이 감돌았다."(29/48; 2장) 이는 조지에 대한 묘사 가운데 생기를 찾아볼 수 있는 유일한 대목이다. 게다가 조지와 관련하여 색깔, 심지어 건강함을 나타내는 색깔이 등장하는 유일한 대목이기도 하다. 특히 푸른색은 개츠비의 전도유망함을 표현하고자 할 때 자주 등장하는 색이라는 점에서 더욱 주목할 만하다. 개츠비가 데이지와 가까이 있으려고 구입한 대저택에는 "푸른 정원"(43/66; 3장)과 "푸른 잔디밭"(189/262; 9장)이 있고, "푸른 나뭇잎"(159/221; 8장)이 날린다. 그뿐 아니라, 개츠비와 데이지가 재회하는 순간에는 "푸른 페인트로 주욱 그어 내린 듯 젖은 머리카락 한 가닥이 그녀의 뺨으로 흘러내려 있었"(90/130; 5장)다. 하나 덧붙이자면, 조지의 눈에 **"어렴풋이"** 떠오른 "희망의 **빛**"은 달이 **"촉촉한 달빛"**으로 젊은 개츠비가 "바닥에 아무렇게나 벗어 놓은 옷을 적시는" 장면과 맥락을 같이한다.(105/149; 6장)

물론, 이룰 수 없는 것에 대한 갈망과 관련된 이미지양식은 그것이 개츠비의 꿈을 환기시키는 장면에서 가장 시적으로 표현된다. 예를 들어, 데이지 페이와 사랑에 빠져 그녀를 갖고자 열망하는 젊은 날의 개츠비는 데이지의 모든 것에 매혹되지만, 그중에서도 데이지와 그녀의 가족들이 사는 집에 특히 빠져든다.

그 집에서 숨 막힐 정도로 강렬한 분위기를 느낀 것은 바로 데이지가 그 집에 살고 있다는 사실 때문이었다. … 그 집 주위에는 무르익은 신비스러움이 감돌고 있었다. 위층에는 어떤 침실보다 아름답고 서늘한 침실이 있을 것만 같았고, 복도마다 화려하고 신바람 나는 일들이 일어나고 있을 것만 같았으며, 라벤더 속에 처박아 놓은 곰팡내 나는 로맨스가 아니라 금년에 출시된 번쩍거리는 최신형 자동차처럼 신선하고 생기 넘치는 로맨스가 있을 것만 같았고, 시들지 않는 꽃처럼 무도회가 열릴 것만 같았다. (155-156/209; 8장)

이 인용문에서 개츠비가 꿈꾸는 생활 방식은 그에게 다소 낯선 것일 뿐 아니라, 그가 결코 속할 수 없는 세계의 것이다. 그런 점에서 개츠비는 데이지와 조던, 닉과 톰이 각자의 돌이킬 수 없는 젊음을 이상화하는 방식 그대로 데이지와 그녀의 가족들이 살아가는 방식을 이상화한다. "숨 막힐 정도로 강렬한 분위기", "무르익은 신비스러움", "아름답고 서늘한 침실" 같은 구절들은 관능적인 분위기를 자아내는 동시에, 사탕 가게 창에 얼굴을 붙이고 가게에 진열된 사탕들을 탐내던 어릴 적의 개츠비를 연상시킨다. 그러니까 창 너머 사탕을 갖고 싶어 하는 개츠비의 모습은 정확히 데이지의 집을 들여다보는 개츠비의 모습에 대한 은유인 것이다. 또한 이 인용문에 나타난 이미지양식은 "무르익은", "신바람 나는", "신선하고 생기 넘치는", "꽃들" 등의 말들에서 볼 수 있듯이, 어서 이루어지길 바라마지 않던 탄생 또는 결실의 느낌을 선사하기도 한다. 바로 그것이 "자동차"를 자연의 생명체로 탈바꿈시킬 수 있는 힘, 즉 개츠비의 갈망이 지닌 힘이다. "번쩍거리는 최신형 자동차"도 꽃들과 같은 달콤한 냄새를 풍기도록 만들 수 있을 로맨스가 데이지의 집에서 태어난 것이다. 그러한 갈망이 인간적인 것과 분리되어 독자적으로 움직이게 되는 것은 어쩌면 당연한 귀결일 것이다. 데이지가 톰에게서 개츠비에 관한 이야기를 듣고 개츠비에 대한 마음을 거두어들이는 것처럼 말이다. "오후 해가 뉘엿뉘엿 기울어 가는 동안 깨어진 꿈만이 계속 다투고 있었다. 이제는 만져 볼 수도 없는 것을 만지려고 하면서, 불행하지만 그렇다고 절망하지는 않으며 방을 가로질러 그 잃어버린 목소리를

향해 몸부림치고 있었다."(142/199; 7장)

　미래에는 꿈을 이루겠다는 개츠비의 갈망과 관련된 이미지들 가운데서도 자주 언급되는 것 중 하나는 그가 자신의 대저택 앞 해변에 홀로 서 있는 장면이다. 그곳에서 개츠비는 "은빛 후춧가루를 뿌려 놓은 듯한 별들"(25/44; 1장) 아래, 데이지가 살고 있을 "저 멀리 작게 반짝이는 …단 하나의 초록색 불빛"(26/44; 1장)을 향해 두 팔을 뻗으며 "부르르 몸을"(같은 곳) 떤다. 이 이미지는 앞에서 살펴본 어떤 이미지를 다시 상기시킨다.

　데이지는 떠나고 없는 루이빌에서 개츠비가 자신의 잃어버린 과거를 향해 손을 뻗치는 장면이 그것이다. 여기서 팔을 뻗는 개츠비에 대한 이미지는 과거에 대한 갈망과 미래를 향한 갈망을 합쳐 놓는다. 즉, 개츠비가 롱아일랜드로 온 목적은 데이지를 다시 만나 사랑을 완성하기 위함이라는 점에서, 개츠비에게 이 같은 두 가지 갈망은 서로 동일한 하나의 것이라고 할 수 있다. 그리고 데이지의 집이 있는 부두의 끝자락에서 보이는 초록색 불빛은 새로운 시작에 대한 희망을 개츠비에게 전달한다(초록색은 봄의 생기에 동반되는 것이다). 비록 그 초록색 불빛은 멀리서 "작게 반짝이는" 것에 불과하지만, 역설적으로 개츠비는 데이지를 잃었을 때보다 그녀와 더욱 가까워진 것이다. 지리적으로도, 경제적으로도 말이다.

　미래에는 꿈을 이루겠다는 개츠비의 갈망을 묘사하는 이미지양식 가운데 가장 농밀한 것은 아마도 다음 장면에서 찾을 수 있을 것 같다. 젊은 개츠비가 자신에게 곧 다가올 커다란 무언가를 꿈꾸며 데이지와 함께 루이빌의 거리를 거니는 대목이다.

　일 년 중 계절이 바뀔 때 두 번 오는, 신비스러운 흥분을 간직한 서늘한 밤이었다. 집 안에 켜 있는 조용한 불빛들이 어둠 속으로 콧노래를 부르고, 별과 별 사이에서도 소란하게 움직이고 있었다. 개츠비는 곁눈질로 보도블록이 실제로 사다리가 되어 나무 위쪽 비밀 장소로 올라가는 것을 보았다. 만약 혼자 오른다면 그는 비밀 장소까지 올라갈 수 있었을지도 모른다. 일단 그곳에 다다르면 생명의 젖을 빨고 그 무엇에도 견줄 수 없는 신비의 우유를 들이켤 수 있었을 것이다.

데이지의 하얀 얼굴이 자신의 얼굴에 닿는 순간 그의 심장은 점점 더 빨리 뛰었다. 이 아가씨와 입을 맞추고 말로 표현할 수 없는 자신의 꿈을 그녀의 불멸의 숨결과 영원히 하나로 결합시키면, 그의 심장은 하느님의 심장처럼 다시는 뛰지 않으리라는 것을 잘 알고 있었다. 그래서 그는 별에 부딪힌 소리 굽쇠가 내는 아름다운 소리에 귀를 기울이며 잠시 기다렸다. 그러고 나서 그는 그녀에게 키스를 했다. 그의 입술에 닿자 그녀는 그를 위해 한 송이 꽃처럼 피어났고, 비로소 화신化身이 완성되었다. (117/166-167; 6장)

이 단락들에서 주목할 것은, 이룰 수 없는 것에 대한 갈망과 관련된 이미지양식이 적어도 두 가지 중요한 기능을 수행한다는 점이다. 하나는, 닉이 미래의 성공을 갈망하는 모습에서 보았던 것처럼, 이 단락들에서의 이미지양식은 인간의 꿈을 자연의 조화와 결부시킨다는 것이다. "별과 별 사이에서도 소란하게 움직임이 있었"던 것은 두 사람이 느끼는 "신비스러운 흥분"과 짝을 이룬다. 계절의 변화는 그들이 현재 딛고 있고 개츠비가 넘어서기를 갈망하는 미래의 문턱과도 이어져 있기 때문이다. 바꾸어 말하면, 이 같은 이미지양식은 인간의 갈망이 계절과 마찬가지로 당연하고 피할 수 없는 것이라는 사실을 암시한다. 다른 하나는, 이 단락들에서의 이미지양식은 개츠비의 갈망이 갖는 광대한 면모(개츠비는 "그 무엇에도 견줄 수 없는 신비의 우유를 들이"켤 것을 꿈꾼다. 그의 꿈은 "하느님의 심장처럼 … 뛰는", 미래에 대한 "말로 표현할 수 없는" 꿈인 것이다)를 데이지라는 현세의 '화신化身'과 결합시킨다는 것이다. 다시 말해, 이는 인간의 갈망이 여성에 대한 욕망처럼 구체적이고 일상적인 것과 맞닿아 있을지라도, 그것은 정말로 마치 우주의 동력과도 같은, 인간보다 훨씬 거대한 어떤 힘의 화신일 수 있음을 암시한다.

조금 다른 관점에서 보자면, 우리가 구체적인 인물, 사건, 대상을 갈망한다고 생각할 때조차 우리의 갈망을 추동하는 것은 자기 자신보다 더욱 커다란 어떤 것, 즉 인간이라는 조건에 내재하는 어떤 것이다. 실제로, 인물 묘사에 사용된 이룰 수 없는 것에 대한 갈망과 관련된 이미지양식을 살펴보면, 어떠한 구체적인 목표도 결여된 모호하고 규정되지 않은 갈망을 보여 주는 것이 가장 많다는 것을 알 수 있다. 예를 들어, 닉이 롱아일랜드를 건너 뉴욕으로 가는 길에 내비치는 모호한 갈망을 보자. "퀸스보로 다리에서 바라보는 뉴욕은 언제나 처음 보는 도시 같았고, 여전히 이 세상의 모든 신비와 아름다움에 대한 터무니없는 첫 약속을 여전히 간직하고 있었다."(73/106; 4장) 여기서는 닉이 말하는 "신비와 아름다움"에 관한 약속이 어떤 종류의 것인지 알 수 없다. 왜냐하면 닉도 그것을 모르기 때문이다. 그의 갈망의 내용은 불명확하다. 그가 아는 것은 자신이 새롭고 신선하며("처음 보는") 흥분되고("터무니없는 첫 약속") 사치스러운("세상의 모든 신비와 아름다움") 무언가를 원한다는 것이 전부다.

이러한 종류의 모호한 갈망은 창을 통해 세상을 응시하는 사람들에게서 자주 발견된다. 이를테면, 닉은 종종 저녁이 되면 5번가를 걷곤 하는데, 그는 창을 사이에 두고 다음과 같은 풍경을 접한다.

극장가를 향하는 택시들이 … 부릉부릉 소리를 내며 다섯 줄로 서 있을 때, …택시에 탄 사람들은 차가 떠나기를 기다리며 서로 몸을 기댔고, 노래도 불렀으며, 들리지 않지만 무슨 농담인가를 듣고 웃어대기도 했다. 담뱃불의 움직임만으로 택시 안의 알 수 없는 몸짓을 어렴풋하게나마 알아볼 뿐이었다. (62/91-92; 3장)

물론 닉은 자신이 보고 있는 풍경의 일부가 되길, 차창 안으로 보이는 택시 탄 사람들의 흥분을 공유하길 갈망한다. 그러나 그는 반대로 창 안쪽에서 바깥을 바라볼 때도 같은 종류의 갈망을 느낀다. 톰과 머틀의 아파트에서 파티가 열리는 동안, 닉은 창문 너머를 유심히 바라본다.

> 도시의 하늘 위로 줄지어 있는 노란 창문들은 조금씩 어둠이 깔리는 길거리에서 우연히 고개를 쳐들고 올려다보는 사람들에게 인간의 비밀을 속삭여 주고 있음에 틀림없다. 나 또한 위쪽을 올려다보며 궁금하게 생각하는 사람 중 하나였다. 만화경萬華鏡처럼 변화무쌍한 삶에 매혹당하기도 하고 혐오감을 느끼기도 하면서 나는 집 안에 있는 동시에 집 밖에도 있는 기분이었다. (40/62; 2장)

톰과 머틀의 아파트에서 열린 파티가 닉에게 만족감을 가져다주었다거나 그의 고독을 덜어 주었다고 말하려는 것이 아니다. 이 인용문의 내용 대로, 닉은 파티에 참석 중이면서도 여전히 아파트 밖에서 안쪽을 바라보는 듯한 기분을 경험한다. 내가 말하려는 것은 단순하다. 닉은 서른 살이 되도록 아직까지 한데 어울리고 싶은 마음이 드는 사람들을 만나지 못했다. 그의 갈망은 고독의 형식을 취하고 있지만, 그렇다고 자기가 무엇을 그리워하는지를 잘 알고 있는 것도 아니다. 그가 아는 것은 단지 자신이 도시의 어스름을 헤매는 젊은 사무원들의 모습과 닮아 있다는 사실뿐이다. 그들에 대한 묘사는 이룰 수 없는 것에 대한 모호한 갈망을 표현한 이 소설 속 이미지들 가운데서도 가장 감동적인 것으로 꼽을 만하다. "식당에서 외롭게 맞이하는 저녁 식사 시간을 기다리면서 쇼윈도 앞에서 서성대는 가난한 젊은 사무원들, 밤과 삶에서 가장 강렬한 순간들을 낭비하며 어스름 속을 헤매는 젊은 사무원들…."(62/91; 3장) 그런 맥락에서, 스스로를 "조금씩 어둠이 깔리는 길에서 우연히 고개를 쳐들고 올려다보는 사람"이라고 상상하며 톰과 머틀의 아파트에서 창밖의 노란 불빛들을 올려다보는 닉의 이미지는 보편성을 획득한다. 말하자면, 닉은 단지 자신의 이룰 수 없는 것에 대한 모호한 갈망을 묘사하는 데 그치지 않고, '모든 사람들'(그들 모두가 "우연히 고개를 쳐들고 올려다보는 사람"이기도 하다)이 그러한 갈망을 공통적으로 경험한다는 사실을 환기시킨다.

흥미로운 점은, 앞에서 두 차례나 살펴본 팔을 뻗는 개츠비의 이미지, 즉 과거와 미래 모두에 대한 개츠비의 갈망을 구체화하는 이미지가 소설의 마지막 부분에 다시 한 번 등장한다는 것이다. 그런데 이번에는 갈망의 내용이 구체적으로 드러나 있지 않다.

개츠비는 그 초록색 불빛을, 해마다 우리 눈앞에서 뒤쪽으로 물러가고 있는 극도의 희열을 간직한 미래를 믿었다. 그것은 우리를 피해 갔지만 별로 문제될 것은 없다. 내일 우리는 좀 더 빨리 달릴 것이고 좀 더 멀리 팔을 뻗을 것이다 …. 그리고 어느 맑게 갠 아침에 ….

그리하여 우리는 조류를 거스르는 배처럼 끊임없이 과거로 떠밀려가면서도 앞으로, 앞으로 계속 나아가는 것이다. (189/262; 9장)

바로 이것이 《위대한 개츠비》가 전하는 개츠비의 갈망에 담긴 보편적 본질이다. 초록색 불빛을 바라보며 두 팔을 쭉 뻗는 개츠비의 모습은 결국 우리의 모습인 것이다. 미래는 "**우리** 눈앞에서 뒤쪽으로 물러가고 … **우리를** 피해 갔지만 … **우리**는 좀 더 빨리 달릴 것이고 좀 더 멀리 팔을 뻗을 것이다." 그러나 개츠비의 갈망은 보편화되는 동시에 불특정한 것이 된다. 개츠비에게 초록색 불빛은 데이지를 상징하지만, 우리에게는 다른 어떤 것을 상징할 것이다. 그러나 그 불빛이 무엇을 상징하든지 간에, 우리는 자신의 갈망이 결코 이루어질 수 없다는 사실을 알면서도 그것을 추구하게 될 것이다. 우리는 앞으로 나아가는 뱃머리에 서서 미래를 향해 나아가길 열망하면서도, 개츠비가 그러했듯이 "끊임없이 과거로 떠밀려" 간다. 시간을 초월하는 인간의 갈망 속에서 과거와 미래는 하나이며, 이룰 수 없는 것에 대한 우리의 갈망은 앞으로 나아가려는 시도를 번번이 무산시키는 "조류"인 것이다. 《위대한 개츠비》의 등장인물 가운데는 호의적으로 묘사되는 인물이 거의 없음에도, 이룰 수 없는 것에 대한 그들의 갈망만큼은 매우 절절하게 묘사된다. 그 갈망이야말로 이 소설 속 등장인물들에게, 그리고 마지막 구절이 강조하는 것처럼 우리 모두에게 공통된 것이기 때문이다.

한편, 이룰 수 없는 것에 대한 갈망과 관련된 이미지양식은 소설의 배경을 환기하는 장면에서도 자주 사용되고 있으며, 이는 전혀 다른 사회계층에 속한 인물들을 서로 이어 주는 공통의 끈이 되기도 한다. 먼저 주목할 만한 부분은 개츠비의 대저택을 묘사하는 대목이다. "그야말로 엄청난 저택이 자리하고 있었다. 노르망디 시청을 그대로 본뜬 것으로, 한쪽에는 가느다란 수염 같은 담쟁이덩굴로 뒤덮인, 지은 지 얼마 되지 않은듯한 탑 … 이 딸려 있었다."[9/21; 1장] 독자들은 개츠비를 만나기에 앞서 그가 사는 곳을 배경으로서 접하게 되는 셈인데, 이 같은 묘사가 암시하는 바는 이룰 수 없는 것에 대한 갈망이 개츠비라는 존재의 핵심에 자리한다는 것이다. 개츠비와 마찬가지로, 그가 사는 집은 불필요하게 과장된 "엄청난 저택"이다. 즉, 그 저택을 이루는 요소들은 단지 모방에 불과함에도 마치 진품인 양 행세하려는 것들이다. '남자'가 되고 싶은 사춘기 소년의 이미지를 연상케 하는 "가느다란 수염 같은 담쟁이덩굴"처럼 말이다. 노르망디 시청을 모방한 탑이 단적인 예다. 하늘을 향해 세워진 이 탑은 지금 당장 존재하는 어떤 것을 초월한 무언가에 대한 열망을 암시하는 것이기도 하다. 아니, 개츠비의 대저택 자체가 마치 어떤 초월적인 것을 열망하기라도 하는 양 롱아일랜드 해협을 건너다볼 수 있도록 지어져 있다. 그 저택에서는 데이지가 사는 쪽 부두 끝자락의 초록색 불빛을 볼 수 있다. 이 불빛이야말로《위대한 개츠비》를 대표하는, 이룰 수 없는 것에 대한 갈망의 상징일 것이다.

이룰 수 없는 갈망의 분위기는 소설의 배경에 의해 만들어지는데, 이 배경이 자아내는 낭만적 분위기는 인물들이 경험하는 분위기와는 전혀 딴판이다. 예를 들어, 닉이 처음으로 뷰캐넌 부부의 집을 방문한 날, 그곳에서는 여러 이유들로 긴장과 갈등의 분위기가 조성되는데(그 원인으로는 무엇보다 톰과 데이지의 다툼을 들 수 있다. 두 사람이 싸우게 된 이유는 점심 시간을 방해하며 계속 걸려 오는 머틀 윌슨의 전화 때문이다. 그 외 조던이 뻔뻔하게도 옆방에서 부부의 다툼을 엿들으려 하는 모습이나, 톰이 거들먹거리며 인종차별적 견해를 쏟아내는 장면도 긴장감을 조성하는 원인이 된다), 이러한 상황과는 정반대로, 배경은 목가적 충만함을 암시하며, 또 이를 섬세하게 묘사한다.

우리는 천장이 높은 복도를 지나 밝은 장밋빛 공간으로 들어갔는데, 그 공간은 양쪽 끝에 달린 프랑스식 창문 덕분에 가까스로 집에 붙어 있었다. 살짝 열려 있는 창문이 약간 집 안쪽으로 자란 듯한 푸릇푸릇한 잔디를 배경으로 하얗게 반짝였다. 산들바람이 방 안으로 불어 들어와 커튼의 한 끝은 안으로, 다른 쪽 끝은 창백한 흰 깃발처럼 밖으로 휘날리다가 설탕 입힌 웨딩 케이크 같은 천장을 향해 소용돌이쳤다. 그러고 나서는 마치 바람이 바다 위에 그림자를 드리우듯 포도주 빛깔의 양탄자 위에 잔물결을 일으키면서 그 위에 그림자를 드리웠다. (12/25; 1장)

이 배경에 나타난 모든 것은 새로움, 희망, 충족감과 연관되어 있다. "장밋빛 공간"이라는 표현은 전통적으로 낭만적 분위기가 충만한 상태를 나타낼 때 쓰는 말이다. "하얗게 반짝이"는 열린 창문과 "푸릇푸릇한 잔디", 그리고 "설탕 입힌 웨딩 케이크" 같은 천장 등의 묘사는 희망찬 새로운 시작(순결함, 봄, 결혼식)의 기운을 불러일으킨다. 여기에 더해, "웨딩 케이크"와 "포도주"는 희망 성취와 축복을 암시한다. 하지만 배경에서 예감되는 충일감이 그 배경 속 등장인물들의 불만과 불협화음을 빚음에 따라, 결과적으로는 이룰 수 없는 것에 대한 갈망이 가득한 분위기가 형성된다. 이는 새뮤얼 테일러 콜리지Samuel Taylor Coleridge의 시에 등장하는 늙은 뱃사람이 멈춰선 자신의 배 위에서 읊조리는, 낭만과는 거리가 먼 갈망을 연상케 한다. "어디든 물, 물,/하지만 마실 물은 한 방울도 없구나."(Ⅱ. 121-122)

조화와 세련, 풍요의 이미지로 묘사되는 소설 속 배경들은 심지어 가장 저속한 장면에서조차 아이러니하게도 천상의 아름다움을 향한 동경, 즉 이룰 수 없는 것에 대한 갈망을 가득 채워 두고 있다. 그런데 이 천상의 아름다움은 현재 발생하는 인물 행동과 조화를 이루지 않는다. 이를테면, 톰이 머틀과의 밀회를 위해 마련한 아파트는 시끄럽고 천박하며 술에 찌든 머틀의 친구들도 드나드는 곳이다. 그러나 그 장소는 "흰 케이크를 잘라 놓은 것처럼 길게 늘어서 있는 아파트"(32/52; 2장) 가운데 한 곳이자, "베르사유 정원에서 부인들이 그네를 타고 있는 장면"(33/53; 2장)이 걸려 있는 곳이다. 톰과 머틀을 대동한 닉이 그 아파트에 들르기에 앞서 주목하는 것은 5번가의 분위기다. "한여름 일요일 오후의 공기는 가히 목가적이라고 할 만큼 따뜻하고 부드러워서 흰 양 떼가 길모퉁이를 돌아 거리에 나타나더라도 하나도 놀랍지 않을 정도였다."(32/52; 2장) "흰 케이크를 잘라 놓은 것처럼 길게 늘어서 있는", "부인들이 그네를 타고 있는 장면", "베르사유 정원", "따뜻하고 부드러워서", "목가적", "한여름 일요일 오후", "흰 양 떼" 등의 표현에서 사용된 언어는 전원적이고 풍요로우며 즐거움이 충만한 조화로운 세계의 언어다. 하지만 이 같은 목가적 충만함의 언어는 정작 그곳에 넘치는 알코올 및 폭력의 기운(파티 참석자들은 비틀거리고, 머틀과 맥키 부인은 반유대주의와 엘리트주의가 뒤섞인 저속한 대화들을 주고받고 있으며, 톰은 머틀과 격렬히 다투다가 주먹으로 그녀의 코를 부러뜨린다)과 불협화음을 빚어내며, 이는 이룰 수 없는 것에 대한 갈망이 스며든 어떤 분위기를 만들어 낸다. 그 갈망은 우리가 원하는 삶, 지금과는 다른 삶, 마땅한 삶에 대한 갈망이다.

조화, 세련, 풍요로움을 선사하는 배경과 천박한 등장인물들 사이의 충돌이 형성하는 이룰 수 없는 것에 대한 갈망의 느낌은, 사실 개츠비의 파티에서 더욱 흥미로운 방식으로 나타난다. 개츠비가 대저택을 구입하고 그곳에서 호화로운 파티를 여는 데 사용하는 자금은 마이어 울프심(이 소설에서 가장 사악한 인물일뿐더러 가장 천박한 인물 중 한 사람이다)과 결탁한 범죄 행각으로 확보한 것이다. 닉은 개츠비의 파티를 찾은 사람들이 몹시 경박하게 구는 모습을, 이를테면 "놀이공원의 행동 규칙에 따라 행동"(45/69; 3장)하는 모습을 발견한다. 그곳의 거의 모든 사람이 무례하고 불쾌한 태도를 보인다. 그들 대부분은 파티 주최자인 개츠비를 만난 적도 없고 만나려고 하지도 않지만, 적어도 그에 대한 소문을 공유하는 방식은 냉혹하기 그지없다. 게다가 저마다 고약한 술버릇을 마치 자랑인 양 드러내는 추태는 다들 그저 하나의 구경거리라고 생각하고 넘어갈 뿐이다. 한쪽에 "용기를 과시하듯 공중에서 칵테일 잔을 번쩍 잡아 들고 쏟아버리더니 … 천막 연단 위에서 혼자 춤을"(45/68; 3장) 추는 젊은 여성이 있는가 하면, 다른 한쪽에는 "조금만 우스갯소리를 해도 미친 듯이 웃어대는 수선스럽고 체구가 작은 아가씨"(51/77; 3장)가 있다. 어떤 운전자는 너무 술에 취한 나머지 자기 차가 "바퀴 하나가 빠진 채 길 옆 도랑 속에 처박혀"(58/86; 3장) 움직이지 않는데도 그런 사실을 모를 뿐 아니라, 한 여성은 마구 소리를 지르다가 이를 견디지 못한 사람들에 의해 머리가 그만 "풀에"(113/161; 6장) 처박히게 되는 일까지 경험한다.

그러나 이 장면에서조차 배경만큼은 더없이 낭만적으로 묘사된다. "여름 내내 밤마다 이웃집에서는 음악 소리가 흘러나왔다. 개츠비의 푸른 정원에서는 남녀가 속삭임을 주고받으며 샴페인을 사이에 두고 별빛 아래에서 부나비처럼 오갔다.˝(43/66; 3장) "때 이르게 뜬 달"이 "마치 요리 조달업자의 바구니에서 꺼내 놓은 저녁 식사"처럼 빛나는 가운데(47/71; 3장), "황혼 속에서 칵테일 쟁반이 우리에게 전달되었고"(같은 곳), "뷔페 테이블에는 화려한 전채 요리와 양념을 해서 구운 햄, 알록달록한 샐러드, 밀가루를 발라 튀긴 돼지고기, 거무스름한 금빛으로 구운 칠면조 요리 등이 즐비하게 차려져 있었다.˝(44/67; 3장) "푸른 정원", "속삭임을 주고받으며", "별빛" 등의 표현은 파티의 배경을 마치 어느 신화 속 왕국의 한적한 전원 풍경처럼 보이도록 만든다. 그곳에서는 달이 마법과도 같이 "때 이르게 떠오"르며, 칵테일과 음식들은 황혼의 "금빛"으로 환하게 빛나는 것이다.

여기서 우리가 잊지 말아야 할 것은 닉이 화자라는 사실이다. 다시 말해, 우리는 그의 눈을 통해서 이와 같은 배경들을 접한다. 그러므로 배경과 등장인물의 행동이 조화를 이루지 못하는 것처럼 보인다면, 이는 닉의 이룰 수 없는 것에 대한 갈망이 그 안에 투영되어 있기 때문이라고 이해할 수도 있다. 닉은 어린 시절을 보낸 위스콘신과 같은 목가적 아름다움으로 가득한 세계를 열망하지만, 그러한 세계는 이미 사라진 지 오래다. 성인기, 제1차 세계대전, 삶에 대한 목적의식의 결핍 등이 한데 뒤섞이는 동안, 그러한 세계는 지워져 간 것이다. 그러나 풍요로움은 낭만적인 가능성들을 만들어 낸다. 닉이 개츠비에 대해 언급하는 다음 구절은 그 자신에게도 해당된다. "개츠비는 부富가 가둬 보호해 주는 젊음과 신비(를) … 뼈저리게 깨달았다.˝(157/218; 8장) 닉은 부유함이 넘치는 세계에서 직접 목격한 낭만적인 가능성들을 갈망하게 된다. 정작 그러한 세계에 살고 있는 사람들 대부분은 그곳의 목가적인 성격을 깨닫지 못하거나 아예 당연시할지도 모르지만 말이다.

지금까지 살펴본 생생한 사례들에서 확인했듯이, 《위대한 개츠비》의 이미지양식은 이룰 수 없는 것에 대한 갈망이 보편적이고 필연적이라는 내용의 주제를 독자들에게 전함으로써 오랜 여운을 남긴다. 우리가 누구이든, 무엇을 가지고 있든 상관없이, 우리가 만족감을 맛보는 시간은 오래가지 않는다. 우리는 필연적으로 다른 무언가를 갈망하게 된다. 우리는 어떤 대상에 대한 갈망에 사로잡혀, 그것이 과거의 것이든 미래의 것이든 자신은 바로 **그것을** 갈망한다고 믿게 될 수 있다. 설령 현재 갈망하는 특정한 대상 같은 것이 없다고 해도, 그러한 갈망을 어떤 막연한 불안감으로서 경험할 수도 있다. 허먼 멜빌Herman Melville의 《모비 딕Moby Dick》에서 "11월처럼 영혼에 습기가 차고 가랑비가 내릴 때마다"[21] 이슈메일이 바다로 나가는 것도 그러한 종류의 불안감 때문이다. 그러나 이룰 수 없는 것에 대한 갈망은 어떤 식으로든 피할 수 없다. 심지어 개츠비가 마침내 데이지와 재회한 어느 날 오후에 스스로 "행복"으로 "찬란한 빛을 내뿜고 있었"던 순간조차 그렇다.[94/135; 5장] "데이지가 그의 꿈에 미치지 못한 순간이 있었을지 모른다. 그녀의 잘못이라기보다는 … 어떤 정열도, 그 어떤 순수함도 한 인간이 그의 유령 같은 가슴속에 품게 될 것에 도전할 수 없으리라."[101/145-146; 5장] 하지만 그러한 사실을 깨달았음에도 개츠비는 여전히 데이지를 사랑하는 것이다.

이 소설에 나타난 이미지양식이 갖는 정적인 특징은 이룰 수 없는 것에 대한 갈망이 결코 피할 수 없는 본연의 인간 조건임을 다시 한 번 확인시켜 준다. 우리가 지금까지 분석한 이미지들(사실, 나머지도 대부분 마찬가지다) 하나하나는 마치 현재의 모든 움직임이 시간을 초월한 영원 속에 얼어붙은 듯한 느낌을 준다. 키츠의 유명한 시 〈그리스 항아리에 부치는 송시Ode on a Grecian Urn〉에 등장하는 그리스 항아리에 새겨진 연인들의 모습처럼 말이다. "대담한 연인이여, 당신은 결코 입 맞출 수 없으리/가까이 갈 수는 있지만. 하지만 슬퍼하지 말라/당신이 행복을 얻지는 못해도 그녀는 사라지지 않으니/그대는 영원히 사랑할 테고, 그녀는 영원히 아름다우리니."[11. 17-20] 부유함이 영원한 "젊음과 신비"를 "가둬 보호해 주는" 것과 마찬가지로(157/218; 8장), 이룰 수 없는 것에 대한 갈망은 그 갈망의 대상을 가두어 보호한다. 이번에는 이러한 영원성의 느낌을 특히 명료하게 전달하는, 이룰 수 없는 것에 대한 갈망과 관련된 두 가지 이미지를 살펴보자.

톰과 데이지가 마침내 개츠비의 파티에 참석했을 때, 데이지는 해가 지자마자 어느 "영화배우"를 바라보고는 금세 매혹된다. 그 배우는 "하얀 자두나무 밑에 위엄 있게 앉아 있는, 거의 인간이라고 하기 어려울 정도로 아름다운 한 떨기 난초 같은 여자"였고, 그녀가 출연한 영화의 감독은 "그녀에게 허리를 굽히고 있"었다.(111/158; 6장) 파티가 끝나 갈 무렵, 닉은 "영화감독과 그의 스타 … 그들은 여전히 자두나무 아래에 있었는데, 창백하고 가느다란 달빛 한 줄기가 그 사이에 놓여 있을 뿐 그들은 거의 얼굴을 맞대고 있는 것과 다름없었"(113/161; 6장)던 장면을 지켜본다. "저녁 내내 그 사람은 아주 조금씩 그녀를 향해 얼굴을 숙여 지금 정도의 거리에 이르렀을 거라는 생각이 문득 떠올랐다."(같은 곳) 이는 키츠가 노래한 항아리 속에 얼어붙은 순간과 마찬가지로, 시간의 흐름과 무관한 차원에 존재하는 듯한 어떤 갈망(그야말로, 욕망의 대상을 향해 몸을 기울이는 것)의 이미지다. 이 인물들은 밤이 흘러가는 동안 거의 움직이지 않은 것으로 보이는데, 시간을 초월한 듯한 이미지의 이 같은 특징은 상세한 회화적 묘사가 자아내는 비현실성으로 말미암아 더욱 증폭된다. 그 여성은 "거의 인간이라고 하기 어려울 … 난초 같은" 사람이고, 그 주변에 식물이란 "자두나무"뿐이며, 그곳을 비추는 것은 오직 "창백하고 가느다란 달빛 한 줄기"뿐인 것이다.

이룰 수 없는 것에 대한 갈망을 보여 주는 비슷한 장면을 다음의 인용문에서도 발견할 수 있다. 톰과 닉, 그리고 개츠비가 뷰캐넌 부부의 집 베란다에 나와 멀리 작은 돛단배를 바라보는 장면이다.

더위 속에 가만히 고여 있는 초록색 해협에 작은 돛단배 하나가 더 시원한 바다 쪽으로 천천히 나아가고 있었다. … 우리는 눈을 들어 장미원 너머 뜨거운 잔디밭과 해변을 따라 불볕더위에 시달리는 잡초 더미를 건너다보았다. 돛단배의 하얀 날개가 파랗고 서늘한 수평선을 배경으로 움직이고 있었다. 그 앞쪽에는 부채처럼 펼쳐진 대양과 축복받은 섬들이 수없이 놓여 있었다. (124/175; 7장)

이 인용문에서 이룰 수 없는 것에 대한 갈망은 천상의 충일감을 향한 갈망, 그러니까 현실 세계를 벗어나고픈 갈망으로 표현된다. 짧은 인용문 안에서 두 차례나 언급되는, 더없이 천천히 움직이고 있는 돛단배의 모습("천천히 나아가고 있었다", "하얀 날개가 … 움직이고 있었다"), 머나먼 것만 같은 돛단배와 지상 사이의 거리(인물들이 서 있는 곳에서 돛단배는 작게만 보인다), 그리고 바다 경치를 묘사하는 고전적인 색채(하얀 배가 푸른 하늘을 배경으로 떠다닌다) 등은 이 장면의 이미지를 마치 캔버스에 그려진 회화처럼 정지시킨다. 이 같은 이미지가 환기시키는 영원성의 느낌은 다음과 같은 어떤 신화적인 특징들로 말미암아 더욱 강해진다. 돛단배가 움직이는 "시원"하고 "서늘한" 세계는, "더위 속에 가만히 고여" 있고 "뜨거운 잔디밭과 해변을 따라 불볕더위에 시달리는" 톰과 닉, 개츠비가 서 있는 세계와 선명하게 대립된다. 그리고 돛단배는 어느덧 "하얀 날개"를 달고 어떤 이상향, 곧 "수없이 많은 축복받은 섬들"로 나아가는 것이다.

이 같은 맥락에서 개츠비와 데이지가 마침내 재회하는 장면을 다시 살펴보면 흥미롭다. 이룰 수 없는 것에 대한 서로의 갈망이 구체화된, 소설의 정중앙에 위치한 이 장면 ^{'정중앙'의 양의성에 대해서는 7장의 구조주의적 독법 참고}에서 시간은 말 그대로 거의 정지해 있는 것처럼 보인다. 닉의 집에 있는 벽난로 장식용 시계(개츠비는 이 시계에 머리를 기대다가 하마터면 시계를 넘어뜨릴 뻔했다. 그는 간신히 "시계를 붙잡아 제자리에 올려놓았다")는 실제로 "고장 난" 상태다.(91/131-132; 5장) 말하자면, 시간이 멈춰 버린 셈이다. 그리고 장면이 차츰 진행될수록, 개츠비의 시간도 함께 멈춰 간다. 마치 "너무 많이 감아 놓은 시계처럼 태엽이 풀리고 있"(97/140; 5장)는 것처럼 말이다. 나아가, 개츠비와 데이지가 점점 짙어지는 어둠 속에서 조용히 함께 앉아 있는 모습은 시간이 흐르는 실제 세계와는 "아득한 듯"(102/146; 5장) 멀어진 또 다른 세계의 풍경처럼 보인다. 시간이 존재하지 않는 듯한 그들의 세계는 사람들이 북적이는 바깥의 실제 세계와 극명한 대조를 이루며 소설의 전면에 부각된다. "밖에는 바람이 세차게 불고 있었고 … 웨스트에그에는 온통 불이 켜져 있었다. 사람들을 실은 전기 기차가 … 집을 향해 돌진하고 있었다."(101/145; 5장)

《위대한 개츠비》의 아름다운 이미지양식은 이룰 수 없는 것에 대한 갈망이라는 보편적 주제를 강하게 환기시키며 이 소설을 오래도록 기억에 남는 걸작으로 각인시킨다. 1992년에 출판인 찰스 스크리브너 3세Charles Scribner III는 《위대한 개츠비》를 가리켜 "지금까지 스크리브너 출판사에서 출간된 문고판 도서 가운데 가장 많이 팔린 작품이며, 이를 위협할 만한 다른 작품은 아직까지 보이지 않는다"(205)고 말한 바 있다. 《위대한 개츠비》는 '재즈 시대'를 다룬 탁월한 사회적 논평임이 분명하지만, 단지 그 사실만으로 이 소설이 그토록 오랫동안 사랑받아 온 이유를 전부 설명할 수는 없다. 《위대한 개츠비》가 "미국문학의 성지"(같은 곳)로 자리할 수 있었던 이유는, 이 소설이 인간의 가슴속 깊은 곳에 존재하는 무언가를 말해 주기 때문이다. 그것은 바로 인간 조건의 핵심이 되는 이룰 수 없는 것에 대한 갈망이다. "더 이상 꿈꿀 수 없는" 것이었기 때문에 "무엇보다도 … 물결처럼 파도치는 열띤 흥분으로 그를 사로잡았던" 데이지의 목소리처럼, 이룰 수 없는 것에 대한 갈망이 불러일으키는 서정적 비애는 하나의 "불멸의 노래"가 된다.(101/138; 5장) 그러한 노래를 담아내는 데 성공한 소설은 지금까지 없었다. 《위대한 개츠비》라는 빼어난 소설을 제외하면 말이다.

다음 질문들은 일종의 본보기다. 어떤 문학작품을 신비평에 따라 해석할 때 다음과 같은 질문을 던져 보면 도움이 될 것이다.

① 케이트 쇼팽의 〈폭풍〉(1898)은 불륜에 대한 이야기다. 이 텍스트는 어떤 방식으로 대화(이 경우에는 방언의 사용)와 문화적 배경(구체적으로는 사회계층적 문화)을 사용하여 알세와 칼릭스타가 과거 사랑했던 사이였지만 결혼하지 못했다고 말하는가?

② 랭스턴 휴스의 〈흑인, 강을 말하다The Negro Speaks of Rivers〉(1926)는 흑인 인종과 관련된 주제를 전달하고자 어떤 식으로 자연의 이미지양식과 더불어 지리적·역사적·성서적 인유allusion를 활용하는가? 여러분이라면 이 주제를 어떻게 펼쳐 보일 것인가?

③ 아서 밀러의 《세일즈맨의 죽음》(1949)에서 배경이 어떻게 윌리에 대한 연민을 불러일으키도록 작동하는가? 다시 말해, 윌리를 본인이 감당할 수 없는 힘들 사이에서 희생되는 존재로 그려 냄으로써 개인의 욕구는 종종 사회의 요구에 희생당한다는 주제를 확립한다고 할 때, 여기에 배경이 이바지하는 부분은 무엇인가?

④ 알베르토 모라비아의 〈추적〉(1967)을 구성하는 화자의 성격 묘사, 첫 장면과 마지막 장면, 자연의 이미지양식 등은 이 소설의 주제, 즉 간통은 결혼 생활의

친밀감이 사라졌음을 알리는 거리감의 형식이라는 메시지를 어떻게 뒷받침하는가?

⑤ 토니 케이드 밤바라의 〈수업〉(1972)이 갖는 성장소설로서의 성격은 어떻게 화자의 목소리에 담긴 어조, 속어 사용, 장난감 가게 및 그곳에서 학생들이 보인 반응을 묘사할 때 사용하는 이미지양식 등에 의해 암시되는가? 이러한 형식 요소들을 분석했을 때 이 소설의 주제는 무엇인가? 소설의 모든 형식적 요소들이, 이를테면 이미지, 플롯, 미스 무어에 대한 인물 묘사 등이 그 주제를 뒷받침하는가? 그것이 아니라면, 모든 형식 요소로 뒷받침될 수 있는 하나의 주제를 찾아보자.

더 읽을거리

Brooks, Cleanth. *Community, Religion, and Literature*. Jackson, MS and London: University of Mississippi Press, 1995. (See especially "The Primacy of the Linguistic Medium," 16-31; "The New Criticism," 80-97; "The Primacy of the Author," 170-183; and "The Primacy of the Reader," 244-258.)

Brooks, Cleanth. *Understanding Poetry*. 1938. 4th ed. New York: Holt, Rinehart and Winston, 1976. (See especially "Poetry as a Way of Saying," 1-16; "Tone," 112-115; and "Theme, Meaning, and Dramatic Structure," 266-270.)

Brooks, Cleanth. *The Well-Wrought Urn: Studies in the Structure of Poetry*. New York: Reynal & Hitchcock, 1947. (특히 "Gray's Storied Urn," 96-113; "Keats' Sylvan Historian: History without Footnotes," 139-152; "The Heresy of Paraphrase," 176-196을 볼 것) [클리언스 브룩스, 〈그레이의 사연 적힌 항아리〉; 〈키츠의 삼림의 역사가: 주석이 없는 역사〉; 〈해석의 이단〉, 《잘 빚어진 항아리: 시의 구조에 관한 분석》, 이경수 옮김, 문예출판사, 1997.]

Brooks, Cleanth, and Robert B. Heilman. *Understanding Drama: Twelve Plays*. New York: Holt, Rinehart, and Winston, 1948.

Brooks, Cleanth, John Thibaut Purser, and Robert Penn Warren, eds. *An Approach to Literature: A Collection of Prose and Verse, with Analyses and Discussions*. 1939. 5th ed. Englewood Cliffs, NJ: Prentice Hall, 1975.

Brooks, Cleanth, and Robert Penn Warren. *Understanding Fiction*. 1943. 2nd ed. New York: Appleton-Century-Crofts, 1959. (특히 "Letter to the Teacher," xi-xx와 "What Theme Reveals," 272-278을 볼 것)

Davis, Todd F., and Kenneth Womack. *Formalist Criticism and Reader-Response Theory*. New York: Palgrave, 2002.

Litz, A. Walton, Louis Menand, and Lawrence Rainey, eds. *Modernism and the New Criticism*. Vol. 7. *The Cambridge History of Literary Criticism*. New York: Cambridge University Press, 2000.

Spurlin, William J., and Michael Fischer, eds. *The New Criticism and Contemporary Literary Theory: Connections and Continuities*. New York: Garland, 1995.

Tyson, Lois. "Using Concepts from New Critical Theory to Understand Literature." *Using Critical Theory: How to Read and Write about Literature*. 3rd ed. London and New York: Routledge, 2021. 39-82. (See especially "Interpretation Exercises" 46-76, and "New Critical Theory and Cultural Criticism: 'Brother of the Bride,' " 78-80. See also "Three Questions about Interpretation Most Students Ask," 10-12.)

Wellek, René. *"The Attack on Literature" and Other Essays*. Chapel Hill, NC: The University of North Carolina Press, 1982. (특히 "Criticism as Evaluation," 48-63과 "The New Criticism: Pro and Contra," 87-103을 볼 것)

Wellek, René, and Austin Warren. *Theory of Literature*. 1949. 2nd ed. New York: Harcourt,

Brace and World, 1956. (See especially "Image, Metaphor, Symbol, Myth," 175-201.) [르네 웰렉, 《문학의 이론》, 이경수 옮김, 을유출판사, 1988.]

Wimsatt Jr., W. K. *The Verbal Icon: Studies in the Meaning of Poetry.* Lexington: University of Kentucky Press, 1954. (특히 "The Intentional Fallacy," 3-18; "The Affective Fallacy," 21-39; "The Structure of Romantic Nature Imagery," 103-116; "Explication as Criticism," 235-251을 볼 것)

☰ 중요한 이론서들

Blackmur, R. P. *The Lion and the Honeycomb: Essays in Solicitude and Critique.* New York: Harcourt Brace, 1955.

Bogel, Fredric V. *New Formalist Criticism: Theory and Practice.* Basingstoke and New York: Palgrave Macmillan, 2013.

Davis, Todd F., and Kenneth Womack. *Formalist Criticism and Reader–Response Theory.* New York: Palgrave, 2002.

Eliot, T. S. *Selected Prose of T. S. Eliot.* Ed. Frank Kermode. New York: Harcourt Brace Jovanovich, 1975. (특히 "Tradition and the Individual Talent," 37-44; "Hamlet," 45-49를 볼 것) [T. S. 엘리어트, 〈전통과 개인의 재능〉, 데이비드 로지 엮음, 《20세기 문학비평》, 윤지관 외 옮김, 까치, 1984.]

Empson, William. *Seven Types of Ambiguity.* New York: Noonday, 1955.

Hickman, Miranda B. and John D. McIntyre, eds. *Rereading the New Criticism.* Columbus, OH: The Ohio State University Press, 2012.

Jancovich, Mark. *The Cultural Politics of the New Criticism.* New York: Cambridge University Press, 1993.

Krieger, Murray. *The New Apologists for Poetry.* Minneapolis: University of Minnesota Press, 1956.

Ransom, John Crowe. *The New Criticism.* New York: New Directions, 1941.

Richards, I. A. *Coleridge on Imagination.* New York: W. W. Norton, 1950.

Wimsatt Jr., W. K., ed. *Explication as Criticism: Selected Papers from the English Institute, 1941~1952.* New York: Columbia University Press, 1963. (특히 Cleanth Brooks의 "Literary Criticism: Marvell's 'Horatian Ode,'" 100-130; Douglas Bush의 "John Milton," 131-145와 Lionel Trilling의 "Wordsworth's 'Ode': Intimations of Immortality," 175-202를 보라)

참고문헌

Austen, Jane. *Sense and Sensibility*. 1811. New York: Alfred A. Knopf, 1992. [제인 오스틴, 《이성과 감성》]

Bewley, Marius. "Scott Fitzgerald's Criticism of America." *Sewanee Review* 62 (1954): 223-246. Rpt. in *Modern Critical Interpretations: F. Scott Fitzgerald's* The Great Gatsby. Ed. Harold Bloom. New York: Chelsea, 1986. 11-27.

Bruccoli, Matthew J. *Some Sort of Epic Grandeur: The Life of F. Scott Fitzgerald*. New York: Harcourt, 1981.

Burnam, Tom. "The Eyes of Dr. Eckleburg: A Re-Examination of *The Great Gatsby*." *College English* 13 (1952). Rpt. in *F. Scott Fitzgerald: A Collection of Critical Essays*. Ed. Arthur Mizener. Englewood Cliffs, N.J.: Prentice Hall, 1963. 104-111.

Cartwright, Kent. "Nick Carraway as Unreliable Narrator." *Papers on Language and Literature* 20.2 (1984): 218-232.

Chase, Richard. *"The Great Gatsby.": The American Novel and Its Traditions*. New York: Doubleday, 1957. Rpt. in The Great Gatsby: *A Study*. Ed. Frederick J. Hoffman. New York: Scribner's, 1962. 297-302.

Chopin, Kate. "The Storm." 1898. *The Complete Works of Kate Chopin*. Ed. Per Seyersted. Baton Rouge: Louisiana State University, 1970. [케이트 쇼팽, 《폭풍》, 제이미 킴 옮김, 새벽고양이, 2019.]

Clifton, Lucille. "There Is a Girl Inside." 1977. *Good Woman: Poems and a Memoir, 1969~1980*. Rochester, N.Y.: BOA Editions, 1987. 170.

Coleridge, Samuel Taylor. "The Rime of the Ancient Mariner." 1797. *Romantic and Victorian Poetry*. 2nd ed. Ed. William Frost. Englewood Cliffs, N.J.: Prentice Hall, 1961. 122-139. [사무엘 테일러 콜리지, 〈늙은 선원의 노래〉]

Dillon, Andrew. *"The Great Gatsby*: The Vitality of Illusion." *Arizona Quarterly* 44.1 (1988): 49-61.

Dyson, A. E. *"The Great Gatsby*: Thirty-Six Years After." *Modern Fiction Studies* 7.1 (1961). Rpt. in *F. Scott Fitzgerald: A Collection of Essays*. Ed. Arthur Mizener. Englewood Cliffs, N.J.: Prentice Hall, 1963. 112-124.

Fitzgerald, F. Scott. *The Great Gatsby*. 1925. New York: Macmillan, 1992. [F. 스콧 피츠제럴드, 《위대한 개츠비》]

Fussell, Edwin. "Fitzgerald's Brave New World." ELH, *Journal of English Literary History* 19 (1952). Rpt. in *F. Scott Fitzgerald: A Collection of Critical Essays*. Ed. Arthur Mizener. Englewood Cliffs, N.J.: Prentice Hall, 1963. 43-56.

Gallo, Rose Adrienne. *F. Scott Fitzgerald*. New York: Ungar, 1978.

Gross, Barry Edward. "Jay Gatsby and Myrtle Wilson: A Kinship." *Tennessee Studies in Literature* 8 (1963): 57-60. Excerpted in *Gatsby*. Ed. Harold Bloom. New York: Chelsea House, 1991. 23-25.

Hart, Jeffrey. "'Out of it ere night':: The WASP Gentleman as Cultural Ideal." *New Criterion* 7.5 (1989): 27-34.

Hemingway, Ernest. "Big Two-Hearted River." 1925. *The Short Stories*. New York: Scribner's, 1997. [어니스트 헤밍웨이, 〈두 개의 심장을 가진 큰 강〉, 《우리들의 시대에》, 김성곤 옮김, 시공사, 2012.]

Keats, John. "Ode on a Grecian Urn." 1820. *Romantic and Victorian Poetry*. 2nd ed. Ed. William Frost. Englewood Cliffs, N.J.: Prentice Hall, 1961. 236-237. [존 키츠, 〈그리스 항아리에 부치는 송시〉, 《키츠 시선》, 윤명옥 옮김, 지식을만드는지식, 2012.]

Le Vot, Andre. *F. Scott Fitzgerald: A Biography*. Trans. William Byron. Garden City, N. Y.: Doubleday, 1983.

Melville, Herman. *Moby Dick*. 1851. New York: Signet, 1980. [허먼 멜빌, 《모비딕》]

Miller, Arthur. *Death of a Salesman*. New York: Viking, 1949. [아서 밀러, 《세일즈맨의 죽음》]

Moore, Benita A. *Escape into a Labyrinth: F. Scott Fitzgerald, Catholic Sensibility, and the American Way*. New York: Garland, 1988.

Moravia, Alberto. "The Chase." 1967. *Literature: The Human Experience*. 6th ed. Eds. Richard Abcarian and Marvin Klotz. New York: St. Martin's, 1966. 492-495.

Morrison, Toni. *Beloved*. New York: Alfred A. Knopf, 1987. [토니 모리슨, 《빌러비드》, 최인자 옮김, 문학동네, 2014.]

__________. *The Bluest Eye*. New York: Holt, Rinehart, and Winston, 1970. [토니 모리슨, 《가장 파란 눈》, 정소영 옮김, 문학동네, 2024.]

Nash, Charles C. "From West Egg to Short Hills: The Decline of the Pastoral Ideal from *The Great Gatsby* to Philip Roth's *Goodbye, Columbus*." *Philological Association* 13 (1988): 22-27.

Scribner, Charles, III. "Publisher's Afterword." *The Great Gatsby*. 1925. F. Scott Fitzgerald. New York: Simon & Schuster, 1995. 195-205.

Stern, Milton R. *The Golden Moment: The Novels of F. Scott Fitzgerald*. Urbana: University of Illinois Press, 1970.

Trilling, Lionel. "F. Scott Fitzgerald." *The Liberal Imagination*. New York: Viking, 1950. 243-254. Rpt. in The Great Gatsby: *A Study*. Ed. Frederick J. Hoffman. New York: Scribner's, 1962. 232-243. [라이오넬 트리링, 〈F. 스코트 핏즈제랄드論〉, 《문학과 사회》, 양병탁 옮김, 을유문화사, 1960.]

Wharton, Edith. *The House of Mirth*. 1905. New York: Scribner's, 1969. [이디스 워튼, 《기쁨의 집》 또는 《환락의 집》]

6장

독자반응 비평

독자반응 비평은 그 이름에서 알 수 있듯이 문학 텍스트에 대한 독자들의 반응에 초점을 맞춘다. 비평이론을 처음 접하는 학생들이 독자반응비평을 배울 때만큼은 긴장을 풀고 편안해하는 모습을 자주 볼 수 있는데, 아마도 텍스트에 대한 자신들의 반응이 문학 해석의 초점이 될 만큼 중요하다고 하니 한결 마음이 놓이나 보다. 아니면 독자반응 비평이란 곧 "내가 어떻게 해석하든 텍스트의 의미는 곧 나의 반응이니까 이걸 무시하면 안 돼. 난 잘못한 거 없다고." 식의 태도라고 생각하기 때문일 수도 있다. 그런데 섭섭한 이야기를 들려줘야겠다. 우리가 어떤 독자반응이론을 갖고 이야기하느냐에 따라, 문학 텍스트에 대한 우리의 반응은 불충분하다거나 다른 독자의 반응보다 충분치 않다는 평가를 받을 수도 있다. 설령 '불충분한(또는 부정확하거나 부적당한) 반응 같은 것은 없다'라고 단언하는 독자반응이론이 있다 할지라도, 그 이론을 실제로 활용하는 사람이라면 단순히 본인의 반응을 드러내는 데서 그치지 않고 본인의 반응과 다른 사람의 반응을 분석할 수 있어야 한다. 아니, 이 같은 분석으로도 부족할지 모른다.

이쯤에서 좋은 이야기도 들려줘야겠다. 독자반응 비평은 자기 또는 우리만의 고유한 읽기 경험이 어떤 과정에 따라 이루어지는지를 이해하도록 돕는 문학 연구로서, 광범위하고 흥미진진하며 계속 발전 중인 영역이다. 독자반응 비평을 통해 우리는 텍스트를 읽는 과정이 무엇보다 우리가 읽는 텍스트, 우리의 인생 경험, 우리가 속해 있는 지적 공동체 등의 독특한 요소들과 어떤 방식으로 연관되는지 배울 수 있다. 나아가 교직에 종사하거나 그럴 계획이 있는 이들이라면, 초등학교에서든 대학에서든 가르치는 데 도움이 될 만한 다양한 착상들을 독자반응이론에서 얻을 수 있다. 혹시 독자반응 비평의 영역이 너무 광범위한 것은 아닌가 생각한다면, 제대로 짚은 것이다. 실제로 읽기 행위나 독자들의 반응을 분석하는 글은 종류를 막론하고 독자반응 비평으로 분류될 수 있다. 예컨대 정신분석 비평이 어떤 문학 텍스트를 일정한 방향으로 해석하도록 만드는 심리적 동기들을 탐구한다면, 이는 일종의 독자반응 비평이라고 할 수 있다. 페미니즘 비평의 경우, 가부장제가 어떤 식으로 텍스트에 대한 성차별적 해석을 사람들에게서 이끌어 내는지를 분석한다면, 이 역시 독자반응 비평의 형식을 띤다고 볼 수 있다. 마찬가지로 구조주의 비평도 어떤 독자가 특정 문학 텍스트를 읽을 수 있도록 의식적으로든 무의식적으로든 분명히 내면화했을 문학적 관습을 검토한다면, 이것도 일종의 독자반응 비평이다.[1] 레즈비언·게이비평 또한 동성애를 혐오하는 문화가 어떻게 동성애를 인식하는 능력을 억제시키는지 연구한다면, 이 역시 독자반응 비평이라고 할 수 있다.

비평가들이 읽기 과정에 대해 주목하기 시작한 것은 1930년대 무렵이지만, 사실 이때는 의미 창조의 과정에서 독자가 수행하는 역할을 부정하려는 경향이 우세해지던 시기였다. 실제로 그러한 경향은 1940년대와 50년대를 거쳐 신비평의 형식 원리로서 자리 잡으면서 한동안 비평 현장을 장악하게 된다. 읽기 과정에 대한 관심은 그러한 분위기에 대한 반작용으로 나타난 것이다. 5장에서 본 것처럼, 신비평 이론가들은 텍스트가 갖는 불변의 의미, 곧 '텍스트가 무엇인가'를 말해 주는 내용은 오직 텍스트 안에만 담겨 있다고 믿었다. 텍스트의 의미는 저자의 의도가 낳은 산물이 아니며 독자의 반응에 따라 변하는 것도 아니라는 얘기다. 기억할지 모르지만, 독자

---

[1] 실제로 독자반응 비평과 관련된 글들을 모아 놓은 선집에는 조너선 컬러Jonathan Culler의 《구조주의 시학: 구조주의, 언어학, 문학 연구Structuralist Poetics: Structuralism, inguistics and the Study of Literature》가 발췌되어 수록되는 경우가 종종 있는데, 이는 독자들이 해석 전략을 활용하여 의미를 창출하는 방식에 컬러가 관심을 가졌기 때문이다. 그러나 컬러의 목적은 우리가 활용하는 해석 전략의 토대가 되는 구조들의 지도를 그리는 것이다. 마치 구조언어학자들이 우리가 말할 때 사용하는 언어들의 토대가 되는 구조들의 지도를 그리려고 하는 것처럼 말이다. 컬러의 궁극적인 분석 대상은 독자가 아니라 심층구조이며, 그렇기 때문에 우리는 컬러의 작업을 이 장이 아닌 7장 〈구조주의 비평〉에서 살펴볼 것이다.

의 반응에 주목할 경우 '텍스트는 무엇인가'의 문제와 '텍스트는 무엇을 하는가'의 문제를 혼동하게 된다는 것이 신비평 이론가들의 주장이었다. 그런데 1970년대에 이르러 독자반응 비평이 크게 주목받기 시작한 이후, '텍스트는 무엇인가'의 문제와 '텍스트는 무엇을 하는가'의 문제는 분리될 수 없는 것이 되었다. 독자반응 비평 이론가들 사이에서도 읽기 과정을 바라보는 견해가 갈리긴 하지만, 이들은 다음과 같은 두 가지 믿음을 공유한다. 하나는 문학작품을 이해하는 데 독자의 역할을 빠뜨려서는 안 된다는 것이고, 다른 하나는 독자들은 문학 텍스트가 제시하는 의미를 수동적으로 소비하는 것이 아니라 오히려 문학 텍스트 안에서 능동적으로 의미를 찾아내고 또 만들어 낸다는 것이다.

독자들이 적극적으로 의미를 생산해 낸다는 후자의 믿음이 시사하는 바는, 같은 텍스트라도 당연히 독자들에 따라 매우 상이한 독법들이 나올 수 있다는 점이다. 실제로 독자반응 비평 이론가들은 심지어 같은 독자가 같은 텍스트를 두 번 읽는 경우에조차 각 상황에 따라 서로 다른 의미가 발생할 가능성이 높다고 본다. 텍스트를 경험하는 과정에는 아주 많은 변수들이 작용하기 때문이다. 이를테면 하나의 텍스트를 처음 읽을 때와 두 번째 읽을 때 사이에 축적된 지식의 양, 그동안의 개인적 경험들, 텍스트를 읽는 목적이나 기분의 변화 같은 것들 말이다. 이 모든 것이 똑같은 텍스트를 읽더라도 다른 의미를 생산하게끔 만드는 변수로 작용할 수 있다는 것이다.

독자의 개입이 텍스트의 의미를 어느 정도까지 바꿀 수 있을까? 연습문제를 풀어 보자. 텍스트에 대한 우리의 반응이 관점에 따라, 텍스트를 읽는 목적에 따라 바뀔 수 있음을 보여 주기 위함이다. 지금 집을 구하는 중이라고 상상하며 한번 읽어 보라. 그리고 글에 묘사된 집의 세부 사항들을 살펴보다가, 구입 여부와 관련하여 긍정적인 것이든 부정적인 것이든 중요하다고 생각되는 부분에 동그라미를 쳐 보라.

집을 지나다니다[집에 관한 글]The house passage[2]

두 소년은 집의 진입로에 이를 때까지 달렸다. "이거 봐, 오늘이 학교 빼먹기 좋은 날이랬잖아." 마크가 말했다. "엄마는 목요일이면 집에 없어." 그가 덧붙였다. 집은 높다란 울타리로 둘러싸여 있어서 길에서는 보이지 않았고, 덕분에 두 소년은 근사하게 꾸며진 앞뜰을 천천히 가로지르며 거닐었다. "너희 집이 이렇게 큰 줄 몰랐네." 피트가 말했다. "그래. 하지만 전보다 지금이 더 끝내줘. 아빠가 새로 돌을 가져와 벽난로를 만들었거든."

집에는 현관과 더불어 뒷문, 그리고 차고로 통하는 쪽문이 있었다. 차고는 10단짜리 기어 자전거 세 대 말고는 비어 있었다. 두 사람은 쪽문을 통해 안으로 들어갔다. 마크의 설명에 따르면, 쪽문은 여동생들이 엄마보다 일찍 집에 오는 날이면 항상 열려 있다는 것이다.

피트가 집 안을 보고 싶어 해서 마크는 거실부터 보여 주었다. 거실을 비롯한 아래층 전부는 새로 칠해져 있었다. 마크가 오디오를 틀자 피트는 그 소리가 신경 쓰였다. "걱정 마. 여기서 제일 가까운 집이 400미터 밖이야." 마크가 큰 목소리로 말했다. 실제로 커다란 앞뜰 너머 사방팔방으로 어떤 집도 보이지 않는 걸 확인하고 나니 피트도 편안해졌다.

식당은 사기그릇과 은으로 된 식기류, 유리잔 등이 가득해 놀기 좋은 곳이 아니었으므로, 소년들은 부엌으로 건너가서 샌드위치를 만들었다. 마크는 지하실에는 가지 않겠다고 말해 두었다. 새로 배관시설을 들인 뒤로 지하실에서는 줄곧 눅눅하고 퀴퀴한 냄새가 났기 때문이다.

---

[2] 이 글을 포함하여, 독자가 글을 읽고 그 내용을 인식하는 데 독자 자신의 의도나 목적이 끼치는 영향에 관한 가설은 피처트J. W. Pichert와 앤더슨R. C. Anderson이 수행한 심리학 연구에서 가져온 것이다. 독자반응이론을 강의할 때 이 사례를 어떻게 활용할 수 있는지를 가르쳐 준 그랜드밸리 주립대학교의 동료 브라이언 화이트Briain White에게 고마움을 전한다.

"여기가 서재야. 아빠는 여기에 유명한 그림들과 주화들을 모아 둬." 서재 안쪽을 들여다보며 마크가 말했다. 마크는 자기가 필요할 때마다 돈을 꺼내 쓸 수 있다며 떠벌였다. 아빠가 책상 서랍 속에 많은 돈을 감추어 두었던 것이다.

위층에는 침실이 세 개 있었다. 마크는 자물쇠가 채워진 보석 상자들과 모피 의류로 빼곡한 어머니의 벽장을 열어 피트에게 보여 주었다. 마크의 여동생들 방에도 들렀지만, 거기에는 컬러텔레비전 말고는 흥미로운 게 없었다. 그리고 이제 마크의 방에 왔다. 마크는 복도의 욕실이 자기 것이 되었다며 자랑했다. 여동생들의 방에 새로 욕실이 들어섰다는 것이다. 그럼에도 마크의 방에서 가장 눈에 띄는 부분은 오래된 지붕이 결국 썩어서 생긴 천장의 물 새는 곳이었다.

이 글을 읽은 사람들의 대부분은 이 집의 긍정적인 점과 부정적인 점을 〈표 6-1〉과 같이 정리했을 것 같다.

| 표 6-1 |

긍정적인 점	부정적인 점
높다란 울타리(사생활 보호)	눅눅하고 퀴퀴한 냄새가 나는 지하실
근사하게 꾸며진 앞뜰	부실한 배관 시설
돌로 된 벽난로	썩은 지붕
차고	침실 천장의 물 새는 곳
새로 칠해진 아래층	
제일 가까운 집이 400미터 밖(사생활 보호)	
서재	
침실이 세 개	
새로 들어선 욕실	

이번에는 이 집에서 무언가를 훔치려고 사전 조사를 한다고 상상하고 이 글을 다시 읽어 보라. 그리고 똑같이 긍정적인 것이든 부정적인 것이든 중요하게 생각되는 사항에 밑줄을 그어 보라. 그러면 이 집의 긍정적인 점과 부정적인 점이 대략 〈표 6-2〉와 같이 정리될 것이다.

| 표 6-2 |

긍정적인 점	부정적인 점
높다란 울타리(밖에서 보는 사람 없음) 목요일에는 집에 아무도 없음 근사하게 꾸며진 앞뜰(이 집 사람들은 돈이 많나 보군) 차고의 10단 기어짜리 자전거 세 대 쪽문은 항상 열려 있음 제일 가까운 집이 400미터 밖(밖에서 보는 사람 없음) 휴대 가능한 많은 물건들: 오디오, 사기그릇, 은으로 된 식기류, 유리잔, 그림, 주화 모음, 모피 의류, 보석 상자, 텔레비전 세트, 책상 서랍 속의 현금	

이 집에서 무언가 훔쳐 오겠다는 생각으로 다시 이 글을 읽으면, 눈여겨보게 되는 지점이 매우 달라진다는 것을 알 수 있다. 심지어 같은 부분에 주목하더라도 그 의미가 처음 읽을 때와는 전혀 다르게 다가온다. 이를테면 사생활 보호는 집을 구매할 사람들에게는 중요한 고려 사항이지만, 도둑 문제를 생각하면 외떨어져 있다는 것이 장점만은 아니다. 그저 글을 읽는 목적만 바꾸었는데도 글이 완전히 달리 읽히는 것이다. 물론 집을 구매하려는 사람들 중에는 과거의 경험에 비추어 사생활 보호가 야기하는 범죄 가능성을 즉각 인식하는 이들도 있을 텐데, 이 같은 경우는 독자가 자신의 개인적 경험을 바탕으로 의미를 창조한다는 독자반응이론의 주장을 예증하는 것으로 볼 수 있다.

텍스트는 분명 물질적 존재이긴 하지만, 앞서 살펴본 것처럼 단순한 어떤 대상이 아니라 독자의 내부에서 벌어지는 하나의 사건이다. 그리고 독자의 반응은 텍스트를 창조하는 데 가장 중요하다. 그런데 독자의 반응이 어떻게 형성되는지, 그 반응이 일어나는 과정에서 만약 텍스트가 어떤 역할을 수행한다면 그것은 과연 무엇일지에 대해서는 이론가들의 견해가 일치하지 않는다. 문학 텍스트는 의미를 창출하는 데 독자만큼 능동적으로 움직인다는 견해부터 독자의 창조물이 아닌 텍스트란 존재하지 않는다는 견해에 이르기까지, 이론가들의 생각은 다양하다.

이 가운데 대표적인 견해들을 모아 대략 다섯 가지로 정리해서 살펴보자. 상호거래적transactional 독자반응이론, 영향〔감정〕 문체론affective stylistics, 주관적 독자반응이론, 심리적 독자반응이론, 사회적 독자반응이론이 그것이다. 명심할 것은 이러한 범주들이 다소 인위적이라는 사실이다. 범주들 사이의 경계는 종종 유동적이고 불분명할 텐데, 그럴 수밖에 없는 것이 서로 다른 범주에 속한 이론가들이 몇 가지 부분에서는 의견을 같이하는 경우가 있는가 하면, 같은 범주에 속한 이론가들 사이에서도 어떤 부분에 대해서는 의견이 엇갈리는 경우가 있기 때문이다. 덧붙이자면, 앞서 언급한대로 독자 반응에 주목하는 이론적 접근들을 아무리 하나의 범주로 분류하려 애쓴다 해도, 자신을 독자반응이론 비평가로 여기지 않는 사람들의 이론을 포함시키거나 반대로 또 다른 분류체계를 적용했다면 분명 포함시켰을 이론을 배제하는 일이 발생할 수밖에 없다. 더 정확한 이유는, 독자반응이론이 너무 다양하고도 논란이 많은 요소들로 이루어져 있어서, 적어도 재미있게 배우는 단계에서는 어떤 식으로든 분류화가 불가피하기 때문일 것이다. 내가 선택한 분류법은 전반적으로 독자반응 비평의 기획을 가장 명쾌하게 전달하는 방법이라고 생각한다. 이는 이 분야 이론가들의 책을 직접 읽는 데 좋은 길잡이가 될 것이다.

상호거래적
독자반응이론

상호거래적 독자반응이론은 텍스트와 독자 사이의 거래transaction를 분석하는 방법론으로서, 관련 전제들을 체계화한 루이스 로젠블랫Louise Rosenblatt의 저작을 바탕으로 논의되는 일이 많다. 로젠블랫이 독자의 편에서서 텍스트의 중요성을 부정하는 것은 아니다. 오히려 의미를 생산하려면 텍스트와 독자 양쪽의 역할이 필수적이라고 주장한다. 로젠블랫은 텍스트, 독자, 시詩를 각기 구별하여 사용하는데, 지면에 활자화된 말들이 텍스트라면 텍스트와 독자가 더불어 생산하는 문학 텍스트는 시라는 것이다.

한편 그러한 거래는 어떻게 일어나는가? 우리가 텍스트를 읽으면, 텍스트는 우리가 저마다 개인적인 방식대로 반응하게 되는 하나의 자극으로 작용한다. 텍스트를 읽어 나가는 동안 감정, 연상, 기억 등의 반응이 생겨나면서 텍스트를 이해하는 방식에 영향을 미친다. 그 텍스트를 읽기 전에 우리가 접했던 문학작품, 그동안 축적한 지식들의 총체, 심지어 현재의 몸 상태와 기분까지 텍스트 이해에 영향을 줄 수 있다. 그러나 어느 지점에 다다르면, 텍스트는 일종의 하나의 **청사진**blueprint처럼 작동한다. 활자화된 내용에서 너무 멀리 벗어났다고 자각하면, 우리는 이 청사진을 활용하여 일탈한 경로를 바로잡을 수 있다. 이처럼 텍스트를 읽어 나가면서 해석을 바로잡는 과정은, 앞으로 되돌아가 이미 읽었던 내용들을 새로 알게 된 내용에 비추어 다시 읽어 보게끔 한다. 텍스트는 읽는 내내 이 같은 자기 교정의 과정을 인도하며, 읽기가 완료된 뒤에도 독자가 발전된 해석이나 완결된 해석을 위해 앞으로 되돌아가 텍스트의 일부 또는 전체를 다시 읽게 될 경우에 그러한 작업을 계속한다. 그러므로 문학작품으로서 창조된 시는 텍스트와 독자 사이의 거래에서 나온 산물이며, 이 과정에서 텍스트와 독자는 동등하게 중요한 역할을 수행한다고 볼 수 있다.

그런데 로젠블랫에 따르면, 텍스트와 독자 사이에 이 같은 거래가 발생하려면 텍스트에 대한 접근이 원심적efferent 방식이 아닌 심미적aesthetic 방식으로 이루어져야 한다. **원심적** 방식으로 텍스트를 읽으면, 텍스트가 마치 독자를 흥분시키는 사실과 개념들의 창고라도 되는 양 독자가 텍스트 안에 담긴 정보에만 집중하게 된다는 것이다. 원심적 태도로 텍스트를 대하다

보면 "아서 밀러의 《세일즈맨의 죽음》(1949)은 자신의 생명보험금을 아들이 받을 수 있도록 스스로 목숨을 끊는 어느 외판원에 관한 희곡"이라는 이해를 낳는다. 이와 반대로 심미적 방식으로 텍스트를 읽으면 텍스트와의 개인적인 관계를 경험하게 된다. 이를 통해 독자는 텍스트의 언어가 자아내는 미묘한 감정에 몰입할 수 있을 뿐 아니라, 어떤 판단을 내리는 데도 도움을 받을 수 있다. "《세일즈맨의 죽음》에서 윌리 로먼이 처한 곤경은 파란 빛에 젖은 그의 자그마한 집과, 이를 둘러싸고 오렌지색 불빛을 내뿜는 커다란 아파트 건물들 사이의 명확한 대비 속에서 강력하게 환기된다"와 같은 해석은 텍스트에 대한 심미적 태도에서 나온다. 심미적으로 접근하지 않으면 텍스트와 독자 사이의 거래를 분석하는 작업도 불가능해진다.

볼프강 이저Wolfgang Iser[3]의 지지자들이라면, 로젠블랫이 청사진과 자극이라고 명명한 텍스트의 기능을 확정적 의미와 불확정적 의미라는 용어로 설명할지도 모르겠다. 모든 텍스트는 이 두 가지 의미를 제시한다는 것이다. **확정적 의미**란 활자화된 말들로 확실히 명시되어 있는 사실들, 플롯 속 사건들, 물리적 묘사 등을 가리킨다. 반면 **불확정적 의미** 또는 **불확정성** indeterminacy이란 독자로 하여금 자기만의 해석을 창조하도록 허락하거나 유도하기까지 하는 텍스트 내부의 '틈새gaps', 이를테면 명확히 설명되지 않았거나 여러 가지 설명이 가능해 보이는 행동들 같은 빈틈을 가리킨다(그런 점에서 로젠블랫이 말하는 원심적 접근은 확정적 의미에 전적으로 의존하는 셈이다. 이와 달리, 심미적 접근은 확정적 의미와 불확정적 의미에 모두 기댄다). 다시 《세일즈맨의 죽음》을 예로 들면, 이 텍스트의 확정적 의미로는 윌리 로먼이 자

---

[3] 일반적으로 볼프강 이저는 현상학적 비평가(저자 의식과 독자 의식 사이의 상호작용이라는 측면에서 읽기 행위를 연구하는 비평가)로 분류되지만, 그의 작업은 로젠블랫의 논의와 공통점이 많다.

신의 직업적 성공에 대해, 사람들이 자신을 얼마나 좋아하는지에 대해, 자기가 회사에서 얼마나 중책을 맡아 왔는지에 대해 아내 린다에게 습관적으로 거짓말을 한다는 사실 같은 것을 말할 수 있다. 이 희곡의 불확정성으로는 린다가 남편의 직장 생활에 관한 진실을 얼마나 많이(또는 적게) 알고 있는지, 만약 진실을 깨달았다면 그 시점은 언제쯤이었는지, 린다는 어째서 윌리가 자신의 문제들을 털어놓으려 하면 이야기를 가로막는지 등등에 관한 부분들을 들 수 있다. 주어진 텍스트의 의미가 확정적이거나 불확정적이라고 주장하고자 할 때, 이에 설득력을 부여하는 일은 물론 독자의 몫이다.

확정적 의미와 불확정적 의미 사이의 상호작용은 독자에게 온갖 읽기 경험을 끊임없이 선사한다. 회상 또는 전에 읽었던 앞부분을 돌이켜 보기, 다음에 무슨 내용이 나올지 기대해 보기, 기대감 충족 또는 실망, 인물 및 사건 이해에 대한 재검토 등등의 경험들이 계속되는 것이다. 그러면 작품 속 어느 시점에서는 확정적 의미인 줄로만 알았던 부분이 뒤에 가서 보니 불확정적으로 보이게 되는 일이 자주 일어나는데, 우리가 작품을 바라보는 시선도 화자, 등장인물, 플롯에 따른 사건 전개 등이 만들어 내는 다양한 관점들 사이에서 계속 이동하기 때문이다. 그래서 볼프강 이저는 다음과 같이 주장한다. 독자가 텍스트에 의미를 투사한다 하더라도, 읽기 행위를 통해 독자가 의미를 구성해 나가는 과정은 텍스트에 의해 미리 구조화되어 있거나 텍스트의 일부가 된다는 것이다. 바꾸어 말하면, 이저는 텍스트 해석에 수반되는 여러 과정들을 거치면서 텍스트 자체가 직접 독자를 이끌어 나간다고 본다.

상호거래적 독자반응이론을 이끄는 사람들에 따르면, 서로 다른 독자들이 그런대로 괜찮은 해석을 다양하게 제시할 수 있는 이유는 텍스트가 포괄하는 의미의 폭이 그만큼 넓기 때문이다. 다시 말해, 가능한 의미의 폭은 텍스트가 지지할 수 있는 의미의 폭과 같은 셈이다. 그러나 독자들이 자기 반응을 정당화하거나 수정하기 위해서라도 해석 과정에서 반드시 언급해야 하는 실제 텍스트가 어쨌든 존재하기 마련이다. 따라서 허다한 독법들이 모두 받아들여지는 것은 아니며, 어떤 독법은 다른 독법보다 더 설득력을 갖는다. 심지어 저자들이 텍스트를 쓰게 된 의도를 밝히고 나중에 직접 텍스트에 대한 해석을 내놓는다 하더라도, 그러한 것들은 텍스트에 대한 추가 독법에 지나지 않으며 다른 독법들과 마찬가지로 '청사진으로서의 텍스트'에 따라 평가받아야 한다. 이러한 점에서 보면 상호거래적 분석은 독자의 반응에 큰 가치를 부여하지만, 한편으로는 신비평 이론가들이 주장했던 텍스트의 권위라는 것에 상당 부분 의지한다. 심지어 신비평 이론가들이 신비평 이론에 따라 성공적으로 읽어 낸 해석들 가운데는 상호거래적 분석에 해당한다고 볼 수 있는 것들도 존재한다. 신비평 이론가들은 텍스트가 최상의 독법 하나만을 허락한다고 믿는데도 말이다.[4]

영향 문체론

영향(감정) 문체론은, 문학 텍스트가 공간적으로 존재하는 하나의 대상이 아니라 시간적으로 일어나는(텍스트를 읽는 동안 발생하는) 하나의 사건이라는 생각을 더욱 밀고 나가면서 시작된 것이다. 영향 문체론은 행 단위로, 경우에 따라선 낱말 단위로까지 텍스트를 꼼꼼히 점검함으로써, 텍스트가 읽기 과정에서 **어떻게**(문체론) 독자에게 **영향을 미치는지**(영향(감정)) 이해하고자 한다. 영향 문체론 역시 텍스트에 커다란 비중을 둔다는 이유로

---

[4] 비교적 근래에 등장하여 호응을 얻은 상호거래적 독자반응이론 가운데는 '수사적rhetorical 독자반응이론'이라는 명칭으로 불리는 것들도 있다. 웨인 부스Wayne Booth의 《소설의 수사학The Rhetoric of Fiction》, 제임스 펠란James Phelan의 《수사학으로서의 서사Narrative as Rhetoric》, 피터 라비노비츠Peter Rabinowitz의 《읽기에 앞서Before Reading》 등이 대표적인 이론서들이다.

몇몇 이론가들은 영향 문체론을 사실상의 상호거래적 분석으로 간주하기도 하지만, 영향 문체론을 활용하는 비평가들 대부분은 텍스트를 객관적이고 자립적인 실체, 즉 독자들과 무관하게 고정된 의미를 갖는 독립된 존재라고 보지 않는다. 텍스트는 오히려 텍스트 자체가 만들어 내는 결과물들로 구성되며, 그러한 결과물들이 생성되는 지점은 독자 안이라는 것이다. 텍스트가 구조화되는 방식을 밝힌 스탠리 피시Stanley Fish의 설명에 따르면, 텍스트의 구조는 시시각각 발생하는 독자 반응의 구조이지, 독자가 읽기를 마친 뒤 마치 한꺼번에 펼쳐져 있는 퍼즐 조각들을 모아 맞추는 것처럼 각 요소들을 조립함으로써 이루어지는 구조가 아니다. 하지만 그럼에도 영향 문체론은 독자의 반응들을 묘사하는 데 그치는 인상주의 비평이라기보다는, 텍스트의 구체적 요소들이 만들어 내는 정신 과정mental processes에 대한 인지적 분석이라고 할 수 있다. 실제로 영향 문체론과 관련하여 가장 널리 알려진 것으로 '슬로 모션slow-motion', 즉 텍스트가 독자의 반응을 어떻게 구조화하는지에 대한 구句 단위의 분석을 꼽을 수 있다.

영향 문체론을 가장 효과적으로 사용한 이론가는 피시다. 다음 글에 대한 피시의 분석을 따라가며 영향 문체론이 어떻게 활용되는지 살펴보자.

유다가 스스로 목을 매 죽었다는 것, 이 점은 성경을 보면 확실하지 않은데, 어떤 자리에서는 그것을 단언할 수 있을 것 같더라도, 그리고 모호한 말로 그것을 번역할 기회가 주어진다 하더라도, 그러나 다른 자리에서는, 더욱 엄밀하게 서술하면 그것은 그것을 있을 법하지 않은 일로 만들고 또 뒤집어엎는 것 같다. (Fish 1980, 71)

피시의 주장에 따르면, "이 문장의 의미는 무엇인가?" 또는 "이 문장이 말하는 바는 무엇인가?" 같은 질문을 던지면 나올 수 있는 대답이 거의 없다. 이 문장은 대답을 이끌어 낼 만한 어떠한 사실도 제공하지 않기 때문이다. 설령 이 문장이 무언가 말하고 있음(성경에는 유다가 목을 맸는지 여부가 불분명하다는 것)을 우리가 의식하는 상황에서조차, 이 문장은 우리에게 말해 줄 수 있는 것이 아무것도 없다는 사실만을 알려 줄 뿐이다. 그런데 피시는 "이 문장은 독자에게 무엇을 행하는가?" 또는 "독자는 이 문장을 읽고 어떻게 의미를 만드는가?"라고 물으면, 이와 반대로 매우 유용한 것을 얻을 수 있다고 본다.

피시는 유다에 관한 이 구절이 **행하는 바**는 독자를 확실성에서 불확실성 uncertainty으로 이동시키는 것이라고 주장한다. "유다가 스스로 목을 매 죽었다는 것"이라는 첫 번째 절은 하나의 단언이지만, 우리는 이를 사실에 대한 진술인 양 받아들인다(알다시피 이 표현은 '유다가 스스로 목을 매 죽었다는 사실'을 일부 줄여 쓴 것이다). 그래서 우리는 제대로 의식하지도 못한 채 확실성이라는 느낌에 이끌린 채로 문장을 읽기 시작하며, 문장이 완결될 수 있는 여러 가지 가능성들, 곧 유다가 스스로 목을 맸다는 우리의 확실한 느낌을 확인시켜 줄 모든 경우를 기대하게 된다. 피시는 첫 번째 절에서 기대되는 완결부의 예로 세 가지를 든다.

① 유다가 스스로 목을 매 죽었다는 것**은** (우리 모두에게 본보기가) **된다.**
② 유다가 스스로 목을 매 죽었다는 것**은** (자기가 얼마나 큰 죄를 저질렀는지 자각하고 있었다는 것을) **보여 준다.**
③ 유다가 스스로 목을 매 죽었다는 것**은** (우리를 생각에 잠기게) **할 것이다.** [Fish 1980, 71]

이런 식으로 기대하다 보면, 바로 뒤에 이어지는 "이 점은"이라는 세 글자에 담길 수 있는 의미의 폭이 좁아진다. 여기서 독자는 '이 점은 의심할 여지가 없다'라는 내용이 나오길 기대하겠지만, 정작 나오는 말은 "성경을 보면 확실하지 않은데"이다. 우리가 이 문장을 이해하는 근거로 삼은 사실, 즉 유다가 스스로 목을 맸다는 사실이 불확실해진 것이다. 이제 독자는 완전히 다른 종류의 활동에 참여하게 된다. 피시의 말대로 "빛이 환한 길(결국 그 빛은 사그라진다)로 향하듯 어떤 주장을 따르기보다, 〔독자는〕 이제 다른 것을 찾아 나선다."(Fish 1980, 71) 그러한 상황에서 독자는 해명을 바라는 마음에 계속 읽고 싶어질 것이다. 그러나 계속 읽어 나갈수록 명료함을 약속하는 듯한 말들('단언', '자리', '엄밀', '뒤집어엎는')과 그 약속을 철회하는 듯한 말들('-지만', '-더라도', '그러나', '있을 법하지 않은', '-것 같다') 사이를 이리저리 오가게 되고, 불확실성은 커져만 간다. 그리고 갈수록 대명사 그것이 과도하게 사용되고, 독자는 **그것**이 무엇을 가리키는지 파악하기가 점점 어려워지기 때문에 불확실성은 더더욱 증가한다.

피시 같은 독자반응 비평 이론가들은 이와 같은 분석을 수행함으로써, 읽기 과정에서 발생하는 독자의 반응을 텍스트가 어떻게 구조화하는지를 보여 주고자 한다. 그리고 이때 나타난 반응을 바탕으로 다음과 이 밝힌다. 텍스트의 의미는 텍스트가 **말하는 것**에서 독자가 최종 결론을 이끌어 냄으로써 구성되는 것이 아니라, 오히려 텍스트가 **행하는 것**을 독자가 읽기 과정에서 경험함으로써 구성된다는 것이다. 텍스트는 시간적으로 일어나는 하나의 사건이며, 독자가 하나하나의 낱말과 구절을 읽어 나가는 내내 영향을 끼친다. 방금 확인한 것처럼 피시가 소개한 문장은 처음에는 독자가 전부터 갖고 있었을 법한 유다에 관한 생각을 지지하지만, 오래 지나지 않아 그 지지를 철회한다. 그리고 결코 제시되지 않을 해답에 대한 희망 속으로 독자를 이끌고 간다. 만약에 조금 전에 제시된 문장을 읽으며 생겨난 것과 같은 종류의 경험이 원문, 그러니까 해당 문장이 원래 수록되어 있던 텍스트를 읽으면서도 줄곧 되풀이된다고 하면, 독자반응 비평 이론가는 이렇게 말할지도 모르겠다. 그 텍스트는 읽기 과정에서 기대감이 생겨났다가 곧 실망으로 바뀌는 방식을 경험케 함으로써, 독자에게 어떻게 텍스트를 읽을 것인지, 그리고 아마도 어떻게 세계를 읽을 것인지를 가르쳐 준다고 말이다. 다시 말해, 확실한 지식을 얻고자 하는 기대란 좌절되기 마련임을 잊어서는 안 된다. 우리는 확실한 지식을 원한다. 우리는 그것을 추구하고 또 획득하게 되리라 기대한다. 그러나 제시한 문장은 아무것도 확신해서는 안 된다는 것을 가르쳐 준다. 즉, 독자반응 비평 이론가가 보기에 그것은 단지 유다나 성경에 국한되지 않는, 읽기 경험에 관한 텍스트인 것이다.

텍스트란 곧 읽기 경험이라는 주장을 심화시키기 위해, 이론가들은 독자의 반응을 구조화하는 읽기 행위에 대한 분석 외에 다른 종류의 증거들도 수집한다. 이를테면 영향 문체론을 활용하는 비평가들 대부분은 다른 독자들(예컨대 다른 문학비평가들)의 반응을 자주 인용하는데, 왜냐하면 하나의 텍스트가 제시하는 다수의 읽기 행위에 대한 자신들의 분석이 비단 자신들뿐 아니라 독자들에게도 유용하다는 점을 밝히려고 하기 때문이다. 심지어 어떤 비평가는 특정 텍스트에 대한 비평적 견해가 자신의 것과 완전히 상반되는 경우까지 인용하기도 한다. 예컨대, 해당 텍스트가 불안정하거나 파편화된, 또는 혼란스러운 읽기 경험을 제공한다고 주장하기 위해서다. 이상의 시도들은 텍스트의 흠결을 지적하려는 것이 아니다. 그보다 독자를 동요시킴으로써, 글로 쓰인 텍스트들에 대한 해석은 확실성을 획득하리라 기대해서는 안 될 문제적인 노력이라는 사실을 입증하려는 것이다(어쩌면 세계에 대한 해석도 그럴 것이다).

텍스트 자체에서 나온 주제 관련 증거들도 텍스트란 곧 읽기 경험이라는 주장을 증명하는 데 자주 제시된다. 독자반응이론 비평가들은 등장인물의 경험과 배경에 대한 묘사가 어떻게 텍스트를 읽는 독자의 경험을 반영하는지 밝히려 한다. 조셉 콘래드Joseph Conrad의 《암흑의 핵심Heart of Darkness》

(1902)에 대한 읽기 경험이 등장인물과 플롯에 따른 사건 전개를 어떻게 해석해야 할지 확신할 수 없게 만듦으로써 독자를 동요시킨다는 주장을 입증하려 한다고 가정하자. 나는 앞에서 본 것처럼 불확실성을 생산하는 읽기 행위를 분석하는 것으로 작업을 시작할 것이다. 그다음에는 소설의 주인공인 말로의 불확실성(커츠라는 인물을 이해하는 데 어려움을 겪는다)에, 그리고 밀림, 유럽에 위치한 본사, 말로가 자신의 이야기를 꺼내는 배의 갑판 등에 대한 묘사에서 거듭 언급되는 (불확실성에 대한 은유인) 어둠과 모호함에, 불확실성과 관련된 독자의 경험이 투영되는 양상을 밝히려 할 것이다. 그러고 나면 내가 분석한 읽기 경험의 상징 역할을 수행하는 텍스트상의 이미지들을 찾아볼 것이다. 물론 자료를 읽는 모습 등《암흑의 핵심》에 나타난 읽기 행위에 대한 묘사는 특히 내 목적에 잘 부합한다. 일례로, 말로가 밀림에 버려진 너덜너덜한 책을 발견하여 들고 왔으나 정작 읽어 내지 못하는 장면은 눈앞의 것조차 해독할 수 없는 말로와 독자의 무능력을 드러내는 상징이다. 말로는 심지어 그 책이 어떤 언어로 쓰였는지조차 모른 채, 그저 일종의 암호문이 아닐까라고만 생각한다. 그 책이 러시아어로 쓰였다는 사실은 나중에 알게 된다.

이 지점까지 오면 텍스트상의 증거는 주제와 연관된다. 비평가는 텍스트의 주제가 곧 특별한 종류의 읽기 경험임을 보여 주고자 한다. 읽기에 따르는 어려움, 텍스트를 파악하는 데 수반되는 여러 과정들, 불가피한 오독 등의 독특한 경험들이 모두 주제와 연결된다. 영향 문체론을 활용하는 비평가들 가운데 다수는 텍스트가 지닌 하나의 독립된 대상이라는 특징이 분석을 거치면서 사라지고, 이로써 텍스트는 지금까지 말해 온 것처럼 실제로 독자 안에서 일어나는 어떤 경험이 된다고 생각한다. 그럼에도 이들은 앞에서 보았듯 주제와 관련된 증거를 활용함으로써, 독자의 경험을 만들어 내는 데 텍스트가 담당하는 중요한 역할을 강조한다.

주관적
독자반응이론

주관적 독자반응이론은 텍스트상의 단서를 필요로 하지 않는다는 점에서 상호거래적 독자반응이론이나 영향 문체론과는 극명한 대조를 이룬다. 데이비드 블라이히David Bleich로 대표되는 주관적 독자반응이론 비평가들에 따르면, 독자들의 반응이 **곧** 텍스트다. 이 주장은 두 가지 측면에서 살펴볼 수 있는데, 하나는 독자의 해석이 만들어 낸 의미를 초월한 문학 텍스트란 있을 수 없다는 것이고, 다른 하나는 비평가의 분석 대상이 되는 텍스트는 문학작품이 아니라 독자들에 의해 기록된 반응이라는 것이다. 이 두 가지 주장을 각각 자세히 들여다보자.

독자들의 해석이 만들어 낸 의미를 초월한 문학 텍스트란 있을 수 없다는 주장을 이해하려면 먼저 블라이히가 문학 텍스트를 어떻게 정의하는지를 이해해야 한다. 대부분의 독자반응이론 비평가들과 마찬가지로, 블라이히 역시 **실제 대상**과 **상징적 대상**을 구별한다. 실제 대상은 탁자나 의자, 자동차, 책 같은 물질적 대상을 말한다. 문학 텍스트가 인쇄된 지면 또한 실제 대상이다. 이렇게 인쇄된 지면 또는 언어 그 자체를 누군가가 읽을 때 일어나는 경험은 상징적 대상이 된다. 그러한 경험은 물질적 세계가 아닌 개념적 세계, 곧 독자의 마음 안에서 일어나기 때문이다. 이러한 점에서 블라이히는 읽기(지면에 인쇄된 말들에 대한 독자의 주관적 반응에 따라 발생하는 느낌, 연상, 기억 등)를 **상징화**라고 명명한다. 독자는 자신의 읽기 경험을 지각하고 확인하는 과정을 통해 마음속에 어떤 개념적 또는 상징적 세계를 창조한다는 것이다. 그러므로 독자가 텍스트의 의미를 해석하는 행위는 실제로는 자기만의 상징화가 갖는 의미를 해석하는 작업이라고 할 수 있다. 독자는 자신이 텍스트에 반응함으로써 만들어 낸 개념상의 경험의 의미를 해석하는 것이다. 이러한 해석 행위를 블라이히는 재상징화라고 부른다. **재상**

징화는 독자의 텍스트 경험이 독자 자신의 내부에서 그것을 설명하고자 하는 욕망을 불러일으킬 때 발생한다. 말하자면 텍스트의 질에 대한 평가도 재상징화 행위로 이해할 수 있다. 독자가 어떤 텍스트를 좋아하거나 싫어하는 것은 그 텍스트에 대한 상징화를 좋아하거나 싫어하는 것이다. 따라서 독자들이 이야깃거리로 삼는 텍스트란 사실은 지면에 인쇄된 텍스트가 아니다. 독자들이 이야기하는 텍스트는 자기 마음속의 텍스트다.

유일한 텍스트란 독자의 마음속에 존재하는 텍스트이며, 이 같은 텍스트만이 주관적 독자반응이론 비평가들의 분석 대상이 된다. 이들은 텍스트를 독자들에 의해 기록된 반응과 동일시하기 때문이다. 블라이히는 교육적인 부분에 주로 관심을 갖는데, 이와 관련하여 그는 문학을 배우는 학생들에게, 더 정확히 말해 문학적 반응을 배우는 학생들에게 자신의 반응을 어떻게 활용할 수 있도록 가르칠 것인가에 관한 하나의 방법을 제시한다. 세간의 인식과는 반대로, 주관적 비평은 '누구나 마음대로 해도 된다' 식의 태도와는 무관하다. 주관적 독자반응이론은 분명한 목적의식을 일관되게 견지하는 하나의 방법론이기 때문이다. 그 목적의식이란 학생들, 그리고 우리 모두가 각자의 읽기 경험에 관한 지식을 생산할 수 있도록 도움을 주는 것이다.

그러한 방법론을 구체적으로 알아보기에 앞서, 일단 블라이히가 말한 '지식을 **생산하는 것**'의 의미가 무엇인지부터 이해할 필요가 있다. 주관적 비평, 그리고 그가 말하는 '주관의 교실the subjective classroom'이라는 것은 모든 지식이 주관적이라는 믿음, 즉 인식된 것은 인식한 사람과 분리될 수 없다는 믿음을 근거로 삼는다. 이 같은 믿음은 오늘날 대부분의 비평이론가들뿐 아니라 대부분의 과학자들과 역사가들 사이에서 공유되는 것이기도 하다. 이른바 '객관적' 지식이라고 불리는 것은, 그것이 무엇이든지 간에 단순히 특정한 공동체가 객관적으로 참이라고 믿는 것에 지나지 않는다. 예컨대, 서구 과학은 한때 지구가 평평하며 태양이 지구 주변을 돈다는 '객관적' 지식을 받아들인 바 있으나, 그 이후에는 지구 및 태양과 관련된 상이한 내용의 '객관적' 지식들을 여럿 인정해 온 것이 사실이다. 가장 최근의 과학적 사유가 암시하는 바는, 우리가 객관적 지식이라고 생각하는 것들이 실제로는 우리가 제기하는 질문들 및 우리가 그것에 대한 대답을 얻으려고 사용하는 도구들에 의해 생산된다는 것이다. 바꾸어 말하면, '진리'는 발견되기를 기다리는 '객관적' 실체가 아니다. 진리는 특수한 역사적·사회적·심리적 상황에 따라 형성되는 특수한 필요를 충족시키려는 사람들의 공동체 속에서 구성되는 것이다.

블라이히의 방법론은 교실을 하나의 공동체로 바라본다는 점에서, 공동체가 어떻게 지식을 생산하는지, 그리고 공동체의 개별 구성원이 어떻게 그 과정의 일부로서 기능할 수 있는지 학생들이 깨닫는 데 도움을 준다. 블라이히의 논의를 요약하자면, 학생들에게 문학 텍스트에 대한 본인의 반응을 글로 쓰도록 한 뒤 그 글을 다시 분석하도록 요구하는 작업은 교실에서 읽기 경험에 관한 지식을 생산하는 데 기여할 수 있다. 그러면 이 과정을 차례대로 살펴보자.

블라이히는 모든 **반응 진술**response statement이란 어떤 유용한 목적을 지닌 몇몇 독자 집단의 맥락 안에서만 유효하다는 가설을 신뢰하기는 하지만, 그럼에도 반응 진술을 교실 공동체 안에서 쓸모 있게 활용하려면 반응 진술과 읽기 경험에 관한 지식 사이의 **협상**을 이끌어 내야 한다는 점을 강조한다. 바꾸어 말하면, 반응 진술은 독자에 관한 지식이나 독자 바깥의 현실에 관한 지식이 아닌 특정한 문학 텍스트를 읽는 경험에 관한 지식을 집단 차원에서 생산하는 데 기여해야 한다는 것이다. 이를테면 **독자지향적** 반응 진술은 자신의 읽기 경험에 관한 논의를 자기 자신에 관한 논의로 대체해 버린다. 독자지향적 반응 진술은 주로 독자의 기억과 관심, 개인적 경험 등을 언급하는 데 국한될 뿐, 그러한 언급이 텍스트를 읽는 경험과 어떤 관계가 있는지에 대해서는 거의 또는 전혀 말해 주는 바가 없다. 심리상담소라면 독자지향적 반응 진술이 개성 및 개인의 문제에 관한 집단토론을 유도할 수 있다는 점에 관심을 가질 수도 있을 것이다. 그러나 블라이히는 그런 종류의 반응 진술이 집단 차원의 읽기 경험을 이해하는 데 직접적으로 도움을 주진 않는다고 본다.

현실지향적 반응 진술의 경우는 자신의 읽기 경험에 관한 논의를 현실적 쟁점들에 관한 논의로 대체해 버린다. 현실지향적 반응 진술은 정치, 종교, 젠더 문제 등에 관한 개인의 견해를 드러내는 데 국한될 뿐, 그러한 견해가 텍스트를 읽는 경험과 어떤 관계가 있는지에 대해서는 거의 또는 전혀 말해 주는 바가 없다. 그런 점에서 현실지향적 반응 진술은 텍스트가 어떤 도덕적·사회적 쟁점들을 다루고 있는지에 관한 구성원들 사이의 집단토론을 유도할 수 있지만, 독자지향적 반응 진술과 마찬가지로 집단 차원의 읽기 경험을 이해하는 데 직접적으로 도움을 주진 않는다.

이와 대비되는 반응 진술로서 블라이히가 제시하는 것이 바로 **경험지향적** 반응 진술이다. 경험지향적 반응 진술은 텍스트에 대한 독자의 반응을 논의하되, 텍스트의 특정한 부분을 독자가 어떻게 느끼고 생각하며 그것과 관련하여 무엇을 연상하는지를 정확히 묘사한다. 경험지향적 반응 진술은 텍스트상의 특정 등장인물, 사건, 구절 등에 대한 독자의 판단으로 이루어지며, 심지어 단어들에 대한 판단까지도 포함한다. 이러한 판단을 바탕으로 직조된 개인의 연상작용 및 어떤 개인적 관계에 대한 기억은 다른 구성원들로 하여금 텍스트의 어떤 면모가, 어떤 식으로, 어떤 이유에서 그 독자에게 영향을 끼쳤는지 들여다볼 수 있게 한다. 이와 관련하여 블라이히는 어떻게 텍스트상의 특정 등장인물과 사건으로 말미암아 어린 시절의 성적 경험을 떠올리게 되었는지 묘사한 어느 여학생의 반응을 인용한다. 그 여학생의 반응 진술은 텍스트상의 특정 장면에 대한 자신의 반응과 그 반응에서 연상된 사춘기 시절의 특정한 경험 사이를 넘나든다.

이 학생의 주관적 반응에 관한 학생들 사이의 집단토론은 다양한 방향으로 전개될 수 있을 것이다. 물론 어떤 면에서는 대단히 전통적인 방향으로 흘러갈 수도 있다. 가령, 해당 텍스트에 대한 각자의 견해가 자신의 사춘기 시절의 경험이 남긴 감정들에서 비롯된 것인지 아닌지를 놓고 구성원들이 토론을 벌일 수 있을 것이다. 아니면 해당 텍스트가 저자의 사춘기 시절의 감정 또는 저자가 당시 살았던 문화 안에서의 억압적인 성적 관습을 표현한 것인지의 여부를 둘러싸고 토론을 벌일 수도 있을 것이다. 그런데 이 두 가지 경우처럼 전기적·역사적 자료들을 탐색해야 하는 상황에서조차 학생들은 어느 독자의 반응에 대해, 그리고 자신들이 속한 집단이 그 반응과 관련하여 진술한 집단적 반응에 대해 스스로 질문을 제기했다고 한다. 이 같은 상황에서는 평소에 비슷한 과제를 학생들에게 강제로 시킬 때보다 더 높은 수준의 개별 참여를 유도할 수 있다. 여기서 핵심은 반응 진술이 어떤 집단의 특정한 맥락을 규정하는 데 활용된다는 점이다. 그 집단은 경험지향적 반응 진술에 나타난 쟁점들을 바탕으로, 그들이 대답을 얻고 싶어 하는 질문은 어떤 것인지, 그들이 계속 매달리려는 주제는 무엇인지 판단하게 된다.

덧붙이자면, 경험지향적 반응 진술에 대한 독자의 분석은 반응분석 진술response-analysis statement 형식으로 이루어진다. 독자가 반응분석 진술을 시도할 때는 먼저 텍스트 전체에 대한 자신의 반응에 어떤 특징을 부여한다. 그다음에는 해당 텍스트가 지닌 여러 면모들에서 비롯된 다양한 반응들을 확인한다(물론 궁극적으로는 텍스트 전체에 대한 독자의 반응과 연결되는 것이어야 한다). 마지막으로, 어째서 그러한 반응들이 나타났는지 밝힌다. 반응들은 이를테면 즐거움, 불편함, 매혹, 실망, 안도, 만족 등으로 특징지어

질 수 있으며, 그 밖에도 두려움, 기쁨, 분노 등과 결부된 수많은 감정들을 동반할 수 있다. 예컨대 어떤 학생의 반응분석 진술을 보게 되면, 그 학생이 경험한 특정한 반응이 특정 등장인물과의 동일시나 욕망의 대리만족, 죄책감의 완화(또는 증가) 등에서 비롯되었다는 것을 알 수 있다. 이때 학생의 목표는 자신의 반응을 보고하거나 해명하기에 앞서, 그 반응을 이해하는 것이다. 반응분석 진술은 텍스트상의 특정한 요소들과 개인의 특정한 반응, 텍스트와의 개별적 만남에 따른 결과로서 독자에게 주어진 텍스트의 의미 사이의 관계에 대한 철저하고 상세한 설명이라고 할 수 있다.

한편, 블라이히는 반응 진술과 관련하여 흥미로운 사실 하나를 언급한다. 주관적 접근법을 사용하는 학생들은 자신들이 전통적 의미의 '객관적인' 글을 쓰는 경우에도 주관적 접근법에서 주목하는 것과 동일한 텍스트상의 요소에 초점을 맞출 가능성이 높다는 것이다. 이 가설을 시험해 보고자 블라이히는 학생들에게 어떤 문학 텍스트에 대한 반응을 서술하라고 지시하되, 반응 진술과 반응분석 진술이 아닌 의미 진술과 반응 진술을 서술할 것을 주문했다. **의미 진술**meaning statement이란 독자가 자신의 개인적 반응은 배제한 채 텍스트의 객관적 의미라고 생각한 것을 설명한 진술을 말한다. 반면에 반응 진술이란 앞에서 말한 것처럼 텍스트가 어떻게 개인적 관계와 경험에 관한 기억을 상기시키며, 특정한 개인적 반응을 생산했는지를 기록한 진술을 말한다.

블라이히는 이 실험에서 학생들의 의미 진술은 자신들의 개인적인 반응 진술에 근거하여 서술된 것이 분명하며, 이 점은 두 진술 사이의 관계를 알고 있었던 학생이든 그렇지 않았던 학생이든 마찬가지였다는 사실을 발견했다. 말하자면, 독자가 문학 텍스트에 대한 전통적 의미의 '객관적' 해석을 수행하고 있다고 믿을 때조차, 해석의 원천이 되는 것은 텍스트로 환기된 개인적 반응이라는 것이다. 이처럼 주관적 접근법의 장점은 자신이 어째서 텍스트의 특정 요소들을 선택하고 거기에 맞추어 해석하게 되었는지, 그리고 그와 같은 선택의 원인이 어째서 본인에게 있는지 독자 스스로 이해할 수 있도록 도움을 준다는 것이다.

학생들의 입장에서 몇 가지 덧붙이자면, 학생들은 읽기 경험이 진행되는 동안 자신이 생각했던 것보다 더욱 많은 일이 본인에게 일어나 있었다는 사실을 반응 진술을 자세히 작성함으로써 깨닫게 되는 경우가 많다. 어떤 학생은 읽기 경험을 통해 무언가 이로운 것을 발견하게 되는데, 그것은 자신의 반응에 대해 신중히 생각하고 작성하고자 노력하지 않았다면 불쾌하거나 가치 없는 것으로 치부해 버렸을 수도 있는 성질의 것이다. 학생들은 또한 자신의 반응 진술을 동료 학생들의 것과 비교해 보거나, 어떤 텍스트에 대해 과거에 보였던 반응을 떠올린 뒤 그것을 같은 텍스트에 대한 현재의 반응 진술과 대조해 봄으로써, 사람들의 지각이란 얼마나 다양하면서도 변화무쌍한지, 우리의 호불호에 영향을 미치는 동기들은 또 얼마나 가지각색인지, 나아가 어린 시절의 읽기 경험이 성인이 된 이후의 독서 취향에 어떤 영향을 끼치는지 등을 배울 수 있다.

반응 진술에 관한 집단토론 및 반응분석 진술을 통해 학생들은 자신의 취향과 다른 이들의 취향이 어떻게 작동하는지도 배울 수 있다. 블라이히에 따르면, 자기가 어떤 텍스트 또는 등장인물이나 구절 등을 좋아한다거나 싫어한다고 공언하는 것만으로는 취향을 설명하지 못한다. 그보다는 텍스트가 자신에게 가져오는 심리적 이득 또는 비용을 분석하고, 그러한 요인들이 각자의 호불호를 어떻게 만들어 내는지를 묘사해야 한다. 내가 무엇을 좋아하는지 아는 것과 나의 취향을 이해하는 것 사이에는 커다란 차이가 있으며, 수업의 목표로 삼기에 적절한 것은 후자라는 게 블라이히의 주장이다. 실제로 블라이히는 취향에 대한 체계적인 고찰을 권장하는 '주관의 교실'이야말로 학생들이 자연스럽게 언어 및 문학 공부를 시작할 수 있는 장소라고 믿는다. 자기 이해에 초점을 맞추는 것은 대부분의 학생들에게 커다란 동기부여가 된다는 점에서, 블라이히의 주관적 방법론은 학생들이 인생 전반에 걸쳐 유용하게 써먹을 수 있을 일종의 비판적 사고력을 기르는 데 도움이 된다. 주관적 비평은 지식이 단순히 '전해 내려오는 것'이 아니라 상호협력 속에서 창조되는 것이며, 개인과 집단의 관심이야말로 지식 창조의 동기가 된다는 사실을 보여 주기 때문이다.

심리적
독자반응이론

정신분석 비평가인 노먼 홀랜드Norman Holland 또한 독자들의 동기가 그들 자신의 읽기 경험에 커다란 영향을 끼친다고 생각한다. 홀랜드도 처음에는 객관적인 텍스트란 것이 존재한다는 주장을 펼쳤으나(실제로 홀랜드는 읽기 경험이 독자와 실제 텍스트 사이의 거래를 수반한다고 믿었다는 점에서 자신의 방법론을 **거래적**transactive 분석이라고 명명했다), 점차 독자들의 해석이 텍스트가 아닌 독자 자신들에 관하여 무엇을 드러내는지의 문제에 초점을 맞추게 된다. 독자들의 주관적 경험을 분석한다는 점에서 홀랜드는 간혹 주관적 독자반응이론 비평가로서 언급되기도 한다. 그러나 대부분의 이론가들은 홀랜드를 심리적 독자반응이론 비평가로 간주한다. 홀랜드는 정신분석학 개념들을 사용하여 독자들의 심리적 반응을 분석하는 데 집중하는 비평가이기 때문이다. 그를 심리적 독자반응이론 비평가로서 이해하는 것이 우리에게도 가장 도움이 될 것이다.

홀랜드에 따르면, 우리가 문학 텍스트를 접할 때 나타내는 심리적 반응은 일상생활 속 사건들에 대한 심리적 반응과 동일하다. 대인관계에서 우리의 방어기제를 작동시키는 상황이 우리가 읽는 텍스트 안에서도 등장한다면, 마찬가지로 우리의 방어기제가 작동될 것이다. 간단한 예로 새로 알게 된 사람이 알코올중독자인 아버지를 연상시켜서 싫어진다면, 소설 속에서 알코올중독자 아버지를 연상시키는 인물이 등장해도 마찬가지로 싫어질 가능성이 높다. 자신이 가장 우선시하는 심리적 특성으로 세계에 대한 지배욕을 꼽는 사람이라면, 아마도 자신의 지배력을 약화시키는 듯한 기분을 주는 문학 텍스트 앞에서 위협감을 느낄 것이다. 이를테면 동일시할 만한 강력한 등장인물을 찾을 수 없는 텍스트 앞에서, 또는 자신에게 편안함을 가져다주는 질서정연하고 논리적인 세계가 등장하지 않는 텍스트 앞에서 그런 느낌을 받을 것이다. 이 같은 상황에서 방어기제는 텍스트를 싫어하거나 오독하도록, 아예 읽는 것 자체를 그만두도록 하는 방향으로 작동할 수 있다. 거의 모든 문학 텍스트가 어떤 무의식적 공포나 금지된 욕망을 건드림으로써 방어기제를 어떻게든 작동시킬 수 있다는 점을 고려한다면, 과제는 언제 읽게 될지 모르는 텍스트에 대응 또는 대처하는 방법을 배우는 것이다. 홀랜드에 따르면, 그러한 대응 과정이 곧 해석이다.

해석의 당면 목표는, 일상생활에서 심리적으로 갖는 당면 목표와 마찬가지로 자신의 심리적 욕구와 욕망을 충족시키는 것이다. 텍스트가 우리의 심리적 평정에 위협이 된다는 것을 인지하게 되면, 우리는 이전의 평정 상태를 회복할 수 있도록 그 텍스트를 어떤 식으로든 해석해야만 한다. 살아오면서 어느 시기에 자신이 어찌할 수 없는 이유로 부당하게 괴롭힘을 당했다고 생각하는 두 명의 독자가 있다고 가정하자. 예컨대 형제나 자매에게 시달렸다거나 또래 집단에서 거부당했다거나 부모에게 방치당했다거나 하는 등의 괴롭힘 말이다. 이런 경험이 있는 독자라면 토니 모리슨의 소설 《가장 파란 눈》에 등장하는 피콜라라는 인물을 보며 방어기제를 작동시킬 가능성이 높다. 자신과 마찬가지로 피콜라 역시 피해자라고 인식될 것이기 때문이다. 즉, 소설을 읽으며 피콜라라는 등장인물과 만나는 경험이 어린 시절 외로움으로 고통받았던 독자로 하여금 당시의 기억을 상기시키도록 만드는 것이다. 어쨌든 이러한 독자 두 명이 있다고 가정하고, 각각의 해석을 텍스트에 대응하는 두 가지 유형이라는 측면에서 살펴보자.

첫 번째 독자는 피콜라를 괴롭히는 다른 등장인물이 아닌 피콜라를 비난하는 방향으로《가장 파란 눈》을 해석함으로써 텍스트의 위협에 대처한다. 말하자면, 피콜라는 수동적 태도로 일관할 뿐 아니라 애써 자신을 옹호하려고도 하지 않기 때문에 스스로 부당한 대접을 받도록 부추기는 인물이라고 생각하는 것이다. 이런 식으로 독자는 자신을 피해자가 아닌 가해자와 동일시함으로써 일시적으로나마 자신의 심리적 고통을 경감하게 된다. 한편 두 번째 독자 역시 부당한 피해를 겪는 등장인물을 보며 자신의 고통스러운 어린 시절을 떠올리지만, 첫 번째 독자와는 달리 등장인물의 고통을 최소화함으로써 텍스트의 위협에 대처하려 한다.《가장 파란 눈》을 읽으며 고통을 최소화하는 방법이란 바로 피콜라가 그나마 온전하게 지니고 있는 일부 긍정적인 자질들에 초점을 맞추는 것이다. 즉, 피콜라는《가장 파란 눈》에 등장하는 모든 인물 가운데 남에게 상처를 주지 않는 유일한 인물이며, 그처럼 어린아이 같은 순수한 모습을 영원히 간직하리라고 생각하는 것이다. 이런 식으로 독자는 피콜라의 심리적 고통을 인정하지 않음으로써 자신의 심리적 고통을 부인하게 된다. 그 밖의 나머지 독자들, 그러니까 방금 논의한 두 가지 유형에는 해당하지 않지만 피콜라처럼 부당한 고통을 당하는 인물에게서 개인적으로 심리적 충격을 받는 다른 독자들 역시 마찬가지로 이에 대처해야 한다. 이들 역시 자신들이 살아오면서 겪은 부당한 아픔과 관계해 온 방식 그대로, 문학 텍스트를 읽으며 경험하는 충격에 대처하게 된다.

이와 같이 심리적 갈등과 이에 대처하는 전략으로 구성되는 어떤 양식을 홀랜드는 **정체성 주제**identity theme라고 부른다. 홀랜드에 따르면, 우리는 일상생활에서 마주치는 모든 상황에 정체성 주제를 투사한다. 즉, 각자의 심리적 경험이라는 렌즈를 통해 세계를 인식한다는 것이다. 비슷한 맥락에서 우리는 문학 텍스트를 읽을 때 자신의 정체성 주제를 그대로 또는 그것을 약간 변형시켜 텍스트에 투사한다. 바꾸어 말하면, 우리는 자기 마음속에 존재하는 세계를 텍스트를 읽으면서 무의식적으로 다양한 방법들로 되살리는 것이다. 그런 점에서 해석이란 우리가 텍스트에 투사한 두려움과 방어, 욕구, 욕망 등이 낳은 결과물이며, 지적 작업이라기보다는 주로 심리적 과정이라고 할 수 있다. 문학 해석은 텍스트의 의미를 드러낼 수도 있고 그렇지 않을 수도 있다. 그러나 해석을 하나의 안목이라고 본다면, 해석은 언제나 독자의 심리를 드러낸다고 말할 수 있을 것이다.

해석에 존재하는 심리적 차원이 자기 자신과 다른 사람들에게 쉽게 파악되지 않는 이유는, 투사가 마음속에서 불러일으키는 불안과 죄의식을 완화하고자 우리가 무의식적으로 심리적 차원을 미적·지적·사회적·도덕적 관념들로 추상화시켜 말하기 때문이다. 앞서 언급한 가상의 독자들을 다시 살펴보자. 앞에서 서술한 대로, 첫 번째 독자는 피콜라를 마치 성경의 이브처럼 스스로를 파멸로 이끄는 나약한 인간을 대표하는 인물로 해석하고, 두 번째 독자는 반대로 영혼의 순수함을 대표하는 인물로 피콜라를 해석한다. 그러나 이들은 모두 그 과정에서 자신의 해석이 자기 무의식에 존재하는 심리적 갈등에서 비롯된 것임을 깨닫지 못한다.

해석에 대한 홀랜드의 정의는 우리가 텍스트를 읽을 때마다 일어나고 되풀이되는 세 가지 단계 또는 양식으로 이루어지는 하나의 과정이라고 요약할 수 있다. 첫 번째는 텍스트에 의해 심리적 방어기제가 작동되는 **방어** defense 단계다(피콜라가 위협감을 주는 이유는 부당하게 고통받았던 경험을 상기시키기 때문이다). 두 번째는 방어기제를 안정시킨 뒤 심리적 평정을 위협하는 것들로부터 보호받고픈 욕망을 충족시키는 방향으로 텍스트를 해석하는 **환상**fantasy 단계다(피콜라에게 영원히 남아 있을 어린아이 같은 순수함에 초점을 맞춤으로써 그녀의 고통을 최소화시키려 한다). 세 번째는 앞의 두 단계를 추상적 해석으로 탈바꿈시키는 **변형**transformation 단계다. 변형 단계에 이르면, 방어와 환상이 각각 일으키는 불안과 죄의식이 텍스트를 판단하는 근거가 된다는 사실을 스스로 인정하지 않고서도 바라던 심리적 만족을 얻을 수 있게 된다(피콜라를 영혼의 순수함을 상징하는 인물이라고 규정한다). 그러니까 변형 단계에서는 텍스트에 대한 감정적 대응을 피하고자 지적인 차원에서 텍스트를 해석하려고 하는데, 이는 지적인 해석이 사실은 감정적 대처에서 비롯된 것임을 무시하는 셈이다.

물론 홀랜드의 방법론은 심리적 자기 이해를 돕는 일종의 치료 요법으로 쓰일 수 있다는 점에서 확실히 잠재적 가치가 있는 듯하다. 적절한 훈련을 거치면 작가에 대한 전기적 연구를 진행하는 데도 홀랜드의 이론을 쓸모 있게 활용할 수 있을 것이다. 이를 적용한 사례로 홀랜드가 제시한 것이 로버트 프로스트Robert Frost에 대한 짧은 분석이다. 홀랜드는 프로스트를 작가가 아닌 독자의 측면에서 분석한다. 말하자면 자기가 살아가는 세상을 읽는 사람, 즉 읽기 경험을 통해 세상에 대응하고 세상을 해석하는 사람으로서 프로스트를 분석하는 데 초점을 맞추는 것이다. 홀랜드는 프로스트의 정체성 주제를 발견하고자 편지, 작품 속에 나타난 취향, 개인적 특징, 그리고 과학이나 정치, 자기 작품, 자기 자신에 대해 표명한 견해 등과 같은 일상적 논평들을 검토했다. 홀랜드에 따르면, 프로스트가 세계 및 자기 자신과 관계하는 방식은 "낱말이나 친근한 사물 같은 작은 상징들"을 통해 나타나는 "자기도 모르는 어마어마한, 성적이고 공격적인 힘"을 "어떻게든 감당해야 할" 필요성에 따른 것이었다.(127) 이런 식으로 정체성 주제를 설정하고 나면 프로스트의 시 작품들, 다시 말해 그 자체로 세계에 대한 프로스트의 해석이라 할 수 있는 시 작품들 속에서도 주제와 관련된 흔적들을 추적

해 나갈 수 있다는 것이 홀랜드의 주장이다.

홀랜드에 따르면, 그러한 분석의 목적은 저자와의 감정 융합을 이끌어내는 데 있다. 우리가 분석하는 대상이 사람이든 문학 텍스트이든, 모든 해석 행위는 앞에서 보았다시피 어떤 감정 융합을 향한 욕망 또는 이에 맞서려는 방어를 불러일으키는 해석자의 정체성 주제라는 맥락 안에서 벌어진다. 따라서 해석자의 과제는 자기를 타자와 분리시키는 심리적 장벽을 뚫고 나아가는 것이 된다. 홀랜드는 우리가 어떤 저자의 정체성 주제를 이해하게 되면, 저자가 우리에게 가져다주는 선물인 "자기와 타자의 어우러짐"(132)을 흠뻑 경험하게 될 것이라고 믿는다.

사회적 독자반응이론

주관적 독자반응이론에서는 문학 텍스트에 대한 개별 독자의 주관적 반응이 중요한 역할을 수행하지만, 사회적 독자반응이론(대개 스탠리 피시의 후기 작업을 떠올린다)에서는 개별 독자의 순수한 주관적 반응이란 것이 아예 존재하지 않는다. 피시에 따르면, 우리가 문학에 대한 개별적인 주관적 반응이라고 생각하는 것들은 사실 우리가 속한 **해석 공동체**interpretive community의 산물이다. 피시가 해석 공동체라는 개념으로 말하고자 하는 바는, 우리가 텍스트를 읽을 때 적용하는 해석 전략들이 알고 보면 사람들 사이에서 공유되는 것들이라는 점이다.

피시에 따르면, 자신이 지금 해석 전략들을 사용하고 있다는 사실에 대한 인지 여부와는 상관없이, 그리고 다른 사람들 역시 그와 같은 해석 전략을 사용한다는 사실에 대한 인식 여부와도 상관없이, 해석 전략들은 공유된다. 그리고 이 같은 해석 전략들은 항상 하나의 텍스트를 한 편의 문학작품으로 받아들이도록 만들고(편지나 법률 문서, 교회 설교문과도 다른 문학작품), 그 안에서 어떤 의미를 찾게끔 할 것인지 결정하는 다양한 종류의 제도화된 추정들(그러한 추정들은 유력한 문화적 사고방식 및 철학에 근거하여 고등학교나 교회, 대학 등에서 확립된다)에서 비롯된다는 것이다.

해석 공동체들 가운데는 특정한 마르크스주의 비판이론가를 계승하려는 사람들의 공동체만큼 복잡하고, 그 이론가만큼 비판적 기획의 요체를 충분히 인지하는 공동체가 있을 것이다. 반대로 고등학교 교사들, 그러니까 문학작품을 읽을 때는 이야기 안에 '숨겨진 의미'를 알려 주는 고정된 상징들을 찾는 것이 당연하다고 학생들에게 가르치는 교사들의 공동체만큼이나 단순할뿐더러, 그 교사들처럼 자신들의 해석 전략조차 인식하지 못하는 공동체도 있을 것이다. 물론 해석 공동체는 고정되어 있지 않으며, 시간이 지남에 따라 진화해 나간다. 독자들은 의식적으로 또는 무의식적으로 동시에 하나 이상의 해석 공동체에 소속될 수 있으며, 살아가는 동안 다른 해석 공동체로 여러 차례 옮겨 갈 수도 있다.

어쨌든 모든 독자는 텍스트를 대할 때마다 자신에게 작동하는 특정한 해석 전략에 따라 해석하려는 성향을 이미 지니고 있다는 것이 피시의 주장이다. 학생들이 텍스트를 읽고 나서 벌이는 협상으로 공동의 권위가 생산된다고 믿는 블라이히와 달리, 피시는 정반대로 학생들이 이미 소속된 해석 공동체들의 다수성에 기반한 다수의 공동 권위가 학생들이 처음에 텍스트를 읽는 방식을 결정한다고 주장한다.

다르게 말하자면, 피시가 보기에 독자들은 시를 해석하는 것이 아니다. 독자들은 시를 창조한다. 피시는 두 개의 수업을 연달아 진행하는 과정에서 이 점을 극적으로 보여 준다. 첫 번째 수업이 끝날 무렵, 피시는 칠판에 과제 하나를 적기 시작하는데, 그 내용은 당시 학생들이 배우고 있던 언어학자들의 명단으로서 다음과 같다(마지막 줄의 이름 뒤에 붙은 물음표는 피시 자신이 그 이름을 맞게 썼는지 확신하지 못한다는 뜻이다).

제이콥스Jacobs – 로젠바움Rosenbaum

레빈Levin

손Thorne

헤이스Hayes

오먼Ohman

[《이 수업에는 텍스트가 있는가?Is There a Text in This Class?》, p. 323]

　　두 번째 수업이 시작되자, 피시는 칠판에 적힌 것이 현재 학생들이 공부하는 것과 같은 17세기의 종교시라고 밝히고 학생들에게 이 시를 분석해 보라고 한다. 분석을 마친 학생들은 이어진 토론에서 이 시는 우리를 구원하고자 외아들인 예수를 지상에 보내신 신의 사랑과 자비를 찬양하는 작품이라고 결론 내렸다. 학생들은 이 시의 낱말 하나하나마다 나름의 근거를 제시하면서 그럴듯하게 해석하고 설명하는데, 예를 들면 이런 식이다. "이 시의 형태는 십자가 또는 제단 모양이다. 그리고 '제이콥스'는 기독교인을 하늘과 연결시켜 준다고 하는 야곱의 사다리를 가리키는 표현이며, '로젠바움'은 글자 그대로 장미나무를 뜻하는 말 '바움baum'은 독일어로 '나무'를 뜻한다. 로서 성모 마리아를 가리키는 표현이다. 성모 마리아는 '가시thorn 없는 장미'라고 일컬어지기 때문이다. 성모 마리아의 아들인 예수는 인류가 하늘로 승천할 수 있도록 돕는 다리가 되는데, 그렇다면 '손Thorne'은 예수의 가시관, 즉 가시로 만든 예수의 왕관을 가리키는 말로도 이해할 수 있다. 가시관은 우리를 구원하고자 예수가 감내하는 희생의 상징이다. 마지막으로, 이 시에서 가장 많이 등장하는 글자는 's', 'o', 'n' 합치면 'son', 곧 '아들'을 뜻하는 단어가 된다. 이다." [《이 수업에는 텍스트가 있는가?》, 322-329]

　　피시가 말하고자 하는 요점을 이해하려고 이 학생들의 주장을 전부 들을 필요는 없다. 피시의 주장을 간추리자면, 우리의 모든 문학적 해석(어떤 글의 특정 부분을 한 편의 시로 판단하는 일도 여기에 포함된다)은 텍스트를 읽을 때 우리가 가져오는 해석 전략들의 결과물이다. 한 사람의 독자 또는 독자 집단이 어떤 글을 읽을 때 시를 만들어 내는 데 필요한 해석 전략들을 사용하고 있다면, 그 글은 종류에 상관없이 한 편의 시가 될 수 있다. 그것이 심지어 언어학자들의 명단일지라도 말이다. 말하자면, 한 편의 시를 한 편의 시로 자리매김하는 특성들은 텍스트 안에 있는 것이 아니라, 텍스트를 대면하기 전부터 우리가 의식적으로든 무의식적으로든 배워 알고 있는 해석 전략들 안에 있다.

사회적 독자반응이론이 텍스트를 읽는 아주 새로운 방법을 제시하는 것은 아니다. 기존의 문학비평 가운데 어떤 특정한 형식을 권장하는 것도 아니다. 결국 사회적 독자반응이론의 요점은, 어떠한 해석도, 곧 어떠한 형식의 문학비평도 텍스트 내부의 무언가를 밝힌다고 단언할 수 없으며, 각각의 해석은 그 안에서 작동하는 해석 전략들을 보여 줄 뿐이라는 것이다. 그러나 이 주장은 우리에게 정돈되지 않은 무질서한 해석들만 주어진다는 말이 아니다. 피시가 언급하고 있듯이, 어떤 특정한 역사적 시점에서 사용 가능한 해석 전략들의 목록은 비교적 한정되어 있기 때문에, 해석은 항상 제한된 해석 전략들의 범위 안에서 제어되기 마련이다. 그럼에도 사회적 독자반응이론의 원리들을 이해하게 되면 우리가 텍스트를 해석할 때 실제로 행하는 작업은 어떤 것인지, 그리고 동료들과 학생들의 경우에는 어떠할지에 대해 더욱 많은 것을 깨달을 수 있다. 그러한 깨달음은 특히 교사들에게 바람직하다. 교사들은 학생들의 해석 전략을 분석하는 과정에서 사회적 독자반응이론을 활용할 수 있기 때문이다. 그뿐 아니라 자신의 해석 전략을 다른 것으로 대체할 것인지, 대체한다면 언제가 좋을지 결정하는 데도 사회적 독자반응이론이 유용하게 쓰일 수 있다. 더 나아가, 사회적 독자반응이론은 텍스트 내부의 무언가를 드러내 보여 준다는 이유로 특정한 읽기 방식을 처음부터 옳거나 당연한 것으로 생각하는 태도에서 벗어나, 자신이 학생들에게 가르칠 해석 전략을 직접 선택하는 데 책임감을 갖도록 독려한다.

독자를 정의하기

독자반응이론을 사용하여 문학비평을 시도해 보기 전에, 마지막으로 언급하고 넘어가야 할 개념이 하나 있다. 이 개념은 지금까지 논의한 모든 독자반응이론과 연관되어 있다. 혹시 눈치챘을지 모르지만, 독자반응이론에서 말하는 '독자' 개념과 관련하여 어떤 이론가들은 '독자들readers'이라는 복수형을 쓰는 데 반해, 그 외의 이론가들은 '독자the reader'라는 단수형을 쓴다. 이를테면, 노먼 홀랜드나 데이비드 블라이히처럼 실제 독자들의 반응을 분석 대상으로 삼는 이론가들은 '독자들'또는 '학생들'이라는 복수형을 쓰거나 '실제 인물들'을 뜻하는 다른 명칭을 사용한다. 그러나 그 외 대부분의 이론가들은 앞서 영향 문체론을 논의할 때 살펴본 것처럼 어떤 특정한 텍스트와 대면한 '가상의' 이상적 독자에게 일어나는 읽기 경험을 분석한다. 이런 경우에 언급되는 '독자'란 사실 비평가 자신을 가리킨다고도 할 수 있다. 특정한 독자 반응의 원리에 따라 특정한 텍스트를 읽는 경험에 대한 자신의 상세한 기록을 분석하는 비평가 말이다.

그런데 가상 독자들의 경험이란 실제 독자들의 경험과 일치할 수도 일치하지 않을 수도 있기 때문에, 이론가들은 가상 독자들이 재현하는 읽기 활동을 구체적으로 묘사하고자 특별한 이름을 가상 독자들에게 부여하기도 한다. 예를 들어, 피시는 영향 문체론을 이야기할 때 **정통한 독자**the informed reader라는 용어를 사용한다. 피시에 따르면, 정통한 독자란 마치 피시 본인처럼 텍스트의 언어적 · 문학적 복잡성을 충분히 체험하는 데 필요한 **문학 능력**literary competence을 갖춘 독자이자, 자신의 반응이 갖는 개인적 차원 또는 특이한 차원을 가능한 한 억제하려는 독자다. 물론 정통한 독자의 종류는 다양할 수 있다. 가령, 에밀리 디킨슨Emily Dickinson의 시에 정통한 독자는 리처드 라이트Richard Wright의 소설에도 정통한 경우가 있을 수 있지만, 그렇지 않은 경우도 있을 수 있다. 참고로 정통한 독자와 비슷한 맥락에서 가상 독자를 가리키는 다른 용어로는 **교육받은 독자**the educated reader, **이상적 독자** the ideal reader, **최적의 독자**the optimal reader 등이 있다.

한편 볼프강 이저는 **내포 독자**the implied reader라는 용어를 사용한다. 내포 독자란 텍스트가 자신의 청자로 설정하고 말을 건네고 있는 듯한 독자를 뜻한다. 텍스트의 문체 및 서사가 독자를 대하는 명백한 '태도'를 연구하면 해당 텍스트가 상정하는 독자의 특징들을 추론할 수 있는데, 내포 독자란 그러한 특징들이 구현된 독자이다. 그러므로 할리퀸 로맨스의 내포 독자는 토마스 만Thomas Mann의 《파우스트 박사Doktor Faustus》(1947) 같은 철학적 소설의 내포 독자나 토니 모리슨의 《빌러비드》(1987)처럼 치열한 정신과 역사성을 담은 소설의 내포 독자와는 다를 수밖에 없다. 내포 독자처럼 텍스트가 함축하는 독자들을 가리키는 다른 용어로는 **의도된 독자**the intended reader 와 **수신자**the narratee 등이 있다. 여기서 핵심은 비평가들이 가상 독자 개념을 활용하여 특정한 텍스트가 어떤 독자들을 요구하는지, 그러니까 특정한 텍스트가 자신이 원하는 방향의 해석을 이끌어 내고자 어떤 식으로 독자들의 위치를 지정하는지를 보여 주려 한다는 데 있다. 독자들이 그러한 요구나 지침을 받아들일지의 여부, 아니 그런 것들 자체를 인지하는지의 여부는 또 다른 차원의 문제다.

물론 독자반응이론 관련 개념들은 지금까지 우리가 논의한 내용 말고도 많다. 다만, 이 장의 목표는 독자반응이론 관련 텍스트 및 이 이론을 바탕으로 여러 쟁점들을 제기하는 문학비평가들의 글을 읽기 위해 여러분이 알아야 할 주요 개념과 대략적인 원리를 소개하는 것이다. 어떤 문학작품들은 처음부터 다른 이론보다 독자반응이론에 따라 분석하는 것이 한결 수월하거나, 적어도 특정한 종류의 독자반응 분석을 사용하여 접근하는 것이 좋아 보일 것이다. 이 책에서 다루는 다른 이론들과 달리, 독자반응이론에 따른 문학 텍스트 분석은 텍스트 그 자체에 대한 분석이 아닌 실제 독자들의 반응에 대한 분석인 경우가 많다.

예를 들어 메리 로 에반스Mary Lowe-Evans는 지금의 학생들이 특정한 문학 텍스트를 대할 때 어떤 태도를 갖는지, 나아가 그러한 태도가 학생이 해당 텍스트를 해석하는 데 어떤 영향을 미치는지 알아보고자 자신의 문학 수업을 수강하는 고학년 학생들의 반응(구술 및 서술)을 분석한 바 있다. 이때 로 에반스가 선택한 텍스트는 메리 셸리의 《프랑켄슈타인》(1818)이었는데, 그녀는 학생들의 《프랑켄슈타인》 해석에 영향을 끼친 요소들과 그 구체적 양상을 다음과 같이 세 가지로 정리했다. 원작 소설을 토대로 만든 영화(학생들이 텍스트를 예상하도록 만든다)와 교사로서 에반스 본인이 학생들에게 건넨 질문("이 소설의 줄거리는 무엇인가?", "이 소설의 의미는 무엇인가?", "화자는 믿을 만한가?" 등), 그리고 텍스트 자체의 확정적 의미와 불확정적 의미가 그것이다.

여기서 로 에반스는 다른 무엇보다도, 독자반응이론에서 말하는 해석이란 텍스트를 대하는 독자들이 자신의 독법에 따라 능동적으로 다양한 해석 전략들을 사용하는 가운데 거듭 진화해 나아가는 과정임을 확인했다. 또한 해당 작품을 원작으로 하는 영화 때문에 생겨난 예측이 특정한 방식의 해석을 가져오는 원인이 될 수 있다는 점도 깨달았다. 참고로 이는 셸리의 《프랑켄슈타인》 원작에서 묘사된 괴물이 영화 속 괴물과는 매우 다르다는 사실에서 비롯되었다(이 점에 불만을 드러내는 해석도 있었다). 비슷한 맥락에서 텍스트상의 특정한 요소들, 이를테면 '서문' 같은 격식이나 서간체 형식으로 시작되는 서사(《프랑켄슈타인》에서 이야기는 화자가 자기 누나에게 보내는 일련의 편지들로 전달된다) 등도 일종의 괴물 이야기를 가볍게 즐기려던 학생들의 기대에 반하는 부분이었다.

어떤 종류의 분석에 착수하든지 간에, 독자반응 비평의 궁극적 목표는 읽기 과정에 대한 이해도를 높이는 것이다. 이를 위해 독자반응 비평은 독자들이 읽기 과정에서 수행하는 활동 및 그러한 활동이 해석에 작용하는 영향을 탐구한다.

독자반응이론 비평가가 던질 만한 질문들

다음에 제시한 질문들은 독자반응이론을 활용하여 문학작품에 접근하는 방법들을 요약한 것이다. 좀 더 정확히 말하자면, 작품에 대한 독법을 이해하는 방법들을 요약한 것이라고 할 수 있다.

① 상호거래적 독자반응이론의 개념들을 활용하여, 어떻게 문학 텍스트와 독자의 상호작용이 어떻게 의미를 만들어 내는지 설명해 보라. 구체적으로 말해, 텍스트의 불확정성은 어떻게 해석에 가해지는 하나의 자극으로 작용하는가?(예를 들어, 텍스트의 어느 지점에서 설명이 불충분한 사건들, 불완전한 묘사, 복합적인 연상을 불러일으키는 이미지가 나타나는가?) 정확하게 말하자면, 텍스트는 우리가 해당 텍스트를 읽는 동안 우리로 하여금 해석을 어떻게 수정하도록 유도하는가?

② 영향 문체론의 개념을 활용하여, 짧은 문학 텍스트(가령, 짧은 시) 또는 긴 텍스트의 핵심 부분에 대한 구절 단위 또는 행 단위 분석, 간단

히 말해 '슬로우 모션' 식 분석이 매 순간 이루어지는 독자의 읽기 경험에 대해 무엇을 이야기하는지 설명해 보라. 가령, 어떤 특정한 구절이 해석의 기대감을 불러일으켰는데, 그다음 구절에서 그것이 잘못된 기대임이 어떤 방식으로 밝혀지는가? 또는, 텍스트는 어떤 방식으로 의미를 찾으려는 독자의 노력을 끊임없이 좌절시키는가?(여러분의 목적은 텍스트가 무슨 **의미인지** 밝히는 것이 아니라, 독서를 하는 동안 텍스트가 독자에게 무엇을 **하는가**를 밝히는 것이다) 작품 자체의 내용이 독서 경험을 다룬다는 사실을 보여 주는 텍스트 증거를 찾을 수 있는가? 가령, 텍스트에서 일기 자료들이 일정한 역할을 담당하는가? 인물들이 사건, 이미지, 다른 인물들을 제대로 해석하는가 아니면 잘못 해석하는가?(즉, 제대로 '읽는가' 아니면 '오독'하는가?) 그래서 그 인물들도 독자의 독서 경험과 유사한 '독서' 경험을 한다고, 따라서 텍스트 자체가 독서 경험을 다룬다고 결론 내릴 수 있는가?

③ 주관적 독자반응이론의 개념을 활용하여, 다음 요소들의 해석적 역할에 대해 무엇을 배울 수 있는지 살펴보라. 그 요소들이란, 독자가 어떤 특정 텍스트에 대하여 갖는 기대감, 독자가 텍스트에 적용하는 해석적 전략들, 텍스트를 읽을 때 일군의 실제 독자(가령, 같은 수업을 수강하는 학생들, 북클럽의 동료들)를 대상으로 소규모 연구를 수행함으로써 갖게 되는 독자의 경험 등을 말한다. 이를테면, 동료 독자의 공식적인 작품 해석(문학 과목에서 제출한 해석문)이나 경험 지향적 반응 진술을 분석해 보라. 이렇게 하는 목적은, 문학 텍스트에 대한 독자의 개인적 반응(책을 읽을 때 생기는 느낌, 연상, 기억)이 공식적인 해석의 원천이라는 블라이히의 주장을 검증해 보기 위함이다.

④ 심리적 독자반응이론의 개념을 활용하여 문학작품에 대한 각자의 해석을 검토하라(이 경우에 문학 과목에서 제출한 논문이면 적당할 것이

다). 그 목적은 각자가 정체성 주제를 발견할 수 있는지 알아보기 위함이다. 앞서 다루었듯이, 정체성 주제는 우리가 읽는 책에 투사되는 어떤 것이며, 문학적 해석을 만들어 내기도 한다. 포부가 좀 더 크다면, 철저하게 고증된 광범위한 전기적 자료 모은 다음, 선호하는 작가의 정체성 주제가 무엇인지 찾아보라.

⑤ 사회적 독자반응이론의 개념을 활용하여 일정 기간에 출간된, 특정한 문학 텍스트를 다룬 여러 비평문들을 검토하라. 그 목적은 해당 텍스트를 해석한 비평가들이 공통으로 공유하는 문화적 가정들이 무엇인지 파악하기 위함이다. 특정 시점에 여러 문학 비평가가 해당 텍스트에 반응하는 방식에 영향을 준 공통의 문화적 신념들(이를테면, 도덕, 여성, 아동, 종교, 문학의 목적 및 가치에 대한 신념들)에는 어떤 것들이 있는가?

우리는 이 가운데 하나 또는 몇 개를 섞어 질문하는 방법으로 문학작품을 논의할 수 있을 것이다. 아니면 여기에 나와 있지 않은 다른 유익한 질문을 던져 볼 수도 있다. 여기서 제시한 물음들은 독자반응이론의 관점에 따라 생산적으로 문학 텍스트를 이해하는 몇 개의 출발점일 뿐이다. 다만, 독자반응이론 비평가들이라고 해서, 심지어 동일한 독자들의 반응에 주목하는 비평가들이라고 해서 동일한 텍스트를 모두 똑같이 해석하는 것은 아니라는 사실을 명심하자. 어느 이론에서든 실제 비평가들의 해석은 훨씬 다양하기 마련이다. 우리의 목표는 독자반응이론을 활용하여 문학작품에 대한 이해의 폭을 넓히는 것이다. 그리고 독자반응이론이라는 이론적 관점이 없었다면 뚜렷하게, 깊이 있게 알지 못했을 몇 가지 중요한 견해들을 자세히 살펴보고, 더불어 읽기 경험의 복잡성과 다양성을 인식하는 것이다.

이제 살펴볼 F. 스콧 피츠제럴드의 《위대한 개츠비》 독법은 독자반응이론에 따른 작품 해석의 한 가지 사례일 뿐이다. 나는 영향 문체론의 원리와 이저의 불확정성 개념, 홀랜드의 투사 개념 등을 활용하여,《위대한 개츠비》라는 소설이 주인공 제이 개츠비에 대한 독자 인식의 진전 과정을 어떻게 지속적으로 문제 삼는지 검토하려고 한다. 이 소설은 계속 어떤 불확실성을 만들어 냄으로써, 독자들로 하여금 소설을 읽는 내내 독자 자신들의 믿음과 욕망을 주인공 개츠비에게 투사시키도록 이끈다. 아울러, 나는《위대한 개츠비》의 주제 내용('…에 관하여' 다룬 것)이 이 소설을 읽는 독자의 경험을 어떻게 반영하는지, 바꿔 말해 이 소설의 주제가 어떻게 확정적 의미의 확정 불가능성에 관한 것이 되는지를 보여 줄 것이다.

독자를 투사하다

《위대한 개츠비》에 대한 독자반응이론적 독법

"어떤 사람한테 들은 얘기로는요, 그 남자는 사람을 죽인 적이 있대요."

우리는 모두 전율을 느꼈다. 세 명의 멈블 씨도 몸을 앞쪽으로 기울이고 열심히 듣고 있었다.

"난 그렇게 생각하지 않아."

"그 사람이 전쟁 중에 독일 스파이였다는 말이 더 맞는 것 같아."

루실이 의심스럽다는 말투로 말했다.

세 남자 중 하나가 확인이라도 해주듯 고개를 끄덕였다.

"나는 독일에서 함께 자랐고 그에 관해서는 모르는 것이 없는 사람한테서 그 얘기를 들었지요." 그가 우리에게 단정적으로 말했다.

"아, 아니에요."

"그럴 리가 없어요. 왜냐하면 그 사람은 전쟁 중에 미군에 소속되어 있었거든요." 첫 번째 여자가 말했다. 우리가 그 말을 믿는 듯하자 그녀는 부쩍 열의를 보이며 열심히 몸을 앞으로 기울였다. "그가 가끔 주위에 아무도 없다고 생각할 때 짓는 표정을 보세요. 살인을 한 사람이 틀림없어요." (48/73; 3장)

충격적인 소문들에 목말라 있는 것이 분명한 파티 참석자들에게 개츠비가 불러일으키는 추측들을 보자. 이는 두 가지 중요한 점에서 F. 스콧 피츠제럴드의 《위대한 개츠비》를 읽는 이에게 개츠비가 불러일으키는 추측들의 한 원형이라고 할 수 있다. 하나는 닉 캐러웨이의 서술을 따라가면서 우리가 개츠비의 파티에 참석한 사람들처럼 귀가 얇아져 듣는 소문마다 그게 맞다고 끊임없이 맞장구치게 된다는 점이다. 다른 하나는 우리의 추측이 만들어 낸 최종 결과, 즉 개츠비에 대한 해석과 이를 바탕으로 한 소설 전체의 의미에 대한 해석은 대개 텍스트의 불확정성이 우리에게서 유도해 낸 우리 자신의 믿음과 욕망의 산물이라는 점이다. 바꾸어 말하면,《위대한 개츠비》는 독자반응이론에서 말하는 의미 형성 과정으로서의 읽기 개념을 극적으로 구현한 소설이라고 할 수 있다. 즉,《위대한 개츠비》는 이야기 안에서 펼쳐지는 행동들을 통해 독자가 그 이야기를 읽어 나가면서 자신의 읽기 경험을 거듭 재생산하도록 만드는 소설이다.

개츠비의 파티에 참석한 사람들에게 '제이 개츠비'는 그들이 해독해야 하는 일종의 '텍스트'와도 같다. 이때 그들이 만들어 내는 읽기 경험의 모형은 '투사+수집한 자료=투사 확인'이라는 공식으로 설명될 수 있다. 여기서 해석자가 주변에서 수집한 자료들의 주요 기능은 자신들이 이미 투사했거나 현재 투사 중인 해석의 정당성을 승인하는 것이다. 예를 들어, 개츠비의 파티 참석자들은 단 한 번의 대화로 이 공식의 세 단계를 모두 수행한다. 그들이 접하는 갖가지 기이한 소문들은 딱히 정확해 보이지 않지만, 지금으로서는 소문만이 이용 가능한 자료다(그러나 개츠비가 범죄에 연루되었다는 진실 그 자체보다 놀라운 소문은 없을 것이다). 더 중요한 점은 기이한 소문들이 추문을 듣고 싶어 하는 욕망을 충족시켜 주며, 그 욕망이 개츠비에 대한 최초의 해석을 촉발한다는 것이다. 그들이 믿는 소문의 주인공인 개츠비를 하나의 '텍스트'로서 즐긴다는 관점에서 보면, 들려오는 소문이 대단히 충격적이고 더 기막힌 추측을 불러일으키는 한, 추문을 듣고픈 욕망 자체는 전혀 문제될 것이 없다. 말하자면, 파티 참석자들은 충격을 경험하려고 개츠비를 해석하며, 나름의 해석을 통해 각자의 욕망을 충족시키는 것이다.

이와 비슷한 맥락에서 톰 뷰캐넌은 개츠비가 존경받는 집안 출신이 아닌 사기꾼이라고 믿고 싶어 한다. 그래서 사설탐정을 고용하여 이를 입증해 줄 증거들을 수집하려고 한다. 반면 데이지는 개츠비가 빛나는 갑옷을 입은 상류층의 기사knight라고 믿고 싶어 한다. 그래서인지 데이지는 개츠비의 부와 지위가 그의 대저택을 휘감고 있는 "가느다란 수염 같은 담쟁이 덩굴"(9/21; 1장)처럼 얄팍한 허울에 불과하다는 사실을 간파하지 못한다. 마이어 울프심은 개츠비가 "교양 있는 사람"(76/111; 4장)이므로 암흑가의 범죄 활동에 "그를 잘 써먹을"(179/248; 9장) 수 있을 것이라고 믿고 싶어 한다. 그 때문인지 울프심은 개츠비가 좋은 집안에서 자라 "오그스퍼드Oggsford"를 졸업했다는 것과 "사복을 살 만한 돈이 없었"기에 "형편이 아주 말이 아니어서 계속 군복만 입고 있었"다는 사실 사이의 모순을 알아차리지 못한다.(같은 곳) 조지 윌슨은 개츠비가 자신의 아내 머틀을 유혹해 살해했다고 믿고 싶어 한다. 그렇게 믿어야만 머틀을 꼬드겨 죽인 데 대해 앙갚음할 수 있을 뿐 아니라, 자신이 바라는 대로 감정을 추스를 수 있기 때문이다. 그래서 조지는 톰이 하는 이야기를 그대로 믿어 버린다. 즉, 교통사고가 일어난 날 낮에 톰이 바로 그 "죽음의 자동차"를 운전하는 모습을 목격했음에도, 심지어 그 차를 자신에게 팔겠다는 약속을 톰에게서 받아 냈음에도, 조지는 그 차가 자기 것이 아니라는 톰의 말에 어떠한 의문이나 의혹도 갖지 않는다. 마지막으로, 개츠비의 아버지인 개츠 씨는 자신의 아들이 "장래가 보장된 아이였"(176/244; 9장)다고 믿고 싶어 한다. "만약 살아 있었으면 아마 대단한 인물이 되었을 거요. [철도 재벌] 제임스J. 힐 같은 인물 말이오. 국가 발전에 한몫을 했을 거요."(같은 곳) 개츠 씨는 개츠비가 어린 시절에 만든 "계획표"를 "지미는 반드시 출세할 애였소."(182/252; 9장)라는 자기 말에 대한 증거로서 해석한다. 개츠비가 자기 부의 원천과 관련하여 분명히 들려주었을 말도 안 되는 거짓말들을 전부 믿으면서 말이다.

　나는 이상의 등장인물들이 개츠비에 관한 더 정확한 정보들을 충분히 얻을 수 있는데도 그렇게 하지 않았다고 말하려는 것이 아니다. 내 요점은 등장인물들이 자기가 얻은 정보에 어느 정도로 반응하는지, 그리고 그 정보를 자신이 원하는 개츠비에 대한 완벽한 상을 구성하는 데 어느 정도로 활용하는지는 그 정보가 개츠비와 관련된 자신의 욕망을 얼마나 충족시키는지에 따라 결정된다는 것이다.

물론 등장인물들처럼 주관적이고 자신에게 도움이 되는 식으로만 해석하면 정확성이 떨어질 수밖에 없으므로, 문학작품을 읽는 독자들은 다른 방법을 찾아보는 것이 바람직할 것이다. 그러나 우리가 곧 보게 될 닉 캐러웨이라는 1인칭 화자는 자신만의 렌즈를 통해 개츠비를 해석한다. 도덕적으로 모호하기 짝이 없고 불확정적인 의미들로 가득한 《위대한 개츠비》의 세계는 오직 그에 의해 걸러져 제시된 것이며, 이것 말고는 개츠비를 해석할 방법이 없다. 그런데 '나는 이제 개츠비가 좋다/싫다' 식의 서술을 구사하는 닉을 따라가다 보면, 주인공에 대한 서로 대립되는 진술 사이에서 오락가락하게 된다. 개츠비에 대한 최초의 평가가 어떠한지 살펴보자. 닉이 생각하기에 "개츠비는 내가 … 경멸해 마지않는 것을 모두 대변하는 인물"이지만, 동시에 자신이 롱아일랜드에서 만난 사람들 가운데 "개츠비만이 내가 이런 식[부정적]으로 반응하지 않는 예외적인 인물"이기도 하다.[6/17; 1장] 이는 앞으로 그가 독자들에게 펼쳐 보일 서사가 개츠비에 관한 역설과 모순으로 이루어져 있음을 시사하는 것이라고 볼 수 있다.

닉이 독자들에게 전달하는 서사는 개츠비를 향한 공감과 비판을 번갈아 불러일으키며 복잡한 양상으로 전개된다. 그러므로 이를 자세히 분석하려면 따로 글 한 편을 써야 하겠지만, 여기서는 일단 그러한 양상이 어떻게 불확정성을 증대시키는지 그 대강의 윤곽을 제시하고자 한다. 앞에서 본 것처럼 닉은 개츠비에 대한 역설적인 평가를 독자들에게 들려준 뒤, 본격적인 이야기를 시작하기에 앞서 자신이 위스콘신 지역에서 "꽤 이름이 알려진 부유한 집안"[7/17; 1장] 출신임을, 그리고 증권업을 배우려고 뉴욕에 왔음을 밝힌다. 그 외 1장에서 닉이 들려주는 개츠비에 관한 이야기는 그에게 호기심을 갖게 되었다는 내용뿐이다. 이는 "개츠비Gatsby의 저택 … 아니, 그 때 나는 아직 개츠비Mr. Gatsby를 몰랐으니 그런 이름을 가진 어떤 신사가 살던 저택이라고 해야 옳을 것"(9/21; 1장)이라는 말에서 잘 나타난다. 바꾸어 말하면, 독자들은 닉과 함께 시간을 거슬러 올라가, 닉이 사건들을 경험한 순서대로 이야기를 접하게 된다. 닉이 6쪽에서 개츠비를 'Gatsby'로 불렀다가 9쪽에서는 'Mr. Gatsby'로 바꾸어 부르는 장면에서 우리는 이야기가 과거로 거슬러 올라갔음을 확인할 수 있다. 즉, 닉이 개츠비와 아직 만나지 않은 시점으로, 다시 말해 개츠비를 'Gatsby'가 아닌 'Mr. Gatsby'라고 부르던 때로 돌아간 것이다.

조던이 웨스트에그 이야기를 꺼내면서 개츠비의 이름을 언급하자 "개츠비라고? … 어떤 개츠비 말이야?"(15/30; 1장)라고 묻는 데이지처럼, 독자들도 이 장면을 접하면 개츠비에 대한 호기심이 생겨난다. 그러나 닉은 자신이 직접 개츠비의 파티에 참석하게 되는 3장 중반에 이르러서야 독자들에게 처음으로 개츠비의 모습을 보여 준다. 개츠비의 파티를 자기 집에서 멀찍이 관찰하며 독자들의 호기심을 자아내던 닉은, 3장에서 그의 파티에 직접 참석하여 개츠비와 처음으로 대면함으로써 개츠비에 대한 역설적이고 모순되는 해석들의 시작을 알린다. 그리고 이는 소설 전반에 걸쳐 자기 자신과 독자들의 경험을 특징짓게 된다. 개츠비는 미소를 지으며 닉에게 자신을 소개하고, 화자인 닉은 그 미소에 매혹된다.

영원히 변치 않을 듯한 확신을 내비치는, 평생 가도 네댓 번밖에는 만날 수 없는 보기 드문 미소 말이다. … 당신이 전달하고 싶어 하는 최상의 호의적인 인상을 분명히 전달받았노라고 말해 주는 미소였다. 바로 그 순간 그 미소는 갑자기 사라져 버렸다. 어느새 내 앞에는 … 단정하지만 좀 버릇없는 젊은이가 서 있을 뿐이었다. 그런데 그의 격식을 차린 말투는 어리석다는 인상에서

가까스로 벗어날 정도였다. (53/79; 3장)

즉, 처음에 닉은 개츠비에게서 매력적인 신사라는 긍정적인 인상을 받았으나, 이는 곧바로 그러한 모습이 허위일 수 있다는 부정적 인상으로 바뀐다.

이 같은 양상은 날이 저물고 닉이 파티를 떠날 때까지 계속 반복된다. 화자 닉은 "대리석 계단 위에 혼자 서 … 있는 개츠비의 모습"을 얼핏 보고는 "그에게서 수상쩍은 그림자는 하나도 찾아볼 수 없었다."(54/82; 3장)고 말한다. 그러나 바로 다음 문장에서 "[개츠비는] 술을 마시지 않는 … [유일한 사람인데] 손님들이 흥에 겨워 떠드는 소리가 커질수록 그는 더욱 빈틈없어 보였다."(54/82; 3장)고 말함으로써, 순수해 보이는 개츠비의 모습이 어쩌면 개츠비가 술을 마시지 않았다는 사실로 인해 빚어진 자신의 착각이 아닐지 의심한다. 또한 닉이 파티장을 나오며 개츠비에게 작별 인사를 건네는 장면을 보면, 닉은 개츠비를 가식적인 사람으로 생각하는 것 같다. 개츠비는 닉을 "형씨"라고 부르지만, 닉에게는 "나를 안심시키듯 어깨를 토닥이는 그의 손길이 '형씨'라는 친근한 표현보다 훨씬 더 친밀하게 느껴졌다."(57/86; 3장) 그러나 불과 몇 초 뒤에 개츠비가 미소를 짓자, 닉은 "마치 그가 오랫동안 그러기를 늘 원했던 것처럼, 갑자기 내가 맨 마지막까지 남아 있는 손님 사이에 있다는 사실에 어떤 기분 좋은 의미심장함이 담겨 있는 듯한"(58/79-80; 3장) 인상을 받으며 다시 개츠비에게 호감을 갖게 된다. 그리고 "안녕히 가시오, 형씨…. 안녕히 주무시오."(58/86; 3장)라는 개츠비의 인사에서 온기와 진심을 느낀다. 마지막으로, 닉은 잔디밭을 가로질러 집으로 향하다가 문득 뒤를 돌아보고는, 그에게 인사하는 개츠비의 모습에서 어떤 모호함을 발견하고 다음과 같이 적는다. "그때 갑자기 창문과 큼직한 문에서 **공허감**이 흘러나와 현관에 서서 한 손을 쳐들고 **정중하게 작별 인사**를 보내고 있는 집주인의 모

습을 완벽한 **고독**으로 에워싸기 시작했다.”(60/89; 3장) 이 구절은 개츠비의 냉
정함을 강조하는 것인가? 그렇다면 이 구절을 읽고 개츠비에 대한 호감이
다소 줄어들게 되는가? 아니면, 이 구절은 개츠비의 고독을 강조하는 것인
가? 그렇다면 독자들은 이 구절을 읽고 개츠비에게 더욱 공감하게 되는가?
닉의 태도는 분명치 않으며, 아마 그 자신도 자기감정을 확신할 수 없을 것
이다. 따라서 개츠비에 대한 일련의 상반된 반응을 접한 뒤에 독자들의 몫
으로 주어지는 것은 개츠비에게 독자 개인의 경험을 투사하는 일이다.

　4장의 초반부에서 독자들은 개츠비를 다시 만나게 된다. 주인공 개츠비
가 닉을 데리고 뉴욕으로 향하는 장면에서 개츠비에 대한 독자들의 인상은
이번에도 긍정과 부정 사이를 오간다. 닉은 개츠비와 뉴욕으로 출발하기
전부터 이미 개츠비에 대한 시각이 이전과는 달라져 있는데, 변화의 원인
은 첫 만남 이후 두 사람이 이웃으로서 주고받은 대여섯 차례의 대화에 있
다. 닉은 그 원인을 아래와 같이 말한다.

　　실망스럽게도 그에겐 화젯거리가 별로 없었다. 그래서 뭐라고 못 박을 수
　는 없지만 중요한 인물일 거라는 첫인상은 차츰 사라지고 단순히 이웃의 호
　화로운 여관 주인으로 보이기 시작했다. (69/100; 4장)

　그러고 나서 닉은 “당혹스럽게 자동차를 함께 타고 가게 된 것이다”(같
은 쪽)라고 털어놓는다. 개츠비가 “가족은 모두 죽고 없습니다”(같은 쪽)라고 자
신의 부유한 가문에 대해 말하고 옥스퍼드에서 교육받은 이야기를 꺼내자,
닉은 이렇게 생각한다.

　　그는 곁눈질로 나를 슬쩍 쳐다보았다. … 그는 ‘옥스퍼드에서 교육을 받았
　다’는 말을 급히 서둘러서 하거나, … 이런 의심이 일자 그가 들려주는 과거는

산산조각이 났고, 그에게 조금 음흉한 구석이 있지 않나 하는 생각이 들었다.
(69/101; 4장)

이제 닉은 개츠비가 들려주는 "보석, 주로 루비를 수집하고 사파리 사냥을 하고, … 그림도 좀 그리며"(70/101; 4장) 살았다는 식의 이야기들을 믿지 않는다. 닉은 그저 "터무니없는 그의 말에 어이가 없어 그만 웃음이 터져 나오려는 것을 간신히 참았"(70/102; 4장)을 뿐이다. 조금 뒤에 개츠비가 이야기하는 참전기 또한 닉이 듣기에는 다른 이야기들과 마찬가지로 심하게 과장되어 있었다. "마치 열두 권쯤 되는 잡지를 급히 훑어본 것 같"(70/103; 4장)은 느낌이었던 것이다. 그러나 개츠비가 자신의 이름이 박힌 전쟁 메달을 닉에게 보여 주자, 닉은 "놀랍게도 그 훈장은 진짜처럼 보였다"(같은 곳)고 말한다. 게다가 개츠비가 옥스퍼드에서 동료 학생들과 함께 찍은 사진을 보여 주자, 닉은 "그렇다면 이것은 모두 사실이었다"(70/104; 4장)라고 결론을 내린다.

하지만 개츠비에 대한 닉의 신뢰감은 그에게서 성가신 부탁을 받으면서 순식간에 사그라진다. 개츠비가 자신에 관한 이야기를 조던 베이커를 통해 들어 달라고 닉에게 요청한 것이다. 닉은 생각한다. "그 부탁이란 것이 터무니없는 일일 거라는 확신이 들자, 잠깐이나마 사람들이 득실거리는 그의 잔디밭에 발을 들여놓은 것이 후회되었다."(72/104-105; 4장) "뉴욕시에 가까워지자 그(개츠비)의 태도는 더욱 반듯해"(72/105; 4장)지는 모습을 보면서, 닉은 또 한 번 개츠비의 진실성을 의심하는 것 같다. 그러나 이 장면은 닉과 독자 모두에게 개츠비에 대한 호의적인 인상을 남기는 어떤 우연한 일로 마무리되면서, 또다시 개츠비에 대한 판단을 원점으로 돌린다. 과속으로 말미암아 경찰의 추격을 당한 개츠비 일행은 결국 차를 세우게 되지만, 개츠비가 지갑에서 하얀 카드를 꺼내어 경찰에게 보여 주자, 속도위반 '딱지'를 떼이기는커녕 도리어 경찰관에게서 사과를 받게 되는 상황이 펼쳐진다. 개츠비는 다음과 같이 설명한다. "언젠가 경찰 서장한테 호의를 베푼 적이 있거든요. 해마다 크리스마스카드를 보내와요."(73/106; 4장) 이 일은 확실히 개츠비라는 인물의 중요성을 강조하는 동시에 그가 닉에게 들려준 이야기들의 신뢰도를 높여 준다. 하지만 여기에 암시된 부패의 느낌은 어떻게 보아야 할까? 닉의 반응 역시 도움이 되지 않는다. "심지어 개츠비 같은 인물의 존재도 (뉴욕 같은 곳에서는) 특별히 놀랄 일이 아닐 터였다."(73/107; 4장) 판단은 또다시 독자들의 몫으로 넘어온다.

각각의 장면들을 분석해 보면, 개츠비를 바라보는 독자들의 시각이 어떻게 변화하는지, 그리고 이 소설 안에서 비슷하게 되풀이되는 특정한 양상이 그러한 시각 변화에 어떤 영향을 끼치는지 확인할 수 있다. 아직 다루지 못한 소설의 나머지 중요한 장면들을 요약하면 다음과 같다.

① **닉, 개츠비, 울프심의 점심 식사**(73-79/107-114; 4장) – 이 장면에서 개츠비는 **부정적인** 인상을 준다. 개츠비가 마이어 울프심(아주 부정적으로 그려지는 인물이다)과 밀접한 관계를 맺고 있는 것으로 묘사되기 때문이다. 닉 역시 개츠비에게 의혹을 보낸다.

② **닉, 조던을 만나 개츠비와 데이지의 과거를 듣게 되다**(79-85/114-123; 4장) – 이 장면에서 개츠비는 **긍정적인** 인상을 준다. 개츠비가 오랫동안 데이지만을 사랑해 온 사실이 밝혀지기 때문이다. 개츠비가 조던과 닉의 기분을 상하게 하지 않을까 주저하는 모습이나, 개츠비의 사연에 닉이 공감하는 모습도 개츠비에 대한 긍정적인 인상을 형성하는 데 영향을 미친다.

③ **개츠비와 데이지의 재회를 준비하는 닉과 개츠비**(86-88/124-127; 5장) – 이 장면에서 개츠비는 **부정적인** 인상을 준다. 친밀감을 표하는 개츠비와 달리, 닉은 그에게 줄곧 냉정하게 반응하기 때문이다. 그러한 모습은 개

츠비의 제안을 거절한 이후 더욱 두드러진다. 개츠비는 닉에게 제법 많은 돈을 쉽게 벌 수 있는 기회를 제안했지만, 닉은 그 제안이 데이지와 재회할 수 있도록 "신경 써준 것에 대한 보답임이 명백했기 때문에"(88/127; 5장) 바로 거절했던 것이다.

④ **개츠비와 데이지의 재회**(88-94/127-136; 5장) – 이 장면에서 개츠비는 **긍정적인** 인상을 준다. 닉은 개츠비가 데이지에게 감정적으로 완전히 몰입해 있는 모습(개츠비는 데이지를 만나기 전부터 초조와 불안에 휩싸여 있으며, 그녀 앞에서 어색한 모습을 보일까 봐 몹시 마음을 졸인다. 그러나 데이지가 아직도 자신을 사랑한다는 것을 깨닫고는 더할 나위 없는 기쁨에 빠져든다)을 묘사하며, 이를 통해 개츠비가 느끼는 당황스러움과 행복감을 간접적으로 체험한다.

⑤ **잔디밭에서 데이지를 기다리는 닉과 개츠비**(95/136-137; 5장) – 이 장면에서 개츠비는 **부정적인** 인상을 준다. 대저택을 구입할 돈을 어떻게 벌어들였는지의 문제와 관련하여 개츠비가 명백히 거짓말을 하는 정황을 닉이 포착했기 때문이다. 무슨 사업을 하느냐는 닉의 물음에 "그건 내 문제예요"(95/137; 5장)라며 무례하고 방어적인 대답으로 응수하는 개츠비의 태도 역시 부정적인 인상을 부추긴다.

⑥ **개츠비가 데이지와 닉에게 자신의 집을 보여 주다**(96-102/137-146; 5장) – 이 장면에서 개츠비에 대한 독자들의 반응은 **긍정**과 **부정** 사이를 오간다. 데이지를 향한 개츠비의 헌신을 바라보는 닉의 시선은 호의적이지만, 개츠비의 숨겨진 범죄 행각을 강하게 암시하는 수상한 전화 한 통이 걸려 오면서 그러한 느낌은 사라진다.

⑦ **닉이 개츠비의 젊은 시절에 관한 진짜 이야기를 들려주다**(104-107/147-153; 6장) – 이 장면에서 개츠비에 대한 독자들의 반응은 **긍정**과 **부정** 사이를 오간다. 가난한 청년 시절, 유년기의 꿈, 고된 노동, 술을 마시지 않는

절제 등 개츠비가 성장해 온 이야기를 듣고 닉은 그에게 동정 어린 시선을 보낸다. 하지만 이어진 닉의 관찰은 두 번에 걸쳐 그러한 동정을 차단한다. 닉이 보기에 개츠비의 꿈은 "거대하고 세속적이며 겉만 번지르르한 아름다움을 섬기는 일을 떠맡"(104/149; 6장)는 것이었으며, 그저 "말로 표현할 수 없을 정도로 화려한 우주"(105/150; 6장) 속에서만 존재하는 것이었다. 그리고 모든 이야기를 다 들은 뒤, 닉은 다음과 같이 말하며 개츠비에 대한 독자의 불확실한 느낌을 가중시킨다. "〔개츠비는〕이 모든 이야기를 훨씬 뒤에야 들려주었지만 … 〔그때는〕 내가 그의 말을 믿어야 할지 말아야 할지 혼란에 빠져 있을 때였다."(107/153; 6장)

⑧ **톰과 그의 친구들이 말을 타고 개츠비의 집에 들르다**(107-110/153-157; 6장) − 이 장면에서 개츠비에 대한 독자들의 반응은 **긍정**과 **부정** 사이를 오간다. 개츠비의 정중한 태도는 자신의 집을 방문한 사람들의 무례함과 대비되면서 한층 부각된다. 그러나 개츠비는 "거의 공격에 가깝게"(107/154; 6장) 톰에 대해 좀 더 알고 싶다는 뜻을 내비치게 된다. 이 과정에서 개츠비의 정중한 태도에 대한 긍정적인 인상은 사라진다.

⑨ **닉, 톰, 데이지가 개츠비의 파티에 참석하다**(110-118/157-167; 6장) − 이 장면에서 개츠비는 **긍정적인** 인상을 준다. 닉이 데이지에 집중하는 개츠비의 모습을 호의적으로 묘사할 뿐 아니라, 끈질기게 개츠비에 대한 의혹을 제기하는 톰에게 맞서 개츠비를 적극 옹호하기 때문이다. 더불어, 개츠비가 데이지와 함께한 지난날들을 닉이 더없이 시적인 언어들로 전달하는 점도 개츠비에 대한 긍정적인 인상을 환기시키는 데 영향을 미친다. 사실 닉은 개츠비의 이야기를 "무섭도록 놀라운 감상적인 말"(118/167; 6장)이라며 다소 **부정적으로** 받아들이는데도 말이다.

⑩ **개츠비의 하인들이 모두 바뀐 것을 알게 된 닉**(119-120/168-170; 7장) − 이 장면에서 개츠비는 **부정적인** 인상을 준다. 독자들은 닉의 묘사를 통해 개

츠비가 울프심이 돌보는 사람들과 연루되어 있으며, 그럼에도 그들의 사악한 본질을 전혀 눈치채지 못하고 있다는 사실을 알게 된다.

⑪ **닉과 개츠비, 뷰캐넌 부부와 조던의 점심 식사**(121-128/170-181; 7장) − 이 장면에서 개츠비는 **긍정적인** 인상을 준다. 톰의 공격적인 모습과 데이지의 노골적인 애정 표현에도 불구하고, 개츠비는 친절한 태도로 차분하게 그들을 대하기 때문이다. 그러나 개츠비에 대한 긍정적인 인상은 이 장면의 끝부분에서 다소 퇴색된다. 톰이 개츠비의 숨겨진 범죄 행각을 살짝 들추어내자 "개츠비의 얼굴에는 뭐라고 표현하기 어려운 표정이 스쳐 지나갔다."(127/179; 7장)고 표현하는 닉의 **부정적인** 언급에서 개츠비의 어두운 이면이 암시되기 때문이다.

⑫ **톰, 뉴욕의 호텔 방에서 개츠비와 맞서다**(133-142/184-199; 7장) − 이 장면에서 개츠비는 독자들의 동정을 자아내며 **긍정적인** 인상을 준다. 톰의 무자비함 앞에서 자신의 옥스퍼드 체류 경험에 대해 솔직히 밝힌 개츠비가 끝내 자신에게서 등을 돌리는 데이지를 붙잡고자 안간힘을 쓰는 모습이 닉에 의해 안타깝게 서술된다.

⑬ **머틀의 죽음 직후 뷰캐넌 부부의 집 근처에서 닉이 개츠비와 마주치다**(150-153/208-213; 7장) − 이 장면에서 개츠비에 대한 독자들의 반응은 **부정에서 긍정으로** 변해 간다. '뺑소니' 차량을 운전한 사람은 개츠비가 아니라 데이지였다는 사실, 그럼에도 개츠비가 대신 책임을 떠맡게 된 사실이 밝혀지면서 개츠비를 대하는 닉의 태도에도 변화가 생긴다.

⑭ **다음 날 아침, 개츠비의 집에서 대화를 나누는 닉과 개츠비**(154-162/214-225; 8장) − 이 장면에서 개츠비에 대한 독자들의 반응은 **긍정**과 **부정** 사이를 오간다. 닉은 여전히 데이지에 헌신하려는 개츠비의 모습을 호의적으로 묘사하지만, 개츠비가 과거에 거짓 평계를 둘러대며 "염치를 무릅쓰고 게걸스럽게" 데이지를 "차지했"다는 이야기를 듣고는 그 호의를

거두어들인다.(156/217; 8장)

⑮ **개츠비의 장례를 준비하는 닉**(171-183/237-254; 9장) – 이 장면에서 개츠비에
대한 독자들의 반응은 **긍정**과 **부정** 사이를 수차례 오간다. 닉은 "그들
모두에 맞서 개츠비와 내가 한편이라는 냉소적인 연대감"(173/241; 9장)을
느끼다가도, 개츠비의 범죄 행각이 상기될 때면 그러한 감정을 접는다.

⑯ **닉이 위스콘신으로 돌아가기 전날 밤, 개츠비의 저택과 해변을 거닐다**(189
/260-262; 9장) – 이 장면에서 개츠비는 독자들의 동정을 자아내며 **긍정
적인** 인상을 준다. "개츠비가 데이지의 부두 끝에 있는 초록색 불빛을
처음 찾아냈을 때 느꼈을 경이감"(189/262; 9장)을 옛 선원들이 "신세계
의 싱그러운 초록색 가슴"(189/262; 9장)으로 미 대륙을 처음 발견했을
때 느꼈을 경이감에 견주는 닉의 시적인 묘사가 그러한 인상을 더욱
부각시킨다.

이렇듯 소설의 각 장면들이 개츠비에 대한 독자들의 반응에 적극적으로
영향을 미치는 동안, 독자들이 경험하는 불확정성의 정도는 점점 더 커져
간다. 텍스트가 개츠비에 대한 두 가지 대립되는 해석을 모두 뒷받침하기
때문이다. 한편으로 개츠비는 사람을 다치게 하고 원하는 것을 얻기 위해
서라면 무엇이든 할 수 있는 범죄자다. 그러나 다른 한편으로는 가난을 극
복하고 "성배聖杯를 쫓"(156/218; 8장)는 마음으로 데이지를 향해 자기 삶을 헌
신하는 낭만적 영웅이기도 하다. 바꾸어 말하면, 이 소설은 불법 주류 밀매
나 가짜 증권 판매 같은 완전히 부도덕한 수단으로 순수한 목적, 즉 데이지
와 함께 행복한 삶을 살고자 하는 "부패하지 않은 꿈"(162/225; 8장)을 추구하
는 주인공의 모습을 보여 주고, 과연 목적이 수단을 정당화하는지 판정할
것을 독자들에게 요구한다. 그러나 이 소설은 독자들의 판단에 필요한 뚜
렷한 증거 같은 것을 제공하지 않는다.

추상적인 도덕관에 따라 간단히 '정당화하지 않는다' 또는 확실히 '정당화한다'라는 식으로 대답하는 것은 질문이 갖는 복잡한 성격에 비추어 적절한 응답이라고 보기 어렵다. 개츠비가 어린 시절에 겪은 비참한 가난과 닉이 '쓰레기 매립장'이라고 부르는 "쓰레기 계곡"(27/45; 2장)의 풍경을 생각하면 더욱 그렇다(이 소설 안에서 부유하고 유명한 사람들의 삶이 아닌 다른 삶으로서 제시되는 것은 이 두 가지뿐이다). 부와 가난의 대조를 독자들이 더욱 여실히 경험할 수밖에 없는 이유는 이 소설이 한번은 닉과 그 주변 사람들의 흥미진진한 세계를 묘사하고, 바로 그다음에는 윌슨 부부와 맥키 부부, 머틀의 동생 캐서린, 그리고 안면도 없이 개츠비의 파티를 찾는 경박한 치들이나 "쇼윈도 앞에서 서성대는 가난한 젊은 사무원들, … 밤과 삶에서 가장 강렬한 순간들을 낭비하며 어스름 속을 헤매는 젊은 사무원들"(62/91; 3장) 같은 사람들이 살아가는 암울한 세계를 묘사하는 식으로 전개되기 때문이다.

개츠비가 추구하는 목적이 그의 수단을 정당화하지 않는다는 식의 간단한 결론은, 적어도 닉을 통해서는 도출되지 않는다. 그렇다고 화자 닉이 개츠비의 목적은 자신의 수단을 정당화한다는 식으로 섣불리 결론짓는 것도 아니다. 우리가 보았다시피, 개츠비의 어두운 구석, 그러니까 범죄 행각, 데이지를 속인 사실, 정체성을 꾸며 낸 사실, 울프심과 결탁한 사실, 자기 자신과 데이지의 안위를 제외한 그 어떤 것에도 무심한 면 등을 알게 되는 것은 철저하게 닉을 통해서다. 하지만 그럼에도 개츠비를 가장 옹호하는 인물은 다름 아닌 닉이다. 이를테면, 닉은 개츠비가 제1차 세계대전 직후 유럽에 남아 있던 미군들에 대한 정부의 배려 덕분에 옥스퍼드에 머물 수 있었다는 사실을 인정했다는 이유만으로도, 다시 말해 아주 작은 진실 하나를 확인했다는 데서 "그에 대한 완벽한 신뢰감이 새삼스럽게 되살아"(136/190; 7장)나는 경험을 한다. 그리고 개츠비가 "그 빌어먹을 인간들을 모두 합쳐 놓은 것만큼이나 훌륭"(162/224; 8장)하다는 결론을 내리는 사람 역시 닉이다. 사실, 수차례에 걸친 개츠비에 대한 닉의 따뜻한 옹호가 독자들로 하여금 대체로 개츠비에 호의를 갖도록 유도하는 것은 분명하다. 심지어 개츠비의 어두운 면모가 밝혀질 때조차, 독자들은 개츠비가 '그저 주변에 흔히 있을 법한 좋은 사람인 것만은 아니었구나' 정도의 느낌만을 받게 된다. 나아가, 닉은《위대한 개츠비》가 제기하는 질문에 답하지 않았음에도, 개츠비가 추구하는 목적이 그의 수단을 정당화한다고 따로 암시하지 않았음에도, "결국 개츠비는 옳았다"(6/17; 1장)고 선언한다. 닉 자신이 동부에서 만난 사람들 가운데 유일하게 개츠비만이 정당한 인물이었다는 것이다.

어째서 닉은 개츠비에 대한 공정한 해석을 끝내 포기해야만 했는가? 그에 대한 어두운 구석을 잘 알고 있었음에도 말이다. 개츠비에게 품고 있던 "완벽한 신뢰감이 새삼스럽게 되살아나는"(136/190; 7장) 경험을 이야기할 때마다 종종 닉의 목소리가 열렬해지는 것을 보면, 우리는 그가 소설 속 다른 등장인물들과 마찬가지로 자신의 욕망을 개츠비에게 투사하고 있음을 짐작할 수 있다. 닉은 나이가 서른이나 되었음에도 여전히 아버지의 경제적 도움에 의지하고 있으며, 앞으로 무엇을 해야 할지 계속 고민 중이다. 그는 자신의 삶에 미래가 없을까 봐 걱정하며, 바로 그렇기 때문에 삶에 대한 기대를 포기하려 하지 않는다. 이는 자연스러운 일이다. 자신의 나이가 "독신자의 수가 점점 줄어[들고] … 야심이라는 서류 가방도 점점 얄팍해지[며] … 머리카락도 점점 줄어드는"(143/200; 7장) 나이라는 사실이 두렵다 해도 말이다. 이미 고향에서 한 차례 연애에 실패했고 뉴욕에 와서도 비슷한 실패를 경험했지만, 닉은 자신에게도 여전히 로맨스의 가능성이 남아 있길 바란다. 비록 뉴욕에서의 여름(이 소설의 내용이 되는 일련의 사건들)이 파국으로 마무리되었다고 해도, 그는 개츠비에게서 목격한 희망 실현의 가능성이란 것이 자신에게도 존재하리라고 믿고 싶어 한다. 아마도 그 희망이란 일정한 직업도 없이 방황하는 젊은이라도 개츠비처럼 혼자 힘으로 엄청난 경제적 성공을 이룰 수 있고, 한 여성과 완벽한 사랑에 빠질 수 있으며, 미래를 낙관할 수 있다는 식의 희망일 것이다. 실제로 이 소설의 후반부에 이르면, 닉은 별다른 주저 없이 개츠비에게 자신의 감정을 이입시킨다. 보수적 집안에서 자라난 닉이 오히려 개츠비가 자신의 친척인 데이지와 불륜 관계를 맺도록 도울 정도가 된 것이다.

닉이 개츠비에 대한 해석에 자신의 욕망을 투사하려는 모습은 어떤 면에서는 불가피해 보이고 심지어 자연스럽다는 느낌마저 든다. 닉과 독자들이 개츠비를 알아 가는 과정은 답이 없는 질문과 모순, 다양한 해석이 가능한 상황 등으로 꽉 차 있는 소설 속 배경들을 거쳐 가며 진행되기 때문이다. 달리 말하자면, 이 소설을 해석하려면 독자들은 자신만의 어떤 의미들을 소설의 세계 전체에 투사하지 않으면 안 된다. 그것이 《위대한 개츠비》라는 소설이 독자들에게 행사하는 영향력이다.

《위대한 개츠비》와 관련하여 이해가 안 된다며 학생들이 자주 제기했던 의문들을 다음과 같이 정리해 보았다. 짧게 간추린 게 이 정도다. 말하자면, 이 텍스트에서 불확정적인 내용이 그만큼 많다는 것이다. 개츠비가 유럽에서 보낸 편지를 받고 나서, 데이지는 왜 톰과 결혼하는가? 개츠비는 데이지가 결혼한 지 불과 석 달 만에 루이빌로 돌아왔는데, 그는 데이지에게 보낸 편지에서 자기가 곧 돌아갈 거라는 이야기를 하지 않은 것인가? 결혼식 전날까지만 해도 톰과의 결혼을 원치 않았던 데이지는 어째서 겨우 석 달 만에 "남편에게 그렇게 반해"(81/118; 4장) 있는 상태로 완전히 변한 건가? 톰의 병적인 외도, 잦은 이사, 만족스럽지 못한 것이 분명한 결혼 생활에도 불구하고, 톰과 데이지가 헤어지지 않는 이유는 무엇인가? 다시 만난 개츠비와 데이지의 관계는 무슨 관계라고 보아야 할 것인가?(여기에 대해 피츠제럴드는 "개츠비와 데이지가 다시 만나 파국에 이를 때까지 두 사람이 형성한 감정적 관계 …에 대해서는 아무런 느낌도, 아는 바도 없었"(Letters 341-342)다고 한다) 닉은 자신이 고향에 두고 온 젊은 여성과 실제로 어떤 사이였는가? 닉과 조던은 서로에 대해 실제로 어떤 감정을 가지고 있는가? 조던은 어떤 부류의 인물인가? 톰의 성차별적·인종차별적 태도에 대해서 이 소설은 분명한 거부 의사를 표하지만, 정작 화자인 닉의 성차별적·인종차별적 언급들에 대해서는 별다른 논평도 없이 오히려 독자로 하여금 그런 관점을 받아들이도록 유도하는 것을 어떻게 보아야 하는가? (예컨대, 3장 63/93쪽에서 "여자의 부정직함이란 그렇게 심하게 나무랄 것이 못 된다"고 언급하는 대목이나, 4장 73/106쪽에서 리무진에 탑승한 "맵시 있게 차려입은 흑인 남자 둘과 여자 하나"가 "거만하게 경쟁이라도 하듯 우리〔개츠비와 닉〕를 향해 달걀 노른자위 같은 눈동자를 굴리는 것을 보고 … 크게 웃음을 터뜨렸다"라고 말하는 부분)《위대한 개츠비》는 부자들에 대한 묘사만큼이나 가난한 사람들에 대한 묘사도 결코 호의적이지는 않은데, 그렇다면 이 텍스트는 반엘리트적이라고 말할 수 있는가? 아니면 그저 인간혐오적일 뿐이라고 보아야 할 것인가? "밤에 잠을 잘 때면 … 〔개츠비의〕 머릿속에서 떠나지를 않"는 "기괴하고 환상적인 생각"(105/149; 6장)이란 과연 무엇인가? (여기에 대해 닉은 독자들에게 말해 주지 않는다.) 이때 '생각conceits'이란 '개념', '환각', '가식적인 표현이나 말투', '자만심' 등의 사전적 의미 가운데 어디에 해당하는가? T. J. 에클버그 의사의 두 눈은 어떻게 이해해야 할까? 이것은 이 소설에 사용된 이미지양식 가운데서도 가장 두드러지는 것 중 하나이지만, 그럼에도 그토록 다양한 해석이 가능한 이유는 무엇인가?

사실, 에클버그 의사의 눈은 이 소설에 수없이 등장하는 모호한 이미지들 가운데 하나일 뿐이다. 즉,《위대한 개츠비》는 온갖 의미를 환기시키는 막연한 표현들로 가득한 소설이며, 그러한 표현들로 묘사된 이미지들은 독자들로 하여금 자신만의 의미를 투사하여 해석하도록 유도한다. 예를 들어, "옅은 금빛 향기"나 "진한 향기"(96/138; 5장)란 게 대체 무엇인가? "어렴풋한 희망의 빛"이 "〔축축하다damp〕"는(29/48; 2장) 말은 무슨 뜻인가? 개츠비의 "푸른 정원"(43/66; 3장)이나 "푸른 페인트로 주욱 그어 내린 것"(90/130; 5장)처럼 데이지의 뺨으로 흘러내린 머리카락 한 가닥은 어떻게 보아야 할까? "더위를 뚫고 나아가려고 안간힘을 쓰"는 데이지의 목소리는 어떻게 "그 무의미함에 소리의 형체를 부여"할 수 있으며(125/176; 7장), 그렇게 해서 형체가 얻어진 것은 어떤 모습을 하고 있는가? 덧붙이자면, 닉이 '형언하기 어려운', '말할 수 없는', '말로 표현할 수 없는', '설명할 수 없는' 같은 낱말들을 빈번하게 사용하는 것을 볼 때, 그는 대상을 구체적으로 자세하게 표현할 능력이 없음을 자인하는 셈이다. 그러한 어휘 선택이 만들어 내는 다양한 해석의 여지는 "그렇게 낯익지는 않지만 그래도 알아볼 수 있는 표정이 다시 개츠비의 얼굴에 돌아왔다"(141/198; 7장)라는 문장에서 극에 달한다. 화자인 닉이 자기 마음속에 떠오른 것들을 정의할 수도, 전달할 수도, 말로 표현할 수도, 설명할 수도 없다면, 그가 말하는 것들의 의미는 독자들이 스스로 상상해야 한다. 바로 그러한 텍스트 내부의 간극이 독자들로 하여금 텍스트에 자신의 경험과 욕망을 투사하도록 유도함으로써 의미 형성에 기여하는 것이다.

《위대한 개츠비》의 불확정성을 단적으로 말해 주는 증거는, 이 책에서 소개한 어떤 이론으로도《위대한 개츠비》를 쉽게 해석할 수 있다는 사실일 것이다. 독자들이 자신만의 믿음과 욕망을 투사하지 않을 경우, 남는 것은 의미의 불확정성과 도덕적 모호함으로 가득한 세계뿐이다. 그 정도로《위대한 개츠비》에는 미리 결정되어 있는 의미가 별로 없다. 아무리《위대한 개츠비》에 대한 어떤 훌륭한 해석을 제시한다 해도, 나 자신을 비롯한 대부분의 독자들은 그보다 더 탁월한 해석을 요구하기 마련이다. 이런 맥락과 관련하여 흥미롭게 살펴볼 수 있는 것이 제이 개츠비에 대한 최근의 평가들이다. 개츠비는 양면성을 지닌 인물로 형상화되어 있음에도, 최근 들어서는 개츠비를 낭만적 영웅으로 이해하려는 비평가들이 늘어나는 추세다. 그러한 평가 가운데 몇 가지만 소개할까 한다.

　매리어스 뷰리에 따르면, 개츠비는 "열망과 선의로만 이루어진 인물"[25]이자 "미국인들이 동경하는 낭만적 영웅의 화신"[14]이다. 개츠비는 "싸구려 천박함"에 "마지막까지 물들지 않은 면역력"과 "그것에 저항하는 영혼의 에너지"를 상징하는 인물이라는 것이다.[13] 제프리 하트Jeffrey Hart 또한 개츠비가 "대표적인 미국의 영웅"[34]이라는 데 동의하며, 찰스 내시Charles C. Nash는 "에머슨Emerson의 〈개인의 무한성Infinitude of the Private Man〉"을 "가장 잘 나타내는 인물이 제이 개츠비다. 그에게선 모든 것이 가능하다"[23]라고까지 말한다. 앤드루 딜런은 개츠비가 "신성한 힘"[61]으로 충만한 인물이라고 생각하며, 켄트 카트라이트Kent Cartwright는 개츠비의 "꿈이 … 그를 고귀하게 만든다"고 본다. 한편 톰 버넘에 따르면, 개츠비는 "자신을 둘러싼 타락에도 불구하고 결국 타락하지 않음으로써 온전히 자신을 건전하게 지켜 내는 인물"[105]이다. 비슷한 맥락에서 로즈 에이드리언 갤로는 개츠비를 끝까지 "자신의 순수성을 유지한"[43] 인물로 평가하며, 앙드레 르 보Andre Le Vot는 개츠비가 "근본적인 진실성"과 "영혼의 순결성"을 결코 잃지 않았다고 쓰고 있다. 심지어 개츠비의 어두운 면모를 인정하면서도 이를 옹호하려는 견해도 눈에 띈다. 카트라이트에 따르면, "개츠비가 범죄자이면서도 낭만적 영웅일 수 있는 이유는 전통적인 것을 초월하는 어떤 예언자적인 도덕 기준, 즉 개츠비가 자신의 삶을 통해 긍정할 수 있는 그만의 도덕 기준을 책《《위대한 개츠비》》에서 마련해 주기 때문이다."[232] 앤드루 딜런은 세속성과 영성이 공존하는 개츠비라는 인물의 진면목을 "쾌락을 추구한 성자"[50]라는 표현으로 요약하기도 했다.[5] 물론 닉이 개츠비를 옹호하다 보니 독자들도 덩

---

[5]　비슷한 관점에서 개츠비를 바라보는 견해로는 참고문헌에 제시된 Chase, Gross, Moore, Stern, Trilling의 글 참고.

달아 개츠비에게 호의적인 감정을 갖게 된 것일 수도 있다. 그런데 닉이 제시한 개츠비와 관련된 부정적인 정보들의 총량과 그 종류를 감안할 때, 앞서 소개한 비평가들이 개츠비에게서 긍정적인 모습만을 보는 데는 뭔가 다른 요인들이 추가로 있을 것이다. 바꾸어 말하면, 아무리 닉이 개츠비에게 공공연히 면죄부를 줌으로써 그에 대한 독자들의 비난을 차단하려 해도, 어쨌든 그는 화자로서 독자들이 개츠비에 대한 호의적 평가를 문제 삼기에 이미 충분한 양의 정보를 제공하고 있다. 실제로 비평가들은 닉이 과연 신뢰할 만한 화자인지를 두고 논쟁을 벌이기도 했는데, 이 사실은《위대한 개츠비》가 갖는 불확정성의 차원을 다시 한 번 증명하는 것이기도 하다.[6]

개츠비의 훌륭한 면모에만 주목하고 그의 어두운 면에 대해서는 수많은 증거들에도 불구하고 눈을 감는 최근의 추세를 설명할 수 있는 한 가지 방법은, 다수의 독자들이 공유하는 어떤 개인적 신념이나 욕망에 개츠비가 부응하는 면이 있다고 보는 것이다. 이 같은 견해에 따르면, 독자들로 하여금 개츠비를 완전히 긍정적인 시각에서 바라보도록 부추기는 것도 그러한 신념이나 욕망이다. 이와 관련하여 나는 개츠비를 이상화하는 비평가들에게서 하나의 공통점을 발견했다. 그 공통점이란, 그들 대부분은 자신이 생각하는 '타락하지 않은 과거의 미국'을 이상화하고 있으며, 개츠비가 바로 그것을 대표하는 인물이라고 믿는다는 점이다. 이렇게 생각하는 독자들에게 개츠비는 오염되지 않은 미국을 상징하는 인물로, 마이어 울프심과 톰 뷰캐넌 같은 사람들은 미국을 더럽힌 이기적이고 천박한 인물로 간주된다.

이를테면, 리처드 체이스Richard Chase는 개츠비가 내티 범포 다섯 권으로 된 제임스 페니모어 쿠퍼 James Fenimore Cooper의 연작소설 《가죽 스타킹 이야기Leatherstocking Tales》(1823~1841)의 주인공, 허클베리 핀, 이슈메일 《모비 딕》의 주인공 등과 "순수

---

[6] 닉의 관점을 신뢰할 수 있다고 보는 비평가들로는 Baxter, Dillon, Nash 등이 있다. 반면, 닉의 관점을 신뢰해서는 안 된다고 보는 비평가들로는 Cartwright, Chambers, Scrimgeour 등이 있다.

에 대한 이상, 탈출, 순전히 개인적인 행동 규칙"을 공유한다는 점에서, 개츠비를 "과거의 어떤 목가적 이상"의 일부로서 이해한다.(301) 비슷한 맥락에서 매리어스 뷰리는 데이비 크로켓Davy Crockett이 1836년에 묘사한 "새벽녘에 꿈을 꾸고 아침까지 노래하는, 변경 개척지의 젊은 멋쟁이"가 "개츠비의 조상에 해당한다"고 주장한다.(128) "'재즈시대'가 갖는 매력의 한계를 개츠비의 낭만주의가 초월할 수 있었던 것도 그러한 전통적 미국인의 혈통 덕분"(같은 곳)이라는 것이다. 따라서 개츠비는 이제 "아메리칸드림의 진정한 상속자"(같은 곳)로 간주된다. 여기서 말하는 아메리칸드림이란, 미국 사회의 심장부 쪽으로 경계를 계속 넓혀 온 '도덕적 황무지'로 말미암아 타락하게 되기 이전의 '순수한' 아메리칸드림을 뜻한다. 그런 점에서 보면, '강인한 개인'(외톨이, 비순응주의자, 반항적 이단아 등의 유형으로 나뉜다)[3장 참고]을 떠받드는 미국의 이데올로기가 결국 수많은 독자들로 하여금 개츠비라는 인물에게서 미덕만을 보도록 만든다고 주장할 수도 있을 것이다.

이와 반대로,《위대한 개츠비》의 배경이 되는 '재즈시대'를 굳이 '타락하지 않은 과거의 미국'과 대비시키지 않는 비평가들의 대부분은 개츠비를 이상화하지 않는다. 예컨대, 에드윈 퍼셀Edwin Fussell은 피츠제럴드가《위대한 개츠비》를 통해 아메리칸드림과 미국인을 대표하는 제이 개츠비를 의도적으로 맹렬히 비판한 것이라고 이해한다. 퍼셀과 마찬가지로, 매슈 브루콜리나 다이슨A. E. Dyson 역시 개츠비가 자신이 살아가는 세계의 타락을 결코 초월하지 못할 뿐 아니라, 오히려 그러한 타락을 공유한다고 본다. 정리하자면, 개츠비에 대한 비평가들의 개츠비 해석은 대부분 미국의 과거를 어떻게 이해하는지에 따라 달라지는 듯하다. 한때나마 미국은 순수성을 지니고 있었다는 믿음을 가진 비평가라면, 영원히 사라진 오염되지 않은 과거를 대표하는 인물로서 개츠비를 바라볼 가능성이 높다는 것이다. 어쨌든 개츠비를 이상화하는 비평가들이 개츠비의 어두운 이면을 아예 무시하거나 그에 대해 적극적으로 변명하려는 모습은, 텍스트에 투사된 독자 자신의 믿음과 욕망이 (적어도 텍스트가 그러한 투사를 강하게 유도하는 경우에는) 텍스트상의 증거에 따라 해석을 바로잡으려는 시도보다 더욱 강력하다는 점을 시사한다.

《위대한 개츠비》에서 제시되는, 개츠비에 대한 부정적 인상을 강화하는 정보들을 애써 무시하려는 비평가들의 모습은 텍스트 안에서 언급되는 각종 읽을거리들에 반영되어 있다. 이 읽을거리들은 완독되지 않거나 전혀 읽히지 않아 소기의 목적을 전혀 이루지 못한다. 말하자면, 이 소설에 등장하는 읽을거리들은 독자들에게 현실감을 전해 주지 못한다. 예를 들어, 개츠비의 서재에 있는 책들은 뜯지도 않은 채로 꽂혀 있다. 그러니까 아무도 읽지 않은 책들이라는 말이다. 조던이 톰 뷰캐넌에게 읽어 주던 잡지 기사는 "다음 호에 계속됩니다"(22/40; 1장)라는 말만 남기고 마무리되지 않는다. 그런데 조던은 이미 그 잡지에 흥미를 잃은 상태였기 때문에 기사가 계속 이어져도 결과는 같았을 것이다. 그녀가 "속삭이는 듯하면서 높낮이의 변화가 없는"(22/33; 1장) 목소리로 읽고 있는 것을 보면, 그렇다. 톰과 머틀이 침실에서 나오길 기다리며 닉은 대중소설을 읽지만, 그는 소설의 내용이 "무슨 얘기인지 통 알 수가 없었다."(34/54; 2장) 해외 체류 중이던 개츠비가 데이지에게 편지를 보낸 목적은 아마도 그녀가 톰과 결혼하는 것을 막기 위해서였겠지만, 편지는 그 목적을 이루지 못한 채 욕조 속에서 바스라지고 만다. 닉이 개츠비의 장례식에 참석해 달라고 울프심에게 보낸 편지 또한 그 목적을 달성하는 데 실패한다. 개츠비는 뷰캐넌 부부의 소식을 조금이라도 접하고 싶은 마음에 지역 신문들을 샅샅이 뒤지지만, 정작 "그는 톰에 대해 아는 게 거의 없"(84/122; 4장)다. 닉은 증권 판매 업무를 공부하려고 금융과 투자에 관한 책들을 사 모았지만, 별 소용이 없다. 그는 수입이 많지 않다는 사실을 개츠비 앞에서 인정한 뒤(87/126; 5장), 여름이 끝나자 직장을 그만두고 미네소타로 돌아간다. 개츠비가 소년 시절에 자기계발을 위해 작성한 "계획표"(181/251; 9장)는 '호펄롱 캐시디'('좋은 사람'을 상징하는 미국 서부영화 속 카우보이 캐릭터)가 등장하는 책의 뒷장에서 발견되는데, 이는 개츠비가 열심히 일하고 건전하게 생활하며 미래를 준비했음을 말해 준다. 하지만 그는 나중에 범죄자가 된다. 《위대한 개츠비》에서 그나마 제 몫을 하는 유일한 책은 톰이 읽는 《유색인종 제국의 발흥》이다. 그러나 이 책 역시 제 기능을 다했다고 보긴 어렵다. 톰은 《유색인종 제국의 발흥》을 읽기 전부터 지독한 편견에 사로잡혀 있었기 때문이다. 말하자면, 그 책은 톰이 이미 가지고 있었던 인종차별적 태도를 재확인시켜 준 것에 지나지 않는다.

이상의 사례들에서 알 수 있듯이, 《위대한 개츠비》는 텍스트의 무력함을 여실히 보여 주는 소설이다. 텍스트 그 자체는 텍스트의 본래 의도를 구현할 만한 힘이 없다. 텍스트가 아무리 독자들과는 무관한 어떤 의미를 갖고 있다고 해도, 그 의미는 독자들이 투사하는 의미와 대적할 수 없는 경우가 많다. 독자들이 텍스트를 읽으며 경험하는 불확정성의 정도가 커질수록, 의미 형성 과정에서 독자들의 투사가 갖는 힘도 커지기 때문이다.

그 힘은 텍스트에 의해 촉발된 능동적인 읽기 경험과 소설의 주제 내용에 두루 영향을 미친다. 그런 점에서 《위대한 개츠비》는 이와 같은 '투사 projection로서의 읽기' 이론을 구체적으로 보여 주는 소설인 동시에, 독자들로 하여금 독자 자신의 믿음과 욕망을 텍스트에 투사하도록 유도하는 소설이라고 할 수 있다. 이 소설에 대해 수많은 비평가들이 한 마디씩 남겼다는 점을 생각해 보면, '투사로서의 읽기' 이론이 적어도 《위대한 개츠비》의 경우에는 매우 정확하게 들어맞는다고도 볼 수 있을 것 같다.

다음 질문들은 본보기로서 제시되었다. 이 작품들이나 다른 작품을 독자반응이론으로 해석할 때 다음과 같은 질문들을 던져 보면 도움이 될 것이다.

① 윌리엄 포크너의 〈에밀리에게 장미를〉(1931)의 다섯 개 부분을 독자가 각각 읽어 갈 때, 텍스트와 독자 사이의 상호작용이 어떻게 의미를 만드는가? 구체적으로, 소설의 불확정성(가령, 사건, 인물, 혹은 곧바로 충분히 설명되지 않거나 다중적인 의미를 가지는 이미지들)이 해석의 자극제로 어떻게 기능하는가? 소설은 정확히 어떤 방식으로 독자로 하여금 해석을 수정하도록 유도하는가?

② 로버트 헤이든의 〈프레데릭 더글러스Frederick Douglass〉(1947)에 대한 구절 단위 또는 행 단위 분석, 즉 '슬로우 모션' 분석은 이 시를 읽는 독자의 경험에 대해 무엇을 드러내는가? 가령, 시의 메시지에 대한 독자의 이해는 어떻게 반복적으로 지연되는가? 이러한 경험은 시의 주제적 내용에 어떻게 반영되는가? 즉, 이 시 자체가 지연에 관한 시라고 할 수 있는가?

③ 어렸을 때는 좋아했는데(또는 싫어했는데) 최근에 다시 읽은 적이 없는 책을 한 권 골라 보자. 기억이든 일기 내용이든 편지든 지금 활용할 수 있는 과거의 기록들을 동원하여 그 책의 줄거리를 생각나는 대로 요약해 보자. 그리고 철저하게 경험지향적인 반응 진술을 쓰되, 그 책을 처음 읽었을 때의 관점에서 써 보자. 이제 작품을 다시 읽어 보고 현재의 경험지향적인 반응 진술을 적어 보자. 같은 텍스트에 대한 과거와 현재의 두 가지 반응을 서로 비교하고 대조해 볼 때, 반응 분석 진술은 독자가 의미를 만들어 가는 과정에 끼치는 주관적 요인

들(해석 전략의 진화를 비롯한)의 영향에 대해 무엇을 밝혀 주는가?

④ 케이트 쇼팽의 단편소설 〈폭풍〉(1898)은 성과 사랑과 불륜을 다룬다. 그런데 이런 주제들은 독자 대부분이 감정적으로 강하게 반응하는 주제들이다. 첫째, 소설의 요약문을 작성해 보자. 주요 사건들을 나열해 보고 알세와 칼릭스타의 만남이 두 인물과 그들의 가족에게 어떤 영향을 주었는지 설명해 보자. 둘째, 불륜과 관련하여 각자의 경험 또는 견해를 요약해 보자. 셋째, 심리적 독자반응이론의 개념을 활용하여, 두 요약문을 비교해 보자. 그 목적은 소설의 해석이 불륜과 관련된 각자의 경험 또는 견해에 대한 반응인지 그렇지 않은지 확인하기 위함이다. 해석의 원천이 심리적이라는 사실을 확인하기는 어려울지도 모른다. 우리 모두가 해석은 단지 논리적일 뿐, 단지 뻔한 내용일 뿐이라고 생각하는 경향이 있기 때문이다. 만약 그렇다면 문학 과목에서 배운 작품을 이용하여 이 연습을 다시 시도해 볼 수도 있다. 그렇게 해서 동료 학생들의 다양한 해석 반응을 알 수 있을 것이다.

⑤ 토니 모리슨의 《가장 푸른 눈》(1970)에 대한 비평적 반응의 역사는 이 소설에 반응했던 해석 공동체에 대해 무엇을 밝히는가? 성, 인종, 검열과 같은 소재와 관련하여 어떤 가정들 또는 어떤 태도들이 이 해석 공동체의 구성원들에게 영향을 주었는가? 이 가정들과 태도들은 정확하게 어떤 방식으로 그들의 반응에 스며들어 있는가?

≡ **더 읽을거리**

Beach, Richard. *A Teacher's Introduction to Reader–Response Theories*. Urbana, Ill.: NCTE, 1993.

Bleich, David. *Readings and Feelings: An Introduction to Subjective Criticism*. Urbana, Ill.: NCTE, 1975.

Booth, Wayne C. *The Rhetoric of Fiction*. 2nd ed. Chicago, IL and London: University of Chicago Press, 1983.

Fish, Stanley. *Is There a Text in This Class? The Authority of Interpretive Communities*. Cambridge, Mass.: Harvard University Press, 1980. (특히 "Literature in the Reader: Affective Stylistics," 21-67; "Is There a Text in This Class?" 303-321을 볼 것)

Holland, Norman. "Hamlet-My Greatest Creation." *Journal of the American Academy of Psychoanalysis* 3 (1975): 419-427. Rpt. in *Contexts for Criticism*. Donald Keesey. 2nd ed. Mountain View, Calif.: Mayfield, 1994. 160-165.

__________. "Unity Identity Text Self." *PMLA* 90 (1975): 813-822. Rpt. in *Reader–Response Criticism: From Formalism to Post-Structuralism*. Ed. Jane P. Tompkins. Baltimore: The Johns Hopkins University Press, 1980. 118-133.

Mailloux, Steven J. *Interpretive Conventions: The Reader in the Study of American Fiction*. Ithaca, NY: Cornell University Press, 1982.

Phelan, James. *Narrative as Rhetoric: Technique, Audiences, Ethics, Ideology*. Columbus: Ohio State University Press, 1996.

Probst, Robert E. *Response Analysis: Teaching Literature in Secondary School*. 2nd ed. Portsmouth, N.H.: Heinemann, 2004.

Rabkin, Norman, ed. Reinterpretations of Elizabethan Drama. New York and London: Columbia University Press. 1969. (See especially Rabkin's "Foreword," v-x; Hapgood's "Shakespeare and the Included Spectator," 117-136; and Booth's "On the Value of Hamlet," 137-176.)

Rosenblatt, Louise M. *Literature as Exploration*. 5th ed. New York: The Modern Language Association of America, 1995. [루이스 M. 로젠블렛, 《탐구로서의 문학》, 엄해영·김혜리 옮김, 한국문화사, 2006.]

Rosenblatt, Louise M. *The Reader, the Text, the Poem: The Transactional Theory of the Literary Work*. Carbondale, IL: Southern Illinois University Press, 1978. [루이스 M. 로젠블렛, 《독자 텍스트 시: 문학 작품의 상호 교통 이론, 로젠블렛의 반응중심 문학교육론》, 김혜리 옮김, 한국문화사, 2008.]

Tompkins, Jane P. "An Introduction to Reader–Response Criticism." *Reader–Response Criticism: From Formalism to Post-Structuralism*. Ed. Jane P. Tompkins. Baltimore: The Johns Hopkins University Press, 1980. ix-xxvi.

Tyson, Lois. "Using Concepts from Reader-Response Theory to Understand Our Own Literary Interpretations." *Using Critical Theory: How to Read and Write about Literature*. 3rd ed. London and New York: Routledge, 2021. (See especially "The 'Symbolic Leap,'" 28-29, "The Difference between Representing and Endorsing Human Behavior," 29-30, and "Using Our Personal Responses to Generate Paper Topics,"

30-32. See also "Three Questions about Interpretation Most Students Ask," 10-12.)

≡ 중요한 이론서들

Bleich, David. *Subjective Criticism*. Baltimore: The Johns Hopkins University Press, 1978.

Booth, Stephen. *An Essay on Shakespeare's Sonnets*. New Haven: Yale University Press, 1969.

__________. "On the Value of Hamlet." *Reinterpretations of Elizabethan Drama*. Ed. Norman Rabkin. New York: Columbia University Press, 1969. 77-99.

Fish, Stanley. *The Stanley Fish Reader*. Ed. Aram H. Veeser. Malden, MA and Oxford: Blackwell, 1999.

Halsey, Katie. *Jane Austen and Her Readers, 1786–1945*. London and New York: Anthem, 2012.

Holland, Norman. *5 Readers Reading*. New Haven: Yale University Press, 1975.

Iser, Wolfgang. *The Act of Reading: A Theory of Aesthetic Response*. Baltimore: The Johns Hopkins University Press, 1978.

__________. *The Implied Reader: Patterns of Communication in Prose Fiction from Bunyan to Beckett*. Baltimore: The Johns Hopkins University Press, 1974.

Radway, Janice A. *Reading the Romance: Women, Patriarchy, and Popular Literature*. 1984. With a New Introduction by the Author. Chapel Hill, NC and London: The University of North Carolina Press, 1991.

Richards, I. A. *Practical Criticism: A Study of Literary Judgement*. 1929. New York: Harcourt Brace, 1935.

Rosenblatt, Louise. *Making Meaning with Texts: Selected Essays*. Portsmouth, N.H.: Heinemann, 2005.

Tompkins, Jane, ed. *Reader–Response Criticism: From Formalism to Post-Structuralism*. Baltimore: The Johns Hopkins University Press, 1980.

Zunshine, Lisa. *Why We Read Fiction: Theory of Mind and the Novel*. Columbus, OH: The Ohio State University Press, 2006.

≡ 참고문헌

Baxter, Charles. "De-faced America: *The Great Gatsby* and *The Crying of Lot 49*." *Pynchon Notes* 7 (1981): 22-37.

Bewley, Marius. "Scott Fitzgerald's Criticism of America." *Sewanee Review* 62 (1954): 223-246. Rpt. in *Modern Critical Interpretations: F. Scott Fitzgerald's* The Great Gatsby. Ed. Harold Bloom. New York: Chelsea, 1986. 11-27.

Bleich, David. *Subjective Criticism*. Baltimore: The Johns Hopkins University Press, 1978.

Booth, Wayne C. *The Rhetoric of Fiction*. Chicago: University of Chicago Press, 1961. [웨인 C. 부스, 《소설의 수사학》, 최상규 옮김, 예림기획, 1999.]

Bruccoli, Matthew J. "The Great Gatsby (April 1925)." *Some Sort of Epic Grandeur: The Life of F. Scott Fitzgerald*. New York: Harcourt Brace Jovanovich, 1981. 220-224.

__________. "Preface." *The Great Gatsby*. 1925. New York: Macmillan, 1992. vii-xvi.

Burnam, Tom. "The Eyes of Dr. Eckleburg: A Re-Examination of *The Great Gatsby*." *College English* 13 (1952). Rpt. in *F. Scott Fitzgerald: A Collection of Critical Essays*. Ed. Arthur Mizener. Englewood Cliffs, N.J.: Prentice Hall, 1963. 104-111.

Cartwright, Kent. "Nick Carraway as an Unreliable Narrator." *Papers on Language and Literature* 20.2 (1984): 218-232.

Chambers, John B. "The Great Gatsby." *The Novels of F. Scott Fitzgerald*. London: Macmillan, 1989. 91-126.

Chase, Richard. *"The Great Gatsby.": The American Novel and Its Traditions*. New York: Doubleday, 1957. 162-167. Rpt. in The Great Gatsby: *A Study*. Ed. Frederick J. Hoffman. New York: Scribner's, 1962. 297-302.

Conrad, Joseph. *Heart of Darkness*. 1902. New York: Norton, 1988. [조셉 콘래드, 《암흑의 핵심(어둠의 심연, 어둠의 속)》]

Culler, Jonathan. *Structuralist Poetics: Structuralism, Linguistics, and the Study of Literature*. Ithaca, N.Y.: Cornell University Press, 1975.

Dillon, Andrew. "*The Great Gatsby*: The Vitality of Illusion." *Arizona Quarterly* 44.1 (1988): 49-61.

Dyson, A. E. "*The Great Gatsby*. Thirty-Six Years After." *Modern Fiction Studies* 7.1 (1961). Rpt. in *F. Scott Fitzgerald: A Collection of Critical Essays*. Ed. Arthur Mizener. Englewood Cliffs, N.J.: Prentice Hall, 1963. 112-124.

Fish, Stanley. *Is There a Text in This Class? The Authority of Interpretive Communities*. Cambridge, Mass.: Harvard University Press, 1980.

__________. "Literature in the Reader: Affective Stylistics." *New Literary History* 2.1 (1970): 123-162. Rpt. in *Reader–Response Criticism: From Formalism to Post-Structuralism*. Ed. Jane P. Tompkins. Baltimore: The Johns Hopkins University Press, 1980. 70-100.

Fitzgerald, F. Scott. *The Great Gatsby*. 1925. New York: Macmillan, 1992. [F. 스콧 피츠제럴드, 《위대한 개츠비》]

__________. *The Letters of F. Scott Fitzgerald*. Ed. Andrew Turnbull. New York: Scribner's, 1963.

Fussell, Edwin. "Fitzgerald's Brave New World." *ELH, Journal of English Literary History* 19 (1952). Rpt. in *F. Scott Fitzgerald: A Collection of Critical Essays*. Ed. Arthur Mizener. Englewood Cliffs, N.J.: Prentice Hall, 1963. 43-56.

Gallo, Rose Adrienne. *F. Scott Fitzgerald*. New York: Ungar, 1978.

Gross, Barry Edward. "Jay Gatsby and Myrtle Wilson: A Kinship." Excerpted in *Gatsby*. Ed. Harold Bloom. New York: Chelsea House, 1991. 23-25.

Hart, Jeffrey. "'Out of it ere night': The WASP Gentleman as Cultural Ideal." *New Criterion*

7.5 (1989): 27-34.

Holland, Norman. "Unity Identity Text Self." *PMLA* 90 (1975): 813-822. Rpt. in *Reader–Response Criticism: From Formalism to Post-Structuralism*. Ed. Jane P. Tompkins. Baltimore: The Johns Hopkins University Press, 1980. 118-133.

Iser, Wolfgang. *The Act of Reading: A Theory of Aesthetic Response*. Baltimore: The Johns Hopkins University Press, 1978.

Le Vot, Andre. *F. Scott Fitzgerald: A Biography*. Trans. William Byron. Garden City, N.Y.: Doubleday, 1983.

Lowe-Evans, Mary. "Reading with a 'Nicer Eye': Responding to *Frankenstein*." *Case Studies in Contemporary Criticism. Mary Shelley's Frankenstein*. Ed. Johanna M. Smith. Boston: Bedford, 1992. 215-229.

Miller, Arthur. *Death of a Salesman*. New York: Viking, 1949. [아서 밀러, 《세일즈맨의 죽음》]

Moore, Benita A. *Escape into a Labyrinth: F. Scott Fitzgerald, Catholic Sensibility, and the American Way*. New York: Garland, 1988.

Morrison, Toni. *The Bluest Eye*. New York: Holt, Rinehart, and Winston, 1970. [토니 모리슨, 《가장 파란 눈》, 정소영 옮김, 문학동네, 2024.]

Nash, Charles C. "From West Egg to Short Hills: The Decline of the Pastoral Ideal from *The Great Gatsby* to Philip Roth's *Goodbye, Columbus*." *Philological Association* 13 (1988): 22-27.

Phelan, James. *Narrative as Rhetoric: Technique, Audiences, Ethics, Ideology*. Columbus: Ohio State University Press, 1996.

Pichert, J. W., and R.C. Anderson. "Taking Different Perspectives on a Story." *Journal of Educational Psychology* 69.4 (1977): 309-315.

Rabinowitz, Peter J. *Before Reading: Narrative Conventions and the Politics of Interpretation*. Ithaca, N.Y.: Cornell University Press, 1987.

Rosenblatt, Louise. *The Reader, the Text, the Poem: The Transactional Theory of the Literary Work*. Carbondale: Southern Illinois University Press, 1978. [루이스 엠 로젠블렛, 《독자, 텍스트, 시: 문학작품의 상호교통이론》, 김혜리 외 옮김, 한국문화사, 2008.]

Scrimgeour, Gary J. "Against *The Great Gatsby*." *Criticism* 8 (1966): 75-86. Rpt. in *Twentieth–Century Interpretations of* The Great Gatsby. Ed. Ernest Lockridge. Englewood Cliffs, N.J.: Prentice Hall, 1968. 70-81.

Shelley, Mary. *Frankenstein*. London: Lackington, Hughes, Harding, Mavor, & Jones, 1818. [메리 셸리, 《프랑켄슈타인》]

Stern, Milton R. *The Golden Moment: The Novels of F. Scott Fitzgerald*. Urbana, IL: University of Illinois Press, 1970.

Trilling, Lionel. "F. Scott Fitzgerald." *The Liberal Imagination*. New York: Viking, 1950. 243-254. Rpt. in The Great Gatsby: *A Study*. Ed. Frederick J. Hoffman. New York: Scribner's, 1962. 232-243. [라이오넬 트리링, 〈F. 스코트 핏즈제랄드論〉, 《문학과 사회》, 양병탁 옮김, 을유문화사, 1960.]

7장

구조주의 비평

구조주의를 공부하고자 한다면, 먼저 익숙해져야 할 사항이 있다. **구조** structure라는 용어를 사용한다고 해서 모두 구조주의적 작업이 되는 것은 아니라는 사실이다. 예를 들어, 어떤 건물이 물리적으로 견고한지 또는 미학적으로 만족스러운지 밝혀내고자 건물의 물리적 구조를 점검하는 행위를 구조주의적 작업이라고 말하지는 **않는다**. 그러나 기계 건축과 관련된 원칙이나 예술적 형식에 관한 원칙 등 건물들의 얼개를 좌우하는 기본 원리들을 발견하고자 1850년대 미국 도시지역에 지어진 모든 건물의 물리적 구조를 점검하는 일은 구조주의적 작업이라고 볼 수 있다. 하나의 건물을 주의 깊게 살피며 그 얼개가 어떻게 특정한 구조 체계의 기본 원리들을 보여 주는지를 밝히는 것도 구조주의적 작업이다. 구조주의적 작업이라고 말한 첫 번째 사례는 하나의 구조적 분류체계를 만들어 내는 작업이고, 두 번째 사례는 어떤 개별적인 항목이 하나의 특정한 구조적 범주 안에 속해 있는 양상을 보여 주는 작업이다.

이 같은 구조주의적 작업은 문학 연구에도 똑같이 적용될 수 있다. 어떤 단편소설을 분석한다고 할 때, 그 소설이 무엇을 의미하는지를 해석하거나 좋은 작품인지 아닌지를 평가하려는 목적에서 소설의 구조를 묘사하는 일은 구조주의적 작업이 아니다. 그러나 서사 전개(줄거리상의 사건들이 발생하는 순서에 관한 원리)나 인물 형상화(전체적인 서사에 맞추어 각 등장인물이 수행하는 기능에 관한 원리) 등 이야기의 얼개를 좌우하는 기본 원리들을 발견하고자 수많은 단편소설들의 구조를 점검하는 작업은 구조주의적 작업이다. 그리고 단일한 문학작품의 구조를 묘사하면서 그 얼개가 어떻게 특정한 구조 체계의 기본 원리들을 보여 주는지를 밝히는 일 역시 구조주의적 작업이라고 할 수 있다.

다른 말로 하자면, 같은 종류의 항목들을 모두 조직하고 근거 짓는 구조들에 대해 알아보고자 개별 항목들을 검토하는 경우가 아니라면, 구조주의자들은 개개의 건물이나 문학작품(또는 종류를 막론한 개별적 현상)에는 관심을 갖지 않는다. 왜냐하면 구조주의는 인간의 모든 경험 및 그에 따른 모든 행동과 생산의 토대를 이루는 기본 구조들을 체계적인 방식으로 이해하고자 노력하는, 일종의 인간과학human science을 자임하기 때문이다. 그렇기 때문에 구조주의를 하나의 학문 분야로 생각해서는 안 된다. 오히려 구조주의는 인간 경험을 체계화하는 하나의 방법론으로서, 언어학·인류학·사회학·심리학·문학 연구 등 서로 다른 다양한 학문 분야들에서 고루 활용된다.

구조주의에 따르면, 우리가 알고 있는 이 세계는 보이는 것과 보이지 않는 것이라는 두 가지의 기본 층위로 되어 있다. 보이는 세계는 이른바 **표면 현상들**surface phenomena로 이루어져 있는데, 표면 현상들은 우리가 일상에서 관찰하고 참여하며 상호작용하는 모든 대상이나 활동, 행동 방식 등을 포괄한다. 반면 보이지 않는 세계는 구조들로 이루어져 있는데, 구조들은 그러한 모든 표면 현상들의 근거와 토대를 이루고 체계적으로 조직해 냄으로써 우리가 그러한 현상들을 이해할 수 있도록 해 준다. 영어를 예로 들어 보자. 영어에는 백만 개가 넘는 낱말들이 있지만, 낱말 하나하나는 말하는 사람의 수만큼이나 다양한 방식으로 발음될 수 있기 때문에 그 자체만으로도 각기 다른 수백만 개의 발화를 낳을 수 있다. 이러한 개별 언어 항목들을 한데 모으면 그 수는 더욱 엄청날 텐데, 영어를 모국어로 쓰는 사람들은 어떻게 그 많은 항목들을 습득하여 상당히 높은 교양 수준에서, 그리고 어린 나이에 모두와 효과적으로 의사소통할 수 있는가?

대답은 아주 간단하다. 언어의 개별적인 표면 현상들은 수백만 개(개별 낱말들, 그리고 사람들이 그 낱말들을 발음하는 상이한 방식들)가 있겠지만, 이 모든 낱말을 근거 짓는 것은 비교적 단순한 하나의 구조이며, 우리가 습득하는 것은 바로 그러한 구조이기 때문이다. 영어 어휘의 구조는 대략 31개의 음소들(언어에서 '음소phoneme'란 해당 언어를 모국어로 사용하는 사람들이 유의미한 소리로 인정하는 소리의 기본 단위를 뜻한다)과 이 음소들의 결합 규칙들로 이루어져 있다. 우리 대부분은 이 음소들을 인지하지 못하고 음소들의 결합 규칙도 설명할 수 없지만, 그럼에도 우리가 영어 어휘들을 구사할 수 있다는 사실은 이러한 구조들이 우리 안에 이미 내면화되어 있음을 증명하는 것이다. 간단한 문장을 만들어 내는 능력도 이와 비슷한데, 이러한 능력은 주어-동사-목적어로 이어지는 영어의 문법 구조가 우리의 인지 여부와는 상관없이 내면화되면서 주어지는 것이다. 의사소통을 지배하는 구조 체계가 없다면, 우리는 어떠한 언어도 갖지 못할 것이다. 마찬가지로, 있는 그대로의 세계를 조직하고 이해할 수 있도록 구조화하는 원리들이 없다면, 우리의 오감에 주어진 자료들은 그 양이 너무나 엄청나서 오히려 무의미해질 것이다. 채소를 예로 들자면, 구조화 원리는 우리가 그 원리를 인지하든 못하든 상관없이 채소(흙에서 자라고 번식하며 인간이 먹을 수 있다)를 돌(자라지 않고 번식도 안 하며 먹을 수도 없다)이나 그 밖의 모든 실제 물질들과 구별할 수 있도록 해 준다. 또한 약효가 있는 식물의 생태와 독성이 있는 식물의 생태, 그리고 그 중간에 해당하는 식물의 생태를 우리가 각각 구별할 수 있는 것처럼, 구조화 원리는 우리로 하여금 어떤 특정한 영역에 속해 있는 집단들 사이의 차이도 구별할 수 있도록 해 준다. 열거한 사례들에서 알 수 있듯이, 우리가 살아가는 세계는 셀 수도 없이 많은 사건과 물체들, 다시 말해 수많은 표면 현상들로 이루어져 있다. 그러나 이러한 현상들을 조직하고 그 근거를 이루는 구조들은 상대적으로 극히 적은 편이다. 이러한 구조들이 없다면 이 세상은 아주 혼란스러울 것이다.

그렇다면 이 같은 구조들은 어디에서 비롯되는가? 구조주의자들은 구조가 인간의 정신에 의해 형성되며, 인간의 정신은 구조화 기제일 것이라고 생각한다. 이러한 견해가 근본적 차원에서 중요한 이유는, 우리가 인식하는 세계의 질서란 곧 우리가 세계에 부과한 질서라는 뜻이 이 안에 담겨 있기 때문이다. 바꾸어 말하면, 세계 안에 존재하는 구조들을 먼저 지각한 다음에 그것을 바탕으로 세계를 이해하게 되는 것은 아니라는 말이다. 우리가 지각한다고 믿는 이 세계의 구조들이란 사실 인간 의식 본유本有의(선천적인) 구조물이며, 우리는 이 구조들을 세계에 투사함으로써 세계와 관계할 수 있게 된다. 실제의 현실이란 것이 없다는 말이 아니다. 오히려 지각하기 불가능할 정도로 워낙 많은 사실들이 존재하기 때문에 그 사실들을 조직하고 그 한계를 설정하는 개념적 체계가 있어야만 한다는 것이다. 그러한 개념적 체계들의 기원은 인간 의식 내부에 있다는 점에서 구조주의는 인간이라는 종, 곧 인류humankind에 관한 과학임을 자부한다. 수학, 생물학, 언어학, 종교, 심리학, 문학 등 어떠한 영역이든지 간에 이 세계 속 표면 현상들의 근거를 이루는 구조들을 발견하려는 노력은 곧 인간 의식의 선천적 구조들에 관한 무언가를 발견하려는 노력을 함축하기 때문이다.

더 깊이 들어가기 전에 일단 구조주의에서 **구조**structure라는 말을 어떻게 정의하는지 살펴볼 필요가 있다. 먼저, 앞서 밝혔듯이 구조는 물질적인 실체가 아니다. 구조는 그러한 물질적 실체들을 조직하고 이해하는 데 사용하는 개념적 체계이다. 개념적 체계로서 하나의 구조는 어떤 식으로든 다음의 세 가지 속성을 갖고 있기 마련이다. 전체성wholeness과 변형transformation, 그리고 자기규제self-regulation가 그것이다.

먼저, **전체성**은 간단하게 말해 체계가 하나의 단위로서 기능한다는 것을 뜻한다. 체계는 독립된 항목들을 한곳에 모아 두는 것만으로 이루어지지 않는다. 전체가 부분들의 총합과 다른 이유는, 부분들이 한데 어울려 작동하면서 무언가 새로운 것을 만들어 내기 때문이다. 이런 사례는 자연에서도 찾을 수 있는데, 물은 그 구성 요소인 수소 및 산소와는 다른 하나의 전체이지 않은가. 다음으로, **변형**은 체계가 정적이지 않다는 것을 뜻한다. 구조는 역동적이며 변화를 일으킬 수 있다. 체계는 단지 하나의 구조(명사)로 그치지 않고 스스로 구조화하기도 한다(동사). 바꾸어 말하면, 새로운 자료는 언제나 체계에 의해 구조화된다. 언어를 예로 들면, 언어는 기본 구성 요소들(음소)의 조합을 변형시켜 새로운 발화(낱말과 문장)를 만들어 낼 수 있다는 점에서 하나의 구조 체계라고 할 수 있다. 마지막으로, **자기규제**는 하나의 구조에서 진행되는 변형이 그 구조 체계 자체를 넘어서 나아가지는 않는다는 것을 뜻한다. 변형으로 야기된 새로운 요소들(이를테면 새로운 언어적 발화)은 항상 체계 안에 속하면서 체계의 법칙을 따른다.

우리가 체계의 존재를 의식하든 의식하지 못하든 상관없이, 구조주의는 모든 표면 현상들이 어떤 구조 체계에 속해 있음을 전제로 한다. 표면 현상들과 구조의 관계는 다음의 간략한 〈표 7-1〉로 설명할 수 있다.

| 표 7-1 |

표면 현상들	낱말들	개 나무 수전 구름 지혜	달리다 ~로 보이다 ~이다 구르다 오다	즐겁게 초록빛 크다 불길하게 천천히
구 조	품 사	명사	동사	꾸밈말(관형사나 부사)
	결합 규칙	주부主部 +	술부述部	

표면 현상들의 가로줄을 왼쪽에서 오른쪽으로 읽으면, "개가 즐겁게 달린다", "나무들이 초록빛으로 보인다" 등과 같은 개별 발화들의 목록이 만들어진다. 반면 그림 전체의 세로줄을 위에서 아래로 읽으면, 서로 다른 15개 항목으로 이루어져 있고 더 많은 항목의 추가도 가능한 표면 현상들이 여기서는 고작 세 가지 품사와 두 가지 결합 규칙만으로 이루어진 하나의 구조에 의해 지배된다는 사실을 알 수 있다. 즉, "개가 즐겁게 달린다"라는 발

화(또는 동일한 문법 모형에 따르는 아무 발화)는 다음과 같은 구조의 지배를 받는 하나의 표면 현상인 것이다.

주부(명사) + 술부(동사 + 꾸밈말)

하나의 구조를 이루는 구성 성분들(이 경우에는 품사와 결합 규칙)은 표면 현상의 기초를 이루며, 그 수는 항상 표면 현상들의 수보다 적기 마련이다. 구성 성분의 목적은 조직하고 분류하며 단순화하는 것이기 때문이다.

지금까지 언급한 사례들은 대부분 언어와 관련된 것들이다. 언어는 인류의 가장 근본적인 구조로 여겨지며 다른 구조들이 언어에 의존한다는 점을 생각하면, 이는 그리 놀라운 일도 아니다. 실제로 구조주의에서 쓰이는 용어들 대부분이 구조언어학structural linguistics이라는 분야에서 파생되었다. 그러한 의미에서 구조언어학 분야를 간단하게나마 살펴볼 필요가 있다.

구조언어학

구조언어학은 페르디낭 드 소쉬르Ferdinand de Saussure가 1913년에서 1915년 사이에 진행한 작업에 바탕을 두고 발전한 분야이지만, 1950년대 후반까지는 그의 작업이 영어로 번역되지 않았고 널리 알려지지도 않았다. 소쉬르가 등장하기 전까지 언어는 시간의 흐름에 따라 개별 낱말들에 나타난 변화의 역사라는 측면에서, 곧 **통시적**diachronic 관점에서만 연구되었다. 이때 낱말들은 이유야 어떻든지 간에 각 낱말이 상징하는 사물을 모방한다고 여겨졌다. 그런데 소쉬르는 언어를 제각각 변화해 온 역사를 지닌 개별 낱말들의 집합으로서가 아니라, 주어진 어떤 시점에서 사용되는 낱말들 사이의 관계로 이루어진 하나의 구조 체계, 다시 말해 공시적synchronical 관점에서 파악한 체계로서 이해할 필요가 있음을 깨달았다. 구조주의는 이 부분에 초점을 맞춘다. 구조주의는 언어(또는 그 어떤 현상이든지)의 원인이나 기원을 탐색하는 것이 아니다. 구조주의는 언어를 근거 짓고 그 기능을 좌우하는 규칙들을 탐색한다. 즉, 구조주의는 구조를 탐색한다.

언어를 지배하는 구조와 그 구조의 표면 현상들인 무수한 개별 발화들을 구별하고자, 소쉬르는 언어의 구조를 **랑그**langue('언어'를 뜻하는 프랑스어), 사람들이 말할 때 생겨나는 개별 발화들을 **파롤**parole('말'을 뜻하는 프랑스어)이라고 각각 명명했다. 구조주의자들에게는 당연히 랑그가 진정한 연구 대상이며, 파롤은 랑그를 드러내는 경우에만 관심의 대상이 된다. 문학을 연구하는 구조주의자들 또한 이 용어를 사용하는데, 뒤에서 살펴보겠지만 구조주의 비평가들은 개별 문학작품들을 구조화하는 랑그, 그리고 전체적인 문학 체계를 구조화하는 랑그를 탐색한다.

앞에서 본 것처럼, 하나의 구조를 이루는 구성 요소들은 독립된 항목들을 단순히 모은 것이 아니다. 구성 요소들은 어떤 단위를 형성하여 작동하게 되는데, 왜냐하면 각 요소는 다른 요소와의 관계 속에서만 존재하기 때문이다. 이 요소들은 상호작용한다. 이러한 구성 요소들을 인식할 수 있는 이유는 단 하나, 바로 요소들 사이에 나타나는 차이를 인식할 수 있기 때문인데, 소쉬르는 언어 구조의 관점에서 이 점에 주목했다. 여기서 **차이**difference가 의미하는 바는 단순하다. (물체, 개념, 소리 등과 같은) 어떤 실체를 식별하는 능력은 해당 실체와 다른 실체들 사이에서 인식되는 차이에 근거한다는 것이다. 예컨대 모든 물체가 같은 색을 띠고 있다고 생각하면, **빨강**이라는 말은 불필요할 것이다(**파랑**이나 **초록**이라는 말도 마찬가지다). 빨강이 빨강일 수 있는 것은 빨강이 파랑이나 초록과는 다르다는 것을 지각할 수 있을 때뿐이다. 구조주의에 따르면 인간의 정신은 상반되는 것들의 관계, 곧 구조주의자들이 **이항대립**binary oppositions이라고 부르는 관계 속에서 차이를 가장 쉽게 인식할 수 있다. 직접적으로 대립하는 두 가지 개념은 상호 간의 대립 관계를 통해 이해할 수 있다는 뜻이다. 아래의 반대로서 위를 이해하고, 남성의 반대로서 여성을 이해하며, 악의 반대로서 선을 이해하고, 흰색의 반대로서 검정색을 이해하는 것 등이 그러한 예다.

더 나아가 소쉬르는 앞선 연구자들과 달리, 낱말은 단순히 그 낱말이 나타내는 실제 대상을 가리키는 것이 아니라고 주장했다. 오히려 하나의 낱말은 **기표**signifier(**시니피앙**signifiant)와 **기의**signified(**시니피에**signifié)라는 분리 불가능한 두 부분이 마치 동전의 양면처럼 이루어져 있는 하나의 언어적 **기호**sign라는 것이다. 기표는 '소리 이미지'(말의 소리가 머릿속에 각인된 것)이고, 기의는 기표가 가리키는 개념이다. 그러므로 하나의 낱말은 순전한 소리 이미지(기표)도, 순전한 개념(기의)도 아니다. 하나의 소리 이미지는 하나의 개념과 연계되어야만 비로소 하나의 낱말이 되기 때문이다. 게다가 소쉬르가 관찰한 바에 따르면, 기표와 기의의 관계는 자의적이다. 주어진 소리이미지와 그것이 지시하는 개념 사이에는 어떠한 필연적인 연관도 없다는 말이다. 나무라는 개념이 'tree'〔영어〕나 'arbre'〔프랑스어〕 대신 '나무'라는 소리 이미지로 나타나야 할 이유는 없다. 바꾸어 말하면, 책이라는 개념은 '책' 외에도 'book'〔영어〕이나 'livre'〔프랑스어〕라는 소리 이미지로도 나타날 수 있는 것이다. 기표와 기의의 관계는 단지 사회적 관습의 문제일 뿐이며, 이것은 어디서든 마찬가지다.

기표, 곧 언어의 소리 이미지가 가리키는 것이 실제 사물이 아니라 머릿속에 존재하는 개념이라는 인식, 이것이야말로 구조주의에서 매우 중요한 대목이다. 앞서 언급한 것처럼, 구조주의자들은 세계에 대한 우리의 지각이 인간 의식의 선천적 특징인 개념적 체계에서 비롯된 결과물이라고 생각한다. 우리는 세계를 발견하는 것이 아니라, 인간 정신에 미리 내재되어 있는 구조들에 따라 세계를 '창조'한다는 것이다. 이러한 구조들의 가장 근본적인 요소가 언어이고, 한 세대에서 공유되는 신념들을 다음 세대로 전승하는 통로 역시 언어라면, 우리는 주어진 세계를 이해하고 인식하는 법을 언어를 통해 배우게 된다고 말할 수 있다. 새로운 언어를 배우면 해당 언어와 더불어 새롭게 세상을 보는 방식을 잠재적으로 익히게 되는 것도 바로 그러한 이유에서다.

　예를 들어, 영어를 모국어로 삼는 화자가 에스키모어로 말하는 법을 배우게 되면, 전혀 다르게 생긴 눈〔雪〕을 어떻게 식별하는지를 배울 것이다. 영어의 'snow'(눈)에 해당하는 말이 에스키모어에서는 눈송이의 크기와 질감, 내리는 눈의 밀도, 눈이 내리는 각도와 눈바람이 몰아쳐 오는 방향 등에 따라 다양하게 존재한다는 사실을 알게 될 테니 말이다. 마찬가지로 영어 모국어 사용자가 스페인어를 익히면, 인간 존재에 대한 개념을 새로운 관점에서 볼 수 있을지도 모른다. 영어의 '~이다/있다'(to be)에 해당하는 말이 스페인어에서는 'ser'와 'estar'라는 두 가지 낱말로 나뉜다는 사실을 배우기 때문이다. 'ser'는 말하는 사람의 변치 않는 무엇을 나타낼 때 쓰인다. "나는 인간이다" "나는 여자다" "나는 멕시코 사람이다" 등의 의미에서는 'ser'를 사용한다. 반면 'estar'는 말하는 사람의 유동적인 상태와 관련된 진술에서 쓰인다. "나는 슈퍼마켓에 있다" "나는 택시 기사다" 등의 문장에서처럼 말이다. 그런데 "나는 배고프다"나 "나는 졸립다" 같은 문장에서는 'ser'와 'estar' 어느 쪽도 쓰지 않는데, 왜냐하면 스페인어에서는 이런 것들이 존재의 상태와는 무관하다고 간주하기 때문이다. 스페인어에서 이러한 경우는 'tengo hambre'(나는 배고프다)나 'tengo sueno'(나는 졸립다)와 같은 식으로 배고픔이나 졸림이 있다has고 표현할 뿐, 존재의 어떤 상태로 여기지는 않는다. 이렇듯 우리는 특정한 언어를 말하면서 각자의 경험에 담긴 특정한 양상들에 주목하게 되며, 더 정확히는 그와 같은 특정한 경험들을 해당 언어가 생산한다고 말할 수 있다. 바꾸어 말하면 우리가 사용하는 언어는 세상 및 우리 자신에 대한 경험을 **매개**mediate하며, 우리가 주변을 둘러보고 자신을 성찰할 때 만나게 될 것들을 결정한다.

인간 경험을 구조화하는 데 작용하는 언어의 우선성에 대한 믿음은 인간 문화를 공부하는 학생들에게 크게 도움이 된다. 문학에 대한 구조주의적 접근을 살펴보기에 앞서, 문화연구 가운데서도 구조주의적 사유가 결정적 역할을 담당하는 두 가지 관련 분야를 잠깐 짚고 넘어가자. 하나는 인간 문화에 대한 비교연구인 구조인류학이고, 다른 하나는 기호체계, 특히 대중문화 분석에 사용되는 기호체계를 연구하는 기호학이다. 두 분야에 똑같이 나타나는 구조주의적 작업을 참고하면 구조주의의 기획을 전체적으로 파악하는 데 유용할 뿐 아니라, 그 기획이 문학에 적용되는 양상을 더 잘 이해할 수 있는 발판을 마련할 수 있다.

구조인류학

구조인류학structural anthropology은 1950년대 후반 클로드 레비스트로스 Claude Levi-Strauss가 창안한 학문으로서, 문화라는 표면 현상들 사이에 존재하는 차이들과 무관하게 그 안에 속한 모든 인간 존재를 연계시키는 근본적인 공통분모, 곧 구조를 탐색하는 학문이다. 공동체적 삶의 중요한 단면들을 표현하는 의례 형식들은 다양한 문화가 존재하는 만큼이나 매우 다양하긴 하지만, 배우자 선택이나 친족관계, 성인기로의 이행 등을 보면 모든 인간 문화에는 일종의 공식화된 절차가 공통적으로 존재하는 것 같다. 시련재판試鍊裁判(예를 들어 식량이나 옷가지, 무기 같은 것 없이 정해진 기간만큼 황야에서 혼자 힘으로 살아남아 돌아오는지 시험하는 것 처럼, 피고인에게 시련이나 고통을 가하되 이를 견디고 이겨 내면 무죄를 선고하던 중세 유럽의 관행 과 대학 기숙사에서 벌어지는 스물한 살 기념 생일 파티는 겉으로 보기에 확연히 다르지만, 구조인류학자들은 그 정도의 차이는 기껏해야 표면 현상 수준의 차이라

424

고 주장할 것이다. 구조언어학자라면 아마 파롤 수준의 차이라고 할 테고 말이다.

통과의례라는 관점에서 보면, 이 두 가지 문화적 관례는 동일한 심층구조, 곧 동일한 랑그를 갖고 있다. 먼저 둘 다 어떤 의식 절차를 수반한다는 공통점이 있다. 황야에서 돌아온 사람의 몸을 공동체의 구성원들이 씻겨 주는 행위와, 입으로 바람을 불어 촛불을 끄고 한자리에 모인 친구들과 축배를 드는 모습에서 이를 확인할 수 있다. 몸에 독특한 무늬를 그리고 칠하거나 파티용 모자를 씌우는 등 해당 개인을 특별하게 꾸민다는 점도 비슷하다. 나아가 의식이 끝날 무렵에는 힘이 센 동물의 심장이나 케이크, 맥주 같은 특별한 음식을 먹는다는 점 역시 두 가지 문화적 관례가 갖는 공통점이다.

이 부분은 레비스트로스가 각별한 관심을 가졌던 영역 가운데 하나이다. 서로 다른 문화들에서 나온 여러 신화들은 비록 겉모습은 제각각일지라도 그 사이에는 구조적 유사성이 존재한다는 것이다. 레비스트로스는 지금 보기에 '서로 다른' 신화들이 실제로는 같은 신화의 다른 판본임을 발견함으로써, 매우 상이한 문화에 속한 각각의 인간 존재들이 의식의 구조를 공유하며, 그 구조는 구조적으로 유사한 신화들의 형성 과정에 투영된다는 사실을 밝혀내고자 했다. 레비스트로스에 따르면, 이 같은 구조적 유사성은 문화적 경계를 넘나드는 인간의 어떤 관심사를 드러내는데, 그러한 관심사에는 친족관계 설정(재산상속권이나 근친상간 금지 등을 규정해야 하므로)과 같은 현실적인 문제들과 인류의 기원 설명 같은 철학적 문제들이 두루 포함된다. 후자의 문제를 잘 보여 주는 것이 레비스트로스의 오이디푸스 신화 분석이다. 우리는 인간이 남녀의 성적 결합으로 태어난다는 사실을 하나의 지식으로서 알고 있다. 그런데 많은 문화권에서 찾아볼 수 있는 영속적인 믿음 가운데 하나가 우리가 대지의 자식이라는 것이다. 테베의 조상인 스파르토이가 땅에서 솟아나왔다고 설명하는 오이디푸스 신화처럼 말이다(덧붙이자면, 성경에 등장하는 아담은 흙으로 빚어진 존재다). 레비스트로스는 이러한 사실 차원의 지식과 신화적 믿음 사이의 충돌이 오이디푸스 신화에 구현되어 있다고 보았다. 나아가 어떤 신화든 '진짜' 또는 '본래의' 판본이란 없다고 주장했다. 주어진 신화에 대한 각각의 판본은 무질서한 세계에서 의미를 찾아내고자 구조를 부여하려는 모든 시도를 담고 있다는 점에서 똑같이 유효하다.

구조주의적 관점에서 조사한 결과, 레비스트로스는 다양한 문화에서 나온 수많은 신화들이 신화를 구성하는 한정된 수의 기본 단위들로 환원된다는 사실을 발견했다. 신화를 이루는 그 기본 단위를 레비스트로스는 **신화소** mytheme라고 불렀다. 하나의 신화소는 둘 이상의 개념들 사이의 관계를 나타낸다는 점에서 하나의 문장과 유사하며, 종종 주어-동사 관계의 형식으로 이루어진다. '괴물을 처치하는 영웅'을 하나의 신화소로서 살펴보자. 이 신화소에서 말하는 영웅이란 도덕법칙을 위반하는 영웅이다. 레비스트로스는 신화소를 관계들의 '다발'로 정의하는데, 왜냐하면 하나의 신화소는 그것의 모든 변이형들로 이루어지기 때문이다. 예컨대 '영웅이 괴물을 처치한다'라는 신화소에는 무수히 다양한 영웅(가난뱅이, 부자, 고아, 좋은 집안 출신), 다양한 괴물(남자 괴물, 여자 괴물, 반인반수, 움직이는 괴물, 움직이지 않는 괴물, 육지 괴물, 바다 괴물, 말하는 괴물, 말하지 못하는 괴물), 다양한 이유(아내를 얻기 위해, 공동체를 구하기 위해, 자기 능력을 증명하기 위해) 등이 포함된다. 핵심은 신화에 대한 구조적 접근을 통해 상대적으로 그 수가 한정된 랑그(심층구조)를 인식할 수 있으며, 덕분에 전 세계에서 생산된 엄청난 양의 다양한 신화들을 정리하고 이해할 수 있다는 것이다.

물론 신화는 서사 양식이므로 신화소 역시 서사구조를 갖는다. 그런 점에서 보면 신화에 대한 구조적 분석은 문학의 구조를 연구하는 것과 확실히 밀접한 관계가 있다. 조금 뒤 '문학 장르의 구조'에서 확인하겠지만, 일부 문학비평가들은 모든 문학작품은 동일한 신화를 다양한 모습으로 개작

함으로써 이루어진다고 생각한다.

기호학

구조인류학이 구조주의의 통찰을 인간 문화에 대한 비교연구에 적용한 것처럼, 기호학은 구조주의의 통찰을 이른바 기호체계에 적용시킨다. **기호체계**란 마치 전문적인 언어인 것처럼 분석될 수 있는 언어적·비언어적 대상 및 행위(또는 대상 및 행위들의 집합)를 뜻한다. 즉, 기호학은 언어적·비언어적 대상 및 행위들이 우리에게 무언가 '전달'하고자 할 때 어떤 식으로 상징적 차원에서 작용하는지를 살핀다. 문학적 분석이라는 측면에서 보자면, 기호학은 문학의 구조를 만들어 내는 규칙, 장치, 형식 요소 등과 같은 문학적 관습들에 관심을 갖는다. 이 부분에 대해서는 곧바로 이어질 '구조주의와 문학'에서 자세하게 다룰 테니, 여기서는 일단 기호학의 비언어적 용법을 집중적으로 알아보자.

몸에 딱 달라붙는 검은 벨벳 드레스 차림의 금발 미녀와 함께 특정 위스키의 상표를 담은 사진이 어느 옥외광고판에 걸려 있다고 가정하자. 기호학적 시각으로 들여다보면, 이 사진은 특정 위스키를 마시는 사람들(아마도 남성을 염두에 두었을 것이다)이라면 광고판에 걸린 사진 속 여성처럼 아름답고 매혹적인 여성들의 마음을 끌 것이라는 메시지를 '전달'한다. 이 경우에서 알 수 있듯이, 기호학은 대중문화를 분석하는 데 특히 유용하다. 기호학자들이 분석 대상으로서 자주 선택하는 대중문화의 기호체계들로는 잡지의 화보 광고, 인기 있는 춤, 디즈니랜드, 롤러 더비^{롤러스케이트를 타고 트랙을 도는 경주}, 바비 인형, 자동차 등등이 있다. 유명한 기호학자인 롤랑 바르트_{Roland Barthes}는 프로레슬링과 스트립쇼를 분석하기도 했다.

여기서는 프로레슬링에 대한 바르트의 기호학적 분석을 간단히 요약해 보자. 바르트에 따르면, 프로레슬링(선수들이 글레디에이터, 바바리안 같은 별명을 사용하는 것은 물론, 특정한 의복을 착용하고 경기에 참가하는 일종의 레슬링 브랜드)은 하나의 기호체계로 볼 수 있다. 말하자면 프로레슬링은 매우 특별한 목적을 지닌 하나의 언어처럼 해석될 수 있다. 그 목적이란 선과 악이 매우 분명하게 갈리는 상황에서 (인생과는 달리) 정의가 승리를 거두는 장면을 보여 줌으로써 관중들에게 카타르시스와 만족감을 선사하는 것이다. 이는 어떤 선수들이 참가하더라도 경기는 유사한 구조로 진행하다는 점에서 잘 드러난다. 이를테면 모든 레슬러들은 성격(말쑥한 전형적인 미국인, 심술궂은 잡놈, 잔인한 악당 등)이 뚜렷하고, 경기에서는 '좋은 놈'과 '나쁜 놈'이 확연히 나뉘며(선한 역과 악역은 성격 또는 특정 경기 안에서의 행동에 따라 갈린다. 두 가지가 모두 작용할 때도 있다), 모든 경기는 결국 악을 제압하는 선의 승리로써 마무리된다.

더 나아가, 바르트는 프로레슬링 경기가 고대 그리스의 극장에서 펼쳐지던 장관과 무척 닮았다는 점을 간파한다. 레슬러도 그들의 고통이나 절망, 또는 승리의 기쁨을 과장된 몸짓과 표정을 곁들여 연기하기 때문이다. 그러므로 괴로움, 패배감, 정의감 등을 드러내는 것이 프로레슬링이라는 굉장한 구경거리의 목적이 된다고도 볼 수 있다. 이러한 결론에 도달하기까지 우리가 읽어 내는 기호들에는 레슬러들의 이름, 체격, 복장, 링 안에서 오가는 신체언어(잘난 체하기, 겁먹은 듯 움츠리기, 으스대며 걷기, 위협하기, 달래기 등), 얼굴 표정(우쭐대기, 격분, 거만, 공포, 승리감, 패배감 등) 등이 두루 포함된다. 결국 경기가 조작된다는 점은 중요하지 않다. 프로레슬링의 목적은 누가 더 나은 레슬러인지를 결정하는 것이 아니라, 분노와 두려움, 좌절감 등을 대신 발산시켜 줄 구경거리를 사람들에게 선보이는 것이기 때문이다. 수 세기에 걸쳐 다양한 형태로 존재해 온 구경거리의 연장선상에 프로레슬링이 존재하는 셈이다.

기호학적 분석의 사례를 대략 살펴보았으니, 이번에는 기호학적 분석의 토대가 되는 이론적 개념들 몇 가지만 알아보자. 기호학은 언어를 가장 근본적이고 중요한 기호체계로서 인식한다. 구조언어학을 논의하면서 확인한 것처럼, 하나의 언어적 기호는 기표(소리 이미지)와 기의(기표가 가리키는 개념)의 결합으로 정의된다. 마찬가지로 기호학에서 말하는 기호 역시 기표와 기의가 결합된 것이다. 그런데 앞에서 보았듯이 기호학에서는 기표의 범위를 확장하여 사물, 몸짓, 행동, 소리, 이미지 등도 포괄한다. 간단히 말해, 감각으로 지각 가능한 모든 것이 기표가 된다. 기호학이 기표에 광범위한 가능성을 부여한다는 점은 분명하다. 그러나 기호의 세 가지 유형, 즉 지표index, 도상icon, 상징symbol 가운데 기호학은 상징으로서 기능하는 기호에 대한 연구로 제 영역을 한정한다. 그 이유가 무엇인지 간략하게 짚고 넘어가자.

지표는 기표와 기의가 구체적인 인과관계로 맺어져 있는 기호다. 예를 들어 연기는 불을 의미하고, 문을 두드리는 것은 누군가 거기 있다는 것을 뜻한다. **도상**은 기표와 기의가 물리적 유사성을 갖고 있는 기호다. 실재하는 대상을 재현한 어떤 그림이 실제로 그 대상과 닮아 있다면, 그 그림은 도상이 된다. 그래서 케네디 대통령에 대한 사실주의적 회화는 하나의 도상이라고 할 수 있다. 반면에 **상징**에서는 기표와 기의의 관계가 자연스럽지도 않고 필연적이지도 않다. 상징은 둘 사이의 관계가 공동체의 관습 또는 일부 집단의 동의로써 결정된다는 점에서 자의적인 성격을 갖는 기호라고 볼 수 있다.

앞에서 본 것처럼, 언어는 상징적 기호체계의 한 예이다. '나무'라는 소리 이미지는 사람들의 약속과 동의 아래서만 '나무' 개념을 지시할 수 있다. 연기는 불의 지표이고, 불을 그린 사실주의적 회화는 불에 대한 도상이다. 이에 반해, **불**이라는 낱말은 **불**에 대한 상징이다. **불**이라는 낱말에는 불이 갖는 특징이 내재되어 있지 않기 때문이다. 즉, 해당 언어를 사용하는 집단에서 동의만 한다면 다른 어떤 소리 이미지를 사용하더라도 불을 지시할 수 있다. 다른 예를 보자. 집 거실 창문에 생기는 얼음 결정은 겨울을 알리는 지표다. 주변이 꽁꽁 얼어붙은 풍경을 담은 사진은 겨울에 대한 도상이다. 그런데 영문학 전공자의 대부분은 얼어붙은 풍경을 담은 사진이나 그런 풍경을 글로 묘사한 이야기(이를테면 잭 런던Jack London의 〈모닥불 피우기 To Build a Fire〉 같은 단편소설)를 죽음의 상징으로 받아들일 것이다.

그러므로 기호의 세 가지 유형 가운데 오직 상징만이 해석의 대상이 된다. 불이 연기(지표)를 내뿜는다는 사실은 특정한 무리의 사람들이 결정하는 것이 아니다. 불이 연기를 뿜는 것은 단순한 사실일 뿐이다. 케네디 대통령을 사실주의적으로 그린 회화(도상) 속 인물의 머리색, 눈, 피부 같은 신체적 특징들이 고인의 생전 모습과 똑같다는 사실 역시 여러 사람들이 모여서 결정할 사항이 아니다. 그런 특징들이 결여된 초상화라면 하나의 도상으로서 제 구실을 할 수 없을 것이다. 그러나 하얀색과 붉은색이 각각 순결과 성행위에 대한 상징이라는 것, 뿔과 갈퀴, 그리고 십자가가 각각 사탄과 기독교에 대한 상징이라는 것은 분명 사람들이 집단적 차원에서 결정하는 것이 틀림없다.

그런 점에서 기호체계의 상징적 기능을 따로 떼어 내어 분석하는 것이 기호학의 임무라고 할 수 있다. 분석 대상이 된 사물이나 행동들이 그 밖의 다른 기능을 수행하는 경우가 종종 있다 해도 말이다. 예컨대, 음식과 의복은 명백히 생물학적 기능(몸에 영양분을 공급하고 바깥 날씨로부터 몸을 보호한다)과 경제적 기능(음식과 의복의 가격 변동은 사회의 생활수준에 영향을 끼친다)을 수행한다. 그러나 기호학자는 음식과 의복에 관심을 보이되, 그런 기능들이 기호체계로서 작동하는 한에서만, 말하자면 상징적 내용을 갖는 한에서만 관심을 보인다. 나아가 기호학은 구조주의의 기획이므로, 하나의 기호체계를 분석하더라도 비슷한 일군의 대상들(옥외광고판, 잡지의 화보 광고, 레스토랑 메뉴 등)을 공시적 차원(주어진 특정 시간대)에서 접근하는 데

역점을 둔다. 레스토랑 메뉴를 통해 음식을 기호학적으로 분석하려면, 오랫동안 시간의 흐름에 따라 많은 변화를 겪은 레스토랑 한 군데를 골라 메뉴를 들여다볼 것(통시적 접근)이 아니라, 같은 시기의 다양한 레스토랑들에서 나온 메뉴들을 대량으로 모아 검토해야 할 것이다(공시적 접근). 그래야만 그 안에서 일종의 비언어적 메시지를 전달하는 심층구조의 요소들, 즉 **기호적 약호들**semiotic codes을 찾아낼 수 있다.

레스토랑 메뉴들에 대한 기호학적 분석이 드러내는 것은 무엇인가? 다시 묻자면, 메뉴판에 적힌 말들에서 알 수 있는 다섯 가지 주요 식품군에 대한 구체적인 정보 외에 이 메뉴들이 전달하는 비언어적 메시지란 무엇인가? 메뉴판의 색깔, 크기, 장식, 글자체, 여백 크기, 빈 공간의 총합과 분포도, 가격, 요리 이름('스테이크'나 '통감자 구이' 등등의 이름들 말고, '파리식'이라거나 '미국 서부'와 같은 '꼬리표'), 상징적 가치를 지니는 음식들(햄버거나 캐비어 같은 것)에 대한 중시 또는 그런 음식들의 부재 등등과 같은 기호들을 검토함으로써, 우리는 아마도 음식이라는 '패션산업'을 발견해 낼 수 있을 것이다. 예컨대 고객들의 자아상을 반영하는 메시지들이 그 안에서 어떻게 전달되는지를 들여다볼 수 있다. 어떤 메뉴들을 기호학적으로 분석하면, 다음과 같은 메시지를 읽어 낼 수 있을지도 모른다. "고객님은 훌륭한 가문에서 태어나 훌륭한 교육을 받으며 자랐기에, 누구보다도 탁월한 미각과 이를 뒷받침할 두둑한 지갑을 가지셨습니다. 그러니 얼른 구찌Gucci 옷으로 갈아입고 베엠베BMW에 올라타셔서 저희가 준비해 드리는 저녁 식사를 만끽하러 오시지요." 또 다른 메뉴들을 살펴보면, 이런 메시지가 보일 것이다. "시간 낭비가 싫고 힘들게 번 돈을 허세 부리는 일에 써 버리고 싶지 않은 현실적인 살림꾼이라면 어서 들어오세요." 다음과 같은 메시지가 읽히는 메뉴들도 있을 수 있다. "여전히 신의 존재를 믿고 할머니가 만들어 주신 사과파이의 맛을 기억하는 애국심 넘치는 미국인 여러분, 이곳에서의 근사한 식사로 가족의 소중한 가치를 생각하며 축복을 누리세요.”

영화를 좋아한다면, 뮤지컬코미디든 미스터리물이든 연애물이든 하나의 장르를 골라 그에 관한 기호학을 구상해 보는 것도 흥미로울 것이다. 마찬가지로 일일 드라마나 통속극을 대상으로 하는 기호학을 시도해 볼 수도 있다. 기호학자에게는 모든 것이 기호가 될 수 있다. 모든 인간 문화는 ‘읽히기’를 기다리는 ‘텍스트’이며, 구조주의는 문화를 읽어 내는 데 필요한 이론 체계를 제공한다.

구조주의와 문학

문학을 공부하는 학생들에게 구조주의가 시사하는 바는 매우 크다. 문학은 결국 언어로 이루어지는 언어예술이기 때문이다. 그러므로 문학은 자신의 ‘지배적’ 구조인 언어와 아주 직접적으로 연관될 수밖에 없다. 그뿐만이 아니다. 인간이 무질서 속에서도 의미를 찾아낼 수 있는 이유는 인간의 정신을 구조화하는 기제가 존재하기 때문인데, 구조주의자들은 그 핵심에 문학이 자리한다고 본다. 무질서 속에서 의미를 발견하려는 것은 곧 인간이 스스로에게 세계를 해명하려는 것이며, 문학은 그 과정에서 핵심적인 역할을 수행한다. 그런 점에서 볼 때, 학문 영역으로서의 문학과 분석 방법론으로서의 구조주의 사이에는 꽤나 강력한 유사성이 존재하는 듯하다.

여기서는 문학 텍스트의 서사적 차원을 중심으로 문학과 구조주의적 접근법에 관한 논의를 진행하려고 한다. 구조주의 비평은 대개 서사narrative의 문제를 다루기 때문이다. 이것이 언뜻 보기에는 협소한 범위에 한정되는 것처럼 생각될지도 모르지만, 서사라는 범주는 단순한 형식의 신화 및 고대의 구전전통에서 온 민담부터 오늘날의 포스트모던 소설에서 볼 수 있는 다양한 글쓰기 형식들의 복잡한 혼합 양상에 이르는, 장대한 시간대에 걸친 광범위한 텍스트들을 두루 포괄한다. 게다가 대부분의 연극과 상당수의 시 작품의 경우, 따로 서사 쪽으로 분류되지는 않아도 일종의 이야기를 전달한다는 점에서는 서사적 차원을 지녔다고 할 수 있다. 어쨌든 서사는 그 형식이 매우 광범위하지만, 개별 서사들이 플롯이나 배경, 인물유형 등과 같은 구조적 특징들을 일정 부분 공유한다는 점에서 구조주의 비평에 비옥한 토양을 제공한다. 이 점은 곧 살펴볼 것이다.

여기서 명심해야 할 것은 구조주의는 개별 텍스트의 의미를 해석하거나 주어진 텍스트가 좋은 문학작품인지 아닌지를 가리려고 하지 않는다는 점이다. 해석하고 작품의 질을 평가하는 문제는 표면 현상의 영역이자 파롤의 영역이다. 구조주의는 문학 텍스트들의 랑그, 즉 텍스트들로 하여금 의미를 갖게끔 만드는 구조를 탐색한다. 그 구조는 **문법**grammar이라고 명명되기도 하는데, 왜냐하면 문학의 기본 요소들을 식별하고(영웅, 위기에 처한 여성, 악인 등) 결합시키는(이를테면 영웅은 위기에 처한 여성을 악인의 손아귀에서 구해 낸다) 규칙들을 바로 그 구조가 지배하기 때문이다. 요컨대, 구조주의는 하나의 텍스트가 무엇을 의미하는지에 대해서는 관심이 없다. 다만 하나의 텍스트가 **어떻게** 의미를 갖게 되는지에 관심이 있을 뿐이다. 그런 점에서 《위대한 개츠비》에 등장하는 제이 개츠비, 데이지 뷰캐넌, 톰 뷰캐넌 등의 인물들은 구조와 관계하는 방식에 따라 의미를 얻어 내는 표면 현상들이라고 할 수 있다. 영웅(제이 개츠비), 위기에 처한 여성(데이지 뷰캐넌), 악인(톰 뷰캐넌) 등의 의미는 표면 현상들의 근간인 구조에 의해 부여되는 것이다.

6장에서 논의한 바와 같이, 독자반응 비평 역시 텍스트가 무엇을 의미하는지의 문제보다는 텍스트가 어떻게 의미를 갖게 되는지의 문제에 초점을 맞춘다. 사실 구조주의 비평과 독자반응 비평 사이에는 어느 정도 겹치는 부분이 존재한다. 양쪽의 비평가 모두 텍스트의 심층구조와 텍스트에 대한 독자의 반응 사이에 어떤 관련성이 있다는 데 동의할 것이다. 구조주의는 어쨌든 우리가 감지하는 문학의 구조 또한 다른 것과 마찬가지로 인간 의식의 구조가 투사된 것이라고 본다. 그런데 6장의 내용을 다시 상기해 보면 알 수 있듯이, 독자반응 비평의 최종 목표는 아마 구조주의 비평에서는 하나의 표면 현상이라고 부를 독자의 경험을 이해하는 데 있다. 이와 반대로 구조주의 비평의 최종 목표는 랑그 수준에 존재하는 인간 경험의 심층구조를 이해하는 데 있다. 이는 문학의 구조를 들여다보는 경우에도, 문학의 구조와 인간 의식구조 사이의 관련성을 숙고하는 경우에도 마찬가지다. 다시 말해, 독자반응 비평은 인간 의식 본연의 구조들을 인간의 모든 경험과 행동, 생산 등과 연계시키는 어떤 보편적인 과학을 추구하지는 않는다. 그러나 구조주의는 바로 그것을 추구한다.

구조주의적 문학 연구는 구체적으로 세 가지 분야에 주목하려는 경향을 보였다. 문학 장르 분류와 서사의 작동 양상 해설, 그리고 문학적 해석에 대한 분석이 그것이다. 이 세 분야를 하나씩 자세히 살펴보자.

문학 장르의 구조

먼저, 장르에 대한 구조주의적 접근법의 가장 복잡하고 광범위한 사례 가운데 하나인 노스럽 프라이Northrop Frye의 이론을 간단히 요약하면서 시작해 보자. 프라이가 제시한 **신화의 이론**은 서구 문학 전통의 근간이 되는 구조 원리를 탐색하는 장르 이론이다.[1] 프라이는 신화를 구조화하는 네 가

---

[1] 프라이의 《비평의 해부Anatomy of Criticism: Four Essays》는 네 가지 형식에 따라 문학을 체계화하려는 저작이다. 프라이가 분류한 네 가지 형식은 다음과 같다. ① 양식의 이론, 곧 역사비평(비

지 서사 양식을 가리킬 때 **뮈토스**mythos라는 용어를 사용한다. 뮈토스를 통해 문학 장르, 특히 희극, 로맨스, 비극, 아이러니와 풍자의 근간이 되는 구조 원리가 드러난다는 것이다.

프라이에 따르면, 인간 존재는 근본적으로 두 가지 방식에 따라 자신의 서사적 상상력을 담아낸다. 하나는 이상 세계에 대한 묘사 속에 상상력을 담아내는 것이고, 다른 하나는 현실 세계에 대한 묘사 속에 상상력을 담아내는 것이다. 이상 세계는 현실 세계보다 나은 곳이며, 순진무구함과 풍요로움, 충족감으로 이루어진 세계이다. 프라이는 이 세계를 **여름의 뮈토스**라고 명명하고 로맨스 장르와 결합시킨다. 로맨스는 모험의 세계이자 성공적인 탐색 여정quest으로 가득한 세계다. 로맨스의 세계에서는 용감하고 고결한 영웅과 아름다운 처녀가 악당의 위협을 이겨 내고 그들의 목적을 달성한다. 토마스 말로리 경Sir Thomas Malory의 《아서 왕의 죽음Le Morte d'Arthur》(1470), 에드먼드 스펜서Edmund Spenser의 《선녀여왕The Faerie Queene》(1596), 존 번연John Bunyan의 《천로역정The Pilgrim's Progress》(1678), 〈잠자는 숲속의 미녀Sleeping Beauty〉 등은 모두 기사 또는 그와 비슷한 인물의 모험을 담고 있다.

반대로 현실 세계는 경험과 불확실성, 실패로 이루어진 세계다. 프라이는 이 세계를 **겨울의 뮈토스**라고 명명하고 아이러니와 풍자라는 이중 장르와 결합시킨다. 아이러니는 비극의 눈으로 바라보는 현실 세계이자, 주인공이 수수께끼와도 같은 삶의 복잡한 양상들로 말미암아 패배를 경험하는

극적 양식, 희극적 양식, 주제적 양식) ② 상징의 이론, 곧 윤리비평(축자적·묘사적 양상, 형식적 양상, 신화적 양상, 신비적 양상) ③ 신화의 이론, 곧 원형비평(희극, 로맨스, 비극, 아이러니와 풍자) ④ 장르의 이론, 곧 수사비평(에포스, 산문, 극, 서정시). 프라이의 작업이 과연 구조주의의 범주 안에 포함되는지의 여부를 둘러싸고 약간의 논란도 있었지만, 그가 《비평의 해부》에서 제시한 네 가지 접근 방식이 모두 구조주의적 장르 이론이라는 사실만큼은 분명해 보인다. 네 가지 형식 모두 서구 문학 전통을 구성하는 장르들의 근간이 되는 구조적 원리(예컨대 플롯 공식이나 인물의 기능)를 탐색하고 있기 때문이다.

세계다. 아이러니에서 주인공은 영웅이 되려고 해도 영웅의 위치에 오르지 못하며, 행복을 꿈꾸어도 행복을 얻지 못한다. 주인공은 우리와 똑같은 인간이며, 그렇기 때문에 고통을 겪는다. 셰익스피어의 《태풍The Tempest》(1611), 이디스 워튼Edith Wharton의 《순수의 시대The Age of Innocence》(1920), 리처드 라이트Richard Wright의 《토박이Native Son》(1940), 존 스타인벡John Steinbeck의 《생쥐와 인간Of Mice and Men》(1937) 등이 여기에 속한다.

한편 풍자는 희극의 눈으로 바라보는 현실 세계이자, 인간의 어리석음, 과도함, 부조화 등으로 이루어진 세계다. 풍자의 세계는 인간의 허약함을 조롱하며, 때로는 무자비한 유머를 들이대며 자극하기도 한다. 조너선 스위프트의 《걸리버 여행기Gulliver's Travels》(1726), 조지 오웰George Orwell의 《동물농장Animal Farm》(1946) 등이 대표적이며, 마크 트웨인Mark Twain의 《허클베리 핀의 모험Adventures of Huckleberry Finn》(1885)에서 남북전쟁 전 미국 남부의 악습을 풍자하는 대목이나 랠프 엘리슨Ralph Ellison의 《보이지 않는 인간Invisible Man》(1952)에서 보수주의자들의 자기도취와 좌파의 자기기만을 풍자하는 구절들도 여기에 속한다.

로맨스와 아이러니 및 풍자가 각각 이상 세계와 현실 세계라는 단일한 세계 안에서 나타나는 것과 달리, 나머지 두 개의 뮈토스는 한쪽 세계에서 다른 쪽 세계로 이행하는 과정과 연계된다. 비극은 이상 세계에서 현실 세계로의 이행을 수반하는데, 이는 순진무구함에서 경험으로, 여름의 뮈토스에서 겨울의 뮈토스로 이행하는 과정이기도 하다. 이런 이유로 프라이는 비극을 **가을의 뮈토스**라고 부른다. 비극에서 영웅은 로맨스에 등장하는 영웅처럼 우월한 존재가 될 잠재력을 지니고 있으나, 결코 로맨스의 영웅과 같은 위치에는 오를 수 없다. 비극의 영웅은 현실 세계로 추락해 상실과 패배를 경험한다. 유명한 비극으로는 소포클레스Sophocles의 《오이디푸스 왕Oedipus the King》(기원전 5세기), 셰익스피어의 《햄릿Hamlet》(1601)과 《오셀로

Othello》(1604), 메리 셸리의《프랑켄슈타인》(1818) 등이 있다.

반대로 희극은 현실 세계에서 이상 세계로, 경험에서 순진무구함으로, 겨울의 뮈토스에서 여름의 뮈토스로 이행하는 과정을 수반한다. 그래서 프라이는 희극을 **봄의 뮈토스**라고 명명한다. 희극에서 주인공은 악당들의 위협을 받고 현실 세계의 여러 어려움들에 직면하지만, 다양한 반전을 겪게 되면서 줄곧 본인을 괴롭혔던 상황을 극복해 내고 마침내 행복을 손에 넣는다. 희극에 등장하는 악당들은 로맨스에서 영웅을 방해하던 악당들과 달리 터무니없고 익살스러운 면모를 보이는 경우가 많다. 희극의 결말은 주인공이 냉혹하고 골치 아픈 현실 세계를 떠나 대개는 사랑하는 사람과 함께 더욱 행복하고 인정이 넘치는 온화한 허구적 공간으로 이행해 가면서 마무리된다. 셰익스피어의《실수연발Comedy of Errors》(1590)과《한여름 밤의 꿈A Midsummer Night's Dream》(1595), 윌리엄 위철리William Wycherley의《시골 아낙네The Country Wife》(1675), 제인 오스틴의《오만과 편견Pride and Prejudice》(1813) 등이 이에 속한다.

지금까지 설명한 프라이의 이론 체계는 각각의 뮈토스와 장르에 대한 그의 상세한 분석을 아주 간단히 요약한 것에 지나지 않는다. 프라이에 따르면, 각 장르는 주제, 인물유형, 분위기, 행동양식, 앞에서 요약한 여러 형태의 플롯 공식 등을 개별적으로 분류하고 목록화한 것이라고 볼 수 있다. 종합해 보면, 네 가지 장르는 일종의 기본 플롯master plot, 즉 서사를 하나의 전체로서 이해할 수 있도록 하는 실마리를 품고 있다. 프라이가 볼 때, 기본 플롯이란 탐색 여정의 구조이며, 각각의 뮈토스는 이 같은 탐색 여정의 한 시절을 나타내는 것이다.

프라이가 주목하는 부분은 전통적으로 탐색 여정에 내재되어 있는 네 가지 구조 요소이다. 탐색 여정의 네 가지 구조 요소란 갈등, 파국, 무질서 및 혼란, 승리를 말한다. 먼저 갈등은 로맨스의 기본 요소로서, 천하무적의 영웅이 방해물과 맞닥뜨리면서 이루어지는 일련의 환상적 모험들을 통해 전개된다. 다음으로 파국은 비극의 기본 요소로서, 영웅의 몰락을 의미한다. 한편 무질서 및 혼란은 아이러니 및 풍자의 기본 요소로서, 무질서와 혼란이 모든 것을 장악한 상황, 곧 어떠한 행동도 불가능한 상황을 필요로 한다. 마지막으로 승리는 희극의 기본 요소로서, 주인공과 주인공의 연인이 어떤 식으로든 새로워진 사회질서 속에서 중심적인 존재가 되는 내용으로 구성된다. 정리하자면 네 가지 장르, 즉 (순서대로) 로맨스, 비극, 아이러니와 풍자, 희극은 프라이가 말한 "전체적인 탐색 여정 신화total quest-myth"(215/414)의 구조를 명확히 설명해 준다. 그런 점에서 프라이는 모든 종류의 서사가 구조적으로 관련되어 있다고 본다. 어떤 부분에서든 탐색 여정 공식의 일부를 재해석하지 않은 서사란 없기 때문이다.

이러한 관점에서 비롯된 분류 방법을 프라이는 **원형비평**archetypal criticism이라고 부른다. 이 방법은 특정한 서사 양식들이 서구 문학사에서 계속 반복되는 양상을 다루기 때문이다. **원형**archetype이란 반복되는 어떤 이미지나 인물유형, 플롯 공식, 행동양식 등을 가리킬 때 쓰는 말이다. 하나의 원형은 일종의 상위 유형supertype이나 모형이 되며, 인간이 낳은 신화, 문학, 꿈, 종교, 사회적 의례 등의 역사 속에서 다양한 판본으로 나타난다. 그러므로 프라이가 말하는 원형비평의 목적은 서구 문학 전통의 근간이 되는 구조 원리를 탐색하는 것이 된다. 실제로 원형이란 것 자체가 본질적으로 구조적일 수밖에 없다. 어떤 이미지나 인물유형, 또는 기타 서사 요소가 하나의 원형이 되려면, 그것을 하나의 구조적 모형으로 삼은, 그것에 대한 수없이 다양한 판본들이 만들어져야 하기 때문이다. 이때 수없이 다양한 판본들이란 곧 동일한 심층구조를 갖는 수없이 다양한 표면 현상들이라고 할 수도 있다. 그러니까 로맨스든 비극이든 아이러니적 · 풍자적 서사든 희극이든 개별 작품의 구체적 내용, 즉 표면 현상들은 제각각이지만, 각 장르의 구조는

동일하게 유지되는 것이다.[2]

　서구 문학 전통을 이루는 장르들의 지배적 구조 원리를 탐색하는 과정에서 프라이가 제시한 또 다른 방법론은 이른바 양식modes의 이론이다. 프라이는 주인공이 발휘하는 힘에 따라 서사를 다섯 가지 양식으로 분류하는데, 여기서 주인공의 힘은 다른 사람들의 힘 또는 주변 환경(자연이나 사회)의 힘과의 비교로써 판단된다. 말하자면 주인공이 차원을 달리할 만큼 다른 사람들보다 우월한 수준인지(신 또는 신격화된 존재처럼 평범한 사람들은 넘볼 수 없는 능력을 가진 인물유형), 아니면 그저 정도의 차이만큼 우월한 수준인지(인간이라면 누구나 가지고 있고 또 발휘할 수 있는 능력을 다른 사람보다 월등한 정도로 이끌어 내는 인물유형)에 따라 서사 양식이 결정되는 것이다. 이해를 돕기 위해 프라이가 제시한 양식의 이론을 〈표 7-2〉와 같이 정리했다.

| 표 7-2 |

주인공의 힘	서사 양식	인물 유형
① 인간과 환경 모두와 차원이 다르게 우월함	신화	신적 존재
② 인간과 환경 모두에 대해 정도의 차이만큼 우월함	로맨스	영웅
③ 인간보다는 정도의 차이만큼 우월하지만, 환경보다 우월하지는 않음	상위 모방 (서사시나 비극에서 발견되는 삶의 모방)	지도자
④ 어느 쪽보다도 우월하지 않음	하위 모방 (희극이나 사실주의에서 발견되는 삶의 모방)	평범한 사람
⑤ 어느 쪽보다도 열등함	아이러니	주인공답지 않은 주인공

---

[2]　원형비평이라고 해서 모두 문학에 나타난 신화적 모티프를 문학 장르와 연계시키는 것은 아니다. 원형비평 이론가나 신화비평가(대부분 카를 융의 영향을 받았다) 다수는 그들이 관심을 갖는 특정 신화를 확인하려는 목적으로 문학작품을 분석한다. 관심 있는 독자는 참고문헌에 제시된 Maud Bodkin이나 Joseph Campbell, Jung의 저작을 참고.

주인공의 힘	서사 양식	인물 유형
① 인간과 환경 모두와 차원이 다르게 우월함	로맨스	영웅
② 인간보다는 정도의 차이만큼 우월하지만, 환경보다 우월하지는 않음	상위 모방 (서사시나 비극에서 발견되는 삶의 모방)	지도자
③ 인간과 환경 모두와 대등함	중간 모방 (사실주의에서 발견되는 삶의 모방)	우리와 같은 평범한 사람
④ 인간과 환경 모두에 대해 정도의 차이만큼 열등함	하위 모방 (희극에서 발견되는 삶의 모방)	희극적이고 연민을 자아내는 인물
⑤ 어느 쪽과도 차원이 다르게 열등함	아이러니	주인공답지 않은 주인공

그런데 프라이는 신화의 경우 비록 초창기의 서사 형식이라 할지라도, 대부분은 문학의 범주에 포함되지 않는다는 점을 언급한다. 이 같은 이유로, 그리고 희극과 사실주의가 같은 항으로 묶인 것이 다소 어색해 보인다는 이유로, 로버트 스콜스Robert Scholes는 프라이의 것과는 다른 분류법을 내놓는다. 스콜스는 자신의 분류법이 비문학적 양식인 신화를 삭제하고 희극과 사실주의의 차이를 설명할 수 있는 새로운 범주를 삽입했다는 점에서 더욱 명료하고 유용한 장르 구분 기준으로 쓰일 수 있다고 주장한다. 스콜스의 분류체계를 정리하면 〈표 7-3〉과 같다.

두 가지 도표에서 확인할 수 있듯이, 동일한 자료에 대해서도 구조주의 이론가에 따라 분류하는 방식이 다양하게 나타날 수 있다. 그리고 미처 소개하지 못한 구조주의적 장르 이론이 여기서 대강 논의한 이론보다 더 많다. 이처럼 구조주의적 분석은 문학을 하나의 전체로서 지배하는 구조 체계를 가장 효과적으로 드러낼 수 있는 방법을 탐구함으로써, 문학 텍스트들 사이의 관계를 분류하고 또 이해할 수 있는 이론을 제시하고자 계속 시도되고 있다.

서사의 구조
(구조주의 서사학)

구조주의적 서사 분석은 문학 텍스트들의 내적 '작동'을 아주 상세한 부분까지 검토함으로써, 텍스트의 서사 작용을 지배하는 근본적인 구조적 단위(이를테면, 서사의 진행 단위) 또는 기능(이를테면, 등장인물의 기능)을 발견하려는 작업이다. 오늘날 **서사학**narratology이라는 이름으로 수행되는 상당수의 문학비평이 이 같은 종류의 구조주의적 접근법을 따른다. 여기서는 이 분야의 대표 격으로 흔히 거론될 뿐 아니라, 여러분이 현 시점에서 구조주의를 이해하는 데도 가장 도움이 될 만한 세 가지 사례만 언급하고자 한다. 그레마스A. J. Greimas와 츠베탕 토도로프Tzvetan Todorov, 그리고 제라르 주네트Gerard Genette의 작업이 그것이다.

그레마스의 관찰에 따르면, 인간 존재는 두 가지 종류의 대립쌍으로 세계를 구조화함으로써 의미를 만들어 낸다. 하나는 'A는 B의 반대이다'이고, 다른 하나는 '-A(A의 부정)는 -B(B의 부정)의 반대이다'이다. 말하자면, 우리는 모든 실체를 그것의 반대(사랑의 반대는 증오)와 부정(사랑의 부정은 사랑의 부재)이라는 두 가지 측면에서 인식한다는 것이다. 그레마스는 이렇게 두 쌍에 배치된 네 가지 요소로 구성되는 이항대립의 기본 구조가 우리의 언어와 경험, 그리고 그 경험을 유기적으로 연계시키는 서사를 형성한다고 주장한다.

이 같은 기본 구조는 서사 안에서 갈등과 해소, 투쟁과 화해, 분리와 통합 등과 같은 플롯 공식의 형태로 구체화된다. 그리고 플롯 공식은 행위소(행위 요소)actant, 곧 등장인물의 기능에 따라 실행된다. 행위소란 실제 등장인물들(표면 현상들)이 주어진 이야기 안에서 차지하는 자리를 뜻하는데, 등장인물 한 사람이 둘 이상의 행위소를 점할 수도 있다. 예를 들어《위대한 개츠비》에서 제이 개츠비는 탐색 여정의 영웅, 데이지 페이는 탐색 여정의 대상, 닉 캐러웨이는 영웅의 조력자, 톰 뷰캐넌은 영웅의 적으로 기능한다.

그레마스에 따르면, 플롯의 전개는 서사 속 몇몇 실체(어떤 특징이나 대상)를 어떤 행위소에서 다른 행위소로 옮기는 과정을 수반한다. 예컨대, 데이지는 톰에게서 개츠비에게로 옮겨지며(더 정확히 말하자면, 데이지는 개츠비를 떠나 톰에게, 톰을 떠나 개츠비에게 갔다가 다시 톰에게 돌아간다), 좀 더 미묘한 예를 들자면, 개츠비의 막대한 상실(데이지, 행복의 꿈, 생명)은 소설의 결말 부분에서 도저한 환멸을 경험하는 닉에게 전이된다. 따라서 서사의 기본 구조는 주어 – 동사 – 목적어 ^{영어식} 로 구성되는 언어의 기본 구조와 동일하다고 할 수 있다. 그레마스는 그러한 기본적 서사 문법이 다음과 같이 세 가지 플롯 양식을 발생시킨다고 주장한다. 〈표 7-4〉는 그레마스가 정리한 것으로서, 그가 생각하는 기본 행위소 여섯 가지를 세 가지 대립쌍으로 묶은 것이다.

물론 어떤 서사는 편력/욕망에 관한 이야기와 전달에 관한 이야기를 결합시킬 수도 있다. 이를테면, 단순한 사랑 이야기에서는 영웅이 주체와 수신자의 역할을 모두 수행할 수 있으며, 그 영웅이 사랑하는 사람은 반대로 대상과 발신자의 역할을 동시에 수행할 수 있다. 한편 성배聖杯원정에 관한 이야기처럼, 등장인물 한 사람당 하나의 행위소가 부여되는 경우도 있을

| 표 7-4 |

행위소	플롯 유형
주체–대상	탐색 여정/욕망에 관한 이야기(한 사람의 주체 또는 영웅이 어떤 대상을 찾아 나서는 이야기. 그 대상에는 인물, 사물, 어떤 존재 상태 등이 포함된다)
발신자–수신자	전달에 관한 이야기(어떤 발신자, 이를테면 사람이나 신, 단체가 특정 대상을 찾고자 하는 주체에게 무언가를 보내는 이야기. 그 대상은 마지막에 수신자가 획득하게 된다)
조력자–적대자	탐색 여정/욕망 또는 전달에 관한 이야기의 부차적 플롯(조력자는 탐색 여정의 주체를 돕는 반면, 적대자는 주체를 방해하려고 한다)

수 있다. 신은 발신자가 되고, 영웅은 주체가 되며, 성배는 대상이 되고, 인류는 수신자가 되는 것이다.

마지막으로, 그레마스는 서사에서 다양한 형태로 나타날 수 있는 이야기들의 연쇄, 곧 시퀀스sequences를 설명하기 위해 다음과 같은 구조들을 제시한다. 이는 그레마스 자신이 민담을 연구하면서 도출해 낸 것이다.

> ① **계약적 구조**contractual structure는 합의의 형성/파괴 혹은 금지의 설정/위반, 그리고 이어지는 멀어짐 또는 화해와 연관된다.
> ② **수행적 구조**performative structure는 임무 수행, 시련 통과, 투쟁 등과 연관된다.
> ③ **이접적 구조**disjunctive structure는 여행, 이동, 출발, 도착과 연관된다.

그레마스는 이 같은 구조 체계를 활용하여 20세기 프랑스 작가인 조르주 베르나노스Georges Bernanos의 작품들을 분석한다. 그레마스의 결론은 베르나노스의 작품 세계에서는 모든 대립이 삶과 죽음 사이의 근원에 존재하는 상징적 대립으로 환원된다는 것이다. 더 나아가, 그레마스는 그러한 핵심 대립이 작가의 허구적 세계를 지배하는 어떤 구조들을 통해 스스로 드러난다는 사실을 암시한다. 그 구조들은 〈표 7-5〉와 같다(내가 도식화한 것이다).

베르나노스의 소설들을 형성하는 문법은 하나의 세계를 구조화하는데, 그 세계에서는 고통을 느끼고 싶지 않다면 환희의 감정도 포기해야 한다.

| 표 7-5 |

경험할 수 있는 감정	가능한 변화	이데올로기적 선택
① 환희 / 고통	진실: 반발 + 승인	삶: 환희 + 고통
② 권태 / 혐오	거짓: 거부 + 체념	죽음: 권태 + 혐오

환희와 고통은 서로 이어져 있기 때문이다. 말하자면, 환희를 맛볼 수 있는 능력이 커질수록 고통에도 더욱 취약해진다. 그러므로 그 세계에서는 삶이 환희와 고통으로 이루어진 양날의 칼이라는 진실을 받아들여야 한다(처음에는 그러한 진실을 받아들이지 못해 반발하는 경우가 많다). 만약 그러한 진실을 거부한다면 남는 선택지는 하나밖에 없다. 일종의 정서적 죽음이라고 할 수 있는 권태와 혐오를 체험하는 것이다. 이는 살아가며 부딪히는 정서적 위험 요인들에 맞서 자기 자신을 보호하려는 선택이다.

토도로프는 그레마스의 작업과 비슷한 방법으로 서사의 구조적 단위(인물 형상화나 플롯 같은 것)와 언어의 구조적 단위 사이의 유사성을 이끌어 낸다. 토도로프가 특히 주목하는 부분은 품사品詞, 그리고 문장과 단락 속에서의 품사 배치다(〈표 7-6〉).

하나의 **명제**는 더 이상 축약될 수 없는 어떤 행동('X가 Y를 죽이다', 'X가 마을에 도착하다' 등)이나 속성('X는 사악하다', 'X는 여왕이다' 등), 그러니까 가장 기본적인 형식의 어떤 행동이나 속성을 한 사람의 등장인물과 결합시킴으로써 형성된다. 그리고 하나의 **시퀀스**는 명제들이 한데 결합되어 이루어진 단위로서, 그 자체로 독립된 하나의 이야기가 될 수 있다. 시퀀스의 가장 기본적인 구조는 ① 속성 ② 행동 ③ 속성의 순서로 전개된다. 이를테면, 주인공은 시작할 때 이미 하나의 속성을 부여받은 상태(그 사람은 사랑받는

| 표 7-6 |

서사의 단위		언어의 단위
인물	⟷	고유명사
인물의 행동	⟷	동사
인물의 속성	⟷	형용사
명제	⟷	문장
시퀀스	⟷	단락

인물이 아니다)이지만, 어떤 행동(그 사람은 사랑을 얻고자 한다)이 펼쳐짐에 따라 처음의 속성은 변화하게 된다(마침내 그 사람은 사랑받는 인물이 된다. 또는 사랑을 갈구한 결과로 다른 중요한 무언가를 배우게 된다). 하나의 이야기는 다수의 시퀀스를 담을 수 있는데, 적어도 하나 이상의 시퀀스는 반드시 담아내야 한다. 한편 토도로프는 여기서 더 나아가 자신의 구조 체계를 세 가지 하위 범주로 다시 세분화한다. **부정**(어떤 행동이나 속성의 부재)과 **비교**(어떤 행동이나 속성이 갖는 정도의 차이), 그리고 **양식**(어떤 행동 또는 속성이 열망되거나 두려움의 대상이 되거나 기대되거나 뜻하지 않게 실현되거나 하는 등등의 경우에 발생하는 행동 또는 속성의 조건)이 그것이다.

토도로프는 이와 같은 서사의 '문법'에 맞춰 서사의 기본적인 특징들을 파악하고, 이를 바탕으로 텍스트를 분석한다. 일단 어떤 행동(동사)이나 속성(형용사)을 각각의 등장인물(명사)과 결합시키는 방법으로 텍스트의 기본 명제들을 찾아내면, 그 텍스트 안에서 반복되는 종류의 행동과 속성, 그리고 명제들의 종류 및 그러한 명제들 사이의 관계를 범주화시킬 수 있다는 것이다. 이 점을 잘 보여 주는 것이 보카치오의《데카메론The Decameron》(1350)에 대한 토도로프의 분석이다. 토도로프는 무엇보다도《데카메론》을 구성하는 모든 속성이 세 가지 형용사 범주, 즉 **상태**(행복이나 불행 같은 불안정한 속성), **자질**(선과 악 같은 좀 더 안정적인 속성), **조건**(성별, 종교, 사회적 위치 같은 가장 안정적인 속성)으로 환원될 수 있다는 사실을 발견한다.

그런데 내가 보기에 토도로프의 분석에서 더욱 의미심장한 부분은《데카메론》에 등장하는 모든 행동이 세 가지 동사, 즉 '변화시키다'와 '위반하다', 그리고 '처벌하다'로 환원될 수 있다는 내용이다. 토도로프는 그러한 발견을 토대로 다양한 이야기들 속에서 되풀이되는 하나의 중요한 패턴을 관찰할 수 있었을 것이다. 그 패턴이란 '변화가 끊임없이 일어나고, 죄는 계속 처벌받지 않는다'는 것이다. 토도로프는 이 같은 패턴과 역사 지식을 활용하여,《데카메론》에 작동하는 가치들과 이 책의 저자인 보카치오가 살았던 당시의 문화에서 중시되던 가치들 사이에 모종의 관계가 있을 것이라고 추측해 본다. 토도로프가 시사하는 바는《데카메론》의 세계와 보카치오의 세계 양쪽에서 공히 새로운 가치체계가 형성되고 있었다는 것이다. 그 가치체계란 오래되고 제약이 많던 상업 체제를 대체해 나가기 시작한 새로운 경제체제, 즉 자본주의 체제의 자유로운 기업활동에 어울리는 대담하고 진취적인 개인의 가치를 중시하는 체계다.

여기서 중요하게 짚고 넘어갈 점은 그레마스와 토도로프 모두 방대한 자료들을 바탕으로 각자의 이론 체계를 구축했고, 동시에 그 이론 체계를 다시 방대한 자료들에 적용시켰다는 사실이다. 그레마스는 작가 한 사람의 모든 작품을 활용했고, 토도로프는 수많은 이야기들로 이루어진 한 편의 긴 작품을 활용했다. 자료의 양이 방대할 수밖에 없었던 이유는, 이들의 목표가 서사 일반을 이해하는 데 유용한 하나의 구조 체계를 생산하는 것이었기 때문이다. 이제 소개할 주네트 역시 비슷한 맥락에서 한 편의 방대한 작품을 분석 대상으로 삼는다. 제라르 주네트는 모두 일곱 권으로 구성된 마르셀 프루스트의《잃어버린 시간을 찾아서》(1913~1927)에 대한 상세한 연구를 바탕으로 서사 이론을 전개한다.

주네트는 먼저 그동안 **서사**라는 용어로 포괄해 오던 개념들을 세 가지 층위로 구분한다. 주네트에 따르면 서사는 이야기, 서사, 서술 행위라는 세 층위로 나뉜다.

이야기|histoire/story는 연이어 서술되는 사건들로 이루어진다. 그러므로 이야기는 사건들이 등장인물에게 '실제로 일어나는' 순서대로 내용을 제시한다. 사건들의 실제 발생 순서가 서사 안에서의 등장 순서와 항상 일치하는 것은 아니다.

서사récit/narrative는 지면에 인쇄된 실제 말들, 담론, 텍스트 그 자체를 가리키며, 독자는 서사를 통해 이야기와 서술 행위를 이해하고 구성할 수 있다. 서사는 서술 행위를 수행하는 화자에 의해 생산된다.

서술 행위narration는 이야기를 어떤 수신자audience/narratee에게 전달함으로써 서사를 생산하는 행위를 말한다. 그러나 화자와 저자가 정확히 일치하는 법이 거의 없는 것처럼, 수신자 역시 독자와 정확히 일치하는 경우는 거의 드물다.

《위대한 개츠비》를 예로 들어 보자. 닉은 뉴욕에서 보낸 여름에 대해 어떤 수신자에게 말하고 있다(서술 행위). 닉은 이러한 행위를 통해 우리가 책에서 직접 읽을 수 있는 말들, 곧 언어 담론을 제시한다(서사). 그리고 그 담론은 닉이 한 사람의 등장인물로서 개입되는 사건들을 재현한다(이야기).

주네트의 작업은 그 가운데서도 서사, 곧 지면에 나타난 말들에 초점을 맞추긴 하지만, 그럼에도 세 가지 층위가 동시에 작동한다는 점을 강조한다. 바꾸어 말하면, 서사의 세 가지 층위가 각각 별개로 작동하기 때문에 주네트가 서사의 층위를 구분한 것이 아니다. 주네트는 세 층위의 상호작용을 분석하려고 그렇게 했을 뿐이다. 주네트의 분석에 따르면, 이야기와 서사, 서술 행위 사이의 상호작용은 그가 시제, 법, 태라고 명명한 또 다른 세 가지 범주에 따라 이루어진다.

① 시제temps/tense는 시간과 관련하여 서사 안에서 사건들을 배치하는 문제와 연관된다. 사건들의 배치에는 순서, 지속, 빈도 등의 요소가 개입된다.

ⓐ 순서ordre/order는 이야기의 연대기(허구적 세계에서 이야기의 사건들이 일어난 순서)와 서사의 연대기(서사 안에서 그 사건들이 나타난 순

서) 사이의 관계를 말한다. 예를 들어, 제이 개츠비의 이야기를 시간 순서대로 정리하면 대강 이러할 것이다. 가난한 농부의 아들로 태어나다, 집에서 뛰쳐나오다, 댄 코디와 일하게 되다, 데이지와 연애하다, 참전하고 돌아오다, 막대한 부를 얻고 데이지를 되찾고자 한다…. 그러나 서사 안에서 나타난 사건들의 순서는 이것과 다르다. 이를테면 우리가 개츠비의 어린 시절을 알게 되는 것은 6장에 이르러서다.

ⓑ **지속**durée/duration은 특정한 사건이 이야기 안에서 펼쳐지는 실제 시간의 길이와 서사 안에서 그 사건을 묘사하는 데 할애된 분량 사이의 관계를 가리킨다. 이야기상으로는 5년 동안 계속된 어떤 등장인물의 유럽 여행이 서사 안에서는 고작 다섯 줄로 묘사될 수도 있다. 반대로, 이야기상에서는 5분간 이루어진 연인들의 대화가 서사 안에서는 다섯 쪽에 걸쳐 묘사될 수도 있다. 따라서 지속은 서사의 진행 속도에 대한 감각을 생산하는 요소라고 할 수 있다.

ⓒ **빈도**frequence/frequency는 사건들이 이야기 안에서 반복되는 방식(동일한 사건이 한 차례 이상 벌어질 수 있다)과 서사 안에서 반복되는 방식(하나의 사건이 한 차례 이상 묘사될 수 있다) 간의 관계와 연관된다.

② **법**mode/mood은 거리와 관점에 따라 형성되는 서사의 분위기를 말한다.

ⓐ **거리**distance는 화자가 서사 속 등장인물 가운데 한 사람일 때 형성된다. 이때 화자는 그의 의식을 통해 이야기를 걸러 내는 '중개자'가 된다. 화자가 이야기에 자주 끼어들수록, 이야기와 서술 행위 사이의 거리는 더욱 멀어진다. 반대로, 독자가 화자의 존재를 알아차리지 못할 때, 다시 말해 이야기가 '스스로 말하는 것처럼' 보일 때, 거리는 가장 줄어든다. 거리는 또한 세부 묘사가 부재할 때 형

성되기도 한다. 세부 묘사가 적을수록 현실감은 적어지고, 서술 행위와 이야기 사이의 거리감은 커진다. 반대로, 세부 묘사가 많으면 거리도 줄어든다. 그러므로 거리를 최소화하거나 실제 삶과 최대한 가깝게 보이도록 하려면 정보의 양을 극대화하고 화자의 존재를 최대한 지워야 한다.

ⓑ **관점**perspective은 시점, 즉 서사의 특정 부분을 들여다보는 눈이다. 화자가 말을 하는 동안에도 시점은 다른 등장인물의 것일 수 있으며, 독자에게 시점을 제공하는 등장인물의 감정은 그 인물의 이야기를 전달하는 화자의 감정과 다를 수 있다.

③ **태**voix/voice는 화자의 목소리를 가리킨다. 독자가 듣는 (화자의) 목소리는 독자가 (관점을 통해) 눈으로 보는 장면과 다를 수 있다. 화자의 목소리를 분석하는 것은 화자(서술 행위)와 전달되는 이야기 및 서사(이야기가 전달되는 방식) 사이의 관계를 분석하는 것이다. 태(목소리)는 이야기를 대하는 화자의 태도와 그것의 신뢰도를 판단하는 데 도움을 준다.

흥미로운 점은 시제, 법, 태가 모두 동사와 관련된 문법 사항이라는 사실이다. 주네트에 따르면, 모든 소설은 어떤 동사의 확장형처럼 작동한다. 바꾸어 말하면, 모든 서사는 행동으로 환원된다. 앞에서 제시한 범주들의 정의는' 이미 확정되어 변경 불가능한' 것처럼 보일 수도 있지만, 주네트가 그러한 범주들을 만들어 낸 의도는 상당 부분 어떤 문학 텍스트가 그와 같은 범주들을 '위반'함으로써 여러 효과들을 자아낼 수 있음을 밝히려는 데 있다. 주네트가 《잃어버린 시간을 찾아서》에 대한 연구에서 보여 주려 했던 내용도 이와 무관하지 않다. 서술 행위와 이야기 사이의 직접성과 친밀감을 최대한 상승시키려면, 앞에서 언급한 대로 정보량을 극대화하고 화자의 존재감을 최소화하는 것이 전통적인 방법이다. 그러나 주네트는 프루스트가 전통적 방식과는 달리 정보량을 극대화하는 동시에 화자의 존재감을 최대한 부각시켰음에도 어떻게 직접성 및 친밀감의 효과를 생산할 수 있었는지를 보여 주고자 했다. 주네트는 분류체계란 문학작품의 복잡성을 구체적으로 밝히는 데 필요한 것일 뿐, 지나친 단순화로 그러한 복잡성을 가리는 데 필요한 것이 아님을 강조했던 것이다.

물론 그레마스와 토도로프, 그리고 주네트의 작업은 모두 여기서 논의한 내용보다 훨씬 더 복잡하다는 점을 잊지 말자. 여기서는 일단 구조주의 서사학이 수행하는 종류의 분석을 이해하는 것이 목표다. 서사의 최소 단위들을 식별하고 그것들이 어떻게 작동하는지 확인하고자 현미경으로 서사를 들여다본다고 생각하면 이해가 빠를 것이다. 그런 점에서 구조주의 서사 이론가들은 서사가 작동하는 양상을 자세히 살펴볼 수 있는 방법과 그것을 묘사할 용어들을 함께 제공해 준다고 할 수 있다.

여기서 꼭 기억해야 할 것이 있다. 그레마스, 토도로프, 주네트는 모두 하나 또는 그 이상의 서사를 구조화하는 어떤 공식을 발견한 뒤 그 공식을 활용하여 문학의 의미, 그리고 그것과 인간 삶 사이의 관계에 관한 광범위한 질문들을 던지고자 했다는 사실이다. 즉, 우리가 주어진 하나 또는 그 이상의 서사를 구조화하는 어떤 공식을 발견하게 된다면, 이렇게 자문할 수 있어야 한다. "이 공식은 어떤 점에서 서사 일반에 관한 하나의 패턴을 드러낸다고 할 수 있는가? 그리고 그 패턴은 인간의 경험 또는 인간 의식의 구조와 관련하여 무엇을 시사하는가?" 질문을 다음과 같이 바꾸어 볼 수도 있겠다. 어떤 특정한 서사 패턴은 인류가 삶에 도움을 얻고자 수천 년에 걸쳐 주고받아 온, 비교적 자잘한 수많은 이야기들(그 이야기들의 형식은 헤아릴 수 없이 다양할지도 모르지만, 구조적인 면에서는 여전히 동일하다)을 이해하는 데 어떻게 기여할 수 있는가? 어떤 종류이든지 간에 구조주의적 분석의 중심에는 인간의 의미란 무엇인지 이해하고픈 욕망이 자리 잡고 있다.

문학 해석의 구조

조너선 컬러Jonathan Culler에 따르면, 문학 텍스트의 창작과 해석을 모두 지배하는 구조 체계는 다름 아닌 규칙rule과 약호code의 체계다. 이 체계는 우리가 의식적으로든 무의식적으로든 내면화한 것으로서, 우리가 문학 텍스트를 읽을 때 어떻게 의미를 만들어 내야 할지를 알려 준다. 이러한 규칙과 약호 가운데 일부는 대체로 사람들에게 당연한 것으로 여겨지지만(이를 테면, 동화는 허구적 이야기이므로 그 내용을 곧이곧대로 받아들이지는 않는다), 그 대부분은 학교에서 학습한 것들이다(예컨대, 자연의 이미지양식을 사용하는 부분은 작품의 주제와 관련하여 많은 것을 말해 준다).

이 같은 규칙과 약호 체계는 대학에서 가르치는 서구 문학 전통의 일부를 구성하며, 개인의 **문학 능력**literary competence은 그 체계를 얼마나 내면화했는지에 따라 정해진다. 이 말의 핵심은 두 사람의 독자가 모두 뛰어난 문학 능력을 지녔다면 특정한 작품에 대한 해석이 필연적으로 일치할 수밖에 없다는 것이 아니라, 두 가지 해석 모두 동일한 해석 규칙과 약호를 지닌 구조 체계에 근거하여 이루어졌으리라는 것이다. 이와 관련하여 컬러는 우리가 문학의 구조라고 부르는 것이 사실은 문학에 적용하는 해석 체계의 구조라고 주장한다. 그의 관심사는 그러한 구조 체계를 발굴하는 한편, 그것이 어떻게 작동하는지 밝히는 것이다. 컬러가 발견한 구조 체계에 익숙해지려면 그 체계의 주요 구성 요소 몇 가지를 간단하게나마 살펴보아야 할 것이다. 거리 두기와 몰개성의 관습, 자연화, 중요성 규칙, 은유의 일관성에 관한 규칙, 주제의 통일성에 관한 규칙 등이 여기에 속한다.

거리 두기distance와 **몰개성**impersonality**의 관습**이란 우리가 읽고 있는 것이 문학작품임을 금방 알아차리게끔 만드는 추측을 말한다. 이 추측은 심지어 편지(이를테면, 도널드 바셀미Donald Barthelme의 〈샌드맨The Sandman〉(1972)이나 신문(예컨대, 도리스 레싱Doris Lessing의《생존자의 회고록Memoirs of a Survivor》(1974)) 같은 비문학적 형식으로 쓰인 작품을 읽게 될 때도 작용한다. 우리가 지금 읽고 있는 것이 편지나 신문이 아닌 시나 소설의 일부임을 알게 되는 순간, 우리는 그것을 진짜 편지나 신문을 읽을 때와는 다른 방식으로 읽게 된다. 말하자면, 우리는 우리가 허구의 세계에 진입했음을 알고 있으며, 그러한 인식이 우리 자신과 허구 사이의 거리를 만들어 내는 것이다. 그리고 이 거리는 개인의 실제 경험에 관한 사실을 읽는 중임을 인지하고 있을 때는 나타나지 않는 일종의 몰개성을 동반한다. 거리 두기와 몰개성의 관습은 이후 설명할 모든 약호를 작동시키는 기본 약호라고 할 수 있다.

자연화naturalization란 일상적인 글에서는 보기 힘든 문학적 형식, 예컨대 각운, 운율, 연 나눔, 막과 장, 내적독백 같은 것들이 주는 낯섦을 우리가 살아가는 세계의 관점에서 이해할 수 있도록 텍스트를 변형시키는 과정을 가리킨다. 예를 들어 "우리 자기는 잘 익은 과일이야."라는 문장을 읽을 때, 우리는 화자가 과일 한 조각과 사랑에 빠졌다고 생각하지 않는다. 화자의 말이 은유적으로 쓰였다는 것을 추측할 수 있기 때문이다. 심지어 문학적 언어의 아름다움과 낯섦을 우리가 이해할 수 있는 어떤 개념으로 바꾸어 썼을 때조차 우리는 그 아름다움과 낯섦을 감상할 수 있다. 더 나아가, 대개 우리는 저자의 목소리가 아닌 화자의 목소리를 듣고 있다는 점, 그리고 서술 행위에서 비일관성이나 편향이 나타나는 것은 화자의 시점 탓이라는 점을 염두에 두곤 한다. 성격이나 상징 같은 문학적 요소들을 어떻게 해석해야 하는지 알려 주는 약호들을 인식하는 것도 텍스트를 자연화하는 방법 가운데 하나다. 가령, 맑고 깨끗한 피부를 지닌 사람이 영혼까지 맑고 깨끗한 경우를 실제 삶에서는 떠올리기 어렵지만, 소설 같은 특정한 종류의 글을 읽는 동안에는 그러한 연관성을 손쉽게 받아들인다.

중요성significance **규칙**이란 문학작품에는 어떤 중요한 문제에 관한 의미 있는 태도가 표명되어 있을 거라고 추측하는 것이다. 이 경우, 우리는 나머지 종류의 글을 대할 때와는 다른 방식으로 관심을 보이면서 문학작품이 말하고자 하는 바에 주목하게 된다. 어떤 사람이 자기 배우자가 남긴 '골동품 가게에 가서 전등 좀 찾아볼게요'라고 적힌 쪽지를 보았다면, 그 사람은 아마도 쪽지의 내용을 글자 그대로 받아들일 것이다. 배우자가 옛날 전등을 하나 갖고 싶어 한다고 말이다. 그런데 저 문장이 4행으로 나뉘면서 시의 형식을 갖춘다고 상상해 보자. 이를테면 "골동품 가게에/가서/전등 좀/찾아볼게요"라는 식으로 말이다. 똑같은 내용이지만, 단어 하나하나의 울림이 갑자기 증폭되는 느낌을 받을 것이다. 어쩌면 우리는 이 시가 현재의 불만족스러운 상황을 피해 과거로 돌아가서 지금 여기에서는 구할 수 없는 어떤 깨우침을 찾고 싶은 화자의 욕망을 표현한 작품이라고 결론 내릴지도 모른다.

은유의 일관성에 관한 규칙이란 은유의 두 가지 구성 요소, 즉 비유가 들어 있는 말인 매개vehicle(보조관념)와 비유가 적용되는 대상인 주의主意·tenor(원관념)가 작품의 맥락 안에서 일관된 관계를 형성해야 한다는 원칙이다. 가령, 날이 저물어 갈 무렵의 얼어붙은 날씨 속에서 오래도록 잠들어 있는 어느 늙고 가난한 미국 원주민 떠돌이에 관한 이야기가 있다고 상상해 보자. 이 맥락 안에서 창백한 겨울의 해질녘에 대한 묘사는 등장인물의 죽음에 대한 은유 또는 세기말에 대한 은유가 될 수 있을 것이다. 그러나 생기 넘치는 새로운 삶의 희망찬 시작을 예비하는 편안한 잠에 대한 은유로는 적절치 못할 것이다.

주제의 통일성에 관한 규칙은 은유의 일관성에 관한 규칙이 왜 필요한지를 말해 주는 주요 원칙이라고 할 수 있다. 주제의 통일성에 관한 규칙이란 문학작품이 통일되고 일관된 주제 또는 주요 내용을 갖고 있다는 우리의 기대를 가리키는 말이기 때문이다. 실제로 우리는 문학작품마다 우리가 어떻게 해서든 거의 찾아낼 수 있는 주제의 통일성이란 것을 갖고 있으리라 기대한다. 더 정확히 말하면, 우리는 텍스트를 해석할 때 주제의 통일성을 구성해 낼 수 있다고 기대한다. 컬러가 관찰한 바에 따르면, 우리는 몇 가지 일정한 방법에 따라 주제의 통일성을 만들어 내는 경향이 있다. 예컨대, 이항대립의 주제(선과 악의 대결), 이항대립이 해소되는 주제(선이 악을 물리치다), 제3항이 등장하여 이항대립을 대체하는 주제(선과 악의 대결은 모든 것을 아우르는 대자연의 품에 흡수된다. 이는 휘트먼의 1855년작 〈나 자신의 노래〉에서 엿볼 수 있는 주제이기도 하다) 등을 이끌어 내는 것이다.

한편 독자반응 비평 이론가들은 컬러가 제시한 구조주의적 접근법에 많은 관심을 가졌다. 그 이유는 어렵지 않게 짐작해 볼 수 있다. 6장에서 소개한 스탠리 피시의 사회적 독자반응이론과 마찬가지로, 컬러의 접근법 역시 우리의 문학 이해란 텍스트에 적용하는 해석 전략에 근거한 것임을 명확히 밝히고 있다. 앞서 논의했던 것처럼, 구조주의자들은 우리가 보는 세계란 우리의 의식구조가 투사된 세계, 즉 우리 자신이 '창조한' 세계라고 생각한다. 이러한 믿음을 문학에도 적용시킨 결과는 독자반응이론의 견해, 즉 우리는 문학 텍스트를 읽으면서 문학 텍스트를 '창조한다'는 견해와 다르지 않다. 그러나 컬러가 규정하는 구조주의적 작업은 다음과 같은 질문에 집약되어 있다. "우리가 수행하는 해석의 표면 현상들을 근거짓는 구조는 무엇인가?" 이 질문에 대한 답을 찾고자 컬러가 착수하는 작업은 해석을 하나의 구조 체계로서 이해하고 접근하는 것이다. 컬러는 서구 문학 전통 안에서 집필하고 해석하는 저자들과 독자들에게 (의식적으로 또는 무의식적으로)

작용하는 규칙들과 약호들로 구성된 구조 체계, 곧 **랑그**를 검토한다는 점에서 독자반응 비평 이론가들과 다르다.

이 장에서는 간단한 본보기들만 선보이는 데 그쳤지만, 그 내용만으로도 구조주의적 접근법이 얼마나 광범위한 영역에서 활용되는지 실감할 수 있을 것이다. 구조주의자들이 사용하는 이론 체계의 종류라는 측면에서 보더라도, 그들이 분석하는 문학과 비문학을 비롯한 텍스트의 종류라는 측면에서 보더라도, 구조주의적 분석이 관여하는 분야는 실로 다양하다.

구조주의 비평가가 던질 만한 질문들

다음 질문들은 구조주의 이론을 활용하여 문학작품에 접근하는 방법들을 요약한 것이다. 기억해야 할 것은, 어떤 문학 텍스트가 위대한 문학작품인지 아닌지를 결정하는 것은 구조주의자들의 관심사가 아니라는 점이다. 그들은 문학적 생산물을 비롯한 문화적 생산물의 토대인 구조 체계에 초점을 맞춘다.

① 노스롭 프라이의 뮈토스 이론과 양식 이론, 또는 로버트 스콜스의 양식 이론을 활용하여 텍스트가 어떻게 특정한 장르로 분류되어야 하는지 판단해 보자. 그 작품은 프라이의 네 가지 뮈토스 중에서 어떤 뮈토스에 속하는가? 그 작품은 프라이 또는 스콜스의 양식 중에서 어떤 양식에 속하는가?

② 특정한 구조주의적 이론 체계(그레마스, 토도로프, 주네트의 이론 같은 것)를 활용하여 텍스트의 서사가 작동하는 양상을 분석해 보자. 구체적으로, 그레마스의 행위소와 서사구조, 또는 토도로프의 명제 도식

을 활용하여 텍스트에 작동하는 서사적 문법을 파악해 보자.

③ 제라르 주네트의 서사적 층위 이론을 활용하여 이야기, 서사, 서술 행위가 시제, 법, 태라는 범주들을 통해 문학 텍스트에서 어떤 방식으로 상호작용하는지 분석해 보자.

④ 컬러의 '문학 능력' 이론을 활용하여 거리 두기와 몰개성의 관습, 자연화, 중요성 규칙, 은유적 일관성에 관한 규칙, 주제의 통일성에 관한 규칙이 문학 텍스트를 해석할 때 어떻게 작동하는지 판단해 보자. 여러분의 주장을 뒷받침하는 특정한 인물, 사건, 이미지, 주제, 문체적 요소는 어떤 것들이 있는지 파악해 보자.

⑤ 고등학교 축구 경기, 특정한 소비품을 선전하는 텔레비전 광고 또는 잡지 광고, 또는 군사작전, 중요한 법적 소송, 대통령선거운동 같은 역사적 사건들을 다루는 매체 보도 등과 같은 문화적 '텍스트'의 특정 범주를 설명하는 기호학에는 어떤 것들이 있는가? 다시 말해, 먼저 '사막의 폭풍'(군사작전) ^{1991년 걸프전 당시 미군이 수행한 작전명} 이나 '화이트 다이아몬드'(향수 상표) 같은 비언어적 '꼬리표'의 기호학적 의미뿐만 아니라 해당 문화적 '텍스트'가 보내는 비언어적 메시지를 분석해 보자. 이때, 전달되는 것은 무엇이며, 정확히 어떻게 전달될 수 있는가?

우리는 이 가운데 하나 또는 몇 개를 섞어 질문하는 방법으로 문학 텍스트 또는 그 밖의 텍스트를 논의할 수 있을 것이다. 여기에 나와 있지는 않지만 다른 유익한 질문을 나름대로 던져 볼 수도 있다. 여기서 제시한 물음들은 구조주의의 관점에 따라 문학 텍스트를 효과적으로 이해하는 몇 개의 출발점일 뿐이다. 다만 구조주의 비평가들이라고 해서, 심지어 동일한 접근법을 활용하는 비평가들이라고 해서 동일한 텍스트를 모두 똑같이 해석하는 것은 아니라는 사실을 명심하자. 어느 이론에서든 실제 비평가들의 해석은 훨씬 다양하기 마련이다. 우리의 목표는 구조주의 이론을 활용하여, 문학 텍스트를 형성하는 구조들 사이에 존재하는 어떤 근원적인 연계성을 이해하는 것이다. 더 나아가, 그러한 근원적인 연계성을 문학의 구조와 언어의 구조 사이에서, 그리고 문학, 신화, 예술, 사회적 의례, 스포츠, 다양한 형식의 오락, 광고 등 종류를 막론한 문화현상의 구조들 사이에서 찾아보는 것이다. 문학의 근원적 구조를 서술할 수 있는 체계적이고 보편적인 용어를 만들어 낸다면, 우리는 문학 생산과 문학사에서 일어나는 과정들을 한층 잘 이해하게 될 것이며, 따라서 더욱 엄밀하면서도 분명하게 비교 작업을 수행할 수 있을 것이다.

이제 곧 접하게 될 F. 스콧 피츠제럴드의《위대한 개츠비》독법은 구조주의 이론에 따른 작품 해석의 한 가지 사례이다. 나는 토도로프의 서사 '문법' 개념에 기대어《위대한 개츠비》에 등장하는 모든 행동이 '구하다', '얻다', '잃다'라는 세 가지 동사로 환원 가능하다는 점을 밝히고자 한다. 내가 보기에, 이 세 가지 동사로 이루어진 문법의 출현은 '구하다 – 그리고 – 얻다'라는 전통적 탐색 여정의 공식을 현대소설이 거부한다는 사실을 말해 주는 결과로 해석할 수 있다. 여기에 덧붙여, 나는《위대한 개츠비》의 문법인 '구하다 – 얻다 – 잃다' 공식이 프라이의 뮈토스 이론을 흥미로운 방식으로 활용하는 데도 도움이 된다는 점을 보여 주려고 한다. 이는《위대한 개츠비》의 두 가지 핵심 줄거리, 곧 제이 개츠비의 이야기와 닉 캐러웨이의 이야기 사이의 상관관계를 분석하는 과정에서 증명될 것이다.

"구하라, 그러면 얻을 것이다"… 그리고 잃을 것이다

《위대한 개츠비》에 대한 구조주의적 독법

F. 스콧 피츠제럴드의 《위대한 개츠비》는 그 구조만으로도 충분히 흥미를 끌 수 있을 정도로 여러 면에서 정밀하게 조직된 소설이다. 그렇다면 이 텍스트의 구조적 대칭을 간략하게나마 확인하는 일이 먼저일 것이다. 《위대한 개츠비》의 서사는 제이 개츠비가 데이지 뷰캐넌을 추구하고 차지했다가 잃어버리는 과정을 중심으로 이루어져 있다. 그런데 텍스트 곳곳에 등장하는 회상 장면에서 알 수 있듯이, 이 같은 실패한 탐색 여정의 서사는 개츠비가 처음 데이지를 만났던 시기, 즉 이 소설이 시작되는 시점 이전에 펼쳐졌던 동일한 서사의 재연이기도 하다. 그때도 개츠비는 데이지를 추구하고 차지했다가 잃어버렸다. 두 가지 실패한 탐색 여정은 불과 몇 개월 사이에 압축적으로 전개된다는 점에서, 그리고 매번 개츠비가 자신의 출신 배경을 속인다는 점에서 유사하다. 그렇다면 과거와 현재로 이루어진 텍스트의 구조 안에는 일종의 서사적 대칭이 존재한다고 볼 수 있다.

《위대한 개츠비》의 구조적 대칭은 이것만이 아니다. 개츠비와 데이지가 재회하는 장면을 다룬 5장은 이 소설이 총 9장으로 구성되어 있으므로 분량 면에서 정중앙에 위치한다고 말할 수 있다. 그런데 개츠비와 데이지의 재회는 7월 말에 일어난 사건이라는 점에서 시간 순서에 따른 서사 전개에서도 딱 중간 지점에 해당한다. 닉이 뷰캐넌 부부의 집을 처음 방문하는 시점은 진정한 "그해 여름의 역사"(10/22; 1장)가 시작되던 6월 초였고, 개츠비가 사망한 때는 9월 초이기 때문이다.

여기에 더해, 《위대한 개츠비》는 서로 유사하게 구조화된 세 가지 서사 패턴에 따라 전개된다. 그리고 세 가지 서사 패턴의 시작과 끝에는 자신이 들려준 사건들에 대한 화자 닉 캐러웨이의 성찰이 자리 잡고 있다. 이를 간단히 정리하면 다음과 같다.

시작: 이야기를 시작하는 화자의 성찰 (1장)

Ⅰ: 부의 세계 묘사 (1장)

Ⅱ: 빈곤의 세계 묘사 (2장)

Ⅲ: Ⅰ과 Ⅱ의 교차 – 부자와 빈자가 개츠비의 파티에서 한데 섞이다.(3장)

Ⅰ: 닉이 개츠비의 과거를 듣다. (4장)

Ⅱ: 닉이 데이지의 과거를 듣다. (5장)

Ⅲ: Ⅰ과 Ⅱ의 교차 – 개츠비와 데이지가 재회하다. (5장)

Ⅰ: 삼각관계가 생기다 – 개츠비의 파티에서 톰과 데이지, 개츠비가 처음으로
　　대면하다. (6장)

Ⅱ: 삼각관계가 폭발하다 – 뉴욕의 호텔 방에서 대결이 벌어지다.(7장)

Ⅲ: Ⅰ과 Ⅱ의 교차 – 세 가지 참사가 일어나다.
　　A. 머틀 윌슨의 죽음 (7장)
　　B. 개츠비의 죽음 (8장)
　　C. 조지 윌슨의 죽음 (8장)

끝: 이야기를 마무리하는 화자의 성찰 (9장)

　물론, 이 가운데 어떤 서사 패턴을 고르더라도 곧바로《위대한 개츠비》에 대한 구조적 분석에 착수할 수 있다. 하지만 내가 주목하는 부분은 이 모

든 것의 토대라고 생각되는 것이다. 그것은 츠베탕 토도로프가 명제로 도식화한 서사 '문법'이다. 앞에서 살펴본 바와 같이, 우리는 토도로프의 도식을 활용하여 텍스트가 어떻게 특정 등장인물들(명사와 유사하다)과 관련하여 되풀이되는 행동(동사와 유사하다)과 속성(형용사와 유사하다) 사이의 관계들로 구조화되어 있는지 알아볼 수 있다. 바꾸어 말하면, 우리는 이를 통해 텍스트가 어떻게 동일한 문법과 동일한 공식, 동일한 '문장'의 반복으로 구조화되어 있는지 분석할 수 있다.

내가 볼 때, 《위대한 개츠비》에 등장하는 모든 행동은 '구하다', '얻다', '잃다'라는 세 가지 동사로 환원될 수 있다. 이 세 동사는 차례로 두 가지 연관된 '문장' 또는 서사 패턴을 반복적으로 생산한다. 이를테면, 'X는 Y를 구하고 얻는다. 그러고 나서 Y를 잃는다' 또는 단순히 'X는 Y를 구한다. 그러나 Y를 얻지 못한다' 같은 식으로 말이다(여기서 'X'는 당사자, 'Y'는 당사자가 원하는 인물, 대상, 상태, 조건 등을 가리킨다). 두 경우 모두 다음과 같은 서사 공식으로 표현할 수 있다.

① 속성: X에게는 Y가 없다.
② 행동: X는 Y를 구한다.
③ 속성: X에게는 Y가 없다. (X가 Y를 찾지 못했거나 찾았음에도 잃어버린 경우)

나는 이 공식이 어떻게 텍스트를 전체적으로 구조화하는지 밝힘으로써 《위대한 개츠비》를 분석해 보려고 한다. 이를 위해, 먼저 텍스트가 주요 등장인물들에 관한 서사를 구조화하는 양상을 살펴볼 것이다. 그다음으로는 '구하다 – 얻다 – 잃다'라는 문법이 어떤 의미에서 '구하다 – 그리고 – 얻다'라는 전통적 탐색 여정 공식에 대한 거부의 성격을 갖는지, 즉 그것이 어떤 의미에서 현대소설의 문법이 될 수 있는지 논의할 것이다. 마지막으로, 이 같은 서사 문법이 어떻게 노스럽 프라이의 뮈토스 이론을 흥미롭게 활용하는 하나의 본보기가 될 수 있는지 보여 줄 것이다. 《위대한 개츠비》에서 이 문법은 겨울의 뮈토스(닉의 이야기, 아이러니 장르) 안에 여름의 뮈토스(개츠비의 이야기, 로맨스 장르)를 끼워 넣은 형식의 한 편의 서사를 생산한다. 결론부터 말하자면, 이 텍스트의 서사 안에서 여름의 뮈토스는 결국 겨울의 뮈토스로 중단되지만, 그럼에도 겨울의 뮈토스 구조 안에서 사라지지 않고 계속 '출몰'하게 된다.

《위대한 개츠비》를 관통하는 '구하다 – 얻다 – 잃다' 공식의 핵심 구조, 곧 '마스터 플롯'은 물론 주인공 제이 개츠비에 관한 이야기다. 앞에서 본 것처럼, 개츠비는 데이지를 두 차례에 걸쳐 구하고 얻고 잃는다. 그 과정은, 한 번은 이 텍스트가 시작되기 전의 젊은 시절에, 다른 한 번은 텍스트의 내용대로 닉을 이웃으로 둔 웨스트에그의 대저택에서 보낸 어느 여름에 각각 진행된다. 덧붙여 말하자면, 개츠비가 데이지를 구하고 얻고 잃는 서사는 그가 자신의 이름을 제임스 개츠에서 제이 개츠비로 바꾸면서 추구했던 어떤 새로운 삶을 구하고 얻고 잃는 서사를 동반한다. 그러므로 개츠비의 '구하다 – 얻다 – 잃다' 이야기는 두 번에 걸쳐 되풀이될 뿐 아니라, 두 가지 다른 목표, 곧 사랑과 사회적 지위를 추구하는 형태로 되풀이된다고도 할 수 있다. 물론 개츠비가 죽게 되면서 두 가지는 모두 사라진다. 한편, 다른 등장인물들의 서사는 개츠비의 서사에 '묶여 있다'. 다시 말해, 다른 인물들의 이야기는 화자 닉이 개츠비의 이야기를 먼저 풀어놓아야만 비로소 들을 수 있다.

그중에서도 데이지의 이야기는 개츠비의 '구하다 – 얻다 – 잃다' 공식을 반영할 뿐 아니라, 그것을 그대로 되풀이하는 특징이 있다. 회상 장면에서 본 것처럼, 젊은 시절의 데이지 페이는 흥분되는 경험을 찾고자 했고, 그것을 제이 개츠비 중위를 향한 사랑이라는 형태로 획득하지만, 그가 전쟁터로 떠나는 바람에 잃어버린다. 그래서 데이지는 정서적 안정감을 찾고자 했고, 그것을 톰 뷰캐넌과의 결혼이라는 형태로 획득하지만, 곧 그의 외도를 확인하면서 역시 잃어버리고 만다. 마지막으로, 데이지는 톰에게서 얻지 못했던 관심에 목말라 있었고, 그것을 개츠비에게서 얻게 되지만, 그가 죽음을 맞이하면서 그 관심도 사라지게 된다(좀 더 정확히 말하자면, 개츠비는 데이지가 생각했던 부류의 사람이 아니라는 사실을 톰이 폭로한 순간, 데이지는 개츠비에 대한 관심을 그의 죽음에 앞서 접는다).

'구하다-얻다-잃다'라는 문법은 데이지의 서사뿐 아니라 톰 뷰캐넌, 머틀 윌슨, 조지 윌슨 등의 서사도 마찬가지 방식으로 구조화한다. 젊은 시절의 톰은 자아 만족을 원했고, 대학 풋볼의 영웅이 되면서 그러한 만족감을 맛보지만, 대학을 졸업하자 그 만족감은 사라진다. 결혼한 이후의 톰은 유사한 종류의 자아 만족을 원하게 되는데, 그것은 이제 노동계급 여성들과 같은 '아랫사람'을 꼬드김으로써 충족된다. 가장 최근에 유혹한 여성이 머틀 윌슨인 것이다. 하지만 그런 종류의 자아 만족은 정사를 갖는 한에서만 지속될 뿐이므로, 톰은 욕망을 채우지 못한 자의 위치로 되돌아간다.

반면, 머틀 윌슨이 바라는 것은 지루하고 가난한 결혼 생활에서 빠져나오는 것이다. 머틀은 그 출구를 톰 뷰캐넌에게서 발견한다. 그러나 그녀는 '뺑소니' 사고로 죽게 되고, 출구 또한 없어진다. 물론 머틀이 죽지 않았다고 해도 톰과 결혼하지는 못했을 것이다. 데이지의 신앙 문제 때문에 이혼하기 어렵다고 거짓말하는 것만 봐도, 톰은 머틀에게 결혼에 대한 확답을 그 이후에도 줄 생각이 없었던 것이 분명하다. 한편, 머틀의 '구하다-얻다-잃다' 서사 이면에는 그녀의 남편 조지의 '구하다-얻다-잃다' 서사가 마치 그림자처럼 작동하고 있다. 조지는 사랑을 찾고자 했고, 그 사랑을 머틀과의 결혼에서 발견했다. 그러나 머틀이 톰과 바람을 피우면서 조지는 사랑을 잃는다(좀 더 정확히 말하자면, 조지가 결혼할 때 입은 양복이 그의 것이 아니었음을 알게 된 순간, 머틀은 조지에 대한 애정을 거둔다).

이러한 '구하다 - 얻다 - 잃다' 공식을 뒷받침하는 것이 그 부분집합 가운데 하나인 '구하다 - 그러나 - 얻지 못하다' 공식이다. 우리는 이 공식의 작동 양상을 조지와 조던 베이커에게서 확인할 수 있다. 조지는 경제적 안정을 추구하지만, 그것은 불가능한 꿈으로 남는다. 조던 베이커는 사회적 · 경제적 안정을 추구하지만, 성공만 하면 게임에서 승리할 수 있는 마지막 퍼팅이 늘 비껴 가듯이, 그녀가 원하는 안정 역시 그녀의 바람대로 이루어지지 못한다. '구하다 - 그러나 - 얻지 못하다' 공식은 또한 비중이 작은 여러 등장인물들을 일종의 배경으로서 구조화한다. 맥키 씨는 사진가로서 성공하길 바라지만, 성공과는 거리가 멀다. 머틀의 여동생 캐서린은 항상 무엇을 해도 만족하지 못하는 인물로 비쳐진다. 그녀에게 몬테카를로는 그곳을 여행할 때 금전적으로 손해를 보았다는 이유로 진절머리가 나는 곳으로 전락하고, 그녀의 "뻣뻣한 붉은 단발머리에" "우유같이 흰 분을 바"른 얼굴은 "좀 더 예쁘게 보이도록" 눈썹을 그린 자리에 새 눈썹이 자라서 "지저분해"졌기에 역시 마음에 들지 않을 것이다.(34/54; 2장) 아마 그녀가 찾을 수 있는 행복은 난장판 술자리를 찾아 이리저리 떠돌아다니는 것이 전부일 것이다. 심지어 개츠비의 파티를 찾는 수많은 손님들도 삶에 만족하지 못하는 떠돌이의 분위기를 풍긴다. 어디서 왔는지도 알 수 없는 그들은 최신 유행 춤을 추는 등 새로운 무언가를 경험하려 하며, 흥분될 만한 일이 없는지 찾아 헤맨다. 어쩌면 그들은 단지 불만으로 가득한 절망의 기분에서 벗어나려는 목적만으로 파티에 들렀을지도 모른다.

《위대한 개츠비》에서 '구하다 - 그러나 - 얻지 못하다' 서사가 가장 잘 나타난 경우는 역시 닉 캐러웨이의 서사다. 닉이 뉴욕에서 보낸 여름은 성공할 수 없는 것들을 향한 추구로 점철되어 있다. 닉은 흥분되는 경험을 좇아 제1차 세계대전에 참전한 것으로 보이는데, 막상 고향으로 돌아오고 나서는 자신에게 남아 있는 것이 없다는 것을 깨닫는다. 심지어 떠나기 전보다도 말이다. 그래서 닉은 뉴욕으로 향하기로 마음먹는다. "[제1차 세계대전을] 너무나 만끽했던 나는 고향에 돌아와서도 마음의 안정을 찾을 수가 없었다. 중서부 지방은 세계의 이제 활기찬 중심지가 아니라 우주의 초라한 변두리와 같았다. 그래서 나는 동부로 가서 채권업을 배우기로 결심했다."(7/18; 1장) 물론 그의 채권업 도전 또한 '구하다 – 그러나 – 얻지 못하다'의 도식을 그대로 따른다. 아니, 닉이 동부에서 보낸 경험 자체가 대체로 그러하다. 뉴욕에 도착한 지 불과 몇 개월 만에 닉은 동부에서의 생활과 채권업 공부를 그만둔다. 심지어 제대로 여성을 만나 보겠다는 시도조차 실패로 돌아간다. 사실 닉이 고향을 떠난 이유 가운데 하나는 알고 지내던 한 여성과 결혼해야 한다는 압박감을 피하기 위해서였다. 그래서 뉴욕에 온 뒤 닉은 직장에서 함께 일하는 여성에게 관심을 보이게 되지만, 자신을 "그녀의 오빠가 … 못마땅한 눈빛으로 흘겨보기 시작하는 바람에"(61/90; 3장) 더 이상 관계를 진전시키지 못한다. 조던 베이커와의 관계에서도 닉은 역시 잠깐 열중했을 뿐 오래 지속시키지 못한다. 뷰캐넌 부부에게 염증을 느끼자마자 조던에게도 비슷한 감정을 갖게 되는 것이다.

그러나 닉에게 나타나는 '구하다 – 그러나 얻지 못하다' 도식 가운데서 가장 중요한 것은 그가 삶의 목적을 찾는 데 실패한다는 점이다. 서사가 진행되는 내내 닉은 뭘 해야 좋을지 모르는 인물로 형상화된다. 닉은 서른 살이 되었지만 안정된 직업이 없고 진지한 연애를 해 본 적도 없으며 자기 소유의 집도 없다. 물론 닉도 자신의 부족한 부분을 절실히 느끼고 있다. "서른 살—고독의 십 년을 기약하는 나이, 독신자의 수가 점점 줄어드는 나이, 야심이라는 서류 가방도 점점 얄팍해지는 나이, 머리카락도 점점 줄어드는 나이이다."(143/200; 7장) 사실, 닉이 채권업을 배울 수 있는 것도 부유한 아버지가 "일 년 동안 재정적으로 뒷바라지를 해주기로"(7/18; 1장) 했기 때문에 가능한 것이다. 그런 점에서 볼 때, 닉이 개츠비에게 강하게 매혹되는 것은 놀라운 일이 아니다. 개츠비는 닉에게 가장 부족한 부분, 다시 말해서 그가 아무리 노력해도 획득할 수 없는 어떤 자질을 가지고 있기 때문이다. 그것은 바로 삶의 목적이다.

'구하다 – 얻다 – 잃다'로 구성된《위대한 개츠비》의 문법을 전통적 탐색 여정 공식에 대한 거부라는 측면에서 바라보면 더욱 흥미롭다. 이는 어떤 면에서 현대소설의 특징이기도 하다. 전통적인 탐색 여정 공식은 '구하다 – 그리고 – 얻다'로 구조화되어 있다. 이 공식에 따르면, 영웅은 설령 죽음을 맞게 되더라도 탐색 여정의 목표를 직접 달성하거나 목표 달성에 도전함으로써, 자신의 힘으로 어떻게든 세계를 변모시킨다. 그러한 과정에서 중요한 무언가가 발견된다. 토도로프가 추출한 이 공식의 기본 플롯은 속성과 행동으로 구성되며, 속성은 행동으로 변형된다. 기본 순서는 ① 속성(이를테면, 주인공은 성공하지 못한 인물이다) ② 행동(그 사람은 성공을 추구한다) ③ 속성(그 사람은 결국 성공을 거두거나, 적어도 편력의 결과로서 중요한 무언가를 깨닫게 된다)순이다. 즉, 어떤 면에서는 전통적 탐색 여정이 구원의 의미를 갖는다고도 볼 수 있다.

《위대한 개츠비》에 등장하는 인물들의 속성은 앞에서 보았다시피 영웅의 행동으로도, 그들 자신의 행동으로도 끝내 변화하지 않는다. 소설의 결말 부분에 나타나는 등장인물들의 속성은 소설의 도입부에서 나타난 것과 거의 동일하며, 그들에게 부족했던 부분은 끝까지 채워지지 않는다. 말하자면, 등장인물들은 이야기가 진행되는 동안 아무것도 배우지 못한다. 개츠비는 죽는 순간까지도 데이지가 자신을 버렸다는 사실을 인정하지 않았던 것 같다. 그 사실에서 통찰을 얻고 무언가 깨닫기에는 그의 죽음이 너무 일찍 찾아왔다. 머틀과 윌슨 역시 그들의 경험에서 아무것도 배우지 못한 채로 죽음을 맞이한다. 조던의 경우, 마지막으로 등장하는 장면에서도 닉에게 거짓말을 하는 등 변함없는 모습을 보인다. 그녀는 닉에게서 버림받을 때도 흔들리지 않았으며, 곧 다른 사람과 약혼한다. 마지막으로, 톰과 데이지는 예상대로 "돈이나 엄청난 무관심 또는 자기들을 한데 묶어 주는 것이 무엇이든 그 뒤로 물러나서는"(188/260; 9장) 자기들이 초래한 혼돈에서 도망쳐 버린다.

이런 모습들에 해당되지 않는 유일한 예외는 화자 닉이다. 닉은 뉴욕에서의 경험을 통해 달라진 자신의 모습을 발견한다. 서사의 도입부에서 닉은 "여름과 함께 삶이 다시 시작되고 있다는"(8/19; 1장) 기분에 휩싸이며 매우 낙관적인 태도를 보인다. 그는 뉴욕에서의 새로운 일자리와 새로운 삶에 잔뜩 흥분해 있었다. 그러나 여름이 끝날 즈음, 닉은 동부에서의 모든 계획을 송두리째 포기할 만큼 지독한 환멸에 사로잡힌다. "지난해 가을 동부에서 돌아왔을 때, 나는 이 세계가 제복을 차려입고 있기를, 말하자면 영원히 '도덕적인 차렷' 자세를 영원히 취하고 있기를 바랐다. 나는 이제 더 이상 특권을 지닌 자의 시선으로 인간의 내면세계를 오만하게 들여다보고 싶지 않았던 것이다."(6/16-17; 1장) 그러나 닉의 변화가 구원의 의미를 띠지는 않는다. 여름이 지나는 동안, 닉이 인간 본성에 관한 무언가 중요한 것을 깨달은 것만은 분명하다. 하지만 그 여름의 경험이 닉에게 가져다준 것은 인간 삶에 대한 어두운 전망이다. 소설의 끝부분에서 닉은 희망을 잃고 체념하는 모습을 보인다. "그리하여 우리는 조류를 거스르는 배처럼 끊임없이 과거로 떠밀려 가면서도 앞으로, 앞으로 계속 나아가는 것이다."(189/262; 9장)

'구하다 – 그리고 – 얻다'(또는 '구하다 – 그리고 – 변모되다')로 구성된 전통적 탐색 여정 공식이 구원의 가능성을 포함한 어떤 세계관과 결부되어 있다면, '구하다 – 얻다 – 잃다'(또는 '구하다 – 그러나 – 얻지 못하다') 문법은 아마도 구원이 불가능하거나 그 가능성이 극히 희박하다고 보는 다른 어떤 세계관과 결부된다고 볼 수 있다. 후자의 세계관은 인간의 경험을 전자보다 더욱 비관적으로 바라본다(이에 대해 혹자는 더욱 현실적으로 바라보는 것이라고 말할지도 모른다). 이는 모더니즘의 세계관과도 연관되어 있다. 모더니즘적 세계관은 제1차 세계대전 발발(1914)과 제2차 세계대전 종결(1945) 사이에 등장한 서구의 문학작품들을 지배한 세계관이자,《위대한 개츠비》가 압축하여 보여 주는 세계관이기도 하다. 이처럼 모더니즘적 세계관과 연관된 '구하다 - 얻다 - 잃다' 문법을 찾아볼 수 있는 현대소설은 무수히 많다.

로렌스D. H. Lawrence의《아들과 연인Sons and Lovers》(1913)과《사랑하는 여인들Women in Love》(1920), 버지니아 울프의《등대로To the Lighthouse》(1927), 리처드 라이트의《토박이》(1940) 등을 비롯한 수많은 현대소설들이 이러한 문법으로 구조화되어 있다. 이 같은 소설을 읽는 독자들은 그 안에 등장하는 인물들보다는 텍스트 안에서 과연 어떤 변화가 일어날 수 있을지에 주목해야 한다. 그러나 이런 종류의 텍스트들은 구원이라고 부를 만한 세계관을 제시하지 않는다(비슷한 맥락에서 우리는 '구하려고 - 애쓰지 - 말라'라는 공식으로 포스트모더니즘 소설들의 성격을 드러낼 수 있을지도 모르겠다. 토머스 핀천Thomas Pynchon의《49호 품목의 경매The Crying of Lot 49》(1966), 조앤 디디온Joan Didion의《있는 그대로Play It as It Lays》(1970), 조지프 헬러Joseph Heller의《무슨 일이 있었지Something Happened》(1974), 돈 드릴로Don DeLillo의《화이트 노이즈White Noise》(1985) 등은 확실히 그러한 문법으로 구조화되었다고 말할 수 있는 소설들이다).

나는《위대한 개츠비》의 문법인 '구하다 - 얻다 - 잃다' 공식이 전통적 탐색 여정 공식을 거부하는 현대소설의 한 경향을 반영한다고 보고, 이를 노스럽 프라이의 뮈토스 이론과 연결시켜 보고자 한다. 나는《위대한 개츠비》가 프라이의 뮈토스 이론을 적용하기에 아주 적합한 소설이라고 생각하며,

그러한 독법이 토도로프의 이론을 바탕으로 한 지금까지의 논의와도 충분히 양립할 수 있다고 본다. 프라이의 이론 체계에 따르면, 《위대한 개츠비》는 아이러니 구조(닉의 이야기, 사실주의, 겨울의 뮈토스) 안에 로맨스 구조(개츠비의 이야기, 탐색 여정 서사, 여름의 뮈토스)를 끼워 넣은 형식의 소설로서, 아이러니 구조가 그 내부의 로맨스 구조에 대해 계속 논평을 남기는 방식으로 진행되는 소설이라고 볼 수 있다. 이러한 진행 방식은 소설의 말미에서 화자 닉으로 하여금 로맨스 구조가 오늘날에는 더 이상 가능하지 않다는 사실을 깨닫도록 만든다. 즉, 《위대한 개츠비》에서 아이러니 구조는 로맨스 구조를 포함할 뿐만 아니라, 결과적으로 로맨스 구조의 작동을 중단시킨다.

개츠비는 당연히 낭만적 탐색 여정의 영웅이다. 다른 모든 등장인물들이 자기 나름의 '탐색 여정'을 수행하지만, 그것을 로맨스 양식 안에서 펼쳐 보이는 인물은 개츠비가 유일하다. 노스럽 프라이는 《비평의 해부》에서 로맨스에 대해 다음과 같이 적고 있다. "로맨스는 모든 문학 형식 중에서 욕구 충족의 꿈에 가장 가까운 것이며, 그렇기 때문에 … 어느 시대이든지 간에 사회적으로나 지적으로나 지배계급에 속한 자들은 그들의 이상을 어떤 로맨스 형식으로 투영시키려는 경향을 갖는다."[186/363] 이른바 '재즈시대'였던 1920년대 미국은 일확천금의 꿈이 지배하던 시공간이었고, 제이 개츠비에게서 볼 수 있는 것과 같은 부의 증대는 그야말로 아메리칸드림의 상징이었다. 그리고 아메리칸드림은 명백히 소망 충족이라는 낭만적 꿈의 형식을 띠었고, 이는 지금도 변하지 않았다. 개츠비는 과거의 황금기를 되찾고자 끊임없이 노력한다는 점에서 로맨스의 전형을 보여 주는 인물이다. 그에게 황금기란 전장에 나가기 전에 루이빌에서 데이지 페이에게 사랑을 고백하던 시절이다. 전쟁이 끝나고 미국으로 돌아온 뒤 개츠비는 전력을 다해 재산을 축적해 나가는 한편, 그 와중에도 계속 신문을 뒤지며 데이지에 관한 내용을 찾으려 애쓴다. 마침내 개츠비가 만灣을 사이에 두고 데이지의 집을 건너다 볼 수 있는 대저택을 구입하게 되었을 때, 그는 데이지를 다시 만나 "모든 것을 옛날과 똑같이 돌려놓을"(117/166; 6장) 생각에 사로잡힌다. 그렇게 해야만 자신의 황금기를 되찾을 수 있기 때문이다.

실제로, 댄 코디를 만났을 때부터 닉의 집에서 데이지와 재회하게 될 때까지의 긴 시간 동안에 개츠비가 수행한 모든 활동은, 낭만적 영웅이 중대한 모험(데이지를 자신의 품으로 되찾아 오는 것)에 돌입하기에 앞서 반드시 해결하지 않으면 안 되는 일련의 자잘한 모험들을 연속적으로 처리한 것이라고도 볼 수 있다. 개츠비는 코디와 함께한 모험들을 통해 성공하는 데 필요한 기술들을 배울 수 있었다. 그 기술들에는 인내심과 자제력 같은 낭만적 영웅의 특징들도 포함된다. 또한 군대에서 거둔 성과 덕분에 중위에서 소령으로 빠르게 진급했는가 하면, 가는 곳마다 받은 훈장들로 자신의 용맹함을 증명해 보일 수 있었다. 그리고 울프심의 조직에서도 금세 높은 지위까지 올라가며 톰 뷰캐넌 못지않은 재산을 빠르게 축적할 수 있었다.

데이지를 되찾기 위한 탐색 여정이라는 개츠비의 중대한 모험은 신부를 구하기 위한 낭만적 탐색 여정의 전형적인 특징을 보여 주는 것이기도 하다. 물이라는 장벽에 막혀 연인에게 다가가지 못하는 전통적 탐색 여정 속의 영웅과 마찬가지로, 개츠비 역시 자신이 위치한 웨스트에그와 데이지의 집이 있는 이스트에그를 가르는 만으로 인해 데이지와 떨어져 있어야 한다. 그리고 뷰캐넌 부부가 사는 곳의 부두에서 비쳐 오는 초록색 불빛을 보면서 개츠비가 그곳이 '약속의 땅'임을 확인한다는 점 역시 낭만적 탐색 여정의 전형적인 특징이라고 볼 수 있다. 더구나 데이지를 향한 개츠비의 탐색 여정이 어떤 적대자, 그러니까 독자들에게서 거의 공감을 이끌어 내지 못하는 어느 등장인물과 맞부딪힌다는 점도 전통적인 낭만적 탐색 여정과 흡사하다. 신부를 앗아 간 강탈자 역할은 역시 톰의 몫이다. 그는 이기적인 책략으로 데이지를 빼앗았으며, 그렇기 때문에 개츠비는 톰에게서 데이지를 구해 내야 하는 것이다.

영웅과 적대자 사이에서 빚어지는 낭만적 갈등이 최고조에 이르는 대목은 뉴욕의 호텔 방에서 개츠비와 톰이 충돌하는 장면이다. 이 같은 전투에서 때로는 영웅이 죽기도 하지만, 탐색 여정을 위해 기꺼이 스스로를 희생하는 모습은 그 사람이 진정한 영웅임을 입증한다. 개츠비도 결국 죽는다. "'제이 개츠비'가 톰의 무자비한 악의 앞에서 유리 조각처럼 산산이 부서지면서"(155/216; 8장)라는 표현처럼 개츠비는 그 장면에서 이미 상징적 죽음을 당했을 뿐 아니라, 총을 든 채 광분해 있던 조지 윌슨에 의해(그런 조지를 개츠비의 집으로 보낸 사람은 톰이다) 실제로도 죽음을 맞이한다. 데이지를 위해 기꺼이 자신을 희생하는 개츠비의 모습은 이 서사가 그의 죽음을 향해 나아감에 따라 지배적인 모티프로서 작동하게 된다.

그런데 좀 더 세심하게 보면, 개츠비의 탐색 여정은 또 다른 낭만적 영웅의 화신을 닮아 있다. 다름 아닌, 괴물의 공격 앞에서 왕국을 구해 내는 탐색영웅quester-hero이다. 프라이에 따르면, "탐색 여정의 로맨스는 황무지에 대한 풍요의 승리이다."(193/377) 반면, 격퇴되어야 할 괴물은 메시아적 존재의 구제를 기다리는 타락한 불모의 세계를 상징한다. 《위대한 개츠비》의 배경으로 구체화된 현대의 황무지("쓰레기 계곡기"(27/45; 2장)뿐 아니라 부유하고 게으른 이들의 공허한 쾌락도 해당된다) 대신, 개츠비가 보여 주는 것은 삶의 갱신과 활력이다. 닉의 표현으로 바꾸면, 개츠비가 지닌 "삶의 가능성에 민감하게 반응하는 감수성"은 "희망에 대한 탁월한 재능이요, 다른 어떤 사람한테서도 일찍이 발견한 적 없고 앞으로도 다시는 발견할 수 없을 것 같은 낭만적인 민감성이었다."(6/17; 1장) 간단히 말해, 개츠비는 현대 세계가 제 불모성과 절망을 극복하기 위해 절박하게 필요로 하는 어떤 것을 가지고 있는 존재다. 개츠비는 마치 메시아적 존재처럼 새로운 희망을 상징하는 인물인 것이다.

어떤 면에서 보면 개츠비 역시 불모지와도 같은 현대 세계의 일부인 듯하지만(그는 사람들이 흥청망청 먹고 마시며 망가지도록 만드는 파티를 수시로 열고, 심지어 범죄 행각에 가담하기까지 한다), 그럼에도 그는 상징적 차원에서 그 세계와 구분된다. 위험에 처한 왕국을 구하는 탐색영웅과 마찬가지로, 개츠비는 자신이 살고 있는 세계에 고립되어 있다. 그는 혼자 살며, 데이지를 제외한 누구와도 친하지 않다. 파티에 누가 오는지도 잘 모르며, 그저 데이지가 "언젠가 밤에 … 우연히 들르기를"(84/121; 4장) 고대할 뿐이다. 특히 개츠비는 마치 낭만적 고독을 암시하듯 홀로 있는 장면이 자주 포착된다. 어느 날 밤, 개츠비가 자기 "집의 그림자 속에서 나타나 … 어두운 바다를 향해 두 팔을 뻗"(25/44; 1장)어 데이지가 사는 곳의 부두 쪽에서 "저 멀리 작게 반짝이는 … 단 하나의 초록색 불빛"을 향해 "부르르 몸을 떨"(26/44; 1장)고 있는 모습이 단적인 예다. 머틀이 죽은 날 밤에도 개츠비는 자신과 데이지의 문제로 톰이 "데이지를 괴롭히지"(151/211; 7장) 않을까 하는 걱정에, "신성한 불침번"(153/213; 7장)처럼 데이지의 집 밖에 홀로 서서 밤을 지새운다. 자신이 개최한, 광란에 가까웠던 파티가 끝난 뒤에도 개츠비는 낭만적 고독에 둘러싸인 모습으로 포착된다. "그때 갑자기 창문과 큼직한 문에서 공허감이 흘러나와 현관에 서서 한 손을 쳐들고 정중하게 작별 인사를 보내고 있는 집주인의 모습을 완벽한 고독으로 에워싸기 시작했다."(60/89; 3장) 타락한 세계 안에서도 개츠비가 타락하지 않을 수 있었던 것은 그가 "부패하지 않은 꿈"(162/225; 8장)을 갖고 있었기 때문이다.

개츠비의 어린 시절 역시 타락한 세계를 구원하는 탐색영웅으로서의 면모에 잘 들어맞는다. 개츠비의 출생은 수수께끼 같은 면이 없지 않다. 그의 부모가 어떤 사람들이었는지 독자들이 알고 있다 해도 말이다. "그의 상상력으로는 결코 그들을 부모로 받아들일 수가 없었다. 사실인즉, … 제이 개츠비는 스스로 만들어 낸 이상적인 모습에서 솟아 나온 인물이었다. 그는 하나님의 아들이었다. … 그리고 그는 … 그 이미지에 끝까지 충실했던 것이다."(104/149; 6장) 개츠비는 물가에서 일종의 세례와도 같은 경험을 하게 되는데, 이는 전형적인 메시아적 존재의 모습이다. "그날 오후 … 호숫가를 따라 빈둥거리고 있던 것은 제임스 개츠였다."(104/248; 6장) 그러나 슈피리어 호숫가에 닻을 내리던 코디의 요트를 향해 노를 저으며 다가가 그의 집사가 된 것은 "제이 개츠비였"(같은 곳)다. 말하자면, 제이 개츠비는 코디와 함께 일하려고 물에서 출현한 존재인 것이다. "대부분의 태양 신화에서 태양신은 이 세계의 표면 위를 작은 배를 타고 항해하는 것으로 나타난다"(192/373)는 프라이의 말처럼, 개츠비는 5년 동안 코디와 함께 배를 타고 항해에 나선다. 계속 프라이의 논의를 따르자면, 탐색영웅은 "세 번째 아들이었다든지, 세 번째로 탐색에 착수한 인물이었다든지, 세번째로 시도해서 성공하였다든지 하는 예가 대단히 많다."(187/365) 그런데 개츠비 또한 5년간 요트에 몸을 싣고 "미 대륙을 세 번이나 횡단했다."(106/152; 6장) 현대 세계에 '정착'하기 전에 말이다.

한편, 개츠비가 보여 주는 낭만적 탐색 여정의 서사는 전혀 다른 종류의 서사 안에 끼워져 있다. 개츠비의 서사를 품고 있는 다른 종류의 서사란 바로 화자인 닉의 서사, 곧 그가 뉴욕에서 보낸 여름에 관한 서사다. 우리가 개츠비에 대해 잘 알고 있는 이유는 화자 닉이 들려주는 자신의 경험 가운데 개츠비와의 관계가 차지하는 비중이 높기 때문이다. 그러나 닉의 서사는 개츠비의 서사인 로맨스 장르와는 완전히 정반대되는 장르인 아이러니로 구조화되어 있다. 프라이에 따르면, 아이러니 장르는 겨울의 뮈토스에서 비롯된 것으로, "내용 면에서의 완벽한 사실주의와 모순되지 않"(224/430)는다. 겨울의 뮈토스는 이상화된 로맨스의 세계와 대립되며, "이상화되어 있지 않은 존재의 변화무쌍한, 여러 가지 모호하고 복잡한 모습에 형식을 주

려는 시도"(223/429)라는 것이다. 프라이가 말하는 "이상화되어 있지 않은 존
재"란 영웅이 아닌, 일상을 살아가는 흠 많은 인간 존재다. 인간 존재에게
고통이 주어진다면, 그것은 운명의 결과도 아니고 일종의 우주적 질서가
개입한 데 따른 결과도 아니다. 그 고통은 사회적·심리적 요인의 산물이
다. 바꾸어 말하면, 인간 존재가 속한 세계는 결점이나 고통을 피할 수 없는
지상의 현실 세계인 것이다.

닉을 비롯한, 영웅과는 거리가 먼 사람들이 살아가는 현실 세계에서
는 막대한 부를 축적하거나 자기만의 진정한 사랑을 찾기가 쉽지 않다. 때
로는 닉처럼 만족할 만한 직업을 찾는 것도 어려울 수 있으며, 조지 윌슨
처럼 경제적으로 살아남는 것조차 힘들 수도 있다. 개츠비의 행동들도 마
찬가지다. 현실 세계에서는 '근사하게' 보이고 싶어서 "현란한 분홍색 양
복"(162/225; 8장)을 걸치는 사람은 없으며, 잃어버린 옛사랑이 다시 나타나리
라는 기대만으로 호화로운 파티를 여는 사람도 없다. 오히려 만나 본 적도
없는 파티 주최자에 빌붙어 뻔뻔하게 술만 마셔 대는 파티 참석자들의 추
태가 현실 세계를 살아가는 사람들의 모습과 더 가깝다. 그들은 머틀처럼
"널찍한 엉덩이에 착 달라붙어 있"(31/50; 2장)는 옷을 입으며, 머틀의 동생 캐
서린처럼 "뻣뻣한 붉은 단발머리"(34/54; 2장) 모양을 하고 있기 마련이다. 현
실 세계에서는 "창백하고 깡마른 이탈리아계 아이〔들〕"(30/49; 2장)가 "쓰레기
계곡" 같은 곳에서 살아가며, 교통사고가 나면 마치 구경거리라도 되는 양
인간의 비참함을 지켜보려고 사람들이 몰려들어 현장을 빙 둘러싼다.

더구나 현실 세계를 살아가는 여성은 빛나는 갑옷으로 무장한 기사를
언제까지나 기다리지만은 않는다. 그가 누구인지 알고 있다고 해도 사정은
마찬가지다. 개츠비를 기다리지 못하고 대신 톰 뷰캐넌과 결혼하는 데이지
와 같은 경우가 얼마든지 있을 수 있다. 설령 자신의 기사가 끝까지 변치 않
는 마음을 품고 있음을 확인하고 다시 행복을 선택할 수 있는 기회를 얻은

상황에서조차, 현실 세계의 여성은 진정한 사랑으로 가는 굴곡을 택하는 대신에 집으로 가는 평탄한 길로 서둘러 발길을 돌리게 될지 모른다. 이기적이고 잔인하며 외도를 일삼는 남편에게 데이지가 다시 돌아가는 것처럼 말이다. 더 나아가, 자기가 저지른 '뺑소니' 살인의 책임을 면해 주고자 자신의 기사가 죽는 일이 벌어지더라도, 현실 세계의 여성은 장례식에 목사가 도착하기 전에 이미 마을을 떠나고 없을지 모른다.

그리고 현실 세계를 살아가는 남성이 사랑하는 여성에게 항상 충실하리라는 보장도 없다. 이는 결혼한 남성의 경우도 마찬가지다. 때때로 현실 세계의 남성은 외도를 벌이는 데 그치지 않고, 공공장소에 애인을 데리고 나타나기까지 한다. 그러다가도 애인이 마음에 들지 않으면, 애인의 코를 부러뜨리기도 한다. 머틀을 대하는 톰처럼 말이다. 현실 세계를 지배하는 사람들은 톰 뷰캐넌과 마이어 울프심 같은 '악당들'이다. 조지 윌슨처럼 단순하고 정직한 사람은 자기 아내에게 기만당하는 것을 넘어, 아내의 애인에게까지 조종을 당해 죄 없는 누군가를 살해하기에 이르게 된다. 한편, 개츠비가 "옳지 않은 일은 절대로 하지 않"는 사람이라고 믿는 조던 베이커 같은 "훌륭한 선수"(76/110; 4장)도 현실 세계에서는 골프를 치며 속임수를 쓰고, 빌려 온 자동차가 손상을 입는 것을 보면서도 차에 대해 거짓말을 한다. 그런 사람은 "이 세상에 차갑고 오만한 미소를 보이면서도 자신의 강인하고 발랄한 육체의 욕구를 충족시키려고 … 속임수와 거래해 왔던 것 같다."(63/93; 3장)

아마도 가장 중요한 것은, 현실 세계에서는 낭만적 영웅의 죽음이 결코 인간을 구원하는 순교가 될 수 없다는 점일 것이다. 이는 인간에게 구원이나 희망의 가능성은 없음을 보여 주는 징표이다. 그러한 징표와 한번 대면하고 난 뒤, 닉은 고향으로 돌아가는 것 외에는 아무런 선택지가 없다는 사실을 깨닫는다. 그는 미래에 대한 계획을 접고, 낙관적 태도를 포기하며, 인간관계를 정리하고, 결국 동부를 떠난다. 이처럼 아이러니 구조에 근거한 닉의 서사는 그가 들려준 낭만적인 이야기, 즉 로맨스 구조에 근거한 서사를 중단시킨다고 볼 수 있다. 바꾸어 말하면,《위대한 개츠비》의 아이러니 구조는 로맨스 구조의 작동을 불가능하게 만든다(이는 현대소설의 특성이기도 하다). 로맨스는 더 이상 불가능하다는 식으로 말이다.

이러한 양상이 가장 상징적으로 드러나는 대목이 뉴욕의 호텔 방에서 개츠비와 톰이 충돌하는 장면이다. 로맨스의 공식을 따르자면, 여기서 영웅은 신부를 구하고 자신의 출생과 관련된 진실(왕족이라거나 그에 준하는 중요한 혈통을 잇고 있다는 등)을 이야기해야 마땅하다. 하지만 이 상황에서 밝혀지는 것은 도리어 개츠비의 태생적 신분이 자신의 연인보다 한참 뒤떨어진다는 사실이다. 그 결과, 개츠비가 사랑하는 사람인 데이지는 개츠비를 버리고 만다. 프라이의 뮈토스 이론에서 말하는 로맨스의 공식이 이 지점에서 '탈선'하고 그 기능을 멈추게 되는 것이다. 그 자리에 대신 들어서는 것은 서사에 남겨진 유일한 구조, 곧 아이러니 구조다.

그러나《위대한 개츠비》에서 아이러니 구조는 로맨스 구조를 완벽히 지워 버리지 못한다. 말하자면, 이 소설의 아이러니 구조는 자신이 중단시킨 바로 그 구조의 '출몰'을 막지 못한다. 로맨스가 더 이상 가능하지 않다는 사실을 알기 때문인지, 닉의 서사는 잃어버린 과거 및 개츠비로 상징되는 잃어버린 낭만의 세계에 대한 격렬한 향수로 가득하다. 곳곳에 등장하는 서정적인 묘사들, 이를테면 데이지와 조던이 루이빌에서 보낸 "아름답고 순수했던"(24/42; 1장) 소녀 시절에 대한 묘사나 "서리가 내린 어두운 밤의 가로등과 썰매의 종소리, 불 켜진 창문의 불빛에 크리스마스 장식인 호랑가시나무 화환의 그림자가 눈 위에 비치는"(184/255; 9장), 닉이 젊은 시절을 보낸 중서부에서 맞았던 크리스마스에 대한 묘사에서 우리는 그러한 갈망을 확인할 수 있다.

잃어버린 순수와 잃어버린 낙원에 대한 향수, 다시 말해 여름의 뮈토스와 로맨스 장르에 대한 향수는 영원히 사라져 버린, 글자 그대로의 낙원을 묘사하는 소설의 마지막 부분에서 절정에 달한다. 다음의 인용문은 닉이 미네소타로 돌아가기 전날 밤 해변에 앉아 명상에 잠기는 부분이다.

> 나는 서서히 그 옛날 네덜란드 선원들의 눈에 한때 꽃처럼 찬란히 떠올랐던 이 옛 섬—신세계의 싱그러운 초록색 가슴을 깨닫게 되었다. 바로 이 섬에서 자취를 감춘 나무들, 개츠비의 저택에 자리를 내준 나무들은 한때 인간의 모든 꿈 중 마지막이자 가장 위대한 꿈에 소곤거리며 영합했던 것이다. 덧없이 흘러가 버리는 매혹적인 한 순간에 인간은 이 대륙을 바라보며 틀림없이 숨을 죽였을 것이다. 이해할 수도, 감히 바랄 수도 없는 심미적 관조에 어쩔 수 없이 빠져 버린 채 인류 역사에서 마지막으로 놀라움을 느낄 수 있는 재능과 맞먹는 그 무엇과 직면하면서 말이다. (189/262; 9장)

이는 《위대한 개츠비》의 구조가 작동하는 양상을 전형적으로 보여 주는 장면이라고 할 수 있다. 즉, 여름의 뮈토스(로맨스, 성공적인 탐색 여정)는 겨울의 뮈토스(아이러니, 현실의 복잡성)에 의해 중단되지만, 완전히 사라지지 않은 채 겨울의 뮈토스 안에서 계속 출몰하는 것이다.

지금까지 살펴본 것처럼 《위대한 개츠비》는 복잡한 구조를 지닌 소설이다. 먼저, 우리는 '구하다 – 얻다 – 잃다' 공식과 그 하위 항목 중 하나인 '구하다 – 그러나 – 얻지 못하다' 공식으로 이루어진 이 소설의 서사 문법을 확인했다. 여기서 나는 이 서사 문법이 모더니즘 및 현대소설의 세계관을 반영한다는 점을 밝히고자 했다. 다시 말해, 모더니즘의 세계관에 입각한 현대소설은 '구하다 – 그리고 – 얻다'로 이루어진 전통적 탐색 여정 공식을 거부한다는 것이다. 이와 더불어, 나는 《위대한 개츠비》가 매우 상이한 두 가지 문학 장르 사이의 주도권 다툼으로 구조화된 텍스트임을 입증하고자 했다. 다툼의 한쪽은 로맨스(여름의 뮈토스이자 개츠비의 서사가 속한 장르)이고, 다른 한쪽은 아이러니(겨울의 뮈토스이자 닉의 서사가 속한 장르)다. 나는 텍스트의 전개 과정에서 로맨스 장르가 결국 아이러니 장르에 의해 제압되지만, 잃어버린 과거와 낭만, 천국과도 같은 젊음 등에 대한 화자의 서정적 묘사들을 통해 로맨스는 아이러니 안에서 계속 '출몰'한다는 것을 보여 주려고 했다.

전체적으로 볼 때, 이 분석은 서로 대립되는 것처럼 보이는 구조주의의 두 가지 측면을 구체적으로 드러내려는 시도였다. 하나는 수학을 연상케 하는 어떤 객관성에 몰두함으로써 생겨나는 정형화된 서술 및 그것에 대한 신뢰이고, 다른 하나는 앞에서 다룬 구조적 공식들과 우리가 살아가는 세계 사이의 연관성을 숙고하도록 요구하는 인문과학으로서의 철학적 토대다. 구조주의 비평에 몰두하다 보면 후자의 문제의식을 종종 잊게 되는데, 방금 설명한 구조주의의 양면성이야말로 독자들에게 감흥을 선사하는 주된 원동력임을 꼭 기억하자.

다음 질문들은 예시일 뿐이다. 다음에 언급된 문학작품이나 직접 고른 작품을 구조주의 이론으로 해석하고자 할 때, 이런 질문들을 던져 보면 도움이 될 것이다.

① 조셉 콘래드의 《암흑의 핵심》(1902)을 분석하는 데 프라이의 뮈토스 이론을 어떻게 활용할 수 있을까? 커츠는 어떤 유형의 영웅인가? 말로는 어떤 범주로 분류할 것인가? 이 소설은 어떤 의미에서 비극이라고 할 수 있는가? 또한 어떤 의미에서 아이러니에 속하는가? 이 텍스트를 분류하는 데 따르는 어려움(또는 의견의 불일치)은 《암흑의 핵심》 또는 우리가 가진 분류체계와 관련하여 무엇을 시사하는가?

② 토니 모리슨의 《빌러비드》(1987)는 등장인물 각자의 이야기, 특히 세서, 덴버, 빌러비드, 베이비 석스, 폴 디, 스탬프 페이드의 이야기를 담은 개별 서사들이 서로 얽히면서 구조화된 소설이다. 츠베탕 토도로프의 명제 도식을 활용하여 등장인물들의 이야기 전체를 구조적으로 설명할 수 있는 서사적 문법을 찾을 수 있는지 알아보자.

③ 윌리엄 포크너의 〈에밀리에게 장미를〉(1931)은 복잡한 구조로 이루어진 소설인데, 이 구조를 분석하는 데 주네트의 이론 체계가 도움이 될 수 있다. 이야기, 서사, 서술 행위 사이의 관련성이라는 측면에서 이 소설을 분석해 보자. 시제(순서, 지속, 빈도), 법(거리, 관점), 태의 기능에 대해서도 확실히 살펴보자. 포크너가 이 소설에서 구현한 서사적 효과들을 이해하는 데 이러한 분석은 어떤 점

에서 유용한가?

④ 조너선 컬러의 '문학 능력' 이론을 통해 어떻게 루실 클리프턴의 〈내 안에 소녀
가 있네〉(1977)를 설명할 수 있는지 살펴보자(5장의 '〈내 안에 소녀가 있네〉에 대
한 신비평적 독법' 부분에서 시 전문을 볼 수 있다). 이 시를 해석할 때 거리두기와
몰개성의 관습, 자연화, 중요성 법칙, 은유의 일관성에 관한 규칙, 주제의 통일
성에 관한 규칙의 관습이 정확히 어떻게 작동하는가?

⑤ 캐서린 앤 포터Katherine Anne Porter의 〈웨더럴 할머니의 남자 차버리기Jilting of
Granny Weatherall〉(1930)와 틸리 올슨의 〈나는 여기 서서 다림질을 한다〉(1956)는
내용 면에서 전혀 다르지만, 구조상으로는 비슷한 점이 많은 단편소설이다. 예
를 들어, 두 이야기 모두 일련의 회상들이 강하게 드러난다는 점, 주인공 둘 다
매우 제한적이고 주관적인 시각을 가진 여성으로 과거 연인한테 버림받은 적
이 있다. 게다가 때로 과거의 기억이 떠올라 당혹스러웠던 경험이 있으며 후회
를 하지만 이를 부인하곤 한다. 그레마스, 토도로프, 주네트의 서사이론을 활
용하여 이 두 소설에 공통적으로 존재하는 구조 체계를 만들어 보자.

≣ 더 읽을거리

Bal, Mieke. *Narratology: Introduction to the Theory of Narrative*. 4th ed. Toronto, Buffalo, and London: University of Toronto Press, 2017.

Barthes, Roland. *Mythologies*. 1957. Trans. Annette Lavers. New York: Hill and Wang, 2012. [롤랑 바르트, 《현대의신화》, 이화여자대학교 기호학연구소 옮김, 동문선, 1997.]

Bouissac, Paul. *Saussure: A Guide for the Perplexed*. London and New York: Continuum, 2010. (See especially "Linguistics as a Science: Saussure's Distinction between *Langue* (Language as System) and *Parole* (Language in Use)," 72-89; "Signs, Signifcation, Semiology," 90-103; and "Synchrony and Dischrony," 104-114.)

Chandler, Daniel. *Semiotics: The Basics*. New York: Routledge, 2017.

Culler, Jonathan. "Literary Competence." *Structuralist Poetics: Structuralism, Linguistics, and the Study of Literature*. 1975. London and New York: Routledge, 2002, 131-152.

Davis, Todd F., and Kenneth Womack. "Charlotte Brontë and Frye's *Secular Scripture*: The Structure of Romance in *Jane Eyre*." *Formalist Criticism and Reader-Response Theory*. New York: Palgrave, 2002. 107-122.

Fiske, John, and John Hartley. "The Signs of Television," *Reading Television*. 2nd ed. London and New York: Routledge, 2003. 22-40.

Fludernik, Monika. *An Introduction to Narratology*. London and New York: Routledge, 2009.

Frye, Northrop. *Anatomy of Criticism: Four Essays*. Princeton: Princeton University Press, 1957. [노스럽 프라이, 《비평의 해부》, 임철규 옮김, 한길사, 2000.]

Hawkes, Terence. *Structuralism and Semiotics*. Berkeley: University of California Press, 1977. [테렌스 호옥스, 《구조주의와 기호학》, 오원교 옮김, 신아사, 2007.]

Levi-Strauss, Claude. *Tristes Tropiques*. Trans. John and Doreen Weighman. New York: Atheneum, 1974. [클로드 레비스트로스, 《슬픈 열대》]

Pratt, Annis, et al. *Archetypal Patterns in Women's Fiction*. Bloomington, IN: Indiana University Press, 1981.

Rowe, John Carlos. "Structure." *Critical Terms for Literary Study*. 2nd ed. Eds. Frank Lentricchia and Thomas McLaughlin. Chicago: University of Chicago Press, 1995. 23-38. [존 칼로스 로우, 〈구조〉, 프랭크 랜트리키아, 토마스 맥로린 엮음, 《문학연구를 위한 비평용어》, 김종갑 외 옮김, 한신문화사, 1994.]

Scholes, Robert. *Structuralism in Literature: An Introduction*. New Haven: Yale University Press, 1974. [로버트 스콜즈, 《문학과 구조주의》, 위미숙 옮김, 새문사, 1987.]

≣ 중요한 이론서들

Barthes, Roland. *Critical Essays*. 1964. Trans. Richard Howard. Evanston, Ill.: Northwestern

University Press, 1972. [롤랑 바르트, 〈두 개의 비평〉; 〈비평이란 무엇인가〉; 〈구조주의적 활동〉, 롤랑 바르트 외, 《현대 비평의 혁명》, 김현 엮어옮김, 기린원, 1989.]

Culler, Jonathan. *Structural Poetics: Structuralism, Linguistics, and the Study of Literature.* 2nd ed. London and New York: Routledge, 2002.

Davis, Todd F., and Kenneth Womack. "Reader–Response Theory, Narratology, and the Structuralist Imperative." *Formalist Criticism and Reader–Response Theory.* New York: Palgrave, 2002. 57-63.

Fiske, John, and John Hartley. *Reading Television.* 2nd ed. London and New York: Routledge, 2003. [존 피스크, 《TV 읽기》, 이익성 옮김, 현대미학사, 1994.]

Garrett, Matthew, ed. *The Cambridge Companion to Narrative Theory.* Cambridge: Cambridge University Press, 2018.

Genette, Gerard. *Narrative Discourse.* Trans. Jane Lewin. Ithaca, N.Y.: Cornell University Press, 1980. [제라르 즈네뜨, 《서사담론》, 권택영 옮김, 교보문고, 1992.]

Greimas, A. J. *On Meaning: Selected Writings in Semiotic Theory.* 1970. Trans. Paul Perron and Frank Collins. Minneapolis: University of Minnesota Press, 1987. [알지르다스 쥘리엥 그레마스, 《의미에 관하여》, 김성도 옮김, 인간사랑, 1997.]

Herman, David, ed. *Narratologies: New Perspectives on Narrative Analysis.* Columbus: Ohio State University Press, 1999.

Jakobson, Roman. "Linguistics and Poetics." *Style in Language.* Ed. T. Sebeok. Cambridge, Mass.: The MIT Press, 1960. 350-377. [로만 야콥슨, 〈언어학과 시학〉, 《일반 언어학 이론》, 권재일 옮김, 민음사, 1989. 같은 논문이 이 책에도 수록되어 있다. 로만 야콥슨, 〈언어학과 시학〉, 《문학 속의 언어학》, 신문수 엮어옮김, 문학과지성사, 1989.]

Levi-Strauss, Claude. *The Raw and the Cooked.* 1964. Trans. John and Doreen Weighman. New York: Harper, 1975. [클로드 레비스트로스, 《신화학. 1: 날것과 익힌 것》, 임봉길 옮김, 한길사, 2005.]

Propp, Vladimir. *The Morphology of the Folktale.* 1928. Trans. Laurence Scott. Austin: University of Texas Press, 1968. [블라디미르 프로프, 《민담 형태론》, 어건주 옮김, 지식을만드는 지식(지만지), 2009.]

Saussure, Ferdinand de. *Course in General Linguistics.* 1916. Trans. Wade Baskin. New York: McGraw-Hill, 1966. [페르디낭 드 소쉬르, 《일반언어학 강의》]

Segal, Robert A., ed. *Structuralism in Myth: Lévi-Strauss, Barthes, Dumézil, and Propp.* New York and London: Garland, 1996.

Sturrock, John. *Structuralism.* 2nd ed. reissued with a new introduction. Malden, MA: Blackwell Publishing, 2003.

Todorov, Tzvetan. *The Poetics of Prose.* Trans. Richard Howard. Ithaca, N.Y.: Cornell University Press, 1977. [츠베탕 토도로프, 《산문의 시학》, 류재호 옮김, 예림기획, 2003.]

Williams, Glyn. "Structuralism." *French Discourse Analysis: The Method of Post-structuralism.* London and New York: Routledge, 1999. 33-62.

☰ 참고문헌

Barthes, Roland. "The World of Wrestling." *Mythologies*. 1957. Trans. Annette Lavers. New York: Hill and Wang, 1972. 15-25. [롤랑 바르트, 〈프로레슬링을 하는 세계〉, 《현대의 신화》, 이화여자대학교 기호학연구소 옮김, 동문선, 1997.]

Bodkin, Maud. *Archetypal Patterns in Poetry: Psychological Studies of Imagination*. 1934. New York: Random House, 1958.

Campbell, Joseph. *The Hero with a Thousand Faces*. Rev. ed. Princeton: Princeton University Press, 1968. [조셉 캠벨, 《천의 얼굴을 가진 영웅》, 이윤기 옮김, 민음사, 2018.]

Culler, Jonathan. *Structuralist Poetics: Structuralism, Linguistics, and the Study of Literature*. Ithaca, N.Y.: Cornell University Press, 1975.

Fitzgerald, F. Scott. *The Great Gatsby*. 1925. New York: Macmillan, 1992. [F. 스콧 피츠 제럴드, 《위대한 개츠비》]

Frye, Northrop. *Anatomy of Criticism: Four Essays*. Princeton: Princeton University Press, 1957. [노스럽 프라이, 《비평의 해부》, 임철규 옮김, 한길사, 2000.]

Genette, Gerard. *Narrative Discourse*. Trans. Jane Lewin. Ithaca, N.Y.: Cornell University Press, 1980. [제라르 즈네뜨, 《서사담론》, 권택영 옮김, 교보문고, 1992.]

Greimas, A. J. *Structural Semantics*. 1966. Trans. Daniele McDowell, Ronald Schleifer, and Alan Velie. Lincoln: University of Nebraska Press, 1983.

Jung, Carl. *The Archetypes and the Collective Unconscious*. Vol. 9, Part I of *Collected Works*. 2nd ed. Trans. R. F. C. Hull. Princeton: Princeton University Press, 1968. [칼 구스타프 융, 《원형과 (집단)무의식》]

__________. ed. *Man and His Symbols*. Garden City, N.Y.: Doubleday, 1964. [칼 구스타프 융, 《인간과 상징》]

Levi-Strauss, Claude. "The Structural Study of Myth." *Structural Anthropology*. 1958. Trans. Claire Jacobson and Brooke Schoepf. New York: Basic Books, 1963. 206-232. [클로드 레비스트로스, 〈신화의 구조〉, 《구조인류학》, 김진욱 옮김, 종로서적, 1987.]

Saussure, Ferdinand de. *Course in General Linguistics*. 1916. Trans. Wade Baskin. New York: McGraw-Hill, 1966. [페르디낭 드 소쉬르, 《일반언어학 강의》]

Scholes, Robert. *Structuralism in Literature: An Introduction*. New Haven: Yale University Press, 1974. [로버트 스콜즈, 《문학과 구조주의》, 위미숙 옮김, 새문사, 1987.]

Todorov, Tzvetan. *Grammaire du Decameron*. The Hague: Mouton, 1969.

8장

해체비평

문학을 사랑한다고 자부하는 사람들 가운데는 '기표들의 자유로운 놀이'나 '초월적 기의' 같은 말들을 접하면 거부감을 보이는 경우가 적지 않다. 마치 이교도들의 성지 점령 소식을 듣고 공포와 적개심에 휩싸였던 십자군 원정대처럼 말이다. 1960년대 후반 자크 데리다에 의해 촉발된 이론인 해체론deconstruction은 1970년대 후반 이후 문학 연구에 중대한 영향을 끼쳤지만, 이제 학계에서는 더 이상 새로운 현상으로 간주되지 않는다. 그럼에도 해체론을 둘러싼 오해는 아직도 계속되고 있다. 해체론은 문학작품을 의미 있게 해석하는 능력과 감식안을 해치는, 말놀이에 대한 피상적 분석이라고 보는 사람들이 여전히 많은 것이다. 이 점은 학생이나 교수나 마찬가지다. 해체론에 대한 오해가 끊이지 않는 한 가지 이유를 들자면, 아마도 데리다나 뤼스 이리가레Luce Irigaray, 제프리 하트먼Geoffrey Hartman 등 이쪽 분야를 대표하는 몇몇 거물 이론가들의 글과 이들의 작업을 요약하여 제시하려는 사람들의 해설 모두, 온통 낯설기 이를 데 없는 언어와 구성 원리들을 쉴 새 없이 독자들에게 들이대기 때문이 아닐까 싶다. 말하자면, 해체론에 관한 글들은 마치 우리의 이해력과 포용력의 한계를 시험하는 듯한 인상을 주는 것 같다.

그럼에도 해체론에서 얻을 수 있는 것들은 많다. 해체론의 도움으로 우리는 비판적으로 사유하는 능력을 키울 수 있고, 언어 안에 '내재해 있어' 우리가 인식할 수 없는 이데올로기들이 어떻게 우리의 경험을 규정하는지를 더욱 수월하게 들여다볼 수 있다. 그리고 그와 같은 장점들 덕분에 해체론은 마르크스주의와 페미니즘은 물론이고, 일상에서 작동하는 이데올로기의 억압적 기능을 인식하려는 다른 이론들에도 유용하게 쓰일 수 있다. 우리를 둘러싼 세계와 일상의 경험 속에서 은밀히 작동하는 이데올로기의 양상을 해체론이 어떻게 들추어내는지 이해하려면, 무엇보다 해체론의 언어관을 먼저 이해할 필요가 있다. 데리다에 따르면, 언어는 우리의 믿음과는 달리 신뢰할 만한 의사소통 수단이 아니기 때문이다. 언어는 복잡한 일들이 벌어지는 유동적이고 모호한 영역으로, 그 언어를 통해 이데올로기는 우리를 길들이지만 우리 자신은 이를 인식하지 못한다.

언어를 해체하기

일상생활에서 우리는 대부분 언어를 당연한 것으로서 받아들이며, 우리가 의도한 바를 언어가 잘 전달해 주리라고 생각한다. 전달이 잘 되지 않으면 그 잘못은 언어가 아닌 우리에게 있다고 판단하면서 말이다. "메리, 존에게 책을 전해 주렴." 같은 문장은 대체로 원하는 바를 이끌어 내지만, 설령 그게 잘 안 되더라도 사람들은 실패의 원인을 언어에서 찾지 않고, 부탁 또는 거절을 이해하지 못한 메리나 존에게서 찾는다. 우리의 뜻대로 작동하는 것처럼 보이는 일상언어의 유형과 관습들에 너무 익숙한 나머지, 우리는 언어란 것을 본질적으로 안정되고 믿음직한 소통 수단이라고 생각한다. 그리고 언어로써 각자의 생각과 느낌, 바람 등을 마음 놓고 전달할 수 있으리라 믿는다. 그런데 언어를 바라보는 해체론의 시각은 이와 정반대다. 해체론의 기본 입장에 따르면, 언어는 생각보다 훨씬 더 모호하고 잘 '미끄러진다slippery(하나의 의미로 고정되지 않는다).'

'시간이 화살처럼 날아간다Time flies like an arrow'라는 문장을 살펴보자. 사람들 대부분은 이 오래된 격언에 친숙하며, 그 뜻은 '세월이 정말 빠르다'라는 것임을 잘 안다.

Time	flies	like an arrow	세월이 정말 빠르다
시간	날아가다	화살처럼	
(명사)	(동사)	(부사구)	

만약 이 문장에 다른 의미가 없냐고 물어보면, '시간이 한 방향으로 움직인다' 또는 '시간이 일직선으로 움직인다' 등의 뜻도 있다는 대답이 나올 것이다. 실제로 화살이 그렇게 날아가기 때문이다. 하지만 이 문장이 명령형(무언가 행할 것을 요구하는 문장)이고, 첫 낱말 'Time'이 동사로 쓰였으며, 두 번째 낱말 'flies'가 곤충을 나타내는 말이라면 어떻게 될까? 문장은 다음과 같이 정리될 것이다.

Time	flies	like an arrow	초시계를 들고 파리들이 날아가는 속도를 측정하라
시간을 재다	파리들	화살처럼	화살의 속도를 재는 것처럼
(명사)	(목적어)	(부사구)	

나아가, 앞의 두 낱말 'Time flies'가 아예 특정 곤충을 가리키는 말이라고 가정해 보자(일종의 초파리들fruit flies이라고 생각해 보는 것이다). 그리고 다음 낱말인 'like'를 '좋아하다'라는 뜻의 동사로 이해해 보자. 그러면 이 문장은 다음과 같이 어떤 곤충이 지닌 정서적인 면을 알려 주는 문장으로 변모할 것이다.

Time flies	like	an arrow	시간파리들(가칭)은 화살들을 좋아한다(또는 적어도 특정한 한 가지 화살만큼은 좋아한다)
시간파리들(가칭)	좋아하다	화살	
(명사)	(동사)	(목적어)	

이처럼 하나의 문장은 낱말을 바꾸지 않더라도 여러 가지 의미를 지닐 수 있다. 그뿐 아니라, 목소리의 어조와 강세를 바꾸면 언어가 지닌 '미끄러지는' 특징을 더욱 잘 나타낼 수 있다. 이번에는 뉴스 진행자가 다음 문장을 읽는다고 상상해 보자. "레이건 대통령은 해병대가 엘살바도르로 가지 않아도 된다고 말합니다." 한 문장에서 특정 부분을 강조하게 되면 문장 전체의 의미가 어떻게 극적으로 달라질 수 있는지 한번 살펴보자.

① 레이건 대통령은 해병대가 엘살바도르로 가지 않아도 된다고 **말합니다.** (그가 거짓말을 하고 있다는 뜻)

② 레이건 대통령은 해병대가 엘살바도르로 가지 **않아도** 된다고 말합니다. (그가 잘못된 소문을 바로잡고 있다는 뜻)

③ 레이건 대통령은 **해병대**가 엘살바도르로 가지 않아도 된다고 말합니다. (다른 부대가 가야 한다는 뜻)

④ **레이건 대통령**은 해병대가 엘살바도르로 가지 않아도 된다고 말합니다. (대통령 외의 다른 중요한 인물이 '해병대가 엘살바도르로 가야 한다'고 말했다는 뜻)

⑤ 레이건 대통령은 해병대가 엘살바도르로 가지 않아도 **된다고** 말합니다. (해병대가 원한다면 엘살바도르로 갈 수 있다는 뜻)

⑥ 레이건 대통령은 해병대가 **엘살바도르로** 가지 않아도 된다고 말합니다. (엘살바도르가 아닌 다른 곳으로 가야 한다는 뜻)

이상의 두 가지 사례만 보더라도, 우리가 일반적으로 생각하는 것과는 달리 언어란 것이 안정되고 믿음직한 도구가 아니라는 사실을 이해할 수 있다. 7장에서 살펴보았듯이, 구조주의자들과 기호학자들은 의사소통의 기본 요소를 가리킬 때 **기호**sign라는 말을 사용하며, 다음의 공식으로 **기호**를 정의한다.

기호sign	기표signifer	+	기의signified
	(소리, 이미지, 몸짓 등)		(기표가 지시하는 개념)

낱말은 하나의 언어적 기호이다. '장미'라는 낱말이 하나의 기호라고 할 때, 기표는 하나의 단위('장미')로서 쓰이고 발음되는 글자 묶음이고, 기의는 우리가 떠올리는 바로 그 장미다. '붉은 장미'라는 기표가 있다면(이 경

우엔 두 가지 기표), 이때 기의는 우리가 생각할 수 있는 바로 그 빨간 장미다. 물론 '장미'라는 기표를 접하는 사람마다 떠올리게 되는 장미의 종류는 다양할 것이다. 어떤 사람들은 '장미'와 '붉은 장미'라는 두 가지 기표에서 동일한 기의를 생각할지도 모르겠다. 다른 색깔의 장미를 접해 보지 않았다면 장미는 항상 붉은빛으로만 연상될 수 있기 때문이다.

간단하고 구체적인 문장 하나를 들어 이런 식의 불명확함과 모호성을 피할 수 있는지 알아보자. 한 그루의 나무만이 보일 뿐인 너른 벌판에 어떤 사람이 서 있는 장면을 상상하면서, "이 나무는 크다"라는 문장을 함께 떠올려 보자. 이 문장은 매우 구체적인 맥락에서 발화되었기 때문에, 기표들이 생산하는 기의가 정말 분명하고 확실할 것만 같다. 문장에서 말하는 나무란 한 그루뿐이므로 '크다'라는 의미는 나무의 크기와 관련된 것임을 알 수 있다. 그런데 해체론은 이처럼 언뜻 보기에 명백하고 구체적인 의미가 드러나는 듯한 문장일지라도 그 안의 모호성들을 살피라고 요청한다. "이 나무는 크다"라고 누군가 말한다면, 말하는 사람은 나무를 자기 자신과 비교하고 있는가? 아니면 그 나무를 다른 나무와 비교하는가? 그렇다면 어떤 다른 나무인가? 혹시 그 사람이 나무의 크기에 놀란 것은 아닐까? 또는 단지 나무가 크다는 정보를 알려 주는 것일 뿐일까? 그것은 '나무'가 크다는 것에 관한 정보일까? 반대로 나무가 '크다'는 것에 관한 정보일까? 혹시 듣는 이가 그러한 정보를 필요로 한다고 생각해서 말하는 것이라면, 그 사람은 듣는 이를 어떤 존재로 생각하는 것일까? 듣는 이가 특정 언어를 배우는 사람이라고 생각하는 것은 아닐까? 그것도 아니라면, 말하는 이는 그저 빈정대는 것뿐일까? 정말 그렇다면 이유가 뭘까? 이렇게 질문들을 이어 가다 보면 문장의 핵심은 점점 더 멀어져만 갈지도 모른다. 그러나 이로써 우리는 인간의 발화가 명료하고 단순한 의미를 갖는 일이 좀처럼 드물다는 사실을 확실히 이해할 수 있다. 구조주의의 '기호=기표+기의' 공식을 활용하면 명확한 의미를 담아낼 수 있을 것 같지만, 실은 그렇지 않은 것이다. 바로 확인한 것처럼 주어진 어떤 기표라도 언제든 무수한 기의들을 지시할 수 있다. 물론 맥락이란 것이 많은 경우 특정 기표들에 대응될 수 있는 기의들의 범위를 한정하는 데 도움을 주지만, 동시에 그 외의 기표들에 대응될 수 있는 기의들의 범위를 넓히기도 한다. 의사소통이 그토록 복잡하고 불확실할 수밖에 없는 이유다.

이쯤 되면 구조주의의 '기호=기표+기의' 공식을 다음과 같이 고쳐 쓰는 것도 가능하겠다. '**기호=기표+기의…+기의**'라고 말이다. 그렇다면 의사소통을 미끄러져 가는 기의들의 누적이라고 설명할 수도 있을 것이다. 하지만 이 경우 기의는 무엇을 의미하는 용어일까? '나무'라는 기표가 있다고 하면, 기의는 우리가 떠올릴 수 있는 상상 속의 나무여야 할 것이다. 그런데 이렇게 상상한 나무로써 우리는 무엇을 이해하는가? 아니, 그전에 나무에 대한 개념은 어떻게 구성되는가? 우리가 아는 나무 개념은 평소에 나무를 접하며 연상해 왔던 모든 기표의 사슬로 이루어져 있다. 내 경우에 '그늘', '소풍', '등산', '쇄골 골절', '도보 여행', '오하이오주의 호킹 힐스Hocking Hills 주립공원', '현기증', '가을 단풍', '갈퀴질', '소나무 심기', '소나무굴깍지벌레', '석회황합제'^{석회와 황을 물로 섞어 만든 농약} 등의 기표들이 나무라는 개념을 구성한다. 구조주의에서 말하는 기의란 실제로 이러한 기표들의 사슬인 것이다.

해체론에 따르면, **나무**라는 낱말은 그것이 개념, 곧 기의를 가리키게 되는 순간 및 지점에 결코 도달하지 못한다. 내가 발화하는 기표는 내 머릿속 기표들의 사슬이며, 그 기표는 내 발화를 접한 누군가의 머릿속 기표들의 사슬을 환기시킨다. 그리고 이 사슬들을 이루는 각각의 기표는 그 자체로 또 다른 기표들의 사슬과 연계되며, 이 과정은 계속된다. 그러므로 해체론에서 바라보는 언어는 기표들과 기의들의 결합으로 구성되어 있지 않다. 언어는 오직 기표들의 사슬로 구성된다. 7장에서 본 대로, 구조주의에서 말

490

하는 언어는 존재하는 사물 그 자체가 아닌 존재하는 사물에 대한 개념만을 지시한다는 점에서 **비지시적**nonreferential이다. 해체론은 이러한 견해를 더욱 급진적으로 밀고 나간다. 언어가 비지시적인 이유는 사물 그 자체뿐 아니라 사물에 대한 개념조차 지시하지 않기 때문이며, 언어는 언어 그 자체를 구성하는 기표들의 놀이만을 지시한다는 것이다.

해체론은 다음과 같은 급진적인 사유 행위를 제안한다. 우리의 정신생활은 개념들(견고하지도 않고, 안정된 의미를 갖지도 못한다)이 아닌 기표들의 놀이(순간적이며, 끊임없이 변화한다)로 이루어져 있다. 이 기표들은 안정적인 개념들로 보일지도 모른다. 실제로 그 기표들이 발화되는 소리를 듣고 지면이나 화면에 표시되는 광경을 보노라면 충분히 안정되어 있는 것 같기도 하다! 그러나 그 기표들이 사람들의 머릿속에서 안정적인 방식으로 작동하는 것은 아니다. 앞서 보았듯이, 모든 기표는 의미가 끊임없이 **연기**deferral되거나 지연되는 가운데 구성되며, 그 과정에서 더욱 많은 기표들이 생산된다. 우리는 견고하고 안정된 의미를 추구하지만, 실제로 찾아낼 수는 없을 것이다. 데리다의 말로 표현하면, 우리는 언어 그 자체인 기표들의 놀이 너머로 나아갈 수 없기 때문이다. 우리가 잡을 수 있는 의미는 기표들의 놀이가 남기고 간 정신의 **흔적**trace뿐이다. 그리고 이 흔적은 우리가 낱말을 정의하는 바탕이기도 한 차이들로 이루어진다. 이 부분에 대해 알아보자.

의미는 낱말 안에(또는 사물 안에) 귀속되어 있는 것처럼 보이지만, 이는 우리가 낱말들(또는 사물들) 사이의 **차이**difference를 구별하는 한에서만 그렇게 보일 뿐이다. 예를 들어, 만약 우리가 모든 사물의 색깔이 같다고 생각하면 **붉은색**(**푸른색**이든 **초록색**이든)이라는 말이 필요 없을 것이다. 붉은색이 붉은색일 수 있는 것은 우리가 붉은색을 푸른색이나 초록색과는 다르다고 믿는 경우에만(그리고 색깔은 모양과 다르다고 믿는 경우에만) 가능하다. 그러므로 **붉은색**이라는 낱말은 붉은색이 아닌 모든 기표의 흔적을 동반한다(왜냐하면 우리는 다른 기표들과의 대조 속에서 그 낱말을 정의하기 때문이다).

데리다의 주장을 요약하자면, 언어에는 두 가지 중요한 특징이 있다. 첫째, 기표들로 이루어지는 언어의 놀이는 의미를 끊임없이 연기하거나 지연시킨다. 둘째, 언뜻 보기에 언어는 자체적으로 의미를 갖는 것 같지만, 그 의미는 어떤 기표를 나머지 기표들과 구별할 수 있도록 만드는 차이들에서 비롯된 결과물일 뿐이다. 이와 관련하여 데리다는 '차이가 나다differ'라는 뜻과 '연기하다defer'라는 뜻을 동시에 지닌 프랑스어 동사 'diférer'를 활용하여 **차연差延·différance**[1] 한자 병기를 원칙으로 차이差移라는 번역어를 사용하기도 한다. 이라는 신조어를 만들어 낸다. 차연이란 말은 언어가 가질 수 있는 유일한 '의미'를 가리켜 데리다가 붙인 이름일 것이다. 그런데 여기서 다음과 같은 점이 궁금해질지도 모르겠다. 언어가 겉으로는 일종의 안정된 의미를 지시하는 것처럼 보이지만 실제로는 그러한 의미란 것이 존재하지 않는다면, 대체 왜 언어를 사용해야 하는가? 데리다는 우리가 어떻게든 언어라는 도구를 활용할 수밖에 없다고 주장한다. 그것 말고는 다른 것이 없기 때문이다. 그러나 언어라는 기존의 도구를 활용하더라도 이전과는 달리 언어의 견고함과 안정성을 신뢰하지 않는다면, 우리는 언어로써 그때그때 필요한 무언가를 만들어 낼 수 있을 뿐 아니라, 새로운 사유 방식에 적합하도록 언어의 용법을 확대시킬 수도 있다(이러한 행위들을 데리다는 **브리콜라주**bricolage라고 부른다). 이러한 용법의 확대로 데리다가 직접 보여 주는 사례 가운데 하나가 바로 삭제under erasure다. 삭제는 말 그대로 낱말을 지우는 것인데, 흔적도 없이 완전히 없애는 것이 아니라 해당 낱말을 적은 뒤 그 위에 가위표를 긋는 것이다(예를 들어, '의미'라는 낱말을 삭제하려면 의미라고 표기한다). 이는 기존 낱말을 새로운 방식으로 사

---

[1] 차연différance의 개념 설명에 수정이 필요하다고 지적해 준 아칸소, 아카델피아의 우치다침례대학에서 영문학과 라틴문학을 가르치는 조니 윙크 교수에게 감사드린다.

용하고 있음을 보여 주려는 데리다의 의도이다.

우리를 만들어 내는 것이 언어이며 언어 바깥으로 나가는 것은 불가능하다는 해체론의 주장을 고려한다면, 중요한 것은 언어를 새로운 방식으로 확장시키는 일이다. 우리는 태어날 때부터 언어 안에서 존재하고 생각하며 바라보고 느끼기 때문에 언어 밖으로, 기표들의 놀이 밖으로 빠져나갈 도리가 없다. 그렇기 때문에 우리가 우리 자신과 세상을 바라보고 이해하는 방식은 언어에 지배받으며, 또한 언어를 통해 바라보고 이해하도록 배운다. 말하자면 언어는 우리 자신과 세상에 대한 경험을 매개한다. 더불어 해체론은 언어를 전적으로 이데올로기적인 것으로 본다. 언어는 순전히 서로 대립하며 요동치는 허다한 **이데올로기들**(또는 신념 및 가치체계)로 이루어져 있으며, 그 이데올로기들은 어떤 문화에서든, 어떤 시점에서든 작동한다는 것이다. 이는 많은 남성과 잠자리를 갖는 여성에게는 **지저분한 계집**slut이라는 단어를 쓰는 데 반해, 많은 여성과 잠자리를 갖는 남성에게는 **정력 센 남자**stud라는 단어를 쓴다는 사실에서도 확인할 수 있다. 이러한 용법은 여러 상대와의 성관계가 여성에게는 수치의 근원이지만 남성에게는 자부심의 원천이라는 문화적 신념을 드러내고 영속화한다.

언어의 이데올로기적 성질을 잘 보여 주는 더 구체적인 사례로 내가 고등학생 시절에 들었던 이야기를 하나 소개할까 한다. 당시 생물 교사는 우리에게 과학기술이 발달하지 못한 저개발 국가들에서 생리주기를 활용한 피임법을 도입하려 했다는 이야기를 들려주었다. 이 프로그램에 참여한 모든 여성은 주판 모양의 기구를 받았는데, 이 기구는 해당 여성의 월경주기를 나타내도록 장치된 빨간 구슬과 흰 구슬로 구성되어 있었다고 한다. 그리고 각 구슬은 하루 단위로 월경주기를 나타냈다. 빨간 구슬이 나오는 날에는 성관계를 가져선 안 되며, 반대로 흰 구슬이 나오는 날에는 성관계를 가져도 안전하다는 것이었다. 그런데 몇 달이 지난 뒤 통계를 내본 결과, 프로그램에 참여한 여성들의 임신율은 전혀 달라지지 않았고, 프로그램을 기획한 사회복지사들은 이 결과를 놓고 곤혹스러움에 빠졌다. 사회복지사들은 결국 다음과 같은 사실을 발견했다. 빨간 구슬이 나온 날에도 성관계를 갖고 싶은 경우에는 여성들이 흰 구슬이 나올 때까지 구슬들을 기구 안으로 밀어 넣었다는 것이다. 프로그램에 참여한 여성들은 구슬을 일종의 마술로 생각했다고 한다. 그런 점에서 이 프로그램은 처음부터 실패한 셈이다. 참가자들과 사회복지사들 모두 각자의 문화적 · 이데올로기적 관점에 함몰되어 이 프로그램을 바라볼 수밖에 없었기 때문이다. 양쪽 모두 상대방의 언어를 이해한다고 생각했지만 실제로는 이해하지 못했다. 상대방의 언어를 구성하는 이데올로기들이 서로에게 이해되지 못했던 것이다.

언어가 경험을 규정하는 방식들을 구체적으로 탐구하기 위해, 데리다는 구조주의의 견해를 빌려 와 다시 변형시켰다. 그 구조주의의 견해란, 우리가 양극단, 곧 **이항대립**을 설정하여 경험을 개념화하려는 경향이 있다는 것이다. 구조주의에 따르면, 우리는 **선**이라는 낱말을 이해하고자 할 때 이를 악이라는 낱말과 대립시킨다. 마찬가지로 우리는 **이성**을 **감정**의 반대말로서, **남성성**을 **여성성**의 반대말로서, **문명화된 것**을 **원시적인 것**의 반대로서 이해한다. 그런데 데리다는 이 같은 이항대립들이 어떤 위계질서로 구축되어 있다는 점에 주목한다. 말하자면 대립쌍 가운데 어느 한쪽은 언제나 **특권**을 가지거나, 다른 한쪽에 대해 우위를 갖도록 상정된다는 것이다(바로 앞에 열거한 이항대립들의 경우, 각 대립쌍의 앞쪽 항에 특권이 주어져 있다. 적어도 서구문화에서는 그렇다). 그러므로 문화적 생산물(소설, 영화, 대화, 수업, 법정에서의 재판 등등) 안에서 작동하는 이항대립을 찾아내고 그 대립쌍 가운데 어느 쪽에 특권이 부여되는지 확인하면, 그러한 문화적 생산물들로 조장되는 이데올로기와 관련한 무언가를 발견할 수 있다.

데리다의 주장에 따르면, 누군가 들추어낸 이데올로기의 한계를 밝히려면 이항대립의 두 항이 과연 완벽히 대립되는지, 그리고 두 항이 서로 겹치거나 일정 부분 공통점을 지니고 있는 것은 아닌지 따져 물을 필요가 있다. 가령 미국문화에서 찾아볼 수 있는 **객관적인 것**과 **주관적인 것**의 이항대립에 대해 생각해 보자. 우리는 객관적인 것을 비개인적인 것과 합리적인 것(지적이라는 의미를 함축한다), 인간 경험에 관한 과학적 차원과 동일시하는 경향이 있다. 그러므로 객관성이 신뢰도를 판단하는 필수적인 기준이 된다는 것이다. 이와 정반대로 우리는 주관적인 것을 개인적인 것, 감정적인 것(비지성적이라는 의미를 함축한다), 심지어 인간 경험에 관한 비합리적 차원과 동일시하는 경향이 있다. 그렇기 때문에 주관성은 미덥지 못하다는 것이다. '객관적인' 뉴스 보도를 칭송하고 '객관적인' 역사 자료를 수용하며 '객관적인' 과학 실험에 의존하는 문화에서 볼 수 있듯이, 우리는 주관적인 것보다 객관적인 것에 특권을 부여한다. 우리에게 객관적인 것은 지식의 원천이지만, 주관적인 것은 그저 의견의 원천에 지나지 않는다.

이 이항대립을 해체하고 그것이 떠받드는 이데올로기의 한계에 대해 알고자 한다면, 객관적인 것과 주관적인 것이 실제로 대립되는 것이 아님을 밝혀야 한다. 이렇게 질문해 보자. 기자나 역사학자, 과학자들이 '객관적인' 자료를 수집할 때는 어떤 기준으로 필요한 자료와 불필요한 자료를 구분하는가? 자료수집에 적용되는 구체적인 지침을 준수한다 하더라도, 그 지침이 '객관적'이라는 사실을 어떻게 확신할 수 있는가? 어쨌든 자료를 수집하거나 폐기하려면 그 지침을 '객관적으로' 해석하고 또 자료 하나하나에 적용해야 할 텐데, 그 과정이 '객관적'이라고 어떻게 확신할 수 있는가? 말하자면, 인간 존재로서 기자, 역사학자, 과학자가 갖는 (그 직업을 갖게 된 동기를 포함한) 주관적인 필요, 공포, 욕망 등은 그들에게 객관적인 지식이 있든 없든 그러한 기준이나 지침에 영향을 끼칠 수 있는 것들이 아닌가? 자신의 관점, 감정, 편견에서 완전히 벗어나는 것이 가능한가? 단언하건대, 그것이 가능하다고 주장하는 사람은 불가능을 요구하는 것이다. 그렇다면 객관성이라는 것은 우리의 주관성을 두고 다른 이들에게, 그리고 우리 자신에게 들려주는 하나의 거짓말이 아닌가? 결국 객관성은 위장된 주관성이라는 말인가?

다른 관점에서 보자면, 주관적인 것보다 객관적인 것에 특권을 부여하는 것은 감정보다 이성에 특권을 부여하는 데서 비롯된 결과가 아닌가? 결국 주관성은 감정에 '오염'된다는 이유로 신빙성을 얻지 못하는 것이다. 감정이란 우리의 사고를 흐리게 하고 객관적으로, 즉 합리적으로 사물을 바라보도록 하는 능력을 훼손시키는 것으로 여겨진다. 그런데 모든 감정을 비합리적인 것이라는 범주 하나에 송두리째 몰아넣는 것이 진정 합리적인가? 때때로 일부 감정들은 주어진 상황에서 나올 법한 가장 '합리적인' 반응이지 않은가? 바꾸어 말하면, 그러한 반응들이 가장 정확하고 유용하며 믿을 만한 통찰을 가져올 때도 분명 있지 않은가? 그리고 합리적인 것에 대한 강조가 때로는 자신의 솔직한 기분을 대하기 두려워하는 데서 오는 감정적 반응인 경우도 있지 않은가? 이것이 요점이다. 말들의 의미이든 우리의 경험을 조직하는 언어적 범주이든, 언어는 우리의 바람과는 달리 언제나 말끔하게 정돈된 양식에 따라서만 작동하지 않는다. 언어는 의미들의 영향 관계, 연관, 모순 등으로 끊임없이 넘쳐흐르는데, 이는 언어를 형성하는 이데올로기들의 영향 관계, 연관, 모순 등을 반영하는 것이기도 하다.

세계를 해체하기

어떤 문화의 이데올로기들이 전달되는 경로가 언어라고 한다면, 우리가 우리 자신과 세상을 이해하게 되는 경로 역시 언어라고 보는 것이 타당할 것이다. 해체론에 따르면, 이러한 생각을 철학적 용어로 바꾸어 쓴 것이 바로 '존재 근거ground of being'라는 표현이다. 언어는 세계에 대한 우리의 경험과 지식이 생성되는 토대, 곧 우리의 '존재 근거'라는 것이다. 그러나 해체론의 관점에서 바라보는 언어는 대체로 전통적인 서구 철학의 맥락에서 논의되는 '존재 근거'와 매우 다르다.

플라톤 이후의 서구 사상사를 살펴보면, 모든 철학 체계는 자기만의 존재 근거를 갖는다. 말하자면, 서구 철학의 모든 체계는 하나의 근본 원리에서 파생되었으며, 이 원리를 중심으로 조직되었다고 볼 수 있다. 그리고 사람들은 이 같은 하나의 근본 원리를 바탕으로 존재의 의미를 깨달을 수 있다고 믿었다. 일부 철학자들은 존재 근거에 대해 어느 정도는 우주적 차원의 질서 또는 조화의 원리라고 보기도 했다. 그 대표적인 인물이 완벽한 형상perfect Forms이라는 개념을 상정한 플라톤일 텐데, 그가 말하는 완벽한 형상이란 추상적이고 시간을 초월한 사유 영역에 존재한다. 한편, 근본 원리를 자기반성 행위에 관여하는 합리적 사고로 이해한 철학자들도 있었다. "나는 생각한다. 그러므로 존재한다Cogito ergo sum"라는 명제로 유명한 데카르트가 대표적이다. 그런가 하면 어떤 철학자들은 근본 원리를 인간 존재가 어느 정도는 선천적으로 갖게 되는(타고난, 영원히 지속되는) 특징이라고 생각했다. 인간의 언어와 경험이 인간 의식의 선천적 구조에서 만들어진다고 보는 구조주의자들의 견해에서 이를 확인할 수 있다.

이러한 근본 개념들 덕분에 우리는 역동적으로 진화하는 세계(더불어 역동적으로 진화하는 우리 자신까지)를 이해할 수 있지만, 개념들은 고정된 채로 남는다. 개념들이 설명하는 대상과 달리, 개념들 그 자체는 역동적이지도 않고 진화하지도 않는다. 데리다의 표현을 빌리자면, 개념들은 "놀이의 바깥에out of play" 존재한다. 이것이 바로 데리다가 **이성중심적**logocentric이라고 부른 유형의 철학(사실상 모든 서구 철학)이다. 서구 철학은 세계를 이해하는 과정에서 먼저 개념(로고스; 이성)을 중심에 위치시키고 개념을 통해 우리가 보는 세계를 조직하고 또 설명하지만, 정작 개념 자체는 그 세계 바깥에 남겨진다는 것이다. 그런데 데리다가 보기에 이는 서구 철학의 엄청난 환상이다. 각각의 근본 개념, 즉 플라톤의 '형상'이나 데카르트의 '코기토 cogito', 구조주의에서 말하는 인간 의식의 선천적 구조 등은 그 자체가 인간이 만든 개념이라는 점에서 인간 언어의 산물일 수밖에 없는데 어째서 언어의 모호성 바깥에 머물 수 있는가? 다시 말해, 언어란 역동적으로 진화하고 이데올로기에 잔뜩 물든 채로 작동하기 마련인데, 과연 어떤 개념이 그러한 과정 바깥에서 생산되고 또 존재할 수 있는가?

이 같은 질문들에 대한 데리다의 대답은 이렇다. 어떤 개념도 언어의 역동성에서 비롯되는 불안정성을 초월하여 존재할 수는 없다. 언어는 글이나 말로 표현될 수 있는 무한한 의미들을 (마치 꽃이 씨앗을 바람에 흩날려 보내듯) **산종**散種·dissemination시키기 때문이다. 그러니까 해체론은 언어를 존재 근거로서 인정하되, 그 근거가 놀이의 바깥에 있지는 **않**다고 본다. 언어는 자신이 생산하는 세계관만큼이나 역동적으로 진화하고 문제적이며 이데올로기에 깊이 물들어 있다는 것이다. 결국 우리의 존재 이해에는 중심이란 것이 없다. 그 대신에 존재를 살피고 고찰하기에 좋은 자리가 무한대로 펼쳐져 있으며, 좋은 자리는 저마다 나름의 언어를 갖는다. 그 나름의 언어를 해체론에서는 **담론**discourse이라고 부른다. 예컨대 현대 물리학 담론, 기독교 근본주의 담론, 1990년대의 교양교육 담론, 19세기의 미국 의학 담론 등 무한한 담론이 존재할 수 있는 것이다. 이러한 논의들을 바탕으로 데리다는 서구 철학의 **탈중심화**decentered를 이끌어 냈다. 마치 16세기에 코페르니쿠스가 지동설을 주장함으로써 지구를 탈중심화한 것처럼 말이다.

세계관이 언어로 구성된다는 이론은 서구 철학을 탈중심화하는 데 핵심적인 역할을 수행한다. 언어는 더 이상 경험의 산물(땅에 파인 거대한 구덩이를 본 뒤에야 그것을 '그랜드캐니언'이라고 명명하는 식)이 아니라, 오히려 경험을 창조하는 개념적 체계로서 파악되기 때문이다. 지금은 (원주민이 아닌) 미국인들이 '그랜드캐니언'이라고 부르는 것을 초기 스페인 탐험가들이 처음 보았을 때, 그들은 자신들이 지닌 (그들의 언어로 이루어진) 일련의 개념들만으로는 이 엄청난 규모를 정확히 지각할 수 없었다. 그랜드캐니언 바닥을 흐르는 콜로라도강이 협곡 위로부터 고작 100미터도 떨어져 있지 않다고 생각했을 정도다. 그랜드캐니언의 평균 깊이는 1,200미터 정도다. 그 결과, 해당 지역을 정찰하는 임무(아래로 내려가 주변을 돌아보는 임무)를 띠고 파견된 중무장 보병들은 예상과 달리 결국 돌아오지 못했다. 이 사례는 이해(생각하는 것)가 어떻게 지각(감각으로 체험하는 것)보다 선행하는지, 그리고 우리의 기대, 신념, 가치(모두 언어로 매개되는 것들이다) 등이 우리가 세상을 경험하는 방식을 어떻게 규정하는지를 잘 보여 준다. 우리의 세계관은 우리가 말하는 언어로 구성된다는 것을 가장 먼저 주장한 사람들은 구조주의자들로서, 이들은 인간 의식에 견고하게 자리 잡은 선천적 구조가 언어를 생산한다고 생각했다. 그런 점에서 해체론은 **탈구조주의**poststructuralism(후기구조주의)라고 할 수 있겠다. 탈구조주의는 구조주의의 인기에 힘입어 등장했지만, 동시에 언어와 인간 경험에 일정한 질서를 부여하려는 구조주의적 관점에 대한 반발로서 나타난 것이기도 하기 때문이다.

인간 정체성을 해체하기

해체론의 시각에서 볼 때, 언어가 존재의 근거라면 세계는 언제나 놀이하는 기표들의 무한한 사슬, 즉 무한한 **텍스트**이다. 그리고 언어로 이루어지는 한, 인간 존재 역시 텍스트라고 할 수 있을 것이다. 바꾸어 말하면, 해체론적 언어 이론은 인간 존재의 의미, 곧 **주체성**subjectivity에 관한 함의를 담고 있다.

앞서 본 것처럼, 해체론은 우리 자신 및 세상에 대한 경험을 낳는 것이 바로 우리가 말하는 언어라고 주장한다. 언어는 이데올로기들이 경쟁하는 불안정하고 불분명한 각축장이므로, 우리 자신도 이데올로기들이 힘을 겨루는 장이 된다는 것이다. 대부분의 사람들은 하나의 안정된 정체성에 대한 자아상을 갖는데, 이는 사실 문화와 공모하며 만들어 낸 위안거리이자 자기기만에 지나지 않는다. 문화 또한 스스로를 안정되고 일관된 것으로 인식하려 들지만, 실제로는 매우 불안정하고 파편화되어 있기 때문이다. **정체성**identity이란 말은 우리가 하나의 단일한 자아로 이루어진다는 뜻을 담고 있지만, 사실 우리는 하나의 정체성만을 갖진 않는다. 우리는 매 순간 수없이 갈등하는 믿음, 욕망, 두려움, 불안, 의도 등으로 구성되는 복합적이고 파편화된 존재다. 그러나 우리는 성장해 가면서 문화 속 이데올로기 대립과 모순들을 언어를 통해 내면화하게 되는데, 이는 불투명하고 파편화된 언어가 생산하는 파편화된 경험을 거부하고 그 갈등과 모순들을 우리 자신과 다른 사람들에게 '적합한 것'으로 변모시키는 법을 성장 과정에서 저마다 찾아내기 때문이다.

아주 골치 아픈 내용은 아닌데, 이 이야기들을 듣고 나서 혹 암울한 기분이 든 것은 아닌지? 그러나 아직 책을 덮지 말라. 해체론이 우리에게 알려주는 '좋은 자리', 그러니까 인간 경험을 흥미롭게 바라볼 수 있는 위치 또는 관점 가운데 몇 가지만 먼저 살펴보자. 무엇보다 파편화된 자아라는 개념은 하루하루의 경험만 갖고도 정말 많은 것을 말해 주지 않는가? 대부분의 사람들은 직장에서, 상점에서, 데이트 중에, 홀로 있을 때, 텔레비전 앞에서 전혀 다른 사람이 되지 않는가? 직장 생활에만 한정시켜 보더라도, 사람의 경험은 다양한 사람들과 마주치고 온갖 생각과 기억, 감정들이 스쳐 갈 때마다 하루 단위로, 때로는 시간 단위로, 분 단위로 시시각각 달라지지 않는가? 이런 것들이 정말 만화경이라도 되는 양 변화무쌍한 개별 자아의 모습을 보여 주지 않는가? 실제로 우리는 가끔씩 자신의 진짜 모습이 무엇인지 모르겠다는 느낌을 받는다. 특히 자신의 자아상과 꽤나 일치하는 것 같은 누군가(우리는 그 사람의 겉모습만 보므로)와 자기 모습을 비교해 보면 그런 느낌이 더 강하게 든다. 이와 마찬가지로, 우리가 그동안 각자 '정체성'을 발명해 왔다면 그걸 재발명하는 것도 가능한 일이다. 알코올중독자 갱생 모임에 참여하거나 종교를 개종하거나 심리상담을 하면서 '마음의 변화'를 겪는 사이, 많은 사람들에게 일어나는 일이 정확히 그런 것이다. 결국, 모호하기 짝이 없는 언어의 이데올로기적 본질은 우리가 다른 사람들과 소통하는 과정에서 맞닥뜨리는 많은 어려움, 특히 자신과 배경이 다른 사람들을 상대하며 겪는 어려움을 설명해 준다. 해체론적 언어 이론을 이해하면 그러한 이데올로기적 차이들이 언제 어떻게 작동하는지를 파악하는 데 도움이 된다.

문학을 해체하기

지금까지 논의한 해체론에 관한 내용을 세 가지로 요약, 정리해 보자. 첫째, 해체론에서 언어는 표현 가능한 의미를 끊임없이 흩뿌린다(산종)는 점에서 모호하고 불안정한 동시에 역동적이다. 둘째, 해체론에서 존재는 중심도, 안정적인 의미도, 고정된 토대도 갖지 않는다. 셋째, 해체론에서 인간 존재는 파편화된 존재이자 이데올로기들이 경쟁하는 각축장이며, 인간의 '정체성'이란 자신이 발명하고 스스로 자기 것이라고 믿는 어떤 것에 지나지 않는다. 다들 눈치챘겠지만, 여기서 핵심어는 '불안정한unstable'이다. 그렇다면 해체론이 바라보는 문학 역시 어떤 것일지 쉽게 짐작할 수 있다. 문학의 구성 요소가 언어인 이상, 문학도 언어와 마찬가지로 모호하고 불안정한 동시에 역동적인 무엇일 수밖에 없다.

의미는 텍스트 안에 고정된 채로 귀속되어 있는 어떤 요소가 아니다. 달리 말하자면, 의미는 우리가 밝혀내거나 수동적으로 받아들여야 할 어떤 것이 아니다. 의미는 독자의 읽기 행위에 따라 형성되는 것이다. 더 정확히 말하면, 의미는 독자를 매개로 한 언어의 놀이를 통해 생산된다(대개는 이 과정을 그저 '독자를 통해'라고만 지칭하지만). 더 나아가, 그렇게 생산된 의미는 고정된 요소로 머물지 않으며 놀이를 매듭짓지도 못한다. 즉, 어떠한 해석도 최종 해석이 될 수 없다. 다른 모든 텍스트와 마찬가지로, 문학 텍스트 역시 다른 텍스트 및 우리 자신과 역동적이고 유동적인 관계망을 형성하며, 이에 따라 문학 텍스트의 의미들은 서로 겹쳐지고 대립하는 가운데 복합적인 양상으로 구성된다. 주어진 텍스트에 대한 '명백한' 또는 '상식적인' 해석으로 여겨져 왔던 것들이 알고 보니 특정한 문화의 가치와 신념에 바탕을 두고 생산된 이데올로기적 독법이었으며, 우리는 여기에 너무나 익숙한 나머지 그러한 해석들을 '자연스러운' 것인 줄로만 알았던 것이다. 간단히 말해, 우리가 만들어 내는 의미와 가치는 텍스트 안에서 '찾아낸' 것들이다. 저자가 텍스트를 구성할 때 자신을 둘러싼 문화적 환경을 상정하지 않을 수 없는 것처럼, 독자 역시 각자의 읽기 경험을 구성할 때 자신을 둘러싼 문화적 환경을 상정하지 않을 수 없다. 그러므로 문학 텍스트와 비평 텍스트 모두 해체가 가능하다.

문학 텍스트 해체의 목표는 크게 두 가지다. 하나는 텍스트의 **결정 불가능성**undecidability을 드러내는 것이고, 다른 하나는 텍스트를 구성하는 이데올로기들의 복잡한 작동 양상을 드러내는 것이다. 어떠한 해체론적 독법에서든 둘 중 하나, 또는 양쪽 모두의 작업을 확인할 수 있다. 이만큼 해체론에 친숙해졌다면, 아마 두 가지 목표 가운데 뒤의 것이 더욱 의미 있고 유익하리라는 것도 알아차렸을 것이다. 그래서 첫 번째 접근법은 간략하게 요약

502

하는 수준으로 정리하고, 두 번째 접근법을 더욱 충실히 살펴보자.

텍스트의 결정 불가능성을 드러내는 것은, 텍스트의 '의미'가 실제로 한정되지 않고 결정되지 않으며 복수로서 존재할 뿐 아니라 표현 가능한 의미들의 상호 모순으로까지 나타난다는 사실을 밝히는 것이다. 다시 말해, 텍스트는 흔히 사람들이 생각하는 것과 같은 종류의 의미를 전혀 갖지 않는다는 사실을 보여 주는 것이다. 이 목표는 대략 다음과 같은 과정에 따라 달성될 수 있다. 아래 제시한 개요는 그 같은 방식에 따라 텍스트를 분석하라는 뜻은 전혀 아니고, 단지 텍스트가 결정 불가능하다는 말이 무슨 의미인지 알려 주기 위함이다.

① 텍스트가 제시하는 듯한 다양한 해석(텍스트 전체 해석이든 특정 인물, 사건, 이미지에 대한 해석이든지)을 확보한다.
② 그러한 해석들이 어떻게 서로 충돌하는지를 보여 주는 사례들을 찾는다.
③ 그러한 충돌들이 어떻게 양립 불가능한지(해석이 서로 충돌하여 하나의 의미 있는 해석을 만들지는 않는다.) 또는 어떻게 추가 해석을 통해 이 충돌을 해소하려 하다가 또 다른 의미 충돌을 만들어 내는지 밝힌다.
④ 앞의 세 단계를 밟아 나가며 텍스트의 결정 불가능성을 밝힌다.

결정 불가능성이라는 개념의 의미는 독자가 다양한 해석들 가운데 어떤 것을 선택하는 것이 불가능하다는 뜻이 아니다. 텍스트가 자신이 무엇을 전달할 것인지 스스로 '결정'할 수 없다는 뜻도 아니다. 결정 불가능성이 말해 주는 것은, 독자와 텍스트 모두 언어가 수행하는 의미의 산종과 불가분한 관계로 얽혀 있다는 것이다. 독자와 텍스트는 언어라는 베틀이 끊임없이 작동하는 가운데 엮이고 짜인 실들과도 같다. 특정한 의미는 다만 '한 순간의' 의미일 뿐이며, 그 순간이 지나가면 필연적으로 더 많은 의미들이 그 자리에 들어서게 되는 것이다. 따라서 문학 텍스트는 이 같은 내용을 구체적으로 보여 주는 데 활용된다. 즉, 문학이건 다른 무엇이건 간에 텍스트가 언어로 이루어지는 한, 모든 텍스트를 구성하는 표현 가능한 의미들은 한정되지 않고 복수로서 존재하며 서로 모순되는 양상을 보이기도 한다는 사실을 예증하는 것이다. 그러한 독법들은 언어 및 (우리 자신을 포함한) 언어의 모든 산물이 얼마나 풍요롭고 흥미진진한지, 때로는 놀라움을 안겨다 주기는 해도 의미의 확산이란 얼마나 흥미로운지 상기시켜 주는 유익한 시도가 된다.

문학 텍스트를 해체하는 두 번째 접근법, 그러니까 어떤 텍스트를 구성하는 이데올로기들과 관련하여 해당 텍스트가 무엇을 보여 주는지 밝히는 방법에 대해서는 앞서 말한 대로 좀 더 자세히 논의할 것이다. 특히 이 접근법은 종종 이데올로기들이 어떤 식으로 우리 자신의 세계관 안에서 작동하는지를 들춰 보이기도 한다. 그런 점에서 이는 여러분에게 대단히 유용한 훈련이 될 것이다. 여러분이 어떤 이론에 호감을 갖든지 간에 말이다. 5장에서 다룬 신비평과 비교해 보면, 이런 종류의 해체론적 접근법을 어떻게 활용할 수 있는지 더 쉽게 이해할 수 있을 것이다. 신비평은 여전히 학교에서 가르치는 내용이라는 점에서 대부분의 독자들에게 익숙할 뿐 아니라, 해체론적 독법에 입문하는 데 신비평적 접근이 효과적인 경우가 많기 때문이다.

다들 기억나겠지만, 신비평의 목표는 텍스트가 어떻게 통일된 전체로서 작동하는지를 밝히는 것이다. 이를 위해 신비평은 이미지양식, 상징, 어조, 각운, 운율, 플롯, 인물 형상화, 배경, 시점 등의 형식 요소 또는 문체적 요소 등을 통해 텍스트의 주제가 확립되는 방식을 드러내고자 한다. 신비평은 먼저 텍스트 안에서 작동하는 주요한 긴장을 확인한다. 예컨대 선과 악의 투쟁, 순진무구한 상태에서 벗어나 경험이 쌓인 모습으로 진화해 가는 주인공, 과학과 종교 간 갈등, 기타 정서적 · 도덕적 강렬함을 불러일으키는 긴장 등이 여기에 해당된다. 그러고 나서 신비평은 그와 같은 긴장이 텍스트의 핵심 주제, 곧 텍스트 내부의 모든 형식 요소들을 바탕으로 형성되는 하나의 주제가 점차 진전됨에 따라 어떻게 해소되는지를 보여 준다. 이를테면 선과 악이 모든 사람의 내면에서 공존한다든가, 순진무구한 상태에서 경험이 쌓인 모습으로 진화하게 되면 필연적으로 보상과 동시에 그 대가가 따른다든가, 과학이 종교가 되면 위험해진다든가 등의 주제 또는 인간에게 중요한 기타 여러 주제를 말한다. 신비평 이론가들이 텍스트 내부의 긴장, 아이러니, 모호성, 역설 등에 유독 주목하는 이유는, 그러한 모든 특징들이 한데 통합되어 텍스트의 핵심 주제를 뒷받침한다는 목표에 이바지하기 때문이다. 겉으로 보기에 텍스트상에서 서로 대립되는 의미들이 사실은 핵심 주제 확립에 일정 부분 기여하고 있음을 드러냄으로써, 텍스트 전체가 본연의 예술적 목적을 순조롭게 그리고 완전하게 구현하고 있음을 밝혀야 하는 것이다.

그런데 해체론에 따르면, 이 같은 모습은 텍스트의 자기모순에서 이데올로기적 체계의 한계가 드러나는 것을 감추고자 신비평과 텍스트가 공모하는 양상이다. 해체비평가는 핵심 주제와 관련하여 텍스트 안에서 모순 관계를 이루는 의미들을 탐색하며, 특히 텍스트가 미처 의식하지 못하는 자기모순에 초점을 맞춘다. 그리고 이를 통해 텍스트 내부의 이데올로기적 체계를 찾아내고 그 한계를 이해하려 한다. 이 과정을 확실히 파악하는 가장 좋은 방법은 역시 직접 시도해 보는 것이다. 로버트 프로스트의 탁월한 시 〈담장 고치기Mending Wall〉(1914)를 이 같은 독법으로 함께 분석해 보자.

담장 고치기

무언가 담장을 싫어하는 게 있나 봐요.

담 아래 땅을 얼려 부풀게 하고

대낮에 돌담 윗부분을 무너뜨리고

두 사람이 나란히 지나갈 틈을 내기도 하죠.

사냥꾼들이 하는 짓은 좀 달라요.

나는 그들을 뒤쫓아가서

돌담에 돌 하나 남기지 않은 데를 찾아 고쳤었죠.

그 사람들은 돌 틈에 숨은 토끼를 끄집어내려 했죠

짖어 대는 사냥개를 즐겁게 하려고요. 근데 내가 말하는 건 틈이에요.

그게 만들어지는 걸 아직 보거나 들은 사람이 없다구요,

하지만 봄철 담장을 고칠 때면 늘 틈이 보이죠.

나는 언덕 너머 사는 이웃에게 알리고

어느 날 만난 우리들은 경계를 따라 걸으며

서로의 사이에 다시 담을 쌓지요.

걸으면서 우리들 사이에 담을 두는 거예요.

각자 자기 쪽에 떨어진 돌을 주워 올리는데

어떤 건 빵덩이 같고 어떤 건 거의 공 같아서

균형 있게 쌓으려면 마법을 써야 하죠.

"우리가 등을 돌릴 때까지 이 자리에 있어다오!"

돌을 만지느라 거칠어진 손가락,

오, 이건 담장 양쪽에 한 사람씩 서는

또 한 가지 옥외 경기, 그 이상은 아니에요.

담장이 있는 곳에는 사실 담장이 필요없죠.

그쪽은 솔밭이고 내 쪽은 사과밭이라,

사과나무가 경계를 넘어 그쪽 솔방울을

따먹을 리 없다고 그에게 말해보지요.

"담장이 튼튼해야 이웃 사이가 좋죠"라는 대답만 돌아올 뿐이죠.

내게 봄은 심술 돋는 계절이라, 궁리를 해봤죠.

저 사람을 어떻게든 깨우칠 수 없을까 하고.

"**어째서** 담장이 좋은 이웃을 만드나요? 담장이란

젖소 목장에나 필요한 것, 여긴 젖소가 없잖아요.

담장을 쌓을 때면 알고 싶지요. 도대체

이 담으로 무엇을 지키고 무엇을 막자는 건가?

누구의 마음이 상할까 겁이 나는가?

무언가가 담장을 싫어해서 허물고 싶어 한다구요."

그리곤 "요정들"이라 말하고 싶지만

정확히 요정들은 아니겠지요. 차라리

그쪽에서 그렇게 말했으면 좋으련만. 걸어오는 태를 보니

두 손에 돌을 꽉 쥐고 오는 게

무장한 구석기 야만인 꼴이네요.

그는 마치 어둠 속에서 움직이는 듯했는데

그게 숲이나 나무 그늘 때문만은 아니었지요.

그는 부친에게 들은 말을 의심할 생각은 없이

그게 생각나서 좋다는 듯 다시 말했어요.

"담장이 튼튼해야 이웃 사이가 좋죠."

_ 이상옥 옮김(역자 부분 수정)

어떤 문학작품을 해체하는 데는 신비평적 독법으로 시작하는 것이 효과적인 경우가 많다. 그러니까 이 시에서 작동하는 주된 긴장은 무엇이며, 그 긴장은 이 시가 하나의 핵심 주제를 향해 나아가는 과정에서 어떻게 해소되는지 묻는 것이다. 신비평적 독법은 거의 대부분 이항대립, 곧 한쪽이 다른 한쪽에 대해 우위를 갖는 대립쌍에 근거하여 전개되기 때문이다. 대개 이항대립은 텍스트의 (적어도 한 가지 이상의) 이데올로기적 체계를 발견하는 실마리가 된다. 말하자면 먼저 신비평적 해석을 통해 이항대립을 찾아낸 다음에, 그 해석의 바탕이 된 이항대립을 해체하는 것이다. 해체 작업은 텍스트 안에서 서로 대립되는 요소들이 실제로는 대립하지 않거나 오히려 겹쳐지기까지 하는 양상을 검토하는 방식으로 진행된다. 이 방법을 통해 우리는 텍스트가 (의식적으로든 무의식적으로든) 조장하는 이데올로기의 한계를 일정 부분 확인해 볼 수 있다.

〈담장 고치기〉의 경우, 텍스트를 구조화하는 이항대립은 화자와 그의 이웃 사이의 불화에서 비교적 명료하게 드러난다. 화자는 그동안 사람들이 따라 온 전통이란 것이 현 상황에서는 더 이상 적절하지 않다는 이유로 전통에 비순응적인 태도를 보인다. 반면에 화자의 이웃은 자신이 행하는 바에 대한 고려 없이 사람들이 오래전부터 행해 온 방식에 순응적인 태도를 보인다. 그러므로 이 시를 구조화하는 이항대립은 비순응성과 순응성 사이의 대립이다. 그런데 우리는 이 상황을 화자의 시점에서 관찰하기 때문에 아무래도 화자 쪽의 태도에 공감하게 되며, 이에 따라 순응성보다는 비순응성 쪽에 더욱 특권이 주어진다고도 말할 수 있을 것이다. 그렇다면 신비평의 관점에서 볼 때, 또는 (해체론의 용어를 사용하자면) 이 시의 공공연한 이데올로기적 기획이라는 측면에서 볼 때, 〈담장 고치기〉의 핵심 주제는 담장을 은유로 삼는 어떤 낡은 전통에 대한 무분별한 순응을 비판하는 내용이라고 할 수 있다.

<담장 고치기>의 이데올로기적 기획을 확인하는 일이 단순히 우리가 쉽게 비판할 수 있는 표적을 찾으려는 의도에서 비롯된 것이 아님을 확실히 하려면, 일단 우리가 확인한 주제를 뒷받침하는 텍스트 내부의 모든 증거를 신비평의 방식에 따라 발견하지 않으면 안 된다. 예를 들어, 우리는 화자가 자신의 이웃과 낡은 전통을 부정적으로 바라보고 있음을 알게 된다. "사과나무가 경계를 넘어 그쪽 솔방울을/따먹을 리 없다"(25-26행)라는 시구에서 볼 수 있듯이, 화자는 담장이 너무 오래되어 어차피 제 기능을 못한다고 보며, "내게 〔자연의 사건인〕 봄은 심술 돋는 계절"(28행)이라고 말하면서 자기 자신을 자연과 결부시킨다. 대개 좋은 의미로서 받아들이는 자연 말이다. 실제로 우리는 자연의 지혜를 믿기 때문에 첫 4행에 드러나는 화자의 시각을 자연스럽게 받아들이게 된다. 여기서 화자는 자연을 담장과 대립시킨다. "대낮에 돌담 윗부분을 무너뜨리"기 위해 "땅을 얼려 부풀게" 하는 것은 다름 아닌 자연이다.(2-3행)

이 같은 주제는 사람들이 "떨어진 돌"과 같은 자연의 사물을 내키지 않는 자리에 두기 위해 "마법"을 써야 한다는 대목에서, 그리고 사람들이 돌아서자마자 돌은 다시 떨어지리라는 것을 암시하는 대목에서 더욱 강화된다.(18-19행) 자연의 '자식들', 예컨대 5~7행의 "사냥꾼들"과 36행의 "요정들" 또한 담장에 대한 화자의 태도를 지지한다. 사실, 우리는 담장이라는 말을 들으면 소통이나 감정 교환을 방해하는 어떤 장벽 같은 것을 떠올리는 경우가 많은데, 담장 및 낡은 전통에 대한 거부감을 강화시키는 다음과 같은 구절을 읽으면 그러한 연상이 더욱 강해질 것이다. "어느 날 만난 우리들… /**서로의 사이에** 다시 담을 쌓지요./걸으면서 **우리들 사이에** 담을 두는 거예요."(13-15행. 필자 강조) 이와 반대로 이웃은 "무장한 구석기 야만인"(40행)에 비견되기까지 한다. "마치 어둠 속에서 움직이는 듯했는데/그게 숲이나 나무 그늘 때문만은 아니었"(41-42행)다고 묘사하면서 이웃을 계몽되지 않은 존재에

비유한 것이다. 이처럼 낡은 전통이 없어져야 한다는 것을 알 만큼 계몽된 존재인 화자와 계몽되지 못한 이웃은 선명한 대조를 이룬다.

지금까지 우리는 〈담장 고치기〉라는 텍스트를 하나의 주제로서 구조화하는 순응성과 비순응성 사이의 이항대립에 대해 이야기했다. 그리고 이상의 대립항들에서 특권이 부여되는 쪽은 비순응성이다. 이제부터 할 일은 이 같은 위계질서와 모순되거나 이를 약화시키는 모든 것을 시 안에서 찾아내어 방금 언급한 대립항들을 해체하는 것이다. 바꾸어 말하자면, 이 시의 핵심 주제에 대한 신비평적 독법을 수행하고자 모아 둔 증거들과 배치되는 다른 증거들을 텍스트 내부에서 발견하는 것이다. 이런 식의 모순되는 증거는 신비평 이론가들처럼 문학 텍스트 안에서 단일한 의미만을 찾으려 할 때 놓치기 쉬운 종류의 것들이 많다. 좀 더 구체적으로 말하자면, 우리의 목표는 시의 통일성 대신 내적 모순에 주목함으로써, 시의 핵심 주제를 지탱하는 이항대립(들)의 어느 한쪽도 다른 한쪽에 대해 특권을 지닐 수 없음을 밝히는 데 있다. 대부분의 독자들에게는 익숙하지 않겠지만, 이는 한 편의 시가 어떻게 스스로 해체되는지 보여 주는 작업이 될 것이다.

〈담장 고치기〉는 화자와 이웃이 서로의 영역을 가르는 담장에 대해 갖는 태도의 차이를 드러내고, 이를 바탕으로 이웃의 지각 없는 순응성보다 화자의 비순응성에 높은 가치를 부여한다. 먼저 이 점과 관련하여 여러 모순들을 찾아볼 수 있다. 화자의 편에서 볼 때, 자연은 전통에 반대하여 담장을 허물고 싶어 한다. 그런데 담장을 허물고 싶어 하는 것은 사냥꾼들도 마찬가지다. 이 시에서 사냥꾼들은 자연의 상징일 뿐 아니라 전통의 상징이기도 하다. 사냥꾼들은 일종의 스포츠로서 사냥을 한다는 점(이들은 꼭 식량을 구하기 위해서가 아니라 단지 "사냥개를 즐겁게" 하기 위해 "돌 틈에 숨은 토끼를 끄집어내"려고 한다(8-9행))에서 과거 영국 상류층이 즐기던 전통적인 사냥 방식을 연상시킨다. 스포츠로서의 사냥 전통은 영국 지주계급의 사냥에 그 기원을 두고 있기 때문이다. 비슷한 맥락에서 "요정들"로 대변되는 마법 역시 담장을 허물고자 하지만(36행), 18행과 19행에 등장하는 마법은 오히려 담장을 계속 세워 두려고 한다. 게다가 전설에서 말하는 것처럼 요정은 인간에게 말썽을 일으키며 즐거워하는 짓궂은 존재임을 감안한다면, 담장을 무너뜨리려는 요정들의 욕망은 비순응성에 대한 믿음을 북돋워 주기보다는 오히려 약화시키기 십상이다. 실제로 화자는 요정들이라는 표현을 모호하게 사용하고 있으며("정확히 요정들은 아니겠지요"(37행)), 화자가 적절한 말을 찾지 못해 어려움을 겪는 모습은 담장 및 담장이 상징하는 전통 앞에서 화자가 무의식적으로 양가적인ambivalent 태도를 취하고 있음을 암시한다. 이러한 양가적 태도는 화자가 예전에는 담장을 직접 수리한 바 있으며, 지금은 담장을 고치려고 이웃을 만나고 심지어 함께 담을 쌓기까지 한다는 사실로 뒷받침된다. 이 행동들은 담장에 대한 화자의 비순응적 태도와 확실히 모순되어 보인다.

마지막으로, 〈담장 고치기〉가 주요 비판 대상으로 삼는 견해, 즉 "담장이 튼튼해야 이웃 사이가 좋죠"는 사실 이 시 안에서 나타난 행위만 놓고 보면 타당한 말이라고도 할 수 있다. 화자와 이웃을 한자리에 모이게 하는 것(아마도 이것에 착안하여 시를 썼을 것이다), 그리고 그들로 하여금 함께 일을 하고 유대를 쌓아 나가면서 서로 이웃이 **되도록** 만들어 주는 것이 바로 담장을 고치는 행위이기 때문이다. 확실히 텍스트 안에서 화자와 이웃이 만나는 순간은 단 한 번뿐이다. 게다가 이 시의 제목에서 '**고치기**|mending'를 동사가 아닌 형용사로 읽으면 그러한 견해가 더욱 강하게 암시된다. 말하자면 '담장 고치기|mending wall'를 '고쳐지는 담'이 아닌 '고치는 담'(예컨대 관계를 회복시키는 담)으로 해석할 수 있다는 것이다.

지금까지 우리는 〈담장 고치기〉가 어떻게 핵심 주제를 뒷받침하는 이항 대립(들)을 스스로 조용히 무너뜨리는지 살펴보았다. 이제는 해체 작업의 마지막 단계로서 그러한 이항대립의 붕괴가 갖는 함의를 생각해 볼 차례다. 순응성이 갖는 의미·중요성·힘과 비순응성이 갖는 의미·중요성·힘은 이 시가 애당초 보여 주려고 했던 바와는 달리 쉽게 대립항으로 설정되기 어려워 보인다. 〈담장 고치기〉가 독자에게 요청하는 것은 겉보기에 공허하기 짝이 없는 전통을 이성적 판단 아래 포기하고, 이 시가 발표된 1914년에 확인할 수 있는 그간의 과학적·기술적 진보에 가장 어울릴 만한 태도를 갖자는 것이다. 그러나 전통을 버리려고 하는 시도 속에 감추어진 수상한 본질은 이 시의 요구, 곧 전통에 대한 평가절하에 맞서 강력한 평형 관계를 형성한다. 그렇다면 텍스트상의 모순은 다음과 같은 사실을 말해 준다고 할 수 있다. 전통의 위력은 상당 부분 그 전통의 현존을 지각하지 못하는 사람들에게까지 영향력을 행사할 수 있는 데서 비롯된다고 말이다.

〈담장 고치기〉에서 진보와 보수 사이의 대립이 풀리지 않는 한 가지 이유는, 이 둘의 차이를 설명할 때 쓰이는 몇몇 말들, 특히 **자연**과 **원시적인 것**을 이야기할 때 사용되는 말들 자체가 무언가 뒤섞이고 엇갈린 느낌들을 불러일으키기 때문이다. 우리는 자연이라고 하면 선함, 이를테면 순수함, 결백함, 소박함, 건강함, 직감으로 얻어지는 지혜 등을 연상한다. 하지만 우리가 그토록 높이 평가하는 과학적·기술적 진보를 성취하는 데 자연은 종종 걸림돌이 된다. 길을 내려면 산을 날려 버려야 하고, 기업 단지를 조성하려면 숲을 파괴해야 하며, 산업을 육성하려면 공기와 토양, 수질오염을 감수해야 한다. 유사한 맥락에서 서구문화에 대해서도 이야기할 수 있다. 서구문화는 원시적인 것을 자연의 선함과 결부시키지만, 이와 반대로 무지, 알 수 없는 것, 해로운 것 등과 연관 짓기도 한다. 그러한 연상은 결국 원시적인 것에 대한 두려움과 경멸을 불러일으킨다. 또한 이처럼 모순된 연상은 앞서 우리가 본 것처럼 **마법, 요정들, 사냥꾼들** 등과 같은 표현으로 환기되기도 한다. 따라서 〈담장 고치기〉에 대한 해체는 어쩌면 우리 문화를 형성하는 나머지 이항대립들, 예컨대 남성적인 것/여성적인 것, 개인/집단, 객관적인 것/주관적인 것 등의 구분을 재고하도록 만드는 작업일지도 모른다.

〈담장 고치기〉에 대한 지금까지의 독법에서 알 수 있듯이, 해체론은 문학 텍스트의 주제와 연관된 긴장을 어떤 안정되고 통일된 해석으로 해소하려고 하지 않는다. 오히려 해체론은 그러한 긴장을 지속시킴으로써 무언가를 얻고자 한다. 신비평과 달리, 해체론에서는 문학 텍스트가 어떤 중요한 상위의 목적이나 주제로 수렴되지 않는 모순된 이데올로기적 기획을 담고 있다고 해도 그것이 결점으로 여겨지지 않는다. 그러한 모순은 언어에 내재된 불안정성 및 이데올로기 대립의 필연적 산물이라는 점에서, 오히려 텍스트 이해의 폭을 넓혀 줄 수 있는 요소로 인식된다. 이러한 시각에 따르면, 예술은 끊임없이 변화하는 의미들로 펄펄 끓는 도가니와도 같다. 이처럼 예술은 그것을 생산한 문화 및 그것을 해석하는 문화 모두와 긴밀히 연결되어 있는 역동적인 실체이기 때문에, 우리의 문화와 역사, 언어, 그리고 우리 자신을 이해하는 유용한 하나의 매개체가 된다.

글쓰기는 종류를 막론하고(여기에는 우리가 행한 문학 텍스트 해체 작업을 비롯한 넓은 의미에서의 모든 의사소통이 포함된다) 끊임없이 스스로를 해체하며, 끊임없이 의미를 산종시킨다는 사실을 꼭 기억하자. 엄밀히 말하자면, 우리는 텍스트를 해체하는 것이 아니라 텍스트가 어떻게 스스로를 해체하는지 보여 줄 뿐이다. 여기서 제시한 대강의 윤곽만으로도 〈담장 고치기〉라는 한 편의 텍스트가 어떻게 스스로를 해체하는지 파악하는 데 도움이 될 것이다. 이는 또한 언어가 이데올로기적으로 작동하는 양상을 이해하는 데도 유용하다. 그러나 반드시 기억해야 할 사항은, 이 시를 분석함으로써 이끌어 낸 의미들 역시 텍스트 내부에서 펼쳐지는 의미의 산종 가운데 '한 순간'에 불과하다는 점이다. 그러한 의미의 산종은 이 시가 계속 읽히는 한, 끝없이 이어질 것이다.

다음 질문은 해체론을 활용하여 문학작품에 접근하는 두 가지 방법을
요약한 것이다.

① 언어의 불안정성과 의미의 결정 불가능성을 보여 주고자 할 때, 텍스
트가 생산하는 갖가지 모순되는 해석들(의미의 놀이), 그리고 어떤 문
제들에 대해 텍스트가 답을 하고 있는 것 같지만 막상 답을 내놓지는
않는 다양한 양상들을 어떻게 찾아내고 또 활용할 수 있을까? (무엇보
다도 텍스트가 **결정 불가능성**이라는 용어를 어떻게 사용하는지 기억하자)

② 텍스트가 부추기는 것으로 보이는 이데올로기는 무엇인가? 다시 말
해, 텍스트의 노골적인 이데올로기적 기획(주제, 전체적인 의미 또는
메시지)은 무엇인가? 그리고 텍스트의 모순되는 증거들은 그 이데올
로기의 한계를 어떤 방식으로 보여 주는가? 텍스트의 노골적인 이데
올로기적 기획을 발견하는 한 가지 방법은 텍스트의 핵심 주제를 구
조화하는 이항대립을 찾아내는 것이다.

우리는 이 가운데 하나 혹은 두 가지를 혼합해 질문하는 방법으로 문학
텍스트를 논의할 수 있다. 아니면 여기에 나와 있지 않은 해체론적 독법을
나름대로 제안해 볼 수도 있다. 여기서 제시한 두 가지 물음은 해체론의 관
점에서 생산적으로 문학 텍스트를 생각해 보는 출발점일 뿐이다. 다만 해
체비평가들이라고 해서, 심지어 텍스트의 동일한 이데올로기적 기획에 초
점을 맞추어 분석하는 비평가들이라고 해서 동일한 텍스트를 모두 똑같은
식으로 해석하는 것은 아니라는 사실을 명심하자. 어느 이론에서든 실제
비평가들의 해석은 훨씬 다양하기 마련이다. 우리의 목표는 해체론을 활용

하여 문학작품에 대한 이해의 폭을 넓히는 것이다. 그리고 해체론이라는 이론적 관점이 없었다면 뚜렷하게, 깊이 있게 알지 못했을 몇 가지 중요한 견해들을 자세히 살펴보고, 언어가 자기 안에 구현하고 우리에게 감추는 이데올로기들을 인식하는 방법을 익히는 것이다.

이제 곧 접하게 될 F. 스콧 피츠제럴드의 《위대한 개츠비》 독법은 해체론적 작품 해석의 한 가지 사례로서 제시하는 것이다. 먼저 밝혀 두어야 할 사항은, 마르크스주의를 다룬 3장에서 이미 이 소설에 대한 해체론적 독법을 짧게나마 선보였다는 사실이다. 그 부분을 다시 한 번 떠올려 보자면, 《위대한 개츠비》에 대한 마르크스주의적 독법은 두 부분으로 구성되어 있었다. 하나는 이 소설이 겉으로는 자본주의 이데올로기를 강하게 비판하고 있음에도 실제로는 자본주의 세계에 매혹되어 있기 때문에 그와 같은 비판의 근거가 취약해진다는 점을 밝힌 부분이다. 다른 하나는 바로 이 점을 해체적으로 재구성한 것인데, 다름 아닌 소설 내부의 요소들을 활용하여 소설이 지닌 반자본주의 이데올로기의 한계를 밝히고자 한 부분이다. 앞서 언급한 대로 해체론은 이데올로기가 은밀히 작동하는 양상을 이해하는 데 도움을 주기 때문에, 우리 일상에서 작동하는 이데올로기의 억압적 기능을 파악하는 작업에 관심이 있는 비평가라면 누구나 해체론을 유용한 도구로 삼을 만하다. 실제로 마르크스주의 비평가나 페미니즘 비평가는 문학 및 문화를 분석할 때 해체론의 원리를 종종 끌어오곤 했다. 그러한 원리가 언어 이론의 일부로서 발전하고 **해체론**deconstruction이라는 이름으로 불리게 되기 전부터 말이다. 물론 그 원리는 지금도 마르크스주의 비평과 페미니즘 비평에서 계속 활용되고 있다.

나는 《위대한 개츠비》에 대한 해체론적 해석을 통해 이 소설이 지닌 공공연한 이데올로기적 기획, 즉 과거의 건강한 순수성을 영원히 앗아 간 1920년대 미국의 타락과 퇴폐를 향한 비난이 과거/현재, 순진무구/타락과 퇴폐,

서양/동양과 같은 이항대립을 기반으로 전개된다는 점을 보여 주고, 아울러 그와 같은 이항대립을 대하는 텍스트상의 양가적 태도가 어떻게 소설의 이데올로기적 기획을 약화시키는지 밝히려고 한다. 이 같은 양가성이 가장 모순된 양상으로 형상화되어 표현된 존재가 바로 제이 개츠비라는 인물이다. 제이 개츠비는《위대한 개츠비》가 자본주의 이데올로기 비판이라는 겉모습 속에 내밀히 감추어 둔 현대 세계를 향한 매혹을 낭만적으로 체화한 인물인 것이다. 다음의 해체론적 독법은 물론이고 앞서 진행한 마르크스주의적 독법에 견주어 훨씬 더 많은 부분들을 다루고 있지만, 두 가지 해석 모두 미국의 타락과 퇴폐를 중점적으로 바라본다는 점에서 몇 가지 요소를 공유한다고 할 수 있다.

"…가슴이 두근거리는 내 젊음의 귀향 기차…"

《위대한 개츠비》에 대한 해체론적 독법

F. 스콧 피츠제럴드의 《위대한 개츠비》(1925)의 결말 부분에서 화자 닉 캐러웨이는 동부에서 보낸 경험들에 깊은 환멸을 느끼고 자신이 자라난 미네소타에서의 행복한 추억들을 떠올린다.

> 내가 아직도 생생하게 기억하고 있는 일 중의 하나는 크리스마스 때 대학 예비학교에서, 그리고 나중에는 대학에서 서부로 돌아오던 일이다. 시카고보다 더 멀리 가는 친구들은 12월의 어느 날 저녁 6시에 … 낡고 어두운 유니언 역에 모여 … 〔있었다.〕
>
> 역에서 빠져나와 겨울밤 속으로 들어가면 진짜 눈〔雪〕이—우리의 눈 말이다—옆으로 펼쳐져 창을 배경으로 반짝이기 시작했다. 조그마한 위스콘신 시골 역의 흐릿한 불빛들이 스쳐 지나가고 공기 속에는 살을 에는 듯한 거친 기운이 감돌았다. … 우리는 그 공기를 깊이 들이마셨다. … 이 지방과 완전히 하나가 되는 것을 가슴 깊이 깨달았다.
>
> 그곳이 바로 나의 중서부 지방이다. … 감격으로 가슴이 두근거리는 내 젊은 날의 귀향 기차, 서리가 내린 어두운 밤의 가로등과 썰매 종소리, 불 켜진 창문의 불빛에 크리스마스 장식인 호랑가시나무 화환의 그림자가 눈 위에 비치는 곳 말이다. 그 지역의 일부인 나는 그 기나긴 겨울을 떠올리면 조금은 엄숙한 기분이 들고, 몇 십 년 동안 아직도 가문의 이름이 주소를 대신하는 도시에서 캐러웨이 가문에서 자란 것에 대해 조금은 자부심을 느낀다.

(184/255; 9장)

《위대한 개츠비》에는 이 같은 과거에 대한 향수가 다양한 방식으로 나타난다. 이와 관련하여 내가 말하고 싶은 것은, 그러한 향수야말로《위대한 개츠비》라는 텍스트 안에서 공공연하게 표명되는 이데올로기적 기획 가운데 가장 파급력이 강한 것이라는 점이다. 이데올로기적 기획으로서 과거에 대한 향수가 수행하는 기능은 과거에 존재했던 건강함과 순진무구함을 영원히 사라지게 만든 1920년대 미국의 타락상을 비난하는 것이다. 이 소설은 현시대의 기이한 초상, 닉 캐러웨이와 제이 개츠비라는 희망에 찬 두 젊은 남성이 냉혹한 현실 세계에 부딪히며 경험하는 고통스러운 환멸, 이상화된 과거에 대한 향수 등을 묘사함으로써, 제1차 세계대전이 끝나고 얼마 지나지 않아 금세 사라져 버린 미국의 순수한 모습을 깊이 애도하는 듯한 분위기를 자아낸다.

그러나 순수했던 과거가 사라지고 지금은 퇴폐로 물든 타락만이 남아 있다는 식으로 과거를 이상화하는 이 같은 믿음이 사실은 얼마나 불안정한 이데올로기적 기획인지 곧 알게 될 것이다.《위대한 개츠비》는 그러한 이데올로기적 기획의 바탕이 되는 이항대립들, 예컨대 과거/현재, 순수/퇴폐, 서부/동부 등의 위계적 대립들에 오히려 양가적인 태도를 보임으로써 그 이데올로기적 기획을 해체시키기 때문이다. 이 같은 양가성을 소설 속에서 가장 모순적인 양상으로 내보이는 인물이 다름 아닌 제이 개츠비다. 겉으로는 현재의 세계를 비난하는 듯하면서도 속으로는 그 세계에 매혹되어 있는 소설《위대한 개츠비》를 대표하는 낭만의 화신이 바로 제이 개츠비인 것이다.

《위대한 개츠비》에 묘사된 현대 세계를 구제하는 것은 거의 불가능해 보인다. 그곳은 톰 뷰캐넌과 마이어 울프심 같은 포식자들이 들끓는 세계다. 둘은 각각 합법과 불법으로 진영은 갈리되 제 잇속만 채우는 약탈자라는 점에서는 결국 매한가지다. 그런 부류는 자기가 원하는 것이 있으면 어떠한 윤리적 장벽도 아랑곳하지 않고 기어이 얻고야 마는 능력을 가졌다.

자신의 수단을 어떻게든 합리화하면서 말이다. 또한 그곳은 이기심과 만취, 천박함이 넘쳐나는 세계이며, 춤이라는 우아한 사교술이 "품위도 지키지 않고 끝없이 원을 그리느라 젊은 여자들을 뒤로 밀어내고 있었고, 춤을 잘 추는 커플들은 구석에서 비틀거리면서도 우아하게 서로를 안고 춤을 추고 있"(51/77; 3장)는 추태 속에서 자취를 감추어 가는 세계다. 나아가, 그곳은 닉이 청춘기를 보낸 미네소타에서의 삶과 달리, 영속적이고 안정적인 느낌 같은 것은 찾아볼 수 없는 세계다.

뷰캐넌 부부는 "사람들이 폴로 경기를 하고 부를 과시하는 곳이라면 어디든 떠돌아다니"(10/23; 1장)는 삶을 영원히 계속할 것이고, 조던은 항상 호텔과 클럽, 다른 사람들의 집을 전전하게 될 것이다. 심지어 가진 것이 거의 없는 조지 윌슨 같은 사람조차 짐을 싸서 서부로 떠나기만 하면 문제를 해결할 수 있다고 믿는다. 익명성과 고립은 예외라기보다 차라리 일상이라고 보아야 한다. 《위대한 개츠비》의 등장인물 중 어느 누구도 친밀하고 지속적인 우애를 나누지 못한다. 닉이 뉴욕의 거리에서 마주치는 "가난한 젊은 사무원들"은 아마도 그와 같은 인간성의 소외를 온몸으로 말해 주는 존재들일 것이다. "식당에서 외롭게 저녁 식사 시간을 기다리면서 쇼윈도 앞에서 서성대는 가난한 젊은 사무원들, 밤과 삶에서 가장 강렬한 순간들을 낭비하며 어스름 속을 헤매는 그 젊은 사무원들"(62/91; 3장) 말이다.

더구나 이 소설에 등장하는 사람들은 다른 어떤 것보다도 사회적 지위와 쾌락을 우선시하며 피상적 가치에 얽매이는 모습을 보인다. 이 점에서는 계급, 젠더, 인종을 막론한 모든 집단의 구성원이 마찬가지다. 중산층이나 노동계급에 속한 사람들, 이를테면 맥키 부부나 머틀 윌슨, 머틀의 여동생 캐서린, 개츠비의 파티에서 온갖 추태를 보이며 구경거리로 전락하는 손님들도 뷰캐넌 부부처럼 부유한 사람들만큼이나 사회적 지위에 신경 쓰고 쾌락에 굶주려 있다.

개츠비의 야회에 참석한 여성들은 남성들만큼이나 얄팍하고 이기적이고 술에 취해 허우적거리며, 어떤 면에서는 남성들보다 더하다. 흑인 등장인물 역시 예외일 수 없다. 이 소설에 등장하는 흑인은 닉이 어느 날 뉴욕으로 가는 길에 마주치는 리무진을 탄 흑인들이 전부인데, 얄팍하고 사회적 지위를 의식한다는 점에서 백인들과 다를 바가 없다. 그들은 백인 기사가 운전하는 리무진의 뒷좌석에 앉아, 닉과 개츠비가 탄 값비싼 차를 향해 "거만하게 경쟁이라도 하듯"(73/106; 4장) 눈동자를 굴린다. 이러한 행동들을 보이지 않는 거의 유일한 인물이 조지 윌슨과 마이클리스(조지의 자동차 정비소 옆에서 레스토랑을 운영하는 인물)다. 이 두 사람은 그러한 것들을 신경 쓰기에는 너무 바쁘거나 가난하다. 그들에게는 "쓰레기 계곡"(27/45; 2장)으로 대변되는 절망적인 가난 속에서 살아남는 것이 급선무다. "쓰레기 계곡"은 그 자체로 그것을 만들어 낸 문화를 고발하는 현장이자, 그 세계의 정신적 빈곤을 증명하는 은유라고 볼 수 있다.

> [쓰레기 계곡은] 재가 밀처럼 자라 산마루와 언덕과 기괴한 정원을 이루는 환상적인 농장[이다]. 재는 집과 굴뚝, 굴뚝에서 피어오르는 연기 모양을 하고 있다가, … 마침내 회백색 사람 모양이 되어 희뿌연 공기 속에서 어렴풋이 움직인다 싶으면 벌써 땅바닥에 무너져 내린다. (27/45; 2장)

이 소설의 화자이자 외견상 도덕적 중심축을 잡아 주는 인물인 닉 캐러웨이는 이 타락한 세계에 처음 들어설 때만 해도 낙관주의와 젊음의 활기가 빚어내는 순진무구함으로 가득한 상태였다. 그 때문인지 닉은 타락한 세계의 필연적인 산물인 "더러운 먼지"(6/17; 1장)와 "속절없는 슬픔"(7/17; 1장)을 처음부터 알아볼 수는 없었다. 닉이 자란 곳은 아버지들이 아들들에게 "기본적인 예절 감각"(6/16; 1장)에 관하여 충고를 아끼지 않는 세계였기 때문이다. 그곳은 아버지들이 졸업한 '예일'을 아들들도 따라 졸업하는 세계였으며, 한 남성이 젊은 여성과 함께 있는 모습이 너무 자주 눈에 띄면 당연히 곧 결혼하리라고 기대되는 세계였다. 그런 세계에서는 감히 "한 인간"이 "금고를 폭파시키는 강도처럼 집요하게"(78/113; 4장) 월드시리즈를 조작할 수 있으리라고는 상상하지 못한다. 말하자면, 마이어 울프심 같은 사람이 애당초 존재할 수 없는 세계인 것이다. 닉이 웨스트에그에 월세 집을 구해 자리를 잡고 새 직장, 새 삶을 시작한 때는 1922년 여름이다. "햇살과 폭발하듯 돋아나는 나무 잎사귀를 바라보며 … 맑고 신선한 공기를 마시며 몸도 건강히 챙겨야 하"(8/19-20; 1장)는 닉의 말에서 우리는 그의 열의를 확인할 수 있다. 닉의 열정적인 시선 속에서는 그가 채권 판매 사원으로 일하는 뉴욕이라는 대도시조차 젊고 순진한 모습으로 비친다. "퀸스보로 다리에서 바라보는 뉴욕은 언제나 **처음** 보는 도시 같았고, 여전히 세상의 모든 **신비**와 **아름다움**에 대한 터무니없는 **첫 약속**을 간직하고 있었다."(73/106; 4장, 필자 강조)

그러나 여름이 끝나 갈 무렵, 닉은 자신이 서른 살, 즉 "고독의 십 년을 기약하는 나이, 독신자의 수가 점점 줄어드는 나이, 야심이라는 서류 가방도 점점 얄팍해지는 나이, 머리카락도 점점 줄어드는 나이"(143/200; 7장)임을 깨닫게 된다. 그리고 뷰캐넌 부부와 그 동료들이 "썩어빠진 무리"(162/224; 8장)라는 사실도 알게 된다. 그들을 생각하면 이제 "진절머리가 날"(150/209; 7장) 정도이다. 소설이 마무리될 즈음, 닉은 결국 여름 한 철만 보내고 다시 고향인 중서부로 돌아갈 준비를 한다. 현대 세계의 정신적 파탄에 넌더리가 난 나머지, 자신이 고향에서 경험한 질서 있고 예측 가능한 삶을 갈망하게 된 것이다. 소설 도입부에서 그가 들려주는 다음과 같은 이야기는 자신의 경험에 대한 일종의 회고담인 셈이다. "지난해 가을 동부에서 돌아왔을 때, 나는 이 세계가 제복을 차려입고 있기를, 말하자면 영원히 '도덕적인 차렷' 자세를 취하고 있기를 바랐다. 나는 이제 더 이상 특권을 지닌 자의 시선으로 인간의 내면세계를 오만하게 들여다보고 싶지 않았던 것이다."(6/16-17; 1장) 닉이 젊은 시절에 품었던 낙관주의가 완벽히 환멸로 뒤바뀐 그 순간, 소설은 "부서지기 쉬운 나뭇잎들의 푸른 연기가 공기 중에 흩어지고, 바람이 불어와 빨랫줄에 걸려 있는 젖은 옷이 뻣뻣해질 무렵"(185/257; 9장)임을 알리며, 다시 말해 가을이 도래했음을 알리며 막을 내린다. 자연의 쇠락을 상징하는 계절인 가을이 동부에서의 경험으로 말미암아 지쳐 있는 닉의 영혼을 더욱 강조해 보여 준다.

물론 개츠비 역시 닉이 몸담았던 타락한 세계의 일부다. 그러나 닉은 "개츠비만이 … [닉의 방식으로] 반응하지 않은 예외적인 인물이었다"고 생각하는데, 왜냐하면 닉이 "드러내 놓고 경멸해 마지않는 [것]"은 "개츠비를 희생물로 삼은 것들, 개츠비의 꿈이 지나간 자리에 떠도는 더러운 먼지"로 말미암아 비롯된 것이기 때문에, "결국 개츠비는 옳았"다고 볼 수 있다는 것이다.(6/17; 1장) 개츠비가 자신이 살고 있는 타락한 세계와 구별되는, 따라서 닉의 비난을 피해 갈 수 있는 고고한 낭만적 몽상가, 곧 "삶의 가능성에 민감하게 반응[하는 감수성]"과 "낭만적인 민감성"(같은 곳)의 소유자가 될 수 있었던 것은 그가 가진 어떤 자질 덕분이다. 실제로 개츠비는 미국인들이 좋아할 만한 낭만적 영웅의 특징들을 모두 갖춘 인물이다. 그는 가난한 시절을 딛고 부자가 되었다는 점에서 자수성가라는 미국인들의 낭만적 이상을 불러일으킬 뿐 아니라, 호펄롱 캐시디가 등장하는 책 뒷장에 적어 둔 소년 시절의 "계획표"(181/251; 9장)를 통해 미국의 낭만적 과거를 대표하는 인물인 벤저민 프랭클린의 자기계발 관련 금언들을 다시금 환기시킨다. 전쟁 영웅이라는 지위 또한 자신이 꿈꾸어 온 여성을 차지하기 위해 막대한 부를 쌓아 올린 사실만큼이나 낭만적 상징으로서의 가치를 증대시킨다. 그리고 개츠비의 소년처럼 잘생긴 외모와 온화하고 신사적인 태도, 그리고 흠잡을 데 없는 차림새는 그의 젊음과 순수함을 더욱 돋보이게 만든다. 무엇보다, 데이지를 위해 자신의 모든 것을 바치는 모습이야말로 개츠비를 마침내 낭만의 화신으로 완성시키는 궁극의 자질이라고 할 수 있다. 데이지가 사는 곳에서 비쳐 오는 초록색 불빛을 향해 "두 팔을 … 뻗"(25/44; 1장)어 "부르르 몸을 떨고 있"(26/44; 1장)는 장면으로 이상화된, 사랑에 빠진 젊은이라는 이미지가 그러한 면모를 전형적으로 보여 준다.

불행한 것은 지나간 과거의 기사도 정신을 상기시키는 개츠비만의 낭만적 자질들이 정작 그가 살아가는 얄팍하고 천박한 시대를 견디어 내기에는 적합하지 않다는 점이다.《위대한 개츠비》에 묘사된 현대 세계가 지향하는 가치는 공허하기 이를 데 없으며, 실제로 그러한 세계를 상징하는 인물들인 톰과 데이지에 의해 개츠비는 결국 무너지고 만다. 뉴욕의 호텔 방에서 톰이 개츠비를 앞에 두고 그의 어두운 이면을 들추어내자, 데이지는 "점점 안으로 움츠러 들었고"(142/199; 7장) 개츠비는 "톰의 무자비한 악의 앞에 유리 조각처럼 산산이 부서지면서"(155/216; 8장) 끝내 좌절한다. 개츠비의 죽음은 머틀을 살해한 데이지의 '뺑소니' 운전을 대신 책임진 기사도 정신이 불러온 직접적인 결과이지만, 이는 동시에 개츠비에게 주어졌던 어떤 재능을 현대 세계가 영원히 상실했음을 의미하는 것이기도 하다. 그 재능이란 바로 "희망에 대한 탁월한 재능"으로서, 닉의 표현에 따르면 "다른 어떤 사람한테서도 일찍이 발견한 적이 없고 앞으로도 다시는 발견할 수 없을 것 같은" 종류의 재능이다.(6/17; 1장) 개츠비가 지닌 "낭만적인 민감성"(같은 곳)과 "희망에 대한 탁월한 재능"이《위대한 개츠비》에 묘사된 것과 같은 세계에서는 살아남을 수 없다는 사실은 이 텍스트가 현대 세계에 보내는 가장 통렬한 고발장 가운데 하나일 것이다.

빠르게 가속화되던 1920년대 미국의 천박한 퇴폐상과 대비되는 것이 목가적 과거를 환기시키는 구절들이다. 이러한 구절들은 이제는 지나가고 없는 미국의 과거 모습을 독자들에게 연상시키는 기능을 수행한다. 그 기능이 가장 효과적으로 수행된 구절은 앞에서 언급했던, 닉이 미네소타에서 보낸 젊은 날들을 회상하는 장면이다. 또한 "진짜 눈〔雪〕이―우리의 눈 말이다―옆으로 눈이 펼쳐져 … 반짝이기 시작했〔고〕 … 공기 속에는 살을 에는 듯한 거친 기운이 감돌았다."(184/255; 9장) 같은 후반부의 구절들도 깨끗하고 투명하며 눈부신 어떤 열린 공간을 환기시킴으로써, 몸과 마음에 골고루 활기를 불어넣는다. 여기서 "진짜 눈"이라는 표현은 물론 겨울 내내 가득 쌓인 채로 남아 있는 깨끗하고 투명한 중서부 북쪽의 눈을 가리키는 것으로, 자동차 바퀴에 짓이겨져 거무튀튀해지는 뉴욕의 눈과 대조를 이룬다. 동시에 이 같은 구절들은 닉이 젊은 시절을 보낸 중서부에서의 삶이 인위적이고 피상적인 분위기로 가득한 뉴욕에서의 삶보다 더욱 참되고 진실하다는 견해를 뒷받침한다. 확실히 닉은 미네소타에서 더더욱 안정되고 편안한 삶을 살았던 것 같다. 닉의 고향이 "아직도 가문의 이름이 주소를 대신하는"(184/255; 9장) 곳이라는 사실은 그곳이 동부에서는 결코 찾을 수 없는 서로 간의 유대와 어떤 영속적인 분위기가 공동체 구성원들 사이에서 공유되는 공간임을 암시한다.

과거와 현재의 대조, 순수와 퇴폐의 대조, 서부와 동부의 대조는 화자인 닉이 자신의 꿈에 나타난 동부의 모습을 묘사하는 대목에서 더욱 두드러진다. 닉은 미네소타의 겨울을 회고하자마자 곧바로 다음과 같은 이야기를 들려준다.

심지어 동부가 가장 나를 흥분시켰을 때조차도 … 나에게는 언제나 어딘지 모르게 뒤틀린 데가 있어 보였다. 특히 웨스트에그는 아직도 해괴하고 환상적인 꿈을 꿀 때면 나타난다. 나에게는 그곳이 엘 그레코가 그린 밤 풍경처럼 보인다. 즉 전통적이면서도 그로테스크한 수백 채의 집이 그 위에 펼쳐져 있는 음산한 하늘과 광택 없는 달 아래 쭈그리고 앉아 있는 그림 말이다. 그림

앞쪽에는 흰 야회복을 입은 엄숙한 사내 네 명이 흰 이브닝드레스 차림의 술에 취한 여자가 누워 있는 들것을 들고 인도를 따라 걸어가고 있다. 들것 가장자리 밖으로 축 늘어져 있는 그녀의 손에서는 보석들이 싸늘하게 반짝거린다. 사내들은 엄숙하게 어떤 집에 들르지만 집을 잘못 찾았다. 그러나 아무도 그 여자의 이름을 알지 못하고 아무도 신경 쓰지 않는다. (184-185/256; 9장)

"그로테스크한 수백 채의 집", "술에 취한 여자", "여자의 이름을 알지 못하고 아무도 신경 쓰지 않"기에 다른 집에다 여자를 바래다 준 사내들 등등, 이 인용문에 나타난 이미지들은 하나같이 인간 소외를 연상시킨다. 이 이미지들에 공통된 소외와 피로감은 자신이 청춘기를 보낸 중서부에 대한 닉의 묘사와 선명한 대조를 이루면서 더욱 강조된다. 청명하고 상쾌한 미네소타의 하늘과 달리, 동부의 하늘은 "음산"하게 "펼쳐져" 있다. "광택 없는" 동부의 달보다는 차라리 여자의 손에 끼워져 있는 차가운 보석들이 더욱 "싸늘하게 반짝거"릴 정도이다.

한편, 데이지와 조던이 루이빌에서 보낸 아름답고 "순수했던 소녀 시절"(24/41; 1장)을 묘사한 구절들에서도 목가적 과거를 엿볼 수 있다. 닉은 "맑고 상쾌한 아침에 골프장에서 처음 골프를 배우는"(55/83; 3장) 루이빌에서의 조던의 모습을 상상한다. 바람에 날리는 "새로 산 체크무늬 스커트" 차림으로 "부드러운 땅"(79/114; 4장)을 이리저리 걸어 다녔다는 조던의 회상처럼, 그곳 역시 낭만적 과거가 숨 쉬는 공간이다. 조던은 당시의 데이지를 다음과 같이 기억한다.

데이지는 … 젊은 아가씨 중에서 제일 인기가 있었지요. 그녀는 흰옷을 차려입고 흰색의 작은 로드스터를 몰고 다녔어요. 데이지의 집에는 하루 종일 전화벨이 울려 댔죠. 캠프 테일러에서 온 흥분한 젊은 장교들이 그날 밤 '단 한

시간이라도' 그녀를 독차지하려고 야단법석을 떨었거든요. (79/115; 4장)

그곳은 적십자사로 붕대를 만들러 가는 어린 소녀들의 생기로 가득한 세계이자, 제이 개츠비라는 장교가 "젊은 아가씨라면 누구나 받고 싶을 만한 시선"으로 "줄곧 그녀〔데이지〕를 쳐다보"는 세계이다.(80/115; 4장) "맑고 상쾌한 아침", "부드러운 땅", "새로 산 체크무늬 스커트", "흰옷", "흰색의 작은 로드스터", 하루 종일 울려대는 전화벨, 젊고 잘생긴 장교 등이 한데 존재하는 그곳은 순결한 낭만이 넘치는 세계인 것이다. 젊은 제이 개츠비 역시 그곳의 매력에서 빠져나올 수 없었다.

〔데이지의〕 집 주위에는 무르익은 신비스러움이 감돌고 있었다. 위층에는 어떤 침실보다 아름답고 서늘한 침실이 있을 것만 같았고, 복도마다 화려하고 신바람 나는 일들이 일어나고 있을 것만 같았으며, 라벤더 속에 처박아 놓은 곰팡내 나는 로맨스 말고 금년에 출시된 최신형 자동차처럼 신선하고 생기 넘치는 로맨스가 있을 것만 같았고, 시들지 않는 꽃처럼 무도회가 열릴 것만 같았다. (156/216; 8장)

이와 같은 낭만적 분위기에 걸맞은 행동은 오직 목가적 과거 안에서만 가능하다. 개츠비가 마치 "성배를 쫓았"(156/218; 8장)던 것처럼 데이지에게 자신의 전부를 바치는 것과 같은 행동 말이다.

《위대한 개츠비》에서 영원히 사라져 버린 목가적 과거를 가장 강력하게 환기시키는 부분은 아마도 소설의 끝부분에 등장하는 다음 대목일 것이다. 닉은 미네소타로 돌아가기 전날 밤 해변에 앉아 명상에 잠긴다.

나는 서서히 그 옛날 네덜란드 선원들의 눈에 한때 꽃처럼 찬란히 떠올랐

526

던 이 옛 섬—신세계의 싱그러운 초록색 가슴을 깨닫게 되었다. 바로 이 섬에
서 자취를 감춘 나무들, 개츠비의 저택에 자리를 내준 나무들은 한때 인간의
모든 꿈 중 마지막이자 가장 위대한 꿈에 소곤거리며 영합했던 것이다. 덧없
이 흘러가 버리는 매혹적인 한순간에 인간은 이 대륙을 바라보며 틀림없이
숨을 죽이고 있었을 것이다. 이해할 수도, 감히 바랄 수도 없는 심미적 관조에
어쩔 수 없이 빠져 버린 채 인류 역사에서 마지막으로 놀라움을 느낄 수 있는
재능과 맞먹는 그 무엇과 직면하면서 말이다. (189/261-262; 9장)

이 인용문에 따르면, 《위대한 개츠비》에 나타난 모든 종류의 상실들(현
대 미국에서의 가치 상실, 사람들의 순수성과 활력 상실, 꿈을 이루지 못한 개츠
비의 죽음 등)은 어떤 세계적·역사적 차원의 중요성을 갖는 하나의 상실과
연관되어 있다. 자연 그대로의 순수한 모습을 간직하고 있던 미 대륙이, 더
많은 식민지와 더 거대한 부를 탐한 유럽인들로 말미암아 개발되고 오염되
고 파괴된 데서 비롯된 근원적인 상실이 바로 그것이다.

《위대한 개츠비》가 1920년대 미국을 그린 한 편의 암울한 초상화라는 사
실은 분명하다. 그러나 이 소설에서 당대 문화의 타락상을 드러내려는 시도
는 그 시도가 근거로 삼고 있는 이항대립에 대해 오히려 텍스트 자체가 양
가적인 태도를 보임에 따라 결과적으로 힘을 잃게 된다. 앞에서 본 것처럼,
《위대한 개츠비》는 이제는 사라지고 없는 미국의 순수한 모습을 과거의 젊
음 및 활력과 결부시키는데, 이는 서부에 대한 묘사에서 더욱 두드러진다.
반대로, 미국의 타락상은 이 소설의 현재 배경(1920년대 현대 세계) 및 동부
와 결부되어 있다. 미국의 가치를 떨어뜨리는 이기심과 천박함을 닉이 처음
으로 실감하는 곳이 바로 동부인 것이다. 《위대한 개츠비》에 대한 해체비평
은 과거/현재, 순수/퇴폐, 서부/ 동부와 같은 대립쌍의 불안정성을 검토하는
것으로 시작된다. 즉, 우리가 할 일은 이러한 이항대립에 근거한 이데올로기

적 기획을 이 소설이 어떻게 해체하는지를 주의 깊게 살펴보는 것이다.

《위대한 개츠비》는 현대 미국의 정신적 공허를 강조하고자 과거를 목가적으로 묘사하지만, 이는 거꾸로 과거와 현재의 대립을 불안정하게 만드는 결과를 초래한다. 과거에 대한 목가적 묘사는 과거가 모든 이에게 목가적으로 기억되는 것은 아니라는 소설 나름의 자각을 약화시키기 때문이다. 적어도 제이 개츠비의 과거가 목가적이지 않았다는 사실만큼은 확실하다. "그의 부모는 무능하고 별 볼 일 없는 농사꾼"(104/148; 6장)이었다. 개츠비의 아버지는 아들을 이렇게 기억한다. "언젠가 한번은 이 애비더러 음식을 돼지처럼 처먹는다고 하기에 그애를 때려 준 적도 있소."(182/252; 9장)

실제로 개츠비는 자신의 과거를 용납할 수 없어 아예 새로 발명해 낸다. 그는 집을 나선 뒤, 제임스(지미) 개츠라는 본명을 버린다. "그는 열일곱 살의 청년이 그릴 법한 제이 개츠비라는 인물을 만들어 낸 다음, 그 모습에 끝까지 충실했던 것이다."(104/149; 6장) 그리고 무일푼의 젊은 중위로서 "그는 자신이 그녀(데이지)와 같은 사회계층에 속하는 인물인 것처럼 믿도록 만들었다."(156/217; 8장) 개츠비는 닉에게 "가족들이 모두 죽는 바람에 거액의 유산을 상속받게 됐지요. … 그 뒤 인도의 젊은 왕자처럼 … 유럽의 모든 수도에서 보석, 주로 루비를 수집하고, 사파리 사냥을 하고, … 그림도 좀 그리며 살았어요."(70/101; 4장)라고 둘러대기도 한다. 개츠비는 "과거를 반복할"(116/166; 6장) 것이라는 단호한 결심을 들려주지만, 이상의 맥락에서 보건대 그는 반대로 이미 오래전에 과거에서 벗어나겠다고 결심한 셈이다. 개츠비가 반복하고픈 과거란 데이지를 처음 만나던 순간이지만, 그 만남은 자신이 새로이 꾸며 낸 과거를 토대로 이루어질 수 있었던 것이다. 그러므로 개츠비는 낭만적 과거에 대한 이 소설의 태도를 구체화하는 인물이지만, 그에게 낭만적 과거란 실제로는 거짓말투성이에 지나지 않는다.

과거와 현재의 대립에서 발견되는 또 다른 문제는, 이 대립이 그 자체로 불안정하기 짝이 없는 순수와 퇴폐의 대립과 연결되어 있다는 점이다. 이를테면, 닉은 이 시대의 퇴폐상에 맞서는 《위대한 개츠비》의 대변인 격으로 설정되어 있지만, 정작 그 자신도 그러한 타락에 이끌리는 모습을 보인다.

> 나는 뉴욕이 좋아지기 시작했다. 활기 있고 모험으로 가득한 밤의 분위기와 끊임없이 명멸하는 남녀와 자동차들이 들뜬 눈동자에 안겨 주는 만족감이 마음에 들기 시작한 것이다. 나는 5번가를 걸어 올라가 군중 속에서 낭만적인 여자들을 골라내 **몇 분 안에 그들의 삶 속에 들어가는 상상을 하며** 즐겼다. **어느 누구도 그 사실을 눈치채거나 그러지 말라고 말리지 않을 것이다.** 때로는 마음속으로 보이지 않는 길모퉁이에 있는 아파트까지 그 여자들을 따라가 그들이 문을 열고 따뜻한 어둠 속으로 사라지기 전에 돌아서서 나를 향해 미소 짓는 모습을 혼자 상상해 보기도 했다. (61/91; 3장, 필자 강조)

닉의 상상은 이쯤에서 멈추지만, 내가 강조한 구절들을 볼 때 그가 여성들을 따라 "따뜻한 어둠"으로 들어가는 자신의 모습을 상상한 것만은 분명하다. 여성들의 미소를 초대의 뜻으로 받아들이는 것이다. 다시 말해, 닉이 생각하기에 "활기 있고 모험으로 가득한" 도시의 분위기는 통념상 바람직하지 않은 성적인 만남의 가능성에서 비롯된다. 이는 "그 도시들에서는 아이들과 아주 늙은 노인들만 빼놓고 모든 사람들이 끝없이 심문을 받고 있는 듯하다"(185/256; 9장)고 하는 닉의 고향 미네소타와는 전혀 다른 분위기다. 그런데 닉은 그 분위기를 즐기고 있는 것이다.

조던 베이커 또한 《위대한 개츠비》가 비난의 표적으로 삼고 있는 타락상을 보여 주는 인물이지만, 닉은 이번에도 그러한 타락에 매혹된다. 개츠비에 따르면, 조던은 "훌륭한 선수"이고 "옳지 않은 일은 절대로 할 리 없"(76/110; 4장)지만, 그녀는 사실 속임수를 일삼는 거짓말쟁이다. 닉도 그 사실을 안다. 다만 조던의 그러한 면을 대수롭지 않게 여기고 잊어버릴 뿐이다. "여자의 부정직함이란 그렇게 심하게 나무랄 것이 못 된다"(63/93; 3장)는 것이 그 이유이다. 실제로 닉의 마음을 매혹시키는 것은 그녀의 부정직함이다. 자신이 경험하고픈 비밀스럽고 통념에 반하는 성욕을 감추는 데 부정직함이 도움이 된다고 믿기 때문이다. "그녀는 … 이 세상에 차갑고 오만한 미소를 보이면서도 자신의 강인하고 발랄한 육체의 욕구를 충족시키려고 아주 어릴 적부터 속임수와 거래해 왔던 것 같다."(같은 쪽)

이 같은 맥락에서 볼 때, 본인이 비난하는 피상적 가치들이 전형적으로 드러나는 상황들에서 닉이 쉽게 자리를 박차고 나오지 않는다는 점은 흥미롭다. 예컨대, 닉은 개츠비의 파티에 참석할 때마다 가장 늦게까지 남아 있는 인물이다. 더욱 이해하기 어려운 것은, 톰과 머틀의 아파트에서 벌어진 요란스러운 술판에서 닉이 딱히 빠져나올 생각이 없어 보인다는 점이다.

나는 밖으로 나가 부드러운 황혼에 휩싸인 동쪽 공원으로 산책을 가고 싶었지만, 나가려고 할 때마다 귀에 거슬리는 자극적인 이야기가 밧줄처럼 내 발목을 잡아당겨 의자에 앉아 버리곤 했다. (40/62; 2장)

이에 대해 닉은 "매혹당하기도 하고 혐오감을 느끼"게도 만드는 "변화무쌍한 삶"이라고 말한다.(40/62; 2장) 그러나 그를 매혹시키는 것은 끝을 알 수 없는 현대 세계의 천박성이다. 비록 그는 그 천박함에 대한 혐오를 공공연히 드러내지만 말이다. 떠나지 못하고 끝까지 꾸물거리는 닉의 모습을 우리는 소설의 말미에서도 다시 한 번 확인할 수 있다. 톰과 데이지, 조던, 그리고 개츠비까지 모두 떠나갔음에도, 그리고 본인도 다음 날이면 고향으로 떠날 예정인데도 닉은 웨스트에그의 해변에 홀로 남아 서성댄다.

순수와 퇴폐의 대립쌍이 갖는 또 다른 문제는, 순수라는 개념 그 자체이다. 바로 앞에서 언급한 닉의 모습에서 짐작해 볼 수 있는 점은 그가 순수하기 때문에, 즉 경험이 부족하고 세상에 대한 지식에 목말라 있기 때문에 오히려 퇴폐에 매혹될 수 있다는 것이다. 비슷한 맥락에서 조금 다르게 말해보자. 닉은 순수하기 때문에, 즉 자신에게 어떤 종류의 도덕적 위험이 닥치게 될지 이해하지 못할 만큼 무지하기 때문에, 최소한 한 번은 자신이 비난해 마지않는 퇴폐의 먹이가 될 수 있다. 순수라는 개념은 그 안에 이미 미숙함 및 무지에 관한 개념을 담고 있는 까닭에 처음부터 퇴폐에 취약할 수밖에 없다. 단적으로 말하자면, 퇴폐 앞에서 순수는 타락할 것이 거의 확실하다. 그러므로 순수가 퇴폐를 유발한다고 보는 것은 전혀 이상하지 않다. 실제로, 퇴폐는 아무것도 없는 자리에서 만들어진다.

순수와 퇴폐의 대립쌍이 갖는 문제가 유독 두드러지게 나타나는 인물이 조지 윌슨이다. 여러 가지를 고려할 때 《위대한 개츠비》에 등장하는 인물들 가운데 정말 순수하다고 볼 수 있는 사람은 조지밖에 없다. 그는 누구에게도 해를 끼치지 않으며, 누구에 대해서도 의심을 품지 않는다. 그런 단순성 때문인지 그는 차라리 어린아이에 가까워 보이기도 한다. 처음으로 맛본 퇴폐에 바로 매혹되는 닉과는 달리, 조지는 처음으로 경험한 퇴폐(아내의 외도)에 말 그대로 앓아눕는다. "그는 머틀이 자기와 떨어져 다른 세계에서 다른 삶을 누리고 있다는 사실을 발견한 충격에 병이 나고 만 것이다."(130/183; 7장) 그러나 조지의 순수함은 독립된 하나의 긍정적인 자질로서 묘사되지 않는다. 오히려 그 순수함은 어떤 자질들이 부재한 상태처럼 보인다. 실제로 조지는 아무런 개성도 없는 인물로 그려진다. 마이클리스가 관찰해 온 대로, 조지 윌슨은 "일을 하지 않을 때는 문간에 의자를 갖다 놓고 앉아서 길 가는 사람이나 자동차를 멍하니 바라보았다. 누가 말이라도 걸면 그는 언제나 호감은 가지만 생기 없는 웃음을 지었다."(144/201; 7장) 조지에게 친구가 한 사람도 없다는 사실을 알고도 마이클리스는 놀라지 않는

다. 조지는 "친구는커녕 마누라도 버거워하는 위인"(167/232; 8장)이기 때문이
다. 그러므로 순수의 상실을 애도하는 《위대한 개츠비》라는 소설은 정작 순
수를 무지로서, 필요한 자질들의 부재로서, 일종의 '없음'으로서 묘사하는
텍스트라고 볼 수 있다. 이 소설은 화자의 입을 통해, 그리고 타락한 인물
들을 비호감적으로 묘사하여 공공연히 퇴폐를 비난하고 있지만, 막상 들여
다보면 순수보다는 퇴폐를 훨씬 더 매력적인 것으로 제시하는 듯한 느낌이
든다. 순수는 지루하지만, 퇴폐는 그렇지 않은 것이다.

《위대한 개츠비》의 주제를 형성한다고도 볼 수 있는 과거/현재, 순수/퇴
폐 등의 이항대립 구조는 서부와 동부라는 지리적 구조와도 연관되어 있
다. 서부와 동부의 대립 관계는 단순한 지리상의 대립만으로는 포착되지
않는다. 앞에서 본 것처럼, 과거의 순수는 닉이 자라난 미네소타, 그리고 데
이지와 조던이 자라난 루이빌과 결부되어 있다. 개츠비가 자라난 노스다코
타와 미네소타는 그에게 불행한 기억으로 남아 있지만, 그럼에도 이 소설
에서 서부는 "찢어진 초록색 셔츠에 면포 바지를 입고 호숫가를 따라 빈둥
거리고 있던"(104/148; 6장) 제임스 개츠가 열일곱 살에, 그러니까 댄 코디를
만나고 마이어 울프심에 대해 듣기 전에 지녔던 순수한 꿈과 결부되어 있
다. 반대로, 현재의 퇴폐와 결부되어 있는 것은 동부, 그중에서도 1920년대
의 뉴욕이다. 그러나 《위대한 개츠비》에 나타난 서부와 동부의 대립이 전적
으로 지리상의 문제만은 아니다. 예컨대, 시카고와 디트로이트는 중부에 위
치한 도시들임에도 이 소설에서 뉴욕의 퇴폐를 공유하고 있는 것으로 묘사
된다. 그렇다고 서부와 동부의 대립이 시골과 도시의 대립인 것도 아니다.
닉, 그리고 데이지와 조던이 유년기를 보낸 곳 모두 중서부에 위치한 도시
들이기 때문이다.

《위대한 개츠비》에 나타나는 서부와 동부의 진정한 차이는 때 묻지 않은
자연(닉이 미네소타에서 보았던 "진짜 눈"(184/255; 9장)이나 "네덜란드 선원들

의 눈에 한때 꽃처럼 찬란히 떠올랐던 이 옛 섬"(189/262; 9장) 등으로 대표된다)과 타락을 불러일으키는 문명 사이의 차이다. 지리상의 위치와는 관계없이, **서부**라는 말은 미국인들에게 본래 그대로의 타락하지 않은 자연을 환기시킨다. 반면, **동부**라는 말은 낡고 타락한 사회를 연상시킨다. 그런 점에서 닉이 말하는 "옛 섬"은 실제로는 뉴욕의 롱아일랜드이지만, 그 함의는 **서부**를 연상시킨다고 볼 수 있다. 이는 미국 동부를 식민화한 유럽 문명의 시점에서 볼 때 그 지역이 유럽보다 서쪽에 있기 때문만은 아니다. "옛 섬"은 네덜란드 선원들이 처음 닻을 내렸을 때만 해도 자연 그대로의 순수한 곳이었다는 의미에서 서부를 연상시킨다.

그러나 《위대한 개츠비》에서 아무리 자연을 가장 싱싱하고 활기 넘치는 매혹적인 세계로 묘사할지라도, 자연은 현대 미국의 타락한 문명과 결코 떼려야 뗄 수 없는 관계에 있다. 그렇기 때문에 자연과 문명의 관계를 더욱 파고들다 보면, 이 소설에 나타난 서부와 동부의 대립도 해체되지 않을 수 없다. 소설이 시작될 때부터 닉은 웨스트에그에서 보낸 초여름을 묘사하면서 이미 자연을 문명과 결부시킨다. 먼저, 그는 "폭발하듯이 돋아나는 나무 잎사귀"를 "영화에서 사물들이 쑥쑥 자라"는 모습과 견준다.(8/19; 1장) 그러고 나서 "맑고 신선한 공기를 마시며 건강도 챙겨야 했다"는 단호한 다짐을 밝히자마자, 역시 한껏 고양된 목소리로 자신의 "눈부신 비밀", 즉 돈 버는 법을 알려 줄 것이라고 기대되는 "은행 경영, 신용대출, 채권투자에 관한 책을 열 권 넘게 샀다"고 이야기한다(8/19-20; 1장). 책들은 "조폐국에서 갓 찍어 낸 화폐처럼 황금빛과 붉은빛을 번쩍이며 내 서가에 꽂혀 있"(8/20; 1장)다고 덧붙이면서 말이다. 마찬가지로, 이 소설에서 자연의 아름다움과 생명력은 그것을 '소유한' 부자들의 타락한 권력과 결코 분리될 수 없다. 뷰캐넌 부부의 집을 묘사한 다음 인용문에서 이 점을 확인할 수 있다.

잔디밭이 해변에서 시작해서 현관을 향해 400미터나 달려와, 해시계와 벽
돌로 꾸민 산책길과 불타는 듯한 정원을 뛰어넘어 이어졌다. 그리고 마침내
저택에 이르러서는 여세를 몰 듯 밝은색의 덩굴이 되어 집 옆을 따라 뻗어 올
라갔다. (11/17; 1장)

뷰캐넌 부부의 집은 지구상에 존재하는 자연의 힘들 가운데서도 가장
강력한 바다를 면하고 있다. 그러나 이 구절에서 묘사된 자연은 완전히 길
들여진 자연이다. 바다 근처에서 쉽게 찾아볼 수 있는 풀밭은 훈련받은 강
아지처럼 이곳저곳을 "뛰어 넘"으며 집을 보석처럼 단장하는 잔디밭으로
바뀌어 있다. 뷰캐넌 부부의 집에 대한 장황한 묘사(앞서 인용한 단락은 그
일부분에 불과하다)가 드러내고자 하는 감각적인 아름다움은, "집 안쪽으로
자란 듯한 푸릇푸릇한 잔디"(12/25; 1장) 같은 이미지들로 환기된 자연의 순수
성이 어떤 식으로 퇴폐적인 현대 문명을 승인하고 포장하는 데 활용되는지
에 대해《위대한 개츠비》라는 텍스트가 전혀 인식하지 못하고 있음을 암시
한다. 실제로, 이 텍스트에는 자연의 아름다움이 마치 문명에 의해 만들어
진 것인 양 설명하는 부분이 적지 않다. 개츠비의 파티에 참석한 닉이 "그녀
의 말은 때 이르게 뜬 달을 향해 내뱉은" 것으로, 마치 "요리 조달업자의 바
구니에서 꺼내 놓은 저녁 식사 같"(47/71; 3장)다고 말하는 부분이 단적인 예
다. 나아가, 문명의 산물이 마치 자연의 산물이라도 되는 양 묘사할 때, 자
연과 문명의 융합은 완성된다. 뷰캐넌 부부의 집 2층을 "담쟁이덩굴 사이로
창 두 개가 불빛으로 **꽃처럼 환하게 피어오른**"(149/201; 7장, 필자 강조) 곳이라고
묘사하는 것처럼 말이다.

지금까지 살펴본 세 가지 이항대립(과거/현재, 순수/퇴폐, 서부/동부)이
갖는 불안정성을 우리는 댄 코디라는 인물에게서 한꺼번에 확인할 수 있
다. 댄 코디는 "네바다주 은광과 유콘강, 1875년 이후 모든 광산이 만들어

낸 인물이라고 할"(105/150; 6장) 수 있는데, "표정 없는 불그스레한 얼굴"은 그가 "미국 역사의 한 시기에 개척지의 창녀촌과 술집의 무자비한 폭력을 동부 해안에 이끌고 온 난봉꾼 개척자"임을 말해 준다.(106/152; 6장) 댄 코디라는 인물과 그로 상징되는 역사적 시기를 감안할 때, 우리는 퇴폐와 결부되어 있는 것이 현재가 아닌 과거임을, 그리고 동부가 타락한 데는 서부의 영향도 있었음을 알 수 있다.

《위대한 개츠비》의 이데올로기적 기획은 텍스트 자체가 그것에 대해 양가적 태도를 드러내면서 힘을 잃게 된다. 그러한 양가성을 가장 잘 보여 주는 인물이 바로 제이 개츠비다. 앞에서 보았듯이, 이 소설에서 개츠비는 낭만적 영웅으로 그려진다. 반항심 넘치는 소년, 야망이 가득한 무뢰한, 이상주의적인 몽상가, 헌신적인 연인, 용감한 군인, 인심 좋은 주인… 이 모든 것이 개츠비를 수식하는 말들이다. 개츠비의 신체에 대한 묘사 또한 순수성과 활기, 아름다움 등의 분위기를 자아낸다. "그에게는 뭔가 멋진 구석이 있다고 할 수 있었다"(6/17; 1장), "그의 화려한 분홍색 양복"(162/225; 8장), "햇볕에 그을린 피부는 보기 좋게 팽팽했고"(54/82; 3장), "영원히 변치 않을 듯한 확신을 내비치는 … 미소"(52/79; 3장) 같은 구절들이 그 예다. 개츠비는 "부패하지 않은 꿈"(162/225; 8장)을 지닌, 로맨스에 등장하는 기사 같다. 하지만 기사는 지금은 사라지고 없는 역사 속 존재일 뿐이다. 바꾸어 말하면, 개츠비의 진가를 알아보기에는 지금의 세계는 너무나 피상적이고 얄팍하다. 그런데 다른 각도에서 보자면, 개츠비가 구현하는 현대 세계의 낭만성은 오히려 《위대한 개츠비》가 비난의 표적으로 삼는 것이기도 하다. 즉, 이 소설은 개츠비를 낭만적으로 묘사함으로써 개츠비의 타락까지 낭만적으로 미화하는 결과를 불러온다. 사실, 개츠비의 타락은 자발적 의지에 따른 것이자 그에게 커다란 부를 가져다준 핵심 요인이었다.

"아무것도 없는 무無에서, 정말 시궁창에서 그를 건져 냈소."(179/ 248; 9장)

마이어 울프심은 말한다. 울프심은 1919년 월드시리즈를 조작한 인물로서 암흑가를 대표하는 사악한 존재다. 개츠비는 그러한 인물과 손잡고 주류 밀매와 가짜 채권 판매에 나선 덕에 단기간에 엄청난 부를 쌓아 올릴 수 있었다. 이 소설이 비난하는 다른 등장인물들과 마찬가지로, 개츠비 역시 포식자와 먹이의 관계만이 존재하는 비정한 세계에서 성공을 거둔 인물인 셈이다. 그가 거래하는 불법 주류(불법이기 때문에 품질도 불량하다)는 비싼 값을 치를 수 있는 사람들에게 비밀리에 판매되며, 그의 가짜 채권은 아무것도 모르는 시골의 투자자들에게 판매된다. 개츠비와 울프심 일당이 판매하는 술을 마신 사람은 병에 걸릴지도 모르고, 심지어 죽을 수도 있다. 그들에게서 사기 채권을 사들인 개미투자자들은 잃으면 안 되는 돈을 잃게 될 것이다. 그리고 실수를 저질러 법이 개입하기라도 한다면, 개츠비가 월터 체이스를 희생시킨 것처럼 누군가는 희생당해야만 한다.

심지어 데이지를 향한 개츠비의 갈망(대다수 독자에게는 개츠비에 관한 가장 낭만적인 모습일 것이다)조차 암흑가의 세계관으로 얼룩져 있다. 데이지의 부모가 사는 루이빌 집에서 개츠비가 처음 데이지에게 구애했을 때, "그는 자신이 얻을 수 있는 것을 염치를 무릅쓰고 게걸스럽게 구했다. … 마침내 그는 데이지를 차지했"(156/217; 8장)다. 개츠비는 단순히 데이지와 사랑을 나눈 것이 아니다. 개츠비는 "염치를 무릅쓰고 게걸스럽게 … 데이지를 차지"한 것이다. 이 같은 언어는 개츠비가 데이지를 만나기 전에 댄 코디와 함께 지냈던 수상한 시절, 그리고 그 이후 그와 연루된 범죄 행각들과 맞닿아 있다. 결국 개츠비의 "부패하지 않은 꿈"(162/225; 8장)은 아이러니하게도 그 꿈을 이루고자 그가 직접 가담한 타락 속에 파묻히고 만다.

개츠비라는 인물이 표상하는 서로 다른 두 세계가 뒤죽박죽이 되어 버린 이 혼란은, 앞서 논의한 소설 마지막 부분의 문제적 자연묘사에 주원인을 제공한다. 그 단락을 한 번 더 살펴보자. 웨스트에그에서의 마지막 날 밤, 닉은 해변에 앉아 명상에 잠긴다.

> 나는 서서히 그 옛날 네덜란드 선원들의 눈에 한때 꽃처럼 찬란히 떠올랐던 이 옛 섬—신세계의 싱그러운 초록색 가슴을 깨닫게 되었다. 바로 이 섬에서 자취를 감춘 나무들, 개츠비의 저택에 자리를 내준 나무들은 한때 인간의 모든 꿈 중 마지막이자 가장 위대한 꿈에 소곤거리며 영합했던 것이다. 덧없이 흘러가 버리는 매혹적인 한순간에 인간은 이 대륙을 바라보며 틀림없이 숨을 죽이고 있었을 것이다. 이해할 수도, 감히 바랄 수도 없는 심미적 관조에 어쩔 수 없이 빠져 버린 채 인류 역사에서 마지막으로 놀라움을 느낄 수 있는 재능과 맞먹는 그 무엇과 직면하면서 말이다. (189/261-262; 9장)

닉은 "신세계의 싱그러운 초록색 가슴", 즉 "놀라움을 느낄 수 있는 재능과 맞먹는 그 무엇"이 "개츠비의 저택에 자리를 내"주며 사라져 갔음을(다시 말해, 문명으로 말미암아 없어졌음을) 우리에게 상기시키지만, 동시에 네덜란드 선원들의 "매혹적인" 꿈을 개츠비의 꿈과 결부시킨다.

자신도 그 일부로 가담한 타락한 문명의 범죄 수단을 통해 개츠비가 이루고자 했던 바로 그 꿈 말이다. 닉은 말한다. "나는 그곳에 앉아 그 오랜 미지의 세계를 곰곰이 생각하면서 개츠비가 데이지의 부두 끝에서 초록색 불빛을 처음 찾아냈을 때 느꼈을 경이감에 대해 생각해 보았다."(189/262; 9장) 그러니까 이 텍스트는 "신세계의 싱그러운 초록색 가슴"을 "데이지의 부두 끝에 〔있는〕 초록색 불빛"과 결부시킴으로써, 때 묻지 않은 자연이 선사하는 낭만적 숭고(미)romantic sublime ^{낭만적 숭고에 대해서는 '심화학습' 4번 참고} 를 그것을 대신하여 들어선 타락한 문명과 매듭지어 묶어 버리는 것이다. 이 매듭을 푸는 것은 논리적으로는 만에 하나 가능할지 모르나 정서적으로는 거의 불가능하다. 게다가 "자리를 내준 나무들"과 오염되지 않은 과거는 "소곤거리며 **영합**"(필자 강조)하기까지 한다. '영합하다pander'라는 단어는 이른바 **매춘 알선**, 즉 성적으로 부도덕한 다른 누군가의 욕망을 충족시키는 행위 또는 그러한 욕망을 꼬드기는 행위와 결부되어 있다. 그러므로 때 묻지 않은 자연이나 순수한 과거는 그것을 착취하는 문명과 결코 분리될 수 없음을 이 인용문은 말하고 있는 셈이다. 자신을 착취한 타락한 세계에 역시 착취로 보답한 제이 개츠비가 그런 타락한 세계와 결코 분리될 수 없는 것처럼 말이다.

겉으로만 보면,《위대한 개츠비》는 자연 그대로의 때 묻지 않은 과거 서부의 모습을 환기시킴으로써, 미국의 순수성이 사라진 자리에 들어선 현대의 퇴폐상을 비난하려는 듯하다. 그러나 이 같은 이데올로기적 기획은 과거와 현재, 순수와 퇴폐, 서부와 동부 등으로 구성된 텍스트상의 대립쌍들이 바로 그 텍스트 안에서 분리 불가능한 것으로 나타나면서 크게 훼손된다. 그럼에도 잃어버린 순수한 과거와 행복했던 순간들에 대한 향수는 적어도 지난 수백 년간의 서구 문학을 관통하는 주제 가운데 하나다. 그리고 모든 세대에 걸쳐 공감대를 이끌어 내는 주제이기도 하다. 여기서 시도해 본《위대한 개츠비》에 대한 해체론적 독법이 그처럼 오랫동안 지속되어 온 어떤 정서적 울림을 완전히 지워 내기란 불가능할 것이다. 그러나 이 독법은 그 울림이 갖는 이데올로기적 한계를 이해하는 데 도움을 줄 수 있으리라고 본다. 아울러,《위대한 개츠비》에 대한 해체론적 독법은 소설을 바라보는 해체론적 견해의 유효성을 구체적으로 증명해 보인 것이라고도 할 수 있다. 해체론에 따르면, 소설은 언어로 이루어져 있는 이상, 자신을 생산한 특정한 문화의 이데올로기들을 포함할 수밖에 없기 때문이다. 바꾸어 말하면, 해체론에 따른《위대한 개츠비》의 독법은 소설이 세계를 있는 그대로 재현하는 것은 아니라는 사실을 다시 한 번 입증한다. 소설은 우리가 파악한 모습대로 세계를 재현해 보일 뿐이다. 그리고 해체론의 관점에서는, 우리가 지각한 세계가 우리가 아는 유일한 세계이다.

다음 질문들은 본보기로서 제시된 것이다. 다음에 언급된 문학작품이나 직접 고른 작품을 해체론으로 해석할 때, 이런 질문들을 던져 보면 도움이 될 것이다.

① 루이스 발데스Luis Valdez의 〈변절자들Los Vendidios〉(1967)이 공공연히 내비치는 이데올로기적 기획은 멕시코계 미국인들에게 씌워져 있던 인종적 고정관념을 조롱하는 데 있는 것처럼 보인다. 먼저 이 단막극이 그러한 이데올로기적 기획을 어떻게 완수하는지를 입증하자. 그다음에는 이 단막극이 해체하고자 했던 바로 그 고정관념의 일부가 작품의 마지막 부분에서 다시 전면에 등장하는 것처럼 보이는 순간들을 찾아보자. 단막극의 제목은 〈변절자들〉로 번역되는데, 이 제목이 어떻게 극의 이데올로기적 기획을 전복시키는가? 고정관념에서 벗어나려는 시도마다 뒤따르는 어려움과 관련하여, 또는 모든 억압된 집단이 자신들에 대한 편견 앞에서 자기 정체성을 단호히 내세우는 데 겪는 어려움과 관련하여 그러한 이데올로기적 모순이 시사하는 바는 무엇인가?

② 케이트 쇼팽의 〈폭풍〉(1898)은 여성에게 성적인 만족이 갖는 중요성을 어떻게 주제화하는가? 또, 그 주제는 어떤 면에서 소설의 공공연한 이데올로기적 기획인 것처럼 보이는가? 이 소설에서 사용된 자연의 이미지양식 및 동화에서나 나올 법한 전형적인 해피엔딩은 어떤 식으로 그와 같은 이데올로기적 기획을 조장하는 동시에 약화시키는가? 이러한 이데올로기적 모순은 19세기 문화에 나타난 사회적 가치들을 무력화하려는 소설적 시도와 관련하여 무엇을 암시하는가?

③ "인적이 덜한 길을 택했었기에/오늘의 이 운명이 정해졌다고" 읊조리는 로버트 프로스트의 시 〈걷지 않은 길The Road Not Taken〉(1916)은 비순응성이라는 가치를 표상하는 미국의 상징으로서 자리매김해 왔다. 여기서는 〈걷지 않은 길〉의 그러한 이데올로기적 기획을 해체시켜 보자. 이를 위해서는 비순응성의 가치를 약화시키는 것으로 보이는 모든 증거를 텍스트 안에서 찾는 작업이 필요하다. 이를테면 선택지로 제시된 두 갈래 길이 사실 어떤 점에서 서로 같다고 볼 수 있는지, 그리고 화자 자신의 명백한 순응성이 어떤 식으로 시 곳곳에서 발견되는지 등을 밝혀야 한다. 이 시에 대한 전혀 다른 해석 가능성 자체가 미국 사람들에게는 잘 알려져 있지 않다는 사실을 어떻게 설명해야 할까?

④ 메리 셸리의 《프랑켄슈타인》(1818)은 자연 세계가 낭만적 숭고를 표상한 작품으로 잘 알려져 있다. 즉, 이 소설에 따르면, 자연 세계는 압도적인 경이감을 불러일으켜 영혼을 인간 신체의 한계를 넘어 고양시키는 힘을 가지고 있다. 예를 들자면, 빅토르 프랑켄스타인은 자연의 경이로운 웅대함을 관조하면서 낭만적 숭고미를 경험한다. 소설 속에서 자연의 낭만적 숭고미를 보여 주는 예를 있는 대로 모두 찾아보자. 그런 다음 낭만적 숭고미가 좌절되거나 약화되는 지점들을 찾아보자. 가령, 괴물의 등장을 들 수 있겠다. 이러한 초월의 좌절이 낭만적 숭고미의 한계에 대하여 무엇을 시사하는가?

⑤ 윌리엄 블레이크William Blake의 〈작은 흑인 소년The Little Black Boy〉(1789)에 나타난 노골적인 이데올로기적 기획은 인종적 평등에 대한 주장인 것처럼 보인다. 시인이 신이 작은 흑인 소년이든 영국 소년이든 똑같이 사랑한다고 보여 주기 때문이다. 먼저, 이 주장을 뒷받침하는 증거를 텍스트에서 찾아보자. 그런 다음, 이와는 대조적으로 작은 흑인 소년이 영국 소년보다 인종적으로 열등하다는 점을 암시하는 증거들을 모두 찾아보자. 이러한 이데올로기적 모순이, 제도적 인종차별주의에 함몰된 사회에서 인종적 평등을 주장하는 데 따르는 어려

움에 관하여 무엇을 암시하는가? 또는 원한다면, 이 시가 해체주의의 텍스트적 불확정성을 보여 주는 사례임을 주장해 보자. 구체적으로 말해, 이 시가 다음과 같은 모순적인 생각들을 지지하는지 그 사례를 모두 찾아보자. (1) 작은 흑인 소년과 영국 소년은 인종적으로 평등하다. (2) 작은 흑인 소년은 영국 소년보다 인종적으로 열등하다. (3) 작은 흑인 소년은 영국 소년보다 인종적으로 우월하다. 이 시의 시대적 배경인 18세기 영국 문화는 그와 같은 인종적 모호성에 어떻게 기여했는가?

≡ 더 읽을거리

Atkins, G. Douglas. *Reading Deconstruction: Deconstructive Reading*. Lexington: University of Kentucky Press, 1983.

Belsey, Catherine. *Critical Practice*. 2nd ed. London and New York: Routledge, 2002. (See especially "The Work of Reading," 95-113, and "Deconstruction and the Differance It Makes," 114-125.) [캐서린 벨지, 《비평적 실천: 포스트구조주의 문학이론의 이해와 적용》, 정형철 옮김, 신아사, 2003.]

Belsey, Catherine. *Poststructuralism: A Very Short Introduction*. Oxford: Oxford University Press, 2002.

Crowley, Sharon. *A Teacher's Introduction to Deconstruction*. Urbana, Ill.: NCTE, 1989.

Derrida, Jacques. *Basic Writings*. Ed. Barry Stocker. London and New York: Routledge, 2007.

Deutscher, Penelope. *How to Read Derrida*. New York and London: W. W. Norton, 2005. [페넬로페 도이처, 《HOW TO READ 데리다》, 변성찬 옮김, 웅진지식하우스, 2007.]

Esch, Deborah. "Deconstruction." *Redrawing the Boundaries: The Transformation of English and American Literary Studies*. Eds. Stephen Greenblatt and Giles Gunn. New York: Modern Language Association, 1992. 374-391. [데보라 에쉬, 〈해체구성〉, 스티븐 그린블래트·자일즈 건 엮음, 《경계선 다시 긋기: 영미 문학 연구의 새로운 지평》, 김용권 외 옮김, 한신문화사, 1998.]

Fink, Thomas. "Reading Deconstructively in the Two-Year College Introductory Literature Classroom." *Practicing Theory in Introductory College Literature Courses*. Ed. James M. Cahalan and David B. Downing. Urbana, Ill.: NCTE, 1991. 239-247.

Leitch, Vincent B. *Deconstructive Criticism: An Advanced Introduction*. New York: Columbia University Press, 1983. [빈센트 B. 라이치, 《해체비평이란 무엇인가》, 권택영 옮김, 문예출판사, 1988.]

Norris, Christopher. *Deconstruction: Theory and Practice*. 3rd ed. New York: Routledge, 2002. [크리스토퍼 노리스, 《해체비평: 이론과 실제》, 민경숙 외 옮김, 한신문화사, 1995.]

Sarup, Mandan. *An Introductory Guide to Post-Structuralism and Postmodernism*. Athens: University of Georgia Press, 1989. [마단 사럽, 《후기구조주의와 포스트모더니즘》, 전영백 옮김, 조형교육, 2005.]

≡ 중요한 이론서들

Abel, Elizabeth. *Writing and Sexual Difference*. Chicago: University of Chicago Press, 1982.

Barthes, Roland. *S/Z*. 1970. Trans. Richard Miller. New York: Hill and Wang, 1975. [롤랑 바르트, 《S/Z》, 김웅권 옮김, 연암서가, 2015.]

Bloom, Harold, et al. *Deconstruction and Criticism*. New York: Seabury, 1979.

Culler, Jonathan. *On Deconstruction: Theory and Criticism after Structuralism*. 1982. 25th anniversary ed. Ithaca, NY: Cornell University Press, 2007.

de Man, Paul. *Allegories of Reading: Figural Language in Rousseau, Nietzsche, Rilke, and Proust*. New Haven: Yale University Press, 1979. [폴 드 망, 《독서의 알레고리》, 이창남 옮김, 문학과지성사, 2010.]

__________. *Blindness and Insight*. 2nd ed. Minneapolis: University of Minnesota Press, 1983.

Derrida, Jacques. *Of Grammatology*. 1967. Trans. Gayatri Chakravorty Spivak. Baltimore: The Johns Hopkins University Press, 1976. [자크 데리다, 《그라마톨로지에 대하여》, 김웅권 옮김, 동문선, 2004; 자크 데리다, 《그라마톨로지》, 김성도 옮김, 민음사, 2010.]

__________. "Structure, Sign, and Play in the Discourse of the Human Sciences." 1966. *The Languages of Criticism and the Sciences of Man*. Eds. Richard Macksey and Eugenio Donato. Baltimore: The Johns Hopkins University Press, 1970. 247-265. [자크 데리다, 〈인문과학 담론에서의 구조, 기호, 게임〉, 《글쓰기와 차이》, 남수인 옮김, 동문선, 2001.]

Gasché, Rodolphe. *The Tain of the Mirror: Derrida and the Philosophy of Reflection*. Cambridge, Mass.: Harvard University Press, 1976.

Gunkel, David J. *Deconstruction*. Cambridge, MA and London: The MIT Press, 2021.

Naas, Michael. *Taking on the Tradition: Jacques Derrida and the Legacies of Deconstruction*. Stanford, Calif.: Stanford University Press, 2003.

Royle, Nicholas, ed. *Deconstructions: A User's Guide*. New York: Palgrave, 2000.

__________. *Jacques Derrida*. New York: Routledge, 2003. [니콜러스 로일, 《자크 데리다의 유령들》, 오문석 옮김, 앨피, 2007.]

Williams, Glyn. "Post-structuralism." *French Discourse Analysis: The Method of Post-structuralism*. London and New York: Routledge, 1999. 63-99.

☰ 참고문헌

Derrida, Jacques. *Speech and Phenomena and Other Essays on Husserl's Theory of Signs*. Trans. David B. Allison. Evanston, IL: Northwestern University Press, 1973.

Fitzgerald, F. Scott. *The Great Gatsby*. 1925. New York: Macmillan, 1992. [F. 스콧 피츠제럴드, 《위대한 개츠비》]

Frost, Robert. "Mending Wall." 1914. *The Poetry Of Robert Frost*. Ed. Edward Connery Lathem. New York: Holt, Rinehart and Winston, 1969. [로버트 리 프로스트, 《로버트 프로스트 명시 읽기》, 신재실 옮김, 한국문화사, 2022.]

9장

신역사주의와 문화비평

지금까지 살펴본 것처럼, 비평이론들은 다양한 방식으로 서로 겹치고 포개질 수 있다. 마르크스주의자들은 사람을 병들게 만드는 자본주의의 심리적 효과를 분석하고자 정신분석학의 개념들에 기댈 수 있다. 페미니스트들은 여성에 대한 사회경제적 억압을 고찰하기 위해 마르크스주의의 개념들을 가져올 수 있다. 미국에서의 문학 해석과 관련된 관습들을 분석하는 글이라면, 구조주의 비평 선집이나 독자반응이론 비평 선집에 동시에 수록될 수도 있다. 이외에도 얼마든지 다양한 가능성이 존재한다.

하지만 그렇게 겹치고 포개지는 경우가 많다 하더라도, 대부분의 비평이론들은 그 목적이라는 측면에서 보면 다른 이론과 거리를 유지하기 마련이다. 비평이론들의 상이한 목표란 것에 대해 잠깐 생각해 보자. 마르크스주의는 사회경제적 체제가 어떻게 경험을 규정하는 궁극적인 근원이 되는지를 밝히려 한다. 반면에 페미니즘은 경험에 대한 궁극적인 근원이 가부장적 젠더 역할에 있음을 드러내려 하고, 정신분석학은 그것이 억압된 심리적 갈등에 있음을 들춰내려 한다. 한편 구조주의는 만약 구조가 없다면 혼돈스럽기만 할 세계를 명료하게 이해하게끔 해 주는 간단한 구조 체계들을 드러내고자 한다. 그리고 독자반응 비평은 독자 자신의 읽기 경험이 텍스트를 창조해 나가는 과정을 보여 주고자 한다.

때때로 비평이론들의 너무 많은 부분이 겹쳐서 그 이론들이 어떤 면에서 다른지를 규정하기가 오히려 어렵게 느껴지기도 한다. 특히 실제 이론가들이 그러한 차이의 존재에 동의하지 않는 경우라면 더더욱 그렇다. 신역사주의와 문화비평의 사례에서도 비슷한 이야기를 할 수 있을 것이다. 앞으로 보게 되겠지만, 신역사주의와 문화비평은 이론적 토대를 상당 부분 공유하고 있기 때문에, 양쪽이 문학작품을 해석하는 방식 또한 비슷한 양상으로 전개되는 경향이 있다. 이 두 분야 사이의 차이들을 명확히, 그리고 충분히 인식하려면 양쪽을 별개로 놓고 논의를 시작해야 할 것이다. 아무래도 신역사주의 비평가들이 문화비평 이론가들보다는 더욱 면밀하게 이론적인 전제들을 공표해 왔으니, 우리도 신역사주의를 먼저 들여다보는 것이 좋겠다. 신역사주의의 기획에 대해 확실히 파악하게 되면, 문화비평도 신역사주의와의 비교 및 대조를 통해 쉽게 이해할 수 있을 것이다.

신역사주의

미국 독립전쟁에 관하여 어느 미국 역사가가 1944년에 저술한 책이 있다고 치자. 전통적인 역사관을 지닌 사람이 이 책을 읽으며 궁금한 점이 생기면, 아마 이렇게 물어볼 것이다. "이렇게 설명하는 것이 정확한가?" 또는 "전쟁을 일으킨 '시대정신'과 관련하여 이 전투가 우리에게 말해 주는 것은 무엇인가?"

그런데 신역사주의 이론가라면 이와 반대로 같은 전투에 관한 설명을 읽더라도 다음과 같이 물을 것이다. "책이 발간되고 또 사람들에게 읽힌 1944년 당시의 문화적 배경은 어떠했으며, 그 안에서의 정치적 현안 및 이데올로기 갈등과 관련하여 이러한 설명은 무엇을 말해 주는가?" 전투 자체에 관심이 있는 신역사주의 이론가라면 이런 질문을 던질 법하다. "전투가 벌어졌던 당시, 아메리카 식민지에서는 이 전투가 어떤 식으로 (신문, 잡지, 책자, 정부 문서, 이야기, 연설, 그림, 사진 등에 의해) 재현되었는가? 같은 시기에 영국이나 다른 유럽 국가에서는 어떻게 재현되었는가? 미국 독립전쟁이 어떤 양상으로 전개되었으며 이를 재현하는 문화에 의해 어떻게 틀 지워졌는지에 대해 그러한 재현들이 우리에게 말해 주는 것은 무엇인가?"

여기서 전통적 역사학에 입각한 학자들의 질문과 신역사주의 이론가들의 질문이 확연히 다르다는 것을 쉽게 알 수 있다. 이처럼 역사에 접근하는 방식이 다른 이유는 역사관, 즉 역사를 무엇으로 정의하고 어떻게 인식할 것인지에 대한 시각이 전혀 다르기 때문이다. 전통적인 역사학에서는 "무엇이 일어났는가?"와 "그 사건이 역사에 관하여 말해 주는 것은 무엇인가?"를 묻지만, 신역사주의는 "그 사건이 어떻게 해석되어 왔는가?"와 "그러한 해석이 해석자에게 영향을 끼친 이데올로기에 관하여 무엇을 말해 주는가?"를 묻는다.

전통적 역사학을 견지하는 학자들은 대부분 역사를 **선형적인**linear **인과관계**로 엮인 일련의 사건들로 이해한다. 사건 '가'가 사건 '나'를 낳고, 사건 '나'는 사건 '다'를 낳는다는 식이다. 이들은 **객관적인** 분석으로써 역사적 사건에 관한 사실들을 완벽하게 밝힐 수 있으며, 이러한 사실들을 바탕으로 시대정신, 곧 그 사실들과 관련된 문화가 표방하는 세계관을 드러낼 수 있다고 믿는다. 실제로 전통적 역사 서술 가운데서도 가장 대중적으로 알려진 것들은 특정한 시대에 살았던 사람들의 세계관을 설명하는 핵심 개념을 제시한다. '존재의 대연쇄the Great Chain of Being'라는 르네상스 시대의 개념을 그 예로 들 수 있을 텐데, 존재의 대연쇄란 존재의 사다리 맨 위에는 신이, 가운데에는 인간 존재가, 아래쪽에는 하등 생물이 각각 자리 잡는다는 우주론적인 창조의 위계질서를 일컫는 개념이다. 이 개념은 인간 삶의 모든 영역에서 질서가 중요하다는 믿음이 16세기 영국 엘리자베스 시대를 지배한 문화정신이었음을 주장하는 데 사용되어 왔다.[1] 전통적 접근법이 갖는 이 같은 측면은 역사 수업 시간에 어떤 시대정신에 따른 구분, 예컨대 '이성의 시대'나 '계몽주의 시대' 같은 구분에 따라 과거의 사건들을 공부하면서 확인하게 된다. 마찬가지로 문학 수업 시간에도 신고전주의 시기, 낭

---

[1] 틸라이어드E. M. W. Tillyard의 《엘리자베스 시대의 세계상Elizabethan World Picture》(한국어 번역본 제목은 '영국 르네상스 시대의 세계관'−옮긴이)이 바로 그러한 주장을 펼치는 책이다. 이 책은 전통적인 문학사의 대표적인 사례로 자주 언급된다. 전통적 역사 서술이라는 맥락에서 자주 인용되는 또 다른 책으로는 이폴리트 텐Hippolyte Taine의 《영문학사History of English Literature》가 있다.

만주의 시기, 모더니즘 시기 등의 역사적 시대구분에 따라 문학작품들을 읽으며 전통적 접근법의 특징을 살펴보았을 것이다. 전통적 역사학을 추구하는 학자들은 대체로 역사가 **진보**한다고 믿는다. 인류는 시간이 흐르면서 도덕적 · 문화적 · 기술적 성취를 이루며 점점 더 나아진다는 것이다.

이와 반대로 신역사주의 이론가들은 가장 기본적인 역사적 사실들을 빼고는 과연 확실한 접근이 가능한지 의구심을 품는다. 예를 들어, 우리는 조지 워싱턴이 미국의 초대 대통령이었다는 사실과 나폴레옹이 워털루 전투에서 패배했다는 사실을 안다. 하지만 신역사주의 이론가들에 따르면, 그러한 사실들이 무엇을 의미하는지, 그리고 그 당시 시공간의 경쟁적 이데올로기들 및 사회적 · 정치적 · 문화적 의제들 사이의 대립으로 이루어진 복잡한 관계망과 그 사실들이 어떻게 맞아떨어지는지 이해하는 것은 엄밀히 말해 사실의 문제가 아닌 해석의 문제라는 것이다. 심지어 이는 전통적 역사학을 따르는 학자들이 스스로 사실에만 의거한다고 믿는 경우에도 적용된다. 그들이 사실들을 맥락화하는 방법(사실의 중요도에 따라 어떤 것을 보여 주고 또 버릴 것인지 판단하는 문제도 포함된다)에 따라 해당 사실들이 어떤 이야기를 전달할 것인지가 결정되기 때문이다. 이러한 관점에서 보면, 사실에 대한 해석 같은 것은 없다. 오직 해석만이 있을 뿐이다. 더 나아가, 신역사주의 이론가들은 신뢰할 만한 해석 자체가 여러 이유들로 말미암아 생산되기 어렵다고까지 주장한다.

신뢰할 만한 해석을 내놓기 어려운 가장 커다란 이유는 **객관적 분석의 불가능성** 때문이다. 모든 인간 존재와 마찬가지로 역사학자들은 특정한 시공간을 살아가며, 과거와 현재의 사건들을 바라보는 그들의 시각은 그들이 속한 문화와 그 안에서의 경험들로 형성되는 수많은 의식적 · 무의식적 사정들에 영향을 받기 마련이다. 역사가들은 스스로 객관적이라고 생각할지 모르지만, 무엇이 옳고 그른지, 문명과 야만의 차이는 무엇인지, 무엇이 중요하고 중요하지 않은지 등등에 대한 그들 나름의 견해는 그들이 사건을 해석하는 방식에 엄청난 영향을 끼친다. 가령 역사는 진보한다는 전통적인 견해는 과거에 구미의 많은 역사학자들에게 지지를 받았던 것으로서, 토착민들의 '원시적인' 문화는 구미의 '문명화된' 문화보다 덜 진화되었으므로 열등하다는 신념을 밑바탕에 깔고 있었다. 그 결과, 고도로 발달된 예술 형식, 도덕률, 영적 철학을 지닌 고대문화, 이를테면 북아메리카 원주민이나 아프리카인들, 호주의 토착 원주민들의 부족 문화 같은 것은 법도가 없고 미신을 숭배하는 등 야만적이라고 오도되는 경우가 잦았다.

신뢰할 만한 역사 해석을 내놓기 어려운 또 다른 이유는 역사의 복잡성 때문이다. 신역사주의 이론가들에게 역사란 사건들의 선형적 진행이라고 간단하게 이해해서는 안 되는 것이다. 역사상의 어떤 지점이나 어떤 문화든 진보하는 영역이 있을 수 있고, 반대로 퇴보하는 영역이 있을 수 있다. 그리고 단 두 명의 역사학자 사이에서도 진보를 구성하는 것과 그렇지 않은 것을 두고 견해가 일치하지 않을 수 있다. 말하자면 전통적 역사학을 추구해 온 학자들이 믿어 왔던 것과는 달리, 역사는 지속적으로 발전하는 미래로 향해 가는 질서정연한 가두 행진 같은 것이 아니다. 차라리 역사는 무한히 다양한 발걸음으로 이루어지는 즉흥적인 춤과 더 비슷하다. 특정한 목표나 목적지 없이 그때그때 생겨나는 새로운 길을 따라갈 뿐인 것이다. 개인이나 집단은 목표가 있을지 몰라도, 인간의 역사는 목표를 갖지 않는다.

인과관계에 대해서도 비슷한 맥락에서 살펴볼 수 있다. 사건에는 분명 원인이 있기 마련이다. 그러나 신역사주의 이론가들은 사건의 원인이란 대개 다양하고 복잡하며, 그렇기 때문에 분석하기 까다롭다고 주장한다. 인과관계에 대해서 그 누구도 확신을 갖고 단순하게 말할 수 없다는 것이다. 게다가 인과관계는 원인에서 결과로 향하는 일방통행로가 아니다. 주어진 모든 사건은 어떤 문화의 산물이지만, 그에 대한 반응으로 해당 문화에 다시 영향을 끼치기 때문이다. 바꾸어 말하면, 모든 사건(예술 작품 창조부터 살인 사건 재판 생중계나 가난한 사람들의 환경에 나타난 변화 또는 동일한 환경의 지속에 이르기까지)은 그 사건을 낳은 **문화에 의해 형성되는 동시에 그 문화를 형성한다.**

마찬가지로 우리의 **주체성** 또는 자아 역시 우리가 태어난 문화에 의해 형성되는 동시에 그 문화를 형성한다. 대부분의 신역사주의 이론가들에 따르면, 우리의 개별 정체성은 단지 사회의 산물인 것만은 아니다. 그렇다고 각자의 의지와 욕망의 산물이라고만 할 수 있는 것도 아니다. 개인의 정체성과 문화적 환경은 완전히 분리되지 않은 채로 서로를 반영하고 규정한다. 이 둘은 상호 형성 관계(서로를 참조한다)를 이루며, 불안정하고 역동적이다. 따라서 결정론과 자유의지 사이의 오래된 논쟁은 다음과 같은 잘못된 질문으로써 전개되는 한 결코 해결될 수 없다. "인간의 정체성은 사회적으로 결정되는가? 아니면 인간 존재는 자유로운 행위자인가?" 신역사주의자 이론가들이 보기에 이 질문에는 답이 없다. 전적으로 별개의 것이 아닌 두 가지 실체를 놓고 선택할 것을 요구하기 때문이다. 이보다 적절한 질문은 이런 것이다. "개인의 정체성과 사회구성체(정치적·교육적·법적·종교적 제도 및 이데올로기)가 서로를 창조하고 자극하며 변화시키는 과정은 어떻게 이루어지는가?" 모든 사회는 문화적 한계의 그물망으로써 개인의 생각과 행동을 제약하지만, 동시에 개인으로 하여금 생각하고 행동하도록 가능 조건들을 만들기도 한다. 그런 점에서 우리의 주체성은 우리가 살아가는 사회가 매 순간 제시하는 제약과 자유 사이에서 우리만의 길을 협상해나가는 일생의 **과정**인 셈이다.

신역사주의 이론가들은 **권력** 역시 정치적·사회경제적 구조의 최상층부에서만 나오는 것이 아니라고 본다. 신역사주의의 전개에 막대한 영향을 끼친 프랑스 출신 철학자 미셸 푸코Michel Foucault에 따르면, 권력은 항상 모든 방향에서, 모든 사회적 층위의 위아래로 **순환**circulate하며, 이 같은 권력의 순환은 끊임없는 **교환**exchange의 확산 속에서 진행된다. 교환은 다음과 같이 세 단계에 걸쳐 이루어진다. 첫째, 사고팔기, 물물교환, 도박, 과세, 자선, 다양한 종류의 절도 등의 행위로써 물질적 재화가 교환된다. 둘째, 결혼, 입양, 유괴, 노예화 등과 같은 제도를 통해 사람들이 교환된다. 셋째, 어떤 문화가 생산하는 여러 담론들을 통해 개념들이 교환된다.

담론discourse은 특정한 시공간에서 특정한 문화적 조건에 따라 형성되는 사회적 언어로서, 인간 경험에 대한 특정한 이해 방식을 표현한다. 예를 들어 우리는 대체로 현대 과학 담론, 자유주의적 인본주의 담론, 백인우월주의 담론, 환경주의 담론, 기독교 근본주의 담론 등에 익숙하다.이 책의 앞부분을 읽었다면, 정신분석 비평, 마르크스주의 비평, 페미니즘 비평 등에 관한 담론들에도 익숙할 것이다. 대략적으로 정의하면, **담론**이라는 말은 **이데올로기**라는 말과 동일한 의미를 갖는다고도 볼 수 있고, 실제로 두 용어는 종종 번갈아 가며 쓰이기도 하지만, **담론**이라는 말을 사용하면 이데올로기를 매개하는 언어의 역할에 좀 더 주목하게 된다.

신역사주의의 관점에서 보자면, 사회적 권력이 갖는 복잡한 문화적 역동성을 단독으로 충분히 설명할 수 있는 담론이란 존재하지 않는다. 시대정신이란 것은 **단일체**monolithic(단일하고 통합적이고 보편적인)로서 존재할 수 없는 데다, 역사를 **총체화하여**totalizing 적절하게 설명하는 것(주어진 문화의 모든 측면을 단 하나의 열쇠로 설명하는 것)은 불가능하기 때문이다. 그 대신에 담론들 사이의 불안정하고 역동적인 상호작용이 존재한다. 담론들은 어떤 시점에서도 항상 다양한 방식들로 서로 중첩하고 경쟁하는(신역사주의의 용어를 빌리자면, 권력의 교환을 **협상하는**) 유동적인 상태에 놓여 있다. 그렇기 때문에 어떤 담론도 영구적이지 않다. 그리고 담론들은 권력의 담지자들을 위해 권력을 행사하지만, 다른 한편으로 그들의 권력에 반대할 것을 촉구하기도 한다. 이 점은 신역사주의 이론가들이 개인의 정체성과 사회가 상호 형성 관계를 이룬다고 믿는 한 가지 이유이기도 하다. 전반적으로 볼 때, 인간 존재가 단지 억압적인 사회의 희생물에 불과한 것만은 아니다. 왜냐하면 인간은 개인의 삶에서든 공적인 삶에서든 권위에 대항하는 여러 방법들을 찾아낼 수 있기 때문이다.

신역사주의에 따르면, 작은 나라의 독재자라 할지라도 절대적인 권력을 행사하는 것은 불가능하다. 자신의 권세를 유지하려면 권력을 수많은 담론들의 순환에 맡겨야 하기 때문이다. 이 순환 과정에는 (일종의 '왕권신수설'에 대한 믿음 또는 계급사회는 신의 뜻이라는 믿음을 조장할 수 있는) 종교 담론, (다윈주의의 '적자생존' 논리에 따라 지배 엘리트들의 존재를 정당화할 수 있는) 과학 담론, (인도 정치인 자와할랄 네루가 입었던 재킷이 인기를 끌고 재클린 케네디의 스타일을 패션업계가 따라했던 것처럼, 지도자의 의상을 모방하고 재생산하도록 부추김으로써 지도자의 인기를 끌어올릴 수 있는) 패션 담론, (통치자의 결정에 찬성하지 않는 것을 반역 행위로 꾸밀 수 있는) 법 담론 등을 비롯한 다양한 담론들이 두루 포함될 것이다.

이상의 사례들이 시사하는 것처럼, 무엇이 '정당하고' '자연스러우며' '정상적인지'는 대상을 어떻게 정의할 것인지에 달린 문제이다. 역사적으로 볼 때, 동성애는 시대와 문화의 차이에 따라 정상적이거나 비정상적인 것으로, 범죄이거나 찬미의 대상으로서 받아들여졌다. 근친상간, 식인 풍습, 정치적 평등을 향한 여성들의 갈망 같은 것들도 마찬가지다. 미셸 푸코의 말에 따르면, '광기', '범죄', 성적 '도착' 등에 대한 모든 정의는 사실 지배권력이 자신의 통제력을 유지하는 수단으로 이용하는 사회적 구성물이다. 우리가 사회적 구성물로서의 정의들을 '자연스럽게' 받아들이는 이유는 그러한 정의들이 우리의 문화 속에 깊이 스며들어 있기 때문이다.

사회적 또는 반사회적 행동에 대한 정의들과 마찬가지로, 역사적 사건에 대한 특정한 해석 또한 특정한 개인과 집단의 권력을 증대시킨다. 커스터 George A. Custer 장군 남북전쟁에서 혁혁한 공로를 세워 영웅이 된 미국 군인. 미국 원주민을 몰살시키려 한 시도로 악명이 높다. 이 미국 원주민들을 대상으로 군사작전을 전개한 사실은 오늘날의 시각에서 볼 때 확실히 불명예스러운 일이다. 그런데 이 사실을 은폐하게 되면, 미국 원주민들의 흔적을 없애고 정부가 그들의 땅을 차지하길 바라는 미국 백인들의 욕망을 부추기는 결과를 낳는다. 그런 식으로 은폐함으로써 미국 백인들은 자신들이 움켜진 권력구조의 지속을 바라는 것이다. 실제로 커스터 장군이 활동하던 시대 이후 수십 년에 걸쳐 그와 같은 은폐가 계속되었고, 이는 백인 중심의 권력구조를 강화하는 데 기여했다. 커스터 장군의 악행을 아는 사람들조차 미국 역사의 더러운 치부를, 그것도 미국인들 앞에서 드러내는 것은 현명하지 못한 일이라고 여겼던 것이다. 유사한 맥락에서 다른 사례를 들 수도 있겠다. 만약 나치가 제2차 세계대전에서 승리했다면, 오늘날 우리가 역사 교과서에서 읽는 전쟁 및 유대인 대량 학살에 관한 서술은 대단히 달라졌을 것이다. 그런 점에서 신역사주의는 역사 서술을 일종의 서사 또는 이야기로서 인식한다고 할 수 있다. 역사 서술도 글쓴이의 의식적 또는 무의식적 관점에 따라 어쩔 수 없이 편향될 수밖에 없다는 뜻이다. 역사학자들이 자신들의 편견에 둔감할수록, 즉 자신들이 '객관적'이라고 자임할수록, 그 편견은 역사 서술이라는 그들의 서사를 더욱 강력히 지배하게 된다.

지금까지 우리는 기존의 역사 분석이 **할 수 없는** 것들에 관한 신역사주의의 주장들을 살펴보았다. 세 가지 정도로 정리해 보자. 첫째, 역사 분석은 객관적일 수 없다. 둘째, 특정한 시대정신이나 세계관이란 곧 특정한 문화가 갖는 복잡성에 관한 설명임을 기존의 역사 분석만으로는 충분히 보여줄 수 없다. 셋째, 기존의 역사 분석으로는 역사 개념의 선형성, 인과성, 진보적 방향성을 적절히 예증할 수 없다. 역사상의 사건이나 대상, 인물 등을 담론들의 그물망과 분리시켜 이해할 수는 없다. 사건, 대상, 인물 모두 담론

안에서 나타나고 또 의미를 갖게 되기 때문이다. 바로 그 시점에서 형성되는 의미를 제쳐 둔 채로 사건이건 대상이건 인물이건 이해하는 것은 불가능하다. 이해하고자 하는 무언가를 담론들과 떨어뜨리면 떨어뜨릴수록, 그것을 '지금 여기'라는 시공간의 의미와 결부시켜 바라보려는 경향이 점점 커질 것이다. 그리고 인류는 시간이 흐르며 계속 나아질 거라고 믿고 싶은 욕망과 결부시키려는 성향도 아마 커져 갈 것이다.

이러한 한계들을 고려할 때, 역사 분석은 과연 무엇을 **할 수 있는가**? 역사에 대한 이해를 증진시키려면 어떤 방법으로 역사에 접근해야 하는가? 그리고 우리에게 가장 중요한 질문을 던지자면, 신역사주의 문학비평가들은 어떤 종류의 분석을 시도하는가? 8장 〈해체비평〉을 읽었다면 이 질문들에 대답할 수 있는 유리한 위치에 있다고 할 수 있다. 신역사주의의 실제 작업 가운데 상당수는 인간 언어와 경험에 관한 해체론의 통찰을 포함하기 때문이다. 이를테면 우리는 신역사주의가 역사(전통적으로 사실에 기반을 둔다고 여겨져 왔다)와 문학(전통적으로 허구에 기반을 둔다고 여겨져 왔다) 사이의 전통적인 대립 관계를 해체한다고 말할 수도 있다. 신역사주의는 역사를 텍스트로 간주하고, 문학비평가들이 문학 텍스트를 해석하는 것과 같은 방식으로 역사를 해석할 수 있다고 생각하기 때문이다. 거꾸로, 신역사주의는 문학 텍스트를 일종의 문화적 가공물로 간주하고, 텍스트가 생산된 시공간 속에서 작동하던 담론들의 상호작용, 곧 사회적 의미들의 그물망에 관한 것을 문학 텍스트를 통해 알아낼 수 있다고 생각한다. 그러면 먼저 신역사주의의 핵심 요소들을 논의하면서 이 같은 주장들을 자세히 검토하고, 아울러 문학비평과 관련하여 신역사주의가 갖는 함의들을 살펴보자.

우리는 대체로 역사를 텍스트 형식으로만 접한다. 말하자면 문서, 문서화된 통계자료, 법조문, 일기, 편지, 연설, 소책자, 신문 기사 등의 형식을 통해서만 어떤 시공간에 나타난 사고방식, 정책, 절차, 사건 등을 알 수 있다는 것이다. 아무리 역사가들이 다른 역사가들의 해석(2차 자료) 대신 방금 열거한 것들과 같은 '1차 자료'에 기대어 연구를 수행하려 해도, 거의 대부분의 1차 자료는 언제나 일종의 글쓰기 형식으로 주어지기 마련이다. 그런 점에서 보면, 문학비평가들이 문학 텍스트에 사용하는 분석 방법과 같은 종류의 것이 역사가들에게도 필요한 셈이다. 예컨대 역사적 문서들은 수사학적 전략(텍스트가 소기의 목적을 달성하고자 활용하는 문체적 장치stylistic devices)이라는 측면에서 연구할 수 있고, 문서에 내재된 이데올로기적 가정들의 한계를 드러냄으로써 해체의 대상으로 삼을 수도 있으며, 문서 안에 명백히 또는 은밀히 자리 잡고 있는 가부장적·인종차별적·동성애혐오적 내용을 들추어내려는 의도에서 자세히 살펴볼 수도 있다. 역사적 문서 같은 1차 자료뿐 아니라, 역사에 관한 서술, 즉 해당 시기 또는 그 이후에 기록된 2차 자료 역시 이와 동일한 방법으로 분석할 수 있다.

다시 말해, 신역사주의 이론가들은 1차 자료와 2차 자료 모두 역사에 관한 정보를 담고 있는 서사 형식이라고 본다. 둘 다 어떤 이야기를 전달할 뿐 아니라, 그 이야기들을 문학비평에 활용하는 도구들로 분석할 수 있기 때문이다. 실제로 신역사주의는 그동안 억압되어 온 소수집단의 역사적 서사, 이를테면 여성, 유색인, 빈곤층, 노동계급, 게이와 레즈비언, 수감자, 정신병원 입원자 등의 서사를 전면에 내세움으로써 백인과 남성, 서구 중심의 역사적 서사를 해체하는 동시에, 그 이면에 오랫동안 감추어졌던 껄끄러운 하부텍스트subtext들을 폭로해 왔다고 말할 수 있다. 그 껄끄러운 하부텍스트란, 백인과 남성, 서구 중심의 역사적 서사가 제 지배력을 지켜 내고 일반인들의 역사 인식을 통제하고자 억압해 온 소수자들의 경험이다.

소수자들의 역사적 서사에 주목하는 것은 신역사주의의 중요한 특징인데, 몇몇 이론가들은 어떻게 가부장적이고 유럽중심적인 권력구조의 서사보다 억압된 사람들의 서사를 더욱 용이하게 받아들일 수 있는지에 대해 신역사주의 이론가들에게 질문을 던져 왔다. 이에 대해서는 다음과 같이 대답할 수도 있겠다. 모든 집단의 역사적 서사를 동등하게 재현하려는 노력 등으로 다수의 목소리를 담아낼 수 있다면, 단 하나의 역사 해석만을 상정하는 단일한 문화적 관점에서 구성된 그 어떤 서사도, 즉 그 어떤 **지배서사**master narrative도 더 이상 우리의 역사 이해를 통제하기 어려워질 것이라고 말이다. 그러나 모든 집단의 역사적 서사를 동등하게 재현하는 일은 여전히 미흡하다. 여성이나 유색인 등 특정 집단의 역사적 서사들이 점점 더 많아지고 있긴 하지만, 사람들이 역사를 배우는 주된 경로인 학교 강의실에서는 대부분 기존의 가부장적이고 유럽중심적인 서사들이 더욱 비중 있게 다루어진다. 그렇기 때문에 신역사주의는 소수자들에 대한 관심을 촉구하고 이들의 상황을 개선하는 데 힘을 보태려 한다.

다양한 역사적 목소리들이 존재했다는 사실에서 우리는 또한 다음과 같은 쟁점들을 이끌어 낼 수 있다(신역사주의가 중요하게 고려하는 쟁점들이다). 개인과 집단의 정체성이 형성되는 과정에서 이데올로기는 어떻게 작동하는지, 문화의 자기 인식(이를테면 본인을 강인한 개인주의자라고 생각하는 미국인들의 믿음)이 그 문화의 정치적·법적·사회적 정책과 관례들에 어떤 식으로 영향을 끼치는지, 문화 안에서 권력은 어떻게 순환하는지 등등에 대해서 말이다. 목소리의 다수성이란 것이 어떻게 그러한 쟁점들을 제기하는지 알아보기 위해, 미국 독립혁명을 다루는 다음의 세 가지 과목이 있다고 가정하고 각 과목마다 어떤 차이가 있는지 상상해 보자. ① 미국 독립전쟁에 관한 전통적인 미국식 설명을 공부하는 과목. ② 독립전쟁에 관한 전통적인 미국식 설명을 영국·프랑스·네덜란드·스페인 쪽 설명과 대조하고, 나아가 식민통치 권력에 저항하는 투쟁이라는 측면을 생각할 때 미국 독립전쟁은 여러 투쟁 가운데 하나에 불과했다고 보는 국가들(주로 카리브해에 위치한 국가들)의 설명과도 대조하여 보는 과목. ③ 이상의 모든 설명을 미국 독립전쟁에 관한 미국 원주민들의 설명(독립전쟁의 영향을 받았던 부족들의 역사와 관련하여 구술로 전해지는 내용을 녹취한 것)과 대조하여 보는 과목.

우리의 상상이 ①에서 ②를 거쳐 ③으로 향해 가는 동안, 초점은 '사실에 기초한' 역사 서술에서 점점 멀어진다. 그 대신에 역사가 하나의 텍스트가 되는 방식, 다시 말해 서로 다른 문화들이 각자의 권력구조를 유지하는 데 필요한 이데올로기에 맞게끔 역사를 해석하는 방식 쪽으로 관심이 쏠리게 된다. 신역사주의는 바로 그러한 방식들에 주목한다. 이 맥락과 연결시켜 보면, 신역사주의는 각 문화가 자신에게 전달하는 자신에 관한 이야기들의 역사라고 정의할 수 있다. 전통적 역사 서술의 일부를 바로잡는다는 의미로서 말하자면, 신역사주의는 각 문화가 자기 자신에게 전하는 거짓말들의 역사라고도 할 수 있겠다. 그러므로 전통적인 의미에서의 역사란 존재하지 않는다. 오직 역사에 대한 해석들만 있을 뿐이다.

주변화된 역사적 서사들에 대한 관심과 더불어, 신역사주의는 이른바 **두터운 묘사**thick description(**중층 기술**)라는 분석 방법을 도입한다. 두터운 묘사는 인류학에서 빌려 온 개념으로서, 출산 의례나 제례 의식, 놀이, 형법, 예술 작품, 저작권법 등처럼 이미 주어진 문화적 생산물을 꼼꼼하고 자세하게 검토하는 작업을 뜻한다. 이러한 방법으로 특정한 문화적 생산물이 해당 공동체에 속한 사람들에게 갖는 의미를 발견하고, 그러한 의미를 문화적 생산물에 부여하는 사회적 관습이나 문화의 규칙, 세계 이해 방식 등을 드러내려는 것이다. 그런 점에서 두터운 묘사는 사실들이 아닌 의미를 탐색한다. 그리고 앞에서 열거한 문화적 생산물들의 목록에서 알 수 있는 것처럼, 두터운 묘사는 군사작전 혹은 법안 통과 같은 전통적인 역사적 주제만큼이나, 또는 그 이상으로 가족 내 역학 관계의 역사, 여가 활동의 역사, 성적 관습의 역사, 양육법의 역사 등 역사의 개인적 측면에 주목한다. 실제로 전통적 역사 연구가 사생활에 관한 부분을 역사와는 별 상관이 없는 주관적인 것이라며 무시하거나 주변화하는 경향이 있었기에, 신역사주의는 사생활과 관련된 문제들을 역사 탐구의 전면에 내세움으로써 그동안 누락되었던 부분을 보충하려고 한다.

인류학자인 클리퍼드 기어츠Clifford Geertz가 《문화의 해석The Interpretation of Cultures》에서 제시한 두터운 묘사의 한 가지 예를 간추려 살펴보자. 어떤 젊은 남성이 사람들로 꽉 들어찬 방 안을 가로질러 누군가에게 눈짓을 보냈다고 가정하자. 이 사건을 '얄팍한 묘사'로 표현한다면, 그 눈짓에 대해 오른쪽 눈꺼풀이 빠르게 수축한 것이라고만 쓰고 마침표를 찍을 것이다. 반면에 두터운 묘사라면, 그 사건이 일어난 맥락 안에서 눈짓이 무엇을 **의미하는지** 알아내려고 할 것이다. 먼저, 그것은 눈짓이었는가? 즉, 메시지를 전달하려는 공개적 의사 표현이었는가? 아니면 그저 무심결에 일어난 떨림이었는가? 그것이 정말 눈짓이었다면, 이는 흔히 그렇듯이 공모의 신호를 보내는 것이었나? 만약 음모를 전달하는 눈짓이 아니었다면, 그것은 사람들로 하여금 음모가 진행 중이라고 믿도록 하려고 일부러 꾸민 가짜 눈짓이었나? 이 경우라면 그 눈짓의 의미는 공모가 아닌 눈속임일 것이다. 어쩌면 그 눈짓은 방금 묘사한 대로 눈속임을 위해 가짜 눈짓을 보낸 사람을 비꼬려는 뜻에서 시도해 본, 가짜 눈짓에 대한 일종의 패러디가 아니었을까? 이 경우, 그 눈짓은 공모도 속임수도 아닌 조롱의 의미를 가질 것이다. 마지막으로, 가짜 눈짓을 비꼬려는 사람이 자기 능력을 확신하지 못하는 경우를 생각해 보자. 그 사람은 자기의 행동이 단순한 떨림이나 눈짓이라고 오해받는 것을 원치 않으며, 자신이 누군가를 놀리고 있음을 동료들이 알아주길 바란다. 그래서 이를 제대로 해낼 수 있도록 조롱의 눈짓을 거울 앞에서 연습해 본다. 이 경우에는 눈짓의 의미가 복잡해질 것이다. 음모가 진행 중이라며 다른 사람들을 가짜 윙크로 속이려는 누군가를 패러디하고자 예행연습을 하는 것이기 때문이다. 다소 멀리 나간 감이 없지 않지만, 두터운 묘사에 관한 이 같은 사례는 신역사주의의 입장을 잘 보여 준다. 역사는 사실보다 해석의 문제이며, 해석은 언제나 사회적 관습의 테두리 안에서 행해진다는 것이다.

마지막으로, 역사 분석에 주관성이 개입되는 것을 불가피하다고 보는 신역사주의의 주장이 역사 서술에 대한 무책임한 태도나 '무엇이든 좋다' 식의 입장을 정당화하려는 것은 아님을 밝혀 둬야겠다. 오히려 신역사주의 이론가들은 개인의 편향이 필연적으로 개입한다는 사실을 알기 때문에, 자료들을 대하는 본인의 심리적·이데올로기적 입장을 최대한 의식적으로 직시하고자 한다. 그래야만 독자들 스스로 자기가 목격하는 역사적 쟁점들이 어떤 인간의 '렌즈'라는 것을 통해 비추어진 것임을 의식하고 그 렌즈에 대해 생각해 볼 수 있기 때문이다. 이러한 실천을 **자기 입장 정하기**self-positioning라고 부른다.

예를 들어, 루이스 몬트로스Louis Montrose는 신역사주의에 관한 글 〈르네상스의 고백: 문화 시학과 정치학Professing the Renaissance: The Poetics and Politics of Culture〉 말미에서 자신의 편견에 대해 토로하는데, 이 가운데는 르네상스 시대를 연구하는 학자이자 교수라는 역할 때문에 생겨난 편견들도 포함되어 있다. 몬트로스는 르네상스 시대의 작품들에 많은 공을 들여 왔는데, 그 때문인지는 몰라도 셰익스피어나 스펜서Edmund Spenser 등 그가 각별하게 애정을 갖는 작품들이 있다고 말한다. 그러면서 그러한 텍스트들을 분석하는 과정에서 오늘날 사회적으로 유의미한 쟁점들에 대해서도 서술하였음을 인정했다. 엘리자베스 시대의 문화뿐 아니라, 현재의 우리 문화 역시 새롭게 사유하고 싶었다는 것이다. 마지막으로, 몬트로스는 자신의 작업이 전통적 역사 연구의 시각에서 문학 연구에 접근하려는 시도(이를테면 르네상스 시대라고 불리는 한정된 시기에 경계를 그어 놓고, 그 안에 특정한 문화적 특

징들이 존재한다고 생각하는 식의 전통적인 방법)를 약화시키긴 하지만, 본인
도 한 사람의 교수이자 르네상스 연구자로서 "[스스로] 문제 삼고 싶은 바로
그 제도들을 지속적으로 유지하고 재생산하는 일에 복잡한 방식으로, 그리
고 상당한 정도로 관여하고 있음"[30]을 시인한다.

문학비평과 관련하여 신역사주의가 갖는 함의들을 논의하기에 앞서, 잠
시 쉬어 가는 의미에서 신역사주의의 핵심 개념들을 정리해 보자.

① 역사를 기술하는 것은 해석의 문제이지, 사실의 문제가 아니다. 모든
역사 서술은 서사이며, 그렇기 때문에 문학비평가들이 서사를 분석
할 때 활용하는 도구들 가운데 상당수는 역사 서술을 분석하는 데도
사용할 수 있다.

② 역사는 선형적이지도 않고(역사는 원인 '가'에서 결과 '나'로, 그리고 원
인 '나'에서 결과 '다'로 깔끔하게 나아가는 것이 아니다) 진보적이지도
않다(인류가 시간의 흐름에 따라 계속 나아지는 것은 아니다).

③ 권력은 결코 개인 한 사람 또는 하나의 사회적 층위에 전적으로 귀속
되는 법이 없다. 오히려 권력은 물질적 재화의 교환, 인간 존재의 교
환, (앞에서 본 것처럼 문학비평가들에게는 가장 중요한) 하나의 문화가
생산하는 다양한 담론들이 낳은 개념들의 교환 등을 통해 그 문화 안
에서 순환한다.

④ 단일체(단일하고 통합적이고 보편적인)로서의 시대정신이란 존재하지
않으며, 그러므로 역사를 총체화(전체화)하여 적절하게 설명하는 것
(주어진 문화의 모든 측면을 단 하나의 열쇠로 설명하는 것)도 불가능하
다. 역사에 대한 분석이란 역사의 전체상 가운데 오직 일부만을 설명
하는 데 그치므로 언제나 미완성으로 남을 수밖에 없는데, 그럼에도
역사가들이 분석해 볼 수 있는 의미란 것이 있다면, 그것은 단지 담론

들 사이의 불안정하고 역동적인 상호작용뿐이다.

⑤ 개인의 정체성은 역사적 사건, 텍스트, 문화적 가공물 등과 마찬가지로 그것을 낳은 문화에 의해 형성되는 동시에 그 문화를 형성한다. 그러므로 정상과 비정상, 제정신과 제정신 아님 등의 문화적 범주는 그것들을 어떻게 정의하느냐에 따라 달라진다. 바꾸어 말하면, 우리의 개별 정체성은 우리가 우리 자신에 관하여 말하는 이야기들로 이루어져 있으며, 각 개인은 자신이 속한 문화를 구성하며 순환하는 담론들 속에서 자신의 이야기를 만들 수 있는 자료들을 가져온다.

⑥ 모든 역사 분석에는 어쩔 수 없이 주관성이 개입된다. 그러므로 역사가는 역사 해석에 관한 나름의 입장이 바로 자신의 문화적 경험에 따라 결정되었다는 사실을 스스로 어떻게 인식하는지를 드러내야 한다.

신역사주의와 문학

그렇다면 신역사주의의 개념들은 문학비평의 영역에서 구체적으로 어떻게 작동하는가? 신역사주의 문학비평이 문학 텍스트 연구를 역사 연구의 영역으로 밀어 넣는 것은 사실이지만, 여기서 말하는 역사 연구는 우리가 앞서 보았듯이 기존의 역사 연구와는 다르다. 그런 점에서 신역사주의 비평은 전통적 역사주의 비평과는 공통점이 거의 없다고 할 수 있다. 19세기와 20세기 초반까지 지배적인 문학연구방법론이었던 전통적 역사주의 비평은 그 대상을 저자의 삶에 관한 연구 또는 작품이 집필된 역사상의 시기에 대한 연구로 한정시킴으로써, 저자가 작품을 집필하게 된 의도를 찾아내거나 작품이 구현하고 있는 시대정신을 드러내는 데 주력했다. 전통적 역사주의 비평가들에 따르면, 문학은 식별 가능한 객관적 사실들로 이루어진 역사와 달리 순수하게 주관적인 영역에 존재하는 것이다. 그렇기 때문에 이들은 문학이 어떤 의미로든 일단 해석되려면 그 의미는 반드시 역사에 의해 증명되어야 한다고 생각했다.

이와 관련하여, 5장에서 공부했던 신비평을 다시 한 번 떠올려 보자. 신비평은 전통적인 역사주의 비평에게서 주도권을 넘겨받아 1940년대부터 1960년대까지 문학 연구 흐름을 지배한 방법론이다. 신비평은 전통적 역사주의에 기대지 않고 문학에 접근하려 했다. 신비평 이론가들이 보기에, 전통적 역사주의 비평가들이 내놓을 수 있는 것은 문학작품과 관련된 흥미로운 배경 자료가 고작이다. 그러나 텍스트의 의미를 이해하는 데는 역사와 관련된 어떤 것도 도움이 되지 않는다는 것이 신비평 이론가들의 입장이었다. 그들에게 위대한 문학작품이란 시간을 초월한 역사 바깥의 영역에 존재하는 자율적(자기충족적) 예술품이기 때문이다. 이처럼 신비평이 득세하면서 전통적 역사주의에 따른 문학 연구는 점차 설 자리를 잃어 갔다. 전통적 역사주의 비평은 신비평 고유의 작업이라고 여겨진 것들을 나름의 방식으로 수용하는 선에서 만족하고자 했다. 이를테면 저자가 살았던 삶과 시대에 관한 자세한 자료들을 제공한다거나(물론 이 자료들이 작품 해석에는 사용되지 않을 것이다), 높이 평가받는 작품들, 곧 위대한 문학 정전의 정확한 판본을 제시한다거나 하면서 말이다.

1970년대 후반에 등장한 신역사주의는, 문학을 주변화하는 전통적 역사주의와 시간을 초월한 역사 바깥의 영역에 문학 텍스트를 모셔 놓고 신성시하는 신비평을 둘 다 거부한 방법론이다. 신역사주의 비평가들에 따르면, 문학 텍스트는 전통적 역사주의 비평가들이 주장했던 것과 달리 저자의 의도를 구현하지도 않고 그 텍스트가 생산된 시기의 시대정신을 보여 주지도 않는다. 그렇다고 해서 신비평 이론가들이 주장하듯이, 문학 텍스트는 자기충족적 예술품, 즉 텍스트가 쓰인 시공간을 초월하는 어떤 것도 아니다. 앞서 말했듯이, 신역사주의 비평가들은 문학 텍스트를 일종의 문화적 가공물로 본다. 문학 텍스트는 해당 텍스트가 생산된 시공간 속에서 작동한 담론들의 상호작용, 곧 사회적 의미들의 그물망과 관련하여 우리에게 무언가 알려 줄 수 있는 문화적 가공품이다. 이것이 가능한 이유는 문학 텍스트가 그 자체로 담론들의 상호작용의 일부를 구성하며, 사회적 의미들의 역동적인 그물망 속에서 하나의 줄기를 이루기 때문이다. 신역사주의 연구자들에게 문학 텍스트와 그것이 출현한 역사적 상황의 비중은 동등하다. 텍스트(문학작품)와 컨텍스트context(해당 텍스트를 생산한 역사적 조건) 모두 서로에게 구성 요소가 되기 때문이다. 말하자면, 이 둘은 서로를 창조한다. 개인의 정체성과 사회 사이에서 벌어지는 역동적인 상호작용과 마찬가지로, 문학 텍스트는 역사적 컨텍스트에 의해 형성되는 동시에 그 컨텍스트를 형성한다.

　신역사주의 비평이 기존의 비평과 어떻게 차별되는지 확인할 수 있는 가장 좋은 방법은, 역시 특정 문학작품들에 대한 신역사주의적 독법이 동일한 작품들에 대한 전통적인 역사주의적 독법과 어느 지점에서 대비되는지 보는 것이다. 이를 위해 잘 알려진 텍스트 두 편을 살펴보자. 하나는 조셉 콘래드의《암흑의 핵심》(1902)이고, 다른 하나는 토니 모리슨의《빌러비드》(1987)다. 여기서 흥미로운 점은, 콘래드는 자신이 속한 사회와 자신이 직접 체험한 사회가 낳은 어떤 상황, 즉 아프리카에 대한 유럽의 상업적 착취에 대해 소설을 썼지만, 모리슨은 소설 발표 연도보다 100년 이상 앞서 살았던 어떤 사람들, 특히 과거의 기억과 일상의 가혹한 현실을 모두 극복하고자 몸부림치는 노예 출신 흑인들을 소설의 소재로 삼았다는 것이다. 그러나 자신이 직접 체험한 내용을 소재로 삼은 콘래드와 소설에 등장하는 시간적 배경과 멀리 떨어진 모리슨 가운데 어느 쪽이 다른 쪽보다 더 '정확'하다고 말하기는 어렵다. 전통적 역사비평에 따르면, 두 텍스트의 역사적 정확성은 텍스트상에서 재현된 인물들과 이들에 관한 역사 서술을 비교해

야만 알 수 있기 때문이다. 하지만 신역사주의에서는 역사적 '정확성'이 확실성을 갖는 법이 없다. 다만,《암흑의 핵심》과《빌러비드》가 우리에게 보여 주는 것은 소설이 묘사하는 사람들에 대한 저자의 해석이다. 이 해석은 묘사된 역사적 경험을 바라보는 새로운 시각을 제공할 수도 있고 그렇지 않을 수도 있다. 그러나 한 가지 확실한 것은, 그것이 콘래드와 모리슨이 소설을 집필하던 시기에 널리 퍼진 담론들에 관한 통찰을 보여 준다는 사실이다.

《암흑의 핵심》에 대한 전통적인 역사주의적 독법은, 먼저 19세기에 유럽인들이 콩고에서 벌인 행동을 역사적으로 설명하고 이에 근거하여 소설을 분석할 것이다. 즉, 유럽인들이 상아를 확보하는 과정에서 자행한 인간 및 천연자원 착취라는 역사적 진실에 이 소설이 얼마나 충실한지 밝히는 것이다. 여기서는 이런 식의 질문이 가능하다. 콘래드가 묘사한 것처럼 인간 생명의 파괴가 실제로 그렇게 끔찍했었는가? 아프리카 영토 구획 및 통치와 관련하여 유럽 강대국들 사이의 정치적인 문제는 어떤 것이었는가? 아니면, 이 소설의 어떤 부분이 실제로 벨기에 회사의 증기선 선장 자격으로 콩고강을 찾았던 콘래드 본인의 경험에서 나온 것인지를 확인하고자 콘래드에 관한 전기적 자료들을 검토할 수도 있을 것이다. 이를테면, 말로의 경험이 콘래드의 경험과 얼마나 일치하는지, 소설에서 묘사되는 사건들은 어디까지가 콘래드가 직접 보거나 들은 것인지를 질문해 볼 수 있겠다. 마지막으로, 콘래드의 창조적 상상력을 가늠해 보고자 전기적 자료들을 분석할 수도 있을 것이다. 일찍부터 19세기의 위대한 탐험가들에게 관심을 가졌던 콘래드는 그러한 관심사를 어떻게 글쓰기와 연결시켰는가? 자신이 선원으로서 체험한 내용을 기록으로 남겼는가? 아니면 기억에 의존해 글을 썼는가? 그가 콩고에서 경험한 것들(그 이후로 계속된 건강 악화도 포함)이 그의 예술적 표현에 영향을 끼쳤는가?

마찬가지로,《빌러비드》에 대한 전통적인 역사주의적 독법은 소설의 배경이 되는 19세기 미국의 노예들, 노예주들, 노예였다가 해방된 사람들과 관련된 역사적 설명을 바탕으로 모리슨의 묘사가 역사적 진실에 충실한지 그렇지 않은지 분석할 것이다. 이 경우에는 이런 질문이 가능할 것이다. 가너 가족, 이웃, 교사, 보드윈 가족 등에 대한 모리슨의 묘사는 당시 노예주들과 노예제 폐지론자들이 각각 지지하던 일련의 가치들을 정확하게 재현하고 있는가? 그토록 갈등과 대립으로 점철된 시대의 정신을 서술할 수 있는 상반된 관점들을 모리슨이 잘 포착했는가? 전통적인 역사주의적 독법은 소설의 구성 요소들을 둘러싼 정황을 검토하여 소설 속 인물, 배경, 플롯의 기원을 실제 역사 속에서 찾으려 할 수도 있다. 이를테면, 세서의 이야기는 마거릿 가너라는 실존 인물의 이야기(마거릿 가너는 세서와 마찬가지로 자신의 어린 딸을 노예주의 농장으로 되돌려 보내지 않으려고 직접 살해한 도망 노예였다)를 얼마나 참고했는가? 실제 역사상의 인물과 사건에 근거하여 만들어진 소설 속 등장인물과 사건은 또 없는가? 신문 기사, 노예 체험기, 법률 문서, '미들 패시지'〔11장 참고〕 관련 기록, 역사서 등의 특정한 역사적 자료들 가운데 모리슨이 이용한 것은 무엇인가? 마지막으로, 전통적 역사비평을 시도하는 사람들은 다른 문학작품들이 저자 특유의 예술적 기교에 어떤 영향을 미쳤는지 알아보고자 저자의 읽기 습관을 분석할 수도 있다. 모리슨이 읽은 아프리카계 미국인 문학이나 역사소설, 미국 남부 지역의 소설에는 어떤 것들이 있는가? 그리고《빌러비드》의 플롯, 인물 형상화, 문체에서 이 작품들의 영향을 확인할 수 있는가?

이러한 전통적 역사주의적 분석과 신역사주의적 분석은 여러 면에서 상반된다.《암흑의 핵심》에 대한 신역사주의적 분석은 그 시대에 존재했던 두 가지 대립되는 담론, 즉 반식민주의와 유럽중심주의를 콘래드가 어떻게 서사로서 구체화하는지를 고찰하는 방식으로 전개될 것이다.《암흑의 핵심》의 반식민주의적 주제는 아프리카인들을 예속시키고 착취하는 유럽인들의 해악을 재현하는 데서 찾아볼 수 있으며, 이는 이 소설이 중점을 두는 핵심 내용이기도 하다. 그러나 치누아 아체베Chinua Achebe가 관찰한 바에 따르면, 그러한 재현에서조차 이 소설은 (무의식적인 것으로 보이기는 하지만) 유럽중심적인 시각을 따르고 있다. 유럽인의 기질에 대한 말로의 참혹한 통찰은 문명이라는 외피를 두른 유럽인들이 사실은 그들 아래 두려고 했던 아프리카인들만큼이나 '야만적'이라는 것을 깨달음으로써 얻어지기 때문이다. 말하자면 그러한 깨달음은 아프리카인들의 부족 문화를 '야만성'의 전형이라고 생각하기에 가능했다는 것이다. 또는 반대로 이와 같은 유럽중심적 편견에도 불구하고, 신역사주의 비평가들은 《암흑의 핵심》을 신역사주의적 분석의 이른바 원형 또는 초기 형태라는 관점에서 분석할 수도 있다. 브룩 토머스Brook Thomas가 지적한 대로, 이 소설은 전통적 역사주의자들의 신념, 그러니까 역사는 진보한다든가 인류는 시간이 지날수록 더 나아진다든가 하는 등의 신념이 틀렸음을 밝혀낸다. 아울러 이 소설의 서사구조는 주관적 서술이라는 흐릿한 장막을 씌우고 결정적인 사건들을 모호하게 만듦으로써 역사를 편견 없이 투명하게 바라보는 것은 불가능하다는 사실을 암시한다.

마지막으로, 《암흑의 핵심》에 대한 신역사주의적 분석은 이 소설이 비평가와 독자들에게 어떻게 수용되어 왔는지를 검토하는 방식으로 이루어질 수도 있다. 이 같은 분석의 목적은 《암흑의 핵심》이 어떻게 자신의 발생 지점(이 소설이 집필되고 발표되던 시공간)에서 순환했던, 그리고 시간의 흐름에 따라 순환해 온 담론들에 의해 형성되었는지, 동시에 어떻게 그러한 담론들을 형성했는지를 밝히는 것이다. 여기에는 이 소설이 미래에 나타날 독자들과는 어떤 관계를 형성하게 될지 추측해 보는 작업도 포함된다. 예를 들어 다음과 같은 질문을 던져 볼 수 있다. 《암흑의 핵심》의 수용사收容史는 이 텍스트에 대한 해석이 역사적 진보주의, 사회적 다원주의, 백인우월주의, 아프리카중심주의Afrocentrism, 다문화주의, 신역사주의 등의 담론들에 의해 형성되는 동시에 그 담론들을 형성해 온 방식을 어떤 식으로 드러내는가?

　유사한 맥락에서《빌러비드》에 대한 신역사주의적 분석은 이 소설이 역사주의적 서술에서 일탈함으로써 어떻게 그러한 서술에 대한 수정 작업으로 나아가는지, 다시 말해 어떻게 이 소설이 역사에 대한 해석이 되는지 살펴볼 수 있다. 예를 들어, 세서의 경험을 이해하게 되면서 나타나는 덴버와 폴 디의 변화가 우리에게 어떤 지침이 된다면, 그러니까 세서가 당면해야 했던 역사적 상황을 우리가 이해하는 데 도움을 줄 수 있다면, 그 변화가 기여하는 바는 어느 정도인가? 또한 신역사주의 비평가는《빌러비드》가 어떻게 노예제에 대한 두 가지 대립되는 견해 사이의 현대적 논쟁을 바탕으로 형성된 텍스트인지, 또는 그러한 논쟁을 촉발한 텍스트인지 따져 볼 수도 있다. 두 가지 대립되는 견해 가운데 하나는 노예들이 대부분 그 주인에게 어린아이처럼 의존할 수밖에 없었다는 것이고, 다른 하나는 흑인들은 암호화된 의사 전달 형식 창안과 공동체 유대 관계 형성, 그리고 그들의 견해나 의도, 체제 전복적 활동 등을 위장하기 위한('행복한 노예', '멍청한 노예' 식의) 또 다른 인격persona의 전략적 사용 등의 방법을 통해, 전통적 시각을 견지하는 백인 역사가들이 그동안 말해 왔던 것보다 훨씬 더 일관되고 철저한 체계를 구축하여 저항을 계속해 왔다는 것이다. 마지막으로, 신역사주의적 독법은 플롯을 구성하는 특정 요소들이 19세기 중반 담론들의 순환과 상호작용하는 양상을 조사할 수도 있다. 이런 식으로 질문해 보자. 교사, 가너 부인, 에이미 덴버, 보드윈, 스탬프 페이드, 엘라, 빌러비드, 폴 디 등 소설 속에 등장하는 다양한 인물들을 바라보는 세서의 시각은 백인우월주의, 노예 폐지론, 남성우월주의, 모성애 등과 같은 19세기 중반의 담론들을 어떻게 강화하거나 약화시키는가?

　이미 간파했겠지만, 앞에서 언급한 전통적 역사주의 비평의 사례들은 공통적으로 역사(텍스트에 재현된 역사적 상황과 그 안에서 묘사된 인물들, 저자가 살았던 삶과 시대)가 인식 가능한 객관적 실재라는 점을 전제한다. 역사는 객관적 실재이기 때문에 해석이나 평가의 대상이 되는 주관적인 문학 작품과 대립된다는 것이다. 이와 반대로, 신역사주의 비평의 사례들에서는 공통적으로 문학 텍스트가 어떻게 그 자체로 하나의 역사적 담론으로서 기능하면서 다른 역사적 담론들과 상호작용하는지의 문제에 초점을 맞춘다. 여기서 말하는 역사적 담론들이란 텍스트가 만들어진 시공간, 텍스트가 출판된 시점, 텍스트 수용사 가운데 어느 한 지점 등을 순환하는 담론들이다. 신역사주의는 역사적 사건들을 단순히 사건들의 집합으로 바라보지 않으며, 사건들이 해석되는 방식과 역사적 담론들, 세계를 이해하는 방식 및 의미의 형식 등에 관심을 갖는다. 이미 앞에서 확인했지만, 확실히 신역사주의 비평가들은 역사적 사건들을 문서화된 사실로 보는 것이 아니라, 인간의 문화가 수많은 역사적 '순간'마다 우리 자신의 모습과 우리를 둘러싼 세계를 어떻게 이해해 왔는지 추측해 보고자 '읽어야' 할 '텍스트'로 받아들인다. 우리는 역사상의 어떤 특정한 시점에 정확히 무슨 일이 일어났는지를 실제로 알 수는 없지만, 그 시점과 어떤 식으로든 관계가 있는 사람들이 '무슨 일이 일어났다'고 믿었는지를 알아내는 작업은 가능하다는 것이다. 우리는 그들이 남긴 기록들을 살펴봄으로써, 그들 나름대로 각자의 경험을 해석하는 데 사용했던 다양한 방법들을 알아낼 수 있다. 즉, 우리는 그러한 해석들을 다시 해석할 수 있다.

　그러므로 신역사주의 비평가들에게는 문학 텍스트 역시 특정한 시공간에서의 인간 경험을 재현한다는 점에서 하나의 역사 해석이다. 이런 의미에서 문학 텍스트는 그것이 집필된 시기에 순환하던 담론들의 지도를 그려내며, 그 자체로 하나의 담론이 된다. 다시 말해, 문학 텍스트는 그것이 생산된 문화 내부를 순환하던 담론들에 의해 형성되었으며, 동시에 그 담론들을 형성해 온 것이다. 이와 마찬가지로, 우리의 문학 해석 또한 우리가 살아가는 문화에 의해 형성되는 동시에 그 문화를 형성한다.

문화비평

신역사주의에 관한 논의를 읽었다면, 이제 문화비평의 여러 이론적 전제들에도 이미 친숙해진 것이다. 두 분야는 동일한 이론적 근거들을 상당 부분 공유하기 때문이다. 실제로 두 분야 사이에는 차이점보다는 공통점이 더 많다. 예를 들어, 문화비평과 신역사주의는 공통적으로 인간의 역사와 문화를 일종의 종합경기장으로 이해하며, 우리는 오직 부분적·주관적으로만 묘사할 수 있는 역동적 힘들이 그 무대에서 각축전을 벌인다고 본다. 문화비평과 신역사주의는 또한 개별적인 인간 정체성(자기임selfhood)이 문화적 환경과의 대등한 교환관계 속에서 발달한다고 보는 점에서도 의견을 같이한다. 우리는 문화가 설정한 한계 안에서 제약을 받을 수밖에 없지만, 그럼에도 그 한계에 맞서 싸우거나 한계 자체를 바꿀 수 있다는 것이다.

문화비평과 신역사주의 모두 학제적 이론이라는 점, 더 정확히 말하면 분과학문에 반하는 이론이라는 점도 이야기할 수 있겠다. 두 분야는 사회학, 심리학, 문학 등 인위적으로 분할한 개별 범주들로 구성된 분과학문 체계만 가지고는 역사와 문화의 재료인 인간의 경험을 충분히 이해할 수 없다는 시각을 공통적으로 견지한다. 심지어 두 분야는 철학적 토대까지 공유하는데, 둘 다 특히 프랑스 철학자 미셸 푸코의 작업에 크게 의지한다. 그래서 문화비평은 종종 신역사주의와 쉽게 구별되지 않는다.

신역사주의와의 유사성과 관련하여 덧붙이자면, 문화비평을 처음 접하는 사람은 그 용어부터가 혼란스러울 수 있다. 넓은 의미에서 '문화비평

cultural criticis'이라는 용어는 문화와 관련된 것이라면 어떤 것이든 분석할 수 있으며, 어떤 방법론이든 분석 도구로 사용할 수 있다는 식으로 쓰이는 경우가 흔하기 때문이다. 이를테면, 이 책에 실린 《위대한 개츠비》에 대한 마르크스주의적 해석, 페미니스트적 해석, 레즈비언·게이·퀴어 비평적 해석, 탈식민주의적 해석, 아프리카계 미국인 문학비평적 해석은 모두 《위대한 개츠비》를 통해 미국문화의 몇 가지 단면을 탐구한다는 점에서, 넓은 의미에서 보면 전부 문화비평의 사례로 읽힐 수 있다. 심지어 앞에서 '파행적 사랑의 심리학을 보여 주는 이야기'라고 분석한 《위대한 개츠비》에 대한 정신분석학적 해석 역시 문화비평으로 고쳐 읽는 것이 가능하다. 이 소설에서 그려지는 것과 같은 종류의 파행적 사랑이 1920년대 미국에서 중요시되던 문화적 가치 때문에 생겨난 어떤 문화적 불만의 형식이라는 주장이 가능하다면 말이다. 여기서 문화비평과 신역사주의의 중요한 차이점 하나를 발견할 수 있다. 문화비평은 방금 열거한 이론들처럼 정치성이 강한 이론을 활용하는 경우가 많다. 문화비평은 대체로 신역사주의보다 훨씬 정치 지향적이기 때문이다.

좁은 의미의 문화비평은 마르크스주의 비평을 모태로 삼고 있으며, 1960년대 중반 이후 독자적인 분석 방법으로 자리 잡았다. 좁은 의미의 문화비평에 따르면, 노동계급의 문화는 늘 오해되고 평가절하되어 왔다. 어떤 형식의 예술이 발레나 오페라, 그 밖의 '미'술과 같은 '고급'(우월한)문화가 될지는 지배계급이 결정한다. 반면에 사람들에게 인기 있는 대중문화 형식, 예컨대 텔레비전 시추에이션코미디, 대중음악, 통속소설 같은 것들은 자연스럽게 '저급'(열등한) 문화로 격하된다. 그러나 문화비평 이론가들에 따르면, 문화의 형식을 놓고 '고급'과 '저급'을 구별하는 것은 의미가 없다. 온갖 문화의 생산 과정을 분석해 보면, 그것이 어떻게 이데올로기를 전달하고 변형시킴으로써 사람들의 경험을 형성시키는지, 즉 어떻게 **문화적 작업**

cultural work을 수행하는지 들추어낼 수 있기 때문이다. 여기서 문화적 작업이란 물론 권력의 순환 과정에서 문화적 생산이 맡게 되는 역할을 의미한다.

실제로 문화비평 이론가들에 따르면, 지배계급은 '고급' 문화와 '저급' 문화를 규정함으로써 자신들의 우월한 이미지, 곧 자신들이 소유한 권력의 이미지를 강화하려 한다. 그런데 한편으로 하층계급에 속한 사람들 역시 자신들의 경험을 바꿀 뿐 아니라 문화 전반에 영향을 끼치는 예술 형식들을 생산해 낸다. 에이즈 추모 퀼트AIDS Quilt 에이즈 또는 에이즈 관련 질병으로 사망한 사람들을 기리고자 개인이 만든 작은 조각들을 한데 모아 거대한 하나의 퀼트를 만들어 내는 프로젝트. 1987년 클레브 존스Cleve Jones가 처음 시작했다. 가 그러한 문화적 생산의 한 예일 것이다. 대부분의 문화비평 이론가들이 마르크스주의와 페미니즘을 비롯한 정치성이 강한 이론들에 기대어 비평 작업을 수행하는 이유는 이들의 작업이 종종 정치적 의제들을 동반하기 때문이다. 억압받는 집단의 문화적 생산에 대한 분석(또는 가치 평가)이나, '고급' 문화와 '대중' 문화를 가르는 식으로 특정한 예술 형식을 분류하는 데 작동하는 권력관계에 대한 탐구 등이 그러한 작업에 속한다. 반면 대부분의 신역사주의 이론가들은 이론이 정치적인지 비정치적인지는 크게 개의치 않는다. 다만, 앞에서 보았다시피 하나의 비평이론만 활용하면 다룰 수 있는 대상의 폭이 너무 협소해져서 인간 문화의 복잡한 작동 양상을 충분히 살필 수 없다고 생각할 뿐이다.

지금까지 나는 문화비평에서 실제로 **문화**를 어떤 의미로 정의하는지는 소개하지 않은 채로 계속 문화라는 용어를 사용했다. 문화비평 이론가들은 문화란 특정한 생산물이 아닌 하나의 과정이며, 고정된 정의가 아닌 살아 있는 경험이라고 주장한다. 더 정확히 말해, 하나의 문화란 저마다 변화하고 발달하며 상호작용하는 개별 문화들의 집합체라는 것이다. 그래서 개별 문화들의 상호작용은 젠더, 인종, 민족성, 성적 지향, 사회경제적 계급, 직업 등 내부 구성원들의 경험에 영향을 미치는 요소들이 서로 마주치거나 엇갈리는 매 순간 이루어지며, 이 과정이 하나의 문화를 구성한다.

요약하자면, 문화비평은 다음과 같은 부분들을 제외하고는 신역사주의
와 이론적 전제들을 공유한다.

① 문화비평은 공공연히 정치적 지향을 드러내는 편이며 억압받는 집단
　을 지지한다.
② 그렇기 때문에 문화비평은 마르크스주의와 페미니즘을 비롯한 정치
　성이 강한 이론들을 활용하여 분석 작업을 수행하는 경우가 많다.
③ 좁은 의미의 문화비평은 특히 대중문화에 관심을 갖는다.

여기서 기억해 둘 점이 있다. 문화비평은 억압이 작동하는 양상을 분석
하지만, 그렇다고 해서 일부 정치 이론처럼 억압당하는 사람들을 단지 무
력한 피해자로만 간주하지는 않는다는 것이다. 문화비평의 관점에서 볼 때,
억압당하는 사람들은 지배적 권력구조로 말미암아 부당하게 고통받는 존
재이지만, 동시에 그러한 권력구조에 저항하거나 변화를 일으킬 역량을 지
닌 존재이기도 하다. 이 같은 관점은 신역사주의도 공유하는 것이다.

문화비평과
문학

문화비평 이론가들은 문학 텍스트 역시 다른 종류의 문화적 생산물과
마찬가지로 그것을 접한 사람들의 문화적 경험을 형성하는 한, 즉 사람들
의 경험을 어떤 문화 집단에 속한 구성원의 경험으로 형성시키는 한, 문화
적 작업을 수행한다고 본다. 1980년대 무렵 신역사주의와 문화비평의 발전
에 지대한 공헌을 했던 스티븐 그린블랫Stephen Greenblatt에 따르면, 다음과
같은 질문들은 문학 텍스트가 수행하는 종류의 문화적 작업을 들여다보고

자 할 때 도움이 된다.

① 이 작품은 어떤 종류의 행위, 어떤 유형의 실천을 요구하는 것으로 보이는가?

② 이 작품이 특정한 시공간에 위치한 독자들에게 강한 호소력을 갖는다면, 그 이유는 무엇인가?

③ 자신이 중요시하는 가치와 현재 읽고 있는 작품에 내재된 가치가 서로 다른가?

④ 이 작품이 기대고 있는 사회적 이해understandings는 무엇인가?

⑤ 이 작품으로 말미암아 은연중에 또는 공공연히 제약당할 수도 있는 사상 및 운동의 자유는 누구의 것인가?

⑥ 텍스트에 명백히 드러난 윤리적 지향은 어떤 거대한 사회구조에 대한 특정한 찬양 또는 비난 행위로 이어질 수 있는데, 그러한 사회구조는 어떤 것인가?(226)

그린블랫은 "문화 분석이 문학 연구의 하위 범주인 것 같지만, 일반 교양 과정에서는 대개 문학 연구가 문화 이해의 하위 범주로 여겨진다"(227)고 주장한다. 그런 점에서 방금 제시한 질문들이 공통적으로 요청하는 것은, 문학 텍스트, 문학 텍스트를 탄생시킨 문화, 문학 텍스트를 해석하는 문화 등 이 세 가지 영역을 잇는 연결 고리를 만들어 내는 것이라고 할 수 있다.

그렇다면 문화비평을 어떻게 문학작품에 적용할 수 있을지 구체적으로 살펴보자. 앞서 전통적 역사주의 비평과 신역사주의 비평의 차이를 설명할 때 언급한 조셉 콘래드의 《암흑의 핵심》과 토니 모리슨의 《빌러비드》로 문화비평의 쓰임새를 알아보자. 거듭 말하지만, 신역사주의적 독법 가운데 상당수는 넓은 의미의 문화비평 형식과 통한다고 볼 수 있기 때문이다. 그러므로 앞에서 다룬《암흑의 핵심》과《빌러비드》에 대한 신역사주의적 해석들이 문화비평처럼 문학 텍스트가 수행하는 종류의 문화적 작업을 고찰한다면, 그 역시 문화비평의 사례로 볼 수 있을 것이다.

그러나《암흑의 핵심》과《빌러비드》에 대한 문화비평은 이 텍스트들에 대한 신역사주의적 해석과는 분명 다른 면모를 보일 필요가 있다. 두 소설 모두 '고급' 문화에 속하는 작품으로서 정전의 반열에 올라 있음을 감안할 때, 좁은 의미의 문화비평은 이 소설들 자체보다는 이 소설들에 대한 대중적 해석을 분석 대상으로 삼으려 할 것이다. 예를 들어, 문화비평 이론가는《암흑의 핵심》을 토대로 만든 영화로 영화 팬이라면 누구나 알고 있을 프랜시스 포드 코폴라 감독의 〈지옥의 묵시록Apocalypse Now〉(1978) 또는 존 말코비치가 출연한 TV영화판 〈암흑의 핵심〉(1993)을 연구할 것이다. 비슷한 맥락에서 문화비평 이론가는 오프라 윈프리가 출연한 영화판 〈빌러비드〉(1998)를 살펴보거나, 소설《빌러비드》를 원작으로 하여 제작될지도 모르는 텔레비전 미니시리즈를 생각해 볼 수 있다.

문화비평은 정전화된 문학작품들이 대중적 형식으로 각색된 사례들을 분석함으로써, 대중적 판본들이 원작의 이데올로기적 내용들을 어떻게 변형시키는지 확인하고자 한다. 이를테면 다음과 같은 질문을 던져 볼 수 있다. 어떤 소설을 원작으로 한 영화가 있다고 할 때, 그 영화가 원작 소설보다 인간의 본성이 더 어둡다고 보는가? 아니면 원작 소설이 전해 주지 못하는 인간 조건에 대한 낙관적인 전망을 제시하는가? 영화가 원작 소설의 서사에 나타나는 모호함, 예컨대《암흑의 핵심》의 화자 말로에 대한 신뢰도나《빌러비드》에 등장하는 아이 유령의 의미 등을 어떻게 처리하는가? 만약 소설과 영화가 서로 다르다면, 그러한 차이는 대중적 상상력, 즉 시청자 및 관객의 심리적·이데올로기적 욕구와 관련하여 무엇을 시사하는가? 또는 연예산업이 상정하는 시청자 및 관객 개념과 관련하여 무엇을 시사하는가? 그리고 그와 같은 차이는 영화가 주 타깃층으로 삼는 대중과 소설이 겨냥하는 독자의 이데올로기적 차이에 대하여 무엇을 말하는가?

문화비평가는 대중문화 생산물에 관심을 가지는데, '고급' 문화에는 그러한 생산물과 유사한 것이 없다고 볼 수 있다. 여기서 대중문화 생산물이란 텔레비전 시추에이션코미디, 대중음악, 앞서 언급한 통속소설, 그리고 인쇄물, 라디오, 텔레비전 광고, 장난감과 게임, 만화 영상물 및 출판물, 프로스포츠, 도시 전설 및 동화, 미인 대회 등을 들 수 있다. 문화적 생산물은 문학 텍스트의 형태를 취할 수도 있고 그렇지 않을 수도 있다. 그러나 문화비평가가 보기에 그러한 생산물에는 어떤 종류의 이데올로기적 '이야기'가 담겨 있기 마련이다.

독자의 범위를 최대한 확대하여 더 많은 독자가 비평이론에 관심을 가지도록, 비디오게임을 예로 들어 보자. 많은 게임에 공통적으로 활용되는 포맷에 따르면, 참여자는 화면에 등장하는 적들을 가능한 한 많이 죽임으로써 일정 형태의 부 또는 사회적 지위를 축적하려 한다. 우리는 다음과 같은 질문을 던짐으로써 그러한 비디오게임이 수행하는 문화적 작업, 그리고 그러한 게임이 전달하고 변형하는 이데올로기를 발견할 수 있다. 엄청난 부를 축적하고 높은 사회적 계급을 획득하는 것이 왜 동기를 유발하는 보상이 되는가? 적들은 어떤 모습, 어떤 외양을 띠는가? 신체적 특징이나 의상이 인간보다 못한가, 또는 적어도 인간과는 다른 모습인가? 게임을 성공적으로 수행하기 위하여 참여자는 어떠한 전통적인 남성적 · 여성적 특징들을 필요로 하는가? 어떤 개인적 자질들이 낮게 평가받는가 또는 관련이 없다고 여겨지는가? 여성 인물들이 게임에 등장하는가? 생긴 모습은 어떤가? 옷은 어떻게 입었는가? 어떤 종류의 행동을 보이는가? 남성 · 여성 인물들은 다른 성별의 인물들과 어떤 방식으로 관계를 형성하는가? 같은 성별의 인물들과는 어떤 방식으로 관계를 형성하는가?

문화비평에 관심이 없는 이들은 아마 이렇게 답할 것이다. "적을 인간으로 취급하지 않는 것은 인간의 본성이다. 미래에 엄청난 부를 축적하고 높은 사회적 지위를 획득할 수 있다는 가능성이 강력한 동기라는 것도, 경쟁을 즐기는 것도 역시 인간의 본성이다." 또는 이렇게 답할 것이다. "어떤 형태이든 게임은 전투를 벌이는 게임이므로, 전통적인 남성적 특성이 높이 평가받는 것이 당연하다." 하지만 여러분이 문화비평에 관심이 있다면, 어떤 비디오게임의 가상 세계를 지배하는 가치와 그 게임을 만들고 즐기는 문화의 가치 사이에 어떤 연관관계가 존재하는지 탐구하고 싶어 할 것이다. 예컨대, 어떤 형태의 부와 지위를 획득하기 위한 경쟁에 높은 가치를 둔다면 이는 어떻게 자본주의 이데올로기를 강화하는가? 이 게임에서 남성성, 여성성은 어떻게 개념적으로 정의되는가? 그러한 개념이 그 게임을 만들고 즐기는 문화권에서 일반적으로 통용되는 젠더 개념, 특히 지배적인 젠더 개념과 일치하는가 아니면 어긋나는가? 여기서 쟁점은 우리가 특정한 종류의 비디오게임을 하느냐 마느냐가 아니다. 또는 특정한 종류의 비디오게임에 찬성하느냐 반대하느냐의 문제도 아니다. 쟁점은, 비디오게임으로부터, 그리고 너무나 철저하게 문화의 일부가 되어 버려 우리가 일절 깊이 생각해 보지 않는 다른 유형의 대중적 오락 및 정보로부터 나온 메시지를 파악하고 해석하는 우리의 능력이다.[2]

문화비평이 염두에 두는 또 다른 부분은, 어떤 문화적 생산물이든지 간에 생산자가 의도한 대로, 그러니까 특정한 관점에 따라 보아 주길 바라는 대로 시청자나 관객이 그 결과물을 수용하지는 않는다는 사실일 것이다.

---

[2] 여기서 거론한 비디오게임에 관한 내용은 내 책 《비평이론 사용히기: 문학을 어떻게 읽고, 쓸 것인가》 8~9쪽에 논의한 내용을 바탕으로 한다. 아울러 이 책에는 "신부의 남자 형제"(2008년 홀마크 카드의 텔레비전 광고)를 비롯하여 〈프리티우먼〉(1990), 〈필라델피아〉(1993), 〈사랑을 기다리며〉(1995) 등의 영화에 관한 문화비평이 포함되어 있다.

이를테면, 존 피스크John Fiske는 다음과 같이 말한다.

> 집을 잃은 북아메리카 원주민들은 … 보호소에 있는 VCR로 옛 서부영화들을 보기로 했다가, 딱 절반만 보고 그만두었다. 마차 행렬에 대한 공격이 완료되고 요새가 점령당할 무렵에 그들은 영화를 꺼 버렸다. 백인들의 제국이 다시 활개치는 장면은 보지 않겠다는 것이었다. 호주에서 〈람보〉 시리즈를 관람하던 호주 토착민들은 자유로운 서구 세계와 동구 공산권 사이의 갈등은 무시하고, 람보와 백인 장교들 사이의 갈등에 주목했다. 그들이 보기에 람보는 자신들과 같은 제3세계 구성원의 신체적 특징과 행동 방식을 갖추고 있는데, 백인 장교들이 그를 오해하고 조직적으로 그의 자질을 과소평가했다는 것이다. (327)

그러므로 문화비평 이론가들의 작업은 검토 대상이 대중문화이든 '고급' 문화이든, 또는 두 가지 모두이든지 간에, 특정한 문화적 생산물의 이데올로기적 기능이 실제로 사람들에게 수용되는 과정에서 어떤 변화를 겪는지 보여 준다고 할 수 있다.

신역사주의 및 문화비평 이론가가 던질 만한 질문들

다음 질문들은 신역사주의와 문화비평 이론을 활용하여 문학적 분석을 시도하는 방법들을 요약한 것이다. 문화비평의 용어를 써서 말하자면, 이 질문들은 문학 텍스트가 수행하는 문화적 작업을 어떻게 살펴봐야 하는지를 알려 준다. 각각의 질문은 문학작품에 초점을 두고 있지만, 여러분이 할 일은 이 작품과 동일한 시기에 등장한 다른 문화적 인공물들의 일부로서 해당 문학작품이 어떻게 기능하는지 판단하는 것이다. 여기서 말하는 문화적 인공물이란 이를테면 신문 잡지 기사, 설교, 사진, 영화, 법률, 규약, 아동 출판물 및 장난감, 여타 문학작품, 여타 예술 형식(대중적 예술 형식), 기타 등등을 포함한다. 다시 말해, 문학작품을 특정한 역사적 시점에 존재한 특정한 문화에 관한 "두터운 묘사"라고 생각한다면, 문학작품은 우리가 특정한 시점과 장소에서 발생한 인간 경험(개별 정체성이 문화제도에 의해 형성되고 반대로 그 제도를 형성하는 방식도 포함)을 잠정적으로나마 이해하는 데 어떤 보탬이 되는가? 5번 질문은 탄압받는 인구 집단의 경험에 초점을 두고 특히 대중문화에서 증거를 찾으라고 요구하므로, 확실히 문화비평의 영역에 속한다고 보아야 한다. 나머지는 문화비평이나 신역사주의 둘 중 하나의 관점에서 답할 수 있는 질문들이다.

① 문학작품은 해당 작품이 쓰인 시대와 장소에 널리 퍼졌던, 그리고 당시의 여러 문화적 생산물을 통해 널리 유통되었던 특정한 믿음과 어떤 방식으로 상호작용하는가? 또는 그 믿음을 지지하거나 그 믿음에 의문을 제기하거나 약화시키는가? 여기서 말하는 믿음이란 이를테면 마녀가 있다는 믿음, 악령에 사로잡혀 지배당할 수 있다는 믿음, 왕권신수설에 관한 믿음, 아이들이 도덕적으로 순수하다는 믿음, 자수성가한 사람이 우월하다는 믿음, 남녀에게 각각 올바른 행동 규범이 있다는 믿음 등을 말한다.

② 문학작품을 어떻게 활용해야 그 작품을 탄생시킨 문화에서 순환하는 전통적 담론과 전복적 담론 사이의 상호작용을 '지도'로 그리는 데 도움이 될 수 있을까? 바꾸어 말하면, 문학 텍스트는 그 텍스트가 등장했던 특정 시점과 장소의 지배적 권력구조를 뒷받침하거나 또는(그리고) 약화시키는 이데올로기를 지지하는가?

③ 수사학적 분석(텍스트가 소기의 목적을 달성하기 위해 동원하는 문체적 장치에 관한 분석)을 활용할 경우, 문학작품은 특정한 역사적 시기의 문학적 담론과 비문학적 담론(정치 · 과학 · 경제 · 교육 이론 등)이 서로 경쟁하고 중첩하고 영향을 주고받는 방식을 이해하는 데 어떤 보탬이 되는가?

④ 문학비평가와 독자 대중이 어떤 문학작품을 수용한다고 할 때(그 작품이 처음 출간된 시점에 그리고 시간이 흐르고 난 후), 그러한 수용의 과정은 수용하는 문화로부터 어떤 영향을 받는가? 반대로 해당 문화에 어떤 영향을 끼치는가?

⑤ 문학작품은 그 작품이 등장한 시기의 대중문화를 활용한 증거와 결부하여, 전통적 역사 서술에서 외면당하거나 불충분하게 표상되거나 잘못 표상되었던 인구 집단, 예컨대 노동자 계층, 죄수, 여성, 유색인종, LGBTQ, 아동, 노숙자, 정신질환자 등의 경험에 관하여 무엇을 암시하는가?

이제 곧 접하게 될 F. 스콧 피츠제럴드의 《위대한 개츠비》 독법은 신역사주의 및 문화비평 이론에 따른 작품 해석의 한 가지 사례이다. 다시 한 번 문화비평의 용어를 써서 말하자면, 이 독법은 《위대한 개츠비》가 수행하는 문화적 작업을 분석한 것이다. 내가 제시하는 《위대한 개츠비》 해석을 신역사주의적 독법이라고 말할 수 있는 이유는, 이 소설에는 문화비평이라는 말이 떠올리는 노골적인 정치적 의제 같은 것이 없을뿐더러 나 역시 소설 분석에 신역사주의와 연관된 용어들을 상대적으로 많이 활용했기 때문이다. 그런데 내가 분석에 임하면서 '고전'으로서 정전화된 《위대한 개츠비》라는 소설과 다양한 형식의 대중문화(이 둘을 규정하는 이데올로기는 같다) 사이에 아무런 차이도 두지 않았다는 점을 감안하면, 내 해석은 문화비평에 속한다고 말해도 전혀 이상할 것이 없다. 그 정도로 신역사주의와 문화 비평은 서로 겹치는 부분이 많다.

내가 특히 주목하는 부분은,《위대한 개츠비》가 이 책이 출간된 당시 미국의 지배담론을 소설 안에서 순환시키고 있다는 점이다. 바로 '자수성가 담론'이다. 자수성가 담론은 미국에서는 올바른 개인적 자질만 갖추고 있으면 가난뱅이 소년이라도 재계의 최고 위치까지 오를 수 있다고 주장하는 담론이다. 이와 더불어 나는《위대한 개츠비》가 자수성가 담론의 주요 모순 가운데 하나를 어떻게 구체화하는지를 입증하려 한다. 자수성가 담론은 '세상에 명성을 떨치는 데' 필요한 야망과 인내력만 있으면 누구나 미국 역사의 한 페이지를 장식할 수 있다고 주장하지만, 정작 그러한 믿음에는 역사에서 '도망치고 싶은' 욕망, 다시 말해 시간과 장소, 그리고 인간의 한계라는 역사적 현실을 초월하고 싶은 욕망이 스며들어 있다. 바로 여기에 모순이 존재한다.

자수성가 담론

《위대한 개츠비》에 대한 신역사주의적 독법

F. 스콧 피츠제럴드의 《위대한 개츠비》는 미국 역사상 최대 호황기로 꼽히는 1920년대에 출간된 소설이다. 남북전쟁이 끝난 1865년부터 경제 대공황이 일어난 1929년까지 미국은 지속적으로 영토를 넓혀 가면서 자국의 산업을 발전시켰는데, 그 과정에서 일부 사람들이 엄청난 부를 축적했다. 당시 미국인이라면 누구나 존 록펠러, 제이 굴드, 짐 피스크, 앤드루 카네기, J. P. 모건, 필립 아머, 제임스 J. 힐 같은 대부호들의 성공담을 익히 들어 알고 있었다. 심지어 제대로 교육받지 못한 변변찮은 농부였던 개츠비의 아버지조차 그러한 이야기를 들어 봤을 정도였다. 그는 아들에 대해 이렇게 말한다. "만약 살아 있었으면 아마 대단한 인물이 됐을 거요. 제임스 J. 힐 같은 인물 말이오. 나라 발전에 한몫을 했을 거요."(176/244; 9장) 특이한 점은 부유한 은행가의 아들이었던 J. P. 모건을 제외하면, 이 대부호들 모두 자수성가형 인물이었다는 점이다. 이들은 매우 가난한 시절을 보내고 나서 재계의 최상층부로 올라섰다는 공통점이 있다. 가난한 소년이라도 올바른 자질을 가졌다면 미국에서 성공할 수 있다는 믿음은 바로 이들의 성공을 토대로 광범위하게 확산되었다.

그런 점에서 《위대한 개츠비》가 출간되던 시기의 지배담론은 자수성가 담론이었다고 볼 수 있다. 자수성가 담론은 이 시기에 쏟아져 나온 '성공 교본들', 자기계발을 설파하는 자수성가한 백만장자들의 연설이나 수필, 호레이쇼 앨저Horatio Alger의 소설들, 미국 전역에서 학생들을 가르치는 교과서로 활용된 '맥거피 독본McGuffey Readers', 유명한 자수성가 인물들의 전기 등에 깊이 스며들어 있다. 내가 볼 때, 《위대한 개츠비》는 적어도 두 가지 의미심장한 방식으로 자수성가 담론의 유통에 관여한다. 하나는 자수성가 담론의 주요 원리들을 반영하는 것이고, 다른 하나는 자수성가 담론의 중요한 모순 가운데 하나를 구체화하는 것이다. 그 모순이란 이런 것이다. 자수성가 담론은 '세상에 명성을 떨치는' 데 필요한 야망과 인내심만 있으면 누구나 미국 역사의 한 페이지를 장식할 수 있다고 단언하지만, 정작 자수성가 담론 자체는 역사에서 '도망침으로써' 시간과 장소, 그리고 인간의 한계라는 역사적 현실을 초월하고픈 욕망에 잔뜩 물들어 있다는 것이다.

먼저, 《위대한 개츠비》가 자수성가 담론의 주요 원리들을 어떻게 반영하고 있는지 살펴보자. 아마도 독자들은 개츠비의 소년 시절 '계획표'(각 시간대마다 신체 운동, 전기학 공부, 일, 스포츠, 연설 및 자세 연습, 발명 공부 등의 일과를 배정해 둔 것)의 내용이 미국 자수성가형 인물의 원조 격이라 할 수 있는 벤저민 프랭클린의 자서전에 나타난 자기계발 이데올로기와 상당 부분 유사하다는 사실을 금방 눈치챘을 것이다. 개츠비는 동시대의 자수성가 부자들이 연상시키는 '무일푼에서 벼락부자가 되는' 삶을 바랐고, 또 그렇게 되고자 계획했던 것이 분명하다. 그런데 개츠비는 독자들이 생각하는 것보다 더 철저하게 자기계발 전통에 따라 형상화된 인물이다.

개츠비가 살았던 시기(1890~1922)는 가난한 소년들이 어떻게 하면 엄청난 부자가 될 수 있는지 설명하는 책들, 이른바 '성공 교본들'이 쏟아져 나오던 때이다(이 시기는 《위대한 개츠비》의 출간 시기와 얼추 겹친다. 피츠제럴드는 1896년생이며, 《위대한 개츠비》는 1925년에 발표되었다). 당시의 대표적인 '성공 교본' 가운데 하나인 오스틴 비어바우어Austin Bierbower의 《성공하는 법How to Succeed》(1900)은 자수성가를 꿈꾸는 사람들에게 다음과 같은 조언을 제시한다. 열심히 일할 것, 뚜렷한 목표를 세울 것, 기회가 올 때를 대비해 준비를 철저히 할 것, 할 일을 미루지 말 것, 인내심을 가질 것, 좋은 몸 상태를 유지할 것, 술을 피할 것 등등. 비어바우어에 따르면, 가난한 소년들은 부유한 소년들이 갖지 못한 장점이 한 가지 있는데, 일찍부터 고된 노동을 접하기 때문에 돈을 벌어야 한다는 동기부여가 강하다는 점이다. 어려서부터 부유하게 자라난 소년들은 힘든 일을 피하고 패션이나 에티켓 같은 사소한 것들에 집착하기 때문에, 자신들이 물려받은 부를 늘리기는커녕 유지하는 것조차 실패하는 경우가 생길 수 있다. 이런 내용은 비어바우어의 책뿐 아니라 다른 유사한 종류의 책들에서도 쉽게 찾아볼 수 있었다. 앞에서 말한 조언들에 덧붙여, 흡연·속어 사용·나쁜 친구들과 어울리기 등을 피하고 돈을 아끼는 것의 중요성을 강조하는 내용들이 엇비슷하게 수록되어 있었다. 요컨대, 전도유망한 젊은이라면 돈과 시간을 낭비하거나 건강 및 평판을 손상시킬 수 있는 그 어떤 일도 하지 말라는 것이었다.

부모의 일을 돕는 것 또한 훗날 성공의 토대가 될 근면성과 진취성을 발달시키기에 좋은 방법이라고 여겨졌다. 그래서인지 앞서 말한 것과 비슷한 이유로, 시골에서, 특히 농장에서 자라난 소년들이 도시에서 유년기를 보낸 소년들보다 뛰어나다는 인식이 널리 퍼져 있었다.[3]

제이 개츠비는 여러 면에서 이 같은 조건들을 충족시키는 인물이다. 그는 가난한 "농사꾼"(104/148; 6장)의 아들로 태어났고, 어린 시절을 미네소타의 시골에서 보냈다. 개츠비의 유년기는 '호필롱 캐시디'라고 쓰여 있는 책 뒷장에서 '계획표'와 함께 발견된 '결심' 목록에서도 일부 짐작해 볼 수 있는데, 이는 마치 작은 성공 교본을 보는 듯하다.

새프터스나 또는 ×××(해독 불가능함)에서 시간을 낭비하지 말 것.

궐련과 씹는담배를 삼갈 것.

---

[3] 이 시절에 나온 성공 교본들은 거의 대부분 이와 비슷한 조언들을 수록하고 있다. 그 예로 참고 문헌의 Nathaniel Fowler와 Orison Swett Marden의 책을 참고할 것.

이틀에 한 번씩 목욕할 것.

매주 유익한 책이나 잡지를 한 권씩 읽을 것.

매주 ~~5달러~~ 3달러씩 저축할 것.

부모님 말씀을 잘 들을 것. (181-182/252; 9장)

닉은 개츠비의 건강한 신체(자주 언급되는 자기계발의 덕목 가운데 하나이다)에 대해 다음과 같이 묘사한다. "그 사람은 미국인 특유의 여유 있는 동작으로 자동차 흙받기 위에서 몸의 균형을 잡고 있었다. 우리가 산발적으로 벌이는, 우아하지만 긴장되는 경기 때문에 생긴 습관이리라."(68/99; 4장) 또한 개츠비의 "격식을 차린 … 말투"는 닉에게 "말을 조심스럽게 골라 쓰고 있다는" 인상을 남긴다.(53/79; 3장) 이는 비속어를 쓰지 않는다는 자기계발의 덕목을 구체적으로 보여 주는 예시다. 개츠비가 자신이 연 파티에서조차 절대로 술을 입에 대지 않는 점 역시 대부분의 성공 교본들에서 권장되는 행동이다.

톰 뷰캐넌이나 닉 캐러웨이 같은 이들과 달리, 개츠비는 돈을 벌어야 한다는 동기부여가 확실한 인물이다. 덕분에 그는 울프심과 일한 지 3년 만에 막대한 부를 거머쥘 수 있었다. 아울러, 개츠비가 전쟁에서 세운 혁혁한 공로 또한 그를 출세한 젊은 남성으로 돋보이게 하는 부분이다. 이는 군복무 경력에 관한 한 딱히 특별해 보이지 않는 닉이나 그것에 대한 언급 자체가 없는 톰의 경우와 사뭇 다른 점이다. 오히려 톰과 닉은 부모에게서 부를 물려받으면 자기계발에 장애가 된다는 성공 교본들 속의 금언을 여실히 증명하는 인물들로 형상화되어 있다. 특별히 하는 일도 없는 톰은 물려받은 재산을 점점 더 사치스러운 방식으로 낭비할 뿐이고, 서른 살이 되었는데도 여전히 아버지의 금전적 지원에 기대어 증권업을 배우고 있는 닉은 삶에 대한 뚜렷한 목표를 찾지 못한 상태다. 조지 윌슨 역시 개츠비와는 정반대편에 있는 인물이라는 점에서는 이들과 마찬가지다. 자기 자신과 부인을 제대로 돌보지 못하는 그의 애처롭고 무기력한 모습은 가난한 사람들의 운명에 대한 암묵적 경고와도 같은 기능을 한다. 조지는 개츠비와 달리 '혼자 힘으로 일어설' 불굴의 용기나 투지 같은 것이 부족한 인물이라는 것이다.

이와 같은 종류의 성공 이데올로기는 자수성가형 백만장자들이 자신의 성공 비결을 들려주는 강연과 수필 등에서 확인할 수 있다. 이를테면, 앤드루 카네기는 연설 〈비즈니스 성공으로 가는 지름길The Road to Business Success〉(1885)에서 자수성가를 바란다면 드높은 목표를 설정하고 돈을 절약하며 술을 멀리하라고 조언한다. 카네기에 따르면, 비즈니스 세계에서 출세하려면 스스로 판단할 줄 알아야 한다. "위대한 인물들은 어김 없이 틀에 박힌 규칙들을 깨뜨리고 독자적으로 새로운 규칙을 만들어"[8] 냈다는 것이다. 또한, 〈어떻게 부자가 되는가How to Win Fortune〉(1890)라는 기고문에서는 비즈니스 세계는 본질적으로 워낙 경쟁이 치열하기 때문에 전도유망한 자수성가형 인물이라면 대학 교육을 받느라 귀중한 시간을 허비하지 않는 것이 현명하다고 주장한다. 어떻게든 학위를 받은 대졸자라고 해도, 이른 나이에 산업현장에 뛰어들어 책임 있는 자리에 오른 젊은이와 비교해 보면 이미 뒤처져 있다는 것이다. 그런 이유로 카네기는 적어도 자수성가를 바라는 인물에게는 "대학 교육이 성공에 정말 치명적인 악영향을 끼치는 것 같다"[9]고 본다.

앞에서 본 대로, 개츠비는 어렸을 때부터 돈을 아끼는 것의 중요성을 알았고, 어느 순간부터 "술에 손을 대지 않았다."[107/152; 6장] 게다가 예일대를 졸업한 톰이나 닉과 달리 대학에서 시간을 낭비하지도 않았다. "앞으로 다가올 영광을 본능적으로 감지한" 개츠비는 "작은 루터교 재단의 세인트 올라프 대학"[105/150; 6장]에 입학한 지 두 주 만에 학교를 그만두었기 때문이다. 그러나 카네기의 조언과 개츠비의 행동 사이의 유사성 가운데 가장 흥미로운 점은, 아마도 드높은 목표를 설정하고 "틀에 박힌 규칙들을 깨뜨"림으로써 "독자적으로 새로운 규칙을 만들어" 내려는 개츠비의 일관된 기질일 것이다.(Carnegie, "The Road" 8) 개츠비는 자신에 대한 댄 코디의 "신임"(106/152; 6장)을 얻는 것으로 그에게서 높은 평가를 빠르게 이끌어 내었는데, 이는 제1차 세계대전 당시 군대에서 소령으로 진급할 때나 제대 후 마이어 울프심의 조직에서 일할 때도 마찬가지였다. 독자들이 개츠비를 처음 접하는 순간부터 그는 이미 울프심의 조직에서, 또는 자신의 조직에서 중책을 맡고 있었던 것이 분명하다. 그는 밤낮을 가리지 않고 미국 곳곳에서 걸려 오는 전화를 받으며, 그때마다 어떤 결정을 내리고 부하들에게 명령을 하달하기 때문이다. 물론 카네기의 조언이 의도한 바는 이런 종류의 것이 아니었겠지만, 개츠비가 통상적인 규칙들을 무시했다는 것은 그가 범죄를 업으로 삼은 사실만 봐도 잘 알 수 있다. 그는 불법 주류를 유통시키고 가짜 채권을 판매하여 단기간에 막대한 부를 쌓아 올렸던 것이다.

　자수성가 담론을 유통시키는 데 일조한 다른 텍스트로는 호레이쇼 앨저의 소설들이 있다. 그의 소설들은 19세기 후반부터 20세기 초반까지 엄청난 인기를 누렸다. 인기의 원동력 가운데 하나는 앨저의 소설 속 주인공이 언제나 가난한 소년이었다는 점이다. 그는 근면, 정직, 단정함, 독립성, 인내력, 겸손, 친절, 관대함, 운(運) 등을 모두 가진 인물이다. 여기서 앨저가 말하는 운이란 운이 생겼을 때 그것을 움켜쥘 준비 태세까지 포함하는 것으로, 상상력과 담대함을 동시에 필요로 하는 중요한 자질이다. 아무튼 앨저의 소설에서 주인공은 항상 난관을 극복하고 자신을 어떻게든 속이려 드는 악당을 물리치는 영웅으로 묘사된다. 그리고 소설에서는 주인공보다 비중이 낮은 또 다른 영웅이 등장하여 어떤 식으로든 주인공을 도와주며, 성공한 사업가이면서 자애로움을 잃지 않은 아버지 같은 존재가 한 명 이상 나타나 주인공을 뒷받침한다. 그리고 결말은 항상 주인공이 자신의 탁월한 자질들을 바탕으로 경제적 성공을 이루는 것으로 마무리된다. 말하자면, 앨저의 소설들은 앞에서 살펴본 성공 교본들이 강조한 자수성가형 인물의 덕목들과 동일한 것들을 예찬한다.

호레이쇼 앨저의 전형적인 소설이 보여 주는 이 같은 중요한 특징들은 《위대한 개츠비》도 상당 부분 공유하는 것들이다. 화자인 닉이 여러 차례 주목한 바 있는 제이 개츠비의 단정한 차림새와 은근한 붙임성은 앨저의 소설 속 주인공이 가질 만한 영웅적 호소력을 개츠비에게도 부여한다. 비록 개츠비가 앨저의 소설 속 주인공만큼 도덕적이진 않지만 말이다. 그리고 개츠비는 앨저의 소설 속 주인공과 마찬가지로 비천한 출신임에도 성공을 목표로 열심히 일한다. 심지어 예기치 못한 기회가 주어졌을 때 발휘해야 할 상상력과 담대함도 넘칠 만큼 가지고 있다. 개츠비에게 그 기회는 댄 코디와 더불어 찾아온다.

그날 오후 … 호숫가를 따라 빈둥거리고 있던 것은 제임스 개츠였다. 하지만 노 젓는 배를 빌려 '투올로미'호로 다가가 코디에게 삼십 분 뒤면 바람이 거세게 불어와 요트가 박살 날 것이라고 알려줬을 때 그는 이미 제이 개츠비였던 것이다. (104/148; 6장)

개츠비가 앨저의 소설 속 주인공과 닮은 점은 또 있다. 개츠비 역시 속임을 당한다는 점이다. 개츠비는 댄 코디와 5년간 함께 일하면서 세상이 돌아가는 이치를 배웠지만, 자신이 응당 받아야 할 보상을 부당하게 빼앗긴다. 코디의 뜻에 따라 23세의 제이 개츠비에게 돌아가기로 되어 있던 "2만 5천 달러의 유산"이 "자신에게 불리하게 적용된 법적 장치"로 말미암아 코디의 동료인 엘러 케이의 손에 넘어간 것이다.(107/152; 6장) 어떤 의미에서는 데이지 또한 개츠비를 속였다고 할 수 있다. 제1차 세계대전이 끝난 뒤 개츠비가 유럽에 머물러 있는 동안에 톰과 결혼했기 때문이다. 그럼에도 부와 데이지

양쪽을 끈질기게 추구했던 개츠비는 소설이 끝나기 전에 둘 다 자기 것으로 만드는 데 성공한다. 마지막으로, 주인공보다 비중이 낮은 또 다른 영웅이 등장해 주인공을 돕는다는 것과, 아버지 같은 존재인 사업가가 한 명 이상 나타나 주인공을 뒷받침한다는 것도《위대한 개츠비》가 앨저의 소설과 닮은 점이다.《위대한 개츠비》에서 주인공을 돕는 역할은 닉 캐러웨이가, 아버지 같은 존재인 사업가 역할은 댄 코디가 각각 맡는다. 개츠비가 전쟁에서 돌아와 무일푼으로 지낼 때 "아무것도 없는 무無에서 … 그를 건져낸"(179/248; 9장) 마이어 울프심 또한 아버지 같은 존재인 사업가로서 볼 수 있다.

이 시기에 자수성가 이데올로기를 가장 구석구석까지 전파한 도구는 아마도 '맥거피 독본'일 것이다. '맥거피 독본'은 초등학교 읽기 교육에 사용되던 일련의 교과서들로서, 19세기 중반부터 1920년대 초반까지 미국 교육에 지대한 영향력을 행사했다. '맥거피 독본'에 수록된 이야기와 시 작품들은 당시 유행하던 성공 교본들이 강조하던 바로 그 덕목들, 이를테면 정직하고 근면하며 친절할 것, 술과 나쁜 친구들을 멀리할 것 등과 같은 덕목들을 똑같이 예찬한다. 성공 교본들과 호레이쇼 앨저의 소설들을 비롯한 자수성가 담론을 유통시킨 다른 텍스트들처럼, '맥거피 독본'은 선한 성격이 성공을 가져온다는 믿음을 구체적으로 보여 주려 한다. 예컨대, 가난한 소년이 직업을 얻을 수 있었던 것은 그가 어떤 노인(나중에 노인은 사업을 하는 사람으로 밝혀진다)이 길을 편히 건널 수 있도록 친절히 도와주었기 때문이라는 식이다. 다른 예를 들자면, 고아로 자라난 소년은 신사의 금시계를 훔치고 싶은 유혹을 극복한 덕분에 부유한 신사의 양자로 입양된다.

이처럼 '맥거피 독본'에 실린 이야기들 속 주인공은 자수성가한 영웅의 면모를 그대로 보여 주며, 개츠비는 자수성가한 영웅과 많은 점에서 비슷하다. 이 관점에서 계속 보자면, 개츠비가 댄 코디에게서 일자리를 얻을 수 있었던 것은 코디의 요트로 다가가 바람이 들이닥칠 것을 경고한 그의 선한 행동 덕분이다. '맥거피 독본'에 등장하는 소년들이 선한 성격 덕분에 성공하게 되는 것처럼 말이다. 아무튼, 개츠비는 선한 행동으로 얻은 일자리를 발판 삼아 그토록 열망해 왔던 경제적 성공의 세계에 들어서게 된다.

마지막으로, 개츠비의 젊은 시절과 미국에서 가장 유명한 자수성가형 백만장자들(이들에 관한 이야기를 거듭 재생산하던 것 역시 자수성가 담론이 순환하는 또 다른 방식이었다)이 마구 생겨나던 시기 사이에는 아주 놀라운 유사성이 발견된다. 이와 관련하여 매슈 조지프슨Matthew Josephson은《강도귀족The Robber Barons》(1934)에서 19세기 후반에 등장한 자수성가형 백만장자들, 이를테면 제이 굴드, 짐 피스크, 필립 아머, 앤드루 카네기, 제임스 힐, 존 록펠러, 제이 쿡 등이 공통적으로 갖고 있는 여러 경험을 자세히 언급했다. 조지프슨은 문학적 분석에는 별 관심이 없고 백만장자들의 이야기를 《위대한 개츠비》와 비교하지도 않지만, 그가 들려주는 백만장자들의 경험과 제이 개츠비의 생애는 너무나도 비슷해서 그냥 지나갈 수가 없다.

조지프슨에 따르면, 가난하게 태어난 "젊은이들의 대부분은 일찌감치 아버지 곁을 떠나 홀로 방황하며 자기만의 길을 가고자 했다. …그들은 기대해도 좋을 만한 나름의 수완과 자립심을 이미 소년 시절부터 슬쩍 보여준 것이다."[33] 그들의 친구들은 술과 도박에 빠져드는 경우가 많았지만, 그들은 그런 것과 거리를 두었다. 힘든 상황에서도 냉정을 기하던 이들이었기에 "폭력에도 휘둘리지 않을 수 있었던 것이다."[35] 실제로 그들은 금광을 발굴하거나 천연자원을 독점하는 식으로 대부분 막대한 부를 축적했는데, 이 같은 방법은 재정적으로 위험할 뿐 아니라 육체적으로도 위험하기 짝이 없다. 재산은 순식간에 쌓였다가 사라지기 일쑤여서, 월스트리트에서 그들에게 재산을 사취당한 일군의 주주들은 물론이고 변경 지대에서 그들과 함께한 동료들조차 순간적으로 분노와 복수심에 불타는 폭도로 돌변할 수 있었기 때문이다. "물질적 진보에 대한 관심이 새로운 철도 건설이나 금광 지대 발굴 쪽으로 쏠리는 극적인 전환을 가져온 과정의 중심에는 개인의 부와 그에 따른 지위 변화에 관한 생각들이 자리 잡고 있었던 것이다.”[37]

바꾸어 말하면, 조지프슨이 말한 자수성가형 인물은 부자가 되어 자신의 출신 계급에서 벗어나려는 욕망을 성공의 원동력으로 삼았다. 그리고 이는 제이 개츠비의 모습과 정확히 맞아떨어진다. 자수성가형 인물과 마찬가지로, 개츠비 역시 일찍이 집을 떠나 홀로 방황하며 자기만의 길을 가고자 했기 때문이다. 또한 친구들의 나쁜 습관을 따라하지 않았다는 점, 그리고 (폭력이 지배하는 암흑가이긴 하지만) 위험을 무릅쓰고 부를 축적했다는 점도 조지프슨이 설명한 자수성가형 인물의 면모와 매우 흡사하다.

이처럼 자수성가형 인물에 관한 이야기들은 1890년대부터 20세기 초반까지 미국에 등장한 온갖 텍스트들(미국문화 속에서 만들어지는 동시에 당시 미국문화를 만들어 낸 텍스트들) 사이를 순환하던 담론이었다. 그리고《위대한 개츠비》는 바로 그 자수성가 담론을 반영하고 있는 소설이다. 이데올로기로서의 담론은 ‘고급’ 문화와 ‘대중’ 문화 사이의 경계에 얽매이지 않는다. 그렇기 때문에 성공 교본, 어린이용 읽을거리, 전형적인 교훈적 소설 등과 같은 실용적이고 세속적인 텍스트들 사이에서 순환하는 담론이 당대 최고의 정교한 예술품으로 꼽히는《위대한 개츠비》에도 속속들이 파고들 수 있었던 것이다.

그러나 다른 한편으로,《위대한 개츠비》는 자수성가 담론의 중요한 모순 가운데 하나를 폭로한다는 점에서 자수성가 담론에 대한 비판으로 기능하는 소설이기도 하다. 이 모순은 자수성가 담론이 역사를 대하는 방식과 관련이 있다. 구체적으로 말하자면, 자수성가 담론은 ‘세상에 명성을 떨치는’데 필요한 야망과 인내심을 가진 사람이면 누구나 미국 역사의 한 페이지를 장식할 수 있다고 단언하지만, 정작 자수성가 담론 자체는 역사를 외면하고 그 바깥으로 달아남으로써 시간과 장소, 그리고 인간의 한계라는 역사적 현실을 초월하고픈 욕망에 잔뜩 물들어 있다.

　이 같은 모순은 앞에서 살펴본 자수성가형 백만장자들의 자전적 이야기에서 쉽게 확인할 수 있다. 자수성가를 이룬 인물들은 자신이 어렸을 때 경험한 혹독한 역사적 현실, 특히 가난에 대해 자주 이야기하지만, 그들이 그 이야기를 꺼내는 이유는 단지 자기가 얼마나 대단한 일을 해냈는지 자찬하기 위해서다. 여기서 내가 말하고 싶은 것은, 그들의 자찬이 역사적 현실에 대한 거부라는 형식으로 전개된다는 점이다. 그럴 수밖에 없는 것이, 자수성가형 인물들은 자신이 어렸을 때 경험한 고통을 미래의 성공을 예고하는 전조로서 포장할 필요가 있기 때문이다. 과거를 돌이켜 볼 때, 자기들은 '역경과 고난' 속에서도 가난을 극복하고자 자기 자신을 갈고닦았고, 이미 소년 시절부터 스스로를 '미래의 백만장자로 훈련'시켰다는 식이다. 그러한 이데올로기에 물들어 있는 이상, 자수성가형 인물들은 그들처럼 할 수 없는 많은 사람들에게 (어쨌든 그들은 벗어난) 가난이 야기하는 악영향이 어느 정도인지 도무지 알 수가 없다.

　모든 세대를 막론하고 미국의 빈곤계층 출신에서 백만장자가 나오기란 매우 어렵다. 그러나 자수성가 담론에 따르자면, 사람들이 최고 자리에 오르지 못하는 원인은 오로지 자기 자신에게 있다. 그러니까, 빈민가에서 가난하고 고되게 살았다는 사실이 비즈니스 세계에서의 실패에 대한 변명이 될 수 없다는 것이다(여성과 유색인종 앞에 놓여 있는, 사실상 극복 불가능한 장애물들에 대해서는 말할 필요도 없다). 결국 실패는 개인의 성격 탓이라고 규정된다. 단순하고 명료하게 말이다. 당시 대부분의 자수성가형 백만장자들이 자선단체에 직접 돈을 전달하지 않고, 도서관이나 박물관, 대학 등에 기부하는 방식으로만 자선 활동을 펼친 것도 그러한 인식과 무관하지 않다. 그들은 스스로 발전하고자 하는 의지가 있는 사람들만을 돕는 게 합리적이라고 생각한 것이다. 자선단체는 나태하게 구는 사람들에게도 도움을

줄 수 있기 때문이다.[4]

이를테면, 앤드루 카네기는 자서전에서 자신이 가난한 이민자의 자식이었음에도 행복한 가족 생활을 누렸다는 이야기를 꺼낸다. 그는 온 가족이 겪은 경제적 어려움을 토로하는 가운데서도 친지들이 정치적 문제에 얼마나 적극성을 보였는지, 부모의 가르침이 얼마나 귀중했는지, 시사적인 쟁점들에 대해 날마다 집안에서 얼마나 왕성한 토론이 오갔는지, 더불어 그러한 분위기 속에서 자신이 얼마나 발전할 수 있었는지 이야기한다. 실제로 카네기는 튼튼한 가족의 유대가 가져다준 지원과 교육을 통해 어린 시절의 경제적 가난을 충분히 보상받았다고 말한다. 그러나 카네기는 주변에서 쉽게 찾아볼 수 있는 가난한 청소년들, 예컨대 교육의 가치를 이해하지 못하는 부모나 술에 취해 폭력을 일삼는 부모의 자식들은 본인에게 주어졌던 것과 같은 이점을 누릴 수 없었고, 그렇기 때문에 본인의 경우와 달리 순조롭게 발전할 수가 없었다는 사실을 깨닫지 못한 것으로 보인다. 말하자면, 카네기는 역사적 현실을 극복한 자신의 사례에 초점을 맞춘 나머지, 그렇게 쉽사리 극복될 수 없는 다른 역사적 측면들은 무시한 것이다.

《위대한 개츠비》에서 개츠비가 자신의 출신을 부정하려 애쓰는 모습은 방금 설명한 것과 마찬가지로 역사를 초월하려는 욕망을 반영하는 것이다. 개츠비의 "부모는 무능하고 별 볼 일 없는 농사꾼들"이었지만, "그의 상상력으로는 결코 그들을 부모로 받아들일 수가 없었다."[104/148-149; 6장] 그 대신 개츠비는 아예 가족을 새로 만들어 낸다. 가족뿐 아니라, 옥스퍼드대학을 다녔고 부모에게서 거액의 유산을 받았다며 자신의 과거까지 날조한다. 단지 그가 부와 사회적 지위를 겸비한 집안에서 태어났다는 것을 다

---

[4]　실제로 앤드루 카네기가 《부의 복음The Gospel of Wealth》에서 그런 식의 주장을 펼친 바 있다.

른 사람들에게, 심지어 자기 자신에게까지 납득시키기 위해서 말이다. 그러니까 개츠비는 오랫동안 자신이 속해 있었던 사회경제적 계급과 관련된 역사적 현실을 송두리째 부정하고 싶었던 것이다. 닉은 다음과 같이 말한다. "제이 개츠비는 스스로 만들어 낸 이상적인 모습에서 솟아 나온 인물이었다."(104/149; 6장) "이상적인 모습"이란 당연히 역사의 바깥에 위치해 있다. "이상적인 모습"은 물질세계의 일상사에 전혀 영향을 받지 않는, 시간을 초월한 영역에서나 존재할 수 있기 때문이다. 개츠비는 바로 그런 곳에서 살고 싶어 한다.

톰을 향한 데이지의 사랑이 "그저 개인적인 문제였을 뿐"(160/222; 8장)이라고 단정지어 버리는 개츠비의 모습은 닉은 물론이고 대부분의 독자들을 혼란스럽게 만들지만, 지금 논의하는 맥락에 비추어 보면 어느 정도 이해가 가능하다. 개츠비가 보기에, 톰을 향한 데이지의 사랑은 개인의 현실적·역사적 영역에 자리하고 있는 반면에, 개츠비와 데이지가 공유하는 사랑의 감정은 역사를 초월한 불변의 차원에 존재한다. 말하자면, 전자와 후자는 경쟁 자체가 불가능하다는 것이다. 비슷한 맥락에서, 과거를 지배할 수 있다는 개츠비의 믿음도 그가 상상하는 그의 삶이 역사적 현실의 경계 너머에 존재한다는 점을 감안하면 이해할 수 있다. 개츠비는 데이지가 톰과 함께 보낸 3년간의 결혼 생활을 '지워 버릴' 수 있다고 확신한다.(116/165; 6장) 데이지가 톰에게 '당신을 사랑한 적이 없다'고 말하기만 하면 된다는 것이다. 그렇게만 된다면 개츠비는 "과거를 반복할 수"(116/166; 6장)도 있을 것이다. "마치 오 년 전"으로 되돌아간 것처럼 데이지와 "함께 루이빌로 돌아가 그녀의 집에서 결혼식을 올리는 것"(116/165; 6장)으로써 말이다. 이 같은 확신은 역사 바깥의 공간에서나 가능하다. 그곳에서는 과거가 영원히 보존된 채로, 언제든 접근 가능한 상태로 남아 있을 것이고, 따라서 얼마든지 반복될 수 있을 것이기 때문이다.

자수성가 담론이 '역사를 지우는' 또 다른 방식은, 널리 알려진 자수성가형 인물들이 대부분 가지고 있는 숱한 결점들을 무시하거나 주변화하는 것이다. 정작 그들의 성공 원인을 환경이 아닌 개인의 성격에서 찾으려 하면서 말이다. 사실, 그 시대에 나온 성공 교본들을 보면 (그런 조언이 가능할지는 모르겠지만) 비즈니스 문제와 관련된 실질적인 조언은 별로 없다. 당시 성공 교본들의 조언은 거의 대부분 인격적 자질(일터에서의 정직함과 성실성부터 가정에서의 검소함과 절제에 이르는 갖가지 자질들)에 초점을 맞추었다. 성공의 원천은 개인에게 있다고 믿었기 때문에, 자수성가의 밑거름 역시 일에 대한 감각이나 교육이 아닌 성격이라고 보았던 것이다. 그러나 다른 시각에서 보자면, 자수성가형 백만장자들이 최고의 자리에 오를 수 있었던 중요한 요인 가운데 하나는 그들이 가진 몇 가지 도덕적 흠결이다. 그 흠결들 덕분에 경쟁 상대들을 무자비하게, 때로는 비윤리적으로 거리낌 없이 망가뜨릴 수 있었기 때문이다. 물론 이 같은 측면은 자수성가형 인물의 미덕들을 찬양하는 텍스트들이 확산되는 것에 발맞추어 자취를 감춘다. 아니면 대중의 상상 속에서 자본주의의 미덕, 이를테면 경쟁력, 적극성, 강인함 등으로 새롭게 포장된다.

이러한 맥락에서 《위대한 개츠비》에 쏟아졌던 비평적 반응들을 다시 살펴보는 것도 흥미롭다. 대부분의 비평가들은 소설 제목과 동명의 주인공을 낭만적 시각으로 바라보았는데, 이러한 시각은 미국문화에서 자수성가형 인물을 낭만화해 왔던 것과 아주 유사하다. 즉, 자수성가형 인물을 높이 평가하는 방식과 마찬가지로, 성공을 꿈꾸는 개츠비의 욕망을 이상화하고 그 욕망을 충족시키고자 사용한 수단들은 무시하거나 주변화하는 것이다. 《위대한 개츠비》가 처음 간행되었을 즈음(1925년)에 비평가들이 남긴 평가는 이 소설이 지금까지도 많은 독자들에게 사랑받는 이유를 잘 말해 준다. "개츠비의 활력 넘치는 에너지는 부패하지 않는 꿈을 가지고 살아가기 때문이다. 비록 그 꿈을 실현하는 데 놀랄 만한 물질적 타락이 동반되었다고 해도 말이다."(E. K. 426) 1945년에 윌리엄 트로이William Troy는 개츠비가 "한 집단 전체의 소망 충족이 투사된 인물"이라고 평가했고,(21) 1952년에 톰 버넘은 개츠비가 "자신을 둘러싼 타락에도 불구하고 결국 타락하지 않음으로써 온전히 자신을 건전하게 지켜 내는 인물"(105)이라고 썼다. 그런가 하면 1954년에 매리어스 뷰리는 개츠비를 "열망과 선의로만 이루어진 인물"(25)이라고 평가했는데, 개츠비는 "미국인들이 동경하는 낭만적 영웅의 화신"(14)으로서 "싸구려 천박함"에 "마지막까지 물들지 않은 면역력"과 "그것에 저항하는 영혼의 에너지"를 상징하는 인물이라는 것이었다.(13) 1963년에는 배리 에드워드 그로스Barry Edward Gross가 "개츠비의 꿈은 본질적으로 영적인 것이기 때문에 '타락할 수 없는' 종류의 것"이며, 그런 점에서 "'결국 개츠비는 옳았다'는 것이 밝혀진다"고 썼다.(57) 그 연장선상에서 1978년에 로즈 에이드리언 갤로는 개츠비를 끝까지 "자신의 순수성을 유지한"(43) 인물로 평가했고, 1983년에 앙드레 르 보André Le Vot는 개츠비가 "근본적인 진실성"과 "영혼의 순결성"을 결코 잃지 않았다고 적었다.(144) 심지어 개츠비에게 어두운 면이 있다고 해도 용서가 된다. 1984년에 켄트 카트라이트가 개츠비에 대해 내린 평가에 따르면, "개츠비가 범죄자이면서도 낭만적 영웅일 수 있는 이유는 전통적인 것을 초월하는 어떤 가상의 도덕 기준, 즉 개츠비가 자신의 삶을 통해 긍정할 수 있는 그만의 도덕 기준을 책(《위대한 개츠비》)에서 마련해 주기 때문이다."(232) 1988년에 앤드루 딜런은 세속성과 영성이 공존하는 개츠비라는 인물의 진면목을 "쾌락을 추구한 성자"(50)라는 표현으로 요약하기도 했다.[5]

---

[5] 비슷한 관점에서 개츠비를 바라보는 견해로는 참고문헌에 제시된 Chase, Hart, Moore, Nash, Stern, Trilling의 글을 참고할 것.

　마지막으로, 역사를 초월하려는 욕망과 자수성가 담론 사이의 연관성은 '맥거피 독본'에서 확인할 수 있다. '맥거피 독본'의 내용 대부분은 자기계발 담론으로 채워져 있는데, 놀라운 것은 역사적 현실에 관한 내용을 전혀 찾아볼 수 없다는 점이다. 게다가 남북전쟁 직후에 나온 개정판의 경우, 당시는 전쟁과 관련된 시나 노래가 무수히 쏟아지던 시기였음에도 불구하고 '역사성을 담고 있는' 작품을 거의 찾아볼 수 없다. 유일하게 수록된 작품은 역사성과는 전혀 거리가 먼 〈북군과 남군The Blue and the Gray〉(1867)이라는 감상적인 내용의 시다. 이 시에서 양쪽의 군사를 모두 찬미하는 내용은 사실 역사상 어느 시기의 어느 전쟁에 대입시켜 봐도 대강 어울릴 만한 성질의 것이다. 바꾸어 말하면, 이 시가 들려주는 세계는 역사적 사건들에 전혀 영향받지 않을, 시간을 초월한 세계이다. 헨리 스틸 코메이저Henry Steele Commager는 이렇게 말한다.

　　'맥거피 독본'의 초판이 나온 시기[1836~1837]는 사람들이 아직 미국 독립전쟁과 1812년의 미영전쟁(저자인 맥거피는 이 전쟁을 직접 경험했다. 그는 당시 영국군과 인디언들이 연합전선을 펼치던 오하이오 국경지대에 살았다)을 기억하던 때였으나, 이 책에서는 영국에 대한 적개심도, 당시 영국 국왕이던 조지 3세에 대한 증오도, 인디언들에 대한 잔혹 행위도 찾아볼 수 없다. 이후 멕시코-미국전쟁, '명백한 운명Manifest Destiny'^{뉴욕의 저널리스트 존 오설리번John O'Sullivan이 처음 사용한 용어로, 신은 북아메리카 전역을 지배하고 개발할 권리를 미국에 부여했다는 식의 일련의 주장들을 통칭하는 말이다. 이후 미국의 팽창주의를 가속화하고 전쟁과 영토 약탈을 정당화하는 논리로 사용되었다.}, '젊은 아메리카Young America' 운동^{1840년대 중반과 50년대 초반에 미국에서 활발히 전개된 정치·문화운동. 자유무역과 사회개혁, 영토 확장 등의 기치를 표방했으며, 한때 민주당의 한 정파로 발전하기도 했다.} 등을 거치는 동안, '맥거피 독본'의 새로운 판본 및 개정판도 속속 간행되었다. 그런데 새 판본과 개정판은 이 같은 굵직굵직한 역사적 사건들 가운데 그 어떤 것도 반영하지 않았다. 심지어 '오리건 통로Oregon Trail'^{미주리주에서 오리건주에 이르는 약 3,200킬로미터의 산길로, '골드러시'를 비롯한 서부 개척에 중요한 이동 경로로 사용되었다.} 와 캘리포니아로 향하는 '골드러시'조차 이 책의 평온함을 흩뜨리지 못하고 누락되어 있다. 더욱 놀라운 사실은 나중에 나온 개정판이 ⋯ 남북전쟁까지 외면했다는 점이다! 프랜시스 핀치의 〈북군과 남군〉(공평무사함에 관한 한 걸작이라고 할 수 있겠다)이 없었다면, '맥거피 독본' 안에서는 어떠한 전쟁의 흔적도 찾을 수 없었을 것이다. 마치 전쟁이 발발하지 않았던 것처럼 말이다. (xiii)

'맥거피 독본'은 경험을 감상적인 것으로 만듦으로써 역사를 초월한다. '맥거피 독본'은 상처 입은 동물들, 예기치 못한 금전적 이득을 얻게 되면서 이타심에 대한 보답을 받은 고결한 어린이들, 천사처럼 아름다운 아이들의 평화로운 죽음, 영웅적 행위 등에 관한 감상적 묘사들로 가득 찬 책이다. 경험이란 것이 이토록 감상적인 표현들로 묘사되면 특유의 구체성을 잃고 일반적 차원의 이야기로 환원될 수밖에 없다. 즉, 인간의 일상사를 비롯한 역사와 시간을 초월한 영역에서 펼쳐지는 동화 속 이야기들처럼, 경험이 영웅화되거나 실제보다 훨씬 과장된다. 스탠리 W. 린드버그Stanley W. Lindberg가 언급한 대로, '맥거피 독본'에 실린 전쟁시는 "안전하고 감상적이다."(320) 그 시가 '안전하고 감상적'일 수 있는 이유는 매일매일 날카롭게 부딪치는 정치적·사회적 쟁점들 바깥, 즉 역사 바깥에 머물러 있기 때문일 것이다.

'맥거피 독본'의 과장된 감상성과 개츠비가 닉에게 들려주는 자전적 이야기의 "무섭도록 놀라운 감상"(118/167; 6장) 사이에는 확연한 유사성이 존재한다. 양쪽 모두 삶의 구체성이 감상성으로 말미암아 역사적 현실과 유리된다. 이와 관련하여 개츠비가 닉에게 들려주는 이야기 한 토막을 보자.

가족들이 모두 죽는 바람에 거액의 유산을 상속받게 됐지요. ⋯ 그 뒤 전 젊은 왕자처럼 ⋯ 유럽의 모든 수도에서 살면서 보석, 주로 루비를 수집하고 사파리 사냥을 하고, ⋯ 취미로 그림도 좀 그리며 살았어요. 오래전에 있었던 매우 슬픈 일을 잊으려고 하면서 말입니다. (70/101; 4장)

개츠비가 압축한 자전적 이야기는 실제 삶이라기보다는 빅토리아 시대에 상연된 어느 멜로드라마의 줄거리처럼 들린다. 닉의 말처럼 "너무 상투적이어서 머리에 터번을 감은 '캐릭터'가 톱밥을 질질 흘리면서 … 〔다니는〕 이미지밖에 떠오르지 않았다."(70/102; 4장) 개츠비가 역사적 현실에서 벗어나 '영웅적인' 동화 속 이야기로 향할 수 있도록 만들어 주는 것은 자기 삶에 대한 이 같은 감상적 '번역'이다. 개츠비는 "기억이 아직도 마음에서 떠나지 않는다는 듯"(70/101; 4장)한 '엄숙한' 목소리로 그러한 번역을 수행한다.

물론 자수성가 담론은 오늘날까지도 그 생명력을 상당 부분 유지하고 있다. 예를 들어, 텔레비전 드라마 〈매트록Matlock〉(1992~1995)의 한 방영분에서는 살해당한 아버지의 평판을 회복시키려는 아들의 노력이 그려지는데, 아들이 주장하는 바는 자신의 아버지가 무자비하고 비윤리적인 기업체 간부가 아니라 자수성가한 인물이었다는 것이다. 아들의 주장이 함축하는 내용은 여전히 힘을 갖고 있다. 말하자면, 그토록 중대하고 훌륭한 목표를 달성한 사람은 단지 무자비하고 비윤리적이었다는 이유로 가혹하게 재단되어서는 안 된다는 것이다. 자수성가에는 그런 종류의 '강인함'이 필요하다면서 말이다. 비슷한 사례는 미국의 거대한 저택들과 그 건축가들의 삶을 소개하는 텔레비전 다큐멘터리 시리즈 〈미국의 성America's Castles〉(1994~1999)에서도 찾을 수 있다. 〈미국의 성〉은 자수성가 담론에 대한 의존도가 심각한 수준인데, 이를테면 19세기에서 20세기 초반 사이에 등장한 자수성가형 백만장자들의 자기중심적 발언들(자기만의 고된 노동과 근면함 등)을 아무런 비판 없이 인용할 정도다.

개츠비 또한 자수성가형 인물을 낭만적으로 바라보는 미국에서 여전히 상징적 존재로 남아 있다. 1974년, 2013년에 각각 영화화된 〈위대한 개츠비〉《위대한 개츠비》는 1926년, 1949년, 1974년, 가장 최근에는 2013년 영화화되었다. 에서 개츠비 역으로 캐스팅된 배우가 소년미 넘치는 미남 배우 로버트 레드포드와 디카프리오였다는 사실은 개츠비에 대한 낭만적 시각이 서구인들의 대중적 상상 속에서 오래도록 지속되어 왔음을 시사한다. 실제로 자수성가에 대해 이야기하면서 오클라호마의 석유 재벌인 E. W. 멀랜드를 소개한 〈미국의 성〉에서는, 멀랜드 소유의 대저택 사진 위로 《위대한 개츠비》의 표지를 겹쳐 놓은 화면을 배경으로 해설자가 "영웅에 관한 이야기는 항상 비극적이기 마련"이라는 피츠제럴드의 믿음을 언급하기까지 한다. 그러니까 텔레비전 프로그램에서 멀랜드라는 인물을 낭만화시키려고 개츠비를 끌어온 셈이다.

분명 《위대한 개츠비》는 자수성가 담론의 복잡성과 모순들을 구현하고 있는 소설이다. 동시에 그 복잡성과 모순들이 피츠제럴드가 미국을 바라보는 시각에도 확실히 영향을 끼쳤음을 잘 보여 주는 소설이기도 하다. 바꾸어 말하면, 우리는 《위대한 개츠비》를 통해 경제적 성공이라는 업적에 얽매이는 미국에 대해 피츠제럴드가 어떤 태도를 가졌는지 짐작해 볼 수 있다. 자수성가 담론이 없었다면, 그의 가장 유명한 소설인 《위대한 개츠비》 역시 없었을 것이다. 자수성가 담론의 지지를 받지 못했다면, 제이 개츠비도 "비열한 사기꾼"(159/222; 8장), 즉 또 다른 범죄자(개츠비는 사람들이 자신을 그렇게 볼까 봐 두려워한다)에 지나지 않았을 것이기 때문이다. 개츠비가 오늘날까지도 낭만의 화신으로 기억될 수 있는 것은 데이지를 향한 헌신 및 소년과도 같은 낙관주의만큼이나 자수성가 담론 덕택이기도 하다.

《위대한 개츠비》는 담론들의 순환이 어떻게 우리 모두에게 개별적으로 영향을 끼치는지 여실히 보여 주는 소설이다. 이 소설은 문화적 담론들이 어떤 점에서 사람들이 저마다 개별적인 정체성을 빚어내는 데 활용하는 원재료가 되는지 구체적으로 증명하기 때문이다. 닉 캐러웨이는 개츠비가 "이상적인 모습에서 솟아 나온" 몰역사적인 존재이자 "스스로 만들어 낸 이상적인 모습"(104/149; 6장)으로 살아가는 인물이라고 생각할지 모르지만(이는 개츠비의 생각이기도 하다), 개츠비 개인의 정체성은 결코 그가 발명해 낸 것이 아니다. 지금까지 살펴본 바와 같이, 제임스 개츠가 만들어 낸 제이 개츠비라는 존재는 자수성가 담론에 크게 빚지고 있기 때문이다.

그런데 개츠비가 자신이 속한 문화 안에서 순환하던 가장 지배적인 담론 가운데 하나인 자수성가 담론에 의지한 것처럼, 우리도 당대의 지배담론에 의지할 수밖에 없다. 우리는 저마다 다른 담론에 다른 방식으로 의지할지 모르지만, 각자의 개별적 정체성을 형성하고 서로 연결시키는 것은 우리가 속한 문화 내부를 순환하는 담론들이다. 그리고 그 과정에서 우리의 정체성은 문화와 연결됨으로써 형성되는 동시에 그 문화를 형성한다.

<h1 align="center">심화학습</h1>

다른 문학작품에 대한 신역사주의적·문화비평적 접근

다음 질문들은 연습용이다. 문학을 해석하는 데 신역사주의와 문화비평이 필요할 때가 있다. 그때 써 보면 좋은 기술을 개발하는 데 이 질문들이 도움이 될 것이다. 이 질문들을 활용하여 그에 연관되는 문학작품이나 직접 고른 다른 작품을 분석해 보자. 질문의 목적, 글의 초점, 해석을 뒷받침하는 데 사용하는 증거 자료의 종류에 따라, 여러분의 분석은 신역사주의적 비평이 될 수도 있고 문화비평이 될 수도 있다.

① 케이트 쇼팽의 《각성》(1899)은 소설이 출간된 시점의 미국 사회에 유통되었던 남녀의 적절한 행동에 관한 전통적 믿음과 어떤 방식으로 상호작용하는가? 또는 그러한 믿음을 지지하는가, 그 믿음에 의문을 제기하는가, 또는 그 믿음을 약화시키는가? 이러한 믿음을 보여 주는 증거는 가령 당대의 여성잡지, 선물 증정용 도서, 종교 책자, 연설에서도 볼 수 있고, 캐서린 비처Catherine Beecher의 《가정경제론Treatise on Domestic Economy》에서도 볼 수 있다. 비처의 책은 1841년 처음 출간되었으며, 이후 15차례 증쇄되었다.

② 너새니얼 호손Nathaniel Hawthorne의 《주홍글자The Scarlet Letter》(1850)에서, 17세기 뉴잉글랜드 지역 청교도의 억압적 가치를 다룬 호손의 설명과 소설이 출간되기 전 20년 동안 미국 사회에 대두된 여권 문제 사이에는 어떤 관계가 존재하는가? 다시 말해, 17세기 여성이었던 주인공 헤스터 프린의 이야기는 동등한 권리를 요구했던 19세기 여성들의 주장을 지지하는가 아니면 약화시키는가? 아니면 둘 다인가? 여권 주장의 담론들은 1848년 세네카 폴스 집회와 같은 정치적 활동뿐만 아니라, 새라 그림케Sarah Grimké의 《성평등과 여성의 조건에 관한 편지Letters on the Equality of the Sexes and the Condition of Women》(1838), 마

거릿 풀러Margaret Fuller의 〈위대한 법률 소송, 남성 대 남성들, 여성 대 여성들〉
(1843), 엘리자베스 케이디 스탠튼Elizabeth Cady Stanton의 《감정 선언Declaration of
Sentiments》(1848)과 같은 텍스트를 통해 널리 유통된 바 있다.

③ 윌리엄 블레이크의 〈작은 흑인 소년〉(1789)과 18세기 후반 영국에 만연했던 노
예제도 담론은 어떤 관련이 있는가? 그러한 담론의 예로는 가령 노예제의 합
법성을 문제 삼는 소송; 노예, 노예무역, 노예제 폐지 활동과 관련된 신문 기
사 및 편집자에게 보내는 편지; 토머스 데이Thomas Day와 존 빅널John Bicknell의
〈죽어 가는 흑인The Dying Negro〉(1773)과 윌리엄 쿠퍼William Cowper의 〈흑인의
불평The Negro's Complaint〉(1789)과 같은 노예제 폐지 옹호 시詩 등을 들 수 있다.

④ 토니 모리슨의 《가장 파란 눈》(1970)은 미국에서 가장 자주 금지된 소설 가운
데 하나다. 그러나 상당수 고등학교 교사들은 학생들이 인종, 계급, 젠더, 사회
정의를 배우는 데 많은 도움을 준다는 점에서 이 소설이 매우 효과적이라고 생
각했다. 이 소설이 수용된 역사는 그와 같은 시급한 사회적 쟁점들과 관련하여
유통되었던 보수주의·자유주의 담론들에 대해 무엇을 암시하는가?

⑤ 존 스타인벡의 《분노의 포도》(1939)는 대공황 시대에 캘리포니아에 가서 일자
리를 찾으려 했던 더스트보울 지역 이재민들의 착취당한 삶을 그린 소설이다.
이 소설은 발표 당시 활발히 논의되던 노동자 권리 논쟁에 어떤 영향을 끼쳤고
어떤 영향을 받았는가? 당시 미국의 기업, 정부 기관(사법 권력기관), 노동조합,
노동자 사이의 적절한 관계를 두고 다양한 논쟁이 벌어졌다. 이 질문에 답하기
위해 《분노의 포도》를 〈나의 계곡은 푸르렀다How Green Was My Valley〉(20세기
폭스, 1941)나 〈데블 앤 미스 존스The Devil and Miss Jones〉(RKO 라디오 영화, 1941)
처럼 당대 노동 문제를 다룬 영화들 혹은 당시 만화나 라디오 프로그램에 등장
했던 관련 묘사들과 비교해 보면 좋을 것이다.

☰ 더 읽을거리

Brannigan, John. *New Historicism and Cultural Materialism.* New York: St. Martin's, 1998.

Bristow, Joseph. "Discursive Desires [Foucault]." *Sexuality.* 2nd ed. London and New York: Routledge, 2011. 151-169.

Cox, Jeffrey N., and Larry J. Reynolds, eds. *New Historical Literary Study: Essays on Reproducing Texts, Representing History.* Princeton: Princeton University Press, 1993.

Fiske, John. "Popular Culture." *Critical Terms for Literary Study.* 2nd ed. Ed. Frank Lentricchia and Thomas McLaughlin. Chicago: University of Chicago Press, 1995. 321-335.

Fiske, John. *Understanding Popular Culture.* 2nd ed. London and New York: Routledge, 2010. [존 피스크, 《대중문화의 이해》, 박만준 옮김, 경문사, 2005.]

Greenblatt, Stephen. "Culture." *Critical Terms for Literary Study.* 2nd ed. Eds. Frank Lentricchia and Thomas McLaughlin. Chicago: University of Chicago Press, 1995. 225-232. [스티븐 그린블랫, 〈문화〉, 프랭크 랜트리키아·토마스 맥로린 엮음, 《문학연구를 위한 비평용어》, 김종갑 외 옮김, 한신문화사, 1994.]

Greenblatt, Stephen. "The Circulation of Social Energy." *Shakespearean Negotiations: The Circulation of Social Energy in Renaissance England.* Berkeley: University of California Press, 1988. 1-20.

Greenblatt, Stephen. *Will in the World: How Shakespeare Became Shakespeare.* New York: W. W. Norton, 2004. [스티븐 그린블랫, 《세계를 향한 의지: 셰익스피어는 어떻게 셰익스피어가 됐는가》, 박소현 옮김, 민음사, 2024.]

Greenblatt, Stephen. *The Swerve: How the World Became Modern.* New York and London: W. W. Norton, 2011. [스티븐 그린블랫, 《근대의 탄생: 르네상스와 한 책 사냥꾼 이야기》, 이혜원 옮김, 까치, 2013.]

Gutting, Gary. *Foucault: A Very Short Introduction.* 2nd ed. Oxford: Oxford University Press, 2019. (See especially "Archaeology," 31-40, and "Genealogy," 41-52.) [개리 거팅, 《푸코》, 전혜리 옮김, 교유서가, 2024.]

Parvini, Neema. *Shakespeare and New Historicist Theory.* London and New York: Bloomsbury Arden Shakespeare, 2017.

Patterson, Lee. "Literary History." *Critical Terms for Literary Study.* 2nd ed. Eds. Frank Lentricchia and Thomas McLaughlin. Chicago: University of Chicago Press, 1995. 250-262. [리 패터슨, 〈문학사〉, 프랭크 랜트리키아·토마스 맥로린 엮음, 《문학연구를 위한 비평용어》, 김종갑 외 옮김, 한신문화사, 1994.]

Veeser, H. Aram, ed. *The New Historicism.* New York: Routledge, 1989. (특히 Aram H. Veeser, "Introduction," ix-xvi; Stephen Greenblatt, "Towards a Poetics of Culture," 1-14; Louis Montrose, "Professing the Renaissance: The Poetics and Politics of Culture," 15-36; Catherine Gallagher, "Marxism and the New Historicism," 37-48을 볼 것) [스티븐 그린블랫, 〈문화 시학을 향해〉; 루이스 몬트로즈, 〈르네상스의 고백: 문화 시학과 정치학〉; 캐서린

갤러그, 〈맑스주의와 신역사주의〉, 프랭크 렌트리키아 외, 《신역사주의론》, 김옥수 옮김, 한신문화사, 1994.]

☰ 중요한 이론서들

Bourdieu, Pierre. "Cultural Reproduction and Social Reproduction." *Power and Ideology in Education.* Eds. Jerome Karabel and A. H. Halsey. New York: Oxford University Press, 1977. 487-510.

Bourdieu, Pierre. *Outline of a Theory of Practice.* Trans. Richard Nice. Cambridge: Cambridge University Press, 1977. (See especially "Structures and the Habitus," 72-95, and "Structures, Habitus, Power: Basis for a Theory of Symbolic Power," 159-197.)

Foucault, Michel. *Discipline and Punish: The Birth of the Prison.* Trans. Alan Sheridan. New York:Vintage, 1979. [미셸 푸코, 《감시와 처벌: 감옥의 역사》, 오생근 옮김, 나남, 2020.]

__________. *The Order of Things.* New York: Pantheon, 1972. [미셸 푸코, 《말과 사물》, 이규현 옮김, 민음사, 2012.]

Foucault, Michel. *The Foucault Reader.* Ed. Paul Rabinow. New York: Pantheon, 1984.

Gallagher, Catherine, and Stephen Greenblatt. *Practicing New Historicism.* Chicago: University of Chicago Press, 2000.

Geertz, Clifford. *The Interpretation of Cultures: Selected Essays.* New York: Basic Books, 1973. [클리퍼드 기어츠, 《문화의 해석》, 문옥표 옮김, 까치, 2009.]

Greenblatt, Stephen. *Learning to Curse: Essays in Early Modern Culture.* New York: Routledge, 1991.

__________. *Renaissance Self-Fashioning: From More to Shakespeare.* Chicago: University of Chicago Press, 1980.

__________. *Shakespearean Negotiations: The Circulation of Social Energy in Renaissance England.* Berkeley: University of California Press, 1988.

Grossberg, Lawrence, Cary Nelson, and Paula Treichler, eds. *Cultural Studies.* New York: Routledge, 1992.

Hens-Piazza, Gina. *The New Historicism.* Guides to Biblical Scholarship, Old Testament Series. Minneapolis, MN: Fortress Press, 2002.

Montrose, Louis. "New Historicisms." *Redrawing the Boundaries: The Transformation of English and American Literary Studies.* Eds. Stephen Greenblatt and Giles Gunn. New York: Modern Language Association, 1992. 392-418. [루이스 몬트로즈, 〈신역사주의〉, 스티븐 그린블라트·자일즈 건 엮음, 《경계선 다시 긋기: 영미 문학 연구의 새로운 지평》, 김용권 외 옮김, 한신문화사, 1998.]

Parvini, Neema. *Shakespeare's History Plays: Rethinking Historicism.* Edinburgh: Edinburgh University Press, 2012.

Pieters, Jurgen. *Moments of Negotiation: The New Historicism of Stephen Greenblatt.*

Amsterdam: Amsterdam University Press, 2001.

☰ 참고문헌

Achebe, Chinua. "An Image of Africa: Racism in Conrad's *Heart of Darkness.*" *Massachusetts Review* 18 (1977): 782-794. Rpt. in *Hopes and Impediments, Selected Essays*. New York: Anchor, 1989. 1-20. [치누아 아체베, 〈아프리카의 이미지: 콘라드의 『어둠의 속』에 나타난 인종차별주의〉, 《제3세계 문학과 식민주의 비평: 희망과 장애》, 이석호 옮김, 인간사랑, 1999.]

Bewley, Marius. "Scott Fitzgerald's Criticism of America." *Sewanee Review* 62 (1954): 223-246. Rpt. in *Modern Critical Interpretations: F. Scott Fitzgerald's* The Great Gatsby. Ed. Harold Bloom. New York: Chelsea House, 1986. 11-27.

Bierbower, Austin. *How to Succeed*. New York: R. F. Fenno, 1900.

Burnam, Tom. "The Eyes of Dr. Eckleburg: A Re-Examination of *The Great Gatsby.*" *College English* 13 (1952). Rpt. in *F. Scott Fitzgerald: A Collection of Critical Essays*. Ed. Arthur Mizener. Englewood Cliffs, N.J.: Prentice Hall, 1963. 104-111.

Carnegie, Andrew. *The Autobiography of Andrew Carnegie*. New York, 1920. [《카네기 자서전》]

__________. "The Gospel of Wealth." *North American Review* CXLVIII (June 1889): 653-664 and CXLIX (December 1889): 682-698. Rpt. in *The Gospel of Wealth, and Other Timely Essays*. Ed. Edward C. Kirkland. Cambridge: Belknap Press of Harvard University Press, 1962. 14-49. [앤드루 카네기, 《앤드루 카네기 부의 복음》, 박별 옮김, 나래북·예림북, 2014.]

__________. "How to Win Fortune." 1890. *From The Empire of Business*. Garden City, N.Y.: Doubleday, Doran, 1933. 85-101.

__________. "The Road to Business Success: A Talk to Young Men." 1885. From *The Empire of Business*. Garden City, N.Y.: Doubleday, Doran, 1933. 1-13.

Cartwright, Kent. "Nick Carraway as Unreliable Narrator." *Papers on Language and Literature* 20.2 (1984): 218-232.

Chase, Richard. "The Great Gatsby." *The American Novel and Its Traditions*. New York: Doubleday, 1957. 162-167. Rpt. in *The Great Gatsby: A Study*. Ed. Frederick J. Hoffman. New York: Scribner's, 1962. 297-302.

Commager, Henry Steele. Foreword. *McGuffey's Sixth Eclectic Reader* (1879 edition). New York: Signet, 1963. vii-xvi.

Conrad, Joseph. *Heart of Darkness*. 1902. New York: Norton, 1988. [조셉 콘래드, 《암흑의 핵심(어둠의 심연, 어둠의 속)》]

Dillon, Andrew. "*The Great Gatsby*: The Vitality of Illusion." *Arizona Quarterly* 44.1 (1988): 49-61.

E. K. "Review of *The Great Gatsby.*" *Literary Digest International Book Review* (May

1925): 426-427. Excerpted in *Gatsby*. Ed. Harold Bloom. New York: Chelsea House, 1991. 7.

Fiske, John. "Popular Culture." *Critical Terms for Literary Study*. 2nd ed. Eds. Frank Lentricchia and Thomas McLaughlin. Chicago: University of Chicago Press, 1995. 321-335.

Fitzgerald, F. Scott. *The Great Gatsby*. 1925. New York: Macmillan, 1992. [F. 스콧 피츠제럴드, 《위대한 개츠비》]

Fowler, Jr., Nathaniel C. *Beginning Right: How to Succeed*. New York: George Sully, 1916.

Gallo, Rose Adrienne. *F. Scott Fitzgerald*. New York: Ungar, 1978.

Geertz, Clifford. "Thick Description: Toward an Interpretive Theory of Culture." *The Interpretation of Cultures: Selected Essays by Clifford Geertz*. New York: Basic Books, 1973. 3-30. [클리퍼드 기어츠, 〈중층 기술: 해석적 문화이론을 향하여〉, 《문화의 해석》, 문옥표 옮김, 까치, 2009.]

Greenblatt, Stephen. "Culture." *Critical Terms for Literary Study*. 2nd ed. Eds. Frank Lentricchia and Thomas McLaughlin. Chicago: University of Chicago Press, 1995. 225-232. [스티븐 그린블랫, 〈문화〉, 프랭크 랜트리키아·토마스 맥로린 엮음, 《문학 연구를 위한 비평용어》, 김종갑 외 옮김, 한신문화사, 1994.]

Gross, Barry Edward. "Jay Gatsby and Myrtle Wilson: A Kinship." *Tennessee Studies in Literature* 8 (1963): 57-60. Excerpted in *Gatsby*. Ed. Harold Bloom. New York: Chelsea House, 1991. 23-25.

Hart, Jeffrey. "'Out of it ere night': The WASP Gentleman as Cultural Ideal." *New Criterion* 7.5 (1989): 27-34.

Josephson, Matthew. *The Robber Barons: The Great American Capitalists, 1861~1901*. 1934. New York: Harvest, 1962.

Le Vot, André. *F. Scott Fitzgerald: A Biography*. Trans. William Byron. Garden City, N.Y.: Doubleday, 1983.

Lindberg, Stanley W. *The Annotated McGuffey: Selections from the McGuffey Eclectic Readers, 1836~1920*. New York: Van Nostrand Reinhold, 1976.

Marden, Orison Swett. *How to Succeed; Or, Stepping-Stones to Fame and Fortune*. New York: The Christian Herald, 1896.

Montrose, Louis. "Professing the Renaissance: The Poetics and Politics of Culture." *The New Historicism*. Ed. H. Aram Veeser. New York: Routledge, 1989. 15-36. [루이스 몬트로즈, 〈르네상스의 고백: 문화 시학과 정치학〉, 프랭크 렌트리키아 외, 《신역사주의론》, 김옥수 옮김, 한신문화사, 1994.]

Moore, Benita A. *Escape into a Labyrinth: F. Scott Fitzgerald, Catholic Sensibility, and the American Way*. New York: Garland, 1988.

Morrison, Toni. *Beloved*. New York: Norton, 1987. [토니 모리슨, 《빌러비드》, 최인자 옮김, 문학동네, 2014.]

Nash, Charles C. "From West Egg to Short Hills: The Decline of the Pastoral Ideal from

The Great Gatsby to Philip Roth's *Goodbye, Columbus*." *Philological Association* 13 (1988): 22-27.

Stern, Milton R. *The Golden Moment: The Novels of F. Scott Fitzgerald*. Urbana: University of Illinois Press, 1970.

Taine, Hippolyte. *History of English Literature*. 1864. Trans. H. Van Laun. London: Chatto and Windus, 1897.

Thomas, Brook. "Preserving and Keeping Order by Killing Time in *Heart of Darkness*." Heart of Darkness: *A Case Study in Contemporary Criticism*. Ed. Ross C. Murfin. New York: Bedford, 1989. 237-255.

Tillyard, E. M. W. *Elizabethan World Picture*. New York: Macmillan, 1944. [틸리아드, 《영국 르네상스 시대의 세계관》, 김선숙 옮김, 동인, 1994.]

Trilling, Lionel. "F. Scott Fitzgerald." *The Liberal Imagination*. New York: Viking, 1950. 243-254. Rpt. in The Great Gatsby: *A Study*. Ed. Frederick J. Hoffman. New York: Scribner's, 1962. 232-243. [라이오넬 트리링, 〈F-스코트 핏즈제랄드論〉, 《문학과 사회》, 양병탁 옮김, 을유문화사, 1960.]

Troy, William. "Scott Fitzgerald–The Authority of Failure." *Accent* 6 (1945). Rpt. in *F. Scott Fitzgerald: A Collection of Critical Essays*. Ed. Arthur Mizener. Englewood Cliffs, N.J.: Prentice Hall, 1963. 20-24.

Tyson, Lois. *Using Critical Theory: How to Read and Write about Literature*, 3rd ed. London and New York: Routledge, 2011.

10장

레즈비언·게이·퀴어 비평

비평이론 수업을 진행하다 보면 학생들을 대상으로 미리 점검해 두어야 할 것들이 생긴다. 수업 시간에 레즈비언·게이·퀴어 비평을 다루기에 앞서 가끔씩 내가 하는 일은 다음과 같은 저명한 영미권 작가들의 이름이 나열된 목록을 주고 학생들에게 죽 읽어 보도록 시키는 것이다. 오스카 와일드Oscar Wilde, 테네시 윌리엄스Tennessee Williams, 윌라 캐더, 제임스 볼드윈James Baldwin, 에이드리언 리치Adrienne Rich, 월트 휘트먼, 버지니아 울프, 엘리자베스 비숍Elizabeth Bishop, 랭스턴 휴스Langston Hughes, 에드워드 올비Edward Albee, 거트루드 스타인, 앨런 긴즈버그Allen Ginsberg, W. H. 오든W. H. Auden, 윌리엄 셰익스피어, 카슨 매컬러스Carson McCullers, 서머싯 몸Somerset Maugham, T. S. 엘리엇T. S. Eliot, 제임스 메릴James Merrill, H. D.(힐다 둘리틀Hilda Doolittle), 세라 온 주잇Sarah Orne Jewett, 하트 크레인Hart Crane, 윌리엄 S. 버로스William S. Burroughs, 에이미 로웰Amy Lowell 등의 이름이 이 목록에 올라가 있다. 그다음에 학생들에게 이 작가들이 게이나 레즈비언, 또는 양성애자bisexual였다는 사실을 알고 있었느냐고 물어본다. 대답은 종종 침묵으로 돌아온다. 이는 다른 이론들을 소개할 때에는 보기 힘든 상황이다.

유감스럽게도 미국에는 아직도 게이, 레즈비언 또는 양성애자라고 생각되는 사람에게 낙인을 찍는 분위기가 강하게 남아 있고, 다른 사람들의 태도를 확인하기 전까지는 이 주제에 대해 말하기가 꺼려질 수 있다는 걸 모르는 바 아니다. 이와 관련하여 어떤 학생이 들려준 재미있는 이야기가 있다. 내 수업을 듣는 여학생 한 명이 과제를 준비하려고 대학 도서관에서 레즈비언과 게이에 관한 책들을 잔뜩 도서 대출대에 올려놨는데, 순간 대출 업무를 도와주는 학생이 자기를 동성애자로 본다는 느낌이 들었다는 것이다. 이 학생은 당황한 나머지 이렇게 소리치고 싶었단다. "저기, 잠깐만요. 난 레즈비언이 아니거든요!"

이 주제를 공부할 때 학생들이 어려움을 겪는 또 다른 이유는 이쪽 분야의 지식이 부족하다는 것이다. 게이·레즈비언·양성애 작가들이 남긴 작품들은 문학 정전canon에서 커다란 비중을 차지하기 때문에, 대부분의 문학 수업에서는 이들을 다루지 않을 수 없다. 학부생들은 대부분 이 작가들이 이성애자일 것이라고 미리 짐작한다. 하지만 그러한 예상은 종종 빗나간다. 물론 우리가 읽는 영미 문학작품 선집에는 작품이 수록된 저자의 생애가 간략히 소개돼 있고, 수업 시간에도 작가들의 개인사에 관한 정보와 이야기가 빠지지 않는다. 예를 들어 샬럿 퍼킨스 길먼은 하나뿐인 아이를 낳고서 지독한 우울증에 시달렸다든가, 랭스턴 휴스는 젊어서 아버지와의 불화 때문에 목숨을 끊으려 했다든가, 로버트 프로스트의 아내는 죽어 가는 와중에도 남편을 방 안에 들어오지 못하게 했다든가 하는 이야기들은 빠지지 않는 단골 메뉴이다. 그러나 작가의 전기적 내용 가운데 레즈비언, 게이, 양성애 같은 성적 지향sexual orientation과 관련된 정보들은 좀처럼 접하기 어렵다. 그러한 지향성이 작가의 삶과 문학작품에 어떤 영향을 끼쳤는지에 관한 정보들은 제쳐 두더라도 말이다.

이성애자로서 살아간 작가의 개인적 정보는 그 작가의 작품을 감상하는 데 의미 있는 지식으로 간주하면서, 어째서 작가의 LGBTQ[1](레즈비언, 게

---

[1] **양성애**bisexual는 원래 남자 여자 모두에게 성적 매력을 느끼는 사람을 일컫는 단어였다. 그러나 생물학적 성(남성, 여성, 간성intersex)과 젠더 정체성(남성적, 여성적, 둘 다, 둘 다 아님)에 대하여 우리가 배운 바를 고려한다면, 양성애라는 용어는 하나 이상의 성 그리고/또는 젠더에 성적 매력을 느끼는 사람을 지칭하는 단어로 널리 사용되고 있다.
　트랜스젠더transgender의 젠더 정체성은 태어났을 때의 생물학적 성별과 일치하지 않는다. 가령, 트랜스젠더 여성은 남성의 신체 구조를 가지고 태어났지만 젠더 정체성은 여성인 사람이다. 트랜스젠더는 젠더 긍정gender affirming(또는 이른바 성별 재배치sex reassignment) 과정을 거쳤을 수도 있고 그렇지 않을 수도 있다. 게다가, 트랜스젠더라는 사실은 성적 지향과 아무런 관련이 없다. 마지막으로 트랜스젠더는 때로 논바이너리nonbinary(젠더퀴어genderqueer), 즉 자신을 남성 또는 여성으로 엄격하게 구분하지 않는 사람들을 포함하는 포괄적 용어로 사용되기도 한다. 일반적으로 논바이너리가 자신의 생물학적 성별과 일치하는 젠더 이외의 젠더와 동일시하기 때문이

이, 양성애, 트랜스젠더, 퀴어)에 관한 정보는 적절한 역사적 자료로서 인정하기를 꺼리는 걸까? 성차별 또는 인종차별 경험(두 경험은 겹치기도 한다)에 대해서는 작가의 삶을 이해하는 중요한 요소라고 하면서, 어째서 LGBTQ 작가들이 겪은 박해를 이해하는 것은 중요하지 않다고 하는가? 확실히 LGBTQ는 대학 강의실에서 논하기에는 불편한 주제라고 생각하는 이들이 지금도 많다. 몇몇 문학 교수들은 특별히 작정하고 LGBTQ 작가들을 언급하는 경우가 아니라면 학부 과정에서는 이와 관련된 쟁점들을 아예 다루지 않고 그냥 지나쳐 버린다. 이미 1970년대부터 동성애 연구 과정이 늘어나기 시작해서, 1990년대 초반에 이르러서는 레즈비언 · 게이 · 퀴어 이론이 학계의 주요 세력으로 부각했는데도 말이다. 그럼에도 여전히 많은 대학들이 LGBTQ 작가들을 다루는 수업을 '특강' 과목으로는 열어도 영문학과 학부 과정의 정규과목으로는 좀처럼 개설하지 않는다.

다시 말해, 내가 가르치는 학생들이 자신들이 읽는 작가의 성적 지향[2]과

다. 물론 논바이너리 중에는 자신을 트랜스젠더라고 생각하지 않는 사람들도 있다.

퀴어queer는 이 장의 '퀴어비평'에서 보게 되겠지만, 여러 다양한 의미가 있다. 예컨대, **퀴어 이론**은 성적으로 끌리는 사람들의 성별 또는 젠더에만 근거하지 않고 인간의 섹슈얼리티를 이해하는 하나의 관점을 가리킨다. **퀴어**라는 단어는 LGBTQ를 지칭하거나 어떤 방식이든 딱히 이성애주의자가 아닌 사람을 지칭하는 긍정적이고 포괄적인 용어로 자주 사용된다. LGBT라는 용어를 더 자주 들었겠지만, 이 장에서는 좀 더 포괄적인 약어인 LGBTQ를 사용하도록 하겠다. (LGBTQ의 Q는 **퀴어**를 지칭하는 동시에 **의심하는** 사람questioning, 즉 자신의 젠더 정체성 또는 성적 지향에 대해 확신이 없는 사람을 가리킨다.) 추가로 다른 약어들이 있는데, 플러스 기호를 붙이는 것들도 있다. 가령, LGBT+와 LGBTQ+는 전통적인 성별, 섹슈얼리티, 젠더 범주에 들어맞지 않는 사람들을 가리킨다. 물론, 아직도 퀴어를 욕설로 사용하는 사람들이 있다는 점, 어떤 사람이 자신을 지칭하는 단어로 무엇을 사용할지는 개인적 선택의 문제라는 점을 기억해야 한다.

[2] 아다시피, 우리는 성적 지향과 관련된 문제들을 다루고 있다. 반면, 과거에 살았던 문학 작가들의 트랜스젠더 상태에 대해서는 다루지 않았다. 작가들의 트랜스젠더 역사와 결부하여 믿을 만한 정보를 항상 얻을 수 있는 것은 아니지만, 그러한 작가들이 존재했다고 가정하는 것이 타당하다. 트랜스젠더 그리고 젠더를 바꾸는 사람들은 언제나 인간 가족의 일부를 구성해 왔기 때문이다(가령, Campanile, Rhude, Indian Health Services, Beemyn, Skidmore를 참조할 것). 나는 트랜스

관련하여 확신을 가지지 못한다면, 이는 교수들이 이 주제에 대해 침묵한다
는 사실과 결부되어 있다. 작품 선집을 편찬하는 일부 교수들의 침묵도 여기
에 포함된다. 더 나아가, LGBTQ 작가들에 대한 일부 영문학과 교수진의 침
묵은 예전부터 이어져 온 오랜 침묵과 맞닿게 된다. LGBTQ 작가들의 성정체
성을 축소하거나 무시하고, 문학작품에서 LGBTQ 등장인물들이 어떻게 재
현되었는지를 왜곡 혹은 외면해 온 수많은 문학비평가들의 침묵 말이다.

LGBTQ의
주변화

비평가들이 LGBTQ 등장인물을 왜곡한 사례 가운데, 헨리 제임스Henry
James의 《보스턴 사람들The Bostonians》(1885)에 대한 비평가들의 반응을 두고
릴리언 패더만Lillian Faderman이 분석한 내용을 살펴보자. 패더만은 제임스의
증언을 근거로 《보스턴 사람들》이 이른바 '보스턴 결혼'에 대한 묘사라고 설
명한다. '보스턴 결혼'이란 19세기 말 미국의 뉴잉글랜드 지역에서 생겨난
표현으로, 보통 재정적으로 독립했고 결혼 상태에 있지 않은 두 명의 여성
이 실제 결혼한 것처럼 장기간 함께 생활하는 관계를 가리킨다. 이 여성들
은 대개 문화, 페미니즘 관련 쟁점, 사회 개선, 직업 경력 등에 관한 관심사
를 공유했다고 한다. 실제로 '보스턴 결혼'은 드문 일이 아니었다. 그 가운데
섹스를 동반한 관계가 얼마나 됐는지는 확인할 길이 없다 하더라도, 관계를
꾸려 가던 여성들이 강한 정서적 유대감을 공유하며 서로에게, 그리고 동료
여성들에게 시간과 관심, 에너지를 집중했다는 사실만은 분명하다.

젠더 문학 작가들에 관한 역사적 자료가 앞으로 더 많이 나올 것으로 기대한다.

제임스의 《보스턴 사람들》에서는 여성운동에 적극적으로 참여했던 올리브와 베레나의 관계에서 그러한 모습을 찾아볼 수 있다. 그 관계를 깨뜨리는 인물은 베이질이라는 남성이다. 맹렬한 기세로 베레나에게 구애하던 베이질은, 거의 순전히 의지의 힘으로 결국 베레나가 올리브를 버리고 자신과 결혼하도록 만드는 데 성공한다. 패더만의 지적처럼, 저자인 제임스는 올리브를 영웅적인 모습으로 묘사하지 않고 오히려 올리브나 그녀의 동료들을 풍자하고 있다. 그렇다고 베이질에게 공감하지도 않는다. 작품 속에서 베이질은 이기적이고 흉포한 데다 계략을 꾸미는 데도 능숙한 인물로 여성운동에 분노한다. 그래서 그가 베레나의 삶을 불행하게 만들리라는 것도 명약관화하다. 이와 반대로 올리브와 함께하는 베레나의 삶은 행복하고 생산적이다. 그런데 패더만이 관찰한 바에 따르면, 비평가들은 자기들이 보기에 부자연스럽기만 한 베레나와 올리브의 관계에서 베이질이 베레나를 구해 낸 것이라고 주장해 왔다. 여성의 참된 사랑은 '진짜' 남성의 품에서만 찾을 수 있으며, 베이질은 바로 그것을 베레나에게 되찾아 주었다는 식으로 말이다.

비평가들은 어째서 베레나와 올리브의 관계가 갖는 긍정적인 측면을 무시하고, 제임스가 묘사한 베이질의 모습을 완벽히 왜곡했을까? 그러한 해석은 비평가들이 이성애만을 정상적이고 건강한 사랑으로 간주하고 이를 소설에 투사시킨 데서 비롯된 것이 분명하다. 이성애를 제외한 다른 종류의 사랑은 비정상적이고 건강하지 못하기 때문에 피해야 한다는 것이다. 결과적으로 비평가들은 베이질이 지닌 심각하고 명백한 약점들을 알아볼 수가 없다. 올리브에게 가 있던 베레나의 마음을 자기 쪽으로 돌리는 남성 이성애자라는 점에서, 베이질은 긍정적이고 심지어 영웅적인 인물로만 평가되었다.

이런 식의 해석은 **동성애혐오**homophobia를 담은 독법의 사례라고 할 수 있다. 말하자면 동성애에 대한 두려움과 증오가 낳은 독법인 것이다. 이는 동성애혐오가 오래도록 중요한 역할을 담당해 온 더욱 커다란 문화적 맥락에서 보아야 할 사안이다. 이제는 더 이상 '치료'(치료에는 혐오요법aversion therapy, 전기충격요법, 심지어 뇌엽절제술까지 포함된다)가 필요하다는 이유로 동성애자들을 정신병원에 입원시키는 일은 없지만, 미국정신의학회가 정한 정신장애 목록에서 동성애 항목이 삭제되고 관련 치료 요법들이 공식적으로 사라진 것은 1973년에 이르러서다. 레즈비언과 게이 남성들을 정신병자로 규정하고 이들의 이민을 제한했던 1952년 이민정책은 1990년이 되어서야 폐지되었다. 오늘날까지도 LGBTQ 공동체에 대한 온갖 종류의 차별 행위가 존재한다는 사실만 보더라도 동성애혐오가 여전하다는 것을 확인할 수 있다. 1969년의 게이해방운동(뉴욕 그리니치빌리지에 위치한 게이 바 스톤월Stonewall Inn에 대한 경찰의 야만적 단속에 맞서 LGBTQ들이 저항하며 시작된 운동으로 이틀 밤에 걸쳐 2천여 명이 시위에 가담했다) 이후 계속된 활동가들의 노력 덕분에 사회적·정치적 측면에서 많은 부분이 개선된 상황임에도 그렇다. 하지만 '스톤월'이라는 기념비적 사건이 커다란 상징적 의미를 갖는 것만은 분명하다. 이 사건은 LGBTQ 사람들이 더 이상 피해자의 위치에 머물 수 없음을 선언하고 미국 시민으로서의 권리를 찾고자 집단적 차원에서 행동하기 시작한 전환점이 되었기 때문이다.

오늘날 미국의 LGBTQ들은 군대에서 평등한 대우를 확보하고 법률적으로 평등한 보호권을 확보하는 데 상당한 진전을 이루었다. 그렇지만 1964년의 시민권법에서 보호받는 집단으로 선택되지 못한 상태라 아직 갈 길이 멀다. LGBTQ들은 여전히 사실상의 차별에 직면해 있다. 차별이 불법임에도 그렇다. 이들은 집과 직장을 구하는 일부터, 의료보험 가입, 상점과 화장실, 대중교통 등 공공시설 이용에서도 차별을 당한다. 그뿐 아니라 경찰의 희롱 및 폭력적 증오범죄에 노출되어 있고, 에이즈와 관련된 부분에서도 차별을 당한다. 2015년과 2017년의 대법원 판결로 주정부가 LGBTQ 커플의 결혼이나 입양을 막을 수 없게 되었지만, 많은 주들은 LGBTQ 커플의 위탁부모 자격을 허용하지 않고 있으며, LGBTQ 개인들은 여전히 가족법 관련 문제에서 사실상의 차별을 당하고 있다.[3] LGBTQ 개인에게 가해지는 가장 충격적이고 해악이 큰 차별은 LGBTQ 청년과 청소년에 대한 괴롭힘이다. 학교 안에서든 바깥에서든 괴롭힘이 계속되어도 이에 대한 조처는 미흡한 실정이다. 관습적인 젠더 규범 또는 성적 규범을 따르지 않는 젊은이들에 대한 신체적·정서적 폭력으로 인해 중퇴와 자살을 택하는 청소년이 급격하게 늘었다.[4] 설상가상으로, LGBTQ 개인이 소외된 인종 집단 구성원일 경우에는 복잡한 차별과 맞서야 한다. 아프리카계, 아시아계, 원주민계, 라틴계, 치칸엑스계[5] LGBTQ들은 이성애자 중심 백인 사회의 억압을 견디는 것도 모자라, 그들의 공동체 안에서조차 종종 불명예스러운 존재로 낙인찍히기 때문이다.

LGBTQ들에게 가해지는 차별의 핵심은, 거의 진실처럼 받아들여져서 오늘날까지도 일정 부분 영향을 끼치고 있는 부정적이고 근거 없는 믿음들이다. 동성끼리의 사랑은 자연법칙에 역행하는 비자연적인 것이며, 따라서 동성 간 성행위를 하는 사람들은 역겹거나 사악하기(또는 둘 다) 때문에 이성

---

[3] 미국 내 LGBTQ들에 대한 차별의 역사에 대해서는, Cruikshank·Faderman, *The Gay Revolution*, Herek과 Berrill, Beemyn 등을 참조할 것.

[4] LGBTQ 학생들의 경험과 관련된 정보는 Kosciw, Clark, Truong, Zongrone 등을 참조할 것. GLSEN이 제공하는 보고서는 2년마다 제공된다. 자살율, 자살 시도율, 자살 충동 빈도 등에 관한 통계는 Luk et al., Toomey, Svvertsen, Shramko 등을 참조할 것.

[5] 라틴엑스(복수형 Latinx 또는 Latinxs)는 라티노 또는 라티나와는 반대로 젠더중립적인 비이분법 용어(성별이나 젠더 정체성에 근거하지 않는 용어)로 라틴아메리카 출신 또는 혈통을 지칭하는 용어이다. 멕시코는 중앙아메리카, 남미, 로맨스어를 사용하는 카리브해 섬들과 함께 라틴아메리카의 일부이지만, 많은 멕시코계 미국인들은 치카노, 치카나 또는 치칸엑스(복수형 Chicanxs)— 치카노나 치카나 대신 사용되는 성중립적인 비이분법 용어—를 선호한다. 물론 개인의 호칭은 개별적 취향에 따라 달라질 수 있다.

애자들보다 훨씬 더 높은 비율로 아이들을 성적으로 추행한다는 믿음 말이다. 그러나 사실 동성 간의 짝짓기는 부자연스러운 일이 아니다. 자연 내 450종 이상의 동물과 곤충에서 동성 간 짝짓기가 흔하게 나타나며, 평생을 함께하는 일부일처제 동성 커플도 존재하고,[6] 동성애자들이 이성애자들보다 아동성범죄를 더 많이 저지르는 것도 아니다.[7] 이와 유사한 잘못된 믿음으로는 트랜스젠더가 정신적 질병에 걸렸으며, 따라서 이들의 젠더 정체성과 일치하는 공중화장실 이용을 허용한다면 다른 사람들이 관음증과 성적 공격을 당할 우려가 있다는 믿음이 있다. 미국의료인협회와 미국정신과협회의 보고에 따르면, "트랜스젠더는 정신적 질병이 아니다."(Lopez) 게다가, 공공시설 내 차별금지법을 통과시킨 12개 주의 전문가들은 "트랜스젠더 화장실 신화"(Maza and Brinker)가 잘못된 것임을 밝히고 이를 비판한 바 있다. 차별금지 정책을 시행한 17개 학군(60만 명에 달하는 학생들을 관할하는) 대변인들은 "트랜스젠더 보호정책을 시행한 후 아무런 문제가 없음"(Percelay)[8]을 보고했다.

또 다른 잘못된 믿음은 LGBTQ 공동체가 소수 인구 집단이라는 믿음이다. 이로 인해 몇몇 사람들은 LGBTQ 개인들을 '비정상인'으로 부르는 것이 합법적이라고 주장한다. 그러나 현실은 이와 다르다. 자신을 레즈비언, 게이, 양성애자, 트랜스젠더라고 밝힌 미국 성인들이 적어도 2천만 명에 달한다.

---

[6] 평생 짝을 이루는 동성 동물 관계에 대해서는, Koons와 Fereydooni를 참고할 것.

[7] 동성애 및 이성애 남성들에 의한 아동성범죄 빈도에 대해서는, Schlatter와 Steinback, Zero Abuse Project, Herek 등을 참조할 것. 여성의 경우, 성적 지향에 상관없이 아동 성 학대를 저지르는 비율이 남성보다 현저하게 낮아서 이에 대한 연구도 거의 없다.

[8] 2021년 미 교육부는 "트랜스젠더 학생들은 연방정부의 보조금을 받는 학교에서 성별에 근거한 차별을 하지 못하도록 금지한 법률인 미국 교육수정법 제9조의 보호를 받는다"고 선언하며, "이에 역행한 트럼프 행정부의 정책을 뒤집는"(Rogers) 동시에 오바마 행정부가 제시한 교육수정법 제9조 해석을 재개한다. 그럼에도 불구하고 많은 주에서는 이 보호법의 시행을 거부하고 있다. 트랜스젠더 학생들에게 그들의 젠더 정체성과 일치하는 화장실 사용을 허용해도 아무런 문제가 보고된 적이 없지만, 이들에 대한 언어폭력과 신체 폭력은 지속적으로 발생하고 있다.

이는 LGBTQ 청소년은 물론, LGBTQ 성적 지향을 공개하지 않은 사람들, 성적 지향이 이성애도 동성애도 양성애도 아닌 사람들, 젠더 정체성이 논바이너리(즉, 남성과 여성 둘 다인 경우 또는 남성도 여성도 아닌 경우)[9]인 사람들 등을 포함하지 않은 수치다. 마지막으로, LGBTQ를 막지 않고 방치한다면 인류가 멸종할 수 있다거나 LGBTQ들이 미국의 대외적 영향력 저하에 책임이 있다는 주장을 한번 생각해 보자. 이는 LGBTQ에 대한 잘못된 믿음이 어디까지 망가질 수 있는지 보여 준다. 이러한 주장들이 허위라는 것은 자명하다.

이쯤에서 LGBTQ에 대한 차별과 관련된 몇 가지 용어를 정의하고 넘어가는 것이 좋겠다. 이 가운데 몇몇은 여러분도 이미 접한 바 있다. 앞으로 보겠지만, 레즈비언과 게이 남성들의 경험과 관련된 용어들이 모두 양성애자와 트랜스젠더 사람들의 경험과 관련이 있는 것은 아니다. 그렇다고 해서 LGBTQ들이 모두 똑같은 종류의 소외를 겪지 않는다는 뜻은 아니다. 단지, 용어가 때로 경험에 미치지 못한다는 의미다. LGBTQ 용어에 친숙하지 않다면, 다음에 설명하는 용어들의 숫자와 유사성이 처음에는 과도하다고 느낄 수도 있다. 그러나 이 용어들에 친숙해질수록 그러한 느낌은 빠르게 사라질 것이다.

먼저, **이성애주의**heterosexism라는 단어는 레즈비언과 게이 남성들에게 가해진 제도화된 차별을 지칭한다. 즉, 법률, 종교, 보건, 기업, 교육, 가족 등과 같은 제도의 정책과 절차에 내재하는 차별을 말한다. 앞에서 설명한 이성애주의 사례에 더하여, 이성애주의 문화는 **이성애적 규범성**heteronormativity를 강제한다. 이성애적 규범성이란 가족, 학교, 교회, 의료계를 비롯한 제도화된 권력 집단이 우리 모두에게, 특히 젊은 사람들에게 가하는, 이성애자

---

9 미국의 LGBTQ 인구에 대해서는 Migden을 참고할 것.

가 되라는 압박을 묘사하는 용어이다.[10]

동성애혐오homophobia는 일반적으로 게이 남성에 대한 공포 또는 혐오를 가리킬 때 쓰는 용어이지만, 앞에서 헨리 제임스의 《보스턴 사람들》에 대한 이성애주의적 해석에서 명백하게 드러나듯이 제도화된 차별을 가리키는 용어로도 쓰인다. 그러한 차별이 가부장제가 조장하는, 또는 LGBTQ 이론가들의 용어를 사용하자면 **이성애적 가부장제**heteropatriarchy가 조장하는, 집단적인(때로는 무의식적인) 동성애혐오(구체적으로 레즈비언을 겨냥하는 경우에는 레즈보포비아lesbophobia) 외에 다른 혐오에 근거한다고 주장하기 어렵기 때문이다. (이성애적 가부장제라는 단어는, 가부장제에 전통적인 젠더 역할을 선호하는 편견이 담겨 있으므로 그 속에는 이성애를 선호하는 편견도 담겨 있다는 사실에 주목한다.) **내면화된 동성애혐오**internalized homophobia와 **내면화된 레즈비언혐오**internalized lesbophobia란 일부 게이 남성 및 레즈비언의 자기혐오를 가리키는 용어이다. 내면화된 동성애혐오 또는 레즈비언혐오는 이들이 사춘기에서 성인기로 성장해 가는 과정에서 이성애적 가부장제가 그들에게 가하는 혐오를 내면화하는 데서 생겨난다. 이와 유사하게, **양성애혐오**biphobia는 양성애주의자에 대한 공포 또는 혐오를 지칭하며, **트랜스포비아**transphobia는 트랜스젠더에 대한 공포 또는 혐오를 가리킨다. 트랜스포비아는 때로 이성애적 가부장제의 젠더 규범에서 벗어나는 일탈에 대한 공포 또는 혐오로 표출되기도 한다.[11] **내면화된 양성애혐오**와 **내면화된 트랜스포비아**는 마찬가지로 일부 양성애자와 트랜스젠더가 경험하는 자기혐오를 가리킨다. 이는 사

---

[10] **강제적 이성애**compulsory heterosexuality는 에이드리언 리치가 널리 퍼뜨린 용어로, 이성애적 규범성의 초기 형태로 볼 수 있다. 리치에 따르면, 이성애는 제도화된 권력의 강제력을 사용하여 여성들에게 압박을 가함으로써, 이성애가 유일한 합리적 선택이라고 믿게 하고 섹슈얼리티에 대한 여성의 선택권을 축소하려 한다.(상세한 논의는 리치를 참조할 것)

[11] 동성애를 혐오하는 일부 미국인들은 모든 트랜스젠더가 게이 또는 레즈비언이라고 잘못 생각

는 동안 그들에게 가해진 양성애혐오 또는 트랜스포비아를 내면으로 끌어들였기 때문에 발생한다.

이성애중심주의heterocentrism는 게이 남성과 레즈비언과 양성애자를 향한 더욱 교묘한 편견을 담은 용어로서, (종종 무의식적으로) 이성애는 보편적인 규범이어서, 가령 어떤 사람이 나서서 나는 다르다고 말하지 않는 이상 방 안의 모든 이가 이성애주의자라는 가정이다. 이성애중심주의는 모든 사람의 경험이 이성애의 틀 안에서 이해될 수 있다며 이성애를 당연시한다. 이처럼 이성애중심주의는 레즈비언과 게이 및 양성애자들의 경험을 보이지 않게 만들어 버리며, 실제로 지난 수십 년간 그래 왔다. 이를테면 월트 휘트먼을 좋아하는 사람들조차 그의 시가 지닌 동성성애적homoerotic 차원을 알아차리지 못했으니 말이다. 비슷하게, **시스젠더중심주의**ciscentrism는 모든 사람이 시스젠더라고, 즉 모든 사람이 자신의 생물학적 성별과 일치하는 젠더 정체성을 갖고 있으며, 따라서 모든 사람의 경험이 시스젠더의 틀 내에서 이해될 수 있다고 가정한다. 이성애중심주의와 시스젠더중심주의는 LGBTQ들이 일상적인 이성애주의, 일상적인 단일성별중심주의monosexism, 일상적인 시스젠더중심주의cissexism를 당하는 빈번한 원인이라고 볼 수 있다. 이러한 일상적 차별은 LGBTQ들이 평소에 경험하는 LGBTQ에 대한 교묘하거나 적나라한 적대 행위로 구성된다. 가령, LGBTQ에 대한 농담, LGBTQ에 대한 욕설, 게이라는 단어를 '멍청함'의 동의어로 사용하는 행위, LGBTQ들이 눈에 띄거나 말할 때 눈알을 굴리는 행위, LGBTQ에 대한 상투적 고정관념에 근거하여 제스처를 하거나 논평하는 행위(가령, '힘이 없는 손목'을 흉내 내기, 여성의 남성적(즉, 레즈비언) 옷차림을 조롱하기, 양성애자의 '우

하기 때문에, 트랜스젠더도 동성애혐오 대상이 될 수 있다.

유부단함'이나 트랜스젠더의 '혼동'을 조롱하기) 등을 예로 들 수 있다.

　지금까지 LGBTQ들의 주변화 현상을 다루면서 이들을 하나의 집단으로 상정하고 논의했다. 실제로 게이비평, 레즈비언비평, 퀴어비평을 하나의 장으로 묶은 것 자체가 이 셋 사이에 일정 부분 교집합이 형성된다는 것을 암시한다. 확실히 LGBTQ들은 성적소수자, 젠더 소수자 집단의 구성원으로서 정치적·경제적·사회적·심리적 억압을 당한다는 공통점이 있다. 그리고 많은 이론가들은 게이 남성과 레즈비언이 하나의 집단으로서 행동할 때, 그들이 공유하는 막대한 경험을 바탕으로 그들의 요구를 뒷받침할 만한 잠재적인 정치적 동력을 끌어낼 수 있다고 본다.

　그러나 레즈비언과 게이 남성의 상당수는 대부분의 상황에서 서로 전혀 상반되는 위치에 놓인다고 주장한다. 억압은 그들이 공유하는 몇 안 되는 경험 가운데 하나일 뿐이라는 것이다. 물론 억압이라는 문제는 그저 '하나일 뿐'이라고 치부해 버릴 것은 아니다. 많은 게이 남성과 레즈비언은 자신의 모든 사회적·정치적·개인적 경험을 각자의 동성 집단과 함께하진 않을지언정, 적어도 가장 뜻깊은 경험만큼은 동성 집단에서 얻는다. 여기에 덧붙이자면, 다수의 레즈비언은 자신을 여성하고만 동일시하고, 다수의 게이 남성은 자신을 남성하고만 동일시한다. 더군다나 레즈비언은 성적 지향과 상관없이 모든 여성에게 가해지는 젠더 억압들을 고스란히 겪어야 했고, 이는 (이성애자인 척하며) '동성애자임을 숨기고 사는closeted' 레즈비언도 예외가 아니었다. 반면에, 동성애자임을 숨기고 사는 게이 남성은 이성애자 남성에게 주어지는 가부장제의 특권을 누릴 수 있었다. 문학과 관련하여 이야기하자면, 게이 남성 작가는 동성애자 커밍아웃 여부와 무관하게 문학사에서 레즈비언(또는 이성애자 여성) 작가들과는 비교가 안 될 만큼 중요하게 다루어져 온 것이 사실이다. 남성 작가의 작품은 최근까지도 여성 작가의 작품보다 훨씬 쉽게 정전의 반열에 오를 수 있었기 때문이다.

레즈비언비평, 게이비평, 퀴어비평이 어떻게 변별되는지 제대로 인식하려면 아무래도 이 셋을 나누어 논의할 필요가 있다. 그다음에는 레즈비언비평, 게이비평, 퀴어비평이 공유하는 문학 해석 접근법을 일부 살펴볼 것이다. 비록 양성애 비평이나 트랜스젠더 비평을 별개의 해석틀로 다루지는 않겠지만(양성애 문학이론 및 비평 또는 트랜스젠더 문학이론 및 비평이 아직 많은 편은 아니다), 그들의 경험과 역사를 다룬 관련 서적들[12]이 상당수 존재한다는 점만 말해 두자. 이 책들을 출발점 삼아 분명 흥미로운 연구 분야가 될 것인 두 분야를 각자 탐구해 보자. 물론 레즈비언·게이·퀴어 비평을 양성애적 문학 해석과 트랜스젠더 문학 해석의 임시 모델로 삼을 수도 있다. 마지막으로, 해체비평의 통찰을 주된 근거로 삼는 퀴어비평이 이성애적 정체성과 LGBTQ 정체성 문제에 모두 연관된다는 점을 밝혀 두자.

레즈비언비평

레즈비언비평과 페미니즘 비평이 가부장제의 억압에 대한 대응으로서 나왔다는 공통점이 있고, 레즈비언비평가들이 대체로 페미니스트이기도 하다는 점 때문인지, 레즈비언비평은 페미니즘 비평과 비슷하게 개인의 정체성 및 정치에 관한 쟁점들을 분석 대상으로 삼는다(4장 참조). 그러나 페미니즘 비평가들이 성차별주의와 관련된 쟁점들과 더불어, 성차별적 이데올로기의 영향에서 벗어나 개인의 정체성을 획득하고 정치적 행동을 가능케 할 공간을 확보하는 데 따르는 어려움을 이야기하는 것과 달리, 레즈비언비평가들은 성차별주의와 이성애주의 모두와 결부된 쟁점들을 말한

---

[12] 가령, Teich, Burleson, Ochs와 Rowley, Erickson-Schroth 등을 참조할 것.

다. 바꾸어 말하면, 레즈비언비평가들은 페미니즘 비평과 마찬가지로 심리적 · 사회적 · 경제적 · 정치적 억압들을 다루되, 가부장적 남성의 특권이 조장한 억압뿐 아니라 이성애자의 특권이 조장한 억압까지 다루어야 한다. 특히 이성애자의 특권이 조장한 억압이라는 문제 앞에서는 이성애자 페미니스트와 레즈비언 페미니스트가 종종 대립하기도 한다.

실제로 페미니즘은 레즈비언을 비롯한 여성 전체에 대한 억압보다는 이성애자 여성에 대한 억압에 더욱 초점을 맞추려는 경향을 여러 차례 보인 탓에 이성애중심주의라는 비판에 취약할 수밖에 없었다. 게다가 가장 주목받기 마련인 운동 지도층에서 자주 이성애적 성적 지향이 나타나고, 동성애를 혐오하는 미국의 가부장제 권력구조 속에서 레즈비언 운동이라고 '낙인찍히는' 상황이 두려울 수밖에 없기 때문에(그 두려움이 당연한 이유는, 한 번 '낙인찍히면' 모든 동력을 빼앗길 만큼 동성애혐오가 사회 구석구석에 만연해 있기 때문이다), 페미니즘은 이성애주의를 대변한다는 비판도 감수해야 했다. 비슷한 맥락에서 유색인종이거나 노동계급에 속한 레즈비언의 존재를 생각해 볼 수 있다. 이들은 역사적으로 레즈비언 페미니즘 운동에서 아예 배제되었던 것은 아니지만 주변적 존재로 밀려나 있었던 것이 사실이다. 기존의 페미니즘 운동과 마찬가지로 레즈비언 페미니즘 운동 역시 상당 부분 백인 중산층의 주도로 전개되었으며, 그렇기 때문에 백인 중산층의 전망과 목표를 넘어설 수 없었다. 비교적 최근까지도 그랬다.

이 같은 문제들을 일찌감치 언급해 두는 이유는 더 이상, 특히 1980년대 중반 이후로 레즈비언들은 이성애자 페미니스트들이 자신들을 옆으로 제쳐 놓도록 내버려두지 않으며, 유색인종이거나 노동계급에 속한 레즈비언들 역시 백인 중산층 레즈비언들이 자신들을 외면하도록 내버려두지 않는다는 사실을 말하기 위해서다. 그 결과, 레즈비언비평은 가장 풍요롭고 흥미진진한 이론 탐구 및 정치활동의 장이 되었다. 다음과 같은 물음들은 레즈비언비평을 탐구하려는 이들이 오랫동안 고민해 온 핵심 화두였다. '레즈비언이란 무엇인가?', '어떤 텍스트가 레즈비언 문학 텍스트인가?', 레즈비언비평가들이 이 물음들을 정말 생산적인 방식들로 문제화하려면 그들의 관점이 교차성에 의해 형성되었다는 점, 다시 말해 그들의 성과 성적 지향이 젠더 정체성, 사회경제적 계급, 인종, 민족, 종교 등과 교차하거나 결합한다는 점을 고려해야 한다. '레즈비언이란 무엇인가?', '어떤 텍스트가 레즈비언 문학 텍스트인가?' 등과 같은 문제 제기는 레즈비언비평에 관한 핵심 쟁점들을 생산하는 작업이자, 일종의 자기성찰적 이론 활동에 속한다. 게이비평에서는 이러한 작업이 흔치 않다는 점도 말해 두어야겠다. 다음 두 가지 물음을 자세히 살펴보자.

레즈비언은 다른 여성과 성관계를 맺은 여성이라고 정의할 수 있을까? 그렇다면 어떤 행위를 성관계라고 말할 수 있을까?(생식기끼리의 접촉이 꼭 있어야 하는가?) 이에 대한 정의를 이성애에 적용시켜 보면 어떻게 될까? 짐작컨대, 이런 식일 것이다. 예를 들어, 자신을 이성애자라고 생각하는 처녀라도 생식기를 통한 남성과의 성관계를 경험하기 전까지는 자신을 이성애자라고 부를 권리가 없다는 식으로 말이다. 이 같은 점을 고려할 때, 개인의 섹슈얼리티는 개인의 성적 욕망이라는 측면에서 정의되어야 할 듯하다.

이렇게 보면, 레즈비언을 다른 여성에게 성적 욕망을 느끼는 여성으로 정의하는 편이 더 나을 수도 있다. 이렇게 레즈비언을 정의하면 이성애적 결혼에 갇힌 레즈비언의 존재까지도 인지할 수 있게 된다. 그동안의 역사를 돌이켜 볼 때, 여성은 경제적 생존 문제 때문에, 또는 결혼 외의 사회적·심리적 선택지를 제공하지 않는 완고한 사회체제 때문에 자신의 뜻과 상관없이 결혼하는 경우가 많았다. 그리고 이런 여성들 가운데 일부는 남편을 사랑하고 존경했을지 모르지만, 남성보다는 여성에게 더 매력을 느꼈을지도 모른다. 남성과 결혼했으나 비타 새크빌 웨스트Vita Sackville-West라는 여성과 오래도록 열렬히 사랑을 나누었던 버지니아 울프가 좋은 예이다.

하지만 두 여성 사이의 열애를 확인시켜 줄 만한 증거, 이를테면 열렬한 사랑을 담아 오랫동안 주고받은 편지 같은 것이 남아 있다 해도 그 시기가 역사적으로 지금과 다른 시대일 경우, 두 여성이 편지로 그런 감정을 주고받은 것이 틀림없다고 우리가 현시점에서 확실히 말할 수 있을까? 예를 들어, 19세기 영국과 미국의 여성들은 이른바 '낭만적 우정'이라는 것을 나누었다(앞서 설명한 '보스턴 결혼'도 이 유형에 속한다). 그 관계를 들여다보면 더없이 열렬한 사모와 부드러운 애정을 동시에 확인할 수 있지만, 성적 행위나 욕망을 보여 주는 구체적인 증거는 찾기 어렵다. 그렇다면 '낭만적 우정'이란 것을 어떻게 해석해야 하는가? '낭만적 우정'이 성행하던 때는 감상적인 생각들이 한껏 부풀려지고 언어적 표현들이 과도하게 나타나던 시기로 잘 알려져 있다. 또한, 여성들끼리 신체 접촉으로 감정을 나누는 것이 용인되고 심지어 장려되기까지 한 시기다. 가부장제는 여성들이 '본성상 감정 과잉'임을 내보이는 것을 일종의 매력이라면서 이를 부추겼다. 그렇기 때문에 여성들이 주고받은 편지 속에 "사랑해요, 표현할 수 없을 만큼, 상상할 수 없을 만큼"[13] 식의 열렬하고 격정적인 표현들이 가득해도, 과연 그 표현들이 성적 행위는커녕 성적 욕망이라도 내비친 것인지 확신하기 어렵다. 그런데 '낭만적 우정'과 같은 관계에 19세기의 이성애중심적 가부장제가 전혀 눈치채지 못한 어떤 성적인 차원이 개입되는 경우도 많았다. 19세기에는 여성의 성생활이나 성적 자각에 제약이 있었음을 감안하면, 당시 상당수의 여성들은 자기도 모르는 사이에 다른 여성을 향한 커다란 성적 욕

13 　알렉산더 아일랜드 부인Mrs. Alexander Ireland이 편집한 《제럴다인 엔서 쥬스버리와 제인 웰시 칼라일의 편지 선집Selections from the Letters of Geraldine Endsor Jewsbury to Jane Welsh Carlyle》(London: Longmans, Green and Co. 1892)의 38쪽을 볼 것. 인용문은 1841년 10월 29일 편지에서 가져왔다 (패더만의 책 164쪽에서 재인용).

망을 품고 있었을 법하다.

오늘날 우리가 생각하는 성적 행위나 욕망에 대한 정의를 너무 엄밀히 적용하려 하면, 오직 레즈비언의 눈을 통해서만 온전히 이해할 수 있을 여성들의 삶에서 중요한 차원을 지워 버릴 우려가 있다. 이런 식으로 지워지는 위험을 막고자, 그리고 모든 여성의 연대를 촉진하고자, 일부 레즈비언 이론가들은 레즈비언을 가리켜 **여성동일시 여성**woman-identified woman이라고 주장한다. 여성동일시 여성이 된다는 것은 자기의 관심과 감정적 에너지 대부분을 다른 여성에게 보냄으로써, 그리고 자신의 감정을 건강하게 유지시켜 주고 심리적으로도 안정되도록 도와주는 주요 원동력을 다른 여성에게서 찾는 것으로 이루어진다.[14]

에이드리언 리치는 여성동일시적 여성 개념을 활용하여 이른바 **레즈비언 연속체**lesbian continuum의 존재를 입증하려 한다. 리치 본인이 명명한 용어인 레즈비언 연속체는 "단순히 한 여성이 생식기를 통한 다른 여성과의 성적 경험을 체험했거나 이를 의식적으로 욕망했다는 사실에만 주목하기보다, 여성 개개인의 삶과 역사 전반에 걸친 일련의 여성동일시적 경험들을 포괄"(239)하는 개념이다. 여기서 말하는 여성동일시적 경험에는 일이나 놀이를 함께하며 얻는 정서적 유대, 서로 주고받는 심리적 안정, 어떤 형식으로든 즐거움을 공유하는 경험 등이 두루 포함된다. 여성동일시는 성적 욕망이나 행위를 처음부터 제외하는 것이 아니라, 그런 것을 반드시 필요로 하지 않을 뿐이다. 해당 여성은 일생 내내 레즈비언 연속체 안팎을 자유로이 오갈 수 있고, 평생 그 안에 남아 있을 수도 있다. 이런 관점에서 보자면, 19세기 여성들의 낭만적 우정은 성적 행위나 욕망의 개입 여부와 무관하게

---

[14] 여성동일시적 여성에 관한 상세한 논의는 래디컬레즈비언을 참고할 것.

레즈비언 분석에 적절한 주제인 셈이다.

물론 레즈비언 경험의 성적 차원을 경시하는 것은 몇몇 레즈비언 이론가들의 말처럼 레즈비언의 삶에서 가장 특별하고 자유로운 경험을 가벼이 여기는 것이다. 레즈비언은 다른 여성과 성적 유대를 나누고 남성이 자신의 몸에 접근하는 것을 거부함으로써, 가부장제의 가장 강력한 동력 가운데 하나인 이성애를 거부한다. 이성애는 '정상적인' 여성에게 '자연스러운' 성적 지향이 아니라, 여성을 가부장제에 종속시키는 정치적 제도이기 때문이다. 말하자면, 가부장제에서 여성의 섹슈얼리티가 이성애적인 관점에 따라 규정되는 방식에는 남성에 대한 여성의 종속이 뿌리 깊게 각인되어 있다. 이 같은 관점에서 보면 가부장제와 이성애는 분리 불가능하다. 가부장제에 저항하려는 사람은 이성애에도 저항해야 하는 것이다.

그러한 이유에서 일부 레즈비언들은 **분리주의자**separatist가 된다. 이들은 게이 남성을 포함한 모든 남성 및 이성애자 여성에게서 자신들을 최대한 분리시킨다. 또한, 자신들과 의견을 같이하지 않는 레즈비언들과도 거리를 둔다. 남성의 주도로 전개된 1970년대 게이해방운동의 성차별주의와 앞에서 언급한 페미니즘 운동의 이성애중심 성향을 기억하는 레즈비언 분리주의자들은 오직 레즈비언 조직만이 레즈비언들의 현안을 최우선시하리라고 믿는다. 레즈비언 분리주의자들에게 여성의 동성애는 단순히 개인의 섹슈얼리티 문제가 아닌 하나의 정치적 입장인 것이다. 이는 분리주의자가 아닌 레즈비언 페미니스트 대부분에게도 마찬가지다.

그런데 매릴린 프라이Marilyn Frye는 분리주의가 계획적이고 체계적인 정치적 방침이라 해도, 그러한 형식만이 가부장적 지배로부터 여성들을 분리시킬 수 있는 것은 아니라고 주장한다. 실제로 분리는 여성의 권력을 증대시키는 일련의 제도적 실천들을 통해 다양한 차원에서 진행되고 있다. 예를 들어, 매 맞는 여성과 이혼 여성을 위한 쉼터 제공, 이용 가능한 탁아 시설과 여성학 프로그램, 여성 전용 바의 확대, 낙태 합법화 등이 이러한 실천에 속한다.

심지어 겉보기엔 지극히 개인적인 행동, 이를테면 친밀하던 관계를 끝내는 것과 같은 행동조차 남성 또는 남성주도적인 제도에서 벗어나 여성의 권력을 증대시키는 분리의 형식이 될 수 있다. 집이나 회사에서 특정인에 대한 출입 금지, 특정인에 대한 지원 중단 및 충성심 철회, 성차별적 TV 프로그램 시청 및 성차별적 음악 청취 거부, 지독한 불쾌감을 주는 개인에 대한 거절 등은 모두 그러한 분리를 실행하는 형식이다. 프라이의 말처럼 "접근권이란 권력의 성격 가운데 하나다. … 노예들의 막사에 들어갈 수 있는 것은 언제나 주인의 특권이다. 자기 막사에서 주인을 내쫓겠다고 결심하는 노예는 자신이 더 이상 노예가 아니라고 선언하는 것이다."(95-96) 그러므로 여성 대다수가 분리주의 정치를 선택하지 않더라도 분리의 경험을 완전히 낯선 것으로 생각해서는 안 되며, 분리주의자를 지지하는 여성들에게 무관심한 태도를 보여서도 안 된다.

레즈비언이라는 용어를 정의하려는 시도, 나아가 여성의 분리와 관련된 다양한 형식들이 갖는 정치적 함의를 온전히 설명하려는 시도는 분명 흥미로운 만큼이나 문제도 많다. '어떤 텍스트가 레즈비언 문학 텍스트인가?'라는 질문에 대답을 구하려는 노력 역시 그만큼의 어려움이 따른다(하지만 그에 대한 보상도 크다). 특정 작가가 레즈비언이었는지의 여부란 항상 확신하기 어려운 데다, 방금 논의한 대로 레즈비언이라는 용어를 정의하는 것 자체가 쉽지 않다는 점을 감안하면, 작가의 성적 지향만으로 어떤 글이 레즈비언 텍스트인지 아닌지를 판단할 수는 없다. 심지어 작가의 성적 지향을 알고 있는 경우라고 해도 그렇다. 물론 레즈비언을 비평가가 어떻게 정의하는지에 따라 레즈비언 작가와 레즈비언 텍스트에 대한 정의도 달라질 테지만 말이다.

이러한 상황에서 레즈비언비평가는, 예컨대 윌라 캐더처럼 성적인 면에서 적극적이었다고 알려진 레즈비언 작가라도 겉으로는 이성애적 서사를 내세우고 레즈비언과 관련된 의미는 **간접적으로(암호화하여) 표현했을**coded 경우를 논의할 수 있다. 적어도 작품의 출판을 바란다면, 그리고 형사소송은 물론이고 세간의 비난 또한 피하고 싶다면 레즈비언의 욕망을 공개적으로 서술해서는 안 된다는 사실을 캐더 같은 작가는 알고 있었을 것이기 때문이다. 캐더의 소설《나의 안토니아My Antonia》(1918)에 대한 주디스 페터리 Judith Fetterly의 해석에서 이 같은 주장을 확인할 수 있다. 페터리는 소설 기법보다도 소설의 화자인 짐 버튼에 주목한다. 소설 속에서 짐 버튼의 성격은 모순되게 묘사되는 경우가 종종 있어서, 이를 어떻게 해석해야 할지 난감해한 비평가들이 많았다. 그런데 페터리에 따르면, 짐 버튼은 저자 캐더가 지닌 레즈비언적 욕망의 화신이라고 보아야 비로소 온전히 이해할 수 있는 인물이다.

무엇보다 짐은 안토니아를 향한 사랑과 안토니아를 연인 또는 아내로 두고픈 욕망을 거듭 드러내지만, 따로 밝히지 않은 어떤 이유 때문에 안토니아를 차지하지 못한다. 게다가 짐은 전통적인 관점에서 보자면 마치 여성인 것처럼 행동한다. 그는 부엌을 비롯한 여성의 공간에서 대부분의 시간을 보낼 뿐 아니라, 사냥이나 낚시 같은 남성들의 세계에서 활동하는 모습을 결코 보이지 않는다. 더 나아가, 자기 고장의 남성들과 자신을 동일시하지 않으며, 그 남성들이 함부로 남용하는 가부장적 특권에 적대적인 모습을 보이기까지 한다. 그러던 차에 짐은 안토니아가 일하는 곳인 윅 커터의 집에 그녀 대신 들어가 있다가 봉변을 당한다. 윅 커터는 안 그래도 안토니아를 성적으로 괴롭히고 겁먹게 하는 등 괴팍한 행동을 하던 인물이었는데, 잠시 집을 비운 사이에 안토니아가 아닌 짐이 그곳을 지키고 있는 것(안토니아는 잠시 짐의 집으로 피해 있었다)을 보고는 짐에게 느닷없이 행패를 부린 것이다. 그런데 짐은 사랑하는 안토니아를 지키겠다는 이유로 윅 커터를 마구 때리거나 하지 않는다. 정황상 짐은 전에 안토니아 대신에 강간을 당했다고도 볼 수 있지만, 그는 윅 커터의 역겨운 행동에 진저리 치고 수치심을 느끼며 자기 집으로 도망쳐, 할머니에게 누구에게도 이 사건에 대해 이야기하지 말아 달라고 간청한다. 심지어 의사에게도 말이다. 이 모든 것을 종합해 보면, 결국 짐은 남성성을 혐오한다는 것을 알 수 있다. 이 점은 "1부에 등장하는 남근 모양의 기이한 뱀"(Fetterly 152)이 확 내뿜는 남근의 남성성 앞에서 그가 어떤 느낌에 휩싸이는지만 봐도 명확하다.

> 혐오스러울 만치 단단한 근육이 징그럽게 꿈틀대는 것을 보니 속이 다 메스꺼웠다. 몸뚱이는 내 다리만큼이나 굵었으며, 맷돌로 찧는다 해도 놈의 진저리나는 생명력이 끄떡이나 할까 싶었다. … 그놈은 먼 옛날에나 있었을 법한 우두머리급 악마 같았다. (Cather 45-47; Fetterly 152에서 재인용)

소설의 화자인 짐이 저자를 대신하는 인물임을 알게 되면 앞에서 언급한 서사적 문제들도 해결된다고 페터리는 주장한다. 이 소설이 자전적인 이야기임을 감안하면, 그러한 설명이 더욱 잘 들어맞는다고도 볼 수 있다.

한편 레즈비언비평가는 어떤 작가의 이용 가능한 전기적 자료들을 검토했을 때 단지 다른 여성과의 열렬한 정서적 유대감, 곧 '낭만적 우정'밖에 발견할 수 없을지라도, 그 작가가 내놓은 결과물을 보고 나서 작가의 레즈비언 성향을 확인하게 되는 경우를 논할 수도 있다. 자기 시의 동성애적 차원을 전략적으로 드러내는 에밀리 디킨슨의 경우를 설득력 있게 설명하는 폴라 베넷Paula Bennett이 좋은 예다. 베넷에 따르면, 에밀리 디킨슨의 시는 "그녀가 살아가며 만난 여성들과의 관계"에서 얻은 "정서적이면서 성적인 위안과 상당 부분 연관"(109)돼 있다. 몇 가지 시적 전략을 예로 들자면, 먼저 디킨슨은 남근의 이미지를 두려움 및 혐오와 결부시켜 사용한다. 〈일찍 나섰네, 개를 데리고I started Early-Took my Dog〉(시 #520)에서 바다 물결은 해안

가에 있는 화자를 따라오는데('진주'가 '넘쳐흐르는' 곳이라는 시어로 묘사된 바다 물결의 이미지는 명백히 남성적이고 성적이다), 화자는 바닷물에 '잡아먹힐까 봐' 두려워 그곳에서 물러나려고 한다. 그런가 하면 〈한겨울 방 안에서In Winter in My Room〉(시 #1670)에서 "분홍빛의, 가늘지만 온기가 느껴지는" 벌레 한 마리에 불안해하던 화자는 어느 순간 벌레가 "힘을 주어 똬리를 틀고 있는" 한 마리의 "뱀"으로 탈바꿈하자 공포와 혐오감을 느낀다.

여성의 성적 이미지는 정반대로 표현된다. 베넷이 보기에, 디킨슨은 그러한 이미지, 특히 음핵이나 음순을 연상시키는 이미지를 "대개 입으로oral" 느끼는 "에덴의 즐거움"과 연결시키고(111) "솔직하고 간절하며 풍요로운" 어조로 묘사한다. 예를 들어 〈내가 쓸 수 있는 편지 전부는All the letters I can write〉(시 #334)은 사랑하는 사람(성별이 불분명한 '그것'으로 지칭되는 아주 작은 벌새 한 마리의 모습으로 표현된다)에게 "마르지 않는 깊숙한 루비,/그대를 위해 숨겨둔 입술"을 "조금씩 마셔" 달라고 부탁하는 내용이다. 비슷한 묘사를 〈그대를 위해 꽃을 돌보네I tend my flowers for thee〉(시 #339)에서도 볼 수 있는데, 이 시는 "내 푸크시아의 산호색 틈새/찢어지네, 씨뿌리는 이 꿈꾸는 사이", "내 선인장, 수염을 갈라/목을 보여 주네" 등과 같은 여성의 성적 이미지들을 담고 있다.

이상의 시 작품들이 남성의 시점을 택하고 있든 그렇지 않든지 간에, 베넷은 디킨슨의 "초점이 확실히 여성의 섹슈얼리티 자체에 맞추어져 있다"(111)면서, 이는 디킨슨이 "자신의 성이 지닌 육체적 매력에 압도되었다는 증거"(110)라고 주장한다. 평생의 친구였던 수전 길버트Susan Gilbert를 향한 디킨슨의 열렬한 사랑이 드러나지 않도록, 디킨슨의 사망 이후 유족들이 그녀의 편지들만큼은 일정 부분 편집해서 출간해 달라고 요청했다는 사실은 의미심장하다.

레즈비언비평가가 논의할 만한 또 다른 사례로는, 의도만 보면 확실히 이성애적인데 실제로는 레즈비언의 중요한 특징이 드러나는 경우를 꼽을 수 있다. 바버라 스미스Barbara Smith는 '여성동일시적 여성' 같은 경우처럼 동성애 욕망을 필수적으로 요구하지 않는 레즈비언의 정의를 바탕으로 토니 모리슨의 《술라Sula》(1973)를 분석한다. 《술라》는 두 명의 흑인 소녀가 서로 유대하며 그들의 삶을 제약하는 인종차별주의와 성차별주의에 맞서 살아가는 내용의 소설이다. 스미스는 토니 모리슨이 "남성/여성 관계, 결혼, 가족 등과 관련된 이성애적 제도들에 대해 일관되게 비판적 태도"[165]를 보여 왔다는 점에 주목하면서, 그녀의 소설 《술라》에서 느낄 수 있는 깊고도 한결같은 사랑은 오직 두 여성, 곧 소설의 두 주인공인 넬과 술라의 관계뿐이라고 단언한다. 넬과 술라는 기본적으로 서로를 동일시하고, 서로에게서 정서적 자양분을 얻는다. 그리고 넬의 남편을 포함한 그 어떤 남성도 넬과 술라가 서로의 삶에서 차지하는 영향력과 중요성을 대신할 수 없다. 실제로 넬과 술라 모두 남성과의 관계에서 만족하지 못한다. 결국 술라는 결혼하여 아이를 갖는 삶을 거부하고, 기혼 남성들과 하룻밤 잠자리를 함께하며, 뒤이어 그들을 경멸하는 등 사회적 관습을 무시하며 살아가는데, 술라의 이러한 행동은 위반의 섹슈얼리티를 드러낸다. 이는 곧 가부장제 규범에 대한 위반이며, 가부장제에 대한 레즈비언의 위반과도 상통한다. 사실 술라가 남성들과 잠자리를 갖는 이유도 (결코 일어나지 않는) 그들과의 교감을 경험해 보기 위해서가 아니라, 자신만의 내적인 힘을 깨닫고 그에 따른 내면의 조화를 맛보기 위해서다.

　물론 이 밖에도 레즈비언비평가들이 수행할 수 있는 작업들은 많다. 레즈비언비평가들은 특히 레즈비언 문학 전통을 구성하는 것이 무엇인지, 그러한 전통과 연결시킬 수 있는 작가와 작품은 무엇인지 결정하려 한다. 또한 레즈비언 시학의 구성 요소, 즉 레즈비언 특유의 글쓰기 방식이란 무엇인지 규명하고자 한다. 그리고 레즈비언 작가들의 성적/감정적 지향이 그들의 문학적 표현에 어떤 영향을 끼치는지, 성적/감정적 지향과 인종 문제가 교차하는 상황이 유색인 레즈비언들의 문학적 표현에 어떤 영향을 끼치는지, 더 나아가 성적/감정적 지향과 인종 문제, 계급 문제가 교차하는 상황이 노동계급 출신 레즈비언들의 문학적 표현에 어떤 영향을 끼치는지 분석하고자 한다.

이 밖에도 레즈비언비평가들은, 이를테면 레즈비언이 쓴 문학작품 또는 레즈비언이 등장하는 문학작품에서 레즈비언이나 '남성 같은' 여성이 어떻게 그려지는지를 살펴봄으로써, 특정 텍스트에 나타나는 성 정치sexual politics를 분석한다. 한편, 레즈비언비평가들은 정전화된 이성애자의 텍스트 역시 분석 대상으로 삼고, 정전 텍스트에 담긴 레즈비언에 대한 태도는 어떠한지, 그러한 태도가 텍스트 안에서 어떻게 명확히 또는 은밀히 구현되는지 밝히고자 한다. 그리고 특정 문학작품에 내재된 레즈비언의 특징들을 온전히 인식하거나 평가하지 못하는 이성애중심적인 문학 해석을 찾아내고 이를 바로잡는 것 또한 레즈비언비평가들의 역할이다.

단언하건대, 이상의 작업들은 대표적인 사례일 뿐이다. 열거한 사례들 외에도 레즈비언비평이 할 수 있는 일은 매우 많다. 일단 레즈비언비평가들의 저작을 직접 읽어 보면, 나날이 확장되고 진화해 가는 레즈비언비평의 폭과 깊이를 실감할 수 있을 것이다.

혹시 이쪽 분야의 문학작품들을 아직 접해 보지 않았다면, 비평가들 다수의 지지를 받고 있는 동시대의 레즈비언 작가들이 누구인지 궁금할 수도 있겠다. 그러한 작가들로는 오드리 로드Audre Lorde, 에이드리언 리치, 지넷 윈터슨Jeanette Winterson, 글로리아 안잘두아Gloria Ánzaldúa, 레슬리 파인버그Leslie Feinberg, 미니 브루스 프랫Minnie Bruce Pratt, 리타 메이 브라운Rita Mae Brown, 폴라 건 앨런Paula Gunn Allen, 도로시 앨리슨Dorothy Allison, 앤 앨런 쇼클리Ann Allen Shockley, 모니크 위티그Monique Wittig, 주웰 고메즈Jewelle Gomez, 준

아널드June Arnold, 발레리 마이너Valerie Miner, 제인 룰Jane Rule, 버사 해리스 Bertha Harris, 사라 슐만Sarah Shulman, 니콜 브로사르Nicole Brossard, 키티 추이Kitty Tsui, 샤니 무투Shani Mootoo, 바세바 도란Bathsheba Doran 등이 있다.

게이비평

앞에서 언급한 대로, 게이비평은 레즈비언비평과 달리 **게이**gay를 정의하는 데 몰두하는 편은 아니다. 오늘날 미국의 백인 중산층 사이에서 일반적으로 통용되는 게이의 기준은 남성들 간의 성적 관계뿐 아니라 한 남성이 다른 남성에게 성적 욕망을 갖는 상황까지도 포함한다. 그러나 모든 문화권에서 이 정의가 받아들여지는 것은 아니다. 예를 들어, 멕시코나 남아메리카에서는 남성과의 성적 행동이나 다른 남성을 향한 욕망만으로 어떤 남성을 동성애자라고 분류하지는 않는다. 전통적인 남성상에 따라 행동하고 (강하게, 우월하게, 단호하게) 남성의 성역할인 침투자penetrator(구강 또는 항문을 통해 누군가가 자기 안으로 침투하도록 내버려두어서는 안 된다)로서의 면모를 일관되게 보이는 한, 이 지역에서 남성은 마초macho, 곧 '진짜' 남성으로서 존재할 수 있다. 마초 남성은 남성과 여성 모두와 섹스를 나눌 수 있는데, 이 경우는 북아메리카와 다르게 동성애로 여겨지지 않는다. 그리고 이 점은 19세기 말에서 20세기 초반 무렵 미국 백인들의 노동계급 문화에서 통용되던 동성애 정의와 아주 비슷하다. 당시 백인 노동계급에서는 섹스 도중 남성의 '침입'을 허용하고, 전통적인 여성상, 이를테면 순종적이고 수줍어하며 애교를 부리고 '부드러운' 태도를 보이는 남성만이 동성애자로 간주되었기 때문이다.

동성애적 행동과 이성애적 행동 사이의 극단적 대립이 존재하지 않았던 고대 아테네의 사례만 봐도 오늘날 백인 중산층의 동성애 인식이 갖는 문제점을 다시 한 번 확인할 수 있다. 고대 아테네에서 성적 상대자는 생물학적 성별이 아닌 계급 구분에 따라 정해졌다. 지배계급에 속한 엘리트 남성은 자기보다 사회적 지위가 열등한 존재만을 합법적인 성적 상대자로 삼을 수 있었다. 열등한 존재에는 나이와 계급을 막론한 여성, 사춘기는 지났지만 시민권을 가질 연령에는 이르지 못한 자유로운 신분의 소년, 노예, 이방인 등이 포함되었다. 동성애라는 단어도 없었다. 그러한 개념이 존재하지 않았기 때문이다.

실제로 영국과 유럽, 미국문화에서 동성애적 정체성, 아니 동성애자라는 말이 처음 쓰이기 시작한 때는 19세기 이후다. 19세기 전까지 그러한 성행위, 즉 일반적으로 말해 출산과 무관한 모든 종류의 성행위는 교회나 국가에 의해 금지되었으나, 그럼에도 그런 것이 특별한 성정체성을 보여 주는 증거라고 인식되지는 않았다. 누군가가 동성애자일 수 있다는 생각은 동성애를 일종의 병리적 현상으로 보는 견해와 함께 나타나기 시작했는데, 이 같은 견해를 조장한 것은 의학계였다. 그리고 이는 오늘날의 많은 게이 남성들이 동성애자라는 말 대신에 게이라고 불리는 것을 더 선호하는 이유이기도 하다. 동성애자라는 단어를 통해 동성애를 의학적 또는 정신적 장애와 결부시켜 생각하는 사람들이 많기 때문이다.

동성 간의 사랑을 병리적으로 보는 관점을 역사적 맥락에서 살펴보기 위해 '자위하는 사람'의 사례를 살펴보자. '자위하는 사람' 역시 19세기에는 병적인 성정체성을 지닌 인물로 여겨졌다. 오늘날 의학계에서는 건강한 배출 수단이라고 인정하는 행위가 19세기에는 위험한 것으로서 여겨졌던 것이다. 그래서 당시 '고통'에 '시달리던' 아이들은 자신의 몸을 만지지 못하도록 밤마다 침대에 묶여야 했다. 심지어 일부 병력들을 살펴보면, '병을 치유하기 위해' 의사들이 어린 소녀들의 음부를 태운 사례까지 등장한다.

요점은 이렇다. 동성애를 바라보는 태도는 섹슈얼리티 일반을 바라보는

태도와 마찬가지로 시대와 장소에 따라 천차만별이다. 1950년대 초반 미국
에서 유독 격렬하고 악랄하게 표출되고 지금까지도 남아 있는 동성애에 대
한 반감이 동성애에 대한 일종의 보편적 태도나 보편적 정의를 보여 준다
고는 할 수 없다.

　게이비평가들이 주로 관심을 갖고 진행하는 분석들은 종종 **게이 감수성**
gay sensibility이라는 주제로 수렴된다. 게이가 된다는 것은 자기 자신과 타자,
세계를 바라보는 방식, 예술과 음악에 반응하고 또 이를 창조하는 방식, 문
학을 해석하고 창조하는 방식, 감정을 체험하고 바라보는 방식에 어떤 영
향을 끼치는가? 21세기 초반의 미국에서 살아가는 우리는 이성애중심적
인 문화에 둘러싸여 있다. 이 같은 상황에서 게이 감수성은 자신이 주류사
회 및 지배문화의 구성원들과 적어도 몇 가지 점에서 다르다는 자각, 그리
고 은연중에 계속되고 있는 사회적 억압에서 비롯된 복합적인 감정을 포함
하게 된다. 바꾸어 말하면, 게이 남성으로서 세상을 바라보는 법은 게이 남
성이라는 억압된 존재와 대면하는 법을 포함한다. 그 가운데서도 게이 감
수성을 이루는 중요한 세 가지 영역이 있는데, 바로 드래그drag와 캠프camp,
그리고 에이즈AIDS 문제 대처이다. 이 세 가지는 모두 이성애중심주의의 억
압에 맞선 대응이라는 성격을 띤다.

　드래그drag는 여성의 옷을 입는 것, 즉 여장을 의미한다. **드래그 퀸**drag queen
은 정기적으로 또는 직업적으로 여성의 옷을 입는 게이 남성을 가리킨다.
그러나 모든 게이가 크로스드레싱cross-dressing, 즉 자신의 생물학적 성과 반
대되는 옷차림을 하는 것은 아니며, 모든 크로스드레서가 게이인 것도 아
니다. 또한, 게이들이 전부 다 드래그에 찬성하는 것도 아니다. 하지만 어떤
이들에게 드래그는 자기표현과 놀이의 원천이며, 나아가 전통적 성역할에
반대하는 정치적 의사 표현이 될 수 있다. 드래그를 한다고 해서 자신이 여
성이라는 환상이 필연적으로 동반되는 것은 아니다(어쩌면 그런 환상이 전

혀 없을 수도 있다). 오히려 드래그는 남성이 자신의 여성적인 면 또는 정상성을 파괴하는 감각이나 비순응성을 표현하는 하나의 방법이다. 또 다른 게이 남성들에게는 드래그가 게이 관련 쟁점들에 대한 관심을 환기시키고, 동성애혐오적인 정부와 종교 정책을 비판하며, 에이즈 운동 기금을 모으는 등에 유용한 정치활동의 일환이 된다. 그 목적이 어떻든지 간에, 드래그는 누군가에게 위협이 될 수 있는 이성애중심적 젠더 설정을 거부하고 젠더 역할에 의문을 제기함으로써 사람들이 각자 자신의 섹슈얼리티에 대해 생각해 보도록 유도하는 하나의 방법이다.[15]

캠프camp는 불경함, 책략, 과장, 연극성 등의 특징을 지니는 일종의 열정적인 자기표현을 가리키며, 아이러니와 재치, 유머를 담고 있으며, 종종 젠더의 경계선을 넘나들거나 흐릿하게 만든다. 게이 드래그가 현란하고 연극적인 방식으로 이루어질 때, 이는 일반적으로 캠프로 간주된다. 캠프는 권위와 전통적 행동 규범을 조롱한다는 점에서 전복적인 성격을 띠는데, 그러한 전복성은 대개 조롱 대상을 과장된 몸짓이나 자세, 목소리 등으로 터무니없게 묘사하는 데서 생겨난다.

오랜 역사를 자랑하는 캠프의 사례로는 유명한 몬티 파이선 촌극寸劇 "요

---

15 한편 레즈비언이 남성의 옷을 입는 경우도 있다. 실제로 드래그 킹drag king이 일부 존재하기도 한다. 팝 가수 엘비스 프레슬리를 흉내 내는 사람들을 풍자하고, 엘비스의 마약 문제나 성적 성향까지 연기에 포함시키는 엘비스 허셸비스 같은 인물을 그 예로 꼽을 수 있다. 그러나 레즈비언들은 드래그를 게이 남성들만큼 중요한 문제로 보지는 않는 것 같다. 그리고 일반적으로 레즈비언 공동체에서는 남성적인 옷차림과 몸단장 또는 중성적인 옷차림과 몸단장을 게이들의 드래그에서 나타나는 식의 연극적 특징과는 무관한 개인의 자기표현, 그리고(또는) 조용한 정치적 의사 표현의 문제로 바라보는 경향이 있다. 적어도 1960년대 후반 이후로는 여성이 남성처럼 옷을 입고 몸단장을 하는 것을 사람들이 터무니없다거나 유행에 어긋난다고 보지 않는다. 선진국에서는 그렇다. 젠더 표현이 남성적인 부치 레즈비언들은 자주 폭행과 강간의 대상이 되었고, 특히 1950년대처럼 억압적인 시기에는 그 정도가 더욱 심했지만, 여성들의 남성적 옷차림은 게이들의 드래그만큼 전국적으로 관심을 얻지 못했다.

크셔 지역 마을 여성 셰필드 길드 조합의 진주만 공습 재현"을 들 수 있다.
이 연극은 남자 여섯이 1950년대 중반 중년 여성들이 입었을 법한 옷을 입
고 진흙 뻘밭에 나뒹굴면서 핸드백으로 서로를 때리는 내용이다.[16] 또 다른
예는 "콘도의 게이 셋"으로, 오랫동안 방영된 TV 만화 시리즈 〈심슨즈〉의
시즌 14 에피소드 17이다. 호머 심슨이 부인과 싸우고 게이 두 명을 집안
에 들이는 내용이다. 캠프 영화의 고전적인 사례는 마이크 니콜스 감독의
1996년 영화 〈버드 케이지〉에서 명배우 네이선 레인이 연기한 앨버트/스
태리나를 들 수 있다. 또 다른 예는 존 워터스 감독의 1988년 영화 〈헤어 스
프레이〉에서 에드나 턴블래드 역을 연기한 다재다능한 배우이자 드래그 퀸
이었던 디바인이다. 캠프를 대표하는 유명 인사로는 엘튼 존, 마돈나, 레이
디 가가, 1960년대 팝록 스타 더스티 스프링필드 등이 있다. 불룩한 머리모
양과 짙은 화장으로 유명한 스프링필드의 모습은 무대 위에서 드러난 드래
그 퀸의 아름다움을 특징적으로 보여 준다. 하지만 캠프로 간주될 법한 방
식으로 행동한다고 해서 꼭 게이일 필요는 없다. 캠프는 의도한 사람 마음
이기도 하고 보는 사람 마음이기도 하다. 가령, 게이 팬들 상당수가 주디 갈
랜드, 베티 미들러, 라이자 미넬리, 셰어의 현란한 연극성을 좋아하는 이유
는 그들이 보여 주는 캠프적 특성 때문이다. 캠프는 이성애 문화와의 차이
를 긍정하는 하나의 방법이라는 점에서 드래그와 다르지 않다. 캠프는 이
성애주의를 완화하고 웃음으로 스스로를 치유하는 방법이다. 따라서 이성
애주의로 인한 희생을 권력으로 변모시키는 방법이기도 하다.

에이즈라는 현실(여기에는 당연히 에이즈와 연관된 차별들도 포함된다)과
더불어 살아가는 문제는 1980년대 후반 이후 게이 감수성을 구성하는 중요

---

[16] 비디오는 온라인으로 시청 가능하다. https://www.youtube.com/watch?v=uyORbG3I5Ys.

한 부분이 되었다. 에이즈가 이성애자 시민들에게도 위협적이라는 점이 인식되기 전까지는 연방정부에서 에이즈 연구 기금을 마련하는 데 무심했다는 사실을 확인하게 될 때, 일부 전문의들이 오랫동안 에이즈 환자들을 진료하기 꺼려했다거나 존중하려 들지 않았음을 알게 될 때, 일터에서 에이즈 감염자HIV나 양성 판정을 받은 사람(아직 에이즈가 발병한 상태는 아니지만, 앞으로 어느 시점에서 발병할 것으로 예상되는 경우)에게 가해지는 차별과 마주하게 될 때, 게이 남성들의 세계관은 바뀌지 않을 수 없다.

에이즈가 처음 발견된 때는 1981년으로, 80년대가 끝날 무렵 상당수가 사망했다. 이 같은 국민건강 비상사태에 게이 공동체는 대단히 능동적이고 적극적으로 대처했다. 이들은 게이남성보건위기(GMHC), 액트업ACT UP(에이즈 해방연대AIDS Coalition To Unleash Power) 등과 같은 정치단체를 결성하고 대중운동을 벌이면서 자신들의 뜻을 알리고 지지를 호소했다. 또한 제약회사와 보험회사, 정부 기관, 의료기관 등을 상대로 시위를 벌이며 에이즈 확산에 적절히 대처해 달라고 촉구했다. 여기에 레즈비언들도 게이 남성들을 지지하고자 결집했다. 레즈비언들이 게이 남성들의 시위에 동참하고 에이즈 환자와 에이즈로 죽어 가는 사람들을 돌보는 과정에서 중요한 역할을 담당하게 되자, 두 공동체 사이에는 새로운 연대 정신이 싹트기 시작했다. 마거릿 크룩섕크Margaret Cruikshank의 언급대로, "부적응자 또는 미국에 반하는 변태성욕자라는 식의 딱지가 붙어 있던 사람들이 전형적인 미국식 자립운동을 펼쳐 나가기 시작했는데, 이는 아마도 미국 역사상 가장 거대하게 펼쳐진 자발적 활동 가운데 하나였을 것이다."(182-183)

게이비평가와 레즈비언비평가는 서로 다른 이론적 쟁점들에 초점을 맞추긴 하지만, 양쪽이 문학 텍스트에 접근하는 방식은 상당 부분 유사하다. 게이비평가 역시 레즈비언비평가와 마찬가지로 게이 시학의 구성 요소 또는 게이 특유의 글쓰기 방식을 규정하려 한다. 더불어 게이의 문학 전통을 규명하고, 그러한 전통에 어떤 작가와 작품이 속하는지 결정하려 한다. 또한 게이비평가는 게이 감수성이 어떻게 문학적 표현에 영향을 미치는지 검토하고, 이성애적 텍스트가 어떤 식으로 동성성애적 차원을 담아낼 수 있는지 연구한다. 그리고 게이 작가들의 작품 가운데 과소평가되거나 왜곡되고 숨겨졌던 작품을 재발견하려 한다. 여기에는 그동안 이성애자로 알려졌던 게이 작가의 작품도 포함된다. 더 나아가, 게이비평가는 특정 텍스트 안에서 작동하는 성 정치를 밝히려 한다. 예컨대 게이 등장인물이나 '여성적인' 남성이 게이 작가의 텍스트와 이성애자 작가의 텍스트 안에서 각각 어떻게 다르게 묘사되는지 분석하는 것은 이러한 작업의 일환이라 할 수 있다.

마지막으로, 게이비평가는 문학작품, 특히 게이 감수성이 작품 형성에 영향을 끼쳤음에도 이 점이 알려지지 않았거나 제대로 인정받지 못했던 작품에 대한 이성애중심적 해석을 찾아내고 바로잡으려 한다. 이상의 접근법들로 얻을 수 있는 문학에 대한 통찰이 어떤 것인지 알아보는 차원에서 세 가지 구체적인 사례들을 간단하게 살펴보자. 월트 휘트먼의 시적 목소리에 대한 분석과 당대의 소설가 에드먼드 화이트Edmund White의 작품에 나타난 게이 정체성 연구, 그리고 테네시 윌리엄스의 희곡 속 게이 감수성에 대한 검토가 그것이다.

칼 켈러Karl Keller는 〈월트 휘트먼의 캠프Walt Whitman Camping〉에서 휘트먼의 시적 자기 표상이 캠프 형식으로 나타나는 양상을 흥미롭게 분석하여 휘트먼의 시적 기획에 대한 이해의 폭을 넓혀 준다. "우리는 그러한 양상을 대담하고 현란한 표현, 과도한 어조, 오페라에서 들을 수 있을 듯한 목소리, 과장된 역할 수행, 언어의 팽창 등에서 볼 수 있다."[115] 그리고 〈나 자신의 노래〉(1855)를 비롯한 휘트먼의 시에 등장하는 화자의 성격은 이러한 특징들로 형상화되는 경우가 많다고 지적한다. 켈러에 따르면, "휘트먼은 자기 시에 자신의 개성이 잘 드러나 있다고 주장했지만, 실상 시에 드러난 자전적인 내용은 상당히 부족하다. 이 점을 모순으로 여기고 안타깝게 여기는 사람들이 있다면, 그 이유는 그들이 휘트먼의 목소리가 어떻게 작동하는지 들여다보지 못했기 때문일 것이다."[115] 켈러는 "그 시인〔휘트먼〕은 공연을 펼치고 있다"[115]고 본다. 휘트먼의 '공연'에서 엿볼 수 있는 캠프의 특징은, 시적 목소리와 태도에서 '유혹의 몸짓'[116]을 드러냄으로써 자연과 인간 존재의 유대라는 그 자신의 초월론적 이상에 유머와 함께 성적인 특색을 부여한다는 것이다. 그런데 켈러가 관찰한 바에 따르면, 휘트먼은 "자기 주변 세계에서 맛보는 즐거움을 극대화"하고자 "자신이 이야기하는 사물들을 희화화하는 것이 아니라 그 사물들에서 재미를 이끌어 낸다."[118] 휘트먼을 "미국문학의 메이 웨스트Mae West 미국의 배우이자 희곡 작가. 페미니스트인 동시에 동성애자 인권운동을 최초로 시작한 인물로 알려져 있다." 라고 명명한 켈러는, 그가 독자에게 자기 정체를 밝히는 방식에 대해 "자신의 모든 면면을 우리 앞에서 번쩍 비추어 보이는 것"이 아니라 "자신의 개성이 갖는 가능성의 범위가 어느 정도인지 보여 주는 것"이라고 주장한다.[115]

　게이 문학비평의 또 다른 대표적 사례로 니콜라스 라델Nicholas F. Radel의 〈타자로서의 자아: 에드먼드 화이트의 작품들에 나타난 정체성 정치Self as Other: The Politics of Identity in the Works of Edmund White〉를 들 수 있다. 사려 깊은 성찰이 돋보이는 이 글에서 라델은 "게이 정체성이 화이트가 발표한 많은 작품들의 명시적 주제"[175]임을 간파한다. 라델에 따르면, 작품 속에 등장하는 게이 인물들 대부분은 "일관된 자아 감각을 획득하는 데 실패"하며, 그러한 실패는 "성적 차이와 젠더 차이의 정치에서 빚어진 결과일 수 있다."[175] 바꾸어 말하면, 화이트는 미국문화에 자리 잡은 동성애혐오가 그 속에서 자라난 게이 남성과 소년에게 미치는 악영향을 고찰하며, 그가 생각하는 가장 큰 악영향은 자신의 소설 속 등장인물에게서 엿볼 수 있는 내면화된 동성애혐오와 학습된 자기혐오라는 것이다. 실제로 라델은 화이트의 소설에 등장하는 게이 인물들이 자기가 생각하는 "본질적 자아"와 "스스로를 〔본질적 자기와〕 분리된 존재라고 생각하는 타자로서의 이성애적 자아"
사이의 확실한 분열을 내면에서 경험한다는 점에 주목한다.(176) 자기 자신
에게서 소외되는 경험은 게이 정체성과 게이 공동체를 모두 약화시킨다.
게이로서의 자기 자신과 멀어진다면, 어떻게 게이 공동체 안에서 소속감을
가질 수 있겠는가? 라델에 따르면, 화이트의 작품에 나타난 자기소외의 직
접적인 원인은 개인의 심리적 문제가 아닌 이성애중심적인 억압의 정치다.
그러므로 "우리는 화이트의 소설들을 문화 전반에 걸친 정치적 억압에 대
응하는 어떤 게이 주체(자아 개성selfhood)를 드러내는 역사적 장치의 일부로
서 볼 수 있을 것이다."(176)

　　마지막으로, 게이 감수성이 모두에게 무언가 줄 것이 있다고 주장하는
잭 바부시오Jack Babuscio의 글 〈캠프와 게이 감수성Camp and Gay Sensibility〉을
살펴보자. 잭 바부시오를 비롯한 일부 비평가들은 게이 감수성의 통찰력이
게이 공동체 안에서만 유효하다고 생각하지 않는다. 이와 관련하여 바부시
오가 예로 드는 인물이 극작가 테네시 윌리엄스이다. 바부시오에 따르면,
그동안 비평가들은 테네시 윌리엄스의 희곡 작품 속 여주인공들(가장 유명
한 여주인공은 《욕망이라는 이름의 전차A Streetcar Named Desire》(1947)의 블랑쉬
뒤부아일 것이다)이 전해 주는 인간 삶에 대한 통찰을 충분히 평가하지 못
했다. 그 이유는 이 여주인공들이 사실은 윌리엄스 자신이 게이 남성으로
서 갖게 되는 감정들을 대변한다는 점과 관련이 있을 것이다. 말하자면, 윌리
엄스의 희곡 속 여주인공은 윌리엄스 자신이 드래그 분장한 인물이며, 여주
인공의 대사는 게이로서 살아가는 데 따른 윌리엄스 자신의 불안감을 표현한
것이다. 육체의 요구와 정신의 요구 사이에서 벌이는 고투, 성적으로 자유롭
게 살고 싶지만 자존심만은 지키고픈 욕망, 젊은이들 위주의 동성애적 하위
문화 속에서 늙어 가는 것에 대한 두려움 등과 같은 불안감 말이다. 바부시
오가 볼 때, 비평가들은 이런 점들을 근거로 윌리엄스의 작품이 이성애자

들의 주류문화와는 별 관련이 없다고 결론지어 왔다. 즉, 그들은 게이 감수성이 오직 게이 남성들에게만 전달되고 소통되리라고 생각했다.

그러나 바부시오의 견해는 이와 정반대이다. 바부시오에 따르면, 윌리엄스는 미국의 주류가 아닌 주변부에 머물러야 했던 자신의 경험, 즉 "두려움, 의심, 심지어 증오"의 대상이 되었던 경험 덕분에 인간 삶에 나타나는 대립들을 이해할 수 있는 특권적인 위치(이를테면 소수인종 집단의 구성원들이 갖는 그러한 위치)에 자리할 수 있었다. 윌리엄스는 그와 같은 대립들을 극심한 양상으로 겪어야 했기 때문이다. 바부시오는 훌륭한 작가들의 문학 창작 행위에는 언제나 자기만의 경험을 문학적 형식으로 변형시키는 과정이 수반된다는 점을 언급한다. 그런 점에서 보면, 우리 모두에게는 머지않아 우리에게 바람직한 것을 받아들여야 할 시점이 온다고 윌리엄스의《이구아나의 밤 The Night of the Iguana》(1962)의 등장인물 맥신 포크가 이야기할 때, 그녀는 단지 게이 공동체뿐 아니라 모든 인간 공동체에게 말을 걸고 있는 것이다.

물론 레즈비언 문학비평을 논의할 때와 마찬가지로, 이 자리에서 살펴본 게이비평 역시 게이비평가들이 수행하는 작업들 가운데 대표적인 일부 사례에 불과하다. 게이비평가들의 글을 직접 읽어 보면 점점 발전해 가는 게이비평에 대한 이해의 폭을 더욱 넓힐 수 있다.

이쪽 분야의 문학작품들을 아직 접해 보지 않은 독자들을 위해 비평가들의 지지를 받고 있는 동시대의 게이 작가들을 소개한다. 데이비드 파인버그David Feinberg, 토니 쿠슈너Tony Kushner, 데이비드 리비트David Leavitt, 에드먼드 화이트, 아미스테드 모핀Armistead Maupin, 폴 모넷Paul Monette, 마크 도티Mark Doty, 랜디 쉴츠Randy Shilts, 데니스 쿠퍼Dennis Cooper, 닐 바틀렛Neil Bartlett, 앨런 거개너스Allan Gurganus, 데이비드 세다리스David Sedaris, 앤드루 할러런Andrew Holleran, 새뮤얼 딜레이니Samuel R. Delany, 데일 펙Dale Peck, 존 레치John Rechy, 폴 러셀Paul Russell, 매튜 스태들러Matthew Stadler, 피터 웰트너Peter

Weltner, 루이스 알파로Luis Alfaro, 제리코 브라운Jericho Brown 등이 그들이다.

퀴어비평

게이·레즈비언비평을 처음 접하는 학생들이 가장 먼저 던지는 질문 중에는 이런 것이 있다. 동성애자 남성과 여성이 자신들에 관한 연구 분야를 퀴어queer라는 동성애혐오적 단어로 명명한 이유가 무엇이냐? 이 질문에는 여러 가지 답변이 가능할 듯하다. 그리고 이는 그 자체로 퀴어 이론의 몇 가지 기본 전제들에 대한 소개가 될 수 있다.

동성애자들이 **퀴어**라는 용어를 사용하는 것은, 이성애주의자들이 LGBTQ 경험을 규정해서는 안 된다는 점을 드러내고 알리고자 그동안 동성애혐오를 표출하는 데 쓰인 말을 재전유reappropriation하려는 시도로 이해할 수 있다. 자기만의 방식대로 스스로를 규정하고 명명함으로써 특정 용어를 새롭게 정의하는 것은 무엇보다도 강력한 행동이 되기 때문이다. 이를테면 이런 식이다. "우리는 우리가 어떻게 보일지 두렵지 않다", "우리가 누구라고 말하지 말라. 우리가 누구인지는 우리가 직접 말한다!", "우리는 다르다는 사실이 자랑스럽다!" 가장 인기 있었던 퀴어의 슬로건은 이렇게 요약할 수 있다. "여기 우리가 있다. 우리는 퀴어다. 퀴어에 익숙해져라!" 이 과정에서 LGBTQ 공동체의 많은 구성원들은 퀴어라는 단어가 억압의 도구이긴 하지만, 동시에 힘을 부여하는 도구이기도 하다는 사실을 깨달을 수 있었다.

더 나아가, 일부 LGBTQ 사람들은 **퀴어**라는 말을 어떤 공통의 정치적·문화적 기반을 나타내는 하나의 포괄적인 범주를 뜻하는 용어로 채택하여 줄곧 사용해 왔다. 공통의 정치적·문화적 기반이란, 레즈비언, 게이, 양성애자, 트랜스젠더, 그리고 어떤 이유에서든 자신을 이성애자로 생각하지 않는 모든 사람이 공유할 수 있는 하나의 토대를 가리킨다. 퀴어라는 용어를 이런 방식으로 사용하고자 한 데는 그전까지 여러 갈래로 나뉘어 있었던 각 진영을 재결합시키려는 목적이 있었다. 사실 1970년대와 80년대에 게이 해방운동이 레즈비언을 주변화시켰을 뿐만 아니라 게이 해방운동과 레즈비언 페미니즘 운동 진영 양자 모두 양성애자와 트랜스젠더, 게이 노동자계급, 게이 유색인종 등을 주변화시켰다. 여기에 더해, 일부 게이, 레즈비언의 자기표현 방식은 주류 게이, 레즈비언 공동체에 의해 여전히 주변화되고 있다. 예컨대, 드래그 퀸이나 부치-펨 레즈비언 커플의 자기표현을 들 수 있다.[17] 퀴어라는 단어는 이 같은 분열을 치유하고자 LGBTQ 사람들 모두가 참여하는 협력적 운동을 제공하는 포괄적 용어로서 채택되었다.

마지막으로, 실제로 퀴어라는 용어는 퀴어 이론이라고 불리는 어떤 특정한 이론적 관점을 가리킬 때 쓰인다. 퀴어 이론에 따르면, 섹슈얼리티의 범주는 동성애/이성애와 같은 단순한 범주적 대립으로 규정될 수 없다. 섹슈얼리티가 그러한 피상적인 명칭보다 훨씬 더 복잡하기 때문이다. 섹슈얼리티는 그러한 범주들을 초월할뿐더러 그 자체의 의지, 창조성, 표현적 욕구를 지닌다. 그러므로, 게이와 레즈비언이라는 단어는 오해의 소지가 있다. 이성애라는 별개의 고유한 범주와 명백하게 대립하는 동성애라는 별개의 고유한 범주를 암시하기 때문이다. 퀴어 이론은 인간 주체성(자기임)을 파편화되고 유동적이며 역동적인, 생성 가능한 '자아들'의 집합체로서 이해하는 해체론의 통찰을 바탕으로, 개인의 섹슈얼리티도 파편화되고 유동적

---

17 부치-펨Butch-femme 레즈비언 커플은 1950년대, 60년대 레즈비언 문화에서 중요한 역할을 담당했는데, 옷차림이나 몸단장, 개인의 스타일이라는 면에서 보자면 이성애 커플과 닮았다. 그들이 감정적·성적으로 관계 맺는 방식까지 항상 이성애 커플을 닮았던 것은 아니지만, 사람들은 종종 그런 면에서도 이들이 이성애 커플과 닮았다고 생각했다. 따라서 부치-펨 커플은 이성애적 관계에서 일반적으로 볼 수 있는 힘의 불균형 상태를 똑같이 재생산한다는 이유로 비판을 받았다.

이며 역동적인, 생성 가능한 섹슈얼리티들의 집합체로 정의한다.

우리의 섹슈얼리티는 살아가는 동안 여러 차례 달라질 수 있으며, 심지어 일주일 사이에도 여러 번 달라질 수 있다. 섹슈얼리티는 욕망의 역학 관계 속에서 존재하기 때문이다. 게이 섹슈얼리티, 레즈비언 섹슈얼리티, 양성애, 이성애 등은 성적 가능성들로 이루어진 하나의 연속체 속에 자리하는 어떤 가능성으로 우리 모두에게 존재한다. 그리고 이러한 범주들이 서로 다른 개인들에게 어떤 의미를 가질지는 그들이 자신의 인종 및 계급 정체성을 이해하는 방식에 따라서도 달라진다.

더구나, 이성애는 그에 대조하여 동성애를 규정할 수 있는 반대편의 규범이 아니다. 인간 섹슈얼리티의 범위는 동성애나 이성애 같은 제한된 개념으로는 완전히 이해될 수 없기 때문이다. 이 같은 개념들은 섹슈얼리티를 그 상대가 어떤 생물학적 성별을 가졌는지의 문제로 환원시킨다. 심리학 용어로 말하자면, **대상 선택**object choice의 문제가 되는 것이다. 그러나 인간의 성적 욕망을 구성하는 요소들은 그 외에도 매우 많다. 이브 코솝스키 세즈윅Eve Kosofsky Sedgwick에 따르면, 인간 섹슈얼리티의 복잡한 양상은 같은 성별 또는 다른 성별의 대상 선택 문제로 보지 않더라도, 그러니까 다른 여러 가지 대립쌍들을 사용해서도 이해할 수 있다. 아니, 어쩌면 그 편이 더 나을 수도 있다. 예컨대, 개인의 섹슈얼리티는 나이가 많은 사람과 어린 사람, 인간과 동물, 한 사람의 상대를 만나는 것과 집단에서 어울리는 것, 혼자 하는 것(자위행위)과 서로 다른 다수의 사람들과 하는 것 등등의 대립쌍에서 어느 쪽을 선호하는지에 근거해서도 정의할 수 있다. 심지어 대상 선택을 필요로 하지 않는 차원의 섹슈얼리티도 존재한다. 이를테면 세즈윅은 "오르가즘을 느끼는/느끼지 못하는, 비상업적인/상업적인, 신체만을 사용하는/따로 제작된 사물도 사용하는, 사적인/공적인, 자발적인/각본에 따른"[57] 등과 같은 대립쌍에 근거하여 개인의 섹슈얼리티를 정의할 수도 있다는 점에 주목한다. 그 밖에도 특정한 행동이나 감각, 또는 신체 유형 등에 대한 선호 여부로 개인의 섹슈얼리티를 정의할 수 있다.

마찬가지로, 젠더는 남성적/여성적이라는 단순한 범주적 대립으로만 이해할 수 없다. 섹슈얼리티처럼 젠더도 그러한 범주들을 초월하며 그 자체의 의지와 창조성과 표현적 욕구를 가지기 때문이다. 이 문제를 더 정확하게 표현하자면, 젠더는 우리 각자가 우리의 젠더 행동에 부여한 의지와 창조성과 표현적 욕구를 가지고 있다. 주디스 버틀러Judith Butler가 주장한 대로 젠더는 자연적 특성이 아니기 때문이다. 우리는 남성적 특징 또는 여성적 특징을 가지고 태어나지 않았다. 그렇다기보다, 우리는 적절한 젠더적 행위로 간주되는 것을 배울 뿐이다. 가령 무슨 옷을 입을지, 어떤 몸단장을 택할지, 어떤 취미를 가질지, 어떻게 걷고 말할지, 무슨 젠더 대명사를 사용할지 등에 대해서는, 태어날 때부터 우리를 짓누르는 문화적 젠더 규범들로부터 배운다. 그리고 그러한 규범들에 순응하든지 위반하든지, 우리의 젠더적 표현은 버틀러의 말로 풀이하자면 **수행적**performative이다. 다시 말해, 젠더는 우리의 젠더적 행위 속에만 존재할 뿐이다. 젠더는 우리의 존재 속에 있는 무언가가 아니다. 젠더는 우리가 행하는 무언가를 말한다. 그리고 젠더는 우리가 계속해서 행하는 어떤 것인데, 그것을 다른 방식으로 행할 수도 있고 어떤 시점에는 완전히 손을 떼고 아예 버릴 수 있는 어떤 것이기도 하다. 요컨대, 우리는 젠더 정체성이라는 것을 가지고 있지 않다. 그것은 우리가 창조하는 어떤 것이다.

그런 점에서 퀴어 이론은 섹슈얼리티란 타고나는 것이 아니라 유동적인 것이라고 본다. 수없이 다양한 형태의 성적 욕망과 젠더적 표현을 가질 수 있다는 뜻이다. 다시 말해, 성적 지향과 젠더 정체성은 **생물학적으로 본질적인** 것이 아니다. 더욱이, 우리가 섹슈얼리티와 젠더를 생각하는 방식은 각 문화가 섹슈얼리티와 젠더를 규정하는 방식에 그 바탕을 둔다. 다시 말해, 성적 지향과 젠더 정체성의 개념, 그러니까 우리가 성적 지향과 젠더 정체성을 인식하는 방식은 **사회적으로 구성**된다. 실제로, 섹슈얼리티와 젠더의 문화적 정의가 대체적으로 각 개인이 성적 지향을 표현하는 방식뿐만 아니라 젠더 행동을 선택하는 방식을 결정한다는 점을 우리는 인정해야만 한다. 지나친 단순화의 위험을 무릅쓰고 말해 보자면, 만약 내가 속한 문화가 녹색을 남성적 색으로 간주한다면, 나는 녹색 옷을 입음으로써 나의 남성성을 표현할 것이다. 우리가 과거의 문학을 읽을 때 현재 우리가 가진 섹슈얼리티와 젠더 개념뿐만 아니라 그 문학이 속한 문화에서 작동하는 섹슈얼리티와 젠더 개념에 따라 읽으려고 노력한다면, 그 이유는 성적 지향과 젠더 정체성이 사회적으로 (적어도 위와 같은 방식으로) 구성되었다고 믿기 때문이다.[18]

오늘날 문학 연구에서 퀴어라는 용어는 광범위한 의미로 사용되고 있다. 포괄적 의미의 퀴어비평은 LGBTQ의 관점에서 텍스트를 해석하는 모든 종류의 문학비평을 가리킨다고 볼 수 있다. 그러므로 앞에서 다룬 게이·레즈비언비평의 사례들은 모두 퀴어비평에 속한다고 할 수 있다. 그러나 좀 더 좁은 이론적 시각(해체론적 차원)에 국한해서 보자면, 퀴어비평은 텍스트가 섹슈얼리티와 젠더를 표상하는 방식에서 문제가 되는 부분을 드러내려는 비평이다. 바꾸어 말하면, 텍스트 안에서 동성애와 이성애, 남성성/여성성의 범주가 무너지고 서로 겹치면서 섹슈얼리티와 젠더 행동의 다양한 역학 관계를 적절히 재현하지 못하는 양상들을 보여 주는 것이 퀴어비

---

[18] 사회적 구성주의와 생물학적 본질주의가 서로 대립한다는 주장은 한계가 뚜렷할뿐더러 오해의 소지도 많다며 날카롭게 지적한 글로는 세즈윅을 참조할 것. 세즈윅은 사회적 구성주의를 **보편화**universalizing 관점으로 지칭한다. 사회적 구성주의가 우리 모두에게 동일한 성적 능력이 있다고 주장하기 때문이다. 생물학적 본질주의는 **소수화**minoritizing 관점으로 부른다. 고정된 특정 인구 집단만이 레즈비언이나 게이로 태어난다고 주장하기 때문이다. 세즈윅으로 말하자면, 둘 가운데 어느 쪽에 대해서도 가치판단을 하지 않는다.

평의 목표라고 할 수 있다. 이런 종류의 독법은 다소 복잡할 수도 있는데, 여기서는 좀 더 쉽게 단순화한 몇 가지 사례들로 소개한다.

윌리엄 포크너의 〈에밀리에게 장미를A Rose for Emily〉(1931)을 퀴어 이론에 따라 읽으면, 어째서 젠더 정체성과 섹슈얼리티에 관한 전통적 정의(동성애 대 이성애)로는 두 주인공인 에밀리 그리어슨과 호머 배런의 관계를 담아내지도 설명하지도 못하는지 알 수 있다. 에밀리의 젠더는 남성적인 것과 여성적인 것 사이를 오간다는 점에서 고정된 범주화를 허용하지 않는다. 에밀리는 위압적인 아버지 밑에서 자라난 가냘픈 처녀이지만, 호머 배런에게서 원하는 것(그의 생명까지도)을 얻고자, 계급 규범과 도덕률까지 위반하는 반항적인 개인주의자이기도 하다. 그녀는 또한 도자기 채색 같은 여성적 예술을 가르치는 순진한 은둔자이지만, 동시에 철회색 머리카락으로 강렬한 존재감을 드러내는 인물이기도 하다. 실제로 에밀리는 우체국, 세금을 징수하는 행정 당국, 교회, 그리고 약사로 대변되는 의학계 등과 같은 남성적 권력구조를 자기 뜻대로 좌지우지하며 지배적인 존재감을 드러낸다. 비슷한 방식으로, 호머는 이성애적 가부장제와 결부된 이성애적 남성의 행위 특징을 드러내고 그에 맞는 신체적 외모를 가지고 있지만, 그가 보여 주는 일종의 마초적 과잉 보상 행위는 오히려 자신의 남성성이 불충분할까 봐 두려워할 뿐만 아니라 자신의 게이적 성향을 감추려 하고 게이적 성향을 부인하는 남성에게서 흔히 발견되는 현상이다. 그리고 그가 에밀리와 연애를 시작하는 시점은 에밀리의 젠더적 정체성이 남성성을 주로 드러낼 때, 그녀가 이성애적 가부장제와 결부된 이성애 남성의 반항적·지배적 행동 특성을 드러낼 때이다. 그렇기 때문에 호머와 에밀리는 생물학적 성별의 관점에서 이성애 커플이지만, 에밀리의 젠더적 행동과 호머의 불확실한 성적 지향은 그들이 적어도 상징적으로는 퀴어 커플임을 암시한다. 그러니까 〈에밀리에게 장미를〉은 표면상 이성애적 열정과 위반을 다룬 텍스트이지만, 젠더와 섹슈얼리티에 대한 전통적 정의의 한계를 드러낸다는 점에서 보면 (또는 그 이상으로) 한 편의 퀴어 텍스트이기도 한 셈이다.

비슷한 맥락에서 월트 휘트먼의 〈나 자신의 노래〉를 퀴어 이론에 따라 읽으면, 이 시에 나타나는 성애적 차원이 어떤 점에서 우리에게 성적인 것에 대한 이해의 폭을 넓히도록 요청하는지 살펴볼 수 있다. 앞에서 살펴보았듯이, 비평가 칼 켈러는 휘트먼의 캠프 스타일이 유혹적인 목소리와 자세를 드러낸다고 보고 이를 통해 휘트먼이 자연 및 다른 인류와의 유대를 꿈꾸는 초월론적 이상을 (유머를 섞어) 성적으로 묘사한다는 것을 알 수 있다고 분석한다. 그런데 이 시를 퀴어의 눈으로 들여다보면 켈리가 보지 못한 부분에 초점을 맞출 수 있다. 즉, 퀴어 이론을 통해 우리는 경험을 성애화하는 휘트먼의 방식이 그때 당시 존재했고 지금도 존재하는 동성애적 욕망 개념을 초월한다는 것을 확인할 수 있다. 이 시의 뚜렷한 특징은 삶에 대한 환희에 찬 반응이다. 화자는 휘트먼 자신인데, 자연의 아름다움에 탐닉하고, 모든 계층의 동료 미국인들과 정신적 교감을 경험하고, 살아 있음의 순수한 기쁨을 예찬한다. 그리고 화자가 그토록 감각적이고 성적 뉘앙스가 풍부한 언어를 사용한 덕분에(화자의 목소리는 언제나 힘차게 앞으로 나아간다), 휘트먼은 그가 묘사하는 거의 모든 경험을 성애화할 수 있었다. 따라서, 우리는 〈나 자신의 노래〉에 표상된 섹슈얼리티는 동성애적·이성애적 욕망이라는 전통적으로 규정된 경계로는 다 담을 수 없을 만큼 유동적이라고 주장할 수 있겠다.

〈나 자신의 노래〉에 재현된 섹슈얼리티는 앞서 논의한 다양한 차원의 성애적 경험들, 다시 말해 이브 코솝스키 세즈윅이 동성애/이성애 대립 관계로 구조화된 성적 개념으로 인해 무시되어 왔다고 주장한 그러한 차원의 경험들을 두루 포괄한다. 먼저, 휘트먼의 시선에 담긴 거의 모든 종류의 경험은 강렬한 성애적 특징을 띤다. 휘트먼의 성애적 묘사는 강에서 목욕하는 젊은 남성들(전통적인 동성성애적 이미지)뿐 아니라, 멀리서 그들을 훔쳐보는 젊은 여성들까지 포착하고 있다. 또한 자연적 배경 그 자체도 묘사의 대상이 되는데, 이는 사적인(외딴 곳) 동시에 공적인(밖으로 개방됨) 성격을 갖는다. 휘트먼은 자신을 "나를 차지한 첫 번째 사람에게 나를 주기 위해 몸을 단장하는"(14절) "삶을 애무하는 사람"(13절)이라고 부르며 다양한 형태의 일에 종사하는 남성과 여성의 건강한 육체를 성애화한다. 그뿐만 아니라, 휘트먼은 그가 숨 쉬는 공기, "애욕의 물로 나를 적시라, 내가 갚아줄 수 있으니"(22절)라고 그가 말을 건네는 바다, "그 성기가 부드럽게 간지럽히듯 나를 비비는"(24절) 바람, "벗은 가슴을 드러낸 미친, 벌거벗은, 여름밤"과 "관능적인" 대지(21절), 동물, 식물은 물론이거니와 그 자신의 영혼까지도 성애화한다. 영혼에 대해 휘트먼은 다음과 같이 말한다. "어느 투명한 여름 아침 우리가 함께 누웠던 때가 생각난다. / 네 머리는 내 엉덩이에 비스듬히 걸치고 있었지. 살짝 내 쪽으로 고개를 들더니 / 가슴뼈 부근 셔츠를 열어젖혀 네 혀를 내 벗은 가슴에 밀어 넣었지."(5절) 이처럼, 퀴어 이론에 따라 〈나 자신의 노래〉를 읽으면, 이 시가 단순히 동성성애적인 차원에 국한되지 않는, 우주적 차원의 성애적인 시임을 알 수 있다. 더 정확히 말하자면, 휘트먼의 동성성애주의는, 개인이 선택한 생물학적 성별에 근거한, 또는 대상 선택 그 자체에 근거한 섹슈얼리티의 정의를 초월해야만 비로소 온전히 파악할 수 있다.

마지막으로, 토니 모리슨의 《빌러비드》(1987)를 살펴보자. 《빌러비드》를 퀴어 이론에 따라 읽으면, 이 소설의 강렬한 느낌과 다층적인 의미들이 어디에서 비롯되었는지 그 원천의 일부를 발견할 수 있다. 그 원천은 바로 이 소설이 같은 성별 간의 사랑과 다른 성별 간의 사랑, 그리고 '자연스러운' 사랑과 '부자연스러운' 사랑 사이의 전통적 경계선을 넘나들고 변형시킬 뿐만 아니라, 때로는 아예 폐기하는 데 있다. 예컨대, 빌러비드는 숲속에서 거북이가 짝짓기를 하는 장면을 따라 하다가(말하자면 자연을 흉내 내다가)

폴 디와 성관계를 갖게 되고, 그로 말미암아 결국 임신하는 것으로 보인다
(그녀의 배가 불룩해졌다는 소설 말미의 묘사, 세서를 구출해 준 여성들이 그녀
의 임신을 언급했다는 사실 등을 떠올려 보라).

이때 좀 더 유의미한 해석은 빌러비드가 자기 자신을 '임신'했다고 보는
것이다. 빌러비드는 자기 자신, 특히 세서와 덴버가 살고 있는 '자연스러운'
세계에서 제 자리를 얻을 수 있는 새로운 자기 자신을 낳으려고 한다. 그녀
를 집어삼키겠노라고 끊임없이 위협하는, 유령이 깃든 초자연적 어둠에서
영원히 벗어나기 위해서 말이다. 이러한 의미에서 빌러비드의 '임신'은 아버
지를 갖지 않는다. 어머니만 두 명 존재할 뿐이다. 세서와 더불어 빌러비드
도 어머니가 되는 것이다. 새로운 자기 자신을 낳고자 빌러비드는 탐욕스러
운 연인처럼 세서의 생명을 소모시키는데, 이 점은 세서의 몸이 점차 가늘어
지는 데 반해 빌러비드의 몸은 점점 커져 가는 것에서 확실히 알 수 있다. 이
러한 서사의 줄기는 같은 성별 사이의 사랑(덴버와 빌러비드, 세서 사이의 가
족적이고 낭만적인 헌신이 한데 어우러진 것)을 배경으로 하여 뻗어 나온 것이
다. 그러한 사랑은 좀비와도 같은 빌러비드와 폴 디의 섹스보다 훨씬 더 강
력할 뿐 아니라, 일시적으로나마 폴 디와 세서 사이의 이성애 관계보다 우
위에 놓인다. 실제로 세서를 향한 빌러비드의 열렬한 애정, 그리고 빌러비드
를 향한 덴버의 열렬한 애정은 낭만적이면서 성적인 느낌까지 주는 언어로
묘사되는데, 이때 그러한 언어가 전하는 감동은 이 소설에서 경험할 수 있
는 가장 강렬한 정서적 울림 가운데 하나다. 그런 점에서 《빌러비드》는 퀴어
성, 즉 섹슈얼리티와 자연스러움에 관한 전통적 개념에 구속되기를 거부하
는 태도가 깊이 스며들어 있는 소설이며, 퀴어성은 이 소설의 서사 전개와
주제 내용, 정서적 호소력을 상당 부분 책임진다고 볼 수 있다.

이상의 사례들을 검토해 보면, 퀴어비평은 게이비평이나 레즈비언비평
보다 더욱 복잡하고 명확히 규정되지 않으며 파악하기조차 쉽지 않아 보인

다. 하지만 인간의 섹슈얼리티가 갖는 특성 자체가 복잡하고 명확히 규정되지 않으며 파악하기 쉽지 않다는 사실을 기억하자. 퀴어비평이 해체론적 기획을 바탕으로 강조하는 지점도 바로 그러한 부분이다. 최근 레즈비언·게이 문학 연구의 흐름을 주도하는 것은 단연 퀴어비평이며, 가장 철학적인 성향을 띠는 비평방법론 역시 퀴어비평이다. 이론적 탐구와 실험이라는 측면에서 퀴어비평은 앞으로 더 많은 것들을 보여 줄 수 있을 것이다.

레즈비언·게이·퀴어 비평이 공유하는 몇 가지 특징

지금까지 살펴본 것처럼 레즈비언·게이·퀴어 비평 사이에는 분명한 차이가 존재하지만, 그럼에도 문학 해석에 관한 한 이 세 영역 사이에는 서로 겹치는 부분도 상당히 많다. 앞부분에서 다룬 대로, 레즈비언비평과 게이비평이 각각 수행하는 작업들 사이의 유사성을 떠올려 보면 쉽게 이해할 수 있을 것이다. 여기에 더해, 대부분의 게이비평가나 레즈비언비평가는 더 전통적 형식의 게이·레즈비언비평을 통해 정치적·사회적 사안들을 이야기할 때에도 퀴어 이론이 제시하는 해체론적 통찰의 일부를 결합시켜 논의하고는 한다. 실제로 퀴어 이론의 열렬한 지지자들 가운데 상당수는 자신을 게이비평가 또는 레즈비언비평가로 명명한다.

더 나아가, LGBTQ 문학 전반에 걸쳐 반복적으로 등장하는 주제들, 그럼으로써 어떤 문학 전통의 일부를 형성해 가는 주제들에 대해서도 게이·레즈비언·퀴어 비평가들은 공통적으로 관심을 보여 왔다. 이를테면, 자신의 LGBTQ 성적 지향을 발견하고 LGBTQ로서 최초의 성적 경험과 대면하며 LGBTQ 하위문화를 '터득해 가는' 입문 과정initiation, 가족과 친구들을 향한 '커밍아웃coming out', 일터에서의 '커밍아웃', 동성애혐오와 이성애주의의 차별에 대처하기, 내면화된 동성애혐오 심리, 내면화된 동성애혐오의 극복, LGBTQ의 삶에서 캠프와 드래그가 수행하는 역할, 외로움과 소외에 대처하기, 사랑 찾기, LGBTQ 파트너와 삶을 꾸려 나가기, 동성애 유토피아를 건설하려는 탐구, '스톤월'로 상징되는 게이해방운동 전후의 삶, 에이즈 전후의 삶(여기에는 개인의 삶과 LGBTQ 공동체에서 함께 살아가는 삶이 모두 해당된다), 에이즈로 고통받는 사랑하는 사람을 돌보기, 에이즈에 희생된 사람들에 대한 애도, LGBTQ 공동체 연대의 중요성 등등이 게이 · 레즈비언 문학 전반에 걸쳐 반복되는 대표적인 주제들이다. 물론 시간이 지나면서 LGBTQ 작가들의 사회적 · 정치적 상황이 변화함에 따라 LGBTQ의 글쓰기 주제들도 변화한다. 그리고 동시대 작품들에서는 자유롭게 표현되는 주제들이 과거 작품들에서는 가장된 형식(앞에서 윌라 캐더의 작품을 논의하면서 살펴본 바 있다) 또는 놀이의 형식(예컨대, 오스카 와일드의 1894년작 《진지해지는 것의 중요성The Importance of Being Earnest》에서 말장난이 자아내는 모호한 의미들을 떠올려 보라)을 통해서만 나타나기도 한다.

마지막으로, 레즈비언 · 게이 · 퀴어 비평이 활용하는 텍스트상의 증거들도 비슷한 것이 많다. 동성성애적 이미지양식이나 같은 성별을 지닌 등장인물들 사이의 성애적 만남처럼 텍스트 안에서 드러나는 명백한 단서들 말고도, 동성성애적 분위기를 자아낼 수 있는 미묘한 단서들이 텍스트 안에 여럿 존재할 수 있다. 앞서 살펴본 여러 사례들에서 알 수 있듯이, 그러한 단서들은 심지어 이성애를 다룬 텍스트 안에서도 얼마든지 발견된다. 그러나 단 하나의 단서로는 텍스트의 동성성애적 분위기를 말해 주는 증거로 삼을 수 없다. 단서의 수가 적으면 레즈비언 · 게이 · 퀴어 비평과 그에 따른 해석을 뒷받침하지 못한다. 하지만 이러한 단서들이 많이 확보된다면, 특히 그 단서들이 다른 텍스트나 전기적 자료에서 발견된 증거들과 맞닿아 있다면, 겉보기에 이성애적인 텍스트를 다룰 때에도 레즈비언 · 게이 · 퀴어 비평과 해석이 힘을 발휘할 수 있다. 그처럼 미묘한 단서들 가운데 가장 널리 알려진 것 몇 가지만 살펴보자.

　　동성사회적 유대homosocial bonding 같은 성별을 지닌 등장인물들 사이의 강한 정서적 유대를 묘사함으로써, 미묘하면서도 명백히 동성성애적일 수 있는 어떤 동성 사회의 분위기를 만들어 낼 수 있다. 그러나 묘사가 동성성애적인지의 여부와는 상관없이, 동성사회적 유대에 관한 묘사는 인간 정체성의 발달과 공동체 형성 과정에서 같은 성별의 사람들 사이의 정서적 유대가 차지하는 중요성을 부각시킨다. 그러나 이성애중심적 문화의 동성애혐오와 그에 따른 불안은 동성 간의 정서적 유대를 평가절하하거나 종종 주변화하거나 사소한 것으로 평가절하한다. 케이트 쇼팽의 《각성》에서 에드나 퐁텔리에와 아델 라티뇰은 동성사회적 유대 관계를 함께하며, 에드나와 라이즈도 마찬가지다. 허먼 멜빌의 《모비딕》(1851)에서는 피쿼드호 선원들, 마크 트웨인의 《허클베리핀의 모험》(1885)에서 헉 핀과 짐, 토니 모리슨의 《술라》(1973)에서 넬과 술라 등이 동성사회적 유대를 보여 주는 또 다른 예시일 것이다.

　　동성성애적 이미지 Homoerotic imagery 동성성애적 이미지는 동성에 대한 매력을 함축하거나 성적인 부분으로 동성 독자의 관심을 끌려는 성애적 묘사(노골적으로 성적인 표현이 들어가야만 하는 것은 아니다)로 이루어진다. 예컨대 서로의 옷을 벗겨 주는 여성들이나 연못에서 함께 목욕하는 알몸의 남성들을 묘사할 때 환기되는 관능적인 분위기를 동성성애적이라고 말할 수 있다. 물론 월트 휘트먼의 시는 동성성애적 이미지를 상당히 많이 담고 있다. 가장 분명한 사례는 〈나 자신의 노래〉(1855)의 다양한 성애적 이미지에서 발견할 수 있다. 앞서 살펴보았듯이, 에밀리 디킨슨의 시에도 상당히 많은 동성성애적 이미지들이 들어 있다. 이슈메일과 퀴퀘그의 유대 관계를 묘사한 허먼 멜빌의《모비딕》(1851)에서, 셔그 에이버리와 첼리의 다정한 관계를 묘사한 앨리스 워커의《컬러 퍼플》(1982)에서, 아델 라티뇰의 관능적 아름다움에 관능적인 반응을 보인 에드나 퐁텔리에의 모습, 에드나에게 강렬한 느낌을 가진 라이즈의 감정을 그린 케이트 쇼팽의《각성》(1899)에서도 그와 같은 동성성애적 이미지들을 발견할 수 있다.

동성 '분신들'same-sex 'doubles' 더 미묘하면서 다소 추상적인 게이·레즈비언 기호 형식이 있다. 이 형식은 서로 외모가 닮았거나 행동 방식이 비슷하거나 유사한 경험을 공유하는 같은 성별의 등장인물들로 구성된다. 게이·레즈비언 섹슈얼리티가 특히 중시하는 부분이 성적 유사성이라는 점에서, 서로에게 일종의 '거울 이미지'로 기능하는 같은 성별의 인물들도 게이·레즈비언 기호로서 작동할 수 있다. 이런 '분신들'은 동성성애적 유대나 동성사회적 유대를 나눌 수도 있지만, 반대로 서로를 전혀 모를 수도 있다. 동성 분신의 예를 들자면, F. 스콧 피츠제럴드의《위대한 개츠비》(1925)에서 데이지 뷰캐넌과 조던 베이커, 윌리엄 포크너의《소리와 분노》(1929)에서 퀜틴 콤슨과 댈튼 에이미스, 윌리엄 포크너의《압살롬, 압살롬!》(1936)에서 헨리 서트펜과 찰스 본, 토니 모리슨의《가장 파란 눈》(1970)에서 미스 차이나와 미스 폴란드 등을 들 수 있다.

위반적 섹슈얼리티 Transgressive sexuality 어떤 텍스트는 위반적 이성애(이를테면 외도)를 비롯한 위반적 섹슈얼리티에 주목함으로써, 전통적 이성애 규범에 문제를 제기하는 동시에 온갖 종류의 위반적 섹슈얼리티를 상상해 볼 수 있는 계기를 마련한다. 물론 이성애적 위반을 다룬 수많은 문학작품들이 반드시 퀴어적인 하부텍스트subtext를 갖고 있는 것은 아니다. 그러나 이성애적 위반을 재현하는 몇 가지 방식들(예컨대, 여러 인물들의 개입, 이중생활, 시끌벅적한 파티와 술자리에서 느슨해지는 금기들)은 성적 실험을 가능케 하는 어떤 분위기, 즉 퀴어적 해석이 펼쳐질 수 있는 무대를 마련한다. 그러한 분위기의 무대가 있다고 해서 퀴어비평을 곧바로 수행할 수 있는 것은 아니지만, 이는 본격적인 퀴어비평에 필요한 구체적 증거들을 텍스트 안에서 더 많이 찾아내도록 유도하는 하나의 배경이 될 수 있다. 그러한 배경을 제공하는 위반적 섹슈얼리티의 예로는 F. 스콧 피츠제럴드의 《위대한 개츠비》(1925), 윌리엄 포크너의 《압살롬, 압살롬!》(1936), 토니 모리슨의 《술라》(1973), 윌리엄 셰익스피어의 《한 여름밤의 꿈》(1600)을 들 수 있다.

분명한 것은 레즈비언비평과 게이비평, 그리고 퀴어비평 사이의 경계가 여전히 다소 유동적이라는 사실이다. 그러므로 특정 문학작품에 대한 각자의 해석이 레즈비언비평인지 게이비평인지, 아니면 퀴어비평인지에 대한 판단은 자신의 비평적 지향, 그리고 지금 막 언급한 것과 같은 텍스트상의 증거들을 활용하는 나름의 목적에 달렸다.

레즈비언·게이·퀴어 비평가가 던질 만한 질문들

다음의 질문들은 LGBTQ를 활용하여 문학작품에 접근하는 방법들을 요약한 것이다. 양성애 문학이론 또는 트랜스젠더 문학이론이 양적으로 충분하지 않아 이를 활용하여 양성애적 해석 또는 트랜스젠더적 해석을 시도할 단계는 아니다. 게이·레즈비언·퀴어 접근법을 잠정적인 모델로 활용하여 양성애적, 트랜스젠더적 요소에 주목하는 것이 타당할 것이다. 이 가운데 ⑦번 질문은 섹슈얼리티에 대한 해체론적 관점을 전제로 삼고 있다는 점에서 유일하게 퀴어비평에 대한 좁은 의미의 이론적 정의에 해당하는 질문이라고 할 수 있다. 그 밖의 질문들은 LGBTQ의 관점에서 답을 이끌어 낼 수 있을 것이다.

① 해당 작품은 이성애적 가부장제 이데올로기를 강화하는가 아니면 약화시키는가? 예컨대, LGBTQ 인물들은 어떻게 묘사되는가? 성적 지향이 무엇이든 이성애적 가부장제의 젠더 규범을 따르지 않는 인물이 있는가? 만약 그렇다면 그 인물은 어떻게 묘사되는가? 이러한 묘사가 해당 작품의 출간 시기 또는 작품 배경을 이루는 시기의 섹슈얼리티와 젠더 정체성 문제와 어떤 관련이 있는가? 만약 해당 작품에 이성애주의, 단성애주의monosexist(양성애주의 또는 범성애주의에 반하여 규정되는 개념), 시스젠더중심주의cissexist(트랜스젠더를 예외적, 비정상적으로 취급하는 태도)적 등장인물이 있다면, 작품은 그러한 편견을 부정적으로 묘사함으로써 편견을 비판하도록 유도하는가? 아니면 그 편견을 자연스럽거나 훌륭하다고 묘사하여 편견을 강화하는가?

② 해당 작품은 동성애혐오, 레즈비언혐오, 양성애혐오, 트랜스젠더혐오, 퀴어혐오의 작용(사회적·정치적·심리적)에 관하여 무엇을 밝히는가? 예를 들어, 해당 작품은 이러한 혐오증을 드러내는 인물, 또는 이러한 혐오증을 자기혐오의 방식으로 내면화한 인물을 포함하는가? 만약 그렇다면, 해당 텍스트는 그러한 혐오증을 비판하는가, 예찬하는가, 맹목적으로 수용하는가? 마지막 질문에 대한 대답을 통해 해당 작품이 LGBTQ 섹슈얼리티에 관련하여 무의식이든 의식적이든 혐오증을 드러내는지 그렇지 않은지 판단할 수 있을 것이다.

③ 해당 작품이 LGBTQ 경험과 역사에 관한 지식에 기여하는가? 다시 말해, 작품이 LGBTQ들이 처한 삶의 조건에 기여하는가? LGBTQ 섹슈얼리티에 대한 제도적 차별과 혐오적 반응에 LGBTQ들이 어떻게

대처하는지 이해하는 데 기여하는가?

④ 겉보기에는 이성애적 텍스트이지만, 알고 보면 레즈비언·게이·양성애·트랜스젠더·퀴어라고 밝혀진 작가 또는 그렇다고 믿을 만한 이유가 충분한 작가들이 쓴 텍스트에서 LGBTQ의 경험이 어떻게 간접적으로(암호화되어) 표현되고 있는가? (대개 이 같은 분석은 LGBTQ 경험을 공공연하게 서술하는 것이 용납되지 않았던 시대에 활동한 작가들의 작품을 대상으로 한다. 또는, 이전까지 이성애자 또는 시스젠더라고 여겨졌던 작가의 성적 지향 또는 젠더 정체성과 관련하여 부정확한 정보를 바로잡으려는 목적인 경우도 많다.)

⑤ 이성애자가 쓴 문학작품을 어떤 방식으로 재해석하면 작품에서 말해지지 않은 채로, 무의식적으로 존재하는 LGBTQ 관련 내용을 드러낼 수 있을까? 즉, 해당 작품에 LGBTQ 요소들이 있는데도 그 작품이 그러한 요소들을 감추고 있는가? 아니면 이성애적 독자나 시스젠더 독자들이 그러한 요소들을 감추고 있는가?

⑥ 해당 작품이 LGBTQ 문학 전통을 규정하려는 시도에 기여하는가? 가령, 작품이 레즈비언·게이·양성애·트랜스젠더·퀴어 문학의 독특한 양상(이를테면 특정한 주제, 인물유형, 문체, 문학 장치)을 드러내는가? 또는 해당 작품이 그러한 전통과 결별하는가? 만약 작가가 유색인종 LGBTQ이거나 문화적으로 특수한 LGBTQ 작가라면, 해당 작품이 그것이 속한 특정한 종류의 문학을 구체적으로 보여 주는 (또는 그러한 문학에 기여하는) 양상을 고려할 수 있을 것이다.

⑦ 문학 텍스트가 성적 지향 또는 젠더 정체성의 문제를 어떤 구체적인 방식으로 보여 주는가? 다시 말해, 성적 지향 또는 젠더 정체성에 관한 텍스트의 표상들이 동성애와 이성애, 남성성과 여성성이라는 별개의 범주로 딱 잘라 구분되지 않는 양상들은 무엇인가?

이 가운데 하나 또는 몇 개를 섞어 질문하는 방법으로 문학 텍스트를 논의할 수 있다. 여기에 나와 있지 않은 다른 질문을 던져 볼 수도 있다. 여기서 제시한 물음들은 레즈비언·게이·퀴어 비평의 렌즈로, 또는 범위를 확장하여 양성애와 트랜스젠더의 렌즈로 문학 텍스트를 들여다보는 몇 가지 출발점일 뿐이다. 다만 LGBTQ 비평가라고 해서, 심지어 동일한 개념을 사용하는 비평가라고 해서 동일한 텍스트를 똑같이 해석하는 것은 아니라는 점을 명심하자. 어느 이론에서든 실제 비평가들의 해석은 훨씬 다양하기 마련이다. 우리의 목표는 레즈비언·게이·퀴어 이론을 활용하여 문학작품에 대한 이해의 폭을 넓히는 것이다. 그리고 이 같은 이론적 관점이 없다면 뚜렷하고 깊이 있게 알지 못했을 몇 가지 중요한 견해들을 자세히 살펴보고, LGBTQ들의 역사와 문학 생산을 이해하는 것이다.

이제 곧 살펴볼 F. 스콧 피츠제럴드의 《위대한 개츠비》 독법은 퀴어 이론에 따른 작품 해석의 한 가지 사례이다. 이 독법은 다양한 성적 행동과 젠더 표현을 다룬다는 점에서 포괄적인 의미의 퀴어비평이라고 부를 수도 있고, 《위대한 개츠비》의 섹슈얼리티 재현 양상에서 드러나는 예측 불가능성과 불안정성을 탐구한다는 점에서 해체비평의 성격을 띠는 퀴어비평이라고 볼 수도 있다. 이와 관련하여 내가 주장하려는 바는 《위대한 개츠비》가 성적으로 애매모호한 소설이라는 점이다. 이 소설은 등장인물의 섹슈얼리티와 관련하여 무수한 의문들을 품게 만들지만, 그 의문들에 답을 주지 않는다. 나는 이 같은 성적 모호성sexual ambiguity이 나타나는 이유를 이성애적 플롯이 무엇보다 소설 속에 은밀하게 숨겨진 게이 감수성을 매개로 전달된다는 점에서 찾을 것이다(그 게이 감수성은 화자 닉 캐러웨이의 것이다). 그리고 그 모호성은 자신의 섹슈얼리티를 둘러싼 피츠제럴드의 갈등을 반영하는 것이기도 하다는 점을 밝히면서 분석을 마무리할 것이다.

닉 캐러웨이가 기꺼이 커밍아웃할까?

《위대한 개츠비》에 대한 퀴어비평적 독법

확실히, F. 스콧 피츠제럴드의 《위대한 개츠비》(1925) 만큼 이성애적 플롯이 뚜렷하게 드러나는 소설도 찾기 어려울 것 같다. 이 소설의 서사를 이끌고 나가는 것은 데이지 페이 뷰캐넌을 향한 제이 개츠비의 비극적인 사랑과, 서로 겹치는 이성애자들 사이의 세 가지 삼각관계(개츠비 – 데이지 – 톰, 톰 – 머틀 – 조지, 머틀 – 톰 – 데이지)이기 때문이다. 그러나 우여곡절로 가득한 극적인 장면들 곳곳에 은밀히 스며들어 있는 동성성애적 하부텍스트는 방금 언급한 《위대한 개츠비》의 명백한 이성애적 서사에 그림자를 드리운다.

나는 《위대한 개츠비》에 나타난 성적 위반sexual transgression과 게이 · 레즈비언 기호들이 어떻게 상호작용하여 동성성애적 하부텍스트를 만들어 내는지, 그리고 동성성애적 하부텍스트가 어떻게 성적으로 모호한 분위기를 형성함으로써 이성애적 서사를 분열시키고 불안정하게 만드는지 밝히고자 한다. 곧 알게 되겠지만, 동성성애적 하부텍스트가 가장 완벽하게 구체화된 인물은 다름 아닌 화자 닉 캐러웨이다. 그는 자신의 게이 성향을 인지하지 못한 것 같지만, 제1차 세계대전 동안 군인으로 복무하면서 자신이 게이 성향임을 발견한 수천 명의 젊은이들의 모습과 유사하다. 다른 식으로 말하자면, 《위대한 개츠비》의 성적 모호성은 이성애적 플롯이 그 이면의 게이 감수성에 실려 전달되는 데서 비롯된다고 할 수 있다. 여기에 더해, 나는 이 소설에 나타난 성적 모호성이 자신의 섹슈얼리티를 둘러싼 피츠제럴드의 갈등을 반영하는 것이기도 하다는 점을 말하고자 한다. 물론 이성애적 소설에서 일탈적 이성애를 묘사했다고 해서 그 자체로 퀴어적 하부텍스트가 형성되는 것은 아니다. 그러나 《위대한 개츠비》는 명백한 성적 위반에 해당하는 장면들이 다수 등장하고, 그 가운데는 게이 및 레즈비언의 섹슈얼리티를 암시하는 대목들도 포함되어 있다는 점을 볼 때 이 소설은 퀴어적 해석의 여지가 충분하다고 할 수 있다. 한 가지 예를 들자면, 조금 전에 언급한 세 가지 삼각관계는 죄다 불륜에 해당한다(이 소설 속 등장인물들의 행동은 대부분 이 삼각관계에서 비롯된다). 데이지와 톰, 그리고 머틀은 모두 이른바 '부부간의 맹세'를 깨뜨리고 있다. 더구나 데이지의 친척인 닉은 사회 통념에 어긋나는 데이지와 개츠비의 재결합을 막기는커녕, 오히려 두 사람이 재회할 수 있는 자리를 마련하여 데이지가 지켜야 할 덕목을 쉽게 버릴 수 있도록 돕기까지 한다. 게다가, 개츠비는 루이빌에서 데이지와 연애하는 동안 혼전 성관계를 갖는다. "그는 … 염치를 무릅쓰고 게걸스럽게 … 고요한 10월의 어느 밤 … 데이지를 차지했는데, 사실 그로서는 그녀의 손목을 만질 권리조차 없었기 때문에 그렇게 했던 것이다."(156/217; 8장) 닉과 조던 역시 혼전 성관계를 가진 것이 분명해 보이는데, 두 사람 모두 처음이 아니다. 실제로 닉은 조던이 성적으로 문란하다고 생각한다. 조던은 "이 세상에 차갑고 오만한 미소를 보이면서도 자신의 강인하고 발랄한 육체의 욕구를 충족시키려고 아주 어릴 적부터 속임수와 거래해" 왔다는 점에서 "구제할 수 없을 정도로 부정직"한 사람이라는 것이다.(63/93; 3장)

소설 속에 묘사된 갖가지 시끌벅적한 파티들 또한 성적 위반의 분위기를 풍긴다. 그 분위기는 톰과 머틀의 아파트에서든 개츠비의 집 잔디밭에서든 마찬가지다. 톰과 머틀의 파티는 그저 그들의 부정한 관계에서 자연스럽게 생성된 부산물일 뿐이다. 톰과 머틀, 그리고 그들이 초대한 사람들 사이에서 오가는 노골적인 대화들을 보면 이를 잘 알 수 있다. 개츠비의 파티를 묘사하는 대목 역시 성적 위반을 연상시키는 이미지들로 가득하다. 이를테면, 톰은 "품위는 없지만 얼굴은 예쁘장"(112/160; 6장)하다고 할 만한 어느 젊은 여성을 꼬드기고, 개츠비와 데이지는 파티장에서 살짝 빠져나와 닉의 집에서 밀회의 시간을 갖는다(닉은 그들이 방해받지 않도록 주변을 살핀다). 이름을 알 수 없는 "한 남자가 호기심에 가득 차서 젊은 여배우에게 말을 걸자", 그의 아내는 "그의 귀에 대고 '당신 약속했잖아요!' 하고 소리를" 지르는가 하면(56/84; 3장), "담배 수입업자인 벨루가"는 그의 성적 대상임을 암시하는 "그의 여자들"^{번역본에는 "그의 딸들"}을 대동하고 개츠비의 파티를 찾는다.(66/97; 4장) 그리고 "휴버트 아우어바흐와 크리스티 씨의 아내"(66/96; 4장), "자신의 운전기사로 알려진 남자와 같이 온 클로디아 히프"(67/98; 4장) 등의 표현은 모두 불륜을 암시하고 있다. 이처럼 소설 전반에 만연한 성적인 분위기만 보면, 뉴욕은 닉의 생각처럼 "무슨 일이든 일어날 수 있"(73/106; 4장)는 도시인 것이다.

실제로 《위대한 개츠비》에 묘사된 파티 장면들에서는 게이 및 레즈비언 '기호들'이 두드러지게 나타난다. 바꾸어 말하면, 파티 묘사는 이 소설의 동성성애적 하부텍스트를 최초로 발동시키는 대목이다. 예를 들어, 닉은 개츠비를 처음 만난 파티에서 "층계 밑에 서 있는, 노란색 드레스를 입은 두 여자"가 동시에 "안녕하세요!" 하고 소리치는 장면을 본다.(47/71; 3장) 이 두 여성은 같은 성별을 지닌 '분신들'이 분명하다는 점에서 레즈비언 기호로서 작동한다. 그들은 외모도 닮았고 말하는 방식도 비슷하며 옷차림까지 흡사해서 외견상으로는 구별하기 어렵기 때문이다. 물론 그들은 "시대극 의상을 입고 짐짓 어린애 흉내를 내"며 파티의 "무대에 오른 '쌍둥이'들"임이 밝혀지지만 말이다.(51/77; 3장) 실제로 영화 〈위대한 개츠비〉(1974)에서 원작 소설의 퀴어적 차원에 대한 해석 가능성이 엿보이는 부분은 이 두 여성이 등장하는 장면뿐이다. 1974년 영화에서 두 여성이 함께 춤추는 모습은 명백히 성적인 의미작용을 관객들에게 전달한다.

톰과 머틀의 아파트에서 벌어진 파티에서도 일련의 게이 기호들을 확인할 수 있는데, 이는 닉과 맥키의 만남에서 확연히 드러난다. 맥키는 아내와 함께 인근 아파트에서 살고 있는, "얼굴이 창백한 것이 여자 같은 남자"(34/55; 2장)이다. 두 사람의 직접적인 접촉은 맥키가 의자에 잠들어 있을 때 시작된다. "나는 손수건을 꺼내 오후 내내 신경에 거슬리던 그의 뺨에 말라붙은 비누 거품 자국을 닦아 주었다."(41/63; 2장) 잠시 뒤 맥키는 잠에서 깨어나지만, 닉이 "찢어지는 듯 날카로운 목소리에 힘이 없어 보였고, 예쁘기는 했지만 끔찍한 여자"(34/55; 2장)라고 묘사한 자신의 아내를 놔두고 홀로 머틀의 아파트에서 나간다. 이때 닉은 "그의 뒤를 따랐다."(42/64; 2장) 나가면서 맥키는 닉에게 언젠가 점심을 함께하자고 제안하고, 닉은 이를 받아들인다.

> "좋습니다. 기꺼이 가지요." 나는 그의 점심 초대에 응했다.
>
> … 그다음에 나는 그의 침대 옆에 서 있었고, 그는 속옷 차림으로 침대 시트에 들어가 두 손에 커다란 포트폴리오를 들고 앉아 있었다.
>
> "'미녀와 야수' … '고독' … '식료품 가게의 늙은 말' … '브루클린 다리' …."
>
> 그러고 나서 나는 펜실베이니아역의 추운 지하 대합실에 반쯤 잠든 상태로 누워 조간신문 〈트리뷴〉을 보며 새벽 4시 기차를 기다렸다. (42/65; 2장. 말줄임표는 모두 피츠제럴드의 것)

두 사람은 엄청나게 취해 있는 것이 분명하기 때문에, 이 장면은 단지 그들의 취기를 재현한 것에 불과하다고 해석할 수도 있다. 그러한 관점에서 보면, 말줄임표로 생략된 부분은 만취상태에서 흔히 일어나는 '필름 끊김 현상'을 가리킨다고 이해할 수 있다. 여기서 닉이 말하고자 하는 바는 '자신이 얼마나 취했는지'이며, 그게 전부라고 말이다.

그러나 퀴어의 렌즈를 들이대면 이 인용문은 다르게 읽힐 수 있다. 이 장면에는 무수히 많은 게이 기호들이 등장하기 때문이다. 맥키의 침실에서 두 사람이 성적 접촉을 가졌을 가능성을 염두에 두지 않더라도, 게이 기호들이 등장하는 순서는 두 사람 사이의 동성성애적 호감도가 점점 커져 감을 암시한다. 맥키의 여성적 외양, 맥키의 아내가 가진 남성적 자질(공격적이고 고압적이며 '잘생겼다handsome'), 맥키의 얼굴에 남아 있는 비누 거품에 대한 닉의 관심(다시 말해, 맥키의 몸단장에 대한 닉의 세심한 관심), 톰과 머틀의 아파트 밖으로 나가는 맥키를 '따르는' 닉, 점심 초대, 맥키를 따라 그의 침실로 들어가는 닉, 속옷만 걸친 채 침대에 앉아 있는 맥키, 새벽 4시에 열차 대합실에서 정신을 차리게 되기 전까지의 일들을 전혀 기억하지 못하는 닉의 모습(따라서 그사이에 무슨 일이 벌어졌든 닉에게는 억압된 기억으로 남게 된다) 등은 모두 게이 기호라고 부를 수 있는 것들이다. 이 기호들은 단독으로 쓰이면 별다른 의미를 환기시킬 수 없겠지만, 이렇게 한꺼번에 모여 있는 경우에는 퀴어비평가들이 놓칠 리 없는 동성성애적 하부텍스트를 형성하게 된다.

그러나 게이 및 레즈비언 기호들과 가장 자주 결부되는 인물은 제이 개츠비와 조던 베이커이다. 개츠비의 섬세한 몸단장과 화려한 옷차림, 그리고 기타 소유물들은 게이 기호로서 효과적으로 작동한다. "짧게 깎은 머리카락은 날마다 단장하는 것처럼 단정해 보였다."(54/82; 3장) 또한 개츠비는 보라색과 분홍색을 띠는 훌륭한 의상들을 종종 선보이는데, 보라색과 분홍색은 오래전부터 게이 성향과 관련이 있는 것으로 여겨져 온 색깔들이다. 독자들은 개츠비가 가진 수많은 "산호빛과 능금빛 초록색, 보랏빛과 옅은 오렌지색의 줄무늬, 소용돌이무늬, 바둑판무늬 셔츠들에는 인디언 블루 색으로 그의 이름 머리글자가 새겨져 있었다"(97-98/140; 5장)는 것을 알게 되며, 개츠비의 분홍색 양복은 소설 안에서 적어도 세 번 이상 확인할 수 있다.

실제로 개츠비의 분홍색 양복이 언급되는 방식은 그것이 갖는 게이 기호로서의 기능을 더욱 부각시킨다. 이에 대해 닉이 묘사한 구절들을 두 가지만 살펴보자. 이 구절들은 너무나 낭만적인 나머지, 혹시 자신이 흠모하는 여성의 의상을 묘사한 것이 아닌가 하는 느낌마저 준다. 개츠비의 분홍색 양복에 대해 닉이 "달빛 아래에서 번쩍거리는 그의 분홍색 양복 말고는 도무지 아무것도 생각할 수가 없었(다)"(150/209; 7장)라고 말하는가 하면, "그의 화려한 분홍색 양복이 하얀 계단을 배경으로 밝은 무늬를 이루고 있는 모습"(162/225; 8장)이라고 표현할 정도이니 말이다. 특히 톰이 분홍색 양복을 언급하는 장면은 분홍색 양복이 일종의 게이 기호로서 작동한다는 사실을 더욱 확연히 보여 준다. 그 장면은 명백히 동성애혐오자인 톰이 게이 기호를 어떻게 생각하는지를 정확하게 드러내는 대목이기도 하다. 이 부분은 좀 더 자세히 살펴보자.

노동계급 여성을 상대로 한 톰의 잦은 외도는 사람들 앞에서 뽐내려는 의도에서(28/46-47; 2장), 그리고 사회경제적으로 취약한 이들을 골라 자신의 권력을 행사하려는 의도에서 비롯된 것이다. 이 같은 의도가 암시하는 바는, 톰 스스로 자신의 이성애를 안심시켜야 할 필요성을 느끼고 있다는 점이다. 이 소설에서 끊임없이 자신의 남성성을 공격적 태도로 내세우는 것과 마찬가지로 말이다. 닉은 다음과 같이 쓴다.

> 그의 목소리에는 심지어 자신이 좋아하는 사람들까지도 아버지 같은 자세로 경멸하는 듯한 구석이 있었다. …
> "뭐, 이 문제에 관해 내 의견이 결정적이라고 생각하지 말게." 그는 이렇게 말하는 듯했다. "내가 힘깨나 쓰고 더 사내답다고 해서 말이야." (11/24; 1장)

이처럼 필요 이상으로 본인의 남자다움을 강조하려는 톰의 모습은 동성애혐오와 직접적으로 관련되어 있다. 자신의 남성성을 증명하려다 보니, 타인에게서 동성애를 연상시키는 무언가를 발견하면 공격을 자제하지 못한다. 개츠비의 분홍색 양복을 경멸적 어조로 가리키며 혐오감을 숨김없이 드러내는 톰의 모습에서 이를 확인할 수 있다. 그리고 이 같은 혐오감은 분홍색 양복이 일종의 게이 기호로서 기능한다는 사실을 다시 한 번 강조한다. "옥스퍼드 출신이라고! … 빌어먹을, 퍽이나 그렇겠군! 그자가 분홍색 양복을 입고 있는 꼴 하고는."(129/181; 7장)

개츠비의 다른 소유물 역시 게이 기호로서 작동한다. 먼저, 개츠비의 대저택을 수놓고 있는 장식들은 대부분 더할 나위 없이 여성적이다. "마리 앙투아네트 음악실과 왕정복고 시대의 살롱 … 장밋빛과 보랏빛 비단으로 장식하고, 온갖 싱싱한 꽃들로 생기가 도는 고풍스러운 침실들"(96/138-139; 5장) 같은 묘사가 그 점을 말해 준다. 개츠비의 차 또한 톰의 표현대로 "곡마단 마차"(128/179; 7장)처럼 화려하다. 닉의 묘사를 보자. "짙은 크림색에 니켈 장식이 번쩍이고, 괴물처럼 길쭉한 차체 곳곳에 뽐내는 듯 모자 상자와 음식 상자, 공구함이 놓여 있고, 앞 유리는 미로처럼 복잡하게 되어 있어 태양을 열두세 개쯤 반사하는 차 말이다."(68/100; 4장) 사실, 개츠비가 스스로 꾸며 낸 자기 삶의 인위성과 연극성, 그리고 이로써 꾀하는 책략은 캠프의 특징과도 상통한다. 캠프로서의 특징은 개츠비가 자신의 허구적 '전기'를 들려주는 장면에서 두드러진다. 그는 마치 "젊은 왕자"처럼 "보석, 주로 루비를 수집하고, 사파리 사냥을 하고, 취미로 그림도 좀 그리며 살았"다고 말한다.(70/101; 4장)

조던 베이커 또한 다수의 레즈비언 기호들과 결부되어 있는 인물이다. 일단 '조던'이라는 이름 자체가 남성과 여성 모두에게 쓰일 수 있는 이름이며, 그녀의 직업은 남성의 영역에 더 가깝다고 할 수 있는 프로골퍼다. 그리고 개츠비가 여성적 표현들로 묘사되는 경우가 많다면, 조던은 남성적 표현들로 묘사되는 경우가 많다. 닉은 조던을 처음 만나고 나서 다음과 같이 적는다.

"그녀를 바라보면 기분이 좋아졌다. 몸매가 날씬하고 가슴이 작은 데다, 마치 사관생도처럼 어깨를 뒤로 쫙 펴고 있었기 때문에 꼿꼿한 자세

가 더욱 두드러져 보였다.”(15/29; 1장) 말하자면, 조던의 모습은 마치 군사학
교에 다니는 젊은 청년 같았다는 것이다. 심지어 가장 여성스러운 옷차림으
로 나타날 때조차 조던은 남성적 표현으로 묘사되고는 한다. “그녀는 이브닝
드레스뿐만 아니라 어떤 옷을 입어도 꼭 운동복을 입은 듯했다. 그녀는 맑고
상쾌한 아침에 골프장에서 처음 골프를 배우는 사람처럼 경쾌하게 움직였
다.”(55/83; 3장) 실제로 닉이 조던의 외모와 행동을 묘사할 때면 거의 대부분
남성적 이미지가 환기된다. 조던은 “강인하고 발랄한 육체”(63/93; 3장)의 소
유자이고, 종종 “불안하게 무릎을 들썩여 몸을 펴고”(22/40; 1장) 일어나고는
한다. 그녀는 “갈색 손을 흔들어 쾌활하게 인사”(57/85; 3장)하는가 하면, “조소
하는 듯한 창백한 입”(85/123; 4장)을 갖고 있다. 나아가 “무릎 위에 올려놓은
손가락 없는 골프 장갑처럼 갈색으로 그은 얼굴”(185/257; 9장)을 하고는 “지
독하게 회의적인 상황도 버텨 온 듯한”(20/37; 1장) 모습을 보여 주기도 한다.
조던은 “깔끔하고 강인하며 조금은 머리 나쁜”(84/122; 4장) 인물인 것이다.

조던과 남성들의 관계를 보면, 조던에 대한 성격 묘사 속에 레즈비언 하
부텍스트가 존재하리라는 추측이 더욱 힘을 얻는다. 닉이 관찰한 것처럼,
조던은 “영리하고 약삭빠른 사람을 본능적으로 피했다. … 규범에서 조금
이라도 어긋나는 행동이 용납되지 않는 곳에서 오히려 마음이 놓이기 때문
인 듯했다.”(63/93; 3장) 바꾸어 말하면, 조던은 다른 사람들이 자신의 진면목
을 간파하지 못하길 바란다. 그리고 자신에게 규범에 ‘어긋나는’ 사생활이
있다고 비추어지기 싫었기 때문에, 조던은 자신이 능히 다룰 수 있을 만한
남성만을 연애 상대로 삼는다. 이를테면 누가 봐도 미성숙한, 조던의 경호
원 격으로 개츠비의 파티에 따라온 “거칠고 풍자적인 얘기가 입에 붙은 끈
덕진 대학생”(49/74; 3장) 같은 남자나 “골프 챔피언”과 함께 있어 “우쭐한 마
음”(62/92; 3장)을 갖는 닉과 같은 남자, 그러니까 “당신을 좋아”(63/94; 3장)한다
는 말만으로도 마음대로 쥐락펴락할 수 있는 남자 말이다. 이러한 맥락에

서 보자면, 조던이 (닉과의 육체관계에도 불구하고) "속임수와 거래"하면서까지 충족시키고자 하는 "자신의 강인하고 발랄한 육체의 욕구"(63/93; 3장)란 레즈비언적 욕망일 수 있다.

개츠비와 조던이 이처럼 동성애 기호들의 저장소처럼 기능한다는 점을 전제하면, 우리는 퀴어의 관점에서 의미심장한 사실 하나를 발견할 수 있다. 개츠비와 조던은 닉이 가장 관심을 갖는 두 명의 등장인물이라는 사실이다. 개츠비를 향한 닉의 매혹은 다분히 동성성애적인데, 이 점은 그가 몸단장, 옷, 실내장식 등과 같은 개츠비의 여성적 자질들에 주목한다는 사실로 암시된다(앞서 살펴본 맥키에 대한 닉의 관심과 같은 맥락이다). 이를테면 개츠비의 "멋진" 외모와 "낭만적인 민감성"에 대한 열렬한 찬탄(6/17; 1장), 타인의 이기심과 타락으로 말미암아 희생된 개츠비에 대한 열정적이고 때로는 맹목적이기까지 한 옹호, 개츠비가 죽은 후(이때라면 개츠비에게 사랑을 느낀다 해도 위험하지 않다) 경험하는 그와의 깊은 유대감 등에서 닉의 매혹이 갖는 성격을 짐작해 볼 수 있다. 마찬가지로, 조던에 대한 닉의 애착 역시 그녀에게 이성애적으로 끌린 동시에 동성성애적 차원에서도 매력을 느낀 데서 생겨난 것으로 보인다. 앞에서 확인한 것처럼, 닉은 조던을 젊은 청년인 양 바라보는 경우가 많기 때문이다.

이러한 맥락에서 보면, 개츠비가 데이지에 대한 사랑을 되살릴 수 있도록 닉이 주저 없이 애써 도와준 것도 동성성애적 하부텍스트와 무관하지 않다고 볼 수 있다. 닉이 개츠비의 섹슈얼리티에 호기심을 갖고 그의 사적인 삶에 어떻게든 개입하고 싶어 하는 것처럼 보이는 이유는 개츠비를 향한 닉의 동성성애적 매혹 때문이다. 닉은 개츠비에게 상대를 '뚜쟁이질pimp' 해 줌으로써(수고비를 주겠다는 개츠비의 제안이 암시하듯이, 닉이 데이지를 '주선procure'해 준 것은 사실 '뚜쟁이질'이나 다를 바 없다) 그와 성적으로 더욱 가까워진 듯한 기분을 느낀다(마찬가지로, 데이지가 개츠비와 맺어지도록 부추기는 일에 조던이 관심을 갖는 이유 또한 그녀 본인이 데이지에게 성적 매력과 호기심을 느끼기 때문이라는 주장도 가능하다). 덧붙이자면, 닉은 데이지와 개츠비의 재결합이 자기 집에서 이루어지도록 유도함으로써, 그리고 그 상황에서 자신을 데이지와 동일시함으로써, 간접적으로나마 성적인 흥분을 맛본다. 데이지의 기분도 모른다며 개츠비를 나무라는 장면에서 닉은 바로 그와 같은 감정을 경험하는 것으로 보인다. "'데이지 역시 마찬가지로 당황해하고 있고요. … 당신은 꼭 어린애처럼 구는군요.' 나는 버럭 화를 냈다. '게다가 무례하기까지 하고요. 데이지는 지금 저기 혼자 앉아 있습니다."(93/133-134; 5장) 개츠비의 저택을 둘러보는 뒤이은 장면에서 닉은 데이지와 거의 비슷한 상황을 경험한다. 데이지와 마찬가지로 닉 또한 개츠비의 사적 공간을 처음 들여다보는 것이었기 때문이다.

닉이라는 인물이 어떻게 형상화되었는지 그 면면을 보면, 그가 게이 기호들의 저장소 역할을 한다는 사실이 더욱 실감 난다. 그는 막 서른 줄에 접어든 남성으로서 아직 결혼이나 약혼 경험이 없다. 특히 그는 이성애적 연애를 했음에도 여성과의 낭만적 관계에 진지하게 몰입하지 않는다. 실제로 제1차 세계대전 중 자신의 게이 성향을 발견한 젊은 남성들이 대단히 많았다고 하는데, 닉은 그러한 남성들의 요건에 정확히 들어맞는다. 이와 관련하여, 뉴욕의 게이 역사를 정리한 조지 찬시George Chauncey의 글을 살펴보자.

[제1차 세계대전 당시의] 군사동원으로 말미암아, 남성들은 가족과 이웃(대부분 소도시 출신이었다)의 시야에서 벗어나 남성들만 모인 환경에 놓이게 되었다. 이 같은 상황은 그들은 스스로 게이임을 밝힌 남성들을 접하고 자신의 동성애적 관심을 탐구하게 되는 기회를 늘려 갔다. 로드아일랜드의 뉴포트에 위치한 해군 훈련소에서는 전쟁이 끝난 직후 해군 장교들이 나서서 부대원들 간의 동성애에 대해 대대적인 조사를 벌였는데, 이 과정에서 다음과

같은 두 가지 사실이 밝혀졌다. 하나는 상당수의 해군 병사들이 전쟁 기간에 게이 정체성을 지닌 다른 병사들과 만나면서 게이 정체성을 형성해 나가기 시작했다는 점이고, 다른 하나는 스스로를 동성애자라고 생각하지 않았던 더 많은 수의 병사들이 게이의 세계에 익숙해졌고 경우에 따라서는 동성애적 경험도 가져 보았다는 점이다. 이 같은 병사들 가운데 다수는 고향으로 돌아간 뒤에는 동성애자로서의 삶을 지속하는 데 상당한 어려움이 따를 것이기에 각별한 주의가 필요하다고 생각했다. 일단 자신의 동성애적 정체성을 부모에게 숨겨야 하고, 고향이 대부분 소도시였기에 게이로서의 활동 범위가 제한될 수밖에 없었기 때문이다.

군사동원은 신병들에게도 대도시, 특히 뉴욕의 게이 문화를 접해 볼 수 있는 기회가 되었다〔유럽으로 떠나는 미군들은 대개 뉴욕항에서 출발했다〕. … 전쟁이 끝난 뒤 뉴욕에 머물러 있던 게이 병사들의 수가 어느 정도였는지 추산하는 것은 불가능하다. 그러나 1920년대 뉴욕에서는 이미 게이 단체들이 속속 수면 위로 올라오고 있었음을 감안하면 … 대부분의 게이 병사들이 고향으로 돌아가지 않고 뉴욕에 남아 있었으리라고 짐작해 볼 수 있다. 뉴욕에서 게이들을 만나 본 이들이 고향에 정착해 스스로를 억누르며 지내기란 어려웠을 것이기 때문이다. (145)

닉은 중서부 사람이지만, 이 병사들처럼 전쟁이 끝나고 고향에 돌아온 뒤 다시 적응하는 데 어려움을 겪는다. 닉은 다음과 같이 말한다.

〔나는〕 제1차 세계대전으로 알려진 때늦은 게르만 민족의 대이동에 참가했다. 미국의 반격을 너무나 만끽했던 나는 고향에 돌아와서도 마음의 안정을 찾을 수가 없었다. 중서부 지방은 이제 세계의 활기찬 중심지가 아니라 우주의 초라한 변두리 같았다. 그래서 나는 동부로 가서 채권업을 배우기로 결심

했다. (7/18; 1장)

닉이 간 곳은 동부 가운데서도 뉴욕이다. 닉과 조던 모두 위반적 섹슈얼리티로 얽혀 있는 바로 그 도시 말이다. 닉은 뉴욕이 "좋아지기 시작했다"면서 "활기 넘치고 모험으로 가득한 밤의 분위기"를 언급한다.(61/91; 3장) 조던에 따르면, 뉴욕은 "마치 온갖 신기한 과일이 우리 손에 떨어지는 것처럼 농익었다고" 할 만한, "뭔가 육감적인 데가 있"는 도시다.(132/185; 7장)

정확히 말하면, 닉에게 뉴욕은 일터이자 저녁 시간 대부분을 보내는 곳이다. 닉이 사는 곳은 그의 표현대로 "브로드웨이가 롱아일랜드의 한 어촌에 만들어 놓은 이 전례 없는 '장소'인 웨스트에그"(113-114/161; 6장)이다. 웨스트에그는 "자체의 기준과 명사名士들을 갖춘 하나의 완벽한 세계"(110/157; 6장)이며, "낡고 진부한 미사여구에, 짜증나는 날것 그대로의 투박한 활기"(114/161-162; 6장)로 가득한 세계다. 여기서 닉은 자신이 위반적 하위문화와 더불어 살아가고 있음을 내비친다. 특히 그러한 하위문화가 발달하는 데 브로드웨이가 큰 영향을 끼쳤다는 언급은 두 가지 점에서 주목할 만하다. 하나는 당시 브로드웨이가 뉴욕의 게이들이 자주 찾는 장소였다는 점(Chauncey 146)이고, 다른 하나는 맞든 그르든 연극계가 항상 성적 관용이나 실험과 결부되는 장소였다는 점이다.

물론, 닉을 분석한다는 것은 《위대한 개츠비》의 화자를 분석한다는 말이기도 하다. 말하자면, 이 소설의 성적 모호성을 생산하는 것은 화자 닉의 시점이다. 이제부터는 그처럼 모호한 부분들을 정리해 보자. 지금까지 본 것처럼 《위대한 개츠비》는 성적 위반으로 가득한 소설이지만, 그 위반의 본질이 항상 분명하지는 않다. 이를테면 닉은 여러 여성과 잠자리를 같이 하지만, 그가 성적으로 매력을 느끼는 인물은 맥키와 (더욱 깊은 차원에서는) 개츠비다. 닉은 조던에게 매력을 느끼기도 하지만, 그 매력은 조던의 소년 같은 외모에서 비롯되었다는 점에서 오히려 동성성애적인 것에 가깝다. 한편, 조던은 닉과 연애하는 사이고 "그녀가 고개만 까딱해도 결혼할 남자가 몇 명"(186/257; 9장) 있지만, 그럼에도 레즈비언 기호들이 가득한 인물이다. 나아가, 이 소설에서 가장 중요한 이성애자이자 낭만적 화신인 개츠비 역시 게이 기호들의 저장소로서 기능한다. 물론 개츠비는 데이지와 재회하며 이 소설의 대표적인 낭만적 커플이자 이성애의 상징으로 자리매김하지만 말이다. 이때 개츠비와 데이지의 재결합을 도운 이들은 닉과 조던이지만, 정작 이 둘은 게이 및 레즈비언의 은밀한 욕망을 구현하는 인물들이다.

이렇듯 《위대한 개츠비》는 등장인물들의 섹슈얼리티와 관련하여 숱한 의문을 불러일으키지만, 이에 대한 해답을 선뜻 내놓지는 않는다. 닉은 이성애자인가, 동성애자인가, 양성애자인가? 자신의 섹슈얼리티에 게이 성향이 엿보인다는 것을 닉은 알고 있고, 또한 그러한 성향을 실행에 옮기는가? 조던의 성적 지향은 무엇인가? 그녀는 자신의 성적 지향을 인지하고 있는가? 데이지에게 헌신하는 낭만의 화신인 개츠비가 오히려 여성적인 면모와 캠프의 특징을 갖고 있다는 점은 어떻게 이해해야 하는가? 《위대한 개츠비》에 만연한 성적 자유, 나아가 성적 방종의 분위기는 이성애 영역에 국한되어 있는가? 아니면 게이의 세계까지 포괄하는가? 만약 그렇다면, 어떤 방식으로 그러한가?

나는 닉의 성적 지향이 게이이며, 그가 화자로서 사건을 인식하고 서술하는 데 게이 감수성이 영향을 미친다고 생각한다. 닉을 게이라고 인정하면, 《위대한 개츠비》를 특징짓는 성적 모호성이 대부분 해명되기 때문이다. 이를테면, 개츠비와 조던이 게이 및 레즈비언 기호들의 저장소처럼 인식되는 이유는 우리가 닉의 눈을 통해 그들을 바라보기 때문이다. 다시 말해, 닉이 그러한 기호들에 주목하기 때문이다. 닉이 그 점에 주목한 것은 본인의 욕망이 투영되었기 때문일 수도 있고(그는 게이의 욕망을 지녔기 때문에 다른 사람들의 게이 기호를 알아볼 수 있다), 개츠비와 조던의 섹슈얼리티에서 드러나는 퀴어적 특징에 민감하게 반응했기 때문일 수도 있다(그 역시 퀴어 섹슈얼리티를 공유한다). 혹은 둘 다 해당될 수도 있다. 그러나 닉은 게이로서의 욕망을 숨기고자, 자신이 전개하는 서사의 퀴어적 차원을 이성애적 사랑 이야기의 배후에 은밀히 감추어 둔다. 바꾸어 말하면,《위대한 개츠비》의 성적 모호성은 이성애적 플롯이 (다른 사람들뿐 아니라 화자 자신도 모르게끔 숨겨진) 게이 감수성에 실려 전달되는 데서 비롯된 결과라고 할 수 있다.

그런데 닉은 자신이 게이임을 부인하는 남성들이 흔히 그렇듯이 여성과의 성관계를 마다하지 않을 뿐 아니라, 자신이 전통을 존중하는 사람임을 독자들과 자기 자신에게 애써 납득시키려 한다(너무 강조한 나머지 오히려 설득력이 떨어지는 것 같다). 이런 모습을 보면 닉이 자신의 성적 지향을 부인하고 있음을 알 수 있다. 특히 연애 문제에 관한 한, 닉은 자신이 보수적이고 청교도적인 의식을 지닌 인물임을 보여 주려 한다. "〔톰이〕 뉴욕에 여자가 있"(19/36; 1장)다는 사실을 알게 되면서, 닉은 "내 본능대로 한다면 즉시 경찰을 부르고 싶은 심정이었다"(20/37; 1장)고 말한다. 그리고 "내 생각 같아서는, 데이지가 당장 어린애를 안고 그 집을 뛰쳐나와야 했지만 그녀는 그럴 생각이 조금도 없는 것 같았다"(25/43; 1장)라고 덧붙인다. 비슷한 경우로, 닉은 조던과 연애를 시작하기에 앞서, 먼저 고향에서 만나던 여성과의 관계를 공식적으로 끝내야 한다고 생각한다. 스스로 밝힌 것처럼, "나는 … 욕망에 브레이크를 거는 내면의 규칙도 많이 지니고 있었"(63-64/94; 3장)기 때문이다. 실제로 개츠비가 사망한 뒤 고향으로 돌아온 닉은 뉴욕의 도덕적 해이에 혐오감을 드러내며 "나는 이 세계가 제복을 차려입고 있기를, 말하자면 영원히 '도덕적인 차렷' 자세를 취하고 있기를 바랐다"(6/16; 1장)고 털어놓는다.

동시에 닉은 자신이 적극적인 이성애자임을 확신시키려고 일부러 애쓰는 것처럼 보인다. 예를 들어, 닉은 자신의 직장 "경리과에서 일하고 있는 아가씨와 짧게나마 연애도 했다"(61/90; 3장)고 밝힌다. 자신이 이성애자임을 납득시키려는 의도가 아니라면, 분명히 내용과는 아무런 상관도 없는 그런 정보를 굳이 독자들에게 알려 줄 필요가 있는가? 또한 자신에게 고향에서 만나던 여성이 있었고 주변 사람들 모두 두 사람이 결혼할 것이라고 믿었다는 이야기를 들려준 뒤, 그 여성은 단지 "오랜 친구"(24/43; 1장)에 지나지 않았다고 선을 긋는다. 이는 자신이 여성과 친구 이상의 관계를 가질 수 있음을 다시 한 번 강조하려는 것이다. 마찬가지로, 닉이 뉴욕의 저녁 풍경을 묘사하며 "쇼윈도 앞에서 서성대는"(62/91; 3장) 자신과 같은 젊은 남성들에 주목하는 장면은 동성성애적으로도 읽힐 수 있는 여지가 충분한데, 그는 "군중 속에서 낭만적인 여자들을 골라내 … 보이지 않는 길모퉁이에 있는 아파트까지 그 여자들을 따라가"(61/91; 3장)는 상상을 자세히 전달함으로써 그러한 가능성을 미리 차단하려 한다.

그리고 앞에서 본 것처럼, 닉은 조던 베이커와의 데이트를 묘사하는 장면에서 그녀가 성적으로 문란하다는 인상을 주려 한다. 말하자면, 닉은 조던이 자기 몸을 허락했기에 그것에 응했을 뿐이라는 점을 확실히 해 두려 한다. 차를 타고 센트럴파크를 지나는 낭만적인 분위기 속에서 조던에게 키스하는 장면으로 마무리되는 4장의 마지막 구절은 다음과 같다. "나는 두 팔을 조이며 옆에 있는 여자(조던)를 바짝 끌어당겼다. … 그녀가 미소를 짓자 이번에는 내 얼굴 쪽으로 다시 한 번 바짝 끌어당겼다."(85/123; 4장) 그리고 이어지는 5장은 닉의 귀가가 얼마나 늦었는지를 말해 주는 문장으로 시작된다. 닉이 "그날 밤 웨스트에그로 돌아왔을 때"는 "새벽 2시"였다.(86/124; 5장) 즉, 키스는 단지 연애의 시작에 불과했음을 알려 주려는 것이다.

확실히 닉은 본인의 '정상성'과 정직함을 필요 이상 강조하는 것 같다. 이 소설의 첫 장부터 닉은 자기에게 "은밀한 슬픔"을 내보이고 싶어 하는 "잘 알지도 못하는 난폭한 녀석들"과 자신을 대비시킨다. 자신에게 "모든 일에 판단을 유보하는 버릇"이 있다는 점을 알고 그 "난폭한 녀석들"이 접근해 왔다는 것이다.(5/15-16; 1장) 이에 대해 닉은 "비정상적인 사람들은 정상적인 사람에게 그런 특성이 나타나면 재빨리 알아차리고 달라붙게 마련이다"(5/16; 1장)라고 말한다.

그러니까 닉은 자꾸만 자기를 찾는 '비정상적인' 사람들에 둘러싸여 있었음에도 자신은 줄곧 '정상'이었다는 이야기를 하고 싶은 듯하다. 그는 뒤에서 이렇게 말한다. "나는 내가 아는, 얼마 안 되는 정직한 사람 중 하나이다."(64/94; 3장) 그리고 소설이 거의 끝나 갈 무렵에도 혹시 독자들이 잊었을까 봐 자신의 정직함을 다시 한 번 상기시킨다. "난 이제 서른 살이오. 스스로에게 거짓말을 하고 그걸 자랑스럽게 생각할 나이는 오 년이나 지났지."(186/258; 9장) 하지만 조던은 결국 닉의 자기기만을 꿰뚫어 보고 다음과 같이 이야기한다.

> 부주의한 운전자는 또 다른 부주의한 운전자를 만나기 전까지만 안전하다고 당신이 그랬지요? 그래요, 나는 또 다른 서툰 운전자를 만났던 거예요. 안 그런가요? 내 말은요, 그렇게 잘못 추측하다니 나도 참 부주의했지요. 난 당신이 오히려 정직하고 솔직한 사람이라고 생각했어요. 그게 당신의 은밀한 자부심이라고요. (186/258; 9장)

말하자면, 조던은 닉 또한 (자신과 마찬가지로) 전통과 관습에 위배되는 사람이며, 심지어 그러한 자기 모습을 솔직하게 인정하지 않는 사람이라는 것을 알게 된 것이다. 퀴어의 시각에서 보자면, 적어도 그 시점에서는 조던의 말에 어느 정도 무게가 실린다. 이야기가 진행될수록, 닉이 강조해 마지않던 그의 '정상성'과 정직함이 점점 닳아 없어졌기 때문이다.

흥미롭게도 닉은 자신이 조던과의 연애를 바라고 있다는 사실을 처음으로 깨달았던 순간에도 자신의 섹슈얼리티에 대해 다소 모호한 태도를 보인다. 그럴 의도는 없었던 것 같지만 말이다.

> 무엇보다도 고향에서 있었던 연애 사건에서 확실히 빠져나오는 것이 급선무라는 것을 잘 알았다. 나는 일주일에 한 번씩 '당신의 사랑하는 닉'이라고 서명한 편지를 그녀에게 보냈지만, 그때 생각나는 것이라고는 그 아가씨가 테니스를 칠 때 윗입술에 콧수염처럼 살며시 땀방울이 맺힌다는 것뿐이었다. 하지만 그 정도의 관계일지라도 확실히 끊어 버리지 않고서는 자유로워질 수 없었다. (64/94; 3장)

이 인용문에서 닉은 자신이 기본적으로 정직한 사람이며 이성애자라는 점을 다시 한 번 강조한다. 그런데 "윗입술에 콧수염처럼 살며시 〔맺힌〕 땀방울"(남성성의 상징이라 할 만하다)에 대한 그의 반응은 뚜렷하게 나타나지 않는다. 이 인용문에서 그의 단어 선택을 자세히 들여다보면, 우리는 닉이 새로운 여성과의 연애를 바라고 있음을 깨닫고 일종의 죄의식을 느꼈다는 것을 알 수 있다. 그는 고향에서 만나 왔던 여성에게 매주 '당신의 사랑하는 닉'이라는 서명과 함께 편지를 보내고 있었던 것이다. 그런 점에서 "고향에서 있었던 연애 사건"이라는 말은 "그 아가씨"라는 말과 대조를 이룬다. "그 아가씨"란 표현은, 적어도 예전에는 어떤 젊은 남성이 어딘가 특별한 젊은 여성(이를테면, 조던과 같은 여성)에게 매력을 느낄 때 쓰는 말이었다. 그런데 "그 아가씨"의 매력에 대해 닉이 언급하는 것은 "윗입술에 콧수염처럼 살며시 〔맺힌〕 땀방울"이 전부다. 더구나 그는 "그 아가씨"가 누구인지, 그러니까 고향에 두고 온 여성인지 조던인지 밝히지 않았다. 여기서 두 가지 모호한 부분이 발생한다. 하나는 "땀방울"이 누구의 것인지에 관한 것이고, 다른 하나는 그것에 대해 닉이 어떻게 생각하는지에 관한 것이다. 확실히 여성의 얼굴에 콧수염처럼 매달린 땀방울은 전형적인 이성애자 남성의 흥분을 불러일으킬 만한 것은 아니다. 사실, 지금까지 닉의 섹슈얼리티를 해석해 온 맥락에서 보자면, 그 땀방울은 일종의 퀴어 기호다. 바로 그렇기 때문에 닉은 소설 속 다른 대목들에서 그랬던 것처럼 이 장면도 모호한 상태로 남겨 둔 것이다.

물론 닉이 자신의 섹슈얼리티와 게이 성향을 자각했는지의 여부는 확실치 않다. 이에 대해 나는 이렇게 생각한다. 닉이 자신의 그러한 면을 자각했다면, 자신의 이성애와 '정상성', 그리고 정직함을 그토록 되풀이하여 강조하지는 않았을 것 같다. 그의 부인denial은 다른 등장인물과 이성애적 독자들에게 눈에 띄지 않도록 자신의 게이 성향을 숨기려는 전략적 필요 이상으로 과하다. 즉, 닉은 자신이 관습을 존중하는 사람임을 거듭 강변함으로써 일종의 심리적 부인 기제를 작동시키고 있는데, 이는 그가 본인의 게이 성향을 자기 자신에게까지 감추고 있음을 암시한다. 하지만 나는 닉이 부인의 기제를 작동시킬 만큼 자신의 성적 지향에 무지하다는 바로 그 사실 때문에 그의 게이 감수성이 힘을 발휘하여 서사 전반에 투사되고 곳곳에 스며들 수 있었다고 본다. 그뿐만 아니라, 그럼으로써 소설에 다중적인 의미가 층층이 쌓일 수 있었고, 퀴어의 관점에서 풍요로운 읽기 경험을 선사할 다채로운 해석적 가능성도 충만해질 수 있었다. 이는 부인의 심리학에도 부합하는 내용이다.

닉의 게이 감수성은 《위대한 개츠비》의 성적 모호성을 생산하는 원동력이지만, 정작 그는 자신의 게이 성향을 명백히 부인한다. 닉의 이와 같은 모습이 더 흥미로운 이유는, 여기에는 저자인 피츠제럴드가 자신의 섹슈얼리티로 말미암아 겪었을 법한 갈등들이 반영되어 있기 때문이다. 우리가 문학 텍스트를 읽을 때 저자의 섹슈얼리티가 텍스트 안에서 어떻게 재현되었는지 굳이 알아야 할 필요는 없다. 그러나 피츠제럴드의 경우는 그의 삶과 작품 사이의 상관관계가 너무나 확연해서 그냥 지나칠 수가 없다.

《위대한 개츠비》의 내용과 마찬가지로, 피츠제럴드 또한 위반적 섹슈얼리티 문제에 집착했던 것 같다. "한동안 피츠제럴드는 친구들과 새로 알게 된 사람들을 모두 난처하게 만들곤 했는데, 결혼 전에도 지금의 아내와 같이 잠자리를 가진 적이 있냐고 보는 사람마다 물어보았다."(Bruccoli 14) 그리고 그것만 주야장천 얘기하고 싶어 하는 사람들에게 끌린 것처럼 보였다고 한다. 그의 아내였던 젤다에 따르면. "〔개츠비와 친구들은〕 섹스를 입에 달고 살았다. 평범한 섹스, 별난 섹스, 뒤섞여서 하는 섹스, 화려한 섹스 등등."(Mayfield 138) 개츠비는 그 가운데서도 게이 섹슈얼리티에 특히 매력을 느꼈던 것 같다. 게이 섹슈얼리티에 대한 피츠제럴드의 태도는 장난기에서 동성애혐오에 이르기까지 일생 동안 여러 차례 변화한다.

일례로, 피츠제럴드는 프린스턴대학교 재학 중에 쇼걸 차림으로 사진을 찍은 적이 있다. 남학생들만 참여하는 연극을 홍보하기 위함이었는데, 이 사진에 대한 반응들이 자못 흥미롭다.

그 사진은 《뉴욕타임스》를 비롯한 여러 신문에 실렸다. 덕분에 피츠제럴드는 그를 만나고 싶어 하는 사람들에게서 팬레터를 받았는가 하면, 보드빌 투어에 여자를 흉내 내는 역할로 그를 출연시키겠다는 에이전트의 제안을 받기도 했다. (Bruccoli 62)

프린스턴대학교에 다닐 때 피츠제럴드가 출연한 연극에서는 어차피 다른 남학생들도 여성 배역들을 맡아야 했다. 그런데 피츠제럴드는 연극이 끝난 뒤에도 드래그 실험을 멈추지 않았다. 그는 미네소타대학교에서 열린 사교댄스 파티에 여장 차림으로 참석해 "성적인 얘기를 하는 통에 〔그가 젊은 여성인 줄로만 알았던〕 그의 〔남성〕 파트너들을 충격에 빠뜨렸다."(Bruccoli 65) 더 나아가, 자신이 직접 쇼걸 분장을 한 채 사진을 찍고 그것을 친구들에게 보여 주며 좋아하기도 했다.[Mayfield 134]

피츠제럴드는 또한 본인이 마치 게이인 것처럼 농담하길 즐겼다고 한다. "군복무 시절에 피츠제럴드는 [친구이자 문학평론가인] 에드먼드 윌슨에게 자기 사진 두 장을 동봉한 편지를 보냈다. 그는 편지에서 가난하고 어머니도 없는 … 아무런 꿈도 없는 동성애자fairy 〔'fairy'는 동성애자 남성을 경멸스럽게 일컫는 속어다. 다음 단락에서 피츠제럴드가 '동성애자'를 언급할 때 사용하는 말은 모두 'fairy'다.〕 에게 주라고 사진 두 장을 윌슨에게 보낸다고 말했다."[같은 곳] 그 뒤, 피츠제럴드는 다시 윌슨에게 보낸 편지에서 자신의 갈망 가운데 하나가 "다정한 젊은 남자와 연애하며 해변에서 주말을 보내는 것"이며 "심연이 심연을 부른다"〔성경의 〈시편〉 42장 7절에 나오는 표현〕고 썼다.[같은 곳] 물론 피츠제럴드가 "자신에 대한 상스러운 농담"[같은 곳]의 뜻으로 그런 말들을 꺼낸 것은 분명하다. 하지만 그런 식의 농담은 피츠제럴드가 자신의 성적 상상력에 내재된 게이 성향에 대해, 그리고 게이의 삶에 얼마나 호기심을 갖고 있었는지 말해 준다.

그런데 동성애에 대한 피츠제럴드의 관심이 명백히 동성애혐오적인 방향으로 흐른 적도 간혹 있었다. "그는 항상 '동성애자들'을 노골적으로 경멸해 왔"[Bruccoli 278]고, 헤밍웨이와 함께 "비역질과 항문성애anal eroticism를 비롯한 온갖 도착perversion 행위들"에 관한 농담을 주고받곤 했다.[Mayfield 133] 실제로 피츠제럴드는 "헤밍웨이와의 친밀한 우애 관계가 틀어진" 책임을 "동성애자들" 탓으로 돌렸다.[Mayfield 142] 아마 자신과 헤밍웨이가 게이라는 소문을 접하고 크게 분개하면서 그런 식으로 언급했을 것이다.[Bruccoli 278] 그러나 피츠제럴드 본인은 "헤밍웨이를 가리켜 '혈우병 환자, 피 흘리는 소년'이라고" 부르는 등 헤밍웨이가 게이라는 소문에 대해서는 딱히 "반박하지 않았다."[Mayfield 136]

게이 섹슈얼리티는 피츠제럴드의 결혼 생활에서도 걱정거리였다. 젤다는 남편 피츠제럴드가 "헤밍웨이와 동성애 관계를 맺고 있다"[Bruccoli 278]고 믿었다. 피츠제럴드의 경우 "자신의 남성성을 확인하고자 창녀와 잠자리를 가져 보기로 결정하고 콘돔을 구입했다. 하지만 콘돔이 젤다의 눈에 띄었다. 그리고 격렬한 말싸움이 이어졌다."(Bruccoli 279) 젤다 또한 자신이 "잠재적인 레즈비언"이라고 여겼는데, "파리의 악명 높은 '여장부'인 돌리 와일드 Dolly Wilde가 젤다에게 추근대자 피츠제럴드가 몹시 화를 냈다."(같은 곳)

물론 피츠제럴드의 성적 지향에 관한 신뢰할 만한 결론을 내리기란 불가능하다. 그의 성적인 활동을 보여 주는 구체적인 자료도 없을뿐더러, 그의 성적 욕망과 관련된 증거들 역시 모순되는 다른 풍문들 때문에 설득력을 얻기 어렵다. 그러나 피츠제럴드에게 섹슈얼리티, 특히 게이 섹슈얼리티가 중요한 문제였다고 말하는 것은 충분히 가능할 것이다. 그가 게이의 삶에 지대한 호기심을 보였고 그 때문에 내적으로 극심한 갈등을 겪었던 사실만큼은 분명하기 때문이다. 피츠제럴드는 게이의 삶이 가져다주는 성적 가능성들에 이끌리는 동시에 혐오감을 느꼈다. 그리고 그 혐오감은 피츠제럴드가 자신의 섹슈얼리티와 관련하여 겪어야 했던 심적 갈등들을 인정하려 하지 않았다는 것을 말해 준다.

피츠제럴드가 개인적 경험을 꾸준히 자기 소설에 담아 온 작가임을 고려한다면, 《위대한 개츠비》가 위반적 섹슈얼리티에 주목한다는 점, 따라서 이 소설이 그의 의도와 상관없이 퀴어적 맥락과 결부된다는 점은 그리 놀랄 만한 일이 아니다.

지금까지 살펴본 것처럼, 위반적 섹슈얼리티에 대한 피츠제럴드의 매혹은 비단 이성애적 영역에만 국한되지 않는다. 피츠제럴드의 삶이 시사하는 바와 같이, 제이 개츠비가 이성애자의 이상을 추구하는 데 헌신하는 피츠제럴드의 모습을 구현한 인물이라면, 닉 캐러웨이는 분명 게이 성향 및 그것으로 인한 섹슈얼리티의 갈등을 부인하는 피츠제럴드의 모습을 구현한 인물일 것이다. 퀴어의 렌즈로 볼 때, 닉 캐러웨이는 사실상 커밍아웃했다고 말할 수 있다. 아니면 적어도 그가 게이라는 사실만큼은 명확해진다고 볼 수 있다. 그의 은밀한 게이 감수성이 미국에서 가장 유명한 이성애적 연애소설인 《위대한 개츠비》에 어떻게 퀴어적 해석의 가능성을 부여하는지 우리는 이미 확인하지 않았는가.

다른 문학작품에 대한 레즈비언·게이·퀴어 비평적 접근

다음 질문들은 일종의 본보기다. 여기에 언급된 문학작품이나 직접 고른 작품을 레즈비언·게이·퀴어 이론으로 해석할 때, 다음과 같은 질문들을 던져보면 도움이 될 것이다. 질문하는 의도와 글의 초점, 자기 정체성을 바탕으로 한 비평적 지향 등에 따라 레즈비언비평이 될 수도 있고 게이비평이 될 수도 있으며 퀴어비평이 될 수도 있다. 또는 레즈비언·게이·퀴어 해석 접근법을 예비적 방법론으로 활용하여 문학의 양성애적 요소, 트랜스젠더적 요소를 분석해 볼 수도 있을 것이다.

① 지넷 윈터슨의 《오렌지만이 과일은 아니다Orange Are Not the Only Fruit》(1985)에 나타난 이성애적 가부장제 이데올로기를 분석해 보자. 이성애적 가부장제 가족이나 교회가 갖는 사회적·심리적·정치적 영향력과 레즈비언 경험 사이의 관계와 관련하여, 이 소설은 어떤 부분에서 독자들의 이해를 구하려 하는가? 소설에 묘사되는 억압적인 종교 분파의 태도는 일반 사회가 레즈비언에게 가하는 억압을 어떻게 구체적으로 보여 준다고 할 수 있는가?

② E. M. 포스터의 소설 《모리스》는 1914년 초고가 완성되었지만, 1971년 작가가 사망하고 1년 후에야 출간된다. 이 소설에 묘사된 이성애적 규범성의 작용을 분석해 보자. 이를테면, 케임브리지대학에서 모리스가 겪은 경험은 어떤 방식으로 이성애 규범적인가? 법률, 교회, 의료계와 같은 제도들의 이성애적 규범성은 이 소설에서 어떻게 표상되는가? 모리스와 클라이브의 관계를 파괴하는 이성애 규범적 압력에 모리스와 알렉은 어떤 방식으로 저항하는가? 이성애적 규범성은 인물들이 가진 남성성 관념에 어떤 영향을 끼치는가?

③ 버지니아 울프의 소설 《올랜도: 전기》(1928)에 나타난 젠더 정체성과 관련된 쟁점들을 탐구해 보자. 이를테면, 올랜도의 젠더 변화는 그녀가 자신을 바라보는 방식에 어떤 영향을 끼치는가? 그녀의 행동, 성적 행동에 어떤 영향을 끼치는가? 다른 사람들이 올랜도를 대하는 태도에 어떤 영향을 끼치는가? 여성의 의복은 올랜도의 경험에 어떤 역할을 담당하는가? 《올랜도》는 전통적인 여성성과 남성성 개념을 강화하는가? 아니면 주인공의 젠더 경험은 전통적인 젠더 개념이 허용하는 것보다 훨씬 더 유동적인가?

④ 메리 셸리의 《프랑켄슈타인》(1813)에 (분명 무의식적으로) 내재된 동성성애적 하부텍스트를 유심히 살펴보자. 빅토르가 진정으로 사랑한 인물은 엘리자베스(빅토르는 그녀를 피하는 듯하다)가 아닌 클레르발(그는 오랜 질환으로 고생하는 빅토르를 헌신적으로 보살핀다)이라고 주장할 수 있다면, 어떤 점에서 그러한가? 이러한 같은 성별 사이의 유대는 빅토르에 감탄하는 월턴의 낭만적 시선과 어떤 면에서 유사한가? 엘리자베스와 빅토르·클레르발의 관계를 메리 셸리와 그녀의 남편 퍼시, 그리고 두 사람의 친구이자 동료인 바이런 경Lord Byron과의 관계와 비교해 볼 때, 어떤 유사성을 발견할 수 있는가?

⑤ 토니 모리슨의 《가장 파란 눈》(1970)의 섹슈얼리티 재현은 섹슈얼리티에 관한 이성애적 가부장제의 관점을 어떤 방식으로 초월하는가? 이 질문에 대한 답을 찾으려면 소설 속 관계, 이를테면 창녀들과 남성·성행위·음식과의 관계, 제랄딘과 남편·고양이와의 관계, 촐리와 사냥꾼들·달린·폴린·피콜라와의 관계, 피콜라와 메리 제인 사탕과의 관계, 소우프헤드 처치와 벨마 및 어린 소녀들과의 관계, 헨리 씨와 창녀들 및 맥티어 아줌마의 딸들과의 관계 등을 두루 고찰해야 한다. 구체적으로 말해서, 《가장 파란 눈》은 성적 지향을 동성애 대 이성애로 나누는 이성애적 가부장제 범주들이 불충분하다는 퀴어 이론의 주요 원칙을 어떤 구체적인 방식으로 보여 주는가?

≡ 더 읽을거리

Abelove, Henry, Michele Aina Barale, and David M. Halperin, eds. *The Lesbian and Gay Studies Reader*. New York: Routledge, 1993.

Alexander, Jonathan F., Deborah T. Meem, and Michelle A. Gibson, eds. *Finding Out: An Introduction to LGBT Studies*. 3rd ed. Thousand Oaks, CA: SAGE Publications, 2018.

Bristow, Joseph. *Sexuality*. 2nd ed. London and New York: Routledge, 2011. (See "Foucault's Exclusions [Gender Issues]," 169-196, and "Queer (Non)Identities," 197-215.)

Brown, Carolyn E. "A Psychoanalytic Reading of Homoeroticism in *Romeo and Juliet*." *Shakespeare and Psychoanalytic Theory*. London: Bloomsbury, 2015. 133-163.

Burleson, William E. *Bi America: Myths, Truths, and Struggles of an Invisible Community*. New York and London: Routledge, 2005.

Cruikshank, Margaret. *The Gay and Lesbian Liberation Movement*. New York: Routledge, 1992.

Faderman, Lillian. *The Gay Revolution: The Story of the Struggle*. New York: Simon & Schuster, 2015.

Faderman, Lillian. *Surpassing the Love of Men: Romantic Friendship and Love between Women from the Renaissance to the Present*. 3rd ed. New York: Alyson Books, 2011.

Frye, Marilyn. *Willful Virgin: Essays in Feminism*. Freedom, Calif.: Crossing, 1992.

Glover, David, and Cora Kaplan. *Genders*. 2nd ed. London and New York: Routledge, 2009.

Hall, Donald E. and Annamarie Jagose, eds. *The Routledge Queer Studies Reader*. London and New York: Routledge, 2013.

Jay, Karla, and Joanne Glasgow. *Lesbian Texts and Contexts: Radical Revisions*. New York: New York University Press, 1990.

Jennings, Jazz. *Being Jazz: My Life as a (Transgender) Teen*. New York: Crown, 2016.

Lorde, Audre. *Sister Outsider: Essays and Speeches*. Trumansburg, N.Y.: Crossing, 1984. Revised edition. Berkeley, CA: Crossing Press, 2007. [오드리 로드, 《시스터 아웃사이더》, 주해연·박미선 옮김, 후마니타스, 2018.]

Mottier, Véronique. *Sexuality: A Very Short Introduction*. Oxford and New York: Oxford University Press, 2008.

Murphy, Michael J., ed., with Brytton Bjorngaard. *Living Out Loud: An Introduction to LGBTQ History, Society, and Culture*. New York and London: Routledge, 2019.

Quesada, Uriel, et al., eds. *Queer Brown Voices: Personal Narratives of Latina/o LGBT Activism*. Austin, TX: University of Texas Press, 2015.

Rich, Adrienne. *Essential Essays: Culture, Politics, and the Art of Poetry*. Ed. Sandra M. Gilbert. New York and London: W. W. Norton, 2018.

Seidman, Steven. *The Social Construction of Sexuality*. 3rd ed. New York and London: W.

W. Norton, 2015.

Serano, Julia. *Whipping Girl: A Transsexual Woman on Sexism and the Scapegoating of Femininity.* 2nd ed. Berkeley, CA: Seal Press, 2016.

Stevens, Hugh, ed. *The Cambridge Companion to Gay and Lesbian Writing.* Cambridge: Cambridge University Press, 2014.

Teich, Nicholas M. *Transgender 101: A Simple Guide to a Complex Issue.* New York: Columbia University Press, 2012.

Tyson, Lois. "Using Concepts from Lesbian, Gay, and Queer Theories to Understand Literature." *Using Critical Theory: How to Read and Write about Literature.* 3rd ed. London and New York: Routledge, 2021. 183-220. (See especially "Interpretation Exercises," 191-213, and "Lesbian, Gay, and Queer Theories and Cultural Criticism: *Philadelphia*," 215-217. See also "Three Questions about Interpretation Most Students Ask," 10-12.)

Woods, Gregory. A History of Gay Literature: The Male Tradition. New Haven, CT and London: Yale University Press, 1998.

Zimmerman, Bonnie. *The Safe Sea of Women: Lesbian Fiction, 1969~1989.* Boston: Beacon, 1990.

≣ 중요한 이론서들

Anzaldúa, Gloria. *Borderlands/La Frontera: The New Mestiza.* San Francisco: Aunt Lute Books, 2012.

Bernini, Lorenzo. *Queer Theories: An Introduction.* Trans. Michela Baldo and Elena Basile. London and New York: Routledge, 2021.

Butler, Judith. *Gender Trouble: Feminism and the Subversion of Identity.* New York: Routledge, 1990. [주디스 버틀러, 《젠더 트러블: 페미니즘과 정체성의 전복》, 조현준 옮김, 문학동네, 2024.]

Butters, Ronald R., John M. Clum, and Michael Moon, eds. *Displacing Homophobia: Gay Male Perspectives in Literature and Culture.* Durham, N.C.: Duke University Press, 1989.

Haggerty, George E., and Bonnie Zimmerman, eds. *Professions of Desire: Lesbian and Gay Studies in Literature.* New York: Modern Language Association, 1995.

Hall, Donald E. *Reading Sexualities: Hermeneutic Theory and the Future of Queer Studies.* London and New York: Routledge, 2009.

Hall, Donald E., and Annamarie Jagose, eds. *The Routledge Queer Studies Reader.* London and New York: Routledge, 2013. (See especially Johnson's "'Quare' Studies, or '(Almost) Everything I know about Queer Studies I Learned from my Grandmother,'" 96-118; Rodriguez's "Making Queer *Familia*," 324-332; and Halberstam's "Transgender

Butch: Butch/FTM Border Wars and the Masculine Continuum," 464-487.)

Jagose, Annamarie. *Queer Theory: An Introduction*. New York: New York University Press, 1996. [애너매리 야고스, 《퀴어 이론: 입문》, 박이은실 옮김, 여성문화이론연구소, 2012.]

Johnson, E. Patrick, and Mae G. Henderson, eds. *Black Queer Studies: A Critical Anthology*. Durham, NC and London: Duke University Press, 2005.

Menon, Madhavi, ed. *Shakesqueer: A Queer Companion to the Complete Works of Shakespeare*. Durham, NC and London: Duke University Press, 2011.

Nelson, Emmanuel S., ed. *Critical Essays: Gay and Lesbian Writers of Color*. New York: Haworth, 2001.

Sedgwick, Eve Kosofsky. *Epistemology of the Closet*. Berkeley: University of California Press, 2008.

Stryker, Susan, and Aren Z. Aizura, eds. *The Transgender Studies Reader 2*. New York and London: Routledge, 2013.

Sullivan, Nikki. *A Critical Introduction to Queer Theory*. New York: New York University Press, 2003.

≡ 참고문헌

Babuscio, Jack. "Camp and the Gay Sensibility." *Gays and Films*. London:British Film Institute, 1977. Rpt. in *Campgrounds: Style and Homosexuality*. Ed. David Bergman. Amherst: University of Massachusetts Press, 1993. 19-38.

Beemyn, Genny. *Transgender History in the United States*. (A special unabridged version of a book chapter from *Trans Bodies Trans Selves*, edited by Laura Erickson-Schroth, Oxford University Press, 2014). Amherst, MA: University of Massachusetts. (E-book available online at https://www.umass.edu/stonewall/sites/default/fles/Infoforandabout/transpeople/genny_beemyn_transgender_history_in_the_united_states.pdf.)

Bennett, Paula. "The Pea That Duty Locks: Lesbian and Feminist–Heterosexual Readings of Emily Dickinson's Poetry." *Lesbian Texts and Contexts: Radical Revisions*. Eds. Karla Jay and Joanne Glasgow. New York: New York University Press, 1990. 104-125.

Bruccoli, Matthew J. *Some Sort of Epic Grandeur: The Life of F. Scott Fitzgerald*. New York: Harcourt Brace Jovanovich, 1981.

Burleson, William E. *Bi America: Myths, Truths, and Struggles of an Invisible Community*. New York and London: Routledge, 2005.

Butler, Judith. *Gender Trouble: Feminism and the Subversion of Identity*. New York and London: Routledge, 1990. [주디스 버틀러, 《젠더 트러블》, 조현준 옮김, 문학동네, 2024.]

Campanile, Domitilla, Filippo Carlá-Uhink, and Margherita Facella, eds. *TransAntiquity: Cross-Dressing and Transgender Dynamics in the Ancient World*. London and New

York: Routledge, 2017.

Cather, Willa. *My Ántonia*. 1918. Rev. 1926. Rpt. Boston: Houghton, 1980. [윌라 캐더, 《나의 안토니아》, 전경자 옮김, 열린책들, 2011.]

Chauncey, George. *Gay New York: Gender, Urban Culture, and the Making of the Gay Male World, 1890~1940*. New York: Basic Books, 1994.

Cruikshank, Margaret. "Gay and Lesbian Liberation as a Political Movement." *The Gay and Lesbian Liberation Movement*. New York: Routledge, 1992. 57-89.

Dickinson, Emily. *The Poems of Emily Dickinson*. Ed. Thomas H. Johnson. 3 vols. Cambridge, Mass.: Belknap Press of Harvard University Press, 1958.

Erickson-Schroth, Laura. *Trans Bodies, Trans Selves: A Resource by and for the Transgender Community*. 2nd ed. Ed. Laura Erickson-Schroth. Oxford: Oxford University Press, 2022.

Faderman, Lillian. "Boston Marriage." *Surpassing the Love of Men: Romantic Friendship and Love between Women from the Renaissance to the Present*. New York: William Morrow, 1981. 190-203.

Faderman, Lillian. *The Gay Revolution: The Story of the Struggle*. New York: Simon & Schuster, 2015.

Faderman, Lillian. *Surpassing the Love of Men: Romantic Friendship and Love between Women from the Renaissance to the Present*. New York: William Morrow, 1981.

Faulkner, William. "A Rose for Emily." 1931. *Selected Stories of William Faulkner*. New York: Random House, 1960. 49-61. [윌리엄 포크너, 〈윌리엄 포크너: 에밀리에게 바치는 한 송이 장미 외 11편〉, 하창수 옮김, 현대문학, 2013.]

Fereydooni, Arash. "Do Animals Exhibit Homosexuality?" *Yale Scientific Magazine* (March 14, 2012). (Available online at https://www.yalescientific.org/2012/03/do-animals-exhibit-homosexuality/.)

Fetterly, Judith. "*My Ántonia*, Jim Burden, and the Dilemma of the Lesbian Writer." *Lesbian Texts and Contexts: Radical Revisions*. Eds. Karla Jay and Joanne Glasgow. New York: New York University Press, 1990. 145-163.

Fitzgerald, F. Scott. *The Great Gatsby*. 1925. New York: Macmillan, 1992. [F. 스콧 피츠제럴드, 《위대한 개츠비》]

Frye, Marilyn. "Some Reflections on Separatism and Power?" *Sinister Wisdom* 6 (1978). Rpt. in *The Lesbian and Gay Studies Reader*. Eds. Henry Abelove, Michele Aina Barale, and David M. Halperin. New York: Routledge, 1993. 91-98.

James, Henry. *The Bostonians*. New York: Macmillan, 1885. [헨리 제임스, 《보스턴 사람들》]

Herek, Gregory M. "Facts about Homosexuality and Child Molestation." lgbpsychology. org. n.d. (Available online at https://lgbpsychology.org/html/facts_molestation.html.)

Herek, Gregory M., and Kevin T. Berrill, eds. *Hate Crimes: Confronting Violence against Lesbians and Gay Men*. Newbury Park, CA, London, and New Delhi: Sage Publications,

1992.

Indian Health Services. "Two Spirit." US Department of Health and Human Services (n.d.). (Available online at https://www.ihs.gov/lgbt/health/twospirit/.)

Keller, Karl. "Walt Whitman Camping." *Walt Whitman Review* 26 (1981). Rpt. in *Campgrounds: Style and Homosexuality*. Ed. David Bergman. Amherst: University of Massachusetts Press, 1993. 113-120.

Koons, Jef. "Can Animals Be Gay?" *The New York Times* (March 31, 2010). (Available online at https://www.nytimes.com/2010/04/04/magazine/04animals-t.html.)

Kosciw, J. G, C. M. Clark, N. L. Truong, and A. D. Zongrone. "The 2019 National School Climate Survey: The Experiences of Lesbian, Gay. Bisexual, Transgender, and Queer Youth in Our Nation's Schools." New York: *GLSEN*, 2020. (Available online at https://www.glsen.org/sites/default/fles/2020-10/NSCS-2019-Full-Report_0.pdf.)

Lopez, German. "Myth #8: Transgender People Are Mentally Ill." *Vox* (November 14, 2018). (Available online at https://www.vox.com/identities/2016/5/13/17938120/transgender-people-mental-illness-health-care.)

Luk, Jeremy W., Risë B. Goldstein, Jing Yu, Denise L. Haynie, and Stephen E. Gilman. "Sexual Minority Status and Age of Onset of Adolescent Suicide Ideation and Behavior." *Pediatrics* 148.4 (October 2021). (Available online at https://publications.aap.org/pediatrics/article/148/4/e2020034900/181289/Sexual-Minority-Status-and-Age-of-Onset-of.)

Mayfield, Sara. *Exiles from Paradise: Zelda and Scott Fitzgerald*. New York: Delacorte, 1971.

Maza, Carlos, and Luke Brinker. "Experts Debunk Right-Wing Transgender Bathroom Myth." *Media Matters for America* (March 19, 2014). (Available online at https://www.mediamatters.org/sexual-harassment-sexual-assault/15-experts-debunk-right-wing-transgender-bathroom-myth.)

Migden, Brooke. "US LGBTQ Population Hits 20 Million." *The Hill* (December 14, 2021). (Available online at https://thehill.com/changing-america/respect/diversity-inclusion/585711-us-lgbtq-population-hits-20-million.)

Morrison, Toni. *Beloved*. New York: Alfred A. Knopf, 1987. [토니 모리슨, 《빌러비드》, 최인자 옮김, 문학동네, 2014.]

__________. *Sula*. New York: Alfred A. Knopf, 1973. [토니 모리슨, 《술라》, 송은주 옮김, 문학동네, 2015.]

Percelay, Rachel. "17 School Districts Debunk Right-Wing Lies about Protections for Transgender Students." *Media Matters for America* (June 3, 2015). (Available online at https://www.mediamatters.org/sexual-harassment-sexual-assault/17-school-districts-debunk-right-wing-lies-about-protections.)

Ochs, Robyn, and Sarah E. Rowley, eds. *Getting Bi: Voices of Bisexuals Around the World*. 2nd ed. Boston, MA: Bisexual Resource Center, 2009.

Radel, Nicholas F. "Self as Other: The Politics of Identity in the Works of Edmund White." *Queer Words, Queer Images: Communication and the Construction of Homosexuality.* Ed. R. Jeffrey Ringer. New York: New York University Press, 1994. 175-192.

Radicalesbians. "The Woman Identifed Woman." Pittsburgh, PA: Know, 1970. (Available online at http://repository.duke.edu/dc/wlmpc/wlmms01011.)

Rhude, Kristofer. "The Third Gender and Hijras." *Religion and Public Life.* Harvard Divinity School (2018). (Available online at https://rpl.hds.harvard.edu/religion-context/case-studies/gender/ third-gender-and-hijras.)

Rich, Adrienne. "Compulsory Heterosexuality and Lesbian Existence." *Signs* 5.4 (1980): 631-660. Rpt. in *The Lesbian and Gay Studies Reader.* Eds. Henry Abelove, Michele Aina Barale, and David M. Halperin. New York: Routledge, 1993. 227-254.

Rogers, Katie. "Title IX Protections Extend to Transgender Students, Education Dept. Says." *The New York Times* (June 17, 2021). (Available online at https://www.nytimes.com/2021/06/16/ us/politics/title-ix-transgender-students.html.)

Schlatter, Evelyn, and Robert Steinback. "10 Anti-gay Myths Debunked." *Southern Poverty Law Center* (February 27, 2011). (Available online at https://www.splcenter.org/fghting-hate/ intelligence-report/2011/10-anti-gay-myths-debunked.)

Sedgwick, Eve Kosofsky. *Epistemology of the Closet.* Berkeley: University of California Press, 1990.

Skidmore, Emily. *True Sex: The Lives of Trans Men at the Turn of the Twentieth Century.* New York: New York University Press, 2017.

Smith, Barbara. "Toward a Black Feminist Criticism." 1977. *All the Women Are White, All the Blacks Are Men, But Some of Us Are Brave.* Eds. Gloria T. Hull, Patricia Bell Scott, and Barbara Smith. Old Westbury, N.Y.: Feminist Press, 1982. 157-175.

Teich, Nicholas M. *Transgender 101: A Simple Guide to a Complex Issue.* New York: Columbia University Press, 2012.

Toomey, Russell B., Amy K. Syvertsen, and Maura Shramko. "Transgender Adolescent Suicide Behavior." *Pediatrics* 142.4 (October 2018). (Available online at https://publications.aap.org/pediatrics/article/142/4/e20174218/76767/Transgender-Adolescent-Suicide-Behavior.)

Williams, Tennessee. *The Night of the Iguana.* New York: New Directions, 1962. [테네시 윌리엄스, 《이구아나의 밤》]

Whitman, Walt. "Song of Myself." *Leaves of Grass.* Brooklyn, N.Y.: Rome Brothers, 1855. [월트 휘트먼, 〈나 자신의 노래〉, 《풀잎》, 허현숙 옮김, 열린책들, 2011.]

Zero Abuse Project. "Sexuality of Ofenders." zeroabuseproject.org (2020). (Available online at https://www.zeroabuseproject.org/victim-assistance/jwrc/keep-kids-safe/sexuality-of-ofenders/.)

11장

아프리카계 미국인 문학비평

매 학기 비평이론 수업 때마다 겪는 일이 있다. 아프리카계 미국인들의 역사에서 중요한 전기가 된 사건들에 대해 전혀 들어 보지 못했거나 아주 기본적인 사항만 알고 있는 학생들이 태반이라는 사실을 확인하고 놀라는 것이다. '미들 패시지Middle Passage'16세기부터 19세기 말까지 흑인 노예들을 싣고 유럽, 아프리카, 미국 등을 오가며 대서양을 가로지르던 항해. 항해 도중 바다에서 목숨을 잃은 아프리카인들이 수백만 명에 달했고, 노예화에 맞선 아프리카인들의 저항도 끊임없이 이어졌다. , 지하 철도Underground Railroad 19세기 중반에 미국 남부의 흑인 노예들을 북부나 캐나다, 멕시코 등지로 비밀리에 탈출시키던 비공식적 조직. 탈출하는 노예들에게 도움을 주던 노예 폐지론자들을 가리키는 말이기도 하다. , 대이동Great Migration 미국 남부의 극심한 차별을 피해 1910~30년대에 수백만 명의 흑인들이 중서부와 북동부, 서부로 대거 이주한 것. , 할렘르네상스Harlem Renaissance 1920~30년대에 미국 뉴욕의 할렘가에서 일어난 흑인예술문화 부흥운동. 흑인에 대한 이미지와 사회적 인식이 바뀌기 시작한 계기가 되었다. , 1950~60년대 흑인민권운동, 블랙파워운동Black Power Movement 흑인의 정체성과 가치를 적극 옹호하고 인종적 자부심을 강조하며 독자적인 정치적·경제적 권력 획득을 촉구했던 급진적 흑인해방운동. 1960년대 후반에서 70년대 초반 사이 미국에서 절정에 달했다. , 흑인예술운동 Black Arts Movement 블랙파워운동의 일환으로 동시대에 전개된 예술운동. 이후 아프리카계 미국인의 문화예술은 미국문화의 중요한 부분으로서 그 위상이 확고해진다. 등등.

이 굵직한 사건들이 대부분의 학생들에게는 생경하기만 하다. 이는 인종을 막론하고 나타나는 현상이며, 심지어 영문학과 졸업반 학생들도 예외가 아니다. 미국의 고등학교에서 다문화주의 교육에 대한 관심이 증가하고 있고, 대학 역시 아프리카계 미국인들의 경험과 역사, 문학을 다루는 교육과정을 늘려 가고 있지만, 미국과 같은 다문화 사회를 살아가는 학생들에게 필요한 수준을 충족시키기에는 각 분야의 교육적 노력들이 여전히 부족한 상황이다. 특히 급격히 밀착해 가는 지구에서 앞으로 학생들이 수행해야 할 세계시민으로서의 역할을 고려하면 더더욱 그러하다.

아프리카계 미국인은 전체 미국 인구에서 매우 큰 비중을 차지할 뿐 아니라, 세계적으로 인정받아 온 무수한 문학적 성과들만 봐도 알 수 있듯이 예술 분야에도 크게 공헌해 왔다. 그렇기 때문에 내가 가르친 영문학 전공 학생들이 졸업할 때쯤 되면 아프리카계 미국인들의 역사와 문학에 대해 적어도 내가 다룰 수 있는 범위 안에서만큼은 어느 정도의 지식을 쌓았으리라 기대할 수 있다. 그런데 정작 이 분야의 수업을 진행할 때면 대부분의 시간을 배경지식이라고 불리는 것들(더 적절한 용어가 없다)을 설명하느라 바쁘다. 시간의 제약 때문에 나는 학생들이 알아야 한다고 생각하는 부분들의 개요를 설명하는 데 그치는 경우가 많다. 하지만 그럼에도 나는 그들의 호기심을 자극하고 싶다. 그들 스스로 이쪽 분야에 관심을 갖고 더 많은 지식을 쌓아 가길 바라는 마음에서다. 어떤 의미에서는, 바로 이것이야말로 내가 이 장에서 의도하는 바다. 독자들에게 아프리카계 미국인 문학사에 영향을 끼쳐 온 인종차별 관련 쟁점들을 이해시키고, 오늘날 아프리카계 미국인과 인종차별주의를 연구하는 이론가들의 근원적인 고민을 소개하며, 당대의 아프리카계 미국인 문학비평가들의 여러 관심사들을 설명하는 것 말이다. 이로써 아프리카계 미국인 문학비평이 얼마나 흥미진진한 문학 연구의 장인지 보여 주고, 독자들이 계속 관심을 갖고 이 분야를 스스로 공부해 나가는 데 도움을 줄 수 있다면 기쁘겠다.

인종차별 관련 쟁점들과 아프리카계 미국인 문학의 역사

미국의 각급 학교 교육과정에서 아프리카계 미국인의 역사와 문화에 관한 내용이 사실상 빠져 있다가 1960년대 후반에 들어서야 겨우 언급되기 시작했다는 점은 그전까지 미국의 공식적인 역사 서술에서 그 부분이 사실상 제외되어 있었음을 말해 준다. 미국 역사를 다룬 책에서 미국의 흑인들에 관한 내용들이 수록되기 시작한 것은 불과 몇 십 년 안 되었다. 그동안 백인 중심의 미국 사회는 문화적 헤게모니와 지배력을 유지하고자 그러한 내용들을 억압해 왔던 것이다. 예를 들어, 미국 역사(정확히 말하자면 미국 백인들의 역사)를 공부하는 수업에서 사용되는 교과서에는 앞서 잠깐 언급한 바 있는 끔찍한 '미들 패시지'(아프리카에서 미국으로 노예들을 실어 나르던 항해)를 둘러싼 노예들의 봉기와 관련하여 아예 언급이 없거나 최소한의 내용만이 실리고는 했다. 농장에서 수없이 일어났던 노예 반란이나, 노예들이 노예주에 정면으로 맞서며 만들어 나갔던 연락망 및 저항 조직에 관한 내용도 마찬가지다. 그리고 할렘르네상스라고 알려진 성과들, 즉 1920년대부터 할렘에서 봇물 터지듯 터져 나왔던 흑인들의 문학, 음악, 회화, 조각, 철학, 정치 논쟁 등과 같은 창조적 기획들마저 그에 걸맞은 주목을 받지 못했다.

여기서 노예들의 저항과 할렘르네상스라는 두 가지 사례를 소개하는 이유는, 미국 역사에서 아프리카계 미국인들을 배제하는 과정 뒤에 숨어 있는 정치적 동기들이 이 두 가지를 통해 가장 명백히 드러난다고 생각하기 때문이다. 노예들의 저항을 양심적으로 기술한 역사라면, 흑인 노예에 대한 인종차별적 고정관념, 가령 백인 주인의 아버지 같은 가르침에 고마워하고 제 분수를 아는 우둔한 얼간이라는 식의 편견을 강하게 비판했을 것이다. 백인 주인이 없었다면 노예는 천애의 고아나 위험한 야만인으로 전락했을 것이라는 주장도 없었을 것이다. 그리고 아프리카계 미국인들이 가진 문학적 재능을 양심적으로 기술한 역사라면, 수많은 인종차별적 정책과 관행들의 토대가 된 그들의 열등성에 관한 근거 없는 믿음을 강하게 비판했을 것이다.

아프리카계 미국인 문학의 상당수가 인종차별주의 문제를 다루고 있는 만큼(그들의 경험을 써 내려간 문학적 기록일진대 어떻게 그렇지 않을 수 있겠는가?), 이쯤에서 많은 사람들이 여전히 잘못 알고 있고 그만큼 논란이 되는 몇 가지 핵심 개념들을 정의해 보자. 먼저, 우리가 일상에서 자주 접하지는 않는 말로 **인종본질주의**racialism란 단어가 있다. 인종본질주의는 어떤 인종이 그 자체로 우월하거나 열등하며 순수할 수 있다는 믿음을 가리키는 개념으로서, 도덕적·지적 특징이 마치 신체적 특징처럼 인종을 구분하는 생물학적 자질이라고 보는 신념에 근거를 두고 있다. 한편 **인종차별주의**(인종주의)racism란 단어는 특정한 인종이 다른 인종에 대해 사회정치적 우위를 갖는 데서 비롯되는 불평등한 차별적 관행을 가리키는 개념이다. 이때 차별적 관행은 힘의 우위를 점한 인종이 그렇지 못한 인종에게 조직적으로 차별(분리, 지배, 학대 등)을 가하는 결과를 가져온다. 그러므로 누구나 인종본질주의자가 될 수는 있겠지만, 인종차별주의자가 되려면 (즉, 분리하고 지배하며 학대할 힘을 가지려면) 정치적으로 우위에 있는 집단에 소속되어 권력을 행사할 수 있는 위치를 차지해야 한다. 미국에서는 종종 이 말이 백인이 되어야 한다는 뜻으로 통한다. 바꾸어 말하면, 조직적 차원의 인종차별(예컨대 필요한 자격을 갖추었음에도 유색인종이라는 이유로 고용, 거주, 교육 및 정당한 자격을 갖춘 기타 모든 분야에서 거부당하는 것)은 실제로 차별을 가하는 이들이 차별 행위를 해도 처벌받지 않는다고 기대할 만한 상황에서만 규칙적으로 나타날 수 있다. 그리고 차별을 가하는 이들은 자신들이 속한 집단이 정치, 사법, 법 집행 체제 내부의 권력 대부분을 지배하고 있는 한 차별 행위가 문제 될 것이 없을 거라고 기대할 수 있다.[1]

달리 말하자면, 인종차별 행위는 인종차별주의가 제도화되었을 때만 조직적으로 이루어질 수 있다. **제도화된 인종차별주의**(다르게는 **체계적 인종차별주의** 또는 **구조적 인종차별주의**라고 불린다)란 하나의 사회를 작동시키는 제도들 안에서 인종차별적 정책과 그것의 실행이 결합하여 나타나는 것을 의미한다. 제도들 안에는 교육과 연방·주·지방정부가 포함된다. 법 또한 제도의 일부인데, 책에 쓰인 문헌 형태의 법과 법원과 경찰에 의해 집행되는 법

---

[1] 물론, 일상언어에서 인종차별이라는 것은 인종적 우월성에 대한 믿음을 지칭하기도 하고, 한 인종이 다른 인종에게 가하는 불공정한 태도와 관행을 의미하기도 한다. 인종본질주의와 인종차별주의를 구별하려는 나의 의도는, 무지 또는 증오로 인해 생겨난 백인의 인종차별주의적 태도와 행동이 제도화된 권력구조로 뒷받침되는 경우와 아프리카계 미국인들이 고질적인 부당 취급에 '인종차별적' 태도와 행동을 보이지만 제도적인 뒷받침을 받지 못하는 경우를 구별하려는 것이다. 다른 방식으로 인종차별주의를 논하는 대안적 관점에 대해서는 Wilkerson을 참조할 것.

모두 제도에 해당한다. 병원이 위치한 지역을 고려하여 연구비를 할당하는 문제부터 개별 환자들에 대한 치료에 이르는 모든 사안이 인종차별적 편향 속에서 진행될 수도 있는 의료서비스 역시 제도에 포함된다. 공식적으로는 어떻게든 기회의 평등을 방침으로 내세우더라도 고용과 승진 시에는 수시로 인종차별을 자행하는 기업들 또한 마찬가지로 제도의 일부이다.

전 세계와 미국에 존재하는 공동체들의 안녕은 물론 생존까지 위협하는 제도화된 인종차별주의의 한 행태는 **환경주의적 인종차별주의**environmental racism일 것이다. 유색인종 공동체에 가해지는 환경주의적 불의를 말한다. 예컨대, 미국의 환경주의적 인종차별주의는 지나치게 많은 숫자의 쓰레기처리장, 독성 폐기물처리장, 소각장 등을 유색인 거주지역에 옮기는 경우; 유색인 공동체에 공원이나 자연 산책로, 또는 산소를 방출하고 이산화탄소와 기타 온실가스를 흡수하는 친환경 공간이 부족한 경우; 유색인 거주지역에 안전한 식수를 공급하지 않는 경우(미시간주 플린트에서 발생한 사건이 가장 유명하다); 유색인 인구 집단을 강타한 자연재해에 충분한 대처를 하지 않는 경우(가장 악명 높은 사례는 루이지애나주 뉴올리언스에 허리케인 카트리나가 상륙하고 나서 벌어진 재난이다) 등을 말한다. 어른보다 아이들이 환경 독성물질에 더 취약하다는 사실을 고려하면, 환경정의의 아버지로 불리는 로버트 D. 불라드Robert D. Bullard가 지적하듯이 학교에 "다니는 학생들 대다수가 저소득층이거나 유색인종"이라면, "학교도 환경 공격으로부터 안전을 보장받을 수 없다."(4). 환경주의적 인종차별주의가 미국 유색인종의 건강에 끼치는 영향은 극심한 수준이었다. 불균등하게 높은 암 발병률, 호흡기질환, 장기 손상, 뇌 손상(특히 영아와 태아)을 일으키는 것은 물론, 관련 지역 공동체의 기대수명도 현격한 수준으로 떨어뜨렸다. 그리고 미국의 유색인종은 배타적 구역 설정,[2] 주택 비용과 구매 가능성을 속이는 행위 등 다양한 방식으로 주택 차별을 당하고 있는데, 이는 은밀한 형태의 제도화된 인종차별주의라고 할 수 있다. 이러한 이유로 인해, 유색인종은 안전한 지역에 거주할 경제력이 있음에도 환경적 인종차별주의로 인해 가장 취약한 지역에서 집을 구할 가능성이 높다.

제도화된 인종차별주의가 아프리카계 미국인들에 대한 차별에 매우 효과적으로 적용된 사례로 미국문학의 정전을 들 수 있다. 많이 알고 있겠지만, 서구(영국·유럽·미국)의 문학 정전은 **보편성**universalism에 대한 **유럽중심적**Eurocentric 정의에 지배되어 왔다. 문학작품은 유럽인의 경험을 반영하고 유럽의 문학 전통과 맞닿아 있는 양식과 주제를 따라야만 비로소 위대한 예술로서, 곧 '보편적인'(모든 사람의 경험과 관련된) 것으로서 정의되고 정전에 포함될 수 있었다. 간단히 말하자면, 정전에 포함되려면 이미 '위대'하다고 인정받은 유럽의 문학작품들과 비슷해야만 했다. **유럽중심주의**Eurocentrism라는 믿음에 따르면, 유럽의 문화는 다른 모든 문화보다 비할 바 없이 우월하기 때문이다. 아프리카계 미국인들은 18세기까지 거슬러 올라가는 자신들의 오래되고 인상적인 문학 역사에 자부심을 가질 수 있겠지만, 미국문학사를 연구하는 백인들은 그동안 흑인 작가들을 기껏해야 미국문학사의 지류 또는 파생물로 간주해 왔다. 그렇기 때문에 고등학교나 대학교 수업에서 쓰이는 미국문학 선집에는 최근까지도 백인 남성 작가들의 작품이 대부분이었다. 이런 식으로 문학 정전은 백인의 문화적 헤게모니를 유지하는 데 활용되었던 것이다.

---

[2] 넓은 부지를 확보하여 상당한 크기의 주택을 단독 세대 단위로 지어야 한다고 정한 각 지역의 법률. 그 목적은 유색인종이 주택을 구입하지 못하도록 막기 위함이다. 배타적 구역 설정에 관한 더 상세한 설명은 Rouse, Bernstein, Knudsen, Zhang, Winkler를 참조할 것.

물론 상황이 달라지기 시작한 것은 사실이지만, 그럼에도 변화는 더디게 진행되고 있다. 1993년에 노벨문학상을 수상한 토니 모리슨을 비롯하여, 앨리스 워커, 존 에드거 와이드먼John Edgar Wideman, 마야 안젤루Maya Angelou, 글로리아 네일러Gloria Naylor, 이슈메일 리드Ishmael Reed, 니키 지오바니Nikki Giovanni, 찰스 존슨Charles Johnson, 리타 도브Rita Dove, 셜리 앤 윌리엄스Sherley Anne Williams, 어거스트 윌슨August Wilson, 준 조던June Jordan, 토니 케이드 밤바라Toni Cade Bambara, 어니스트 게인스Ernest J. Gaines 등 당대의 흑인 작가들은 다수의 탁월한 작품들로 미국에서 폭넓은 지지를 얻으며 전에 없던 최고의 영예를 누리고 있지만, 예전이나 지금이나 미국의 문학 교과과정에서 흑인 작가들의 작품은 충분히 언급되지 못하고 있다.

제도화된 인종차별주의가 부추기는 인종차별은 종종 미국 사회의 인종차별적 고정관념들뿐 아니라, 앵글로색슨의 협소한 미적 기준에 대한 집착에도 반영된다. 1960년대 후반에 "검은 것은 아름답다!", "크게 외쳐라! 나는 흑인이어서 자랑스럽다!" 등의 구호를 외치며 아프리카계 미국인들의 자기규정과 자각에 대해 근본적인 변화를 촉구하는 목소리들이 터져 나오기 전까지는, 많은 흑인들이 **내면화된 인종차별주의**internalized racism로 괴로워했다. 그리고 흑인들의 자부심을 고취하려는 노력이 상당 부분 성공을 거두었음에도, 대부분의 유색인들은 지금도 여전히 내면화된 인종차별주의로 고통을 겪는다. 내면화된 인종차별주의는 백인의 우월성을 믿게끔 유색인들을 세뇌시키는 인종차별적 사회에 심리적으로 길들여지는 데서 비롯된다. 내면화된 인종차별주의에 길들여진 유색인은 스스로 백인보다 열등하고 매력이 덜하며 가치도 없고 무능하다고 느끼는 한편, 때로는 백인이 되고자 하거나 좀 더 하얗게 보이길 바라기도 한다. 토니 모리슨의《가장 파란 눈》(1970)은 이 같은 내면화된 인종차별주의를 가장 섬뜩하게 묘사한 작품 가운데 하나일 것이다. 이 소설에서 피콜라 브리드러브라는 흑인 소녀는 자기만의 아름다움을 보지 못한 채, 오직 푸른 빛깔의 눈을 가지게 될 때 비로소 예뻐지고 행복해지며 사랑받게 되리라고 믿는다.

　내면화된 인종차별주의는 종종 **인종 내부의 인종차별주의**intra-racial racism(또는 피부색 차별주의colorism)를 낳는다. 인종 내부의 인종차별주의란 흑인 공동체 안에서 나타나는 것으로서, 피부가 더 검고 외모상 아프리카인의 특징이 더 두드러지는 이들에게 가해지는 차별을 일컫는 용어이다. 다시《가장 파란 눈》을 보면, 피콜라는 유독 검은 피부를 가졌다는 이유로 다른 흑인 아이들에게 괴롭힘을 당하지만, 같은 흑인 아이임에도 피부색이 상대적으로 밝은 편인 모린 필은 우월한 존재인 양 대접받는다. 한편 영화감독 스파이크 리Spike Lee는 〈스쿨 데이즈School Daze〉(1988)에서 오랜 역사가 깃든 흑인 대학교에 재학 중인 학생들이 외모가 상대적으로 '흰 편이냐 검은 편이냐'에 따라 두 개의 경쟁 집단을 형성하는 과정을 보여 줌으로써 인종 내부의 인종차별주의를 묘사한다.[3] 제도화된 인종차별주의만으로도 경제적 어려움과 더불어 사회적 주변화를 겪는데, 여기에 내면화된 인종차별주의와 인종 내부의 인종차별주의까지 더해지면 당사자는 심리적으로 훨씬 더 파괴적인 영향을 받게 된다.

　아프리카계 미국인들이 여러 종류의 인종차별과 맞서 싸워야 했음을 고

---

[3]　백인 인종 집단 내에서도 아프리카계 미국인들의 인종 내부 인종차별주의와 유사한 일종의 인종적 편견이 존재하느냐고 묻는 학생들도 간혹 있다. 그런 인종적 편견이 진짜로 있었고, 이를 노르딕주의Nordicism라고 부른다. 요즘에는 잘 쓰이지 않는 용어이지만, 전부는 아니더라도 대부분의 백인 문화에서 여전히 강력한 영향을 끼치고 있다. 노르딕주의의 관점에서 볼 때, 코카서스 인종은 단지 유전적으로 다른 인종보다 더 우월한 정도가 아니다. 노르딕들은, 즉 노르딕의 게르만 민족들은 유전적으로 가장 우월한 코카서스 인종이다. 그들은 우월한 지능과 우월한 신체적 능력, 우월한 미를 가지고 태어난 인종이다. 신체적 외모의 관점에서, 노르딕이라는 용어는 큰 키, 둥글지 않고 길쭉한 얼굴 형태, 하얀 피부, 금발 또는 갈색 머리, 옅은 눈 색깔 등과 결부된다. 노르딕주의에 관한 더 상세한 설명은, 12장의 '식민주의 이데올로기와 탈식민주의 정체성' 항목을 볼 것.

려하면, 많은 아프리카계 미국인들이 **이중의식**double consciousness 또는 **이중시선**double vision을 경험한다는 것은 놀라운 일이 아니다. 두보이스W. E. B. DuBois가《흑인 민중의 영혼The Souls of Black Folk》(1903)에서 처음 제시한 개념인 이중의식은, 자신이 서로 대립되는 두 가지 문화에 동시에 소속되어 있다는 의식을 가리킨다. 여기서 말하는 두 가지 문화란, 아프리카에 기원을 두되 미국의 토양에서 변형을 겪으며 독자적인 역사를 지니게 된 아프리카 문화와 미국의 백인들이 강요한 유럽 문화이다. 그러니까 미국 흑인들 가운데 다수는 집에서 느끼는 문화적 자아와 백인이 지배하는 공적 공간(일터, 학교 등)에서의 문화적 자아를 따로 가지고 있다는 뜻이다. 그리고 이중의식은 때때로 두 개의 언어를 동반한다. 집에서 경험하는 흑인 문화에는 **흑인 일상영어**Black Vernacular English('BVE'라는 약칭으로도 쓰이며, **에보닉스**Ebonics 또는 **아프리카계 미국인 일상영어**라고 불리기도 한다)도 포함되는데, 이 언어는 조야하고 부정확한 영어라는 이유로 다수의 백인들과 일부 흑인들에게 여전히 무시당하고 있다. 일반 언어의 문법적 기준을 모두 충족시켰음에도 하나의 언어로서 정당하게 인정받지 못하는 것이다.

이중의식은 흑인 작가들에게 흑인과 백인 중 주로 누구를 독자로 삼고 글을 쓸 것인지, 아니면 양쪽 모두를 염두에 둘 것인지 결정해야 하는 문제와 관련된 부분이기도 했다. 이 결정은 작가가 어떤 종류의 언어를 사용할 것인지에 대한 결정으로 이어진다. 예를 들어, 할렘르네상스기의 시인인 카운티 컬런Countee Cullen은 고도로 세련된 표준 백인영어를 선택하였고, 유럽 문학 전통의 백미에 속하는 고전적이고 인유引喩가 많은 문체를 구사했다. 이는 컬런의 시 〈그래도 놀라지 않을 수 없네Yet Do I Marvell〉(1925)에 나타나는 약강 5음보격의 운율과 그리스 신화 인유들을 보면 명백하다. 어째서 신이 "시인을 검은색으로 만들고 노래하라 명하였는지" 의문을 갖는 시 속 화자는, "신이 친히 설명해 주신다면" 이 의문을 풀 수 있을 거라고 생각하며 이렇게 말한다.

[신이]

이유를 알려 주시리라, 왜 고통받는 탄탈로스가

잡힐 듯 잡히지 않는 과일에 유혹받는지. 밝혀 주시리라,

정말로 단지 변덕에 눈이 멀어 시시포스가

끝도 없는 계단을 올라가는 벌을 받았는지

컬런의 시 대부분은 인종과 관련된 정치적 주제들을 담고 있지만, 컬런 자신은 흑인 작가들이 같은 흑인들의 정치적 요구들을 고려해야 한다는 의무감에 얽매이지 말고 백인 작가들처럼 예술적 영감에 따라 자유롭게 창작해야 한다고 생각했다. 물론 컬런이 표준적인 영어를 사용하고 작품에 그리스 신화를 등장시키는 점을 들어, 그가 말하는 예술적 영감이 과연 정당한 것인지 의문을 제기하는 이도 없지 않다. 그 영감의 원천은 따지고 보면 오래도록 아프리카 민중들을 억압해 온 인종차별적 문화에 있기 때문이다. 그럼에도 고전적 기교가 돋보이는 컬런의 시들은 그 자체로 아프리카계 미국인 작가들이 어떤 문체이든지 간에 그들 각자가 선호하는 문체를 충분히 구사할 수 있다는 증거였다. 더 나아가, 아프리카인들은 열등하다는 인종차별적 편견에 대한 강력한 반박이기도 했다.

이와 대조적인 경우가 할렘르네상스기에 등장한 또 한 사람의 시인인 랭스턴 휴스의 작품이다. 휴스의 작품 대부분은 흑인들의 발화 양식 및 블루스 음악의 리듬과 공명하는 흑인 일상영어로 쓰였다. 엄청난 호소력을 지닌 그의 글은 흑인들의 풍요로운 문화적 유산을 축복하고 흑인들에게 시민으로서 평등한 기회를 부여할 것을 요청한다는 점에서 아프리카계 미국인들에 대해, 그리고 아프리카계 미국인들을 위해 말하고 있다고 볼 수 있다. 이러한 특징은 다음에 인용한 〈엄마가 아들에게Mother to Son〉(1922)라는 시에 담긴 구체적인 이미지, 토착 영어의 특색이 살아 있는 목소리 등에서

잘 드러난다. 이 시에서 화자는 자기도 그랬다면서 아들에게도 참고 인내하라고 말한다. 그녀의 삶도 "아주 깨끗한 계단"이 아니라 "못" "나무 조각" "찢어진 판자" 등이 널린 곳이었음에도 말이다.

> 난 올라가고 또 올라갔어,
>
> 계단 끝까지 갔다가
>
> 다시 돌아 올라가고
>
> 근데 가끔 깜깜해지거든.
>
> 불빛이 하나도 없는 데는.
>
> 그니까 애, 넌 뒤돌아보지 마.
>
> 계단에 주저앉지도 마,
>
> 힘이 좀 든다고.
>
> 지금 쓰러지지 마.
>
> 나두 아직 가고 있으니까
>
> 아직도 올라가고 있으니까

문학 언어와 문체에 대한 논의는 분명 시학에 대한 논의, 말하자면 문학적 장치와 전략에 대한 논의이다. 그러나 동시에 그것은 분명 정치에 대한 논의, 말하자면 정치적 · 사회적 · 경제적 권력이 작용하는 현실에 대한 논의이기도 하다. 컬런과 휴스의 사례에서 보다시피, 흑인 작가들이 선택하는 문학적 문체는 작가 자신의 정치적 견해, 즉 억압당하는 집단의 일원으로서 작가가 어떤 역할을 수행해야 하는지에 관한 견해와 분리될 수 없기 때문이다. 실제로 흑인 문학공동체 내부의 가장 오랜 쟁점 가운데 하나는 인종차별적 사회에서 살아가는 흑인 작가의 사회적 역할과 관련된 것이다.

대체로 18세기 아프리카계 미국인의 글쓰기는 어쨌든 백인들에게 자신들도 인간임을 증명하려는 아프리카 출신 노예들의 노력으로 시작되었다. 노예제를 정당화하려는 숱한 시도들 가운데 하나였지만, 노예주들은 노예가 온전한 인간이 아니라는 이유로 시를 쓸 수 없다는 점을 꼽았다!(물론 노예들이 읽는 법조차 배우지 못하도록 막은 이들이 노예주 자신들이라는 사실은 편리하게 무시해 버리면서) 실제로 필리스 휘틀리Phillis Wheatley의 주인은 그러한 인종차별적 주장들이 잘못된 것임을 입증하라며 그녀에게 시를 써 보라고 독려했다. 또한, 흑인 노예들은 자신들의 곤경을 북부 백인들에게 알리고자 자전적인 이야기를 쓰기도 했다. 해리엇 제이콥스Harriet Jacobs의 《린다 브렌트 이야기: 어느 흑인 노예 소녀의 자서전Incidents in the Life of a Slave Girl》(1861)이 바로 그런 책이다. 그러나 북부에서조차 아프리카 출신 노예들은 문학작품은커녕 글을 쓰는 것 자체가 불가능하다는 믿음이 널리 퍼져 있었기 때문에, 흑인들의 자전적인 이야기들 가운데 상당수는 필자의 신원과 내용의 진실성을 보장한다는 백인 후원자의 진술이 담긴 서문을 앞에 실어야만 했다. 사실 웬만해서는 흑인의 글을 읽으려 하지 않을 것이 분명한 백인 독자들을 텍스트 안으로 끌어들일 방법을 찾는 일은 아직까지도 많은 흑인 작가들의 과제로 남아 있다.

인종차별적 정치에 반대하며 정의를 위해 투쟁해 온 초창기 아프리카계 미국인 작가들의 오랜 역사를 살펴보면, 그들은 줄곧 미국 흑인들의 요구에 응답할 준비가 되어 있었다. 그렇기 때문에 글쓰기를 순전히 개인의 표현 형식으로만 보는 태도를 일종의 사치라고 여긴 아프리카계 미국인 작가들이 많았던 것도 놀랄 일은 아니다. 수많은 동족들이 억압당하고 있는 상황에서 그러한 태도를 가질 여유는 없었을 것이다.

1960년대 블랙파워운동에서 나온 하나의 문학적·예술적 갈래라고 할 수 있을 당시의 흑인예술운동에서도 흑인 작가들의 사회적 역할은 중요한 쟁점이 되었다. 그때 가장 목소리를 높인 몇몇 인물, 이를테면 시인 아미리 바라카Amiri Baraka 같은 문인은 흑인 작가들에게는 문학적 도구를 활용하여 동족들을 도울 의무가 있다고 생각했다. 인종차별주의의 해악을 묘사하고, 아프리카계 미국인들에 대한 긍정적인 상을 제공하며, 흑인 공동체가 당면한 사회적 문제들에 대해 가능한 해결책을 제시하는 등의 방식으로 말이다. 마찬가지로 문화비평가들이 맡아야 할 역할과 과제 또한 흑인예술운동을 통해 줄곧 강조되었고, 이는 아프리카계 미국인 문학비평가들에게 영향을 끼쳤다. 흑인 비평가들은 아프리카계 미국인들의 정치적·경제적 상황과 그 재현이라는 측면에서 문학작품을 해석하도록 요구받았는데, 이는 물론 인종 문제에 더욱 주목한다는 점을 제외하면 마르크스주의 비평가들이 수행했던 작업과 유사하다고 볼 수 있다. 예를 들어, 아프리카계 미국인 문학비평가들 역시 미국 흑인들을 정치적으로 억압하고 경제적으로 빈곤하게 만드는 인종차별적 이데올로기가 어떻게 문학 텍스트로 약화되거나 반대로 강화되는지를 분석했다. 이 같은 접근 방식은 오늘날에도 아프리카계 미국인 문학비평의 중요한 부분을 차지한다.

흑인예술운동은 흑인문학을 해석할 때 백인들의 비평이론을 가져다 쓰는 것에도 문제를 제기했다. 흑인 작가들을 미국문학사의 주변부로 밀어내고 미국문학의 정전에서 사실상 배제한 것은 결국 '위대한' 문학에 대한 유럽중심적 규정이었기 때문이다. 그리고 이 책에서 논의하는 모든 이론을 비롯한 당대의 주류 비평이론 대부분은 유럽에 뿌리를 두고 있다. 이와 관련하여 모든 문학비평 형식에 광범위하게 영향을 끼친 해체론에 대해 몇몇 비평가들이 의구심을 표했던 사실을 생각해 보면, 흑인들이 쓴 텍스트를 해석하는 과정에서 백인들의 이론이 적절한가에 대한 문제의식은 지금도 유효하다. 바버라 크리스천Barbara Christian은 다음과 같이 설명한다. 해체론이라는 추상적 담론은 '중심'과 '주변' 같은 개념들이 환상에 불과하다고 주장하는 담론이지만, 해체론은 "유색인들의 문학이 … '중심'으로 옮겨 가기 시작하던 바로 그 무렵에"(459) 급부상했고, 덕분에 해체론을 능수능란하게 구사할 줄 알던 몇몇 소수의 인물들이 "비평계를 장악"할 수 있었다는 것이다. 게다가, 해체론은 처음부터 어떤 의미가 고정되어 미리 내재되어 있다고 보는 문화적 정체성 개념을 비판하는 담론이다. 8장의 내용을 다시 떠올리자면 해체론에서 정의하는 '자아'란, 우리가 따로 부여하지 않는 이상 아무런 고정된 의미나 가치도 갖지 못하는 무수히 많은 '자아들'이 파편화된 채로 모여 있는 것에 지나지 않는다. 그런데, 헨리 루이스 게이츠Henry Louis Gates Jr.의 지적처럼, "자세히 살펴보지도 않고, 〔아프리카계 미국인들이〕 자신들의 〔문화적 정체성〕을 탐구하고 되찾으려는 과정을 막는 것은 공정하지 않다."("The Master's Pieces" 32)

그러나 다른 한편으로, 동시대의 다양한 비평이론의 여러 요소들을 가져와 아프리카계 미국인 문학비평에서 활용할 수 있다고 생각하는 아프리카계 미국인 문학비평가들도 많다. 이들은 해체론도 그 대상에 포함시킨다. 구미의 이론들을 무비판적으로 아프리카계 미국인 문학에 적용하는 데는 위험이 따른다고 해도, 백인들의 비평이론을 송두리째 배제해 버리면 흑인 비평가들이 잠재적으로 유용한 비평 도구를 사용하지 못하게 될 뿐 아니라 아프리카계 미국인 문학비평가들과 그 동료들 사이의 소통도 막힐 것이다. 헨리 루이스 게이츠에 따르면, "어떤 도구이든지 간에 비평가로 하여금 텍스트의 언어가 작동하는 복잡한 양상을 설명할 수 있도록 만들기만 한다면, 그 도구는 적합한 도구라고 할 수 있다. 왜냐하면 우리의 문학 전통이 갖는 두드러지는 특징을 표현하는 것이 바로 언어, 흑인의 텍스트에 사용된 흑인의 언어이기 때문이다."(Figures in Black xxi) 그리고 지금까지 살펴본 것처럼, 대부분의 비평이론들은 언어의 작동을 설명하는 데 활용될 수 있다. 예를 들어 언어는 우리가 모르는 사이 우리에게 영향을 끼칠 수 있는 이데올로기적 내용을 실어 나르는데, 이 같은 언어의 작동 양상을 여러 비평이론들은 그 가짓수만큼 다각도로 들여다볼 수 있게 해 준다.

　게이츠가 언급한 흑인문학의 독특성 문제는 흑인예술운동 당시 제기되어 지금까지도 논의되고 있는 또 다른 중요한 쟁점이다. 흑인예술운동에 참여했던 많은 작가들은 '위대한' 모든 문학이 갖는다고 하는 '보편성' 개념에 맞서, 아프리카계 미국인 문학에는 구미 문학의 큼직한 틀로는 온전히 설명할 수 없고 담아낼 수도 없는 고유하고 독자적인 특징들과 나름의 정치학, 그리고 시학이 존재한다고 주장했다. 어떤 이론가들은 그러한 독자성이 스토리텔링, 민담, 구술 역사 등과 같은 아프리카계 미국인들의 구전전통에서 비롯되었다고 본다. 그런가 하면 그러한 구전전통이 아프리카에서 왔으며, 그것은 아프리카의 혈통을 지닌 모든 사람이 본질적으로 공유하거나 타고난 '흑인성blackness', 즉 그들의 생각하는 방식이나 느끼는 방식, 무언가 만들어 내는 방식 등과 관련되어 있다고 보는 비평가들도 있다. 그러나 본질적인 흑인성 같은 것은 없다면서, 아프리카계 미국인이 쓴 텍스트에 공통적으로 나타나는 특징들은 해당 저자들이 공유하는 역사와 문화의 산물일 뿐이라고 주장하는 비평가들도 있다. 이들이 보기에 아프리카계 미국인 문학의 두드러지는 특징은 아프리카와 구미의 문화적 전통을 독특하게 혼합한 데서 생겨난 것이다.

　아프리카계 미국인의 텍스트들을 해석할 때에는 텍스트에 대한 **아프로중심주의**Afrocentricity, 그러니까 아프리카의 역사 및 문화와 텍스트 사이의 관련성을 최우선시하는 시각을 어떠한 경우에도 가볍게 여겨서는 안 되며, 그렇게 하지 않으면 아프리카계 미국인 문학이 매우 심각한 양상으로 손상될 것을 각오해야 한다. 예를 들어 존 로버츠John W. Roberts에 따르면, 노예제가 유지되던 시절에 나왔던 브레어 래빗Br'er Rabbit 같은 아프리카계 미국인 속임수꾼(트릭스터trickster)에 관한 이야기는 "아프리카의 구전전통에서 볼 수 있는 속임수꾼 이야기들과 긴밀한 근친성을 보인다."[97] 그러나 유럽중심주의를 견지하는 미국 민속학자들은 노예화가 아프리카계 미국인들과 아프리카의 문화적 유대 관계를 단절시켰다며 그러한 이야기들이 구미 전통에서 유래했다고 주장했다. 설령 그게 사실과 다르더라도, 노예들은 지극히 특수한 심리적 욕구에 맞추어 그 이야기들을 변형시켰을 것이기 때문에 이야기가 어디서 왔는지는 문제 될 것이 없다고 단언했다. 노예들은 노예제 아래에서 겪은 무기력함을 보상받기 위해, 도덕 질서에 반항할 뿐 아니라 간계와 속임수를 동원해 더 몸집이 크고 힘도 센 동물들을 속이고 벌도 주며 그 동물들의 식량까지 빼앗는 등의 활약을 선보이는 작고 가진 것 없는 동물과 자신들을 동일시했다는 것이다.

로버츠가 언급한 것처럼, 아프로중심주의 민속학자들은 무엇보다도 아프리카인과 아프리카계 미국인의 속임수꾼 이야기들이 공통적으로 "굳건한 사회적 위계질서 속에서 겪는 만성적인 생필품 부족과 그로 인한 생존 문제를 타개해 보려는 행동들을 중심으로 전개된다"[107]는 점을 밝힘으로써 미국 민속학자들의 오독을 바로잡아 왔다. 간단히 말해, 아프리카인과 아프리카계 미국인의 속임수꾼 이야기들 사이에 나타나는 유사성은, 그 이유가 매우 다양할 수는 있어도 어쨌든 양쪽 모두 식량이 항상 부족하고 수급도 불확실한 가운데 살아남는 법을 배워야 했던 실제 상황에서 비롯된 것이다. 그리고 양쪽의 차이점은 공동체의 행복이 언제나 개인의 이익에 우선했던 아프리카 문화의 엄격한 사회질서와, 노예주 개인의 이익이 언제나 노예주를 위해 일하는 노예공동체의 행복보다 우선했던 미국 농장 문화의 엄격한 사회질서 사이의 차이에서 비롯된다. 그러므로 아프로중심주의로 속임수꾼 이야기들을 읽으면, 아프리카계 미국인 문화와 그 뿌리인 아프리카 문화를 단절시키지 않으면서도 이야기들의 연속성과 변형을 동시에 설명할 수 있게 된다.

최근의 전개
: 비판적 인종 이론

물론 시간이 흘러 지난 수십 년 사이에 많은 부분이 달라졌다. 예컨대, 아프리카계 미국인에 대한 인종차별은 이제 법적으로 금지되었다. 아프리카계 미국인을 비롯한 모든 유색인종은 원하는 곳 어디서든지 거주, 노동, 쇼핑, 외식, 기타 등등의 자유를 누릴 수 있다. 그리고 미국에는 이제 큰 규모의 아프리카계 미국인 중산층이 있다. 실제로, 흑인 미국 작가, 법률가, 과학자, 철학자, 정치인, 음악가, 화가, 무용가, 배우, 감독, 운동선수 등이 동시대 아프리카계 미국인의 생각을 대표하고 있으며, 아프리카계 문화 전통은 미국뿐 아니라 세계적으로도 이름을 떨치고 있다. 그래서인지는 몰라도, 많은 미국인들이 보기에, 적어도 많은 미국의 백인들이 보기에, KKK^{Ku Klux Klan}, 프라우드 보이즈^{Proud Boys} ^{미국의 극우 백인 우월주의 남성 단체}, 오스 키퍼스^{Oath Keepers} ^{미국의 극우 민병 조직} 등 백인우월주의 단체들을 제외하고 인종차별주의는 이제 상당 부분 과거지사가 된 것처럼 보인다. 그러면 왜 우리는 아직도 인종에 관심을 가져야 할까? 왜 비판적 인종 이론이라고 불리는 것을 공부해야 할까?

비판적 인종 이론은 중요하다. 왜냐하면 인종과 민족적 기원을 막론하고 미국인 대다수가 알고 있겠지만, 인종차별주의가 사라지지 않았기 때문이다. 트레이본 마틴, 브리오나 테일러, 조지 플로이드의 사망 사건을 비롯하여 수많은 사례들이 증명하듯이, 아프리카계 미국인들은 집에서든 길거리에서든 아무런 합당한 이유 없이 살해되고 있다. 그럼에도 살인에 대한 법적 처벌이 없는 경우도 비일비재하다. 게다가 많은 형태의 인종적 불의가 아직도 심각하고 시급한 문제임에도 예전보다 가시적으로 주목을 덜 받고 있다. 말하자면 부당한 인종차별은 사법적 기소를 피해 은밀한 방식으로 자행되고 있으며, 대부분 교묘하게 창궐하여 오직 피해자들만이 그 진상을 알 뿐이다. 리처드 델가도^{Richard Delgado}와 장 스테판치치^{Jean Stefancic}의 지적처럼, 아프리카계 미국인과 라틴계[4] 사람들은 지금도 취업과 거주, 대출 등에서 비슷한 조건을 가진 백인들에 비해 기회를 많이 얻지 못한다.[10] 좀 더 이야기해 보자.

> 교도소 수감자들은 대개 흑인과 혼혈인들이다. 반면에 〔기업의〕 최고경영자, 외과 전문의, 대학 총장은 거의 백인이다. … 흑인 가정은 백인 가정에 견주어 평균 자산이 10분의 1에 불과하다. 자동차를 비롯한 여러 상품을 구입하고 서비스를 받는 데 흑인 가정은 소득 대비 지출이 더 많다. 유색인들은 백인에 비해 수명이 짧고, 의료혜택도 열악하며, 학교 재학 기간이 짧을뿐더러, 일자리 질도 나쁘다. 최근 유엔 보고서에 따르면, 미국의 아프리카계 미국인은 〔그들이 하나의 국가를 이룬다고 가정할 때〕 세계 각국 사람들의 사회적 삶의 질을 … 매긴 순위에서 27위에 머무는 것으로 나타났다. 라틴계는 33위였다. (Delgado & Stefancic 10-11)

이 인용문에서 첫 번째로 언급된 부분은 부연 설명이 필요한데, 왜냐하면 미국 내 범죄자들 가운데 유독 유색인, 특히 아프리카계 미국인[5]이 많다는 사실이 다수의 미국 백인들에게 (날조된 것이 아니라면) 어떤 오해를 불러일으키고 또 조장해 왔기 때문이다. 그 오해란 아프리카계 미국인들 가

---

[4] **라틴엑스**(복수형 Latinxs)는 라티노 또는 라티나와 달리 성별이나 젠더 정체성(태어났을 때 가진 성별과 일치할 수도, 일치하지 않을 수도 있는 자기 젠더에 관한 내적 감각)에 근거하지 않는, 젠더중립적인 비이분법 용어로 라틴아메리카 출신 또는 혈통을 가리키는 용어이다. 멕시코는 중앙아메리카, 남미, 모든 로맨스어를 사용하는 카리브해 섬들과 함께 라틴아메리카의 일부이지만, 많은 멕시코계 미국인들은 **치카노, 치카나** 또는 **치칸엑스**(복수형 Chicanxs)—가끔 치카노 또는 치카나 대신 사용되는 성중립적인 비이분법 용어—를 선호한다. 물론 개인의 호칭은 개별적 취향에 따라 달라질 수 있다.

[5] 미 인구조사국과 사법통계국의 데이터를 활용한 Ashley Nellis의 보고서에 따르면, 아프리카계

운데 유독 범죄자가 많으며, 범죄성이 아프리카계 미국인들의 특징 가운데 하나라는 것이다. 이런 식의 생각이 왜 잘못된 것인지 밝히고자 단적인 사례 하나만 제시하겠다. 미국 내 수감자들 가운데 어째서 백인보다 아프리카계 미국인 비율이 더 높은지 말이다. 아프리카계 미국인이 주로 사용하는 크랙 코카인의 경우 28그램을 소지한 자는 법적으로 5년 형을 선고받게 되어 있다. 그러나, 백인들이 주로 사용하는 파우더 코카인의 경우엔 500그램을 갖고 있어야 똑같은 5년 형을 선고받는다. 이렇게 차별적인 법안들로 말미암아 사람들의 시선이 흑인 빈민가로 쏠리고 그 일대에 경찰의 감시가 강화되지만, 반대로 백인 거주지역에서 벌어지는 마약 복용은 대체로 무시된다. 실제로 미국 내 마약(모든 종류의) 복용자 대다수가 백인이다. 그러나 마약 관련 범죄로 구속된 수감자 대다수는 흑인이다. 이 같은 대표적인 사례를 통해 우리는 그동안 수많은 아프리카계 미국인들이 '타고난' 범죄성 때문이 아니라 법적 체계에 내재된 인종적 편견 때문에 (백인이었다면 들어가지 않았을) 쇠창살 안에 갇혀 왔다는 사실을 알 수 있다. 불균등한 비율로 수감되는 아프리카계 미국인의 숫자가 과도한 수준으로 치솟아 미셸 알렉산더Michelle Alexander 등 학자들의 용어로 표현하자면 **대규모 투옥**mass incarceration 사태가 벌어지고 있다.

여러 권리들을 보장하도록 인권 법안들이 마련되었다고는 하지만, 인권 박탈을 일상적으로 경험하는 아프리카계 미국인들이 지금도 부지기수다. 그렇기 때문에 지금부터 논의할 비판적 인종 이론은 어쩌면 인권에 대한 새로운 접근이라는 측면에서 이해하는 편이 유익할 듯하다. 비판적 인

미국인들은 백인에 비해 "다섯 배의 비율로 주립 교도소에 수감된" 상태이며, "라틴엑스는 (비라틴계 백인에 비해) 1.3배의 비율로 교도소에 수감되어 있다."[5] 아프리카계 미국인의 대규모 수감에 관한 상세한 논의는 Michelle Alexander를 참조할 것.

종 이론은 1950년대와 60년대의 흑인민권운동이 정치적·사회적 동력을 잃어 가던 1970년대에 데릭 벨Derrick A. Bell Jr.을 비롯한 몇몇 사람들의 이론적 작업으로 시작되었다. 비판적 인종 이론은 헌법, 즉 개별 주의 법률들이 반드시 준수해야 하는 연방법에 대한 비판에서 출발했지만, 점차 인문학을 비롯한 다른 분과 학문에도 기여하는 바가 크다. 앞으로 보게 되겠지만, 비판적 인종 이론은 인종과 관련된 모든 주제를 다룬다. 비판적 인종 이론은 앞서 언급했던 종류의 억압들처럼 겉으로 명백히 드러나는 쟁점들뿐 아니라, 우리가 미처 깨닫지 못했을 수도 있을 일상생활 속 미세한 부분들이 인종 문제와 연관되는 방식들을 점검하고 고찰한다. 또한 단순하고 평범해 보이는, 인종과 관련된 여러 가정假定들의 기저에 어떤 복잡한 믿음들이 도사리고 있는지 연구함으로써 인종차별주의가 어디서 어떻게 아직까지도 기승을 부리는지 밝히고자 한다.

그러면 리처드 델가도와 장 스테판치치가 파악한 비판적 인종 이론의 기본 원리를 살펴보면서 논의를 시작하자. 다음에 열거한 여섯 가지 원리들은 하나하나 자세히 들여다볼 것이므로, 각 원리에 사용된 용어들을 지금 당장 다 이해하려고 하지 않아도 된다.

비판적 인종 이론의 기본 원리

① **일상적 인종차별주의**everyday racism는 미국의 유색인종들이 흔히 접하는 평범한 경험이다.

② 인종차별주의는 주로 **이해 일치**interest convergence의 결과로서 나타난다. 이해 일치는 때때로 **물질 결정주의**material determinism라고 불리기도 한다.

③ 인종은 **사회적으로 구성된다.**

④ 인종차별주의는 **차별적 인종화**differential racialization의 형식을 띠는 경우가 많다.

⑤ 사람의 정체성은 **교차성**intersectionality의 산물이다.

⑥ 인종적 소수자들의 경험은 **유색인의 목소리**voice of color라고 불릴 수 있을 고유한 목소리의 밑바탕이 되어 왔다.

이상의 원리들에 대해 비판적 인종 이론 연구자들의 의견이 모두 같지는 않다. 비판적 인종 이론은 논의의 폭과 깊이가 계속 확대되어 가는 학문이다. 그럼에도 이 여섯 가지 원리를 이해하면 비판적 인종 이론에 다가가기가 한결 수월해질 것이다. 여기에 더해, 비판적 인종 이론 연구자들이 관심을 갖는 다른 종류의 쟁점들 가운데서 대표적인 주제 몇 가지를 골라 살펴보자.

▎기본 원리 설명

① **일상적 인종차별주의**everyday racism (또는 **평범한 인종차별주의**casual racism) 미국의 백인들 가운데는 아직도 인종차별주의라는 말이 아주 가시적인 형태로 드러나는 인종차별에만 적용되는 것이라고 생각하는 사람들이 많다. 예컨대, 유색인종을 겨냥한 신체적 · 언어적 공격, 백인우월주의자의 집단적 활동, 특정 주거지역 · 일반인에게 개방된 사회조직 · 레스토랑 등에서 행해지는 소수인종에 대한 의도적이고 공공연한 배척 등만을 인종차별이라고 간주한다. 그러나 정서를 극도로 피폐하게 만들고 스트레스를 야기하는 것은 유색인들에게 날마다 가해지는 온갖 종류의 인종차별이다. 예외 없이 규칙적으로 말이다. 예를 들어, 상점에서 일하는 백인 점원이나 경비 직원은 상점에 아프리카계 미국인이 들어오면 대개 유심히 지켜보거나 아예 뒤를 밟

는다. 백인 동네의 경찰관은 물론이거니와 거주자들도 길거리를 걸어가는 흑인 남성이 있다면 서비스 유니폼을 입지 않는 한 아무짝에도 쓸모없는 인간일 거라고 가정한다. 아프리카계 미국인들은 기본적인 예의조차 갖추지 않은 백인들의 태도와 종종 맞닥뜨리게 된다. 가장 일상적인 상황에서조차, 이를테면 슈퍼마켓이나 약국에서 줄을 서서 기다릴 때나 주유소에서 값을 치를 때, 은행에서 정보를 요청할 때, 아프리카계 미국인들은 자주 무시당할뿐더러 백인들이 쳐다보며 인상을 찌푸리거나 눈알을 굴리는 모습을 보게 된다. 그리고 때로는 그들을 겨냥한 인종차별적 농담이나 빈정대는 말들을 우연히 듣기도 한다. 백인들의 일상적 인종차별이 드러나는 그밖의 사례로는 "하대하기, 낮춰 보며 말하기, 신뢰가 부족하다고 가정하기, 흑인 몇 명만 겉치레로 고용하기, 백인 편애하기, … 〔유색인들과 물리적 거리를 유지하거나 닿는 것 자체를 피하는〕 접촉 기피"(Essed 205) 등이 있다.

　이런 종류의 행동은 학교 교실 안에서 벌어질 때, 즉 학교 교사나 대학 교수가 흑인 학생들이 열등하다고 가정할 때(무의식적으로 그러는 경우가 많다), "똑똑하지 않고, 문화적 교양이나 … 근면성, 사회성을 결여하고 있다"(Essed 207)고 가정할 때, 그 해악이 더욱 커진다. 이런 식의 근거 없는 가정들로 인해, 교사는 평가의 공정성을 기하지 않고, 장학금 관련 정보 제공을 꺼리고, 흑인 학생들의 성과를 무시하거나 떨떠름하게 받아들이고, 수업 중 토론을 진행할 때 흑인 학생들을 충분히 참여시키지 않는다.(Essed 207) 물론, 인종이라는 관점에서 볼 때 균형을 상실한 교육용 자료들, 즉 백인의 경험에 너무 많이(때로는 전적으로) 의존하는 자료들을 어린이와 젊은이들이 계속 봐야 하는 문제는 널리 알려져 있다. 더불어 흑인 학생들이 마치 흑인 전체를 대표하거나 '대변'하기라도 하는 양, 흑인 학생들을 대하는 백인 교사들이 여전히 존재한다는 문제도 많은 사람들이 인지하는 바이다.

　흑인 여성이자 법학 교수인 토냐 러벨 뱅크스Taunya Lovell Banks가 들려주는 사례는 일상적 인종차별주의가 무엇인지 단적으로 보여 준다. 어느 토요일 오후, 뱅크스는 필라델피아에 거주하는 동료 학자를 만나려고 다른 동료 법학 교수 네 명과 함께 필라델피아 도심에 위치한 호화로운 아파트 단지를 찾았다. 뱅크스와 동행한 교수들은 전부 30~40대 아프리카계 미국인 여성이었고, 다들 좋은 옷을 입고 있었다. 그런데 이들이 방문을 마치고 돌아가면서 아파트에 설치된 널찍한 엘리베이터에 탑승했을 때 다음과 같은 일이 벌어졌다. "몇 층 내려오고 나서 엘리베이터가 멈추고 문이 열렸다. 밖에서 50대 후반의 백인 여성이 이쪽을 들여다보고는 잔뜩 놀라 간신히 놀란 목소리를 삼키고 있었다. 백인 여성이 뒤로 물러서고 엘리베이터의 문이 닫혔고, 그녀는 결국 탑승하지 않았다. 몇 층이 더 지난 뒤 … 이번에는 중년의 백인 여성이 … 역시 탑승하려고 하지 않았다."[331] 두 백인 여성을 놀라게 한 것은 흑인 여성들의 옷도, 나이도, 성별도, 장소도 아니었다. 흑인 여성들의 피부색, 단지 그것뿐이었다. 엘리베이터를 타고 있던 흑인 여성들의 나머지 다른 신체적 특징들은 그 누구에게도 위협이 되지 않았지만, 그들의 피부색은 다른 특징들을 덮어 버리고도 남을 정도였던 셈이다. 실제로 이 두 명의 백인 여성이 뱅크스 일행의 옷, 연령대, 성별 등을 전혀 보지 못했거나, 그들이 거주하는 호화 아파트 단지 같은 곳은 원래 보안이 훌륭하게 유지된다는 사실을 미처 생각하지 못했을 가능성도 충분하다. 피부색에 격하게 반응하도록 백인 사회에서 길들여져 왔다는 점을 감안한다면, 두 백인 여성이 본 것은 아마 피부색이 전부였을지도 모른다. 그들이 반응을 나타낸 유일한 요소가 피부색이었다는 사실만큼은 확실하다.

일상적 인종차별주의의 여러 형태 가운데서도 가장 견디기 힘든 것은, 인종차별주의가 존재한다는 사실, 그리고 특정 상황에서 인종차별주의가 실제로 발생한다는 사실을 부인하는 백인들의 태도일 것이다. 유색인들은 "차별, 인종을 주제로 한 농담, 사람들 앞에서 놀려먹기, 하대하기, 무례한 태도"(Essed 207) 등에 너무 예민하게 반응한다는 비난까지 듣는다. 바꾸어 말하면, 실제로 인종차별이 있음에도 불구하고 유색인들은 인종차별이 없는데도 있다고 우긴다는 비난을 받는다. 그러나 사실은 그와 같은 곳에서도 분명 인종차별이 행해지고 있지만, 차별 행위를 가하거나 목격한 백인들이 그것을 인종차별이라고 보지 못하거나 보지 않는 것이다. 물론 백인이 유색인을 못된 얼굴로 쳐다보거나 무례한 말을 내뱉는 것이 인종차별 행위인지, 아니면 그날따라 하필 기분이 안 좋았던 것인지, 인종에 상관없이 모든 사람에게 무례하게 구는 것인지 판단하는 데는 항상 어려움이 따른다. 그러나 일상적 인종차별주의에 대처하려다 보면 정서적 스트레스를 받게 되고, 이는 유색인들의 정신 및 육체 건강을 해칠 수 있다. 일상적 인종차별주의의 영향은 계속 누적되기 때문이다. "사건 하나가 다른 유사한 사건들의 기억을 되살린다."(Essed 207) 그런 상황에서도, 일상적 인종차별주의와 관련하여 백인 가해자나 목격자는 그런 차별 행위가 실제 일어났는지조차 모를 수 있다. 필로메나 에시드Philomena Essed가 지적하는 것처럼, 대부분의 사람들은 인종차별주의가 존재해서는 안 된다고 생각하지만, "인종차별주의를 어떻게 식별하는지, 인종차별주의가 어떻게 전달되고 경험되는지, 인종차별주의를 어떻게 막을 것인지 등과 관련하여 아이들을 교육하고, 성인들에게 숙지시키고, 시민들에게 적절한 정보를 제공하겠다는 국제/국내적인 차원의 노력은 불충분하기만 하다."(204)

② 이해 일치Interest Convergence 데릭 벨은 미국에 인종차별주의가 만연한 이유를 백인의 개인적·집단적 이해관계와 연관 지어 설명할 때 이 용어를 사용한다. 인종차별주의는 백인에게 필요한(또는 바람직한) 개인적·집단적 이해관계(무언가 필요한 것 또는 원하는 것)와 일치하거나 서로 겹치는 경우가 많으며, 인종차별주의가 일상화되는 원인도 여기에서 찾을 수 있다는

것이다.[Brown v. Board of Education 20-29] 예를 들어, 같은 일을 하는 백인 노동자보다 임금을 낮게 책정하는 방식으로 흑인 노동자를 착취하는 백인 상류층의 경제적 이해관계 속에는 인종차별주의가 가동되고 있다. 이해 일치는 종종 **물질 결정주의**material determinism[Delgado & Stefancic 기]라고 명명된다. **물질**을 우선시하는 세계에서 높은 자리에 올라가 보겠다는 욕망이 지배 사회의 구성원이 인종차별을 행하는 방식을 **결정**하기 때문이다. 덧붙여, 이해 일치에는 정서적 차원도 존재한다. 가령, 인종차별주의는 백인 노동자의 심리적 이해관계 속에도 작용한다. 백인 노동자는 백인 고용주에게서 제대로 보수를 받지 못하고 착취당한 경험 탓에 다른 누군가 [즉, 흑인] 보다 우월하다는 느낌을 가져 보고 싶을 수 있다.

심지어 인권 영역에서 이루어 낸 성취조차 "백인들의 이익과 맞아떨어진다."[Delgado & Stefancic 18] 메리 두지악Mary L. Dudziak이 냉전 시기에 작성된 미국 정부의 공문서들을 조사한 바에 따르면, '브라운 대 토피카 교육위원회 재판Brown v. Board of Education' 1951년 미국 캔자스주 토피카에 살고 있던 흑인 소녀 린다 브라운은 집에서 가까운 학교 대신에 1마일이나 떨어진 흑인 학교를 매일 걸어서 다녀야 했다. 린다의 아버지 올리버 브라운이 가까운 백인 학교에 린다의 전학을 신청했으나 피부색이 다르다는 이유로 거절당했다. 이에 올리버 브라운이 토피카 교육위원회를 상대로 소송을 제기하면서 열린 재판이다. '브라운 판결'이라고도 불린다. 에 대한 1954년 미국 연방대법원의 판결, 즉 공교육에서 시행되던 인종분리 교육을 법적으로 폐지한다는 판결은 윤리적 쟁점이 아닌 정치적 쟁점을 둘러싸고 내려진 것이었다. 이는 데릭 벨이 수년간 논란을 감수하면서 줄곧 주장해 왔던 내용이다.[Brown v. Board of Education 20-29] 대법원이 역사상 처음으로 인종분리 교육 철폐라는 판결을 내리며 전국유색인종지위향상협회(NAACP)의 손을 들어 주도록 이끈 것은 이타주의가 아니었다. 오히려 당시의 "외신 보도"를 비롯한 "홍수처럼 쏟아지는 비선秘線 보고", "해외 미국 대사들의 편지"[Delgado & Stefancic 19] 등을 보면, 미국이 인종차별 국가라는 이미지를 필사적으로 바꿔야만 하는 상황이었음을 어렵지 않게 짐작할 수 있다. 제3세계 국가들(주민 대부분이 유색인)의 지지를 끌어들이는 경쟁에서 공산권 국가들에 뒤지지 않기 위해, 미국은 반드시 이미지를 쇄신할 필요가 있었던 것이다.(Delgado & Stefancic 18-20) 이런 사실들을 고려해 보면, 비판적 인종 이론 연구자들 가운데 상당수가 이해 일치를 인종차별주의의 (가장 주된 원인은 아닐지라도) 주요 원인으로 꼽는 것이 당연해 보인다.

③ **인종의 사회적 구성**The Social Construction of Race 예를 들어, 피부색이 상대적으로 밝은 흑인과 상대적으로 어두운 백인 사이의 신체적 차이가 각 집단 구성원 사이의 신체적 차이보다 훨씬 작다면, 어떻게 신체적 특징을 토대로 인종을 정의할 수 있는가?(Delgado & Stefancic 75) 그러나 1790년 미국 의회는 귀화(미국 시민권 획득)를 백인에게만 허용하는 법을 제정하였고, 이 같은 인종차별적 허용 기준은 일부 세부 사항만 수정한 채로 1952년까지 유지되었다. 백인에게만 차별적으로 귀화를 허용해 온 162년 동안, 미국의 법률 체계는 미국 시민권을 얻고자 하는 수많은 지원자들 가운데 누가 백인이고 누가 백인이 아닌지 자의적으로 결정해야 하는 상황과 종종 맞닥뜨려야 했다. 아랍인은 백인인가? 인도에서 온 사람들은 전반적으로 피부가 검은 편인데, 이들은 백인인가? 밝은 피부를 지닌 사람들과 어두운 피부를 지닌 사람들이 모두 살고 있는 국가의 경우에는 어떻게 판단해야 하는가? 더욱 골치 아픈 부분은, 시간이 지나면서 몇몇 민족 집단들은 실제로 백인이 '되었다는' 사실이다. 이를테면, 초창기만 하더라도 이탈리아인과 유대인, 아일랜드인은 백인으로 간주되지 않았다. 다시 말해, 당시 이들은 "아프리카계 미국인들과 같은 위치에" 놓여 있었다.(Delgado & Stefancic 76-77)

미 인구조사국에서 1790년에서 1920년 사이에 사용한 인종 범주를 살펴보면, 인종의 범주화는 각 시기의 인종적 차이에 관한 통념들에 근거했음을 확인할 수 있다(조사는 10년 단위로 진행됐다). 여기서 특히 아프리카계 미국인들에게 적용된 인종적 범주가 매번 달라졌음에 주목해 보자. 인구조사국은 1790년부터 1810년까지 다음과 같은 세 가지 인종 범주를 지정해 사용했다. (1) 자유로운 백인 (2) 세금이 부과되지 않는 인디언을 제외한 나머지 자유로운 개인 (3) 노예. 1820~1840년에 사용된 인종 범주는 다음과 같다. (1) 자유로운 백인 (2) 자유로운 유색인 (3) 세금이 부과되지 않는 인디언을 제외한 나머지 자유로운 개인 (4) 노예. 1850~1860년에는 다음과 같은 인종 범주가 쓰였다. (1) 백인 (2) 흑인 (3) 물라토mulatto(절반은 백인, 나머지 절반은 흑인인 경우). 1870년과 1880년 인종적 명칭은 (1) 백인 (2) 흑인 (3) 물라토 (4) 인디언 (5) 중국인 등으로 이루어져 있었다. 1890년 인구조사는 인종적 차이 개념을 확장하여 (1) 백인 (2) 흑인 (3) 물라토 (4) 쿼드룬quadroon(4분의 1이 흑인) (5) 옥토룬octoroon(8분의 1이 흑인) (6) 인디언 (7) 중국인 (8) 일본인 등을 포함한다. 1900년에는 인종적 범주가 (1) 백인 (2) 흑인 (3) 인디언 (4) 중국인 (5) 일본인 등으로 축소되었다. 마지막으로, 1910년과 1920년에 이르러 인종적 명칭은 (1) 백인 (2) 흑인 (3) 물라토 (4) 인디언 (5) 중국인 (6) 일본인 등을 포함한다. 요약하자면, 인구조사국이 사용한 인종적 범주는 시간이 지남에 따라 변화했는데, 이는 인종적 차이에 관한 정의定義가 경제적·사회적 압력이 변화함에 따라 달라졌기 때문이다.(Ferrante & Brown, "Classifying People by Race" 115-116) 이 같은 사실에 흥미를 느낀다면, 다음의 문장도 참고해 보라. "카리브해 일부 지역에서는 계급이 인종적 분류에 영향을 끼쳤으므로, 부유한 사람일수록 피부가 하얀색을 띨 것이라고 인식되었다."(Harding 219)

더욱이 역사적으로 볼 때, 미국인 가운데 상당수는 한 가지 이상의 인종에 속했다. 그러나 미국인들은 인구조사국 정책에 따라 2000년까지 지정된 범주 가운데 한 가지 항목만 선택할 수 있었다. 19세기 이후 미국의 인종 범주는 크게 백인종Caucasians, 아프리카인, 아시아인, 북아메리카 원주민이라는 네 가지 범주로 구성되어 줄곧 이어져 왔다. 그런데 몇 십 년 전에 다음과 같은 범주가 추가되었다. "다섯 번째, 히스패닉, 어느 인종이든 속할 수 있음."(Sollors 102) 사실, 히스패닉은 일부 사람들의 생각과 달리 인종을 가리키는 명칭이 아니다. 연방 정책에 따르면, **히스패닉**은 스페인어를 사용하는 다양한 국가 출신의 이민자를 가리킬 때 쓰는 용어라는 점에서 민족에 관한 명칭이라고 할 수 있다. 그리고 여기서는 히스패닉이 모든 인종을 포괄할 수 있는 범주라고 보았지만, 실제 대부분의 히스패닉은 자신의 정체성을 백인으로 규정한다.(Muir 95)

미국인의 상당수가 한 가지 이상의 인종 범주에 속할 수 있다는 것이 사실이라면, 지난 200여 년간 각 개인에게 한 가지 인종 범주만 선택하도록 했던 미국 정부의 고집이야말로 인종이 생물학적으로 정해져 있는 것이 아니라 사회적으로 생산되는 것임을 여실히 증명해 주는 또 다른 사례가 될 것이다. 말하자면, "단일한 인종 범주로 모든 사람들을 끼워 맞출 수 있다고 보았던 것(여전히 그렇게 보기도 한다) 자체가 미국에서 사용된 인종 분류체계의 결과물이다."(Ferrante & Brown, "Introduction" 2) 이와 관련하여, 나오미 잭(Naomi Jack)은 미국에서 흑인과 백인을 규정하는 방식에 대해 다음과 같이 적고 있다. "혼혈〔흑인과 백인〕 인종이 나올 가능성은 미리 배제된다. 흑인과 백인을 모두 조상으로 두는 혼혈 인종의 경우엔 자동적으로 흑인으로 분류되기 때문이다."(Sollors 101-102에서 재인용) 그리고 어떤 개인을 흑인으로 규정하는 데는 "몇 세대를 거슬러 올라가든지 간에 조상 가운데 흑인 한 사람만"(같은 곳) 있으면 된다. 더 나아가, 비백인 혼혈 인종(예컨대, 아시아인과 흑인 사이에서 태어난 자손이나 흑인과 북아메리카 원주민 사이에서 태어난 자손)의 경우, 자녀의 인종을 정할 때 어머니의 인종을 따르도록 했던 시기가 있었는가 하면, 반대로 아버지의 인종을 따르도록 했던 시기도 있다.(Ferrante & Brown, "Introduction to Part 2" 114-115)

인구조사국이 수 세기에 걸쳐 미국인들을 인종에 따라 분류하는 과정에서 통계상의 왜곡을 가하기도 했다는 사실을 고려하면, 인류가 서로 다른 인종에 속한다거나 '인종'과 같은 범주가 어쨌든 존재한다는 식의 견해를 뒷받침할 만한 생물학적·과학적 근거는 없다는 점은 아이러니하다. 이에 대해 프린스 브라운Prince Brown Jr.은 다음과 같이 설명한다.

> 오늘날, 이 세계를 살아가는 모든 사람들에게는 … 각자의 신체적 특징과는 상관없이 자식을 낳을 때마다 유전자 교환이 손쉽게 일어난다. 인간 특성에 나타난 변화는 … 특정한 환경에 … 인간이 해부학적 차원에서, 그리고 생리학적 차원에서 적응을 마쳤음을 말해 주는 것이며, 이 점은 우리가 서로를 바라보면 명확히 알 수 있을 것이다. … 어떤 하나의 집단 또는 '인종'만이 갖는 일련의 특성들이란 존재하지 않는다. … 예를 들어 회색 눈은 보통 밝은 얼굴색과 함께 연상되지만, 사실은 어두운 얼굴색을 가진 사람들에게서 주로 발견된다. 갈색 눈과 검은색 눈도 마찬가지다. 곱슬머리 또한 어두운 피부색을 가진 사람을 연상시키지만, 우리 모두는 머리모양이 곱슬머리이면서도 밝은 피부색을 가진 사람을 한 사람 이상씩은 알고 있다. … 일련의 특성들을 한데 뭉뚱그린다고 해서 특정한 하나의 집단 또는 '인종'을 만들어 낼 수 있는 것은 아니다. … 물론 유사한 특성을 공유하는 사람들이 존재하는 것은 사실이다. … 그러한 유사성은 만날 수 있는 잠재적 배우자의 폭이 한정되어 있는, 사회적으로 고립된 어떤 곳에서 살아가는 사람들 사이에 나타날 수 있다. … 말하자면, 이는 해당 사회의 내부 규칙(관습이나 법률 등)이 구성원들로 하여금 다른 특징을 지닌 사람들과 결혼하는 것을 금지하기 때문에 가능한 것이다. (Brown 144-145)

바꾸어 말하면, 어떤 사회의 법률이나 관습이 하얀 피부와 붉은색 곱슬머리, 그리고 푸른 눈을 가진 사람들을 모두 모아 한곳에서만 생활하라고 강요하고, 그들처럼 하얀 피부와 붉은색 곱슬머리, 푸른 눈을 가진 사람이 아닌 사람과는 결혼하는 것을 금지할 경우, 아마도 몇 세대 안에, 확실히 수백 년 안에는 하얀 피부와 붉은색 곱슬머리, 푸른 눈을 가진 인구수가 엄청나게 늘어날 것이다. 그런데 이들이 하나의 독립된 인종에 속한다고 말할 수 있을까? 잘못된 생각일 공산이 크다. 이를 유전학의 관점에서 좀 더 엄밀하게 바라보자.

> 인간을 절대적인 '인종적' 범주로 분류하는 것이 가능하다면 … 자기 집단에 속한 사람은 다른 어떤 집단에 속한 사람과도 아이를 가질 수 없도록 하는 집단들이 생겨날 것이다. … 〔그렇게 되면〕 같은 집단에 소속된 사람들 사이에는 어떠한 차이도 없을 것이다. 오히려 우리가 확인한 사실은 … 어떠한 인구 집단에 사회적으로 속하는지와 상관없이 모든 사람의 … 유전자는 75퍼센트가 동일하다는 점이다. 나머지 25퍼센트는 하나 이상의 형식으로 발현되는 유전자들이다. … 이를테면 … 네 가지 다른 형식을 갖는 혈액형(A, B, O, AB)처럼 말이다. 다시 말해, '인종'을 결정하는 유전자란 없다. [Brown 145-146]

실제로, 인종이라는 개념은 애초에 자연사 영역에서 도입된 개념이다. 이때 인종 개념은 인류를 단순히 지리학적 위치에 따라 구분하는 하나의 편의적인 방법이었을 뿐, 여기에 인류를 각각 뚜렷이 구별되는 생리학적 집단으로 분류하려는 의도는 개입되지 않았다. 그러나 19세기를 지나면서 과학자들은 그와 같이 편의적으로 분류한 집단을 불변의 범주로서 고정시키고, 생물학에 근거한 신체상의 차이가 문화적 위계질서에 상응한다고 주장하기 시작했다. 즉, 인류는 제각기 다른 인종에 속해 있으며, 그 가운데 일부 인종, 특히 백인종은 나머지 인종보다 우월하다는 것이었다. 미국 시민들이 인종 문제에 맞서 싸우던 시기에, 그리고 미국 백인들 대부분이 흑인의 인종적 열등성을 믿어 의심치 않으며 노예제 또는 인종분리 정책을 정당화하던 시기에, 과학계 구성원들이 그러한 견해를 표명했다는 사실은 단순한 우연의 일치라고 보기 어렵다.[Muir 98][6] 한편, 자연과학 전문가들의 경우, 인종 개념을 생물학적 범주라고 보기에는 과학적 근거가 부족하다는 판단 아래 인종 개념을 연구 분야에서 제외해 왔다.

그러나 자연과학자들은 "인종 개념에 대한 거부의 뜻을 명확히 밝힘으로써 학교, 정부, 일반 대중의 관심을 환기시키려는 어떠한 조직적인 움직임도 보여 주지 않았다. 심지어 관련 분야 학자들의 관심을 이끌어 내려고도 하지 않았다."[102] 아무런 노력을 기울이지 않기로는 다른 사람들도 마찬가지다.

④ **차별적 인종화**Differential Racialization 차별적 인종화는 "지배 사회가 변화하는 요구에 발맞춰 그때그때 〔다른 방식으로〕 각기 다른 소수인종 집단들을 인종화하는racialize〔인종적 특성이란 것에 따라 정의하는〕"[Delgado & Stefancic 8] 것을 가리킨다. 예를 들어, 남북전쟁 이전에 아프리카 흑인들을 어리석은 인종으로 묘사한 것은 백인 플랜테이션 농장주들의 필요에 따른 것이었다. 그래야만 흑인들이 과거의 '야만적인' 삶으로 회귀하지 못하도록 감독을 강화할 수 있으며, 백인들을 위해 복무할 때 행복을 얻을 수 있다는 생각을 흑인들에게 주지시킬 수 있었기 때문이다. 말하자면, 이처럼 날조된 고정관념은 흑인 노예화에 대한 백인 플랜테이션 농장주들의 신념을 정당화하는 데 기여하는 것이었다. 그 이후에도 일자리를 놓고 아프리카계 미국인들이 혹시라

---

[6] 여기서 도널 뮤어Donal E. Muir가 구체적으로 언급하는 내용들은 흥미롭게도 19세기 미국 과학계의 공식 입장들이다. 그가 설명하는 것과 같은 인종차별주의 이데올로기는 이미 북아메리카 식민지 시대의 초창기부터 백인 사회 안에서 다양한 형태로 상존한 것이 확실하다.

도 백인들의 경쟁 상대가 될 것 같으면, 그때마다 그들에게는 폭력적이면서 게으른 성향이 있다는 고정관념이 덧씌워졌다. 아무리 좋게 말해도, 이 논리는 어딘가 왜곡되어 있다(게으른 사람이 어떻게 위협이 되고, 심지어 폭력적일 수 있는가?). 고정관념이란, 현실이 아닌 편견에서 비롯되는 것이기 때문에 대체로 비논리적일 수밖에 없다.

이와 비슷한 이유에서 생겨나는 차별적 인종화를 다른 소수인종 집단의 사례에서도 확인할 수 있다. 북아메리카 원주민은 역사적 상황 및 백인 사회의 필요에 따라 때로는 우호적이면서 고상한 존재로, 때로는 게으른 주정뱅이로, 때로는 절도를 일삼는 이교도 집단으로, 때로는 피에 굶주린 야만인으로 간주되어 왔다. 치카노(남성) 또는 치카나(여성)로 불리는 멕시코계 미국인들 역시 그들을 그때그때 필요한 방식에 따라 대하려는 백인 사회 속에서 때로는 신앙심이 깊고 가족지향적인 사람들로, 때로는 미신을 믿고 잘 속아 넘어가는 사람들로, 때로는 게으르고 남에게 기생하는 아무 짝에도 쓸모없는 사람들로 정형화되었다. 한편, 중국계 미국인 남성은 현명하다는 점에서 모든 인종의 젊은이들에게 마치 아버지와도 같은 귀감이 될 수 있다고 여겨져 왔다. 동시에 중국계 미국인 여성은 남성에게 순종적이라는 인식이 만연했다. 하지만 중국계 미국인 남성과 여성 모두 교활하고 신뢰감을 주지 못한다는 고정관념에 시달려야 했다. 반면 일본계 미국인들은 일반적으로 부지런하고 믿을 만한 사람들이라고 알려져 왔으나, 제2차 세계대전 시기에는 위험천만한 잠재적 반역자로 간주되어 전쟁이 끝날 때까지 일본인 강제수용소에 붙잡혀 있어야 했다. 그런데 똑같이 미국의 교전국 출신인 독일계 미국인과 이탈리아계 미국인에게는 그러한 인종화에 따른 고정관념이 부여되지 않았다.

일본계 미국인은 백인이 아니기에 더더욱 비난의 표적이 되었던 것일까? 일본계 미국인들은 미국 서부 해안가 지역에서 경제적 성공을 거두고 있었고, 이미 상당한 부동산과 기타 재정적 자산을 소유한 상태였기에 더욱 비난받기 쉬웠던 것일까? (당시 미국 정부는 은행 계좌부터 집 안 가구들까지 일본계 미국인들의 재산을 몰수하였고, 전쟁이 끝나고 일본계 미국인들이 수용소에서 풀려난 뒤에도 이를 반환하지 않았다.) 일본계 미국인들을 강제수용소에 몰아넣은 진짜 이유가 무엇이었든지 간에, 여기서 요점은 그들 역시 다른 소수인종 집단과 마찬가지로 미국의 주류인 백인들의 필요를 충족시키는 방식으로 인종화되었다는 사실이다.

⑤ **교차성**Intersectionality 사람의 정체성이란 복잡한 것이어서 인종만으로는 구성되지 않는다. 한 개인의 정체성은 인종, 계급, 성, 성적 지향, 정치적 지향, 개인사 등이 상호 교차하는 가운데 형성된다. "자신의 정체성 가운데 어떤 면에 가장 우선순위를 두고 충실할 것인지는, 누구에게나 잠재적으로 대립되면서도 겹쳐지는 부분이 있기 마련이다."(Delgado & Stefancic 9) 예를 들어, 흑인이면서 노동계급에 속하는 무슬림 남성이 있을 수 있고, 화이트칼라 레즈비언인 멕시코계 미국인이 있을 수 있다. 이런 사람은 억압을 당하는 요인이 하나만 있는 것이 아니기 때문에, 자신이 어떤 경우에 차별과 마주하게 되는지 인식하는 데 종종 어려움을 겪을 수 있다.(Delgado & Stefancic 51-52) 이를테면 인종, 계급, 과거 문제 가운데 자신이 직장에서 경험한 부당한 대우의 원인이 된 것이 무엇인지, 성과 민족성, 성적 지향 중에서 자신이 해고된 이유에 해당하는 것이 무엇인지 파악하기 어려울 수 있다. 이런 일을 겪은 뒤 가해자를 고소하려 해도, 자신이 무엇 때문에 차별을 당했는지 확신할 수 없다면 무슨 근거로 소송을 제기할 것인가?

킴벌리 윌리엄스 크렌쇼Kimberlé Williams Crenshaw가 제시하는 사례는 이러한 교차성으로 인해 어떻게 한 사람이 정부 관료주의의 갈라진 틈에 빠져 좌절을 경험하는지, 또한 그러한 상황이 발생할 경우 개인의 신변이 얼마나 위험해질 수 있는지 구체적으로 보여 준다. 크렌쇼는 특히 유색인 여성 이주노동자가 가정폭력의 피해자가 될 때 어떤 일이 벌어질 수 있는지 자세히 살펴본다. 1990년에 "미국 의회는 미국 시민이나 미국 영주권자에게 구타 또는 극심한 학대를 당해 왔던 〔결혼 목적으로 미국에 온〕 여성 이민자를 보호하려는 목적으로 이민국적법Immigration and Nationality Act 중 결혼 사기와 관련된 조항들을 개정했다."(358-359) 이전까지는 "미국 시민 또는 미국 영주권자와 결혼하고자 미국으로 이주한 사람은 '실제' 결혼 관계를 2년간 유지해야 영주권 신청 자격을 얻을 수 있었고"(359), 아내의 영주권은 남편과 아내가 함께 신청해야 했다. 남편에게 착취당하더라도 미국 영주권 취득의 기회를 포기하기보다 학대를 견디는 쪽을 택하는 여성들을 보호하고자, 미국 의회는 가정폭력이 발생한 경우에 한해 '2년 조항'을 적용하지 않도록 하는 이민국적법 개정안을 통과시켰다. 그러나 크렌쇼는 "여기에 필요한 서류들을 준비하는 데는 … 사회적·문화적·경제적 특권을 지닌 여성 이민자가 더욱 유리할 것"(360)이라는 점을 지적한다. 구비 서류에는 사회복지기관, 경찰, 건강관리 기관, 심리학자, 교육기관 등이 발행한 보고서들이 포함되기 때문이다.(359)

반면 "사회적·경제적으로 가장 주변화되어 있는 여성들은 이 제도의 혜택에서도 가장 소외될 수밖에 없는데, 이들은 거의 대부분 유색인 여성일 가능성이 높다."(360) 이 여성들은 남편 이외엔 미국에 아무런 연고가 없어 남편을 통해서만 미국 사회와 연결될 수 있다. 그들은 어디에 도움을 청해야 할지 모르기 때문에, 자신이 어떤 도움을 받을 수 있는지조차 모를 수 있다. 1990년의 이민국적법 개정은 여성 이민자들에 대한 가정폭력을 방지하려는 목적에서 실시되었지만, 성과 인종, 계급 사이의 교차성을 충분히 고려하지 못했다. 그 결과, 법적 안전망을 가장 필요로 하는 이들이 오히려 가장 다가가기 어려운 제도가 만들어졌다.

⑥ **유색인의 목소리**voice of color 비판적 인종 이론을 연구하는 사람들은 대개 소수인종에 속한 작가나 사상가들이 백인 작가나 사상가들보다는 인종 및 인종차별주의에 대해 집필하고 발언할 때 좀 더 유리한 위치를 점한다고 생각하는 편이다. 아무래도 소수인종에 속하는 작가나 사상가들이 인종차별주의의 피해 당사자라는 사실을 염두에 두기 때문일 것이다. 이 같은 입장을 **유색인의 목소리**라고 부른다. 실제로 "흑인 · 인디언 · 아시아인 · 라틴계 작가나 사상가들은 백인들이 모를 것 같은 문제들을 상대편 백인에게 말하는 것이 가능할 것이다."[Delgado & Stefancic 9] 이 논리는 너무 거친 감이 없지 않기에, 다음과 같이 정확히 바꿔 써야 한다고 주장하는 사람도 있다. 즉, **백인들이 모를 것 같은 문제**들이 아니라, **대부분의 백인들이 거의 모르고 있을 게 분명한 문제들**이라고 말이다. 백인들 또한 온갖 종류의 억압(이를테면 계급, 성, 성적 지향, 민족성, 종교 등으로 말미암아 빚어진 억압들)을 인식할 수 있으며, 이미 알고 있는 것도 많다. 그러한 억압의 모든 형식이 끔찍하다는 사실도 안다. 하지만 그러한 중요한 측면들을 두루 고려하더라도 인종차별적 억압의 독특성을 간과해서는 안 된다. 그 독특성에 눈감는 것은 인종 문제와 무관할 수 없는 300여 년에 걸친 미국 역사를 무시하는 것이기 때문이다.

이와 관련하여 델가도와 스테판치치는 흥미롭게도 '유색인의 목소리'라는 주제가 "반본질주의anti-essentialism와 다소 불편한 긴장 관계를 형성하면서 공존한다"[9]고 언급한다. 비판적 인종 이론이 지향하는 반본질주의는 사람들이 인종이라는 범주를 규정할 때마다 연상하는 본질적으로 타고난 유전적 형질이나 특징 같은 것을 상정하지 않는다. 즉, 반본질주의에 따른 비판적 인종 이론이 '유색인의 목소리'를 기본 원리로 삼는 것은 일종의 자기모순처럼 보일 수도 있다. 따라서 일정한 맥락을 고려하지 않으면, '유색인의 목소리'는 검은 피부나 갈색 피부를 타고난 사람들 중 일부는 인종적 억압의 작동을 꿰뚫어 볼 통찰력을 자연스럽게 갖게 된다는 식의 전제를 함축하는 개념으로 비칠 가능성이 있기 때문이다. 그러나 델가도와 스테판치치가 '유색인의 목소리'를 본질적인(즉, 타고나거나 유전적인) 자질로 보지 않는다는 점을 감안하면, 그러한 자기모순 같은 것은 존재하지 않는다는 주장도 가능할 것이다. 델가도와 스테판치치에 따르면, '유색인의 목소리'는 오히려 인종적 억압의 경험 속에서 배워 나가는 것이기 때문이다. 바꾸어 말하면, '유색인의 목소리'는 생물학적으로 주어지는 것이 아니라 사회적으로 습득되는 것이며, 인종적 억압의 경험을 바탕으로 인종 및 인종차별주의에 관하여 말하고 글을 쓰는 능력을 배가시키는 것이다. 그러므로 '유색인의 목소리'라는 주제는 본질주의를 담고 있지 않으며, 비판적 인종이론의 반본질주의적 철학과도 모순되지 않는다고 보는 것이 합당하다.

물론 동일한 소수 집단에 속하는 구성원들이라고 해도 각자 경험하는 억압의 종류나 크기가 같으리라는 법은 없으며, 설령 같은 상황에 놓이는 이들조차도 저마다 대처하는 방식이 다를 수 있다는 사실을 항상 염두에 두어야 한다. 그런 점에서, 소수 집단의 구성원이라 할지라도 자신이 부딪힌 인종적 억압의 경험을 부인하거나, 인종적 억압이 오늘날까지도 여전히 문제가 된다는 사실을 부인하는 경우는 확실히 '유색인의 목소리'와 관련된 유용한 사례라고 볼 수 없다. 그러나 '유색인의 목소리'를 활용하여 자신이 경험한 인종차별의 부당성을 다른 이들에게 알리려는 사람들의 이야기는 적극 독려된다. "'법을 말하자'legal storytelling' 운동은 흑인 작가들에게 인종차별주의 및 법률 체계와 관련된 경험들을 자세히 이야기해 달라고 촉구한다. 그들만의 독특한 관점을 바탕으로 법을 작동시키는 거대서사를 평가하자는 것이다."(Delgado & Stefancic 9) 말하자면, 법이 정의의 도구로서 중립을 지킨다고 자임하면서도 어떤 식으로 인종차별 문제를 외면하는지 들여다보자는 것이다. 이 운동을 주도하는 인물로는 데릭 벨, 퍼트리샤 윌리엄스

Patricia Williams, 리처드 델가도 등이 있다. 특히 델가도는 "화이트칼라의 기업·산업 범죄(대부분 백인들이 저지른다)로 발생한 신체 상해, 사망, 자산 손실 등의 피해 규모는 길거리 범죄들로 인한 피해를 모두 합친 것보다도 크다는 사실을 지적"(Delgado & Stefancic 43에서 재인용)하는 글을 쓰기도 했다. 그러나 오늘날 감옥을 가득 채운 사람들은 상대적으로 '잡범'인 흑인들이고, 어마어마한 기업 범죄를 저지른 백인들은 오히려 법의 심판을 받는 경우가 드물다.

이상의 여섯 가지 기본 원리가 비판적 인종 이론 일반의 관점과 목적을 더욱 분명히 이해하는 데 도움이 되면 좋겠다. 지금부터는 비판적 인종 이론에 대한 이해의 폭을 더욱 넓히는 차원에서, 이론가들이 지속적으로 개입하고 있는 쟁점들 가운데 대표적인 사례 몇 가지만 간단하게나마 살펴보려고 한다. 백인의 특권, 자유주의의 문제, 인종 현실주의가 바로 그것이다.

① 백인의 특권white privilege

먼저, 백인의 특권은 "지배 인종에 속함으로써 얻게 되는 수많은 이점과 이득, 상대방의 호의"(Delgado & Stefancic 78)라고 정의할 수 있다. 이와 관련하여 비판적 인종 이론 연구자들은 페기 매킨토시Peggy McIntosh를 자주 언급하는데, 그녀는 백인의 특권을 하나하나 목록화한 것으로 유명하다. 매킨토시는 "아프리카계 미국인 동료나 친구, 지인 등에게는 없는 이점들을 자신은 백인이라는 이유로 46가지나 가지고 있음을 확인했다."(Wildman 18) 예컨대, 자신이 속한 인종이 미국의 유산을 만들어 왔고 책임지고 있다는 이야기를 듣는 것(균형 잡힌 시각으로 미국의 과거를 보여 준다고 주장하지만, 막상 들여다보면 미국 백인들의 성취에만 초점을 맞추고 있는 기존의 역사서들을 떠올려 보라), 백인들이 가하는 다양한 인종차별 방법들을 자녀에게 설명해

줄 필요가 없는 것(즉, 스스로를 차별로부터 지키지 않아도 된다는 것), 자신의
인종에 대해 말하도록 요구받지 않는 것(이상 Wildman 18에서 재인용), 백인이 아
니었다면 자신의 성취가 예외적인 것으로 폄하되었겠지만 자신이 백인인
이상 그럴 일이 없으리라는 것, 가끔 실수를 저지르더라도 그것이 자기 인
종의 열등성을 말해 주는 증거로 인식될 리는 없다는 것, 하루 내내 공공장
소에서 마주치게 되는 사람들이 자신에게 두려움이나 의심, 불편함을 내비
치지 않고 기본적인 예의를 지키며 다가온다는 것(이상 Delgado & Stefancic 7에서
재인용) 등이 백인의 특권을 말해 주는 사례들이다.

매킨토시가 제시하는 백인의 특권은 그 밖에도, 자녀의 여름 아르바이
트 자리를 구할 때 일종의 비공식적 인맥, 이를테면 백인 이웃이나 그 이웃
의 친구 및 지인들의 도움을 얻을 수 있다는 것, 자녀가 학교에서 '커트라인
에 걸린' 점수를 받아 추가 과제를 수행해야 할 때 백인 교사들이 이를 도
와주리라고 확신할 수 있다는 것, 중요한 자리로 승진할 기회를 놓고 경쟁
하는 백인 후보자라면 어떤 은밀하고 폐쇄적인 인맥(이를테면, '클럽')에 기
댈 수 있다는 것 등이 있다.(Delgado & Stefancic 78-79) "[마지막] 사례는 회사에서
힘이 센 지위(설령 명목상의 자리라도) 대부분이 여전히 백인들의 것임을 감
안하면 특히 강력한 특권이 아닐 수 없다."(Delgado & Stefancic 78)

백인의 특권은 순전히 다른 사람들의 불이익을 근거로 성립되는 특권이
라는 점에서 일종의 일상적 인종차별주의라고 볼 수 있다. 다시 말해, 백인
의 특권은 백인이 아닌 누군가가 그 특권을 누리지 못하는 한에서만 주어
진다. 백인들이 일상의 특권 체제를 누릴 수 있는 것은 그들이 백인이기 때
문이다. 바꾸어 말하면, 이는 흑인들이 단지 피부색 때문에 그러한 특권을
박탈당한다는 뜻이다. 따라서 백인의 특권은 당연히 인종차별주의의 한 형
태다. 여기에는 무의식적인 차원도 수반된다. 백인들은 자신들의 특권을 당
연한 것으로 여기고 자연스럽게 일상의 일부로 받아들인다는 점에서 그렇

다.[Essed 205] 백인의 특권이 갖는 무의식적 본성을 백인들 스스로 발견하기란 실로 어려운 일이다. 물론 그것을 인식하고 문제화하는 일은 더더욱 어려울 것이다.

예컨대, 인종과 인종차별주의 문제에 관해 수업 시간에 집단토론을 진행해 보면, 선의를 가진 착한 백인 학생들이 적지 않다는 사실을 알 수 있다. 그들은 이렇게 말하고는 한다. "저는 정말로 다른 사람들의 인종을 신경 쓰지 않아요. 인종에 대해서는 거의 생각조차 안 하고요." 나는 학생들이 진지하게 토론에 임했으며, 대부분 진실을 말했으리라고 믿어 의심치 않는다. 그러나 여기서 학생들은 핵심을 놓치고 있다. 나는 답변 대신에 다시 질문을 던진다. "만약에 여러분이 흑인이라고 가정해 봐요. 여러분이 흑인이라면, 다른 사람들의 인종을 신경 쓰고 인종이라는 문제를 생각하느라 많은 시간을 보내게 될 것 같지 않나요?" 적어도 지금까지는 이 질문을 던진 뒤 원하던 답변을 얻어 내지 못한 적이 없다. 학생들의 대답은 어김없이 "네"였다. 그렇다. 학생들 역시 자신이 흑인이라면 다른 사람들의 인종을 의식하게 될 뿐 아니라, 마음속에서 종종 떠오르는 인종에 관한 여러 생각들을 떨치지 못할 것이다. 나는 학생들의 머릿속이 불을 밝히듯 환해지는 것을 느꼈다. 인종을 의식하거나 생각할 필요가 없다는 것만으로도 얼마나 대단한 호사인지 학생들도 깨달은 것이다. 다른 사람들의 인종을 신경 쓰거나 인종 문제를 생각할 필요가 없다는 것 또한 백인의 특권이다. 반대로 흑인들은 주변에 흑인들만 있는 경우를 제외하면 항상 다른 사람들의 인종을 의식해야 할뿐더러, 흔히 접하는 일상적인 경험이라도 거기에 인종차별적 함의가 숨겨져 있는 것은 아닌지 매번 생각해야 한다. 흑인들은 "자신이 어떤 위치에 있든, 어느 정도의 명망을 누리고 있든지 간에 … 멀지 않은 곳에 인종차별적 의도가 다분한 배척, 제약, 모욕이 도사리고 있다는 것"[Bell, "Racial Realism" 306]을 알기 때문이다.

그렇다면 특권을 지닌 백인들이 할 수 있는 일은 도대체 무엇이란 말인가? 스테퍼니 와일드먼Stephanie M. Wildman이 말하듯이, "'단지 특권을 포기하는 것'은 누가 봐도 불가능하다."(180) 백인의 특권은 미국문화의 모든 영역에 걸쳐 굳건히 자리 잡고 있으며, 백인들 대다수가 자신의 특권 전반을 인식하지 못하는 한, 모든 백인은 스스로 원하든 원치 않든 특권에 따른 이득을 얻게 될 것이다.

그러나 적게나마 백인의 특권을 포기하는 한 가지 방법은 인종이란 게 별문제가 되지 않는다는 식의 태도를 더 이상 취하지 않는 것이다. 인종을 더 이상 문제 삼는 일이 없기를 우리 모두가 염원한다고 해도 말이다. 인종 문제가 사람들의 일상, 학교 교실, 정부 기관 등에 깊숙이 스며들어 있다는 사실을 모른 척하지만 않아도, 우리는 백인의 특권이 어떻게 작동하고 있는지 더욱 분명히 인식하게 될 것이다. … 우리는 교실에서든 일터에서든 만남에서든 어디에서나 이에 대해 토론해야 한다. …[그렇게 해야만 비로소] 보이지 않는 특권 체제를 해체하는 첫걸음을 내디딜 수 있기 때문이다. (180)

그러나 아이러니하게도, "특권을 가진 우리들의 차별하지 않으려는 마음이 너무도 진지한 나머지 우리는 우리 자신의 행동을 특권화하기에 이른다. 그 행동을 비판적으로 검토하지 못하기 때문이다. 그런데 비판적 검토가 없다면 특권 체제는 다시 되풀이될 것이고 배제의 사이클은 계속될 것이다."(Wildman 179) 다시 말해, 백인들은 인종차별주의에 진심으로 반대한다고 해서 자신들이 인종차별적 행동을 할 리가 없다고 생각해서는 안 된다. 의도하지 않았다 해도 무의식적으로 그렇게 행동할 수 있기 때문이다. 인종차별주의가 깊이 뿌리박힌 사회에서 자랐다는 점을 고려한다면, 인종차별을 하지 않는 것 자체가 거의 불가능한 일이다.

② 자유주의의 문제

인종적 정의를 구현하려는 노력은 중요하다. 그러나 그에 필요한 조치들은 너무도 부족하고 그 진행 속도도 더디기 짝이 없다. 다수의 비판적 인종 이론 연구자들은 이 점을 **자유주의 문제**의 일부로 파악한다. 물론 피억압 계층에게만 이익이 된다는 이유로 변화 일반에 반대하는 보수주의 정치보다는 자유주의가 나을 것이다. 하지만 그럼에도 인종 문제에 관한 한 자유주의는 너무도 온건하고 절충적이며 신중하다. 소소한 조치들로 변화를 시도해 봐야 별 효력이 없다. 미국의 인종적 정의를 구현하는 데 필요한 변화는 몇 가지 조치들만으로 이루어질 수 있을 성질의 것이 아니기 때문이다. "작은 개선 정도는 체제 안으로 함몰될 뿐이므로 … 결국 바뀌는 것은 없다."(Delgado & Stefancic 57)

예를 들어, 앞에서 언급한 '브라운 대 토피카 교육위원회 재판'(1954)은 공립학교에서의 인종분리가 위헌이라는 연방대법원의 판결을 이끌어 냈다는 점에서 분명 커다란 진전인 것처럼 보인다. 이 판결은 국가 전체에 엄청난 충격을 몰고 왔다. 실망하는 사람들도 있었지만, 환호하는 미국인들도 많았다. 그러나 연방대법원의 판결은 해결책이 되지 못했다. 오늘날에도 상당수의 공립학교에서 인종분리 교육을 확인할 수 있기 때문이다. 과거와 다른 점이 있다면, 지금은 법이 아닌 가난 때문에 인종분리가 이루어진다는 것이다. 도시 빈민가에서 살고 있는 아이들의 대부분은 아프리카계 미국인이나 라틴계 미국인이다. 반면 교외의 부촌에서 살고 있는 아이들의 대부분은 백인이다. 아이들은 자기가 살고 있는 지역 내 학교에 다니기 때문에,[7] 결국 각 공립학교마다 학생들은 전부 백인 아니면 전부 유색인으로

---

[7] 1971년 대법원은 공립학교에 다니는 아프리카계 미국인 학생들이 통학 버스로 백인 거주지역의 학교에 다닐 수 있도록 법정 명령을 내려 공립학교의 인종차별 철폐를 이끌었다. 1999년,

채워지는 경우가 많아지는 것이다. 게다가 공립학교가 지역의 세금으로 운영된다는 점을 감안하면, 가난한 지역의 유색인들이 다니는 학교에 지원되는 예산은 턱없이 부족할 수밖에 없다.

이 같은 관점에서 보면, '브라운 대 토피카 교육위원회 재판'은 미미한 성과일 뿐만 아니라 잘못된 방향의 조처라고 보아야 할 것이다. 대부분의 자유주의자들은 이 판결이 인종분리 교육과 관련된 그간의 문제들을 해결했다고 보고, 다른 국가적 사안들을 이야기하기 시작했다.(Delgado & Stefancic 24) 하지만 이런 식의 '해결책'은, 이를테면 의료계의 엉터리 진료에 비견될 만한 것이다. 별 효능도 없는 약을 처방할 뿐 아니라 치료가 잘 되었다고 환자를 설득시켜서 결과적으로 환자가 실질적인 의학적 도움을 받을 수 없게 방해하는 이른바 '돌팔이' 의사의 진료 말이다.

또한 비판적 인종 이론은 미국헌법이 '인종차별적이지 않으며colorblind' 인종의 관점에서 볼 때 중립적이라고 판단하는 일부 자유주의적 입장에도 반대한다. 오늘날 우리는 모든 이에게 공평한 기회가 주어져야 한다는 당위가 헌법을 비롯한 여러 법률로 보장된다는 사실을 알고 있다. 그러나 이 사실 자체만으로는 그러한 기회를 실제로 모든 사람에게 부여하려는 노력이나 활동들을 뒷받침하지 못한다. 대부분이 알다시피, 주거 및 고용과 관련된 인종차별은 분명 불법인데도 여전히 빈번하게 발생한다.(Delgado & Stefancic 21-23) 유색인이 집을 알아보러 오면, 백인 임대주는 남아 있는 집이 전혀 없다거나 막 임대되었다거나 팔렸다고 정중하게 말해 주기만 하면 된다. 유

이 판결은 파기되었다. 통학 버스가 필요하지 않으며, 인종차별 철폐가 이루어졌다는 것이 그 근거였다. 2013년 더 이상 필요치 않다는 이유로 반차별적 유권자 보호 정책을 철폐한 대법원 판결과 관련하여 고故 루스 베이더 긴즈버그 대법원 판사가 했던 말은 통학 버스 철폐를 결정한 1999년 판결에도 적용된다. "본인이 비를 맞지 않았다는 이유로 폭풍우가 쏟아지는데 우산을 내동댕이치는 것과 같다."(33)

색인이 입사 지원서를 내면, 백인 고용주는 그 자리에 다른 지원자를 채용하기로 했다거나 빈자리가 생기면 연락을 줄 테니 전화번호를 남겨 달라고 말하기만 하면 된다. 이런 꼼수가 설득력 있게 들리기도 하지만, 대부분은 그렇지 않다. 그러나 이 경우에도 유색인 피해자들이 부당함에 항의하기란 쉽지 않다. 변호사를 구하고 소송을 제기하려면 적지 않은 시간과 돈이 필요하거니와, 재판이 성사되더라도 임대주나 고용주에게 인종차별의 의도가 있었음을 변호사가 입증하지 못하면 승소를 거두기 어렵기 때문이다. 집이나 일자리를 구하면서 이런 과정을 감당할 수 있을 만큼 재정적으로 또는 정신적으로 여유가 있는 사람이 얼마나 되겠는가? 델가도와 스테판치치는 "그러한 관행들을 변화시키려는, 유색인들의 입장을 반영한 과감하고 적극적인 노력만이 고통스러운 상황을 개선하는 데 도움이 될 것"[22]이라고 주장한다. 그들은 이와 관련하여 동료 가운데 한 사람이 제안했다는 하나의 전략을 소개한다. "새로운 법이 입안되면 사회는 '밑바닥을 살펴' 보아야 한다. 그 법이 이 사회에서 가장 가난한 집단의 고통을 경감시킨다고 판단되지 않으면, 또는 더욱 악화시킨다고 판단되면, 우리는 그 법을 거부해야 한다."[같은 곳]

이처럼 고전적 자유주의는 그 지나친 신중함 때문에, 인종적 정의를 향한 의미 있는 진전을 기대하는 비판적 인종 이론 연구자들에게 여전히 문젯거리로 남아 있다. 그러나 최근 들어 더욱 커다란 걸림돌이 되는 것은 다름 아닌 보수주의다.

마틴 루터 킹의 발언들까지 끌어들이며 노골적으로 준동하는 보수주의는 복지와 사회적 약자 우대정책affirmative action(차별 철폐 조치), 그리고 가난한 사람들과 소수자들에게 필요한 기타 프로그램들에 거의 도움이 되지 않는다. 보수주의는 국경에 병력을 배치하라고 요구할 뿐 아니라, 외국어에 능통한 노동자들을 필요로 하는 업무에서도 모든 사람이 영어만을 사용해야 한다고 주장한다. 이런 점들 때문에 일부 비판적 인종 이론 연구자들은 자유주의와 그 폐해에 대한 고민을 접고, 대신 보수주의의 최근 동향에 초점을 맞추기 시작했다. (Delgado & Stefancic 24-25)

실제로 보수주의는 급속도로 극단적인 극우주의로 바뀌고 있다. 극우주의자들은 유색인종 유권자의 투표권을 박탈하고 공립학교에서 미국의 인종적 역사를 올바르게 가르치지 못하도록 온갖 노력을 기울이고 있다. 그에 따라, 인종적 정의를 증진하는 노력은 고사하고 이룩해 놓은 인종적 정의를 유지하는 것만도 힘이 벅찰 지경이 되었다.

③ 인종적 현실주의

비판적 인종 이론을 논의하면서 우리가 지금까지 살펴본 문제나 쟁점, 개념들 가운데 상당수는 이른바 **인종적 이상주의**racial idealism에 대한 믿음을 바탕으로 삼고 있다. 인종적 이상주의란 교육, 인종차별적 발언을 예방하는 학내 내규 제정, 소수자 집단에 대한 매체의 긍정적 표상(Delgado & Stefancic 20), 관련 법률 집행(Bell, "Racial Realism" 308) 등의 수단으로 사람들의 (대개 무의식적으로 작용하는) 인종차별적 태도를 변화시킴으로써 인종평등을 달성할 수 있다고 보는 입장이다. 간단히 말해, 인종 문제를 대하는 사람들의 태도가 사회에 의해 구성된다는 전제 아래, 사회를 변화시킴으로써 태도를 재구성할 수 있다고 보는 관점이 인종적 이상주의이다. 인종 관련 쟁점들에 관한 한, 그리고 인종평등이 현실화되길 바라는 한, 미국인들 다수는 백인이든 흑인이든 이 같은 관점을 받아들이고 있다. 하지만 지금 소개하려는 **인종적 현실주의**racial realism는 그러한 관점과 정면으로 배치된다. 인종적 현실주의란 미국에서는 인종평등이 이루어질 수 없으며, 아프리카계 미국인들은 인종평등에 대한 기대를 버려야 한다고 보는 입장이다. 대부분의 독자들은 방금 이 문장을 읽고 아마 놀라움을 금치 못했을 것이다. 일단 사태 인식 자체가 너무 비관적이고 비논리적일 뿐 아니라, 문제 해결에 도움을 주기는커녕 오히려 문제를 키우기 때문이다. 하지만 이것으로 인종적 현실주의를 미리 단정하지는 말고 관련 주장들을 좀 더 살펴보자.

인종적 현실주의라는 용어와 그 기본 원리는 데릭 벨의 글 〈인종 현실주의〉에 기반을 두고 있다. 앞서 여러 차례 언급한 바 있는 데릭 벨은 하버드대와 뉴욕대 로스쿨에서 교수로 재직했던 인물로, 그전에는 인권변호사로 널리 이름을 날렸다. 특히, 그는 비판적 인종 이론의 토대를 닦고 이를 운동의 차원으로 끌어올린 인물이기도 하다. 그런 점에서 〈인종 현실주의〉는 벨의 오랜 경험과 헌신이 집약된 글이라고 할 수 있다. 벨에 따르면, "흑인들은 결코 평등한 존재로 받아들여지지 않을 거라는 내 예측에 전혀 놀랄 이유가 없다. 그러한 지위는 300년이 넘도록 우리에게 주어지지 않았다. 현재 대부분의 흑인들이 처해 있는 상황이 이를 말해 준다."[306] 사망자 수, 실업, 가난, 직업상 차별 등을 비롯한 기타 유사한 통계나 지표에서 아프리카계 미국인이 차지하는 비율은 어떤 신뢰할 만한 자료를 보더라도 백인에 비해 엄청나게 높다. 그럼에도 과거나 지금이나 이 같은 "충격적인 격차는 … 정책입안자들에게나 사회 전반에 거의 영향을 끼치지 못한다."[같은 쪽] 실제로, "시민권을 옹호하는 사람들은" 역사 자체를 "살펴보고 평등이론의 효용성에 의문을 제기해야 한다. 결국 헌법 입안자들이 '헌법수정조항 제5조'^{개인의 생명과 자유, 그리고 재산을 법적으로 보장한다는 내용이 담겨 있다.} 를 통해, 노예가 된 아프리카인들을 처음부터 재산의 범주에 넣어 보호하는 쪽을 선택한 것은 명백한 사실이다."[307] 헌법수정조항 제5조는 정당한 법적 절차 없이 백인의 생명과 자유, 또는 **재산을** 빼앗을 수 없다고 명시하고 있다. 더 나아가, "인종평등에만 몰두해 온 사람들은 '남북전쟁 수정안'^{헌법 수정조항 제13~15조를 일컫는 용어. 노예제를 폐지하고 흑인에게도 시민권과 투표권을 부여한다는 내용이 담겨 있다.} 에 담긴 정치적 동기들을 간과해 왔다. 그 개정안은 철저하게 자기 이익에 기반한 것이다. 말하자면, 정치적 요구가 달라질 경우에는 과거의 노예들에 대한 보호 조치가 해제될 가능성도 얼마든지 존재하는 것이다."(같은 곳)

여기서 벨이 언급하는 여러 차례의 헌법 수정은 남북전쟁 이후 이루어진 것으로서, 남부에 제재를 가하고 북부의 예비 정치인들에게 흑인들의 지지를 보장해 주려는 데 주목적이 있었다. 이를테면, 노예해방 조치는 전쟁이 종결되기 2년 전인 1863년에 단행되어 오직 북부 연합에서 탈퇴한 주들(노예제를 허용하나 연합에 남아 있던 5개 주는 영향을 받지 않았다)에만 적용되었는데, 이는 흑인들이 북부의 정치인들에게만 표를 줄 것이라는 믿음이 있었기에 가능한 것이었다. 남북전쟁이 끝난 직후 남부에서 10여 년간 이어진 '재건 시대' 내내 북부의 정치인들과 군대가 줄곧 남부에 머물렀던 까닭은 다른 무엇보다도 해방된 노예들을 남부의 백인들로부터 보호하기 위해서였다. 그러나 대통령선거에 나선 북부의 후보자가 의회에서 남부 백인들의 정치적 지원을 필요로 하게 되자마자 상황은 뒤바뀐다.

논란이 되었던 대통령선거 미국의 19대 대통령선거에서 공화당의 러더퍼드 헤이스는 총득표수에서 민주당의 새뮤얼 틸던에게 뒤졌지만, 선거인단 득표수에서 1표 차이로 대통령에 당선되었다. 하지만 이는 투표 결과가 제대로 확인되지 않은 일부 주의 선거인단 수를 오랜 논란 끝에 공화당이 모두 가져간 데 따른 결과였다. 민주당 지지자들은 선거 결과에 거세게 반발했다. 를 마무리하고 공화당 후보 러더퍼드 헤이스의 당선을 확정짓고 싶었던 북부는 그때부터 이미 흑인들에게 불이익을 가져올 어떤 타협안을 준비하고 있었다. 다른 무엇보다도 [1877년의 헤이스-틸던 타협으로] … 남부에서 연방군이 철수할 것과 남부의 '정치적 사안들'에 개입하지 않을 것을 약속한 것이다. (Bell, "Racial Realism" 312, n. 28)

이 같은 연방 정책의 변화란 결국 해방된 남부 흑인들을 백인들, 그러니까 흑인을 증오하고 두려워하는 사람들의 손에 다시 맡긴다는 것을 의미했다. 린치를 동반한 학살, (참정권을 포함한) 흑인들의 권리 박탈, 굴욕적인 인종분리 법률들, 그리고 뒤이은 인종차별로 인한 빈곤의 심화…. 우리는 이런 것들이 무엇을 의미하는지 알고 있다.

물론, 이처럼 공식적으로는 미국의 흑인들을 도우려는 의도에서 만들어진 법률들이 결과적으로 백인들의 권력구조에 이바지하게 되는 것은 비단 과거에 국한된 일만은 아니다. 벨은 이러한 경우가 체계의 문제, 특히 법의 형식에 내재된 본질에서 비롯되는 문제라고 본다. 말하자면, 이 같은 문제는 법조문에 사용된 추상적 언어로 모든 시민을 중립적으로(공평하게, 편견 없이) 포괄할 수 있다고 상정하기 때문에 나타난다는 것이다. 법조문의 추상적 언어는 특히 그것을 집행하는 판사들에게 해석의 여지를 남겨 둔다는 점에서 문제가 된다. 판사들은 '중립적인' 판결의 배후에 판사 개인의 가치판단을 감추려는 의도로 법조문의 추상적 언어를 활용하는 경향이 있기 때문이다. 그들의 가치판단은 백인이 지배하는 권력구조의 손을 들어 주는 경우가 대부분이다.

벨이 대표적인 사례로 인용하는 것이 '캘리포니아대학교 이사회 대 배키 재판Regents of the University of California v. Bakke'(1978)이다. 앨런 배키라는 백인 남성은 캘리포니아대학교 의과대학에 두 차례 지원한 뒤 모두 불합격하자 학교를 상대로 소송을 제기했다. 자신보다 점수가 낮은 소수인종 지원자들이 합격한 반면에 자신은 불합격했다는 것이다. 이때 배키가 문제 삼은 것은 사회적 약자 우대정책이었다. 일정한 자격을 갖춘 소수인종 지원자들의 대학 진학을 보장하려는 목적으로 시행된 정책이 도리어 자신을 백인이라는 이유로 차별하는 데 쓰였다는 것이다. 이에 대해 법원은 평등 개념을 추상적으로 적용함으로써, 그리고 "어떤 인종이 실제로 권력을 소유하고 이득을 누리는지, 어떤 인종이 그동안 대학에 입학하지 못하고 입학을 거부당해 왔는지 등의 사회적 문제들을 무시함으로써, 사회적 약자 우대정책에 따라 인종에 근거하여 백인 지원자들을 불합격시켜서는 안 된다고 보았다."[304]

이 판결은 애초에 사회적 약자 우대정책으로 보호하고자 했던 평등과 관련된 현실적인 문제들을 회피한 채, 평등 개념에 대한 추상적 이해를 바탕으로 내린 결정이라는 점에서 중대한 사건으로 기록되었다. 벨에 따르면, "이 판결에서 명확히 알 수 있는 것처럼, 백인의 인종적 특권은 시민권과 관련된 재판이 열릴 때마다 공통적으로 언급되어 온 근거였으며, 이는 갈수록 보수화되고 있는 연방대법원의 판결에서 더욱 두드러진다."(같은 곳)

실제로 클래런스 토머스를 연방대법원 대법관 클래런스 토머스Clarence Thomas는 아프리카계 미국인 가운데 역대 두 번째로 대법관이 된 인물로서, 보수적 성향의 판결로 유명하다. 으로 임명한 것에 대해, 벨은 "특히 고약한" 일이라고 보았다. "클래런스 토머스 같은 흑인을 선택한 것은 주인의 관점을 자진해서 받아들이고 명령에 기꺼이 복종하려는 노예들, 즉 그들 스스로 자신들에 대한 억압에 타당성을 부여하고 거기에 동조함으로써 결국 그 억압을 승인하게 되는 노예들에게 그나마 혜택을 주는 노예주들의 행동을 그대로 복제한 것이기 때문이다."(같은 곳) 불행하게도, 대법원이 보수주의로 기운다는 벨 교수의 예측은 정확했다. 1965년 미 의회는 유권자 투표 억제에 제동을 걸고 미국 유색인들을 보호하기 위해 1965년 투표권법을 통과시켰다. 그런데 2013년 대법원은 이 법을 폐기한다. 대법원은 법 집행 조항들이 헌법에 위배된다고 판결하면서, 이 법률의 근거가 되는 통계자료가 너무 오래된 것이어서 오늘날에 적용될 수 없다는 점을 이유로 들었다. 그런데 이 판결로 인해 유권자 투표를 억제하려는 보수적인 주 의회들의 시도가 기하급수로 증가했다.

이 같은 이유로 벨은 미국의 흑인들에게 "법, 더 나아가 법정을, 현 상황을 유지한 채 그저 가끔씩, 예측할 수 없는 방식으로 억압받는 사람들에게 피난처를 제공하는 도구로 생각"(302)하라고 촉구한다. 흑인들은 "인종평등의 원칙을 … 요구하고 … 자신들의 목소리와 분노를 더욱 강력히 표출해야 한다"(같은 곳)는 것이다. 벨은 이렇게 말한다.

　　분명 미국의 흑인들에게는 현실적인 문제들이 존재한다. 하지만 그런 것들은 통합을 향한 낭만적 열정을 보인다고 해서 해결할 수 있는 문제들은 아니다. 오랫동안 추구해 왔던 법 앞에서의 평등이라는 목표를 되새긴다고 해서 해결할 수 있는 문제들도 확실히 아니다. 우리가 인종차별주의에 맞서 투쟁해야 하는 것은 분명하지만, 흑인들의 권리에 대한 침해는 계속될 것이고 상황은 지금보다도 나빠질 것이다. 우리가 견지해야 할 인종 현실주의는 단지 인종차별주의를 있는 그대로 응시할 수 있는 냉철한 인식과 그러한 인식에 바탕을 둔 역할만을 필요로 한다. 이를 위해 우리는 다음과 같은 사실을 깨달아야 한다. 노예로서 살아야 했던 우리의 선조들이 보여 주었듯, 자유를 얻고자 하는 투쟁의 본질은 억압에 대한 저항 속에서 살아남아 더욱 강인해지는 우리의 인간성을 드러내 보이는 데 있다. 아무리 그러한 억압을 결코 극복할 수 없다고 해도 말이다. [308]

　　그렇기 때문에 벨은 인종평등이란 것을 마치 욕심을 내 볼 만한 '상賞'이라도 되는 양 생각해서는 안 된다고 본다. 받아야 마땅하지만 결코 받지 못할 어떤 상을 향한 계속된 기대는 "실망과 패배감"(같은 곳)만을 가져다줄 것이기 때문이다. 벨에 따르면, 아이러니하게도 인종평등에 대한 확고한 신념(인종평등은 아직 실현되지 않았고, 과거에도 실현된 적이 없으며, 앞으로도 실현될 수 없는 성질의 것이라는 점에서, 벨은 인종평등을 신념의 문제로 본다)은 계속 싸워 나가야 하는 사람들에게 실제로 일종의 무관심과 도덕적 마비를 불러일으킬 수 있다. 백인들의 권력구조가 언젠가는 해체되리라는 환상을 버리고 현실을 직시함으로써, 그리고 이를 바탕으로 모든 형식의 인종차별주의에 맞서 끊임없이 투쟁함으로써 이루어 낸 인간성 강화와 도덕적 "승리"(309), 그것이야말로 벨이 생각하는 '상'이다.

　　지금까지 우리는 비판적 인종 이론의 핵심적인 논의들을 살펴보았다.

개인적으로는 비판적 인종 이론과 친숙해지는 데 필요한 부분들을 대부분 다루었다고 생각하지만, 그럼에도 여기서 소개한 내용은 비판적 인종 이론의 극히 일부일 뿐이다. 우리가 논의한 쟁점들과 관련하여 읽어야 할 책들이 아주 많기도 하거니와, 여기서 미처 언급하지 못한 쟁점들도 여전히 많다. 예컨대 흑인 민족주의와 동화주의assimilation의 대립, 인종에 관한 흑/백의 이분법적 시선, 비판적 인종 이론에서 상정하는 수정주의적 역사관의 역할, 무의식적 인종차별주의 등은 이 자리에서 다루지 못했지만 매우 중요한 쟁점들이다. 물론 비판적 인종 이론이 직접적으로 문학 연구에 대해 논의하는 것은 아니다. 그러나 비판적 인종 이론이 문학작품을 해석하는 작업에 함축하는 의미는 상당히 크다. 지금까지 보았다시피, 비판적 인종 이론은 인종 문제를 비롯한 인간관계 전반을 새롭게 이해할 수 있는 다양한 관점을 제공해 주기 때문이다. 인간관계를 이해하고 싶은 열망은 저자들이 글을 쓰고 독자들이 글을 읽는 중요한 이유 가운데 하나일 것이다.

아프리카계 미국인 문학비평과 작품

아프리카계 미국인 문학비평가들은 그동안 다양한 방식으로 아프리카계 미국인 문학 고유의 독특한 특징을 설명하고자 노력해 왔다. 그 원천을 아프리카적인 것에서 찾든 유럽적인 것이나 미국적인 것에서 찾든, 그들은 특히 아프리카계 미국인들의 문학적 전통이라고 일컬어지는 독자적인 특징이 구체적으로 어떤 것인지를 해명하는 데 많은 노력을 기울였다. 비평가들이 대체로 동의하는 부분은, 그동안 아프리카계 미국인 문학에서 다루어진 다양한 주제들 가운데서도 거듭 되풀이되는 역사적 · 사회학적 차원의 주제들이 있으며, 그런 주제들은 모두 미국 흑인들의 경험이 갖는 정치성(정치적·사회적·경제적 권력에 관한 현실)을 반영한다는 점이다.

　이러한 주제들로는 아프리카인들의 과거 복원, '미들 패시지'의 공포에서 살아남은 기억, 노예 시절의 고된 시련을 딛고 살아남은 경험, 노예제를 비롯한 온갖 종류의 억압에서 자유로워지려는 의지, 읽고 쓰는 법을 배우려는 노력, 남북전쟁과 전후 재건 시대를 관통해 온 아프리카계 미국인들의 경험, 인종분리 정책이 시행되던 남부에서의 삶, 인종차별적 사회에서 살아가는 물라토들의 문제와 갈등, 생존을 위협하는 경제적 어려움, 북부로의 이주 및 그 과정에서 나타난 도시화와 소외, 내면의 이중의식을 화해시키려는 노력 등과 관련된 주제들, 개인과 집단의 생존에 종교가 수행하는 역할, 문화적 유산의 중요성, 가족과 공동체의 중요성 등이 있다. 이 모든 주제를 관통하는 핵심 주제는 인종차별주의이다. 그중에는 내면화된 인종주의, 인종 내 인종차별주의, 그리고 마지막으로 인종차별주의, 계급차별주의, 성차별주의 등이 한데 결합되어 가해지는 억압 등이 있다.

　이러한 주제들이 암시하듯이 아프리카계 미국인 문학의 목적은 아프리카계 미국인들에 대한 고정관념을 바로잡는 것, 미국 역사에서 잘못된 내용으로 이해되고 있는 아프리카계 미국인에 관한 서술을 바로잡고 아예 다루어지지 않는 인물은 새롭게 평가하고 조명하는 것, 아프리카계 미국인들의 문화와 경험, 성취를 찬양하는 것 등이다. 특히 이런 주제들의 대부분은 등장인물들이 삶에 부정적 영향을 끼쳤던 경험을 이겨 내고 긍정적 경험을 찾아 나서는 내용과 결부되어 있음을 짐작할 수 있다. 아프리카계 미국인들이 고된 현실 속에서도 영혼을 간직하며 풍부한 잠재력과 인간성을 드러내는 모습은 아프리카계 미국인들의 글에서 자주 찬양되는 가치다. 물론, 아프리카계 미국인 문학의 암묵적인 목적은 모든 형태의 인종차별주의가 작동하는 방식을 찾아내는 것이다. 그러나, 20세기 중반까지도 흑인 작가들은 인종차별주의라는 주제를 아주 조심스럽게 다루거나 일종의 암호처럼 처리해야 했다. 그래야만 백인 편집자들과 독자들에게 받아들여질 수 있었기 때문이다. 다시 말해, 흑인 작가들은 인종차별주의의 해악을 간접적으로, 즉 흑인 독자들이나 흑인들에 동조하는 백인들은 알아볼 수 있으나, 흑인들에게 호의적이지 않은 백인들은 쉽게 눈치챌 수 없는 교묘한 방식으로 표상해 왔다. 찰스 워델 체스넛Charles Waddell Chesnutt의 〈불쌍한 샌디 Po'Sandy〉(1899)는 그러한 전략이 가장 두드러지는 작품이다. 이 작품은 이른바 '믿어지지 않는 이야기tall tale' 장르를 활용하여 노예제의 참상에 대한 묘사를 독자들에게 조심스럽게 전달한다. 실제로, 체스넛이 인종차별주의를 좀 더 직접적으로 묘사하기 시작한 뒤로는 작품을 출판하겠다는 출판사를 찾을 수 없었다고 한다.

시학 또는 문체적 요소라는 측면에서 보자면, 아프리카계 미국인들의 문학적 전통은 다른 무엇보다도 두드러지는 두 가지 특징이 있다. 하나는 구술성이고, 다른 하나는 민속 모티프다. **구술성**orality, 곧 언어의 발화와 관련된 특성은 독자들에게 실제 인간의 육성을 듣는 듯한 느낌을 부여함으로써 문학작품에 인간 존재의 직접성과 현장감을 불어넣는다. 아프리카계 미국인 문학에서 구술성을 구현하는 방법은 주로 흑인 토착 영어를 사용하거나 흑인들의 발화에 깃든 리듬을 모방(이를테면, 중요한 구절을 반복하거나, 교회 설교 또는 블루스·랩·재즈 같은 음악을 연상시키는 장치들을 활용해 다양한 목소리를 번갈아 가며 구사하는 것)하는 것이다. 앞서 언급한 랭스턴 휴스의 작품들이 바로 이 같은 구술성으로 유명하다. 소니아 산체스Sonia Sanchez와 니키 지오바니Nikki Giovanni 역시 구술성을 잘 활용한 시인들이다. 소설 가운데는 토니 모리슨의 《가장 파란 눈》(1970)이 구술성을 탁월하게 구현한 작품으로 꼽힌다. 모리슨은 이 소설에서 맥티어 아줌마, 폴린 브리드러브, 미스 마리 등의 목소리를 재현 가능한 범위 안에서 가장 '잘 들릴 수 있는' 방식으로 담아냈다.

민속 모티프를 활용하면 광범위한 인물유형과 민속 활동을 작품에 등장시킬 수 있으며, 이는 아프리카인들 및 아프리카계 미국인들의 과거가 현재와 단절되지 않고 이어져 있다는 느낌을 가져다준다. 민속 모티프와 연관된 인물유형으로는 마을의 치유자, 마술사, 여성 최고지도자, 마을의 이야기꾼, 속임수꾼(트릭스터), 종교 지도자, 민중의 영웅 등이 있다. 민속 모티프와 연관된 민속 활동으로는 노동요·성가·블루스 부르기, 공동체를 유지하고 과거와의 연속성을 강화하려는 목적의 민속적·종교적 의례에 참여하기, 개인과 집단의 역사를 연결시키고 전통적 지혜를 물려주는 데 필요한 이야기 들려주기, 퀼트 짜기·가구 만들기·전통 음식 준비 등의 민속 공예와 기능 물려주기, 이름 짓기(애완동물의 이름, 별명, 온전히 호명하지 않거나 나쁘게 부르는 이름까지)의 중요성 강조하기 등이 있다.

아프리카계 미국인들의 문학적 전통을 분석하려는 시도 가운데 가장 널리 알려진 것은 헨리 루이스 게이츠의 《말놀이하는 원숭이The Signifying Monkey》와 휴스턴 A. 베이커Houston A. Baker의 《블루스, 이데올로기, 아프리카계 미국인 문학Blues, Ideology, and Afro-American Literature》이다. 게이츠는 아프리카계 미국인 문학사를 문학 텍스트들의 관계사라는 측면에서 재구성한다. 게이츠에 따르면, 흑인이 쓴 텍스트들은 서로 '대화를 나눈다'. 이를테면, 텍스트들끼리 서로의 문학적 장치들을 흉내 내고 고치며 패러디한다는 것이다. 그런데 이는 흑인들이 이른바 말놀이signifying라고 하는 특유의 민속 활동에 참여하면서 서로 대화를 즐기는 것과 동일한 방식이다.

게이츠는 '말놀이'를 'signifyin(g)'이라고 표기하는데, 이는 낱말들이 사람들 사이에서 실제로 발음되는 방식을 강조하고 이 용어의 다른 정의

이를테면 'signifying'이라고만 쓰면 소쉬르의 용어를 연상시키기 쉽다. 와 구별하려는 의도에 따른 것이다. '말놀이'는 다른 사람에 대한 자신의 견해를 간접적이고 아이러니하게, 재치와 장난기를 섞어 가며 표현하는 유희다. 가령, 모욕하기, 거만한 태도를 꺾어 버리기, 칭

찬하기 등이 있다. 이때 자신이 말하고자 하는 진짜 의미를 확연히 드러내
서는 안 된다.

　간단한 예를 들어 보자. 냉장고에 아이스크림을 넣어 둘 때마다 룸메이
트가 모두 먹어 치우는 것에 대해 룸메이트에게 한마디 하고 싶다면, 룸메
이트가 동석한 자리에서 제3의 인물에게 이런 식으로 말하면 된다. "냉장
고가 고장 났나 봐. 초코칩 민트 아이스크림을 반 통 정도 남기고 냉동실
에 넣어 두면 밤사이에 반의반으로 줄거든." 그러면 그 룸메이트는 이렇
게 대답할 것이다. "그거 내가 먹은 거 아냐." 이에 대해서는 다음과 같이
대꾸할 수 있다. "누가 뭐래? 너한테 말한 거 아니거든! 찔리는 게 있나
봐?" 이 대화는 룸메이트를 두고 말놀이를 벌인 것이라고 할 수 있다. 이
같은 간접적 의사소통 과정을 상징하는 존재로서 게이츠가 제시하는 것이
바로 말놀이하는 원숭이, 즉 아프리카계 미국인 민담에 등장하는 대표적인
속임수꾼이다. 그러면 게이츠의 이론을 문학비평에 어떻게 응용할 수 있는
지 간단히 살펴보자.

　각각 1940년대와 50년대에 등장한 위대한 아프리카계 미국인 작가인
리처드 라이트와 랠프 엘리슨은 흑인의 경험을 어떻게 문학작품에 담아 전
달할 것인지에 대해 서로 의견이 달랐다. 먼저, 라이트는 자연주의자였다.
그는 인종차별적 억압이라는 피할 수 없는 가혹한 현실을 직접적으로 간단
명료하게 재현해야 한다고 생각했다. 인종차별주의의 폐해와 흑인들의 고
통을 최대한 강도 높게 전달하기 위해서는 꾸밈없는 단순한 언어가 필요하
다고 본 것이다. 《토박이Native Son》(1940)나 《깜둥이 소년Black Boy》(1945) 같
은 라이트의 소설들을 보면, 그의 견해가 고스란히 작품을 통해 현실화되
었음을 확인할 수 있다. 반대로, 엘리슨은 모더니스트였다. 그는 인간 경험
의 복잡성과 모호성, 불확실성을 제대로 나타내려면, 복합적인 의미의 층
위를 갖는 다의적이고 은유적인 언어 및 복잡한 서사가 필요하다고 생각했

다. 소설《보이지 않는 인간Invisible Man》(1952)에서 엘리슨은 "반복과 차이를 통해 라이트의 작품에 나타난 문학적 구조들을 패러디함으로써, 라이트를 말놀이 대상으로 삼는다."(Gates, Signifying Monkey 106) 엘리슨은 《보이지 않는 인간》에서 라이트가 사용한 몇몇 핵심 요소들을 뒤집는 방식으로 되풀이함으로써, 라이트의 문학관에 동의하지 않는다는 견해를 교묘하게 간접적으로 드러냈다.

게이츠에 따르면, 예컨대 《토박이》나 《깜둥이 소년》 같은 라이트의 소설은 인종차별이 구체적이고 가시적인 형태로 존재한다는 사실을 제목에서부터 이미 암시한다. 그런데 엘리슨은 《보이지 않는 인간》에서 이 같은 제목들도 말놀이 대상으로 삼는다. 인간man이라는 단어는 "아들son이나 소년boy보다는 더욱 성숙하고 강한 어떤 위상을 암시"(같은 곳)하지만, 엘리슨이 말하는 인간이란 현존하지 않고 부재하는, 즉 '보이지 않는' 인간이다. 이는 흑인들이 백인 중심의 미국에서 역사적으로 어떤 취급을 당해 왔는지 말해 주는 표현이라고 할 수 있다. 흑인들은 마치 보이지 않는 존재처럼 여겨져 왔다는 것이다. 또한, 엘리슨은 라이트의 《토박이》의 주인공인 비거 토머스Bigger Thomas를 두고도 말놀이를 벌인다. 비거는 이름과 달리 '자기 목소리를 잃은voiceless' 인물이다. 그는 자기 자신을 옹호하는 법이 거의 없을 뿐 아니라, 실제로 말하는 장면 자체가 드물다. 그는 행동한다기보다는 자신을 둘러싼 환경에 반응하는 쪽에 더 가깝다. 이에 대한 엘리슨의 대답은 "목소리만 있는" 주인공이다. 엘리슨은 소설의 주인공 이름을 알려 주지 않는다. 그러나 "이야기를 만들고 편집하며 서술하는 인물은 바로 그 자신"(같은 곳)이다.

제목에서 발견되는 현존의 은유와는 달리, 비거의 행동(반응과 반대되는 것)에서 엿보이는 침묵과 무력함은 어떤 부재를 의미한다. 그러나 《보이지 않는 인간》에서는 그것이 역전된다. '보이지 않음'이 뜻하는 부재가 텍스트의 저

자라고 할 만한 화자의 현존으로 말미암아 약화되는 것이다. (같은 곳)

게이츠에 따르면, 엘리슨이 라이트의 작품들을 말놀이 대상으로 삼는 방법은 이 밖에도 아주 많다. 어두운 면을 가차 없이 드러내려는 자연주의적 태도가 흑인들의 경험을 재현하는 데는 적절하지 않다는 견해를 엘리슨은 자기 작품을 통해 말놀이로써 드러내려 한 것이다. 실제로, 게이츠가 분석하는 모든 문학적 말놀이 행위들을 들여다보면, 흑인들의 경험을 재현하는 최적의 방법을 둘러싼 의견 충돌이 비단 라이트와 엘리슨 사이에서만 나타나는 것이 아니라는 사실을 확인할 수 있다. 말하자면, 이 문제에 대해서는 여러 작가들이 다양한 의견을 개진하며 하나의 토론장을 형성하고 있는 셈이다. 이와 관련하여 게이츠가 언급하는 작가들로는 조라 닐 허스턴Zora Neale Hurston, 진 투머Jean Toomer, 폴 로렌스 던바Paul Laurence Dunbar, 이슈메일 리드, 앨리스 워커 등이 있다.

휴스턴 베이커 또한 아프리카계 미국인들의 문학적 전통을 아프리카계 미국인들의 어떤 민속예술과 연관시키려 한다. 바로 블루스이다. 블루스는 단순히 아프리카계 미국인들의 문화적 표현 형식 가운데 하나라고만 이야기할 수 없다. 베이커에 따르면, 블루스는 아프리카계 미국인들의 다른 모든 문화적 표현 형식들에 영향을 끼치는 동시에 그것들로부터 영향을 받으며, 그것들을 반영하는 동시에 스스로 그것들 안에 반영되기 때문이다. 블루스는 하나의 "모체matrix이자 자궁, 관계망… 즉, 끊임없이 투입과 산출이 이루어지는 지점"[3]이며, 그런 점에서 아프리카계 미국인들의 문화 전체를 가리키는 하나의 은유가 되기도 한다. 간단히 말해, 블루스는 문학을 비롯한 매우 다양한 예술 형식들을 통해 매우 다양한 방법으로 '발화'되는 하나의 언어이자 문화적 약호인 것이다. 따라서 블루스는 무엇보다도 아프리카계 미국인들의 관점에서 아프리카계 미국인 문학사로 접근해 들어가는 통로가 될 수 있다. 베이커는 블루스와 아프리카계 미국인 문학 사이의 복합적인 관련성을 다양한 사례들을 들어 보여 주는데, 여기서는 그중 하나만 간단하게 살펴보자.

베이커는 주제 면에서 블루스와 흡사한 구조를 지닌 텍스트들이 아프리카계 미국인 문학사 전반에 걸쳐 나타난다고 주장한다. 그에 따르면, 블루스곡은 대개 두 겹의 주제로 이루어져 있다. 하나는 주로 상실 및 욕망과 결부되어 있는 영적 주제이고, 다른 하나는 대체로 경제적 궁핍으로 인한 절박한 상황과 연관되어 있는 물질적 주제다. 아프리카계 미국인 문학 텍스트들에서 이 같은 이중성은 영적 주제가 텍스트의 전면에 나타나고 물질적 주제가 일종의 하부텍스트로서 구축되어 영적 주제를 이끌어 가는 방식으로 형성된다. 예를 들면, 《올라우다 에퀴아노의 삶: 아프리카인 구스타부스 바사 이야기The Life of Olaudah Equiano, Or Gustavus Vassa, the African. Written by Himself》(1789), 프레더릭 더글러스Frederick Douglass의 《미국 노예, 프레더릭 더글러스의 삶에 관한 이야기Narrative of the Life of Frederick Douglass, An American Slave》(1845), 해리엇 제이콥스의 《린다 브렌트 이야기: 어느 흑인 노예 소녀의 자서전》(1861) 등에서는 '자기 자신을 찾아 영혼의 각성을 이루려는 여행'이라는 공통된 영적 주제가 나타난다. 여기서 중요하게 부각되는 것은 이 여행이 자유를 찾아 나서는 여행이라는 점이다. 그런데 이 텍스트들은 그 이면에 숨겨진 맥락, 곧 하부텍스트의 측면에서도 서로 비슷하다. 각 주인공의 영적 편력을 가능케 하거나 좌절시키는 경제적 현실이 바로 그것이다. 경제적 현실이라는 하부텍스트는 영적 주제 아래 자리 잡은 채로 조용히 영적 주제와 경쟁한다. 이 텍스트들의 주인공인 에퀴아노와 더글러스, 그리고 린다 브렌트는 영혼의 지향점으로서 자유를 추구한다는 점에서 서로 닮았지만, 자유를 얻기 위해서는 어떻게든 돈을 버는 방법을 찾아야 한다는 점에서도 서로 닮아 있다.

　물론, 아프리카계 미국인이 쓴 모든 텍스트의 경제적 하부텍스트가 노예 상태에서 탈출하거나 스스로 값을 치러 벗어나려는 흑인들의 재정적 필요의 문제와 결부되어 있는 것은 아니다. 그럼에도 베이커는 아프리카계 미국인 문학의 "경제적 토대"(39)가 바로 "노예제 경제"(13)라고 주장한다. 미국의 흑인들에 대한 경제적 억압이야말로 노예제의 유산이며, 경제적 억압 자체가 하나의 구속 형식이라는 것이다. 베이커의 계획은 아프리카계 미국인 문학사에서 어떤 형식으로든 블루스가 연주되는 순간, 즉 "등장인물, 주인공, 자전적 화자, 문학비평가 등이 완강한 '노예제 경제'와 성공적으로 교섭하면서 얻어진 즉흥적이면서도 품위 있는 표현이 공감을 불러일으키는 순간"(13)을 기록하는 것이다. 이러한 순간은 동시대의 문학작품에서도 찾아볼 수 있다. 이를테면,《빌러비드》에서 베이비 석스는 정서적 박탈감에 시달리는 노예 출신 흑인들을 다독이고자, 마치 블루스의 즉흥연주 방식을 따르듯 그들에게 마음껏 웃도록, 동시에 마음껏 울도록 격려한다.

　한편, 아프리카계 미국인 여성들의 글쓰기에 관한 연구 또한 그들의 독자적인 문학적 전통의 윤곽을 그릴 수 있을 만큼 상당한 성과가 축적되었다는 사실을 기억해 두자. 아프리카계 미국인 여성들의 글은 한동안 아프리카계 미국인 문학 정전에서 완전히 배제되거나 주변적 위치에 머물러 있어야 했다. 백인 위주의 문학계뿐 아니라 흑인 남성 작가들까지 그들의 글을 외면했기 때문이다. 게다가 백인 저자들의 작품과 흑인 남성 저자들의 작품은 대개 아프리카계 미국인 여성들을 비중이 낮은 등장인물로 처리하거나 천편일률적인 고정관념에 따라 재현했다는 점에서 서로 비슷하다. 그렇기 때문에 흑인 여성 작가들은 흑인 여성들의 복잡성과 깊이를 온전히 진실하게 묘사하는 데 줄곧 관심을 가져 왔다. 메리 헬렌 워싱턴Mary Helen Washington에 따르면, "흑인 여성 작가들이 주로 몰두해 온 문제들 가운데 하나는 바로 흑인 여성 그 자체다. 흑인 여성의 열망과 갈등, 남편 및 자녀들

과의 관계, 흑인 여성의 창조성…."(Black-Eyed Susan x)

워싱턴의 말에서 핵심어는 **관계**|relationship이다. 4장 〈페미니즘 비평〉에서 본 대로, 흑인 여성들은 자신들을 둘러싼 관계에서 비롯된 두 가지 대립되는 요구 사이에서 협상을 벌여야 한다. 두 가지 요구 가운데 하나는 인종차별적 억압에 맞서고자 흑인 남성들과 연대해야 한다는 흑인 공동체의 일원으로서의 요구이고, 다른 하나는 성차별적 억압에 맞서 저항해야 한다는 인종을 막론한 여성으로서의 요구다. 따라서, 아프리카계 미국인 여성 가운데 몇몇 문학비평가들은 페미니즘과 흑인 공동체의 관심사 사이에 조화와 화해를 모색한 바 있다. 앨리스 워커가 자신을 "여성주의자womanist"라고 부른 것도 같은 맥락이다. 워커는 남녀 상관없이 흑인의 생존과 온전함을 위해, 대화와 공동체의 증진을 위해, 여성에 대한 가치 증진, 여성이 수행하는 모든 종류의 노동에 대한 가치 증진을 위해 일한다. 캐롤라인 데나르가 지적하듯이 아프리카계 미국인 여성은 "이른바 민족적 문화 페미니즘을 옹호"하는데, "민족 집단에 충실한 책무를 다하면서도 여성의 가치와 권리 증진"(172)에도 성심을 다하기 때문이다. 데나르는 토니 모리슨의 소설을 예로 들어 이 접근법을 설명한다. 민족적 문화 페미니즘은 민족 공동체 내부와 외부에 작동하는 유색인 여성에 대한 성차별주의의 해악을 인정하며, "그러한 억압으로 인해, 그리고 그러한 억압에도 불구하고 흑인 여성들이 발전시킨 고유한 여성문화적 가치를 높이 평가한다." 그러나 "흑인 여성을 민족 집단으로부터 떼어 놓으려는 정치적 페미니즘을 억압에 대한 해결책으로 옹호하지 않는다."(172)

우리는 아프리카계 미국인 여성들의 글에서 되풀이되는 주제들을 바탕으로 흑인 여성들의 정체성을 탐구해 볼 수 있다. 이를테면, 노동의 정당한 대가를 인정받지 못한 채 폭력과 성적 착취에 시달리는 저임금 흑인 여성 노동자, 탄압받는 흑인 여성 예술가, 정신적 생존(때로는 육체적 · 경제적 생존)을 도모하는 데 할머니·어머니·딸 간의 관계를 비롯한 흑인 여성 공동체가 차지하는 중요성, 인종차별주의와 성차별주의가 만연한 가혹한 현실 속으로 이제 막 진입하는 어린 흑인 소녀들, 아름다움에 대한 백인 중심적 기준·피부색·머릿결이 흑인 여성들의 자기인식 및 공동체 내에서의 위치에 미치는 영향, 흑인 여성과 남성의 관계가 가지는 중요성, 인종차별주의·성차별주의·계급차별주의가 서로 결합하여 가하는 억압에 대한 (흑인 남성 작가들이나 백인 작가들의 작품에 나타난 것을 살피는 데서 그치지 않는) 지속적인 관심 등은 흑인 여성들의 정체성과 관련하여 반복적으로 다루어져 온 주제들이다. 한편, 초창기 흑인 여성들의 문학작품에서는 백인 행세(패싱passing)와 관련한 주제들을 확인할 수 있으며, 최근 20여 년 사이에 발표된 작품들에서는 레즈비언 관계와 연관된 주제들이 눈에 띈다. 데보라 E. 맥도웰Deborah E. McDowell에 따르면, "주로 흑인 여성들을 비하하는 이미지들이 문학사의 안과 밖에서 지속적으로 사용되어 왔기 때문에, 전통적으로 흑인 여성 소설가들(그리고 흑인 여성 시인, 극작가, 에세이스트까지 포함하여)은 일종의 수정주의자를 자임하면서 흑인 여성의 상투적 이미지를 타파하고 실제 모습을 복원하는 것을 목표로 삼아 왔다."(94-95)

여기서 말하는 수정주의자의 임무 가운데는 여성의 인물유형을 사실적으로 제시하는 것도 포함된다. 이와 관련하여 메리 헬렌 워싱턴은 〈검은 눈의 수전들을 가르치다Teaching Black-Eyed Susans〉'Black-Eyed Susan'에는 여러 종류의 꽃 이름과 동명의 연극을 비롯한 다양한 뜻이 있다. 에서 흑인 여성을 재현하는 세 가지 중요한 유형을 제시한 바 있다. 앨리스 워커의 통찰에 기대어 워싱턴이 도출해 낸 이 세 가지 유형은 흑인 여성 작가들 사이에서 각기 다른 시대에 속했던 흑인 여성들을 재현하는 데 활용되었다. 먼저, 첫 번째 유형은 '정지된 여성suspended woman'이다. 이 유형의 여성들은 남성들과 사회 전체가 가하는 억압으로 말미암아 피해를 입는 상황에서도 할 수 있는 것이 전혀 없다는 점에서 '정지된다.' 이 유형은 19세기와 20세기 초반을 배경으로 삼은 소설들에서 자주 발견되며, 대표적인 작중인물로는 조라 닐 허스턴의 《그들의 눈은 신을 보고 있었다Their Eyes Were Watching God》(1937)의 내니와 토니 모리슨의 《가장 파란 눈》(1970)의 폴린 브리드러브가 있다. 두 번째 유형은 '동화된 여성assimilated woman'이다. 이 유형의 여성들은 신체적 폭력에 노출되어 있지 않고 자신의 삶을 제어할 수 있는 힘도 '정지된 여성'보다는 훨씬 크지만, 백인 사회에 편입되고자 하는 욕망 때문에 아프리카계 미국인이라는 자신의 뿌리와 단절되는 정신적 폭력으로 말미암아 고통을 겪는다. 이 유형은 1940~50년대를 배경으로 삼은 소설들에서 자주 발견되며, 대표적인 작중인물로는 《그들의 눈은 신을 보고 있었다》의 터너 부인과 《가장 파란 눈》의 제럴딘이 있다. 마지막 세 번째 유형은 '거듭난 여성emergent woman'이다. 이 유형의 여성들은 가혹한 현실과 마주하면서 자신에게 가해지는 정신적·정치적 억압을 인식하고 변화의 필요성을 자각함으로써, 스스로 새로운 삶과 선택지를 만들어 나갈 능력을 갖게 된다. 이 유형은 1960년대를 배경으로 삼은 소설들에서 자주 발견된다, 대표적인 작중인물로는 《그들의 눈은 신을 보고 있었다》의 재니와 앨리스 워커의 《메리디언Meridian》(1976)의 메리디언이 있다. 물론 재니의 경우에서 알 수 있듯, '거듭난 여성' 유형의 인물들은 여기서 말하는 일반적인 시대적 배경에 크게 국한되지 않는다.

어떤 비평가들은 여기에 네 번째 유형을 추가해야 한다고 주장할지도 모르겠다. 그 유형은 '해방된 여성liberated woman'이다. 이 유형의 여성들은 자신이 어떤 능력을 가졌고 무엇을 원하는지 알고 있으며, 그러한 자기인식을 바탕으로 자기가 원하는 것을 얻고자 한다. 간단히 말해, '해방된 여성'은 이미 자신의 모습을 발견하고 또한 그 모습을 좋아하는 여성이다. 이 같은 유형의 여성 인물은 1970년대 이후를 배경으로 삼은 소설들에서 가장 자주 발견되거나 두드러질 것이라고 생각하기 쉽지만, 이 유형 또한 좀 더 이른 시기를 배경화한 작품들에서도 찾아볼 수 있다. 앨리스 워커의《컬러 퍼플The Color Purple》(1982)의 셔그 에이버리와 토니 모리슨의《솔로몬의 노래Song of Solomon》(1977)의 필라테는 '해방된 여성'에 해당된다고 볼 수 있는데, 두 사람 모두 20세기 초반을 살아가는 인물들이다.

그리고 아프리카계 미국인 여성들이 남긴 작품들을 보면, 전통적으로 꾸준히 되풀이되며 사용되는 문학적 기법들이 많다는 사실을 알 수 있다. 예컨대, 흑인 여성 작가들은 소설이나 시의 화자, 또는 희곡 속 독백의 화자로서 종종 흑인 여성 인물을 설정한다. 자신의 이야기를 들려주는 흑인 여성에게 전달자로서의 권위를 부여하기 위해서다. 3인칭시점을 활용하는 경우라면, 시점 인물(자신이 본 것을 독자들에게 전달하며 화자 역할을 하는 작품 속 등장인물. 독자들은 시점 인물의 시선을 통해서만 이야기를 접할 수 있다)의 역할은 대체로 흑인 여성이나 소녀에게 맡긴다. 흑인 여성들 사이의 관계가 갖는 중요성을 강조하려는 의도에서 때로는 서사 자체를 두 명의 흑인 여성 또는 소녀 사이의 대화(이때 대화는 실제로 두 사람이 주고받는 말들일 수도 있고, 주인공이 상상하는 것일 수도 있으며, 편지 교환 형식으로 이루어지는 것일 수도 있다)로 구조화하는 경우도 있다.

독자들이 흑인 여성들의 경험과 교감할 수 있도록, 흑인 여성들이 많은 시간을 보내는 집 안 공간 및 집안일을 연상시키는 이미지양식을 활용하는 것 또한 자주 사용되어 온 문학적 전략이다. 이를테면 부엌을 비롯한 집 안의 여러 공간들과 결부된 이미지양식을 사용하여 그곳에서 펼쳐지는 갖가지 작업들, 즉 퀼트 짜기, 통조림 만들기, 정원 및 농장의 잡일, 아이들에게 가족 및 흑인 문화의 유산을 물려주기 등과 같은 흑인 여성들의 전통적인 기예나 활동들을 연상시키는 것이다. 또는 흑인 여성들의 세계는 의복, 머리모양, 피부색, 화장품처럼 흑인 여성의 외모와 관련된 이미지양식으로 연상될 수도 있다.

일반적 차원에서 말하자면, 여기서 우리가 논의한 모든 문학적 장치가 강조하는 것은 고유의 정체성을 확고히 하려는 흑인 여성들의 투쟁이다. 그 정체성은 초창기에 발표된 대부분의 작품들에서처럼 가족이나 공동체, 인종의 이익을 위해 자기 자신을 희생하는 모습으로 나타날 수도 있다. 아니면 최근에 발표된 많은 작품들에서처럼 자신의 능력과 필요, 욕망 등을 탐구하는 모습으로 나타날 수도 있다. 하지만 그 모습이 어떤 형식으로 나타나건 간에, 흑인 여성의 자기규정을 둘러싼 복잡한 심리적 · 사회적 · 경제적 역학 관계가 흑인 여성들의 글쓰기에서 중요한 자리를 차지한다는 사실만은 분명하다.

마지막으로 살펴볼 부분은, 아프리카계 미국인 문학비평의 독특한 관점이 백인 작가들의 문학작품을 이해하는 데도 유용한 통찰력을 가져다준다는 점이다. 대표적인 사례로, 토니 모리슨의 《어둠 속의 유희: 백인성과 문학적 상상력Playing in the Dark: Whiteness and the Literary Imagination》은 아프리카계 미국인의 관점에서 어떻게 백인 중심의 주류 문학에 생산적으로 접근할 수 있는지를 잘 보여 준다. 토니 모리슨에 따르면, 아프리카계 미국인의 관점은 백인들의 텍스트가 미국의 역사를 다루며 이른바 아프리카적Africanist 존재를 어떤 식으로 자신들의 목적에 맞게 구성해 내는지 효과적으로 드러내 보인다. 모리슨은 '아프리카적'이라는 말을 "아프리카계 인물들에 대한 유럽중심적 이해를 동반하는 온갖 종류의 견해, 추측, 해석, 오독 등과 함께 아프리카계 인물들에게 부여되어 온 흑인성blackness의 의미를 명시적으로, 그리고 함축적으로 가리키는 용어"(6-7)로서 활용한다. 요컨대, 모리슨이 말하는 아프리카주의Africanism는 아프리카인들과 아프리카계 미국인들에 대한 백인 중심적인 이해(더 정확히 말하면, 오해)를 의미한다. 백인 저자들은 아프리카인들과 아프리카계 미국인들에게 자신들의 두려움, 필요, 욕망, 갈등 등을 투사해 왔고, 이러한 투사를 바탕으로 그들을 인식해 왔다는 것이다.

백인 중심의 주류 문학에서 아프리카적 존재Africanist presence는 흑인 등장인물, 흑인에 관한 이야기, 흑인의 어법 묘사, 아프리카나 흑인성을 연상시키는 이미지 등의 형식으로 나타난다. 모리슨은 이러한 장치들이 백인 작가들의 문학작품에서 어떻게 작동하는지 살펴보라고 요청하지만, 그렇다고 문학작품에 나타난 인종차별주의를 분석하라고 하는 것은 아니다.(그러한 분석은 예전부터 계속 진행되고 있고 지금도 진행 중이다) 또한 유색인 등장인물의 재현 양상을 바탕으로 작품을 평가하도록 권하는 것도 아니다. 다만, 모리슨은 다음과 같은 부분들을 따져 보라고 한다.

이 나라의 〔백인〕 문학에서 주로 나타나고 또한 옹호되는 특징들, 이를테면 개인주의, 남성성, 사회참여 대 역사적 고립이라는 구도, 민감하고 애매모호한 도덕적 문제들, 죽음과 지옥으로 형상화된 어떤 강박과 짝을 이루는 순수함에 관한 주제들 같은 특징들〔이 어째서〕 … 어두침침한 곳에서 끈질기게 지속되는 … 아프리카적 존재에 대한 반응들〔인지 살펴볼 필요가 있다.〕 (5)

말하자면, 정전의 반열에 오른 미국 백인 작가들의 문학작품이 어떻게 "원초적이고 야만적이며 … 자유롭지 못하고 속박되어 있는, 반항적이지만 그래도 쓸모 있는"(45) 아프리카인의 정체성(백인들이 발명한)과 대조함으로써 "미국적 정체성의 본질"(44)을 긍정적인 것으로서 규정해 왔는지, 그리고 이러한 대조를 토대로 백인들이 어떻게 자신들의 문명화된 덕목들을 정의해 올 수 있었는지 분석하는 것이 모리슨의 관심사다. 모리슨이 보기에, "이런 주제들은 미국문학과 관련하여 훨씬 더 복잡하면서도 가치 있는 지식들을 만들어 내는 것 같다."(53)

백인 작가들이 아프리카적 존재를 이용해 온 갖가지 방법들 가운데서도 모리슨이 주목하는 것은 무엇보다 "부정한 섹슈얼리티, 광기에 대한 두려움,

추방, 자기혐오를 실어 나르는"[52] 일종의 기호로서 흑인 등장인물들을 활용하고, 이로써 "성취하려는 목표를 설정하고 백인 등장인물들의 자질을 향상시키고자"[52-53] 하는 점이다. 그러한 사례로 모리슨이 제시하는 작품은 어니스트 헤밍웨이의 《가진 자와 못 가진 자To Have and Have Not》(1937)이다. 아프리카적 인물들을 전략적으로 이용하는 여러 방법들 가운데 헤밍웨이가 이 소설에서 사용하는 방법은, 소설의 주인공으로서 바다낚시꾼이자 배의 선장인 해리 모건이라는 백인을 향해 "우리가 찬사를 보낼 수 있도록"[80] 낚싯배의 어느 흑인 선원을 활용하는 것이다. 모리슨은 다음과 같이 말한다.

> 해리 모건은 고전적인 미국의 영웅을 재현하는 인물로 보인다. 자신의 자유와 개성을 제한할 수도 있을 정부에 맞서 투쟁하는 고독한 남성 말이다. 해리 모건은 생계를 위해 자신이 파괴하는 바로 그 자연에 경의를 표할 줄 아는 … 낭만적인 인물이자, … 유능하고 … 남성적이며 자유롭고 멋진, 나아가 도덕적이기까지 한 인물이다. [70]

해리가 이러한 자질들의 소유자임을 헤밍웨이는 어떻게 독자들에게 보여 주는가? 헤밍웨이가 사용하는 방법은 대체로 주인공 해리를 "1부에서 계속 등장하지만 이름이 없는 '깜둥이nigger' 선원"[70]과 대비시키는 것이다. 2부로 넘어오면서 헤밍웨이는 소설의 시점을 해리의 1인칭 서술에서 3인칭 서술로 전환시키는데, 이때 그 '깜둥이'는 두 가지 상이한 방식으로 '명명'된다. "해리가 그 흑인과 직접 대화를 나눌 때는 그를 '웨슬리'라고 말한다. 그러나 헤밍웨이가 화자로서 그 흑인을 언급할 때는 '깜둥이'라고 쓴다."[71] 사람이라는 낱말은 해리에게만 쓰인다.

게다가 "이 흑인 인물은 말을 하지 않거나('깜둥이'일 때 그는 침묵한다), 설령 말을 하더라도 그 방식이 해리에 의해 제약되거나 조종된다('웨슬리'

일 때 그는 해리가 자신을 필요로 하는 경우에만 말한다)."[71] 심지어 배에 올라탄 모든 이가 기다리던 날치 떼를 그 흑인이 처음으로 발견하는 상황에서조차, 헤밍웨이는 그가 "그 모습을 보고 소리 지르도록"[73] 놔두지 않는다. 날치 떼를 발견하고 소리 지르는 것이 그 흑인에게는 당연한 일일 텐데도 말이다. 그 대신, 헤밍웨이는 다소 어색하게 쓰인 문장 하나를 해리에게 넘긴다. "나는 그쪽을 보고 그가 날치들이 모여 있는 곳을 발견했다는 것을 알았다."[Hemingway 13] "서사에 나타난 〔인종〕차별의 논리"에 따르자면, "그 사실을 발견할 만한 강력하고 권위 있는 인물"은 해리가 되어야 하기 때문이다.[73] 그러한 목표를 달성하는 데 필요한 문장이란 것이 '우아함'과는 약간 거리가 있다 하더라도 말이다.

소설의 막바지에 이르면, 결국 그 흑인 선원도 많은 말들을 쏟아 내게 된다. 그들이 탄 배가 공격을 당하기 때문이다. 하지만, 이 순간조차 명백히 해리의 용감성을 부각시키는 용도로 이용된다. 모리슨은 이에 대해 다음과 같이 지적한다.

> 웨슬리는 세 쪽에 걸쳐 총상을 입고 중얼거리고 끙끙대는 무력한 모습으로 그려진다. 그런데, 우리는 해리 역시 총에 맞았고 상태가 웨슬리보다도 훨씬 심각하다는 사실을 알게 된다. 그러나 해리는 웨슬리와는 정반대로 자신의 고통을 입 밖에 내지 않을 뿐 아니라, 신음하는 웨슬리를 깊은 연민으로 감싸안으면서 당장 시급한 어려운 일들을 수행해 나간다. 그는 고통에도 불구하고 키를 잡아 배를 조종하는가 하면, 밀수품들〔배가 실어 나르던 불법 상품들〕을 신속하고도 의연한 태도로 대담하게 바다에 던져 버린다. (74-75)

이처럼, 해리와는 정반대 인물로 묘사되는 웨슬리를 찬미할 수 없는 까닭에 독자들은 해리를 더욱 찬미하게 된다. 해리의 이야기가 갖는 힘, 그러니까 그의 권위, 강인함, 용감함은 웨슬리라는 흑인 등장인물의 침묵, 겁에 질린 모습, 나약함과 대비되어 더욱 강화된다. 물론 이는 아프리카적 존재가 백인 중심의 주류 문학에서 어떻게 주요한 기능을 수행하는지를 보여 주는 수많은 양상들 가운데 하나에 지나지 않지만, 바꾸어 말하면 아프리카적 존재의 기능이 더욱 깊이 있게 연구해 볼 만한 과제라는 점을 여실히 말해 주는 사례라고도 볼 수 있다. 모리슨의 말처럼, "비평이 너무 정중하거나 겁을 먹은 나머지 눈앞의 파열적 암흑을 보지 않으려 한다면, 독자와 작가를 비롯한 우리 모두는 많은 것을 놓치게 될 것이다."(90-91)

이 장을 마치기 전에, 학생들이 자주 묻는 한 가지 질문에 대한 답을 들려주려고 한다. 우리는 다른 인종에 관한 문학비평을 제쳐 두고 왜 아프리카계 미국인 문학비평을 공부해야 할까? 확실한 것은 아프리카계 미국인 못지않게 미국 내 다른 소수인종들도 탁월한 문학작품을 수없이 생산해 냈다는 점이다. 그중에서도 북아메리카 원주민, 아시아계 미국인, 멕시코계 미국인, 라틴계 미국인 등이 미국문학에 공헌해 온 바는 결코 적지 않다. 다만, 아프리카계 미국인 문학은 18세기 이후 미국문학사에서 의미심장한 역할을 수행해 왔고, 아프리카계 미국인 문학이론과 비평 또한 20세기 초반부터 중요한 역할을 담당했다. 더구나, 영향력이 크고 국제적인 명성이 높은 미국 작가들 가운데 아프리카계 미국인 작가들도 상당수 포진해 있다. 이에 반해, 다른 소수인종들이 생산한 훌륭한 문학작품들에 대한 비평, 그 가운데서도 나름의 이론적 토대를 갖추는 비평 작업은 이제 막 시작되고 있다. 그러므로 지금으로서는 아프리카계 미국인 문학비평에 먼저 초점을 맞추는 게 합당하다고 본다. 이는 아프리카계 미국인 문학비평이라는 흥미로운 분야에 일단 친숙해지고 나면, 나머지 소수인종들의 문학 및 문학비평을 살펴볼 때 도움이 된다는 점을 감안한 것이기도 하다. 기본 토대만 충실히 파악한다면, 아프리카계 미국인 문학비평은 다른 소수인종들의 문학에 대한 이해를 돕는 유용한 본보기로서, 그리고 상호 간의 비교와 대조를 가능케 하는 출발점으로 활용할 수 있기 때문이다.

아프리카계 미국인 문학이론 비평가가 던질 만한 질문들

다음 질문들은 아프리카계 미국인 문학이론을 활용하여 문학작품에 접근하는 방법들을 요약한 것이다. 페미니즘 비평, 레즈비언 · 게이 · 퀴어 비평, 탈식민주의 비평 등 역사적으로 억압받아 온 특정 집단에 속한 사람들의 글을 대상으로 하는 다른 비평과 마찬가지로, 아프리카계 미국인 문학비평 역시 그 자체로 하나의 주제(주변화된 특정 집단에 속한 사람들이 쓴 문학작품의 내용적 측면을 주로 연구한다는 말이다)인 동시에 하나의 이론 체계이기도 하다는 점을 기억하자.

주제라는 관점에서 볼 때, 아프리카계 미국인이 쓴 문학작품에 대한 분석이라면 어떤 이론 체계를 활용했든지 간에 모두 아프리카계 미국인 문학비평의 범주에 포함될 수 있다. 해당 비평이 아프리카계 미국인 문학을 특징짓는 텍스트상의 독특한 요소들에 따로 주목하지 않는다 할지라도 말이다. 그러나 이론 체계라는 관점에서 보면(우리의 주요 관심사이기도 하다), 아프리카계 미국인 문학비평은 인종의 문제(인종적 정체성, 즉 자신을 인종적으로 어떻게 인식하는가 또는 다른 사람에게 어떻게 인식되는가, 아프리카계 미국인의 문화적 전통, 모든 형태의 인종차별주의, 인종차별주의 · 성차별주의 · 계급차별주의의 교차 등)를 분석 대상으로서 전면에 내세운다. 미국에서 인종은 문학뿐 아니라 개인과 문화 전반의 심리 상태에 막대한 영향을 미치는 사안이기 때문이다. 그러므로 하나의 이론 체계로서 아프리카계 미국인 문학비평은 물론 아프리카계 미국인 작가들의 작품을 주로 논의하지만, 아프리카계 미국인과 관련된 쟁점들을 다루는 문학 텍스트라면 저자의 인종과 상관없이 어떤 텍스트든 분석 대상으로 삼을 수 있다.

① 문학작품의 인종정치는 무엇인가? 해당 문학작품이 인종 및 인종 관련 문제와 관련하여 내세우는 신념은 무엇인가? 이를테면, 해당 작품은 아프리카계 미국인에 대한 상투적 고정관념을 깨뜨리는가? 아프리카계 미국인에 대한 잘못된 역사적 재현을 바로잡는가? 아프리카계 미국인의 문화와 경험, 성취를 예찬하는가? 인종 관련 쟁점들, 무엇보다 인종차별주의의 경제적·사회적·심리적 영향을 다루는가? 아니면 백인 작가들의 작품에서 자주 볼 수 있듯이 인종차별적 이데올로기를 강화하는가 또는 약화하는가?

② 아프리카계 미국인 문학작품 특유의 시학(문학적 장치 및 전략)에는 어떤 것들이 있는가? 이를테면, 구술성이 문학적 장치로 사용되는가? 아프리카의 신화나 아프리카계 미국인의 민담, 민속적 주제 등을 활용하는가? 아프리카계 미국인 여성의 가사 공간이나 아프리카계 미국인의 문화적 실천, 역사, 유산 등과 공명하는 이미지양식을 제공하는가? 이 같은 문학적 장치들의 효과는 무엇이며, 그 효과는 작품의 주제나 의미와 어떻게 연관되는가?

③ 해당 작품이 아프리카계 미국인 문학 전통, 더 구체적으로는 아프리카계 미국인 여성의 문학 전통에 어떤 방식으로 참여하는가? 가령, 해당 작품은 특정한 주제, 인물유형, 이미지, 문체, 문학적 장치 등 아프리카계 미국인의 글쓰기 또는 아프리카계 미국인 여성의 글쓰기와 관련하여 특징적인 양상을 보여 주는가? 해당 작품이 전통과 결별하는 부분이 있는가?

④ 해당 작품은 차별적 인종화, 교차성, 백인 특권, 이해 일치, 또는 비판

적 인종 이론과 결부된 다른 개념들을 어떤 방식으로 보여 주는가? 여러분이 선택한 개념이 해당 작품의 주제, 인물, 플롯에 대한 이해를 심화하는가?

⑤ 토니 모리슨의 《어둠 속의 유희: 백인성과 문학적 상상력Playing in the Dark: Whiteness and the Literary Imagination》에 대한 앞선 논의를 활용한다면, 아프리카적 존재는 백인 작가들에 의해 어떤 방식으로 사용되는가? 백인 등장인물들에 대한 긍정적 묘사를 구축하기 위하여 흑인 등장인물들을 희생양으로 삼는가?

우리는 이 가운데 하나 또는 몇 개를 섞어 질문하는 방법으로 문학작품을 논의할 수 있다. 아니면 여기에 나와 있지 않은 다른 유익한 질문을 던져 볼 수도 있다. 여기서 제시한 물음들은 아프리카계 미국인 문학비평의 관점에 따라 풍요롭게 문학 텍스트를 이해하는 몇 개의 출발점일 뿐이다. 다만 아프리카계 미국인 문학비평가들이라고 해서, 심지어 동일한 개념을 사용하는 비평가들이라고 해서 동일한 텍스트를 모두 똑같이 해석하는 것은 아니라는 사실을 명심하자. 어느 이론에서든 실제 비평가들의 해석은 훨씬 다양하기 마련이다. 우리의 목표는 아프리카계 미국인 문학비평이라는 이론적 관점이 없었다면 뚜렷하게, 깊이 있게 알지 못했을 문학의 중요한 여러 단면들을 들여다보는 법을 배우는 것이다. 더 나아가 다양한 인종들이 존재하는 사회에서 살아가는 데 따르는 요구와 책임, 그리고 기회를 인식하는 것이다.

이제 곧 접하게 될 F. 스콧 피츠제럴드의 《위대한 개츠비》 독법은 아프리카계 미국인 문학비평 이론에 따른 작품 해석의 한 가지 사례이다. 내가 여기서 주목하는 부분은 《위대한 개츠비》의 배경과 그 배경과 관련하여 소설 속에서 나타나는 인종차별적 반응이다. 이른바 '재즈시대'를 재현해 보이려는 소설인《위대한 개츠비》는 정작 '재즈시대'를 이끄는 데 크게 공헌한 할렘이라는 공간과 아프리카계 미국인들을 외면한 탓에, 1920년대 초반 뉴욕의 모습을 역사적 관점에서 충분히 재현했다고 보기 어렵다. 아니, 부정확하게 재현했다고 보아야 할 것이다. 피츠제럴드는 소설의 배경이 되는 문화 관련 세부 사항들을 하나하나 신경 썼던 것으로 유명한 작가라는 점을 감안하면, 이 같은 '간과'는 저자의 인종정치에 관하여 의구심을 갖게 만든다.

나는 그동안 주변화되어 있던 미국 유색인 작가들의 작품을 전면에 내세울 수 있는 가능성을 확인한 것이야말로 아프리카계 미국인 문학비평의 가장 중요한 성과라고 생각한다. 그럼에도 비단 인종차별적 고정관념 및 주제뿐 아니라 작품의 배경까지 교묘히 건드려 가면서 인종차별주의가 문학작품에 스며든 방식을 살펴봄으로써,《위대한 개츠비》에 대한 나의 해석이 인종차별에 반대하는 노력에 도움이 되기를 바란다. 대체로 작품의 배경을 다루는 기법 쪽이 더욱 절묘한 솜씨를 필요로 하고, 비평가 역시 이 부분을 포착하기가 더 어렵다. 이는 말하자면 인종차별주의에 대항하려는 학문 공동체의 지적 활동을 막아서는 일종의 도전이다.

그런데 할렘은 어디 있지?

《위대한 개츠비》에 대한 아프리카계 미국인 문학비평적 독법

F. 스콧 피츠제럴드의 특징 가운데 하나는, 그의 글에서는 장소에 대한 느낌sense of place이 강하게 환기된다는 점이다. 피츠제럴드는 등장인물이 속한 시공간 및 그 문화에 대해 아주 구체적인 세부 사항까지 꼼꼼하게 재현하는 편이다. 따라서 그의 글을 읽는 독자들은 소설 속 등장인물들이 특정한 역사적 시점에 경험하는 감정을 구체적으로 실감할 수 있다. 매슈 브루콜리에 따르면, "위대한 소설은 곧 위대한 사회사다. 피츠제럴드의 작품은 미국의 '광란의 20년대'와 자동적으로 동일시되어 왔다."("Preface" ix) 맬컴 브래드버리Malcolm Bradbury는 이렇게 말하기도 한다. "스콧 피츠제럴드는 1920년대 작가 가운데서도 현대 미국인의 강렬한 경험을 가장 확실히 체감하는 작가이자, 그 경험의 구체성과 발전 양상을 모두 자세하게 표현할 줄 아는 작가다."(141) 더 나아가, 브래드버리는 다음과 같이 덧붙인다.

> 피츠제럴드 작품의 위대한 점은 그 자신이 20대로서 경험했던 한 시대를 내면화하고 거기에 인간미를 부여할 수 있었다는 사실, 그리고 시대의 흐름과 유행, 분위기 등을 정확히 포착함으로써 숨 가쁘게 흘러가는 시대상을 끝까지 놓치지 않고 작품 속에 담아냈다는 사실에 있다. … 사회 구석구석의 세세한 부분까지 주목한 덕분에, 그는 시대의 정신사, 즉 더없이 화려했던 낭비의 역사를 속속들이 기록할 수 있었다. (144)

많은 사람들이 피츠제럴드에게 "자신이 살았던 시대의 … 연대기 서술자"(141)라는 별명을 붙인 이유는 그만의 고유한 글쓰기 방식에 있다.

브래드버리의 말은 특히 피츠제럴드의 작품 가운데 가장 유명한 소설인 《위대한 개츠비》(1925)를 염두에 둔 것처럼 보인다. 《위대한 개츠비》는 미국의 '재즈시대'를 대표하는 소설로 오랫동안 인식되어 왔다('재즈시대'라는 말을 처음 사용한 인물이 바로 피츠제럴드이다). 1922년 여름 뉴욕의 맨해튼과 롱아일랜드 인근 지역을 배경으로 삼고 있는 이 소설이 피츠제럴드의 작품 가운데서도 가장 오래도록 기억에 남는 이유는, 단언컨대 작품의 무대가 된 시공간이 너무나 상세하고 풍부하게 묘사되었기 때문일 것이다. 그런데 《위대한 개츠비》는 맨해튼을 자세히 묘사하면서도 유독 특정한 공간에 대해서만큼은 묘사는 고사하고 언급 자체를 하지 않는다. 맨해튼에 위치한 그곳은 '재즈시대'를 이끈 주요 원동력이었는데도 말이다.

《위대한 개츠비》가 누락시킨 문제의 장소는 바로 할렘이다. 1920년대의 할렘은 바로 '할렘르네상스'가 만개한 공간이었다. 할렘은 아프리카계 미국인들이 문학, 음악, 회화, 조각, 철학 등과 같은 창조적 기획들을 봇물처럼 쏟아 내고 갖가지 정치적 논쟁들을 활발하게 전개해 나가던 무대였다. 또한 당시의 할렘은 백인들, 특히 《위대한 개츠비》의 데이지 부부나 제이 개츠비, 조던 베이커, 그리고 화자인 닉 캐러웨이처럼 돈이 많은 백인들이 줄지어 몰려다니는 곳으로도 유명했다. 백인들은 할렘의 나이트클럽에서 최신 재즈 음악을 듣고, 사람들을 구경하는 동시에 다른 사람들의 시선을 즐겼으며, 할렘으로 흘러들어 온 불법 주류들을 편하게 마실 수 있었다(금주법이 시행 중이었음에도 복잡한 대도시에서는 불법 주류들이 비밀리에 유통되었다). 그러므로 피츠제럴드를 그가 살았던 시대의 연대기 서술자로서 평가하는 것이 온당하다면, 즉 사회 구석구석을 세심하고 꼼꼼하게 기록함으로써 장소적 느낌을 강하게 환기시킨 비범한 작가라고 평가할 수 있다면, 다음과 같이 묻는 것 역시 온당할 것이다. "그런데 할렘은 어디 있지?"

나는 이 글에서 《위대한 개츠비》는 1920년대의 할렘을 완전히 외면했다는 점에서(이는 사실상 당시 맨해튼에 거주하던 아프리카계 미국인들을 외면한 것과 다르지 않다) 당시 배경을 충실히 구현한 소설이라고 말할 수 없다는 점을 밝히고자 한다. 특히, 저자 피츠제럴드의 배경 이해와 관련하여 아프리카계 미국인들을 향한 피츠제럴드의 태도에 의문을 제기하고자 한다.

《위대한 개츠비》가 당대의 문화를 하나하나 자세하게 담아낸 소설이라는 사실, 그리고 바로 그 점이 피츠제럴드를 유명 작가로 만들었다는 사실은 문화사라는 측면에서 이 소설에 주목한 독자라면 누구나 확실히 공감할 것이다. 1920년대 초엽의 유행, 곧 당시의 대중가요·춤·소비 경향·읽을거리 등을 자세히 언급하고 뉴욕의 특정 장소들을 상세하게 묘사한 데서 알 수 있듯,《위대한 개츠비》는 무엇보다 일상 세계의 단면들을 구체적으로 보여 주고 당시의 중요한 사건 및 인물들을 직접 거론함으로써 1920년대 초엽의 시대상을 우리에게 생생히 전달해 주는 소설이다. 우리는 몇 단락을 할애하여《위대한 개츠비》가 어떻게 특유의 강력한 장소적 감각을 만들어 내는지 확인하고자 한다(인내심을 가지고 나와 함께하길 바란다). 그러나 이는 피츠제럴드가 특정한 시공간을 환기시키는 수많은 방법들 가운데 극히 일부만 겉핥기식으로 살펴보는 것에 지나지 않는다.

1920년대 초기라는 시대를 대표할 만한 징표들 가운데 사람들에게 가장 뚜렷하게 각인된 것이라면 아마도 금주법Prohibition을 들 수 있을 것이다. 금주법은 주류의 생산과 소비를 금지하는 법률로서 1919년에 연방의회에서 통과되었지만, 정작 사람들 사이에서는 이 법을 위반하는 것이 하나의 유행처럼 인식되었다.《위대한 개츠비》에서도 금주법은 그 존재를 확실히 드러낸다. 예를 들어, 소설 속 파티 장면에서는 어김없이 술에 취한 사람들이 등장하며, 등장인물들은 어디에서든 대부분 술을 구할 수가 있다. 머틀 윌슨이 죽음을 맞이하게 되는 운명의 그날에도 등장인물들은 뉴욕으로 달려와 술을 마셨다. 물론 "술병을 수건으로 감싸면서"(127/178; 7장) 들고 나와야 했지만 말이다. 아울러, 그 자리에서 톰은 개츠비와 마이어 울프심이 "이곳과 시카고의 뒷골목 약국을 여러 곳 사들여 에틸알코올을 판 거요"(141/197; 7장)라고 폭로한다. 그러나 이 같은 일은 당시 흔히 벌어지곤 했다. 화자인 닉조차 "'캐나다로 연결되어 있는 지하 파이프라인' 같은 소문들"(103/148; 6장)을 접해 보았다고 언급할 정도다. 말하자면, 어떤 식으로든 술이 캐나다에서 미국으로 흘러들어 오고 있었던 셈이다. 실제로, 금주법과 그로 인해 생긴 밀주 사업이 없었다면 개츠비가 그렇게 빨리 막대한 재산을 모을 수는 없었을 것으로 보는 것이 타당하다.

1920년대의 금주법은 조직범죄가 확산되는 결과를 가져왔는데,《위대한 개츠비》에서 이를 여실히 보여 주는 인물이 바로 마이어 울프심이다. 소설 속에서 마이어 울프심은 개츠비를 비롯한 많은 사람들에게 악명 높은 도박사이자 암흑가의 큰손으로 알려져 있는 존재로, 실제로 시카고 화이트삭스 선수들을 매수해 1919년 월드시리즈를 조작한 장본인인 아널드 로스스타인Arnold Rothstein을 모델로 한 인물이다.(Bruccoli, "Explanatory Notes" 211-212) 물론 주인공인 개츠비를 통해서도 조직범죄가 기승을 부리는 양상을 확인할 수 있다. 개츠비는 마이어 울프심 같은 폭력배와 오랫동안 내통하며(179/249; 9장) 주류 밀매에 가담해 왔고, 독자적으로 가짜 채권을 판매하기도 했다.(174/242; 9장) 실제로 1920년대는 일확천금에 대한 열망이 만연하여 불법적인 돈벌이 수단이 인기를 끌었던 시기다. 그 열망을 환기시키는 데 일조한 사람들이 석유 재벌 존 록펠러(31/51; 2장)나 철도 재벌 제임스J. 힐(176/244; 9장) 같은 인물들로서, 이 소설에서도 언급된다.

한편, 조직범죄는 폭력을 동반할 뿐 아니라, 타락한 경찰들까지 연루시켰다. 울프심이 개츠비와 닉을 앞에 두고 길에서 예기치 못한 총격으로 사망한 도박꾼 로지 로젠탈Rosy Rosenthal ^{1912년 반대파 조직에게 살해된 실존 인물로서, 본명은 허먼Herman 로젠탈}을 회상하는 장면에서 우리는 그러한 세계의 단면을 살짝 엿볼 수 있다. 로젠탈을 살해한 네 명의 폭력조직 단원들은 모두 사형을 당하는데, 그 사실을 상기시킨 닉에게 울프심은 "베커까지 넣으면 다섯이지"(75/109; 4장)라고 지적한다. 베커Charles Becker는 타락한 뉴욕 경찰로서, 로젠탈이 신문에 경찰의 부패상을 털어놓았다는 이유로 그를 살해하라고 지시한 인물로 알려져 있다.("Charles Becker") 울프심이 베커를 언급한 것은 베커 역시 살인 교사 혐의로 사형에 처해졌기 때문이다.

1920년대를 말해 주는 또 하나의 징표는 제1차 세계대전이 미국에 미친 여파다. 《위대한 개츠비》가 발표된 1922년 여름은 제1차 세계대전이 끝난 지 4년밖에 지나지 않은 시점이다. 그래서인지, 이 소설 속에는 전쟁의 흔적들을 상기시키는 대목들이 효과적으로 배치되어 있다. 개츠비의 참전 기록(그가 참전한 유명한 전투들과 이를 바탕으로 쌓아 올린 영예)과 전쟁과 관련된 경험들(이를테면, 전쟁이 끝난 뒤 잠시 영국 옥스퍼드대에 머물렀던 것)이 대표적인 사례다. 세계대전의 흔적은 개츠비의 파티에 참석한 다수의 젊은 영국인들에게서도 발견된다. 닉의 묘사에 따르면,

[그들은] 어딘지 굶주린 듯한 표정이었고, 나지막하고 진지한 목소리로 믿음직하고 부유해 보이는 미국인들과 이야기를 나누고 있었다. 그들은 … 모두 뭔가를 팔고 있[었는데,]… 눈먼 돈이 가까이 있음을 너무도 잘 알았고 어떻게 말만 잘하면 그 돈이 자신의 손에 들어오리라고 확신하고 있었다. (46/70; 3장)

이 같은 장면은 전쟁을 거치는 동안 영국과 유럽에 밀어닥친 경제적 참상을 여실히 보여 준다. 개츠비가 "영국산 참나무를 조각해 장식한 … 외국의 유적을 통째로 옮겨다 놓은 … 천장이 높은 고딕식 서재"(49/74-75; 3장) 같은 물건들을 사들일 수 있었던 것도 그러한 상황과 무관하지 않다. 전후의 열악한 경제 상황이 아니었다면 결코 매물로 나오지 않았을 유럽 명문가의

가보들이 그런 상황을 역이용하는 부유한 미국인들에게 팔리는 일이 1920
년대에는 드물지 않았기 때문이다. 아울러, 개츠비의 지인들도 여전히 전쟁
과 관련된 생각들을 떨쳐 내지 못하고 갖가지 추측들을 남발한다. 특히 그
러한 추측들은 명백히 개츠비의 출생 및 부의 원천에 대한 관심과 결부되
어 있다. 어떤 사람은 개츠비가 제1차 세계대전 당시 독일의 황제였던 "빌
헬름 황제의 조카인가 사촌인가 된다"(37/58; 2장)고 믿는가 하면, 다른 누군
가는 개츠비가 전쟁 당시 독일군의 최고위층 가운데 한 사람이었던 "폰 힌
덴부르크의 조카"(65/95; 4장)일 것이라고 넌지시 말한다. 심지어 또 다른 누
군가는 "그가 전쟁 중에 독일 스파이였다"(48/63; 3장)고까지 생각한다.

　이제부터는 당시의 유행에 대해 이야기해 보자. 무릇 유행이란 것은 당
대의 유명한 역사적 사건 및 사건의 주역들보다는 어떤 면에서 덜 중요할
지도 모른다. 그럼에도 유행은 그 시대를 살아간 사람들의 삶에 대한 집단
적 자기인식과 태도를 보여 줌으로써 문화사의 중요한 단면을 드러낸다.
예를 들어 제1차 세계대전 이후, 특히 1920년대로 넘어온 이후 유행에 민
감한 여성들은 긴 생머리를 짧게 잘라서 턱 높이만큼 늘어뜨리는 단발머리
를 하기 시작했다. 머틀 윌슨의 여동생인 캐서린의 머리모양인 "뻣뻣한 붉
은 단발머리"(34/54; 2장)와 개츠비의 파티에 참석한 여성들의 "최신 유행의
기묘한 단발머리"(44/68; 3장)에서 그 유행을 확인할 수 있다. 데이지와 조던
도 틀림없이 단발머리를 하고 있었을 것이다. 그리고 가는 눈썹과 화장 역
시 1920년에 들어서며 대중화되었다. 캐서린이 사용하는 '눈썹 그리는 연
필'과 얼굴 파우더(34/54; 2장), 그리고 개츠비의 파티에서 술 취한 채로 노래
를 부르는 어느 젊은 부인의 "눈물이 두껍게 칠한 속눈썹에 닿아"(56/83; 3장)
번지는 마스카라 등이 그 예다. 여성의 의상도 과거와는 달리 "보라색 구
슬이 달린 옅은 푸른색 드레스"(48/72; 3장)나 "카스티야산產 숄보다도 더 좋
은 고급 숄"(44/68; 3장)과 같은 화려한 "원색 옷"(44/68; 3장)과 모던한 디자인

이 유행하기 시작했다. 분명 제1차 세계대전 전까지만 해도 데이지와 조던이 자랑하듯 머리에 쓴 "금속사 직물로 만든 작고 꼭 끼는 모자"나 팔에 걸친 "얇은 케이프" 같은 것들은 찾아볼 수 없었다.(127/178-179; 7장) 뜨거운 여름철에는 이처럼 가늘고 얇고 모던한 스타일이 맞기 때문에 오래전부터 여성들이 필요로 했을 법한데도 말이다.

비슷한 맥락에서, 1920년대 초반에 '편안하면서도 근사한' 옷차림을 원하는 젊은 남성들 사이에서 유행하던 여름 의류는 이른바 "흰 플란넬 양복"이라고 불리는 가벼운 흰색 정장이었다. 《위대한 개츠비》에서 우리는 닉(46/70; 3장)과 개츠비(89/128; 5장)가 이 스타일의 양복을 입은 모습을 확인할 수 있다. 두 사람은 또한 당시 유행하던 "밀짚모자"(121/171; 7장)를 쓰기도 한다. 여기에 더해 개츠비의 "짧게 깎은 머리카락"(54/82; 3장) 역시 제1차 세계대전 이후 미국 남성들 사이에서 새롭게 유행한 머리모양이다. 소설 전체를 통틀어 얼굴에 수염이 난 사람은 전혀 눈에 띄지 않는다. 전쟁이 끝나고 나서 유행을 좇는 남자들 사이에 말끔하게 면도한 얼굴이 인기였기 때문이다.

《위대한 개츠비》에서 언급되는 대중음악과 춤, 소비 열풍 등도 이 소설에 강한 장소적 느낌을 부여하는 요소이다. 이러한 것들은 읽는 이로 하여금 1920년대 초반의 여가 세계를 보고 들을 수 있도록 만들어 주기 때문이다. 먼저 대중음악 쪽을 들여다보면, 《위대한 개츠비》는 1920년대를 대표하는 음악인 재즈를 비롯해 당시에 인기를 끌던 노래들을 구체적으로 언급하고 있다. 소설 속에서 언급되는 "아라비아의 족장The Sheik of Araby"(83/120; 4장), "사랑의 보금자리The Love Nest"(100/144; 5장), "우리는 즐겁지 않은가Ain't We Got Fun?"(101-102/145; 5장), "새벽 3시It's Three o'Clock in the Morning"(115/164; 6장) 등의 노래들은 모두 1920년에서 22년 사이에 발표된 곡들이다.

또한 개츠비의 파티(파티야말로 당시의 전형적 풍경 가운데 하나다)를 묘사한 장면들에서는 다양한 즉흥 댄스들을 목격할 수 있으며(45/68-69, 51/77;

3장), 다른 한쪽에서는 개츠비와 데이지가 당시 인기 있던 사교춤인 "폭스트롯"(112/159; 6장)을 추는 모습을 지켜볼 수 있다. 더 나아가, 당시 많은 인기를 누리던 뉴욕의 연예인들이 소설에 언급되기도 한다. 브로드웨이 공연인 〈지그펠드 시사 풍자극Ziegfeld Follies〉에서 리드 댄서를 맡았던 질다 그레이Gilda Gray(45/69; 3장), 유명한 코미디언이자 댄서였던 조 프리스코Joe Frisco(45/68; 3장), 사실주의적 무대장치로 잘 알려진 브로드웨이 연극 제작자 데이비드 벨라스코David Belasco(50/76; 3장) 등이 대표적인 예이다.(Bruccoli, "Explanatory Notes" 209)

그리고 《위대한 개츠비》를 읽다 보면, 우리는 이 시대 자체가 전반적으로 기계화되거나 전자화되거나 '새롭게 개선된' 모든 것에 흠뻑 사로잡혀 있었음을 알 수 있다. 이 소설은 당시 유행을 선도했던 온갖 소비재들(물론 구매할 여력이 되는 사람들에게나 필요한 것들이다)을 언급한다. 이를테면 톰의 "매부리코 모양의 모터보트"(7/25, 1장), 닉의 전기스토브, 수상비행기, 수상스키, 주스 뽑는 기계 같은 것들 말이다. 이 가운데 주스 뽑는 기계는 앞의 것들에 비하면 딱히 대단해 보이지 않을지도 모르겠다. 그럼에도 그것은 1920년대에 만연했던 현대식 기계류에 대한 매혹을 말해 주는 하나의 상징이라는 점에서 중요하다. 하지만 1920년대 초반에 가장 의미심장한 소비 열풍을 불러일으킨 것은 다름 아닌 자동차였다.

1920년대 초반에 이르러, 자동차는 모두가 선망하는 새로운 기계로 자리매김했다. 당시 자동차는 불과 15년 전만 해도 기이한 물건으로 여겨졌지만, 1920년대로 넘어오면서부터는 미국 어디서나 볼 수 있을 정도로 익숙한 기계가 되었다. 더불어, 미국의 각 도시에서 교통정체는 더 이상 낯선 풍경이 아니었다.(O'Meara 53) 《위대한 개츠비》에서는 등장인물들이 맨해튼으로 나올 때마다 어김없이 그들이 탄 자동차와 도로 위 자동차들에 관한 이야기가 등장한다. 닉은 최소한 두 차례 이상 교통정체 상황을 언급한다. 닉에 따르면, 개츠비의 파티가 열린 토요일 밤 개츠비의 집 앞에는 자동차들이 "진입로 깊숙이까지 다섯 겹으로 주차되어 있었고"(44/67; 3장), 파티가 끝난 뒤 이 자동차들은 고스란히 교통정체의 원인이 된다.(58/86; 3장) 그리고 닉은 자신이 저녁 8시쯤 5번 가를 걸어 올라가는 것을 좋아한다고 말하면서, 그 시간은 "40번 가의 어두운 골목에 극장가를 향하는 택시들이 부릉부릉 소리 내며 다섯 줄로 서 있을 때"(62/91; 3장)라고 덧붙인다. 실제로 개츠비, 데이지, 톰, 닉, 조던을 나누어 태운 두 대의 자동차가 맨해튼으로 향하는 동안 이들은 잠깐 멈추고 짤막한 대화를 주고받을 시간조차 갖기 어렵다. "트럭 한 대가 … 뒤에서 비키라고 욕지거리를 퍼붓듯 경적을 울려"(132/185; 7장) 댔기 때문이다. 의심할 여지없이, 바야흐로 '현대'라고 부를 만한 시대가 도래한 것이다.

한편 《위대한 개츠비》에 언급된 읽을거리들도 이 소설의 장소적 느낌과 관련하여 중요한 역할을 한다. 비록 그 수가 많지는 않지만, 당시 미국인들이 공유하던 생각들을 살짝 들여다보는 데는 요긴하다. 예컨대, 톰이 거론하는 《유색인종 제국의 발흥》이라는 책은 저자와 책 모두 가공의 것으로, 시어도어 로스롭 스타더드Theodore Lothrop Stoddard의 《유색인종의 상승 The Rising Tide of Color》(1920)을 연상시킨다. 톰은 책의 내용을 이야기하면서 1920년대에 널리 받아들여지던 어떤 견해를 드러내는데, 그 견해의 요지는 "우월한 '노르딕' 인종이 '열등한' 인종과의 … 결혼으로 말미암아 위협에 직면했다"(Gidley 173)는 것이다. 실제로, 이 소설에 언급되는 또 다른 읽을거리이자 당시 미국에서 가장 대중적인 잡지였던 《새터데이 이브닝 포스트》(22/39; 1장)는 1920년부터 《유색인종의 상승》과 유사한 책인 매디슨 그랜트Madison Grant의 《위대한 인종의 종말The Passing of the Great Race》(1916)에 개진된 인종차별적 견해들을 부추기기 시작했다.(같은 곳) 그러한 견해들은 이른바 '노르딕주의Nordicism'로 요약될 수 있다. 노르딕주의란 미국을 세우고 발전시켜 온 존재가 바로 '노르딕 인종'이며, 따라서 이렇게 '우월한' 인종을 다른 인종과 '이종교배'하게 되면 '노르딕 인종' 자체가 사라지고 말 것이라는 믿음을 일컫는다.(Decker 122) 이 같은 믿음은 1920년대 초반 미국에서 대중적 공감을 얻으며 매우 광범위하게 확산되었다. 그러한 분위기 속에서 이민제한법이 1924년에 통과되고, 당시 미국 대통령이었던 캘빈 쿨리지는 "미국은 미국인들이 지켜야 한다"는 발언으로 이 법안을 지지했다.(Decker 123에서 재인용)

《트리뷴》(42/65; 2장) 같은 당시의 대중 일간지(아마《뉴욕 트리뷴》또는《뉴욕 헤럴드 트리뷴》이 모델일 것이다. 참고로 1922년에 후자가 전자를 병합했다)나《저널》(89/128; 5장) 및《타운 태틀Town Tattle》(이 두 잡지는《뉴욕 저널 아메리칸》을 모델로 삼은 것으로 보인다)처럼 "브로드웨이의 스캔들을 실은 … 잡지"(31/53; 2장) 또한《위대한 개츠비》의 장소적 느낌의 형성에 기여한다. 뉴욕에서 발간되던 이 같은 신문과 잡지들은 뉴욕 사람들의 관심을 끌 만한 뉴스들을 전달하는 것이 목적이었기 때문이다. 소설 2장에서 언급되는 로버트 키블Robert Keable의《베드로라 하는 시몬Simon Called Peter》(1921) 역시 당시 베스트셀러였던 대중소설로서, 같은 시기의 신문 및 잡지와 비슷한 기능을 수행한다고 할 수 있다. 이 소설은 "군부대에 소속된 어느 목사가 격정적인 사건들에 휘말리는"(Bruccoli, "Explanatory Notes" 209) 내용으로 전개된다는 점에서 그 자체로 1920년대를, 즉 모든 낡은 규범을 깨뜨리며 숨 가쁘게 지나가는 시대였다고 일컬어지는 그 시대를 강하게 환기시킨다.

마지막으로,《위대한 개츠비》는 뉴욕 곳곳의 지리를 너무나 상세하게 소개하고 있어서, 만약 지금 1922년으로 돌아간다면 이 소설책만 들고 다녀도 등장인물들이 언급한 장소를 찾는 데 무리가 없을 정도이다. 단적인 몇 가지 사례만 들어 보자. 플라자호텔이 "센트럴파크 남쪽"(132/185; 7장)에 면해 있다는 것, "웨스트 50번 가의 … 높은 아파트"(83/119; 4장)에는 영화배우들이 산다는 것(이때는 뉴욕에서 만들어지는 영화가 많았다), 영화를 볼 때는 "50번가 근처의 영화관"(132/185; 7장)을 찾는다는 것, 매디슨가에 자리 잡은 "그 유서 깊은 머리호텔"은 로어맨해튼(뉴욕 맨해튼섬의 남쪽 지역)의 금융가에서 걸어갈 수 있는 거리에 위치해 있으며, 머리호텔을 지나면 33번 가에 위치한 펜실베이니아 역이 나온다는 것(61/91; 3장) 등등을 《위대한 개츠비》를 읽으며 알 수 있다. 그리고 우리를 보증해 줄 클럽 회원과 함께라면 '예일 클럽'에 들어가 볼 수 있을지도 모른다. 닉이 평소에 저녁 식사를 해결하는 장소이자, 식사를 마친 뒤에는 "위층 도서실에 올라가 … 투자와 채권에 관해 공부"(61/90; 3장)하는 그곳 말이다. 우리는 또한 롱아일랜드의 그레이트 넥(웨스트에그) 혹은 맨해셋 넥(이스트에그)에서 출발해 퀸스보로 다리(73/105-106; 4장)를 건너 맨해튼으로 향하는 길에 동참할 수 있다. 더 나아가, 퀸스보로 다리 위에서는 닉의 표현처럼 "하얀 각설탕 덩어리 같은"(73/106; 4장) 빌딩들로 뒤덮인 뉴욕을 한눈에 조망할 수도 있는데, 실제로 뉴욕의 빌딩들은 "하얀색으로 밝게 … 칠해져"(O'Meara 58) 있었다. 하지만 롱아일랜드에서 출발해 퀸스보로 다리로 가려면 코로나 지역 쓰레기 매립장의 불편한 광경과 악취를 감수해야 한다. 그곳은 "회백색 재와 쓰레기, 배설물로 가득한 … 일종의 늪지대"(Bruccoli, "Explanatory Notes" 208)로서, 소설 속에서 "쓰레기 계곡"(27/45; 2장)으로 명명된 바로 그 장소다. 이처럼 《위대한 개츠비》에는 (이 소설의 주요 인물들에게는 아주 익숙할) 1920년대 맨해튼의 외양과 문화를 환기시키는 내용들이 상세히 실려있으며, 여기서 언급한 것들은 그 일부에 지나지 않는다.

홍미로운 점은 맨해튼은 뉴욕시의 다섯 개 자치구 가운데 하나일 뿐임에도(나머지 네 개는 퀸스, 브롱크스, 브루클린, 스테이튼 아일랜드다), 《위대한 개츠비》의 등장인물들은 맨해튼을 오늘날의 사람들처럼 뉴욕시, 뉴욕, 도시, 심지어 시내라는 이름으로 부른다는 점이다. 맨해튼이 근무하는 곳인 동시에 놀러가는 곳이기도 하다는 사실을 이들은 잘 알고 있다. 1장에서 데이지는 오후 내내 소파에 누워 있었다며 투덜거리는 조던에게 "그렇게 보지 마. … 내가 오후 내내 널 뉴욕에 데려가려고 했잖아"(15/29; 1장)라고 대꾸한다. 닉의 경우 뉴욕은 일터이지만, 대부분의 여가 시간도 그곳에서 보낸다. 일을 마친 뒤 예일 클럽에서 저녁을 먹고 로어맨해튼 쪽으로 어슬렁거리거나(61/90-91; 3장) "조던과 쏘다니거나"(107/153; 6장) 하면서 말이다. 맨해튼의 센트럴파크 주변에서는 일종의 마차인 '빅토리아'를 타고 가는 커플도 목격할 수 있는데(83/119; 4장), 이 마차는 오늘날 센트럴파크 내부를 운행하는 2인승 관광마차와 흡사하다.

한편 퀸스 지역에 거주하는 머틀은 뉴욕에 사는 여동생을 종종 만나러 가는데, 그녀는 뉴욕으로 가는 기차 안에서 톰을 처음 만나게 된다.(40/62-63; 2장) 그리고 맨해튼의 웨스트 158번 가(32/52; 2장)에는 톰이 머틀과의 밀회를 위해 마련한 아파트가 위치해 있다(이 사실은 그들이 기차역에서 택시를 타고 아파트가 있는 곳으로 가려면 반드시 할렘을 지나야 한다는 것을 의미한다. 할렘을 통과하지 않으면 목적지에 도달할 수 없다). 더구나 우리는 톰이 자신의 정부를 뉴욕 사람들이 많이 찾는 "카페"에 자주 데려가며, 사람들은 톰이 그곳에서 "아는 사람"을 만날 때마다 "그녀를 테이블에 앉혀 둔 채 … 누구든 붙잡고 지껄여 댄다는 사실"에 분개한다는 것을 알게 된다.(28/46-47; 2장) 확실히 톰은 맨해튼에서 많은 시간을 보낸다. 닉이 개츠비와 함께 점심 식사를 하며 마이어 울프심을 소개받는 42번 가의 레스토랑(73/107; 4장) 역시 맨해튼에 있다. 개츠비 또한 울프심을 만나기 위해서는 뉴욕으로 가야 한다. 그리고 이 소설에서 가장 중요한 장면 가운데 하나인 톰과 개츠비의 대면은 맨해튼의 플라자호텔(132/185; 7장)에서 성사된다. 더 나아가, 개츠비의 파티 손님들(44/67; 3장) 대부분과 심지어 파티에 쓰일 "다섯 상자 분량의 오렌지와 레몬"(43/67; 3장)조차도 뉴욕에서 온다.

그런데 이상한 점이 있다. 화자인 닉 캐러웨이와 그의 친구들은 그토록 뉴욕에서 많은 시간을 보내는데도 어째서 할렘에 대해서는 일언반구도 없을까? 당시 할렘의 나이트클럽들에서는 유비 블레이크, 패츠 월러, 루이 암스트롱, 베시 스미스, 듀크 엘링턴, 캡 캘러웨이 등과 같은 위대한 재즈 음악가들이 무대에 오르고 있었고, 이들의 공연을 보려고 뉴욕 안팎에서 많은 백인들이 몰려들었다.(Lewis 91, 120, 183, 210) 특히 '배런스 리틀 사보이Barron's Little Savoy', '더글러스 클럽Douglass Club'(Lewis 28), '코니스 인Connie's Inn'(Stovall 29), '익스클루시브 클럽Exclusive Club'(Stovall 44) 등의 야간 업소들은 그들의 고객 가운데 "백인들, 그중에서도 사교계에 처음 등장한 사람과 사교계에서 유명 인사가 된 사람, 정치인, 연기자"(Stovall 29) 등이 포함되어 있음을 자랑하곤 했다.

할렘의 극장들은 또한 폴 로브슨, 에델 워터스, "보쟁글스Bojangles" 빌 로빈슨과 같은 전설적인 배우들이 공연하던 곳이기도 했다.(Lewis 120) 저비스 앤더슨Jervis Anderson의 말처럼, "할렘은 흥겹고 유쾌한 맨해튼의 수도였다. … 할렘만큼 뉴욕에서 활기 넘치는 곳도 없었다. 어두워진 다음에는 더더욱 그랬다. 밤마다 엄청난 수의 백인들이 할렘으로 향했다. 대부분이 도심에서 온 사람들이었지만 개중에는 뉴욕이 아닌 다른 지역에서 온 사람들도 있었고, 적은 수였지만 외국에서 온 사람들도 있었다."(139) 데이비드 리버링 루이스David Levering Lewis에 따르면, 그 시대의 할렘은 일반인뿐 아니라 부유한 백인들도 다수 찾는 곳이었고, 그 가운데는 전국적인 유명 인사들도 포함되어 있었다. 이를테면, 존 배리모어와 에델 배리모어, 찰리 채플린(105-106), 유명한 작곡가인 모리스 라벨(173)과 조지 거슈윈(183), 지미 듀랜트, 조앤 크로포드, 베니 굿맨, 인기 악단을 이끌었던 토미 도시와 지미 도시, 훗날 뉴욕 시장이 되는 피오렐로 라과디아, 메이 웨스트, 탈룰라 뱅크헤드, 에밀리 밴더빌트(209) 등의 인물들도 할렘에서 목격되었다.

실제로 아프리카계 미국인들이 만든 뮤지컬코미디 〈셔플 어롱Shuffle

Along〉은 뉴욕 전체를 완전히 사로잡았다. 각본, 제작, 연출 모두 흑인들의 손으로 이루어진 이 뮤지컬은 도심이 아닌 63번 가에 위치한 한 극장에서 공연되었는데, 이 극장은 브로드웨이를 들르는 관객들이 오기에는 다소 멀다고 여겨졌기 때문인지 오래도록 사용되지 않은 채 방치되어 있었다. 그럼에도 "〈셔플 어롱〉은 불과 몇 주 만에 63번 가 극장을 뉴욕에서 가장 유명한 건물 가운데 하나로 만들었다. 또한 〈셔플 어롱〉의 인기 때문에 교통국은 〔교통량을 통제하려고〕 63번 가를 일방통행로로 지정하지 않을 수 없었다."(Johnson 188) 〈셔플 어롱〉은 1921년 여름에 첫 막이 오른 뒤 2년간 계속 상연되었고, 그 뒤에는 순회공연에 올랐다. 이는 닉 캐러웨이가 롱아일랜드에 거주하며 뉴욕에서 많은 시간을 보내던 1922년 여름에도 〈셔플 어롱〉이 상연되고 있었다는 뜻이다. 그러나 《위대한 개츠비》는 당시 뉴욕의 나머지 공연들을 압도한 "유례없는 획기적인" 쇼라는 평가를 받았던 〈셔플 어롱〉(실제로 "몇몇 멜로디들은 … 전 세계 곳곳에서 들렸다"(Johnson 186))을 단 한 번도 언급하지 않는다.

할렘에서 벌어지는 일들에 대한 입소문도 엄청나긴 했지만, 그렇다고 뉴욕의 백인들이 할렘 관련 소식들을 단지 입소문만으로 접했던 것은 아니다. 《데일리 뉴스》, 《뉴욕 월드》, 《뉴욕 타임스》, 《버라이어티》 같은 주류 매체들이 할렘에 관한 이야기들을 계속 보도했기 때문이다.(Lewis 22, 61, 73) 백인문학계와 출판계 역시 할렘에서의 문학 창작에 지대한 관심을 보였다. 그중에서도 펄 벅Pearl Buck, 도로시 파커Dorothy Parker, 싱클레어 루이스Sinclair Lewis, 셔우드 앤더슨Sherwood Anderson, 하트 크레인Hart Crane, 유진 오닐Eugene O'Neil 등과 같은 유명 백인 작가들은 할렘의 지식인들을 격려하기도 했다.(Lewis 98-99) 할렘르네상스(당시에는 '새로운 흑인 운동New Negro Movement'이라는 이름으로 불렸다)를 주도하며 백인들의 관심을 이끌어 낸 위대한 작가들로는 클로드 맥케이Claude Mckay, 진 투머, 랭스턴 휴스, 카운티 컬런, 제시 포셋Jesse Fauset, 제임스 웰던 존슨James Weldon Johnson, 아르나 본 템스Arna Bontemps, 조라 닐 허스턴 등이 있다. 실제로 피츠제럴드가《위대한 개츠비》를 처음 구상하고 집필하기 시작한 1923년은 진 투머가 소설《케인 Cane》을 발표하면서 '뛰어나다'는 평단의 반응(여기에는 저명한 백인 비평가 인 앨런 테이트Allen Tate와 극작가 유진 오닐의 극찬도 포함된다)을 이끌어 낸 해이다.(Lewis 70) 동시에 카운티 컬런이 뉴욕 최고의 주류 신문인《뉴욕 타임 스》와 인터뷰한 해이기도 하다.(Lewis 77)

비록 할렘은 맨해튼에서도 상대적으로 작은 구역이지만, 사실상 도시 속의 또 다른 도시라고 할 만하다. 다른 도시들과 마찬가지로 할렘 또한 제 대로 직업을 갖지 못한 가난한 사람들이 있었고, 그 수가 점점 늘어 가던 추 세였다.(Anderson 139) 1920년대 초반의 할렘이란 "2제곱마일(5제곱킬로미터) 미만"의 면적에 그곳을 고향처럼 여기는 "20만 명 이상"의 흑인 인구가 밀 집해 있는 지역이었다.(Johnson 147) 그러나 당시의 할렘은 "맨해튼의 심장부 인" 센트럴파크 북쪽 끝에 위치했다는 점에서 "변두리도 … 슬럼도 아니었 다. 낡고 쓰러져 가는 공동주택들이 빼곡히 늘어선 특정한 '구역'도 아니었 다. 할렘은 근사한 주택과 아파트들이 들어서 있고, 뉴욕의 다른 지역과 마 찬가지로 가로등이 들어오고 아스팔트 포장으로 손질된 도로가 놓인 곳이 었다."(Johnson 146) 할렘에서는 흑인과 백인을 막론한 문단·공연계·학계의 저명인사들이 밤이든 낮이든 항상 눈에 띄었다. 그들은 할렘을 한가로이 거닐기도 했고, 할렘에서 대중 강연을 진행하기도 했다. 할렘 YMCA에서 강연한 존 듀이John Dewey 같은 인물이 대표적이다.(Lewis 104)

할렘은 더 나아가《크라이시스, 파이어!Crisis, Fire!》,《메신저Messenger》 (Douglas 312-313),《오퍼튜너티Opportunity》(Lewis 120) 같은 신문과 잡지를 자체 적으로 발간하기도 했다. 그리고 할렘은 앞서 언급한 작가, 음악가, 연기자 외에도 로메어 비어든Romare Bearden, 애런 더글러스Aaron Douglas, 로라 휠러 워링Laura Wheeler Waring 같은 화가들이나, 서전트 존슨Sargent Johnson, 엘리자베스 프로펫Elizabeth Prophet, 오거스타 새비지Augusta Savage 같은 조각가들까지 망라하는, 실로 다양한 분야의 유명한 흑인 예술가들을 자랑스럽게 선보였다. 이들 화가나 조각가의 작업들에만 국한시켜 보더라도 할렘르네상스의 결실이 얼마나 풍요로웠는지 잘 알 수 있는데(할렘의 화가 및 조각가에 대해서는 작가나 공연예술가에 비해 그동안 상대적으로 관심이 적은 편이었다), 매년 열리던 경연대회나 전시회에 작품을 출품한 할렘의 화가와 조각가는 1920년대 말에 이르러 무려 백 명을 넘었다고 한다.(Lewis 261-262)

앞서 본 대로, 할렘르네상스가 생산해 낸 창조적 결과물들은 뉴욕의 백인들은 물론이고 미국 밖 서구 세계 전반에 걸쳐 명성이 자자했다. 그런데 예일대 졸업생인 닉 캐러웨이가 어떻게 할렘의 존재를 전혀 모를 수 있을까? 예일대 졸업생이라면 좋은 교육을 받고 훌륭한 감수성을 키웠으며 호기심도 많고, 나아가 닉의 말처럼 "문학에 꽤 재능이 있는 편"(8/20; 1장)일 텐데 말이다. 설령 닉이 할렘의 '고급'문화(문학, 철학적·정치적 집필 활동, 회화, 조각 등)가 쏟아 낸 유명한 결과물들이야 어떻게든 못 본 척하고 넘어갈 수 있었다고 해도, 그가 뉴욕에서 일하고 또 놀기도 하는 이상 할렘의 '밤문화'만큼은 결코 모를 수가 없었을 것이다.

역사적 관점에서 볼 때, 그렇게 무지하기란 거의 불가능하다. 피츠제럴드가 당대의 문화적 현실을 정말로 충실히 묘사했다면, 닉과 그의 친구들이 할렘의 나이트클럽을 방문하는 장면을 포함시키거나 적어도 방문 경험이라도 언급했을 것이다. 분명 뉴욕에서 수차례 조던과의 데이트를 즐겼을 닉은 한 번쯤은 조던과 함께 할렘에 들렀을 것이고, 최신 유행에 맞추어 살아간다고 자부하는 톰과 데이지 역시 할렘을 빼먹었을 리가 없었을 것이다. 실제로 닉은 뷰캐넌 부부에 대해 "사람들이 폴로 경기를 하고 재산을 과시하는 곳이라면 어디든지 떠돌아다니며 즐겼다"(10/23; 1장)라고 말하지 않

있는가. 톰과 데이지가 당시 부유한 백인들이 "재산을 과시하는 곳이라면 어디든" 찾아다녔던 게 사실이라면, 그들은 꽤나 정기적으로 할렘의 야간 업소들을 방문했을 것이다. 물론 여러 인종이 뒤섞인 군중들과 어울리며 사회적 경험을 쌓기 위해서는 아니었다(그 당시 할렘의 나이트클럽에서는 거의 대부분 인종분리가 시행되고 있었다[8]). 그보다는 부유하거나 유명한 백인들을 보고 그들에게 보여지기 위해서였다. 타일러 스토벌Tyler Stovall에 따르면, "[1920년대] 당시 뉴욕에 거주하던 부유하고 저명한 백인들은 저녁마다 할렘의 무수한 주류 밀매소 가운데 한 곳에 들러 재즈를 들으며 흥청거리는 것이 일상화되어 있었다."[29]

더구나 1920년대에 할렘에 거주하던 아프리카계 미국인들의 대다수는 할렘 안에서만 활동한 것이 아니다. 당시 아프리카계 미국인들은 할렘 출신이든 뉴욕의 다른 지역 출신이든 상관없이 맨해튼 어디에서나 일하고 여가를 보내고 쇼핑을 즐겼다. 그러나 《위대한 개츠비》에서 아프리카계 미국인은 단 한 차례 등장할 뿐이다. 닉과 개츠비는 점심을 먹으러 뉴욕으로 향하는 길에 "맵시 있게 차려입은 흑인 … 세 명"이 타고 있는 "백인 기사가 운전하는 리무진 한 대"와 마주친다.[73/106; 4장] 닉은 리무진에 타고 있는 흑인들을 "[흑인] 남자bucks 둘과 여자 하나"라고 묘사한 뒤, "그들이 거만하게 경쟁이라도 하듯 우리를 향해 달걀 노른자위 같은 눈동자를 굴리는 것을 보고 나는 크게 웃음을 터뜨렸다"[같은 곳]라고 덧붙인다. 여기서 닉은 아무렇지도 않게 명백한 인종차별주의를 드러낸다. 먼저, 그는 흑인 남자들을 'buck' '수사슴'이라는 뜻과 더불어, 흑인 남성에 대한 경멸적 의미도 담고 있는 낱말 이라고 표현한다. 말하자면, 흑인은 사람이라

---

[8] 1920년대 소유주가 흑인인 클럽도 있었고 백인 소유주도 없지 않았다. 다만, 대부분은 출입하는 고객에 따라 인종적으로 분리되었다. 전형적인 모습을 그려 보자면, 클럽에서 일하는 음악가는 흑인이었고, 손님들은 백인이었다.

기보다 동물에 가깝다는 것이다. 또한 넓게 벌어진 눈동자를 굴린다는 식의 표현을 사용함으로써, 아프리카계 미국인들에 대한 인종차별적 선입견, 이를테면 어리석고 유치하며 필요 이상 과장되게 행동하고 우스꽝스럽기까지 하다는 고정관념을 강하게 환기시킨다.

덧붙여 말하자면, 흑인들에 대한 닉의 이 같은 묘사는 토니 모리슨이 미국의 백인문학에 등장하는 아프리카적 존재를 분석하면서 설명한 것과 같은 종류의 서사적 기능을 수행한다. 닉이 묘사한 흑인들의 모습, 즉 맵시 있게 차려입고 기사가 딸린 리무진에 올라탄 채 다른 사람들 눈에 비친 자신의 사회적 지위에 매우 신경 쓰는 모습은 사실 개츠비를 말해 주는 거울이자 그림자이기도 하다. 개츠비가 이 흑인들과 확실히 다른 점은 개츠비가 자신의 출신을 감출 수 있고 실제로도 감춘 반면에, 흑인들은 피부색을 감출 수 없기에 출신을 드러낼 수밖에 없다는 점뿐이다. 닉의 관점에서 볼 때, "격식을 차린 그(개츠비)의 말투는 어리석다는 인상에서 가까스로 벗어날 정도"(53/79; 3장)에 머물러 있고, 가공의 존재인 부유한 "선조"(69/101; 4장) 및 (톰의 표현인) "곡마단 마차"(128/179; 7장)처럼 보이는 자동차를 비롯한 그가 꾸며 낸 모든 것들이 온통 터무니없기는 해도, 어쨌든 개츠비는 성공을 낭만적으로 구현해 낸 인물이다. 하지만 닉이 묘사한 흑인들은 그저 놀림감에 지나지 않는다. 다시 말해, 닉은 흑인 인물들을 단일한 이미지로, 그리고 겨우 한두 문장만으로 묘사한 뒤, 그 자신과 독자들이 경멸해 마지않을 개츠비에 관한 모든 것을 거기에다 대신 투사한다. 그러나 닉의 묘사에서 흑인들은 어리석어 보이는 데 반해, 개츠비는 그렇지 않다. 결국 흑인 인물들에 대한 닉의 인종차별적 태도는 그들을 희생양 삼아 (닉 스스로, 그리고 텍스트 자체적으로) 개츠비를 호의적으로 보이도록 하는 데 이바지한다. 바꾸어 말하면, 《위대한 개츠비》는 1920년대 뉴욕에서 아주 쉽게 찾아볼 수 있었고 또한 중요한 위치를 차지하고 있었던 아프리카계 미국인들의 실제 모습을 지워 버린다. 이 소설에서 그들의 자리는 우리가 본 것처럼 대부분 백인들의 우월성을 강화하는 데 이용되는 우스꽝스러운 고정관념[9]들로 대신 채워져 있는 것이다. 1920년대 뉴욕이라는 역사적 현실을 고려할 때, 이는 사소한 문제가 아니다.

확실히 피츠제럴드는 '재즈시대'를 재현하면서 아프리카계 미국인들을 지워 버릴 뿐만 아니라 재즈를 창조한 아프리카계 미국인들에게서 재즈를 빼앗기로 작정한 것으로 보인다. 이 소설에서 재즈를 연주하는 음악가는 개츠비의 파티에 등장한 백인 연주자들이 전부다. 닉의 묘사에 따르면, 그들은 "보잘것없고 시시한 5인조 악단이 아니라 오보에, 트롬본, 색소폰, 비올라, 코넷, 피콜로, 저음과 고음의 드럼까지 갖춘 완벽한 오케스트라였다."(44/67; 3장) 즉, 재즈는 오케스트라의 진용을 갖춤에 따라 고급문화의 지위로까지 '격상'되었으며, 그것이 고급문화가 된 이상 재즈는 흑인의 것이 아닌 백인의 것이라는 뜻이다.

특히 이 오케스트라의 지휘자가 최근 카네기홀에서 연주된 작품이라면서 소개하는 곡이 "〈블라디미르 토스토프의 세계 재즈사〉"(54/82; 3장)라는 사실은 매우 의미심장하다. '블라디미르 토스토프'라는 이름만큼 확실히 유럽인(즉, 백인)을 연상시키는 이름이 또 있을까? 이런 이름을 가진 인물을 독자들이 아프리카계 미국인으로 오인할 리 없다. 《위대한 개츠비》가 묘사하는 세계에서 재즈는, 적어도 상징적 차원에서는 유럽인의 발명품이다. 그런

---

[9] 학생들이 내게 알려 준 바에 따르면, 머틀 윌슨이 뺑소니 사고사를 당한 장면에는 "해쓱한 얼굴에 옷을 잘 차려입은 흑인 한 사람"(147/206; 7장)이 나온다. 경찰관은 이 인물이 제공한 정보를 열심히 받아 적는다. 이 짧은 단락이 등장한 흑인 인물에게 어느 정도의 권위를 부여하는 것은 사실이지만, 소설 전반에 걸친 인종적 분위기로 미루어 볼 때, 이 흑인의 피부가 옅은 색이 아니고 좋은 옷을 입지 않았다면 증언의 신뢰성은 떨어졌을 것이다. 피츠제럴드가 그를 그렇게 묘사한 것은 경찰관은 물론 (백인) 독자가 그의 증언을 신뢰할 이유가 충분해야 했기 때문일 것이다.

점에서 "지배인종인 우리 백인이 정신을 바짝 차려야 한다는 거야. 만일 그러지 않으면 다른 인종들이 이 세계를 제패하게 될 거라는 거지"(17/33; 1장)라는 톰의 경고는 이 소설도 무의식적으로 공유하는 어떤 태도라고 할 수 있다. 비록 화자인 닉은(그리고 겉으로는 톰을 비호감적 인물로 묘사하는 이 소설은) 그러한 경고를 무시하지만 말이다.

소설의 배경을 정확히 전달하는 것으로 정평이 나 있는 피츠제럴드가 유독 할렘만 철저하게 외면한 이유는 무엇일까? 로라레이 오메라Lauraleigh O'Meara에 따르면, 피츠제럴드는 "놀라울 정도로 다채로운"(34) 맨해튼을 개인적으로 잘 알 수밖에 없는 인물이다. 1920년 4월에 피츠제럴드와 젤다는 뉴욕시에서 결혼식을 올렸고, 신혼 첫 달을 뉴욕의 빌트모어호텔과 코모도어호텔에서 보냈다. 이후 몇 달간은 코네티컷주의 웨스트포트에서 살았으나, 그곳과 맨해튼 사이의 거리는 고작 50마일^{약 80킬로미터} 에 불과했기에 스콧과 젤다는 종종 맨해튼으로 놀러가곤 했다. 그해 10월에 뉴욕으로 돌아온 두 사람은 유럽으로 떠나는 이듬해 여름까지 줄곧 웨스트 59번 가의 한 아파트에서 살았고, 유럽에서 돌아온 뒤에는 고향에 잠시 머물렀다가 1922년에 다시 뉴욕으로 이주한다. 1922년 10월부터 1924년 4월까지 피츠제럴드 부부가 살았던 곳은 롱아일랜드의 그레이트넥이었지만, 이들은 뉴욕시에서 열리는 파티에도 자주 참석했다.(O'Meara 33-34) 롱아일랜드에 사는 그들에게 뉴욕은 너무나 가깝고 또 매혹적인 도시였던 것이다. 1924년 4월에 스콧과 젤다가 다시 프랑스로 향하게 된 것도 실제로 그러한 이유 때문이었다.(O'Meara 50)

뉴욕에 관하여 피츠제럴드가 알고 있는 것들에는 분명 할렘과 관련된 부분들도 포함된다. 피츠제럴드는 백인 작가이자 비평가, 그리고 사진가인 칼 반 베흐텐Carl Van Vechten과도 친분이 있었는데, 반 베흐텐은 할렘에 흠뻑 빠져 있던 인물인 데다 이미 할렘에서도 유명인이었기 때문이다. 반 베흐텐은 1920년대 중반에 "할렘 곳곳을 누비고 다니는, 할렘에서 가장 열정적인 노르딕인"(Lewis 182)이라는 말까지 들을 정도였다. 그래서 뉴욕 웨스트 사이드에 거주하던 반 베흐텐이 자기 집에서 파티를 주최하게 되면 백인과 흑인 모두 손님으로 초대하는 것이 당연했다. 개츠비도 반 베흐텐의 파티에 참석하곤 했는데, 이 말은 개츠비가 반 베흐텐의 할렘 친구들 및 지인들과 함께 종종 시간을 보냈다는 뜻이다.(Lewis 182-184) 실제로 피츠제럴드가 1922년에 발표한 소설《아름답고 저주받은 사람들The Beautiful and the Damned》에는 할렘이 언급된다. 그의 다른 작품들과 마찬가지로 개인적 경험에 근거해 집필한 것으로 알려진 이 소설에 피츠제럴드는 특별히 뉴욕의 다양성에 관한 내용을 포함시켰고, 그 과정에서 할렘을 함께 거론한 것이다.(O'Meara 34)

심지어 피츠제럴드는 파리에 머무는 동안에도 할렘을 의식하지 않을 수 없었다. 피츠제럴드, 헤밍웨이, 거트루드 스타인 등을 비롯한 이른바 '잃어버린 세대Lost Generation'로 묶이는 작가들이 파리에 정착해 활동했던 것과 마찬가지로, 당시 아프리카계 미국인 예술가들(재즈 음악가, 작가, 화가, 조각가, 운동선수 등) 또한 파리로 건너와 근거지를 마련하고 활발히 움직였는데, 그들 가운데 상당수는 할렘 출신이었기 때문이다.(Stovall 26) 타일러 스토벌에 따르면, "1920년대에 파리에 거주하던 외국인은 유명한 사람들만 해도 수만 명에 달했지만, 파리를 고향으로 삼겠다고 결심한 몇 백 명의 아프리카계 미국인들만큼 당시 파리에 엄청난 충격을 몰고 온 외국인은 거의 없었다."(25-26) 또한 "흑인성은 1920년대 파리의 커다란 유행으로 자리 잡았고 … 파리의 지식인들은 흑인문화를 시대정신의 표현으로 보고 진지하게 다루었다."(32) 자기 소설에 시대정신을 담아내고 싶었던 피츠제럴드는 1921년 콩쿠르상이 누구에게 돌아갔는지 결코 놓치지 않았을 것이다. "프랑스에서 가장 명망 높은 문학상은 … 마르티니크 출신의 … 흑인인 르네 마랑René Maran이 쓴《바투알라, 진정한 흑인 소설Batouala, véritable roman nègre》에 주어졌다."(같은 곳)

피츠제럴드는 몽마르트르에 위치한 재즈 클럽들을 수시로 드나들면서 파리에 거주하던 할렘 출신 사람들과 만났다. 파리 북부에 위치한 몽마르트르는 1920년대 파리에서 아프리카계 미국인들이 가장 많이 살던 지역이자(Stovall 39), 할렘의 밤 문화를 말 그대로 똑같이 재현한 곳이었다. 할렘에서 보던 것과 똑같은 재즈 클럽들이 몽마르트르에 세워졌을 뿐 아니라, 실제로 할렘에서나 만날 수 있던 재즈 음악가들 가운데 상당수가 몽마르트르의 재즈 클럽에서 공연하고 있었다. "미국에서 건너온 백인들은 몽마르트르의 나이트클럽들을 자주 찾았고"(Stovall 78), 피츠제럴드 역시 그 가운데 한 사람이었다. 특히 피츠제럴드는 브릭탑Bricktop(머리카락 색깔 때문에 붙은 별명)으로 불리던 유명한 아프리카계 미국인 재즈 가수를 좋아했는데, 브릭탑 또한 미국에 있을 때 할렘에서 노래하던 가수였다.(Stovall 78-79)

이쯤 되면 확실히 궁금해진다. '재즈시대'를 다룬 피츠제럴드의 걸작《위대한 개츠비》는 어째서 할렘을 단 한 차례도 언급하지 않고, 어째서 재즈가 백인문화의 산물이라는 암시를 던지며, 어째서 1920년대 뉴욕의 아프리카계 미국인들에게 '우스꽝스러운' 부정적인 고정관념을 덧씌우는가? 요약하자면, 피츠제럴드는《위대한 개츠비》를 집필하던 당시에 아프리카계 미국인들에 대해 어떤 태도를 갖고 있었는가? 로버트 포리Robert Forrey와 앨런 마골리스Alan Margolies에 따르면, 피츠제럴드는 말년으로 가면서 인종차별적 태도에서 차츰 "벗어나는 기색을 보였다"(Forrey 296). 그러나《위대한 개츠비》가 너무 일찍 나오는 바람에(그가 20대 때 쓴 소설이다), 피츠제럴드는 이후에 일어난 관점의 변화를 반영할 기회를 제대로 갖지 못한 것이 분명해 보인다.

실제로 상당히 많은 증거로 볼 때《위대한 개츠비》는 아프리카계 미국인들을 아예 지워 버리거나 그릇된 방식으로 재현했다는 점에서 문제를 안고 있는 소설이다. 그와 같은 누락과 왜곡이 일어나는 이유는 저자인 피츠제 럴드가 의식적으로든 무의식적으로든 아프리카계 미국인들을 자기 소설의 시야 밖으로 몰아내려고 했기 때문이다. 아프리카계 미국인들이 실제로 뉴욕(피츠제럴드의 소설이 갖는 장소적 느낌과 관련하여 중요한 기능을 한다)에 살고 있다는 사실을 누구나 아는데도 말이다. 이제 곧 보게 되겠지만, 피츠 제럴드는 아프리카계 미국인이 백인에 비해 지독하게 열등한 존재라고 믿었다. 물론 이 자리에서 그의 인종차별주의를 낳은 심리적 동기들이 과연 무엇이었는지 알아보려는 것은 아니다. 다만, 백인의 우월성에 대한 피츠제 럴드의 믿음은 어쩌면 (뉴욕과 파리에서 직접 목격한) 아프리카계 미국인들의 문학과 예술이 거둔 걸출한 성과 앞에서 자기 작품이 갖는 문학적 가치가 퇴색될지도 모른다는 마음속 깊은 곳의 불안감을 감추려는 데서 비롯되었을지도 모른다. 아무튼 이유가 무엇이었건 간에, 아프리카계 미국인들에 대한 피츠제럴드의 태도가 인생 대부분에 걸쳐 의심할 여지없이 인종차별적이었다는 것은 분명하다.

로버트 포리가 검토한 바에 따르면, 피츠제럴드의 수많은 단편소설들에 등장하는 흑인 인물들은 "거의 대부분 'coon', 'nigger', 'pickaninny', 'Sambo'[^1] 같은 비하조의 말들(때때로 이 말들은 3인칭 시점으로 등장하는 저자 자신의 목소리이기도 하다)로 불리는 하찮은 인물들이다. 이들의 역할은 대개 희극적 효과를 자아내는 것이다."(293) 타일러 스토벌 역시 피츠제럴드의 《밤은 부드러워Tender Is the Night》(1934)를 언급하면서, "해외에서 살아가는 미국인의 삶을 다룬 가장 위대한 소설 가운데 하나인 이 작품" 또한 "흑인에 관한 인종차별적 구절들"을 담고 있는 것으로 "악명 높다"고 말한다.(80) 한편 포리는 다음과 같이 덧붙인다. "실제 삶에서든 소설에서든, '깜둥이'가 나타난다는 것은 대개 피츠제럴드가 못된 장난을 부추기기 시작한다는 신호였다."(294) 이와 관련하여 포리는 앤드루 턴불

[^1]: '깜둥이'처럼 모두 아프리카계 미국인을 경멸스럽게 부르는 말들

Andrew Turnbull의 피츠제럴드 전기 《스콧 피츠제럴드Scott Fitzgerald》(1962)를 인용하며 두 가지 사례를 들려준다.

먼저, 피츠제럴드는 "어느 순진한 흑인 목사를 소개시켜 주었다. 그 목사가 보육원에 필요한 자금을 마련하려고 아프리카에서 온 귀한 손님이라면서 말이다. 그런데 그 목사는 예의가 바르다 못해 너무 긴장하고 당황했는지 그만 자리에서 도망치고 말았다."(같은 곳) 또한 피츠제럴드는 자신이 고용한 아프리카계 미국인 운전기사를 웃음거리로 만들기도 했다. 이 운전기사는 언어장애를 가졌는데, 피츠제럴드는 그 운전기사에게 그가 정확히 발음할 수 없는 단어들로 가득 채워진 문장을 되풀이하여 발음하도록 시켰다.(같은 곳에서 재인용) 이런 맥락에서 보면, 앞서 잠깐 언급한 아프리카계 미국인 재즈 가수 브릭탑에 대한 피츠제럴드의 태도도 확실히 다른 관점에서 볼 수 있다. 피츠제럴드는 브릭탑의 열렬한 팬이었고 그 가수의 노래를 들으려고 클럽을 자주 찾기도 했지만, "브릭탑은 단지 〔피츠제럴드의〕 집에 고용된 음악가로서 들를 뿐, 친구나 동등한 관계로서 찾아오지는 않았다."(Stovall 80)

M. 기들리M. Gidley는 앤드루 턴불이 편집한 《F. 스콧 피츠제럴드 서간집 The Letters of F. Scott Fitzgerald》(1963)에서 한 구절을 소개한다. 피츠제럴드가 친구인 에드먼드 윌슨에게 보낸 편지에는 피츠제럴드의 인종차별적 '철학'이 적나라하게 드러나 있다.

빌어먹을 유럽 대륙. … 흑인종은 노르딕 인종을 더럽히려고 계속 북쪽으로 기어 올라가고 있어. 이탈리아인들은 벌써 검둥이blackamoor〔흑인 또는 어두운 피부를 가진 사람〕의 영혼과 섞여 버렸지. 〔미국은〕 이민 장벽을 높여서 스칸디나비아 사람들과 튜턴족의 후예들〔조상이 게르만족이거나 켈트족인 사람들〕, 그리고 앵글로색슨과 켈트족의 후예들〔영국인·스코틀랜드인·아일랜드인〕만 받아들여야 해. (Gidley 178)

에드먼드 윌슨에게 보낸 또 다른 편지에서 피츠제럴드는 이렇게 적고 있다. "우리〔앵글로색슨, 켈트족의 후예, 기타 백인들〕는 검둥이들보다 월등한 만큼, 현대 프랑스인들보다도 훨씬 월등하지. 심지어 예술까지도!"〔같은 곳에서 재인용〕

아프리카계 미국인을 향한 피츠제럴드의 태도를 적나라하게 보여 주는 또 다른 사례로서, 친구인 칼 반 베흐텐의 저작에 그가 보인 반응을 들 수 있다. 앞서 언급한 것처럼, 반 베흐텐은 할렘에서 많은 시간을 보내며 할렘의 문화에 열광했던 인물이다. 반 베흐텐은 1926년에 할렘을 소재로 한 소설《검둥이 천국Nigger Heaven》을 출간하는데, 제목부터 자극적인 이 책에 대해 듀보이스는 다음과 같이 평가했다. "얼굴을 한 대 크게 맞은 기분이다. … 이 책은 〔반 베흐텐을 공동체 안으로〕 환대해 준 흑인 민중과 지성을 갖춘 백인들 모두에게 상처를 주었다. … 내가 보기에 이 소설은 진실하지도, 예술적이지도 않다. … 이것은 희화화에 지나지 않는다."〔Anderson 219에서 재인용〕 데이비드 리버링 루이스에 따르면,《검둥이 천국》의 "플롯은 순전히 멜로드라마"이며 "〔흑인〕 인종의 90퍼센트는 … 이 책에 대해 듀보이스의 견해와 일치했다".〔Lewis 181〕

그러나 대다수의 백인 독자들과 문학비평가들은 이 같은 평가에 동의하지 않았다. 개츠비 역시 마찬가지였다. 개츠비는《검둥이 천국》에 대해 "하나의 예술 작품"〔Anderson 217〕이라고 규정하고, "북부의 검둥이들, 아니 뉴욕의 검둥이들"〔Gidley 181에서 재인용〕을 재현해 낸 점에 찬사를 보냈다. 다시 데이비드 리버링 루이스의 말에 따르면, 피츠제럴드가 "이 소설을 아주 좋아한 이유는 문명이 만들어 낸 아프리카계 미국인들의 기괴한 성질과 '때 묻지 않은 검둥이들'의 … 영속성을 이 소설이 확인시켜 주었기 때문이다."〔188〕 바꾸어 말하면, 피츠제럴드는 아프리카계 미국인들이 백인문화를 제대로 내면화하기란 불가능하며(그들은 원시적인 채로, 곧 '때 묻지 않은' 채로 머물러 있으므로), 그렇기 때문에 할렘은 단지 백인문화를 모방하려는 시도에

그칠 뿐이라고 믿었다. 피츠제럴드에게 할렘이란 "백인문화를 원래의 맥락에서 떼어 내 전혀 상관도 없는 다른 배경 속에 우연히 갖다 놓은 듯, 백인의 방식들을 … 흉내만 내는aping 곳이었다."(Lewis 188에서 재인용)

방금 인용한 문장은 너무나 노골적이어서 놀라움을 금할 수 없는 발언이다. 아프리카계 미국인들이 창조한 재즈를 백인음악의 모방이라고 말하는 사람은 거의 없다. 랭스턴 휴스나 조라 닐 허스턴, 클로드 맥케이 등을 배출하며 아프리카계 미국인들의 문학적 전통을 더욱 풍요롭게 일구는 데 기여한 할렘르네상스기의 문학작품들이 단지 백인문학의 판박이에 불과했다면 그러한 성과는 결코 있을 수 없었을 것이다. 아프리카계 미국인들의 문화가 지닌 독창성을 거듭 인정한 이들은 오히려 미국이 아닌 다른 나라의 백인들이었다. 이를테면, '재즈시대' 당시 파리에서는 앞서 언급한 대로 아프리카계 미국인들의 문화가 지닌 독특성에 크게 감탄하고 있었다. 그러나 피츠제럴드에게는 할렘을 그 자체로 정당하게 평가할 능력도, 의지도 없었다. 그는 아프리카계 미국인들을 미개하고 교양 없는 존재로 업신여기는 백인들의 고정관념에 계속 기대고 싶었던 것이 틀림없다. 만약 피츠제럴드가 할렘에서 그런 종류의 고정관념에 부합하지 않는 어떤 것을 목격했다면, 그는 앞의 인용문대로 그것을 아프리카계 미국인들의 '백인 흉내 내기'라는 식으로 폄하했을 것이다. 물론 이 같은 맥락에서 보자면, 피츠제럴드는 '흉내 내기'라는 말을 골랐을 때부터 이미 자신의 인종차별적 시각을 드러내 보인 것이다.

그런 점에서 《위대한 개츠비》는 미국의 사회사를 말해 주는 자료이자 현실적 시공간에서 진행된 미국인들의 삶을 담은 기록으로서 세계적으로 널리 읽혀 왔고 지금도 읽히고 있다"(Bruccoli, "The Text of The Great Gatsby" 193)는 평가는, 좋게 말해서 아이러니하다. 이 말이 사실이라면, 세계는 아프리카계 미국인과 할렘이 생략된 '재즈시대'의 기록을 읽은 셈이기 때문이다. 정작 이 소설에 재현된 '재즈시대'를 창조하는 데 결정적으로 기여한 것은 아프리카계 미국인들과 할렘인데 말이다. M. 기들리는 이렇게 말한다. "피츠제럴드는 '재즈시대의 계관시인'으로 알려져 왔지만, 사실 '재즈시대'를 말해 주는 특징들 가운데 상당수는 할렘의 밤 문화에서 생겨난 것이다. 그런 점에서 돌이켜 보건대, 피츠제럴드는 아마 편견의 사슬에 포박된, 그러나 사슬 너머를 바라보지 못한 한 사람의 포로가 아니었나 싶다."[181] 나 역시 피츠제럴드가 편견이라는 감옥에 갇힌 인물이었다는 점에 동의한다. 적어도 《위대한 개츠비》만 보자면, 피츠제럴드가 자신의 굴레를 벗어나는 데 실패한 것만은 분명하다.

다음에 언급된 문학작품이나 직접 고른 작품을 아프리카계 미국인 문학비평으로 해석할 때, 이런 질문들을 던져 보면 도움이 될 것이다.

① 아프리카계 미국인 여성의 텍스트에서 반복적으로 등장하는 인물유형을 설명한 메리 헬렌 워싱턴의 분석('정지된 여성', '동화된 여성', '거듭난 여성')을 바탕으로, 앨리스 워커의 《컬러 퍼플The Color Purple》(1982)과 조라 닐 허스턴의 《그들의 눈은 신을 보고 있었다》(1937)에 등장하는 여성 등장인물을 분석해 보자. 구체적으로, 이 인물유형들은 어떤 방식으로 텍스트의 인종적 정치를 향상시키고, 상투적 고정관념을 바로잡고, 아프리카계 미국인의 문화와 업적을 예찬하고, 인종차별주의의 경제적·사회적·심리적 효과를 보여 주는가?

② 어거스트 윌슨의 희곡 《피아노 수업The Piano Lesson》(1990)은 아프리카계 미국인들에게 중요한 두 가지 화두를 대립시킨다. 하나는 문화적 유산의 중요성이고, 다른 하나는 경제적 생존의 어려움이다. 이 같은 주제를 다루는 윌슨의 방식을 아프리카계 미국인 문학에 나타나는 영적 추구와 그 이면의 경제적 요구 사이의 관계에 주목하는 휴스턴 베이커의 논의와 어떻게 연계시킬 수 있는가? 이 분석을 뒷받침하기 위해, 해당 희곡이 이러한 주제를 주장하고자 아프리카계 미국인 문화의 요소들(예컨대, 구술사, 스토리텔링, 종교적 신념의 중요성)을 어떤 방식으로 활용하는지 살펴보는 것도 한 방법이다.

③ 토니 모리슨의 《가장 파란 눈》(1970)은 어떤 면에서 아프리카계 미국인 문학 전통을 잇는 작품이라고 할 수 있는가? 이를 알아보고자, 예컨대 《가장 파란

눈》이 보여 주는 반인종차별주의적 정치성을 분석해 볼 수 있다(모리슨은 내면
화된 인종차별주의 심리에 대한 통찰로도 널리 알려져 있다). 또는 아프리카계 미
국인 문화와 관련하여 이 소설의 시학과 구술성, 민담 모티프 등을 분석하거
나, 이러한 장치들이 작품의 의미에 어떻게 연관되는지 살펴볼 수도 있다. 또
는, 이 소설이 아프리카계 미국인 여성들의 글쓰기 전통을 구체적인 방식으로
계승한다고 주장할 수도 있다.

④ 차별적 인종화, 교차성, 백인의 특권, 이해 일치 등 비판적 인종 이론과 관련된
개념들을 활용하여 랠프 엘리슨의 《보이지 않는 인간》(1952)을 분석해 보자.
이 개념들은 소설 속 인물 묘사와 플롯에 나타난 특정 면모를 명확히 하는 데
어떤 식으로 도움이 되는가?

⑤ 토니 모리슨의 《어둠 속의 유희: 백인성과 문학적 상상력》에 관한 앞선 논의를
활용하여, F. 스콧 피츠제럴드의 《밤은 부드러워》(1934)에 나타난 아프리카적
존재를 분석해 보자. 예컨대, 흑인 등장인물 또는 피부색이 검은 등장인물들이
백인 등장인물의 긍정적 모습을 구축하기 위해 어떤 방식으로 사용되는가? 또
는 흑인 등장인물, 검은 피부색의 등장인물, 아프리카, 또는 흑인성에 결부된
이미지들은 어떤 방식으로 부정적인 서사적 사건에 연결되는가? 어떤 방식으
로 인간의 부정적인 자질들을 표상하는 데 사용되는가?

＝ 더 읽을거리

Achebe, Chinua. "An Image of Africa: Racism in Conrad's *Heart of Darkness*." *Massachusetts Review* 18 (1977): 782-794. Rpt. in *Hopes and Impediments: Selected Essays – 1965–1987*. London: Heinemann, 1988. 1-20.

Alexander, Michelle. *The New Jim Crow: Mass Incarceration in the Age of Colorblindness*. New York: The New Press, 2012.

Awkward, Michael. *Inspiriting Influences: Tradition, Revision, and Afro-American Literature*. New York: Columbia University Press, 1989.

Bell, Bernard W. *The Afro-American Novel and Its Tradition*. Amherst: University of Massachusetts Press, 1987.

Bullard, Robert D., and Beverly Wright. *The Wrong Complexion for Protection: How the Government Response to Disaster Endangers African American Communities*. New York and London: New York University Press, 2012. See especially, "Growing Up in a City that Care Forgot, New Orleans: A Personal Perspective from Beverly Wright" (26-46) and "The Wrong Complexion for Protection: Response to Toxic Contamination" (100-125).

Coates, Ta-Nehisi. *Between the World and Me*. New York: Spiegel & Grau, 2015.

Crenshaw, Kimberlé. *On Intersectionality: Essential Writings*. New York: The New Press, 2019.

Delgado, Richard, and Jean Stefancic. *Critical Race Theory: An Introduction*. New York: New York University Press, 2017.

Du Vernay, Ava, dir. *13th: From Slave to Criminal with One Amendment*. Netflix, 2016.

Ferrante, Joan, and Prince Brown Jr., eds. *The Social Construction of Race and Ethnicity in the United States*. 2nd ed. Upper Saddle River, N.J.: Prentice Hall, 2001.

Gates Jr., Henry Louis. *Stony the Road: Reconstruction, White Supremacy, and the Rise of Jim Crow*. New York: Penguin Books, 2019.

Hannah-Jones, Nikole, Caitlin Roper, Ilena Silverman, and Jake Silverstein, eds. *The 1619 Project*. New York: One World, 2021.

Hobson, Janell, ed. *Are All the Women Still White?* Albany, NY: State University of New York Press, 2016.

hooks, bell. *Ain't I a Woman: Black Women and Feminism*. Boston: South End Press, 1981.
[벨 훅스, 《난 여자가 아닙니까?》, 노지양 옮김, 동녘, 2023.]

Hull, Gloria T., Patricia Bell Scott, and Barbara Smith, eds. *All the Women Are White, All the Blacks Are Men, But Some of Us Are Brave: Black Women's Studies*. Old Westbury, N.Y.: Feminist Press, 2015.

Ikard, David. *Breaking the Silence: Toward a Black Male Feminist Criticism*. Baton Rouge, LA: Louisiana State University Press, 2007.

Kendi, Ibram X. *Stamped from the Beginning: The Definitive History of Racist Ideas in America*. New York: Bold Type Books, 2017.

McNeil, Elizabeth, Neal A. Lester, DoVeanna S. Fulton, and Lynette D. Myles. *Sapphire's Literary Breakthrough: Erotic Literacies, Feminist Pedagogies, Environmental Justice Perspectives*. Basingstoke and New York: Palgrave Macmillan, 2012.

Mitchell, Angelyn, ed. *Within the Circle: An Anthology of African American Literary Criticism from the Harlem Renaissance to the Present*. Durham, N.C.: Duke University Press, 1994.

Morris, Monique W. *Pushout: The Criminalization of Black Girls in School*. New York: The New Press, 2016.

Morrison, Toni. *The Origin of Others*. Cambridge, MA and London: Harvard University Press, 2017. [토니 모리슨, 《타인의 기원》, 이다희 옮김, 바다출판사, 2022.]

Morrison, Toni. *Playing in the Dark: Whiteness and the Literary Imagination*. New York: Vintage, 1993.

Oluo, Ijeoma. *So You Want to Talk about Race*. New York: Seal Press, 2018.

Tyson, Lois. "Using Concepts from African American Theory to Understand Literature." *Using Critical Theory: How to Read and Write about Literature*. 3rd ed. London and New York: Routledge, 2021. 221-262. (See especially "Interpretation Exercises," 230-255, and "African American Theory and Cultural Criticism: *Waiting to Exhale*," 257-260. See also "Three Questions about Interpretation Most Students Ask," 10-12.)

Vargas, Jose Antonio, dir. *White People*. MTV, 2015. (Available online at https://www.youtube.com/watch?v=_zjj1PmJcRM.)

Wilkerson, Isabel. *Caste: The Origins of Our Discontents*. New York: Random House, 2020. [이저벨 윌커슨, 《카스트: 가장 민주적인 나라의 위선적 신분제》, 이경남 옮김, 알에이치코리아, 2022.]

☰ 중요한 이론서들

Ahad, Badia Sahar. *Freud Upside Down: African American Literature and Psychoanalytic Culture*. Urbana, IL: University of Illinois Press, 2010.

Baker Jr., Houston A. *Blues, Ideology, and Afro-American Literature: A Vernacular Theory*. Chicago: University of Chicago Press, 1984.

Camara, Babacar. *Marxist Theory, Black/African Specifcities, and Racism*. Lanham, MD: Lexington Books, 2008.

Collins, Patricia Hill. *Black Feminist Thought: Knowledge, Consciousness, and the Politics of Empowerment*. New York: Routledge, 2008. [패트리샤 힐 콜린스, 《흑인 페미니즘 사상: 지식, 의식, 그리고 힘기르기의 정치》, 박미선 외 옮김, 여성문화이론연구소(여이연), 2009.]

Crenshaw, Kimberlé Williams, Neil Gotanda, Gary Peller, and Kendall Thomas, eds.

Critical Race Theory: The Key Writings That Formed the Movement. New York: New Press, 1995.

Gates Jr., Henry Louis. *The Signifying Monkey: A Theory of African-American Literary Criticism*. New York: Oxford University Press, 1988.

Hall, Stuart. *The Fateful Triangle: Race, Ethnicity, Nation*. Ed. Kobena Mercer. Cambridge, MA: Harvard University Press, 2017. [스튜어트 홀, 《인종은 피부색이 아니다》, 임영호 옮김, 컬처룩, 2024.]

James, Joy, and T. Denean Sharply-Whiting, eds. *The Black Feminist Reader*. Malden, MA: Blackwell, 2000.

Johnson, Patrick E., and Mae G. Henderson, eds. *Black Queer Studies: A Critical Anthology*. Durham, NC and London: Duke University Press, 2005.

Spillers, Hortense. *Black, White, and in Color: Essays on American Literature and Culture*. Chicago: University of Chicago Press, 2003.

Tate, Claudia. *Psychoanalysis and Black Novels: Desire and the Protocols of Race*. New York and Oxford: Oxford University Press, 1998.

≡ 참고문헌

Alexander, Michelle. *The New Jim Crow: Mass Incarceration in the Age of Colorblindness*. New York: The New Press, 2012.

Anderson, Jervis. *This Was Harlem: A Cultural Portrait, 1900~1950*. New York: Farrar Strauss Giroux, 1982.

Baker Jr., Houston A. *Blues, Ideology, and Afro-American Literature: A Vernacular Theory*. Chicago: University of Chicago Press, 1984.

Banks, Taunya Lovell. "Two Life Stories: Reflections of One Black Woman Law Professor." *Critical Race Theory: The Key Writings That Formed the Movement*. Eds. Kimberlé Williams Crenshaw, Neil Gotanda, Gary Peller, and Kendall Thomas. New York: New Press, 1995. 329-336.

Bell Jr., Derrick A. "Brown v. Board of Education and the Interest–Convergence Dilemma." 93 *Harvard Law Review* 518 (1980). Rpt. in *Critical Race Theory: The Key Writings That Formed the Movement*. Eds. Kimberlé Williams Crenshaw, Neil Gotanda, Gary Peller, and Kendall Thomas. New York: New Press, 1995. 20-29.

__________. "Racial Realism." From *Critical Race Theory: The Key Writings That Formed the Movement*. Eds. Kimberlé Williams Crenshaw, Neil Gotanda, Gary Peller, and Kendall Thomas. New York: New Press, 1995. 302-312.

Bradbury, Malcolm. "The High Cost of Immersion." *Readings on* The Great Gatsby. Ed. Katie de Koster. San Diego: Greenhaven Press, 1998. 141-146. Excerpted from Malcolm Bradbury, "Style of Life, Style of Art, and the American Novelist of the

Nineteen Twenties." *The American Novel and the Nineteen Twenties*. Eds. Malcolm Bradbury and David Palmer. London: Edward Arnold, 1971.

Brown Jr., Prince. "Biology and the Social Construction of the 'Race' Concept." *The Social Construction of Race and Ethnicity in the United States*. 2nd ed. Eds. Joan Ferrante and Prince Brown Jr. Upper Saddle River, N.J.: Prentice Hall, 2001. 144-150.

Bruccoli, Matthew J. "Explanatory Notes." *The Great Gatsby*. 1925. New York: Macmillan, 1992. 207-214.

__________. "Preface." *The Great Gatsby*. 1925. New York: Macmillan, 1992. vii-xvi.

__________. "The Text of *The Great Gatsby*." *The Great Gatsby*. 1925. New York: Macmillan, 1992. 191-194.

Bullard, Robert D. "Introduction." *The Quest for Environmental Justice: Human Rights and the Politics of Pollution*. Ed. Robert D. Bullard. Berkeley, CA: Counterpoint, 2005. 1-15.

Christian, Barbara. "The Race for Theory." *Cultural Critique* 6 (1987): 51-63. Excerpted in T*he Post-Colonial Studies Reader*. Eds. Bill Ashcroft, Gareth Griffiths, and Helen Tiffin. New York: Routledge, 1995. 457-460.

Crenshaw, Kimberlé Williams. "Mapping the Margins: Intersectionality, Identity Politics, and Violence against Women of Color." *Critical Race Theory: The Key Writings That Formed the Movement*. Eds. Kimberlé Williams Crenshaw, Neil Gotanda, Gary Peller, and Kendall Thomas. New York: New Press, 1995. 357-383.

Cullen, Countee. "Yet Do I Marvel." *Color*. New York: Harper & Row, 1925.

Decker, Jeffrey Louis. "Corruption and Anti-Immigrant Sentiments Skew a Traditional American Tale." *Readings on* The Great Gatsby. Ed. Katie de Koster. San Diego: Greenhaven Press, 1998. 121-132. Excerpted from Jeffrey Louis Decker. "Gatsby's Pristine Dream: The Diminishment of the Self-Made Man in the Tribal Twenties." *Novel: A Forum on Fiction* 28.1 (Fall 1994).

Delgado, Richard, and Jean Stefancic. *Critical Race Theory: An Introduction*. New York: New York University Press, 2001.

Denard, Carolyn. "The Convergence of Feminism and Ethnicity in the Fiction of Toni Morrison." *Critical Essays on Toni Morrison*. Ed. Nellie Y. McKay. Boston: G. K. Hall, 1988. 171-178.

Douglas, Ann. *Terrible Honesty: Mongrel Manhattan in the 1920s*. New York: Farrar, Straus and Giroux, 1995.

DuBois, W. E. B. *The Souls of Black Folk: Essays and Sketches*. 1903. New York: Kraus, 1973.

Dudziak, Mary L. "Desegregation as a Cold War Imperative," *Stanford Law Review* 44.1 (1988): 61-120.

Essed, Philomena. "Everyday Racism." *A Companion to Racial and Ethnic Studies*. Eds. David Theo Goldberg and John Solomon. Malden, Mass.: Blackwell, 2002. 202-216.

Ferrante, Joan, and Prince Brown Jr. "Introduction." *The Social Construction of Race and Ethnicity in the United States*. 2nd ed. Eds. Joan Ferrante and Prince Brown Jr. Upper

Saddle River, N.J.: Prentice Hall, 2001. 1-12.

__________. "Introduction to Part 2." *The Social Construction of Race and Ethnicity in the United States*. 2nd ed. Eds. Joan Ferrante and Prince Brown Jr. Upper Saddle River, N.J.: Prentice Hall, 2001. 113-128.

Fitzgerald, F. Scott. *The Great Gatsby*. 1925. New York: Macmillan, 1992. [F. 스콧 피츠제럴드, 《위대한개츠비》]

Forrey, Robert. "Negroes in the Fiction of F. Scott Fitzgerald." *Phylon* 28.3 (1967): 293-298.

Gates Jr., Henry Louis. *Figures in Black: Words, Signs, and the "Racial" Self*. New York: Oxford University Press, 1987.

__________. "The Master's Pieces: On Canon Formation and the Afro-American Tradition." *The Bounds of Race: Perspectives on Hegemony and Resistance*. Ed. Dominick LaCapra. Ithaca, N.Y.: Cornell University Press, 1991. 17-38.

__________. *The Signifying Monkey: A Theory of African-American Literary Criticism*. New York: Oxford University Press, 1988.

Gidley, M. "Notes on F. Scott Fitzgerald and the Passing of the Great Race." *Journal of American Studies* 7.2 (1973): 171-181.

Ginsburg, Ruth Bader. "Ginsburg, J., dissenting." *Shelby Cty. v. Holder*, 570 U.S., 133 S. Ct. 2612 (2013). (Available online at https://www.supremecourt.gov/opinions/12pdf/12-96_6k47.pdf.)

Harding, Sandra. "Science, Race, Culture, Empire." *A Companion to Racial and Ethnic Studies*. Eds. David Theo Goldberg and John Solomon. Malden, Mass.: Blackwell, 2002. 217-228.

Hemingway, Ernest. *To Have and Have Not*. New York: Grosset and Dunlap, 1937. [어니스트 헤밍웨이, 《가진 자와 못 가진 자(빈부)》]

Hughes, Langston. "Mother to Son." *The Crisis* (December, 1922). Rpt. in *The Weary Blues*. New York: Knopf, 1926.

Johnson, James Weldon. *Black Manhattan*. 1930. Rpt. New York: Arno Press and The New York Times, 1968.

Lewis, David Levering. *When Harlem Was in Vogue*. New York: Knopf, 1981.

Margolies, Alan. "The Maturing of F. Scott Fitzgerald." *Twentieth Century Literature* (Spring 1997). (Available online at https://www.fndarticles.com/p/articles/mi_m0403/is_1_43/ai_5675, accessed July 31, 2005.)

McDowell, Deborah E. "The Changing Same: Generational Connections and Black Women Novelists." *New Literary History* 18 (1987): 281-302. Rpt. in *Reading Black, Reading Feminist: A Critical Anthology*. Ed. Henry Louis Gates Jr. New York: Meridian, 1990. 91-115.

Morrison, Toni. *The Bluest Eye*. New York: Holt, Rinehart, and Winston, 1970. [토니 모리슨, 《가장 파란 눈》, 정소영 옮김, 문학동네, 2024.]

__________. *Playing in the Dark: Whiteness and the Literary Imagination*. New York: Vintage, 1993.

Muir, Donal E. "Race: The Mythic Root of Racism." *Sociological Inquiry* 63.3 (August

1993). Rpt. in *Critical Race Theory: The Concept of "Race" in Natural and Social Science*. Ed. E. Nathaniel Gates. New York: Garland, 1997. 93-104.

Nellis, Ashley. "The Color of Justice: Racial and Ethnic Disparity in State Prisons." Washington DC: *The Sentencing Project* (October 2021): 1-25. (Available online at https://www.sentencingproject. org/wp-content/uploads/2016/06/The-Color-of-Justice-Racial-and-Ethnic-Disparity-in-State-Prisons.pdf.)

O'Meara, Lauraleigh. *Lost City: Fitzgerald's New York*. New York: Routledge, 2002.

Roberts, John W. "The African American Animal Trickster as Hero." *Redefining American Literary History*. Eds. A. LaVonne Brown Ruoff and Jerry W. Ward Jr. New York: Modern Language Association, 1990. 97-114.

Rouse, Cecilia, Jared Bernstein, Helen Knudsen, and Jeffrey Zhang. "Exclusionary Zoning: Its Effect on Racial Discrimination in the Housing Market." *The White House* (June 17, 2021). (Available online at https://www.whitehouse.gov/cea/written-materials/2021/06/17/exclusionary-zoning-its-effect-on-racial-discrimination-in-the-housing-market/.)

Sollors, Werner. "Ethnicity and Race." Drawn from his introduction to *Theories of Ethnicity: A Critical Reader*. 1997. Rpt. in *A Companion to Racial and Ethnic Studies*. Eds. David Theo Goldberg and John Solomon. Malden, Mass.: Blackwell, 2002. 97-104.

Stovall, Tyler. *Paris Noir: African Americans in the City of Light*. Boston: Houghton Mifflin, 1996.

Walker, Alice. *In Search of Our Mothers' Gardens*. San Diego, CA: Harcourt Brace Jovanovich, 1984. [앨리스 워커, 《어머니의 정원을 찾아서》, 구은숙 옮김, 이프, 2004.]

Washington, Mary Helen, ed. *Black–Eyed Susans: Classic Stories by and about Black Women*. Garden City, N.Y.: Doubleday, 1977.

__________. "Teaching Black–Eyed Susans: An Approach to the Study of Black Women Writers." *All the Women Are White, All the Blacks Are Men, but Some of Us Are Brave: Black Women's Studies*. Eds. Gloria T. Hull, Patricia Bell Scott, and Barbara Smith. Old Westbury, N.Y.: Feminist Press, 1982.

Wikipedia. "Charles Becker." http://en.wikipedia.org/wiki/Charles_Becker. n.d.

Wikipedia. "New York Herald Tribune." http://enwikipedia.org/wiki/New_York_Herald_Tribune. n.d.

Wildman, Stephanie M. *Privilege Revealed: How Invisible Preference Undermines America*. New York: New York University Press, 1996.

Wilkerson, Isabel. "The R Word." *Caste: The Origins of Our Discontents*. New York: Random House, 2020. 68-72.

Winkler, Elizabeth. "'Snob Zoning' Is Racial Housing Segregation by Another Name." *The Washington Post* (September 25, 2017). (Available online at https://www.washingtonpost.com/news/wonk/wp/2017/09/25/snob-zoning-is-racial-housing-segregation-by-another-name/.)

12장

탈식민주의 비평

비평이론은 여러 능력을 길러 준다. 특히 예전에는 전혀 알아보지 못했던 어떤 연관관계를 이해하는 능력을 길러 준다. 이를테면, 우리가 시를 해석하는 방식과 개개인의 심리적 갈등 사이의 연관관계, 우리에게 미적으로 즐거움을 가져다주는 문학작품들과 내면화된 이데올로기 사이의 연관관계, 어떤 국가의 정치적 분위기와 그곳 지식인들이 생각하는 '위대한' 문학 사이의 연관관계 같은 것들 말이다. 우리가 지금까지 공부해 온 대부분의 비평이론들은 이처럼 하나 이상의 계열들이 결합하여 이루어지는 연관관계들을 찾아내는 데 유용하게 쓰일 수 있는 것들이다.

그 가운데서도 탈식민주의 비평은 우리가 경험하는 모든 영역, 곧 심리학적 · 이데올로기적 · 사회적 · 정치적 · 지적 · 미적 차원의 영역들 사이에 깃든 연관관계들을 이해하는 데 큰 도움이 된다. 탈식민주의 비평은 그러한 범주들이 우리 자신과 세계에 대한 체험 안에서 어떻게 분리 불가능한 양상으로서 존재하는지를 직접적으로 보여 주기 때문이다. 그래서 탈식민주의 비평은 이른바 문화적 차이를 바탕으로 우리와 타인들을 생각해 볼 것을 요청한다. 구체적으로 말해서, 인종, 민족, 계급, 성별, 젠더 정체성,[1] 성적 지향, 종교, 문화적 신념, 관습 등과 같은 요인들이 서로 결합하여, 우리가 우리 자신을 규정하는 방식, 우리가 타자를 규정하는 방식에 영향을 끼칠 수 있다는 점을 고려해 보기를 요청한다. 그렇기 때문에 탈식민주의 이론을 잘 활용하면, 마르크스주의나 페미니즘을 비롯하여 레즈비언 · 게이 · 퀴어 이론과 아프리카계 미국인 문학비평 등 인간 억압을 다루는 모든 비평이론 사이의 유사성을 점검하는 도구로서 사용할 수 있다.

---

[1] 젠더 정체성은 젠더(남성성, 여성성, 둘 다인 경우, 둘 다 아닌 경우)에 대해 우리가 각자가 가지고 있는 내면적 의식을 말한다. 이때 젠더는 태생적인 생물학적 성별(남성, 여성, 간성)과 일치할 수도 있고, 일치하지 않을 수도 있다.

탈식민주의 비평이 광범위하다는 것은 이 비평이 다루는 문학의 범위를 보면 알 수 있다. 탈식민주의 이론에 따르면, 피지배 민족이란 예전에 다른 인구 집단으로부터 정치적·경제적·문화적·심리적 지배를 받은 적이 있는 인구 집단으로 규정된다. 그래서 탈식민주의 비평가는 인도, 나이지리아, 바베이도스처럼 과거에 식민통치를 받았던 국가의 문학은 물론이고, 아프리카계 미국인과 토착 원주민의 문학작품도 다룬다. 그런데 현재 탈식민주의 비평의 추세는 전 지구적인 쟁점들, 그리고 다양한 민족들을 대상으로 한 비교 및 대조 작업에 초점을 맞추는 쪽으로 가고 있다. 이는 특정 집단의 역사와 전통에 대해 내실 있는 비평 작업을 수행하고, 그 집단의 문학을 발전적으로 해석해 나가는 역할이 바로 해당 집단에 속한 각 구성원들에게 부여된다는 뜻이다. 이 같은 작업은 아프리카계 미국인 문학비평가들이 전부터 해 왔던 작업이며, 라틴엑스,[2] 미국 원주민, 아시아계 미국인 비평가들이 수행하고 있는 작업이기도 하다.

탈식민주의 비평을 나름의 역사적 맥락에서 살펴보기에 앞서, 잠시 고등학교 역사 수업 시간에 배웠던 내용들을 떠올려 보자. 우리 대부분은 15세기 후반부터 유럽인들이 신대륙을 지배하기 시작했다는 사실을 고등학교 때 배워 알고 있다. 주로 스페인, 프랑스, 잉글랜드, 포르투갈, 네덜란드 등의 국가들이 천연자원과 인간 '자원'을 앞다투어 약탈하며 식민지배의 첨병으로 나섰고, 이후 수 세기에 걸쳐 유럽인들은 자신들의 지배 체제

---

[2] **라틴엑스**(복수형 Latinxs)는 라티노 또는 라티나와 달리 성별이나 젠더 정체성(태어났을 때 가진 성별과 일치할 수도, 일치하지 않을 수도 있는 자기의 젠더에 관한 내적 감각)에 근거하지 않는, 젠더 중립적인 비이분법 용어로 라틴아메리카 출신 또는 혈통을 지칭하는 용어이다. 멕시코는 라틴아메리카의 일부이지만, 많은 멕시코계 미국인들은 **치카노, 치카나** 또는 **치칸엑스**(복수형 Chicanxs)—성중립적인 비이분법 용어—를 선호한다.

를 지구 전역으로 확대시켜 나갔다. 19세기에 제국주의[3] 최강 대국으로 떠오른 영국은 20세기로 접어들 무렵 인도, 호주, 뉴질랜드, 캐나다, 아일랜드를 비롯하여 아프리카, 서인도제도, 남아메리카, 중동, 동남아시아의 주요 근거지들을 점유하며 지구의 4분의 1에 해당하는 지역을 통치했다. 영국의 식민지배는 제2차 세계대전이 끝난 뒤 1947년 인도를 시작으로 각 식민지들이 차례로 독립할 때까지 계속되었고, 1980년이 되면 영국은 몇 곳을 제외한 거의 모든 식민지를 잃게 된다.

탈식민주의 비평이 문학 연구를 이끄는 주도 세력이 된 것은 1990년대 초반이지만, 식민주의와 그 영향에 대한 문화적 분석은 반식민주의 정치운동이 펼쳐지는 곳이라면 어디에서나 중요한 역할을 담당했고, 제2차 세계대전 이후 식민통치 체제가 와해되기 시작하면서 하나의 지적 탐구의 장로 이미 자리를 잡은 상태였다(아마 '영연방commonwealth 문학'이라는 제목 아래 탈식민주의 문학을 읽던 기억을 떠올리는 독자가 있을지도 모르겠다. 1980년대까지는 그런 제목으로 불렸으니까). 문학 연구 분야에서 탈식민주의 비평은 제재題材로서, 그리고 이론 체계로서 다루어진다. 제재와 관련하여 탈식민주의 비평은 문화적 생산물로서의 문학작품을 분석하는데, 여기서 말하는 '문화'란 식민주의와 처음 대면하는 시점부터 현재에 이르기까지 식민지배

---

[3] 오늘날, **제국주의와 식민주의**는 종종 혼용되곤 한다. 영국이 아직 광범위한 식민지를 보유하고 있던 제2차 세계대전 이전에는 두 용어의 구별이 비교적 선명한 편이었다. 엄밀하게 말해서, **제국주의란** 군사 정복, 천연자원 장악, 세계시장 지배, 식민화 등의 수단을 통해 제국(단 한 명의 통치자가 지배하는 다양한 영토)을 형성하고 유지하는 체제를 뜻한다. **식민주의란** 식민지 건설을 통해 광범위한 영토를 지배하는 체제로 제국주의의 한 형태이다. 제2차 세계대전 이후 수십 년 동안 신식민주의, 문화제국주의, 문화 식민화 등의 개념들(영토 지배 없이 한 사회가 다른 사회를 경제적·문화적으로 지배하는 행위를 포함한다)이 등장하면서 제국주의와 식민주의의 차이가 흐려지게 되었다.

에 대한 대응 형식으로 전개되어 온 모든 것을 가리킨다.[4] 이러한 문학작품들 가운데 일부는 식민지 지배자들이 쓴 것이었다. 그러나 그보다 더 많은 수의 작품들이 식민지배를 받고 있거나 식민통치를 받았던 사람들에 의해 쓰여졌다. 제재 중심으로 접근하여 탈식민주의 문학작품을 분석한다면, 이는 분석에 활용한 이론 체계와 상관없이 탈식민주의 비평이라고 볼 수 있을 것이다. 물론 영문학 전공자들이 시도하는 탈식민주의 비평은 대부분 영국의 식민지배에 대한 대응으로서 나타난 문화 및 문학작품에 초점을 맞추는 편이다. 영문과에서는 대부분 영어로 쓰인 작품들을 공부하기 때문이다.

그러나 이론 체계로서의 탈식민주의 비평은 식민주의 및 반식민주의 이데올로기가 정치적·사회적·문화적·심리적으로 어떻게 작동하는지를 이해하고자 노력하며, 우리가 앞으로 주로 다룰 내용도 이러한 부분이다. 예를 들어, 상당수의 탈식민주의 비평은 이데올로기의 작용을 분석하되, 한편으로는 이데올로기가 피식민지인들로 하여금 식민통치 세력의 가치를 내면화하도록 압박해 온 양상을 분석하고, 다른 한편으로는 이데올로기가 압제자들에 맞선 피식민지인들의 저항, 곧 식민주의 그 자체만큼이나 오래

---

[4] 역사적 용어로서 **탈-식민**post-colonial(하이픈을 넣어)이란 단어는 일반적으로 한 국가에 대한 다른 국가의 식민지배가 종식되었음을 가리키는 말이다. 그러나 문학비평과 문화연구에서, 탈-식민은 문제가 많은 용어이다. 이 장에서 살펴본 대로라면, 식민지배가 종식되더라도, 다시 말해 식민통치자들의 군대와 정부가 철수하여 식민지 국가가 해방되더라도, 그로 인한 경제적·문화적·심리적 피해는 고스란히 유산으로 남기 때문이다. 예를 들어, 다국적기업들이 값싼 노동력을 이용하고 환경보호 관련 법률이 미비한 점을 악용하는 식으로 부당한 이익을 취하며 해방된 국가를 계속 착취한다면, 이 나라는 진정한 '탈-식민'을 달성했다고 말하기 어려울 것이다. 지금 우리는 **탈식민**postcolonial(하이픈을 넣지 않고)이라는 용어로써 문학작품을 비롯한 여타의 문화적 생산물을 분석할 때 쓰이는 하나의 이론적 체계를 명명하고 있지만, 분석 대상을 식민지배가 종식된 뒤에 나온 텍스트들로만 한정하지는 않는다. 오히려 우리는 식민통치의 결과로 생산된 글들을 분석하려고 하는데, 이는 식민통치 압제자와 처음 맞닥뜨리게 된 시기 이후에 쓰인 작품이라면 발표 시기에 구애받지 않고 관심을 갖는다는 뜻이다.

된 저항을 어떻게 촉발해 왔는지를 분석한다. 그리고 곧 알게 되겠지만, 식민주의 및 반식민주의의 이데올로기는 문학 텍스트라면 어디에든 들어 있기 마련이므로, 탈식민주의 비평을 활용하여 어떤 텍스트를 분석할 수 있다고 해서 그 텍스트가 반드시 탈식민주의 텍스트일 필요는 없다.

식민주의 이데올로기와 탈식민적 정체성

이전에 영국의 식민지배를 겪었던 지역의 사람들은 집에서는 토착어를 쓰더라도 학교나 대학에서는 영어로 말하고 글을 쓰는 경우가 많으며, 상당수의 공공업무도 영어로 진행한다. 이는 식민지배의 흔적이 피식민지 문화에 끼치는 영향을 잘 보여 준다. 식민통치를 받았던 사람들이 생각하는 식민지배 이전의 자생적 · 토착적 문화와 그들에게 강요되었던 영국문화 사이에서 활발히 전개된 심리적 · 사회적 상호작용은 탈식민주의 비평가들의 주요 관심사다. 탈식민적 문화연구는 식민지 문화와 피식민지 문화 사이의 융합과 적대를 모두 다루는데, 이때 양쪽을 별개의 실체로 인식하고 확연히 분리해 내기란 어려운 일이다. 영국의 지배는 피식민지의 정부, 교육, 문화적 가치, 사람들의 일상생활에까지 속속들이 파고들었기 때문이다.

식민통치 세력이 지배를 끝내고 본국으로 돌아가면서 식민지가 해방되었다고 해도, 식민화가 실제로 종식된 부분은 영국 군대와 정부 관료들이 물러난 것 정도다. 그 이면에는 **문화적 식민화**가 깊숙이 뿌리박힌 채로 남아 영국식 정부와 교육체계, 영국식 문화는 물론이고 영국식 가치관이 주입된 결과, 과거 피식민 민족의 문화와 도덕, 심지어 신체 용모까지 폄하되는 상황이 벌어진다. 이처럼, 식민지배에서 벗어난 사람들은 **탈식민주의 정체성** postcolonial identity을 유산으로 물려받아 부정적 자아상을 갖게 될 뿐만 아니라 너무 오래 금기시되고 평가절하된 탓에 이미 상당 부분 사라져 버린 식민 지배 이전의 토착 문화와도 멀어지게 된다.

탈식민주의 정체성의 복잡성을 이해하려면, 먼저 식민주의 이데올로기를 이해해야 한다. 식민주의 이데올로기에 대한 다양한 반응들이 공동체뿐만 아니라 개인에게 탈식민주의 정체성의 기원을 이루기 때문이다. 곧 여러 가지 개념들을 사용할 텐데, 여기서 유념할 것은 식민지배 이전과 이후, 그리고 식민지배를 당하는 동안, 그 역사와 경험이 제각기 다른 다양한 종류의 사람들에게 일반화를 적용하게 된다는 점이다. 앞으로 다루게 될 **낯섦**unhomeliness과 **모방**mimicry과 같은 탈식민주의 용어들은 "편리한 약칭일 뿐이다. 별개의 각기 다른 식민지 상황에 차이를 두지 않기 때문이며, 식민지배로 인해 삶이 재구조화된 사람들에게 계급, 젠더, 지리적 위치, 인종, 카스트, 이데올로기 등이 각기 어떤 방식으로 작용하는지 그 차이를 구별하지 않기 때문이다."(Loomba 19)

식민주의 이데올로기(식민주의적 사유 양식이 언어로 표현된다는 점을 강조하기 위해 **식민주의 담론**으로 지칭하기도 한다)는 식민지배자가 우월하다는 가정에서 출발한다. 말하자면, 식민주의자들은 자신들이 침략한 지역에서 오랫동안 살아온 토착민들보다 우월하며, 토착민들은 그만큼 열등하다는 것이다. 식민주의자들은 자신들의 유럽문화만이 세련되고 문명화된 문화라서 (탈식민주의 비평가들의 표현을 빌리자면) 식민제국의 **심장부**metropolitan를 이룬다고 믿었다. 그렇다면 반대로 식민지 토착민들은 야만스럽고 후진적이며 미성숙하다는 말이다. 식민주의자들은 자기들의 기술이 훨씬 앞서 있다는 이유로 자기들이 속한 문화 전체가 토착민의 문화보다 훨씬 앞서 있다고 생각했고, 이를 근거로 토착민들의 종교와 풍습, 행동 규범 등을 무시하거나 거부했다. 그러니까 식민주의자들은 세계의 중심부에 자리하고 있으며, 피식민지인들은 주변부에 머물러 있다는 것이었다. 한편, 식민주의자들은 스스로를 인간이라면 마땅히 지향해야 할 올바른 '자아'가 구현된 존재라고 보았다. 반면 식민주의자들이 보기에 토착민들은 자신들과 달라서 온전한 인간 존재가 되기에는 열등한 '타자'였다.

이처럼 자신들과는 다른 이들을 모두 온전한 인간 존재가 되기에는 부족한 대상으로 판단하는 행위를 **타자화**othering라고 하며, 타자화는 세계를 '우리'('문명인')와 '그들'('타자들' 또는 '야만인')로 나눈다. 유럽인들이 '신세계'에 처음 도착했을 당시, 기독교인들이 차지하지 않은 땅은 '빈 땅'이어서 차지하기만 하면 그들의 것으로 간주되었다. 다시 말해, 그 땅에 사는 토착 원주민들은 식민주의자들에게 철저하게 타자화되어 공식적으로 없는 존재나 다름없었다. 그런데 토착 거주민들이 물리적으로 존재했다는 것은 분명한 사실이다. 실제로, 유럽의 정복자들은 그들을 노예로 만들었고, 유럽의 선교사들은 그들을 기독교도로 만들었다. 토착 원주민들이 비기독교 '야만인'이라면 아무런 가치도 없다고 여겨졌다. '야만인'은 통상 열등할 뿐만 아니라 사악한 존재(**악마적 타자**the demonic other)로 간주되었다. 그러나 경우에 따라서는 '야만인'은 자연과 가깝기 때문에 생겨난 '원시적인' 아름다움 또는 고결함의 소유자로 인식되기도 했다(**이국적 타자**the exotic other). 그러나 어떤 경우건 간에, '야만인'은 타자의 자리에 머무르며 온전한 인간 존재로 받아들여지지 않았다.

이렇게 유럽문화를 표준으로 설정하고 나머지 문화는 그것과 대비하여 부정적으로 바라보는 태도를 **유럽중심주의**Eurocentrism라고 부른다. 유럽중심주의적 언어의 예는 앞서 내가 사용한 '신세계'라는 용어에서도 확인된다. 신세계는 아주 오래된 아메리카 대륙의 구세계를 지칭하는 단어일 텐데, 사실 아메리카는 그곳을 '발견'한 유럽인들에게나 새로운 땅이었다. 이와 비슷하게, 상대적 생활수준, 산업화와 근대화 정도, 정치적·경제적 안정성, 삶의 질 등과 같은 요소들을 기준으로 여러 나라를 분류하는 **제1세계, 제**

2세계, 제3세계[5]라는 용어도 유럽중심주의적이다. 이러한 요소들 가운데 일부, 특히 근대화와 삶의 질은 해당 국가의 서구화 정도, 즉 유럽화된 정도에 따라 판단되기 때문이다. 제1세계, 제2세계, 제3세계라는 꼬리표가 암시하는 바는, 역사가 유럽에서 시작되었고 유럽사를 중심으로 역사가 조직되어야 한다는 생각이다. 이 꼬리표들은 이전 세계의 존재, 구체적으로는 인도, 그리스, 로마, 이집트, 아프리카, 중동, 중국, 미 대륙과 같은 세계의 존재를 무시할 뿐만 아니라, 제1세계 · 제2세계 · 제3세계 국가들이 그 중요도상 첫 번째, 두 번째, 세 번째임을 암시한다.

따라서 이 장에 국한하여 미국, 캐나다, 영국, 서유럽을 비롯한 서방세계의 부유하고 기술적으로 근대화된 나라들을 지칭할 때에는 **산업화된 서구권 국가** 또는 **서구권 국가**[6]라는 용어를 사용할 것이다. 우리가 사용할 **개발도상국**developing nations은 대부분 탈식민 국가일 텐데, 다음과 같은 문제들로 골머

---

[5] **제4세계**는 북아메리카 원주민이나 호주 원주민처럼 백인 정착민의 지배를 받고 오늘날에도 그들이 주도하는 주류문화에 포위되어 관리되고 있는 토착민 집단과, 아프리카계 미국인의 경우처럼 '제1세계' 국가에서 소수자의 위치에 놓여 있는 비토착 집단을 가리킨다. 어느 나라가 어느 세계에 속하는지는 목록을 만드는 목적에 따라 다르다. 가령, 냉전시대(1946~1991)의 정치적 관점에서 제1세계는 미국을 비롯하여 미국의 영향권 내에 있는 산업화된 민주주의 국가로 이루어지며, 제2세계는 구소련과 그 영향권 아래 놓인 공산국가로 구성된다. 제3세계는 이 두 정치세력에 연관되지 않은 국가들을 포함한다. 제4세계는 인정되지 않았다. 경제적 관점에서, 제1세계는 개발 선진국이며, 제2세계는 구공산권 국가들처럼 부유하지도 가난하지도 않은 국가들로 구성된다. 제3세계는 이른바 **개발도상국**으로 불리며 여전히 광범위한 가난과 씨름하는 국가이다. 제4세계는 극심한 가난에 시달리는 국가 또는 국가 내 지역으로 이루어진다.

[6] 이 맥락에서 **서구**Western라는 단어는 지리적 위치를 가리키지 않는다. 이를테면, 남아메리카는 서반구에 위치하지만 **서구권**으로 간주되지 않는다. 반면, 스위스, 노르웨이, 스웨덴 등 서구권 국가들은 동반구에 속한다. '서구'란 공통된 서유럽 유산을 기반으로 한 사회적·경제적·문화적 요인을 지칭한다. 비슷한 관점에서, 부유한 산업국가와 개발도상국을 구분하기 위해 **글로벌 노스**Global North와 **글로벌 사우스**Global South라는 용어를 쓰기도 할 텐데, 그렇다고 이 용어들이 반드시 지리적인 위치와 관련되는 것은 아니다. 호주는 부유한 산업국가로 남반부에 위치하지만 글로벌 노스의 일부로 여겨진다.

리를 앓는 나라들을 말한다. 가령, 낮은 생활수준, 산업화 및 기반 시설 미비, 교육 · 유급 고용 · 보건 접근권 부족, 기후변화 취약성 증가, 광범위한 관료 부패 등을 들 수 있으며, 개발도상국 가운데 극빈국의 경우에는 광범위한 기아 문제, 안전한 식수 · 위생 · 에너지 접근권 부족, 낮은 기대수명, 높은 영유아 · 아동 · 산모 사망률 등을 들 수 있다. 그러나 유념할 것은, 세계 여러 나라들을 분류하려는 시도는 어떤 식으로든 실패할 수밖에 없다는 점이다. 개발도상국이라는 용어도 유럽중심적이다. 산업화된 서구권 국가에 특징적으로 나타나는 종류의 개발이 모든 국가의 바람직한 목표이며, 개발도상국 국민이 충분히 '개발'되지 않음을 암시하기 때문이다.

유럽중심주의를 엿볼 수 있는 또 다른 사례가 **오리엔탈리즘**orientalism이라고 하는 특정한 타자화 형식이다. 오리엔탈리즘은 에드워드 사이드Edward Said('사－이드'로 발음한다)가 자세히 탐구한 개념으로서, 유럽과 영국 및 북아메리카 지역에서 그 용법을 확인할 수 있다. 오리엔탈리즘의 목적은 서양인들이 자기들에게는 전혀 없다고 믿고 싶은 부정적 특징을 모두 동양에 투사하고 동양을 서양과 대비시킴으로써, 서양에 대한 긍정적인 자기규정을 이끌어 내는 데 있다. 이 과정에서 중국인이든 아랍인이든, 아시아인이든 중동 사람이든 모두 정치적으로 이용해 먹기 좋은 대상으로, 하나같이 잔인하고 비열하며 사악하고 교활할 뿐 아니라 부정직하고 성적 문란과 도착에 탐닉하는 존재로 인식된다(1818년에 출간된 메리 셸리의 《프랑켄슈타인》에 등장하는 냉혹하고 속임수에 능한 튀르키예 상인을 떠올려 보라. 감옥에 갇혀 있던 그는 젊은 유럽인인 펠릭스 드 라세에 의해 구출되지만, 얼마 지나지 않아 그를 배신한다). 반대로 서양인들은 자신들이 만들어 낸 상상적 '동양(인)'과는 달리, 친절하고 솔직하며 선량하고 강직한 데다 정직하고 도덕적이기까지 하다고 스스로를 규정한다. 말하자면 '동양'은 서양이 만들어 낸 허구인 것이다. 서양은 자신들과 반대되는 이미지로 '동양'을 날조함으로써 스스로를 긍정적으로 규정하고, 이를 바탕으로 자신들에게 이득이 되는 것이라면 그 어떤 군사적 · 경제적 침략 행위라도 정당화시킬 수 있었다.

마지막으로, **노르딕주의**Nordicism ^{노르딕 인종 우월주의} 란 유럽중심주의적 타자화가 논리적으로 극단에 도달한 사례로 볼 수 있다. 노르딕주의라는 용어를 들어 보지 못한 학생들이 제법 많겠지만, 전부는 아니더라도 백인 문화권 대부분에서 상당한 영향력을 발휘하는 이데올로기다. 노르딕주의의 관점에서, 코카서스 인종은 유전적으로 다른 모든 인종들보다 우월할 뿐만 아니라 노르딕 민족들, 즉 북유럽 게르만 민족 및 그 후손들은 유전적으로 가장 우월한 코카서스인들이다. 그들은 우월한 지능과 신체적 힘과 아름다움을 타고났다. 어느 나라가 노르딕으로 간주되어야 하는지는 노르딕주의자들 사이에서도 견해가 엇갈리지만, 노르웨이, 스웨덴, 덴마크, 아이슬란드가 이에 속한다는 점에 대해서는 대체로 의견이 일치한다. 그러나 어떤 사람이 이 '우월한 인종'의 구성원인지 아닌지 결정할 때 국적은 중요치 않다. 인류는 오랜 기간 전 세계를 떠돌아다녔다. 그래서 우리의 출생지는 물론이거니와 현조부모玄祖父母, 그러니까 우리의 5대조 할아버지 할머니의 출생지도 우리가 가진 인종적 유산을 가리키는 믿을 만한 근거는 되지 못한다.

그래서 일반적으로 노르딕주의자들은 인종적 특성을 보여 주는 가장 신뢰할 만한 유일한 요인이 신체적 외모라고 믿는다. 구체적으로 말해서, **노르딕**Nordic이라는 단어는 큰 키, 길쭉한 안면 구조, 하얀 피부, 금발 또는 갈색 머리, 옅은 눈 색깔을 가진 사람들과 연관된다. 이러한 신체적 특징을 갖고 있다면 그는 노르딕 계통으로 추정되며, 따라서 다른 이들에 비해 우월하다고 간주된다. 1924년 미국 이민법은 북유럽 이민자를 선호하고 남유럽, 동유럽 이민자들을 제한했는데, 이는 1920년대 미국에 팽배했던 노르딕주의의 가장 유명한 사례로 볼 수 있다. 노르딕주의의 또 다른 사례는 1930년대 후반부터 1940년대 초반까지 홀로코스트에 불을 지폈던 히틀러의 아리

안주의 또는 우월민족론이다. 노르딕주의는 네오나치, 백인민족주의, 백인 우월주의 단체들을 통해 전 세계적으로 여전히 기승을 부리고 있다. 내가 보기에 무의식의 차원에서 일어나는 일이겠지만 일상생활에서도 노르딕주의가 작동한다고 보는 것이 타당하다. 가령 "머리가 금발인 남자"나 "금발 여성"을 이상화하거나, 금발에 눈이 파란 바비 인형의 영향력이 지속하는 것을 보면 이를 알 수 있다.

　식민주의 이데올로기는 태생적으로 유럽중심주의를 품고 있다고 할 수 있다. 식민주의 이데올로기는 식민지에 세워진 영국 학교들에 깊숙이 스며들어 식민지 토착민들에게 영국의 문화와 가치를 주입시키고 이로써 그들의 저항을 미연에 방지하는 데 기여했다. 어떤 체제나 인물을 우월하다고 생각하게끔 여러 세대에 걸쳐 길들여지면 그 체제나 인물에 대항하기가 어려워지기 때문이다. 이 같은 계획은 **식민주체**colonial subject를 창조해 낼 만큼 대단히 성공적이었다. 식민주체란, 영국은 우월하지만 자국은 열등하다고 배웠기 때문에 감히 식민지배에 저항할 엄두를 못 낼 만큼 식민화로 길들여진 사람을 가리킨다. 대부분의 식민주체가 식민통치자들의 의복, 말투, 행동, 생활양식 등을 가능한 한 모방하려고 했다. 탈식민주의 비평가들은 이 같은 현상을 **모방**mimicry이라고 부른다. 비평가들에 따르면, 모방은 식민주의 문화로부터 인정받으려는 식민화된 개인들의 욕망과, 열등한 것이라고 배워 온 자기 문화를 대할 때 식민화된 개인들이 느끼는 수치심을 동시에 반영한다. 물론, 모방은 생존 전략으로 사용되기도 한다. 핍박의 대상으로 찍히지 않기 위해 어떻게든 튀지 않고 틀에 맞추려는 전략 말이다. 그러나 식민주의 문화가 우월하다고 철석같이 믿고 그에 따라 모방 전략을 사용한다면, 사고방식이나 세상을 보는 관점이 지배문화에 의해 식민화되는 **의식의 식민화**colonization of consciousness가 발생하기 마련이다. 반면에 식민화된 민족 구성원이라도 '마하트마' 간디가 그랬듯이 식민주의 이데올로기에 저항할 수도 있다. 혹은, **이중의식**double consciousness 또는 **이중시선**double vision, 즉 식민주의자들의 문화와 자신이 속한 공동체의 토착 문화라는 상호 적대적인 두 문화 사이에서 분열되는 의식 또는 세계 이해 방식을 갖게 된다.[7]

이중의식은 종종 자기감각sense of self을 불안정하게 만드는데, 이 불안정성은 식민주의로 말미암아 빈번하게 발생하는 강제이주 때문에 더 강화된다. 예컨대 시골 농촌이나 작은 마을에 살던 사람들이 일자리를 찾아 도시로 이동하게 되는 경우가 그렇다(도제 형태의 노역을 포함한 일자리 찾기의 결과이건 노예화의 결과이건 간에, 강제이주는 수많은 사람들을 지구 전역에 뿔뿔이 흩어지게 만든다. 강제이주를 당한 사람들의 자손 가운데 상당수가 **디아스포라**diaspora 상태로 남아 있거나 본국이 아닌 곳에서 살고 있다). 이들은 두 문화 사이에 끼어 있으나 어느 쪽에도 소속감을 느끼지 못해 이러저러한 정신장애를 겪게 될 뿐만 아니라, 살면서 경험하는 문화적 전치cultural displacement에 따른 정신적 외상까지 더해져 심리적 불확실성에 포박되고 만다. 이와 같은 느낌을 호미 바바Homi Bhabha를 비롯한 탈식민주의 이론가들은 '**고향이 아닌 듯한 낯섦**unhomeliness'이라고 부른다. 고향이 아닌 것처럼 낯설다는 말은 고향이 없다는homeless 말과는 다르다. 여기서 고향이 아닌 것처럼 낯설다는 말의 의미는 고향에 있을 때조차 (고향에 있는 듯한) 편안함at home을 느낄 수 없다는 뜻이다. 두 문화 사이에 긴 채 어느 쪽에도 소속감을 느끼지 못하는 상황에서는 본질적으로 편안해질 수 없기 때문이다. 말하자면, 문화적 정체성의 위기가 정신적 난민을 만들어 내는 것이다.

이중의식과 '고향이 아닌 듯한 낯섦'은 오늘날 식민지 상태를 벗어난 국가들에도 여전히 남아 있다. 과거에 식민통치를 경험한 사람들이 당면한

---

7 흥미롭게도 이중의식 개념을 처음 제시한 책은 앞서 11장에서 언급한 듀보이스의 《흑인 민중의 영혼The Souls of Black Folk》(1903)이다. 듀보이스는 아프리카계 미국인 저자다.

두 가지 과제는, 그들 자신을 열등한 존재로 규정하는 식민주의 이데올로기를 극복하는 것과 식민지 이전 그들의 과거를 되찾는 것이다. 두 가지 과제 모두 다수의 복잡한 문제들과 관련되어 있고, 탈식민주의 비평가들도 이 점에 관심을 갖는다. 예를 들어 케냐 출신의 작가 응구기 와 시옹오Ngugi wa Thiong'o 같은 작가들은 식민주의 이데올로기를 극복하고 식민지 이전 그들의 문화를 끌어안으려는 뜻에서 자기 지역의 토착어로 글을 쓴다. 그런데 이러한 작업은 영어 사용을 요구하는 국내외 출판산업 안에서 지속되기가 쉽지 않다. 토착어를 활용하여 살아남으려면 토착민 작가들이 자기 지역의 언어로 글을 쓴 뒤 이를 다시 영어로 번역하거나, 직접 나서서 자기 글이 영어로 번역되도록 만들어야 한다. 말하자면, 작가들에게 이중의 수고를 독려해야 하는 상황인 것이다. 반면에 과거 영국 식민지에서 태어난 토착민 작가 가운데는 영어로 글을 쓰는 것을 선호하는 이들도 많다. 이들이 글쓰기를 처음 배운 언어가 바로 영어이기 때문이다. 나이지리아 출신 작가 치누아 아체베에 따르면, "내게는 선택의 여지가 없다. 주어진 언어가 있으니 나는 그 언어를 활용할 생각이다."(《창조일의 아침Morning Yet on Creation Day》 62) 어떤 비평가들은 무수히 다양한 지역 언어가 사용되는 제3세계 및 제4세계 국가들의 토착민들에게 영어가 상호 소통을 가능케 하는 일종의 공용어로서 기능한다고 주장하기도 한다. 영어가 세계어로서 통용된다는 점에서 이들 국가가 국제정치 및 경제 무대에 나서도록 도울 수도 있다고 주장한다.

하지만 식민지 이전의 과거를 되찾으려는 욕망을 복잡하게 하는 또 다른 문제가 있다. 그러한 과거를 발견하기가 항상 쉽지만은 않다는 사실이다. 앞에서 언급한 것처럼 식민지 이전의 문화는 여러 세대에 걸친 식민지 지배를 겪으며 상당수가 소실되었다. 게다가 여러 탈식민주의 이론가들의 말대로 아주 오래된 문화라면 식민지배와 무관했던 지역의 것이라도 지금까지 계속 변화해 왔을 것이 당연하다. 어떠한 문화도 시간의 흐름을 견딜 수는 없기 때문이다. 더 나아가, 문화란 상호 접촉을 거치고 서로 섞이면서 변화하기 마련이다. 때로는 군사적 침략에 따라 변하기도 한다. 예컨대 고대 켈트족의 문화는 로마 군단이 침공하면서 변모했고, 이후 같은 지역의 앵글로색슨 문화 또한 11세기에 잉글랜드가 노르만족에게 정복된 뒤 수세대에 걸쳐 프랑스의 지배를 받으며 변화를 겪었다. 마찬가지로 식민화되기 이전 토착민들의 문화도 유럽문화에 영향을 끼쳤다. 예를 들어, 피카소의 그림들을 보면 그가 아프리카 가면을 접하며 얼마나 많은 영감을 얻었는지 확인할 수 있다. 그런 점에서 대다수 탈식민주의 이론가들은 탈식민주의 정체성이란 필연적으로 토착 문화와 식민지 문화가 혼재된 **잡종**hybrid일 수밖에 없으며, 바로 그렇기 때문에 끊임없이 역동적으로 변화해 나가는 성질의 것이라고 주장한다. 흔히 **혼종성(잡종성)**hybridity 또는 **혼합주의**syncretism라고 불리는 이러한 양상은 서로 적대적인 두 문화 사이의 교착상태로 머무는 것이 아니라, 점점 더 거리가 좁아짐에 따라 그 자체로 문화적 잡종이 되어 가는 이 세계에서 생산적이고 흥미진진하며 긍정적인 원동력으로 작용한다는 것이다. 이 같은 관점은 식민지배 이후를 살아가는 사람들이 그들 자신의 것이자 지울 수 없는 역사적 사실인 혼합문화의 복합적이고 때로 모순적이기까지 한 측면들을 받아들일 수 있도록 돕는다.

여기서 중요하게 짚고 넘어가야 할 부분은, 이 같은 논의가 과거에 식민 통치를 받았던 사람들이 그전에 존재했던 그들의 문명을 재발견하고 긍정하려는 욕구를 고려하지 않는다는 점이다. 피지배자들에게는 식민지배 이전에는 그 어떤 문명도 존재하지 않았다는 식민지배자들의 말을 반박해야 하는 지극히 타당한 이유가 존재하는데도 말이다. 식민지배자들은 토착민들이 식민화 이전에는 정부나 종교, 합리적인 관례 등 어떠한 체계도 없이 야만적으로 살아왔다고 주장했다. 설령 어떤 토착 문화가 존재했다고 치더라도, 그 정도의 문화는 유럽의 '우월한' 문화 앞에서는 지속시킬 만한 가치가 없었다는 것이다. 그래서 식민지배를 벗어난 많은 사람들은 식민화 이전의 토착 문화를 옹호해야 한다고 생각한다. 자신들의 토양에 너무도 확고히 뿌리내린 서구문화에 압도당하는 것을 막아야 할뿐더러, 자타가 공인하는 자기 민족의 고유한 이미지를 회복해야 하기 때문이다. 이처럼 토착 문화를 강조하는 일이 서구의 영향을 제거하려는 시도와 결부되어 나타나는 경우를 **토착주의**nativism[8] 또는 **민족주의**nationalism라고 부른다. 토착주의의 관점에서 보자면, 어떤 문화가 시간의 흐름에 따라 변화하는 것과 어떤 민족이 제 문화와 단절되는 것은 전혀 다른 문제다.

예상 가능한 일이지만, 식민주의 이데올로기와 그것이 탈식민주의 정체성에 끼치는 부정적인 영향은 여성들에게 특히 가혹했다. 왜 그런지 잠시 따져 보도록 하자. 이 책 4장 〈페미니즘 비평〉을 읽은 독자라면, 이론상의 쟁점들을 놓고 볼 때 페미니즘 비평과 탈식민주의 비평이 꽤 많은 부분에서 겹친다는 사실을 알아차렸을 것이다. 이는 많은 탈식민주의 비평가들이 인정하는 바이기도 하다. 이를테면 여성에 대한 가부장적 지배는 토착민에 대한 식민지배와 비슷하다. 그리고 여성과 토착민의 지위가 낮아짐에 따라 개인과 집단의 독립된 정체성 획득과 관련하여 이들에게 생겨나는 문제들도 매우 유사하다. 정치권력 및 경제적 기회에 접근하는 문제나 억압자의 이데올로기에 지배되지 않은 채로 사고하고 말하며 창조하는 방식들을 찾아내는 문제 같은 것이 여기에 해당된다.

페미니즘과 탈식민주의가 이렇게 유사한 부분이 많다는 점을 인식하면, 식민지 시기 이후를 살아가는 여성들이 **이중식민화**double colonization를 겪고 있

---

[8] 탈식민주의의 맥락에서 사용되지 않을 경우, 토착주의라는 단어는 이민자들이 기존 주민들이 누리는 권리와 특권을 똑같이 누려서는 안 된다는 믿음을 말한다. 실제로, 한 나라의 토착주의 정책에 따라 인종, 국적, 종교, 성적 지향, 젠더 정체성 등에서 부적합하다고 여겨지는 사람들의 이민은 제한되거나 금지될 수 있다.

다는 사실도 이해할 수 있다. 이 여성들은 인종과 문화적 계보 때문에 폄하되는 식민주의 이데올로기의 피해자인 동시에, 성별 때문에 폄하되는 가부장제 이데올로기의 피해자이기도 하다. 식민지 시기를 거쳐 온 여성들이 식민주의자들에게서만 가부장적 억압을 당한 것이 아니라, 같은 민족 남성들에게서도 같은 억압을 당했다는 사실은 서글프다. 젠더 차별은 농촌공동체에서 특히 두드러지게 나타난다. 농촌공동체 여성들은 집안을 관리하고 가족을 보살피는 부분에서도 상당히 많은 일을 해야 하고, 농업 관련 노동도 대부분 또는 전부를 담당해야 한다. 그럼에도 남성에게 부여되는 가족 내 권위, 공동체 지도자 역할, 경제적 기회 등의 보상은 기대할 수 없다.

그럼에도 불구하고, 탈식민 여성들이 상황에 따라 기회가 주어질 때 뛰어난 리더십을 발휘하고 있음은 분명하다. 이를테면 개발도상국에서 자행되는 환경파괴에 저항하는 풀뿌리 운동은 대부분 농촌지역 여성들이 처음 시작한 운동으로, 오늘날 구성원의 대다수도 농촌지역 여성이다. 예컨대, 인도의 칩코 운동은 상업적 목적으로 과도한 벌목이 지속되자 이에 반대하여 1973년 지역 여성들이 주도한 자발적 시위에서 발생한 운동이다. 농촌 환경의 보존에 필수적인 삼림 지역의 벌목을 막고 그 지역에 거주하는 인도인들을 보호하기 위해 칩코 운동이 채택한 전략은 비폭력 저항이다. 그린벨트 운동은 1977년 케냐의 왕가리 마타이가 모종을 하나하나 심어 가며 벌목의 참혹한 악영향으로 황폐화된 지역을 되살리려는 목적으로 시작한 운동이다. 이후 이 운동은 전국으로 확산되고 국제적 명성을 얻었다.[9] 그러나 경제적 이익의 분배와 관련하여 개발도상국에 주어지는 국제사회의 원조는 여성들이 남성들보다 태생적으로 능력이 떨어진다는 가부장적 신념을 재강화하는 경향이

---

[9] 칩코 운동을 상세하게 다룬 책으로는 구하Guha의 *The Unquiet Woods*과 Taneja를 참조할 것. 그린벨트 운동에 관해서는 Maathai와 Green Belt Movemen를 참조할 것.

있었다. 자본 지원, 기계설비 및 훈련 등의 원조를 남성들이 독차지했기 때문이다. 아프리카에서도 "여성 농부가 농업 생산물의 65~80퍼센트를 생산하지만, 그들이 경작하는 토지는 소유하지 못할 뿐만 아니라 원조 프로그램이나 '개발' 프로젝트도 그들을 간과하기 일쑤였다."(McClintock 298) 그렇게 여성에 대한 이중식민화는 지속되었다. 앤 맥클린톡Anne McClintock에 따르면, "여성이 전체 작업의 3분의 2를 도맡아 해도 전체 소득의 10퍼센트만을 받아 가고 전체 재산의 1퍼센트 이하의 재산만 소유하는 세상에서, '탈-식민주의'라는 약속은, 즉 식민지배자들이 떠난 후 더 나은 삶이 펼쳐진다는 약속은 미뤄지기만 하는 희망의 역사였다."(McClintock 298)

기초적인 탈식민주의
관련 논쟁들

눈치챘겠지만, 우리가 지금까지 다룬 자료의 상당 부분은 여전히 논쟁이 진행 중인 쟁점을 포함하고 있다. 가령, 식민주의 이후에 식민지 이전의 과거에 대한 증거를 찾는 것이 얼마나 중요한가? 식민지 이전의 과거 가운데 얼마나 많은 것을 알고 있는가? 탈식민주의 작가들이 영어로 글을 써야 하는가? 아니면 그 지역의 언어로 글을 써야 하는가? 그것도 아니라면 둘 다 사용해야 하는가? 탈식민주의 이론가들이 정의하는 혼종성은 고향이 아닌 듯한 낯섦을 느끼는 개인들에게 현실적인 대안이 될 수 있을까?

우리가 다른 장에서 다룬 이론적 쟁점들과 마찬가지로, 많은 탈식민주의 쟁점들은 이 분야를 연구하는 학자들 사이에서도 의견 일치가 이루어지지 않는 문제들이다. 그러나 탈식민주의 연구에서 비교적 최근에 등장한 쟁점들로 넘어가기 전에, 잠시 시간을 들여 처음부터 탈식민주의 이론의 형성에 기여했던 세 가지 중요한 논쟁을 짧게 들여다보자. 어떤 민족들이, 그리고 어떤 문학작품들이 탈식민주의라고 간주되어야 하는가? 탈식민주의 이론이 탈식민 민족들의 현실적인 문제들을 외면할 위험은 없는가? 마지막으로, 탈식민주의 비평은 탈식민주의 작가들의 작품을 외면할 위험은 없는가?

눈치챘을지 모르겠지만, 지금까지는 주된 초점을 이른바 **침략식민지**invader colonies에 국한시킨 감이 없지 않다. '침략식민지'란 가령 무역을 독점하고 천연자원을 착취하고 지역 주민들을 노예화할 목적으로 영국 군대의 무력을 앞세워 피부가 검은 사람들 땅에 건설한 행정적 식민지를 말한다. 인도, 아프리카, 서인도제도, 남아메리카, 중동, 동남아시아 등이 여기에 해당한다. 이곳에서 생산된 문학작품들을 탈식민주의 문학 연구에 포함시킬 것인지는 논란의 여지가 없다. 미국과 아일랜드를 탈식민 국가로 보지 않는 것에 대해서도 어느 정도 합의가 된 상태다. 미국은 오랫동안 독립국의 지위에 있으면서 오히려 다른 나라를 식민화한 경험이 있기 때문이다. 아일랜드는 800년에 걸쳐(1179~1922) 영국의 영향권 아래 놓여 있었고 400년간(1541~1922) 공식적으로 영국의 지배를 받은 탓에 영국의 언어, 법률, 문화가 일찌감치 깊이 뿌리내렸기 때문이다. (물론 아일랜드 출신 시인 예이츠 W. B. Yeats의 작품들을 반식민주의적 민족주의의 상징으로 꼽는 탈식민주의 비평가도 많다[10]). 그러나 **백인 정착 식민지**white settler colonies의 문학, 그중에서도 캐나다, 호주, 뉴질랜드, 남아프리카공화국의 문학이 탈식민주의 문학의 범주 안에 들어가는지에 대해서는 비평가들 사이에서도 논쟁이 많다.

탈식민postcolonial이라는 용어를 제3세계 및 제4세계에 속한 작가들에게만 사용해야 한다고 주장하는 이론가들은 백인 정착민들의 문화가 인종과 언어를 비롯하여 전반적으로 영국문화와 너무 많은 부분을 공유한다는 점에

---

[10] 아일랜드가 탈식민 국가가 아니라는 평가에 동의하지 않는 탈식민주의 이론가도 일부 존재한다. Duncan, Carroll, King을 참조할 것.

주목한다. 백인 정착 식민지에서는 영국이 제국주의적 침략자가 아닌 일종의 '모국'으로 여겨졌으며, 그곳의 백인 정착민들은 영국의 침략식민지에서 지배당한 유색인 토착민들과는 전혀 다른 대우를 받았다는 것이다. 예를 들어, 백인 정착 식민지에는 상당한 자치권이 허락되었고, 자치령의 지위 Dominion status(영연방 내의 정치적 자율권)가 주어지기도 했다. 말하자면, 그러한 권리를 얻고자 무기를 들고 싸워야 할 필요가 없었던 것이다. 실제로 영국이 다른 식민지에서 했던 것처럼 유색인 토착민들을 진압하고 그들의 땅과 천연자원을 빼앗아 간 이들은 백인 정착민들이었다. 그러므로 백인 정착민들의 문화를 탈식민의 범주 안에 포함시킨다면, 식민화의 역사에서 인종의 차이가 얼마나 상이한 결과로 이어졌는지, 아울러 그러한 인종차별적 사고방식이 어떻게 오늘날까지도 제3세계와 제4세계에 대한 경제적 압박을 지속시키고 있는지에 눈을 감는 것이다.

다른 한편으로 백인 정착민들의 문화를 탈식민의 범주에 포함시켜야 한다고 생각하는 이론가들은, 탈식민주의라는 개념이 근본적으로 식민주의에 대한 저항을 기반으로 삼는다는 점을 고려할 때, 백인 정착민들의 문학은 반식민주의적 저항에 내재된 복잡다단한 양상들과 관련하여 우리에게 많은 것을 가르쳐 줄 수 있다고 주장한다. 백인 정착 식민지에서 백인 정착민들은 식민지 지배자와 피지배자가 명확히 구분되지 않았음에도 영국문화의 압도적 위세가 자신들의 문화를 집어삼키는 것에 맞서 직접 저항했다는 것이 그 이유다. 바꾸어 말하면, 백인 정착 식민지의 백인 식민주체들도 침략식민지의 유색인 식민주체들과 마찬가지로 이중의식을 경험했다는 것이다. 미묘하고 덜 분명한 형태였겠지만 말이다. 이러한 관점을 받아들인다면 캐나다, 호주, 뉴질랜드, 남아프리카공화국에서 생산된 반식민주의 문학을 쉽게 지나칠 수가 없다. 반대로, 식민통치를 겪은 유색인들의 문학이라면 당연히 저항문학일 것이라고 무비판적으로 넘겨짚는 태도도 다시 생각해 보게 된다.

  탈식민주의 이론가들의 관심을 집중시킨 또 다른 논쟁은, 탈식민주의 이론이 어떤 사람들의 목소리를 조명하고자 하지만 오히려 그 목소리를 소외시킬 위험이 있다는 우려다. 한 예를 들자면, 과거 식민지에서 태어난 이론가들을 비롯한 탈식민주의 이론가 대다수는 유럽 대학에서 교육을 받은 지적 엘리트들로서 학계의 지배계급에 속해 있다. 상당수는 모국을 떠나 해외에 살기도 한다. 말하자면 탈식민주의의 주요 관심 대상은 열등한 지위에 놓여 있는 사람들이나 식민지배가 끝난 뒤에도 착취당하고 있는 절대다수의 가난한 사람들, 즉 **하위주체(하층민; 서발턴)들**subalterns인데, 정작 이 같은 하위주체들과 탈식민주의 비평가들 사이에는 공통점이 거의 없다.

  게다가 문화적 정체성의 문제, 특히 역동적이고 잡종적인 문화적 정체성 형식과 그 불안정성에 주목하는 탈식민주의 분석은 제1세계의 지적 산물인 탈구조주의 이론과 해체론에 크게 힘입은 것이다. 8장에서 공부한 내용을 떠올려 보면, 해체론에서 세계는 그 바깥에서 초월적으로 주어지는 어떠한 안정된 의미나 가치도 갖지 못하는 곳으로 규정되며, 그러한 세계 안에서 자아는 무수한 '자아들'의 파편화된 혼합물로 정의된다. 물론 해체론 같은 이론은 고유한 정체성이란 환상이 어떻게 문화에 내재된 이데올로기적 요소들로 구성되는지를 이해하는 데 대단히 유용하다. 그리고 서구 바깥 세계에 강요되었던 서구철학과 문학의 유럽중심주의 및 문화제국주의를 들추어내는 데 해체론이 효과적으로 사용된 것도 사실이다. 그러나 자신들의 문화적 정체성을 확립하고자 몸부림치는 사람들이 그처럼 탈중심화를 강조하는 이론에서 큰 매력을 발견하지 못할 수도 있다는 점, 나아가 그토록 오랫동안 서구의 지배로 고통받았던 이들이 서구 이론 전반을 불신할 수도 있다는 점은 어찌 보면 당연하다.

  마지막으로, 탈식민주의 비평은 그동안 읽어 온 제1세계 작가들의 작품을 그저 다른 방식으로 읽는 데 그치는 것이 아닌지 우려하는 이론가들도 일부 존재한다. 탈식민주의 비평이 제3세계와 제4세계 작가들의 작품, 그리고 탈식민주의 관련 쟁점들을 다루는 제2세계 작가들의 작품을 전면에 내세우지 못한 채, 서구의 문학 정전에 속한 작품을 해석하는 데 유익한 하나의 비평이론으로만 머무는 것이 아니냐는 것이다. 다행히도 이 같은 우려는 현실화되지 않을 것 같다. 몇 사람만 들자면, 치누아 아체베(나이지리아), 살만 루슈디Salman Rushdie(인도), 저메이카 킨케이드Jamaica Kincaid(서인도제도 앤티가), 베시 헤드Bessie Head(남아프리카공화국), 바라티 무커지Bharati Mukherjee(인도), 치치 당가렘바Tsitsi Dangarembga(짐바브웨), 레슬리 마몬 실코Leslie Marmon Silko(라구나 푸에블로족, 미국), 플로라 은와파Flora Nwapa(나이지리아), 자케스 음다Zakes Mda(남아프리카공화국), 에드워드 카마우 브래스웨이트Edward Kamau Brathwaite(바베이도스), 아룬다티 로이Arundhati Roy(인도), 린다 호건Linda Hogan(치카소 네이션, 미국), 응구기 와 시옹오(케냐) 등이 있다. 실제로 노벨문학상을 수상한 탈식민 작가들도 다수 존재한다. 1986년의 월레 소잉카Wole Soyinka(나이지리아), 1991년의 네이딘 고디머Nadine Gordimer(남아메리카공화국), 1992년의 데릭 월콧Derek Walcott(세인트루시아, 서인도제도), 1993년의 토니 모리슨(미국)[11], 2001년의 V. S. 나이폴V. S. Naipaul, 2003년의 존 쿳시J. M. Coetzee(남아프리카공화국), 2021년의 압둘라자크 구르나Abdulrazak Gurnah(탄자니아)가 그들이다. 그리고 탈식민주의 문학 과목을 개설하는 대학의 수가 가파르게 늘어 이 분야가 국제적인 상품이 되었다고 해도 과언은 아니다. 하지만 추세가 그렇기는 해도, 탈식민주의

---

[11] 모리슨을 탈식민주의 노벨상 수상자에 넣은 이유는, 탈식민주의 비평가 상당수가 모리슨의 작품이 아프리카계 미국인들의 경험에 관하여 쓰는 아프리카계 미국인 작가의 작품으로서 수많은 탈식민주의 쟁점을 조명한다고 보기 때문이다. 모리슨의 광범위한 저작을 어떤 관점으로 보든, 그녀의 작품은 타자화, 고향이 아닌 듯한 낯섦, 모방, 문화적 식민화 등 탈식민주의 개념들의 사회적·심리적 표출 양상에 관해 많은 통찰을 제공한다.

의 문학이 "식민화"될 것이라는 우려, 그러니까 탈식민주의 문학이 유럽의 규범과 기준에 따라 해석될 수도 있다는 우려가 전혀 근거 없는 기우는 아니다. 문화적 유럽중심주의가 전 세계 어디에서나 문학 교육과 문학비평을 여전히 지배하고 있기 때문이다.

이 쟁점들을 생각하면서 유념할 것은, **기초적인 논쟁들**이라는 표현이 **과거의 논쟁들**이라는 표현과 똑같은 것은 아니라는 점이다. 탈식민주의 사상의 토대를 형성하는 데 도움이 되었던 주장들은 오늘날에도 여전히 핵심적인 문제들이다. "탈식민주의 텍스트의 중점적 문제는 여전히 논쟁 중인 문제"[1]라는 마이클 홀C. Michael Hall과 헤이즐 터커Hazel Tucker의 주장은 탈식민주의 이론의 근본 철학에도 적용될 수 있다. 어떤 분야의 핵심 요소들을 전제 또는 "이미 주어진 것"이라기보다 문제로 보려는 의지야말로 수없이 많은 탈식민주의 이론가들과 문학비평가들이 급변하는 세계에 열과 성을 다해 대응하며 탁월한 통찰을 제공하는 분명한 이유다.

세계화와 탈식민주의 이론의 '종말'

아마도 최근 탈식민주의 비평의 주목을 끈 가장 흥미로운 전개는 탈식민주의 이론이 전반적으로 낡았다는 일부 경제학자들의 주장이다. 그에 따르면, 식민주의는 제2차 세계대전 직후 대체로 종말을 맞이했다는 것이다. 그리고 과거 식민지배를 받은 민족들이 자체 정부를 만들고 문화유산을 정립하는 데 힘을 쏟아부었다고는 해도 그러한 노력들이 국제 문화와 글로벌 경제의 전 세계적인 확산으로 동력을 잃었거나, 더 정확히 말해서 그 흐름에 휩쓸려 흡수되어 버렸다는 것이다. 탈식민주의든 아니든 그 영향을 받지 않은 민족들이 없었으니 말이다. 여러분도 이미 실감하고 있겠지만, 음악, 영화, 문학작품, 패션, 다양한 소비재 등 문화 생산물은 세계화되었다. 인터넷을 비롯하여 다양한 형태의 전자 정보, 통신수단, 오락 유흥에 노출되는 정도가 늘어난 탓이다. 실제로, 여러 방면에서 국가들을 분리하는 지리적 경계선의 중요성은 줄어들고, 전 세계 사람들을 연결하는 인터넷의 위력은 더욱 강해지고 있다.

더욱이, 이러한 종류의 문화적 **세계화**globalization(기술, 물건, 생각의 전 세계적 확산)는 상당 부분 경제의 세계화에 기인한다. 경제의 세계화란 국가 정부의 간섭은 최소화하고 자본주의를 전 세계적으로 확산시키는 것으로 정의될 수 있다. 그러면 경제의 세계화는 어떻게 발생하는가? 이는 제너럴일렉트릭, 엑손모빌, 브리티시페트롤리움, 토요타와 같은 다국적기업의 성공으로 만들어진다.[12] 다국적기업들은 기술도 없고 제조 능력도 없는 나라에서 기술을 개발하고 물건을 제조한 다음, 시장이 형성된 적이 없는 나라에서 그 물건들을 판매한다. 다국적기업들 가운데 미국에 기반을 둔 기업들이 선도적 위치를 차지하고 있다. 그 대변인들을 다국적기업들이 지역에 공장이나 사업체를 설립하고 일자리를 창출하고 노동자들을 교육함으로써 개발도상국의 경제에 큰 도움을 주고 있다고 말한다. 그래서 탈식민주의 이론이 용도폐기 되었다고 주장하는 사람들은 좋든 싫든 문화의 변화뿐만 아니라 개인 정체성의 발달에 대해 말하고 싶다면, 탈식민 세계가 오래전에 사라졌고 그와 더불어 탈식민주의 이론도 사라졌다는 것을 깨달아야 한다고 말한다. 요컨대, 세계화의 시대에는 국제관계 이론과 비슷한 류의 세계화 이론이 필요한 것이지 탈식민주의 이론은 필요치 않다는 것이다.

---

[12] 다국적기업을 추가로 들자면, 뱅크오브아메리카, 네슬레, 제이피모건체이스, 웰스파고, 셰브론, 애플, 월마트, AT&T, IBM, 마이크로소프트, 포드자동차, 삼성전자, 존슨앤존슨 등이 있다. 용어 자체가 암시하듯이, 다국적기업은 한 나라에 기반을 두고 있지만, 여러 나라에 상당한 활동 기반을 갖추고 있다. 2,000개 다국적기업의 목록을 보려면 포브스를 참조할 것.

그러나 이와 관련하여 질문을 제기할 수 있다. 왜 세계화가 탈식민주의 이론이 적절하지 않다는 뜻으로 연결되는가? 이 결론이 정확한 것인가? 오늘날의 식민주의가 15세기 후반부터 20세기 중반까지 이루어진 식민주의와 다른 것은 사실이다. 식민지배국에서 총독을 파견하여 직접적이고 노골적으로 통치하는 방식과는 다르다는 말이다. 그럼에도, 오늘날 여러 취약지역에서 그와 똑같은 종류의 정치적 · 경제적 · 문화적 억압이 발생하고 있다. 다만, 수단이 다를 뿐이다. 억압을 행사하는 주체는 탈식민주의 비평의 타당성을 문제 삼았던 바로 그 다국적기업이다. 이러한 수단들 가운데는 **문화제국주의**cultural imperialism와 **신식민주의**neocolonialism가 있다.

여러분은 때로 '문화적 식민화'라고 불리는 문화제국주의의 몇 가지 사례를 이미 알고 있을 것이다. 문화제국주의란 다국적기업들이 부과한 경제적 지배의 결과로 발생하는 현상으로, 한 문화가 다른 문화를 '탈취'하는 행위로 구성된다. 즉, 경제적 지배문화의 음식, 의복, 관심, 여가, 가치 등이 점차적으로 경제적 피지배문화의 음식, 의복, 관심, 여가, 가치를 대체하여 결국 후자가 전자의 모방인 것처럼 되어 버린다는 것이다. 미국의 문화제국주의는 가장 널리 확산된 현상 가운데 하나다. 미국식 패션, 영화, 음악, 스포츠, 패스트푸드, 소비 생산물, 개인의 미적 기준과 성공이 전 세계의 지역적 · 민족적 문화 전통을 밀어내고 있음을 우리는 실시간으로 목도하고 있다. 최근에 학생 하나가 한 나라가 "세계를 지배"하는 일을 걱정할 필요가 없는 것이, 이미 코카콜라와 나이키가 그렇게 하고 있기 때문이라고 농담하는 것을 들었다. 그 학생이 말한 것이 바로 문화제국주의다.

명백해 보이지는 않아도 그 파급력만큼은 전 세계적인 것이 있는데, 그것은 바로 기업의 세계화가 일종의 **신식민주의**neocolonialism의 형태로 작동한다는 사실이다. 신식민주의에서 신新, 즉 네오neo는 '새롭다'는 뜻으로, 신식민주의는 어려움을 겪고 있는 개발도상국의 기업과 문화 전통과 생태 복지를 제물 삼아 그 나라에서 쉽게 얻을 수 있는 값싼 노동력을 착취하는 행위를 뜻한다. 다국적기업들은 사업을 확장하고자 하는 국가의 정부와 협력관계를 맺거나, 다국적기업으로부터 경제적 혜택을 취하고자 하는 부유한 소수의 개인에게 지원을 받을 수 있다. 그러나 그 나라 국민의 대다수를 차지하는 하위주체들에게는 아무런 혜택도 돌아가지 않는다.

실제로 다국적기업이 정부와 협력을 맺었다고 해서 그 나라의 하위주체나 천연자원이 보호받는다는 뜻은 아니다. 이를테면, 공동체 전체가, 또는 여러 공동체가 집과 농장과 어장을 잃고 내쫓길 수도 있고, 대도시 슬럼가의 거주민으로 전락할 수도 있다. 기업 하나가 땅이 필요하다는 이유로, 또는 수력발전을 위해 대규모 댐이 필요하다는 이유로 종종 일어나는 일이다. 일자리가 창출되기도 하지만, 아동노동이 쓰이는 경우도 생긴다. 그리고 노동자는 대체로 아동이든 성인이든 낮은 급여를 받으며 장시간 노동과 열악한 노동환경을 견뎌야 한다. 목재, 원유, 광물, 귀금속의 형태를 띠는 천연자원은 '수확'하고 가져가는, 많은 다국적기업들이 눈독을 들이는 상품이다. 땅, 물, 공기, 동물, 식물의 형태를 띤 천연자원은 산업 개발이 초래하는 오염, 토양침식, 동물 서식지 감소 등으로 파괴되거나 위험에 빠진다. 이 문제가 얼마나 큰지 가늠하기 위해, 개발도상국에서 다국적기업의 규제받지 않는(또는 최소한의 규제만 받는) 기업활동으로 인해 발생한 피해를 보여주는 세 가지 대표적인 사례를 짧게나마 살펴보자. 첫 번째 사례는 글로벌 석유산업, 두 번째 사례는 글로벌 의류산업, 세 번째 사례는 하이테크 기술을 이용하여 농작물, 농업 화학품, 농기계 등을 상업적으로 대규모 생산하고 배급하는 글로벌 농기업이다.

나이지리아 니제르 델타 지역에서 영국-네덜란드 합작 석유기업인 로열더치셸은 무분별한 석유 폐기물 투기, 부식된 송유관으로 인한 잦은 기름유출, 석유 추출 과정에서 발생하는 천연가스 배출 등으로 농부들의 경작지와 삼림 지역과 어류 개체군을 파괴해 왔다. 석유회사가 들어섰다고 해서 지역 주민들이 받은 혜택은 전혀 없다. 오히려 그들이야말로 석유회사로 인해 고통받는 당사자다. 공기는 숨을 쉬기도 어려울 정도가 되었고, 어류 개체군은 거의 사라져 버렸다. 게다가, 물마저 식수로 사용할 수 없게 되었다. 실제로, "원유가 풍기는 악취가 공기를 뒤덮"고 "생명은 온데간데없이 시커먼 풍경만이 드넓게 펼쳐져 공포를 자아내는 광경은 직접 보지 않으면 믿기 어렵다."(Friends of the Earth International) 국제사면위원회가 지적하듯이, 1950년대부터 지속되어 온 이러한 종류의 오염과 환경파괴에는 인권침해 사례도 발견되고 있다. 가령, 지역 주민들이 음식과 식수를 구할 권리도 수시로 침해되고 있다.("Oil industry has brought poverty and pollution to Niger Delta," n.p.)[13]

방글라데시에서는 또 다른 종류의 지속적인 황폐화가 발생해 왔다. 이 나라에서는 10대, 20대 초반의 저임금 노동자들이 안전하지 않은 건물과 위험한 노동환경에서 의복을 제조하고 있다. 주 고객은 월마트, 시어스, 갭 등의 미국 브랜드, 봉마르셰, 프리마크 같은 영국 브랜드, 망고, C&A, 베네통 등의 유럽 브랜드이다. 최소한 112명의 노동자들이 비상구에 자물쇠가 잠기고 창문 아래쪽에 가로대가 설치된 화재 현장을 빠져나오지 못해 사망했다. 2012년 11월 24일, 다카 외곽의 악명 높은 타즈린 패션 의류 공장에서 발생한 사고였다. 2013년 4월 24일에는 날림으로 지은 8층짜리 라나 플라자 붕괴 사고로 1,100명의 노동자들이 사망했고 2,600명의 부상자가 발생했다. 이 건물에는 다섯 개의 의류 공장이 있었다. 붕괴 전날, 건물에 구조적 균열이 발견되었고, 저층에 입주한 가게와 은행은 즉시 폐쇄되었다.

---

[13] 니제르 델타에서 벌어지는 쉘의 활동에 대해 더 알고 싶다면, Friends of the Earth International과 유엔환경계획을 참조할 것. 탈식민 공동체들이 불균형적으로 겪고 있는 생태적 파괴에 대해 더 알고 싶다면, 이 책 13장에 수록된 '탈식민 생태비평과 환경정의' 항목을 참고할 것.

"그러나 고층의 의류 공장 공장주들은 균열이 나타난 뒤에 건물을 사용하지 말라는 경고를 무시했다."(Clean Clothes Campaign)[14] 이 두 사고는 방글라데시 의류산업과 연관된 수없이 많은 참사 가운데 일부일 뿐이다.

마지막으로, 스위스의 다국적 음식음료 기업 네슬레는 콜롬비아, 스리랑카, 필리핀의 지역 낙농산업을 파괴한 수십 년의 역사가 있다. 네슬레가 지역에서 만든 낙농 제품을 밀어내고 가공 처리된 네슬레의 수입 우유 및 우유 대체품을 대량으로 배급한 것이 주원인이다. 신선한 우유를 제공하는 지역의 낙농장이 사라지자, 네슬레의 우유 제품 가격이 상승했다. 지역 낙농업자들을 쫓아낸 후 이 회사는 사기성이 농후한 마케팅 캠페인을 벌여 개발도상국의 어머니들을 속인다. 모유를 먹이는 대신 네슬레의 유아식을 먹여야 한다는 것이다. 이 캠페인이 성공하면서 수십만 명의 유아들이 사망하는 사고가 발생한다. 유아식을 지역 식수와 섞는 과정에서 발생한 감염병 때문이었다. 모유가 제공할 수도 있었을 면역력이 부족한 탓도 있었을 것이다. 네슬레의 비윤리적인 행태는 전 세계적인 네슬레 제품 불매운동을 불러일으켰고, 이는 오랫동안 지속되었다. 그럼에도 격렬한 항의에 비해 네슬레의 대응은 심각할 정도로 미미했다.[15]

언급한 사례들이 보여 주듯이, 신식민주의 다국적기업의 유일한 진짜 관심사는 기업의 이익이다. 지역 주민이나 지역 환경은 안중에도 없다는 뜻이다. 실제로, 신식민주의 기업들은 필요가 생길 때마다 뇌물(기업은 이익을 지키기 위해 정부 조직의 각 층위마다 공무원들에게 뇌물을 공여한다)을 쓰고 직간접적인 무장 개입의 힘(지역 경찰과 군대에 재정을 지원하는 형태로

---

[14] 타즈린 패션 의류 공장 화재와 라나 플라자 붕괴 사고에 대해서는 Greenhouse, Hossain, Manik and Yardley 등을 참조할 것.
[15] 예컨대, Baby Milk Action, INFACT Canada, Krasny를 참조할 것.

기업의 정치적 이익을 보호하는데, 때로는 그 기업의 이익에 가장 부합하는 서구 강대국의 군사원조를 받기도 한다)을 빌려 사업을 유지한다. 물론, 신식민주의의 상업적 기업활동이 초래한 파괴에 저항하는 지역 운동 조직이 수십년에 걸쳐 형성되었다.[16] 하지만 이 바닥의 판돈이 워낙 큰 데다, 덩치 큰 선수들의 힘이 너무나 막강해 공정한 규칙이 적용되기는 극히 어렵다.

요컨대, 수많은 다국적기업들, 그리고 그들과 협력 관계에 있는 정부들은 자신들의 사업을 '개발' 프로젝트로 부른다. 그러면서 그들이 벌이는 사업을 가난한 지역을 '개발'하여 근대화시키는 일이라고 포장한다. 그러나 실상 그 지역에 거주하는 가난한 사람들을 위한 프로젝트는 전혀 아니다. 식민주의 착취와 탈식민주의 저항운동은 정치적 · 경제적 · 문화적 현실에 따라 새로운 형태를 취해 왔지만, 오늘날에도 여전히 존재한다. 탈식민주의 이론이 가져다주는 통찰을 폐기한다면 이러한 현실을 인식하고 대응하는 작업은 점점 지난해질 것이다.

탈식민주의 이론과
글로벌 관광산업

앞 장을 읽고 다국적기업을 생각하면서 디즈니, 클럽 메드, 바이킹 리버 크루즈와 같은 이름들이 떠올랐는가? 그렇지 않을 것이다. 대개의 경우 우리는 위협적이고 위압적으로 들리는 다국적기업이라는 문구를 맑고 푸른 하늘과 하얗게 반짝이는 해변과 티 없이 깨끗한 골프장과 아름다운 휴양지에서 즐거움을 만끽하면서 만면에 미소를 짓는 사람들과 연결짓지 않는다.

---

[16] **농민 저항운동**peasant resistance으로 불리기도 하는 지역 저항운동으로는 인도의 칩코 운동, 케냐의 그린벨트 운동, 브라질의 땅 잃은 농촌 노동자(Carter and Friends of the MST 참고) 등이 있다.

그렇지만 관광도 이제 하나의 산업이 되었고, 그 산업은 세계로 뻗어 나갔다. 관광산업은 비단 '햇볕을 쬐며 즐기는 일'만은 아니다. 적어도 관광산업 관계자에게는 아니다. 생각해 보자. 관광 휴양지를 개발해서 이익을 얻는 사람은 누구이며, 손해를 입는 사람은 누구인가?

물론, 관광산업으로 혜택을 입는 사람은 많고 피해를 당하는 사람은 없거나 드문 경우도 간혹 있기는 하다. 아름다운 호숫가, 숲이 우거진 공원, 흥미를 일으키는 역사 유적지, 야영지 등 지역에서 운영하는 관광지가 그렇다. 그런 곳은 대체로 일반 대중에게 개방되어 있고 가격도 저렴한 편이다. 그런 경우, 지역 사업체들은 호황을 누리고 지역 경제는 좋아지고 지역 주민은 혜택을 받는다. 이를테면 지역 주민들은 지역에서 여가 시간을 즐기고, 지역 관광산업으로 창출된 일자리를 구하거나 관광 관련 소규모 업체를 운영할 수 있다.

반면, 글로벌 차원의 관광지는 국제 관광 시장을 겨냥하며 지역 은행, 지역 부동산회사, 지역 금융가들이나 해외투자자들의 투자를 받는다. 그래서 지역 사람들의 영향권 밖에 있는 데다 지역민의 호주머니를 채워 주지도 않는다. "개발도상국 엘리트들은 관광산업 개발로 솟구치는 땅값으로, 또는 연줄을 이용해 해외투자에 참여하는 방식으로 일반 사람들보다 훨씬 더 많은 혜택을 지속적으로 받는다."[M. Smith, Jaakson, 170에서 재인용] 이처럼 "한 나라의 수입이 전체적으로 상승할지는 모르겠지만, 빈부격차는 그대로이거나 더 커진다."[Jaakson, 170] 글로벌 관광산업 가운데 상당수가 이 모델을 따라 웅장한 자연 절경 또는 아름다운 명승지를 홍보하거나, 수렵이나 촬영이 허용되는 광범위한 야생동물보호구역을 마케팅하거나, 지역 주민과 그 문화의 '이국적' 모습을 내세운다. 물론, 글로벌 관광산업의 종류는 매우 다양하다. 각 관광산업에는 그 나름의 역사가 있다. 저마다 다른 방식으로 정부나 지역 민족들(원 거주지가 대중적인 관광지이거나 소수 부유층을 겨냥한 고급 휴양지인 경우)과 협력하고 타협하고 갈등한다.

안타깝게도, 토착 민족들은 돈을 낸 관광객들에게 밀려날 수밖에 없어 조상 대대로 살아온 숲과 정글과 목초지에 접근하지 못하는 일이 비일비재하게 발생한다. 관광 명소 인근의 호화 호텔과 콘도 등 관광숙박시설을 짓는다는 명분에 밀려 농촌지역에 거주하는 민족들은 집에서 쫓겨나고 전통적인 생계 수단마저 박탈당한다. 물론, 경제 사정이 어려우니 개발도상국으로서는 그러한 착취적 개발에 취약할 수밖에 없다. 그리고 그처럼 취약한 지점을 공략해 이익을 취하려는 사람들에게 생물적 다양성이 풍부한 미개발지는 너무나 매력적으로 보인다. 글로벌 관광산업의 폐해에 가장 취약한 나라는 개발도상국들이다. 개발도상국들은 오랜 식민지배와 착취의 역사로 인해 경제적으로 어려운 경우가 많아 어쩔 수 없이 잠재적인 글로벌 관광 명소들을 '개발'하고 홍보하는 투자자들을 수용할 수밖에 없다. 심지어 그러한 투자자들을 발 벗고 나서서 유치하려 한다. 글로벌 관광산업은 시골에 사는 사람들을 희생해서라도 해당 국가의 경제 수준을 향상시킬 수 있는 유일한 수단으로 비치기 때문이다. 이러한 맥락에서 글로벌 관광산업은 탈식민주의 이론의 지대한 관심사일 수밖에 없다. 실제로 관광산업은 취약한 탈식민 국가들에게 수백 년에 걸친 유럽의 식민지배만큼이나 부정적인 영향을 끼치고 있다.

필리핀의 아시엔다 루옥 지역의 민족들을 살펴보자.[17] 마닐라에서 남동쪽으로 60마일 떨어진 곳에 위치한 이 시골 지역공동체는 네 개 마을에 대략 1만 명의 인구가 8,650헥타르 땅에 거주하고 있다. 조상 대대로 물려받은 이 해변 지역의 농경지에 터를 잡은 거주민들은 농사를 짓고 물고기를

---

[17] 아시엔다 루옥 지역의 글로벌 관광산업 개발에 관한 정보는 Marbella, Olea, 필리핀공화국 농업개혁부, Schradie and DeVries, Vohra 등 여러 출처에서 나왔다.

잡으며 수백 년을 지속 가능한 방식으로 살아왔다. 그런데 1991~1993년에 필리핀 농업개혁부가 아시엔다 루옥 지역 마을 주민들에게 5천 헥타르에 대한 토지소유권 수여 증서를 발행한다. 그러면서 필리핀 정부는 불특정수량계약Indefnite Quantity Contract(IQC)이라고 불리는 계약을 통해 아시엔다 루옥 전체 8,650헥타르를 부동산 개발업체인 필-에스테이트와 마닐라 사우스코스트 디벨롭먼트 코퍼레이션에 매각했다. 이제부터가 주목할 대목이다. 일종의 투기성 구매로 볼 수도 있는 이 계약을 통해 개발업자들은 농민들의 토지소유권 증서가 적용되지 않는 아시엔다 루옥 3,650헥타르에서 관광 명소와 숙박 시설을 건설할 권리를 얻었고, 실제로 그렇게 했다. 더욱이 이 계약은 농민들이 소유권 증서로 **보호**받는 토지 가운데 농업에 적합하지 않다고 증명할 수 있는 구역은 어디든 개발할 수 있는 권한까지 부여했다. 1996년, 필-에스테이트와 마닐라 사우스코스트 디벨롭먼트 코퍼레이션은 공동소송에서 승소하며, 그동안 농민들의 토지소유권 증서로 보호받아 왔던 아시엔다 루옥의 1,219헥타르를 개발할 권리를 획득한다. 이 토지에 대한 소유권 증서는 취소되었는데, 해당 토지의 평균 경사도가 18퍼센트 이상에다 농작물 경작에 토지가 사용되지 않는다는 것이 그 이유였다. 주민들이 관리한 지역으로 다양한 유실수가 자라고 있어 식단의 중요한 부분을 담당하던 산림지대도 관광개발용 부지로 전환되었다. 긴말 필요 없이, 개발업자들은 대대로 땅을 보존하며 생계를 유지해 온 주민들에게서 잘 관리되고 농업생산력이 좋은 해안 토지를 빼앗아 갔다. 사실, 처음부터 이 지역이 개발업자들의 눈에 띈 이유는 해안과 토지가 양호한 상태였기 때문이다.

아시엔다 루옥 주민들이 이주를 거부한 채 농사를 짓고 고기잡이를 이어 가며 토지반환소송을 제기할 때만 해도 어떤 고난이 그들에게 닥쳐올지 전혀 알 수 없었다. '치안유지'를 명목으로 국가경찰, 필리핀 군대, 개발업자들이 고용한 사설 경비원들이 투입되었다. 이후 농민들과 어민들은 중무장한 파견대에게 지속적으로 괴롭힘을 당한다. 무장 경비대에게 폭언과 협박을 당한 것은 물론이거니와 주거지도 불법 수색을 당한다. 거주 공간이 파괴되었으며, 조업을 금지당한 어민들도 부지기수였다. 게다가, 토지 강탈에 반대했던 최소 일곱 명의 주민이 살해당했는데 조사는 이루어지지 않았다. 위협 때문에 떠난 주민들도 있었고, 조상 대대로 살아온 땅에 해변 리조트가 들어선 다음에 마을을 떠난 주민들도 있었다. 리조트에는 6~7층 규모의 고급 주거용 콘도미니엄 아홉 개 건물, 컨트리클럽과 스파를 갖춘 고급 호텔, 골프 챔피언 헤일 어윈과 프레드 커플스가 설계한 두 개의 골프장이 포함되었으며, 이 모든 시설은 과거 농경지나 숲이었던 지역을 광범위하게 차지하고 있다. 농사나 어업 기술이 쓸모없게 된 주민들 가운데 일부는 마닐라에서 저임금 일자리를 찾을 수밖에 없었고, 현재 도시의 빈민 지역에 살고 있다. 숲을 밀어 버려 아시엔다 루옥에 남은 주민들은 토양침식, 홍수, 산사태에 시달리는 데다, 매년 골프장에 살포되는 2톤가량의 제초제와 살충제 탓에 수질 · 대기오염까지 겪고 있다. 농민권리 단체들은 지역적 · 국가적 · 국제적 차원에서 아시엔다 루옥 주민들을 위한 정의 실현 노력을 이어 가고 있다. 그러나 주민들이 처한 갈등 상황은 여전히 미해결 상태로 남아 있다.[18]

슬프게도 아시엔다 루옥 주민들이 처한 토지 강탈 사태는 필리핀 농촌뿐만 아니라 전 세계 곳곳에서 벌어지고 있는 일이다. 인도, 티베트, 그리고 동남아시아 · 아프리카 · 중앙아메리카 · 남아메리카 · 카리브 지역의 여러 국가들 역시 이러한 변화를 겪었고 지금도 겪는 중이다. 생태관광ecotourism은 글로벌 관광객을 위해 자연의 아름다움을 존중하는 지속 가능하고 환경 친화적인 관광을 지향한다고 표방하지만, 사실 지속 가능하지도 않고 환경

---

[18] 아시엔다 루옥 사태에 관한 최신 정보는 Sanz를 참조할 것.

친화적이지도 않다. 예를 들어, 제3세계네트워크(TWN)가 유엔에 보낸 서한에 따르면, 태국의 경우 "생태관광의 수요 급증으로 인해 농촌 및 자연지역에서 숙박 시설과 도로, 전기, 하수도 등 기반 시설을 건설하려는 광풍이 휩쓸고 있다."(Higham, 11에서 재인용)[19] 또한 훼손되지 않은 개발도상국 농촌지역의 땅에 대한 국제시장의 수요는 더욱 커지고 있다. 예컨대, 고급 '휴가 소유권vacation ownership'의 매력은 계속 증가하고 있다. 소수의 부유층 고객이 존재하는 한, 저개발 온난기후 국가에서 '골프 레저 커뮤니티', '주거형 해변 리조트', '취미·레저 농장'과 같은 호화 개발사업을 위한 농촌지역 토지의 상업적 매력은 더욱 높아지고 있다. 일례로, 필리핀의 하밀로 코스트에 위치한 고급 해변 리조트 피코 데 로로를 찾는 방문객들은 6~7층짜리 여덟 개 건물의 콘도미니엄 리조트나, 레스토랑·바·스파 시설과 154개 객실을 갖춘 7층 호텔에 숙박할 수 있다. 비치 클럽의 인피니티 풀 ^{수평선과 이어져 끝이 없어 보이는 풀장} 과 야외 바를 이용할 수 있고, 리조트의 컨트리클럽에서 헬스장, 볼링장, 비디오게임룸, 당구장, 가라오케 노래방, 레스토랑, 바, 무도회장, 배드민턴장, 스쿼시장, 농구장, 테니스장을 이용할 수 있다. 방문객은 "울창한 수림, 푸른 산맥, 하얀 모래가 펼쳐진 해변의 멋진 광경을 배경으로" 이 모든 것을 즐길 수 있다.[20] 피코 델 로로는 아시엔다 루옥 마을 주민들에게 빼앗은 땅 위에 건설되었다.[21]

앞에서 보았듯이, 경제적으로 취약한 탈식민 국가에서 글로벌 관광산업을 개발하려는 동기는 적어도 세 가지다. 탈식민 정부는 가난한 국가경제를 일으켜 세우고자 하고, 엘리트 개인 투자자는 돈을 많이 벌고자 하고, 소수

---

[19] 생태관광에 대한 다양한 관점을 요약한 책으로는, Higham을 참조할 것.

[20] 피코 델 로로의 호화 해변 리조트를 묘사한 온라인 웹사이트는 Hamilo Coast를 참조할 것.

[21] 전 세계의 훼손되지 않은 청정 지역, 농촌지역, 저개발 지역에 고급 리조트를 소유한 관광개발 회사를 몇 개만 들자면 다음과 같다. 클럽 메디테라네(클럽메드), 헤이스앤자비스, 윈덤 베이케이션 오너십, 랜드코 퍼시픽 코퍼레이션, 쿠오니 트래블, 론로 코퍼레이션, 스털링 홀리데이즈,

의 부유한 국제 관광객은 청정 열대 지역에 자신들만의 천국을 사고자 한다. 더욱이, 개발 동기는 국경선을 초월한 정치세력에서 나온다. 한 가지만 예로 들자면, 아시엔다 루옥와 관련하여 미국국제개발처(USAID)가 취한 입장을 살펴보자. USAID는 취약 국가에 기술 지원 및 교육, 자원 관리 자문, 금융 원조 등을 제공하기 위하여 1961년에 설립되었다. 1991년 다큐멘터리 영화 〈골프 전쟁〉의 화자에 따르면, 1991년에 발행한 USAID 보고서는 "아시엔다 루옥 지역은 관광산업과 토지 전환에 적합한 곳"이라는 결론을 내린다. 즉, 농경지와 삼림을 관광 명소와 숙박 시설로 전환하는 것이 좋다는 뜻이다.

그러나 탈식민주의 이론의 관점에서 보면, 아시엔다 루옥과 비슷한 운명을 맞았거나 위험에 처한 개발도상국의 농촌지역이 "관광산업과 토지 전환에 적합"한 이유는, 우리가 세상을 식민주의 이데올로기의 관점으로 바라보기 때문이다. 이 관점에 따르면, 세계 농촌지역의 빈곤층은 글로벌 관광산업의 개발로 더 잘살 수 있거나 진보의 행진에 수반되는 부수적 피해이거나 고려할 가치가 없는 미미한 존재로 취급된다. 어디서 들어 본 말인가? 그럴 것이다. **문명**을 **글로벌 관광 개발**과 **진보**로 바꾼다면, 개발도상국의 농민 빈곤층을 바라보는 시각은 '신세계'를 '빈 땅'으로 보았던, 즉 그곳에 거주한 토착민을 유럽인이 아니라서 완전한 인간이 아니라고 판정하고, '신세계'를 그들이 원하는 목적에 따라 마음대로 할 수 있는, 아무도 살지 않는 땅으로 규정했던 유럽 식민지배자들의 시각과 정확히 일치한다. 홀과 터커가 적절하게 표현했듯이, "현재 우리가 목도하는 국제 관광산업의 모습은 식민주의에 뿌리를 둔 경제구조, 문화적 표상, 착취적 관계가 결코 끝나지 않았다는 것을 증명한다."[185][22]

SM 랜드 등이다.

[22] 관광산업이 농촌 빈민이 소유한 땅과 토착민의 땅과 문화를 국제적으로 판매하는 행태와 관

탈식민주의 이론과
글로벌 환경보존

환경파괴가 전 세계에 끼치는 재앙을 보건대, 탈식민주의 이론이 오늘날에도 유효하다는 것은 분명해 보인다. 탈식민주의 비평가 상당수가 지적하듯이, 식민지배를 당한 민족들이 입은 피해로는 자연환경의 고갈 또는 파괴, 그리고 그로 인한 토지 손상과 생명 파괴 등이 있다. 이 장 앞부분에서 살펴보았듯이, 오늘날에도 문제는 지속되고 있다. 다국적기업의 성장과 글로벌 관광산업의 팽창으로 인해 개발도상국의 농촌지역은 고갈되거나 파괴되고 있으며, 그에 따라 그 지역에 터전을 마련하여 여러 세대에 걸쳐 살아왔던 인간의 삶도 위험에 빠지고 있다. 실제로, 환경보존[23]과 탈식민주의는 윤리

련된 문제는, Hall과 Tucker를 참조할 것. 다양한 형태의 글로벌 관광산업과 관련된 인권 문제를 다룬 1차 자료는, 다음과 같은 단체의 웹사이트를 방문할 것. Third World Network (https://www.twn.my/twnintro.htm), People's Coalition on Food Sovereignty (https://foodsov.org/about-us), The Asian Peasant Coalition (https://asianpeasantcoalition.wordpress.com/).

[23] 아래 논의할 다른 용어들처럼, **보존**conservatism이라는 단어는 시간과 장소에 따라 그 의미가 다르다. 오늘날 특히 미국에서 보존이란 지속가능성을 증진하려는 노력, 즉 공기, 물, 땅, 목재, 재생 및 비재생에너지 자원, 금속을 비롯한 광물 등과 같은 천연자원을 계속해서 미래 세대가 사용할 수 있도록 신중하게 사용하고 관리하려는 노력을 말한다. 그러나, 미국을 비롯한 전 세계 보존 단체의 시각에서 보존이란 모든 형태의 식물과 비인간 동물 보호를 위해, 그리고 생물적 다양성 보존을 위해 오염되지 않은 거대한 땅을 보호구역으로 지정하는 행위를 뜻한다. 보호구역은 그 자체로 보호할 가치가 있을 뿐 아니라 지구환경의 건강을 위해서도 보호할 가치가 있다. 우리는 두 번째 의미로 사용한다. 이와 관련된 (서로 겹치는) 용어로는 **생태학, 환경주의, 생태비평**이 있다. **생태학**ecology이란 다양한 생명(이를테면 동물, 인간 동물, 곤충, 식물, 미생물)과 그 생명들이 거주하는 특정한 환경(생명이든 비생명이든) 사이의 복잡한 관계망을 과학적으로 연구하는 학문을 뜻한다. 생태학 분야는 인간의 부실한 관리가 자연환경에 끼치는 해악은 물론이거니와 자연환경을 어떻게 보존하고 복구해야 하는지에 대한 연구도 포함한다. **환경주의**environmentalism는 인간이 초래한 오염과 손상의 파괴적 영향으로부터 자연(모든 형태의 비인간 생명으로 이루어진 자연환경)을 지키는 조직적인 자연보호를 지칭한다. 환경운동가는 정부 관리를 대상으로 로비 활동을 벌이고, 시위를 조직하고 활동 지원 후원금을 모금한다. 여기서 환경운동가의 활동은 자생식물과 비인간 동물 생명의 보존과 복원을 포함한다. 1990년대 문학 연구에서 출발한 **생태비평**ecocriticism은 환경의 문학적 표상에 중점을 둔다. 생태비평의 목

적 관심이 중첩되는 분야이다. 그리고 애초에 분리해서는 안 되는 분야였다. 현실 세계에서 자연의 보존과 인간 생명의 보존은 분리되지 않기 때문이다.

　　그러면 왜 환경보존과 탈식민주의 이론은 서로 별개의, 적대적인 연구 분야로 여겨졌고 아직도 그렇게 여겨지고 있는가? 분리의 원인은 여러 가지다. 주로, **자연**nature은 비인간 생명과 연결되고 **문화**culture는 인간과 연결되므로 **자연**과 **문화**가 서로 정반대 개념을 나타낸다는 서양의 통념에 기인한다. 이를테면 환경과 관련하여 탈식민주의 이론은 인간적 요인, 가령 산업화 및 상업화의 전 세계적 확산으로 인해 자연환경이 공격받는 상황에서 생존을 도모하려는 토착 공동체의 투쟁을 강조하는 경향이 있다. 반면, 랠프 왈도 에머슨과 헨리 데이비드 소로와 같은 미국 작가의 철학에서 파생된 보존주의는 자연환경 그 자체에 초점을 두는 경향이 있다. 즉, 보존주의는 사람이 "시간의 흐름과 상관없이 홀로 자연과 교감"을 나눌 수 있는 "원시 자연"에 대한 욕망과 "'오염되지 않은' 위대한 장소의 보존"[Nixon, 236]에 근거한다.[24] 글로벌 보존 단체들은 원형 그대로의 순수 자연을 보존하려는 욕망을 공유한다. 미국 국립공원 시스템을 모델로 한 이 보존 단체들은 야생 지역의 보존에 거의 전적으로 노력을 집중한다. 토착민들은 식민지 이전부터 땅을 관리하고 보존해 왔는데, 보존주의자들은 그 땅이 인간 존재[25]로 인해 위험에 처해 있다고 생각한다. 항상 그렇듯이 세력 다툼이 일어났

적은 이기적인 자연 개념과 그러한 개념이 초래한 환경파괴적 관점을 형성하는 데 기여한 과거와 현재의 다양한 가정들에 대하여 문학적 표현들이 무엇을 말하는지 연구하는 것이다. 생태비평가는 자연세계의 보존을 믿으며, 인간이 자연을 존중하고 자연과 조화를 이루며 살아야 한다는 명제를 믿는다. 더 상세한 논의는 13장 〈생태비평〉을 참조할 것.

[24] 환경과 관련하여 탈식민주의와 보존주의의 분리에 대한 상세한 논의는 Nixon의 책 233-262 페이지를 참조할 것.

[25] 국제사면위원회의 보고서에 따르면, 토착 원주민은 전 세계 인구의 약 5퍼센트를 차지한다. 그러나 세계 생물적 다양성의 약 80퍼센트를 관리한다("Indigenous Peoples"). 토착민 문제에 관

고, 대체로 토착민들의 패배로 끝이 났다.

실제로, 상당수 탈식민주의 사상가들은 환경보존론자들이 정의하는 **야생지**wilderness라는 단어가 글로벌 보존 단체들의 목표와 인권을 강조하는 탈식민주의의 관심사가 충돌하는 주원인이라고 생각한다. 국립공원에 적합한 땅을 지정하는 법으로 오늘날 미국을 비롯한 전 세계 보존 단체들이 사용하는 야생지 개념의 근거가 된 1964년 야생지법(미국 공법 88-577) C 조항에 따르면,

> 야생지는 인간과 인간 행위가 지배하는 지역과 달리 인간에게 얽매이지 않는 지구 및 지구의 생명 공동체가 있는 지역, 인간은 머물지 않는 방문객에 불과한 지역으로 인식된다. 더욱이, 야생 지역은 이 법에 따르면 영구적인 개발이 없고 인간도 영구적으로 거주하지 않는, 원초적인 특성과 영향을 간직한 연방정부의 미개발 지역, ① 일반적으로 야생지는 자연의 힘이 주된 영향을 미치는 곳으로, 인간 행위의 흔적은 거의 눈에 띄지 않는 지역, ② 홀로 있을 기회뿐만 아니라 원시적이고 구속 없는 형태의 휴양 기회가 많은 지역, ③ 적어도 5천 에이커 또는 충분한 면적의 땅이 확보되어 보존이 가능하고 손상되지 않은 상태로 사용이 가능한 지역, ④ 과학적 · 교육적 · 경관적 · 역사적 가치가 있는 생태

한 유엔영구포럼에 따르면, "전 세계적으로 70여 개국에 걸쳐 3억 7천만 명의 토착민들이 거주하고 있다고 추정된다. 이들은 고유한 전통을 고수하며 주류사회와는 확연히 구분되는 사회적·문화적·경제적·정치적 특징을 가지고 있다. 북극부터 남태평양까지 전 세계에 퍼져 있는 토착민들은 문화도 다르고 민족적 기원도 다른 사람들이 도착할 당시 특정한 나라 또는 지역에 거주했던 사람들의 후손이다. 새로 온 사람들은 이후 정복, 점령, 정착 또는 다른 수단을 통해 지배하게 된다."(Fifth Session, May 2006) 원주민Native peoples, 최초 주민First peoples, 퍼스트 네이션First nations으로 불리기도 하는 토착 민족들은 아메리카 대륙의 토착민(미국의 라코타족, 과테말라의 마야족, 볼리비아의 아이마라족), 북극 지역의 이누이트족, 북유럽의 사미족, 케냐와 탄자니아의 마사이족, 필리핀 남부의 카타왕 루마드족, 인도, 방글라데시, 네팔의 산탈족, 중앙 오스트레일리아의 아레른테족, 뉴질랜드의 마오리족 등을 포함한다.

학적·지질학적 특성을 비롯한 다양한 특성을 보유한 지역 등을 의미한다. (US Department of Agriculture, A17-A18)

간단히 말해, 야생지는 개척이나 사업 개발을 앞세운 식민 세력이 확보하지 못한, 오염되지 않은 광활하고 아름다운 원시 지역이다. 이와 같은 땅에 거주하는 원주민들의 전통 주거지는 영구적 시설물이 아니다. 쉽게 분해해 옮길 수 있으므로, 영구적인 인간 거주지를 뜻하는 표식으로 간주할 필요가 없다.

인간이 거주하지 않는 야생지 보존을 고집하는 환경보호론자들은 그 과정에서 쫓겨난 원주민 거주자들을 알지 못하거나 신경 쓰지 않는다. 예를 들어, 요세미티국립공원이 현재 차지하고 있는 지역이 원래 인간이 거주하지 않았다는 통념은, 저명한 사진작가 앤설 애덤스Ansel Adams가 찍은 멋진 사진들이 만든 것이다.

이 지역에 거주하는 미워크족Miwok은 그가 요세미티 계곡에서 작업하는 곳이면 어디에서나 눈에 띄었지만, 그(애덤스)는 의도적으로 이들을 촬영하지 않았다. 그는 수천 장의 네거티브필름에 미워크족이 최소 4천 년 동안 돌보아 온 땅을 담았다. 그(애덤스)는 미워크족이 이후 인간의 간섭으로부터 자연을 보호한다는 명목으로 새로 지정될 국립공원에서 쫓겨날 다른 원주민들처럼 요세미티 계곡에서 강제로 추방당했다는 사실을 알고 있었다. (Dowie, 16)

원주민들은 오래전부터 지속 가능한 방식으로 이 땅에 거주하며 이곳의 숲, 물, 야생동물을 보살펴 왔지만, 공원 보존론자들은 원주민들이 거주를 계속한다면 자연환경이 훼손될 것이라고 믿었다. 관광객은 새로 만든 공원에 찾아올 수 있고 장기 체류도 가능했지만, 그곳을 고향으로 삼은 사람들은 떠나야 했다. 토착 원주민이 계속 거주한다면 요세미티는 진정한 야생지, 즉 인간 거주자가 없는 야생지가 될 수 없었고, 그들이 원했던 것은 진정한 야생지였다. 도시화, 산업화, 상업화로 인해 국가의 자연 자원이 상당 부분 파괴되는 모습을 목격한 탓에 미국의 자연주의자들은 남은 자연환경을 가능한 한 많이 국가유산으로 보존하고자 했다. 그래야 오래도록 미국인들(정확하게 말하자면, 미국 백인들)이 경이로운 자연을 찾아 자연을 배우고 정신적으로 재충전할 수 있다고 믿었기 때문이다. 그러나 보존주의자들이 야생지를 보호하려는 목적이 미국 백인들이 토착 원주민들을 마주칠 필요 없이 그곳을 방문할 수 있도록 만들기 위해서일지도 모른다는 사실을 고려해야만 한다.[26]

보존주의자들이 요세미티국립공원의 토착 거주민을 대하는 태도는 식민주의적인데, 전 세계 보존 단체들이 야생지 보존을 위해 지정한 땅에 거주하는 토착 거주민을 대하는 주된 방식도 사실상 이와 다를 바 없다. 예컨대, 보존 단체는 원하는 땅을 얻기 위하여 가난한 나라의 외채 일부를 변제하거나[27] 원하는 땅에 대한 보상으로 경제적 지원금을 제공하기도 한다. 이때 "**자발적 이주**voluntary relocation와 같은 용어"로 토지 취득 과정을 "세탁하거나 소위 **공동관리**co-management로 둔갑시키기도 한다. 공동관리의 경우 정부는 토착 원주민이 굶주림으로 어쩔 수 없이 지역을 떠날 때까지 사냥, 낚시, 특정 식물 채집, 농업 활동을 금지하는 등 엄격한 생계 제한을 부과한다."(Dowie, xxii-xxiii) 그 결과, 전 세계적으로 수백만 명의 원주민이 조상 대대

---

[26] 미국 백인들은 1850년대부터 관광 목적으로 요세미티 지역에 관심을 가지게 되었다. 1864년, 이 지역 일부가 캘리포니아주가 관리하는 공원으로 지정되었다. 1890년에는 요세미티국립공원(현재 면적 1,169제곱마일)이 설립되었다. 1916년에는 미국 국립공원 관리를 총괄하는 국립공원관리청이 설립되었다. 이 지역을 담은 애덤스의 유명한 사진들은 1927년에 출간되었다.

[27] 첫 번째 채무-자연 교환은 1987년 보존국제기구(CI)가 볼리비아의 외채 일부를 상환하는 대가

로 살던 땅에서 쫓겨나 공원 경계 바로 바깥에서 빈곤에 허덕이며 살거나, 공원 내에서 웨이터, 짐꾼, 일용직 노동자 같은 저임금 일자리를 얻거나, 도시로 흘러들어 빈민으로 전락하는 상황이 지속되고 있다.

그러나 보존지역이 너무 넓어 순찰로는 감시가 제대로 이루어질 수 없는데, 야생지로 지정된 지역을 안전하게 보호하는 토착민마저 부재한 탓에, 과거 그 지역을 관리했던 퇴거자들이 다시 침입하는 사태가 발생하게 되었다. 이를테면, 절박한 처지에 놓인 일부 퇴거자들이 상업적 밀렵꾼이 되어 과거 자신들의 사냥터였던 지역에 다시 들어오게 된 것이다.

> 어떤 사람들은 보존 단체들이 고용한 생태 경비원들에게 발각되면 합법적으로 사살될 수도 있는데도 몰래 숲속에 들어와 약용식물과 장작용 목재를 재배한다. 설상가상으로, 개척자, 변절한 벌목꾼, 진귀한 동물을 잡는 사냥꾼, 환금작물을 재배하는 농부, 목축업자 등 달갑지 않은 무리들이 경비가 허술한 전 세계 보호구역에 들어오고 있다. 이들은 해당 국가의 지배계급과 같은 민족인 경우가 많으므로 토착민들과 토지 분쟁이 생겼을 때 이기는 쪽은 대체로 새로운 정착민들이다. 토착민들은 똑같은 일을 해도 체포되거나 추방된다. (Dowie, xxvii)

이 지역에서 발생할 수 있는 비극적 결과는 생태환경의 급속한 쇠락이다. 이 경우, 도리어 토착 거주민과 환경보존론자들 사이에 협력적 관계가 생겨, 토착민들이 관리를 맡아 토착 지역의 생태 보존이 가능하게 될 수도

로, 해당 정부가 현재 베니 생물권 보전지역으로 불리는 볼리비아 북부 지역 및 인접 지역의 토지 보호에 투자하기로 합의하면서 이루어졌다. 이후 전 세계적으로 채무-자연 교환에 10억 달러 이상의 자금이 지출되었다. 보존국제기구의 관점에 대해서는 DeSmit을 참조할 것. 원주민에게 끼치는 부정적 영향을 비롯한 비판적 관점에 대해서는 Knicley를 참조할 것.

있다. 실제로 토착 원주민 지도자들은 25년 동안이나 전 세계를 돌아다니며 보존 단체들에게 메시지를 전달했다. "우리는 훌륭한 청지기임을 입증했다. 그렇지 않았다면 우리 땅이 보존지역으로 선택되지도 않았을 것이다. 조상님들이 묻힌 곳에 머물게 해 달라. 그러면 당신들이 모두에게 소중한 생물다양성을 보존하는 일에 우리는 협조를 아끼지 않을 것이다."(xvi-xvii) 호주 토착민 철학자 빌 나이지Bill Neidjie의 설명에 따르면, 그의 부족은 "지구가 아버지와 같고, 형제와 같고, 어머니와 같고, 우리의 피, 우리의 뼈와 같기 때문에"(Plumwood, 226에서 재인용) 땅을 보살핀다.

세계 5대 보존 단체인 컨서베이션 인터내셔널(CI), 더 네이처 컨서번시(TNC), 세계자연기금(WWF), 아프리카 야생동물 재단(AWF), 야생동물 보전협회(WCS)를 비롯한 다수의 국제 단체들이 원주민의 영토권을 지지한다는 공식 성명을 발표했다. 더욱이, 2007년 유엔총회에서 1980년대 초부터 논의되어 온 '유엔 원주민 권리 선언'이 마침내 승인되었다. 그러나 이 문서들 가운데 어느 것도 법적 구속력이 없다. 원주민들이 고향 땅에서 쫓겨나는 사태는 계속되고 있다.

부족민들은 일주일, 한 달, 한 해 단위가 아닌 세대 단위로 생각하고 계획하는 경향이 있다. 그래서 심사숙고하여 작성된 선언과 발표에 담긴 고려 사항을 인내심 있게 기다린다. 그러나, 인권 단체와 글로벌 보존 단체들은 이주 문제[원주민을 고향에서 강제로 내쫓는 행위]를 두고 심각한 대립각을 세운다. 각 측은 각자가 위기라고 생각하는 사태에 대해 서로를 비난한다. (Dowie, xxv)

아이러니하게도, 야생지 보존은 환경보호와 혼동되고 있지만, 둘은 같지 않다. 야생지 보존만으로는 글로벌 환경을 보호할 수도 없고 이미 입은 훼손을 복구할 수도 없다. 사실 라마찬드라 구하Ramachandra Guha가 지적하듯이, 야생지 보존에만 맹목적으로 집착하는 바람에 "산업국 및 제3세계 도시 엘리트의 과잉소비 증가"와 "증가 일로의 단기적 군사화(지속적인 지역 전쟁)와 장기적 군사화(군비 경쟁, 핵전쟁으로 인한 인류 종말)" 등 "지구가 직면한" 더 위험하고 "더 근본적인 두 가지 생태 문제"는 외면당하고 있다 ("Radical American Environmentalism," 95). 이 두 문제를 잠시 생각해 보자. 첫째, 산업화의 전 세계적 확산은 무분별한 소비주의, 즉 '구매를 위한 구매'라고 부를 수 있는 현상으로 촉진되고, 다시 그 소비주의를 부추기고 있다. 간단히 말해, 경제적 여유가 있는 사람들은 점점 더 사치스러운 '좋은 삶'을 누리기 위해 지구 자원을 급속도로 소모하고 있다. 이러한 무분별한 전 지구적 낭비는 세계 빈곤층의 식량, 물, 주거지 확보를 어렵게 할 뿐만 아니라 토양, 수질, 대기오염을 심화시키고 그 밖의 천연자원을 파괴한다. 둘째, 핵무기의 지속적인 개발과 확산으로 인해 지구는 재앙적인 생태적 위험에 빠지고 있다. 핵무기를 사용하지 않는 소규모 전쟁에서 사용되는 무기들도 인간의 생명과 재산을 파괴할 뿐만 아니라 지구 대기에 대량의 오염물질을 배출한다. 이 두 가지 시급한 환경문제는 야생 지역과는 무관하며, 그에 대한 해결책을 제시하지도 못한다.

주류 뉴스 매체가 보존이라는 미명하에 부당하게 고향 땅에서 내쫓긴 토착 원주민에 대한 대중 인식을 증진할 노력을 거의 하지 않아 사태 해결이 지지부진한 면도 있다. 롭 닉슨Rob Nixon의 주장에 따르면, "매체가 극적인" 사건을 "숭배하는 시대"에는, "낙하하는 신체, 불타는 고층 건물, 폭발하는 머리, 산사태, 활화산, 쓰나미가 대중의 눈을 사로잡고 흥미를 끄는 막강한 힘을 발휘하며" 닉슨이 명명한 "느린 폭력"은 이에 비할 바가 못 된다(3). 닉슨의 설명에 따르면, 느린 폭력은 "보이지 않게 서서히 발생하는 폭력, 시공간에 걸쳐 느슨하게 분산된 지연된 파괴의 폭력"이며, 살상의 괴력을 발휘하지만 "대체로 전혀 폭력으로 간주되지 않는" 폭력이다(2). 여기서 닉슨은 규제를 제대로 받지 않는 외국의 산업주의로 인해 초래된 개발도상국의 생태 파괴와 그곳에 사는 가난한 사람들이 겪는 환경 재해를 말하고 있다. 장기적인 생태 파괴의 "비가시성"에 대한 닉슨의 분석은, 자신들이 사는 땅에서 쫓겨난 수백만 토착 원주민의 "비가시성"에도 적용될 수 있다. 보존 단체들이 야생지 보존을 위해 토착 원주민들로부터 땅을 빼앗으려고 대규모 살상 무기를 사용한 것은 아니다. 만약 그랬더라면, 저녁 뉴스 시간에 그에 대한 내용을 들었을 것이다. 그러나 우리가 앞에서 보았듯이, 보존 단체들은 인간이나 자연환경에 좋지 않은 결과가 생기는데도 이에 아랑곳하지 않고 천천히 주도면밀한 방식으로 원주민들을 거주지에서 내쫓았다. 이처럼 우리 가운데 많은 이들은 보존을 위해 지정된 수백만 평방마일의 광활한 야생지를 고맙게 여기면서도, 그 야생지가 어떻게 형성되었는지 또는 원주민 관리자들이 없을 때 그 지역이 어떠했는지는 거의 알지 못한다.

1960년대부터 토착민 활동가들은 힘을 합쳐 정의를 구현하려는 노력을 기울여 왔다. 그 노력이 결실을 맺어 국제적 토착민 운동으로 발전했다. 국경선 안팎으로 토착민의 이익을 통합하려는 노력을 벌여 토착 원주민들 사이에 전 세계적인 연락망이 점차 확장되었다. 운동의 주요 목표는 요세미티국립공원이 설립된 이후 유행한 야생지 보존이라는 식민주의 모델을 협력 모델로 바꿈으로써 토착 원주민들이 땅에 대한 통제권을 확보하도록 도울 뿐만 아니라 국제 보존 단체의 관심사에도 부합하는 것이다. 호주 토착 원주민이 만든 토착원주민보호구역(IPA)이라는 개념은 협력 모델의 한 가지 사례로 볼 수 있다. IPA 가치에 따르면, 보존 구역은 야생 지역이 아니라 그곳에 이미 거주하는 토착 원주민이나 조상 땅에서 쫓겨나 다른 곳으로 이주한 토착 원주민들이 보살피는 **나라**country(땅과 인근 해역을 포함한 용어)로 간주된다. 호주의 IPA는 조상 대대로 살던 땅과 인접한 땅 중에서 자신들이 보호하고자 하는 구역을 지정하려는 목적으로 토착 원주민 공동체가 자발적으로 만든 개념이다. 그들은 구역 지도를 만들고 직접 시행할 목적으로 운영 규칙을 작성한 다음, 생물다양성 보존을 위한 관리 계획을 호주 정부에 제출한다.[28] 토지권이 원 소유자에게 부여된 것은 아니지만, 지난 30년 동안 토착 원주민들이 조상 대대로 살던 땅에 재정착하도록 많은 활동을 벌여 온 호주국토운동본부는 토착 원주민의 보호권 복구를 위해 꾸준히 노력하고 있다. 전 세계적으로 호주의 IPA를 변용한 다양한 개념들이 개발되어 왔고, 지금도 개발되고 있다.(Dowie, 237-239)

이와 같은 성과는 상대적으로 미미한 진전에 불과하지만, 그래도 고무적이다. 그러나 정부 기관, 좁은 시야에 갇힌 보존 단체, 앞에서 다룬 다국적기업과 글로벌 관광산업처럼 강력한 기관들이 자연환경을 차지하려고 치열하게 다투는 상황을 고려할 때, 토착 원주민 공동체가 그들의 땅을 계속 보살피거나 되찾을 가능성은 희박해 보인다. 그럼에도, 마크 도위Mark Dowie는 희망의 끈을 놓지 않는다. "토착 원주민의 존재 덕분에 보호구역은 최고의 보호를 받을 수 있다. 이 가능성을 이제 국제 보존주의자들이 고려하기 시작했다."(xxvii) 탈식민주의 관점에서 볼 때, 어서 빨리 이 가능성을 진지하게 고려해야 할 것이다.[29]

탈식민주의 비평과 문학

탈식민주의 비평가들이 앞에서 다룬 다양한 논쟁들을 통해 입장을 결정

---

[28] 호주의 토착 원주민 보호구역에 관한 상세한 논의로는 호주 정부를 참조할 것.

[29] 토착 원주민과 그들의 관심사에 대해 배울 수 있는 사회적 정의 실현 단체는 다음과 같다. 문화 생존Cultural Survival(www.culturalsurvival.org); 포레스트 피플스 프로그램Forest Peoples Programme(www.forestpeoples.org); 국제 원주민 문제 작업 그룹International Work Group for Indigenous

한다고 하더라도, 대부분은 서로 겹치는 여러 주제들을 활용하여 문학작품을 해석한다. 그러한 공통된 주제들을 몇 가지만 살펴보면 다음과 같다. 이 주제들은 심리와 이데올로기, 특히 개별 정체성과 문화적 통념 사이에 존재하는 밀접한 관계를 탈식민주의 비평가들이 인식하고 있음을 보여 준다.

① 토착민과 식민지배자들의 첫 대면과 토착 문화의 붕괴

② 현지 안내인을 동반하고 낯선 미개척 야생지를 탐험하는 외부 유럽인들의 여정

③ 타자화(식민지배자들이 토착민들을 온전한 인간이 되지 못한 열등한 존재로 대하는 것)와 모든 형태의 억압적 식민통치

④ 모방(식민지배자들의 의복, 행동, 말투, 생활양식 등을 모방함으로써 그들에게 인정받으려 하고, 자신들이 열등하지 않다고 느끼려는 피식민지인들의 시도)

⑤ 망명(자신의 땅에서 '이방인'이 되거나 유럽에서 방랑하는 외국인이 되는 경험)

⑥ 독립 이후의 환희와 뒤이은 환멸

⑦ 문화적 차이(인종, 계급, 성, 젠더 정체성, 성적 지향, 종교, 문화적 통념, 관습 등이 서로 합쳐져 개별 정체성을 이루는 방식)

⑧ 개인과 집단의 문화적 정체성을 찾으려는 투쟁. 그리고 소외, '고향이 아닌 듯한 낯섦'(문화적 '고향' 또는 소속감이 없다는 느낌), 이중의식(사회적·심리적 차원에서 요구하는 바가 전혀 다른 상호 적대적인 두 문화 사이에서 분열되는 느낌), 혼종성(자신의 문화적 정체성이 둘 이상의

Affairs(www.iwgia.org); 생존 인터내셔널(www.survival-international.org); 테브테바: 원주민 정책 연구 및 교육 국제 센터(www.tebtebba.org).

문화가 뒤섞인 잡종임을 체험하는 것. 혼종성은 '고향이 아닌 듯한 낯섦'에 대한 긍정적 대안으로 묘사되기도 한다) 등과 관련된 주제들

⑨ 이중식민화(탈식민 여성들이 식민주의 이데올로기와 가부장제 이데올로기에 의해 이중으로 예속되는 경험)

⑩ 자연환경의 역할, 탈식민 민족들의 문화와 경험에서 자연환경의 상실

⑪ 식민지배 이전 과거와의 연속성 확보 및 정치적 미래에 대한 자기규정의 필요성

⑫ 문학 텍스트가 식민주의적이거나 반식민주의적인 양상

마지막 항목은 논의가 필요하다. 대부분의 탈식민주의 비평가들은 다루는 주제와 상관없이 텍스트가 어떻게 식민주의적으로 또는 반식민주의적으로 기능하는지, 즉 텍스트가 어떻게 식민주의의 억압적 이데올로기를 강화하거나 이에 저항하는지 분석하고자 하기 때문이다. 가장 단순화시켜 이야기하자면, 텍스트는 식민지배자들을 긍정적으로 묘사하고 피식민지인들을 부정적으로 묘사함으로써, 또는 피식민지인들에게 식민주의가 주는 혜택을 무비판적으로 표현함으로써 식민주의 이데올로기를 강화할 수 있다. 반대로 텍스트는 식민지배자들의 악행이나 피식민지인들의 고통, 피식민지인들과 식민지배자들에게 미친 식민주의의 악영향 등을 묘사함으로써 식민주의 이데올로기에 저항할 수도 있다.

그러나 사람들의 기대와 달리, 그러한 분석은 **식민주의 대 반식민주의**라는 단순한 대립처럼 항상 간단한 것은 아니다. 특히 문학 텍스트에 담긴 이데올로기적 내용들은 그와 같은 깔끔한 분류체계에 잘 들어맞지 않는다. 예를 들어, 조셉 콘래드의 《암흑의 핵심》(1902)의 경우, 식민지 사업에 대한 부정적 묘사만 보면 매우 반식민주의적인 작품이라고 생각할 수 있다. 작품을 보면, 콩고에서 상아 무역업에 종사하는 유럽인들은 토착민들을 사

실상 노예로 삼아 자기들의 '전리품'을 수집하고 운반하도록 만드는 비정하고 탐욕스러운 도둑처럼 그려지는데, 이 과정에서 유럽인들의 존재가 토착민들에게 미치는 부정적 영향이 아주 상세하게 묘사된다. 하지만 치누아 아체베가 관찰한 바에 따르면, 《암흑의 핵심》에서 유럽인들을 비난할 수 있는 데는 아프리카인들이 야만인이라는 전제가 깔려 있다. 문명이라는 허울을 걷어 내고 보면 유럽인 역시 아프리카인**만큼이나 야만적**이라는 게 이 소설의 메시지라는 것이다.

실제로 아체베는 《암흑의 핵심》이 아프리카인들을 광분한 상태로 울부짖는 이해 불가능한 야만인들, 다시 말해 선사시대에나 존재하는 무리라는 식으로 묘사한다는 점에 주목한다. "인간으로서의 아프리카인은 배제된 아프리카, 배경이자 장식으로서의 아프리카! 모든 형태의 의미심장한 인간성이 박탈된 형이상학적 전장으로서의 아프리카! 그 속으로 유럽인들은 위험을 무릅쓰고 진출한다."(An Image of Africa, 12) 바꾸어 말하면, 《암흑의 핵심》은 분명 반식민주의적인 주제를 담고 있지만, 그럼에도 유럽인들과 비교되는 야만성의 표준으로 피식민지인들을 지목하는 소설이다. 아체베는 이러한 점을 근거로 해당 텍스트조차 인지하지 못했을 법한 하부텍스트, 곧 그 안에 숨겨진 식민주의적 함의를 밝혀낸다.

탈식민주의를 바탕으로 문학 텍스트를 해석한 사례들 가운데 몇 가지만 더 간단하게 살펴보자. 호미 바바의 작업은 탈식민주의 비평의 전 지구성을 보여 주는 탁월한 사례 가운데 하나다. 바바는 세계문학을 분석하는 새로운 방법을 제시하는데, 그동안 주요 연구 대상이었던 민족 전통이라는 측면 대신에 민족이나 국가의 경계를 가로지르는 탈식민적 주제들에 주목하는 것이다. 바바는 노예제도, 혁명, 내전, 정치적 대량학살, 억압적 군사독재, 문화적 정체성의 상실 등과 같은 역사적 트라우마에 대한 개별 문화들 사이의 서로 다른 경험을 바탕으로 세계문학 연구가 이루어져야 함을 시사한다. 또는, 세계문학은 각 문화가 긍정적 자기규정에 걸림돌이 되는 집단을 배척하거나 평가절하하는 식으로 '타자화'하는 방식을 탐구하는 방법으로 이해할 수도 있다. 또 다른 방식으로, 세계문학은 문화적 경계 안쪽에 머물지 않고 그것을 넘나드는 인물과 사건이 어떻게 재현되는지를 점검하고 분석하는 작업이 될 수도 있다. 이를테면 이민자, 정치 난민, 피식민지인 등에 대한 재현 양상이 세계문학 연구의 주요 관심사가 되는 것이다.

바바에 따르면, "민족 문화들이 지니는 '주권sovereignty'도, 인간 문화에 내재된 보편주의도 그러한 연구의 중심이 되지는 못할 것이다. 핵심은 … 현재의 역사에 유령처럼 출몰하는 말해지지 않은, 재현되지 않은 과거다."[12] 말하자면, 우리는 세계문학을 통해 그동안 역사가 무시해 왔던 사람들, 예컨대 권리를 박탈당한 사람들이나 주변으로 밀려난 사람들, 고향을 잃은 사람들과 같은 이들의 개인적 경험에 대해 배울 수 있게 될 것이다. 그러한 경험을 우리는 남아프리카공화국 출신의 작가 네이딘 고디머의 작품과 아프리카계 미국인 작가 토니 모리슨의 작품에서 발견할 수 있다.

바바에 따르면, 네이딘 고디머의 《내 아들의 이야기My Son's Story》(1990)와 토니 모리슨의 《빌러비드》(1987)는 모두 어떤 문화공동체의 가장자리에서 살아가는 여성 주인공(아일라와 세서)을 등장시킨다는 점에서 '고향이 아닌 듯한 낯섦'을 주는 소설이라 할 수 있다. 아일라에게 고향이 고향답지 못하고 낯선 이유는 그녀가 남아공의 인종차별 정책에 대항하여 싸우는 와중에 자신의 집을 무기들을 숨겨 두는 장소로 사용하기 때문이다(이로 말미암아 그녀는 결국 감옥에 갇힌다). 한편 세서에게 고향이 고향다울 수 없는 이유는 노예주의 잔인한 학대를 당하지 않도록 갓난아기인 딸을 스스로 살해했기 때문이다. 이런 점에서 바바는 두 인물이 이중으로 주변화되었다고 본다. 아일라와 세서는 인종차별적 사회에서 살아가는 유색인 여성이라는 점에서, 그리고 자신의 행동으로 말미암아 그동안 속해 있던 공동체 집단의 바깥에서 살아야 했던 여성이라는 점에서 주변화되어 있다는 것이다. 《내 아들의 이야기》와 《빌러비드》는 주인공의 윤리적 선택에 내재된 복합적인 심리적·역사적 특징을 재현함으로써, 역사적 현실이라는 것이 전쟁터나 정부 기관의 어느 사무실 안에만 존재하는 것이 아님을 잘 보여 준다. 역사적 현실은 우리의 집 안에까지 침투해 들어오며, 가장 근원적인 차원에서 우리의 개별적 삶에 영향을 끼친다. 주변으로 밀려난 사람들은 이를 더욱 잘 알고 있다. 폭력과 억압이 그러한 사실을 계속 실감하도록 만들기 때문이다. 하지만 이는 모든 사람에게 적용되는 진실이기도 하다.

헬렌 티핀Helen Tiffin 역시 탈식민주의 문학에서 어떤 공통분모를 찾으려고 한다. 티핀에 따르면, "탈식민주의적 텍스트들의 특징인 〔반식민주의적〕 전복 전략"은 민족의 문화적 정체성을 "구축 또는 재건"하는 것이 아니라, "유럽의 역사적·허구적 기록을 다시 읽고 다시 쓰는 것"이다(95). 식민지 기억에서 완전히 자유로운 채로 식민지 이전의 과거를 회복하거나 새로운 문화적 정체성을 구축하는 것은 불가능하기 때문에, 대부분의 탈식민주의 문학은 그 대신 "세계의 무수한 지역에서 식민통치 체제를 … 확립하고 유지하는 데 유럽인들이 사용했던 수단들을 파악"(95)하려 했다. 티핀은 탈식민주의 문학에서 이러한 작업을 수행하는 다양한 방법 가운데 하나가 이른바 '정전의 대항담론canonical counter-discourse'의 활용이라고 주장한다. '정전의 대항담론'이란 "탈식민주의 작가가 영국의 정전 텍스트에 등장하는 인물(들) 또는 텍스트의 근간이 되는 기본 가정들을 재구성하고 〔텍스트가 지닌 식민주의적〕 가정들을 폭로함으로써, 해당 텍스트를 탈식민주의적인 용도로 전복"(97)시키는 전략을 의미한다.

티핀은 이러한 "문학적 혁명"(97)을 보여 주는 사례로 자메이카 태생의 작가 진 리스Jean Rhys의 소설 《광막한 사르가소 바다Wide Sargasso Sea》(1966)를 언급한다. 《광막한 사르가소 바다》는 샬럿 브론테Charlotte Bronte의 《제인 에어Jane Eyre》(1847)에 대한 탈식민주의적 응수라고 할 수 있는 소설로, 무엇보다 로체스터의 서인도제도 출신 아내 버사 메이슨을 재해석하는 방식으로《제인 에어》를 "되받아 쓴write back"(98) 작품이다.《제인 에어》를 보면, 식민지 백인 정착민의 후손인 버사는 술에 찌들어 있고 난폭하며 음탕하기까지 한 제정신이 아닌 여성이며, 남편 로체스터는 그녀 자신과 다른 사람들을 보호한다는 명목으로 버사를 다락방에 가둔다. 그런데 진 리스의《광막한 사르가소 바다》는 버사를 정반대로 묘사한다. 가야트리 스피박Gayatri Spivak이 "제국주의를 비판하는 인물"(Spivak 271)이라고 표현한 것처럼,《광막한 사르가소 바다》에 등장하는 버사는 온전한 정신의 소유자였지만 로체스터의 제국주의적 억압으로 말미암아 난폭해진 여성이다. 이를 통해 진 리스의 서사는 식민주의 이데올로기가 브론테의 서사에 어떻게 영향을 미치는지 들추어 보인다. 덧붙여 말하자면,《제인 에어》의 일부 식민주의 이데올로기는 버사의 이미지를 유럽 출신 식민주의자들의 눈으로 바라본 유색인 토착민들의 이미지와 결부시키는 과정에서 드러난다.《제인 에어》에서 버사는 "검붉은 얼굴"(Bronte 93; ch. 27;vol. II)을 하고 있으며, "야수의 소굴"(Bronte 92; ch. 27;vol. II)에서 살아간다고 묘사된다. 그러니까《제인 에어》가 일조하는 식민주의 담론에 따르면, 술에 취해 있고 난폭하며 음탕하고 제정신이 아니라는 말은 곧 유색인이라는 말과 같다는 것이다.

'정전의 대항담론'의 또 다른 사례로서 티핀이 주목하는 작품은, 남아공 출신 작가 존 쿳시의 소설《포Foe》(1988)다. 티핀은《포》가 다니엘 디포Daniel Defoe의《로빈슨 크루소Robinson Crusoe》(1719)에 내재된 식민주의 이데올로기를 폭로하는 방식에서 앞서 언급한 것과 같은 '정전의 대항담론'을 발견해 낸다. 배가 난파하여 정착한 섬을 향해, 그리고 자신이 '식민화'하고 '프라이데이'라고 이름 지은 흑인에게 크루소가 내보이는 식민주의자와 같은 태도는 식민주의 이데올로기를 여실히 보여 준다는 것이다. 이 밖에도 카

854

리브해 국가들과 남아메리카에서 셰익스피어의《태풍》(1611)을 새롭게 재해석하여 거듭 상연하는 모습에서도 '정전의 대항담론'을 찾아볼 수 있다. 이들의 재해석은 셰익스피어의 원작에서 프로스페로가 식민지배자로서 칼리반을 예속시키는 정치적·심리적 과정을 폭로한다. 즉, '정전의 대항담론'은 그것이 응수하는 어떤 정전화된 문학작품의 가면을 벗기는 데서 그치지 않고, 해당 문학작품이 일조하는 식민주의 담론의 전체 구조를 밝히려고 한다는 것이 티핀의 주장이다.

마지막으로, 정전화된 문학작품에 대한 탈식민주의적 비평이 어떻게 해당 작품의 '주변부'(예컨대, 비중이 낮은 등장인물이나 지리상 주변부에 위치한 곳)를 독자의 시선 한가운데로 옮겨 오는 데 개입할 수 있는지 살펴보자. 이를 잘 보여 주는 것이 제인 오스틴의《맨스필드 파크Mansfield Park》(1814)에 대한 에드워드 사이드의 분석이다.《맨스필드 파크》는 19세기 전후의 영국을 배경으로 쓰인 소설로서, 대부분의 내용이 대부호 토머스 버트램 경의 거대한 사유지 안에서 전개된다. 토머스 경은 부유한 전통적 영국 신사의 긍정적 이미지를 전형적으로 보여 주는 인물로서, 좋은 가문에서 훌륭한 교육을 받았을 뿐 아니라 합리적이면서도 높은 도덕성을 갖춘 올곧은 성품의 소유자다. 또한 집안의 가부장으로서, 그리고 집안의 재정적 버팀목이기도 한 해외 소재 어느 대농장의 경영자로서 책임을 다하는 인물이기도 하다.

토머스 경의 대농장은 카리브해에 위치한 영국 식민지 안티구아Antigua에 있는데, 노예들의 노동을 기반으로 유지된다. 농장이 제대로 운영되지 않아 토머스 경이 직접 안티구아로 가서 농장을 관리해야 한다. 안티구아에서 토머스 경은 마치 자기 가정을 다스리는 것과 같은 효율성을 발휘하며 농장을 다시 장악한다. 사이드의 표현대로 토머스 경은 이렇게 자신의 "식민지 농장"(《문화와 제국주의Culture and Imperialism》 86/190)을 재정비한 뒤에는 서둘러 집으로 돌아와, 그가 가부장으로서 지도하지 않으면 멋대로 구는 집안 구성원들의 잘못을 바로잡는 일에 착수한다. 그의 자녀들은 다들 성장했음에도 서로 계속 다투거나 비밀리에 연애를 벌이는 등 집안에서 소동을 일으키는 일이 잦기 때문이다. 여기서 사이드가 무엇보다 주목하는 부분은, 《맨스필드 파크》가 "국내의 권위와 국제의 권위"(87/192) 사이에서 굳건한 평행 관계를 이끌어 내는 지점이다. 영국인들이 그들의 사유지에서 누리는 재정적 풍요는 식민지 사업의 성공에 의존하며, 이 같은 풍요와 성공 모두를 별 문제 없이 얻으려면 영국 가부장들의 지휘 통솔이 필요하다는 것이다.

사실 토머스 경의 안티구아 여행은 이야기의 진행 과정에서 잠깐 언급되고 지나가는 정도의 지엽적인 내용에 불과하고, 안티구아에서 무슨 일이 벌어지는지 독자는 알 수가 없다. 그러나 사이드에 따르면, 이 부분은 "결정적인 기능을 한다."(89/195)

> 《맨스필드 파크》는 〔영국의〕 영토를 확장하는 제국주의적 모험이라는 구조의 일부이다. … 우리는 종속된 인종과 영토에 관한 생각들이 외무부 고급 관료, 식민지 관료, 군사 전략가만이 아니라, 도덕적 가치나 문학적 균형 및 문체의 세련미를 공부한 지적인 소설 독자에 의해서도 유지되었음을 알 수 있다. (95/205-206)

다시 말해, 문학작품 안에 내장된 식민주의 이데올로기는 작가에 의해 그곳에 축적되고 독자는 깨닫지 못한 상태에서 이를 흡수한다. 실제로, 식민주의 이데올로기의 전파는 대체로 이처럼 무의식적으로 또는 인지하지 못한 상태에서 발생한다. 이데올로기가 위험하고 파급력이 강한 이유는 바로 이 때문이다.

탈식민주의 비평가가 던질 만한 질문들

다음 질문들은 탈식민주의 이론을 활용하여 문학작품에 접근하는 방법들을 요약한 것이다. 대부분의 탈식민주의 비평가들은 어떤 문제에 초점을 맞추든지 간에 공통적으로 텍스트가 식민주의적인지 반식민주의적인지, 아니면 대립하는 두 이데올로기가 일정 부분 결합되어 있는지에 많은 관심을 갖고 텍스트를 분석한다.

① 문학 텍스트가 식민주의 억압의 여러 양상을 어떤 방식으로 재현하는가? 물리적 폭력의 사용 외에, 식민주의자(침입자 또는 토지 개발자)들은 어떤 문화적 가치들을 사용하여 지배를 유지하고 확장하는가? 그들은 언어, 관습, 기술, 종교적 신앙을 현지 거주민에게 부과하는가? 그들은 어떤 방식으로 타자화를 이용하여 지역 주민의 예속을 정당화하는가? 해당 텍스트는 어떤 방식으로 식민주의 억압을 수용하거나 비난하도록 독자를 유도하는가?

② 텍스트가 개별적으로 또는 집단적으로 탈식민주의적 정체성을 확립하는 데 따르는 여러 가지 복잡한 문제들과 관련하여 무엇을 드러내는가? 이를테면, 고향 같지 않은 낯섦, 모방, 이중의식, 의식의 식민화 등과 같은 개념들은 답을 전개하는 데 유용할 것이다.

③ 텍스트가 반식민주의 저항의 정치성과 관련하여 무엇을 암시하는가? 가령, 어떤 인물들이 식민주의 억압에 저항하는가? 그러한 저항을 북돋우거나 반대로 억누르는 이데올로기적 · 정치적 · 사회적 · 경제적 · 심리적 동력은 무엇인가? 그러한 저항이 어떤 개인이나 집단을 통해 실천 가능하고 또 지속될 수 있다는 것을 텍스트는 어떤 방식으로 암시하는가? 해당 텍스트는 저항이 실패하는 이유에 대해 무엇을

암시하는가?

④ 헬렌 티핀의 예를 따라, 탈식민주의 문학작품이 정전화된 서구 문학작품에 대한 기존의 해석을 어떤 방식으로 재수정하는지 탐구해 보자. 특히, 탈식민주의 작품은 정전화된 서구 문학작품에 나오는 인물, 주제, 가정에 대해 어떤 방식으로 대응하는가? 어떻게 이를 평하는가? 해당 작품의 은밀한 식민주의 이데올로기를 폭로하는가? 또는 탈식민주의 문학작품은 정전화된 서구 문학에서 자주 등장하는 인물유형, 주제, 가정들에 대해 어떻게 대응하는가? 이떻게 이를 평하는가?

⑤ 텍스트는 인간과 자연 사이에 어떤 종류의 관계를 지지하는가? 특히, 문화적으로 지배적인 인물, 하위주체, 문화적 이방인들이 그들이 거주하는 땅과 어떤 방식으로 연결되는가? 자연 배경은 시간에 따라 변화하는가? 만약 그렇다면, 원인은 무엇인가? 자연 배경에 대한 화자의 태도, 또는 어떤 인물이든지 그가 가진 자연 배경에 대한 태도는 시간에 따라 변화하는가? 만약 그렇다면 왜 그런가? 지역 거주자가 살던 땅에서 강제로 쫓겨나는가? 만약 그렇다면 그들에게 어떤 일이 일어나는가? 그리고 그들이 떠난 후 그 땅에 어떤 일이 발생하는가? 이와 같은 질문들은 탈식민주의 비평의 환경적 관심사에 따라 텍스트를 생각하는 데 도움을 줄 수 있다.[30]

⑥ 서구 정전에 속하는 문학 텍스트, 특히 탈식민주의 작품으로 간주되지 않는 텍스트는 타자화, 고향 같지 않은 낯섦, 모방, 의식의 식민화

---

[30] 식민지 이후 환경문제에 대한 고민을 담은 수많은 문학작품 중에는 헬론 하빌라Helon Habila의 《물 위의 기름Oil on Water》(2010), 린다 호건의 《고래의 사람들People of the Whale》(2008), 인드라 신하Indra Sinha의 《동물의 사람들Animal's People》(2007), 키란 데사이Kiran Desai의 《상실의 유산The Inheritance of Loss》(2006), 아미타브 고쉬Amitav Ghosh의 《굶주린 밀물The Hungry Tide》(2004), 자케스 음다Zakes Mda의 《붉은 심장The Heart of Redness》(2000), J. M. 쿳시의 《동물의 삶The Lives

등의 재현을 통해, 또는 우리가 다룬 탈식민주의 개념들 가운데 하나를 예시로 보여 줌으로써 식민주의 이데올로기의 기반을 약화하거나 강화시키는가? (문학작품은 탈식민주의 개념을 실례로 표현하기 위해 식민화 주제를 문자 그대로 다룰 필요가 없다.)

이 가운데 하나 또는 몇 개를 섞어 질문하는 방법으로 문학작품을 논의할 수 있다. 아니면 여기에 나와 있지 않은 다른 유익한 질문을 던져 볼 수도 있다. 여기서 제시한 물음들은 탈식민주의적 관점에서 문학을 효과적으로 이해하는 몇 개의 출발점일 뿐이다. 다만 탈식민주의 비평가들이라고 해서, 심지어 동일한 개념을 사용하는 비평가들이라고 해서 동일한 텍스트를 모두 똑같이 해석하는 것은 아니라는 사실을 명심하자. 어느 이론에서든 실제 비평가들의 해석은 훨씬 다양하기 마련이다. 어떤 접근법을 골라 탈식민주의 비평에 적용하든지 간에, 우리의 목표는 탈식민주의라는 이론적 관점이 없었다면 뚜렷하게, 깊이 있게 알지 못했을 문학의 중요한 여러 단면들을 들여다보는 법을 배우는 것이다. 더불어 다양한 문화로 이루어진 세계 안에서 살아가는 데 따르는 기회와 책임을 인식하고, 나아가 문화란 시간의 흐름에 따라 굳어진 관습과 유물을 한데 모은 고정불변의 실체가 아니라 우리 자신과 세계를 관계 맺도록 하는 하나의 방식임을 이해하는 것이다. 다시 말해, 하나의 문화란 서로 다른 문화들의 경계를 넘나들며 펼쳐지는 우연한 만남에 반응하면서 필연적으로 변화할 수밖에 없는 심

---

of Animals》(1999), 아룬다티 로이Arundhati Roy의 《작은 것들의 신The God of Small Things》(1997), 데릭 월콧의 《시집 1948-1984Collected Poems 1948-1984》(1986), 아청Ah Cheng의 〈나무의 왕The King of Trees〉(1985), 응구기 와 시옹오의 《피의 꽃잎Petals of Blood》(1977), 플로라 은와파의 《에푸루Efuru》(1966), 알레호 카르펜티에르Alejo Carpentier의 《잃어버린 발자국The Lost Steps》(1953), 패트리샤 그레이스Patricia Grace의 《포티키Potiki》(1986) 등이 있다.

리적·사회적 준거틀인 것이다. 그 우연한 만남이 우리가 속한 공동체에서 일어나든 문학 텍스트 한가운데서 일어나든지 간에 말이다.

이제 살펴볼 F. 스콧 피츠제럴드의 《위대한 개츠비》 독법은 탈식민주의 이론에 따른 작품 해석의 한 가지 사례이다. 금방 알아차리겠지만, 여기서 내가 제시하는 《위대한 개츠비》에 대한 탈식민주의적 독법은 상당 부분 정신분석학적 분석에 기대고 있으며, 어떤 면에서는 3장에서 제시한 마르크스주의적 해석과도 유사하다.

그리고 이 소설에 등장하는 세 명의 흑인들에 대한 분석을 '재즈시대' 뉴욕에서 아프리카계 미국인들의 존재가 사라지는 현상에 대한 분석과 연계시키는 대목을 보면, 11장에서 다루었던 아프리카계 미국인 문학이론에 근거한 독법이 연상될 수도 있다. 이런 식의 이론적 '겹침'은 탈식민주의 비평에서는 매우 흔한 일이다. 식민주의적·반식민주의적 이데올로기의 모든 측면을 분석하다 보면, 다른 이론들의 도움, 특히 방금 언급한 정신분석학·마르크스주의·아프리카계 미국인 문학비평의 도움을 필요로 하게 되는 것이다.

이 책에서 제시하는 《위대한 개츠비》에 대한 탈식민주의적 해석은 이 소설이 지니고 있는 식민주의 이데올로기, 곧 세계 어딘가에 존재하는 피식민지인들뿐 아니라 같은 국가 안의 소수자들까지도 지배하는 어떤 이데올로기를 보여 주는 데 초점을 맞춘다. 내가 볼 때, 《위대한 개츠비》는 식민주의 이데올로기가 일종의 심리 상태로서 작용하는 몇 가지 방식을 잘 보여 주는 소설이다. 즉, 심리 상태로서의 식민주의 이데올로기란 하나의 사고방식이자 존재 방식이며, 이는 억압당하는 사람들뿐 아니라 억압하는 사람들에게도 해롭다는 사실을 말해 주는 소설인 것이다.

나는 탈식민주의 비평의 가장 위대한 성과가 과거 식민지 출신 작가들의 작품들, 특히 소외된 탈식민주의 작가들의 작품들을 전면에 배치한 것이라고 생각하지만,《위대한 개츠비》를 읽는 나의 독법 또한 반식민주의적 지적 활동에 일조하기를 희망한다. 나는 이 작품에 대한 탈식민주의적 해석을 통해 식민주의 이데올로기가 본질적으로 얼마나 인종차별적이고 계급차별적이며 성차별적인지, 그리고 어떻게 미국인들의 문화적 정체성의 핵심을 이루는 기본 요소로서 그 안에 도사리고 있는지를 밝히고자 한다. 이러한 작업이 식민주의를 반대하는 지적 활동에 보탬이 될 수 있다면 좋겠다. 대부분의 탈식민주의 비평가들이 입증하는 바와 같이, 탈식민주의 비평의 주요 관심사는 온갖 형태의 식민주의 이데올로기에 저항하는 것이다. 식민주의 이데올로기가 어디에 숨겨져 있는지 모르는 한, 우리는 그것에 저항할 수 없다.

내부의 식민지

《위대한 개츠비》에 대한 탈식민주의적 독법

마르크스주의, 페미니즘, 게이·레즈비언·퀴어 이론, 아프리카계 미국인 문학비평 등의 비평이론 체계가 우리에게 가르쳐 준 것은 어떠한 이데올로기도 그것을 낳은 심리(학)psychology와 분리될 수 없다는 사실이다. 어떠한 이데올로기든 그것이 작동하기에 적합한 심리 상태가 없다면, 그리고 그것을 지속시켜 주는 심리 작용이 없다면 결코 존재할 수 없다. 그러므로 계급차별주의, 성차별주의, 이성애주의, 시스젠더중심주의cissexism[31], 인종차별주의 같은 이데올로기들은 단순한 통념 체계에 그치는 것이 아니다. 이 이데올로기들 역시 사람들 사이에서 자기 자신과 다른 사람들을 이해하는 방식으로 작용하며, 그 과정에서 복잡다단한 심리적 존재 양식들을 연루시키기 때문이다. 아마 탈식민주의 비평만큼 이데올로기와 심리 상태 사이의 밀접한 연관관계를 뚜렷하게 보여 주는 방법론도 없을 것이다. 탈식민주의 이론의 궁극적인 목표 가운데 하나는 식민주의 이데올로기가 어떻게 식민지 지배자와 피지배자 모두의 정체성(심리 상태) 형성에 영향을 미치는지 이해함으로써, 식민주의 이데올로기와 전투를 벌이는 것이기 때문이다. 서구문명을 들여다보면 곳곳에서 식민주의 이데올로기의 작동 양상을 확인할 수 있다. 그 양상을 간혹 포착하기 어려운 경우가 있긴 하지만, 서구 문명 전반에 걸쳐 식민주의 이데올로기는 대부분 효과적으로 작동해

---

[31] 시스젠더중심주의는 트랜스젠더를 대상으로 제도화된 차별을 행하는 것을 의미한다. 트랜스젠더 개인의 성정체성, 즉 자신의 성별에 대한 내적 인식(남성적, 여성적, 양쪽 모두, 또는 어느 쪽도 아님)은 출생 시 외관상 생물학적 성별(남성, 여성, 또는 간성)과 일치하지 않는다. 시스젠더 개인의 성정체성은 출생 시 외관상 생물학적 성별과 일치한다.

온 것이 사실이다. 미처 생각해 보지 못한 문화적 실천 및 생산물 안에서도 그러한 작동 양상이 발견될 정도이니 말이다. F. 스콧피츠제럴드의《위대한 개츠비》(1925) 역시 식민주의와는 전혀 상관없어 보이는 소설일 수 있다. 그러나 탈식민주의의 렌즈를 가까이 들이대면, 미국의 '재즈시대'를 다룬 이 유명한 소설도 그러한 의혹을 피해 가기 어렵다. 아니, 의심할 여지가 없다.《위대한 개츠비》는 식민주의 이데올로기의 근간이 되는 심리적 기제인 타자화othering를 전형적으로 보여 주는 텍스트이기 때문이다.

서구 문명의 역사가 거듭 보여 준 것처럼, 국가가 '이질적인' 사람들을 예속시키기 위해서는 그들이 자국인들과는 '다른' 사람임을 모두에게 납득시켜야만 한다. 따라서 '다르다'라는 단어는 온전한 인간보다 못하다는 의미에서 열등함을 뜻하는 말로 쓰여야 한다. 탈식민주의 이론에서 쓰는 용어로 말하자면, '이질적인' 사람들은 **타자화**를 통해 예속당해야 하는 것이다. 이는 미국에서도 마찬가지였다. 북아메리카 원주민 부족을 몰살하거나 강제적 식민주의 교육으로 동화시키는 행위는 그들이 '야만인'이라는 이유로 정당화되었다. 말 그대로 북아메리카 원주민은 비인간적일 정도로 문명적 자제력이 부족한 존재였던 것이다. 마찬가지로, 아프리카인들을 노예화하고, 백인의 우월성을 강변하는 식민주의 이데올로기를 그들에게 주입시킬 수 있었던 것 역시 처음부터 헌법에 아프리카인들을 '5분의 3짜리' 인간으로 규정해 두었기에 가능했다.[32] 건국 초기의 미국헌법 1조 2항에는 '흑인 노예는 백인의 5분의 3으로 인정한다'라는 규정이 들어 있었다. 흑인 노예가 많았던 남부는 더 많은 의석수를 확보하고자 투표권이 없던 흑인들도 인구에 포함시키라고 요구했으나, 북부는 흑인을 인구 한 명으로 인정할 수 없다며 남부의 요구를 받아들이지 않았다. 결국 양쪽이 내린 정치적 타협은 흑인 1인을 '5분의 3인'으로 계산하는 것이었다. 이를테면, 흑인 50명은 30명으로 인정하는 식이다. 이렇듯, 미국의 역사는 식민주의가 식민지 모국의 지리

---

[32] 1788년 비준 당시 미국헌법은 각 주가 의회에 파견할 수 있는 대표자 수를 결정하는 목적상 노예 상태의 아프리카인을 5분의 3의 인간으로 계산하도록 규정했으나, 이 공식은 아프리카인과 아프리카계 사람들이 완전한 인간이 아니라는 백인 미국인들 사이의 지배적 견해를 정확히 반영한 것이었다.

적 경계 바깥에서만 작동하는 것이 아님을 입증한다. 식민지 모국의 지리적 경계 안에서도 식민화되는 사람들이 존재할 수 있는 것이다.

《위대한 개츠비》에서 알 수 있는 것은 식민주의가 다른 의미에서 '내부에' 존재한다는 사실이다. 식민주의는 개인의 정신 내부에 상주하면서 제 정체성 형성과 타자 인식에 영향을 끼친다. 나는 미국의 문화적 정체성 속에 깊숙이 웅크리고 있는 식민주의적 심리colonialist psychology를 들추어냄으로써,《위대한 개츠비》라는 소설이 어떻게 미국문화의 심장부에 감추어진 식민주의 이데올로기를 폭로하는지 입증하고자 한다.

아마 짐작하겠지만, 식민주의적 심리 역시 다른 무엇보다도 문화적 특권을 지닌 특정 집단이 그렇지 못한 다른 집단을 타자화시키는 (대개 무의식적인) 태도와 행동들로 구성된다. 이때 타자화는 문화적 특권을 지닌 집단이 그렇지 못한 집단에게서 이득을 얻고자, 또는 그 집단에 지배력을 행사하고자 그 집단과 스스로 거리를 두는 방식으로 진행된다. 타자화에는 여러 가지 정치적·경제적 동기들이 개입되지만, 타자화를 추동하는 근본적인 심리적 동기는 강력함, 지배력, 우월감 등을 느껴 보고 싶은 욕구이다. 그렇기 때문에 식민주의적 심리는 불안정한 개인의 심리 상태라는 토양에서 가장 잘 뿌리를 내리고 번식한다. 곧 알게 되겠지만, 식민주의적 심리는 스스로를 영속화하는 속성을 갖는다. 말하자면, 식민주의적 심리는 그것이 원활히 작동할 수 있도록 개인의 불안감을 부추긴다. 특히 타자화는 식민주의적 심리를 표현하는 동시에 이를 부추기는 활동이므로, 식민주의적 심리는 타자화를 성공적으로 수행할 수 있는 온갖 형태에 의지하지 않을 수 없는데, 가장 선호하는 것은 인종차별주의와 계급차별주의다. 물론 성차별주의도 인종차별주의나 계급차별주의와 겹치는 일이 잦다. 문화적 종속 집단에 속한 여성들이 다수의 복합적인 타자화 형식들에 다시 한 번 종속되는 것이다. 실제로 식민주의적 심리를 주목해야 할 대상으로 만드는 것은 이와 같은 갖가지 타자화 형식들의 작동 양상이다.

《위대한 개츠비》에서 식민주의적 심리는 비단 톰 뷰캐넌 같은 등장인물(즉, 이 소설에서 나쁘게 그려지는 인물)을 묘사하는 데만 국한되어 나타나는 것이 아니다. 오히려 식민주의적 심리는 소설 전반에 걸쳐 곳곳에서 발견된다. 그럴 수밖에 없는 것이 화자인 닉 캐러웨이가 식민주의적 심리를 중심축으로 형상화된 인물이기 때문이다. 이와 더불어, 소설은 식민주체의 관점에서 식민주의적 심리를 이해하는 실마리를 제공한다. 식민주체는 경제적 성공을 이루었든 그렇지 않든 문화적 이방인으로 남으면서 문화엘리트 집단에 받아들여지기만을 바라게 되는데, 식민주체의 이 같은 위치를 전형적으로 보여 주는 인물이 바로 개츠비다. 이는 또한 머틀 윌슨이라는 인물에서도 분명하게 드러난다. 마지막으로, 우리는 톰 뷰캐넌을 통해 식민주의적 심리가 어떻게 그 수혜자들일 것만 같은 문화적 특권층에게도 해악을 미치는지를 살펴볼 수 있다.

닉 캐러웨이는 대부분의 독자들에게 매우 관대한 사람이라는 인상을 준다(이는 실제로 그가 원하는 바이기도 하다). 그의 말에 따르면, 그는 예일대에 다니던 동료들의 "은밀한 슬픔을" 알게 된 뒤로 "모든 일에 판단을 유보하는 버릇이 생겼"다.(5/15-16; 1장) 그러한 면모는 우리가 소설 속에서 만나는 서른 살의 닉에게도 여전히 남아 있다. 거의 모든 등장인물들이 닉에게만큼은 속내를 털어놓는다. 데이지는 닉에게 결혼 생활의 괴로움을 토로하며, 톰은 머틀에 관한 이야기를 들려준다. 개츠비는 닉에게 자신의 과거와 데이지와의 첫 만남에 대해 밝히며, 심지어 머틀조차 닉 앞에서 톰을 처음 만나던 순간의 흥분에 대해 이야기한다. 닉은 다른 사람들의 사생활과 개인적 선택에 대해서만큼은 지나치다 싶을 만큼 간섭하지 않는다. 소설 전개가 상당히 이루어진 후반부에 톰이 악의를 가지고 개츠비와 충돌한 사건과 데이지가 머틀 윌슨을 차로 치어 죽인 사고가 벌어지고 나서야 비로소 그들을 "썩어 빠진 무리"(158/224, 8장)라고 불렀다는 사실을 기억하자. 아무리 그가 이 소설의 도덕적 중심축 역할을 수행한다고 해도 말이다(닉은 이 소설에서 다른 등장인물들을 걱정하는 유일한 인물이자, 그들의 행복과 슬픔에 진정한 관심을 가져 주는 유일한 인물이다. 또한 그들의 명백한 이기심에 대해 강한 의구심을 갖는 유일한 인물이기도 하다). 닉은 조던과 연애를 시작하려면 고향에서 알고 지내던 젊은 여성과의 관계를 먼저 정리해야 한다고 생각하는 반듯한 사람이지만, 동시에 새로운 친구들의 무책임한 삶에 대해 판단을 내리지 않는 사람이다. 실제로 닉은 개츠비가 데이지를 다시 만나는 일을 주선할 뿐 아니라, 두 사람이 파티 도중 자기 집에서 밀회의 시간을 갖는 동안 망 보는 역할을 자처하기도 한다.

그런데 닉이 당시 자신이 속해 있던 문화적 특권층에게는 어떤 식으로든 낯선, 그러니까 어떤 식으로든 이질적인 인물에 대해서 언급할 때만큼은 별다른 의식 없이 끊임없이 판단을 내린다는 점은 의미심장하다. 여기서 말하는 문화적 특권층은 여러 세대에 걸쳐 미국에서 번영을 누려 온 가문 출신의 백인, 상류계급, 앵글로색슨 프로테스탄트로 구성된다. 말하자면, 닉은 다른 문화권 출신의 인물들을 언급해야 하는 상황이 올 때마다 그들의 민족성을 강조하고 '이질적인' 면을 부각시키려 한다. 마치 민족성이라는 것이 그들의 주요한, 또는 유일한 특징이기라도 한 것처럼 말이다. 예를 들어, 닉이 아침 식사 준비와 집 관리 등 가사를 맡기려고 고용한 여성이 소설 안에서 여섯 차례 언급되는데(매일 보는 여성인데도), 그때마다 그녀는 "예전에 데리고 있던 핀란드인"(88/128; 5장) 또는 그저 "핀란드인"(89/129; 5장)이라고만 불린다.^{이 책에서 참고한 국역본에서는 모두 "핀란드인 가정부"라고 했다.} 그녀가 말하는 모습은 "전기난로 위로 몸을 구부리고 혼자서 핀란드 속담을 중얼거리곤 했다"(8/19; 1장)라고 묘사되며, 심지어 걸음걸이조차 "핀란드인 가정부가 … 걷는 소리"(89/129; 5장)라는 식으로 표현된다. 다시 말해, 그녀는 민족적 차이를 부각시키는 방식에 따라 재현된다.

　같은 맥락에서 울프심의 비서는 "예쁘장한 유대인 여자"(178/247; 9장)로 묘사되며, 머틀이 사망한 현장에서 증인들을 상대하는 경찰관은 "흑인the Negro"(148/206; 7장)이라고 명명된다. 또한 "쓰레기 계곡"(27/45; 2장)에서 폭죽을 늘어놓으며 놀고 있는 아이는 "창백하고 깡마른 이탈리아계 아이 하나"(30/49; 2장)로 묘사되며, 닉이 어느 날 뉴욕으로 가던 길에 보게 된 영구차에 탄 사람들은 "동남부 유럽인 특유의 짧은 윗입술과 슬픈 눈빛"(73/106; 4장)을 가진 인물들로 표현된다. 닉은 분명 다채로움을 효과적으로 묘사하는 단어들을 골라 사용하고 있지만, '재즈시대' 당시 미국의 지배문화에 속하지 않았던 사람들의 민족성에 지속적으로 초점을 맞추는 방식은 '국외자들'에 대한 그의 태도에 내재된 어떤 불안감을 암시한다. 그 불안감은 닉이 마이어 울프심에 대해 이야기할 때 확연히 드러난다.

　닉은 울프심을 "체구가 작고 코가 납작한 유대인"(73/107; 4장)으로 묘사하며 독자들에게 소개한다. 코를 제외하면 우리가 울프심의 외모와 관련하여 얻을 수 있는 정보는 거의 없다. 그러나 울프심의 코가 너무도 자주, 그리고 상세히 언급되는 탓에 울프심이라는 인물의 존재 자체가 단일한 신체적 특징으로 환원되고 만다. 방금 인용한 묘사에서 알 수 있듯이, 그 코는 닉이 지목한 가장 비호감 가는 부위인 동시에 유대인인 울프심의 민족성을 가장 강하게 연상시키는 부위다. 닉의 말을 인용하자면, 울프심은 "큼직한 머리를 쳐들더니 양쪽 콧구멍에는 코털이 무성하게 자란 얼굴로 나를 쳐다보았"(73-74/107; 4장)으며, "내 손을 놓고 다양한 감정을 표현하는 코로 개츠비를 가리"(74/107; 4장)켰다. 말하자면, 닉은 울프심의 이 같은 다양한 표정과 자세가 그의 코 때문에 가능하다고 생각하는 것이 분명하다. 울프심이 화가 나면, 닉은 "분노가 치미는 듯 울프심의 코가 나를 향해 번쩍 빛났다"(75/109; 4장)라고 쓴다. 자신이 한 말에 울프심이 관심을 보이면, 닉은 "흥미롭게도 그는 나를 향해 코를 벌름거렸다"[같은 쾟라고 적는다. 그리고 울프심이 가슴 아파하는 듯한 모습을 보이면, 닉은 "슬프게 생긴 그의 코가 떨리고 있었다"[77/112; 4장] 또는 "그의 코털이 약간 떨렸고"[180/249; 9장]라고 쓴다.

자신이 본 거의 모든 '국외자들'의 민족적 특징을 타자화하는 것과 마찬가지로, 닉은 명백히 울프심을 타자화하고 있다. 이는 울프심을 비롯한 모든 '국외자들'의 인간성을 무력화하는 것이다. 타자화는 자기 자신을 정상적인 '인간 존재'로 상정하고, 자신과 다른 사람들은 인간 외의 '다른' 어떤 것과 동일시한다는 점에서 인간성을 무력화하는 기제라고 말할 수 있다. 따라서 타자화는 자신과는 다르다고 규정되는 사람들의 악마화demonization를 조장한다. 울프심에 대해 닉이 묘사한 내용들은 울프심이라는 유대인을 또 다른 '유대인 괴물the Jew as monster'로 이해한 것이라고도 볼 수 있는데, 실제로 이런 식의 타자화 형식은 히틀러와 나치 독일에 도움이 되었을 만한 것이다. 사실, 닉은 굳이 코를 묘사하지 않더라도 울프심에 대한 나쁜 인상을 전달할 수 있다(그는 자신이 어떤 잘못을 저지르고 있는지 전혀 의식하지 못하는 것 같다). 닉의 시선을 거쳐 우리가 보게 되는 울프심은 "큼직한 머리"[73/106; 4장]와 "조그마한 … 눈"[74/106; 4장], "알뿌리 모양의 손가락"[179/249; 9장]과 "인간의 어금니"로 만든 "커프스단추"[77/111; 4장]를 가진 인물이다. 물론 닉이 울프심을 악마화하여 묘사한 까닭은 그가 범죄자라는 사실을 한층 강조하려 했기 때문일 것이다. 그러나 울프심이 지닌 유대인의 특징들이 지나치게 부각된 나머지, 결과적으로는 그의 범죄자로서의 기질조차 그의 민족성과 결부되어 있는 것처럼 보이게 되었다.

닉이 소수민족을 타자화하는 것을 보여 주는 또 다른 중요한 사례는, 그가 개츠비의 호화로운 자동차를 타고 뉴욕으로 향하는 장면에서 찾을 수 있다. 닉은 "맵시 있게 차려입은 흑인[들]"이 "백인 기사가 운전하는 리무진"에 타고 있는 모습을 목격한다.[73/106; 4장] 그는 리무진에 타고 있는 흑인들을 "〔흑인〕 남자bucks 둘과 여자 하나"라고 묘사한 뒤, "그들이 거만하게 경쟁이라도 하듯 우리를 향해 달걀 노른자위 같은 눈동자를 굴리는 것을 보고 나는 크게 웃음을 터뜨렸다"〔같은 곳〕라고 덧붙인다. 이 장면에서 닉은 흑인들을 타자화하고 있고, 그 과정에 아무렇지도 않게 인종차별주의가 동반된다는 점은 누가 봐도 명백하다. 먼저, 그는 흑인 남자들을 'buck', 곧 '수사슴'이라고 표현한다. 말하자면, 흑인은 사람이라기보다 동물에 가깝다는 것이다. 또한, 넓게 벌어진 눈동자를 굴린다는 식의 표현을 사용함으로써, 아프리카계 미국인들에 대한 인종차별적 선입견, 이를테면 어리석고 유치하며 필요 이상 과장되게 행동하고 우스꽝스럽기까지 하다는 고정관념을 강하게 환기시킨다.[33]

덧붙여 말하자면, 흑인들에 대한 닉의 이 같은 묘사는 토니 모리슨이 미국의 백인문학에 등장하는 아프리카적 존재〔11장 참고〕를 분석하면서 설명한 것과 같은 종류의 서사적 기능을 수행한다. 닉이 묘사한 흑인들의 모습, 즉 맵시 있게 차려입고 기사가 딸린 리무진에 올라탄 채 다른 사람들이 보는 자신의 사회적 지위에 매우 신경 쓰는 모습은 사실 개츠비의 거울이자 그림자이기도 하다. 개츠비가 이 흑인들과 확연하게 다른 점은 개츠비는 자신의 출신을 감출 수 있고 실제로도 감춘 반면에, 흑인들은 자신의 피부색을 감출 수 없기에 출신을 드러낼 수밖에 없다는 사실 하나뿐이다. 닉의 관점에서 볼 때, "그〔개츠비〕의 격식을 차린 말투는 어리석다는 인상에서

---

[33] 학생들이 지적했듯이, 머틀 윌슨의 뺑소니 사고 사망 현장에는 "해쓱한 얼굴에 옷을 잘 차려입은 흑인"이 등장하는데, 그는 타자화되지 않는다. 이 인물은 목격한 내용을 전하기 위해 경찰관에게 '다가가서' 말하고, 경찰관은 그의 진술을 기꺼이 받아들인다〔147/206; 7장〕. 이 짧은 구절은 따라서 이 흑인 인물에게 어느 정도의 권위를 부여한다. 그럼에도 소설 전반에 팽배한 인종적 분위기는 그의 밝은 피부와 좋은 옷차림이 없었다면 그의 진술이 진지하게 받아들여지지 않았을 것임을 시사한다. 실제로 독자는 피츠제럴드가 그를 이처럼 묘사한 것은 경찰관과 (백인) 독자가 그의 증언을 신뢰할 만한 근거를 제공하기 위함이라고 주장할 수 있다.

가까스로 벗어날 정도"(53/79; 3장)에 머물러 있고, 가공의 존재인 부유한 "선조"(69/101; 4장) 및 (톰의 표현인) "곡마단 마차"(128/179; 7장)처럼 보이는 자동차를 비롯한 그가 꾸며 낸 모든 것이 온통 터무니없기는 해도, 어쨌든 개츠비는 성공을 낭만적으로 구현해 낸 인물이다. 하지만 닉이 묘사한 흑인들은 그저 놀림감에 지나지 않는다. 다시 말해, 닉은 흑인 인물들을 단일한 이미지로, 그리고 겨우 한두 문장만으로 묘사한 뒤, 그 자신과 독자들이 경멸해 마지않을 개츠비에 관한 모든 것을 거기에다 대신 투사한다. 닉의 묘사에서 흑인들은 터무니없어 보이는 데 반해, 개츠비는 그렇지 않다. 결국 흑인 인물들에 대한 닉의 타자화는 닉과 텍스트가 그들을 희생양 삼아 개츠비를 복구하는 데 일조한다.

　　바꾸어 말하면, 《위대한 개츠비》는 1920년대 뉴욕에서 아주 쉽게 찾아볼 수 있었고 또한 중요한 위치를 차지했던 아프리카계 미국인들의 실제 모습을 지워 버린다. 이 소설에서 그들의 자리는 우리가 본 것처럼 대부분 백인들의 우월성을 강화하는 데 이용되는 우스꽝스러운 고정관념들(식민주의적 타자)로 대신 채워져 있다. 1920년대 뉴욕이라는 역사적 현실을 고려할 때, 이는 사소한 문제가 아니다. 당시 뉴욕은 '할렘르네상스'의 모태였기 때문이다. 할렘은 아프리카계 미국인 재즈 거장들의 공연으로 부유한 백인 후원자들을 무더기로 끌어모으며 흑인문화 생산의 거점 역할을 수행한 '코튼클럽The Cotton Club' 같은 업소들이 모여 있는 지역이었다. 피츠제럴드가 당대 문화에 대해 아주 구체적인 세부 사항까지 꼼꼼하게 재현함으로써 장소성을 강하게 환기시키는 데 일가견이 있던 작가였음을 고려하면, 《위대한 개츠비》의 등장인물들 가운데 누구도 할렘의 나이트클럽에 가는 일이 없고 아예 할렘에 대해 언급조차 하지 않는다는 점은 이 소설이 뉴욕이라는 배경을 충실히 재현하지 못했음을 말해 주는 증거라고 볼 수 있다. 닉, 뷰캐넌 부부, 조던처럼 유행에 민감한 젊은 백인들이 할렘에 가 보지 않았을 리가 없기 때문이다. 《위대한 개츠비》는 '재즈시대'를 대표하는 소설로 인정받아 왔고 실제로 '재즈시대'라는 용어를 만들어 낸 인물이 다름 아닌 피츠제럴드라는 사실을 생각할 때, 이 소설에서 아프리카계 미국인이 지워져 있다는 점은 더욱 아이러니하게 다가온다. 재즈를 창안한 이들이 바로 아프리카계 미국인들이고 유명한 재즈 음악가들도 대부분 아프리카계 미국인이지만, 정작 이들은 《위대한 개츠비》에서 거의 모습을 드러내지 못한다.

이처럼 특정 지역의 '식민화된' 사람들을 지워 버리는 것은 실제로 식민주의 이데올로기의 특징 가운데 하나이며, 이 과정에서 종종 타자화가 수반된다. 식민화된 타자는 식민주의자의 시야에서 벗어나며, 따라서 중요한 존재로 여겨지지 않는다. 대신 식민주의자는 피식민지인의 노동에서 나온 결과물을 가로챌 뿐 아니라, 그 결과물을 마치 자신이 만든 것인 양 내세운다. 《위대한 개츠비》가 재즈를 백인들의 발명품으로 귀속시키는 점도 이런 맥락에서 보면 놀라운 일이 아니다. 실제로 이 소설에서 재즈를 연주하는 음악가는 개츠비의 파티에 등장한 백인 연주자들이 전부다. 닉의 묘사에 따르면, 그들은 "보잘것없고 시시한 5인조 악단이 아니라 오보에, 트롬본, 색소폰, 비올라, 코넷, 피콜로, 저음과 고음의 드럼까지 갖춘 완벽한 오케스트라였다."(44/67; 3장) 즉, 재즈는 오케스트라의 진용을 갖춤에 따라 고급문화의 지위로까지 '격상'되었으며, 그것이 고급문화가 된 이상 재즈는 흑인의 것이 아닌 백인의 것이라는 뜻이다.

특히 이 오케스트라의 지휘자가 최근 카네기홀에서 연주된 작품이라면서 소개하는 곡이 "〈블라디미르 토스토프의 세계 재즈사〉"(54/82; 3장)라는 사실은 매우 의미심장하다. '블라디미르 토스토프'라는 이름만큼 확실히 유럽인(즉, 백인)을 연상시키는 이름이 또 있을까? 이런 이름을 가진 인물을 독자들이 아프리카계 미국인으로 오인할 리가 없다. 《위대한 개츠비》가 묘사하는 세계에서 재즈는 유럽인의 발명품이다. 그런 점에서 보면, "지배 인종인 우리 백인이 정신을 바짝 차려야 한다는 거야. 만일 그러지 않으면 다른 인종들이 이 세계를 제패하게 될 거라는 거지"(17/33; 1장)라는 톰의 경고는 아마 이 소설도 무의식적으로 공유하는 어떤 태도일 것이다. 비록 화자인 닉은 (그리고 겉으로는 톰을 비호감적 인물로 묘사하는 이 소설은) 그러한 경고를 무시한다고 해도 말이다.

소설에서 호의적으로 묘사된 마이클리스도 민족성을 드러내는 인물들을 타자화하는 《위대한 개츠비》의 예봉을 피할 수 없다. 조지 윌슨의 정비소 옆에서 "커피 가게를 운영하는 그리스인 마이클리스"(143/201; 7장)는 머틀이 사망한 날 밤에 조지 곁에 앉아 함께 밤을 지새우며 그를 위로하고 돕는다. 날이 밝아 오자, 그는 자신과 조지와 "전날 밤샘하던 사람 … 중의 하나"(168/233; 8장)로 다음 날 아침에 돕겠다고 다시 온 사람 등, 세 사람분의 아침 식사를 직접 준비한다. 그리고 이 소설은 머틀의 죽음과 관련하여 마이클리스를 "사건 심리의 주요 증인"(143/201; 7장)으로 설정하고 그에게 커다란 권한을 부여한다. 그럼에도 불구하고, 마이클리스는 이민자 타자의 지위를 벗어나지 못한다. 첫째, 그는 모든 그리스계 미국인이 식당을 운영한다는 고정관념을 구체화한다. 더욱이, 역사적 사실로만 보면 '성공을 이룬' 그리스계 미국인의 식당들이 1920년대에 급속하게 증가(Moskos, 123)한 것이 맞지만, 마이클리스의 작은 식당은 쓰레기 계곡에서 실패나 다를 바 없는 경제적으로 미미한 위치를 차지하고 있다. 마지막으로, 소설의 시대와 장소를 고려할 때, 사람들을 보살피는 마이클리스의 특성은 여성적인 특성으로 보일 수 있는데, 이는 그가 '진짜' 미국 남자와 다르다는 점을 부각시킨다. 실제로, 1920년라는 시대적 배경에서 볼 때, 마이클리스가 머틀의 죽음에 대한 "사건 심리의 주요 증인"(143/201; 7장)으로 받아들여지는 이유는, 쓰레기 계곡의 여성 거주자인 머틀이 딱 그 정도의 취급을 받아도 되는 인물이기 때문이다.

그렇다면, "핀란드인"(89/129; 5장), "예쁘장한 유대인 여자"(178/247; 9장), "흑인"(148/206; 7장), "이탈리아계 아이"(30/49; 2장), "동남부 유럽인 특유의 짧은 윗입술과 슬픈 눈빛"(73/106; 4장), "그리스인"(143/201; 7장) 등과 같이 자주 등장하는 표현에서 볼 수 있듯이, 닉은 왜 그와 민족적 기원을 공유하지 않는 사람들의 민족성을 끈질기게 부각시키는가? 물론 닉 또한 지배적 문화 집단의 일원인 이상 그렇게 타자화하도록 길들여져 왔다는 것이 한 가지 중요한 이유이다. 그러나 다른 중요한 이유는 닉 개인의 문제와 관련된 것이다. 그것은 닉의 마음속에 존재하는 어떤 불안감이다. 그 불안감이 닉으로 하여금 자신감을 갖도록 요구하고, 어떤 식으로든 다른 사람에 대해 우월감을 갖도록 요구하며, 결과적으로 닉을 유독 식민주의적 심리에 취약한 상태로 몰아가기 때문이다. 닉은 서른 살이 되었음에도 여전히 아버지의 재정적 도움에 의지하며, 앞으로 자신이 무엇을 해야 할지 고민 중이다. 뉴욕에서 여름을 보내면서, 유망한 직업을 찾거나 연애를 길게 지920

속시켜 보려던 그의 시도는 다시 한 번 실패로 돌아간다. 닉은 앞으로 자신을 기다리고 있는 것이 점점 감소하는 "독신자의 수"에 포함되고, "야심이라는 서류 가방도 점점 얄팍해지[며] … 머리카락도 점점 줄어드는" 현실이 전부일까 봐 두렵다.(143/200; 7장) 닉은 '올바른' 가정에서 태어나 '올바른' 환경 속에서 자라났음에도 그에게 주어질 상속재산은 그리 많지 않아 보인다. 그는 직장을 찾아야 한다. 집의 돈은 그가 직장을 찾는 동안 수수한 집을 마련하고 생활비를 충당할 수 있을 만큼이다. 닉이 조던의 환심을 사는 데 적지 않은 비용이 들어갔을 거라고 생각하면, 자금이 결코 적지는 않았을 것이다. 하지만 닉이 성장하면서 거쳐 온 문화적 환경을 고려해 보건대, 그의 친구들 가운데는 분명 그보다 훨씬 부유한 가정에서 자란 이들이 많을 것이다. 닉 자신도 문화엘리트 집단의 일원이기에 사회적 계급 안에서 미묘한 차이가 지닌 중요성을 잘 알고 있으며, 동료들보다 재산이 많지 않다는 점이 자신에게 사회적 불이익으로 돌아올 수 있다는 사실도 확실히 인지하고 있다. 말하자면, 닉은 자신의 우월성에 근거해 지배력을 행사해야 할 필요성을 느끼고 있으며, 그렇게 느낄 만한 중요한 이유가 적어도 두 가지는 있는 셈이다. 인종적 하위주체에 대한 타자화는 바로 그 느낌, 즉 자신의 우월성과 지배력을 확인하는 경험을 닉에게 선사한다.

닉 캐러웨이의 식민주의적 심리와 더불어,《위대한 개츠비》는 문화엘리트 집단에 받아들여지기만을 바라는 문화적 이방인으로서 식민주체의 피식민자 심리를 이해하는 데도 도움을 준다. 개츠비는 외견상 문화엘리트 집단에 포함될 만한 두 가지 중요한 자질(일단 백인인 데다, 롱아일랜드 해변의 대저택을 구입할 만큼 부자다)을 지니고 있지만, 사실 그는 식민주체와 공통점이 더 많다. 다시 말해, 개츠비가 소속되길 열망하는 그 집단(곧, 데이지가 소속된 집단)은 개츠비와 어울리지 않는다. 개츠비는 문화엘리트 집단 내부의 사회적 지위 및 규약이 갖는 미묘한 차이에 익숙하지 않은 데다, 그런 부분들을 제대로 이해하지 못하기 때문이다. 예컨대, 개츠비는 이스트에그에 사는 상류층과 "상류사회다운 모습이 덜한"(9/21; 1장) 웨스트에그(개츠비가 사는 곳이다)에 사는 사람들 사이의 중요한 사회적 구분을 인식하지 못한다. 자신의 파티에 참석한 (톰의 표현을 빌리자면) "별난 친구들"(114/162; 6장) 사이의 미묘한 계급 차이를 감지하지 못하는 것처럼 말이다. 개츠비는 닉이 자신과 데이지의 재회를 성사시켜 준 데 대해 나름대로 보답하려는 뜻에서 닉에게 범죄 행위(이를테면, 가짜 채권 판매 등)와 관련된 모종의 제안을 건네지만, 그는 닉과 비슷한 배경(닉은 사회적으로 인정받는 집안에서 태어나 예일대를 졸업한 인물이고, 데이지는 그의 친척이다)을 가진 사람들이 그런 것에 흥미가 없을 수도 있다는 점은 미처 생각하지 못한다.

간단히 말해, 개츠비는 데이지가 속한 집단에 어울릴 만한 혈통이나 계급 성분이 결핍된 데다, 제대로 된 가정교육은 물론 학위 같은 것도 없다.

그렇기 때문에 그는 거짓말과 속임수에 기대서만 데이지의 삶에 들어갈 수 있다. 데이지와 처음 연애를 시작할 때도, 그리고 훗날 재회했을 때도 이 점은 마찬가지다. 결과적으로, 개츠비는 고향이 없다. 개츠비가 어디서도 소속감을 느끼지 못하는 이유는, 상호 적대적인 두 문화 사이에서, 즉 자신이 태어나고 자란 문화공동체와 지금 소속되고 싶은 문화공동체 사이에서 방황하기 때문이다. 개츠비라는 인물의 중요한 특징은, 노스다코타의 "무능하고 별 볼 일 없는 농사꾼들"(104/148; 6장)에게서 태어난 가난한 소년이라는 자신의 뿌리와 정체성을 스스로 지워 내고자 끊임없이 노력한다는 점이다. 개츠비가 닉에게 "가족들은 모두 죽고 없습니다"(69/101; 4장)라고 말한 것은 물론 거짓말이지만, 이 말에는 개츠비의 무의식에 잠재된 심리적 욕망이 실려 있다. 말하자면, 개츠비는 자신의 사회적 출신성분과 관련된 모든 흔적을 완전히 없애 버리고 싶은 것이다.

그러한 욕망의 위력을 잘 보여 주는 것이 개츠비의 과도한 '모방'이다. 개츠비는 문화적 특권층의 의복, 어법, 행동, 생활 방식 등을 세심히 모방하려 한다. 예를 들어, 그는 옥스퍼드에서 교육을 받았고, 사파리 사냥을 즐겼으며, "젊은 왕자처럼 유럽의 모든 수도에서 … 보석, 주로 루비를 수집하고 … 취미로 그림도 좀 그리며 살았"(70/101; 4장)다는 식으로 상류층 가문 출신임을 허위로 꾸미고 과거를 날조한다. 심지어 자신의 본명을 버리고 왠지 더욱 상류층 느낌을 풍기는 '개츠비'라는 이름을 새로 만들어 사용하기까지 한다. 봄마다 가을마다 비싼 새 옷을 사고, 테이블에 새 옷을 던져 데이지와 닉에게 깊은 인상을 주려 한다.(92/140; 5장) 또한 그는 갖가지 상류층의 어법과 예절을 억지로 따라 하는데, 그 가운데는 모든 사람을 '형씨'라고 부르는 것이나, 파티 손님들을 "우리를 한 사람씩 돌아보면서 고개를 살짝 숙이며 실례하겠다고"(53/80; 3장) 말하는 것 등이 포함된다.

더불어, 개츠비는 커다란 저택을 비롯해 수많은 값비싼 물건들을 사들이지만, 이 물건들은 단지 전시용일 뿐이다. 이상의 맥락에서 보자면, 이기적이고 천박한 데이지를 향한 개츠비의 맹목적 헌신을 가장 잘 설명할 수 있는 것은 데이지가 지닌 상징성이다. 즉, "하얀 궁전 저 높은 곳에 공주님 … 황금의 아가씨"(127/178; 7장)로서의 상징성 말이다. 개츠비가 데이지를 얻는다는 것은 그녀로 상징되는 문화엘리트 집단에 개츠비 자신도 합류하게 된다는 뜻이다. 이는 그가 더 이상 가난한 농부의 아들도 아니고, (톰의 표현대로) "어디서 굴러먹다 왔는지도 모르는 작자"(137/191; 7장)도 아니라는 뜻이다. 확실히 개츠비는 제이 개츠비가 되려고 노력한 만큼, 제임스 개츠를 버리고자 노력했다. 그리고 우리는 개츠비라는 인물이 만들어진 방식을 통해 모방 작업이 두 가지 노력을 동시에 수반한다는 사실을 확인할 수 있다. 모방에는 한 개인이 태어난 문화에서 벗어나 다른 문화로 진입하려는 고된 시도와 함께, 자신이 진입하려는 문화에 속하지 않는다고 판단되는 모든 것을 자신에게서 제거하려는 시도 또한 뒤따른다. 그런 점에서 모방은 자기 자신에 대한 타자화를 동반한다고 할 수 있다.

개츠비라는 인물의 형상화 과정에서 알 수 있는 또 다른 사실은, 모방이 '고향이 아닌 듯한 낯섦unhomeliness'과 불가분의 관계를 갖는다는 점이다. 고향에 있는 것처럼 편안해하는 사람은 굳이 모방을 필요로 하지 않을 것이기 때문이다. 모방은 한 개인이 정신적으로 소속감을 느낄 수 있는 문화를 찾아 나서는, 일종의 고향을 발견하려는 시도다. 그러나 모방은 자기 자신의 열등성을 확신하는 데서 비롯되는 시도이기 때문에, 개인으로 하여금 자신이 속한 문화보다 우월하다고 여겨지는 문화 안에서 고향을 발견하고 또한 추구하도록 만든다. 따라서 모방은 필연적으로 실패할 수밖에 없다. 개츠비의 모습에서 알 수 있듯, 아무리 '우월한' 문화를 가져다 쓰는 데 성공한다고 해도 본인이 열등감을 버리지 못한다면 그러한 문화공동체 안에서 결코 편안하지 못할 것이기 때문이다. 실제로 개츠비는 자기가 추구하던 고향, 곧 글자 그대로 '집home'을 획득하는 데 성공한다. 개츠비가 구입한 집은 "한쪽에는 … 탑과 대리석 풀장 그리고 무려 16만 제곱미터^{번역본에는 160제곱미터로 되어 있으나 원본의 40에이커를 미터법으로 환산하면 16만 제곱미터가 나온다.} 가 넘는 잔디밭과 정원"이 딸린 "엄청난 저택"이다.(9/21; 1장) 하지만 대저택이 고향을 대신하지는 못한다.

일단 개츠비의 대저택은 "마리 앙투아네트 음악실과 왕정복고 시대의 살롱 … 장밋빛과 보랏빛 비단으로 장식[한] … 고풍스러운 침실들, 의상실과 당구장, 움푹 파인 욕조가 있는 욕실"(96/138-139; 5장) 등을 갖추고 있지만, 정작 그가 실제로 사용하는 공간은 "침실과 욕실 그리고 애덤식 서재"(96/139; 5장)가 전부다. 더구나 개츠비는 훈련된 하인들(나중에 해고된다)이 관리하는 집의 정리정돈 상태 및 청결과, 울프심이 보내 준 제대로 훈련받지 못한 '일당들'이 초래하는 무질서 간의 차이조차 인식하지 못한다. 닉이 관찰한 바에 따르면, '일당들'이 온 뒤로 개츠비의 저택은 "어디 할 것 없이 먼지투성이였고 오랫동안 통풍을 시키지 않은 듯 곰팡이 냄새가 코를 찔렀다."(154-155/215; 8장) 심지어 "식료품 배달 소년이 부엌이 마치 돼지우리 같았다고"(120/169; 7장) 전했을 정도다. 그렇기 때문에 개츠비는 클립스프링어 같은 사람이 오랫동안 자기 집에 머물러 있어도 전혀 개의치 않는다. 클립스프링어는 개츠비의 파티에 왔다가 달리 갈 곳이 없어 비어 있는 침실 하나를 멋대로 차지하고 있는 게 분명한데도 말이다. 이처럼 자기 집에 급격한 변화가 일어나도 개츠비가 굳이 대처하지 않는 이유는 간단하다. 그의 마음이 사는 곳은 사실 그 집이 아니기 때문이다. 개츠비는 집home(고향)에 있어도 집(고향)에 있다는 기분을 느낄 수 없다(편안해할 수 없다). 그곳은 집(고향)이 아니라 단지 모방의 형식에서 나온 어떤 것이기 때문이다. 모방은 너무나 외부지향적인 것이어서, 그 안에 개인의 내적인 삶이 들어설 자리가 없다.

마지막으로, 《위대한 개츠비》는 식민주의의 수혜자로서 문화적 특권을 누리는 사람에게도 식민주의적 심리가 해악을 끼칠 수 있다는 사실을 잘 보여 준다. 이를 여실히 구현하고 있는 인물이 톰이다. 톰은 이 소설에서 문화적 특권을 가장 많이 누리는 인물이다. 그는 '비신사적인' 행동을 일삼고 품위도 갖추지 못했지만, 인종·민족성·사회경제적 계급·젠더·가문·교육 등 모든 면에서 유리한 위치에 있다. 더 나아가, 톰의 상속재산은 그가 손 하나 까딱하지 않아도 유지될 수 있을 정도로 어마어마하다. 톰의 재력에 대해 닉은 다음과 같이 적고 있다. "심지어 대학 다닐 때도 돈을 물 쓰듯 하는 바람에 빈축을 사기도 했다. … 예컨대 폴로 경기를 즐기려고 레이크 포리스트에서 경주용 말을 한 떼나 끌고 왔다. 나와 같은 세대의 사람이 그 정도로 재산이 많다는 것은 좀처럼 이해하기 어려웠다."(10/22; 1장)

톰은 《위대한 개츠비》에서 식민주의적 심리와 결부된 태도 및 행동을 가장 노골적으로 드러내 보이는 인물이기도 하다. 거듭 이야기하지만, 톰은 열렬한 백인우월주의 신봉자다. 백인우월주의는 유색인종을 타자화함으로써 그들에 대한 지배 논리를 정당화하려는 하나의 이데올로기다. 실제로, 톰은 **노르딕주의**Nordicism로 불리는 특정한 형태의 백인우월주의 이데올로기에 정서적으로 몰입되어 있었다. 여기서 노르딕주의란 백인 인종이 다른 모든 인종들보다 유전적으로 우월할 뿐만 아니라 노르딕족, 즉 북유럽 게르만 민족과 그 후손들이 유전적으로 가장 우월한 코커서스 인종이라는 믿음, 그들이야말로 가장 우월한 지능과 신체적 힘과 아름다움을 지녔다는 믿음을 가리킨다. 실제로 존재했던 스타더드의 《유색의 밀물》이라는 책[Bruccoli 208]의 허구적 판본인 《유색인종 제국의 발흥》을 거론하며 톰은 닉에게 이렇게 말한다. "우리 모두가 북유럽 인종이라는 거야. … 그리고 문명을 이루는 것들은 모두 우리가 만들어 냈다는 거야…. 아, 과학과 예술 같은 것들 전부 말이지."(18/33; 1장) 그리고는 "만일 우리 백인종이 경계하지 않으면 완전히 끝장나 버리고"(17/32; 1장), "다른 인종들이 이 세계를 제패하게 될”(17/33; 1장) 것이라며 경고하기까지 한다.

게다가, 톰은 계급차별주의자이기도 하다. 식민주의가 피식민 민중에 대한 지배를 정당화하는 방식 가운데 하나는 상층계급의 태생적 우월성을 모두가 믿게끔 만드는 것이다. 실제로, 톰은 자기보다 낮은 사회적 계급에 속한 이들을 모두 업신여기는데, 그 대상 가운데는 자기 힘으로만 부를 축적한 “갑자기 떼돈을 번 작자들”도 포함된다. “갑자기 떼돈을 번 작자들 중에 거물 밀주업자가 많”(114/162; 6장)다는 것이다. 물론 1920년대에 주류 밀매로 부자가 된 사람들이 많았던 것은 사실이다. 하지만 여기서 톰이 말하고자 하는 바는 자신처럼 막대한 부를 상속받은 사람이 아닌 스스로 부자가 된 사람은 신뢰할 수 없다는 것이다. 사실, 톰이 “갑자기 떼돈을 번 작자들” 운운한 것은 개츠비에 대한 불신을 드러낸 것이지만, 그 자체로 계급차별주의의 소산이기도 하다. 톰은 개츠비가 자신의 연적이라는 사실을 알게 되기 한참 전부터 이미 개츠비에게 의혹의 시선을 던지고 있었기 때문이다.

톰은 개츠비가 웨스트에그에 산다는 사실에서 자신과 대등한 배경의 소유자가 아니라고 확신한다. 톰이 자기 친구 두 명과 함께 말을 타고 가다가 잠시 개츠비의 집에 들르는 장면을 보면, 그들 사이의 사회적 구분이 너무도 확연히 드러난다. 개츠비에게는 아니지만, 독자에게는 너무나 분명하다. 톰과 그의 친구들이 개츠비를 대하는 태도는 오만하기 이를 데 없다. 이를테면, 톰의 친구인 슬로운은 “거만하게 몸을 젖히고 의자에 기대앉아 있”(108-109/155; 6장)을 뿐 대화조차 시도하지 않는다. 슬로운의 여자 친구가 살짝 술에 취해 개츠비에게 저녁 식사 자리에 동석할 것을 권하자, 슬로운은 개츠비가 그 제의에 동의하고 외출 준비를 하러 들어간 사이에 서둘러 그녀를 데리고 밖으로 나간다. 그리고 그들 세 사람은 개츠비가 따라오지 못하도록 재빨리 그의 집을 떠나 버린다. 자신이 환영받지 못할 것임을 눈치채지 못하는 개츠비를 보며 톰은 분개한다. “맙소사, 그자가 정말로 따라오려는 모양이오.' 톰이 말했다. '그녀가 원하지 않는다는 걸 모르나 보지?"(109/156; 6장) 그러나 톰은 개츠비가 "도대체 … 어디서 데이지를 만난"(110/156; 6장) 것인지 의문을 품으면서, "요즈음 여자들이 너무 쏘다니"며 "별 괴상한 녀석들"을 만나고 다닌 탓으로 돌린다.(같은 곳) 사실, 40에이커가 넘는 대지가 딸려 있고 사치스러운 가구들이 가득 들어차 있는 개츠비의 대저택을 보면서도, 톰은 개츠비가 사회적 계급 면에서 자기보다 못한 인물임을 아주 정확히 알고 있다. 실제로 개츠비는 톰에게 너무도 중요한 사회적 구별, 톰이 개츠비의 파티나 소장품, 그의 출신성분 같은 것들을 조롱하는 근거가 되는 사회적 구별을 자각하지 못한다. 톰은 자신이 어떤 면에서 그런 부류의 사람들보다 우월한지 모든 이가 정확히 알아주길 바란다.

계급차별주의 역시 인종차별주의와 마찬가지로 사람들을 타자화하는 하나의 이데올로기다. 이 점은 톰이 개츠비와 관련된 내용들을 언급할 때 사용하는 표현들에서 특히 두드러지게 나타난다. 예컨대, 톰은 개츠비의 파티에 온 손님들을 "별난 친구들menagerie" 이 말은 본래 '동물원' 또는 (쇼를 위해 모아 둔) '야생동물들'을 뜻한다. (114/162; 6장) 이라고 폄하한다. 한 마디로 '동물들의 무리'라는 것이다. 개츠비의 자동차는 "곡마단 마차"(128/179; 7장)라고 부르는데, 이 말을 바꾸어 표현하면 개츠비의 차는 동물이나 '희한한' 인간들을 실어 나를 때나 쓰일 법하다는 것이다. 한편, 톰이 개츠비를 가리킬 때 쓰는 표현은 "괴상한 녀석"(110/156; 6장)이다. 톰이 바라보는 개츠비는 온전한 인간의 지위를 누릴 수 없는 존재다. 개츠비는 그러한 지위가 요구하는 사회적 계급을 얻지 못했기 때문이다. 개츠비에 대한 계급차별적 타자화는 톰이 아무런 주저 없이 개츠비를 없애버릴 수 있었던 이유이기도 하다. 그는 실성한 상태에서 총까지 소지한 윌슨이 개츠비를 죽이려 한다는 것을 알면서도 개츠비의 죽음을 막으려는 어떠한 행동도 하지 않는다(결과적으로 윌슨을 개츠비의 집으로 보낸 사람은 톰이다).

계급차별주의와 식민주의적 심리 사이의 연관성이 더욱 확연히 드러나는 대목이 바로 톰의 여성 편력이다. 톰은 자신과 같은 문화공동체에 속한 여성에게는 눈길을 주지 않는다. 그는 노동계급 여성만을 꼬드긴다. 머틀 윌슨이 대표적인 예다. 머틀 윌슨뿐 아니라, 데이지와 함께 신혼여행에서 돌아온 뒤 잠시 머물렀던 "샌타바버라 호텔에서 청소부로 일하는 여자"(82/118; 4장)나 개츠비의 파티에서 관심을 보였던 "'품위는 없지만 얼굴은 예쁘장'하다"(112/160; 6장)고 할 수 있는 젊은 여성도 톰이 꼬드기려 했던 노동계급 여성이다. 톰이 이 같은 여성들에게 흥미를 갖는 가장 큰 이유는 아마도 그들의 무력함에 있을 것이다. 무력함이 그의 힘을 더욱 크게 만들기 때문이다. 머틀을 예로 들면, 톰은 자신의 손아귀 안에서 그녀를 쥐락펴락할 수 있다. 그녀 앞에서 가증스러운 거짓말을 아무렇지도 않게 떠벌이고, 심지어 그녀의 안면을 가격해 코를 부러뜨려 놓고 바로 자리를 뜨기도 한다. 톰이 머틀의 얼굴을 때린 이유는 그녀가 '감히' 데이지의 이름을 입에 올렸기 때문인데(그녀는 스스로 데이지보다 못하다고 생각하지 않으므로), 이는 그가 노동계급 여성들을 단지 성적 대상에 불과한 '나쁜 여자'로 여긴다는 것을 암시한다.

성적 대상으로서의 '나쁜 여자'는 데이지나 조던 베이커 같은 '착한 여자'와는 전혀 다른 별개의 범주에 속하고 사회적 지위도 열등하므로 상층계급 여성만큼 존중받을 자격이 없다는 것이다. 바꾸어 말하면, 톰의 계급차별주의와 성차별주의는 한데 합쳐져 있으며, 그의 여성 편력은 계급차별적 타자화의 형태로 나타난다. 온갖 특권을 향유할 수 있는 문화적 환경 속에서 살아가는 톰의 눈에는 노동계급 여성들이 그저 문화적 이방인에 불과해 보인다. 이처럼 노동계급 여성들을 농락하는 톰의 계급차별주의는 피식민지의 토착민 여성들을 농락하는 식민지 관리들의 인종차별주의와 닮아 있다고도 할 수 있다. 이들은 자신보다 열등하다고 생각되는 여성들을 '나쁜 여자'로 규정함으로써 타자화를 정당화한다는 공통점이 있다. 노동계급 여성들과 피식민지 여성들을 스스럼없이 성적 착취의 대상으로 삼아도 문제없도록, 그리고 그 여성들을 인간적으로 대해야 할 모든 책임을 방기해도 상관없도록 말이다.

확실히, 머틀은 식민주체와 비슷한 방식으로 행동한다. 머틀은 톰이 갖고 있는 식민주의적 심리를 그대로 내면화한 것처럼 보인다. 하지만 식민주의적 심리는 하층계급에 속한 그녀를 무력하게 만든다. 즉, 머틀은 유독 톰 앞에서 약한 모습을 보일 수밖에 없다. 그녀가 사회적 위계질서의 최하층에 속하기 때문이다. 그녀는 톰의 우월한 사회적 지위를 커다란 자산이라고 판단하고, 그의 곁에 있기 위해서라면 무슨 일이든 할 수 있다고 생각한다. 식민주체로서의 머틀의 면모가 가장 뚜렷하게 나타나는 대목은 아파트에서의 파티 장면이다. 톰이 그녀와의 밀회를 위해 장만한 방 세 개짜리 작은 아파트에서 머틀이 보여 주는 차림새는 일종의 모방에서 나왔다.

> 윌슨 부인은 … 지금은 크림색 시폰으로 만든 정교한 드레스를 차려입고 있었다. … 옷이 날개라더니 옷 덕분에 인품마저 달라 보였다. … 그녀의 웃음이며, 그녀의 몸짓이며, 그녀의 말투는 시간이 지날수록 더욱 가식적으로 변했[다.] (35/55; 2장)

머틀은 스스로 부유한 사람들의 행동 방식을 따르고 있다고 상상하며 엘리베이터 안내원이 마치 자기 하인이라도 되는 양 그에 대해 불평을 늘어놓는다. "머틀은 하류층 사람들의 게으름에 실망했다는 듯 눈썹을 추켜올렸다. '하여간 그런 부류의 사람들이란! 쉴 새 없이 다그쳐야 한다니까요!'"(36/57; 2장) 그러고 나서 머틀은 "열두 명의 요리사가 자기 명령을 기다리고 있기라도 한 듯 휙 하고 부엌으로 들어갔다."(36/57; 2장) 머틀이 이렇게 모방으로 일관하는 까닭은 '진짜 자신의 모습'이 그리 훌륭하지 않다고 생각하기 때문이며, 톰과 그의 사회적 배경 앞에서 열등감을 느끼기 때문이다.

그러나 톰이 식민주의적 심리를 통해 만끽하는 자유와 권력은 어떻게든 대가를 치르게 된다. 문화적 특권층이 식민주의적 심리를 비윤리적 행위에 대한 근거로 삼는 이상, 식민주의적 심리는 그들에게 분명 정신적 · 도덕적 타격으로 작용할 수밖에 없다. 그렇게 되면 그들의 내면세계는 고통으로 채워질 것이다. 이 점을 정확히 보여 주는 인물이 바로 톰 뷰캐넌이다. 톰도 알고 있듯이, 문화적 우월성과 대조되는 문화적 열등성이란 게 없다면, 문화적 우월성 자체도 존재하지 않을 것이다. 그런데 톰은 문화적 우월감을 가장 철저하게 내면화한 인물이다. 톰의 행동만 보면, 그는 혹시 자기보다 '아래에 있는' 모든 사람을 타자화시키고 자신의 '우월성'을 공격적인 형태로 드러내야만 자신의 사회적 지위를 유지할 수 있다고 믿는 것은 아닐까 하는 생각이 든다. 우리가 앞에서 줄곧 보아 왔듯, 톰은 인종차별적 · 계급차별적 · 성차별적 견해들을 결코 감추지 않으며, 오히려 적극적으로 드러낸다. 이 같은 치졸한 태도가 거듭 되풀이되어 나타난다는 것은 톰의 내면에 특정한 심리적 동기가 강하게 작용한다는 뜻이다.

이를테면, 톰은 조지 윌슨의 가난을 철저하고도 잔인하게 이용한다. 그의 아내를 빼앗을 뿐 아니라, 자동차 판매 여부를 놓고도 애를 태우며 괴롭힌다. 조지는 돈이 급하기 때문에 톰에게서 빨리 차를 사서 비싼 값에 되팔아야 하지만, 톰은 과연 조지에게 차를 파는 것이 좋을지 고민하는 모습을 의도적으로 내비치며 그를 계속 '가지고 논다'. 심지어 자신이 대신 타고 온 개츠비의 호화로운 차를 새로 산 차라고 속이며 조지에게 구입을 제안하기도 한다. 이는 조지가 그 차를 감당할 여력이 없음을 스스로 인정하는 것을 보고 싶어서이다. 머틀에게 강아지를 사 줄 때도 톰은 강아지를 파는 가난한 노인에게 모욕을 준다. 강아지의 가치에 관해서는 노인의 말을 믿겠다는 것을 증명이라도 하듯 그는 "여기 돈이 있소"라며 노인이 부른 값인 10달러를 선뜻 건네지만, 결국엔 이렇게 쏘아붙인다. "그 돈이면 열 마리는 더 살 거요."(32/52; 2장) 톰이 사회적 약자들에게 쓸데없이 노골적으로 적의를 드러내는 장면은 이 밖에도 많다. 그러나 요점은 간단하다. 그가 자신의 우월한 사회적 지위에 안정감을 느낀다면, 굳이 자기의 우월함을 보여 주려 할 필요가 없다는 것이다.

톰의 불안감을 설명하는 사실 가운데 하나는 그가 중서부 출신이라는 점이다. 그는 중서부에서 태어난 이상, 동부의 오래된 부유한 명문가(선조들이 처음 미국에 당도한 이래로 줄곧 동부에서만 살아온 이들이다) 출신들에게만 주어지는 문화적 지위를 결코 얻을 수 없다. 톰은 예일대를 다녔기에 그 사실을 더더욱 뼈저리게 실감했을 것이다. 자기가 아무리 돈이 많고 아무리 호화롭게 살아간다고 해도 동부의 명문가 출신들이 누리는 문화적 지위는 결코 가질 수 없다는 사실 말이다(이는 중서부 출신으로서 프린스턴대를 다닌 피츠제럴드 역시 고통스럽게 확인해야 했던 사실이다). 이 한 가지 측면에서, 톰은 타자다. 이로 인해 그가 동부에 온 뒤로 유난히 불안에 사로잡혀 있었던 것이 분명하다. 결국 톰의 우월의식은 불안감에서 비롯된 셈이다. 의식적으로든 무의식적으로든 기회라고 생각될 때마다 자신의 사회적 우위를 증명해야 성에 찰 정도로 그는 불안해진 것이다.

닉은 《유색인종 제국의 발흥》을 거론하는 톰을 보며 문제를 직감한다. "자족감도 그에게 더 이상 충분치 않은 듯 어딘지 모르게 서글픈 구석이 있었다."(18/33; 1장) 그리고 다음과 같이 덧붙인다. "강인한 육체적 자만심이 더 이상 그의 독단적인 마음을 지탱해 줄 수 없게 된 듯, 뭔가가 그로 하여금 진부한 사상의 가장자리를 갉아먹게 하고 있었던 것이다."(25/43; 1장) 닉은 톰에게 문제가 있다고 느끼면서도 이를 설명할 수 없지만, 우리는 할 수 있다. 식민주의적 심리가 톰에게 힘을 불어넣는 동시에, 그의 자신감 또한 갉

아먹는 것이다. 식민주의적 심리는 톰에게 이렇게 말할 것이다. "최고의 위치에 있지 않다면 아무것도 아니다." 그리고 그 자신이 '최고의 위치'에 있지 않다는 사실을 어떻게든 자각하도록 계속 부추길 것이다.

《위대한 개츠비》에 대한 탈식민주의적 독법을 제시하면서 내가 바라는 점은, 이 소설을 단순히 식민주의의 알레고리로서만 읽지 말아 달라는 것이다. 이를테면, 너대니얼 호손의 〈젊은 굿맨 브라운Young Goodman Brown〉(1835)이나 〈목사의 검은 베일The Minister's Black Veil〉(1836)에 등장하는 인물들이 선과 악 같은 추상적인 도덕 개념들을 상징적으로 나타내는 일종의 대역인 것처럼, 《위대한 개츠비》의 등장인물들에게도 식민주의자의 여러 유형을 상징화한 대역이라고 해석할 수 있는 측면들이 분명 존재하지만, 여기서 내가 강조하려는 점은 그것이 아니다. 내가 《위대한 개츠비》를 통해 보여 주고 싶은 것은 식민주 이데올로기의 버팀목이기도 한 식민주의적 심리가 어떻게 자국 안에서 작동할 수 있는지, 다시 말해 미국이 건국된 이래로 줄곧 미국을 특징지어 왔던 문화적 권력의 불균형을 식민주의적 심리가 어떻게 지속시킬 수 있는지에 관한 내용이다. 미국의 기틀을 마련한 사람들은 초기 미국헌법의 윤곽을 잡을 때 영국 및 유럽의 정치철학적 전통과 결별했다고 주장했지만, 그럼에도 그들은 영국 및 유럽의 문화철학에서 많은 부분을 계승한 것이 사실이다.

그 가운데서도 가장 눈에 띄는 점은, 백인종이야말로 신에게 선택받은 사람들이며 당연히 세계의 지배자라는 유럽인들의 신념을 미국의 건립자들이 물려받았다는 사실이다. 그러니까 그들은 유럽인들에게서 식민주의 이데올로기를 물려받은 것이다. 영국, 프랑스, 스페인, 포르투갈, 네덜란드 같은 일개 국가들, 그중에서도 일부 계층이 18세기 중반부터 20세기 중반까지 지구의 대부분을 지배할 수 있도록 허락한 바로 그 식민주의 이데올로기 말이다. 미국의 백인들이 오늘날 미합중국이라고 불리는 북아메리카

지역의 원주민들을 지배하고 아프리카인들을 데려와 노예로 부릴 수 있었던 것도 그들이 식민주의 이데올로기를 이어받았기 때문이다. 이 같은 식민주의 이데올로기는 성공적으로 뿌리를 내려 좀처럼 사라지지 않았다. 이와 관련하여 《위대한 개츠비》는 식민주의 이데올로기가 그토록 성공적으로 작동할 수 있었던 한 가지 이유를 구체적으로 보여 준다. 자신과 타자를 인식하는 방식에 강하게 영향을 끼치는 어떤 복잡한 심리 상태가 식민주의 이데올로기를 떠받치고 있는데, 그 심리 상태란 바로 식민주의적 심리다.

그렇다면 《위대한 개츠비》가 시사한 1920년대의 식민주의적 심리가 오늘날의 미국에도 아직 남아 있을까? 1960년대에 흑인민권운동이 일어나기 전까지만 해도 모든 비백인 미국인들과 대부분의 백인 이민자들에 대한 차별이 법적으로 문제가 되지 않았으나, 이제는 그렇지 않다. 적어도 법적인 차원에서는 타자화에 따른 차별이 더 이상 용납되지 않는다. 예전과는 달리, 문화적 차이를 존중하는 것이 정부와 매체, 교육제도 안에서 적극적으로 권장될 정도다. 이러한 변화들이 의미 있는 진전인 것만은 확실하다.

그러나 백인지상주의자들의 반발도 만만치 않다. 유색인종 혐오 집단의 급증, 주거·고용·교육 등과 관련하여 사라지지 않은 은밀한 인종차별, 노숙자들에 대한 타자화 및 (사람들의 의식과 양심 안에서의) 사실상의 망각, 그리고 여전히 미국에서 기승을 부리는 온갖 종류의 타자화 형식에서 우리는 그러한 반발을 목격할 수 있다. 특히 그러한 타자화 형식들은 미국의 신식민주의적 기업들에 장착되어 앞으로 한동안은 지구 전역을 돌아다니게 될 것이 분명해 보인다. 《위대한 개츠비》에서 알 수 있듯이, 식민주의적 심리와 그것을 바탕으로 한 차별 이데올로기들은 우리에게 주어진 역사적·문화적 유산의 일부이기 때문이다. 이는 미국인들이 세대를 막론하고 앞으로 새로이 맞서 나가야 할 현실이다.

다른 문학작품에 대한 탈식민주의적 접근

다음 질문들은 본보기로서 제시된 것이다. 다음에 언급된 문학작품이나 직접 고른 작품을 탈식민주의 이론으로 해석할 때, 다음과 같은 질문들을 던져 보면 도움이 될 것이다.

① 저메이카 킨케이드의 《내 어머니의 자서전The Autobiography of My Mother》(1996)은 식민주의가 식민지 지배자들(필립과 모이라)과 피식민지인들에게 미치는 사회적·심리적 영향, 특히 후자에게 끼치는 영향과 관련하여 무엇을 시사하는가? 화자인 주엘라를 비롯한 그녀의 아버지와 새어머니, 그녀의 연인 롤랑, 라바트 부부 등 작중인물들에 대한 성격 묘사에서 나타나는 타락, 계급 분화, 식민주의 교육 등의 문제들을 분석해 보자. 주엘라는 어떤 방식으로 그러한 문제들을 정신적으로 극복해 나가면서 독립심과 자신감을 얻게 되는가?

② '고향이 아닌 듯한 낯섦'과 모방이라는 주제를 분석하고, 이를 나이폴V.S. Naipaul의 《흉내The Mimic Men》(1967)에 적용해 보자. 어떤 점에서 식민주의가 화자의 안정된(또는 그 밖의 어떤 식의) 자기감각을 빼앗아 갔다고 말할 수 있는가? 그는 어떻게 정체성을 찾으려 하는가? 그는 어쨌든 정체성을 찾는 데 성공하는가? 성공했다면, 혹은 실패했다면 그 이유는 무엇인가? 화자의 언어(단어 선택, 어조, 이미지양식)는 화자가 자신의 경험과 감정상의 거리를 두는 양상을 어떻게 드러내는가? 그리고 이 점은 《흉내》를 이해하는 데 어떤 식으로 보탬이 되는가?

③ 나이지리아 작가 치누아 아체베가 지적하듯이, 조셉 콘래드의 《암흑의 핵심》(1902)은 아프리카인을 광분한 상태로 울부짖는 이해 불가능한 야만인들, 다시

말해 선사시대에나 존재하는 무리라는 식으로 묘사한다. 《모든 것이 산산이 부서지다Things Fall Apart》(1958)에서 아체베는 나이지리아의 이보(또는 익보)족을 어떤 방식으로 재현함으로써 《암흑의 핵심》에 나타난 식민주의적 고정관념을 바로잡는가? 이에 더하여, 어떤 추가적인 방식으로 《모든 것이 산산이 부서진다》는 반식민주의적인가?

④ 자케스 음다Zakes Mda의 《붉은 심장The Heart of Redness》(2000)은 문화적 통념, 경제적 손실과 이득, 땅의 소유와 사용 사이의 관계에 대해 무엇을 암시하는가? 가령, 지역 주민과 토지 개발자들의 갈등, 지역 주민 사이의 갈등을 어떻게 설명할 수 있는가? 소설은 인간과 자연 사이에 어떤 종류의 관계를 지지하는가? 배경 묘사, 특히 자연 배경 묘사는 배경에 대한 독자의 반응에 어떤 역할을 하는가?

⑤ 메리 셸리의 《프랑켄슈타인》(1831년 판)은 '타자화'가 이데올로기적·심리적으로 작용하는 양상과 관련하여 무엇을 드러내는가? 이를테면, 알퐁스 프랑켄슈타인과 그의 가족으로 대표되는 유럽의 지주층에 대한 셸리의 묘사는 어떤 식으로 올바른 '자기'를 이질적인 '타자'와 대비시켜 재현하는가? 이 소설에서 이질적인 타자의 모습은 튀르키예 상인(무엇보다 튀르키예 상인과 그의 기독교도 아내 사이의 대조에 주목하라), 엘리자베스를 키우던 농부들, 빅토르가 여성 괴물을 만들려고 머물렀던 지역의 농부들, 클레르발이 죽은 뒤 빅토르가 만나게 되는 농부들 등을 통해 구현된다. 이 소설에 등장하는 괴물은 어떻게 해석해야 할까? 이 괴물은 고향 없는 '타자'로 볼 수 있을까? 이와 같은 상태가 어떻게 폭력적인 괴물을 만드는가?

≡ **더 읽을거리**

Achebe, Chinua. *Hopes and Impediments: Selected Essays*. 1988. New York: Doubleday, 1990. (See especially "An Image of Africa: Racism in Conrad's *Heart of Darkness*." 1-20; and "Colonialist Criticism," 68-90.)

Ashcroft, Bill, Gareth Griffiths, and Helen Tiffin. *The Empire Writes Back: Theory and Practice in Post-Colonial Literatures*. New York: Routledge, 1989. [빌 애쉬크로프트 외, 《포스트콜로니얼 문학이론》, 이석호 옮김, 1996.]

__________, eds. *The Post-Colonial Studies Reader*. 2nd ed. London and New York: Routledge, 2006.

Ashcroft, Bill, Gareth Griffiths, and Helen Tiffin, eds. *Postcolonial Studies: The Key Concepts*. 3rd ed. London and New York: Routledge, 2013.

Cook-Lynn, Elizabeth. *A Separate Country: Postcoloniality and American Indian Nations*. Lubbock, TX: Texas Tech University Press, 2012.

Dowie, Mark. *Conservation Refugees: The Hundred-Year Conflict between Global Conservation and Native Peoples*. Cambridge, MA: MIT Press, 2009.

Hall, C. Michael, and Hazel Tucker, eds. *Tourism and Postcolonialism: Contested Discourses, Identities and Representations*. London and New York: Routledge, 2004.

Hamad, Ruby. "Lewd Jezebels, Exotic Orientals, Princess Pocahontas: How Colonialism Rigged the Game against Women of Color." *White Tears/Brown Scars: How White Feminism Betrays Women of Color*. Ruby Hamad. New York: Catapult, 2020. 19-44.

Irele, F. Abiola. *The African Imagination: Literature in Africa and the Black Diaspora*. New York: Oxford University Press, 2001.

Kennedy, Dane. *Decolonization: A Very Short Introduction*. Oxford: Oxford University Press, 2016.

Kincaid, Jamaica, *A Small Place*. 1988. New York: Farrar Straus Giroux, 2000.

LaCapra, Dominick, ed. *The Bounds of Race: Perspectives on Hegemony and Resistance*. Ithaca, N.Y.: Cornell University Press, 1991. (특히 Kwame Anthony Appiah, "Out of Africa: Topologies of Nativism," 134-163; Anne McClintock, "'The Very House of Difference': Race, Gender, and the Politics of South African Women's Narrative in Poppie Nongena," 196-230; Stephen Clingman, "Beyond the Limit: The Social Relations of Madness in Southern African Fiction," 231-254; Jose Piedra, "Literary Whiteness and the Afro-Hispanic Difference," 278-310; Satya P. Mohanty, "Drawing the Color Line: Kipling and the Culture of Colonial Rule," 311-343을 볼 것)

Loomba, Ania. *Shakespeare, Race, and Colonialism*. Oxford and New York: Oxford University Press, 2002.

Loomba, Ania. *Colonialism/Postcolonialism*. New York: Routledge, 2015.

Manuel, George, and Michael Posluns. *The Fourth World: An Indian Reality*. 1974. Reprint edition. Minneapolis, MN: University of Minnesota Press, 2018.

McLeod, John. *Beginning Postcolonialism.* 2nd ed. Manchester: Manchester University Press, 2010.

Morrison, Toni. *The Origin of Others.* Cambridge, MA and London: Harvard University Press, 2017. [토니 모리슨, 《타인의 기원》, 이다희 옮김, 바다출판사, 2022.]

Poddar, Prem, and David Johnson, eds. *A Historical Companion to Postcolonial Thought in English.* New York: Columbia University Press, 2005.

Ramone, Jenni. *Postcolonial Theories.* New York: Palgrave MacMillan, 2011.

Schradie, Jen, and Matt DeVries, dirs. *The Golf War.* Durham, NC: Anthill Productions, 1999. (Available online at https://www.youtube.com/watch?v=yFCKokJh7TU.)

Tyson, Lois. "Using Concepts from Postcolonial Theory to Understand Literature." *Using Critical Theory: How to Read and Write about Literature.* 3rd ed. London and New York: Routledge, 2021. 263-305. (특히 "Interpretation Exercises," 270-297, and "Postcolonial Theory and Cultural Criticism: *Waiting to Exhale*," 299-302을 볼 것. See also "Three Questions about Interpretation Most Students Ask," 10-12.)

Young, Robert J. C. *Postcolonialism: A Very Short Introduction.* 2nd ed. Oxford: Oxford University Press, 2020.

☰ 중요한 이론서들

Bhabha, Homi K. *The Location of Culture.* New York: Routledge, 1994. With a New Preface by the Author. London and New York: Routledge, 2004. [호미 바바, 《문화의 위치: 탈식민주의 문화이론》, 나병철 옮김, 소명출판, 2012.]

Braithwaite, Kamau. "History of the Voice." 1979. *Roots.* Ann Arbor: University of Michigan Press, 1993.

Coulthard, Glen Sean. *Red Skin, White Masks: Rejecting the Colonial Politics of Recognition.* Minneapolis, MN and London: University of Minnesota Press, 2014.

DeLoughrey, Elizabeth, and George B. Handley, eds. *Postcolonial Ecologies: Literatures of the Environment.* New York: Oxford University Press, 2011.

Fanon, Frantz. *The Wretched of the Earth.* 1961. Trans. Constance Farrington. New York: Grove, 2004. [프란츠 파농, 《대지의 저주받은 사람들》, 남경태 옮김, 그린비, 2010.]

Gandhi, Leela. *Postcolonial Theory: A Critical Introduction.* New York: Columbia University Press, 2019. [릴라 간디, 《포스트식민주의란 무엇인가》, 이영욱 옮김, 현실문화연구, 2000.]

Hall, Stuart. *The Fateful Triangle: Race, Ethnicity, Nation.* Ed. Kobena Mercer. Cambridge, MA: Harvard University Press, 2017. [스튜어트 홀, 《인종은 피부색이 아니다》, 임영호 옮김, 컬처룩, 2024.]

Huggan, Graham, and Helen Tiffin. *Postcolonial Ecocriticism: Literature, Animals, Environment.* 2nd ed. London and New York: Routledge, 2015.

Mohanty, Chandra Talpade. *Feminism without Borders: Decolonizing Theory, Practicing Solidarity.* Durham, NC and London: Duke University Press, 2003. [찬드라 탈파드 모한티, 《경계 없는 페미니즘: 이론의 탈식민화와 연대를 위한 실천》, 문현아 옮김, 여성문화이론연구소, 2005.]

Nixon, Rob. *Slow Violence and the Environmentalism of the Poor.* Cambridge, MA: Harvard University Press, 2011. [롭 닉슨, 《느린 폭력과 빈자의 환경주의》, 김홍옥 옮김, 에코리브르, 2020.]

Said, Edward W. *Culture and Imperialism.* New York: Knopf, 1994. [에드워드 W. 사이드, 《문화와 제국주의》, 김성곤 외 옮김, 창, 2011.]

__________. *Orientalism.* New York: Pantheon, 1978. [에드워드 W. 사이드, 《오리엔탈리즘》, 박홍규 옮김, 교보문고, 2015.]

Singh, Jyotsna G. *Shakespeare and Postcolonial Theory.* London and New York: Bloomsbury, 2019.

Spivak, Gayatri Chakravorty. *In Other Worlds: Essays in Cultural Politics.* New York: Routledge, 1987. Routledge Classics edition. London and New York: Routledge, 2006. [가야트리 스피박, 《다른 세상에서: 문화정치학 에세이》, 태혜숙 옮김, 여성문화이론연구소(여이연), 2008.]

Walcott, Derek. "The Muse of History." 1974. *What the Twilight Says: Essays.* New York: Farrar, Straus, and Giroux, 1998. 36–64.

☰ 참고문헌

Achebe, Chinua. "An Image of Africa: Racism in Conrad's *Heart of Darkness.*" *Massachusetts Review* 18 (1977): 782-794. Rpt. in *Hopes and Impediments, Selected Essays.* New York: Anchor, 1989. 1-20. [치누아 아체베, 〈아프리카의 이미지: 콘라드의 《어둠의 속》에 나타난 인종차별주의〉, 《제3세계 문학과 식민주의 비평: 희망과 장애》, 이석호 옮김, 인간사랑, 1999.]

__________. *Morning Yet on Creation Day.* Garden City, N.Y.: Doubleday, 1975.

Amnesty International. "Indigenous Peoples." (Available online at https://www.amnesty.org/en/what-we-do/indigenous-peoples/.) n.d.

Amnesty International. "Oil industry has brought poverty and pollution to Niger Delta." June 30, 2009. (Available online at https://www.amnesty.org/en/news-and-updates/news/oil-industry-has-broughtpoverty-and-pollution-to-niger-delta-20090630.)

Austen, Jane. *Mansfield Park.* London: T. Egerton, 1814. [제인 오스틴, 《맨스필드 파크》]

Australian Government. "Indigenous Protected Areas." (Available online at https://www.awe.gov.au/agriculture-land/land/indigenous-protected-areas.)

Baby Milk Action. "The Nestlé Boycott." (Available online at https://www.babymilk.org/pages/boycott.html.) n.d.

Bhabha, Homi K. *The Location of Culture.* New York: Routledge, 1994. [호미 바바, 《문화의 위치: 탈식민주의 문화이론》, 나병철 옮김, 소명출판, 2002.]

Brontë, Charlotte. *Jane Eyre*. 1847. New York: Alfred A. Knopf, 1991. [샬럿 브론테, 《제인 에어》]

Bruccoli, Matthew J. "Explanatory Notes." *The Great Gatsby*. 1925. New York: Macmillan, 1992. 207-214.

Carroll, Clare, and Patricia King, eds. *Ireland and Postcolonial Theory*. Notre Dame, IN: University of Notre Dame Press, 2003.

Carter, Miguel, ed. *Challenging Social Inequality: The Landless Rural Workers Movement and Agrarian Reform in Brazil*. Durham, NC: Duke University Press Books, 2013.

Clean Clothes Campaign. "Rana Plaza." n.d., n.p. (Available online at https://cleanclothes. org/campaigns/past/rana-plaza.)

Conrad, Joseph. *Heart of Darkness*. 1902. New York: Norton, 1988. [조셉 콘래드, 《암흑의 핵심(어둠의 심연, 어둠의 속)》]

DeSmit, Olivia. "The Most Important Conservation Law You've Never Heard Of." *Conservation International* (August 29, 2019). (Available online at https://www. conservation.org/blog/the-most-important-conservation-law-youve-never-heard-of.)

Dowie, Mark. *Conservation Refugees: The Hundred-Year Conflict between Global Conservation and Native Peoples*. Cambridge, MA: MIT Press, 2009.

DuBois, W. E. B. *The Souls of Black Folk: Essays and Sketches*. 1903. New York: Kraus, 1973.

Duncan, Dawn. "A Flexible Foundation: Constructing a Postcolonial Dialogue." *Relocating Postcolonialism*. Oxford: Blackwell Publishers, 2002. 320-333.

Fitzgerald, F. Scott. *The Great Gatsby*. 1925. New York: Macmillan, 1992. [F. 스콧 피츠제럴드, 《위대한 개츠비》]

Forbes. "The Global 2000." (Available online at https://www.forbes.com/global 2000/.)

Friends of the Earth International. "A Journey through the Oil Spills of Ogoniland" (May 17, 2019). (Available online at https://www.foei.org/news/oil-spills-ogoniland-nigeria-shell.)

Friends of the MST. "About the MST" (Available online at https://www.mstbrazil.org/ content/about-friends-mst)

Gordimer, Nadine. *My Son's Story*. New York: Farrar Straus Giroux, 1990. [네이딘 고디머, 《내 아들의 이야기》, 안정숙 옮김, 성현출판사, 1991.]

Green Belt Movement. (Available online at http://www.greenbeltmovement.org.)

Greenhouse, Steven. "2nd Supplier for Walmart at Factory That Burned." *The New York Times*, December 10, 2012. (Available online as "Documents Reveal New Details about Walmart's Connection to Tazreen Factory Fire" at https://www.nytimes.com.)

Guha, Ramachandra. *The Unquiet Woods: Ecological Change and Peasant Resistance in the Himalaya*. Berkeley, CA: University of California Press, 1989.

Guha, Ramachandra. "Radical American Environmentalism and Wilderness Preservation: A Third World Critique." *Varieties of Environmentalism: Essays North and South*. Ramachandra Guha and Juan Martinez-Alier. London: Earthscan, 1997. 92-108. An earlier version of this essay appeared in *Environmental Ethics* 11.1 (1989): 71-83.

Hall, C. Michael, and Hazel Tucker, eds. *Tourism and Postcolonialism: Contested Discourses, Identities and Representations*. London and New York: Routledge, 2004.

Hamilo Coast. "Pico de Loro Cove." (Available online at https://www.hamilocoast-picodeloro.com/properties.html.)

Higham, James. "Ecotourism: Competing and Conflicting Schools of Thought." *Critical Issues in Ecotourism: Understanding a Complex Tourism Phenomenon*. Oxford: Elsevier, 2007. 1-19.

Hossain, Emran. "Bangladesh Building Collapse Leaves Hundreds Missing as Search Ends." *The Huffington Post*, May 15, 2013. (Available online at https://www.huffingtonpost.com.)

INFACT (Infant Feeding Action Coalition) Canada. "Nestlé Boycott Home." (Available online at http://www.infactcanada.ca/nestle_boycott.htm.) n.d.

Jaakson, Reiner. "Globalisation and Neocolonialist Tourism." *Tourism and Postcolonialism: Contested Discourses, Identities and Representations*. Eds. Michael C. Hall and Hazel Tucker. London and New York: Routledge, 2004.

Knicley, Jared E. "Debt, Nature, and Indigenous Rights: Twenty-five Years of Debt-for-Nature Evolution." *Harvard Environmental Law Review* 36.1 (2012): 79-122. (Available online at https://www3.law.harvard.edu/journals/eir/archive/volume-36-volume-1-2012.)

Krasny, Jill. "Every Parent Should Know the Scandalous History of Infant Formula." *Business Insider*, June 25, 2012. (Available online at https://www.businessinsider.com/nestles-infant-formula-scandal-2012-6?op-1.)

Loomba, Ania. *Colonialism/Postcolonialism*. 2nd ed. London and New York: Routledge, 2005.

Maathai, Wangari. *The Greenbelt Movement: Sharing the Approach and the Experience*. New York: Lantern Books, 2003.

Manik, Jufkar Ali, and Jim Yardley. "Building Collapse in Bangladesh Kills Scores of Garment Workers." *The New York Times*, April 24, 2013. (Available online as "Building Collapse in Bangladesh Leaves Scores Dead" at https://www.nytimes.com.)

Marbella, Wilfredo. *Petition to Stop Landgrabbing in Hacienda Looc*. August 8, 2012. (Available online at https://www.asianpeasant.org/petition/petition-stop-landgrabbing-hacienda-looc.)

McClintock, Anne. "The Angel of Progress: Pitfalls of the Term 'Post-colonialism.'" *Social Text* (Spring 1992): 1-15. Rpt. in *Colonial Discourse and Post-Colonial Theory*. Eds. Patrick Williams and Laura Chrisman. New York: Columbia University Press, 1994. 291-304.

Morrison, Toni. *Beloved*. New York: Alfred A. Knopf, 1987. [토니 모리슨, 《빌러비드》, 최인자 옮김, 문학동네, 2014.]

Moskos, Charles C. *Greek Americans: Struggle and Success*. 2nd ed. Piscataway, NJ: Transaction Publishers, Rutgers – The State University, 2009.

Nixon, Rob. "Environmentalism, Postcolonialism, and American Studies." *Slow Violence and the Environmentalism of the Poor*. Cambridge, MA: Harvard University Press,

2011. [롭 닉슨, 《느린 폭력과 빈자의 환경주의》, 김홍옥 옮김, 에코리브르, 2020.]

Olea, Ronalyn V. "Int'l Mission Urges Gov't to Stop Land-use Conversion in Hacienda Looc." *Bulatlat*. February 17, 2012. (Available online at https://www.bulatlat.com/news/4-43/4-43-looc.html.)

Plumwood, Val. *Environmental Culture: The Ecological Crisis of Reason*. London and New York: Routledge, 2002.

Republic of the Philippines Department of Agrarian Reform. *O.P. Case No. 99-E-8734*, July 5, 2000. (Available online at https://www.lis.dar.gov.ph/home/document_view/1559.)

Rhys, Jean. *Wide Sargasso Sea*. London: Deutsch, 1966. [진 리스, 《광막한 사르가소 바다》, 윤정길 옮김, 웅진지식하우스, 2024.]

Said, Edward W. *Culture and Imperialism*. New York: Knopf, 1994. [에드워드 W. 사이드, 《문화와 제국주의》, 박홍규 옮김, 문예출판사, 2005; 에드워드 W. 사이드, 《문화와 제국주의》, 김성곤 외 옮김, 창, 2011. 본문의 인용문은 박홍규의 번역을 따랐다.]

__________. *Orientalism*. New York: Pantheon, 1978. [에드워드 W. 사이드, 《오리엔탈리즘》, 박홍규 옮김, 교보문고, 2007.]

Sanz, Teresa. "Coastal and Land Grabbing for Tourism in Hacienda Looc, Nasugbu, Batangas, Philippines." *EJ Atlas* (May 4, 2021). (Available online at https://ejatlas.org/print/fsher-couple-murdered-in-nasugbu.)

Schradie, Jen, and Matt DeVries, flmmakers. *The Golf War*. 1999. (Available online at https://www.golfwar.org and on YouTube: enter "link tv documentary the golf war.")

Shelley, Mary. *Frankenstein*. London: Lackington, Hughes, Harding, Mavor, & Jones, 1831 edition. [메리 셸리, 《프랑켄슈타인》]

Smith, M. E. "Hegemony and Elite Capital: The Tools of Tourism." *Tourism and Culture: An Applied Perspective*. Ed. E. Chambers. Albany, NY: State University of New York Press, 1997. 199-214.

Taneja, Richa. "Chipko Movement: When Villagers Hugged Trees to Save Them from Cutting." *NDTV* online (March 26, 2019). (Available online at https://www.ndtv.com/india-news/chipko-movement-in-1970-chipko-andolan-people-hugged-trees-to-save-them-from-cutting-2012950.)

Tiffin, Helen. "Post-Colonial Literatures and Counter-Discourse." *Kunapipi* 9.3 (1987): 17-34. Excerpted in *The Post-Colonial Studies Reader*. Eds. Bill Ashcroft, Gareth Griffiths, and Helen Tiffin. New York: Routledge, 1995. 95-98.

United Nations Environment Programme. "UNEP Ogoniland Oil Assessment Reveals Extent of Environment Contamination and Threats to Human Health" (August 7, 2017). (Available online at https://www.unep.org/news-and-stories/story/unep-ogoniland-oil-assessment-reveals-extent-environmental-contamination-and.)

United Nations Permanent Forum on Indigenous Issues. Factsheet: "Who Are Indigenous Peoples?" Fifth Session, May 2006. (Available online at https://www.un.org/esa/socdev/

unpfi/documents/5session_factsheet1.pdf.)

US Department of Agriculture, The Wilderness Act of 1964 (US Public Law 88-577).

Vohra, Baljit, et al. *Evaluation of the USAID/Philippines Privatization Project, Project No. 492–0428*. In-trados/International Management Group. September 1992. Appendices VII and VIII. (Available online at http://pdf.usaid.gov/pdf_docs/XDABG759A.pdf.)

13장

생태비평

생태비평은 인간과 자연환경의 관계에 대해 문학이 무엇을 말하는지 알아보기 위해 문학을 연구한다. 말하자면, 현대 환경운동의 비판이론이라고 부를 수 있겠다. 이 운동은 '친환경운동'이라고도 불리는데, 1962년 레이첼 카슨Rachel Carson의 획기적인 저서 《침묵의 봄Silent Spring》에서 처음 시작되었다. 《침묵의 봄》은 농약이 자연에 미치는 파괴적 영향을 설명하면서 인간과 자연의 관계를 바꾸지 않는다면 파멸이 올 것이라고 예언한다. 그러나 책이 출간될 당시 대다수는 시큰둥했다.

《침묵의 봄》이 나왔을 때 나는 어렸고 자연의 힘을 신뢰하는 아버지의 확고한 믿음을 기억한다. 친구들과 가족들도 그 믿음을 공유했다. 동물은 인간의 도움이 필요 없다고 아버지는 말했다. 자연적 본능이 항상 그들을 보호할 것이다. 식물도 인간의 도움이 필요 없다. 파괴되어도 언제든 다시 자랄 것이다. 실제로 아버지는 쓰레기, 대기오염, 수질오염 등 인간이 무엇을 하든 자연을 영구적으로 망가뜨릴 수 없다고 믿었다. 자연은 언제나 스스로 바로 설 것이다. 사실, 인간이 두 눈을 부릅뜨고 도로, 다리, 건물을 보호하지 않으면 자연은 금세 구조물을 덮쳐 파괴할 것이다. 자연이 "점령"해 버릴 것이다. 자연의 힘은 그 정도로 강하다.

그러나 현실을 보면 수질오염은 물론 택지 개발, 도로, 쇼핑몰, 골프장 등의 무분별한 개발로 선진국의 자연 서식지는 파괴되었다. 그 여파로 이미 멸종된 동물이 부지기수인 데다 멸종 위기가 코앞에 닥친 동물들도 적지 않다. 사실, 개발되지 않은 땅이 사라져 먹이 공급, 보금자리, 자연적 은신처가 급격히 줄어든 현상은 대충만 봐도 알아볼 만큼 광범위하게 나타나고 있다.[1] 실제로 생태비평가들은 지질학적으로 현시대를 **인류세**Anthropocene라

---

[1] 멕시코 국립자치대학교가 이끄는 국제 연구진의 보고에 따르면, 보수적으로 말해서 지난 100년 동안 거의 500종의 동물이 인간의 방해로 멸종했으며, 만약 그렇지 않았다면 같은 기간 약

고 부른다. 여기서 인류세란 산업화—많은 지질학자들은 18세기 후반에 시작된 산업혁명과 연결짓는다—의 등장으로 인류가 지구에 지대한 영향을 미치게 된 시기를 뜻한다.[2]

사정이 그러한데도, 오늘날 많은 사람들은 압도적인 과학적 증거도 아랑곳하지 않고 영구적 해악을 가할 수 있는 인간의 능력을 자연이 뛰어넘을 수 있다고 믿는다. 가장 심각한 것은 기후변화를 믿지 않는다는 점이다. 여기서 기후변화란 화석연료 사용으로 배출되는 이산화탄소와 메탄과 같은 **온실가스**가 대기 온도 상승(온실효과)을 일으켜 지구의 기후 패턴이 변하는 현상을 말한다. 회의론자들은 기후변화가 설마 진짜라 해도 인간의 탓이 아닌 자연적 순환의 일부라고 말한다. 즉, 이들은 기후변화가 **인위적** anthropogenic이지 않다고, 즉 인간에 의해 초래된 것이 아니라고 믿는다. 기후변화가 실제로 인위적인 것이며 빠른 속도로 지구를 인간과 모든 생명체가 살 수 없는 곳으로 만들고 있음을 전 세계의 저명한 과학자들이 이미 오래전에 사실로 확정했는데도, 그들의 믿음은 요지부동이다.

특히 화석연료 오염에 의한 대기 온도 상승으로 극지방의 빙하가 경각심을 불러일으킬 만한 속도로 녹아내리고 있다. 이 하나로도 전 세계에 홍수가 늘고 있다. 수십 년 내로 많은 해안 지역이 침수되고 기후난민이 계속 증가해 내륙의 과밀인구는 더욱 늘어날 것이다. 물론 내륙에 사는 사람들

9종의 동물들이 자연적 원인으로 멸종했을 것이다.(Ceballos et al. and Ranosa) 국제자연보존연맹은 2010년부터 2019년까지 10년의 기간 동안 인간의 활동으로 인해 160종의 동물이 멸종했다고 발표했다.(Brenna) 또한 50개국 145명의 전문가 집단은 100만 종에 달하는 동식물이 현재 인간의 파괴로 멸종 위기에 처해 있다고 보고했다.(Intergovernmental Science-Policy Platform on Biodiversity and Ecosystem Services)

[2] **인류세**라는 용어는 국제지질학연합에서 공식적으로 채택하지 않았으며, 이 용어를 사용하는 일부 과학자들은 이 시대의 시작이 언제인지 서로 의견이 다르다. 이에 대해서는, National Geographic Society ("Anthropocene")와 Lewis and Maslin을 참조할 것.

의 전망도 그리 밝은 편은 아니다. 기후변화가 대기 건조와 기온 상승을 일으키고 있기 때문이다. 모든 대륙에서 화재가 급격히 증가함에 따라 우리는 이미 삼림과 인간 공동체의 대규모 파괴를 목도하고 있다. 실제로 2019년 미국국방부는 기후변화를 국가안보 문제로 지목하는 보고서를 출간한다.[3] 그리고 기후변화가 COVID-19 팬데믹과 같은 전염병의 원인이 될 수 있으며, 확실히 그러한 위험을 증가시킨다는 증거는 점점 더 많아지고 있다. 예를 들어, 만약 기후변화로 서식지를 잃은 동물들이 다른 동물 및 인간과 더 밀접하게 접촉하게 되고 지구가 질병을 옮기는 곤충[4]에게 유리한 환경으로 바뀌고 인간의 건강이 손상되어 감염 저항력이 저하된다면, 팬데믹은 반드시 다시 창궐할 것이다.

사실 기후변화가 지구 생명체에 가하는 위험은 너무도 심각해서 어떤 사람들은 지구를 구하려는 투쟁을 어느 정도 포기한 상태다. 내 절친 한 명이 이 주제가 등장할 때마다 늘 말하듯, "너무 늦었어. 우린 너무 오래 기다렸잖아. 뭘 하든 크게 달라지는 건 없을 거야. 더 얘기해 봤자 아무 소용 없어." 그 친구가 아직도 재활용을 실천하고 친환경 정치 후보에게 투표하고 낭비를 최소화하고 자원을 절약하기 위해 쓰는 물건이 닳을 때까지 사용한다는 사실도 덧붙여야겠다. 그럼에도 그는 무언가를 더 해야 할 필요성을 느끼지 못한다. 심지어 기후변화 및 관련 주제를 고민하는 것도 소용없다고 생각한다. 마찬가지로 독자 여러분은 내가 왜 이렇게 많은 시간과 노력을 들여 이 장을 썼는지, 왜 독자들이 이 장을 읽는 수고를 해야 하는지 궁

---

[3] 이 보고서는 홍수, 가뭄, 사막화, 산불, 영구동토층의 해동과 같은 기후 관련 요인의 영향에 따른 미군 시설 및 작전의 취약성을 다룬다. 보고서를 읽으려면 United States Department of Defense를 참조할 것.

[4] 인간, 비인간 동물, 곤충 사이의 질병 확산에 대한 상세한 정보를 알기 위해서는, Quammen을 참조할 것.

금할 수도 있다. 솔직히, 타당한 질문이다. 그래서 답을 해 보려고 한다. 인간을 포함해 지구에 사는 생명체들의 생존은 전부 아니면 무無의 선택이 아니다. 적어도 아직은 아니다. 물론 천연자원의 대규모 손실, 동물과 인간 생명의 대량 살상을 막기에는 너무 늦었을지 모른다. 그러나 즉각적인 행동을 취한다면 이러한 파괴를 제한하여 지구가 거주 가능하도록 피해를 복구할 수 있음은 물론이거니와, 어느 정도 시간이 흐르면 지구를 모든 생명체가 번성하는 상태로까지 되돌릴 수 있다. 나는 이 정도의 현실적 가능성을 위해서라도 최선의 노력을 기울일 만하다고 믿는다.

우선, 기후변화로 빚어진 재앙들을 막기 위해 우리가 지금까지 무엇을 했는지부터 살펴보자. 전 세계적으로 이른바 **환경보호주의**environmentalism를 실천하는 사람들이 점점 늘고 있다. 여기서 환경보호주의란 환경의 **지속가능성**(자연 세계를 보호하고 미래 세대의 생존을 보장하기 위해 천연자원을 보존하는 실천)을 증진하려는 노력을 말한다. 요컨대, 환경보호주의 또는 '녹색 실천'은 기후 의식이 높은 많은 이들이 실천하는 것이다. 이를테면, 재활용, 태양열 패널과 같은 재생에너지 난방, 상업적 가공육 소비 줄이기[5](가공육 생산은 방목과 동물 사료 재배를 위해 엄청난 양의 벌목이 필요할 뿐만 아니라 막대한 수자원 낭비와 오염을 초래한다), 휘발유 대신 친환경 배터리로 구동되는 도구 구매, 친환경정책은 물론이거니와 이를 지지하는 정치인에게 투표하기, 환경보호기금, 자연보호협회, 시에라 클럽 등 환경단체 후원하기를 들 수 있다.

환경보호주의는 많은 중요한 발전을 가져왔다. 가령, 소비자의 압력 덕

---

[5] 육류 소비가 환경에 미치는 부정적인 영향에 대한 상세한 논의는 아래 '에코페미니즘' 항목의 채식주의 에코페미니즘을 참조할 것.

분에 유기농업과 태양열 패널, 충전식 배터리, 플러그인 하이브리드 자동차[6]가 급속도로 확대되었다. 또한 환경운동가들의 정치적 압력에 힘입어 플라스틱 사용 제한, 독성 폐기물에 오염된 하천의 정화, 멸종 위기종 보호, 대기 및 수질오염 감소 등 다양한 환경 규제가 이루어졌으며, 2050년까지 탄소 배출량을 적정 수준으로 감축하여 지구온난화를 제한하려는 국제조약인 2015년의 파리기후협약(파리협정)을 지지하는 사람들이 많아졌다.

그러나 이러한 성과에도 불구하고 환경보호주의가 글로벌 기후변화에 별다른 영향을 미치지 못한 이유는 대응이 주먹구구식이었기 때문이다. 가령, 미국에서는 주마다, 심지어 도시마다 기후변화에 대한 대응책이 매우 다르다. 더구나, 환경정책을 적절하게 바꾸는 데 전력을 다하는 국가는 소수에 불과하다. 189개국이 파리기후협약에 서명했고 적절한 시기에 적절한 환경보호를 달성하는 데 필요한 기술도 충분하지만, 대부분의 국가는 이 협약을 준수하지 않는다.[7] 많은 과학자들은 대부분의 국가들이 약속을 지킨다고 해도 목표로 잡은 2050년은 너무 늦은 편이며, 전 지구적 재앙을 막으려면 2035년까지 글로벌 탄소 배출량을 획기적으로 감축해야 한다고 믿는다. 요컨대, 기후변화를 막기 위한 노력이 너무 미미했고 너무 늦었다는 얘기다.

분명, 이미 진행 중인 기후 재앙을 고려한다면 훨씬 더 효과적인 무언가가 필요하다. 그러나 환경보호주의자들, 적어도 선진국의 중상류층에 속하는 사람들은 기후변화에 성공적으로 대처하는 데 필요한 사회 변화에 반대하는 경향이 있다. 그 이유는 그러한 변화가 항공 여행을 대폭 줄이고, 대부

---

[6] 충전식 배터리와 플러그인 하이브리드 자동차는 올바른 방향이지만, 친환경이 제대로 되려면 충전식 배터리를 적절하게 사용해야 하며 하이브리드 전기자동차 제조에 사용되는 기술을 개발하여 생산에 소요되는 에너지양을 감소해야 한다. 이 문제에 대한 상세한 논의는 Grossman; Hall and Lutsey; United States Environmental Protection Agency를 참조할 것.

[7] 파리협정의 실패에 대한 자세한 논의는 Leahny를 참조할 것.

분의 자동차를 친환경 대중교통수단으로 대체하고, 소고기 소비를 크게 줄이는 등 그들의 안락한 생활 방식을 침해하기 때문이다. 이와 비슷하게, 화석연료 산업은 그들의 이익을 보호하는 입법자들에게 매년 수백만 달러를 기부하는데, 이러한 후원이 끊길까 봐 두려운 의원들은 그린뉴딜과 같은 유의미한 기후변화 입법을 위한 기초 단계조차 반대하는 경향이 있다.[8] 환경보호주의 또는 이른바 **피상적 환경보호주의**가 실패한 탓에 그에 대한 대안들이 등장했다. **급진적 환경보호주의**라고도 불리는 이러한 대안에는 심층생태학, 에코마르크스주의, 에코페미니즘이 포함된다.

심층생태학

생태학Ecology은 간단히 말해 생태계를 연구하는 과학의 한 분야다. 생태계는 서로 간에 그리고 특정 환경과 상호적으로 작용하는 유기체의 공동체이다. 이를테면, 생태계는 담수, 해양, 설원 지역 공동체는 물론 다양한 종류의 초원, 사막, 숲도 포함한다. 지구에는 수백 개의 생태계가 존재하지만, 지구 전체를 제한된 자원 환경 속에서 인간을 포함한 동식물종들이 상호적

---

[8] 다양한 형태의 그린뉴딜(GND)이 영국, 캐나다, 호주, 한국, 유럽연합 등에서 제안되거나 채택되고 있는데, 미국에서는 강력한 정치적 반대에 직면해 있는 상태다. 정치적 반대자들의 심각한 왜곡 탓이 크다. 2019년 하원에서 민주당이 발의한 GND는 기후변화와 사회정의 관련 법안을 통합한 법안이다. 세부 항목에는 2030년까지 100퍼센트 재생에너지 전환, 위협받는 생태계의 복원 및 보호, 재생에너지 분야와 지속 가능한 기간산업(가령, 친환경 대중교통, 폐기물 관리, 상수도, 전기 공급, 친환경 제조업, 에너지 및 수자원 고효율 건물)의 구축 및 유지 관리 분야에서 수백만 개의 고임금 노조 일자리 창출; 모든 미국인에게 깨끗한 물과 건강식품 접근권 보장; 원주민, 유색인종, 빈곤층, 여성, 노인, 청년, 장애인 등 취약한 미국인들의 "현재 진행 중인 탄압을 중지하고 미래의 탄압을 예방하고 역사적 탄압의 피해를 보상"함으로써(6) 정의를 증진하는 일 등이 포함되어 있다. 법안 전문은 United States Congress를 참조할 것. 환경을 복원하고 재앙적 기후변화를 예방하기 위한 더 직접적이고 효과적인 발의안에 대한 설명은 Hawken을 참조할 것.

으로 의존하는 하나의 생태계로 볼 수도 있다.

심층생태학Deep ecology은 자연환경과 그 속에 사는 인간을 다루는 접근법으로 자연 세계의 보호뿐만 아니라 자연 세계와의 조화를 강조한다. 심층생태학이라는 용어를 처음 만든 노르웨이의 철학자 아르네 네스Arne Naess는 **에코소피**ecosophy라고도 불리는 **생태철학**ecophilosophy의 기초를 이루는 8가지 요소를 제시한다. 네스의 사상을 고찰하면서 명심할 것은, 그의 제안이 평균 탄소발자국[9]이 엄청나게 큰 경제 부국에 사는 사람들과 평균 탄소발자국이 상대적으로 작은 경제 빈국에 사는 사람들을 구분하지 않고 모든 인류에게 적용된다는 점이다. 물론, 탄소발자국이 큰 곳에서 그의 제안들이 가장 중요하다는 사실은 분명하다. 다음은 네스의 8가지 요점에 대한 요약이다.

① **내재적 가치** — 인간과 비인간 생명체의 번영은 내재적 가치가 있다. 즉, 그 자체로 가치가 있다. 비인간 세계가 인간에게 유용하든 그렇지 않든 비인간 생명은 내재적인 가치를 지닌다. 심층생태학은 따라서 인간중심적이라기보다 **생태중심적**이다. 심층생태학은 인간을 모든 생명의 핵심이자 정점으로 간주하기보다는 모든 생명체와 '비생명체'로 이루어진 **생태 영역**의 중심성과 중요성을 믿는다(가령, '비생명체' 사물은 하천, 바다, 산, 숲, 사막 등

---

[9] 나의 탄소발자국carbon footprint은 석유 구동 차량 운전, 화석연료 냉난방, 항공 여행, 석유 구동 장비 사용, 소고기 섭취 등의 활동으로 인해 매년 발생하는 온실가스의 총량과 동일하다. 비교를 위해, 이산화탄소 배출량만 놓고 보면 2018년 미국에 거주하는 사람들의 1인당 평균 수치가 약 15톤인 반면, 같은 기간 케냐에 거주하는 사람들의 평균 수치는 1인당 0.5톤 미만이라는 점을 생각해 보라.[World Bank] 유엔 에너지 프로그램의 〈배출량 격차 보고서 2020〉에 따르면, 이미 시작된 재앙적 기후변화를 억제하고 살기 좋은 지구를 유지하기 위해서는 탄소발자국을 2030년까지 전 세계적으로 1인당 연간 평균 약 2톤의 온실가스 배출량 수준으로 줄여야 한다.[xv] 이 보고서는 또한 "전 세계 인구 중 가장 부유한 1퍼센트의 배출량이 가장 가난한 50퍼센트의 배출량을 모두 합친 것보다 두 배 이상 많다"[xv]고 지적한다. 다시 말해, 인구의 가장 부유한 1퍼센트가 온실가스 배출의 평균 수치를 끌어올린 책임이 있다는 뜻이다.

을 포함한다). 이러한 관점에서 볼 때, 인간을 자연과 분리된 우월한 존재로 보는 경향(인간/자연, 문화/자연 이분법)은 잘못된 것이다. 인간을 그가 속한 자연의 구조로부터 분리한다면 인간을 올바르게 이해할 수 없기 때문이다.

②**생물다양성** — 생물다양성Biodiversity 또는 생명체의 자연적 다양성은 그 자체로도 중요하고 인간과 비인간 생명체의 생존과 복지에 기여한다는 이유로도 중요하다. 생명체는 단세포 미세 유기체부터 가장 복잡한 식물과 동물에 이르기까지 모든 것을 포함한다. 이른바 '하등' 생명체도 내재적인 가치를 지니며, 소위 '고등' 생명체 또는 사유하는 생명체로 가는 진화적 디딤돌이 아니다. 다시 말해, 생명은 '하등' 생명체에서 '고등' 생명체로 발전하는 단선적 과정이 아니라 시간이 지남에 따라 생물다양성의 증가로 이어지는 과정으로 보아야 한다. 비록 과거 우리는 생물다양성의 중요성을 간과했지만, 유엔의 지원을 받은 국제 패널의 2019년 보고서에 따르면 멸종과 서식지 파괴의 증가세는 기후변화 못지않게 지구 생명체에 위협적이다(Tollefson). 그러므로 야생지는 산업적·상업적 개발로부터 보호되어야 한다. 그러한 개발이 생물다양성을 감소시키기 때문이다. 앤드루 맥러플린Andrew McLaughlin이 지적하듯이, 원주민이 거주하는 야생 지역의 보호는 생물다양성과 인간 다양성을 증진시킨다. 그리고 인간 다양성은 인류의 생존 가능성을 높인다.

③**필수 욕구** — 인간은 인간의 필수적 욕구 또는 인간 생명을 유지하기 위해 반드시 충족되어야 하는 욕구를 충족시키는 경우를 제외하고 생물다양성을 감소시킬 권리가 없다. 요컨대, 인간은 비인간 세계에 간섭할 '자연적 권리'가 없다. 물론 필수 욕구는 기후, 인구밀도, 식량, 물, 숙소의 가용성과 같은 요인에 따라 달라질 수 있다. 가령, 숲에 거주하는 원주민이 입는 보온용 모피 코트는 다른 종류의 따뜻한 코트를 쉽게 구입할 수 있는 도시 거주민이 입는 모피 코트와는 다르다.

④**인구** — 인구가 대폭 감소해야 인간의 삶과 문화가 번영할 수 있으며,

비인간 생명체의 번영을 위해서도 인구의 대폭 감소는 필수적이다. 사실 현시점에서는 인구의 대폭 감소가 비인간 생명뿐만 아니라 인간 삶의 번영에도 필수적이라고 해도 과언은 아니다. 물가를 상승시키고 빈민들에게 특히 악영향을 끼치는 자원 부족 문제뿐 아니라 오늘날 인간이 겪고 있는 많은 오염은 인구과잉으로 인한 것이다. 그리고 수많은 동식물종이 지속적으로 멸종 또는 멸종 위기에 처한 가장 큰 원인도 인구과잉이다.

⑤ **인간의 간섭** — 인간의 자연 간섭은 과도하며 빠르게 증가하고 있다. 다른 생물종과 마찬가지로 인간이 생존을 위해 어느 정도 생태계를 변형하는 것은 불가피하지만, 인간의 간섭은 그 종류와 정도에서 큰 문제를 야기하고 있다. 선진국과 개발도상국에서 특히 그렇다. 경제엘리트가 지배하는 개발도상국에서는 산림과 야생 생태계의 무분별한 파괴가 진행되고 있다. 이를테면, 아마존 열대우림은 엄청난 양의 이산화탄소를 흡수함으로써 기후변화를 늦추고 지구 산소의 20퍼센트를 생산하기 때문에 '지구의 허파'라고도 불린다. 그러나 브라질 정부는 소 목장 용도의 땅을 늘리고 그럼으로써 수익성이 좋은 소고기 수출을 늘리기 위해 아마존을 불태우고 있다. 우리는 그러한 야생지의 대량 파괴를 방지해야 할 뿐만 아니라 야생지와 근야생near-wilderness 지역을 보존하고 확장할 필요가 있다. 현재 지정된 야생 지역과 사냥금지구역은 무엇보다도 새로운 동식물종이 계속 진화 발전할 수 있는 충분한 땅을 인간이 제공하지 못하기 때문이다. (그러한 보존은 야생 지역에 거주하는 원주민들에게 방해가 되지 않는다. 실제로 원주민들은 풍부한 지식을 이용하여 땅을 지키는 청지기로 그 안에서 조화로운 삶을 영위하고 있기 때문이다.) 또한, 앤드루 맥러플린이 말하듯이 인간의 자연 간섭에는 가령 비료와 살충제 사용을 늘려야 하는 대규모 단일 작물 재배(같은 땅에 같은 작물을 지속적으로 심는 농법)와 같은 불필요한 기술적 간섭도 포함된다.

⑥ **정책 변화** — 경제성장을 촉진하는 정책을 바꾸지 않는 한, 환경에 필

수적인 개선은 이루어지지 않을 것이다. 선진국과 경제엘리트가 지배하는 개발도상국에서, 경제성장을 생각하는 방식(경제 이데올로기)과 경제성장을 구현하는 방식(기술)은 상기한 ①부터 ⑤까지 설명한 문제의 원인이다. 요약하자면, 여기서 말하는 문제란 모든 생명체의 내재적 가치를 보지 못하거나 보지 않으려 하고, 생물다양성의 본질과 중요성을 이해하지 못하거나 이해하지 않으려 하고, 인간의 필수적 욕구와 관련된 경우를 제외하고 생물다양성을 보호하지 못하거나 보호하지 않으려 하고, 인구과잉 감소를 위한 조처를 취하지 못하거나 취하지 않으려 하고, 인간의 자연 간섭을 대폭 제한하지 못하거나 제한하지 않으려는 인간의 무능 또는 고집을 말한다. 가령, 해악을 끼치는 경제 이데올로기로는 행복에는 더 많고 더 새로운 물질적 소유물의 획득이 필요하다는 믿음, 모든 가치는 어떤 소유물 또는 활동에 요구되는 비용이 얼마인지에 따라, 그리고 그 소유물 또는 활동이 소유자에게 얼마나 많은 명성을 부여하는지에 따라 측정될 수 있다는 믿음을 들 수 있다. 해악을 끼치는 기술로는 플라스틱 및 생분해 불가능 물질의 과다 사용, 독성 비료 및 살충제의 과다 사용, 인간의 화석연료 의존 등을 들 수 있다. 지속가능성을 증진하려는 노력이 증가하는 등 일부 진전은 있었지만, 더 많은 노력이 필요하다. 예를 들어, 모든 생명의 생물다양성과 인간 삶의 문화적 다양성을 증진하는 데 요구되는 조건을 유지하는 노력이 필요하다는 사실을 깨닫기 전까지, 지속가능성 개념은 충분하다고 볼 수 없다.

⑦ **삶의 질** — 지구를 모든 생명체가 살기 좋은 곳으로 만드는 데 꼭 필요한 변화는 삶의 질을 재정의하는 인간의 능력에 달려 있다. 이는 특히 선진국에 사는 사람들에게 최우선적인 이데올로기적 과제다. 우리는 물질적 부의 축적이 삶의 질을 좌우하는 주요인이 아니라는 것, 그러니까 더 크고 더 비싼 집, 가구, 자동차, 옷, 사치스러운 오락기구 등의 소유가 삶의 질을 결정하는 것이 아니라는 사실을 알아야 한다. 대신 깨끗한 공기를 마시는 즐

거움, 대기, 수질, 토양오염으로 죽어 가는 나무가 다시 무성하게 자라는 것을 보는 즐거움, 사랑하는 사람들과 함께 오염을 일으키지 않는 단순한 활동을 함께 만끽하는 즐거움, 그리고 가장 중요하게는 기상재해의 증가, 재앙적 화재의 증가, 생명을 위협하는 대기질, 수자원 가용성의 감소, 인구과잉(특히 해수 범람과 통제 불가능한 화재의 영향을 덜 받는 지역에서) 등의 전 지구적 악몽이 아닌 건강한 지구를 현재 우리 아이들이 물려받게 될 것을 아는 즐거움 등을 소중히 여기는 법을 배워야 한다.

⑧ **우리의 의무** — 상기한 심층생태학의 원칙을 지지하는 사람들은 지구의 환경 건강을 회복하는 데 필요한 변화를 실행해야 할 의무가 있다. 네스는 이 의무를 심층생태학 운동 지지자들에 한정한다. 심층생태학을 지지하지 않는 사람들에게 실천을 기대할 수는 없기 때문이다. 그런데 심층생태학 운동을 옹호하는 사람들의 지지만으로 변화를 일으킬 수 있을까? 다시 말해, 수단과 방법을 가리지 않고 정보를 퍼뜨려 더 많은 지지를 확보하고 기후 위기를 대중적 관심사로 부각하려는 노력을 기울이는 것이 지지자들의 의무가 아닐까? 네스는 1995년에 심층생태학 강령을 발표한다. 단 한순간도 지체할 여유가 없다.

개인이 사회경제적 전체 틀을 바꿀 수는 없는데, 네스가 요구하는 변화를 실천하기 위해 구체적으로 무엇을 할 수 있을까? 우선, 상기한 환경보호주의자들의 보존 중심 실천들이 부족했다는 사실을 지적하는 것이 중요하다. 부분적으로는, 충분히 많은 사람들이 그러한 실천을 실행에 옮기지 않았기 때문이다. 따라서 그러한 실천들을 중단 없이 실행에 옮기는 한편, 다른 이들도 그렇게 해 주기를 독려해야 한다. 이를테면 유의미한 친환경 의제를 천명하는 단체와 정치인들을 강력하게 지지해야 한다. 추가로, 네스는 심층생태학의 원칙에 따른 생활 습관의 변화를 제안한다. 가령 다음과 같은 실천을 제안한다.

① 개인 물품을 최소화하고 반反소비주의자가 되라. 필수적 욕구와 관련 없는 욕망을 채우는 구매를 자제하라.

② 낡고 오래된 것들을 더욱 존중하라.

③ 희귀하고 값비싼 물건에 관심을 두기보다 수량이 풍부하고 모든 사람이 구매하는 제품을 더욱 존중하라.

④ 소규모 농업, 어업, 임업(나무 심기, 관리, 돌보기)을 지지하고 가능하다면 직접 참여하라.

⑤ 자연에 있을 때는 책임감을 가지고 행동하고 존재의 흔적을 남기지 마라.

⑥ 아름답거나 훌륭하거나 유용하다고 여겨지는 생명만이 아니라 모든 생명을 존중하라.

⑦ 지역 생태계를 오염과 토지 개발자의 침탈로부터 보호하라. (덧붙이자면, 환경보호 지원을 위해 공직 출마를 고려하라.)

⑧ 환경문제와 관련된 분쟁에서는 용기와 결단력을 가지고 행동하라. 다만, 말과 행동은 비폭력을 유지하라.[10]

⑨ 완전하게 또는 부분적으로 채식을 실천하라. (덧붙여 말하자면, 신선한 농산물 운반에 사용되는 대량 운송을 줄이고 현지에서 재배한 제철 과일과 채소를 주로 또는 그것만 섭취하라.)

---

[10] 비폭력 시위의 예로는 선라이즈 운동에서 실천한 것처럼 행진, 국회의원 사무실에서 연좌 농성, 친환경 정치인 선출을 위한 선거 캠페인 등이 있다. 비폭력적이고 파열적인 시민 불복종의 예로는 멸종 반란(XR)에서 실천한 것처럼 대규모 집회를 열어 주요 도시의 교차로에서 교통을 막는 행위, 관공서, 화석연료 회사 사무실, 기후변화를 거부하는 정치인에게 자금을 대는 회사

이러한 생활 습관 변화 이외에도, 잠시 시간을 들여 기후변화를 되돌리는 데 꼭 필요하지만 생태비평가들이 상세하게 다루지 않는 또 다른 문제, 즉 인구과잉 문제를 살펴보고자 한다. 많은 과학자들에 따르면, 삶의 질은 고려하지 않고 지구가 최대한 지탱할 수 있는 인구가 90억 명에서 100억 명 정도라고 한다.[National Geographic Society, "Human Population"] 현시점에서 세계 인구수는 80억 명에 육박하고 있다. 현재의 출산율이 감소하지 않는다면 전 세계 인구는 2030년에 85억 명, 2050년에는 97억 명에 달할 것으로 예상된다.[United Nations] 따라서 부부당 출산을 한 명 또는 최대 두 명으로 제한하여 출산율을 즉시 줄이는 것이 시급한 과제다. 평균 탄소발자국이 높은 기술 선진국에서는 특히 그렇다.

이 목표를 달성하기 위해 어떤 조처를 취할 수 있을까? 예를 들어, 여러 전략 가운데 학교와 미디어를 통해 어린이들에게 인구 위기를 알리고, 가족계획에 관심을 두는 성인의 수를 늘리고, 입양 선호도를 높일 수 있는 공공 교육 추진 계획[11]; 피임 상담과 피임 기구 무료 제공; 출산 감소 장려를 위한 조세감면 및 조세부담 경감 등의 경제적 혜택 제공; 특히 전 세계 빈곤 지역에서 특히 중요한 항목으로 여성이 가정 밖에서 일자리를 찾을 수 있도록 힘을 실어 줌으로써 가족계획에 대한 관심과 지식을 제고하는 계획 등이 포함된다. 소개한 전략 가운데 일부를 실행하는 일은 정부와 유엔인구기금(UNFPA), 인구미디어센터Population Media Center, 세계인구균형World Population

---

의 사무실 등의 입구를 봉쇄하는 행위를 포함한다.

[11] 킴 리들리Kim Ridley에 따르면, 오락성 교육활동이 특히 효과적이다. 리들리는 출산 문제에 대한 구체적인 이야기를 다루는 인구미디어센터의 라디오드라마를 예로 들면서 이 드라마의 청취 인구가 50개국 5억 명에 달한다고 말한다. 성공 사례를 소개하자면, 이 프로그램이 방영된 기간에 에티오피아의 피임약 수요가 157퍼센트 증가했으며, 이 방송을 청취한 기혼 에티오피아 여성들 사이에서 가족계획 시행률은 52퍼센트 증가했다.

Balance과 같은 단체의 몫이다. 그러나, 각 개인 또한 출산 제한과 입양을 실천하고 이러한 문제를 해결하는 단체를 후원하는 결정을 내릴 수 있다. 전 세계적으로 출산율을 낮추는 것은 쉽지 않은 일이다. 특히 세 명 이상의 자녀에 가치를 두는 세계 공통의 문화를 고려하면 더욱 그렇다. 그러나 우리가 그토록 소중히 여기는 아이들이 살아남으려면 노력이 필요하다.

에코마르크스주의

에코마르크스주의eco-Marxism를 이해하려면, 먼저 마르크스주의를 알아야 한다. 적어도 마르크스주의의 주요 원리를 알아야 한다. 간단히 말해, 마르크스주의는 현대사회의 가장 파괴적인 힘, 즉 자본주의에 반대한다. 자본주의란 전 세계 산업국가 공통의 경제체제로, 특정한 경제원칙에 따라 작동한다. 간단히 말해, 자본주의는 수요공급 시장(정부 규제가 아니라 소비자 수요에 따라 재화와 서비스가 공급된다), 생산수단의 사적소유(공장, 생산도구, 천연자원 등은 정부 소유가 아니라 사적개인의 소유다), 경제적 이익 추구 경쟁에 기반한다. 이 마지막 원칙은 특히 중요하다. 자본주의가 돈을 벌고자 하는 욕망에 의해 추동되기 때문이다. 사실 **자본**capital이라는 단어는 돈 또는 돈으로 환산할 수 있는 재화의 동의어다. 따라서 자본주의의 시각에서 중요한 질문은 "비용이 얼마인가?"와 "얼마에 판매할 수 있는가?"이다. "이 거래로 누가 피해를 입는가?"와 "이 거래로 무엇이 손상되는가"와 같은 질문은 법적 책임을 결정할 경우에만, 즉 거래로 인해 수익보다 비용이 더 많이 드는지 결정할 경우에만 제기되는 질문이다.[12]

---

[12] 자본주의는 정치체제가 아니라 경제체제라는 점에 유의해야 한다. 가령, 미국은 정치적으로는 민주주의 국가이지만 경제체제는 자본주의다. 실제로, 모든 국가는 정치와 상관없이 자본

따라서 자본주의가 낳은 이데올로기 또는 신념 체계에 다음과 같은 원 칙이 있다는 것은 놀랄 일이 아니다.

① 경쟁 ― 나는 항상 이겨야 한다. 돈 문제에 관해서 특히 그래야 한다. 따라서 나는 다른 사람들보다, 바람직한 바로는 다른 모든 사람보다 경제적으로 더 크게 성공해야 한다.

② 강인한 개인주의 ― 경쟁자를 물리치기 위해 무엇이든 마다하지 않 을 정도로 독립적이고 강인하고 결단력이 있어야 한다.

③ 소비주의 ― 더 많이 살수록 더 행복하고, 더 많이 소비할수록 더 존 경받는다.

④ 상품화 ― 사물, 활동, 인간의 가치는 그것이(그가) 나에게 가져다주 는 돈의 양(교환가치) 또는 그것이(그가) 나에게 부여하는 사회경제적 위신(기호교환가치)으로 이루어진다.[13]

그렇다면, 자본주의에서 진보란 막대한 돈을 벌기 위해 무엇이든 하려 고 하고 또 할 수 있는 사람들에게 이익이 되도록 무제한의 경제성장을 추 구하는 일이다. 그리고 자연이란 돈이라는 척도에 의해서만 가치를 갖는 천연자원의 창고다. 여기서 천연자원은 이를 착취할 의지와 능력이 충만한 사람들에게 수익을 창출할 수 있다는 점에서만 가치가 있는 셈이다. 그 결 과는 세계 인구 1퍼센트가 나머지 인구 전체보다 더 많은 부를 소유하는 세 상이다. 천연자원은 모두 소진되어 바닥이 날 지경에 이르렀고, 규제완화의

주의 기업을 운영할 수 있다. 그리고 다국적기업의 금융 권력을 통해 자본주의가 전 세계를 지배하는 상황에서, 경제적 생존을 추구하는 모든 국가는 글로벌 자본주의 시장에서 경쟁할 수 있어야 한다.

[13] 자본주의에 대한 자세한 논의는 3장 〈마르크스주의 비평〉을 참조할 것.

날개를 단 제조업은 기후변화를 초래하여 지구를 재앙의 나락으로 떠밀고 있다. 제이슨 무어는 기후변화가 **자본생성적**capitalogenic이라는 점, 즉 자본주의, 특히 기업 계층 서열의 상층부를 차지하는 인간들에 의해 야기되었다는 점을 명확히 하기 위해 현재의 지질학적 시대를 인류세(인간이 기후변화를 초래했음을 강조하기 위해 생태비평가들이 자주 사용하는 용어)가 아닌 **자본세**Capitalocene라고 부른다.[14]

마르크스주의자들은 인간의 삶과 가치를 훼손하는 자본주의에 반대한다. 그리고 그에 대한 해독제로 자본주의를 기업 경영진이 아닌 노동자가 노동의 혜택을 누리는 경제적 평등 사회로 대체할 것을 제안한다. 에코마르크스주의자들은 범위를 좀 더 좁혀 자본주의의 자연 훼손에 반대하며 환경을 보호하기 위하여 자본주의가 경제적 평등 사회로 대체되어야 한다고 제안한다. 부유한 개인과 강력한 기업에 의한 환경 매입과 파괴를 가능케 한 것은 결국 부의 소수 집중이기 때문이다. 실제로, 에코마르크스주의자들은 자본주의 체제 내에서 자연은 **보호될 수 없다**고 믿는다. 환경파괴가 자본주의의 경제적 진보 개념에 깊이 뿌리박혀 있기 때문이다. 그러나 얄궂게도 자본주의에 의한 환경파괴가 너무나 큰 까닭에 파괴가 덜한 경제체제로 바꾸려는 시도가 성공할 때까지 기다린다면 지구는 회생 가망이 없다. 그럼에도, 에코마르크스주의는 환경을 파괴하는 자본주의의 파괴성에 대한 유용한 지식을 제공한다. 이를 통해 우리는 슈퍼 부자들의 기업 세계가 높은 값을 부르는 경매 입찰자에게 자연을 팔아넘기는 만행을 저지할 수단을

---

[14] 무어가 지적하듯이, "기후변화의 책임이 인간에게 있다"고 말하는 것과 "몇몇 인간들이 기후변화에 책임이 있다"고 말하는 것은 크게 다르다. 자본세와 세계 생태학 내에서 자본세가 차지하는 위상에 대한 더 상세한 논의는 Moore를 참조할 것. 여기서 세계 생태학이란 자본주의가 역사적으로 인종, 계급, 젠더, 식민주의, 환경(이 모든 것은 지구 생명의 그물망 내에서 함께 작동한다)과 교차하는 지점에 근거하여 현재의 생태학적 위기를 이해하려는 학제적 학문이다.

마련할 수 있다.[15]

자본주의는 환경파괴에 어떤 책임이 있는가? 이 질문에 답하기 위해, 자본주의가 근본적으로 자연과 양립 불가능하다는 카를 마르크스Karl Marx(1818~1883)의 설명부터 시작해 보자. 양립불가능성은 앞서 살펴보았듯이 자본주의의 무제한적 이익 추구에서 비롯된 것으로, 마르크스는 19세기 영국의 농업 발전에서 그 전형적인 모습을 발견할 수 있다고 보았다. 짧게 정리하자면, 농산물을 현지에서 팔기보다 런던으로 운송하는 것이 금전적으로 더 유리해지면서, 곡물 껍질, 과일 껍질, 씨앗 등 작물 재배 후 남은 찌꺼기는 땅으로 돌아가지 않고 런던의 템스강에 쓰레기로 버려졌다. 그 결과, 농지는 영양분이 고갈되었고 템스강의 오염은 심각해졌다. 게다가, 고갈된 토양의 영양분을 보충하기 위해 수백 톤의 구아노(새와 박쥐 배설물로 만든 비료)를 페루에서 수입하는데, 이로써 금전적 이익을 위한 자연 순환의 파괴는 전 세계적 문제가 되었다. 개인의 금전적 이익에 혈안이 된 자본가들의 억제 불가능한 갈증으로 인해 인간 활동과 자연환경 사이의 단절이 산업 세계 곳곳에서 다양한 방식으로 점점 더 자주 발생했으며, 마르크스는 이를 **대사 균열**metabolic rift이라고 불렀다.[16] 그리고 그는 천연자원이 한정된 세상에서 무한한 금전 증식을 추구하는 자본주의에서 결국 필연적으로 생태계의 위기가 발생할 것이라고 예언한다.

---

[15] 마르크스주의와 사회주의가 그렇듯이, 에코마르크스주의와 에코사회주의ecosocialism 사이에도 중요한 이론적 차이들이 많지만 환경보호에 대한 구체적 접근법은 유사하다. 따라서, 에코마르크스주의와 에코사회주의라는 용어는 때로 구분하지 않고 사용된다. 실제로 두 학파를 대표한다고 할 수 있는 활동가 조직은 일반적으로 자신들을 가령 글로벌 생태 사회주의 네트워크 및 생태 사회주의 국제 네트워크처럼 에코사회주의 단체로 지칭한다.

[16] 마르크스의 대사 균열 개념은 부분적으로 19세기 독일의 생화학자 유스투스 폰 리비히Justus von Liebi의 과학적 발견에 기초한다. 마르크스가 리비히의 연구 결과를 어떻게 발전시켰는지에 대한 상세한 요약은 Lievens를 참조할 것.

시계를 21세기로 빠르게 돌려 보면, 마르크스가 옳았던 것 같다. 자본주의 이데올로기와 자본주의 활동은 천연자원을 고갈시키고, 공기와 토양, 수자원을 거의 돌이킬 수 없는 수준으로 오염시켰다. 천연자원의 과잉소비는 천연자원을 제조업에 사용하거나 소비자에게 판매하는 기업들이 부추겨 왔는데, 지구의 재생 능력을 이미 넘어선 정도는 아니더라도 빠르게 넘는 중이다. 다시 말해, 인간이 천연자원을 너무 많이 써 버려 지구는 이제 더 이상 인간의 속도를 따라잡을 만큼 천연자원을 재생할 수 없거나 조만간 재생할 수 없게 될 것이다. 그리고 소비주의 형태로 기업이 부추긴 과소비 경향 탓에 매년 수십억 톤의 쓰레기가 바다와 과포화 상태의 쓰레기 매립지에 버려지고 있다. 이러한 '쓰레기 오염'에는 수백만 톤의 전자 장난감, 텔레비전, 컴퓨터, 전화기 및 기타 전자 폐기물이 포함된다. 이 중 대부분은 새 버전이 출시되었다는 이유만으로 폐기된 물품들이며, 납, 수은, 비소 등의 독소도 물과 토양에 침출되고 있는 실정이다. 사실 상기한 모든 글로벌 오염 사례는 화석연료, 살충제, 합성비료, 플라스틱 등의 무제한(또는 저제한) 사용으로 인한 것이며, 막대한 이익을 챙길 목적으로 오염을 유발하는 제조업에 종사하거나 오염 유발 제품을 판매하는 기업들이 무제한(또는 저제한)으로 경제적 성장을 추구한 결과다.

더욱이, 자본주의로 초래된 환경위기에 적절하게 대응하지 못한 책임의 상당 부분은 자본주의 그 자체에 있다. 예를 들어, 기후변화는 물론이고 천연자원의 복구 불가능한 훼손은 기업 대표에 의해 그리고 기업으로부터 막대한 후원금을 받는 선출직 공직자들에 의해 부정되거나 축소된다.[17] 실제로 많은 공직자들이 대기업의 눈 밖에 날까 봐 두려워하는 바람에 적절한

---

17 2010년, 미국의 보수 비영리단체인 시민연합Citizens United은 부패 방지를 위해 제정된 오랜 선거자금 제한을 철폐하는 소송을 제기하여 승소한다. 그 결과, 기업, 특수이익단체, 부유한 후

환경 법안이 수년 동안 유보되기 일쑤다. 예를 들어, 소수의 대형 석유 및 가스회사들("빅 오일Big Oil"로 통칭되는 화석연료 기업)은 가정과 기업의 전부 또는 대부분이 냉난방용 에너지를 태양열, 풍력 등 재생에너지로 전환하지 못하게 막아 왔고, 이러한 방해를 방지할 실질적인 법안은 통과되지 않았다. 그리고 그와 동일한 기업 이해관계로 자동차를 무공해 대중교통수단으로 대체하려는 노력이 좌절되고 있다. 이와 마찬가지로, 농경지 확보를 위해 산림을 개간하고 독성 화학물질로 토양과 물을 오염시키는 농업산업, 즉 "빅 아그라Big Agra"에 환경 책임을 묻는 법안 또는 유기농법을 사용하는 지방의 소농들이 폐업하도록 만드는 그들의 만행을 막는 적절한 법안도 통과되지 못했다. 안타깝게도, 빅 파마Big Pharma, 빅 푸드Big Food, 빅 미트Big Meat[18] 등과 같은 기업 집단들을 언급한 언론보도로 보았겠지만, 소수의 부자가 회사 정책과 회사 자금을 좌지우지하도록 허용하는 이와 똑같은 기업 통제 패턴이 인류의 삶을 유지하는 데 필수적인 거의 모든 생산 영역에서 발생하고 있는 것이 현실이다.

마지막으로, 자본의 이해관계가 국제법에도 뿌리를 내리고 있어 개별

원자들은 무제한으로 정치 선거에 자금을 지원할 수 있게 되었다. 이러한 기부금 대부분은 익명으로 제공되기 때문에 **검은돈**dark money이라는 용어로 불린다.

[18] 보다시피, 산업을 지칭할 때 '빅'이라는 단어를 사용한다는 것은 규모와 경제적 영향력을 기반으로 막강한 정치권력을 행사하는 소수 다국적기업에 의해 산업이 지배되고 있음을 뜻한다. 이 기업들은 생태적 책임을 다하는 사업 운영에 관심을 두기보다는 산림을 파괴하고 지구를 오염시키는 일에 정치권력을 사용하고 있다. 친숙한 몇 가지 예를 들자면, '빅' 오일에는 쉐브론, BP, 엑슨모빌과 같은 기업, '빅' 아그라에는 바이엘, 바스프, 듀폰과 같은 화학 제조업체, '빅' 파마에는 바이엘, 다우, 몬산토, '빅' 푸드에는 네슬레, 타이슨 푸드, 펩시코, '빅' 미트에는 유명 브랜드 중 타이슨 푸드, 호멜, 퍼듀가 있다. 우리는 여러 작은 회사의 제품을 구매한다고 생각하지만, 실제로는 한 기업이 이 제품들을 소유하고 있는 경우가 많다. 한 가지 예를 들자면, 펩시코가 소유한 브랜드에는 퀘이커 오츠, 앤트 제마이마, 라이스아로니, 아쿠아피나, 트로피카나, 게토레이, 레이즈 포테이토칩, 치토스, 토스티토스, 프리토스, 도리토스, 크래커 잭, 캡앤크런치, 츄이 그래놀라 바 등이 있다.

국가의 재생에너지 공급을 방해하고 있다. 한 가지만 예를 들자면, 온타리오주의 재생에너지 전환은 매우 성공적이었다. 2013년까지 캐나다에서 인구밀도가 가장 높은 온타리오주는 한 곳을 제외하고 석탄 화력발전소를 모두 폐쇄했으며 캐나다 최대의 태양에너지 공급자가 되었다. 2014년까지 온타리오의 재생에너지산업은 가뭄에 단비같이 소중한 3만 1천 개 이상의 새로운 일자리를 창출했다. 또한, 재생에너지 발전소가 장비의 40퍼센트 이상을 현지 구매해야 한다는 조항 덕분에 장비 제조 회사들은 온타리오에 공장을 설립할 수 있었고, 더 저렴하지만 효율은 떨어지는 중국산 제품과 경쟁하지 않아도 된다는 확신을 가질 수 있었다. 그런데 불행하게도, 일본과 유럽연합(EU)이 온타리오가 국제 자유무역 규정을 위반했다며 문제를 제기했다. 세계무역기구(WTO)는 일본과 유럽연합의 손을 들어 주며 온타리오주에서 재생에너지 발전소가 현지 제조업체로부터 일정 비율의 장비를 구매하도록 법적으로 강제할 수 없다는 판결을 내렸다. 온타리오주는 이 조항을 포기해야 했다. 보장된 제품 시장을 잃게 되자, 재생에너지 장비 제조업체는 투자자는 물론 고객도 잃게 되었다. 고객들이 해당 제조업체가 제품 보증을 이행할 수 있을 만큼 오래 사업을 유지할 수 있을지 우려했기 때문이다. 이와 유사하게, 미국은 인도와 중국에서 재생에너지를 제공하려는 현지의 시도를 무력화하는 조처를 취했다.[19] 요컨대, 기후변화 방지를 위해 모두가 협력해도 모자랄 판에 세계 각국은 재생에너지 시장을 선점하고자 경쟁을 일삼고 있다. 그리고 국제 무역법은 환경보호보다 자본주의를 우선시함으로써 이러한 경쟁을 부추기고 있다.

그렇다면 우리의 질문은 이것이다. 우리가 할 일은 무엇인가? 자본주

---

[19] 온타리오주 사례를 포함하여 자유무역 및 여타 자본적 행태가 환경을 파괴하는 다양한 양상을 상세하게 다룬 연구로는 Klein을 참조할 것.

의는 세계시장과 강대국의 경제구조에 너무 깊숙이 자리 잡고 있어, 자본주의를 지구를 구하는 환경친화적 경제체제로 바꾸는 혁명적 변화는 사실상 불가능하다. 그리고 앞서 말했듯이 자본주의를 그러한 경제체제로 대체할 수 있다고 해도, 그 일을 완수할 시간이 턱없이 부족하다. 그렇다면 아마도 현실적인 질문은 이것이다. **가장 환경파괴적인 자본주의적 관행을 적절히 억제할 수 있는 규제가 국내는 물론 전 세계적으로 통과될 수 있을까?** 물론 나로서는 이 질문에 답할 능력이 없다. 내가 말할 수 있는 것은, 필요한 법률을 시행하도록 정부와 환경단체의 모든 노력에 지원을 아끼지 말아야 한다는 것이다. 일부 국가에서 제안한 그린뉴딜과 같은 계획은 좋은 출발점이 될 수 있다. 이 국가들은 재생에너지 장비, 발전소, 대중교통 및 기타 친환경 기반시설 구축을 위해 고임금 일자리를 창출하는 조처를 취함으로써 기후변화와 싸우고자 한다. 물론, 그러한 조처들은 지금보다 더 엄격하고 광범위해야 한다. 자본주의의 환경파괴를 최소화하는 충분한 노력이 즉각적으로 이루어지지 않으면 머지않아 우리가 숨 쉴 수 있는 공기나 마실 수 있는 물, 사고팔 수 있는 천연자원이 남아나지 않을 것이기 때문이다.[20]

---

[20] 에코마르크스주의와 달리, **그린자본주의**green capitalism(에코자본주의eco-capitalism 또는 자연자본주의natural capitalism라고도 함)는 정부의 전면적인 규제와 급진적 사회 변화보다는 자본주의 경제가 환경을 보존하는 가장 효율적인 접근법이라고 주장한다. 그린자본주의에 따르면, 자연은 경제적 가치, 즉 '자연자본natural capital'(공기, 땅, 물, 생물다양성, 풍력에너지, 태양에너지, 이산화탄소 흡수 능력과 같은 자연 자산)을 포함한다. 더 많은 기업이 자연자본을 계산에 넣음에 따라, 기업들은 정부 보조금과 최소 규제의 도움을 받아 생태학적 정보에 입각한 친환경사업에 박차를 가할 것이다. 자세한 내용은 Scales and United Nations Environment Programme Finance Initiative를 참조할 것. 그린자본주의를 반대하는 사람들은 이익 추구가 자본주의의 근본적 동기이므로 환경적 고려를 금전적 이익보다 우선시하는 일은 있을 수 없다고 주장한다. 친환경 홍보 전략green washing은 기업의 사업 또는 제품이 친환경적이라고 주장하는(실제로는 그렇지 않지만) 통상적인 마케팅 전략으로 기업이 환경보호주의를 이용하여 돈벌이하는 대표적인 사례다. 그린자본주의는 효과가 있다손 치더라도 그 과정이 너무 느려 당장 코앞에 닥친 재앙적 기후변화에 대응하기 어렵다. 자세한 내용은 Rogers and Tanuro를 참조할 것.

에코페미니즘

생태비평가들의 오랜 주장에 따르면, 자연에 대한 인간의 생각은 현실에 대한 반응이라기보다는 공포와 욕망의 산물인 경우가 상당히 많다. 정신분석학 용어로, 우리는 무의식적으로 우리가 보고 싶은 것을 자연계에 투영하는 셈이다. 앞에서 자연이 파괴될 수 없다는 우리 가족의 믿음을 언급하면서 이러한 무의식적 투영을 설명한 적이 있다. 에코페미니스트들이 지적하듯이, 이와 같은 투영 행위는 영미 유럽권의 가부장적 문화가 자연을 여성과 마찬가지로 사랑스럽지만 남성의 욕구에 봉사하는 열등한 존재로 대하는 태도에서도 찾아볼 수 있다. 요컨대, 가부장제는 남성이 여성을 통제하는 것이 옳고 자연스러운 것처럼 남성이 자연을 통제하는 것도 옳고 자연스럽다고 믿는다. 따라서 가부장적인 개인이 자연을 '보호'하고자 할 경우에도 여성을 '보호'하는 것과 같은 방식으로 한다. 즉, 그들이 자연을 보호하는 것은 자신의 목적을 위해 자연을 이용하고 경쟁자의 침입을 막기 위해서다. 다시 말해, 선진국에 사는 사람들 대부분은 심층생태학자들이 지적하듯이 자연에 대한 이해가 인간중심적anthropocentric일 뿐만 아니라 가부장적 문화의 지배로 인해 자연 세계에 대한 사고방식도 **남성중심적**androcentric이라고 할 수 있다.

'남성중심성'이라는 개념에서 알 수 있듯이, 에코페미니즘은 가부장적 문화가 자연 파괴를 부추기는 방식을 탐구한다. 에코페미니즘에는 서로 중첩되는 다양한 접근법—그중 상당수는 이름이 두 개 이상이다[21]—이 있지만,

---

21 가령, 곧이어 다룰 내용에서 급진적 에코페미니즘은 문화적·정신적 또는 본질주의 에코페미니즘이라고도 불리고, 마르크스주의 에코페미니즘은 유물론적·사회적 또는 사회주의 에코페미니즘이라고도 불린다. 채식주의 에코페미니즘은 채식 페미니즘 또는 비건 페미니즘이라고도 한다. **에코페미니즘**ecofeminism이라는 용어도 때로는 **페미니스트 환경보호주의** 또는 **생태적 페미니즘**이라고도 불린다. 더구나 이러한 용어를 사용하는 방식은 일관성이 없다. 가령, 두 저

모든 에코페미니스트는 가부장제의 여성 비하가 인간의 자연 비하와 연결되어 있다고 믿는다. 이들의 공통 목표는 인종, 민족, 사회경제적 계층, 국적, 나이, 능력, 성, 젠더, 섹슈얼리티[22] 등의 측면에서 평등주의적인 사회, 즉 자연을 통제하기보다는 자연과 협력하는 사회를 만드는 것이다.

이 목표를 달성하기 어려운 이유는, 가부장적 성향이 가부장제 속에 사는 대다수의 사고방식에 부지불식간에 깊숙이 뿌리를 내렸기 때문이다. 가령, 우리는 알아차리지 못하지만, 가부장적 사고방식은 본질주의적이다. 가부장제는 남성성과 여성성이 남성과 여성의 본질적 또는 선천적 특징이라고 주장한다. 반면, 페미니스트와 에코페미니스트는 남성성과 여성성이 문화에 의해 구축되었다고 본다. 또한 가부장적 사고는 이원론적이다. 가부장제는 심층생태학자나 에코페미니스트들처럼 세계를 상호 연관된 생명의 그물로 개념화하지 않고, 남성/여성, 문화/자연, 문명/원시 등과 같은 대립항으로 나눈다. 그래서 같은 집단에 속한 구성원의 개인적 차이는 물론 다른 집단 구성원과의 유사성도 무시한다. 마지막으로, 가부장적 사고는 위계적이다. 가부장제는 심층생태학자나 에코 페미니스트처럼 모든 형태의 생명체가 똑같이 중요하다고 보기보다 인간에게, 특히 남성에게 유용한가에 따라 생명체의 순위를 매기고 중요성이 떨어진다고 잘못 인식된 생명체를 무시하도록 교묘하게 부추긴다. 이는 가부장제에 사는 우리 모두의 마음속에 뿌리박힌 사고방식으로, 다음에 살펴볼 급진적 에코페미니즘, 마르크스주의 에코페미니즘, 채식주의 에코페미니즘을 비롯한 에코페미니즘이 맞

자가 동일한 용어를 사용하여 서로 다른 에코페미니즘 학파를 지칭하기도 한다.
[22] 대부분의 페미니스트는 생물학적으로 만들어지는 성(남성/여성)과 문화에 의해 규정되는 젠더(남성/여성)를 구분한다. 물론, 성과 젠더 둘 다 고정된 범주가 아니라 유동적 범주라는 점을 인정한다. 섹슈얼리티는 자신과 타인에 대한 성적 감정을 말하는데, 성적 지향, 낭만적 감성, 특정 성행위에 대한 끌림과 같은 요인들을 포함한다.

서 싸워야 할 문제다.

▌ 급진적 에코페미니즘

아이러니하게도, 오늘날 급진주의적 또는 본질주의적 에코페미니즘이라고도 불리는 1970년대에 등장한 초기 에코페미니즘은 가부장제의 본질주의적, 이원론적, 위계적 사고를 거부하는 대신 가부장제가 남성성과 여성성에 부여한 가치를 역전시켰을 뿐이다. 설명해 보자. 가부장적 관점에서 남성성은 인류의 문화와 일치한다. 남성성이 인류의 정신, 이성, 그리고 우월한 자질과 자연적으로 연관되기 때문이다. 마찬가지로, 여성성은 자연과 일치한다. 인간의 신체, 감정, 열등한 자질과 자연스럽게 연관되기 때문이다. 그러나 급진적 에코페미니즘은 가부장제 문화가 우열 관계를 뒤바꾸었다고 주장한다. 여성이 자연, 신체, 감정과 일치한다는 그들의 주장은 맞지만, 그렇다고 해서 그로 인해 여성이 열등한 것은 아니고 오히려 우월하다. 그리고 그러한 요인 덕분에 여성은 내재적으로 자연환경에 더 민감하고 자연을 더 잘 이해한다. 지구의 생태 복지라는 측면에서 볼 때 그렇다는 말이다.

급진적 에코 페미니스트들은 왜 여성이 남성보다 본질적으로 자연에 더 가깝다고 믿었을까? 이들은 여성이 아이를 낳고 기르기 때문에 자연을 돌보는 것은 어머니와 보호자라는 여성 본연의 역할을 논리적으로 확장한 것이라고 말하는데, 당혹스럽게도 이는 가부장제가 전통적인 성역할을 강조하기 위해 내세웠던 논리와 동일하다. 바로 이 지점에서 많은 사람들이 지적하는 급진적 에코페미니즘의 문제가 드러난다. 즉, 급진적 에코페미니즘은 전통적 젠더 역할이 생식 생물학이 아니라 가부장적 문화에 의해 만들어졌다는 초창기 페미니즘의 구성주의적 주장과 정면으로 배치된다. 구성주의적 에코페미니즘은 가부장제가 여성성에 부여한 많은 특성들이 남성성에 부여한 특성보다 우월하다는 주장에 동의하지만, 이른바 남성적 특성,

여성적 특성은 사실 타고난 것이 아니라 말 그대로 부여된 것일 뿐이라는 사실을 잊어서는 안 된다.

오늘날 급진적 에코페미니즘은 1970~80년대만큼의 인기는 없다. 그 본질주의가 매우 문제적이기 때문이다. 그러나 그러한 본질주의에도 불구하고, 우리는 가부장제가 여성을 대하는 태도와 자연을 대하는 태도가 연관되어 있음을 밝힌 급진적 페미니즘의 유의미한 성과를 부정할 수는 없다.[23] 그리고 급진적 에코페미니즘은 자연을 돌보는 것과 동료 인간을 돌보는 것이 연관되어 있다는 사실, 인간의 감정이 지식과 연민의 통로로서 중요하다는 사실, 가부장제가 말하는 합리성에 매몰되는 것이 위험하다는 사실(특히 합리성은 협소한 인간 정신 개념에만 의존할 뿐 직관과 신체적·감각적 인식을 통해 얻을 수 있는 지식 등 여타 종류의 지식은 도외시한다) 등 반가부장적 가치에 대해 많은 것을 가르쳐 준다. 모르긴 해도, 급진적 에코페미니즘은 마르크스주의적 에코페미니즘과 채식주의 에코페미니즘과 같은 다양한 종류의 에코페미니즘에 길을 터 주었다는 점에서 가장 중요하다.

마르크스주의적 에코페미니즘

여러분도 잘 알듯이, 남성이 여성보다 자연적으로 우월하며 그래서 남성이 지배한다는 전통적 젠더 역할을 거부하는 것은 에코페미니스트들을 포함한 모든 페미니스트들이 공유하는 원칙일 것이다. 아닌 게 아니라, 에코페미니즘의 관점에서 바로 이 지배라는 요소는 대다수 환경파괴에 책임이 있는 광범위한 파괴적 가치체계를 낳은 주원인이다. 우리는 가령, '처녀지'

---

[23] 불행하게도, 급진적 에코페미니즘의 본질주의를 핑계 삼아 그 성과는 물론이고 비본질주의적 에코페미니즘까지도 모조리 싸잡아 폄훼하는 경우도 적지 않았다. 이와 관련된 쟁점을 다룬 유용한 논문으로 Gaard의 "Ecofeminism Revisited"를 볼 것.

를 소유하고 착취하려는 욕망에서 이와 같은 가치체계가 작동하고 있음을 본다. 처녀지 논리는 남성과 야생지의 관계, '진짜' 남자는 소고기를 먹는다는 믿음, 남성의 지위를 경제적 성공이라는 척도로 판단하는 습관 등에 깔려 있다. 이 세 가지 사례는 야생지 개발, 소고기 판매, 경제적 성공을 위한 경쟁 등 모두 자본주의 시장에 연관되어 있는데, 궁극적으로는 돈을 벌겠다는 욕망으로 추동되는 경제체제인 자본주와 연관되어 있는 셈이다. 그리고 마르크스주의 에코페미니즘은 에코마르크스주의와 마찬가지로 자본주의가 모든 가치를 금전 가치와 동일시하고 다른 가치들은 도외시하기 때문에 환경파괴의 최대 원인이라고 믿는다. 그러나 마르크스주의 에코페미니스트들에게 자본주의는 가부장제와 직접적으로 연결되어 있다는 추가적인 문제가 있다. 즉, 자본주의는 남성의 의미에 대한 가부장적인 생각과 직접적으로 연결되어 있다.

자본주의는 어떤 방식으로 가부장적인 남성성 개념에 호소하는가? 이 문제에 답하기 위해 우리는 자본주의 경제 또는 자본주의의 작동 방식이 아니라 자본주의 이데올로기, 즉 자본주의가 한 국가의 유일한 또는 주된 경제체제라는, 어렸을 때부터 주입받은 자본주의 사회 구성원들의 믿음을 살펴보아야 한다. 그러면 이데올로기가 가부장적 사고방식과 어떻게 연관되는지 살펴보기 위해 자본주의 이데올로기(우리는 에코마르크스주의 항목에서 경쟁, 강인한 개인주의, 소비주의, 상품화의 가치를 강조하는 자본주의의 믿음을 다루었다)부터 들여다보기로 하자.

내가 꼭대기에 올라서려면 경쟁자를 물리쳐야 한다는 믿음이 곧 경쟁인데, 이는 사업 성공이 상대적으로 경쟁자의 실패에 달려 있다는 뜻이다. 그리고 꼭대기에 선다는 것은 편하게 살 만큼 또는 아주아주 부유해질 만큼 돈을 번다는 뜻이 아니다. 꼭대기에 선다는 것은 내가 번 수십억 달러의 돈을 내가 다 쓸 수 없더라도, 심지어 내 자식과 후손들도 다 쓸 수 없더라도 다른 모든 사람보다 더 많은 돈을 번다는 것을 뜻한다. 비슷하게, 강인한 개인주의는 내가 온갖 수단과 방법을 동원하여 성공할 만큼 충분히 독립적이고 강인하고 결단력이 있다면 그 누구의 도움도 필요치 않다는 믿음인데, 이는 타인의 생존과 행복을 포함하여 모든 고려 사항보다 나의 경제적 이익을 우위에 놓는 것이 미덕이라는 것을 뜻이다. 경쟁과 강인한 개인주의는 협력과 공동체의 희생을 기반으로 융성한다. 고지를 점령하는 왕은 오직 하나뿐이다. 왕이 되기 위해서는 수단과 방법을 가리지 않고 승리하는 것이 미덕이다. 그렇게 보면, 경제적 성공을 이루지 못한 사람들은 도움받을 자격도 없고 연민의 대상이 될 자격도 없다. 그들이 실패한 것은 성공에 필요한 독립심, 강인함, 결단력을 발휘하지 않으려는 마음에 기인하기 때문이다.

더욱이, 경쟁과 강인한 개인주의는 다른 방식으로도 자본주의 사고방식을 부추긴다. 가령, 내가 경쟁자들을 경제적으로 물리쳐 성공했을 때, 어떻게 다른 사람들이 이를 알아보게 할 수 있을까? 자본주의 경제에서 나의 트로피가 돈이라는 점을 고려한다면, 나는 경쟁자들보다 더 많은 사치품과 서비스를 구매할 수 있음을 보여 줌으로써 돈을 과시할 것이다(이것이 소위 **과시소비**|conspicuous consumption라고도 불리는 소비주의의 한 형태이다). 사실, 성공을 위한 경쟁은 뿌리 깊은 자본주의 이상이어서 과시할 형편이 못 되는 사람들에게도 공격적 소비주의를 부추긴다. 마찬가지로, 내가 강인한 개인주의자라면, 또는 내가 나 자신을 강인한 개인주의자라고 생각하고 싶다면, 나는 강인해져야 한다. 억세져야 하고, 호통칠 때 호통치고 책임질 때 책임지는 사람이 되어야 하고, 자본주의 경제에서 성공하지 못한 사람들의 경제적 요구에 대해선 감정적으로 동요되지 말아야 한다. 감정에 무관심한, 약탈적이거나 비양심적인 태도를 조장하는 자본주의 원리가 있다면, 그것은 바로 상업화다. 상업화란, 교환가치(돈의 양으로 환산한 가치) 또는 기호-교환가치(사회적 지위)를 척도로 사물, 행위, 인간과 관계하는 자본주의 미덕이다. 상

업화가 감정, 특히 양심에서 비롯된 감정을 차단하므로, 상업화는 가령 노동자를 상업화하는 것, 노동자가 기업의 이익에 미치는 영향에 근거하여 노동자를 대하는 것, 가령 급여를 적게 주고 주로 비정규직을 고용하여 건강보험료와 퇴직금 등의 비용을 회피하고 노동조합을 금지하는 것, 그렇게 해서 회사의 대표가 매년 수백만 달러를 가져가도 기업 이익률은 계속 늘어나도록 하는 것이 "사업을 잘하는 비결"이라는 생각을 부추긴다.

보다시피, 이러한 자본주의 이상들은 가부장제의 관점에서 보면 모두 남성적 이상들이다. 다시 말해, 이 이상들은 지배, 지배 과시, 지배를 위한 감정 배제를 이상화한다. '진짜' 남성들이 지배한다. 그들은 '열등한' 남자를 지배하고, 여성을 지배하고, 자연을 지배한다. 게다가, '진짜' 남자들은 그들이 지배한다는 것을 모든 사람이 알게 하고 감정적 고려가 그들을 억제하지 못하도록 한다. 자본주의 경제의 지배는 최대한의 경제적 성공에 달려 있으므로 돈의 축적보다 더 중요한 것은 없다. 따라서, 자연 세계의 주목적은 다른 모든 것들의 주목적과 마찬가지로 돈을 버는 기회를 제공하는 것이다. 사실, 마르크스주의 에코페미니스트에 따르면, 가부장제는 분리가 불가능할 정도로 자본주의에 너무나 깊이 뿌리박혀 있다. 환경파괴의 측면에서 특히 그렇다.

채식주의 에코페미니즘

채식주의[24] 에코페미니즘은 에코페미니즘을 포함하여 여러 형태의 생태비평이 **종차별주의**speciesism에 주의를 기울이지 않기 때문에 별다른 성과를 거두지

---

[24] 채식주의자vegetarian와 비건vegan들은 식물 기반 음식을 섭취한다. 채식주의자는 육류, 가금류, 어류, 해물을 배제한다. 비건은 육류, 가금류, 어류, 해물은 물론이고 동물에서 나온 제품(달걀과 우유)을 배제한다. 부분 채식주의자는 달걀, 낙농 제품, 이따금 약간의 육류, 가금류, 어류, 해물 등을 섭취하지만 주로 식물 기반 음식에 의존한다.

926

못한다고 주장한다. 여기서 종차별주의란 인간이 비인간 동물들보다 우월하며 따라서 더 중요하다는 믿음으로 정의될 수 있다.[25] 종차별주의의 결과로 많은 인간들은 동물복지는커녕 동물이 당하는 고통에도 신경 쓰지 않고 그들이 필요하다고 여기는 목적을 위해 비인간 동물을 사용할 권리를 가지고 있다고 믿는다. 이와 대조적으로, 채식주의 에코페미니스트는 동물권에 관심을 집중하며, 종차별주의가 성차별주의, 인종차별주의, 반유대주의, 계급차별주의, 이성애주의, 시스젠더중심주의, 장애차별주의ableism 등 다양한 억압적 이데올로기와 관계하는 양상들을 탐구한다.[26] 이 모든 이데올로기는 핍박받는 사람들을 지배 세력에 종속시키고 그들을 이유 없이 잔인하게 학대하는 결과를 초래하기 때문이다. 이와 동일한 순환논리가 억압을 정당화하는 데 이용되고 있다. 즉, 내가 너보다 더 많은 권력이 있다는 사실은 내가 너보다 우월하고 따라서 너를 지배할 자연적 권리를 가진다는 것을 의미한다.

당연하게도, 채식주의 에코페미니즘은 인간이 초래하는 모든 형태의 동물 고통에 반대한다. 여기에는 가죽, 모피, 뿔, 상아, 치아, 내분비물(향수를 만드는 데 이용되는)을 얻기 위해 비인간 동물을 밀렵하는 행위, 다른 생존 수단이 없을 때 생명 유지를 위해 사냥하는 경우를 제외한 사냥 행위, 매년 실험실에서 수백만의 비인간 동물을 죽이는 행위, 다른 고품질 단백질이 있는데도 비인간 동물을 섭취하는 행위를 포함한다. 이 마지막 사례는 채식주의 에코페미니스트로부터 상당한 주목을 받았다. 그 부정적 영향이 너

---

[25] 많은 채식 에코페미니스트와 동물권 옹호자들은 동물보다 **비인간 동물**nonhuman animal이라는 용어를 사용한다. 인간 자체가 동물이라는 사실을 강조하기 위해서다. 더불어, 인간/동물 대립이 그러한 사실을 무시하고 그럼으로써 동물의 종속을 간과하기 쉽게 만들기 때문이다.

[26] 시스젠더중심주의는 트랜스젠더가 시스젠더cisgender, 즉 젠더 정체성(자신의 젠더에 대한 내재적 느낌)이 태어날 때의 생물학적 성과 일치하는 사람들보다 열등하다는 믿음을 근거로 트랜스젠더를 차별하는 것을 말한다. 장애차별주의는 장애인이 비장애인보다 열등하다는 믿음에 의거하여 차별하는 것을 말한다.

무나 심각하고 광범위하기 때문이다. 다시 말해, 육류 섭취는 기술이 발달한 선진국에서는 흔한 일인데 환경파괴적이고 전 세계에 기아를 일으키고 인류 보건을 위협하고 비인간 동물에 끔찍할 정도로 잔인하다.[27] 이러한 주장들은 '빅 미트'가 내보내는 텔레비전 광고의 무차별적인 영향 탓에 미국인들에 의해 너무나 자주 무시되거나 폄하되고 있으므로 이러한 주장을 하나하나 상세하게 살펴보아야 할 필요가 있다. 가장 먼저 생태비평의 환경 관심사에 가장 중요한 주장, 즉 육류 섭취, 특히 소고기 섭취가 환경파괴의 주원인이라는 주장부터 살펴보자.

우리가 먹는 소고기는 거의 대부분 공장식축산농장(CAFO)(또는 집중사육농장Concentrated Animal Feeding Operation)에서 생산된다. 여기서 공장식축산농장이란 생산을 극대화하고 비용을 최소화하는 방법으로 엄청난 수의 동물을 실내에서 사육하는 대규모 산업화 농장이다. 이러한 조건에서는 식탁에 오르는 소고기 1파운드 생산에 필요한 사료 재배에 약 2,000갤런의 물이 필요하다(Water Footprint Network).[28] 1파운드의 채소 생산에 필요한 물은 약 43갤런이고(Water Footprint Network)과 물 부족 문제가 점점 심각해지고 있다는 점을 고려한다면, 4인 가족이 맥도날드 쿼터파운더를 먹는 데 필요한 물의 양은 충격적이다. 게다가, 축산업—미국에서는 소, 돼지, 양, 닭, 칠면조를 포함한다—은 수백만 마리의 동물을 도축장으로 운송할 때, 그리고 공장에서 육류를 가공할 때 이산화탄소를 방출할 뿐만 아니라, 가축의 소화, 사료 생산, 목초지를 위한 산림 개간(Herrero)과 같은 토질 변화로 인해 매년 전 세계

---

[27] 이러한 육류 섭취의 네 가지 부정적 영향은 Greta Gaard의 논문 "Vegetarian Ecofeminism: A Review Essay"에 상세하게 소개되어 있다.

[28] 도축용 돼지, 양, 닭, 칠면조를 사육하는 데는 물이 적게 들지만, 이 동물들이 먹는 사료 재배에는 인간이 소비하는 양과 비슷한 양의 채소나 곡물을 기르는 데 필요한 물의 양보다 더 많은 물이 들어간다.

928

적으로 약 60억 톤의 온실가스(메탄, 아산화질소, 이산화탄소)를 배출한다. 축산업은 또한 물을 오염시킨다. 가축 폐기물에서 폐수가 유출될 뿐만 아니라, 사료의 대량생산에는 비료와 살충제가 쓰이기 때문이다. 그리고 방목과 가축 사료 재배를 위해서는 수백만 에이커의 산림을 개간해야 하는데, 이로 인해 생물다양성이 감소하고 주로 나무가 담당하는 지구의 이산화탄소 흡수 능력도 대폭 줄어들었다.

우리가 섭취하는 생선의 상당수는 야생에서 포획되는 것이 아니라 바다의 수조와 가두리양식장에서 공장식으로 양식되는데, 이는 대규모 환경피해를 초래한다. 킴 존슨Kim Johnson의 보고서에 따르면, "이 양식장에서 물고기는 (최장 2년까지) 비좁은 공간에 갇혀 평생을 살아간다. 물에 독성물질이 유출되는데, 이 물질은 항생제, 살충제, 기생충, 배설물과 함께 주변 지역으로 퍼져 대양을 오염시킬 수 있다."[29] 덧붙여 존슨은 "양식 어종을 먹이기 위해서는 수십억 마리의 자연산 어류를 포획해야 한다. 가령, 양식 연어 1파운드를 생산하려면 5파운드의 대양 어류가 필요하다"라고 말한다. 존슨은 또한 대양 조업도 해저에 무거운 그물을 던져 싹쓸이하는 저인망어업과 같이 환경을 해치는 조업 방식을 계속하고 있다고 지적한다. 많은 국가에서 엄격하게 규제하고 있지만, 저인망어업이 보편적으로 금지되지는 않은 실정이다. 해양 서식지가 파괴되고 어획 대상과 함께 우연히 그물에 걸려 혼획된 수많은 물고기가 폐사하는 일이 벌어지는데도 사정은 변하지 않고 있다. 전 세계 대양은 지구 대기로 배출된 엄청난 양의 이산화탄소를 흡수하여 우리를 보호하지만, 지속적인 해양 환경파괴로 지구의 생명 유지 능력은 심각하게 저하되고 있다.

---

[29] 공장식 어류 양식이 초래하는 생태계 피해를 다룬 구체적이고 소름 끼치는 사례는 Flanagan을 참조할 것.

육류 섭취에 대해 또 하나 지적할 것은, 육류 의존이 전 세계 기아 문제에 부정적 영향을 끼친다는 사실이다. 코로나 팬데믹으로 세계 기아 문제가 더욱 심각해지기 훨씬 전부터도 세계보건기구(WHO)는 전 세계적으로 8억 2천만 명 이상이 기아에 시달리고 있다고 보고한 바 있다. 여기에는 2천만 명의 저체중 영유아(출생아 7명 중 1명), 성장장애를 겪는 1억 4,800만 명의 5세 이하 아동, 발육부진(키에 비해 저체중)으로 고통받는 4,900만 명의 5세 이하 아동이 포함되는데, 이는 아동 생존이 어렵다는 강력한 지표로 보아야 한다. 그러나 굶주린 사람들에게 식량을 공급할 농작물 재배에 쓰일 수도 있는 수백만 에이커의 땅이 공장식 가축 사육용 사료 재배에 쓰이고 있다. 1997년 데이비드 피멘텔David Pimentel이 주장하듯이, "현재 미국에서 가축에 먹이는 모든 곡물을 사람이 직접 소비한다면, 부양 가능 인구는 거의 8억 명에 달할 것이다."(Cornell Chronicle에서 재인용) 특히 멕시코, 인도, 브라질, 남아프리카공화국 등 기아가 만연한 가난한 나라에서 공장식축산농장의 수가 증가하고 있다는 점은 충격적이다(Swenson). 이 축산농장에서 생산된 육류가 이를 구매할 여유가 있는 부유한 사람들에게 판매되는 반면, 지역 주민들은 식량 생산에 사용할 경작지를 빼앗기고 있기 때문이다.

더욱이, 많은 사람들이 깨닫지 못하고 있지만, 육류 소비는 인류 건강에 좋지 않다. 동물성단백질이 식단의 필수 요소라는 뿌리 깊은 믿음과는 달리, 양질의 단백질은 감자, 쌀과 콩, 각종 견과류와 씨앗류, 렌틸콩, 병아리콩, 단백질이 풍부한 잎채소 등 다양한 식물성 자원에서 쉽게 구할 수 있다. 실제로 인체는 대부분의 미국인이 즐겨 섭취하는 육류에 잘 적응하지 못한다. 예를 들어, 캐럴 애덤스Carol Adams가 주장하듯이 인간 치아의 대부분은 식물성 재료를 씹는 용도로 만들어졌으며, 육식동물의 몇 배에 달하는 긴 내장은 식물 소화에 적합하다. 게다가, 육식은 심장병, 당뇨병, 고혈압, 동맥경화, 뇌졸중, 각종 암을 비롯한 수많은 질병에 원인을 제공한다. 공장식 농장에서 기른 가축이 사료로 섭취하는 살충제, 성장호르몬, 항생제가 인간에게 옮겨질 가능성도 크다. 그에 따라 인간이 질병에 취약해질 위험성도 아울러 높아지고 있는데, 특히 항생제에 내성이 생긴 박테리아가 늘어나고 있어 큰 위협이 되고 있다. 육류 애호가들이 식물성 식단으로 바꾸는 것은 쉽지 않으며, 많은 미국인은 육류 기반 요리에 상당한 문화적 애착을 가지고 있다.[30] 물론 이를 존중해야 하겠지만, 식습관이나 문화적 배경에 상관없이 우리 모두 육류 위주의 식단을 포기하거나 적어도 바꾸는 것을 진지하게 고려해야 할 정도로 육류 소비는 건강에 해롭다.

마지막으로, 육류 섭취 의존은 비인간 동물에 대한 끔찍하고 불필요한 학대를 일으키는 원인이다. 그레타 가드Greta Gaard의 보고서에 따르면,

> 미국의 공장식 농장에서 매년 60억 마리, 매일 1,600만 마리가 고통받다가 죽음을 맞이한다. 젖소는 갓 태어난 송아지와 분리되고 그 우유는 인간에게 공급된다. 어린 새끼는 꽉 끼일 만큼 좁은 상자에 4개월 동안 묶인 상태로 지내며 철분이 부족한 사료를 먹다가 도살된다. 닭은 다섯 마리씩 가로 16인치 세로 18인치의 닭장에 갇혀 지내는데, 이로 인해 15년 내지 20년에 달하는 자연 수명은 2년으로 줄어든다. 돼지는 좁은 철제 우리에 갇히는데, 암퇘지는 임신, 출산, 인공수정의 끊임없는 순환을 벗어나지 못한 채 평생을 살아간다. 새끼는 젖을 먹기도 전에 강제로 어미에게서 떼어낸다.[31] ("Vegetarian Ecofeminism," 118-119)

---

30 가령 은징가 영Nzinga Young에 따르면, 흑인 배우 앤서니 앤더슨, 테니스 스타 비너스 윌리엄스와 세레나 윌리엄스, 4회 NBA 챔피언 존 샐리와 같은 유명인들의 옹호로 상당한 진전이 있지만, 많은 아프리카계 미국인 공동체와 기타 유색인종 공동체는 문화적으로 오랜 육류 소비의 역사가 있으며 이는 쉽게 깨지지 않고 있다. 식물 기반 식단을 옹호하는 미국 흑인 유명 인사가 증가하고, 아프리카계 미국인들 사이에서 식물 기반 요리의 인기가 높아지는 추세를 상세하게 다룬 책으로는 Reiley를 참조할 것.

31 인용된 단락에 더하여 공장식축산 동물의 처우를 다룬 내용은 다음과 같은 중복 출처에서

짧게 정리하자면, 공장식축산 동물은 미국을 비롯한 여러 지역의 야생동물, 동물원 동물, 실험실 동물, 반려동물에게 제공되는 보호를 전혀 받지 못한다. 일반적으로 이 동물들은 햇빛도 없고 신선한 공기도 통하지 않는 큰 건물에 갇힌 채 콘크리트 또는 딱딱한 나무 바닥에서 다리나 날개를 펼 수도 없거니와 옴짝달싹하기도 힘든 과밀한 환경에서 살아간다. 짧은 기간 동안 바깥출입이 허용된 동물들은 사육장에 수용되는데, 공간이 비좁아 보통 배설물 위에 서서 지낼 수밖에 없다. 이렇게 혼잡하고 스트레스가 심한 환경에서 동물들은 서로 해치는 경우가 많다. 그래서 사육사들은 일상적으로 마취제도 없이 이빨을 자르고 부리를 자르고 꼬리를 짧게 자른다. 꼬리를 짧게 자르는 이유는 다른 동물이 물거나 씹을 수도 있고, 움직일 공간이 없는 탓에 꼬리에 배설물이 쌓이기 때문이다. 이러한 생활환경은 (치료하지 않고 방치할 경우) 절름발이, 골절, 각종 세균 및 곰팡이 감염 등 온갖 고통스러운 신체질환을 유발한다. 도축장으로 가는 여정도 동물들에게는 악몽 같은 고통이다. 매년 수천 마리가 운송 중 심부전증, 싸움으로 인한 부상, 열탈진, 탈수, 동사 등으로 죽는다. 살아서 도살장에 도착한 동물들도 고통의 시련에 직면하는데, 다른 동물들에게 그런 고통을 가했다면 불법으로 취급되었을 것이다. 그리고 대개 동물 학대를 포유류의 관점에서 생각하기 쉽고 어류에 동정심을 느끼기는 힘들지만, 수생동물들은 뛰어난 장기 기억력을 가지고 있으며 생각하고 계획하고 학습하고 도구를 사용한다. 또한 공포와 스트레스를 경험하고 복잡한 사회적 체제 속에서 살아간다.[32] 그런데도 공장식 양식 어류는 과밀한 사육 조건에서 기생충의 공격을 받고 세균에 감염되고 공

나온다: Animal Equality United Kingdom, The Humane League, Montague, The National Humane Education Society, Osborne and van der Zee, and Waxman.

[32] 어류의 지능과 행동에 대한 과학적 데이터와 그에 대한 철저한 정리와 해석은 Brown, Laland, and Krause; and Patton and Braithwaite를 참조할 것.

장식 농장에서 기른 포유류처럼 다양한 방식으로 고통을 받는다. 요컨대, 수십억 마리의 공장식 농장 동물에게 일상적으로 잔혹 행위를 자행할 이유는 전혀 없으며, 앞서 살펴본 바와 같이 이를 반대할 이유는 차고 넘친다.

＊ ＊ ＊

급진적 에코페미니즘, 마르크스주의적 페미니즘, 채식주의 에코페미니즘을 포함한 모든 형태의 에코페미니즘에서 환경운동은 매우 중요하며, 여성 환경운동이 거둔 성과도 역사적으로 괄목할 만하다. 몇 가지만 예를 들자면, 1977년 왕가리 마타이 교수의 주도로 농촌 여성들이 마을 주변에 '그린벨트'를 만들고 1천 그루 이상의 나무를 심으면서 케냐의 그린벨트 운동(GBM)이 시작되었는데, 이 운동은 오늘날에도 지속되고 있다. GBM은 케냐에 5,100만 그루 이상의 나무를 심었고, 시민들에게 환경보호 교육을 제공하고, 정부 지도층에게 환경정책에 대한 책임을 묻고, 임업 및 기타 분야에서 여성을 교육하고 있다. 1973년 인도의 가우라 데비는 칩코 운동의 일환으로 마을 여성들을 이끌고 지역 삼림 벌채를 막는 철야 집회를 개최하여 벌목이 예정된 나무 주위에 원을 만들어 '포옹'한다. 이후 칩코 운동은 인도 전역에 걸쳐 수천 그루의 나무가 파괴되는 일을 막는 성과를 거두었으며, 천연자원 관련 정부 정책에도 영향력을 행사하게 된다. 환경파괴와 맞서 싸우는 작은 시도로는 수많은 도시 '녹색화' 운동이 있다. 이 운동은 1989년부터 공터를 지역공동체의 정원으로 바꾼 버나뎃 코자트Bernadette Cozart의 할렘녹색화연합을 모범적 사례로 삼은 운동으로, 미국을 비롯한 여러 나라에서 주로 여성들이 주도하고 운영해 왔다. 여성환경개발기구(WEDO)와 여성지구기후행동네트워크(WECAN)와 같은 단체는 전 세계 여성들에게 권한을 부여하고 이들을 동원함으로써 더 나은 환경정책을 옹호하고, 환경보호 시위에 참여하고, 기후 정의(경제적·사회적 안녕과 건강에 부정적인 영향을 끼치는 기후변화에 가장 취약한 소외 지역공동체를 보호하는 운동) 운동을 벌인다. 마지막으로, 많은 에코페미니스트는 애니멀 아웃룩(구舊 컴패션 오버 킬링), 인도적 농장협회, 동물을 위한 자비와 같은 동물 옹호 단체에 소속되어 있다. 이 단체들은 농장 동물의 비참한 환경을 대중에게 알리고, 비밀리에 조사를 진행하고, 동물보호법을 위반한 기업을 고소하고, 의원들에게 동물 권리 법안을 통과시키라고 압력을 가하는 등 농장 동물의 권리를 보호하기 위해 총력을 기울인다. 그리고 채식주의는 동물에게 불필요한 고통을 가하거나 동물을 죽여서 만든 제품을 구매하지 않는데, 그 자체가 일종의 실천 운동이다. 이러한 활동가 운동과 단체들은 많은 성공을 거두었지만, 환경파괴를 일삼는 글로벌기업들이 그들의 이익 추구를 지지하는 국회의원들에게 지속적으로 막대한 자금을 기부하는 한편 그들의 사업이 환경적으로 안전하다며 대중을 설득하는 캠페인을 강화하는 상황에서, 그 어느 때보다 더 많은 일을 해야 한다.

탈식민주의 생태비평과 환경정의

원주민을 포함한 과거 피지배 민중, 경제적 소외 여성, 유색인종, 빈곤층은 문화 식민지화[33]의 대상일 뿐만 아니라 자국 내 정치권력자는 물론 부유하고 강력한 국가의 착취 대상이기도 하다. 12장에서 설명했듯이 탈식민주

---

[33] 지배적 규범과 가치에 따르면, 피지배문화 구성원들은 보존할 만한 가치들을 가지고 있지 않으며 지배문화 구성원보다 지능도 낮고 매력도 없을뿐더러 신뢰할 수 없고 도덕성도 부족하다. **문화 식민화**cultural colonization는 지배문화가 피지배문화 구성원으로 하여금 지배적 규범과 가치를 맹종하도록 세뇌할 때 발생하는 현상이다. **경제적 주변화**economic marginalization란 소득 기회, 재정 자원, 사회적 서비스에 대한 접근 제한 등의 억압적 과정을 통해 일반 사람들이 지

934

의 비평은 식민주의 이데올로기(지배문화가 피지배문화에 비해 우월하다는 믿음)가 이들에게 미치는 수많은 장기적 영향을 탐구한다. 탈식민주의 생태비평은 특정한 목적을 가지고 탈식민 세계를 탐구한다. 구체적으로 말해, 탈식민주의 생태비평은 탈식민지 문학(또는 식민지배에 대응하여 발전한 문화권에서 생산된 문학)을 읽으면서 탈식민지 인구 집단이 비인간 동물 및 환경을 대하는 방식을 중점적으로 다룬다. 가령, 탈식민주의 생태비평은 탈식민주의 문학작품이 개발자의 토지 탈취를 어떻게 표상하는지를 집중적으로 다룰 수 있다. 몇 가지 예를 들자면, 개발자가 '개발'을 어떻게 정의하는가, 그러한 '개발' 개념이 자연 세계를 대하는 현지인의 태도와 어떻게 대조되는가, 개발자가 현지인의 반대를 무릅쓰고 프로젝트를 추진할 때 어떤 수단을 사용하는가, 어떤 법률을 이용하여 지역 주민들을 몰아내고 권력자에게 토지소유권을 부여하는가 등에 초점을 맞출 수 있다. 또는 탈식민주의 생태비평은 탈식민주의 문학작품이 탈식민지 민중, 특히 여성들이 어떻게 환경을 돌보는지, 지역 주민들, 특히 원주민들이 여러 세대에 걸쳐 땅을 어떻게 지속 가능한 방식으로 관리해 왔는지,[34] 그리고 그들이 땅을 빼앗긴 후 그 땅과 관리자에게 어떤 일이 일어나고 있는지, 자연을 대하는 태도가 국민 정체성과 어떻게 연결되는지, 또는 땅이 원주민 정체성과 어떻게 연결되는지 살펴볼 수 있다. 또는 탈식민주의 생태비평은, 전원생활을 이상화하고 그에 대한 낭만적 향수를 부추기는 유럽적 **목가주의** 전통이 탈식민주의 작가들에 의해 다양한 방식으로 재인식되는 양상을 분석할 수 있다. 이 분석의 목적은 목가주의 개념이 특정 공동체가 땅과 자연을 대하는 특정한

배문화가 누리는 경제생활에 완전히 참여하지 못하게 되는 현상을 말한다. 따라서 경제적 주변화는 문화적 식민화의 도구가 된다.

[34] 국제사면위원회 등의 보고서에 따르면, 원주민은 전 세계 인구의 약 5퍼센트를 차지하지만, 전 세계 생물다양성의 약 80퍼센트를 관리하고 있다.

방식에 바탕을 두고 있음을 보여 주기 위함이다.

그러나 여기서는 이러한 탈식민주의 생태비평의 근간이 되고 탈식민주의 생태비평 탐구 전체의 동기가 되는 목표, 즉 환경정의를 증진하려는 노력에 초점을 맞추고자 한다. 설명해 보자. 식민주의가 아시아, 아프리카, 중동, 라틴아메리카의 경제적으로 어려운 국가에 거주하는 과거 식민지 주민들과 기타 경제적으로 주변화된 인구 집단에 초래한 가장 큰 피해는 부자와 권력자의 배만 불리는 환경파괴였다. 가령, 목재와 사냥 동물의 고갈부터 대기, 물, 토양의 지속적 오염, 기후변화의 파괴적 영향에 불균등하게 노출되는 양상에 이르기까지 그 폐해는 실로 광범위하다. 경제적으로 소외된 여성, 유색인종, 빈곤층[35]은 과거 식민지였던 국가에서 환경파괴의 영향을 받는 사람들의 대다수를 차지하는데, 먼저 이들이 환경파괴에 불균등하게 노출되는 양상에 초점을 맞추어 환경정의 문제를 살펴보도록 하자.

마지막 문장을 읽고 나면 어떻게 여성이 환경파괴의 영향에 불균등하게 노출되는지 의아할지도 모른다. 결국, 지리적으로 분리된 여성 공동체는 존재하지 않으며, 여성은 남성들 사이에 흩어져 살고 있다. 그렇다면 어떻게 여성이 남성보다 환경 불의environmental injustice를 더 많이 겪을 수 있을까? 실제로 환경정의를 다루는 일반적인 논의에서 여성을 별도의 그룹으로 간주하지는 않지만, 여성이 남성보다 환경의 영향을 더 많이 받는 것은 사실이다. 이유는 두 가지다. 첫째는 집단으로서의 여성이 남성보다 더 빈곤하

---

[35] 사람들은 나이, 종교, 장애, 성적 지향, 젠더 정체성(선천적인 생물학적 성과 일치할 수도 있고 일치하지 않을 수도 있는 젠더에 대한 내적 인식) 등의 요인으로 인해 경제적 주변화를 겪기도 하지만, 전 세계적으로 환경 불의의 표적은 특히 경제적 소외 여성, 유색인종, 빈곤층이다. 경제적으로 소외된 종교 공동체가 겪는 환경적 불의에 관해서는 연구가 거의 이루어지지 않았지만, 팔레스타인 사람들이 겪는 환경적 불의는 예외다.[Friends of the Earth; and Link, de Zayas, and Dongues]

고[36] 따라서 환경오염에 취약한 지역에 거주하는 경우가 더 많기 때문이다. 둘째는 전 세계 대부분 지역에서 여성이 식량의 재배 및 채집, 가정용 식수 조달, 연료 채취 등 환경 의존 노동의 대다수를 담당하기 때문이다.

예를 들어, 아프리카와 아시아의 많은 국가에서 여성은 가족들과 지역 공동체를 먹여 살리는 영세 농업 및 소규모 농업의 대부분을 책임지고 있다. 실제로 기후변화 전문가인 발기스 오스만 엘라샤Balgis Osman-Elasha의 보고에 따르면, 여성은 전 세계 토지의 10퍼센트 미만을 소유하고 있지만, 전 세계 식량의 50~80퍼센트를 생산한다. 오스만 엘라샤는 그럼에도 불구하고 여성이 신용, 교육, 기술 상담, 기계, 비료, 종자 등 기후변화에 대한 적응력을 높여 주는 다양한 지원 혜택을 남성보다 덜 받는다고 지적한다. 게다가, 지역의 천연자원에 의존하여 생존을 영위하는 전 세계 가난한 농촌지역에서는 여성이 가정용 식수를 구하고 식량과 연료를 채집하는 일의 대부분을 떠맡고 있다. 예를 들어, 지역사회의 식수원이 마르거나 오염될 때 또 다른 식수원으로 걸어가 그곳 주민들의 반대를 무마하고 물을 길어와 집에 가져와야 하는 것은 여성들이다. 마찬가지로 삼림파괴가 늘어나면서 식용 산림 식물은 물론 요리와 난방에 필요한 장작을 구하기 위해 더 먼 곳까지 가야 하는 것도 여성들이다. 그리고 주민들이 여러 세대에 걸쳐 지속 가능한 방식으로 관리해 온 천연자원이 사라지면서 지역사회가 겪는 좌절감의 유탄을 맞아야 하는 것도 다름 아닌 여성들이다.

마지막으로 오스만 엘라샤는 기후변화가 초래한 정서적 스트레스가 여성들에게 불균등하게 작용한다고 지적한다. 분쟁 기간에 여성들이 성적 협박, 가정폭력, 인신매매, 강간 등에 직면하기 때문이다. 그리고 남성과 달리 이러

---

[36] 전 세계 여성의 상대적 빈곤을 보여 주는 데이터로는 UN Women을 참조할 것. 미국에 거주하는 여성의 상대적 빈곤을 보여 주는 데이터는 Bleiweis, Boesch and Gaines를 참조할 것.

한 상황에 처한 여성은 문화적 규범과 육아 의무로 인해 좀 더 좋은 지역으로 즉시 이주할 수 없다. 요컨대, 유색인종과 빈곤층에게 가해진 환경 불의를 논할 때마다 우리는 많은 경우 여성들이 건강, 교육, 이동성, 생활 조건, 정치 및 사회경제적 지위, 폭력 취약성 등의 측면에서 이미 겪고 있는 성차별에 의해 여성의 환경파괴 경험이 더욱 가중된다는 점을 명심해야 한다. 사실 성차별은 여성이 전 세계 빈곤층의 대다수를 차지하는 이유이기도 하다.

마찬가지로, 인종차별은 빈곤을 초래하고 빈곤으로 인해 사람들은 환경파괴에 더욱 취약해진다. 실제로 유색인종에 대한 환경 불의는 이를 설명하는 구체적인 용어인 **환경 인종차별주의**environmental racism가 있을 정도로 오랫동안 공공연히 자행되어 왔으며, 현재도 전 세계 유색인종 공동체를 위협하고 있다. 전 세계 수많은 사례 중 몇 개만 인용하자면, 재클린 콕Jacklyn Cock은 "남아프리카 흑인 대다수는 석탄 화력발전소, 제철소, 소각장, 폐기물처리장 인근의 가장 오염된 지역에서, 가장 손상된 땅에 계속 살고" 있으며 "깨끗한 공기와 물을 얻을 수 없는 상황"이라고 지적한다. 이와 비슷하게 유엔 인권고등판무관실(OHCHR)의 보고서에 따르면, '아프리카계' 에콰도르 국민은 "조직적인 상수도 및 환경오염으로 고통받고" 있으며, 특히 아프리카계 에콰도르 국민이 인구의 70퍼센트를 차지하는 에스메랄다스주에서는 수많은 기름 유출 사고(United Nations Environment Programme, "Delfina Torres Committee v. Petroecuador")와 대규모 삼림파괴(World Rainforest Movement)로 인한 피해가 발생하고 있다.

미국의 환경적 인종차별주의는 흑인 및 라틴계[37] 지역사회에서 발생한다. 쓰레기처리장, 유독성 폐기물처리장, 시립 소각장의 상당수가 유색인종

---

[37] 라틴엑스(복수형 Latinx 또는 Latinxs)는 라티노 또는 라티나와는 반대로 젠더중립적인 비이분법 용어(성별이나 젠더 정체성에 근거하지 않는 용어)로 라틴아메리카 출신 또는 혈통을 지칭하는 용

거주지역에 배치되며, 이는 예외가 아니라 일상이다. 미시간주 플린트에서 수년간 지속된 물 부족 사태와 멕시코 국경 인근의 저소득 라틴계 지역사회에서 지속되는 물 부족 사태에서 확인되듯이, 유색인종 지역사회는 안전한 식수를 제공받지 못한다. 2005년 뉴올리언스를 강타한 허리케인 카트리나처럼 유색인종에게 큰 타격을 가한 자연재해에 대해서는 충분한 대처가 이루어지지 않는다. 미국 농업 노동력의 88퍼센트를 차지하는 라틴계 노동자의 경우처럼 유색인종 농장 노동자들은 유독성 농약에 일상적으로 노출되고 있다. 배타적 구역 설정,[38] 유색인종 고객에게 주택 비용 및 구매 가능성을 속이는 행위 등 은밀한 주택 차별 관행이 계속되고 있으며, 이 때문에 흑인과 라틴계 미국인은 백인보다 소득수준이 높은데도 더 가난한 지역에 거주할 가능성이 높고 그에 따라 환경적 인종차별주의에 더 취약한 상태에 놓인다. 아시아계 미국인과 태평양 섬 주민은 환경적 인종차별주의에 대한 논의에서 자주 언급되지는 않지만, 그들 또한 가정과 직장에서 환경 위험에 불균등하게 노출되어 있다. 환경정의의 아버지라고 불리는 로버트 불라드는 "학교에 다니는 학생 대부분이 저소득층이거나 유색인종"이라면 "학교도 환경피해로부터 안전하지 않다"[4]라고 말한다. 환경적 인종차별주의는 건강에 미치는 부정적 영향으로 인해 모든 유색인종 미국인의 기대수명을 크게 낮추었는데, 암, 장기 손상, 호흡기질환, 뇌 손상 등의 질병이 특히 어린이와 태아에게 매우 불균등하게 자주 발생하고 있다.

어이다. 멕시코는 라틴아메리카의 일부이지만, 많은 멕시코계 미국인들은 치카노, 치카나 또는 치칸엑스(복수형 Chicanxs)—가끔 치카노 또는 치카나 대신 사용되는 성중립적인 비이분법 용어—를 선호한다. 물론 개인의 호칭은 개별적 취향에 따라 달라질 수 있다.

[38] 배타적 구역 설정은, 예를 들어 유색인종의 주택 구입을 거의 불가능하게 만들기 위해 대규모 부지에 대형 단독주택을 건설하도록 요구하는 지역 법률이다. 배타적 구역 설정에 대한 자세한 설명은 Rouse, Bernstein, Knudsen, Zhang and Winkler를 참조할 것.

    환경적 인종차별주의는 전 세계 원주민에게도 자행되고 있다. 원주민들은 전 세계 인구의 약 5퍼센트에 불과하지만, 극심한 빈곤에 시달리는 전 세계 농촌 주민의 약 3분의 1을 차지한다.(Hall and Gandolfo) 예를 들어, 인도의 많은 원주민들은 가스 및 석유 시추와 댐 건설로 인해 삶의 터전에서 쫓겨났는데, 전체 인구의 8퍼센트에 불과한 부족들이 "인도 난민 인구의 40~50퍼센트를 차지하고 있다."(Deb) 이와 비슷하게, 온타리오주의 암지우낭 원주민 부족의 땅은 캐나다 최대의 석유화학 공장 단지로 둘러싸여 있어 암지우낭 부족은 암과 호흡기질환에 걸릴 위험도 크고 이 지역 어류 및 기타 야생동물도 오염될 위험이 매우 크다. 실제로 사냥 동물 및 식용 야생 식물의 오염은 전 세계 원주민 지역사회가 오염원에 불균등하게 노출된 결과다.(McGill Newsroom) 원주민에 대한 환경적 인종차별주의의 가장 유명한 사례는 악명 높은 다코타 액세스 파이프라인(DAPL)일 것이다. 원유를 운반하는 이 송유관은 노스다코타에서 일리노이까지 이어지는 1,172마일의 지하 파이프라인으로, 미국에서 여섯 번째로 큰 보호구역인 스탠딩 록 수족族 보호구역Standing Rock Sioux Reservation 정북쪽에 위치한 원주민 조상 땅을 통과하는데, 이곳 주민들은 송유관 건설에 강력히 항의하며 폐쇄를 요구하는 운동을 계속 벌이고 있다. 원주민 조상 땅이 아니라 비스마르크시에 위치한 주의사당 근처를 통과하는 경로로 파이프라인을 옮기자는 제안이 있었지만, 그곳에서 기름이 유출되면 비스마르크의 상수도가 위태로울 수 있다는 이유로 거부되었다는 점은 흥미롭다. 부족의 식수원은 물론 부족의 농지, 가축, 야생 식량 공급원이 위태롭다는 이유는 부족 거주지 인근 지역으로 송유관이 지나는 것을 막기에는 역부족이었다. 오바마 대통령 재직 시 건설이 중단되었지만, 트럼프 대통령 때 송유관이 완공되었다. 벌써 송유관 유출 사고가 여러 차례 발생했고, 석유산업의 안전 여부는 앞으로도 그리

밝은 편은 아니다.[39]

　폐기물처리 산업은 경제적으로 어려움을 겪고 있는 나라의 원주민과 비원주민 빈곤층을 포함하여 전 세계 빈곤층에게 환경적 악몽을 초래하는 또 다른 주원인이다. 예를 들어, 부유한 국가에서는 플라스틱 폐기물을 국내에서 처리하는 것보다 가난한 국가로 보내 합법적 재활용 업체에서 재활용하는 것이 더 싸게 먹힌다. 그러나 플라스틱 폐기물을 수출하는 국가나 수입하는 국가나 불량 재활용 업체가 플라스틱을 태우거나 매립지에 버리는 행위에 대해서는 별 관심이 없다. 플라스틱 소각은 수은과 이산화탄소를 포함한 독성가스를 대기 중으로 방출하고, 플라스틱 매립은 토양과 지하수에 해로운 오염물질을 침출한다. 마찬가지로 전자 장난감, 전화기, 컴퓨터, 냉장고 등 해마다 기술 선진국에서 발생하는 수많은 전자 폐기물은 '중고품'으로 포장되어 아프리카와 아시아의 저소득 국가에 불법으로 투기되는데, 그곳에서 납, 수은, 비소와 같은 독성물질을 토양과 지하수로 유출한다. 물론 이러한 오염물질은 지구환경에 부정적인 영향을 미치는 까닭에 궁극적으로는 모든 사람에게 부정적인 영향을 미치는 셈이지만, 즉각적인 악영향은 플라스틱 폐기물을 배출하는 부유한 국가에 사는 사람들이 아니라 지역 주민들이 경험하게 된다.[40]

---

[39]　화석연료 업계는 인정하고 싶지 않겠지만, 석유 및 천연가스의 생산과 운송은 환경의 주된 위험 요인이다. 1980년대 중반 이후부터 미국에서만 송유관 사고로 인해 연평균 3백만 갤런 이상의 기름이 유출되었는데, 이는 하루 200배럴에 해당하는 양이다. 라몬 A. 알바레즈 연구팀의 보고에 따르면, 천연가스의 주성분인 메탄은 미국에서만 매년 약 1,300만 미터톤이 대기 중으로 누출되는데, 이는 환경보호청(EPA)이 보고한 과거 추정치보다 60퍼센트 더 많은 양이다. 천연가스를 연료로 태울 때 방출되는 메탄은 대기 중으로 방출된 이후 첫 20년 동안 이산화탄소의 80배 이상으로 지구온난화에 영향을 미친다.[Rice]

[40]　폐기물 관리와 글로벌 빈곤층을 상세하게 다룬 책으로는 Ellis-Petersen, Varkkey, Vidal을 참고할 것.

이와 비슷하게, 가난한 나라에는 환경을 보호하는 법률이 많지 않은 까닭에 그곳에서 공해 업체를 운영하는 것이 더 저렴하다. 따라서 글로벌 빈곤 국가에 진출한 부유한 국가의 기업들은 그곳의 대기, 토양, 물, 동물 서식지에 미치는 피해를 걱정하지 않고 벌목, 채굴, 화석연료 추출 등 환경파괴적인 사업을 벌이며 현지의 천연자원을 마음대로 약탈할 수 있다. 전 세계적으로 수많은 사례 중에서 하나만 예로 들자면, 영국-네덜란드계 석유회사인 로열더치셸은 나이지리아에서 석유 폐기물을 마음대로 버리고 부식된 송유관으로 빈번하게 유출되는 기름을 방치하고 석유 추출 과정에서 발생한 메탄을 대기 중에 방출해 왔다. 지역 주민들은 석유산업의 혜택은 전혀 받지 못하는데도 극도로 오염된 공기, 식수로 부적합한 물, 지역 어류 개체수의 급격한 감소, 농지 파괴 등을 감내해야 한다.[41]

경제적으로 어려움을 겪고 있는 국가, 특히 탈식민 국가의 환경을 상당한 정도로 파괴하는 기업을 말할 때 간과되는 산업이 있는데, 내가 말하는 것이 글로벌 관광산업이라는 사실을 알게 된다면 놀랄 사람이 많을 것이다. 글로벌 관광은 세계 최대 산업으로 아름다운 날씨, 멋진 해변, 청정한 삼림 이외에는 팔 것이 별로 없어 빈곤을 겪는 수많은 국가에 경제적인 도움이 되는 것은 사실이다. 그리고 글로벌 관광 기업은 공장을 짓거나 채굴하거나 석유를 추출하지 않는다. 그렇다면 무엇이 문제일까? 첫 번째 문제는 전 세계 관광산업에 수반되는 비행기 여행, 유람선 여행, 각종 관광숙박시설이 매년 45억 톤 이상의 이산화탄소[42]를 대기 중으로 배출한다는 점이다.(Lenzen et al.) 또한 글로벌 관광산업은 관광 명소, 고급 호텔, 레스토랑, 도로 및 기타

---

[41] 로열더치셸이 나이지리아에 초래한 환경 재해에 대한 자세한 내용은 Friends of the Earth Europe and United Nations Environment Programme을 참고할 것.

[42] 한 해 동안 전 세계 관광산업이 배출한 온실가스를 모두 합산하고 이산화탄소 대비 지구온난화 잠재력을 계산하면 이산화탄소 환산량을 구할 수 있다.

관광 편의시설 등을 짓기 위해 많은 삼림과 농지를 파괴하고 지역 대기, 토양 및 수질오염을 일으키고 과도한 물 사용으로 천연자원을 파괴하고 동물 서식지를 파괴하고 조상 대대로 오염되지 않은 환경을 지속 가능한 방식으로 관리해 온 원주민 땅을 파괴한다.[43] 가령, 필리핀 아시엔다 루옥의 농부, 어부, 지역 주민들은 과거 농지와 숲이었던 광활한 토지에 고급 고층 콘도, 컨트리클럽과 온천을 갖춘 고급 호텔, 두 개의 골프장을 포함하여 거대한 주거용 해변 리조트가 들어서면서 생활 터전을 잃게 되었다. 임금이 낮은 일자리를 찾아 마닐라로 이주한 지역 주민 상당수는 가난에 허덕이고 있다. 남은 사람들은 삼림파괴로 인한 토양침식, 산사태, 홍수와 싸워야 하고 매년 골프장에 뿌려지는 막대한 양의 살충제에 노출될 위험을 감수해야 한다.[44] 만약 그렇다면 관광객이 친환경적인 방식으로 자연을 배우고 감상하는 생태관광이 다른 유형의 관광에 대한 대안으로 떠오르고 있다는 사실을 기뻐해야 할까? 그렇다. 생태관광은 지역 환경을 보호해야 한다는 명제에 기초하기 때문에 훌륭한 생각이 아닐 수 없다. 그러나 현실은 다르다. 생태관광은 지속 가능하지도 않고 환경에 친화적이지도 않다. 무엇보다도 가장 인기 있는 관광지는 관광숙박시설과 식당에 필요한 하수도, 상수도관, 가스관, 전기 시설은 물론 자동차 사용 증가에 따른 도로포장 등 모든 형태의 관광산업에 요구되는 환경에 유해한 기반 시설을 엄청나게 증가시키기 때문이다. 그리고 생태관광지를 방문하는 사람이 너무 많아지면, 과도한 통행량으로 인해 토양이 압축되고 식물이 짓밟히는 한편 동물의 가죽, 뿔, 거북이 껍질,

---

[43] 마크 도위Mark Dowie가 지적하듯이, 환경보호 단체들조차 원주민들이 수백 년 동안 지속 가능한 방식으로 환경을 관리해 온 사실을 간과하는 경우가 많다. 이 문제를 다룬 간략한 논의는 12장 〈탈식민주의 비평〉의 '탈식민주의 이론과 글로벌 환경보존' 항목을 참조할 것.

[44] 아시엔다 루옥에 대한 자세한 논의는 12장 〈탈식민주의 비평〉의 '탈식민주의 이론과 글로벌 관광산업'을 참조할 것.

상아로 만든 기념품 구매가 늘어나고 기념품 제조를 위해 밀렵이 자행되는
데, 이 모든 행위로 인해 동물의 서식지는 훼손될 수밖에 없다.[45]

불행하게도, 글로벌 관광의 이익 도모를 위한 토지 수탈은 필리핀은 물
론 동남아시아, 아프리카, 인도, 티베트, 중남미, 카리브해 등지에서 발생하
고 있으며, 환경에 미치는 영향은 하나같이 부정적이다. 그동안 수많은 단
체가 등장하여 글로벌 관광으로 인해 쫓겨나는 사람들의 권리를 위해, 그
리고 앞에서 다룬 모든 형태의 착취로부터 환경을 보호하기 위해 싸웠다.
이러한 단체에는 라 비아 캄페시나La Via Campesina, 문화생존Cultural Survival,
원주민환경네트워크(IEN), 아시아농민연합(APC), 아프리카보존센터(ACC) 등이
있다. 이 단체들은 힘이 닿는 대로 최선을 다해 도움을 제공하고 약간의 성
공을 거두고 있지만, 싸움은 여전히 힘겹다.

생태비평과 문학

자연은 매우 다양한 방식으로 기능하기 때문에 문학작품에서 자연의 역
할은 복잡하다. 배경으로서의 자연은 행위의 배경을 이룬다. 제재로서 자연
은 작품이 다루는 내용이다. 가장 유명한 것은 19세기 영국의 낭만주의 시
인 윌리엄 워즈워스의 시와 19세기 미국의 초월주의자 헨리 데이비드 소로
의 에세이다. 주제로서의 자연은 구원적이고 치유적이고 영감을 제공할 뿐
만 아니라 반대로 인간에게 위협적이거나 적대적인 것으로 묘사된다. 장르

---

[45] 생태관광을 포함한 세계 관광의 환경 영향에 관한 정보는 Global Development Research
Center; Harvey, Chelsea; and Humane Society International을 참조할 것. 생태관광에 대한 상
반된 견해에 관해서는 Higham을 참조할 것.

의 측면에서 자연 글쓰기는 목가적 농촌을 배경으로 전원생활을 낭만적으로 묘사한 목가문학, 모험문학, 여행문학을 비롯하여, 지구온난화, 홍수, 가뭄, 산불 등 기후변화의 영향을 다루는 기후소설, 환경주의적이거나 자연보호에 관심을 두는 생태중심적(또는 자연중심적) 생태시 및 생태소설 등의 형태를 취할 수 있다.

우리의 질문은 간단하다. 생태비평적 관점에서 문학작품을 읽는다면 문학작품에서 무엇을 찾아야 할까? 이 단계의 생태비평 교육에서 우리의 주요 목표는 텍스트가 인간과 자연환경의 관계에 대해 무엇을 알려 줄 수 있는지 알아보는 것이다. 구체적으로 말해, 인간이 자연의 특징을 어떤 방식으로 묘사하는지, 인간이 어떤 방식으로 자연 세계를 대하는지에 대하여 텍스트는 무엇을 밝혀 주는가? 이것이 자연의 문학적 형상화를 높이 평가하는 비평과는 다른 생태비평의 접근법이다. 생태비평을 잘 모르는 독자는 문학작품이 자연환경을 탁월하게 묘사하는지 그럼으로써 자연을 잘 음미할 수 있도록 하는지에 따라 문학작품을 해석하려 할 것이다. 반면, 생태비평가는 다른 무엇보다도 해당 문학작품이 인간중심적인지 아니면 생태중심적인지 알고자 할 것이다. 다시 말해, 생태비평가는 텍스트가 인간에게 유익한지 해로운지에 따라 자연을 형상화하는지, 아니면 자연을 그 자체로 중요한 것으로 형상화하는지 알고자 할 것이다. 그러면 잠시 시간을 들여 이 주제를 좀 더 살펴보도록 하자.

그렉 개러드Greg Garrard가 윌리엄 워즈워스(1770~1850)와 존 클레어John Clare(1793~1864)의 시를 분석하면서 주장하듯이, 워즈워스를 "'생태적 성자'로 등극시키려면 유보 조건이 많이 붙어야 한다."[47] 가령, 개러드는 "워즈워스가 가치 있다고 평가하는 '자연'은 오늘날 환경주의자들이 보호하려는 자연이 아니다"[48]라고 말한다. 시인은 산악지대 풍경, 즉 그 광대함이 보는 사람을 압도할 정도로 강렬한 느낌을 일으키는 풍경처럼 숭고한 장면에 집중하는 경향이 있다. 워즈워스 시대에도 이미 농업과 연료 채취로 인한 생태적 위협에 처해 있던 목초지, 초원, 습지는 "워즈워스의 미학에 따르면 단순히 예쁜 것의 영역으로 강등되어 숭고미를 이루는 특질이 부족한 것처럼 보인다."(48) 더 중요한 것은 개러드가 지적하듯이, "'자연'에 대한 워즈워스의 열광은 현대의 생태적 관심과 전혀 다르다"는 점이다. 전반적으로 "워즈워스는 자연 그 자체보다 비인간 자연과 인간과의 관계에 훨씬 많은 관심을 쏟았다."(47) 따라서 시인은 "자연을 묘사하는 것보다 자연에 대한 그 자신의 반응, 타인의 반응을 반추하는 데 더 많은 시간을 들인다."(47-48)

자연 그 자체보다 자연에 대한 인간의 반응을 전면에 내세우는 이러한 경향은 워즈워스의 멋진 시 〈1798년 7월 13일, 여행 중 와이 강둑을 다시 방문하면서 틴턴 수도원 몇 마일 위쪽에서 쓴 시〉에서 아주 분명하게 볼 수 있다. 이 시는 159행으로 구성되어 있지만, 풍경을 묘사하는 데 집중하는 부분은 첫 22행뿐이다. 가령, "산골 샘에서 흘러나온 물"(3행), "땅의 풍경과 하늘의 고요를/이어 주는 높고 가파로운 이 벼랑들"(5-8행), "오두막의 뜨락 밭/철 일러 과일이 익지 않은 과수들은/한 색 초록의 옷을 걸치고/작은 나무 숲속에 어울려 사라지느니"(11-14행) 유종호가 번역한 워즈워스 시선집 〈하늘의 무지개를 볼 때마다〉에서 인용 등이다. 남은 137행은 자연 풍경의 세목들을 담고 있기는 하지만, 화자와 자연과의 관계에 대한 명상을 전면에 내세운다. 예를 들어, 경치에 대한 그의 기억은 그에게 "읍내와 도시의 소음 속, 외로운 방 속에서/… 감미로운 정감을/핏줄과 가슴속에서 느끼게 하고/또 보다 맑은 정신 속으로 흘러가 평안을 되찾아 주었다"(25~30행). 그리고 자연의 아름다움에 대한 기억은 삶의 신비에 대한 통찰을 제공함으로써 그로 하여금 "사물의 생명을 들여다볼 수 있게"(49행) 해 주었으며, 이와 같은 선물을 준 자연경관을 다시 찾음으로써 그는 "앞으로 몇 년 동안/생명과 양식을"(64-65행) 확보할 것이다.

개러드는 워즈워스보다는 존 클레어가 "진정한 자연의 시인이라고 불릴 만한 자격이 있다"[49]라고 말한다. 개러드에 따르면, "농업 노동과 자연사 연구에 기초한 클레어의 자연환경 지식은 영시英詩에서 타의 추종을 불허하는 수준"[51]이다. 예를 들어, 1824년에서 1832년 사이에 쓴 것으로 추정되는 〈겨울의 에몬세일즈 히스〉는 의도적으로 구두점을 제거한 시로, 이 시에서 클레어가 제공하는 세밀한 자연묘사는 "생생하고 정확하다."[51]

보다시피 이 시에는 노샘프턴셔 방언이 많이 포함되어 있는데, 대부분 자연환경의 여러 요소를 언급하고 있다. 가령, 브레이크(고사리), 퍼즈(노란 꽃이 피는 고르스 관목), 링(히스 속 식물), 오들링(고독한), 브리그(다리), 필드페어(개똥지빠귀과 조류), 쏜(산사나무 덤불), 오(산사나무 또는 그 열매), 클로젠(작은 들), 로브(방랑하다), 범배럴(긴꼬리 멧새) 등이다. 나에게는 클레어의 방언 사용이 시의 아름다움과 흥미를 배가한다.

겨울의 에몬세일즈 히스

나는 오랜 황야의 시든 고사리 보는 게 좋다네

내가 그 구겨진 이파리를 퍼즈와 링에 섞는 동안

외로운 호숫가 늙은 왜가리는

구슬픈 날개를 느릿느릿 퍼덕거리고

홀로 있는 까마귀는 한가로이 흔들거리네

반쯤 썩은 물푸레나무 옆에는 집시가

침대를 만들고 그 꼭대기 나뭇가지로는

다리에서 튀어 오른 나무 수탉이 날아가네

다리 밑 검은 수렁은 지나는 발걸음에 진동하네

산사나무 덤불이 휘파람 부는 곳 개똥지빠귀 재잘거리다

열매 찾아 너른 들 작은 들 둘레 둘레로 돌아다니네

　　스무 마리 수줍은 긴꼬리 멧새는 떼를 지어

　　얼어붙은 들판 산울타리 밑으로 휙 하니 날더니

　　작은 나뭇가지에 앉아 다시 시작하네

　개러드가 말하듯, 클레어의 시는 당시 사람들이 전혀 좋아하지 않았던 "더럽고 차갑고 낭만적이지 않은 풍경"[51]에 대한 "솔직한 애정"을 강력하게 전달한다. 게다가, 개러드는 "집시의 존재는 눈에 거슬리지 않으며 많은 낭만주의 글에서처럼 미화되거나 악마화되지 않는다"[51]라고 말한다. 즉, 자연환경은 인간과의 관계, 물푸레나무 아래에서 잠자는 집시와의 관계라는 측면에서 표상되지 않는다. 자연은 관찰하는 화자의 눈에 보이는 그대로 상세하게 묘사된다. 이처럼 우리는 자연이 인간에게 미치는 영향의 관점에서 이 장면을 보게 되지 않는다. 덧붙여, 자연은 다른 무언가의 상징이나 메타포로 이용되지도 않는다. 오히려 우리는 (시인이 이를 전달하는 한정된 범위 내에서) 자연을 있는 그대로, 그 자체로 보도록 유도된다. 이처럼 워즈워스의 시와는 다르게 클레어의 "겨울의 에몬세일즈 히스"는 인간중심적이라기보다는 생태중심적이다.

　문학작품이 생태중심적인지 인간중심적인지 결정하는 것 말고도 다음과 같은 질문을 고려해야 한다. 즉, 만약 텍스트가 인간중심적이라면, 거기에는 인간중심주의를 추동하는 다른 이데올로기적 편견이 들어 있는가? 예를 들어, 인간이 다른 모든 생명체보다 우월하다고 생각한다는 점에서 인간중심적이라고 할 수 있는 휴머니즘[46]이 텍스트의 밑바탕에 깔려 있는가,

---

[46] 간단히 말해, 휴머니즘은 신, 초자연 또는 자연이 아닌 인간을 인간 탐구의 중심에 두는 철학이다. 휴머니즘은 다른 모든 관심사보다 개별 인간의 중요성을 강조하며, 선을 행할 수 있는 인간의 잠재적 능력과 합리적 사고의 힘에 초점을 맞춘다. 반면 휴머니즘 이후 또는 그 너머를 의미하는 포스트휴머니즘은 생태주의 논의에서 자주 언급되는데, 모든 생명체가 동등하게

아니면 에코마르크스주의와 에코페미니즘과 같은 접근법, 또는 환경적 인종차별주의와 같은 개념들이 텍스트의 인간중심주의를 뒷받침하는 다른 이데올로기적 가정을 찾는 데 도움이 되는가? 다시 말해, 우리의 이기적인 자연 개념과 그에 따른 환경파괴적 태도를 낳은 과거와 현재의 다양한 가정들을 이해하는 데 문학은 어떤 도움을 줄 수 있는가? 이러한 문제들은 핵심적인 관심사다. 왜냐하면 생태주의자들에게 인간중심주의는 오늘날 우리가 직면한 환경위기의 근원이기 때문이며, 인간중심주의의 이데올로기적 내용을 모르면 그 특정 사례가 어떻게 작동하는지 충분히 이해할 수 없기 때문이다. 케이트 쇼팽의 소설 《각성》(1899)을 살펴보면서 이러한 과제를 수행할 수 있을지 알아보자. 그 목적은 어떤 작품이 인간중심적인지 아닌지 결정하고, 만약 그렇다면 그러한 인간중심주의를 추동하는 이데올로기적 편견을 파악하는 것이다.

쇼팽의 아름다운 소설은 19세기 후반 루이지애나주를 배경으로 하는데, 등장인물들이 사는 뉴올리언스와 그들이 여름마다 찾는 걸프 연안의 휴양지 그랜드 아일이 주요 장소다. 소설은 자연환경에 대한 아름다운 묘사로 가득하며, 실제로 이 작품은 탁월한 자연 이미지로 유명하다. 그러나 생태비평적 관점에서 자연 이미지를 살펴보면 이 소설이 인간중심적임을 알 수 있다. 자연은 인간과는 무관하게 독자적으로 묘사되지 않기 때문이다. 자연환경은 주로 문학적 장치로서 기능한다. 다시 말해, 자연은 인간의 특성이나 경험의 상징 또는 메타포를 제공하고 등장인물 성격의 특정한 양상을 드러내는 데 사용된다. 쇼팽의 놀라운 자연 이미지가 지닌 수많은 상징적·은유적 기능을 몇 가지 예로 들어 보자. 텍스트 전반에 걸쳐 자주 언급

중요함을 강조하는 한편 탐구의 범위를 확장하여 인간과 다른 종과의 공존뿐만 아니라 인간의 능력을 빠르게 변화시키는 기술 세계와의 공존도 포함한다.

되는 새의 날개는 가령 모성애적 보호, 자유에 대한 열망, 그리고 물 위에서 부러진 날개를 퍼덕거리는 마지막 장면의 새가 보여 주듯이 자유를 얻지 못한 실패를 상징한다. 소설 첫머리에 등장하는 마담 르브룅의 앵무새와 흉내지빠귀에서 볼 수 있듯이, 새장에 갇힌 새는 덫을 상징한다. 주인공 에드나 퐁텔리에의 기억에 어린 시절 "물속에서 수영하듯 팔을 뻗어 키 큰 풀을 헤치며"[19] 쏘다녔던 풀밭은 소녀 시절에 누렸던 자유에 대한 메타포이자 걸프 지역에서 새롭게 발견한 수영에 대한 사랑과도 일맥상통하는 메타포이다. 마지막으로 바다는 에드나가 마침내 물속으로 들어갈 때 분명하게 볼 수 있듯이 부활, 성, 자유, 죽음을 상징한다.

> 에드나는 벌거벗은 채 서 있었다. … 자신이 마치 새로 태어나 처음 눈을 뜬 생명처럼 느껴졌다. … 물은 깊었으나 하얀 몸을 들어 올린 다음 팔을 길게 뻗어 헤엄쳐 나갔다. 바다의 감촉은 관능적이었다. 부드럽게 꼭 안아 주듯 몸을 감쌌다. … 어릴 적 가로질렀던 파란 초원을 생각하며 뒤도 돌아보지 않고 계속 나아갔다. … 해안은 저 멀리 뒤에 남겨졌고, 기운은 다 빠져 버렸다. [116]

상징적 은유적 기능 외에도, 《각성》의 자연 배경은 인물이 자연에 반응하는 방식을 보여 줌으로써 인물 성격의 특수한 양상을 드러내는 데 사용된다. 예를 들어, 성적 자유를 비롯한 사적 자유에 대한 에드나의 갈망은 그랜드 아일에 있는 동안 바다와의 관계에서 강력하게 나타난다. 드디어 수영을 배우게 되었을 때, 에드나는 그 경험이 너무나 기뻤고 그 후로 가능한 한 자주 바다에서 수영한다. 실제로 바다는 연인이 되었고, 에드나가 바다의 품속에서 죽음을 선택했다고 해도 무방할 정도다. 반면 에드나의 절친 아델 라티뇰은 전적으로 아내와 어머니라는 전통적인 역할에 만족하며 바다 또는 다른 어떤 자연환경에도 전혀 관심이 없다. 사실 아델은 자연환경과 조화를 이루는 요염한 아름다움과 끊임없는 출산으로 인해 자연을 대체하는 존재로 여겨질 수도 있다. 끝으로, 에드나의 남편인 레옹스 퐁텔리에는 사회적 규범의 중요성을 믿으며, 이러한 특성은 자연에 대한 그의 태도에도 반영되어 있다. 레옹스는 그랜드 아일의 자연미는 알아보지 못하는 것 같고, 뉴올리언스에 있는 값비싼 집의 아름다움에 훨씬 더 관심이 많다. 그에게 그랜드 아일은 아내와 두 아들이 휴가를 보내기에 적합한, 사회적 지위에 어울리는 장소일 뿐이다.

쇼팽의 자연환경 묘사는 세밀하고 아름답지만, 자연은 분명 그 자체로 표상되지 않는다. 그런데 소설의 인간중심주의에 대한 이러한 독해가 유용한 것은 사실이지만, 앞에서 다룬 이론적 개념이 무언가 더 많은 것을 말해줄 수 있지 않을까? 그럴 수 있다고 생각한다. 특히나 레옹스라는 인물을 해석할 때 그렇다. 에코마르크스주의는 가령 이 인물의 인간중심적인 자연 관계를 뒷받침하는 자본주의 이데올로기를 살펴보는 데 도움을 줄 수 있다. 레옹스는 처음부터 끝까지 사업가였다. 그에게 자연은 상품 이상의 가치가 없다. 그랜드 아일의 아름다운 자연경관에서 휴가를 보내는 가족을 위해 그가 임대한 별장은 자신의 사회적 지위에 대한 투자 그 이상도 이하도 아니다. 그것은 부유한 신사들이 으레 하는 일이다. 이는 마치 뉴올리언스 집을 새로 꾸미는 것이 재산 가치에 대한 투자인 것과 마찬가지다. 여기에 작동하는 신념 체계는 다른 상황이었다면 금전적 이득을 위해 자연을 파괴하도록 부추겼을 것이다. 마찬가지로, 에코페미니즘은 레옹스가 여성을 대하는 방식과 똑같이 자연을 대한다는 점에 주목할 수 있다. 가령, 그는 여성을 안락함을 제공하는 대상, 그의 사회적 지위를 높이는 대상으로 대하는데, 구체적으로 말해서 이는 주로 편안함을 제공하고 그의 사회적 지위를 뒷받침하는 에드나의 능력 또는 능력 부족에 따라 그녀를 대하는 그의 태도에서 특히 잘 드러난다. 요컨대, 레옹스의 인간중심주의는 자본주의 이데올

로기 및 가부장제 이데올로기에 의해 추동된다고 주장해도 무방하다.[47]

생태비평적 관점에서 문학을 해석할 때, 내가 여기서 제시한 문학 분석은 말 그대로 단지 예시일 뿐이라는 점을 기억해야 한다. 연습을 거듭하다 보면 나만의 생각들이 떠오를 것이다. 그리고 문학작품이 인간중심적이라고 해서 문학적 가치가 없다는 뜻은 아니라는 점을 명심하라. 훌륭한 문학작품의 상당수는 자연묘사가 인간중심적이다. 더 나아가, 등장인물의 인간중심적 행동을 비판하지 못할 뿐만 아니라 심지어 이를 눈치채지도 못한다. 생태비평적 접근법을 사용하여 텍스트의 인간중심주의를 인식하고 그 이면에 있는 이데올로기적 내용을 검토한다면 우리는 작품의 능숙한 자연묘사를 충분히 음미하면서도 자연에 대한 우리 자신의 선입견은 물론 작품이 쓰인 시대의 선입견까지도 더 잘 이해할 수 있다.

생태비평가가 던질 만한 질문들

다음 질문은 생태비평적 문학 접근법을 요약하기 위한 것이다. 대부분의 생태비평 분석은 다루는 쟁점에 상관없이 텍스트의 자연묘사가 인간중심적인지 생태중심적인지, 또는 이 두 가지의 조합인지에 관심을 집중한다

---

[47] 등장인물의 인간중심주의가 문학작품의 인간중심주의를 보여 주는지 그렇지 않은지의 여부는 텍스트가 인물의 인간중심주의를 부정적인 시각으로 묘사하는지 그렇지 않은지에 따라 달라진다. 이 질문은 대답하기가 까다롭다. 그러나 비록 《각성》이 자연에 대한 레옹스의 무관심을 공유하지는 않는 것처럼 보여도, 그럼에도 불구하고 여전히 인간중심적이라는 가설을 세울 수 있다. 작가는 사회적 지위를 중시하는 데서 엿보이는 레옹스의 태도를 상당 부분 부정적으로 묘사함으로써 독자들도 이를 부정적으로 여기도록 유도하지만, 자연에 대한 그의 태도는 부정적으로 묘사하지 않는다. 실제로 레옹스의 이러한 측면은 문학적 장치로서의 유용성 그 이상으로 발전되지 않는다.

는 점을 기억할 필요가 있다.

① 문학작품에서 자연은 어떻게 표상되는가? 가령, 소설, 희곡, 시에서 자연 세계는 어떤 역할을 하는가? 자연은 호의적인가, 악의적인가, 또는 둘 다인가, 아니면 둘 다 아닌가? 또는 자연 세계가 텍스트에 부재한다면 그 부재가 작품에 어떻게 작용하는가? 인물, 배경, 플롯 또는 이미지를 묘사하는 데 **자연적이다, 부자연적이다**라는 단어가 어떻게 사용되는가? 다시 말해, 이러한 단어의 사용이 작품의 자연묘사를 어떻게 뒷받침하는가? 이러한 질문에 대한 답변이 작품이 생태중심적인지, 인간중심적인지 아니면 이 둘의 조합인지 어떤 것을 암시하는가?

② 등장인물(화자narrator, 또는 시를 분석하는 경우 시적화자speaker)은 자연을 어떻게 대하는가? 예를 들어, 등장인물은 자연 세계와 어떻게 상호작용하는가? 예를 들어 식물, 동물, 물 또는 기타 자연 개체를 대하는 태도는 어떤가? 만약 등장인물이 인간중심적이라면, 텍스트가 그러한 인간중심주의를 승인하는가 아니면 비판하는가? 자연 세계가 부재하거나 미미하다면, 등장인물은 그러한 부재 또는 미미함에 어떻게 반응하는가? 그리고 애완동물, 화분 식물, 또는 동물, 꽃 등을 그린 그림을 포함한 자연 세계의 그림과 같은 자연의 '대리물'에 어떻게 반응하는가?

③ 작품이 어떤 식으로든 인간의 간섭으로부터 자연을 보호해야 한다고 주장하는가? 가령, 텍스트가 인간에 의한 자연 파괴를 부정적으로 묘사하는가? 아니면 독자가 자연의 취약성을 깨닫도록, 또는 자연에 대한 인간의 무관심이 자연의 취약성에 기여한다는 사실을 깨닫도록 유도하는가? 또는 텍스트가 자연을 파괴 불가능하거나 반대로 중요

하지 않은 것으로 다룸으로써 자연의 위기에 대한 독자들의 무관심을 조장하는가? 이러한 질문에 답할 때, 텍스트가 쓰인 시기를 눈여겨보아야 한다. 자연에 대한 우리의 믿음은 우리가 사는 시대의 산물이기 때문이다.

④ 작품의 자연묘사에서 자본주의 이데올로기는 어떻게 작동하는가? 예를 들어, 자연이 인물, 화자, 또는 시를 분석하는 경우 시적화자에 의해 상품화되고 있는가? 소비주의, 경쟁, 강인한 개인주의가 환경을 위협하는가? 텍스트가 자연에 대한 자본주의적 태도를 승인하는가 아니면 비판하는가? 또는 텍스트가 이러한 표상을 인식하지 못하는가?

⑤ 젠더의 측면에서 자연은 어떻게 표상되는가? 가령, 인물들은 젠더를 대하는 방식과 똑같은 방식으로 자연을 대하는가? 특히 가부장적 인물들은 여성을 대하는 방식과 똑같이 자연을 대하는가? 즉, 자연을 지배, 착취, 이기적 사용의 대상으로 간주하는가? 여성을 대하는 태도와 자연을 대하는 태도가 유사하다는 것은 텍스트에 작동하는 이데올로기에 대해 무엇을 말하는가? 텍스트는 자연을 대하는 인물들의 가부장적 태도를 승인하는가 아니면 비판하는가?

⑥ 인종, 사회경제적 계급, 민족적·문화적 정체성의 측면에서 자연은 어떻게 표상되는가? 가령, 자연의 선 또는 악이 특정한 인종, 계급, 국가, 문화와 연관되어 있는가? (예를 들어, 치누아 아체베가 지적하듯이 원주민을 적대적이고 공포스러운 정글과 연관시킨다고 여겨지는 조셉 콘래드의 1902년 소설 《암흑의 핵심》을 떠올려 보라.) 자연에 대한 특정한 태도가 특정한 인종, 계급, 민족적·문화적 정체성에 연관되는가? 또는 자연 파괴가 인종적·경제적으로 주변화된 민족에게 해를 끼치는 양상을 텍스트가 보여 주는가?

문학작품에 따라서 우리는 이러한 질문 중에서 하나 또는 몇 개를 섞어 질문할 수 있을 것이다. 또는 이 목록에 없는 또 다른 유용한 질문도 있을 것이다. 이는 문학 텍스트를 생태비평적 관점에서 생산적으로 사유하려 할 때 하나의 시작에 불과하다. 모든 생태비평가가 똑같은 이론적 개념을 활용하더라도 똑같은 방식으로 텍스트를 해석하지 않으리라는 것을 기억해 두어야 한다. 항상 그렇듯이, 전문가들조차 의견이 분분하다. 생태비평을 사용하는 우리의 목표는 이론적 관점이 없었더라면 분명하게 또는 깊게 파악하지 못했을 문학의 중요한 측면들을 파악하는 방법을 배우는 것이며, 극심한 생태적 파괴를 겪고 있는 한 행성에 산다는 것의 도전, 책임, 기회를 이해하는 것이다.

이제는 F. 스콧 피츠제럴드의 《위대한 개츠비》를 읽어 보려고 한다. 이 작품의 생태비평적 해석이 어떤 것인지 구체적인 예시를 제공하기 위함이다. 주된 초점은 인간의 창의성, 구체적으로는 1920년대 기술적 진보의 매혹이다. 더불어 소설이 그 자체로 존재하는 존재자로서의 자연을 어떻게 완전히 제거하는지에 대해서도 살펴보고자 한다. 이 두 가지 서사적 요소는 말하자면 소설의 녹색 무의식green unconscious을 낳는다. 여기서 '녹색 무의식'이란 자연 세계—자연 그 자체, 인간과 관련 없는 자연—가 서사적 풍경에서 사라졌다는 잠재적 느낌, 소설이 기계화되고 길들여진 배경에 반복적으로 자연 세계와 관련된 세부 묘사를 주입함으로써 보상하려고 하는 어떤 상실의 느낌을 말한다.

"…진짜 눈[瞳]이, 우리의 눈이…"

《위대한 개츠비》에 대한 생태비평적 독법

나는 F. 스콧 피츠제럴드의 《위대한 개츠비》(1925)를 수십 번 넘게 읽었고, 그때마다 자연 세계에 대한 감동적인 묘사에 깊은 인상을 받았다. 매번 읽을 때마다 나는 제이 개츠비와 톰 뷰캐넌의 정원이 보여 주는 아름다움에 매료된다. 개츠비의 손님들이 몸을 담근 바닷물은 너무나 상쾌하고, 소설의 수많은 명장면을 굽어보는 밤하늘도 너무나 감명 깊다. 인간들 사이에 벌어지는 갈등이 무엇이든지 간에, 태동하는 인간의 비극이 무엇이든지 간에, 나는 소설에 풍부하게 산재하는(내게는 그렇다고 여겨졌다) 자연의 아름다움에 위로를 받는 느낌이었다. 하지만, 이 책을 생태비평적 시각으로 읽기 전까지 나는 이 소설에 자연 세계 그 자체, 자연 그 자체에 대한 묘사가 전혀 없다는 사실을 깨닫지 못했다. 인간의 창의성, 1920년대의 특징인 기술적 진보의 폭발에 이 소설이 너무나 매혹된 나머지 자연을 마치 그것이 인간에 의해 창조된 것처럼, 마치 기계와 건물과 도시와 인간 행위의 모든 부속물들이 창조되듯이 그렇게 창조된 것처럼 다룬다는 사실을 깨닫지 못했다. 간단히 말해, 생태비평적으로 읽고 나서야 비로소 《위대한 개츠비》가 이 소설을 배태한 1920년대와 마찬가지로 자연적인 것을 깡그리 희생시키고 인간적인 모든 것에 열광적으로 골몰한다는 것을 알 수 있었다.

먼저 1920년대가 자연 세계를 희생 제물로 바쳐 전례 없는 기술 발전을 이룩한 시기였음을 간략하게 살펴보도록 하자. 1900년 미국에는 8천 대의 등록된 자동차가 있었다.[Federal Highway Administration] 그중 휘발유를 사용하는 자동차는 극히 일부에 불과했고, 대부분의 자동차는 증기나 전기 충전식 배터리로 운행되었다.[Novak] 《위대한 개츠비》가 출간된 1922년까지 미국인의 자동차 및 트럭 등록 대수는 1,200만을 넘었고(Federal Highway Administration), 거의 모든 차량이 휘발유로 운행되었다.(Novak) 같은 기간 동안, 자동차 연료로 사용되는 원유 생산량은 약 700만 갤런에서 6,400만 갤런 이상으로 급증하여(US Energy Information Administration, "U.S. Field Production") 현재의 석유산업이 탄생했다. 마찬가지로, 1900년에는 전기를 이용하는 가정이 거의 없었지만, 1920년대 중반에 이르러서는 미국 가정 절반이 전기 서비스를 받았다.(Thomas Edison National Historical Park) 공급처는 주로 석탄 연료 발전소였다.(Harvey, Abby) 그리고 전등, 전화는 물론 냉장고, 진공청소기, 라디오, 세탁기, 다리미, 조리 기구와 같은 가전제품이 가정에서 널리 사용되기 시작했다.[48] 당연하게도 1900년부터 1920년 사이에 미국의 석탄 사용량은 두 배 이상 증가했다.(US Energy Information Administration, "History") 물론 이 모든 발전은 상당 부분 1900년부터 1920년까지 미국 인구가 꾸준히 증가한 덕분이다.(US Census Bureau) 가령, 피츠제럴드가 많은 시간을 보냈고《위대한 개츠비》의 배경이기도 한 맨해튼의 인구는 1900년 340만 명에서 1920년 560만 명으로 급증한다.(NYC Department of City Planning) 이러한 인구 증가는 자연스럽게 업무 및 거주용 고층 아파트 건물의 대폭 증가로 이어졌고, 새로운 건축 기술과 건축자재 제조업의 발전에 힘입어 맨해튼의 스카이라인은 이 기간에 괄목할 만한 성장을 이룩했다.(Martinique) 마지막으로, 이 시기에 등장한, 환경에는 좋지 않은 여타 분야로는 소비문화와 이를 반영하고 부추기는 광고산업을 들 수 있다. 이 당시 미국인들은 가정용품 및 의류의 수선과 재사용을 크게 줄이는 대신 새로운 제품을 구매했는데, 이는 소비재 생산을 크게 늘린 제조 기술 발전의 직접적인 결과라고 볼 수 있다. 따라서

---

[48] 1920년대에 인기를 끌었던 소비재 및 서비스에 관한 자세한 내용은 다음의 중복 출처를 참조할 것: Higgs, Sheary, United States Census Bureau, UShistory.org.

미국 소비주의의 태동은 한편으로는 기술 진보의 긍정적인 신호로 받아들여졌지만, 소비재 제조에 사용되는 천연자원의 고갈을 가속화하고 일반 대중이 배출하는 폐기물 양을 급속하게 증가시킴으로써 엄청난 환경 위협을 촉발한다.

이것이 바로《위대한 개츠비》의 화자 닉 캐러웨이가 뉴욕 롱아일랜드에서 1년간 거주하며 발견한 미국이다. 이 시기 미국은 인간의 창의성과 현대 기술, 현대 공학의 업적에 매혹되지만, 그 풍경은 이미 다가올 환경 재앙의 징후를 보이기 시작한다. 게다가 이 시기 미국은 기술 발전으로 인해 저렴한 소비 제품이 대량으로 생산되면서 과잉소비에 몰두하고 있었다. 이 인간중심적인 소설에 자연이 조금 있다손 치더라도 대개는 길들여진 자연에 불과하며, 무분별하고 자기중심적인 인간에게 완전히 제압당한 소유물로 전락한 처지다. 그러나《위대한 개츠비》는 이 소설이 그토록 세밀하게 묘사한 기술적 발전에 사실 환경문제를 경고하는 징후가 내재해 있음을 전혀 인식하지 못하는 것 같다. 더구나, 이 소설은 등장인물이 자연 세계와 연관되는지 그렇지 않은지에 대해 아무런 인식도 없는 것 같다. 서사적 초점이 거의 전적으로 인간 드라마, 즉 톰과 데이지 뷰캐넌의 불행한 결혼 생활, 자아를 찾으려 하지만 찾지 못하는 닉, 조던 베이커의 정서적 무관심, 톰을 필사적으로 쟁취하려는 머틀 윌슨, 머틀에 대한 조지 윌슨의 가망 없는 애착, 무엇보다 데이지를 향한 제이 개츠비의 비극적인 헌신에 초점을 맞추고 있기 때문이다. 그러나 소설이 이 모든 인간적인 것에 매료되었음에도 불구하고, 나는 이 소설이 말하자면 **녹색 무의식**green unconscious[49]에 사로잡혀 있다고 주장할 것이다. 여기서 녹색 무의식이란 자연 세계—자연 그 자체, 인간

---

[49] 로렌스 뷰얼Lawrence Buell의 말처럼, 우리는 삶의 여러 순간마다 물리적 환경, 즉 우리가 살고, 일하고, 노는 자연적 환경 및 인간이 만든 물리적 환경에 대해 다양한 인식을 갖는다. 즉, 뷰얼

과 관련 없는 자연—가 서사적 풍경에 존재하지 않는다는 잠재적 감각을 말한다. 소설은 기계화되고 길들여진 배경에 자연 세계와 관련된 세밀한 묘사를 반복적으로 주입함으로써 이러한 상실을 보상하려고 한다. 소설이 그 자체로 존재하는 자연 세계를 제거한 것과 내가 말한 녹색 무의식이 이처럼 연결되어 있다는 사실, 바로 이것이 내가 이 소설이 매력적이라고 여기는 이유이다. 생태비평적 읽기를 하면서 세밀한 자연묘사에 주의를 기울이기 전까지 나는 이를 전혀 눈치채지 못했다.

우리는 석유와 전기로 구동되는 기계를 통해, 소설이 톰의 "매부리코 모양의 모터보트"(7/25; 1장), 닉의 전기난로, 개츠비의 수상비행기,[50] 두 대의 모터보트, 전기 과즙기와 같은 다양한 소비재를 언급한다는 사실을 통해 이 시대가 기술에 매료되었음을 볼 수 있다. 전기 과즙기는 다른 기계만큼 화려하지는 않지만, 그럼에도 1920년대 전기기기를 대표한다고 볼 수 있다. 그리고 닉이 전등을 자주 언급하는 것을 볼 때, 당시 전등에 대한 관심이 높아지고 있음을 알 수 있다, 몇 가지 예를 들어 보자. 가령, 톰과 데이지가 현관문 앞에서 처음 방문했다가 집으로 돌아가는 닉에게 작별 인사를 하며

이 말하듯이 우리는 항상 **환경적 무의식**environmental unconscious을 가지고 있다. 이 환경적 무의식은 상황이 바뀜에 따라 떠올랐다가 다시 수면 밑으로 가라앉는다. 물론 그것은 잠재적 능력, 즉 "(개별 인간, 저자, 텍스트, 독자, 공동체가) 물리적 환경과 그 환경에 상호 의존한다는 사실을 완전하게 인식하는 잔존 능력으로"(22) 존재한다. 나는 이와 유사하게 **녹색 무의식**이라는 용어를 사용하여 자연 세계에 대한 잠재적 인식, 특히 자연이 우리 삶에서 부재하거나 멸종 위기에 처한 상태에 대한 잠재적 인식을 구체화하고자 한다. 이 녹색 무의식은 뷰얼의 **환경적 무의식**처럼 상황이 바뀜에 따라 떠올랐다가 다시 가라앉을 수 있지만 잠재적인 상태로는 항상 존재하는 인식이다.

50 개츠비가 "모터보트 타기"(원문의 hydroplane은 '모터보트'가 아니라 저자의 다음 설명에 나오듯이 수상비행기로 번역하는 것이 맞다—옮긴이)(53/86; 3장)라고 말하는 것을 보면, 그의 hydroplane(수상활주정)이 사실은 hydroairplane(수상비행기)임을 추정해 볼 수 있다. hydroairplane은 물 위에서 이착륙할 수 있는 소형 비행기로, hydroplane으로 불리는 가볍고 **빠른** 모터보트가 아니다.

"영롱하게 비치는 정사각형 불빛"(19/42; 1장) 속에 서 있는 장면이 있다. 머틀과의 밀회를 위해 톰이 마련한 맨해튼 아파트에 갔을 때, 닉은 실내의 전등이 아래 길거리에 "줄지어 있는 노란 창문"(35/62; 2장)을 만들었다고 추측한다. 닉과 조던은 어느 날 저녁 맨해튼 59번가로 들어서면서 "한 블록 가득 아늑하지만 창백한 불빛이 공원 안쪽을 비추는"(80/122; 4장) 광경을 목격한다. 그리고 어느 날 새벽 2시에 집에 돌아온 닉은 개츠비의 집이 "〔전기〕 불빛으로 활활 타오르는"(81/124; 5장) 장면을 본다. 같은 날 밤 개츠비가 닉에게 코니아일랜드(초판본 표지에 그려져 있다)에 가 보자고 할 때, 활활 타오르는 전구의 불빛이 다시 한 번 소환된다.(Parascandola) 코니아일랜드에는 매일 밤 수십만 개의 전구가 유원지를 밝게 비추고 있기 때문이다. 톰과 데이지의 부두 끝에서 반짝이는 그 유명한 녹색 불빛, 개츠비를 그토록 매료시킨 그 빛도 전기 불빛이다. 비슷하게, 전화기는 전기로 작동하는 현대 기술의 또 다른 기적으로 1920년대에 가정에서 많이 사용되었는데, 소설에서 상당한 주목을 받았다. 예를 들어, 닉은 집에 있는 전화기를 통해 차를 마시자며 데이지를 초대하고 맨해튼 사무실에서 조던에게 전화한다. 닉은 또한 개츠비의 장례식 문상객을 불러 모으려고 전화를 걸고 개츠비, 데이지, 클립스프링거로부터 전화를 받기도 한다. 머틀은 톰의 맨해튼 아파트 전화기로 여동생과 "몇 사람"(29/54; 2장)에게 전화를 건다. 이스트에그 저택에서 톰은 원치 않는 머틀의 전화를 받고, 개츠비는 성가신 전화를 자주 받는다(실제로 닉은 개츠비가 죽은 후 개츠비에게 걸려 온 전화를 받기도 한다).

1920년대 가장 인기 있는 현대적 기술 제품은 자동차다. 차는 《위대한 개츠비》에 자주 등장한다. 가령, 닉은 주요 인물이 모는 자동차를 수시로 여러 번 언급한다. 머틀 윌슨을 치어 죽인 개츠비의 거대한 크림색 자동차, 기차역에서 파티 손님을 실어 나른 스테이션 왜건, 톰의 파란색 쿠페, "빗속에서 뚜껑을 내리고 떠난"(57/92; 3장) 조던 베이커가 빌린 차, 조지 윌슨의 차고에 있는 "부서진 포드 한 대"(25/48; 2장), 닉의 "낡은 도지"(4/19; 1장) 등이 대표적이다. 인물들이 맨해튼에 갈 때마다 도로의 차들은 수시로 언급된다. 가령, 닉은 "꽃으로 장식한"(68/106; 4장) 장의차를 보고, 머틀은 "택시를 네 대나 그냥" 보낸 후 "회색 시트로 장식한 라벤더색 새 택시"(27/50; 2장)를 잡는다. 그리고 닉은 퀸스보로 다리의 "햇빛이 들보 사이로 움직이는 자동차들 위로 끊임없이 어른거리는"(68/106; 4장) 모습을 본다. 더욱이, 닉은 적어도 두 번 교통체증을 묘사한다. 닉에 따르면, 어느 토요일 저녁 개츠비의 저택 진입로에 "다섯 겹으로 주차된"(40/67; 3장) 차들이 파티가 끝나면 교통체증에 옴짝달싹하지도 못하고, "빵빵거리는 경적"이 "점점 커지는"(55/89; 3장) 가운데 차 한 대는 도랑에 처박혀 있다. 닉은 또한 저녁 8시에 5번가를 걷는 산책을 좋아한다고 말하는데, 이때쯤 "40번가의 어두운 골목에 극장가를 향하는 택시들이 부릉부릉 소리를 내며 다섯 줄로 서"(57/91; 3장) 있다고 말한다. 실제로 개츠비, 데이지, 톰, 닉, 조던을 태운 두 대의 자동차가 맨해튼으로 진입할 때, 차를 나란히 세워 잠시 말을 주고받으려 할 때마다 "뒤쪽의 트럭 한 대가 욕지거리를 퍼붓듯 경적"(125/185; 7장)을 요란하게 울려 댄다.

또한 1920년대에 새로운 건축 기술이 개발되고 건축자재 제조업이 발전하면서 미국의 건축 일반, 특히 도시경관에 대한 관심이 폭발적으로 증가했다. 이 둘에 대해 닉이 자주 언급하는 것만 보아도 관심이 어느 정도였는지 대충 짐작할 만하다. 예를 들어, 닉은 인상적인 건축적 이미지를 묘사한다. 톰과 데이지의 저택은 이스트에그에 많이 보이는 "해변을 따라" "번쩍이는 하얀 저택"(5/22; 1장) 중 하나로 "붉은색과 흰색으로 장식한 조지 왕조 시대의 쾌적한 집"(6/23; 1장)이다. 개츠비의 웨스트에그 저택은 "어느 모로 보나 그야말로 엄청난 저택"으로 "노르망디 시청을 그대로 본뜬 것"이다. 한쪽에는 새로 지은 탑이 있는데 벽에는 "가느다란 수염 같은 담쟁이덩굴이 덮여 있다."(5/21; 1장) 조지 윌슨의 차고와 맨해튼 아파트에 대한 닉의 묘사도 시각적으로 인상적이다. 가령, 윌슨의 차고는 "작고 노란 벽돌 건물"에 있는데 그곳에는 "24시간 영업하는 음식점"과 "세를 놓은"(24-25/47; 2장) 가게도 있다. 톰과 머틀의 맨해튼 아파트는 "흰 케이크를 잘라 놓은 것처럼 길게 늘어서"(28/52; 2장) 있다. 소설은 맨해튼의 도시 풍경 묘사에 많은 공을 들인다. 가령, 퀸스보로 다리에서 도시를 바라본 도시 풍경의 하나로 "강 건너로는 하얀 각설탕 덩어리 같은"(68/106; 4장) 맨해튼의 밝은색 건물들, "추운 지하 대합실"(38/65; 2장)과 신문 가판대와 작은 상점이 있는 오래된 펜실베이니아 역, 그가 일하는 "뉴욕시 남쪽 건물들 사이로 비치는 하얀 빛"과 점심을 먹으러 가는 "어둡고 북적대는 식당"(56/90; 3장) 등 닉이 도시 거리를 수시로 산책하면서 목격한 다채로운 광경 등이다. 소설은 닉의 표현대로 재즈시대[51] 맨해튼의 "활기 넘치고 모험으로 가득한 밤의 분위기"와 "끊임없이 명멸하는 남녀와 자동차들이 들뜬 눈동자에 안겨 주는 만족감"(56/91; 3장)에 매료되어 있다. 실제로 옛 메트로폴호텔, 머레이 힐 호텔, 내셔널 비스킷 컴퍼니, 예일 클럽, 플라자호텔 등의 건물과 5번가, 매디슨가, 33번가, 42번가, 59번가, 158번가, 여러 40번대 거리, 서쪽의 50번대 거리 등 수많은 거리를 닉이 자주 언급하는 것만으로도 도시의 모습은 생생하게 우리에게 다가온다.

마지막으로, 이 소설은 소비 과잉에 대한 묘사가 적지 않은데, 당시 소비 과잉은 기술적 창의성의 긍정적인 신호로 받아들여졌다. 사람들이 더 많이 살 수 있었던 이유가 더 많은 물건이 만들어졌을 뿐만 아니라 더 좋은 물건이 빠르게 만들어졌기 때문이라고 생각했던 탓이다. 앞서 언급한 석유와 전기로 작동하는 소비재 외에도, 뷰캐넌 저택의 화려한 실내장식을 생

---

[51] **재즈시대**Jazz Age란 1918년 제1차 세계대전 말엽부터 시작하여 1929년 주식시장 붕괴로 끝난 미국 역사의 한 시기를 가리킨다. 사람들은 재즈시대를 피츠제럴드가 만들었다고 알고 있지만, 사실 그는 이 용어를 대중화하는 데 기여했을 공산이 크다.

각해 보라. "밝은 장미색"을 칠한 거실은 "양쪽 끝에 달린 프랑스식 창문 덕분에 가까스로 집에 붙어" 있었고, 안에는 "창백한 흰 깃발 같은 커튼," "설탕을 입힌 웨딩 케이크 같은 천장," "포도주 빛깔의 양탄자"(7-8/25; 1장)가 있었다. 마찬가지로, 개츠비 저택의 호화로운 내부에는 "마리 앙투아네트 음악실," "왕정복고 시대 살롱," "장미빛과 보라색 비단으로 장식하고 온갖 싱싱한 꽃들로 생기가 도는 침실," "움푹 파인 욕조가 있는 욕실"(91/138-139; 5장) 등이 있다. 톰과 머틀이 짧게 가끔 들르는 맨해튼의 작은 아파트도 "태피스트리를 씌운 가구 한 세트가 문간까지 꽉 들어 차 있다."(29/53; 2장) 물론 개츠비가 봄마다 가을마다 새로 구매한 옷을 자랑하는 유명한 단락도 빼놓을 수 없다. 데이지와 닉을 위해,

그는 셔츠 더미를 하나 끄집어내어 하나씩 우리 앞에 던졌다. 얇은 리넨 셔츠, 두꺼운 실크 셔츠, 고급 플란넬 셔츠가 떨어질 때마다 개켜져 있던 자국이 펴지며 가지각색으로 어지러이 테이블 위를 덮었다. 우리가 감탄하는 동안 그는 셔츠를 더 많이 가져왔고, 부드럽고 값비싼 셔츠 더미는 점점 더 높이 올라갔다. 산호빛과 능금빛 초록색, 보랏빛과 옅은 오렌지색의 줄무늬, 소용돌이무늬, 바둑판무늬 셔츠들에는 인디언 블루 색으로 그의 이름 머리글자가 새겨져 있었다. (92/140; 5장)

실제로 아무리 옷을 많이 사고 실내를 장식하고 이것저것 물건을 산다 해도, 아무리 호화롭게 파티를 연다 해도 개츠비의 과시성 소비 욕구는 충족되지 않는다. 그건 톰도 마찬가지다. 그의 사치스러운 소비 생활에 대한 묘사에서 이미 충분히 보았다. 가령, 톰은 데이지에게 35만 달러짜리 진주 목걸이를 사주는데 현재의 화폐가치로 500만 달러를 훌쩍 넘는다. 그리고 데이지나 조던은 죽을 때조차도 분명 최신 유행 옷차림을 하고 있을 것이

다. 가령, 머틀이 죽은 날 그들은 "금속사 직물로 만든 작고 꼭 끼는 모자를 쓰고 팔에 얇은 케이프"(120/178-179; 7장)를 걸치고 맨해튼으로 간다. 개츠비의 파티 손님들도 경제적 계층은 다양하지만 소비주의의 유혹에 굴복해 최신 스타일의 옷만 입는다. 닉은 흰색 플란넬 정장을 멋지게 차려입었다. 여성들은 "흔들거리는 오팔"로 장식한 "원색" 가운을 입고 "최신 유행의 기묘한 단발머리에 카스티야산 숄보다도 더 좋은 고급 숄"(40-41/68; 3장)을 두른다. 머틀 역시 열광적인 소비자여서 톰의 돈으로 최대한 많은 물건을 구매한다. 가령 "크림색 시폰으로 만든 정교한 드레스"(30/55; 2장); 펜실베이니아 역에서 구입한 잡지, 콜드크림, 향수; "아파트에 기르고 싶어"(27/51; 2장) 산 강아지; "가죽과 은실로 꼰 값비싼 개 목줄"(158/230; 8장) 등이다. 게다가 머틀이 사려고 계획한 그 "모든 것들," 가령 새 드레스, "마사지 기구, 파마 기구, 개 목줄, 스프링 달린 예쁜 재떨이, 그리고 어머니 무덤을 장식해 줄 까만 비단 매듭 화환"(36/63; 2장)은 또 어떤가.

미국의 소비주의가 만연한 곳에는 당연히 광고도 있게 마련이다. 그리고 "디자인이 더 좋은 라디오, 축음기, 난로, 냉장고 등 기술 시대의 새로운 산물"(Henderson and Landau, 33)을 홍보하는 이러한 형태의 창의적 발상은 《위대한 개츠비》에서도 언급된다. 제1차 세계대전 이후, 《새터데이 이브닝 포스트》와 같은 대중잡지는 20세기 초반에 주로 다루던 "개혁이라는 주제를 버리고" 그 시기에 처음 등장한 "소비주의 문화"(EyeWitness to History)를 받아들여 의류, 미용 제품, 가전제품, 자동차 및 기타 소비품에 대한 수많은 광고를 싣는다.(Ms. Jones's American History) 《새터데이 이브닝 포스트》는 조던이 닉을 처음 보던 날 그녀가 톰에게 읽어 준 잡지다. 비슷하게, 1920년대 운행 자동차 대수가 급속하게 증가함에 따라 소비품 및 서비스 광고를 위한 도로변 광고판도 점점 인기를 얻었다.(Henderson and Landau, 20) 이렇게 "T. J. 에클버그 박사의 … 푸르고 거대한 눈"(23/46; 2장)은 "퀸스 자치구에 있는 …

어떤 익살맞은 안과의사"(24/46; 2장)의 영업 광고판에서 쓰레기 계곡을 내려다본다. 에클버그 박사의 눈이 신의 눈이라고 생각한 조지 윌슨의 추측은 딱히 틀리지 않았다. 광고는 빠른 속도로 전지전능한 능력을 발휘하여 미국의 소비주의를 촉진했을 뿐만 아니라 매출을 증가시켜 소비품 제조를 더욱 늘렸기 때문이다.

이처럼 소설의 시각적 세계는 소설의 배경이 된 시기가 그랬듯이 인간 세계, 인간이 성취한 기술 발전 영역에 초점을 맞춘다. 소설에 있는 자연은 아름답게 묘사되기는 하지만 그 자체로는 생명력을 갖지 못한다. 자연은 인간의 필요와 욕구와 무관하게 그 자체로 존재하지 않는다. 자연은 철저하게 길들여져 인간을 위해 봉사하고 인간에 의해 완전히 통제된 상태다. 가령, 뷰캐넌 부부의 잘 가꾸어진 저택 부지에 대한 묘사를 생각해 보라. 여기서 자연은 장식용 부속물이 되기 위해 재주를 부리는 훈련을 받은 듯하다.

잔디밭이 해변에서 시작해서 현관을 향해 400미터나 달려와, 해시계와 벽돌로 꾸민 산책길과 불타는 듯한 정원을 뛰어넘어 이어졌다. 그리고 마침내 저택에 이르러서는 마치 여세를 몰 듯 밝은색의 덩굴이 되어 집 옆을 따라 뻗어 올라갔다. (6/23; 1장)

그리고 톰은 그의 모든 소유물을 대하는 방식으로 소유지의 자연적 아름다움을 대한다. 즉, 자연은 그의 경제적 지위를 반영한다. 에코마르크스주의가 말하듯이 톰은 기호-교환가치를 위해 자연을 상품화한다.

"이 집은 살기 좋은 곳이야." 그는 불안한 듯 끊임없이 주위를 두리번거리며 말했다.

톰은 한쪽 팔로 내 몸을 휙 돌리더니 넓적하고 평평한 손을 들어 앞에 펼쳐져 있는 풍경을 가리켰다. 그가 손으로 가리킨 쪽에서 이탈리아식 침상沈床 정원과 2제곱미터 넓이의, 향이 코를 찌를 듯한 장미 정원, 해안에서 떨어져 물결에 따라 흔들리는 매부리코 모양의 모터보트 한 대가 보였다. (7/25; 1장)

"이 집은 석유 재벌 드메인의 소유였지."(7/25; 1장) 톰은 마치 부동산에 혈통을 부여할 듯이 말을 덧붙인다. 그럼으로써 자연을 "소유"한 사람으로서 그의 지위를 더욱 부풀린다.

소설을 통틀어 자연 세계는 인간 경험과 상관없이 언급되는 경우가 거의 없다. 예를 들어, "저무는 햇살이 낭만적인 빛을 드리우며 그녀의 얼굴을 잠시 비추었다. … 하루 해가 가면서 황혼 녘에 흥겨웠던 거리를 떠나는 아이들처럼 햇빛이 자못 섭섭한 듯 서서히 그녀의 얼굴에서 사라져 갔다."(14/34; 1장) 이 아름다운 단락에서 햇빛은 데이지의 얼굴에 아이 같은 낭만적 애착이 있는 것처럼 묘사된다. 비슷하게, 닉은 봄의 시작을 "빠른 영화에서 사물들이 쑥쑥 자라듯이 나무에 잎사귀가 폭발하듯 돋아난다"(4/19; 1장)라고 묘사하고, "젖은 옷이 바람에 날려 뻣뻣해진다"(176/257; 9장)는 말로 가을이 왔음을 알린다. 롱아일랜드 해협은 600마일 길이의 해안선을 따라 약 1,300평방마일의 면적을 차지한 하구 지역으로 150여 종의 어류와 1,200여 종의 무척추동물이 서식하는 곳인데, 닉은 심지어 이곳을 "큼직한 〔헛간〕 앞마당"(5/21; 1장)으로 표현한다. 즉, 야생 해양생물이 아닌 가축화된 농장 동물이 서식하는 곳이라는 말이다.

이처럼 소설에서 자연이 그 자체의 힘을 거의 가지고 있지 않다고 해서 그리 놀랄 일은 아니다. 실제로 자연은 인간이 창조한 것처럼 묘사되기도 한다. 가령, 닉은 개츠비가 "우연히 날아드는 나방이들에게 별빛을 나눠 줄 저택을 구입했다"(78/121; 4장)고 말하고, 개츠비의 파티가 열리던 어느 날 "달이 요리 조달업자의 바구니에서 꺼내 놓은 저녁 식사 같다"(43/71; 3장)고 말한다. 마찬가지로 달이 뜬 롱아일랜드 해협의 바다는 바람 때문이 아니라 "[개츠비의] 잔디 위에서 두들겨 대는 둔탁하고 작은 밴조 소리"(47/77; 3장)에 맞춰 반짝거린다. 사실 별은 빛날 필요가 없다. 별빛은 돈을 주고 살 수 있기 때문이다. 루이빌에 있는 데이지의 현관은 "돈을 주고 산 별처럼 빛을 내뿜는 사치품으로 눈이 부셨다."(149/218; 8장) 그리고 새는 날 필요가 없다. 데이지의 말처럼 고급 여객선을 예약하면 되기 때문이다. "잔디밭에 새가 한 마리 앉아 있었는데, 내 생각으로는 커나드나 화이트스타 해운 회사의 기선을 타고 건너온 나이팅게일이 틀림없다."(15/36; 1장)

소설에 언급된 소수의 다른 동물들은 자연이 인간에게 전적으로 의존하고 있음을 암시한다. 이 동물들은 대부분 길들여진 동물이거나 인물들이 자기 목적을 위해 사용하거나 아니면 무시하는 소유물에 불과하기 때문이다. 예를 들어 톰은 폴로 경기용 말 여러 마리를 소유하고 있는데, 일리노이주 레이크 포레스트에서 800마일 이상 떨어진 롱아일랜드의 집으로 가지고 온다. 톰은 승마용 말도 가지고 있는데, 톰과 두 친구가 말을 타고 개츠비의 집에 들렀을 때 이 말이 등장한다. 닉과 조던이 센트럴파크에서 마차를 모는데, 이는 돈 많은 사람들에게 인기 있는 오락거리였다. 그리고 닉은 "며칠 동안" 개를 키웠다가 "그놈이 도망가"(3-4/19; 1장) 버린다. 그런데 닉은 이 개에게 이름을 지어주기는커녕 묘사도 하지 않고 관심도 없는 듯하다. 마지막으로, 우리는 톰이 머틀에게 사 준 젖을 뗀 지 얼마 안 된 강아지를 잊을 수 없다. 이 강아지는 다들 술에 취한 맨해튼 아파트의 파티에서 방치된 상태로 있었는데, "탁자 위에 앉아 담배 연기 자욱한 방 안을 둘러보면서 이따금 작은 소리로 끙끙거렸다."(36-37/63-64; 2장)

어린 시절 중서부 지역을 떠올리는 닉의 회상은 또 어떤가. 닉은 중서부를 먼지와 소음과 인파가 가득한 동부의 대안으로 제시한다. 그런데 이 중서부도 사실은 길들여진 곳으로 사실은 "널찍한 잔디밭과 정든 나무들이 있는 시골"(3/19; 1장)이다. 그러고는 늘 그렇듯이 인간이 만든 건축물, 가령 "몇십 년 동안 아직도 가문의 이름이 주소를 대신하는"(176/255; 9장) 집에 초점을 맞춘다. 자연 세계가 자기주장을 내세웠던 기억이 하나 있지만, 그 기억은 흠이 있는 데다 그와 관련된 경험도 오래 지속되지 않았다. 닉은 대학 시절 크리스마스 때 고향에 갔던 기억을 떠올린다. 그는 친구들과 기차를 타고 시카고 유니온역을 출발해 서쪽으로 향했던 때를 회상하며 이렇게 말한다.

역에서 빠져나와 겨울밤 속으로 들어가면 진짜 눈[雪]이 — 우리의 눈 말이다 — 옆으로 펼쳐져 창을 배경으로 반짝이기 시작했다. 조그마한 위스콘신 시골 역의 흐릿한 불빛들이 스쳐 지나가고 공기 속에는 살을 에는 듯한 거친 기운이 감돌았다. 저녁 식사를 마치고 싸늘한 객차 복도를 지나가는 동안 우리는 그 공기를 깊이 들이마셨다. 다시 한 번 그 공기 속에 하나로 녹아들기 전 그 이상야릇한 한 시간 동안, 우리는 이 지방과 완전히 하나가 되는 것을 가슴 깊이 깨달았다. (175-176/255; 9장)

이 단락은 소설의 나머지 부분에 나타난 자연 세계의 표상과 대조적이다. 여기에 그려진 자연과의 관계는, 자연 세계(닉과 그의 친구들이 "깊이 들이마셨"던 "살을 에는 듯한 거친" 자연)와 인간과의 상상적 결합에 가깝다. 이 결합은 너무나 강력해서 닉이 말한 "우리의 눈"은 자연이 인간에게 속한다는 뜻이 아니라 인간이 자연에게 속하고 자연의 일부라는 뜻이다. 닉과 그의 친구들이 "다시 〔위스콘신 지방〕으로 **구별할 수 없을 정도로**indistinguishably **녹아들어 완전히 하나가 될**"(필자 강조) 때 이 결합이 끝난다는 닉의 주장조차도 자연 세계와 인간 관찰자의 결합이 어느 정도는 계속되었다는 것을 암시한다.

슬프게도, 닉은 이 순간을 "**이상야릇한** 한 시간 동안"(필자 강조)이라고 말하는데, 이는 이 경험이 그에게는 너무도 짧고 특이한 경험이었음을 보여 준다. 물론 이 단락에서 닉의 주된 목적은 그와 친구들의 경험을 전달하는 것이다. 따라서, 자연을 언급한 다른 사례와 마찬가지로 이 묘사도 궁극적으로는 인간중심적이다. 따라서 이 단락 바로 다음에 그가 방금 묘사한 경험을 취소하는 문장이 나온다고 해서 그리 놀랄 일은 아니다.

> 그곳이 바로 나의 중서부 지방이다. 밀밭이나 평원 또는 사라져 버린 스웨덴 이민자들의 마을이 아니라, 감격으로 가슴이 두근거리는 내 젊은 날의 귀향 열차, 서리가 내린 어두운 밤의 가로등과 썰매 종소리, 불 켜진 창문의 불빛에 크리스마스 장식인 호랑가시나무 화환의 그림자가 눈 위에 비치는 곳 말이다. (176/255; 9장)

항상 그렇듯 닉의 자연(이 경우에는 **밀, 대평원, 서리가 내린 밤, 호랑가시나무, 눈**이라는 단어의 사용)은 너무 화려하고 감정적으로 함축적인 묘사를 통해 전달되어서 우리는 그 안에 실제 자연은 별로 없다는 점을 알아차리지 못할 수 있다. 실제로 닉은 그가 말한 중서부가 자연의 사물이 아니라 기차, 가로등, 썰매 종, 화환, 불 켜진 창문으로 이루어져 있다고 솔직하게 말한다.

물론 이 소설이 환기하는 가장 인상적인 자연은 닉이 신대륙을 처음 접한 유럽인들에게 신대륙이 어떤 모습이었을지 상상하는 소설의 마지막 장면에서 나온다. 그러나 여기에서도 자연 세계는 오로지 인간, 구체적으로 말해서 인간의 노력과 관련해서만 묘사된다.

> 그리고 달이 점점 하늘 높이 떠오르면서 실체도 없는 집들이 녹아 없어져 버리자 나는 서서히 그 옛날 네덜란드 선원들의 눈에 한때 꽃처럼 찬란히 떠올랐던 이 옛 섬 — 신세계의 싱그러운 초록색 가슴을 깨닫게 되었다. 바로 이

섬에서 자취를 감춘 나무들, 개츠비의 저택에 자리를 내준 나무들은 한때 인간의 모든 꿈 중 마지막이자 가장 위대한 꿈에 소곤거리며 영합했던 것이다. 덧없이 흘러가 버리는 매혹적인 한순간에 인간은 이 대륙을 바라보며 틀림없이 숨을 죽이고 있었을 것이다. 이해할 수도, 감히 바랄 수도 없는 심미적 관조에 어쩔 수 없이 빠져 버린 채 인류 역사에서 마지막으로 놀라움을 느낄 수 있는 재능과 맞먹는 그 무엇과 직면하면서 말이다. (180/261-262; 9장)

이 구절은 자연 파괴의 책임이 자연에 있음을 강하게 암시한다. 닉은 "자취를 감춘 나무들이" 네덜란드 선원의 꿈에 "영합했다"라고 말하기 때문이다. 즉, 자연은 매춘으로 인간의 욕망을 충족시킨 셈이다. 그렇다면 자연이 제공한 것은 정확하게 무엇이었을까? 네덜란드 선원들은 무엇을 원했는가? 그들이 원한 건 자연의 아름다움에 대한 "심미적 관조"가 아니었다. 이 사람들은 자연의 아름다움을 "이해하지도 욕망하지도 않았다." 오히려 "인간의 모든 꿈 중 마지막이자 가장 위대한 꿈"은 무한한 확장(무역로와 부와 영토의 확장)이었고, 그것이 바로 네덜란드 선원들이 대서양을 건너 서쪽으로 향했던 궁극적인 이유다. 닉이 말하는 "놀라움을 느낄 수 있는 재능과 맞먹는 그 무엇"은 순수한 신대륙의 놀라운 거대함일 수도 있다. 그러나 유럽인들이 신대륙이 제공한다고 믿었던 것이 경제적 기회의 놀라운 거대함인 것만은 분명한 사실이다. 이 아름다운 단락은 향수 어린 어조를 띠고 있지만, 닉은 북미 대륙의 "싱그러운 초록색 가슴"을 그리워하는 만큼이나 "인간의 모든 꿈 중 마지막이자 가장 위대한 꿈"을 그리워하는 것 같다.

분명한 것은, 《위대한 개츠비》의 서사적 풍경에서 인간과 무관한 자연 그 자체는 존재하지 않는다는 점이다. 그럼에도 자연의 부재는 그 영향력이 막강한 것 같다. 소설은 자연의 상실을 보상하기 위해 기계화되고 길들여진 배경에 무의식적으로 자연 세계와 관련된 세밀한 묘사를 반복적으로 주입하기 때문이다. 즉, 소설에는 녹색 무의식이라는 것이 있다. 가령, 톰과 머틀과 함께 택시를 타고 맨해튼 아파트로 가는 동안 닉은 말한다. "우리는 5번가를 향해 달렸다. 한여름 일요일 오후의 공기는 가히 목가적이라고 할 만큼 따뜻하고 부드러워서 흰 양 떼가 길모퉁이를 돌아 거리에 나타나더라도 놀라지 않을 정도였다."(28/52; 2장) 마찬가지로 닉은 꽃을 묘사하듯이 뷰캐넌의 집을 묘사하는데, 가령 "진홍빛 방은 꽃이 핀 것처럼 불빛이 환했다"(17/39; 1장), 2층에는 "담쟁이덩굴 사이로 창 두 개가 불빛으로 꽃처럼 환하게 피어"(141/208; 7장)올랐다고 말한다. 그리고 거실 양탄자 위에 잔물결을 일으키듯 부는 바람이 "바람이 바다 위에 그림자를 드리우듯 그 위에 그림자를 드리웠다"(8/25; 1장)라고 표현하다. 닉은 또한 개츠비의 스테이션왜건이 "노란 딱정벌레처럼 부지런히 돌아다녔다"(39/66; 3장)라고 말하고, 석유로 구동되는 자동차와 배를 마치 새처럼 묘사하기도 한다. 가령, 개츠비의 거대한 크림색 자동차가 "흙받기를 날개처럼 펼쳤다"(68/105; 4장)라고 말하고, 톰과 데이지의 집 옆 해변에서 바라본 "배의 하얀 날개"(118/175; 7장)를 언급한다. 개츠비와 뷰캐넌 부부가 사는 가상의 반도인 웨스트에그와 이스트에그도 각각 자연 세계와 연관되어 있다.

아울러, 소설 속 등장인물들은 자연 세계에 대한 묘사를 서사에 주입할 기회를 제공한다. 가령, 인간은 식물에 자주 비유된다. 데이지와 머틀은 꽃 이름이다. 데이지는 닉을 보면 "장미, 순수한 장미"(14/34; 1장)가 생각난다고 말한다. 개츠비의 파티에 참석한 영화배우는 "거의 인간이라고 하기 어려울 정도로 아름다운 한 떨기 난초 같은 여자"(104/158; 6장)로 묘사된다. 조던의 머리카락은 "낙엽빛 노란"(17/39; 1장)색이고 "낙엽 빛깔"(177/257; 9장)이며, 닉이 뷰캐넌의 집을 처음 방문한 날 저녁 데이지가 그와 이야기할 때 그녀는 "꽃처럼 … 환하게 피어"(19/42; 1장)났다. 마찬가지로 개츠비가 데이지와 처음 키스했을 때 "그녀는 그를 위해 한 송이 꽃처럼 활짝 피어났다.”(111/167; 6장) 그리고 데이지가 어렸을 때 참석했던 무도회에서는 “애절한 나팔 소리에 마룻바닥에 흩어지는 장미 꽃잎처럼 여기저기 새로운 얼굴들이 떠돌아다녔다.”(151/220; 8장) 여기서 마룻바닥에 “장미 꽃잎”을 흩어지게 한 것은 자연도 아니고 바람도 아닌 밴드의 금관악기 호른이었다.

인물들은 동물, 곤충, 물의 관점에서 묘사되기도 한다. 예를 들어 개츠비의 파티에서 한 가족은 “구석에 모여 있다가 누가 가까이 접근하면 마치 염소처럼 코를 벌름거린다.”(62/96; 4장) “남녀가 부나비처럼 오갔다.”(39/66; 3장) 여자들은 “강아지처럼 남자의 어깨 위에 머리를 기대고”(50/82; 3장) 있었다. 수많은 파티 참석자들은 “이리저리 오가는 (소용돌이들)”(42/70; 3장), “(바다처럼) 변화무쌍한 얼굴들”(41/68; 3장)로 묘사된다. 마찬가지로 머틀이 죽은 날 밤, 마치 해안으로 물이 철썩철썩 밀려오듯이 “새로운 구경꾼들이 계속 (윌슨의) 정비소 앞으로 들이닥쳤다.”(156/228; 8장) 데이지가 혼자 사람들하고 어울려 다닌다는 것을 알고 화가 난 톰은 “요즈음 여자들이 너무 쏘다니고”“별 괴상한 녀석들을 _{원본에는 괴상한 물고기crazy fish} 다 만나고 다닌다”(103/156; 6장)라고 말한다. 그리고 조던은 닉에게 개츠비가 데이지와 연애하던 이야기를 들려주면서 데이지가 톰과 결혼하기 전날 저녁 “곤드레만드레 _{원본에는 원숭이처럼like a monkey} 취해”(76/117; 4장) 있었다고 말한다. 닉은 개츠비의 서가에서 만난 술 취한 남자를 “올빼미 눈”(54/75; 3장)이라고 부르고, 조던과 마차를 타고 센트럴파크를 지나면서 잔디밭에 “여자아이들이 귀뚜라미처럼”(78/120; 4장) 모여 있는 광경을 본다. 마지막으로 여자들은 마치 새처럼 퍼덕인다고 자주 표현된다. 닉은 데이지와 조던의 옷이 “마치 집 근처를 잠깐 날아다니다 들어오기라도 한 것처럼 펄럭이고 _{원본에는 파닥이고flutter} 있었다”(8/25; 1장)라고 말한다. 조던은 “가냘픈 팔의 근육을 살랑거리며 _{원본에는 파닥거리며flutter} 잡지의 “책장을 넘겼다.”(17/40; 1장) “미스 베이커는 입술을 떨며 _{원본에는 파닥거리며fluttered} (9/27; 1장) 닉에게 처음 인사를 건넨다.

아마도 소설에 주입된 가장 예기치 않은 세부적인 자연묘사는 닉이 종말론적으로 묘사한 "황량한 지역"(23/36; 2장) 또는 그의 또 다른 표현으로는 **쓰레기 계곡**에서, 그리고 개츠비의 유명한 파티 손님 명단에서 찾아볼 수 있을 것이다. 사실 이 쓰레기 계곡은 퀸스에 있는 코로나 쓰레기처리장으로, 다양한 생물이 서식하는 생태계였던 염습지에 석탄 화로에서 나온 엄청난 양의 재를 포함한 각종 쓰레기를 쌓아 두었다. 닉은 이 생태적 폐허를 이렇게 "자연화"한다. "이곳이 바로 쓰레기 계곡이다. 재가 밀처럼 자라 산마루와 언덕과 기괴한 정원을 이루는 환상적인 농장 말이다."(23/45; 2장) 농장은 "환상적"이고 정원은 "기괴"하다는 묘사는 끔찍하지만, 세부적 설명은 자연 세계와 연관된다. 그에 못지않게 놀라운 것은 개츠비 파티 참석자 명단이다. 이 명단에는 식물, 동물, 물고기, 곤충 등 자연과 관련된 성[姓]이 상당수 포함되어 있기 때문이다. 예를 들어, 오키드^난초, 릴리^백합, 혼빔^서어나무, 엔다이브(잎이 무성한 녹색 채소), 덕위드^좀개구리밥(작은 꽃식물), 팔메토(작은 야자수), 블랙벅(영양), 시벳^사향고양이 (작은 야행성 포유류), 클립스프링거(작은 영양), 페리트(작은 족제비과 포유류), **피시가드**(필자 강조), 로벅(노루 수컷), **캣틀립**(필자 강조), 불^황소, 해머헤드^귀상어, 화이트베이트^뱅어, 벨루가(철갑상어의 한 종류이자 고래의 한 종류), 리치^거머리, 비버(61-63/80; 4장) 등이다. 이 소설은 자연을 서사에 주입할 기회가 생기면 이를 마다하지 않는다. 비정상적이거나 인위적으로 보이더라도 상관없고, 자연이 없는 곳이라 해도 전혀 상관없다. 사실, 이 짧은 소설에 인간과 사물을 자연 세계와 연관시키는 언급은 61번 이상 등장한다.

요즈음 우리는 현재 알고 있는 지구 생명체의 생존 문제를 말할 때 '티핑 포인트tipping point'라는 말을 자주 쓴다. 여기서, 티핑 포인트란 향후 10년 동안 기후변화와 생물다양성 파괴가 더 이상 되돌릴 수 없을 정도로 상당히 진행된 시점을 말한다. 내가 봤을 때, 《위대한 개츠비》는 복구 불가능한 환경 재앙으로 가는 또 다른 티핑 포인트, 즉 자연의 무서움 앞에서 느꼈던 경이감이 기술 발전에 대한 경이감으로 바뀌는 지점, 통탄스러운 일이지만 무제한적 자연 지배 또는 무제한적 인간 확장을 추구할 권리(또는 의무)만 내세우는 지점을 보여 준다. 비록 이 소설이 인간의 환경적 미래에 대해 무슨 이야기를 들려줄 것인지 닉 캐러웨이나 F. 스콧 피츠제럴드가 알았을 리 만무하지만, 자연의 흔적을 거의 완전히 없애 버린 서사에 자연 세계와 관련된 세밀한 묘사를 가차 없이 주입한다는 사실은, 소설이 의도치 않게 드러낸 상실을 소설의 영역에서나마 복구하고자 하는 녹색 무의식—소설의 시대적 배경을 이루는 특정 시기에 벌어진 환경파괴(문체를 통한 자연정복도 파괴의 한 축이다)에 대한 잠재적 인식—이 작동한다는 강력한 증거다. 우리가 각자의 삶을 위해 만들어 내는 서사적 풍경처럼,《위대한 개츠비》의 서사적 풍경에서 자연 세계가 더 이상 완전한 방식으로 존재하지 않는다는 인식은 억압이 될 수는 있다. 그러나 그 인식은 자연이 그렇듯이 수면으로 떠올라 청구서를 내밀 묘안을 항상 찾아낼 것이다.

다음 질문들은 본보기로서 제시된 것이다. 이 질문들은 생태비평을 활용하여 해당 질문과 연관되는 문학작품 또는 각자 선택한 다른 텍스트를 해석할 때 도움을 줄 수 있다.

① 레기스 본비치노Régis Bonvicino의 시 〈멸종 위기Endangered〉(2017)와 호메로 아리지스Homero Aridjis의 시 〈고래의 눈The Eye of the Whale〉(1999)은 어떤 방식으로 생태중심적 관점을 보여 주는가? 예를 들어, 본비치노가 (실제로는 늑대가 아닌) 갈기 달린 늑대를 시의 유일한 존재로 사용한 것을 어떻게 해석할 수 있을까? 이 동물이 끊임없이 맞닥뜨리는 특정한 위험들은 무엇을 암시하는가? 아리지스가 말한 **고래의 눈**이라는 표현과 고래에게 한 신의 말을 어떻게 해석할 수 있을까? 아울러, "고래의 눈"이 회색 고래가 인간의 방해를 받지 않고 번식하고 출산할 수 있는 지구상의 마지막 장소로 여겨지는 멕시코의 산 이그나시오 라군을 (그곳이 산업화의 위협에 직면해 있는데도) 배경으로 한다는 사실은 무엇을 암시하는가? 이 시들이 생태 중심적인 메시지를 얼마나 효과적으로 전달한다고 생각하는가?

② 〈해변에서On the Beach〉와 〈회복탄력성Resilience〉이라는 두 편의 연극으로 이루어진 스티브 워터스Steve Waters의 《임시 계획The Contingency Plan》(2009)은 기후변화에 대한 적절한 대응을 방해하는 태도에 대해 무엇을 말하는가? 예를 들어, 극에 나오듯이 정부는 국민들에게 기후변화에 관한 과학적 발견에 일반적으로 어떻게 대응해 왔는가? 정부는 충분한 정보를 제공했는가, 취약지역 보호를 위해 어떤 계획을 세웠는가, 기후 비상사태에 얼마나 잘 대응했는가? 기

후변화부 장관과 회복탄력부 장관에 대한 인물 묘사는 정부 공무원의 우선순위에 대해 무엇을 말하는가? 극 중 세 과학자의 상호 관계는 과학계 내부의 갈등, 특히 정부의 우선순위와 관련된 갈등에 대해 무엇을 말하는가? 〈해변에서〉에서 롭과 제니 팩스턴 역을 맡은 배우들이 〈회복탄력성〉에서 기후변화부 장관과 회복탄력부 장관의 역할도 해야 한다는 무대지시가 있다면 어떤 효과가 발생하는가?

③ 패트리샤 그레이스Patricia Grace의 소설 《포티키Potiki》(1986)는 뉴질랜드 마오리족과 부동산 개발업자들이 땅을 대하는 방식이 서로 다르다는 사실에 대해 무엇을 말하는가? 개발자가 건설하고 싶어 하는 고급 리조트에는 어떤 인기 시설이 계획되어 있는가, 동물과 관련된 시설을 비롯한 이러한 인기 시설은 개발자와 자연의 관계에 대해 무엇을 암시하는가? 특히 땅과 관련하여 소설은 식민주의의 유산을 어떤 방식으로 묘사하고 있는가? 개발업자들이 자기들 뜻대로 일이 풀리지 않을 때 생기는 일을 어떻게 해석할까? 만약 개발업자들이 리조트 건설에 성공했다면 이 땅과 주변 지역, 마오리족에게 어떤 일이 일어났을까?

④ 이디스 워튼Edith Wharton의 소설 《환락의 집The House of Mirth》 또는 '기쁨의 집' (1905)은 사회경제적 계급과 자연을 대하는 태도의 관계를 어떻게 다루는가? 예를 들어, 울창한 풍경, 바다 풍경, 온실, 가지째 자른 꽃 등 자연 세계는 초부유층에 의해 어떻게 상품화되는가? 릴리 바트는 어떤 방식으로 자연적 사물로 여겨지는가? (부는 없지만 엘리트 그룹의 일원인 로렌스 셀든을 포함하여) 소설 속 상류층 인물들은 자연을 대하는 방식과 똑같이 릴리를 대하는가?

⑤ 옥타비아 버틀러Octavia Butler의 소설 《씨앗을 뿌리는 사람의 우화The Parable of the Sower》(1993)는 재앙적 기후변화 이후의 환경정의에 대해 무엇을 말하는가? 예를 들어, 기후변화로 인해 소설의 어떤 인구 집단이 물리적·경제적·심리적으

로 가장 큰 충격을 받는가, 상대적으로 어떤 인구 집단이 가장 많은 보호를 받는가, 이러한 보호는 어떤 형태를 취하는가? 소설에서 정부는 어떤 역할을 하는가? 기업국가 미국은 어떻게 묘사되는가? 이 소설은 스스로를 다스릴 수 있는 인간의 능력, 파국적 기후변화 이후 지구를 복구할 수 있는 인간의 잠재력에 대해 무엇을 말하는가? 소설 속 세계와 우리의 세계 사이에 어떤 유사점이 있는가?

≡ 더 읽을거리

Adams, Carol J. *The Sexual Politics of Meat: A Feminist-Vegetarian Critical Theory*. New York: Continuum, 1991. [캐럴 J. 아담스, 《육식의 성정치: 여혐 문화와 남성성 신화를 넘어 페미니즘 - 채식주의 비판 이론을 향해》, 류현 옮김, 이매진, 2018.]

Adams, Carol J., and Lori Gruen, eds. *Ecofeminism: Feminist Intersections with Other Animals and the Earth*. New York and London: Bloomsbury, 2014. [캐럴 J. 아담스, 로리 그루언 엮음, 《에코페미니즘: 인간, 동물, 지구와 교차하는 페미니즘적 시선들》, 김보경·백종륜 옮김, 에디투스, 2024.]

Anderson, Kip, and Keegan Kuhn, dirs. *Cowspiracy: The Sustainability Secret*. Appian Way Productions, 2015.

Bullard, Robert D., and Beverly Wright. *The Wrong Complexion for Protection: How the Government Response to Disaster Endangers African American Communities*. New York and London: New York University Press, 2012. (See especially, "Growing Up in a City that Care Forgot, New Orleans: A Personal Perspective from Beverly Wright," 26-46, and "The Wrong Complexion for Protection: Response to Toxic Contamination," 100-125.)

Clark, Timothy. *The Value of Ecocriticism*. Cambridge: Cambridge University Press, 2019.

Cole, Luke W., and Sheila R. Foster. *From the Ground Up: Environmental Racism and the Rise of the Environmental Justice Movement*. New York: New York University Press, 2001.

Coupe, Laurence, ed. *The Green Studies Reader: From Romanticism to Ecocriticism*. London: Routledge, 2000.

Dowie, Mark. *Conservation Refugees: The Hundred-Year Conflict between Global Conservation and Native Peoples*. 2009. Cambridge, MA: Massachusetts Institute of Technology, 2011.

Estok, Simon C. *Ecocriticism and Shakespeare: Reading Ecophobia*. New York: Palgrave Macmillan, 2011.

Flanagan, Richard. *Toxic: The Rotting Underbelly of the Tasmanian Salmon Industry*. North Sydney, Australia: Penguin Random House Australia, 2021.

Foer, Jonathan Safran. *We Are the Weather: Saving the Planet Begins at Breakfast*. New York: Farrar, Straus & Giroux, 2019. [조너선 사프란 포어, 《우리가 날씨다》, 송은주 옮김, 민음사, 2020.]

Fox, Josh, dir. *Gasland*. HBO, 2010.

Garrard, Greg. *Ecocriticism*. 2nd ed. London and New York: Routledge, 2012.

Hawken, Paul. *Regeneration: Ending the Climate Crisis in One Generation*. New York: Penguin Books, 2021.

Higham, James, ed. *Critical Issues in Ecotourism: Understanding a Complex Tourism Phenomenon*. Oxford: Elsevier, 2009. (See especially Higham's "Competing and Conflicting Schools of Thought," 1-19.)

Huggan, Graham, and Helen Tiffin. *Postcolonial Ecocriticism: Literature, Animals, Environment*. 2nd ed. London and New York: Routledge, 2015.

Jarratt-Snider, Karen, and Marianne O. Nielsen, eds. *Indigenous Environmental Justice*. Tucson, AZ: The University of Arizona Press, 2020.

Klein, Naomi. *This Changes Everything: Capitalism vs. the Climate*. New York: Simon & Schuster, 2014. [나오미 클라인, 《이것이 모든 것을 바꾼다》, 이순희 옮김, 열린책들, 2016.]

Moore, Jason W. "Introduction: Anthropocene or Capitalocene? Nature, History, and the Crisis of Capitalism." *Anthropocene or Capitalocene? Nature, History, and the Crisis of Capitalism*. Ed. Jason W. Moore. Oakland, CA: Kairos PM Press, 2016. 1-11.

Moore, Jason W. "The Rise of Cheap Nature." *Anthropocene or Capitalocene? Nature, History, and the Crisis of Capitalism*. Ed. Jason W. Moore. Oakland, CA: Kairos PM Press, 2016. 78-115.

Nixon, Rob. *Slow Violence and the Environmentalism of the Poor*. Cambridge, MA: Harvard University Press, 2011. [롭 닉슨, 《느린 폭력과 빈자의 환경주의》, 김홍옥 옮김, 에코리브르, 2020.]

Patel, Raj, and Jason W. Moore. *A History of the World in Seven Cheap Things: A Guide to Capitalism, Nature, and the Future of the Planet*. Oakland, CA: University of California Press, 2017. [라즈 파텔, 제이슨 W. 무어, 《저렴한 것들의 세계사: 자본주의에 숨겨진 위험한 역사, 자본세 600년》, 백우진·이경숙 옮김, 북돋움, 2020.]

Rogers, Heather. *Green Gone Wrong: Dispatches from the Front Lines of Eco-Capitalism*. London: Verso, 2013. [헤더 로저스, 《에코의 함정: 녹색 탈을 쓴 소비 자본주의》, 추선영 옮김, 이후, 2011.]

Roos, Bonnie, and Alex Hunt, eds. *Postcolonial Green: Environmental Politics and World Narratives*. Charlottesville and London: University of Virginia Press, 2010.

Schradie, Jen, and Matt DeVries, dirs. *The Golf War*. Durham, NC: Anthill Productions, 1999. (Available online at http://www.youtube.com/watch?v=yFCKokJh7TU.)

Sessions, George. *Deep Ecology for the Twenty-First Century: Readings on the Philosophy and Practice of the New Environmentalism*. Boston, MA: Shambhala Publications, 1995.

Wald, Sarah D., David J. Vázquez, Priscilla Solis Ybarra, and Sarah Jaquette Ray. *Latinx Environmentalisms: Place, Justice, and the Decolonial*. Philadelphia, PA: Temple University Press, 2019.

Wallace-Wells, David. *The Uninhabitable Earth: Life after Warming*. New York: Tim Duggan Books, 2019. [데이비드 월러스 웰즈, 《2050 거주불능 지구》, 김재경 옮김, 추수밭(청림출판), 2020.]

Warren, Karen J., ed. *Ecofeminism: Women, Culture, Nature*. Bloomington, IN: Indiana University Press, 1997. (See especially Warren's "Taking Empirical Data Seriously: An Ecofeminist Philosophical Perspective," 1-20; Taylor's "Women of Color, Environmental Justice, and Ecofeminism." 38-81; and Plumwood's "Androcentrism and Anthropocentrism: Parallels and Politics," 327-355.)

Warren, Karen J., ed. *Ecofeminist Philosophy: A Western Perspective on What It Is and Why It Matters*. Lanham, MD: Rowman and Littlefield, 2000.

Webber, Peter, dir. *Ten Billion*. Dir. Peter Weber. Oxford Film and Television, 2015.

중요한 이론서들

Buell, Lawrence. *The Environmental Imagination: Thoreau, Nature Writing, and the Formation of American Culture*. Cambridge, MA: Belknap Press, 1995.

Buell, Lawrence. *Writing for an Endangered World: Literature, Culture, and Environment in the U.S. and Beyond*. Cambridge, MA: Belknap Press, 2001.

Buell, Lawrence. *The Future of Environmental Criticism: Environmental Crisis and Literary Imagination*. Malden, MA: Blackwell, 2005.

Foster, John Bellamy, Brett Clark, and Richard York. *The Ecological Rift: Capitalism's War on the Earth*. New York: Monthly Review Press, 2010. (See especially "Introduction: A Rift in Earth and Time," 13-49, and "The Paradox of Wealth," 53-72.)

Gaard, Greta. *Critical Ecofeminism*. London: Lexington Books, 2017. [그레타 가드, 《비판적 에코페미니즘》, 김현미·노고운·박혜영·이윤숙·황선애 옮김, 창비, 2024.]

Glotfelty, Cheryll, and Harold Fromm, eds. *The Ecocriticism Reader: Landmarks in Literary Ecology*. Athens, GA: The University of Georgia Press, 1995.

Hiltner, Ken, ed. *Ecocriticism: The Essential Reader*. London and New York: Routledge, 2015. (See especially Nixon's "Environmentalism and Postcolonialism," 196-210, and Chakrabarty's "The Climate of History: Four Theses," 335-352.)

Kovel, Joel. *The Enemy of Nature: The End of Capitalism or the End of the World?* New York: Zed Books, 2007. (See especially "Capital," 26-50.)

Müller, Timo, and Michael Sauter, eds. *Literature, Ecology, Ethics: Recent Trends in Ecocriticism*. Heidelberg, Germany: Universitätsverlag Winter, 2012.

Pepper, David. *Eco-socialism: From Deep Ecology to Social Justice*. London and New York: Routledge, 1993.

Tanuro, Daniel. *Green Capitalism: Why It Can't Work*. Halifax, Nova Scotia: Fernwood Publishing, 2014.

Vollmann, William T. *Carbon Ideologies: No Immediate Danger, Volume One*. New York: Viking, 2018.

Vollmann, William T. *Carbon Ideologies: No Good Alternative, Volume Two*. New York: Viking, 2018.

참고문헌

Achebe, Chinua. "An Image of Africa: Racism in Conrad's *Heart of Darkness*."

Massachusetts Review 18 (1977): 782-794. Rpt. in *Hopes and Impediments: Selected Essays– 1965–1987*. London: Heinemann, 1988. 1-20.

Adams, Carol J. *The Sexual Politics of Meat: A Feminist-Vegetarian Critical Theory*. New York: Continuum, 1991. 148. [캐럴 J. 아담스, 《육식의 성정치: 여혐 문화와 남성성 신화를 넘어 페미니즘 - 채식주의 비판 이론을 향해》, 류현 옮김, 이매진, 2018.]

Alvarez, Ramón A., et al. "Assessment of Methane Emissions from the U.S. Oil and Gas Supply Chain." *Science* 361.6398 (July 2013): 186-188. (Available online at https://science.sciencemag. org/content/361/6398/186.)

Amnesty International. "Indigenous Peoples." (Available online at https://www.amnesty. org/en/what-we-do/indigenous-peoples/.) n.d.

Animal Equality United Kingdom. "The Deadly Fish Industry." (Available online at https:// animalequality.org.uk/issues/fsh/.) n.d.

Bleiweis, Robin, Diana Boesch, and Alexandra Cawthorne Gaines. "The Basic Facts about Women in Poverty." *CAP* (August 3, 2020). (Available online at https://www. americanprogress.org/article/basic-facts-women-poverty/.)

Brenna, Lorenzo. "Animal and Plant Species Declared Extinct between 2010 and 2019, the Full List." *Lifegate* (February 11, 2020). (Available online at https://www.lifegate.com/ extinct-species-list-decade-2010-2019.)

Brown, Culum, Kevin Laland, and Jens Krause. *Fish Cognition and Behavior*. Oxford: Blackwell Publishing, 2006.

Buell, Lawrence. "Environmental Imagination and Environmental Unconscious." *Writing for an Endangered World: Literature, Culture, and Environment in the U.S. and Beyond*. Cambridge, MA: Belknap Press, 2001. 18-27.

Bullard, Robert D. "Introduction." *The Quest for Environmental Justice: Human Rights and the Politics of Pollution*. Ed. Robert D. Bullard. Berkeley, CA: Counterpoint, 2005. 1-15.

Ceballos, Gerardo, et al. "Accelerated Modern Human-Induced Species Losses: Entering the Sixth Mass Extinction." *Science Advances* 1.5 (June 19, 2015). (Available online at https://www.science. org/doi/10.1126/sciadv.1400253.)

Chopin, Kate. *The Awakening*. 1899. Rpt. in *The Awakening: A Norton Critical Edition*, 3rd ed. Margo Culley, ed. New York: W. W. Norton, 2018. 4-116. [케이트 쇼팽, 《각성》.]

Clare, John. "Emmonsails Heath in Winter." *John Clare: Selected Poetry and Prose*. Merryn and Raymond Williams, eds. London: Methuen, 1986. 136.

Cock, Jacklyn. "How the Environmental Justice Movement Is Gathering Momentum in South Africa." *The Conversation* (November 1, 2015). (Available online at https:// theconversation.com/how-the-environmental-justice-movement-is-gathering-momentum-in-south-africa-49819.)

Cornell Chronicle. "U.S. Could Feed 800 Million People with Grain that Livestock Eat,

Cornell Ecologist Advises Animal Scientists" (August 7, 1997). (Available online at https://news.cornell.edu/stories/1997/08/us-could-feed-800-million-people-grain-livestock-eat.)

Deb, Rouhin. "What the Northeast Faces from Delhi Is Environmental Racism." *Deccan Herald* (September 9, 2020). (Available online at https://www.deccanherald.com/opinion/what-the-northeast-faces-from-delhi-is-environmental-racism-885120.html.)

Dowie, Mark. *Conservation Refugees: The Hundred-Year Conflict between Global Conservation and Native Peoples*. Cambridge, MA: Massachusetts Institute of Technology, 2009.

Ellis-Petersen, Hannah. "Treated Like Trash: South-East Asia Vows to Return Mountains of Rubbish from West." *The Guardian* (May 27, 2019). (Available online at https://www.theguardian.com/environment/2019/may/28/treated-like-trash-south-east-asia-vows-to-return-mountains-of-rubbish-from-west.)

EyeWitness to History. "Advertising in the 1920s" (2000). (Available online at http://www.eyewitnesstohistory.com/snpmech4.htm.)

Federal Highway Administration. "State Motor Vehicle Registration by Years, 1900–1995" (April 1997). (Available online at https://www.fhwa.gov/ohim/summary95/mv200.psf.)

Fitzgerald, F. Scott. *The Great Gatsby*. 1925. New York: Scribner, 2004. [스콧 피츠제럴드, 《위대한 개츠비》.]

Flanagan, Richard. "Tasmania's Toxic Secret: The Rotting Underbelly of the Salmon Industry." *The Monthly* (April 22, 2021). (Available online at https://www.themonthly.com.au/issue/2021/april/1619049158/richard-flanagan-justin-kurzel-and-conor-castles-lynch/tasmania-s-toxic.)

Friends of the Earth. "What Is Environmental Injustice and How Does It Affect Palestine?" (June 14, 2021). (Available online at https://friendsoftheearth.uk/system-change/what-environmental-injustice-and-how-does-it-afect-palestine.)

Friends of the Earth Europe. "Shell Accused of Concealing Damage to Health from Nigerian Oil Spills" (March 24, 2017). (Available online at https://friendsoftheearth.eu/news/shell-accused-of-concealing-damage-to-health-from-nigerian-oil-spills/.)

Gaard, Greta. "Ecofeminism Revisited: Rejecting Essentialism and Re-placing Species in a Material Feminist Environmentalism." *Feminist Formations* 23.2 (Summer 2011): 26-53. (Available online at https://muse.jhu.edu.)

Gaard, Greta. "Vegetarian Ecofeminism: A Review Essay." *Frontiers: A Journal of Women Studies 23.3* (2002): 117-146.

Garrard, Greg. *Ecocriticism*. 2nd ed. London and New York: Routledge, 2012.

Global Development Research Center. "Environmental Impacts of Tourism." (Available online at https://www.gdrc.org/uem/eco-tour/envi/one.html.) n.d.

Grossman, Daniel. "Rechargeable or Disposable Batteries?" Yale Climate Connections

(November 29, 2016). (Available online at https://yaleclimateconnections.org/2016/11/which-battery-is-better-rechargeable-or-disposable/.)

Hall, Dale, and Nic Lutsey. "Effects of Battery Manufacturing on Electric Vehicle Life-Cycle Greenhouse Gas Emissions." International Council on Clean Transportation (February 2018). (Available online at https://theicct.org/sites/default/fles/publications/EV-life-cycle-GHG_ ICCT-Briefng_09022018_vF.pdf.)

Hall, Gillette, and Ariel Gandolfo. "Poverty and Exclusion among Indigenous Peoples: The Global Evidence." *World Bank Blogs* (August 9, 2016). (Available online at https://blogs.worldbank.org/voices/poverty-and-exclusion-among-indigenous-peoples-global-evidence.)

Harvey, Abby. "History of Power: The Evolution of the Electric Generation Industry." *POWER Magazine* (December 22, 2020). (Available online at https://www.powermag.com/history-of-power-the-evolution-of-the-electric-generation-industry/.)

Harvey, Chelsea. "Global Tourism Has a Bigger Share of Carbon Emissions than Thought." *Scientific American* (May 8, 2018). (Available online at https://www.scientificamerican.com/article/global-tourism-has-a-bigger-share-of-carbon-emissions-than-thought/.)

Hawken, Paul. *Regeneration: Ending the Climate Crisis in One Generation*. New York: Penguin Books, 2021.

Henderson, Sally, and Robert Landau. *Billboard Art*. San Francisco, CA: Chronicle Books, 1981.

Herrero, Mario. "To Reduce Greenhouse Gases from Cows and Sheep, We Need to Look at the Big Picture." *The Conversation* (March 21, 2016). (Available online at https://theconversation.com/to-reduce-greenhouse-gases-from-cows-and-sheep-we-need-to-look-at-the-big-picture-56509.)

Higgs, Kerryn. "A Brief History of Consumer Culture." *The MIT Press Reader* (January 11, 2021). (Available online at https://thereader.mitpress.mit.edu/a-brief-history-of-consumerculture/.)

Higham, James. "Competing and Conflicting Schools of Thought." *Critical Issues in Ecotourism: Understanding a Complex Tourism Phenomenon*. Oxford: Elsevier, 2009. 1-19.

The Humane League. "How Are Factory Farms Cruel to Animals?" (January 5, 2021). (Available online at https://thehumaneleague.org/article/factory-farming-animal-cruelty.)

Humane Society International. "Don't Buy Wild: Products, Food & Exotic Pets." (Available online at https://www.hsi.org/news-media/dbw_products_food_exoticpets/.) n.d.

Intergovernmental Science-Policy Platform on Biodiversity and Ecosystem Services. "Media Release: Nature's Dangerous Decline 'Unprecedented'; Species Extinction Rates 'Accelerating'" (May 2019). (Available online at https://ipbes.net/news/Media-Release-Global-Assessment.)

Johnson, Kim. "4 Ways the Fishing Industry Is Destroying the Planet." *Animal Equality* (September 30, 2019). (Available online at https://animalequality.org/blog/2019/09/30/

fshing-industry-destroying-environment/.)

Klein, Naomi. *This Changes Everything: Capitalism vs. The Climate*. New York: Simon and Schuster, 2014. 64-95. [나오미 클라인, 《이것이 모든 것을 바꾼다》, 이순희 옮김, 열린책들, 2016.]

Leahy, Stephen. "Most Countries Aren't Hitting Paris Climate Goals, and Everyone Will Pay the Price." *National Geographic* (November 2019). (Available online at https://www.nationalgeographic.com/science/2019/11/nations-miss-paris-targets-climate-driven-weather-events-cost billions/.)

Lenzen, Manfred, et al. "The Carbon Footprint of Global Tourism." *Nature Climate Change* (May 7, 2018). (Available online at https://www.nature.com/articles/s41558-018-0141-x#change-history.)

Lewis, Simon L., and Mark A. Maslin. "Defining the Anthropocene." *Nature* 519 (March 11, 2015): 171-180. (Available online at https://www.nature.com/articles/nature14258.)

Lievens, Matthias. "Towards an Eco-Marxism." *Radical Philosophy Review* 13.1 (2010): 1-17. (Available online at https://pagotto.fles.wordpress.com/2018/05/lievens_towards-an-eco-marxism.pdf.)

Link, Michael, Alfred de Zayas, and Daniela Dongues. "Environmental Injustice: Exploitation of Palestinian Natural Resources." United Nations Human Rights Council, 40th session: Human Rights in the Occupied Palestinian Territory (March 19, 2019). (Available online at https://www.gicj.org/conferences-meetings/human-rights-council-sessions/side-events/1557-hrc40-gicj-side-event-environmental-justice-exploitation-palestinian-natural-resources.)

Martinique, Elena. "Masterworks of the 1920s Architecture." *Widewalls* (November 27, 2016). (Available online at https://www.widewalls.ch/magazine/1920s-architecture.)

McGill Newsroom. "Indigenous Peoples around the Globe Are Disproportionately Affected by Pollution" (May 19, 2020). (Available online at https://www.mcgill.ca/newsroom/channels/news/indigenous-peoples-around-globe-are-disproportionately-affected-pollution-322211.)

McLaughlin, Andrew. "The Heart of Deep Ecology." *Deep Ecology for the Twenty-First Century: Readings on the Philosophy and Practice of the New Environmentalism*. Ed. George Sessions. Boston: Shambhala Publications, 1995. 85-93.

Montague, Brendan. "Horrific Cruelty of Underwater Factory Farms." *Ecologist* (December 7, 2018). (Available online at https://theecologist.org/2018/dec/07/horriffic-cruelty-underwater-factory-farms.)

Moore, Jason. "Who Is Responsible for the Climate Crisis?" *Maize* (November 4, 2019). (Available online at https://www.maize.io/magazine/what-is-capitalocene/.)

Ms. Jones's American History. "Jazz Age Advertising." (Available online at http://jonesushistory. weebly.com/jazz-age-advertising.html.) n.d.

Naess, Arne. "The Deep Ecological Movement: Some Philosophical Aspects." *Deep Ecology for the Twenty-First Century: Readings on the Philosophy and Practice of the*

New Environmentalism. Ed. George Sessions. Boston: Shambhala Publications, 1995. 64-84.

Naess, Arne. "Deep Ecology and Lifestyle." *Deep Ecology for the Twenty-First Century: Readings on the Philosophy and Practice of the New Environmentalism.* Ed. George Sessions. Boston: Shambhala Publications, 1995. 259-261.

National Geographic Society. "Anthropocene." (Available online at https://www.national geographic.org/encyclopedia/anthropocene/.) n.d.

National Geographic Society. "Human Population." (Available online at https://www.national geographic.org/topics/resource-library-human-population/?q=&page=1&per_page=25.) n.d.

National Humane Education Society, The. "Live Animal Transport" (2021). (Available online at https://www.nhes.org/live-animal-transport/.)

Novak, Matt. "Steam-powered Cars: California's 1970s Smog Solution." *Pacific Standard* (June 14, 2017). (Available online at https://psmag.com/steam-powered-cars.)

NYC Department of City Planning. "Historical Population Information." (Available online at https://www1.nyc.gov/site/planning/planning-level/nyc-population/historical-population. page.) n.d.

Osborne, Hilary, and Bibi van der Zee. "Live Export: Animals at Risk in Giant Global Industry." *The Guardian* (January 20, 2020). (Available online at https://www.theguardian.com/environment/2020/jan/20/live-export-animals-at-risk-as-giant-global-industry-goes-unchecked.)

Osman-Elasha, Balgis. "In the Shadow of Climate Change." *UN Chronicle* 46.4 (April 2012). (Available online at https://www.un.org/en/chronicle/article/womninsaow-climate-change.)

Parascandola, John. "America's Playground: The Development of Coney Island." The Ultimate History Project. (Available online at https://ultimatehistoryproject.com/coney-island.html.) n.d.

Patton, B. Wren, and Victoria A. Braithwaite. "Changing Tides: Ecological and Historical Perspectives on Fish Cognition." *Wiley Interdisciplinary Reviews Cognitive Science* 6.2 (March–April, 2015): 159-176. doi.10.1002/wcs.1337. (Available online at https://pubmed.ncbi.nlm.nih. gov/26263070/.)

Quammen, David. *Spillover: Animal Infections and the Next Human Pandemic.* New York and London: W. W. Norton, 2012. [데이비드 콰멘, 《인수공통 모든 전염병의 열쇠》, 강병철 옮김, 꿈꿀자유, 2017.]

Ranosa, Ted. "Humans: Cause of Extinction of Nearly 500 Species Since 1900." *Tech Times* (June 30, 2015). (Available online at https://www.techtimes.com/articles/64542/20150630/humans-cause-of-extinction-of-nearly-500-species-since-1900.htm.)

Reiley, Laura. "The Fastest-Growing Vegan Demographic Is African Americans. Wu-Tang Clan and Other Hip-Hop Acts Paved the Way." *The Washington Post* (January 24, 2020).

(Available online at https://www.washingtonpost.com/business/2020/01/24/fastest-growing-vegan-demographic-is-african-americans-wu-tang-clan-other-hip-hop-acts-paved-way/.)

Rice, Doyle. "Methane Emissions from Burning Fossil Fuels Has Been 'Vastly Underestimated,' Study Says." *USA Today* (February 19, 2020). (Available online at https://www.usatoday.com/story/news/nation/2020/02/19/burning-fossil-fuels-emits-more-methane-climate-change-study/4798547002/.)

Ridley, Kim. "'Can Soap Operas Save Lives?' PMC Featured in *Ode Magazine*." Population Media Center (April 3, 2006). (Available online at https://www.populationmedia.org/2006/04/03/can-soap-operas-save-lives-pmc-featured-in-ode-magazine/.)

Rogers, Heather. "The Greening of Capitalism?" *Internationalist Socialist Review* 70 (2009). (Available online at https://isreview.org/issue/70/greening-capitalism.)

Rouse, Cecilia, Jared Bernstein, Helen Knudsen, and Jeffrey Zhang. "Exclusionary Zoning: Its Effect on Racial Discrimination in the Housing Market." *The White House* (June 17, 2021). (Available online at https://www.whitehouse.gov/cea/written-materials/2021/06/17/exclusionary-zoning-its-effect-on-racial-discrimination-in-the-housing-market/.)

Scales, Ivan R. "Green Capitalism." *The International Encyclopedia of Geography: People, the Earth, Environment, and Technology*. Hoboken, NJ: Wiley-Blackwell, 2017. (Available online at https://www.researchgate.net/publication/315457340_Green_capitalism.)

Sheary, Patrick. "How Did Electric Appliances Become Commonplace in the Home?" Daughters of the American Revolution (December 12, 2017). (Available online at https://blog.dar.org/how-did-electric-appliances-become-commonplace-home.)

Tanuro, Daniel. *Green Capitalism: Why It Can't Work*. Halifax, Nova Scotia: Fernwood Publishing, 2014.

Thomas Edison National Historical Park. "The Electric Light System." (Available online at https://www.nps.gov/edis/learn/kidsyouth/the-electric-light-system-phonograph-motion-pictures. htm.) n.d.

Tollefson, Jef. "Humans are Driving One Million Species to Extinction." *Nature* (May 2019). (Available online at https://www.nature.com/articles/d41586-019-01448-4.)

United Nations. "World Population Prospects" (2015). (Available online at https://population.un.org/wpp/Publications/Files/Key_Findings_WPP_2015.pdf.)

United Nations Environment Programme. "Delfina Torres Committee v. Petroecuador" (March 19, 2003). (Available online at https://leap.unep.org/countries/ec/national-case-law/delfnatorres-committee-v-petroecuador-petrocomercial.)

United Nations Environment Programme. "Emissions Gap Report 2020." Executive Summary (December 9, 2020). (Available online at https://wedocs.unep.org/bitstream/handle/20.500.11822/34438/EGR20ESE.pdf?sequence=25.)

United Nations Environment Programme. "Environmental Assessment of Ogoniland: Site Factsheets, Executive Summary and Full Report" (August 1, 2011). (Available online at https://www.unep.org/resources/assessment/environmental-assessment-ogoniland-site-factsheets-executive-summary-and-full.)

United Nations Environment Programme Finance Initiative. "The Natural Capital Declaration" (2012). (Available online at https://www.unepf.org/fleadmin/documents/ncd_booklet.pdf.)

United Nations Human Rights Office of the High Commissioner. "Ecuador: Discrimination and Environmental Racism against People of African Descent Must End, Say UN Experts" (December 23, 2019). (Available online at https://www.ohchr.org/en/NewsEvents/Pages/DisplayNews. aspx?NewsID=25452&LangID=E.)

United Nations Women: Commission on the Status of Women. "Facts & Figures: Poverty and Hunger" (2012). (Available online at https://www.unwomen.org/en/news/in-focus/commission-on-the-status-of-women-2012/facts-and-fgures.)

United States Census Bureau. "Demographic Trends in the 20th Century" (November, 2002). (Available online at https://www.census.gov/prod/2002pubs/censr-4.pdf.)

United States Census Bureau. "Historical Statistics of the United States: Colonial Times to 1970" Part 1 (September 1975). (Available online at https://www.census.gov/history/pdf/histstats-colonial-1970.pdf.)

United States Congress. House Resolution 109: "Recognizing the Responsibility of the Federal Government to Create a Green New Deal." 116th Congress, 1st Session (February 7, 2019). (Available online at https://www.congress.gov/bill/116th-congress/house-resolution/109/text.)

United States Department of Defense. "Report on Effects of a Changing Climate to Department of Defense" (January 2019). (Available online at https://media.defense.gov/2019/Jan/29/2002084200/-1/-1/1/CLIMATE-CHANGE-REPORT-2019.PDF.)

United States Energy Information Administration. "History of Energy Consumption in the United States 1775–2009" (February 9, 2011). (Available online at https://www.eia.gov/todayinenergy/detail.php?id=10.)

United States Energy Information Administration. "U.S. Field Production of Crude Oil" (May 28, 2021). (Available online at https://www.eia.gov/dnav/pet/hist/LeafHandler.ashx?n=pet&s=mcrfpus2+f=a.)

United States Environmental Protection Agency. "Electric Vehicle Myths." (Available online at https://www.epa.gov/greenvehicles/electric-vehicle-myths.) n.d.

UShistory.org. "A Consumer Economy." (Available online at https://www.ushistory.org/US/46f. asp.) n.d.

Varkkey, Helena. "By Exporting Trash, Rich Countries Put Their Trash Out of Sight and Out of Mind." *CNN Opinion* (July 29, 2019). (Available online at https://www.cnn.com/2019/07/29/opinions/by-exporting-trash-rich-countries-put-their-waste-out-of-sight-and-out-of-mind-varkkey.)

Vidal, John. "Toxic E-Waste Dumped in Poor Nations, Says United Nations." *Our World*

(Decem ber16, 2013). (Available online at https://ourworld.unu.edu/en/toxic-e-waste-dumped-in-poor-nations-says-united-nations.)

Water Footprint Network. "Water Footprint of Crop and Animal Products: A Comparison." (Available online at https://www.waterfootprint.org/en/water-footprint/product-water-footprint/water-footprint-crop-and-animal-products/.) n.d.

Waxman, Amanda. "Why Millions of Farm Animals Die During Transport." *The Humane League* (January 27, 2021). (Available online at https://thehumaneleague.org/article/live-transport.)

Winkler, Elizabeth. "'Snob Zoning' Is Racial Housing Segregation by Another Name." *The Washington Post* (September 25, 2017). (Available online at https://www.washingtonpost.com/news/wonk/wp/2017/09/25/snob-zoning-is-racial-housing-segregation-by-another-name/.)

Wordsworth, William. "Lines Composed a Few Miles above Tintern Abbey, on Revisiting the Banks of the Wye. July 13, 1798." *Lyrical Ballads, with a Few Other Poems*. 1798. Rpt. in *The Norton Anthology of English Literature* Vol. 2. 3rd ed. M. H. Abrams et al. New York: W. W. Norton & Company, 1974. 120-123.

World Bank. "CO2 Emissions (Metric Tons per Capita)." (Available online at https://data.world-bank.org/indicator/EN.ATM.CO2E.PC.)

World Health Organization. "Hunger Is Still Not Going Down after Three Years and Obesity Is Still Growing–UN Report" (July 15, 2019). (Available online at https://www.who.int/news/item/15-07-2019-world-hunger-is-still-not-going-down-after-three-years-and-obesity-is-still-growing-un-report.)

World Rainforest Movement. "Stories of Dispossession and Deforestation Caused by the Extraction of Palm and Wood," *Bulletin* 243 (May 14, 2019). Available online at https://wrm.org.uy/articles-from-the-wrm-bulletin/section1/ecuador-stories-of-dispossession-and-deforestation-caused-by-the-extraction-of-palm-and-wood/.)

Young, Nzinga. "Here's Why Black People Don't Go Vegan." *HuffPost* (May 19, 2016). (Available online at https://www.Huffpost.com/entry/heres-why-black-people-do_b_10028678.)

14장

전체적인 윤곽 그리기

이 책을 다 읽지 않고 몇몇 장들만 골라 읽는다고 해도 독자들이 접하게 될 정보의 양이 상당할 것이다. 특히 서로 다른 비평이론들이 다양한 방식으로 중첩하는 모습을 지켜보노라면 더욱 머리가 아플지도 모르겠다. 그래서 각 비평이론별로 하나씩 다음과 같이 질문을 만들어 보았다. 이 질문들은 우리가 논의한 이론들을 요약한 것이 아니다. 지금까지 배워 온 것들을 돌이켜 보고 그중에서 어느 이론을 더욱 깊이 있게 공부할 것인지 고를 때 도움을 주고자 대표적인 쟁점들만 골라 문제화한 것이다. 물론 이 질문들보다 각 장에 수록된 '비평가가 던질 만한 질문들'과 '심화학습'(각 장에서 비평이론을 적용하는 구체적인 지침으로서 제시한 것들)이 더욱 상세한 내용을 담고 있는 것이 사실이다. 그럼에도 이 질문들은 지금까지 공부한 비평이론들을 전체적으로 조망할 수 있는 일종의 조감도처럼 활용할 수 있을 것이다. 이를 바탕으로 여러 비평이론들이 서로 닮았으면서도 다르다는 사실을 더욱 폭넓은 시각에서 확인할 수 있길 바란다.

정신분석 비평 텍스트가 어떻게 등장인물들(또는 저자)의 심리적 욕망, 욕구, 갈등에 대한 (의도적이거나 의도치 않은) 재현으로써 구체화되는가?

마르크스주의 비평 텍스트가 어떻게 자본주의와 (그에 따른) 계급차별에 대한 (의도적이거나 의도치 않은) 재현으로써 구체화되는가? 그러한 재현이 억압적인 사회경제적 이데올로기들을 강화하는가? 아니면 약화시키는가?

페미니즘 비평 텍스트가 어떻게 가부장적 규범과 가치들에 대한 (의도적이거나 의도치 않은) 재현으로써 구체화되는가? 그러한 재현이 억압적인 가부장적 규범과 가치들의 기반을 강화하는가? 아니면 약화시키는가?

신비평 텍스트는 위대한 문학작품인가? 말하자면 텍스트 안에는 보편적인 의의를 갖는 주제와 유기적인 조화가 모두 존재하는가?

독자반응 비평 독자들은 텍스트를 읽으면서 어떻게 의미를 만들어 내는가? 그리고 독자들이 만들어 내는 의미와 텍스트는 어떤 관련이 있는가?

구조주의 비평 우리가 텍스트의 의미를 이해하는 데 사용하는 기본적인 구조 체계(예를 들어 원형, 양식, 서사 등에 관한 구조)는 무엇인가? 구조주의 비평가들은 종종 텍스트의 기본 구조를 텍스트의 '문법'이라고 명명하는데, 문법은 등장인물들과 그들의 행동이 갖는 기능을 표상하는 일종의 '수학 공식'처럼 나타나기도 한다.

해체비평 텍스트의 자기모순을 어떤 커다란 주제 아래 포괄하여 해소하지 않고 오히려 이 자기모순을 분석한다면, 텍스트 안에서 작동하는 이데올로기(들)와 관련하여 우리는 무엇을 알게 되는가?

신역사주의 텍스트가 어떤 방식으로 역사 해석에 관여하는가? 특히 해당 텍스트를 낳은 문화 안에서 유력하게 작용하는 담론들(특정한 이데올로기들과 결부된 언어 사용 방식. 이를테면 자유주의적 인본주의 담론, 기독교 근본주의 담론, 백인우월주의 담론 등)의 순환 과정에서 텍스트가 어떤 역할을 수행하는가? 그리고(또는) 텍스트의 이 같은 역할이 텍스트 수용사에 어떤 변화를 가져오는가?

문화비평 특히 노동계급의 문화적 생산물(대중소설이나 영화 같은 것)과 관련하여, 그리고 그것과 '고급'문화의 생산물(이를테면 정전이 된 문학작품)

과 관련하여, 텍스트가 수행하는 문화적 작업은 무엇인가? 즉, 텍스트가 생산된 시점에 그리고/또는 텍스트를 수용하는 과정에서, 텍스트는 어떻게 사회경제적 권력구조를 강화하거나(강화하는 동시에) 약화시키는 이데올로기들을 전달하고 변형시키는가?

레즈비언·게이·퀴어 비평 텍스트가 어떻게 LGBTQ 섹슈얼리티에 대한 (의도적이거나 의도치 않은) 표상에 의해 형성되는가? 그러한 표상은 이성애주의를 강화하는가? 아니면 약화시키는가? 특히 퀴어 이론의 경우, 성적 지향과 젠더 정체성에 대한 전통적인 사고방식이 갖는 부당성을 텍스트가 어떻게 구체적으로 보여 주는가?

아프리카계 미국인 문학비평 텍스트가 어떻게 인종 및 인종적 차이에 대한 (의도적이거나 의도치 않은) 표상에 의해 형성되는가? 그러한 표상이 인종 차별 이데올로기를 강화하는가? 아니면 약화시키는가?

탈식민주의 비평 텍스트가 어떻게 문화적 차이(인종, 계급, 성과 젠더, 성적 지향, 종교, 문화적 신념, 관습 등이 결합하여 개인의 정체성을 형성하는 방식들)에 대한 (의도적이거나 의도치 않은) 표상에 의해 형성되는가? 그러한 표상이 식민주의 이데올로기를 강화하는가? 아니면 약화시키는가?

생태비평 텍스트가 어떻게 자연에 대한 표상, 등장인물들이 자연 세계를 대하는 방식에 대한 (의도적이거나 의도치 않은) 표상에 의해 형성되는가? 이러한 표상은 생태중심적인가? 인간중심적인가? 그리고/또는 남성중심적인가?

이 질문들은 문학 텍스트 해석에 초점을 맞추고 있긴 하지만, 이제는 이론이라는 렌즈가 비단 문학 텍스트에만 적용되는 것이 아니라는 사실을 이 질문들을 통해 깨달았으리라 믿는다. 즉, 각각의 이론은 우리 자신의 모습과 세계를 지각하는 방식 또한 변화시킨다. 한 예로, 아프리카계 미국인 문학비평을 살펴보자. 좀 더 넓은 의미의 아프리카계 미국인 문학비평은 인종 문제(이를테면 인종적 차이에 대한 인식, 미국 내 각 인종들의 역사, 인종차별주의 등)가 개별적·집단적 정체성, 개개인들 사이의 관계, 역사, 문학을 포함하되 문학에만 한정되지 않는 갖가지 문화적 산물 등을 특징짓는 양상들을 고찰한다. 하지만 아프리카계 미국인 문학비평이 우리에게 요구하는 것은 그러한 고찰을 통해 무엇을 배울 수 있는지 이해하라는 것이다. 요약하자면, 비평이론은 문학작품을 해석한다는 자체의 목적만으로도 충분한 가치가 있지만, 비단 문학작품뿐 아니라 인간의 경험 일반을 이해하는 지평까지도 확장시킨다는 점에서 더욱 커다란 의미가 있다.

앞에서 언급한 비평이론들 가운데 몇 가지는 명백히 정치적이라는 사실을 확실하게 인지했을 것이다. 그런 이론들의 목표는 어떻게든 사회를 더 나은 쪽으로 변화시키는 것이다. 반면 그 밖의 이론들은 스스로 '비정치적인' 이론임을 자임하며 역사와 정치를 움직이는 동력과는 거리를 두려고 한다. 그러한 이론의 단적인 사례가 바로 1940년대 후반과 50년대 문학 연구를 휩쓸었던 신비평이다. 신비평 이론가들은 신비평이 순수하게 미적인 영역에 자리 잡고 있다고 생각했다. 그러나 오늘날 대부분의 비평이론가들은 어떤 비평이론이든 역사적 현실 속에서 생산되며, 따라서 정치적 함의를 갖기 마련이라는 사실을 잘 알고 있다. 특정한 이론을 옹호하는 사람들이 해당 이론을 둘러싼 현실과 그 함의를 인식하든 못하든 상관없이 말이다.

이를테면 정치적 성향이 짙은 여러 이론가들은 문학 분석과 관련하여 순수하게 미적인 영역을 만들어 내려는 것 자체가 정치적인 움직임이라고 생각한다. 그러한 행보는 역사를 피해 가려는 욕망, 즉 예측 불가능하고 때로는 무섭기도 한 이 세계를 둘러싼 현실로부터 보호받고 '안전'할 것 같은 공간을 따로 마련하고픈 욕망을 반영한다는 것이다.

하지만 특정한 비평 작업이 정치적 현실에 눈감는다고 해서 정치와 무관해지는 것은 아니다. 이는 권력구조를 겨눈 시선을 무심코 거두어들임으로써, 종류와 상관없이 그 자리에서 작동하고 있는 권력구조를 보호하게 될 뿐이다. 이 같은 관점에서 보자면 제2차 세계대전 직후 신비평이 전성기를 누리고 뒤를 이어 구조주의가 나타난 것도 놀라운 일이 아니다. 이 시기는 핵무기와 대량 살상에 대한 공포가 극에 달해, 세간지사를 초월해 있는 영원불변한 관념들의 영역이 사람들의 신뢰를 얻으며 각별한 호소력을 발휘하던 때이기 때문이다. 실제로 '비정치적인' 이론은 언제나 보수적인 권력구조에 이바지했다.

다른 비평이론도 비슷한 방식으로 역사적 근원과 정치적 함의를 분석할 수 있다. 물론 그 가운데서도 역사적 근원과 정치적 함의가 더 두드러지는 이론들이 있다. 페미니즘 비평, 아프리카계 미국인 문학비평, 레즈비언 · 게이 · 퀴어 비평의 경우 각각 여성해방운동, '블랙파워운동', 게이 · 레즈비언 해방운동이라는 1960년대 후반의 정치적 운동들에서 직접적으로 영향을 받아 생겨난 것들이다. 그러나 세 가지 비평 모두 지적 근원은 성, 인종, 성적 지향과 상관없이 평등을 향한 투쟁만큼이나 오래된 것들이다. 마르크스주의 비평도 사회적 불의에 대한 하나의 응답이라고 할 수 있으며, 넓은 의미에서 보면 탈식민주의 비평과 신역사주의 비평, 그리고 문화비평도 마찬가지일 것이다.

다른 측면에서 보자면, 정신분석 비평이나 독자반응 비평, 해체비평의 정치적 또는 '비정치적' 지향은 전적으로 비평가 개개인, 그리고 각 비평가가 이론을 사용하는 목적에 달려 있다. 2장에서 다룬 《위대한 개츠비》에 대한 정신분석학 독법은 개인이나 가족에 혼란을 가져오는 파행적 사랑에 초점을 맞추었다는 점에서 '비정치적'이다(말하자면, 그러한 독법은 정치성을 무시하고 현재의 정치적 상황을 바꾸는 데 어떠한 기여도 하지 못한다). 하지만 소설에서 재현되는 파행적 사랑을 현대 미국문화의 산물(아마도 자본주의, 가부장제, 기타 이데올로기들이 한데 맞물려 작용한 데 따른 산물)로서 고찰했다면, 이는 명백히 정치적인 정신분석학적 독법이 되었을 것이다(혹은, 어떤 점에 주목하는지에 따라 정신분석학에 기댄 마르크스주의적 독법이나 페미니즘적 독법이 되었을 수도 있다).

이와 유사한 방식으로 독자반응 비평 역시 '비정치적으로' 기능할 수 있다. 6장에서 영향 문체론을 다룰 때 살펴본 것처럼, 텍스트가 어떻게 특수한 독서 체험을 유도하는지를 점검하는 경우가 그렇다. 그런데 세대를 막론하고 비평가들이 특정한 문학작품들을 읽어 내는 어떤 방식들이 존재한다고 할 때, 독자반응 비평은 그러한 방식들을 특징짓는 이데올로기적 동기들을 검토함으로써 일종의 정치적 기능을 수행할 수도 있다.

해체비평도 마찬가지다. 해체론을 구사하여 텍스트의 의미가 결정 불가능하다는 점, 다시 말해 의미가 하나로 고정될 수 없다는 점을 밝히는 작업은 '비정치적'이다. 낱말에 대한 전통적 관점에서 상정하는 종류의 '의미'란 텍스트에 존재하지 않는다는 것이다. 확실히, 텍스트에 의미가 없다면 정치성도 없을 것이다. 그러나 어떤 비평가들에게는 해체비평이야말로 강력한 정치적 도구가 된다. 《위대한 개츠비》에 대한 해체론적 독법(8장)에서 확인한 것처럼, 해체비평은 텍스트 내부에서 작동하는 이데올로기상의 모순, 곧 숨겨진 정치성을 들추어내는 데 유용하기 때문이다.

요컨대, 모든 비평이론이 가질 수 있는 의미와 힘은 대부분 각자에게 달렸다. 비평이론은 우리가 손에 쥔 도구 그 이상도 이하도 아니다. 우리는 하나의 이론을 골라 하나의 렌즈만으로 문학작품을 해석할 수도 있고, 단일

한 작품을 해석하는 경우에도 두세 개 또는 그 이상의 이론들을 두루 활용
하면서 다양한 이론들의 통찰을 능숙하게 결합시켜 쓸 수도 있다.

예를 들어, 문학작품에 인종적 차이가 어떻게 재현되는지를 해명하려
할 때 대부분 아프리카계 미국인 문학비평을 시도하겠지만, 동시에 마르크
스주의·정신분석학·페미니즘에서 사용하는 개념들도 이용할 수 있다.
서인도제도 여성들이 쓴 문학작품들에 대한 오독이 거듭 발생하는 상황을
분석하면서 페미니즘 비평을 시도하는 경우에도 탈식민주의나 독자반응
비평에서 쓰이는 개념들을 가져올 수 있다. 사실, 어떤 비평이론을 정말 능
숙하게 적용하려면 해당 이론이 의지하고 있는 다른 이론들에도 익숙해질
필요가 있다. 자신의 입장이 마르크스주의이든 페미니즘이든 탈식민주의
이든 아프리카계 미국인 문학비평이든 레즈비언·게이·퀴어 비평이든지
간에, 대다수의 비평가들은 억압 및 억압에 대한 저항이 어떤 형식에 따라
어떻게 작동하는지를 분석할 때 정신분석학, 해체론, 독자반응이론, 기호학
등의 또 다른 이론 체계들을 끌어오기 때문이다.

그런데 하나 또는 두 개 이상의 특정한 이론을 골라 읽으려고 할 때는
주로 두 가지 요인을 고려하기 마련이다. 하나는 본인이 이론을 활용하는
능력이고, 다른 하나는 이론을 적용하기로 결정한 문학 텍스트다. 본인과
본인이 선택한 이론, 그리고 선택한 이론과 문학 텍스트가 잘 맞아떨어져
야 유익한 해석을 도출할 수 있다.

어떠한 문학 텍스트이든 모든 이론에 똑같이 잘 들어맞는 것은 아니다.
이론을 다루는 기술에는 어떤 이론을 어느 시점에 적용할 것인지 판단하는
것도 포함된다. 그리고 배워 둘 만한 가치가 있는 모든 기술들이 그렇듯, 이
론을 다루는 기술 역시 반드시 연습이 필요하다. 따라서 처음에 어떤 어려
움을 겪더라도 낙담하지 말아야 한다. 바이올린으로 모차르트를 연주하려
면 온갖 삐걱대는 소리를 수없이 내 봐야 하는 법이다.

하나만 더 당부하자면, 어떤 이론에서 결점을 몇 가지 발견했다고 해서 그 이론을 멀리하지 말라는 것이다. 어떤 비평이론에서 단점을 찾기란 쉽다. 흠이 없는 이론이란 없기 때문이다. 우리가 다루는 것은 하나의 사실이 아닌 하나의 이론이며, 결점 역시 이론의 일부일 수밖에 없다. 예를 들어, 신비평의 주장대로 자기만의 고유한 맥락을 갖는 문학작품이 과연 존재할 수 있는가? 그건 일단 논리적으로 말이 안 되고 맥락에 대한 정의에도 위배되는 것이 아닌가? 가족이 개인의 정신 형성에 원인이 된다고 상정하는 정신분석학은 또 어떠한가? 가족은 그 자체로 하나의 사회적 실체인데, 정신이 형성되는 과정에 영향을 끼치는 다른 사회적 요인들을 빠뜨리거나 하찮게 여겨도 되는 것인가?

한 이론에서 몇 가지 흠결들을 찾았다고 해서 문학작품을 해석하는 그 이론의 쓰임새가 줄어들지는 않는다. 그리고 배우는 과정에서 너무 단점만 찾으려 들면 다양한 이론들이 갖는 무수한 유용성을 간과하게 될 위험이 있다. 비평이론에 대한 두려움을 덜고자 하는 자연스러운 바람이 비평이론 자체를 아예 떨쳐 내겠다는 욕망으로까지 이어질 수 있기 때문이다. 단점이 존재하는 이론이라면 그리 대단한 이론이라고 볼 수 없다고 단정해 버린 뒤, 그 이론에 굳이 익숙해질 필요가 없고 그 이론을 공부하느라 괴로워할 이유도 없다는 식으로 생각하게 될지도 모른다. 이 같은 논리는 그럴듯해 보이지만, 결과적으로 아무런 도움도 되지 않는다. 내가 간곡히 부탁하는 것은, 적어도 여러 이론들을 폭넓게 활용하며 능숙하게 문학작품을 해석할 수 있는 수준이 되기 전까지는 '비판적 자세'를 자제하라는 것이다.

자기만의 이론 읽기를 찾아 떠나는 여행에 앞서, 최근에 내가 경험한 에피소드 하나를 들려주고 싶다. 내 생각에 이 일화는 문학작품 해석 및 비평이론이 갖는 개인적 성격과 정치적 성격을 동시에 반영하기 때문이다. 내 친구 중에는 비평이론에 대해서는 아무것도 모르지만 문학작품을 즐겨 읽고 비평이론에도 관심을 가져 보려는 남성이 한 명 있는데, 나는 그에게 《위대한 개츠비》를 어떻게 페미니즘과 탈식민주의, 퀴어 이론에 따라 읽을 수 있는지 간략하게 보여 주었다. 그러자 친구는 바로 "네가 책에서 말하는 모든 이론이 이 소설에 잘 들어맞는단 말이야?"라고 물었다. 나는 곧장 친구를 납득시키려고 했다. "모두 잘 들어맞지. 어떤 이론이 작품을 왜곡한다 싶으면 나는 그걸 작품에 적용하지 않아." 그러자 친구가 이렇게 대꾸했다. "아니, 내가 묻는 건, 그 이론들 전부가 이 소설에서 무언가 잘못된 것을 찾아내느냐 하는 거야."

한 대 맞은 기분이었다. 친구 말이 맞다! 실제로 내가 다룬 이론들에 따르면,《위대한 개츠비》는 어떤 식으로든 이데올로기적 측면에서 흠잡힐 만한 소설이라는 결론이 나왔던 것이다. 그 모든 흠결을 한데 모으면 다음과 같은 진술에 다다른다. "《위대한 개츠비》는 자본주의의 병폐를 낭만적으로 그려 내고 파행적 사랑을 찬미하는 소설로서, 계급차별과 성차별, 동성애혐오와 인종차별, 나아가 식민주의적 세계관까지 빠짐없이 담겨 있는 소설이다. 더구나 그것만으로는 부족했는지, 우리 자신의 신념과 욕망을 텍스트에 투사하도록 유도함으로써 뭐라고 말하기 힘든 어떤 읽기 경험을 불러일으킨다." 하지만 그럼에도《위대한 개츠비》는 내가 그동안 재미있게 읽었던 문학작품들 가운데서도 가장 감동적이고 세련된 소설로 꼽을 만한 작품이다. 어떻게 이런 일이 가능할까?

이렇게 묻는 편이 낫겠다. 그런 일이 어떻게 안 일어날 수가 있는가? 피츠제럴드가 언어적 감수성이 뛰어난 미국 작가임을 부정할 비평가는 없을 것이다. 더불어《위대한 개츠비》가 지금까지 나온 소설들 가운데 서정적으로 가장 아름답고 기교 면에서 가장 탁월한 작품 중 하나임을 부정할 비평가도 거의 없다. 그런데《위대한 개츠비》는 (결국 생전에는 얻지 못한) 자신의 문학적 지명도를 드높이고 상류계급에 진입하고자 몸부림쳤던 어느 젊은 백인 작가의 소설이기도 하다. 피츠제럴드의 전기를 쓴 작가들(그의 작품을 찬양하고 그가 겪었던 어려움들을 이해하는 전기작가들까지 포함해서)에 따르면, 그는 자신과 동시대를 살아간 사람들이 지녔을 법한 이데올로기적 편견들을 모두 가진, 시대와 결코 무관할 수 없는 사람이었다. 《위대한 개츠비》야말로 피츠제럴드 스스로 최고의 성과를 기대하며 자기 자신을 남김없이 쏟아부은 작품인데, 그러한 편견과 같은 요소들이 소설 속에서 어떻게 드러나지 않을 수 있겠는가? 설령 자기 소설을 특징짓는 이데올로기적 편견들을 피츠제럴드가 공유하지 않았다고 쳐도, 그런 편견들은 어떤 형태로든 작품 속에 나타났을 것이다. 《위대한 개츠비》는 피츠제럴드 자신이 속한(적어도 그가 알고 지낸 백인 엘리트 집단이 속한) 1920년대의 연대기로서 기획된 소설이고, 그는 인간 행동에 관한 한 대단히 세심한 관찰자였기 때문이다. 간단히 말해, 아무리 저자 자신은 그렇지 않았더라도 그 시대 자체가 이데올로기적으로 문제가 있었던 것이다.

그러나 나는 이런 결점들을 친구가 말했던 것처럼 "소설에서 무언가 잘못된 것"이라고는 생각하지 않았다. 정말이다. 오히려 그와 같은 형편없는 이데올로기들을 내 능력으로 식별할 수 있고, 나 역시 까딱하면 그러한 이데올로기들에 휩쓸릴 수 있다는 사실을 알게 되어 흥분했다. 그건 모두 이론들 덕분이다. 그렇다. 소설이란 것은 이데올로기적으로 문제가 있을 수 있다. 이 사실을 잊어서는 안 된다.

그렇지만 소설은 참으로 아름다운 것이기도 하다. 《위대한 개츠비》 역시 그 예술성은 어디에도 비할 데 없지만, 지금까지 논의한 다양한 비평이론들은 이 텍스트의 복합적인 층위를 들추어 가며 그 속에 하부텍스트로 감추어진 온갖 불편한 의미들을 밝혀내었다. 나는 이 둘 사이의 모순, 그러니까 예술성과 불편한 의미들 사이의 모순을 계속 밀고 나가면서도, 동시에 그 두 가지를 한꺼번에 음미하고자 했다. 《위대한 개츠비》를 비롯한 모든 문학작품에 내재된 그와 같은 모순을 계속 밀고 나갈 때, 분명 이론이라는 렌즈로 얻을 수 있는 가장 커다란 즐거움 가운데 하나가 내게 주어지리라고 믿기 때문이다. 여러분도 그렇게 읽는 것이 갈수록 재밌어질 것이다. 그렇게만 된다면, 그리고 그러한 재미를 더해 가는 데 여러분의 손에 들린 이 책이 도움이 된다면 정말로 기쁘겠다.

옮긴이 후기

비평이론의 역사는 길다. 그 시원始原을 밝히고자 한다면, 서구에서는 아리스토텔레스의 《시학》까지 거슬러 올라가야 한다. 말하자면, 이론은 문학 못지않게 유구한 역사를 자랑한다. 그러나 고전 비평이 아니라 우리가 아는 본격적인 이론, 그러니까 현대적인 이론의 시작은 적어도 마르크스와 프로이트 이후라고 보아야 한다. 이후 러시아 형식주의와 신비평을 거쳐 구조주의, 후기구조주의 등 프랑스 이론이 마치 빅뱅처럼 대폭발하면서 비로소 오늘날 우리가 아는 비평이론의 성좌가 완성되었다. 비교적 최근에 새로 주목을 끈 문화이론, 퀴어비평, 탈식민주의 등도 사실상 프랑스 이론의 거대 영향 아래 파생, 분화 또는 발전을 거친 작은 행성들이다.

이후 제도권에 진입한 비평이론은 대학의 정규과목으로 편성되거나 그 자체로 연구할 만한 대상으로 진화했다. 게다가 이론을 모르면 사실상 높은 수준의 학술 연구는 난망한 일이 되었다. 이처럼 비평이론의 중요성이 커지고 비평 분파들이 더욱 복잡다기해지면서, 대략 1980년대부터 이를 망라하고 조망하려는 시도들이 등장했다. 아마도 테리 이글턴의 《문학이론입문》이 그 효시급일 것이다. 이후 수많은 책들이 시중에 쏟아져 나왔다. 이제 네 번째 개정판을 맞이한 이 책《비평이론의 모든 것》도 그중 하나일 것이다. 한국에 처음 번역된 지도 벌써 십수 년이 지났다. 그런데 이 책이 숱한 개론서들을 제치고 판을 거듭하며 오래도록 읽히는 이유는 무엇일까? 다른 경쟁서와 차별되는 요인들은 무엇일까?

가장 눈에 띄는 장점은, 이 책이 오랜 기간 비평이론을 가르쳐 온 저자의 경험을 적절하게 활용할 뿐만 아니라 학생들의 반응과 질문과 요구들을 시의적절하게 반영했다는 것이다. 그 결과, 《비평이론의 모든 것》은 난해하기로 악명이 높은 다양한 이론들(가령, 자크 라캉, 자크 데리다, 호미 바바)을 학부생의 눈높이에 맞추어 강의하듯이 알기 쉽고 명료하게 소개하는 미덕을 갖추게 되었다. 사실 이름이 잘 알려진 대가들의 입문서들이 제법 되지만, 이 책들이 딱히 난공불락의 이론들을 알기 쉽게 풀이하는지는 확실치 않다. 대개는 어느 정도의 선행 지식이 필요한 경우가 많다. 이글턴의 《문학이론입문》만 해도 (그의 촌철살인은 언제나 즐거움을 선사하지만) 여러 일반 독자들이 토로하듯이 이미 어느 정도 이론에 익숙하지 않으면 접근이 무척이나 까다롭다. 게다가, 이글턴 본인도 인정하듯이 중립적 이론 소개나 설명에 그치기보다 당파성(마르크스주의)에 치중하며 대상 이론들을 비판하는 바람에, 그가 다루는 이론의 전모를 제대로 파악하기가 더더욱 어렵다. 반면, 이 책은 선행학습이 따로 필요 없다. 각 비평이론의 주요 개념들을 간단명료하고 효과적으로 풀어내기 때문이다. 이에 더하여, 당파성을 최대한 배제하고 이론 내부의 관점을 선명하게 드러내기 때문에 각 이론의 핵심을 파악하기가 비교적 용이하다. 다시 말하거니와, 《비평이론의 모든 것》만큼 비평이론을 가독성 높은 문체로 요약 정리한 책을 찾기는 힘들다. 다른 개론서를 읽지 말라는 뜻은 아니다. 하지만, 비평이론을 처음 접하는 독자라면, 이 책으로 공부를 시작한 다음 다른 책을 활용하면 가장 좋다. 이와 관련하여, 이 책에 소개된 모든 비평론이 탁월하지만, 그중에서도 가장 추천하고 싶은 장은 아프리카계 미국인 비평을 다룬 장이다. 이 장만 읽어도 인종차별주의가 무엇인지, 흑인 비평이 무엇인지 속속들이 알 수 있을 것이다. 그만큼 정리가 잘 되어 있다. 추천의 또 다른 중요한 이유는 흑인 비평 또는 인종주의 비평을 개론서에서 별도로 다루는 경우나 자세하게 다루는 경우가 생각보다 흔치 않기 때문이다.(가령, 조너선 컬러의 책은 인종에 관한 논의를 별도의 장으로 다루지 않는다.)

이 책의 두 번째 큰 미덕은, 추상적 이론에 관한 고담준론을 뽐내기보다 실제 문학작품을 해석할 때 이론을 어떻게 사용할 수 있는지 상세하고 친절하게 밝히고 있다는 점이다. 이론을 공부하다 보면 사실 그 뿌리가 깊어 미학, 해석학, 현상학까지 들여다보아야 할 때가 있기는 하다. 그래서 아예 그쪽으로 시선을 돌려 철학적 배경을 고찰하는 개론서도 없지 않다. 하지만 그것도 이론에 입문하는 한 가지 방법이기는 하나, 문학 연구에서 이론은 궁극적으로 작품 이해의 방편이므로 실제 해석에 어떻게 적용되는지까지 알아야 공부가 마무리된다. 그런데도 실제적 응용을 담은 이론 입문서는 그리 많지 않다. 사실, 어쩌면 이론을 실제 비평에 적용하는 것이야말로 꼭 필요한 것이면서 동시에 난도가 높은 고급 기술이 아닐까 싶다. 초심자에게는 이론을 파악하는 것만 해도 버거울 텐데, 이를 작품 해석에 연결하는 수준까지 도달하기는 더욱 어려울 테니까 말이다. 그런데 저자는 그것이 생각만큼 그리 어렵지 않음을 메리 셸리의《프랑켄슈타인》, 아서 밀러의《세일즈맨의 죽음》, 조셉 콘래드의《암흑의 핵심》, 로버트 프로스트의〈담장 고치기〉 등 다양한 문학작품을 예시로 들며 보여 준다.

특히 정신분석부터 생태비평까지 열두 개 이론에 기반한《위대한 개츠비》읽기는 이 책에서 가장 큰 비중을 차지하는 부분이다.《위대한 개츠비》는 매혹적인 소설이다. 매혹은 어디에서 오는가? 낭만적 사랑의 위대함(또는 허망함), '재즈시대'를 휘감은 풍요와 향락의 분위기, 서정적 문체의 예술성, 복잡한 갈등을 정교하게 풀어내는 탁월한 서사 등 근원은 다양하다. 그런데 비평이론의 의의는 읽기의 매혹과 쾌락을 넘어 작품 속에 담긴 의미의 복잡한 층위들을 밝혀내는 데 있다. 가령, 마르크스주의 비평은 작품 곳곳에 드러난 상품화와 계급차별을 조명할 수도 있고, 아프리카계 미국인 문학비평과 탈식민주의 비평은 인종차별주의를 읽을 수도 있다. 이를테면, 우리는 마르크스주의를 도구 삼아, 좋은 옷으로 갈아입자마자 자아가 풍선처럼 비대해지는 머틀 윌슨, 계절마다 영국산 최고급 셔츠를 사들이며 속물 졸부의 재력을 과시하는 제이 개츠비, 개츠비가 온갖 무늬, 온갖 색깔의 셔츠를 던지자 아름답다며 감상적인 눈물을 쏟는 데이지 뷰캐넌—이들이 보여 주는 상품물신주의를 비판할 수 있다. 또는, 인종 문제를 다루고자 한다면, 상층계급인 척 가면을 쓴 빈농의 자식 개츠비를 '거만한' 흑인에 비유하는 톰 뷰캐넌의 인종차별주의에 주목할 수도 있다. 예를 더 들자면, 해체주의를 활용하여《위대한 개츠비》가 상정하는 과거와 현재, 순수와 퇴폐, 서부와 동부의 이항대립을 무너뜨리거나, 신역사주의를 좇아 20세기 초에 유행한 이른바 '자수성가' 담론과 텍스트와의 관계에 천착할 수 있다. 그 밖에, 저자가 제시하는 다양한 비평적 관점의 해석을 통해 독자들은《위대한 개츠비》에 대해 이전에는 미처 알지 못했던 수많은 새로운 통찰들을 발견할 뿐만 아니라 비평이론의 구체적인 쓸모를 깊이 체감할 수 있을 것이다.

이 책《비평이론의 모든 것》은 4판 개정판을 번역한 것이다. 저자가 4판 서문에서 밝혔듯이, 개정판은 '생태비평'을 새로 추가했을 뿐만 아니라 기존 내용을 수정 증보한 부분도 상당히 많다. 일일이 신판과 구판을 대조하며 바뀐 부분, 새로 쓴 부분을 찾아 번역하는 작업이 쉽지는 않았다. 문장 또는 문단 단위가 아니라 몇 페이지, 또는 수십 페이지에 걸쳐 새로 추가된

부분도 셀 수 없이 많았다. 더구나, 천 페이지에 육박하는 기존 번역본을 다시 읽으며 수정하는 작업까지 더한다면, 이번 개정판 번역은 새로 책 한 권을 번역하는 것보다 더 많은 시간과 공력이 투여되었다고 보아야 한다. 책에 실린 참고문헌 중에서 번역된 책의 서지 정보를 찾아 정리하는 작업을 맡아 준 최현지 박사에게 감사드린다.

2026년 1월

백준걸

신비평부터 **생태비평**까지

비평이론의
모든 것

2012년 4월 16일　　　　초판 1쇄 발행
2026년 2월 10일　개정증보판 1쇄 발행

지은이 | 로이스 타이슨
옮긴이 | 백준걸 · 윤동구
펴낸이 | 노경인 · 김주영

펴낸곳 | 도서출판 앨피　출판등록 | 2004년 11월 23일
주소 | (01545) 경기도 고양시 덕양구 향동로 218(향동동, 현대테라타워DMC) B동 942호
전화 | 02-710-5526　팩스 | 0505-115-0525　블로그 | blog.naver.com/lpbook12
전자우편 | lpbook12@naver.com

ISBN 979-11-92647-86-9